古謡諺

〔清〕杜文瀾 輯 周紹良 校點

中華書局

圖書在版編目(CIP)數據

古謡諺/(清)杜文瀾輯;周紹良校點. —北京:中華書局,1958.1(2025.6重印)
ISBN 978-7-101-02438-8

Ⅰ.古… Ⅱ.①杜…②周… Ⅲ.①民歌-作品集-中國-古代②諺語-作品集-中國-古代 Ⅳ.I276.2

中國版本圖書館CIP數據核字(1999)第74261號

(本書據曼陀羅華閣叢書本校點排印)

古 謡 諺
〔清〕杜文瀾 輯
周紹良 校點
*
中華書局出版發行
(北京市豐臺區太平橋西里38號 100073)
http://www.zhbc.com.cn
E-mail:zhbc@zhbc.com.cn
河北新華第一印刷有限責任公司印刷
*
850×1168毫米 1/32 · 35⅝印張 · 706千字
1958年1月第1版 2025年6月第10次印刷
印數:29601-30200册 定價:158.00元

ISBN 978-7-101-02438-8

重印説明

《古謡諺》一百卷，清杜文瀾輯。據俞樾《江蘇候補道杜君墓誌銘》稱，杜文瀾字小舫，浙江秀水（今嘉興）人。生於清嘉慶二十年（一八一五），卒於光緒七年（一八八一）。曾做過江蘇道員、兩淮鹽運使。所撰述除《古謡諺》外，尚有《曼陀羅華閣瑣記》、《采香詞》等多種。《古謡諺》卷首有清劉毓崧序，毓崧字伯山，經學大師劉文淇之子，一説本書即劉毓崧編次而爲杜氏攘奪者，但未見有直接證據。

在《古謡諺》問世之先，裒録謡諺的專著不少，但多有偏頗，或者有謡無諺，或者有諺無謡，或者去取界限不嚴，或者時代斷限甚短，闕遺蕪雜，尤所不免。《古謡諺》引書達八百六十種，輯得先秦至明代的謡諺三千三百餘首，而且逐首引述本事，注明出處，遇有疑難還能加以考辨，因而直到今天仍不失爲同類著述中的佼佼者。

謡諺大多出自民間，反映了當時人民對社會的認識，特别是對當時政治的看法。而謡諺的流傳，又直接影響到當世和後代詩歌創作的發展。從這個意義説，《古謡諺》一書則是研究我國歷史和文學的重要資料。一九五八年，中華書局出版了周紹良先生的校點本，現仍用舊紙型重印，以饗讀者。

中華書局編輯部

一九八三年八月

序

虞書曰。詩言志。禮記申其説曰。志之所至。詩亦至焉。詩大序復釋其義曰。詩也者。志之所之也。在心爲志。發言爲詩。觀於此。則千古詩敎之源。未有先於言志者矣。乃近世論詩之士。語及言志。多視爲迂闊而遠於事情。由是風雅漸漓。詩敎不振。抑知言志之道。無待遠求。風雅固其大宗。謠諺尤其顯證。欲探風雅之奥者。不妨先問謠諺之塗。誠以言爲心聲。而謠諺皆天籟自鳴。直抒己志。如風行水上。自然成文。言有盡而意無窮。可以達下情而宣上德。其關係寄托。與風雅表裏相符。蓋風雅之述志。著於文字。而謠諺之述志。發於語言。語言在文字之先。故點畫不先於聲音。簡札不先於應對。自來講點畫者。兼溯聲音之始。工簡札者。兼求應對之宜。然則談風雅者。兼誦謠諺之詞。豈非言語文學之科。實有相因而相濟者乎。顧前人裒錄謠諺者。如郭氏茂倩之古樂府解題。左氏克明之古樂府。劉氏履之風雅翼。唐氏汝諤之古詩解。則有謠無諺。臧氏懋循之詩所。郭氏子章之六語。則謠諺並收。然皆以謠諺各列一門。而非以謠諺特編一集。至若周氏守忠之古今諺。則有諺無謠。楊氏愼之古今諺、古今風謠。則謠諺分載。然其去取界限。不甚謹嚴。故古籍每有闕遺。而今語尤多蕪雜。閲者未能滿其志焉。頃讀觀察杜公手輯古謠諺一書。採摭期於至詳。裁鑒期於至審。體例期於至密。訂正期於至精。集諸家之長。而無諸家之失。其包羅宏富。共識爲藝苑之鉅觀矣。而余所以推重此書者。則更在公之聽輿誦而酌民言。深有得乎詩敎之本。蓋謠諺之興。由於輿誦。爲政者酌民言而同其好惡。則芻蕘葑菲。均可備詢。訪於輶軒。故昔之觀民風者。既陳詩。亦陳謠諺。考之左氏正義以逍遙訓謠。許氏說文以傳言訓諺。夫謠與遙同部。凡發於近地者。即可行於遠方。諺從彥得聲。凡播於時賢者。即可傳之來哲。然則謠諺之語。在今日以爲古。在昔時則以爲今。所謂後之視今。猶今之視昔也。此書有鑑於周、楊兩書之氾濫。故但紀古而不紀今。然公於里諺民謠。最能體察。雖久司鹽筴。未握臺綱。而遇閭閻有控訴於前者。必善爲綏撫。故事不越職。而道濟於生人。加以前此兩攝東亭。輿情愛戴。士民之獻頌者。咸擬諸古循吏焉。此以知古人謠諺。本不啻言志之詩。而編次成書。卽不啻公之言志。信足以闡揚詩教。而主持風雅之盟矣。惟祝自今以往。此志愈堅。將見班秩彌高。而政績愈顯。撰著益富。而聲望益隆。其卽以此書爲左劵也夫。

咸豐辛酉孟秋儀徵劉毓崧序

古謠諺凡例

秀水杜文瀾訂

一、謠諺二字之本義。各有專屬主名。蓋謠訓徒歌。今本說文。無謠字。有䚻字。訓爲徒歌也。戴侗六書故引唐本曰。䚻、從也。謠、徒歌也。桂氏馥說文義證據此補謠字於部末。且據玉篇廣韻及一切經音義卷十五引說文。謠、獨歌也。以證其說。歌者詠言之謂。說文云。歌、詠也。漢書藝文志。詠其聲。謂之歌。詠言卽永言。永言卽長言也。尙書舜典。歌永言。鄭注云。永、長也。詩關雎正義云。長言曰詠。廣雅釋樂云。詠、歌也。王氏念孫疏證云。樂記云。歌之爲言也。長言之也。詠之言永也。所謂歌永言也。諺訓傳言。廣雅釋詁云。諺、傳也。說文云。諺、傳言也。言者直言之謂。大雅公劉毛傳及說文並云。直言曰言。文心雕龍書記篇云。諺、直言也。直言卽徑言。莊子秋水篇釋文引崔注云。直度曰徑。徑言卽捷言也。荀子脩身篇楊注云。徑、捷速也。長言主於詠歎。故曲折而紆徐。捷言欲其顯明。故平易而疾速。此謠諺所由判也。然二者皆係韻語。體格不甚懸殊。故對文則異。散文則通。可以彼此互訓。國語越語下。諺有之曰。韋注云。諺、俗之善謠也。孟子梁惠王篇趙注云。晏子道夏禹之世。民之諺語也。焦氏循正義云。俗所傳陶。故云民之諺語。而其辭如歌詩。則謠之類也。

楊升菴採錄古今謠諺各爲一編。謹按四庫全書總目載古今諺二卷。古今風謠二卷。提要云。是書成於嘉靖癸卯。卽載正德、嘉靖時諺。然則愼自造數語。亦可以入之矣。茲則加以變通。合謠諺爲一集。升菴之失。在於不審限斷。此書深鑑前轍。故但紀古而不紀今。升菴當日所謂今。至此時已爲古。故明代謠諺。仍須編輯。卽以古謠諺爲名焉。

一、謠之名目甚多。就大綱言之。約有數端。是故或稱堯時謠、周時謠。如列子載堯時謠。國語載周宣王時謠。或稱秦時謠、漢時謠。如述異記載秦始皇時謠及漢末謠。此以時爲標題者也。或稱長安謠、京師謠、王府中謠。如漢書石顯傳載長安謠。後漢書黃琬傳載京師謠。南史徐緄傳載湘東王府中謠。或稱鄴郡謠、二郡謠、天下謠。如魏書李孝伯傳載趙郡鄴郡謠。後漢書黨錮傳序載汝南南陽二郡謠。續漢書五行志載桓帝初天下童謠。此以地爲標題者也。或稱軍中謠、諸軍謠。如舊唐書竇建德傳載軍中謠。明史猛如虎傳載諸軍謠。或稱民謠、百姓謠。如晉書五行志載民謠。南史蕭正德傳載百姓謠。或稱童謠、兒謠、女謠、小兒謠、嬰兒謠。如左傳載童謠、史記晉世家載晉國兒謠。魏書高車國傳載北方女謠。舊唐書五行志載元和小兒謠。戰國策載齊嬰兒謠。此以人爲標題者也。今遇凡稱謠者。悉行採錄。若夫謠字有或作譌字者。今定從謠字。如風俗通皇霸篇載趙王遷時童謠。史記趙世家童謠作民譌言。今從風俗通。謠字有誤作訛字者。今亦改謠字。如宋書符瑞志載永光初謠。言前廢帝紀謠作訛。而其詞用韻。實係歌謠之體。與他處訛言無韻者不同。今從符瑞志。南史茹法珍傳載東昏侯時宮中訛言。劃調二字爲韻。與彼同例。故改訛爲謠。他處仿此。俾閱者無疑。

一、諺字从言、彥聲。古人文字本於聲音。凡字之由某字得聲者。必兼取其義。彥訓美士有文。爲人所言。爾雅釋訓云。美士爲彥舍人。注云。國有美士。爲人所言道也。說文彥字下云。美士有文。人所言也。諺既从言。又取義於彥。蓋本係彥士之文言。故又能爲傳世之常言。一切經音義卷十二。引說文云。諺、傳言也。謂傳世常言也。惟其本係文言。故或稱古諺。或稱先聖諺。如韓非子六反篇引古者有諺。又引先聖有諺。或稱夏諺、周諺、漢諺。如孟子引夏諺。左傳引周諺。述異記引漢時諺。或稱秦諺、楚諺、鄒魯諺、越諺。如史記樗里子傳引秦人諺。季布傳載曹邱生引楚人諺。漢書韋賢傳引鄒魯諺。述異記引越人諺。或稱京師諺、三府諺。如後漢書胡廣傳引京師諺。陳蕃傳引三府諺。皆彥士典雅之詞也。惟其又爲常言。故或稱里諺、鄉諺、鄉里諺。如漢書王嘉傳載其封事引里諺。後漢書仇覽傳引蒲亭鄉諺。三國志馬良傳引襄陽鄉里諺。或稱民諺、父老諺、舟人諺。如三國志諸葛亮傳注引渭濱民諺。宋史王巖叟傳載其上疏引父老諺。明史眞臘傳引舟人諺。或稱野諺、鄙諺、俗諺。如史記秦始皇本紀贊載賈生引野諺。韓非子說林篇下載魯哀公引鄙諺。南齊書顧憲之傳載其奏議引俗諺。皆傳世通行之說也。諺之體主於典雅。故深奧者必收。諺之用主於流行。故淺近者亦載。陸氏德明訓諺爲俗言。見左氏隱十一年傳釋文。又訓諺爲俗語。見禮記大學釋文。乃專指其淺近通行者。而反遺其深奧典雅者矣。今則一例編輯。以符文言傳言之義。至於諺字有作喭者。如宋書顏延之傳載其庭誥引喭。蓋兩字聲同。可以假借。論語由也喭。尚書無逸疏所引喭作諺。今則仍存原文。諺字有或作語者。雖兩字義近。可以通融。今則定從善本。如國策載燕王書引諺二則。各本後一則諺作語。按新序雜事篇載燕王此書。正作諺字。今據以改正。

一、謠與歌相對。則有徒歌合樂之分。而歌字究係總名。凡單言之。則徒歌亦爲歌。詩魏風園有桃云。我歌且謠。毛傳云。曲合樂曰歌。徒歌曰謠。正義云。謠既徒歌。則歌不徒矣。故曰。曲合樂曰歌。樂即琴瑟。行葦傳曰。歌者、合於琴瑟也。歌謠對文如此。散則歌爲總名。論語云。子與人歌。檀弓稱孔子歌曰。泰山其頹乎之類。未必合樂也。故謠可聯歌以言之。如史記秦始皇本紀集解引嘉平謠歌。晉書五行志載建興中江南謠歌。亦可借歌以稱之。如孟子述孔子聞孺子歌。左氏昭十二年傳載南蒯鄉人歌。史記灌夫傳載潁川兒歌。漢書董宣傳載京師歌。晉書山簡傳載襄陽童兒歌。祖逖傳載豫州耆老歌。舊唐書薛仁貴傳載軍中歌。則歌固有當收者矣。謳有徒歌之訓。楚詞大招王注云。徒歌曰謳。亦可訓謠。莊子大宗師篇釋文云。謳、謌謠也。吟本訓歌。戰國秦策注云。吟、歌吟也。與謳謠之義相近。文選陳孔璋答東阿王牋。以爲吟頌。注云。吟頌、謂謳吟歌頌。唱可訓歌。禮記樂記。壹唱而三歎。鄭注云。倡、發歌句也。唱與倡同。誦亦可訓歌。禮記文王世子。春誦夏弦。鄭注云。誦、謂歌樂也。譟有讙呼之訓。國語韋注云。譟、讙呼也。呼亦歌之聲、尙書大傳云。其歌之呼也。鄭注云。呼、出聲也。並與謳謠之義相近。故謠可借謳以稱之。如左氏宣二年傳載宋城者謳。又可借吟唱誦譟以稱之。如晉書石虎載記引佛圖澄吟。北齊書後主紀載童戲唱。左氏僖二十八年傳載晉輿人誦。哀十七年傳載衛侯夢渾良夫譟。則謳吟等類亦有當收者矣。詞有歌義。孟子萬章篇不以文害辭。趙注云。辭、詩人所歌詠之辭。詞與辭同。賦亦有歌義。左氏僖五年傳載士蔿退而賦、史記晉世家。賦作歌。漢書藝文志云、傳曰。不歌而誦謂之賦。然賦詩、歌詩、可以通用。亦猶韋氏晉語注。謂不歌曰誦。而誦字未嘗不可訓歌也。故泛稱詞者。不與謠同類。如儀禮士冠禮載筮詞、祝詞、醮詞、醴詞、字詞。士昏禮載醮詞、戒詞。大射禮載命射詞。少牢饋食禮載嘏詞。泛稱賦者。亦不與謠同類。如三國志朱異傳注引文士傳載張儼賦犬。張純賦席。朱異賦弩。各成四字句兩韻。然謠固可借詞以稱之。如吳越春秋卷六載軍士離別詞。亦可借賦以稱之。如左氏隱元年傳云。公入而賦、姜出而賦。則詞與賦復有當收者矣。至於合樂之歌。與徒歌之謠。有異於例。本不應收。然其中亦略有區別。凡工歌合樂者。槩不必收。如史記樂書載樂府太乙歌、蒲稍歌。自歌合樂者。間亦可收。如史高祖紀。擊筑爲大風歌。蓋一則本意在於合樂。非欲徒歌。一則本意在於徒歌。偶然合樂也。故琴操、琴曲、琴引之類。從容而成。已著翰墨者。固與徒歌迥殊。如後漢書蔡邕傳載其所作釋誨。末附琴歌。倉猝而作。立付絃徽者。仍與徒歌相仿。如琴操卷上載公無渡河、箜篌引。故樂府解題謠辭門內。未嘗無琴瑟之歌。箜篌之謠。今亦酌加收採。以備謠之體焉。

一、諺本有韻之言語。故語字可訓諺言。穀梁僖二年傳。語曰。脣亡則齒寒。范注云。語、諺言也。按傳但引語。而注知爲諺言者。據左傳知此語爲諺也。諺亦可稱言稱語。然同一言語。而是諺非諺。不可不分。蓋有泛舉人言者。如詩大雅蕩篇人亦有言。論語人之言曰。孟子人有恆言。有泛舉人語者。如孟子萬章篇。咸丘蒙問曰。語云。盛德之士。君不得而臣。父不得而子。云云。趙注云。語者、諺語也。按咸丘蒙但稱語。而趙氏指爲諺者。蓋因下文有齊東野人之語。然此數句中。並無韻語。實非諺語之體。大都無韻之詞。與諺無涉。有泛舉古語者。如蔡邕獨斷引古語。有泛舉古人言者。如尚書牧誓古人有言曰。就中半係有韻。如國策史漢等書所引語曰。及稱臣聞者。多係韻語。然古人著書。多有韻之文。未可定指爲諺。更有雖稱俗語。而非用韻體格者。如詩終風箋云。今俗人嚏云人道我。碩人箋云。衣服曰襚。今俗語然。雖稱人爲之語。而非用韻體格者。如新五代史楊光遠傳。人爲之語曰。自古豈有禿瘡天子。跛腳皇后耶。亦不得目之以諺。此不必登載者也。其有體格本係用韻。名雖爲言。而實爲諺者。如孟子引齊人言。左氏昭二十七年傳吳公子光引上國言。晉書羅尚傳載蜀人爲羅尚言。北齊書唐邕傳載時人爲唐邕白建言。名雖爲語。而實爲諺者。如戰國楚策載莊辛引鄙語。漢書貢禹傳載其引俗語。劉輔傳載其引里語。後漢書單超傳載天下爲四侯語。三國志典韋傳載軍中爲韋語。晉書五行志載義熙初小兒語。新唐書宋之問傳載學者爲蘇李沈宋語。莊子刻意篇引野語。風俗通正失篇引俚語。四民月令引農語。今皆逐條登載。若夫言有號令之訓。國語周語。有不祀則修言。韋注云。言、號令也。引申之則爲稱號。周禮大祝。辨六號。鄭注云。號、謂尊其名。更爲美稱焉。又有盟辭之訓。禮記曲禮。士載言。鄭注云。言、謂會同盟要之辭。推廣之則爲詛辭。周禮詛祝。掌盟詛。鄭注云。大事曰盟。小事曰詛。凡時人稱號不用韻者、如魏書衛王儀傳。時人稱衛王弓、桓王矟。元暉傳。時人號曰。餓虎將軍、饑鷹侍中。世俗詛辭別爲體者、如金史謝里忽傳載女直國俗。巫覡詛辭。自不必登載。其有名雖爲號。而實爲韻語之諺者。如漢書樓護傳載長安爲谷永樓護號曰。谷子雲筆札。樓君卿脣舌。名雖爲詛。而實爲諺語之體者。如新唐書王旭傳載京師里閭詛云。若違敕。值三豹。今亦酌加登載。以備諺之格焉。

一、謠諺之興。其始止發乎語言。未著於文字。其去取界限。總以初作之時。是否著於文字爲斷。凡有韻之詞。業已形諸紙筆。付諸鐫刻者。卽不止發乎語言。衡以體裁。無庸編載。是故鑄金者不錄。如續漢書輿服志載剛卯印文。鏤玉者不錄。如竹書紀年卷下沈約注引太公釣磻溪得玉璜文。刻石者不錄。如明史五行志載張獻忠拆塔得古碑。書巖者不錄。如晉書五行志載孫皓使者丹書石印山巖。榜門者不錄。如史記汲鄭傳贊載翟公書門語。題壁者不錄。如隋書五行志載陸法和題壁語。署版者不錄。如舊唐書肅宗紀逸文載夢見素書丹版。贊帶者不錄。如宋史文天祥傳載其衣帶贊。頌德歌已刊者不錄。如魏書呂羅漢傳載鉅鹿民頌曰。時惟府君云云。玩其詞意。必係頌德碑文。諷諫歌已寫者不錄。如遼史天祚文妃傳載妃作歌諷諫。天祚見而銜之。蓋已形諸紙筆。謗書若歌者不錄。如三國志曹爽傳注引魏略所載臺中謗書。狂書如歌者不錄。如晉書五行志載溫縣人狂書。寄札有歌者不錄。如南史謝靈運傳載何長瑜與何勖書中有韻語。撰文附歌者不錄。如晉書夏侯湛傳載所撰兄弟誥。其末有歌。讖緯稱歌者不錄。如南齊書祥瑞志載王子年歌。卽王嘉所作讖語。僧偈成歌者不錄。如梁書侯景傳載釋寶誌讃語二則。乩語作歌者不錄。如三國志張裔傳載雍闓假鬼教、卽假托扶乩。占繇用歌者不錄。如晉書郭璞傳載七字句筮詞。必係宣諸紙墨。留爲異日占驗之徵。傳記似乎歌者不錄。如後漢書荀爽傳載其引傳。張敏傳載其引記。訓誡近於歌者不錄。如後漢書曹世叔妻傳載其引女憲。撰述新歌者不錄。如三國志阮籍傳注引魏氏春秋載其所作蘇門先生歌。摹擬古歌者不錄。如宋書樂志所載讀曲歌。當錄後人摹擬者。不錄。此皆已著於文字。不得爲謠諺者也。若夫未著於文字。而於例亦不當錄者。則又有說。蓋詩必有韻。然與謠諺異體。故口授詩歌不錄。如宋書沈慶之傳載其口授五言詩。戲吟詩歌不錄。如舊唐書韋澳傳載其戲吟七言詩。自歌其詩不錄。如金史樂志載世宗自歌四言長篇。歌前人詩不錄。如隋書五行志載陳時江南歌。王獻之桃葉詞。迴波歌詩不錄。如舊唐書李景伯傳載其迴波辭。卽六言詩之體。爾汝歌詩不錄。如世說新語排調篇載孫皓爾汝歌。卽五言詩之體。聯句歌詩不錄。如北魏高祖與侍臣竹堂穠歌可載者。以其多用兮字。猶仿載歌賡歌之體也。漢武帝與羣臣柏梁聯句不載者。以其無一兮字。已成七言古詩之體也。亦猶古書所言歌詩賦詩。其詞不限於四言詩體者。未嘗不可載。若純乎四言詩體者。則不必載耳。瑣語或有韻。然亦與謠諺異體。故諧語不錄。如史記淳于髡傳載其對齊王諧語。嘲語不錄。如後漢書邊韶傳載其師弟相嘲之語。隱語不錄。如漢書東方朔傳載其與郭舍人迭爲隱語。射覆語不錄。如三國志管輅傳載其射覆語三則。了語、危語不錄。如晉書顧愷之傳載其與桓玄殷仲堪共爲了語、危語。反切語、雙聲語、千字文語不錄。如南齊書五行志所載顚倒反切語。北齊書魏收傳載其雙聲語。太平廣記引啓顏錄載時人以千字文爲語。酒令語、曲語、優伶戲語不錄。如五代史補卷三載李昪與宋齊邱等爲酒令。五國故事卷上載王衍甘州曲。舊唐書李實傳載優人成端輔戲語。鳥語、犬語、鈴語不錄。如皇侃論語義疏載公冶長所聞鳥語。述異記卷下載朱休之家犬語。晉書佛圖澄傳載其聞相輪鈴語。此則雖發乎語言。而究非謠諺者也。至於本有謠名、而止係時俗譌傳之流言者不錄。如新五代史吳越世家。彝時謠言。有羅平鳥。主越人禍福。民間多圖其形。禱祠之。本有諺名、而止係今世稱呼之泛語者不錄。如南齊書樂志。宣烈舞爲武舞。今世諺呼爲武王伐紂。明史刑法志。所以被訪之家。諺稱爲刬毒。疑是謠諺而未有明文者不錄。如晉書苻堅載記。王嘉曰。椎蘆作蘧篨。不成文章。會天大雨。不得殺羊。疑是謠而無明文。論語。王孫賈問曰。與其媚於奧。甯媚於竈。疑是諺而無明文。確係謠諺而不能成句者不錄。如梁書侯景傳。初童謠有正平之言。故立號以應之。此謠之不能成句者也。舊唐書文宗紀逸文。時諺謂杜甫李白輩爲四絕。此諺之不能成句者也。卽同一謠諺。而各書或言題署。或不言題署。亦錄其未經題署者。而既經題署者不錄。

如房玄齡晉書潘岳傳。岳內非之。乃題閤道爲謠。世說新語政事篇注引王隱晉書曰。潘岳內非之。密爲作謠。今錄王隱書。而不錄房玄齡書。以歸畫一。

一、謠諺出自依托者。大都附會古人。如尚書五子之歌。本係僞古文。早經論定。拾遺記皇娥帝子之歌。即出自王嘉之手。亦人所共知。此種自昔流傳。相沿已久。不可盡從刪削。亦不可任其混淆。今別立附錄一門。以示區別。至若謠諺出自構造者。展轉傳播。無非起於同時之人。如晉海西公時馬駒龍子之歌。乃桓温翟所造。元順帝時石人一眼之謠。乃劉福通等所造。今並歸於附錄之中。俾矯誣搖惑之辭。不能顛倒是非。變亂黑白。至於跡近荒誕。如甘澤謠載三生石歌。事涉猥瑣。如北里志載南曲中小兒唱。語出盜賊者。如魏書楊津傳載定州賊語。隋書來護兒傳載羣盜歌。亦附於此門焉。

一、謠諺採自各書。必當依據善本。遇有諸本不一者。可以擇善而從。如尚書大傳以盧氏雅雨堂所刻爲善本。王氏漢魏遺書鈔輯本。援據各書所引。亦足以考正文字。今兼取之。其或古本有訛。亦不曲徇回護。如韓非子說林篇。巫咸雖善祝。不能自祓也。秦醫雖善除。不能自彈也。宋本秦上有養字。今按養與秦字形相近。宋本蓋涉秦字而衍。若夫近刻頗有逸文。而前人所引。實係足本者。則據以續增。如祝牧歌。係莊子逸篇之文。困學紀聞等書引之。今據以續增。原書久成墜簡。而後人所輯稍存舊觀者。則據以採錄。如桓子新論久佚。今據孫氏馮翼輯本採錄。皆逐條注明出處。凡有篇名者注篇名。如經書子書之類。有卷數者注卷數。如類書總集之類。有門目者注門目。如史書某紀、某志、某表、某世家、某傳、某載記之類。編年者注明某年。如春秋左氏傳之類。分國者注明某國。如國語、國策之類。即新經裒輯之書。其原本篇名卷數等項。無可尋究者。亦據他書轉引。標明來歷。以備覆檢。至於本書不稱謠諺。而他書轉引。則稱謠諺者。即列諸本書之後。以淸界劃。如史記甯成傳。爲人操上下。如束濕薪。而白帖卷十六引史記作時人語曰。謹上操下。如束濕薪。

一、謠諺之詞。諸書並載。而大同小異者。則以一書爲主。而注列異文。如帝舜歌以尚書爲主。而注列史記之異文。此略彼詳者。則以全篇爲主。而注明增補。如舊唐書五行志載調露中嵩山謠四句。今據新唐書五行志所載。增補首句嵩山凡幾層五字。事蹟無甚異同。而字句大有詳略者。

則兩載其詞。如楚狂接輿歌。莊子所述與論語迥殊。今兩載之。字句無甚詳略。而事蹟大有異同者。亦並錄其語。如隋書音樂志所載梁武帝在雍鎮童謠。與南齊書五行志所載宋元徽中童謠。詞語略同。而時代事驗迥異。今並錄之。字句全同。而事蹟全異者。則附注以省繁。如范蔚宗後漢書劉陶傳載順陽吏民爲劉陶歌曰。邑然不樂云云。謝承後漢書。惟邑字作悒。偏旁小異。其餘全同。而謂樅陽吏民爲劉騊駼歌。今考陶與騊駼。確係兩人。故以范書爲正文。謝書爲附注。字句半同半異。而事蹟亦半同半異者。必兼存以備考。如隋書、北史崔弘度傳。皆載長安爲崔弘度屈突蓋語。新舊唐書屈突通傳、皆載時人爲屈突蓋屈突通語。其字句事蹟。均半同半異。今兼存之。卽兩書本係一書。而其中稍有異同者。亦必參互考訂。以便推尋。如魏書、北齊書皆有闕卷。後人取北史補之。而參以高氏小史等書。其中與今本北史間有異同者。均注明以備考。

一、謠諺之詞。兩書相仿者。不但校其字句。尤必辨其標題。故有書之時代在後。而有謠諺顯證者。則定爲正文。書之時代在前。而無謠諺明徵者。則列於附注。如左氏昭二十二年傳及魏書張普惠傳並云。唯亂門之無過。然左傳不稱諺。而魏書稱諺。今定魏書爲正文。而列左傳爲附注。所引止得其半。而標題謠諺者。亦定爲正文。所引能舉其全。而不標題謠諺者。亦列於附注。如史記司馬相如傳引鄙諺曰。家累千金者。坐不垂堂。漢書袁盎傳云。臣聞千金之子不垂堂。百金之子不騎衡。舊唐書孫伏伽傳。全唐文卷三百二崔向諫玄宗畋獵疏及舊五代史後唐明宗紀馮道奏曰。臣聞千金之子。坐不垂堂。百金之子。立不倚衡。今考堂與衡古韻同部。蓋相如引其半。盎等引其全耳。然相如標題諺語。故定爲正文。盎等不標題諺語。故列於附注。皆循名以核實。使其賓主分明。

一、謠諺作者述者之姓名無疑者確言之。如四民月令乃崔寔所作。書已失傳。齊民要術所引。尙有述諺語者數條。前人輯古詩者。或誤作鄭氏月令注。非也。今改正。互異者愼言之。如國策燕王喜遺樂間書引諺兩條。今考新序所言。此係燕惠王遺樂毅書。證以史記樂毅傳。當從新序爲是。有專屬者析言之。如史記內有太史公引諺。亦有褚先生引諺。無專屬者渾言之。如隋書修於唐時。非出一人之手。地理志內史官引諺論冀州。經籍志內史官引梁世諺論史職。一人獨造者特言之。如唐敬宗時姦黨造非衣小兒之謠。欲以陷害裴晉公。據舊唐書李逢吉傳、新唐書裴度傳。定爲張權輿所造。二人合撰者兼言之。如後周韋孝寬欲離間北齊斛律光。使其參軍曲巖構造謠言。北齊左僕射祖珽聞而更續之。數人遞續者詳言之。如後魏高祖與羣臣彭城王勰、鄭懿、邢巒、宋弁等續歌。各有所宜。不拘一格。

一、謠諺原委證驗。必當敍錄。有在上文者則引上文。如史記曹參世家載畫一歌。其上文先敍參爲相國。一遵蕭何約束是也。有在下文者則引下文。

如漢書五行志載燕燕謠。其下文復敍趙飛燕趙昭儀賊害皇子是也。有在上文亦在下文者。則兼引上下文。如三國志馬良傳載襄陽鄉里諺。其上文先敍兄弟五人並有才名。下文復敍良眉中有白毛是也。有不止在一傳者。則兼引兩傳。如後漢書雷義傳載豫章鄉里爲雷義陳重語。須兼引陳重傳。有不止在一書者。則兼引數書。如陳書張種傳載時人爲張種之語曰。宋稱敷演。梁則卷充。須兼引宋書張邵傳、張敷傳、梁書張充傳及張稷傳、附其族兄卷事。此卷無明文者。則另引他卷。如宋書樂志讀曲歌者。民間爲彭城王義康所作也。其歌云。死罪劉領軍。誤殺劉第四。今按上下文。未申釋領軍第四之語。檢義康傳及劉湛傳。義康乃高祖第四子。湛官領軍將軍。義康獲咎於文帝。湛所誤也。本書無確證者。則別引他書。如北齊書宋遊道傳載時人爲遊道及陸操語。今按本書無陸操傳。據北史陸俟傳附載其曾孫操事云。天保中。卒於殿中尙書。疑卽其人也。凡所引者。全依本文。有刪節而無增改。

一、謠諺有字體偶誤。其證佐確鑿。而文義亦顯然可知者。則據以校改。如尙書大傳卿雲歌。糺縵縵兮。糺誤作禮。今據藝文類聚所引校改。若雖有證佐。而文義須詮釋而後知者。則於案語申明。而正文不徑行改易。如北齊書魏寧傳載陽子術所引謠言云。盧十六。稚十四。犍子拍頭三十二。北史魏寧傳。稚作雉。今按盧雉犍。皆樗蒲彩名。作雉者是也。至於正體之字。不改以存其本眞。如金史趙秉文傳載時人爲秉文語。其上文言及內族𩫏。今考說文𩫏字下云。用也。从亯从自。讀若庸。別體之字。不改以存其舊式。如吳越春秋陳音引古孝子作彈歌云。斷竹續竹。飛土逐宍。宍卽肉之別體。離合字體。不改以存其初意。如晉書五行志載苻堅時謠歌云。魚羊田斗當滅秦。識者以爲魚羊鮮也。田斗卑也。今按說文卑字下云。从ナ、甲聲。本非田斗。然歌謠拆字之格。若千里草、十日卜之類。難盡繩以六書。今仍存之。避諱字體不改、以存其原文。如晉書五行志載孫皓天紀中童謠曰。不畏岸上獸。但畏水中龍。宋書五行志。獸作虎。今按唐人修晉書避太祖諱。改虎爲獸。遇有介在疑似之間、無文可證、難以臆決者、今皆疑以傳疑、如南史宋明帝紀。時人語曰。禾絹開眼諾。禾絹謂上也。今按禾絹二字。甚爲費解。亦不知蓋闕之義也。

一、謠諺本係韻語。可卽其韻之合否。以定其字之是非。如國策蘇秦引鄙語曰。寧爲雞口。無爲牛後。顏氏家訓據延篤說。謂口當爲尸。後當爲從。今按口與後爲韻。而尸與從非韻。不若仍存原本。用韻之密者。或七字句中用兩韻。如後漢書魯丕傳。關東號之曰。五經復興。魯叔陵。興與陵爲韻。或五字句中用兩韻。如舊唐書五行志。寧王引諺云。樹稼。達官怕。稼與怕爲韻。或四字句中用兩韻。如左氏昭二十七年傳。上國有言曰。不索。何獲。索與獲爲韻。間有無韻者。大都因所引未全。如舊唐書張果傳引諺。但有娶婦得公主一句。新唐書張果傳引諺。又有平地生公府一句。主與府爲韻。凡有韻者。可藉以推求古音。然習見則無庸贅述。如尙書皋陶賡歌。以明字與良康爲韻。其無韻之句。槩不附會一詞。

一、謠諺之文。得注釋則意指益顯。凡有古注者亟採之。如尚書採馬鄭注。左傳採賈服注。有互注者兼收之。如史記漢書同載一謠諺。兩家之注可以彼此互證。今兼收之。原注不完、則援補注之例以釋之。如三國志王昶傳注引任嘏別傳曰。嘏、樂安博昌人。世爲著姓。夙智早成。故鄉人爲之語曰。蔣氏翁。任氏童。今按推尋此注。前後無蔣氏翁事。當由節錄別傳佚其文耳。初學記人部引王鎭之童子傳。樂安任嘏者。十二就師。學不再問。一年通三經。鄉人歌曰云云。言蔣氏之門老而方篤。任家之學幼而多慧。可以互證。本書無注、則引他書之注以解之。如北史蕭寶寅傳。柳楷引謠言云。鸞生十子九子殂。今按北史無注。通鑑殂作殰。胡注云。殰、卵壞也。遇有詞意奧衍者。更採名儒之論說。據以折衷。如閻百詩、盧召弓、王西莊、錢竹汀諸先生之著述。期於疏通證明。使人易曉。

一、謠諺本文及上下文。有必須加以辨證。然後免滋異議者。是故脫字當補。如北齊書庫狄士文傳載貝州人語。其上文言及司馬京兆韋焜、淸河趙達二人並苛刻。今按北史庫狄士文傳。淸河下有令字。隋書庫狄士文傳云。河東趙達爲淸河令。當以有令字爲是。衍文當刪。如北史魏孝武帝紀。始宣武孝武明間謠曰。今按宣武、孝明兩帝。在孝武帝前。明上武字。係衍文。倒語當移。如晉書劉毅傳載三魏爲劉毅語。其上文言及漢陽城景王章。一本城在陽上。今按漢書朱虛侯章進封城陽王。一本是也。錯簡當正。如晉書五行志載義熙二年小兒語。其下文追敍溫嶠令郭景純卜筮之事。以解釋翁年老之語。今本自昔溫嶠至討滅王敦錯簡。另爲一條。茲據宋書五行志釐正。時代當考。如左氏昭二十五年傳。吾聞文武之世。童謠有之曰。石經宋本。武皆作成。賈注云。昭公、成公。陳氏樹華歷引史記等書以證。今按孟康漢書敍傳注云。魯文成之世童謠。與賈注相合。蓋文公乃成公之祖。時代相近。成公乃昭公之祖。時代亦相近。武字必成字傳寫之誤也。地理當知。如南史侯景傳述童謠曰。荆州天子挺應著。其下文云。今廟樹重靑。必彰陝西之瑞。識者以爲湘東軍下之徵。或疑陝西二字有誤。今按東晉以後。揚荆兩州刺史。膺分陝之任。故荆州有陝西之稱。梁元帝封湘東王。是時正在荆州也。官階當推。如魏書臨淮王譚曾孫彧傳載時人語。其上文言及尚書郎范陽盧道將。北史彧傳、道將作思道。今按思道乃道將弟。道亮之子。年輩較後。北齊初年始解褐。此傳所言。魏時爲尚書郎者。實道將所歷之官。北史乃傳寫之誤。稱謂當審。如韓非子外儲說、晏子述周秦民歌曰。其往歸田成子乎。今按田成子乃田常之謚。晏子述此歌時。田常尚在。而稱其謚。必有衍誤。今皆酌附按語。以決是非。

一、謠諺次序。仿魏文貞公羣書治要、馬懿公意林之例。從而推廣。以所採書籍爲定。經部列史部之先。集部列子部之後。同在一部者。則以門類之先後爲序。如別史在正史之後。別集在總集之先。同在一門者。則以著錄之先後爲序。如晉書五行志與宋書五行志所載歌謠。大略相同。考沈約宋書。成於房玄齡晉書之前。今依史書次第。先錄晉志。而附注宋志異同於各條下。然唐修晉書。實採前此十八家晉書。作者多在沈約之前。則晉志固宋志所本也。同在一書者。則以卷帙之先後爲序。如史記首採秦始皇本紀贊賈生引野諺。次採項羽本紀項王垓下歌。或採自正文。或採自逸文。則俟正文編次既訖。然後編次逸文。如舊唐書採畢乃採舊唐書逸文。或採自本書。或採自本注。則俟本書編次已全。然後編次本注。如史記採畢乃採史記集解。一書疊見。則以初見者爲主。而再三見者。注其異同。如晉書五行志及賈后傳、愍懷太子傳。皆載元康中京洛童謠。今以五行志爲主。而注兩傳之異同。兩書相聯。則以可聯者附存。而不能聯者。析其名目。如褚先生補史記、可附於太史公史記。司馬彪續漢書、不可附於范蔚宗後漢書。凡原書存者。次第悉從原書。若原書雖亡。而業經裒輯者。次第卽依裒輯之本。至原書久亡。未經裒輯者。次第乃據援引之書。如三國志裴注所引華陽志、搜神記、皆有原書。三輔決錄、傅子、皆有輯本。魏略、魏氏春秋、漢晉春秋、襄陽記、江表傳等書。未見裒輯之善本者。始以裴注爲主焉。惟是載籍極博。採錄難周。擬俟此後更有新得。仍按經史子集。分別門類次第。隨時續編焉。

古謠諺目錄

卷一

卷二

卷六

卷七

卷八

卷九

卷十

卷十一

卷十四

卷十五

卷十六

卷十七

卷十八

卷二十一

卷二十二

卷二十三

卷二十四

卷二十五

卷二十六

卷三十一

卷三十二

卷三十三

卷三十四

卷三十五

卷三十八

卷三十九

卷四十二

卷四十三

卷四十四

卷四十五

卷四十八

卷四十九

燕閒錄　閩人治水諺（六二三）

知命錄　峽民爲石鐘石鼓謠（六二三）

遁旃璅言　大同蔚州宣府朔州語（六二三）　蘇祐引諺論閒忙（六二三）　又引諺論法律（六二四）

雪濤談叢　江盈科引喭（六二四）

呵凍漫筆　胡宗洵引諺論田地（六二四）　湛氏引諺論僮僕（六二五）

卷五十

七修類藁　徐州邳州俗諺（六二六）　郎瑛引俗語占月（六二六）　黄楊諺（六二六）　蘇杭諺（六二七）　郎瑛引小兒語釋𢡖（六二七）　杭州生員引俗語（六二七）　郎瑛引諺論江心鏡（六二八）　時人爲吳施毛伍四公謠（六二八）　好事者爲沈循劉泰語（六二九）　芝麻諺（六二九）　郎瑛引諺語（六二九）　宋熙寧及明初民謠（六三〇）

七修續藁　晴雨諺（六三〇）　海寇謠（六三一）　郎瑛引諺論風水（六三一）　又引諺論定數（六三二）

客座贅語　顧起元引南都閭巷常諺（六三二）

卷五十一

戒菴漫筆　稻花占年俗語（六三五）　江西童謠（六三五）　李詡引人語（六三五）

暖姝由筆　酒麴諺（六三五）

名山藏　朱逸行吟（六三六）

獻徵錄　京師爲馬文升熊翀熊繡謠（六三六）　時人爲錢昕魚侃語（六三六）　東昌民爲戴浩歌（六三六）

林居漫錄　都人爲王守及某御史語（六三六）

五雜俎　京師風俗諺（六三七）

榕陰新檢　黄子野叩舷歌（六三七）

留青日札　田藝衡引俗諺（六三八）　又引諺論酒（六三八）　又引諺論筋力（六三八）　又引時諺論文（六三八）

西墅雜記　慈谿縣令引諺（六三八）

機警　王文祿引諺（六三九）

語窺今古　方巾諺（六三九）

塵餘　姑蘇伍子胥祠童謠（六四〇）

三餘帖　姑蘇城市古語（六四〇）

日詢手鏡　王濟引吳湘間俗諺（六四〇）

石癡別錄　兒童牽衣唱（六四〇）

文海披沙　東昌諺（六四一）

卷五十二

卷五十三

昨非菴日纂 韓侂胄聞牧童歌（六五二）

海錄碎事 社日俗語（六五二） 果州百姓爲史謙怨歌（六五二）

誠齋雜記 人爲婁逞語（六五二）

玉芝堂談薈 二月八日雨俗號（六五三） 歲時雜占諺（六五三） 人穀日諺（六五四） 宮中爲都虜接骨語（六五四） 人爲空青語（六五四）

卷五十四

藝文類聚 杜恕引諺（六五六） 司馬休之從者歌（六五六） 甯戚扣角歌（六五六） 魯褒引諺（六五六）

白帖 時人爲樂廣衞玠語（六五七）

太平御覽 崔寔引里語（六五七） 東吳丹徒諺（六五七） 魏文明太后青臺歌（六五七） 京洛爲許郝兩家子弟親族語（六五八） 軍中爲盧洪趙達語（六五八） 衆爲賈洪嚴苞語（六五八） 人爲夏侯淵歌（六五八） 時爲郭典語（六五九） 張顯哲引古諺（六五九） 時人爲劉師貞語（六五九） 晉成都王穎盛時里語（六六〇） 鄉里爲李嚴諺（六六〇） 時人爲繆裴語（六六〇） 王朗引諺論貧（六六〇） 時人爲蔣詡語（六六一） 謝尙箏歌（六六一） 蔣子引諺論學（六六一） 石勒時謠（六六一） 王恭既誅時童謠（六六一）

卷五十五

山堂考索 時人爲進士明經語（六六三）

事文類聚 吳彩鸞歌（六六三）

合璧事類 曾崇範妻聞夢中人語（六六三） 時人爲眉山蘇氏謠（六六四） 唐太宗引諺論詞臣（六六四）

小學紺珠 鄭耕老引里諺（六六四）

哲匠金桴 楊愼引俗諺釋淮南（六六五） 又引閩諺（六六五）

謝華啓秀 楊愼引諺釋風花（六六五）

荊川左編 時人爲王隨陳堯佐語（六六五） 廖應淮歌（六六六） 鞠君子歌（六六六） 王嘉歌（六六七） 馬鈺夢中歌（六六七） 馬鈺歸山操（六六七） 蜀民爲許遜謠（六六八） 王質引世俗言（六六九） 鄭介夫引古諺（六六九） 開荒諺（六六九） 糞田諺（六七〇）

卷五十六

三才圖會 正德楡林謠（六七二） 閩中南畿爲海瑞謠（六七二）

潛確類書 時人爲郁使君語（六七二） 佛子灘諺（六七二） 時人爲忠義濟語（六七二）

騈字類編 宋紹興中潮州鄉諺（六七二） 豐城三洲諺（六七三） 漳州虎渡橋古諺（六七三）

淵鑑類函 時人爲袁術謠（六七三） 時人爲李何語（六七三） 張璟歌（六七四） 孫一元扣石歌（六七四）

卷五十七

卷五十八

卷六十三

卷六十四

卷六十五

卷六十六

卷六十七

卷七十六

卷七十七

卷七十八

卷七十九

卷八十

卷八十一

卷八十二

卷八十三

卷八十四

卷八十五

卷八十六 附錄一

卷八十七 附錄二

卷八十八　附錄三

卷八十九　附錄四

卷九十　附錄五

卷九十一　附録六

卷九十二　附録七

卷九十三　附録八

碧雲騢　時人爲王博文蕭定基語（九六四）

四朝聞見錄　讎家爲許某謠（九六四）

蚓菴瑣語　構李諸生爲學使喬某謠（九六五）

卷九十四　附錄九

搜神記　人爲杜伯段孝直語（九六六）　後魏人引諺（九六六）

拾遺記　皇娥倚瑟歌（九六七）　白帝子答皇娥歌（九六八）

幽明錄逸文　句章人聞女子陳阿登歌（九六八）　巢氏婢聞郭長生歌（九六九）　漢武帝幸瓠子見老翁歌（九六九）

異苑　聶包爲沈道襄歌（九六九）　梁清婢松羅聞戴犢人歌（九七〇）　句章樹中鬼謠歌（九七〇）

異苑逸文　凌欣歌（九七〇）

齊諧記　青溪小姑歌（九七一）

續齊諧記逸文　宛轉歌（九七一）

卷九十五　附錄十

龍城錄　柳宗元引俗諺論談鬼（九七三）

集異記逸文　霅溪水神夜宴歌（九七三）

夢游錄　獨孤遐叔夢其妻歌（九九六）　張生夢其妻及長鬚人歌（九九六）

玄怪錄逸文　時人爲顧總語（九九七）　夷陵空館女郎歌（九九八）

志怪錄　富春沙際鬼吟（九九九）

志怪錄逸文　長孫紹祖聞少女歌（九九九）

宣室志　九華山白衣丈夫吟（九九九）　洋州館亭白衣丈夫吟（一〇〇〇）

宣室志逸文　趙生聞綠袍人吟（一〇〇〇）

河東記逸文　河中鬼踏歌（一〇〇一）

纂異記逸文　嵩嶽諸仙歌（一〇〇一）　張生夢舜鼓琴歌（一〇〇三）

卷九十六　附錄十一

甘澤謠　三生石歌（一〇〇四）

異聞錄逸文　鄭生與湘中蛟女贈答吟（一〇〇五）

廣異記逸文　裴姓聞塚中羣婢踏歌（一〇〇六）

博異志逸文　君山老父吟（一〇〇六）

太平廣記　趙旭聽神女叩柱歌（一〇〇七）　薛昭與鳳臺蘭翹雲容諸女歌（一〇〇七）　李哲家怪引諺（一〇〇八）　斑寅引鄙

卷九十七　附錄十二

卷九十八　附錄十三

卷九十九　附錄十四

古謠諺卷一

秀水杜文瀾輯

帝舜歌

尚書益稷。帝庸作歌曰云云。乃歌曰云云。

勑天之命。惟時惟幾。史記夏本紀。勑作陟。惟作維。鄭注云。以戒臣。

股肱喜哉。元首起哉。百工熙哉。尚書大傳云。元首、君也。股肱、臣也。

皋陶賡歌

又云。皋陶拜手稽首。颺言曰。念哉。率作興事。愼乃憲。欽哉。屢省乃成。欽哉。乃賡載歌曰云云。

又歌曰云云。帝拜曰。俞往欽哉。

元首明哉。股肱良哉。庶事康哉。

元首叢脞哉。股肱惰哉。萬事墮哉。馬注云。叢、總也。脞、小也。鄭注云。叢脞、總聚小小之事。以亂大政。

王氏鳴盛云。益稷疏云。鄭馬王以此篇名爲棄稷。又合此篇于皋陶謨。謂其別有棄稷之篇者。蔡邕獨斷云。漢明帝詔有司。采尚書皋陶篇。制冕旒。今其制正在益稷內。可見不可分。且孔穎達于書疏。以馬鄭王合爲一篇。別有棄稷之篇爲妄說。及作詩齊譜疏。又引皋陶謨弼成五服。一人之作。自相矛盾。蓋穎達明知鄭眞孔僞。因孔完鄭缺。有意扶僞斥眞耳。皆非也。楊子法言孝至篇。或問忠言嘉謨。曰。

言合稷契之謂忠。謨合皐陶之謂嘉。若如晚晉本。稷契無一遺言。子雲何以遽立此論。只因楊所見眞棄稷篇中。多稷契之言者。至晉而亡。今之割皐陶謨。下半以爲益稷者、乃晉人所分也。

卿雲歌

尚書大傳。卷一。于時俊乂百工。相和而歌卿雲。鄭注云。卿當爲慶。天文志曰。若煙非煙。若雲非雲。郁郁紛紛。蕭索輪囷。是爲卿雲。此和氣也。帝乃倡之曰。今本倡作侶。據藝文類聚改。

卿雲爛兮。竹書紀年卷上。卿作慶。糺縵縵兮。今本糺作禮。據藝文類聚改。日月光華。旦復旦兮。

八伯歌

又云。八伯咸進。稽首而和曰。

明明上天。今本上作尙。據文選注改。爛然星辰。今本辰作陳。據太平御覽改。日月光華。宏于一人。今本于作予。據藝文類聚改。

帝載歌

又云。帝乃載歌曰。

日月有常。星辰有行。四時順經。萬姓允誠。於予論樂。配天之靈。遷于賢善。莫不咸聽。鼚乎鼓之。軒乎舞之。菁華已竭。褰裳去之。竹書紀年卷上。順作從。予作序。賢作聖。菁作精。

夏人歌

尚書大傳。卷二。夏人飲酒。醉者持不醉者。不醉者持醉者。相和而歌曰。

盍歸乎薄。盍歸乎薄。鄭注云。薄、湯之都也。藝文類聚。薄作亳。薄亦大矣。御覽卷八十三引尚書中候。三薄字皆作亳。

伊尹歌

又云。故伊尹退而閒居。深聽樂聲。鄭注云。思其故也。是時伊尹仕桀。更曰云云。伊尹入告于王曰。大命之去有日矣。王僩然歎。啞然笑。曰。天之有日。猶吾之有民也。日亡。則吾亦亡矣。鄭注云。自比于天。言常在也。比于日。言去復來也。是以伊尹遂去夏適湯。

覺兮較兮。吾大命假兮。鄭注云。覺兮、謂先知者。較兮、謂直道者也。假、至。吾、語桀也。藝文類聚。假作格。去不善而就善、何樂兮。

麥秀歌

尚書大傳。卷二。微子將往朝周。過殷之故虛。見麥秀之蔪蔪。藝文類聚引作嶄嶄。禾黍之蠅蠅太平御覽引作繩繩。也。曰。此父母之國。宗廟社稷所立也。志動心悲。欲哭則爲朝周。俯泣則近婦人。推而廣之作雅聲。謂之麥秀歌。歌曰。

麥秀蔪兮。黍禾蠅蠅。彼狡童兮。不我好仇。鄭注云。狡童謂紂。王氏謨云。文選注引此云。麥秀蔪兮。黍禾蠅蠅。彼狡僮兮。不我好兮。樂記疏又引書傳作箕子歌云。禾黍之油油。又云。案史記宋世家。箕子諫紂不聽。乃被髮佯狂爲奴。隱而鼓琴以自悲。故傳之曰箕子操。其後朝周。過故殷虛。感宮室毀壞、生禾黍。箕子傷之。乃作麥秀之詩以歌咏之。其詩曰。麥秀漸漸兮。禾黍油油。彼狡童兮。不與我好兮。

案尚書大傳以雅雨堂所刻爲善本。王氏謨輯本、援據各書所引、亦足以考正文字。今兼取之。

陸璣引俚語釋荷

毛詩草木蟲魚疏。卷上。荷、芙蕖。其實蓮。蓮、青皮裏白。子爲的。的中有青。長三分如鉤。爲薏。味甚苦。故俚語云云云是也。抱朴子仙藥篇。又菊花與薏花相似。直以甘苦別之耳。菊甘而薏苦。諺言所謂云云者也。

苦如薏。

又引里語釋檀

毛詩草木蟲魚疏。卷上。檀木、皮正青滑澤。與繫迷相似。又似駁馬。駁馬、梓楡。其樹皮青白駁犖。遙視似馬。故謂之駁馬。故里語曰。

斫檀不諦、得繫迷。繫迷尙可、得駁馬。丁氏晏云。廣博物志引。繫迷、駁馬。皆木也。御覽引作檕彌。爾雅引作爽迷。按水經瓠子水篇注。檕作繫。類篇。檕、木名。

又引齊人諺釋繫迷

毛詩草木蟲魚疏。卷上。繫迷、一名挈榼。故齊人諺曰。

上山斫檀。挈榼先殫。丁氏晏云。爾雅。魄、楧櫙。郭注引齊諺。楧櫙先殫。釋文。楧、兮計切。櫙、許兮切。

又引上黨婦人語釋栝

毛詩草木蟲魚疏。卷上。栝、其形似荆。而赤莖似蓍。上黨人織以爲斗筥箱器。又揉以爲釵。故上黨人調問婦人欲買赭不。曰 云云。問買釵不。曰 云云。

竈下自有黃土。　山中自有栝。

又引俗語釋棠

毛詩草木蟲魚疏。卷上。甘棠、今棠梨。一名杜棠。赤棠也。與白棠同耳。但子有赤白美惡。子白色爲白棠。甘棠也。少酢滑美。赤棠子澀無味。俗語云 云云 是也。

澀如杜。方言。杜、澀也。郭注云。今俗語通言澀如杜。杜梨子澀。因名之。

又引林慮山下人語釋麃鴰

毛詩草木蟲魚疏。卷下。麃、微小於翟也。走而且鳴曰麃麃、其尾長。肉甚美。丁氏晏云。嚴粲詩緝引。其色如雌雉。尾如雉尾而長。其頭上有肉冠。冠上蘩毛。長數寸。如雄雉尾角也。故林慮山下人語曰云云。麃者、似鹿而小。

四足之美有麃。兩足之美有鷸。

又引里語釋黃鳥

毛詩草木蟲魚疏。卷下。黃鳥、黃鸝鶹也。或謂之黃栗留。當葚熟時。來在桑間。故里語曰云云。亦是應節趨時之鳥。禽經注。今之黃鳥。黃鸝是也。野民曰黃栗留。聲轉耳。

黃栗留。看我麥黃葚熟。

又引俗語釋桃蟲

毛詩草木蟲魚疏。卷下。桃蟲、今鷦鷯是也。微小於黃雀。其雛化而為雕。故俗語。

鷦鷯生鵰。丁氏晏云。詩小毖疏正義曰。言始小終大者。始為桃蟲。長大而為鷦鳥。鷦鷯小鳥而生鵰鶚者也。爾雅釋鳥疏。同御覽引。或曰。布穀生子。鷦鷯養之。

又引遼東鄉語釋魴

毛詩草木蟲魚疏。卷下。遼東梁水魴、特肥而厚。尤美於中國魴。故其鄉語。

居就糧。梁水魴。

又引里語釋鱮

毛詩草木蟲魚疏。卷下。鱮似魴厚而頭大。魚之不美者。故里語異魚圖贊引作諺。曰。

網魚得鱮。不如啗茹。丁氏晏云。御覽。網作罟。按初學記引沈重毛詩義疏。網亦作罟。啗作噉。酉陽雜俎卷十六。網作罟。噉作食。續博物志卷二。噉作啖。

又引里語釋蟋蟀

毛詩草木蟲魚疏。卷下。蟋蟀似蝗而小。正黑。有光澤如漆。有角翅。幽州人謂之趣織。督促之言也。

里語曰 云云 是也。

趨織鳴。嬾婦驚。御覽卷九百九十九。趨作趣。

孔子述河上人歌

韓詩內傳。鶬鴰貽生。孔子渡江。見而異之。據大戴禮易本命、盧辯注引。衆莫能名。孔子嘗聞河上人歌曰 云云。鶬鴰也。據廣韻十三末鴰字注引。繹史孔子類記四引衡波傳云。有鳥九尾。孔子與子夏見之。人以問。孔子曰。鶬也。子夏曰。何以知之。孔子曰。河上之歌云云。

鶬兮鴰兮。衡波傳作鶬兮鶬兮。**逆毛衰兮。一身九尾長兮。**

按韓詩內傳據丁氏晏輯本採錄。

又按韓詩及衡波傳。皆言九尾。不言九頭。北戶錄卷上。引白澤圖云。鬼車、昔孔子子夏所見。故歌之。其圖九首。當是記錄之訛。陳藏器本草拾遺。以鬼車鳥爲九頭鳥。謂白澤圖蒼鸆有九首。及孔子與子夏見奇鶬九首。皆此物也。亦沿訛之說。爾雅釋鳥。鶬、麋鴰。郭注云。今呼鶬鴰。邵氏晉涵正義云。案酉陽雜俎引裴瑜爾雅注云。是九頭鳥。案九頭鳥卽廣韻引韓詩謂孔子渡江所見者。乃奇鶬。非麋鴰也。今以廣韻等書核之。邵氏謂鶬鴰。非九頭鳥。其說韙矣。然孔子渡江所見。實九尾鳥。非九頭鳥。乃異鳥而非妖鳥。邵氏解爾雅則是。而釋韓詩則非矣。

夏桀羣臣歌二則

韓詩外傳。卷二。昔者桀爲酒池糟隄。縱靡靡之樂。而牛飲者三千。羣臣皆相持而歌 云云。又曰 云云。伊尹知大命之將至。舉觴造桀曰。君王不聽臣言。大命至矣。亡無日矣。桀拍然而抃。嗑然而笑。曰。子又妖言矣。吾有天下。猶天之有日也。日有亡乎。日亡、吾亦亡也。於是尹接履而趨。遂適於湯。湯以爲相。

江水沛兮。舟楫敗兮。我王廢兮。趣歸於亳。亳亦大矣。新序刺奢篇。沛下仍有沛字。於亳作薄兮。下亳字亦作薄。矣作兮。樂兮樂兮。四牡驕兮。新序刺奢篇。驕作蹻。六轡沃兮。去不善而從善。何不樂兮。按原本作去不善兮善何不樂兮。必有衍脫。今據新序改。

按此與尚書大傳詳略互異。今並存之。

韓嬰引鄙語二則釋詩

韓詩外傳。卷五。昔者、禹以夏王。桀以夏亡。湯以殷王。紂以殷亡。故無常安之樂。宜治之民。得賢則昌。不肖則亡。自古及今。未有不然者也。夫明鏡者。所以照形也。往古者。所以知今也。鄙語說苑奉使篇引作周書。連語篇引作周諺。漢書賈誼傳引作鄙諺。曰 云云。或漢書作又。曰 云云。是以後車覆也。故夏之所以亡者。而殷爲之。殷之所以亡者。而周爲之。故殷可以鑒於夏。而周可以鑒於殷。詩曰。殷鑒不遠。在夏后之世。

不知爲吏。視已成事。漢書。知作習。大戴禮記作如視已事。新書保傅篇作而視已事。通俗編卷末引此條。釋云。今變之曰。不會做官看前樣。

前車覆而後車不誡。漢書作前車覆、後車誡。新書保傅篇作前車覆而後車誡。

孔子歌

詩緯。含神霧。昔孔子歌云 云云。政尚靜而惡譁也。

違山十里。蟪蛄之聲。猶尙在耳。白帖卷四。尙在作在於。

按說苑政理篇引孔子謂弟子曰云云。不云作歌。故置彼錄此。

擿雒謠

詩緯。汎歷樞。擿雒謠曰。

剡者配姬以放賢。山崩水潰納小人。家伯罔主異哉震。孫氏㲄云。剡、豔妻也。孔穎達曰。剡、豔古今字耳。尙書中候雜篇摘洛戒。震作賓。

案詩緯據孫氏㲄輯本採錄。

曳杖歌

禮記檀弓上。孔子蚤作。負手曳杖消搖於門。歌曰云云。旣歌而入。當戶而坐。子貢聞之曰。泰山其頹。則吾將安仰。梁木其壞。哲人其萎。則吾將安放。夫子殆將病也。遂趨而入。鄭注云。泰山衆山所仰。梁木衆木所放。哲人亦衆人所仰放也。以上二句喻之萎病也。詩云。無木不萎。王氏引之云。此哲人其萎四字。後人據家語增入。非禮記原文。觀鄭注哲人其萎。兼有無所仰之意。非但無所放也。孔仲達云。子貢意在悤遽。不暇別言。此曲說也。困學紀聞載廬陵劉美中家古本禮記。梁木其壞下有則吾將安仗五字。與家語同。齊氏息園曰。古本無此五字。故孔疏云。不暇別言。劉氏本必好事者爲之。引之案齊說是也。

泰山其頹乎。梁木其壞乎。哲人其萎乎。史記孔子世家作泰山壞乎。哲人萎乎。

登木歌

禮記檀弓下。孔子之故人曰原壤。其母死。夫子助之沐椁。原壤登木曰。久矣。予之不託於音也。歌曰云云。夫子爲弗聞也者而過之。從者曰。子未可以已乎。夫子曰。丘聞之。親者毋失其爲親也。故者毋失其爲故也。鄭注云。沐、治也。木椁、材也。正義云。原壤是夫子故舊。爲日已久。或平生舊交。或親屬恩好。苟無大惡。不可輒離。

貍首之斑然。執女手之卷然。魏書李業興傳以久矣不託音五字入歌。卷作拳。

成人歌

禮記檀弓下。成人有其兄死而不爲衰者。白帖卷六十三。成作郕。聞子皐將爲成宰。遂爲衰。成人曰。

蠶則績而蟹有匡。范則冠而蟬有緌。兄則死而子皐爲之衰。鄭注云。蚩兄死者。言其衰之不爲兄死。如蟹有匡。蟬有緌。不爲蠶之績。范之冠也。范、蜂也。蟬、蜩也。緌謂蜩喙長、在腹下。　正義云。蠶則須匡以貯繭。蟹背有匡。匡自著蟹。非爲蠶設。蜂冠無緌。而蟬口有緌。緌自著蟬。非爲蜂設。譬如成人兄死。初不作衰。後畏子皐。方爲制服。服是子皐爲之。非爲兄施。亦如蟹匡蟬緌。各不關於蠶蜂也。　王氏引之云。爲、猶使也。言蠶則績。而蟹爲之匡以貯繭。范則冠。而蟬爲之緌以飾冠。兄則死。而子皐使之衰以盡禮。皆由他物他人助而成之。非其所自爲也。

子思引南人言

禮記緇衣。子曰。南人有言曰云云。古之遺言與。龜筮猶不能知也。而況於人乎。詩云。我龜既厭。不我告猶。鄭注云。猶、道也。言褻而用之。龜厭之。不告以吉凶之道也。　錢氏大昕云。愚嘗讀舊唐書載沈約之言云。中庸、表記、坊記、緇衣。皆取子思子。按文選注引子思子曰。民以君爲心。君以民爲體。又引子思子詩云。昔吾有先正。其言明且淸。今其文皆載緇衣篇。則休文之說信矣。坊記一篇引春秋者三。引論語者一。春秋孔子所作。不應孔子自引。而論語乃孔子沒後諸弟子所記錄。更非孔子所及見。然則篇中云子言之、子曰者。卽子思子之言。而其詞醇且簡。與論語相表裏。

人而無恆。不可以爲卜筮。鄭注云。恆、常也。不可爲卜筮。言卦兆不能見其情、定其吉凶也。

記者引諺

禮記大學。故好而知其惡。惡而知其美者。天下鮮矣。故諺有之曰云云。此謂身不修。不可以齊其家。

人莫知其子之惡。莫知其苗之碩。鄭注云。人莫知子之惡。猶愛而不察。碩、大也。　朱氏士彥云。案惡、醜也。呂覽。魯有惡者。其父出而見商咄。反而告其鄰曰。商咄不若吾子矣。且其子至惡、商咄至美也。彼以至美不如至惡。尤乎愛也。高誘注。惡、醜。

鄭康成引俗語

禮記曲禮上。名子者。不以國。不以日月。不以隱疾。鄭注。隱疾。衣中之疾也。謂若黑臀、黑肱矣。

正義曰。不以隱疾者。謂不以體上幽隱之處疾病爲名。案宣二年。晉使趙穿迎公子黑臀於周而立之。周語、單子云。吾聞晉成公之生。夢神規其臀以黑。使有晉國。此天所命也。有由而得爲名。昭元年、楚公子黑肱。昭三十一年、邾黑肱。得爲名或亦有由。或亂世而不能如禮。疾在外者。雖不得言。尙可指擿。此則無時可辟。俗語云。

隱疾、難爲醫。

古謠諺卷二

秀水杜文瀾輯

鄭莊公賦

春秋左氏隱元年傳。公入而賦。

大隧之中。其樂也融融。

鄭武姜賦

又云。姜出而賦云云。遂爲母子如初。

大隧之外。其樂也洩洩。

杜注云。賦、賦詩也。

正義云。賦詩。謂自作詩也。中融、外洩。各自爲韻。蓋所賦之詩有此辭。傳略而言之也。馮氏李驊云。中融、外洩叶。即所賦之詩。

羽父引周諺

春秋左氏隱十一年傳。滕侯、薛侯來朝。爭長。公使羽父請於薛侯曰。君與滕君。辱在寡人。周諺有之曰云云。寡人若朝于薛。不敢與諸任齒。君若辱貺寡人。則願以滕君爲請。薛侯許之。乃長滕侯。

山有木、工則度之。賓有禮、主則擇之。杜注云。擇所宜而行之。

虞叔引周諺

春秋左氏桓七年傳。初、虞叔有玉。杜注云。虞叔、虞公之弟。虞公求旃。弗獻。既而悔之曰。周諺有之云云。吾焉用此。其以賈害也。乃獻之。

匹夫無罪。懷璧其罪。杜注云。人利其璧。以璧爲罪。

士蔿引諺

春秋左氏閔元年傳。晉侯還。爲太子城曲沃。士蔿曰。太子不得立矣。分之都城。而位以卿。先爲之極。又焉得立。不如逃之。無使罪至。爲吳大伯。不亦可乎。猶有令名。與其及也。杜注云。言雖去猶有令名。勝於留而及禍。且諺曰云云。天若祚太子。其無晉乎。

心苟無瑕。何恤乎無家。

士蔿賦

春秋左氏僖五年傳。初、晉侯使士蔿爲二公子築蒲與屈。不愼。寘薪焉。夷吾訴之。公使讓之。士蔿稽首而對曰。臣聞之。無喪而慼。憂必讎焉。無戎而城。讎必保焉。寇讎之保。又何愼焉。守官廢命、不敬。固讎之保、不忠。失忠與敬。何以事君。詩云。懷德惟寧。宗子惟城。君其修德。而固宗子。何城如之。三年將尋師焉。焉用愼。退而賦曰。杜注云、士蔿自作詩也。案、史記晉世家賦作歌。

狐裘尨茸。一國三公。吾誰適從。服注云。蒙茸、以言亂貌。三公、言君與二公子。將敵、故不知所從。

宮之奇引諺

春秋左氏僖五年傳。晉侯復假道於虞以伐虢。宮之奇諫曰。虢、虞之表也。虢亡、虞必從之。晉不可啓。寇不可翫。一之爲甚。其可再乎。諺所謂 云云 者。其虞虢之謂也。

輔車相依。脣亡齒寒。杜注云。輔、頰輔。車、牙車。

卜偃引童謠

春秋左氏僖五年傳。八月甲午。晉侯圍上陽。問於卜偃曰。吾其濟乎。對曰。克之。公曰。何時。對曰。童謠云 云云。其九月十月之交乎。丙子旦。日在尾。月在策。鶉火中。必是時也。冬十二月丙子朔。晉滅虢。

丙之辰。御覽卷五卷三百二十九。丙下有子字。龍尾伏辰。杜注云。龍尾、尾星也。日月之會曰辰。日在尾。故尾星伏不見。均服振振。杜注云。戎事上下同服。釋文均字書作袀。正義云。周禮司服職云。凡兵事。韋弁服。鄭玄云。韋弁以韎韋爲弁。又以爲衣裳。今時伍伯緹衣。古兵服之遺色。然則在兵之服皆韋弁。國語韋注云。均、同也。戎服君臣同。案周禮司几筵疏引賈服杜本。皆作袀。漢書律曆志、五行志所引。及古本國語。皆作袀。取虢之旂。鶉之賁賁。天策焞焞。火中成軍。虢公其奔。國語韋注云。鶉鶉、火鳥星也。尾上一星名曰天策。一名傅說。焞焞、近日月之貌也。火、鶉火也。中、晨中也。成軍、軍有成功也。

孔叔引諺

春秋左氏僖七年傳。齊人伐鄭。孔叔言於鄭伯曰。諺有之曰 云云。旣不能彊。又不能弱。所以斃也。

國危矣。請下齊以救國。

心則不競。何憚於病。杜注云。競、彊也。憚、難也。正義云。言心則不能彊盛。則當須屈服於人。何得難於屈弱之病而不下齊。

晉輿人誦

春秋左氏僖二十八年傳。楚師背酅而舍。杜注云。酅、丘陵險阻名。晉侯患之。聽輿人之誦曰。杜注云。恐衆畏險。故聽其歌誦。

原田每每。李善魏都賦注。每每作莓莓。楊氏愼秇林伐山卷十八、文選注引韓詩。周原腜腜。堇荼如飴。韻正相叶。左傳曰。原田每每。又與腜腜通。沈氏濂懷小篇卷六。說文。莓、草盛上出也。从屮、母聲。又通雅鄺氏曰。每即畝字。每每猶畝畝也。案史記異畝同穎注、母即畝。又作晦。則每爲畝可推矣。此別一說。舍其舊而新是謀。御覽卷四百四十二引舊注。廣平曰原。莓莓、美貌。詩曰。周原莓莓。堇荼如飴。舍其舊而謀新也。言仰楚舊惠爲利薄。謀楚之新機其利厚。衆欲之意也。

樂豫引諺

春秋左氏文七年傳。宋成公卒。昭公將去羣公子。樂豫曰。不可。公族、公室之枝葉也。若去之。則本根無所庇廕矣。葛藟猶能庇其本根。故君子以爲比。況國君乎。此諺所謂云云者也。

庇焉而縱尋斧焉。杜注云。縱、放也。升菴經說卷七。庇焉而縱尋斧焉。一本焉下有斯之二字。唐人文集引此云。蔭其樹者不折其枝。庇焉而縱尋斧焉以斯之。可乎。

宋城者謳

春秋左氏宣二年傳。鄭公子歸生受命于楚伐宋。宋華元、樂呂御之。二月壬子。戰于大棘。宋師敗績。囚華元。宋人以兵車百乘。文馬百駟。以贖華元于鄭。半入。華元逃歸宋城。華元爲植巡功。杜注云、植將主也。城者謳曰。

睅其目。皤其腹。棄甲而復。杜注云。睅、出目。皤、大腹。棄甲、謂亡師。于思于思。白帖卷三十一。兩思字皆作顋字。棄甲復來。杜注云。于思、多鬢之貌。

華元驂乘答謳

又云。使其驂乘。謂之曰。

牛則有皮。犀兕尙多。棄甲則那。杜注云。那、猶何也。日知錄卷三十二。直言之曰那。長言之曰奈何。一也。

役人又謳

又云。役人曰 云云。華元曰。去之。夫其口衆我寡。

從其有皮。御覽卷一百九十二。從作縱。丹漆若何。

子文引諺

春秋左氏宣四年傳。初、楚司馬子良生子越椒。子文曰。必殺之。杜注云。子文、子良之兄。是子也。熊虎之狀。而豺狼之聲。弗殺。必滅若敖氏矣。諺曰 云云。是乃狼也。其可畜乎。

狼子野心。

伯宗引諺

春秋左氏宣十五年傳。宋人使樂嬰齊告急于晉。晉侯欲救之。伯宗曰。不可。古人有言曰。雖鞭之長。不及馬腹。天方授楚。未可與爭。雖晉之彊。能違天乎。諺曰 云云。天之道也。君其待之。乃止。

高下在心。川澤納汙。山藪藏疾。杜注云。山之有林藪。毒害者居之。瑾瑜匿瑕。杜注云。匿亦藏也。雖美玉之質。亦或居藏瑕穢。國君含垢。

羊舌職引諺

春秋左氏宣十六年傳。晉侯請于王。以黻冕命士會將中軍。且爲太傅。於是晉國之盜。逃奔于秦。羊舌職曰。吾聞之。禹稱善人。杜注云。稱、舉也。不善人遠。此之謂也。夫詩曰。戰戰兢兢。如臨深淵。如履薄冰。善人在上也。善人在上。則國無幸民。諺曰 云云。是無善人之謂也。

民之多幸。國之不幸也。

聲伯夢歌

春秋左氏成十七年傳。初、聲伯夢涉洹。或與己瓊瑰食之。杜注云。瓊、玉。瑰、珠也。食珠玉、含象。泣而爲瓊瑰。盈其懷。杜注云。泣下化爲珠玉盈其懷。從而歌之曰 云云。懼不敢占也。還自鄭。壬申。至于貍脤。而占之曰。余恐死。故不敢占也。今衆繁而從余三年矣。無傷也。言之。之暮而卒。

濟洹之水。贈我以瓊瑰。歸乎歸乎。瓊瑰盈吾懷乎。

魯國人誦

春秋左氏襄四年傳。冬十月。邾人莒人伐鄫。臧紇救鄫。侵邾。敗於狐駘。國人逆喪者皆髽。魯於是乎始髽。國人誦之曰。

臧之狐裘。敗我於狐駘。杜注云。臧紇時服狐裘。我君小子。朱儒是使。朱儒朱儒。使我敗於邾。杜注云。公幼弱。故曰小子。臧紇短小。故曰朱儒。

宋築者謳

春秋左氏襄十七年傳。宋皇國父爲太宰。爲平公築臺。妨於農功。杜注云。周十一月。今九月。收斂時。子罕請俟農功之畢。公弗許。築者謳白帖卷八十四引作歌。曰。

澤門之晳。實興我役。杜注云。澤門、宋東城南門也。皇國父白晳。而居近澤門。汪氏中經義知新記、大雅正義引左傳襄十七年傳。皐門之晳。今本作澤門。左氏音義云。本或作皐門者誤。陸說是也。蓋皐門爲宮門。非常人所居之地。杜注。澤門、宋城南門也。然則皇國父所居澤門。非皐門明矣。或古本左傳正作睪。作皐門者。形近而譌。邑中之黔。實慰我心。杜注云。子罕黑色而居邑中。

鄭輿人誦

春秋左氏襄三十年傳。子產從政一年。輿人誦之曰。

取我衣冠而褚之。杜注云。褚、畜也。奢侈者畏法。故畜藏。取我田疇而伍之。孰殺子產。吾其與之。呂氏春秋樂成篇作我有田疇、而子產貯之。我有衣冠、而子產貯之。孰殺子產。吾其與之。魏書李彪傳無二而字。上貯字作伍。餘與呂氏春秋同。

鄭輿人又誦

又云。及三年。又誦之曰。

我有子弟。子產誨之。我有田疇。子產殖之。子產而死。誰其嗣之。呂氏春秋樂成篇作我有田疇、而子產殖之。我有子弟、而子產誨之。子產若死。其誰使嗣之。魏書李彪傳無二而字。其誰使嗣之作誰其繼之。餘與呂氏春秋同。舊唐書盧懷慎傳、誨作敎。御覽卷八百二十一引左傳。殖作闢。

劉定公引諺

春秋左氏昭元年傳。天王使劉定公勞趙孟於潁。館於雒汭。劉子曰。美哉禹功。明德遠矣。微禹、吾其魚乎。吾與子弁冕端委。以治民臨諸侯。禹之力也。子盍亦遠績禹功而大庇民乎。對曰。老夫罪戾是懼。焉能恤遠。吾儕偷食。朝不謀夕。何其長也。劉子歸以語王曰。諺所謂云云者。其趙孟之謂乎。爲晉正卿。以主諸侯。而儕於隸人。朝不謀夕。棄神人矣。神怒民叛。何以能久。趙孟不復年矣。神怒不歆其祀。民叛不卽其事。祀事不從。又何以年。

老將至而耄及之。杜注云。八十曰耄。耄、亂也。

晏子引諺

春秋左氏昭三年傳。初、景公欲更晏子之宅。曰。子之宅近市。湫隘囂塵。不可以居。請更諸爽塏者。辭曰。君之先臣容焉。臣不足以嗣之。於臣侈矣。且小人近市。朝夕得所求。小人之利也。敢煩里旅。及晏子如晉。公更其宅。反則成矣。旣拜。乃毁之。而爲里室。皆如其舊。則使宅人反之。杜注云。本壞里室以大晏子之宅。故復之。且諺曰 云云。二三子先卜鄰矣。違卜不祥。君子不犯非禮。小人不犯不祥。古之制也。吾敢違諸乎。卒復其舊宅。

非宅是卜。唯鄰是卜。晏子春秋內篇。唯作維。御覽卷一百五十七、一百八十。唯作惟。

子產引諺

春秋左氏昭七年傳。鄭人相驚以伯有。曰。伯有至矣。則皆走。不知所往。杜注云。襄三十年。鄭人殺伯有。言其鬼至。鑄刑書之歲二月。杜注云。在前年。或夢伯有介而行。曰。壬子。余將殺帶也。杜注云。駟帶助子晳殺伯有。壬子。六年三月三日。明年。壬寅。余又將殺段也。杜注云。公孫段。豐氏黨。壬寅。此年正月二十八日。及壬子。駟帶卒。國人益懼。齊燕平之月。杜注云。正月。壬寅。公孫段卒。國人愈懼。其明月。子產立公孫洩及良止以撫之。乃止。杜注云。公孫洩。子孔之子也。襄十九年。鄭殺子孔。良止、伯有子也。立以爲大夫。使有宗廟。及子產適晉。趙景子問焉。杜注云。景子、晉中軍佐趙成。曰。伯有猶能爲鬼乎。子產曰。匹夫匹婦强死。猶能馮依於人。以爲淫厲。況良霄、我先君穆公之冑。子良之孫。子耳之子。敝邑之卿。從政三世矣。鄭雖無腆。抑諺曰 云云。其用物也宏矣。其取精也多矣。其族又大。所馮厚矣。而强死。能爲鬼。不亦宜乎。

蕞爾國。杜注云。蕞、小貌。論衡死僞篇。爾下有小字。而三世執其政柄。

晉侯投壺詞

春秋左氏昭十二年傳。晉侯以齊侯晏中行穆子相。杜注云。穆子荀吳。投壺。晉侯先。穆子曰 云云。中之。

有酒如淮。有肉如坻。杜注云。淮、水名。坻、山名。劉炫以爲淮坻非韻。淮當作濰。又以坻爲水中之地。以規杜注。寡君中此。爲諸侯師。

齊侯投壺詞

又云。齊侯舉矢曰云云。亦中之。

有酒如澠。有肉如陵。杜注云。澠水出齊國臨淄縣北。入時水。陵、大阜也。寡人中此。與君代興。

南蒯鄉人言

春秋左氏昭十二年傳。南蒯之將叛也。其鄉人或知之。過之而歎。杜注云。鄉人過蒯而歎。且言曰。

恤恤乎。湫乎攸乎。杜注云。恤恤、憂患。湫、愁隘。攸、懸危之貌。深思而淺謀。邇身而遠志。家臣而君圖。杜注云。家臣而圖人君之事。故言思深而謀淺。身近而志遠。有人矣哉。杜注云。言今有此人。微以感之。

南蒯鄉人歌

又云。將適費。飲鄉人酒。鄉人或歌之曰。

我有圃、生之杞乎。杜注云。言南蒯在費欲爲亂。如杞生於園圃。非宜也。杞、世所謂枸杞也。從我者子乎。杜注云。子、男子之通稱。言從己。可不失今之尊。去我者鄙乎。倍其鄰者恥乎。杜注云。鄰、猶親也。已乎已乎。非吾黨之士乎。服注云。已乎已乎。決絶之辭。

子服惠伯引諺

春秋左氏昭十三年傳。季孫猶在晉。子服惠伯私於中行穆子曰。魯事晉。何以不如夷之小國。魯、兄弟也。土地猶大。所命能具。若爲夷棄之。使事齊楚。其何瘳於晉。杜注云。瘳、差也。親親與大。賞共罰否。所以爲盟主也。子其圖之。諺曰云云。吾豈無大國。

臣一主二。杜注云。言一臣必有二主。道不合。得去事他國。

子產引諺

春秋左氏昭十九年傳。是歲也。鄭駟偃卒。子游娶於晉大夫。生絲、弱。其父兄立子瑕。杜注云。子瑕、子游叔父駟乞。子產憎其爲人也。且以爲不順。弗許。亦弗止。駟氏聳。他日。絲以告其舅。冬。晉人使以幣如鄭。問駟乞之立故。駟氏懼。駟乞欲逃。子產弗遣。請龜以卜。亦弗予。大夫謀對。子產不待而對客曰。鄭國不天。寡君之二三臣。札瘥夭昏。賈注云。大死曰札。小疫曰瘥。短折曰夭。未名曰昏。今又喪我先大夫偃。其子幼弱。其一二父兄懼隊宗主。私族於謀。而立長親。寡君與其二三老曰。抑天實剝亂是。吾何知焉。諺曰云云。民有兵亂。猶憚過之。而況敢知天之所亂。今大夫將問其故。抑寡君實不敢知。其誰實知之。

無過亂門。

子瑕引諺

春秋左氏昭十九年傳。令尹子瑕言蹶由於楚子。杜注云。蹶由、吳王弟。五年。靈王執以歸。曰。彼何罪。諺所謂云云者。楚之謂矣。杜注云。言靈王怒吳子而執其弟。猶人忿於室家、而作色於市人。舍前之忿可也。乃歸蹶由。

室於怒、市於色。御覽卷一百七十四作怒於室而色於市。

鸜鵒謠

春秋左氏昭二十五年傳。有鸜鴿來巢。書所無也。師己曰。異哉。吾聞文武之世。石經、宋本、武皆作成。賈注云。師己、魯大夫也。文成、魯文公、成公。陳氏樹華云。史記、漢書、論衡異虛篇、李善幽通賦注引。並作文成。按史通亦作文成。謂文公、成公也。按孟康漢書敍傳注云。魯文成之世童謠。與賈注相合。蓋文公乃成公之祖。時代相近。成公乃昭公之祖。時代亦相近。武公在孝公、惠公之前。下距文公已隔七君。不應與文公並舉。尤不應列於文公之後。若夫周元公雖亦諡文。然下距武公甚遠。下距昭公更遠。至於周之文王、武王。則益覺其遠矣。反覆推之。武字斷不可通。必成字傳寫之誤也。童謠有之曰云云。童謠有是。今鸜鵒來巢。其將及乎。

鸜之鵒之。公出辱之。杜注云。言鸜鵒來則公出辱也。鸜鵒之羽。公在外野。史記魯世家。來巢作入處。此二句在公在乾侯之下。往饋之馬。鸜鵒跦跦。公在乾侯。杜注云。跦跦、跳行貌。史記跦跦作來巢。白帖卷九十五、御覽卷九百三十三。跦跦作株株。徵褰與襦。杜注云。襦、袴也。鸜鵒之巢。遠哉遙遙。漢書五行志。遙遙作搖搖。顏注云。搖搖、不安之貌。稠父喪勞。宋父以驕。杜注云。稠父、昭公、死外。故喪勞。宋父、定公、代立。故以驕。漢書顏注云。父讀曰甫。甫者、男子之通號。故云稠甫、宋甫也。鸜鵒鸜鵒。往歌來哭。杜注云。昭公生出、歌。死還、哭。

公子光引上國言

春秋左氏昭二十七年傳。吳公子光告鱄設諸曰。上國有言曰云云。我王嗣也。吾欲求之。杜注云。光、吳王諸樊子也。故曰我王嗣。

不索、何獲。

按索獲二字爲韻。此四字一句中有兩韻之例也。

魏子引諺

春秋左氏昭二十八年傳。冬。梗陽人有獄。魏戊不能斷。以獄上。杜注云。上魏子。其大宗賂以女樂。杜注云。訟者之大宗。魏子將受之。魏戊謂閻沒、女寬曰。杜注云。二人魏子之屬大夫。主以不賄聞於諸侯。若受梗陽人。賄莫甚焉。吾子必諫。皆許諾。退朝。待於庭。饋入。召之。比(至)〔置〕。三歎。既食。使坐。魏子曰。吾聞諸伯叔。諺曰云云。吾子置食之間三歎。何也。

唯食忘憂。

宋野人歌

春秋左氏定公十四年傳。衛侯爲夫人南子召宋朝。杜注云。南子、宋女也。朝、宋公子。舊通于南子。在宋呼之。會于洮。太子蒯聵獻盂于齊。過宋野。杜注云。蒯聵、衛靈公太子。盂、邑名也。就會獻之。故自衛行而過宋野。野人歌之曰。

既定爾婁豬。盍歸吾艾豭。杜注云。婁豬、求子豬。以喻南子。艾豭、喻宋朝。艾、老也。

戲陽速引諺

又云。太子羞之。謂戲陽速曰。從我而朝少君。杜注云。速、太子家臣。正義云。少君猶小君也。君爲大君。夫人爲小君。少君見我。我顧。乃殺之。速曰。諾。乃朝夫人。夫人見太子。太子三顧。速不進。夫人見其色。啼而走。曰。蒯聵將殺余。公執其手以登臺。太子奔宋。盡逐其黨。故公孟彄出奔鄭。自鄭奔齊。太子告人曰。戲陽速禍余。戲陽速告人曰。太子則禍余。太子無道。使余殺其母。余不許。將戕於余。若殺夫人。將以余說。余是故許而弗爲。以紓余死。諺曰云云。吾以信義也。

民保於信。

萊人歌

春秋左氏哀五年傳。齊燕姬生子。不成而死。杜注云。燕姬、景公夫人。不成、未冠也。諸子。鬻姒之子荼嬖。杜注云。諸子、庶公子也。鬻姒、景公妾。荼、安孺子。公疾。使國惠子、高昭子立荼。杜注云。惠子、國夏。昭子、高張。寘羣公子於萊。杜注云。萊、齊東鄙邑。秋。齊景公卒。冬十月。公子嘉、公子駒、公子黔奔衛。公子鉏、公子陽生來奔。萊人歌之曰。

景公死乎不與埋。三軍之事乎不與謀。師乎師乎。何黨之乎。史記齊世家。不作弗。何作胡。無之字。服注云。萊人見五公子遠遷鄙邑。不得與景公葬埋之事及國三軍之謀。故愍而歌。師、衆也。黨、所也。言公子徒衆何所適也。杜注云。稱謚。蓋葬後而爲此歌。

申叔儀歌

春秋左氏哀十三年傳。公會單平公、晉定公、吳夫差于黃池。吳申叔儀乞糧於公孫有山氏。杜注云。申叔儀、吳大夫。公孫有山、魯大夫。舊相識。曰。

佩玉繠兮。余無所繫之。杜注云。繠然服飾備也。己獨無以繫佩。言吳王不恤下。旨酒一盛兮。余與褐之父睨之。杜注云。一盛、一器也。睨、視也。褐、寒賤之人。言但得視不得飲。

衞侯夢渾良夫譟

春秋左氏哀十七年傳。衞侯夢于北宮。見人登昆吾之觀。杜注云。衞有觀、在古昆吾之虛。今濮陽城中。被髮北面而譟曰。

登此昆吾之虛。緜緜生之瓜。杜注云。緜緜、瓜初生也。良夫。言己有以小成大之功。若瓜之〔初〕生。謂使衞侯得國。余爲渾良夫。叫天無辜。杜注云。本盟當免三死。而并數一時之事。爲三罪殺之。故自謂無辜。

齊人歌

春秋左氏哀二十一年傳。公及齊侯、邾子盟于顧。齊人責稽首。杜注云。責十七年齊侯爲公稽首、不見答。顧、齊地。因歌之曰。

魯人之皋。數年不覺。使我高蹈。杜注云。皋、緩也。高蹈、猶遠行也。言魯人皋緩。數年不知答齊稽首。故使我高蹈。來爲此會。唯其儒書。以爲二國憂。杜注云。二國、齊、邾也。言魯據周禮。不肯答稽首。令齊邾遠至。

時人爲龍門之戰謠

春秋緯。考異郵。據白帖卷四十八。龍門下。血如江。時人謠曰。

五侯之鬪血成江。

按孫氏瑴春秋緯輯本。作龍門之下血如江。引宋均注云。龍門戰在魯桓十三年。而不言謠。然白帖所引。當別有據。存之俟考。

孔子引南人言

論語子路篇。南人有言曰云云。善夫。不恆其德。或承之羞。子曰。不占而已矣。鄭注云。易所以占吉凶。無恆之人。易所不占。

人而無恆。不可以作巫醫。鄭注云。言巫醫不能治無恆之人。　錢氏大昕云。鄭注皆依緇衣爲說。以經解經。信而有徵。衞瓘云。無恆之人。不可以爲巫醫。巫醫則疑誤人也。此朱注所本。然於下文不占之義。終難通矣。

楚狂接輿歌

論語微子篇。楚狂接輿歌而過孔子曰云云。孔子下。欲與之言。趨而避之。不得與之言。正義云。接輿、楚人。姓陸名通。字接輿也。　四書釋地云。論語止言楚狂。其名氏原不傳。然前云楚狂接輿。後云孔子下。不特兩相照應。抑且記事書法之妙。正見接輿而歌。所以欲下。其不復用車字者。以有輿字在前也。自莊子稱爲楚狂接輿。演其歌辭至二十八句。注家從之。竟以爲名。非也。　校勘記。高麗本孔子下有之門二字。頗與古合。蓋接輿乃楚狂之名。過孔子者。過孔子之門也。莊子人間世言。孔子適楚。楚狂接輿遊其門。正指此事。故鄭君注孔子下、云下堂出門。最爲明確。包咸以下爲下車。甚誤。

鳳兮鳳兮。何德之衰。往者不可諫。來者猶可追。已而已而。今之從政者殆而。史記孔子世家。諫下有兮字。追下有也字。釋文、魯讀期斯已矣。今之從政者殆。今從古。

案莊子亦載此歌。而詳略迥異。今並存之。

五老游河歌

論語緯。比考讖。仲尼曰。吾聞帝堯率舜等游首山。觀河渚。有五老游河渚。一老曰云云。二老曰云云。三老曰云云。四老曰云云。五老曰云云。有頃。赤龍銜玉苞舒圖刻版。歌訖。按歌訖二字原本無。今據水經注卷五河水篇項氏絪注所引增。五老乃爲流星。上入昴。龍沒圖在。堯喟然曰。咨汝舜。天之歷數在汝躬。乃以禪舜。

河圖將來告帝期。河圖將來告帝謀。河圖將來告帝書。河圖將來告帝圖。河圖將來告帝符。

殷末玉馬謠

論語緯。比考讖。殷末謠。原本無此三字。今據楊氏愼風雅逸篇卷五補。

殷惑妲己玉馬走。宋均注云。女妲己有美色也。玉馬、喻賢臣奔去也。任昉箋云。玉馬駿奔。喪微子之兆也。風雅逸篇。殷作帝。

時人爲孔氏兄弟語

論語緯。比考讖。孔長彥、孔季彥兄弟。聚徒數百。故時人爲之語曰。

魯國孔氏好讀經。兄弟講誦皆可聽。學士來者有聲名。不過孔氏那得成。御覽卷三百八十五引孔叢子無國字。廣博物志卷二十引魯國先賢傳、那得作名不。

案續博物志卷四載此條。引陶淵明云。事見論語摘輔象。然上文言燧人四佐。伏羲六佐。黃帝七輔。而繼以陶淵明云。今考聖賢羣輔錄與此正同。蓋李石本以事見摘輔象。屬上刊本。誤屬此條之首。孫氏亦沿其誤耳。但所引不言摘輔象。而言比考讖。恐別有據。今姑存之。

泣麟歌

論語緯。摘衰聖。叔孫氏之車子曰鉏商。樵於野。而獲麟焉。衆莫之識。以爲不祥。棄之五父之衢。冉有告孔子曰。有麕。肉角。豈天下之妖乎。夫子曰。今何在。吾將觀焉。遂往。謂其御高柴曰。若求之言。其必麟乎。到視之。曰。今宗周將滅。無主。孰爲來哉。茲日出而死。夫子曰。吾道窮矣。乃作歌曰。顧氏修琴操本、據藝文類聚卷十引逸文。魯哀公十四年。西郭薪者獲麟。擊之。傷其左足。將以示孔子。孔子道與相逢。見。俛而泣。抱麟曰。爾孰爲來哉。孰爲來哉。反袂拭面。乃歌曰云云。

唐虞之世麟鳳游。今非其時來何由。麟兮麟兮我心憂。琴操。之世作世兮。由作求。

案、論語緯據孫氏斅輯本採錄。

晏子引夏諺

孟子梁惠王篇下。晏子對曰。善哉問也。天子適諸侯曰巡狩。巡狩者。巡所狩也。諸侯朝於天子曰述職。述職者。述所職也。無非事者。春省耕而補不足。秋省斂而助不給。夏諺曰。趙注云。晏子道夏禹之世民之諺語也。

焦氏循正義云。說文言部云。諺、傳言也。廣雅釋詁云。諺、傳也。然則夏諺。謂夏世相傳之語。國語。諺有之。韋昭注云。諺、俗之善謠也。俗所傳聞故云。民之諺語。而其辭如歌詩。則謠之類也。

吾王不遊。吾何以休。吾王不豫。吾何以助。一遊一豫。爲諸侯度。晏子春秋內篇。兩王字皆作君。兩吾何皆作我曷。服虔左傳注。豫作譽。

釋名。春行曰游。秋行曰豫。

孟子引齊人言

孟子公孫丑篇。齊人有言曰云云。今時則易然也。

雖有智慧。不如乘勢。雖有鎡基。不如待時。趙注云。乘勢、居富貴之時。鎡基、田器、耒耜之屬。待時、三農時也。御覽卷四百九十六基作錤、卷八百三十三鎡作茲。全唐文卷二百七十九裴濯諫春旱造寺觀疏。待作逢。錢氏大昕云。周禮薙氏注。以茲其斫其生者。疏云。漢時茲其。卽今之鋤也。禮記月令注。田器、鎡錤之屬。正義引孟子作鎡錤。茲其也。鎡錤也。鎡基也。文異而音義不異也。

孔子聽孺子歌

孟子離婁篇上。有孺子歌曰云云。孔子曰。小子聽之。淸斯濯纓。濁斯濯足矣。自取之也。趙注云。孺子、童子也。小子、孔子弟子也。淸濁所用。尊卑若此。自取之。喻人善惡見尊卑。乃如此。

滄浪之水淸兮。可以濯我纓。滄浪之水濁兮。可以濯我足。楚辭漁父之歌、無兩兮字。閻氏釋地云。滄浪、蓋地名也。漢水流經此地。遂得名滄浪之水。盧氏文弨鍾山札記云。滄浪、青色。在竹曰蒼筤。在水曰滄浪。古詞東門行。上用倉浪天。天之色正青也。豔歌何嘗行。上慙滄浪之天。俱見晉、宋書樂志。又呂氏春秋審時篇。麥後時者。弱苗而蒼浪。亦言其青色。蒼倉滄三字並通用。非謂天之色如水。以滄浪相比況也。

趙岐引諺

孟子章指。卷上戴不勝章條下。言自非聖人。在所變化。故諺曰云云。言輔之者衆也。

白沙在涅。不染自黑。蓬生痲中。不扶自直。

案、大戴禮曾子制言篇云。故蓬生痲中。不扶自直。白沙在泥。與之皆黑。史記三王世家贊。泥下有中字。索隱引荀子文與大戴禮同。洪範正義引荀子。泥作涅。皆作俱。說苑說叢篇。痲作枲。論衡程材篇。中作間。沙作紗。泥作緇。又率性篇。染作練。然諸書皆不言諺。故置彼錄此。

蜀人汶山謠

河圖緯。括地象。汶山之地爲井絡。蜀謠按蜀謠二字原作一。今據廣博物志卷六及楊氏愼風雅逸篇改。曰云云。上爲天井星。

汶阜之山。江出其腹。帝以會昌。神以建福。

按括地象此條皆言某山上應某星。惟汶山之地爲井絡。下忽橫亙一曰二字。殊屬不辭。廣博物志僅標蜀謠二字。風雅逸篇則直引河圖緯蜀謠。一字顯係蜀謠二字之誤。今特據增。

孔子述洞庭童謠

河圖緯。絳象。太湖中洞庭山林屋洞天。卽禹藏眞文之所。一名包山。吳王闔閭登包山之上。命龍威丈人入包山。得書一卷。凡一百七十四字而還。吳王不識。使問仲尼。詭云赤烏銜書以授王。仲尼曰。昔吾游西海之上。聞童謠曰云云。丘按謠言。乃龍威丈人洞中得之。赤烏所銜。非丘所知也。吳王懼。乃復歸其書。越絕書。禹治洪水。至牧德之山。見神人焉。謂禹曰。我有靈寶五符。以役蛟龍水豹。因授禹而誡之曰。事畢。可祕之於靈山。禹成功後。乃藏之於洞庭包山之穴。至吳王闔閭之時。有龍威丈人得符獻之。先是江左童謠云云。

吳王出游觀震湖。龍威丈人名隱居。北上包山入靈墟。乃造洞庭竊禹書。天帝大文不可舒。此文長傳六百初。今强取出喪國廬。孫氏穀云。靈寶要略。名作山。造作入。今作若。繹史引靈寶要略。靈作雲。帝作地。六百作百六。餘與孫氏所校同。越絕書作禹治洪水得五符。藏之洞庭之包山。龍威丈人竊禹書。得吾圖者喪國廬。楊方吳越春秋作禹得金簡玉字書。藏在洞庭包山湖。

案河圖緯據孫氏穀輯本採錄。

古謠諺卷三

秀水杜文瀾輯

楊慎引俗諺釋三拖鞶帶

升菴經說。卷一易類。終朝三拖。鄭康成古本。褫作拖。晁以道云。拖、如拖紳之拖。蓋訟之上九。上剛之極。本以訟而得鞶帶。不勝其矜。而終朝三拖之以誇於人。俗諺曰云云是也。本義作奪。非是。象曰。以訟受服。而今以奪解之。可乎。

籠婢作管家。鑰匙不響手撥刺。

又引俗諺釋密雲不雨

升菴經說。卷一易類。易曰。密雲不雨。自我西郊。天地之氣。東北陽也。西南陰也。雲起東北。陽倡陰必和。故有雨。雲起西南。陰倡陽不和。故無雨。俗諺云云云。是其驗也。又驗之風雹亦然。或問東爲陽方。西爲陰方。是矣。南本陽而屬陰。北幽陰而屬陽。何也。曰。一陽生於子仲。天之氣所始也。卦又當坎北。非陽而何。一陰生於午仲。地之氣所始也。卦又當離南。非陰而何。

雲往東。一場空。雲往西。馬濺泥。雲往南。水潭潭。雲往北。好曬麥。農家諺。末往字作行。

案孔氏談苑亦引此諺。半同半異。今兩存之。

又引童子歌謠釋綠竹

升菴經說。卷四詩類。綠竹猗猗。綠竹韓詩作藩筑。石經同。藩、萹筑也。一云、菉、蓐草。郭云。似小梨。赤莖節高。好生道傍。今童子歌謠有云云是也。唐詩。名花釆菉蓐。爾雅。菉、王芻也。郭注云。菉、蓐也。今呼鴟脚莎。資暇錄卷上。詩衞風淇澳篇云。綠竹猗猗。按陸璣草木疏稱郭璞云。綠竹、王芻也。今呼爲白脚蘋。或云卽鹿蓐草。又云萹竹。似小藜。赤莖節。韓詩作藩。亦云。藩、萹筑。則明知非筭竹矣。今爲辭賦皆引猗猗入竹事。大誤也。

雞冠花。菉蓐草。

又引諺釋碩人之薖

升菴經說。卷四詩類。考槃二章曰。碩人之薖。居而安也。薖、說文、草也。孟子所謂草莽之臣。諺云云云也。阿卽後世窩字。邵子安樂窩。義取於此。下條云。說文。薖、草也。音科。俗所謂科座也。阿、卽窩也。言考槃於此山之阿。卽我之科座也。薖字從草。言隱於茅茨草莽而安樂之也。

心安茅屋穩。

又引俗諺釋禨羞

升菴經說。卷九禮記類。進禨進羞。沐而飲酒曰禨。食曰羞。沐必飲食、以盈氣也。俗諺云。

饑梳頭。飽洗澡。

又引諺釋化土

升菴經說。卷十一周禮類。草人掌化土之法。凡糞種。騂剛用牛。以牛骨爲糞。埴壚豕。埴壚、土之粘疏者。諺云云云。是粘疏也。

晴則如刀。雨則如膏。

虀草諺

爾雅舊注。樊光云。俗語。

苦如虀。

劉熙引里語釋瑱

釋名。卷二。瑱、鎮也。懸於耳旁。不欲使人妄聽。自鎮重也。或曰充耳。充、塞也。塞耳亦所以止聽也。故里語曰。

不瘖不聾。不成姑公。

案隋書長孫平傳所引。與此半同半異。今並存之。

顏師古引諺

匡謬正俗。卷八。問曰。諺云云云。謂內應導引爲歷底。何也。答曰。按周禮。有狄鞮氏掌譯蠻夷之言。禮云。五方之民。言語不通。嗜欲不同。達其志。道其欲。東方曰寄。南方曰象。西方曰狄鞮。北方曰譯。此蓋謂譯導相因耳。今言外人未相練悉。不能來爲賊盜。因籍當家有人導引。依其衝要孤虛。故謂之狄鞮也。俗語音訛。變言歷底耳。

賊無歷底中道回。

陸佃引俗語釋龍

埤雅。卷一龍類。俗云云云。蓋龍聾。故精於目也。陰陽自然變化論曰。驪龍之眸。見百里纖芥。

龍精於目。

又引俗語釋魦

埤雅。卷一魦類。釋魚云。魦鮀、今吹沙小魚。常張口吹沙。故曰吹沙也。魦性善沈。常沙中行。亦於沙中乳子。俗云云云。異物志曰。吹沙長三寸許。背上有刺螫人。

魦性沙抱。

又引俗語釋虎

埤雅。卷三虎類。俗云云云。今虎所在。麂必鳴以告。

鳩食桑葚則醉。貓食荷則醉。虎食狗則醉。

又引俗語二則釋豺

埤雅。卷三豺類。豺虎以殺爲性。俗云云云。言其健猛且衆。可以窘虎也。又曰云云。豺、柴也。豺體細瘦。故謂之豺。棘人骨立。謂之柴毁。義取諸此。

豺羣噬虎。

瘦如豺。

又引里語釋狼

埤雅。卷四狼類。豺祭狼卜。又善逐獸。皆獸之有才智者。故豺从才、狼从良作也。里語曰云云。狼將遠逐食。必先倒立。以卜所向。故今獵師遇狼輒喜。蓋狼之所嚮。獸之所在也。其靈智如此。古之造式者。木用槐瘿棗瘤。而以狼牙爲柱。取其靈智也。

狼卜食。

又引世語釋貓

埤雅。卷四貓類。世云云云。物有相感者。出於自然。非人智慮所及。如云云之類。乃因舊俗而知爾。

薄荷醉貓。死貓引竹。

又引俗語釋熊羆

埤雅。卷四羆類。釋獸云。羆如熊。黄白文。羆似熊而大。爲獸亦堅中。長首。高脚。從目。能緣。能立。遇人則擘而攫之。俗云。

熊羆眼直。惡人橫目。

又引世語二則釋烏

埤雅。卷六烏類。世云云云。莊子曰。烏鵲孺。蓋謂是歟。故語曰云云。又舊說。烏性極壽。本卷云。鵲作巢。取在木杪枝。不取墮地者。皆傳枝受卵。故一曰乾鵲。

鴛交頸而感。烏傳涎而孕。

鵲傳枝。鵶茹沫。

又引人語釋鳩

埤雅。卷七鷗鳩類。陸機云。鶻鳩。一名斑鳩。蓋斑鳩似鵓而大。鵓鳩灰色。無繡項。陰則屏逐其匹。晴則呼之。語曰云云者是也。

天將雨。鳩逐婦。

又引諺釋鷺

埤雅。卷七鵙類。三蒼云。蒼鵙也。善高飛。似雁。目相擊而孕。吐而生子。其色蒼白。莊子所謂白鵙相視。眸子不運而風化者也。今鷺亦雄雌相隨受卵。是亦風化。諺曰云云是也。又鷺類。俗說雄雌相眄則產。陰陽自然變化論曰。鷺目成而受胎。鶴影接而懷卵。鴛鴦交頸。野鵲傳枝。物固有是哉。

鷺鷥相逐成胎。

又引閩諺釋鴇

埤雅。卷九鴇類。閩諺曰云云。蓋鴇無舌。連蹄。性不木止。詩曰。肅肅鴇羽。集于苞栩。肅肅鴇翼。集于苞棘。肅肅鴇行。集于苞桑。言鴇無舌。性不木止。古音餘卷三鳵字下注云。古文鴇字。鳥也。鳵形似雁。而無後趾。毛有豹文。一名鴻豹。易林。文山鴻豹、肥腯多脂。諺云云。字一作駂。集韻鳵鴇分為二字而詁同。誤也。

鴇無舌。兔無脾。

又引俗語釋蚊

埤雅。卷十一蚊類。說文云。齧人飛蟲。从䖵、民聲。亦或从昏。以昏時出也。俗云云云。蓋蠅成市於朝。蚊成市於暮。傳云。聚蟲成雷。謂其市之時也。

蚊有昏市。

又引諺二則釋桃

埤雅。卷十三桃類。桃、有華之盛者。其性早華。又華於仲春。故周南以興女之年時俱當。諺曰云云。又曰云云。言桃生三歲。便放華果。早於梅李。故首雖已白。其華子之利可待也。

白頭種桃。爾雅翼卷十作頭白可種桃。

桃三李四。梅子十二。

又引俗語釋梅

埤雅。卷十三梅類。梅、一名柟。杏類也。其實酢。子赤者材堅。子白者材脆。華在果子華中尤香。俗云云云。故天下之美。有不得而兼者多矣。

梅華優於香。桃華優於色。

又引諺釋木瓜

埤雅。卷十三木瓜類。釋木云。楙、木瓜。木瓜葉似柰。實如小瓜。其枝可爲杖。號一尺百有二十節。味酢。善療筋轉。陶隱居云。如轉筋時。但呼其名。及書上作木瓜字。輒愈。蓋梅望之而霑渴。楙書之而緩筋。理有相感。不可得而詳也。諺曰云云。投人之道。宜有以益之。而報人則欲其堅久。故詩曰。投我以木瓜。報之以瓊玖也。

梨百損一益。楙百益一損。

又引俗語釋芡

埤雅。卷十五芡類。芡、葉似荷而大。其上有數十蹙衂如沸捄。生而有芒刺。其中有米。可以濟飢。俗云云云。此陰陽之異也。

荷華日舒夜斂。芡華晝合宵炕。

又引俗語釋藕

埤雅。卷十七藕類。爾雅曰。其本蔤。其根藕。蓋莖下白蒻在泥中者曰蔤。藕偶生。又善耕泥引長。故藕之文从偶。名之亦曰藕。今江左穿池取汲。不欲種藕。以藕善耕泥壞池也。俗云云云。今芋有十二子爲衞。里俗以爲應月之數。

藕生應月。月生一節。閏輒益一。

嵇含引諺論蠆

爾雅翼。卷二十六蠆類。嵇含謂諺曰。御覽卷九百四十引嵇含遇蠆賦序曰。元康二年。余中夜遇蠆。客有戲余曰。俗諺云云云。斯言信哉。唯內省不疚。而逢此害。喟然而歎。遂作賦。

過滿百。爲蠆所螫。

羅願引諺論河豚

爾雅翼。卷二十九鯸類。鯸、今之河豚。有時率以冬至後來。每三頭相從。號爲一部。諺云云云。言烹和所用多也。

得一部。典一袴。

又引諺論鮎

爾雅翼。卷二十九鮧類。鮧魚、謂之鮎魚。善登竹。以口銜葉而躍於竹上。大抵能登高。其有水堰處。輒自下騰上。愈高遠而未止。諺曰云云。謂是故也。

鮎魚上竹。

又引諺論蟹

爾雅翼。卷三十一蟹類。今岳陽蟹大而殼少軟。漁者得之以爲厭。故諺曰云云。近歲始珍食之。

網中得蟹。無魚可賣。

又引諺論蛇

爾雅翼。卷三十二蛇類。蛇、草居。人家時有之。故諺云 云云 也。

一畝之地。三蛇九鼠。

越人土風歌

說文長箋。卷九十五。砢。磊砢也。从石、可聲。來可切。箋云。越人自敍土風曰。

其山崔巍以嵯峨。其水溢沓而揚波。其人厽砢而英多。

池魚諺

廣韻。五支池字下。停水曰池。廣雅曰。沼也。又姓。漢有中牟令池瑗。出風俗通。又有池仲魚。城門失火。仲魚燒死。故諺曰。類聚卷九十六引風俗通義曰云云。舊說池中魚人姓李。居近城。城門失火。延及其家。仲災燒死。謹案百家書曰。宋城門失火。因汲池水以沃灌之。池中空竭。魚悉露死。喻惡之滋。幷中傷良謹也。　案廣記卷四百六。中作仲。人姓李作人姓字也。淸波雜志卷九。張無盡嘗作一表云。魯酒薄而邯鄲圍。城門火而池魚禍。上句出莊子。下句不知所出。以意推之。當是城門失火。以池水救之。池竭而魚死也。廣韻云云。白樂天詩有火發城頭魚水裏。救火竭池魚失水。初不主姓名之說。然廣韻所載。當有所據。　義府卷下。城門失火。殃及池魚。楚國亡猿。禍延林木。今俗多稱此四句。不知本侯景反時。東魏移梁檄文中語。然此語又出淮南子云。楚王亡其猿。而林木爲之殘。宋君亡其珠。池中魚爲之殫。故澤失火而林焚。廣韻池字注乃造池仲魚姓名。而引諺云云。宋初修書諸儒之陋如此。何異唐之注文選者。以芋爲著毛蘿蔔乎。

城門失火。殃及池魚。風俗通作禍及池中魚。

時人爲應曜語

廣韻。十六蒸。應、當也。又姓。漢有應曜。隱於淮陽山下。與四皓俱徵。曜獨不至。時人語曰云云。八代孫劭集解漢書。

商山四皓。不如淮陽一老。白帖卷二十二。商作南。

楊愼引蜀童謠釋鴂

轉注古音略。卷四四寘部。鴂下注云。楊雄賦。鷤鴂、鳥名。蘇林音殄絹反。師古音第桂。今蜀童謠有云云之語。雄、蜀人。用方言。未可知也。審若是。師古之音得矣。

陽雀叫。鷤鴂央。廣雅。鷤鴂、鷶鵤、子規也。本草。鶗鴂、亦作鷤鴂。

古謠諺卷四

秀水杜文瀾輯

賈生引野諺

史記秦始皇本紀贊。善哉乎賈生推言之也。曰。故周五序得其道。而千餘歲不絕。秦本末並失。故不長久。由此觀之。安危之統。相去遠矣。野諺（新書過秦篇。野作鄙。）曰。

前事之不忘。後事之師也。

垓下歌

史記項羽本紀。項王軍壁垓下。兵少食盡。漢軍及諸侯兵圍之數重。夜聞漢軍四面皆楚歌。項王乃大驚曰。漢皆已得楚乎。是何楚人之多也。項王則夜起飲帳中。有美人名虞。（徐廣曰。一云姓虞氏。）常幸從。駿馬名騅。常騎之。於是項王乃悲歌忼慨。自爲詩曰。

力拔山兮氣蓋世。時不利兮騅不逝。騅不逝兮可奈何。虞兮虞兮奈若何。（漢書項籍傳顏注云。若、汝也。）

大風歌

史記高祖本紀。高祖還歸。過沛。留。置酒沛宮。悉召故人父老子弟縱酒。發沛中兒。得百二十人。敎之歌。酒酣。高祖擊筑。（韋昭曰。筑、古樂。有絃。擊之不鼓。漢書高帝紀注。應劭曰。狀似琴而大、頭安弦。以竹擊之。故名曰筑。師古曰。今筑形似瑟而小。細頸。）自爲歌詩曰（云云。）令兒皆和習之。

大風起兮雲飛揚。威加海內兮歸故鄉。安得猛士兮守四方。御覽卷五百三十九。猛作壯。

趙王友歌

史記呂后本紀。太后召趙王友。友以諸呂女爲后。弗愛。愛他姬。諸呂女妬。怒去、讒之於太后。誣以罪過。曰。呂氏安得王。太后百歲後。吾必擊之。太后怒。以故召趙王。趙王至。置邸不見。令衞圍守之。弗與食。其羣臣或竊饋。輒捕論之。趙王餓。乃歌曰 云云。丁丑。趙王幽死。以民禮葬之長安民冢次。

諸呂用事兮劉氏危。迫脅王侯兮彊授我妃。我妃既妬兮誣我以惡。讒女亂國兮上曾不寤。我無忠臣兮何故棄國。自決中野兮蒼天舉直。徐廣曰。舉一作與。案漢書亦作與。于嗟不可悔兮寧早自賊。漢書趙王友傳注。師古曰。賊、害也。悔不早棄趙國。而快意自殺於田野之中。今乃被幽餓也。爲王而餓死兮誰者憐之。呂氏絕理兮託天報讎。

瓠子歌

史記河渠書。其明年旱。乾封。少雨。天子乃使汲仁、郭昌發卒數萬人。塞瓠子決。於是天子已用事萬里沙。則還。自臨決河。沈白馬玉璧於河。令羣臣從官自將軍以下。皆負薪寘決河。是時東郡燒草。以故薪柴少。而下淇園之竹以爲揵。如淳云。樹竹塞水決之口。稍稍布插接樹之。水稍弱。補令密。謂之揵。以草塞其裏。乃以土塡之。有石以石爲之。天子既臨河決。悼功之不成。乃作歌曰 云云。於是卒塞瓠子。築宮其上。名曰宣房宮。而道河北行二渠。復禹舊迹。而梁楚之地復寧。無水災。

瓠子決兮將奈何。皓皓旰旰兮閭殫爲河。如淳云。殫、盡也。裴駰謂州閭盡爲河。漢書。旰旰作洋洋。閭作慮。顏注云。慮、猶恐也。殫爲河兮地不得寧。水經注瓠子水篇無得字。功無已時兮吾山平。徐廣云。東郡東阿有魚山。或者是乎。裴駰案如淳云。恐水漸山使平也。韋昭云。鱀山以填河也。水經。濟水東左合馬頰水。注云。馬頰水又東北流逕山南。山卽吾山也。漢武帝瓠子歌所謂吾山平者也。吾山平兮鉅野溢。如淳云。瓠子決。灌鉅野澤使溢也。魚沸鬱兮柏冬日。徐廣云。柏、猶迫也。冬日行天邊。若與水相連矣。裴駰案漢書音義云。鉅野滿溢。則衆魚沸鬱而滋長也。迫冬日乃止。延道弛兮離常流。徐廣云。延一作正。裴駰案晉灼云。言河道皆弛壞。水經注。延作正。蛟龍騁兮方遠遊。水經注。方作放。歸舊川兮神哉沛。傅瓚云。水還舊道。則羣害消除。神祐滂沛。不封禪兮安知外。顏注云。言不因巡狩封禪而出。則不知關外有此水。爲我謂河伯兮何不仁。漢書。爲我作皐。伯作公。張晏云。皐、武帝也。河公、河伯也。泛濫不止兮愁吾人。齧桑浮兮淮泗滿。張晏云。齧桑、地名也。久不反兮水維緩。顏注云。水維、水之綱維也。河湯湯兮激潺湲。北渡迂兮浚流難。漢書。迂作回。浚作迅。搴長茭兮沈美玉。如淳曰。搴、取也。茭、草也。一曰茭、竿也。取長竿樹之。用著石間。以塞決河。傅瓚曰。竹葦絙謂之茭。下所以(引)致(土)(上)石者也。漢書。沈作湛。顏注云。茭字宜從竹。河伯許兮薪不屬。薪不屬兮衞人罪。漢書。伯作公。如淳云。旱燒故薪不(屬)(足)。顏注云。東郡本衞地。故言此衞之人罪也。燒蕭條兮噫乎何以禦水。顏注云。燒草皆盡。故野蕭條然也。穨林竹兮揵石菑。如淳云。河決揵不能禁。故言菑。韋昭曰。揵、柱也。木立死曰菑。漢書。穨作隤。顏注云。隤林竹者。卽上所說下淇園之竹以爲揵也。石菑者。謂臿石立之。然後以土就塡塞也。菑亦臿耳。宣防塞兮萬福來。

申叔時引鄙語

史記陳世家。楚莊王爲夏徵舒殺靈公。率諸侯伐陳。謂陳曰。無驚。吾誅徵舒而已。已誅徵舒。因縣陳而有之。羣臣畢賀。申叔時使於齊。來還。獨不賀。賈逵云。叔時、楚大夫。莊王問其故。對曰。鄙語有之云云。徑則有罪矣。奪之牛。不亦甚乎。今王以徵舒爲賊弒君。故徵兵諸侯。以義伐之。已而取之。以利其地。則後何以令於天下。是以不賀。莊王曰善。乃迎陳靈公太子午於晉而立之。復君陳如故。

牽牛徑人田。田主奪之牛。楚世家。奪之作取其。

按左氏宣十一年傳載申叔時之言云。抑人有言曰。牽牛以蹊人之田。而奪之牛。史記所述卽本於左傳。然左傳渾稱人言。史記明標鄙語。故置彼引此。

晉國兒謠

史記晉世家。晉君改葬恭太子申生。（韋昭云。獻公時。申生葬不如禮。故改葬之。）秋。狐突之下國。（服虔云。晉所滅國以爲下邑。一曰曲沃。有宗廟。故謂之國。在絳下。故曰下國也。）遇申生。申生與載而告之。（杜預云。忽如夢而相見。狐突本爲申生御。故復使登車。）曰。夷吾無禮。余得請於帝。（服虔云。帝、天帝。請罰有罪。）將以晉與秦。秦將祀余。狐突對曰。神不食非其宗。君其祀毋乃絕乎。君其圖之。申生曰。諾、吾將復請帝。後十日。（左傳曰七日。）新城西偏。將有巫者見我焉。（杜預云。將因巫以見。）許之。遂不見。（杜預云。狐突許其言。申生之象亦沒。）及期而往。復見。申生告之曰。帝許罰有罪矣。弊於韓。（賈逵云。弊、敗也。韓、晉韓原。）兒乃謠曰。

恭太子更葬矣。後十四年。晉亦不昌。昌乃在兄。（漢書五行志。矣作兮。兄上有其字。）

趙武靈王夢處女鼓琴歌

史記趙世家。王遊大陵。他日。王夢見處女鼓琴而歌詩（古列女傳。鼓琴作鼓瑟。）曰　云云。異日王飲酒樂。數言所夢。相見其狀。吳廣聞之。因夫人而內其女娃嬴、（方言云。娃、美也。吳有館娃之宮。）孟姚也。（徐廣云。古史考云。內其女曰娃。）孟姚甚有寵於王。是爲惠后。

美人熒熒兮。顏若苕之榮。（綦毋邃云。陵苕之草其華紫。）命乎命乎。（古列女傳。兩乎字皆作兮。）逢天時而生。（此句原本無。據古列女傳補。）曾無我嬴。（綦毋邃云。言有命祿生遇其時。人莫知己貴盛盈端也。古列女傳。無作莫。嬴下仍有嬴字。）

肥義引諺

史記趙世家。大朝於東宮。傳國。立王子何以爲王。王廟見禮畢。出臨朝。大夫悉爲臣。肥義爲相國。幷傅王。是爲惠文王。惠文王、惠后吳娃子也。武靈王自號爲主父。封長子章爲代安陽君。章素侈。心不服其弟所立。主父又使田不禮相章也。李兌謂肥義曰。公子章彊壯而志驕。黨衆而欲大。田不禮之爲人也。忍殺而驕。二人相得。必有謀。子奚不稱疾毋出。傳政於公子成。毋爲怨府。毋爲禍梯。肥義曰。不可。昔者主父以王屬義也。曰。毋變而度。毋異而慮。堅守一心。以歿而世。義再拜受命而籍之。諺曰云云。吾言已在前矣。吾欲全吾言。安得全吾身。

死者復生。生者不愧。

去魯歌

史記孔子世家。季桓子卒受齊女樂。三日不聽政。郊。又不致膰俎於大夫。孔子遂行。宿乎屯。而師己送曰。夫子則非罪。孔子曰。吾歌可夫。歌曰云云。師己反。桓子曰。孔子亦何言。師己以實告。桓子喟然歎曰。夫子罪我以羣婢故也夫。（楊氏愼秇林伐山卷十八。楊子言。孔子之去魯、曰不聽政、諫而不用。雉噫者。注。雉噫猶歌歎之聲。梁鴻五噫之類也。按家語。孔子去魯歌曰云云。此卽雉噫之歌也。唐文。殆鳳衰於接輿。歌雉噫於桓子。）

彼婦之口。可以出走。彼婦之謁。可以死敗。（王肅云。言婦人之口、請謁足以憂。使人死敗。故可以出走也。家語子路初見篇。謁作請。兩句婦字下均有人字。）蓋優哉游哉。維以卒歲。（王肅云。言仕不遇也。故且優游以終歲。風雅逸篇卷五。蓋作盍。家語無蓋字。維作聊。）

天下爲衞子夫歌

史記外戚世家。褚先生曰。衞子夫立爲皇后。后弟衞青。字仲卿。以大將軍封爲長平侯。四子。長子伉爲侯世子。侯世子常侍中、貴幸。其三弟皆封爲侯。各千三百戶。一曰陰安侯。二曰發干侯。

三日宜春侯。貴震天下。天下歌之曰。

生男無喜。生女無怒。獨不見衞子夫霸天下。

褚先生引諺論外戚

史記外戚世家。尹夫人與邢夫人同時並幸。有詔不得相見。尹夫人自請武帝。願望見邢夫人。帝許之。卽令他夫人飾從御者數十人爲邢夫人來前。尹夫人前見之。曰。此非邢夫人身也。視其身貌形狀。不足以當人主矣。於是帝乃詔使邢夫人衣故衣。獨身來前。尹夫人望見之。曰。此眞是也。於是乃低頭俛而泣。自痛其不如也。諺曰。

美女入室。惡女之仇。

朱虛侯耕田歌

史記齊悼惠王世家。高后立諸呂爲三王。徐廣云。燕趙梁。擅權用事。朱虛侯年二十。有氣力。忿劉氏不得職。嘗入侍高后燕飲。高后令朱虛侯劉章爲酒吏。章自請曰。臣將種也。請得以軍法行酒。高后曰可。酒酣。章進飲歌舞。已而曰。請爲太后言耕田歌。高后笑曰。顧而父知田耳。若生而爲王子。安知田乎。章曰。臣知之。太后曰。試爲我言田。章曰云云。呂后默然。

深耕穊種。立苗欲疏。漢書顏注云。穊、稠也。穊種者。言多生子孫也。疏立者。四散置之。令爲藩輔也。風俗通怪神篇。溉作廣。非其種者。鋤而去之。顏注云。以斥諸呂也。風俗通。鋤作鉏。

畫一歌

史記曹參世家。參始微時。與蕭何善。及爲將相。有郤。至何且死。所推賢唯參。參代何爲漢相國。舉事無所變更。一遵蕭何約束。百姓歌之曰。

蕭何爲法。顜若畫一。徐廣云。顜音古項反。一音較。索隱作（顜）（講）。（云）（畫）訓直。又訓明。言法明直若畫一也。漢書作講。文穎云。講或作較。顏注云。講、和也。畫一、言整齊也。按後漢書班固傳注引作較。黃氏生義府卷下。按古人計事。必用手指畫條其事件。使此事利害劃然。謂之畫一。如張良借（著）（箸）而籌。張晏云。借所食之（著）（箸）用以指畫是也。下文歷數其不可者八。爾時每數一事。必用箸記一畫。此乃所謂畫一也。百姓所歌。蓋言何法令至明。條目粲列。有似於畫一耳。徒言其整齊。何所置顜若二字哉。曹參代之。守而勿失。載其清靜。民以寧壹。顏注云。載、猶乘也。全唐文卷八百二十一程晏蕭何求繼論。靜作淨。壹作謐。

鴻鵠歌

史記留侯世家。上欲廢太子。立戚夫人子趙王如意。大臣多諫爭。未能得堅決者也。呂后乃使建成侯呂澤劫留侯曰。爲我畫計。留侯曰。此難以口舌爭也。顧上有不能致者。天下有四人。今公誠能令太子爲書。卑辭安車。因使辯士固請。宜來。來以爲客。時時從入朝。令上見之。則必異而問之。上知此四人賢。則一助也。於是呂后令呂澤使人奉太子書。卑辭厚禮。迎此四人。四人至。及燕。置酒。太子侍。四人從太子。年皆八十有餘。鬚眉皓白。衣冠甚偉。上怪之。問曰。彼何爲者。四人前對。各言名姓。曰東園公、角里先生。綺里季、夏黃公。上乃大驚。曰。吾求公數歲。公辟逃我。今公何自從吾兒游乎。四人皆曰。陛下輕士善罵。臣等義不受辱。故恐而亡匿。竊聞太子爲人仁孝。恭敬愛士。天下莫不延頸欲爲太子死者。故臣等來耳。上曰。煩公幸卒調護太子。如淳云。調護猶營護也。四人爲壽已畢。趨去。上目送之。召戚夫人指示四人者曰。我欲易之。彼四人輔之。羽翼已成。難動矣。呂后眞而主矣。戚夫人泣。上曰。爲我楚舞。吾爲若楚歌。歌曰云云。歌數闋。戚夫人噓唏流涕。

上起去。罷酒。竟不易太子者。留侯本招此四人之力也。

鴻鵠(案、史記原文作鴈。漢書作鵠。)高飛。一舉千里。羽翮已就。(漢書張良傳、翮作翼。白帖卷九十五飛下有兮字。就上有成字。成下有兮字。樂府詩集卷八十三已作以。潛確類書卷二百四飛下就下均有兮字。)橫絕四海。橫絕四海。當可奈何。(漢書。當作又。白帖、潛確類書。當可作無。)雖有矰繳。(韋昭云。繳、弋射也。其矢曰矰。潛確類書繳下有兮字。)尙安所施。(白帖、潛確類書無尙字。郭氏茂倩云。尙一作將。)

呂太后引鄙語

史記陳丞相世家。呂嬃常以前陳平爲高帝謀執樊噲。數讒曰。陳平爲相。非治事。日飲醇酒。戲婦人。陳平聞。日益甚。呂太后聞之。私獨喜。面質呂嬃於陳平曰。鄙語曰云云。顧君與我何如耳。無畏呂嬃之讒也。

兒婦人口不可用。

褚先生引鄙語論梁孝王

史記梁孝王世家。褚先生曰。臣爲郎時。聞之於宮殿中老郎吏好事者稱道之也。竊以爲令梁孝王怨望。欲爲不善者。事從中生。今太后。女主也。以愛少子。故欲令梁王爲太子。入與人主同輦。出與同車。示風以大言。而實不與。令出怨言。謀畔逆。乃隨而憂之。不亦遠乎。鄙語曰云云。非惡言也。

驕子不孝。

伯夷叔齊采薇歌

史記伯夷列傳。武王已平殷亂。天下宗周。而伯夷、叔齊恥之。義不食周粟。隱於首陽山。馬融云。首陽山在河東蒲坂華山之北。河曲之中。采薇而食之。及餓且死。作歌。其辭曰云云。遂餓死於首陽山。

登彼西山兮。采其薇矣。樂府詩集五十七無兮字。采其薇矣作言采其薇。御覽卷五百七十。采上有言字。以暴易暴兮。不知其非矣。樂府詩集上暴字作亂。無兮字、矣字。御覽上暴字作亂。無矣字。神農虞夏。忽焉沒兮。我安適歸矣。樂府詩集安適作適安。無矣字。御覽。無矣字。于嗟徂兮。命之衰矣。索隱云。徂者、往也。死也。言今餓死。亦是命運衰薄。風雅逸篇引琴操作登彼高山。言采其薇。以亂易亂。不知其非。神農虞夏。忽焉沒兮。我適安歸。

秦人諺

史記樗里子傳。樗里子者。名疾。秦惠王之弟也。與惠王異母。滑稽多智。秦人號曰智囊。昭王七年。樗里子卒。葬于渭南章臺之東。曰。後百歲。是當有天子之宮夾我墓。樗里子疾室。在昭王廟西、渭南陰鄉樗里。故俗謂之樗里子。至漢興。長樂宮在其東。未央宮在其西。武庫正直其墓。秦人諺曰。

力則任鄙。智則樗里。水經注渭水篇。秦人諺曰。力則任鄙。智則樗里子也。項氏絪云。子疑作是。宋本無子字。北軒筆記二則字作稱。

太史公引鄙語論起翦

史記白起王翦傳贊。太史公曰。鄙語云云云。白起料敵合變。出奇無窮。聲震天下。然不能救患於應侯。王翦爲秦將。夷六國。然不能輔秦建德。固其根本。偷合取容。以至坳身。徐廣云。坳音沒。彼各有所短也。

尺有所短。寸有所長。

太史公又引鄙語論平原君

史記平原君傳贊。太史公曰。平原君。翩翩濁世之佳公子也。然未睹大體。鄙語曰 云云。平原君貪馮亭邪說。使趙陷長平兵四十餘萬衆。邯鄲幾亡。譙周曰。長平之陷。乃趙王信間易將之咎。何怨平原受馮亭哉。

利令智昏。

鄒陽引諺

史記鄒陽傳。臣聞比干剖心。子胥鴟夷。應劭云。吳王取馬革爲鴟夷受子胥。沈之江。鴟夷、榼形。臣始不信。乃今知之。願大王孰察。少加憐焉。諺曰 云云。何則。知與不知也。

有白頭如新。服虔云。人不相知。自初交至白頭。猶如新也。風俗通愆禮篇無有字。如作自。新序雜事篇。如作而。傾蓋如故。桓譚新論云。言內有以相知與否。不在新故也。服虔云。如吳札、鄭僑也。索隱云。按家語。孔子遇程子於塗。傾蓋而語。又志林云。傾蓋者。道行相遇。軿車對語。兩蓋相切。小欹之。故曰傾也。風俗通。傾作交。故作舊。新序。如作而。丹鉛雜錄卷九。漢書白頭如新。傾蓋如故。說苑作白頭而新。傾蓋而故。而如古今通用。白頭而新。雖至老而交猶新。傾蓋而故。謂一夕而交已故也。作而字解。尤有意味。

曹邱生引楚人諺

史記季布傳。楚人曹邱生辯士、數招權顧金錢。孟康云。招、來也。以金錢事權貴。而求得其形勢。以自炫燿也。文穎云。事權貴也。與通勢、以其所有辜較、請託金錢以自顧。與竇長君善。服虔云。景帝舅。季布聞之。寄書諫竇長君曰。吾聞曹邱生非長者。勿與通。及曹邱生歸。欲得書請季布。張晏云。欲使竇長君爲介於布請見。竇長君曰。季將軍不說足下。足下無往。固請書。遂行。使人先發書。季布果大怒。待曹邱。曹邱至。卽揖季布曰。楚人諺曰 云云。足下何以得此聲於梁楚閒哉。且僕楚人。足下亦楚人也。僕游揚足下之名於天下。顧不重耶。何足下距僕之深也。季布乃大說。引入。留數月。爲上客。厚送之。季布名所以益聞者。曹邱揚之也。

得黃金百斤。不如得季布一諾。漢書季布傳無斤字、一字。白帖卷八無二得字。御覽卷六百九引漢書斤作鎰。

潁川兒歌

史記灌夫傳。夫不喜文學。好任俠。已然諾。漢書灌夫傳顏注云。已、必也。謂一言許人。必信之也。諸所與交通。無非豪傑大猾。家累數(十)〔千〕萬。食客日數十百人。陂池田園。宗族賓客爲權利。橫於潁川。潁川兒乃歌之曰。白帖卷二十四、御覽卷六十三引漢書。兒作人。

潁水清。灌氏寧。潁水濁。灌氏族。白帖、御覽。上水字作川。

太史公引諺論李廣

史記李將軍傳贊。余睹李將軍。悛悛如鄙人。口不能道辭。及死之日。天下知與不知。皆爲盡哀。彼其忠實心誠。信於士大夫也。諺曰云云。此言雖小。可以喻大也。

桃李不言。下自成蹊。索隱云。按姚氏云。桃李本不能言。但以華實感物。故人不期而往。其下自成蹊徑也。以喻廣雖不能(出)〔道〕辭。能有所感。而忠心信物故也。

司馬相如引鄙諺

史記司馬相如傳。復召爲郎。常從上至長楊獵。是時天子方好自擊熊彘。馳逐野獸。相如上疏諫之。其詞曰。夫輕萬乘之重。不以爲安。而樂出於萬有一危之塗以爲娛。臣竊爲陛下不取也。蓋明者遠見於未萌。而智者避危於無形。禍固多藏於隱微。而發於人之所忽者也。故鄙諺曰云云。此言雖小。可以喻大。臣願陛下之留意幸察。上善之。

家累千金者。漢書司馬相如傳。無者字。坐不垂堂。索隱云。張揖云。畏簷瓦墮中人。樂(産)〔彥〕云。垂、邊也。恐其墮隊也。

按漢書袁盎傳云。臣聞千金之子不垂堂。百金之子不騎衡。如淳云。騎、倚也。衡、樓殿邊欄楯也。舊唐書孫伏伽傳、全唐文卷三百二崔向諫玄宗畋獵疏、及舊五代史後唐明宗紀馮道奏。並曰。臣聞千金之子。坐不垂堂。百金之子。立不倚衡。今考堂與衡。古韻同部。蓋盎與伏伽、向、道引其全。相如引其半耳。晉書石季龍載記韋謏所引。苻堅載記王洛所引。均云。千金之子。坐不垂堂。萬乘之主。行不履危。呂光載記王儁所引同。惟末句作淸道而行。

民爲淮南厲王歌

史記淮南厲王傳。孝文十二年。民有作歌。歌淮南厲王白帖卷八作時人歌。曰云云。上聞之。乃歎曰。豈以我爲貪淮南王地邪。上憐淮南厲王廢法不軌。自使失國。蚤死。乃立其三子。阜陵侯安爲淮南王。安陽侯勃爲衡山王。周陽侯賜爲廬江王。皆復得厲王時地。參分之。

一尺布。尚可縫。一斗粟。尚可舂。高誘淮南子序及天文訓注。布作縉。尚可縫作好童童。斗作升。尚可舂作飽蓬蓬。舊唐書蕭至忠傳。斗作斞。御覽卷八百二十引漢書。斗粟句在尺布句上。卷八百四十布作帛。顧氏炎武金石文字記卷五千峯禪院勑。升作斞。蓋如數目借用壹貳等字。務令筆畫繁多。以防改竄。鄧七望勘正劉漫塘文集云。斗、古作豆。俗誤併爲一字。兄弟二人。不能相容。漢書淮南厲王傳無能字。孟康云。尺布斗粟。猶尚不棄。況於兄弟而更相逐乎。傅瓚云。一尺帛可縫而(其)〔共〕衣、一斗粟可舂而共食。況以天下之廣而不相容也。顏注云。瓚說是。御覽卷八百二十。能相作可。卷八百四十二作兩。

關東吏爲甯成號

史記酷吏傳。甯成家居。上欲以爲郡守。御史大夫宏曰。臣居山東爲小吏時。甯成爲濟南都尉。其治如狼牧羊。成不可使治民。上乃拜成爲關都尉。歲餘。關東吏(肆)〔隸〕郡國出入關者。漢書酷吏傳。(肆)〔隸〕上有稅字。李奇云。(肆)〔隸〕、閱也。號曰。

寧見乳虎。無直甯成之怒。（顏注云。猛虎產乳。養護其子。則搏噬過常。故以喻也。直讀曰値。一曰直當。白帖卷四十一。見作値。無作不。）

太史公引鄙語論游俠

史記游俠傳敍。鄙人有言曰云云。故伯夷醜周。餓死首陽山。而文武不以其故貶王。跖蹻暴（利）〔戾〕。其徒誦義無窮。

何知仁義。已饗其利者爲有德。（索隱云。言已受其利。則爲有德。何知必仁義也。）

太史公又引諺論游俠

史記游俠傳贊。吾視郭解。狀貌不及中人。言語不足採者。然天下無賢與不肖。知與不知。皆慕其聲。言俠者皆引以爲名。諺曰云云。於戲惜哉。

人貌榮名。豈有旣乎。（徐廣云。唯用榮名爲飾表。則稱譽無極也。旣、盡也。）

太史公引諺論佞幸

史記佞幸傳敍。諺曰云云。固無虛言。非獨女以色媚。而仕宦亦有之。

力田、不如逢年。善仕、不如遇合。

優孟歌

史記滑稽優孟傳。孫叔敖知其賢人也。善待之。病且死。屬其子曰。我死。汝必貧困。若往見優孟。居數年。其子窮困負薪。逢優孟。優孟曰。若無遠有所之。卽爲孫叔敖衣冠。抵掌談語。歲餘。像孫叔敖。莊王置酒。優孟前爲壽。莊王大驚。以爲孫叔敖復生也。欲以爲相。優孟曰。請歸與婦計之。

莊王許之。三日後。優孟復來。曰。婦言愼無爲楚相。如孫叔敖之爲楚相。盡忠爲廉以治楚、楚王得以霸。今死。其子無立錐之地。貧困負薪。必如孫叔敖。不如自殺。因歌曰 云云。於是莊王謝優孟。乃召孫叔敖子。封之寢邱。徐廣曰。在固始。

山居耕田苦。難以得食。起而爲吏。身貪鄙者餘財。不顧恥辱。身死家室富。又恐受賕枉法。爲姦觸大罪。身死而家滅。貪吏安可爲也。念爲廉吏。奉法守職。竟死不敢爲非。廉吏安可爲也。楚相孫叔敖。持廉至死。方今妻子窮困。負薪而食。不足爲也。

楊氏愼風雅逸篇卷六引此歌。注云。按此無音韻章句。而史以爲歌者。不可曉。豈當時隱括轉換。借聲以成之歟。史不能述其音。但見其義也。

按此與孫叔敖碑詳略互異。今並存之。

東方朔歌

史記滑稽傳。褚先生曰。武帝時。齊人有東方生。名朔。詔拜以爲郎。朔行殿中。郎謂之曰。人皆以先生爲狂。朔曰。如朔等所謂避世於朝廷間者也。古之人乃避世於深山中。時坐席中。酒酣。據地歌曰 云云。金馬門者。(宮)〔宦〕署門也。門傍有銅馬。故謂之曰金馬門。

陸沉於俗。避世金馬門。宮殿中。可以避世全身。何必深山之中。蒿廬之下。

褚先生引諺論東郭先生

史記滑稽傳。褚先生曰。武帝時。大將軍衞青者。衞后兄也。徐廣曰、衞青傳曰。子夫之弟也。封爲長平侯。從軍擊匈奴。至余吾水上而還。斬首捕虜有功。來歸。詔賜金千斤。將軍出宮門。齊人東郭先生以方士待詔公車。當道遮衞將軍車。言曰。王夫人新得幸於上。家貧。今將軍得金千斤。誠以其半賜王夫人之親。人主聞之。必喜。衞將軍謝之曰。請奉敎。於是衞將軍乃以五百金爲王夫人之親壽。王夫人以聞武帝。帝曰。大將軍不知爲此。問之安所受計策。對曰。受之待詔者東郭先生。詔召東郭先生。拜以爲郡都尉。東郭先生久待詔公車。貧困飢寒。衣敝。履不完。行雪中。履有上無下。足盡踐地。道中人笑之。及其拜爲二千石。佩青緺。出宮門。行謝主人。故所以同官待詔者等。比祖道於都門外。榮華道路。立名當世。此所謂衣褐懷寶者也。當其貧困時。人莫省視。至其貴也。乃爭附之。諺曰云云。其此之謂邪。

相馬失之瘦。相士失之貧。

太史公引諺論貨殖

史記貨殖傳敍。人富而仁義附焉。富者得勢益彰。諺曰云云。此非空言也。

千金之子。不死于市。義府卷下引此諺釋云。市、大辟之罪也。言其富可以脫死罪也。

又引諺論人物

史記貨殖傳。諺曰云云。德者。人物之謂也。

百里不販樵。千里不販糴。居之一歲。種之以穀。十歲、樹之以木。百歲、來之以德。

時人爲甯成語

史記甯成傳異文。（據白帖卷十六所引。）甯成爲漢中尉。嚴酷。時人語曰。

謹上操下。如束濕薪。（漢書甯成傳注。顏師古曰。操、持執也。束濕、言其束之急也。）

案、史記甯成傳云。爲人上操下。如束濕薪。漢書甯成傳。爲人上操下。急如束濕。均無時人語曰四字。白帖所引。疑是古本也。

嘉平歌

史記秦始皇本紀集解。太原眞人茅盈內紀曰。始皇三十一年九月庚子。盈曾祖父蒙。乃於華山之中。乘雲駕龍。白日升天。先是其邑謠歌（三輔黃圖卷二作華陰邑人謠。）曰云云。始皇聞謠歌而問其故。父老具對。此仙人之謠歌。勸帝求長生之術。於是始皇欣然。乃有尋仙之志。因改臘曰嘉平。

神仙得者茅初成。駕龍上升入太清。時下玄洲戲赤城。繼世而往在我盈。帝若學之臘嘉平。（御覽卷三十三注。盈作嬴。按盈乃茅君之名。繼世言爲初成之後。與秦帝姓名無涉。蓋校御覽者以意改之也。風雅逸篇卷七引太玄眞經。在我盈作我壽盈。）

徐廣引諺

史記貨殖傳序。昔者越王句踐。困於會稽之上。乃用范蠡計然。注云。徐廣曰。計然者。范蠡之師也。名研。故諺曰。

研桑心算。（按史記平準書。桑弘羊以計算用事。弘羊、雒陽賈人子。以心計言利。事析秋毫矣。諺所謂桑。卽桑弘羊也。）

古謠諺卷五

秀水杜文瀾輯

商邱成醉歌

漢書景武昭宣成元功臣表。秺侯商邱成。延和二年七月癸巳封。四年。後二年。坐爲詹事侍祠孝文廟醉歌堂下曰云云。大不敬。自殺。

出居安能鬱鬱。

班固引諺論刑法

漢書刑法志。孔子曰。今之聽獄者。求所以殺之。古之聽獄者。求所以生之。與其殺不辜。寧失有罪。今之獄吏。上下相驅。以刻爲明。深者獲公名。平者多後患。諺曰云云。非憎人欲殺之。利在於人死也。今治獄吏欲陷害人。亦猶此矣。

鬻棺者欲歲之疫。

元帝時童謠

漢書五行志二。元帝時。童謠曰云云。至成帝建始二年三月戊子。北宮中井泉稍上溢出南流。象春秋時先有鸜鵒之謠。而後有來巢之驗。井水、陰也。竈煙、陽也。玉堂、金門。至尊之居。象陰盛而滅陽。竊有宮室之應也。王莽生於元帝初元四年。至成帝封侯。爲三公輔政。因以篡位。

井水溢。滅竈煙。灌玉堂。流金門。

成帝時燕燕童謠

漢書五行志二。成帝時。童謠曰云云。其後帝爲微行出遊。常與富平侯張放俱稱富平侯家人。過河陽主作樂。見舞者趙飛燕而幸之。故曰。燕燕、尾涏涏。美好貌也。張公子謂富平侯也。木門倉琅根謂宮門銅鍰。顏師古曰。門之鋪首及銅鍰也。銅色青。故曰倉琅。鋪首銜環。故謂之根。鍰、讀與環同。言將尊貴也。後遂立爲皇后。弟昭儀賊害後宮皇子。卒皆伏辜。所謂燕飛來。啄皇孫。皇孫死。燕啄矢者也。

燕燕、尾涏涏。顏師古曰。涏涏光澤貌也。音徒見反。義府卷下漢書。燕燕、尾涏涏。堂陳切。今誤本作涏。非。涏從廷乃得聲。韻會涏字引漢書此語。則知當時本固不誤也。水滴謂之涏。此形容小鳥張尾之狀極肖。字書訓光澤貌。亦屬臆說。張公子時相見。木門倉琅根。燕飛來。啄皇孫。皇孫死。燕啄矢。

成帝時黃爵謠

漢書五行志二。成帝時。歌謠又曰云云。桂赤色。漢家象。華不實。無繼嗣也。王莽自謂黃。象黃爵巢其顛也。

邪徑敗良田。讒口亂善人。桂樹華不實。黃爵巢其顛。故爲人所羨。今爲人所憐。

魏河內民爲史起歌

漢書溝洫志。魏文侯時。西門豹爲鄴令。有令名。至文侯曾孫襄王時。與羣臣飲酒。王爲羣臣祝曰。令吾臣皆如西門豹之爲人臣也。史起曰。魏氏之行田也。以百畝。鄴獨二百畝。是田惡也。漳水在其旁。西門豹不知用。是不智也。知而不興。是不仁也。仁智豹未之盡。何足法也。於是以史起爲鄴令。遂引漳河水溉鄴。以富魏之河內。民歌之曰。

鄴有賢令兮爲史公。決漳水兮灌鄴旁。終古舄鹵兮生稻粱。蘇林曰。終古猶言久古也。爾雅曰。鹵、鹹苦也。呂氏春秋樂成篇。各句皆無兮字。賢作聖。爲上有時字。舄作斥。稻上有之字。御覽卷六十四引呂氏春秋爲作曰。無時字、之字。卷六百二十一引呂氏春秋。爲上有號字。白帖卷八十。決作引。顏師古曰。舄、卽斥鹵也。謂鹹鹵之地也。

鄭白渠歌

漢書溝洫志。其後韓聞秦之好興事。欲罷之。無令東伐。迺使水工鄭國間說秦。令鑿涇水。自中山西邸瓠口爲渠。並北山東注洛三百餘里。欲以溉田。中作而覺。秦欲殺鄭國。鄭國曰。始臣爲間。然渠成亦秦之利也。臣爲韓延數歲之命。而爲秦建萬世之功。秦以爲然。卒使就渠。渠成而用溉。注塡閼之水。溉舄鹵之地。四萬餘頃。收皆畝一鐘。於是關中爲沃野。無凶年。秦以富彊。卒并諸侯。因名曰鄭國渠。自鄭國渠起。至元鼎六年。百三十六歲。而兒寬爲左內史。奏請穿鑿六輔渠。以益溉鄭國傍高卬之田。後十六歲。大始二年。趙中大夫白公鄭氏曰。白姓、公爵。時人多相謂爲公。復奏。穿渠引涇水。首起谷口。尾入櫟陽。注渭中袤二百里。溉田四千五百餘頃。因名曰白渠。民得其饒。歌之曰云云。言此兩渠饒也。

田於何所。池陽谷口。鄭國在前。白渠起後。舉臿爲雲。決渠爲雨。水流竈下。魚躍入釜。二句原本無。今據漢紀及升菴詩話補。涇水一石。其泥數斗。且溉且糞。長我禾黍。如淳云。水淳淤泥可以當糞。衣食京師。億萬之口。風俗通山澤篇。臿作鍤。泥作遲。禾作稷。億萬之口作數百萬口。白帖卷七。所作處。在作起。白渠作白公。卷八十起作在。舉臿爲雲作荷臿成雲。漢紀及升菴詩話末句作百萬餘口。續古文苑卷四。起作在。爲雲作成雲。躍作跳。

班固引諺論經方

漢書藝文志。經方者。本草石之寒溫。量疾病之淺深。假藥味之滋。因氣感之宜。辯五苦六辛。致水火之齊。以通閉解結。反之於平。及失其宜者。以熱益熱。以寒增寒。精氣內傷。不見於外。是所獨失也。故諺曰。

有病不治。常得中醫。秇林伐山卷十九。治、古音遲。如治國之治。及官名治中之治。又諺曰。有病不治。乃得中醫。可證也。轉音作稚。

賈誼引里諺論廉恥

漢書賈誼傳。人主之尊譬如堂。羣臣如陛。衆庶如地。故陛九級上。廉遠地則堂高。顏師古曰。級、等也。廉、側隅也。陛亡級。廉近地則堂卑。高者難攀。卑者易陵。理勢然也。里諺御覽卷九百一十一引賈誼書作鄙諺。曰云云。此善諭也。鼠近於器。尚憚不投。恐傷其器。況於貴臣之近主乎。廉恥節禮。以治君子。故有賜死而亡戮辱。是以黥劓之罪不及大夫。以其離主上不遠也。

欲投鼠而忌器。孔少府集崇國治疏云。賈誼所謂擲鼠忌器。

路溫舒引俗語

漢書路溫舒傳。溫舒上書言。宜尚德緩刑。其辭曰。臣聞秦有十失。其一尚存。治獄之吏是也。是以獄吏專爲深刻殘賊而亡極。媮爲一切。不顧國患。此世之大賊也。故俗語曰云云。此皆疾吏之風。悲痛之辭也。

畫地爲獄議不入。刻木爲吏期不對。顏師古曰。畫獄木吏。尚不入對。況眞實乎。期、猶必也。議必不入對。說苑立節篇上爲字作作。兩不字上皆有可字。潛確類書卷五十八。獄作牢。

廣川王去爲陶望卿歌

漢書廣川惠王越傳。有司請除國。下詔曰。廣川惠王於朕爲兄。朕不忍絕其宗廟。其以惠王孫去爲廣川王。去卽繆王齊太子也。去立昭信爲后。幸姬陶望卿爲脩靡夫人。主繒帛。崔脩成爲明貞夫人。主永巷。昭信復譖望卿。去以故益不愛望卿。後與昭信等飮。諸姬皆侍。去爲望卿作歌曰云云。使美人相和歌之。去曰。是中當有自知者。昭信知去已怒。卽誣言望卿。望卿走。自投井死。

背尊章。嫖以忽。孟康曰。嫖、音匹昭反。顏師古曰。尊章猶言舅姑也。今關中俗婦呼舅姑爲鍾。鍾者、章聲之轉也。義府卷下。古婦人稱夫之母爲章。漢書景十三王傳望卿歌云背尊章。初未悉其義。因閱淮南子覽冥訓云。君公知其盜也。逐而去之。乃悟章卽君公二字合語。古音公如光。如世母爲嬸。舅母爲妗之類。謀屈奇。起自絕。顏師古曰。屈奇、奇異也。屈音其勿反。行周流。自生患。諒非望。今誰怨。顏師古曰。諒、信也。言昔被愛寵。信非所望。今見罪責。無所怨也。

廣川王去爲諸姬歌

漢書廣川惠王越傳。昭信欲擅愛。曰。王使明貞夫人主諸姬。淫亂難禁。請閉諸姬舍門。無令出敖。使其大婢爲僕射。主永巷。盡封閉諸舍。上籥於后。非大置酒召不得見。去憐之。爲作歌曰云云。令昭信聲鼓爲節。以敎諸姬歌之。歌罷。輒歸永巷封門。

愁莫愁。居無聊。心重結。意不舒。內茀鬱。憂哀積。上不見天生何益。日崔隤。時不再。願棄軀。死無悔。

李陵海上歌

漢書蘇武傳。初、武與李陵。俱爲侍中。武使匈奴。明年。陵降。不敢求武。久之。單于使陵至海上。爲武置酒設樂。昭帝卽位數年。匈奴與漢和親。漢求武等。於是李陵置酒賀武曰。今足下還歸。揚名於匈奴。功顯於漢室。雖古竹帛所載。丹青所畫。何以過子卿。陵雖駑怯。令漢且貰陵罪。全其老母。使得奮大辱之積志。庶幾乎曹柯之盟。李奇曰。欲劫單于如曹劌劫齊桓公柯盟之時。此陵宿昔之所不忘也。收族陵家。爲世大戮。陵尚復何顧乎。已矣。令子卿知吾心耳。異域之人。壹別長絕。陵起舞。歌曰云云。陵泣下數行。因與武決。

徑萬里兮度沙幕。爲君將兮奮匈奴。路窮絕兮矢刃摧。士衆滅兮名已隤。老母已死。雖欲報恩將安歸。御覽卷四百八十八無徑字。幕作幙。隤作頽。

司馬遷引諺

漢書司馬遷傳。遷既被刑之後。爲中書令。尊寵任職。故人益州刺史任安予遷書。責以古賢臣之義。遷報之曰。少卿足下。如淳曰。少卿任安字。曩者辱賜書。教以愼於接物。推賢進士爲務。意氣勤勤懇懇。若望僕不相師。而用流俗人之言。僕非敢如是也。顧自以爲身殘處穢。動而見尤。欲益反損。諺曰云云。蓋鍾子期死。伯牙終身不復鼓琴。何則。士爲知己用。女爲說己容。若僕大質已虧缺。雖材懷隨和。行若由夷。應劭曰。由夷、許由伯夷也。顏師古曰。隨、隨侯珠也。和、和氏璧。終不可以爲榮。適足以發笑而自點耳。

誰爲爲之。孰令聽之。

燕王旦歌

漢書燕刺王旦傳。旦遂招來郡國姦人。賦斂銅鐵作甲兵。久之。旦姊鄂邑蓋長公主。張晏曰。食邑鄂。蓋侯王信妻也。顏師古曰。爲蓋侯妻是也。非王信。信者、武帝之舅耳。不取鄂邑主爲妻。當是信子頃侯充耳。左將軍上官桀父子、與霍光爭權有隙。皆知旦怨光。即私與燕交通。會蓋主舍人父燕倉知其謀告之。由是發覺。王憂懣。置酒萬載宮。會賓客羣臣妃妾坐飲。

王自歌曰。

歸空城兮。狗不吠。雞不鳴。橫術何廣廣兮。御覽卷五百七十無下廣字。固知國中之無人。

華容夫人歌

漢書燕刺王旦傳。華容夫人起舞曰云云。坐者皆泣。

髮紛紛兮寘渠。孟康曰。寘音䍦。髮歷䍦挂岸也。傅瓚曰。寘塞溝渠。顏師古曰。瓚說是也。寘音徒一反。御覽卷一百五十。寘作置。骨藉藉兮亡居。御覽卷五百七十。藉藉作籍籍。母求死子兮妻求死夫。御覽無二死字。裴回兩渠間兮君子獨安居。顏師古曰。置酒之宮。池沼所在。其間有渠。故卽其所見以爲歌辭也。樂府詩集卷八十五注云。獨、一作將。

廣陵王胥歌

漢書廣陵厲王胥傳。祝詛事發覺。有司按驗。胥惶恐。藥殺巫及宮人二十餘人以絕口。公卿請誅胥。天子遣廷尉大鴻臚卽訊胥。既見。使者還。置酒顯陽殿。召太子霸及子女董訾胡生等夜飲。使所幸八子郭昭君、家人子趙左君等鼓瑟歌舞。顏師古曰。八子、姬妾之秩號也。家人子、無官秩者也。王自歌曰云云。左右悉更涕泣奏酒。至雞鳴時罷。

欲久生兮無終。長不樂兮安窮。奉天期兮不得須臾。千里馬兮駐待路。黃泉下兮幽深。人生要死。何爲苦心。何用爲樂心所喜。出入無悰爲樂亟。韋昭曰。悰、亦樂也。音裁宗反。亟、數亦疾也。謂不久也。言人生以何爲樂。但以心志所喜好耳。今我出入皆無歡怡。不得久長也。喜音許吏反。亟音邱吏反。樂府詩集卷八十五注云。亟、一作極。蒿里召兮郭門閱。死不得取代庸身自逝。顏師古曰。言死當自去。不如他傜役得顧庸自代也。逝合韻。音上列反。

楊惲拊缶歌

漢書楊惲傳。其友人安定太守西河孫會宗。知略士也。與惲書諫戒之。爲言大臣廢退。當闔門惶懼。爲可憐之意。不當治產業。通賓客。有稱舉。惲宰相子。少顯朝廷。一朝晻昧。語言見廢。內懷不服。報會宗書曰。臣之得罪。已三年矣。田家作苦。歲時伏臘。亨羊炰羔。斗酒自勞。家本秦也。能爲秦聲。婦趙女也。雅善鼓瑟。奴婢歌者數人。酒酣耳熱。仰天拊缶。而呼烏烏。顏師古曰。李斯上書云。擊甕叩缶。彈箏搏髀。而呼烏烏快耳者。眞秦聲也。是關中舊有此曲也。其詩曰云云。是日也。拂衣而喜。奮褎低卬。頓足起舞。誠淫荒無度。不知其不可也。

田彼南山。蕪穢不治。種一頃豆。落而爲萁。人生行樂耳。須富貴何時。張晏曰。山高而在陽。人君之象也。蕪穢不治。言朝廷之荒亂也。一頃百畝。以喻百官也。言豆者貞實之物。當在囷倉。零落在野。喻已見放棄也。萁曲而不直。言朝臣皆諂諛也。顏師古曰。萁、豆莖也。音基。須、待也。

諸儒爲朱雲語

漢書朱雲傳。從博士白子友受易。是時少府五鹿充宗貴幸。爲梁邱易。自宣帝時善梁邱氏說。元帝好之。欲考其異同。令充宗與諸易家論。充宗乘貴辯口。諸儒莫能與抗。皆稱疾。不敢會。有薦雲者。召入。攝齋登堂。抗首而請。音動左右。既論難。連拄五鹿君。顏師古曰。拄、刺也。距也。音竹庚反。故諸儒爲之語曰云云。繇是爲博士。

五鹿嶽嶽。朱雲折其角。義府卷下引此諺釋云。此因其姓嘲之。言鹿角嶽嶽。爲雲所折也。招魂云。土伯九約。其角觺觺。嶽卽觺之外聲。錢氏大昕三史拾遺云。嶽卽顎字。說文。顎、歬面岳岳也。

琅邪里中爲王吉語

漢書王吉傳。字子陽。琅邪皐虞人也。始吉少時學問。居長安。東家有大棗樹。垂吉庭中。吉婦取棗以啖吉。吉後知之。乃去婦。東家聞而欲伐其樹。鄰里共止之。因固請吉令還婦。里中爲之語曰云云。其厲志如此。

東家有樹。王陽婦去。東家棗完。去婦復還。

漢世稱王貢語

漢書王吉傳。吉與貢禹爲友。世稱云云。言其取舍同也。（顏師古曰。取、進趣也。舍、止息也。）

王陽在位。貢公彈冠。（後漢書王丹傳注引公作禹。顏師古曰。彈冠者、且入仕也。白帖卷十二。在位作入仕。公作禹。）

京師爲王駿語

漢書王吉傳。子駿。成帝欲大用之。出駿爲京兆尹。試以政事。先是、京兆有趙廣漢、張敞、王尊、王章。至駿。皆有能名。故京師稱曰。

前有趙張。後有三王。

貢禹引俗語

漢書貢禹傳。禹又言。武帝用度不足。迺行壹切之變。使犯法者贖罪。入穀者補吏。是以天下奢侈。官亂民貧。盜賊並起。亡命者衆。郡國恐伏其誅。則擇便巧史書習於計簿能欺上府者。以爲右職。姦軌不勝。則取勇猛、能操切百姓者。以苛暴威服下者。使居大位。故亡義而有財者顯於世。欺謾而善書者尊於朝。誖逆而勇猛者貴於官。故俗皆曰。

何以孝弟爲。財多而光榮。何以禮義爲。史書而仕宦。何以謹慎爲。勇猛而臨官。

鄒魯諺

漢書韋賢傳。代蔡義爲丞相。少子玄成。復以明經歷位至丞相。故鄒魯諺曰。

遺子黃金滿籯。不如一經。如淳曰。籯、竹器。受三四斗。今陳留俗有此器。蔡謨曰。滿籯者言其多耳。非器名也。若論陳留之俗。則我陳人也。不聞有此器。顏師古曰。許慎說文解字云。籯、笭也。楊雄方言云。陳、楚、宋、衛之間。謂筲爲籯。然則筐籠之屬是也。今書本籯字或作盈。又是盈滿之義。蓋兩通也。　白帖卷八十七、御覽卷六百十三。一經上有教子二字。

京師爲諸葛豐語

漢書諸葛豐傳。元帝擢爲司隸校尉。刺舉無所避。京師爲之語曰云云。上嘉其節。加豐秩光祿大夫。

閒何闊。逢諸葛。顏師古曰。言閒者。何久闊不相見。以逢諸葛故也。

劉輔引里語

漢書劉輔傳。擢爲諫大夫。會成帝欲立趙倢伃爲皇后。先下詔封倢伃父臨爲列侯。輔上書言。妙選有德之世。考卜窈窕之女。以承宗廟。順神祇心。塞天下望。子孫之祥。猶恐晚暮。今迺觸情縱欲。傾於卑賤之女。欲以母天下。不畏于天。不媿于人。惑莫大焉。里語曰。

腐木不可以爲柱。卑人不可以爲主。帝範卷二注。黃石公有曰。腐木不可以爲柱。庸人不可以爲主。　履齋示兒編卷八引荀悅漢紀。卑人作人婢。　御覽卷一百八十七。腐作朽。無二以字。

長安爲蕭朱王貢語

漢書蕭育傳。少與陳咸、朱博爲友。著聞當世。往者有王陽貢公。故長安語曰云云。言其相薦達也。

蕭朱結綬。王貢彈冠。風俗通窮通篇、王貢句在蕭朱句上。

上郡民爲馮氏兄弟歌

漢書馮野王傳。出爲上郡太守。弟立傳。遷五原太守。徙西河上郡。立居職。公廉治行。略與野王相似。而多知。有恩貸。好爲條敎。吏民嘉美野王、立相代爲太守。歌之曰。

大馮君。小馮君。兄弟繼踵相因循。聰明賢知惠吏民。政如魯衛德化鈞。周公、康叔猶二君。顔師古曰。論語稱孔子曰。魯衛之政。兄弟也。言周公、康叔親則兄弟。治國之政又相似。白帖卷七十七。化作政。御覽卷二百六十鈞作均。卷四百六十五賢作聖。

諸儒爲匡衡語

漢書匡衡傳。父世農夫。至衡好學。家貧庸作以供資用。尤精力過絕人。諸儒爲之語曰。

無說詩。匡鼎來。服虔云。鼎、猶言當也。若言匡且來也。應劭曰。鼎、方也。張晏曰。匡衡少時字鼎。長乃易字稚圭。世所傳衡與貢禹書。上言衡敬報。下言匡鼎白。知是字也。顔師古曰。服應二說是也。賈誼曰。天子春秋鼎盛。其義亦同。而張氏之說。蓋穿鑿矣。假有其書。乃是後人見此傳云匡鼎來。不曉其意。妄作衡書。云鼎白耳。字以表德。豈人之所自稱乎。今有西京雜記者。其書淺俗。出於里巷。多有妄說。乃云。匡衡小名鼎。蓋絕知者之聽。匡說詩。解人頤。如淳曰。使人笑不能止也。

諸儒爲張禹語

漢書張禹傳。初、禹爲師。以上難數對己問經。爲論語章句獻之。始魯扶卿及夏侯勝、王陽、蕭望之、韋玄成皆說論語。篇第或異。禹先事王陽。後從庸生。采獲所安。最後出。而尊貴。諸儒爲之語曰云云。由是學者多從張氏。餘家寖微。

欲爲論。念張文。

薛宣引鄙語

漢書薛宣傳。宣爲中丞、執法殿中、外總部刺史。上疏曰。政敎煩碎。大率咎在部刺史。或不循守條職。顏師古曰。刺史所察。本有六條。今則踰越故事。信意舉劾。妄爲苛刻也。舉錯各以其意。多與郡縣事。至開私門。聽讒佞。以求吏民過失。譴呵及細微。責義不量力。郡縣相迫促。亦內相刻。流至衆庶。鄙語曰云云。方刺史奏事時。宜明申敕。使昭然知本朝之要務。

苛政不親。煩苦傷恩。

汝南鴻陂童謠

漢書翟方進傳。初、汝南舊有鴻隙大陂。郡以爲饒。顏師古曰。鴻隙陂名。藉其溉灌及魚鼈萑蒲之利。以多財用。成帝時。關東數水。陂溢爲害。方進爲相。與御史大夫孔光共遣掾行事。以爲決去陂水。其地肥美。省隄防費。而無水憂。遂奏罷陂云。王莽時。常枯旱。郡中追怨方進。童謠曰。

壞陂誰。翟子威。後漢書許揚傳、作敗我陂者翟子威。飯我豆食羹芋魁。後漢書許揚傳作飴我大豆。亨我芋魁。顏師古曰。言田無溉灌。不生秔稻。又無黍稷。但有豆及芋也。豆食者豆爲飯也。羹芋魁者以芋根爲羹也。飯音扶晚反。食音飤。反乎覆。陂當復。顏師古曰。事之反覆無常。言禍兮福所倚。誰云者、兩黃鵠。顏師古曰。託言有神來告之。白帖卷七。云作言。

王嘉引里諺

漢書王嘉傳。是時侍中董賢愛幸於上。遂下詔封賢等。下丞相御史。益封賢二千戶。嘉封還詔書。因奏封事。諫曰。臣聞爵祿土地。天之有也。王者代天爵人。尤宜愼之。裂地而封。不得其宜。則衆庶不服。感動陰陽。其害疾自深。高安侯賢。佞幸之臣。陛下傾爵位以貴之。單貨財以富之。顏師古曰。單、盡也。損至尊以寵之。主威已黜。府藏已竭。唯恐不足。財皆民力所爲。往古以來。貴臣未嘗有此。流聞四方。皆同怨之。里諺曰云云。臣常爲之寒心。

千人所指。無病而死。全唐文卷二百七十七柳澤上睿宗書。而作自。

京師爲楊雄語

漢書楊雄傳贊。王莽時。劉歆、甄豐皆爲上公。莽既以符命自立。卽位之後。欲絕其原。以神前事。而豐子尋、歆子棻復獻之。莽誅豐父子。投棻四裔。辭所連及。便收不請。時雄校書天祿閣上。治獄使者來。欲收雄。雄恐不能自免。迺從閣上自投下。幾死。莽聞之曰。雄素不與事。何故在此閒。請問其故。顏注曰。請人密問之。迺劉棻嘗從雄學作奇字。雄不知情。有詔勿問。然京師爲之語曰。

惟寂寞。自投閣。爰清靜。作符命。顏師古曰。以雄解嘲之言譏之也。今流俗本云。惟寂惟寞。自投於閣。爰淸爰靜。作符命。妄增之。寓簡卷四。惟作爰。

長安中爲尹賞歌

漢書尹賞傳。賞以三輔高第選守長安令。得壹切便宜從事。賞至。修治長安獄。穿地方深各數丈。致令辟爲郭。顏師古曰。致、謂積累之也。令辟、甎甓也。郭、謂四周之內也。致、讀如本字。又音綴。令音零。辟音避歷反。以大石覆其口。名爲虎穴。乃部戶曹掾史與鄉吏亭長里正父老伍人。雜舉長安中輕薄少年惡子。得數百人。賞一朝會長安吏。車數百兩。分行收捕。賞親閱。見十置一。其餘盡以次內虎穴中。百人爲輩。覆以大石。數日壹發視。皆相枕藉死。便輿出。瘞寺門桓東。如淳曰。瘞、埋也。舊亭傳、於四角面百步、築土四方。上有屋、屋上有柱、出高丈餘、有大板貫柱四出、名曰桓。表縣所治、夾兩邊各一桓。陳宋之俗、言桓聲如和、今猶謂之和表。顏師古曰。卽華表也。揭著其姓名。顏師古曰。揭、杙也。椓杙於瘞處、而書死者名也。揭音竭、杙音弋、字並從木。百日後。迺令死者家各自發取其尸。親屬號哭。

道路皆歔欷。長安中歌之曰。

安所求子死。桓東少年場。生時諒不謹。枯骨後何葬。（顏師古曰。葬、子郎反。匡謬正俗。後作復。）

班固引諺論貨殖

漢書貨殖傳序。諺（按御覽卷八百二十五引史記。諺作喭。疑誤以漢書爲史記也。）曰云云。此言末業貧者之資也。

以貧求富。農不如工。工不如商。刺繡文。不如倚市門。

按史記貨殖傳亦有此數語。以作用。餘同。但彼不言諺而此言諺。故置彼錄此。

長安爲谷永樓護號

漢書樓護傳。字君卿。齊人。父、世醫也。護少隨父爲醫長安。出入貴戚家。是時王氏方盛。賓客滿門。五侯兄弟。爭名其客。各有所厚。不得左右。（顏師古曰。不相經過也。）唯護盡入其門。咸得其驩心。結士大夫無所不傾其交。長者尤見親而敬。衆以是服。爲人短小。精辯論議。常依名節。聽者皆竦。與谷永俱爲五侯上客。長安號（羣輔錄作時人爲之語曰。）曰云云。言其見信用也。

谷子雲筆札。樓君卿脣舌。（羣輔錄、御覽卷四百六十三。雲下卿下均有之字。）

閭里爲樓護歌

漢書樓護傳。母死。送葬者致車二三千兩。閭里歌之曰。

五侯治喪樓君卿。

牢石歌

漢書石顯傳。顯與中書僕射牢粱、少府五鹿充宗結爲黨友。諸附倚者皆得寵位。民歌之曰云云。言其兼官據勢也。

牢邪石邪。五鹿客邪。印何纍纍。綬若若邪。顏師古曰。纍纍、重積也。若若、長貌。纍音力追反。御覽卷四百六十五上邪字作耶。纍纍下有耶字。綬下有何字。

長安謠

漢書石顯傳。元帝崩。成帝初卽位。遷顯爲長信中太僕。秩中二千石。顯失倚離權。數月。丞相御史條奏顯舊惡。及其黨牢粱、陳順皆免官。顯與妻子徙歸故郡。憂滿不食。道病死。顏師古曰。滿讀曰懣。音悶。諸所交結。以顯爲官皆廢罷。少府五鹿充宗左遷玄菟太守。御史中丞伊嘉爲鴈門都尉。長安謠曰。

伊徙鴈。鹿徙菟。去牢與陳實無賈。顏師古曰。賈讀曰價。實作石。御覽卷四百六十五。按石卽指石顯。作石者是也。

平城歌

漢書匈奴傳。孝惠高后時。冒頓寖驕。顏師古曰。寖、漸也。高后大怒。召丞相平及樊噲、季布等。議斬其使者。發兵而擊之。樊噲曰。臣願得十萬衆。橫行匈奴中。問季布。布曰。噲可斬也。前陳豨反於代。漢兵三十二萬。噲爲上將軍。時匈奴圍高帝於平城。噲不能解圍。天下歌之曰云云。今歌唫之聲未絕。傷痍者甫起。顏師古曰。唫、古吟字。痍、創也。甫、始也。而噲欲搖動天下。妄言以十萬衆橫行。是面謾也。

平城之下亦誠苦。後漢書南匈奴傳贊注引作平城之事甚大苦。七日不食、不能彀弩。顏師古曰。彀、張也。七日不得食。不能彎弓弩。後漢書南匈奴傳贊注引作嬾眞子卷四。彀作控。

烏孫公主悲愁歌

漢書烏孫傳。漢元封中。遣江都王建女細君爲公主以妻焉。徐氏松漢書西域志補注云。王建女於武帝爲孫行。江都國除於元朔六年。易王子侯者、至元鼎五年免盡。細君無寵。故嫁外國。自王建死至此十四五年。賜乘輿服御物。爲備官屬宦官侍御數百人。贈送甚盛。烏孫昆莫以爲右夫人。匈奴亦遣女妻昆莫。昆莫以爲左夫人。徐氏松云。按匈奴傳。常以太子爲左屠耆王。是匈奴尙左。昆莫先匈奴女者。仍畏匈奴也。公主至其國。自治宮室。居歲時。一再與昆莫會。置酒飲食。以幣帛賜王左右貴人。昆莫年老。語言不通。公主悲愁。自爲作歌曰云云。天子聞而憐之。間歲遣使者持帷帳錦繡給遺焉。

吾家嫁我兮天一方。徐氏松云。玉臺新詠作吾家之嫁我兮天一方。遠託異國兮烏孫王。穹廬爲室兮旃爲牆。徐氏松云。顏君匈奴傳注曰。穹廬、旃帳也。其形穹隆。故曰穹廬。按周禮、供其毳毛爲氈。旃爲氈之假借字。玉臺新詠作氈。御覽卷七百八。託作適。旃作氈。國下室下均無兮字。以肉爲食兮酪爲漿。徐氏松云。懷祖先生曰。肉上本無以字。後人以上下文皆八字爲句。而此獨少一字。故加以字耳。不知穹廬爲室。旃爲牆。肉爲食。酪爲漿。皆相對爲文。不得獨於肉上加以字也。御覽、北堂書鈔、藝文類聚、文選注引皆無以字。松按玉臺新詠亦無以字。居常土思兮心內傷。願爲黃鵠兮歸故鄉。顏師古曰。鵠音下督反。　徐氏松云。顏君昭帝紀注。黃鵠大鳥。一舉千里者。非白鵠也。玉臺新詠作願爲飛黃鵠兮還故鄉。按謝莊懷園引漢女悲而歌飛鵠。是古本有飛字。

戚夫人怨歌

漢書呂后傳。高祖崩。惠帝立呂后爲皇太后。迺令永巷囚戚夫人。髡鉗。衣赭衣。令舂。戚夫人舂且歌曰云云。太后聞之。大怒曰。乃欲倚女子邪。乃召趙王誅之。

子爲王。母爲虜。終日舂薄暮。常與死爲伍。相離三千里。當誰使告女。顏師古曰。女讀曰汝。御覽卷一百三十六、使字在誰字上。

李延年歌

漢書李夫人傳。孝武李夫人本以倡進。初、夫人兄延年。性知音。善歌舞。武帝愛之。每爲新聲變曲。聞者莫不感動。延年侍上起舞。歌曰云云。上歎息曰。善、世豈有此人乎。平陽主因言延年有女弟。上乃召見之。實妙麗善舞。由是得幸。

北方有佳人。絕世而獨立。白帖卷二十一。世作代。按此避唐太宗諱也。一顧傾人城。再顧傾人國。寧不知傾城與傾國。佳人難再得。御覽卷五百十七。末二句作不惜傾城國。佳人難再得。卷三百八十。難再作不可。餘與今本同。

長安民爲王氏五侯歌

漢書元后傳。上悉封舅譚爲平阿侯。商成都侯。立紅陽侯。根曲陽侯。逢時高平侯。五人同日封。故世謂之五侯。大治第宅。起土山漸臺。洞門高廊。閣道連屬彌望。百姓歌之曰云云。其奢僭如此。

五侯初起。曲陽最怒。壞決高都。連竟外杜。服虔曰。壞決高都水。入長安。高都水在長安西也。孟康曰。杜鄠二縣之間。田畝一金。言其境自長安至杜陵也。李奇曰。長安有高都水、杜里。既壞決高都作殿、復衍及外杜里。顏師古曰。成都侯商自擅穿帝城引水耳。曲陽無此事。又雖大作第宅。不得從長安至杜陵也。按李說爲近是。水經注渭水篇、連竟作竟連。外作五。御覽卷六十二引水經注壞決作決壞。土山漸臺西白虎。顏師古曰。皆放效天子之制也。水經注、西上有象字。

長安爲張竦語

漢書王莽傳。居攝元年四月。安衆侯劉崇與相張紹謀曰。顏師古曰。安衆康侯月、長沙定王子。崇卽月之元孫子也。見王子侯表。安漢公莽。專制朝政。必危劉氏。天下非之者。乃莫敢先舉。此宗室恥也。吾帥宗族爲先。海內必和。紹等從者百餘人。遂進攻宛。不得入而敗。紹者、張竦之從兄也。竦與崇族父劉嘉詣(闕)〔闕〕自歸。莽赦弗罪。竦因爲嘉作奏。於是莽大說。公卿曰。皆宜如嘉言。莽白太后。下詔曰。惟嘉父子兄弟。雖與崇有屬。不敢阿私。或見萌(牙)〔芽〕。相率告之。及其禍成。同共讎之。應合古制。忠孝著焉。其以杜衍戶千封嘉爲師禮侯。嘉子七人皆賜爵關內侯。後又封竦爲淑德侯。長安爲之語曰。

欲求封。過張伯松。顏師古曰。竦之字。力戰鬬。不如巧爲奏。

東方爲王匡廉丹語

漢書王莽傳。地皇二年三月。赤眉殺太師犧仲景尙。關東人相食。四月。遣太師王匡、更始將軍廉丹東。顔師古曰。東、謂東出也。太師更始合將鋭士十餘萬人。所過放縱。東方爲之語曰。

寧逢赤眉。不逢太師。太師尙可。更始殺我。

華人爲高昌人歌

漢書逸文。據御覽卷九百一。高昌性難伏。乃作歌曰云云。言高昌似騾也。

驢非驢。馬非馬。

案漢書西域龜茲傳。後數來朝賀。樂漢衣服制度。歸其國。治宮室。作徼道。周衞出入傳呼。撞鐘鼓。如漢家儀。外國胡人皆曰。驢非驢。馬非馬。若龜茲王所謂贏也。今考高昌國在漢時係車師國前王之地。與龜茲無涉。此條疑有脱誤。姑存俟考。

孟康引民語

漢書景帝紀。定鑄錢僞黄金棄市律。注引孟康云。民先時多作僞金。故其語曰云云。費損甚多。而終不成。民亦稍知其意。犯者希。因此定律也。

金可作。世可度。風俗通正失篇兩可字下均有不字。抱朴子黄白篇引經曰。云云。兩可字下亦有不字。

古謠諺卷六

秀水杜文瀾輯

弘農王悲歌

後漢書何后紀附王美人傳。中平六年。帝崩。皇子辯卽位。幷州牧董卓被徵。將兵入洛陽。陵虐朝廷。遂廢少帝爲弘農王。明年。山東義兵大起。討董卓之亂。卓乃置弘農王於閣上。使郎中令李儒進酖曰。服此藥可以辟惡。王曰。我無疾。是欲殺我耳。不肯飲。强飲之。不得已。乃與妻唐姬及宮人飲讌別。酒行。王悲歌曰。

天道易兮我何艱。棄萬乘兮退守蕃。逆臣見迫兮命不延。逝將去汝兮適幽玄。御覽卷九十二引袁山松後漢書。去汝作棄爾。卷一百五十引後漢書守作居。

唐姬悲歌

又曰。因令唐姬起舞。姬抗袖而歌曰云云。因泣下嗚咽。坐者皆歔欷。王謂姬曰。卿王者妃。埶不復爲吏民妻。自愛。從此長辭。遂飲藥而死。時年十八。唐姬、潁川人也。王薨。歸鄉里。父會稽太守瑁欲嫁之。姬誓不許。

皇天崩兮后土頹。身爲帝兮命夭摧。死生路異兮從此乖。奈我煢獨兮心中哀。御覽卷九十二引袁山松後漢書帝下有王字。奈作悼。

更始時長安中語

後漢書劉玄傳。時李軼、朱鮪擅命山東。王匡、張卬橫暴三輔。其所受官爵者。皆羣小賈豎。或有膳夫庖人。長安爲之語曰。

竈下養。中郎將。爛羊胃。騎都尉。爛羊頭。關內侯。章懷太子云。公羊傳云。炊烹曰養。白帖卷四十二、關內侯作封公侯。卷七十作封列侯。

時人爲甄豐語

後漢書彭寵傳。光武承制。封寵建忠侯。賜號大將軍。遂圍邯鄲。寵轉糧食。前後不絕。及王郎死。光武追銅馬。北至薊。寵上謁。自負其功。意望甚高。光武接之。不能滿。以此懷不平。光武知之。以問幽州牧朱浮。浮對曰。前吳漢北發兵時。大王遺寵以所服劍。又倚以爲北道主人。寵謂至當迎閤握手。交歡並坐。今既不然。所以失望。浮因曰。王莽爲宰衡時。甄豐旦夕入謀議。時人語曰云云。及莽篡位後。豐意不平。卒以誅死。

夜半客。甄長伯。章懷太子云。長伯、豐字也。豐平帝時爲少府。王莽篡位時爲更始將軍。

公孫述聞夢中人語

後漢書公孫述傳。述夢有人語之曰云云。覺。謂其妻曰。雖貴而祚短若何。妻對曰。朝聞道。夕死尚可。況十二乎。會有龍出其府殿中。夜有光耀。述以爲符瑞。因刻其掌文曰公孫帝。

八厶子系。十二爲期。章懷太子云。說文云。厶音私。系音係。胡計反。

蜀中童謠

又曰。是時（續漢書五行志敍此謠在世祖建武六年。）述廢銅錢。置鐵官錢。百姓貨幣不行。蜀中童謠言曰云云。好事者竊言王莽稱黃。述自號白。五銖錢、漢貨也。言天下當并還劉氏。

黃牛白腹。五銖當復。

魏郡與人爲岑熙歌

後漢書岑彭傳。熙遷魏郡太守。（按熙爲彭之玄孫。）招聘隱逸。與參政事。無爲而化。視事二年。輿人歌之曰。

我有枳棘。岑君伐之。我有蟊賊。岑君遏之。狗吠不驚。足下生氂。（章懷太子云。枳棘多榛梗。以喻寇盜充斥也。蟊賊食禾稼。蟲名。以喻姦吏侵漁也。氂、長毛。犬無追吠。故足下生氂。　御覽卷二百六十引華嶠後漢書、賊作蠶。氂作釐。卷九百四。狗吠作吠狗。）含哺鼓腹、焉知凶災。我喜我生、獨丁斯時。（御覽卷二百六十引華嶠後漢書。喜作嘉。　野客叢書卷六。引此歌釋云。是以災字協時字音。則災字合讀爲緇。漢人書災爲菑。正此音也。）美矣岑君、於戲休茲。

馬廖引長安語

後漢書馬廖傳。時皇太后躬履節儉。事從簡約。廖慮美業難終。上疏長樂宮。以勸成德政曰。夫改政移風。必有其本。傳曰。吳王好劍客。百姓多創瘢。楚王好細腰。宮中多餓死。長安語（霏雪錄引作諺。）曰云云。斯言如戲。有切事實。前下制度未幾。後稍不行。雖或吏不奉法。良由慢起京師。

城中好高髻。四方高一尺。城中好廣眉。四方且半額。城中好大袖。四方全匹帛。（御覽卷三百六十四引東觀漢記。且作過。卷四百九十五引謝承後漢書。下高字作且。且作畫。卷八百十八引東觀漢記。大作廣。全作用。　帝範卷四注引漢書云。宮中好高髻。城外高一尺。　梅磵詩話卷上。髻作結。注云。讀作髻。　霏雪錄引廣眉句。城作宮。　茗香詩論。下高字作長。）

關東爲魯丕語

後漢書魯丕傳。元和元年。徵再遷拜趙相。門生就學者常百餘人。關東號之曰。

五經復興、魯叔陵。

光武引諺

後漢書宋弘傳。時帝姊湖陽公主新寡。帝與共論朝臣。微觀其意。主曰。宋公威容德器。羣臣莫及。帝曰。方且圖之。後弘被引見。帝令主坐屏風後。因謂弘曰。諺（御覽卷一百五十二引漢書。諺作㖶。）言云云。人情乎。弘曰。臣聞貧賤之交不可忘。糟糠之妻不下堂。帝顧謂主曰。事不諧矣。

貴易交。富易妻。（御覽卷四百九十五引謝承後漢書。交作友。）

荆州民爲郭賀歌

後漢書郭賀傳。賀字喬卿。拜荆州刺史。引見。賞賜恩寵隆異。及到官。有殊政。百姓便之。歌曰云云。顯宗巡狩到南陽。特見。嗟歎。賜以三公之服。黼黻冕旒。敕行部去襜帷。使百姓見其容服。以章有德。每所經過。吏人指以相示。莫不榮之。

厥德仁明、郭喬卿。忠正朝廷上下平。（東觀漢記作百姓歌曰。厥德文明。治有殊政。）

京兆鄉里爲馮豹語

後漢書馮衍傳。京兆杜陵人也。子豹、字仲文。長好儒學。以詩、春秋敎麗山下。鄉里爲之語曰。

道德彬彬、馮仲文。（東觀漢記。彬彬作斌斌。）

南陽爲杜詩語

後漢書杜詩傳。七年。遷南陽太守。性節儉。而政治清平。以誅暴立威。善於計略。省愛民役。造作水排。鑄爲農器。章懷太子云。冶鑄者爲排以吹炭。今激水以鼓之也。排當作橐。古字通用也。用力少。見功多。百姓便之。又修治陂池。廣拓土田。郡内比室殷足。時人方於召信臣。前書云。召信臣字翁卿。九江壽春人也。遷南陽太守。爲人興利。務在富之。開通溝渠凡十數處。故南陽爲之語曰。

前有召父。後有杜母。

漁陽民爲張堪歌

後漢書張堪傳。拜漁陽太守。捕擊姦猾。賞罰必信。吏民皆樂爲用。迺於狐奴開稻田八千餘頃。勸民耕種。以致殷富。百姓歌水經注沽水篇作謠歌。曰云云。視事八年。匈奴不敢犯塞。

桑無附枝。麥穗兩岐。張君爲政。樂不可支。水經注、白帖卷七十七。穗作秀。御覽卷四百六十五引東觀漢記。穗作秀。按秀字爲後漢世祖諱。作穗是也。

蜀郡民爲廉范歌

後漢書廉范傳。字叔度。遷蜀郡太守。成都民物豐盛。邑宇逼側。舊制禁民夜作。以防火災。而更相隱蔽。燒者日屬。范迺毀削先令。但嚴使儲水而已。百姓爲便。迺歌之曰。

廉叔度。來何暮。不禁火。民安作。平生無襦今五絝。華陽國志蜀志作廉叔度。來何暮。來時我單衣。去時重五絝。白帖卷二。民安作作人安堵。平生作昔。卷十二。絝作袴。平生作昔日。餘與卷二同。卷七十七。民安作作人皆安堵。平生作昔。無下有一字。今下有有字。御覽卷三百六十引漢書作作堵。卷六百九十五引東觀漢記。五上有有字。

時人爲廉范語

後漢書廉范傳。初、范與洛陽慶鴻爲刎頸交。時人稱曰云云。鴻慷慨有義節。位至琅邪、會稽二郡太守。所在有異迹。

前有管鮑。後有慶廉。御覽卷四百八引華嶠後漢書。下有字作爲。

交阯民爲賈琮歌

後漢書賈琮傳。中平元年。交阯屯兵反。執刺史及合浦太守。自稱柱天將軍。靈帝特勑三府精選能吏。有司舉琮爲交阯刺史。琮到部。訊其反狀。咸言賦斂過重。百姓莫不空單。京師遙遠。告冤無所。民不聊生自活。故聚爲盜賊。琮卽移書告示。各使安其資業。招撫荒散。蠲復徭役。誅斬渠帥爲大害者。簡選良吏。試守諸縣。歲間蕩定。百姓以安。巷路爲之歌曰云云。在事三年。爲十三州最。

賈父來晚。使我先反。今見清平。吏不敢飯。

肅宗引諺

後漢書曹褒傳。褒知帝旨欲有興作。遂復上疏。具陳禮樂之本。制改之意。拜褒侍中。從駕南巡。既還。以事下三公。未及奏。詔召玄武司馬班固（章懷太子云。玄武司馬主玄武門。續漢志云。宮掖門每門司馬一人。秩比千石也。）問改定禮制之宜。固曰。京師諸儒。多能說禮。宜廣招集。共議得失。帝曰。諺言云云。會禮之家。名爲聚訟。互生疑異。筆不得下。昔堯作大章。一夔足矣。

作舍道傍。（全唐文卷八百四十四郭崇韜對割鄆州和梁疏。作當道築室。御覽卷五百二十三。傍作邊。）三年不成。

諸儒爲賈逵語

後漢書賈逵傳。逵悉傳父業。弱冠能誦左氏傳及五經本文。以大夏侯尚書教授。雖爲古學。兼通五家穀梁之說。（章懷太子云。五家謂尹更始、劉向、周慶、丁姓、王彥等皆爲穀梁。見前書也。）自爲兒童。常在太學。不通人間事。身長八尺二寸。

諸儒爲之語曰。

問事不休、賈長頭。拜經樓詩話卷四。事作字。

會稽童謠

後漢書張霸傳。永元中。爲會稽太守。霸始到越。賊未解。郡界不寧。迺移書開購。明用信賞。賊遂束手歸附。不煩士卒之力。童謠曰。

棄我戟。捐我矛。盜賊盡。吏皆休。續漢書。上我字作子。御覽卷三百五十二引陳壽益部耆舊傳。二我字均作若。

京師爲桓典語

後漢書桓典傳。拜侍御史。是時宦官秉權。典執政無所回避。常乘驄馬。京師畏憚。爲之語曰。

行行且止。避驄馬御史。

時人爲丁鴻語

後漢書丁鴻傳。字孝公。肅宗詔鴻與廣平王羨、及諸儒樓望、成封、桓郁、賈逵等。論定五經同異於北宮白虎觀。章懷太子云。廣平王羨。明帝子也。東觀記曰。與太常樓望、少府成封、屯騎校尉桓郁、衞士令賈逵等集議也。白虎、門名。於門立觀。因以名之焉。使五官中郎將魏應主承制問難。侍中淳于恭奏上。帝親稱制臨決。鴻以才高。論難最明。諸儒稱之。帝數嗟美焉。時人歎曰。

殿中無雙、丁孝公。東觀記曰。上歎嗟其才。號之曰殿中無雙、丁孝公。賜錢二十萬。章懷太子云。續漢書亦同。而此書獨作時人歎也。

臨淮吏人爲朱暉歌

後漢書朱暉傳。字文季。再遷臨淮太守。暉好節概。有所拔用。皆厲行士。其諸報怨。以義犯率。皆爲求其理。多得生濟。其不義之囚。卽時僵仆。吏人畏愛。爲之歌曰。

彊直自遂。南陽朱季。吏畏其威。人懷其惠。御覽卷二百六十引後漢書、卷四百二十三引東觀漢記。人作民。

京師爲胡廣諺

後漢書胡廣傳。字伯始。性溫柔謹素。常遜言恭色。達練事體。明解朝章。雖無謇直之風。屢有補闕之益。故京師諺曰。

萬事不理、問伯始。天下中庸、有胡公。御覽卷四百九十五引謝承後漢書作萬事不理。詣胡伯始。

時人爲王符語

後漢書王符傳。後度遼將軍皇甫規解官。歸安定。鄉人有以貨得鴈門太守者。亦去職還家。書刺謁規。規臥不迎。旣入而問。卿前在郡食鴈美乎。有頃。又白王符在門。規素聞符名。乃驚遽而起。衣不及帶。屣履出迎。援符手而還。與同坐極歡。時人爲之語曰。

徒見二千石。不如一縫掖。禮記儒行。孔子曰。丘少居魯。衣逢掖之衣。鄭玄注云。逢猶大也。

關西爲楊震語

後漢書楊震傳。字伯起。震少好學。受歐陽尙書於太常桓郁。明經博覽。無不窮究。諸儒爲之語曰。

關西孔子、楊伯起。拜經樓詩話卷四。孔作夫。

順陽吏民爲劉陶歌

後漢書劉陶傳。除順陽長。縣多姦猾。陶到官。宣募吏民有氣力勇猛能以死易生者。不拘亡命姦滅。於是剽輕劍客之徒過晏等十餘人。皆來應募。陶責其先過。要以後效。使各結所厚少年。得數百人。皆嚴兵待命。於是覆案姦軌。所發若神。以病免。吏民思而歌之曰。水經注淮水篇作童謠歌。

邑然不樂。謝承後漢書。邑作悒。思我劉君。何時復來。安此下民。

按謝承後漢書以此歌屬之劉駒駼。云駒駼除樅陽長。以病免。吏民思而歌之云云。御覽卷四百六十五引後漢書亦作順陽民爲劉駒駼歌。蓋後上脫去謝承二字。

虞詡引諺

後漢書虞詡傳。永初四年。羌胡反亂。殘破并涼。大將軍鄧騭以軍役方費。事不相贍。欲棄涼州。并力北邊。乃會公卿集議。詡聞之。乃說李修曰。涼州既棄。即以三輔爲塞。三輔爲塞。則園陵單外。此不可之甚者也。諺曰云云。觀其習兵壯勇。實過餘州。今羌胡所以不敢入據三輔爲心腹之害者。以涼州在後故也。其土人所以推鋒執銳無反顧之心者。爲臣屬於漢故也。若棄其境域。徙其人庶。安土重遷。必生異志。如使豪雄相聚。席捲而東。雖賁育爲卒。太公爲將。猶恐不足當禦。棄之非計。

關西出將。關東出相。說文云。諺、傳言也。前書云。秦漢以來。山東出相。山西出將。章懷太子云。秦時郿白起、頻陽王翦。漢興。義渠公孫賀、傅介子、成紀、李廣、李蔡、上邽趙充國、狄道辛武賢、皆名將也。丞相則蕭曹、魏邴、韋平、孔翟之類也。

京師爲周舉語

後漢書周舉傳。字宣光。舉姿貌短陋。而博學洽聞。爲儒者所宗。故京師爲之語曰。

五經從横、周宣光。御覽卷六百十五引東觀漢記。從作縱。

京師爲光祿茂才謠

後漢書黃琬傳。稍遷五官中郎將。時陳蕃爲光祿勳。深相敬待。數與議事。舊制光祿舉三署郎以高功久次才德尤異者爲茂才四行。時權富子弟。多以人事得舉。而貧約守志者。以窮退見遺。京師爲之謠曰云云。於是琬蕃同心。顯用志士。平原劉醇、河東朱山、蜀郡殷參等。幷以才行蒙舉。蕃琬遂爲權富郎所見中傷。

欲得不能。光祿茂才。章懷太子云。能音乃來反。

潁川爲荀爽語

後漢書荀淑傳。有子八人。儉、緄、靖、燾、汪、爽、肅、專。時人謂之八龍。荀爽傳。字慈明。幼而好學。年十二。能通春秋、論語。遂耽思經書。慶弔不行。徵命不應。潁川爲之語曰。

荀氏八龍。慈明無雙。

時人爲陳氏語

後漢書陳寔傳。寔除太邱長。子紀拜大鴻臚。子羣爲魏司空。天下以爲三國志。陳羣子泰傳。追贈司空。注引博物記曰。四世於漢魏二朝。并有重名。而其德漸漸小減。時人爲其語曰云云。博物志卷四引此條作時人爲其語曰云云。錢氏熙祚云。魏志陳泰傳注引博物記同。按提要引楊慎丹鉛錄。據後漢書注。博物記乃唐蒙所作。灼然二書。則此條乃採輯者羼入也。

公慙卿、卿慙長。

京師爲李氏語

後漢書李固傳。以固爲太尉。與梁冀參錄尚書事。先是蠡吾侯志當取冀妹。時在京師。冀欲立之。自胡廣、趙戒以下。莫不懾憚之。皆曰惟大將軍令。而固獨與杜喬堅守本議。冀厲聲曰罷會。固意既不從。猶望衆心可立。復以書勸冀。冀愈激怒。乃說太后先策免固。竟立蠡吾侯。是爲桓帝。固小子燮。字德公。靈帝時拜安平相。先是安平王續爲張角賊所掠。國家贖王。得還朝、廷議復其國。燮上奏曰。續在國無政。爲妖賊所虜。守藩不稱。不宜復國。時議者不同。而續竟歸藩。燮以謗毀宗室。輸作左校。未滿歲。王果坐不道被誅。乃拜燮爲議郎。京師語曰。

父不肯立帝。子不肯立王。華陽國志漢中士女志。作李德公父不欲立帝。子不欲立王。

京兆民語

後漢書延篤傳。遷左馮翊。又徙京兆尹。其政用寬仁。憂恤民黎。擢用長者。與參政事。郡中歡愛。三輔咨嗟焉。先是陳留邊鳳爲京兆尹。亦有能名。郡人爲之語曰。

前有趙張三王。章懷太子云。前書趙廣漢、張敞、王遵、王章、王駿、俱爲京兆尹也。**後有邊延二君。**御覽卷二百五十二作前有張趙。後有邊延。　義府卷下以此語爲一句中叶韻者。

陳蕃引鄙諺

後漢書陳蕃傳。遷光祿勳。時封賞踰制。內寵猥盛。蕃乃上疏諫曰。萬人飢寒。不聊生活。而采女數千。食肉衣綺。脂油粉黛。不可貲計。鄙諺云云。以女貧家也。今後宮之女。豈不貧國乎。帝頗納其言。爲出宮女五百餘人。

盜不過五女門。顏氏家訓治家篇。女下有之字。御覽卷四百五十二。過作入。

三府爲朱震諺

後漢書陳蕃傳。蕃友人陳留朱震。字伯厚。初爲州從事。奏濟陰太守單匡臧罪。幷連匡兄中常侍車騎將軍超。桓帝收匡下廷尉。以譴超。超詣獄謝。三府諺曰。

車如雞棲馬如狗。疾惡如風朱伯厚。

甘陵民謠

後漢書黨錮傳序。初、桓帝爲蠡吾侯。受學於甘陵周福。及卽帝位。擢福爲尙書。時同郡河南尹房植。有名當朝。鄉人爲之謠曰云云。二家賓客互相譏揣。遂各樹朋徒。漸成尤隙。由是甘陵有南北部。黨人之議。自此始矣。

天下規矩、房伯武。因師獲印、周仲進。

汝南南陽二郡民謠

又云。後汝南太守宗資任功曹范滂。南陽太守成瑨亦委功曹岑晊。二郡又爲謠曰。白帖卷四十一作人爲之歌。析爲二則。卷六十二第二則作語。卷七十七第一則作歌謠。御覽卷二百六十四引續漢書作時人謠。

汝南太守范孟博。南陽宗資主畫諾。吳氏仁傑兩漢刊誤補遺卷十黨錮傳。南陽宗資主畫諾。讀者多以爲唯諾之辭。仁傑曰。非然也。此王公守相批牋啓符牒之文。如人主之制可也。宋書載皇太子牋儀、關事儀。皆曰宜如是事諾奉行。潘遠紀聞云。前代王府寮吏牋啓可行。則批諾。晉元帝踐阼。頗執謙遜。凡諸侯牋奏。批之曰諾。字有鳳尾婆娑。故謂之鳳尾諾。南史陳伯之不識書。爲江州刺史。得文牒詞訟。唯作大諾而已。南陽太守岑公孝。弘農成瑨但坐嘯。章懷太子云。謝承書云。成瑨少修仁義。篤學。以淸名見舉孝廉。拜郎中。遷南陽太守。郡舊多豪强。中官黃門。磐牙境界。瑨下車。振威嚴以檢擿之。是時桓帝乳母中官貴人外親張子禁。怙恃貴勢。不畏法網。功曹岑晊勸使捕子禁。付宛獄笞殺之。桓帝徵瑨下獄死。宗資字叔都。南陽安衆人也。家代爲漢將相名臣。祖父均自有傳。資少在京師。學孟氏易、歐陽尙書。舉孝廉。拜議郎。補御史中丞汝南太守。署范滂爲功曹。委任政事。推功於滂。不伐其美。任善之名。聞於海內也。

太學諸生語

又云。因此流言轉入太學。諸生三萬餘人。郭林宗、賈偉節爲其冠。幷與李膺、陳蕃、王暢更相褒重。學中語曰。

天下模楷、李元禮。不畏强禦、陳仲舉。天下俊秀、王叔茂。官韻考異。楷字下引漢書首句。天下作後進。世說新語賞譽篇注引張璠漢紀。强作彊。御覽卷四百六十五引袁山松後漢書。俊作英。

天下爲賈彪語

後漢書賈彪傳。字偉節。初、彪兄弟三人。幷有高名。而彪最優。故天下稱曰。

賈氏三虎。偉節最怒。

陳琳引諺

後漢書何進傳。進素知中官天下所疾。陰規誅之。袁紹亦素有謀。進白太后。太后不聽。進新當重任。雖外收大名。而內不能斷。故事久不決。紹等又爲畫策。多召四方猛將及諸豪傑。使並引兵向京城以脅太后。進然之。主簿陳琳入諫曰。易稱卽鹿無虞。章懷太子云。易屯卦六三爻辭也。虞、掌山澤之官。卽鹿猶從禽也。無虞、言不可得。諺有云云。夫微物尚不可欺以得志。況國之大事。其可以詐立乎。

掩目捕雀。

冀州民爲皇甫嵩歌

後漢書皇甫嵩傳。卽拜嵩爲左車騎將軍領冀州牧。封槐里侯。嵩奏請冀州一年田租。以贍飢民。

帝從之。百姓歌曰。

天下大亂兮市爲墟。母不保子兮妻失夫。賴得皇甫兮復安居。御覽卷二百五十引續漢書。無大字。保作抱。得作有。卷四百六十五引後漢書。無大字。子下、甫下無兮字。安作汝。

道士負布歌

後漢書董卓傳。時王允與呂布及僕射士孫瑞謀誅卓。三輔決錄曰。瑞字君榮。扶風人。博達無不通。天子都許。追論瑞功。封子萌津亭侯。有人書呂字於布上。負而行於市。歌曰云云。有告卓者。卓不悟。英雄記曰。有道士書布爲呂字。持以示卓。卓不知其爲呂布也。御覽卷一百三十五引幽明錄曰。董卓信巫。軍中常有巫都言。禱求福利。言從卓求布。倉卒無布有手巾。言曰。可用耳。取便書巾上如作兩口。一口大。一口小。相累以舉。謂卓曰。愼此也。卓後爲呂布所殺。後人乃知況呂布也。

布乎。御覽卷八百二十引華嶠後漢書。布乎作疊句。

獻帝初幽州童謠

後漢書公孫瓚傳。是時瓚破禽劉虞。盡有幽州之地。猛志益盛。前此有童謠曰云云。瓚自以爲易地當之。遂徙鎭焉。前書。易縣屬涿郡。續漢志曰。屬河間。章懷太子云。瓚所居易京故城。在今幽州歸義縣南十八里。乃盛修營壘樓觀數十。臨易河。通遼海。

燕南垂。趙北際。中央不合大如礪。唯有此中可避世。續漢書五行志注云。獻帝初童謠曰云云。公孫瓚以爲易地當之。遂徙鎭焉。乃修城積穀。以待天下之變。建安三年。袁紹攻瓚。瓚大敗。縊其姊妹妻子。引火自焚。紹兵趣登臺。斬之。初瓚破黃巾。殺劉虞。乘勝南下。侵據齊地。雄威大振。而不能開廓遠圖。欲以堅城斃時。坐聽圍戮。斯亦自易地而去世也。三國志公孫瓚傳注引英雄記云。先是有童謠曰云云。瓚以易當之。乃築京固守。瓚別將有爲敵所圍。義不救也。其言曰。救一人。使後將恃救不力戰。今不救。此後將當念在自勉。是以袁紹始北擊之。時瓚南界上別營。自度守則不能自固。又知必不見救。是以或自殺其將帥。(遂)[或]爲紹兵所破。遂令紹軍徑至其門。裴松之云。以爲童謠之言。無不皆驗。至如此記。似若無徵。謠言之作。蓋令瓚終始保易。無事遠略。而瓚因破黃巾之威。意志張遠。遂置三州刺史。圖滅袁氏。所以致敗也。御覽卷一百六十三引後漢書。央作間。卷七百六十七引魏志。大作平。

蒲亭鄉爲仇覽謠

後漢書仇覽傳。選爲蒲亭長。覽初到。亭人有陳元者。獨與母居。而母詣覽告元不孝。覽驚曰。吾近日過舍。廬落整頓。廣雅曰。落、居也。章懷太子云。案今人謂院爲落也。耕耘以時。此非惡人。當是教化未及至耳。母守寡養孤。苦身投老。奈何肆忿於一朝。欲致子以不義乎。母聞感悔。涕泣而去。覽乃親到元家。與其母子飲。因爲陳人倫孝行。譬以禍福之言。元卒成孝子。鄉邑爲之諺曰。

父母何在在我庭。化我鳲梟哺所生。章懷太子云。鳲梟、即鴟鴞也。

京師爲董宣歌

後漢書董宣傳。字少平。後特徵爲洛陽令。賜錢三十萬。宣悉以班諸吏。由是搏擊豪彊。莫不震慄。京師號爲臥虎。歌之曰。

枹鼓不鳴、董少平。

涼州民爲樊曄歌

後漢書樊曄傳。隴右不安。乃拜曄爲天水太守。政嚴猛。好申韓法。善惡立斷。人有犯其禁者。率不生出獄。吏人及羌胡畏之。道不拾遺。行旅至夜。聚衣裝道傍曰。以付樊公。涼州爲之歌曰。

游子常苦貧。力子天所富。章懷太子云。勤力之子。寧見乳虎穴。章懷太子云。乳、產也。猛獸產乳。護其子。則搏噬過常。故以喻也。故本穴字或作六。誤也。顏氏家訓書證篇。江南書本穴皆誤作六。學士因循迷而不悟。夫虎豹穴居。事之較者。所以班超云。不入虎穴。安得虎子。寧復論其六七耶。不入冀府寺。章懷太子云。冀、天水縣也。顏氏家訓、佩觿卷上註。冀府作曄城。御覽卷二百六十二引東觀漢記。府作城。大笑期必死。忿怒或見置。嗟我樊府君。安可再遭値。

天下爲四侯語

後漢書宦者單超傳。單超河南人。徐璜下邳良城人。具瑗魏郡元城人。左悺河南平陰人。唐衡潁川郾人也。初、梁冀驕橫益甚。帝逼畏久。恆懷不平。五人遂定其議。於是詔收冀及宗親黨與悉誅之。封超新豐侯。二萬戶。璜武原侯。瑗東武陽侯。各萬五千戶。悺上蔡侯。衡汝陽侯。各萬三千戶。五人同日封。故世謂之五侯。自是權歸宦官。朝廷日亂矣。超疾病。帝遣使者就拜車騎將軍。明年薨。其後四侯轉橫。天下爲之語曰。

左回天。具獨坐。章懷太子云。獨坐、言驕貴無偶也。徐臥虎。唐兩墮。章懷太子云。兩墮、謂隨意所爲不定也。今人謂持兩端而任意爲兩墮。諸本兩或作雨也。御覽卷三百九十三引風俗通作左迴天。徐轉日。具獨坐。唐鷹羣。言其信用甚於圜轉。

時人爲任安語

後漢書任安傳。字定祖。廣漢綿竹人也。少遊太學。受孟氏易。兼通數經。又從同郡楊厚學圖讖。究極其術。時人稱曰云云。又曰云云。學終。還家敎授。諸生自遠而至。

欲知仲桓、問任安。

居今行古、任定祖。

京師爲楊政語

後漢書楊政傳。字子行。京兆人也。少好學。從代郡范升受梁邱易。善說經書。京師爲之語曰。

說經鏗鏗、楊子行。

京師爲戴憑語

後漢書戴憑傳。拜憑虎賁中郎將。以侍中兼領之。正旦朝賀。百僚畢會。帝令羣臣能說經者。更相難詰。義有不通。輒奪其席。以益通者。憑遂重坐五十餘席。故京師爲之語曰。

解經不窮、戴侍中。御覽卷四百九十五引東觀漢記作說不窮。戴侍中。

壽春鄉里爲召馴語

後漢書召馴傳。字伯春。九江壽春人也。少習韓詩。博通書傳。以志義聞。鄉里號之曰。白帖卷七十四作諺。

德行恂恂、召伯春。白帖。德行作鄉里。

時人爲周澤語

後漢書周澤傳。數月復爲太常。淸潔循行。盡敬宗廟。常臥病齋宮。其妻哀澤老病。闚問所苦。澤大怒。以妻干犯齋禁。遂收送詔獄謝罪。當世疑其詭激。時人爲之語曰。

生世不諧。作太常妻。孫氏星衍所輯漢官儀。生作居。作作爲。一歲三百六十日。三百五十九日齋。一日不齋醉如泥。既作事。復低迷。一日以下三句。原本無。今據章懷太子注所引漢官儀及孫氏星衍所輯漢官儀補。墨莊漫錄引此條釋云。南海有蟲。無骨。名曰泥。在水則活。失水則醉。如一堆泥然。後又讀五國故事云。僞閩主王延慶爲長夜之飲。因醉屢殺大臣。以銀葉作杯。柔弱如冬瓜片。名曰醉如泥。酒既盈。不可寘杯。唯盡乃已。蓋取此義也。

時人爲許愼語

後漢書許愼傳。字叔重。汝南召陵人也。性淳篤。少博學經籍。馬融常推敬之。時人爲之語曰。

五經無雙、許叔重。

京師爲黃香號

後漢書黃香傳。年九歲失母。思慕憔悴。殆不免喪。鄉人稱其至孝。年十二。太守劉護聞而召之。署門下孝子。甚見愛敬。香家貧。內無僕妾。躬執苦勤。盡心奉養。遂博學經典。究精道術。能文章。京師號曰云云。初除郎中。元和元年。肅宗詔香詣東觀。讀所未嘗見書。香後告休。及歸京師。時千乘王冠。章懷太子云。千乘貞王伉、章帝子也。冠謂二十加冠也。帝會中山邸。迺詔香殿下。顧謂諸王曰。此天下無雙江夏黃童者也。左右莫不改觀。

天下無雙。江夏黃童。白帖卷二十。童作香。御覽卷三百八十四引東觀漢記作日下無雙。江夏黃香。卷六百十六引東觀漢記。天作日。

豫章鄉里爲雷義陳重語

後漢書陳重傳。字景公。豫章宜春人也。少與同郡雷義爲友。俱學魯詩、顏氏春秋。太守張雲舉重孝廉。重以讓義。前後十餘通記。雲不聽。義明年舉孝廉。重與俱在郎署。後重與義俱拜尚書郎。義代同時人受罪。以此黜退。重見義去。亦以病免。後舉茂才。雷義傳。字仲公。豫章鄱陽人也。義歸舉茂才。讓於陳重。刺史不聽。義遂佯狂被髮走。不應命。鄉里爲之語曰云云。三府同時俱辟二人。

膠漆自謂堅。白帖卷三十四作誰謂膠漆堅。潛確類書卷六十。自作雖。不如雷與陳。

梁沛間爲范冉歌

後漢書范冉傳。冉字史雲。章懷太子云。冉或作丹。陳留外黃人也。桓帝時。以冉爲萊蕪長。章懷太子云。萊蕪縣屬泰山郡。故城在今淄川縣東南。遭母憂。不到官。後辟太尉府。以狷急不能從俗。常佩韋於朝。史記曰。西門豹性急。佩韋以自緩。議者欲以爲侍御史。因遁身逃命於梁沛之間。徒行敝服。賣卜於市。遭黨人禁錮。遂推鹿車。載妻子。捃拾自資。袁山松書曰。冉去官。嘗使兒拾麥。得五斛。鄰人尹臺遺之一斛。囑兒莫道。冉後知。卽令并送六斛。言麥已雜矣。遂誓不敢受。或寓息客廬。或依宿樹蔭。如此十餘年。乃結草室而居焉。所止單陋。有時絕粒。窮居自若。言貌無改。閭里歌之曰。

甑中生塵、范史雲。釜中生魚、范萊蕪。御覽卷四百八十四引續漢書。下中字作裏。

益部爲任文公語

後漢書任文公傳。王莽篡後。文公推數。知當大亂。乃課家人。負物百斤。環舍趨走。日數十時。人莫知其故。後兵寇並起。其逃亡者。少能自脫。惟文公大小。負糧捷步。悉得完免。遂奔子公山。十餘年不被兵革。公孫述時。蜀武擔石折。章懷太子云。武擔山在今益州成都縣北百二十步。揚雄蜀王本紀云。武都丈夫化爲女子。顏色美絕。蓋山精也。蜀王納以爲妃。無幾物故。乃發卒之武都。擔土葬於城都郭中。號曰武擔。以石作鏡一枚表其墓。華陽國志曰。王哀念之。遣五丁之武都。擔土爲妃作冢。蓋地數畝。高七丈。其石俗今名爲石筍。文公曰。噫。西州智士死。我乃當之。自是常會聚子孫。設酒食。後三月果卒。故益部爲之語曰。

任文公、智無雙。

光武述時人語

後漢書郭憲傳。字子橫。光武卽位。求天下有道之人。乃徵憲。拜博士。再遷。建武七年。代張堪爲光祿勳。時匈奴數犯塞。帝患之。乃召百僚廷議。憲以爲天下疲敝。不宜動衆。諫爭不合。乃伏地稱眩瞀不復言。帝令兩郎扶下殿。憲亦不拜。帝曰。常聞云云。竟不虛也。

關東觥觥、郭子橫。章懷太子云。觥觥、剛直之貌。音古橫反。

平原人爲王君公語

後漢書逢萌傳。初、萌與同郡徐房、平原李子雲、王君公相友善。並曉陰陽。懷德穢行。房與子雲養徒各千人。君公遭亂。獨不去。儈牛自隱。（章懷太子云。儈、謂平會兩家賣買之價。）時人謂之語曰。

避世牆東、王君公。

京師爲井丹語

後漢書井丹傳。字大春。扶風郿人也。少受業太學。通五經。善談論。故京師爲之語曰。

五經紛綸、井大春。

梁鴻五噫歌

後漢書梁鴻傳。字伯鸞。扶風平陵人也。因東出關。過京師。作五噫之歌曰云云。肅宗聞而非之。求鴻不得。乃易姓運期。名燿。字侯光。與妻子居齊魯之間。有頃又去適吳。

陟彼北芒兮、噫。顧覽帝京兮、噫。宮室崔嵬兮、噫。人之劬勞兮、噫。遼遼未央兮、噫。（三輔決錄注。陟作遵。覽作瞻。室作闕。嵬作巍。人作民。御覽卷一百五十八引後漢書。陟作登。顧覽作覽觀。遼遼作寥寥。）

時人爲戴遵語

後漢書戴良傳。汝南愼陽人也。曾祖父遵。字子高。平帝時爲侍御史。王莽簒位。稱病歸鄉里。家富。好給施。尚俠氣。食客常三四百人。時人爲之語曰。

關東大豪、戴子高。

班昭女誡引鄙諺

後漢書曹世叔妻班昭傳。作女誡七篇。有助內訓。敬愼第三。陰陽殊性。男女異行。陽以剛爲德。陰以柔爲用。男以彊爲貴。女以弱爲美。故鄙諺有云云。然則修身莫若敬。避彊莫若順。故曰敬順之道。婦之大禮也。

生男如狼。猶恐其尫。生女如鼠。猶恐其虎。 野客叢書卷二十七。二猶字作惟。

益州民爲尹就諺

後漢書南蠻傳。永和二年。日南、象林、徼外蠻夷區憐等數千人攻象林縣。燒城寺。殺長吏。帝以爲憂。明年。召公卿百官及四府掾屬。問其方略。皆議遣大將發荊、揚、兗、豫四萬人赴之。大將軍從事中郎李固駮曰。前中郎將尹就討益州叛羌。益州諺華陽國志巴志作百姓諺。曰云云。後就徵還。以兵付刺史張喬。喬因其將吏。旬月之間。破殄寇虜。此發將無益之效。州郡可任之驗也。

虜來尚可。尹來殺我。 華陽國志。下來字作將。

哀牢行者歌

後漢書哀牢夷傳。顯宗以其地置哀牢、博南二縣。割益州郡西部都尉所領六縣。古今注曰。永平十年。置益州西部都尉居巂唐。續漢志。六縣謂不韋、巂唐、比蘇、楪榆、邪龍、雲南也。合爲永昌郡。始通博南山。度蘭倉水。華陽國志曰。博南縣西山高三十里。越之度蘭倉水也。行者苦之。歌曰。

漢德廣。開不賓。度博南。越蘭津。度蘭倉。爲它人。 華陽國志南中志。二度字均作渡。倉作滄。舊唐書張柬之傳、全唐文卷一百七十五張柬之請罷姚州屯戍表。上度字作歷。下度字作渡。新唐書張柬之傳仍作度。餘與舊書同。水經注青衣水篇。上闌字作倉。度作渡。楊氏愼雲南山川志卷一。二闌字作瀾。

京師爲鮑永鮑恢語

後漢書異文。據御覽卷三百七十。鮑永辟鮑恢爲從事。京師語曰。

貴戚斂手避二鮑。

案御覽係引漢書。今檢漢書無此條。後漢書鮑永傳。辟扶風鮑恢爲都官從事。恢亦抗直不避權要。帝嘗曰。貴戚且宜斂手。以避二鮑。亦不言京師語。疑御覽所引。乃范書之別本也。

京師爲鮑宣鮑永鮑昱歌

後漢書逸文。據廣博物志卷六十七。司隸校尉上黨鮑子都。樂府詩集卷八十五作鮑宣。子永。孫昱。並爲司隸。及其爲公。皆乘驄馬。故京師歌曰。

鮑氏驄。三入司隸再入公。馬雖疲。行步工。樂府詩集。疲作瘦。

汲縣長老爲崔瑗歌

後漢書逸文。據廣博物志卷十七。崔瑗爲汲令。開溝造稻田。潟鹵之地。更爲沃壤。民賴其利。長老歌之曰。

上天降神明。錫我仁慈父。臨民布德澤。恩惠施以序。穿溝廣灌溉。決渠作甘雨。御覽卷二百六十八引崔氏家傳。首句作天降神明君。仁慈作慈仁。卷四百六十五引崔氏家傳。慈作玆。民作人。

弘農人爲吳祐謠

後漢書逸文。據廣博物志卷十七。吳祐爲弘農令。按御覽卷四百六十五引陳留耆舊傳。弘作恆。係宋人避宣祖諱。勸善懲姦。貪濁出境。甘露降。年穀豐。童謠曰。

君不我憂。人何以休。不行界署。焉知人處。御覽。界作略。

桓靈時人爲選舉語二則

後漢書逸文。據樂府詩集卷八十一。桓靈之世。更相濫舉。人爲之謠。抱朴子審舉篇。靈獻之世。閹官用事。羣姦秉權。危害忠良。臺閣失選用於上。州郡輕貢舉於下。夫選用失於上。則牧守非其人矣。貢舉輕於下。則秀孝不得賢矣。故時人語曰云云。又曰云云。蓋疾之甚也。

舉秀才。不知書。察孝廉。父別居。寒素淸白濁如泥。高第良將怯如雞。寒素以下二句原本無。今據抱朴子補。御覽卷四百九十六。雞作蠅。全唐文卷三百七十四張倚長才廣度策。雞作龜。唐書魏元忠傳袁楚客書。葛洪有言。舉秀才不知書。察孝廉濁如泥。高第賢良咨如黽。丹鉛總錄引此諺。察作舉。雞作黽。釋云。泥音涅。後漢書引論語涅而不淄。作泥而不滓。可證也。黽音蔑。爾雅注引黽勉從事。或作蠠沒。又作密勿。可證。泥音涅。則黽當音蔑。黽或音密。則泥當音匿。古音例無定也。晉書作怯如雞。蓋不得其音而改之。按說文黽訓蛙。黽黽訓蝦蟆。楊氏所引作黽。蓋用黽字之本義。蠅較黽祇多偏旁。龜與黽形亦相近。則謂蠅與龜皆黽字之譌。說亦近理。惟雞與黽字體不同。蓋傳聞之異。不必定謂雞字爲誤也。

古人欲達勤誦經。今世圖官免治生。此一則原本無。據抱朴子補。御覽。免作勉。

長安中爲郎舍謠

後漢書獻帝紀。初平四年九月甲午。試儒生四十餘人。上第賜位郎中。次太子舍人。下第者罷之。詔曰。今耆儒年踰六十。去離本土。營求糧資。白首空歸。長委農野。永絕榮望。朕甚愍焉。其依科罷者。聽爲太子舍人。注引劉艾獻帝紀曰。時長安中爲之謠曰。

頭白皓然。食不充糧。裹衣褰裳。當還故鄉。聖主愍念。悉用補郎。舍是布衣。被服玄黃。

京師爲袁成諺

後漢書袁紹傳。父成五官中郎將。章懷太子注云。袁山松書曰。紹、司空逢之孽子。出後伯父成。魏書亦同。英雄記。成字文開。與梁冀結好。言無不從。京師諺曰。

事不諧。問文開。御覽卷三百八十六、卷四百九十六引英雄記。問作詣。

時人爲呂布語

後漢書呂布傳。投袁紹。紹與布擊張燕於常山。燕精兵萬餘。騎數千匹。布常御良馬。號曰赤菟。能馳城飛塹。與其健將成廉、魏越等數十騎。馳突燕陣。一日或至三四。皆斬首而出。連戰十餘日。遂破燕軍。注引曹瞞傳曰。時人語曰。

人中有呂布。馬中有赤菟。三國志呂布傳注、御覽卷四百九十六引曹操別傳。菟作兔。

(羊)〔陳〕元引諺

後漢書仇覽傳注引謝承書曰。覽爲縣陽遂亭長。好行教化人。(羊)〔陳〕元凶惡不孝。其母詣覽言元。覽呼元。誚責元以子道。與一卷孝經使誦讀之。元深改悔。到母牀下謝罪曰。元少孤。爲母所驕。諺曰云云。乞今自改。母子更相向泣。於是元遂修孝道。後成佳士也。

孤犢觸乳。驕子罵母。御覽卷六百十引謝承後漢書。罵作詈。風雅逸篇卷六。觸作犨。

時人爲葛龔語

後漢書葛龔傳。以善文記知名。章懷太子注云。龔善爲文奏。或以請龔奏以干人者。龔爲作之。其人寫之。忘自載其名。因并寫龔名以進之。故時人爲之語曰云云。事見笑林。

作奏雖工。宜去葛龔。

更始時南陽童謠

續漢書五行志一。更始時。南陽有童謠曰云云。是時更始在長安。世祖爲大司馬。平定河北。更始大臣並僭專權。故謠妖作也。後更始遂爲赤眉所殺。光武紀注引無遂字。是更始之不諧在赤眉也。光武紀注引作是不諧也。世祖自河北興。光武紀注引作光武由河北而興。是得之也。

諧不諧。在赤眉。得不得。在河北。

王莽末天水童謠

續漢書五行志一。王莽末。天水童謠曰云云。時隗囂初起兵於天水。後意稍廣。欲爲天子。遂被滅。囂少病蹇。吳門、冀郭門名也。緹羣、山名也。

出吳門。望緹羣。見一蹇人。言欲上天。令天可上。地上安得民。楊氏愼轉注古音略卷三引此謠。蹇作奇。云讀作矮。又云古文作奇。莊子作倚。云南方有倚人。按志文明言隗囂病蹇。楊氏所引誤。

順帝末京都童謠

續漢書五行志一。順帝之末。京都童謠曰云云。案順帝卽位。孝質短祚。大將軍梁冀貪樹疏幼。以爲己功。專國號令。以贍其私。太尉李固以爲清河王雅性聰明。敦詩悅禮。加又屬親。立長則順。置善則固。而冀建白太后策免固。徵蠡吾侯。遂卽至尊。固是日幽斃于獄。暴屍道路。而太尉胡廣封安樂鄉侯。司徒趙戒廚亭侯。司空袁湯安國亭侯云。

直如弦。死道邊。曲如鉤。反封侯。桓帝紀注云。曲如鉤謂梁冀胡廣等。直如弦謂李固等。御覽卷七百六十七引風俗通。反作乃。

桓帝初天下童謠

續漢書五行志一。桓帝之初。天下童謠碧湖雜記作漢成帝時童謠。成乃威之誤。係避宋欽宗諱。按曰云云。案元嘉中。涼州諸羌。一時俱反。南入蜀漢。東鈔三輔。延及幷冀。大爲民害。命將出衆。每戰常負。中國益發甲卒。麥多委棄。但有婦女穫刈之也。吏買馬君具車者。言調發重及有秩者也。請爲諸君鼓嚨胡者。不敢公言。私咽語。

小麥青青大麥枯。誰當穫者婦與姑。丈人何在西擊胡。御覽卷八百三十八。人作夫。吏買馬。君具車。請爲諸君鼓嚨胡。

桓帝初京都童謠

續漢書五行志一。桓帝之初。京都童謠曰云云。案此皆謂政貪也。城上烏尾畢逋者。處高利獨食。靈帝紀注引無利字。不與下共。謂人主多聚斂也。公爲吏子爲徒者。言蠻夷將畔逆。父既爲軍吏。其子又爲卒徒。往擊之也。一徒死百乘車者。言前一人往討。明既死矣。後又遣百乘車往。靈帝紀注引往下有也字。劉昭云。志家此釋。豈未盡乎。往徒一死。何用百乘。其後驗竟爲靈帝作。此言一徒。似斥桓帝。帝貴任羣閹。參委機政。左右前後。莫非刑人。有同囚徒之長。故言寄一徒也。且又弟則靡繼。身無嗣。魁然單獨。非一而何。百乘車者。乃國之君。解犢後徵。王膺斯數。繼以班班。尤得以類焉。車班班入河間者。言上將崩。乘輿班班入河間、迎靈帝也。應劭釋此句云。徵靈帝者。輪班擽節入河間也。河間姹女工數錢。以錢爲室金爲堂者。靈帝既立。靈帝紀注引靈作言。其母永樂太后好聚金以爲堂也。靈帝紀注引堂下有室字。石上慊慊舂黃粱者。言永樂雖積金錢。靈帝紀注引永樂作太后。慊慊常若不足。靈帝紀注引慊慊上有猶字。使人舂黃粱而食之也。梁下有懸鼓。我欲擊之丞卿怒者。言永樂主教靈帝。（靈帝紀注引永樂作太后。無靈字。）使賣官受錢。所祿非其人。天下忠篤之士怨望。欲擊懸鼓以求見。丞卿主鼓者。（靈帝紀注引主作懸。）亦復諂順。怒而止我也。

城上烏。尾畢逋。一年生九雛。（原本無此五字。據白帖卷九十四、御覽卷九百二十補。）公爲吏。子爲徒。一徒死。百乘車。車班班。入河間。河間姹女工數錢。以錢爲室金作堂。石上慊慊舂黃粱。梁下有懸鼓。我欲擊之丞卿怒。（白帖子作兒。御覽卷八百四十二。作作爲。）

又桓帝初京都童謠

續漢書五行志一。桓帝之初。京都童謠曰云云。案到延熹之末。鄧皇后以譴自殺。乃以竇貴人代之。其父名武。字游平。拜城門校尉。及太后攝政。爲大將軍。與太傅陳蕃。合心勠力。惟德是建。印綬所加。咸得其人。豪賢大姓。皆絕望矣。

游平賣印自有平。不辟賢豪及大姓。（竇武傳注所引。下平字作評。）

桓帝末京都童謠

續漢書五行志一。桓帝之末。京都童謠曰云云。案易曰。拔茅茹。以其彙征吉。茅喻羣賢也。井者法也。于時中常侍管霸、蘇康、憎疾海內英哲。與長樂少府劉囂、太常許永、尚書柳分、（袁山松書曰。柳分權豪之黨。爲范滂所奏者。）尋穆史佟、（章懷太子云。佟後亦爲司隸。應劭云。史佟、左官媮進者也。）司隸唐珍等。代作脣齒。河內牢川詣闕上書。汝潁南陽。上采虛譽。專作威福。甘陵有南北二部。三輔尤甚。由是博考黃門北寺。始見廢閣。（竇武傳注引始見廢閣作並見廢錮。）茅田一頃者。言羣賢衆多也。中有井者。言雖阨窮。不失其法度也。四方纖纖不可整者。言姦慝大熾。不可整理。嚼復嚼者。京都飲酒相强之辭也。言食肉者鄙。不恤王政。徒耽宴飲歌嘑而已也。今年尚可者。言但禁錮也。後年鐃者。陳竇被誅。天下大壞。

茅田一頃中有井。四方纖纖不可整。嚼復嚼。今年尚可後年鐃。風俗通作譊。竇武傳注引鐃作磽。音苦教反。磽猶惡也。楊氏慎古音餘卷三引此謠云。嚼平音。

又桓帝末京都童謠

續漢書五行志一。桓帝之末。京都童謠曰云云。案解犢亭屬饒陽河間縣也。劉昭云。案郡國志。饒陽本屬涿。後屬安平。靈帝既是河間王曾孫。謠言自是有徵。無俟明河間之縣爲驗。居無幾何。而桓帝崩。使者與解犢侯。皆白蓋車。從河間來。延延、衆貌也。是時御史劉儵建議立靈帝。以儵爲侍中。中常侍侯覽畏其親近。必當間己。白拜儵太山太守。因令司隸迫促殺之。朝廷少長。思其功効。乃拔用其弟郃。致位司徒。此爲合諧也。

白蓋小車何延延。河間來合諧。河間來合諧。

靈帝末京都童謠

續漢書五行志一。靈帝之末。京都童謠曰云云。案到中平六年。史侯登躡至尊。獻帝未有爵號。爲中常侍段珪等數十人所執。公卿百官。皆隨其後。到河上乃得來還。靈帝紀注引無來字。此爲非侯非王上北芒者也。

侯非侯。王非王。千乘萬騎上北芒。三國志董卓傳注引獻帝春秋。上作走。靈帝紀注及御覽卷四十二引芒作邙。

靈帝中平中京都歌

續漢書五行志一。靈帝中平中。京都歌曰云云。案董謂董卓也。言雖跋扈。縱其殘暴。終歸逃竄。至於滅族也。風俗通曰。卓以董逃之歌。主爲已發。大禁絶之。死者千數。滇南憶舊錄。余讀漢魏詩紀。其別集中所詮解樂府題。亦有未到處。如董逃行。此本以逃字爲桃。一解以董賢如彌子分桃事。一解謂王母賜漢武桃。命董雙成吹笙。故曰董桃。余讀漢魏詩乘下注此題曰。後漢游童作也。終有董卓作亂。卒以逃亡。後人習之爲歌曰董逃。按三解以後說爲是。前二解未免牽强附會。沈氏濂懷小編卷六引張氏說釋云。今按董逃董桃。亦以音相同借用。

承樂世、董逃。遊四郭、董逃。蒙天恩、董逃。帶金紫、董逃。行謝恩、董逃。整車騎、董逃。垂欲發、董逃。與中辭、董逃。出西門、董逃。瞻宮殿、董逃。望京城、董逃。日夜絶、董逃。心摧傷、董逃。楊孚卓傳曰。卓改爲董安。

獻帝初京師童謠

續漢書五行志一。獻帝踐祚之初。京師童謠曰云云。案千里草爲董。十日卜爲卓。凡別字之體。皆從上起。左右離合。無有從下發端者也。今二字如此者。天意若曰。卓自下摩上。以臣陵君也。青青者、暴盛之貌也。不得生者、亦旋破亡。

千里草。何青青。十日卜。不得生。三國志董卓傳注引英雄記。不得作猶不。佩觿卷上注引末句作不得一日生。朱氏鈞重刻說文序云。讖記不可以正六書。獻帝初童謠。以千里草爲董。十日卜爲卓。按董字從王東聲。非千里草。卓字爲日在甲上。非十日卜。又可據以爲證乎。

建安初荆州童謠

續漢書五行志一。建安初。荆州童謠曰云云。言自中興以來。荆州無破亂。及劉表爲牧。又豐樂。至此逮八九年。當始衰者。謂劉表妻當死。諸將並零落也。十三年無孑遺者。言十三年表又當死。民當移詣冀州也。

八九年間始欲衰。至十三年無子遺。

劉聖公賓客醉歌

續漢書逸文。據後漢書劉玄傳注、御覽卷八百四十八。時聖公聚客。家有酒。請遊徼飲。賓客醉歌言云云。遊徼大怒。縛捶數百。

朝烹兩都尉。遊徼後來。用調羹味。

京兆爲李燮謠

續漢書逸文。據樂府詩集卷八十七。李燮拜京兆尹。尹字據御覽卷二百五十二、四百六十五增。詔發西園錢。燮上封事。遂止不發。吏民愛敬。乃爲此謠。

我府君。道教舉。恩如春。威如虎。剛不吐。弱不茹。愛如母。訓如父。

隴水歌

續漢書郡國志。漢陽郡有大坂。名隴坻。注引郭仲產秦州記曰。隴山東西百八十里。登山嶺東望。秦川四五百里。極目泯然。山東人行役升此而顧瞻者。莫不悲思。故歌曰。

隴頭流水。分離四下。念我行役。飄然曠野。登高遠望。涕零雙墮。御覽卷五十引周地圖記。流作泉。分作流。樂府詩集卷二十五。分作流。四作山。念我行役作念我一身。

古謠諺卷七

秀水杜文瀾輯

曹操引諺

三國志魏書崔琰傳。琰嘗薦鉅鹿楊訓。太祖卽禮辟之。後太祖爲魏王。訓發表稱贊功伐。褒述盛德。時人或笑訓希世浮僞。謂琰爲失所舉。琰從訓取表草視之。與訓書曰。省表事佳耳。時乎時乎。會當有變時。琰本意譏論者好譴呵而不尋情理也。有白琰此書傲世怨謗者。太祖怒曰。諺言云云。耳非佳語。會當有變時。意指不遜。於是罰琰爲徒隸。

生女耳。

冀州人稱邢顒語

三國志魏書邢顒傳。字子昂。河間鄚人也。太祖辟顒爲冀州從事。時人稱之曰。

德行堂堂、邢子昂。

軍中爲典韋語

三國志魏書典韋傳。韋好持大雙戟與長刀等。軍中爲之語曰。（潛確類書卷八十九引江表傳。典韋容貌魁傑。名冠三軍。其所持手戟。長幾一尋。）

帳下壯士有典君。提一雙戟八十斤。（御覽卷三百五十二。提作持。卷四百三十四、卷四百九十六。提一作手提。潛確類書。提一作手把。）

陳思王植引諺

三國志魏書陳思王植傳。植復上疏陳審舉之義曰。臣聞天地協氣而萬物生。君臣合德而庶政成。旣時有舉賢之名。而無得賢之實。必各援其類而進矣。諺曰。

相門有相。將門有將。

王昶引諺

三國志魏書王昶傳。其爲兄子及子作名字。皆依謙實。以見其意。故兄子默、字處靜。沈、字處道。其子渾、字元沖。深、字道沖。遂書戒之曰。人或毁己。當退而求之於身。若己有可毁之行。則彼言當矣。若己無可毁之行。則彼言妄矣。當則無怨於彼。妄則無害於身。又何反報焉。且聞人毁己而忿者。惡醜聲之加人也。人報者滋甚。不如默而自修已也。諺全唐文卷二百九十張九齡上姚令公書作古人言。曰云云。斯言信矣。

救寒莫如重裘。止謗莫如自修。舊唐書魏謩傳、全唐文卷七百六十六魏謩諫納李孝本女疏。救作止。二如字均作若。全唐文卷二百九十。救作禦。上如字作若。白帖卷十二。上如字作若。御覽卷四百九十六引梁祚魏國統。上莫如作無若。下如字作若。卷六百九十四引王昶家戒。救作止。

按徐幹中論虛道篇云。語稱救寒莫如重裘。止謗莫如修身。療暑莫如親冰。惟彼不言諺。故置彼錄此。

襄陽鄉里爲馬良諺

三國志蜀書馬良傳。字季常。襄陽宜城人也。兄弟五人。並有才名。鄉里爲之諺曰云云。良眉中有白毛。故以稱之。

馬氏五常。白眉最良。

譙周引諺

三國志蜀書譙周傳。於時軍旅數出。百姓彫瘁。周與尚書令陳祗論其利害。退而書之。謂之仇國論。其辭曰。夫民疲勞則騷擾之兆生。上慢下暴則瓦解之形起。諺曰云云。是故智者不爲小利移目。不爲意似改步。時可而後動。數合而後舉。故湯武之師。不再戰而克。誠重民勞而度時審也。如遂極武黷征。土崩勢生。不幸遇難。雖有智者。將不能謀之矣。

射幸數跌。不如審發。

吳中童謠

三國志吳書吳主權傳。黃龍元年春。公卿百司皆勸權正尊號。夏四月。夏口、武昌並言黃龍鳳皇見。丙申。南郊卽皇帝位。初、興平中。吳中童謠曰。

黃金車。班蘭耳。闓昌門。出天子。裴松之曰。昌門、吳西郭門。夫差所作。宋書符瑞志。闓作開。御覽卷一百八十二。闓昌作闔閭。楊氏愼謝華啓秀卷三。蘭作闌。闓作開。出作見。古音複字卷三。班作斑。

時人爲周瑜謠

三國志吳書周瑜傳。瑜少精意於音樂。雖三爵之後。其有闕誤。瑜必知之。知之必顧。時人謠曰。

曲有誤。周郎顧。御覽卷五百六十四引吳錄。有作復。

諸葛恪引里語

三國志吳書孫霸傳。和同母弟也。和爲太子。霸爲魯王。圖危太子。太子以敗。霸亦賜死。孫奮傳。霸弟也。立爲齊王。居武昌。權薨。太傅諸葛恪不欲諸王處江濱兵馬之地。徙奮於豫章。奮怒不從命。又數越法度。恪上牋諫曰。里語曰云云。大王宜深以魯王爲戒。

明鏡所以照形。古事所以知今。全唐文卷三百七十四劉子玄思慎賦序作明鏡可以覽形。往古可以知今。

陸凱引童謠

三國志吳書陸凱傳。孫皓立。遷左丞相。皓時徙都武昌。揚土百姓。泝流供給。以爲患苦。又政事多謬。黎元窮匱。凱上疏曰。願陛下息大功。損百役。務寬盪。忽苛政。又武昌土地。實危險而塉埆。非王都安國養民之處。船泊則沈漂。陵居則峻危。且童謠言云云。臣聞翼星爲變。熒惑作妖。童謠之言。生於天心。乃以安居而比死。足明天意。知民所苦也。

寧飲建業水。不食武昌魚。寧還建業死。不止武昌居。御覽卷一百五十六引吳錄。還作歸。止作就。又引江表傳。止作就。卷一百七十引武昌記。還作歸。止作向。

吳人爲諸葛恪謠

三國志吳書諸葛恪傳。先是童謠曰云云。成子閣者。反語石子岡也。建業南有長陵。名曰石子岡。葬者依焉。鉤落者。校飾革帶。世謂之鉤絡帶。恪果以葦席裹其身。而篾束其胥。投之於此岡。

諸葛恪。何若若。原本無下三字。據晉志、御覽卷一千補。蘆葦單衣篾鉤落。於何相求成子閣。晉書五行志。諸葛恪作吁汝恪。成作常。宋書五行志、樂府詩集卷八十八。成作楊。御覽。成作常。

優人青頭雞唱

三國志魏書齊王芳紀。嘉平六年秋九月。大將軍司馬景王將謀廢帝。注云。世語及魏氏春秋並云。此秋姜維寇隴右。時安東將軍司馬文王鎭許昌。徵還擊維。至京師。帝于平樂觀以臨軍。過中領軍許允與左右小臣謀。因文王辭殺之。勒其衆以退大將軍。已書詔于前。文王入。優人雲午等唱曰云云。青頭雞者。鴨也。帝懼不敢發。文王引兵入城。景王因是謀廢帝。

青頭雞。青頭雞。

京師爲鄧颺語

三國志魏書曹爽傳注云。魏略曰。鄧颺字元茂。遷侍中尙書。颺爲人好貨。前在內職。許臧艾授以顯官。艾以父妾與颺。故京師爲之語曰云云。每所薦達。多如此比。

以官易富、鄧元茂。

魏時爲蔣濟謠言

三國志魏書夏侯玄傳注云。魏略曰。護軍總統諸將任主武官選舉。前後當此官者。不能止貨賂。故蔣濟爲護軍時。有謠言云云。宣王與濟善。間以問濟。濟無以解之。因戲曰。洛中市買。一錢不足則不行。遂相對歡笑。

欲求牙門、當得千匹。百人督、五百匹。

焦先𢎞𢏛歌

三國志魏書管寧傳注云。時有隱者焦先。河東人也。魏略曰。先字孝然。關中亂。先失家屬。獨竄於河渚間。至嘉平中。大發卒。將伐吳。有竊問先。今討吳何如。先不肯應。而謬歌曰云云。郡人不知其謂。會諸軍敗。好事者乃推其意。疑牂羊謂吳。𢎞𢏛謂魏。於是後人僉謂之隱者也。

祝蚼祝蚼。非魚非肉。更相追逐。本心爲當殺牂羊。更殺其羖攊邪。廣博物志卷二十一。無心字、當字、其字、邪字。

時人爲楊阿若號

三國志魏書閻溫傳注云。魏略勇俠傳。楊阿若後名豐。字伯陽。酒泉人。少游俠。常以報仇解怨爲事。故時人爲之號曰。

東市相斫、楊阿若。西市相斫、楊阿若。白帖卷九十二。上句斫字作殺。

魚豢引諺

三國志魏書任城陳蕭王傳評注云。魚豢曰。諺言云云。非人性分然也。勢使然耳。

貧不學儉。卑不學恭。

鴻臚中爲韓曁韓宣語

三國志魏書裴潛傳注云。魏略。韓宣字景然。渤海人也。明帝時。爲尙書大鴻臚。數歲卒。始南陽韓曁以宿德在宣前爲大鴻臚。曁爲人賢。及宣在後。亦稱職。故鴻臚中爲之語曰。

大鴻臚。小鴻臚。前後治行曷相如。御覽卷四百九十五引魏略。治作履。

博昌鄉人爲蔣任二姓語

三國志魏書王昶傳。戒子書云。樂安任昭先、淳粹履道。內敏外恕。注云。昭先名嘏。別傳曰。嘏、樂安博昌人。世爲著姓。夙智早成。故鄉人爲之語曰。按推尋此注。前後無蔣氏翁事。當由節錄別傳。佚其文耳。初學記人部引王鎭之童子傳。樂安任嘏者。十二就師。學不再問。一年通三經。鄉人歌曰云云。下言蔣氏之門。老而方篤。任家之學。幼而多慧。冊府元龜卷七百七十三。任昭先名嘏。世爲著姓。夙志早成。鄉人爲之語曰云云。年十四始學。疑不再問。三年中誦五經。皆曉其義。兼包羣言。無不綜覽。故時學者號之爲神童。可以互證。

蔣氏翁。任氏童。

東郡謠言

三國志魏書王淩傳。是時淩外甥令狐愚。以才能爲兗州刺史。屯平阿。舅甥並典兵。專淮南之重。淩愚密協計。謂齊王不任天位。楚王彪長而才。欲迎立彪都許昌。嘉平元年九月。愚遣將張式至白馬。與彪相問往來。注云。魏略曰。愚聞楚王彪有智勇。初、東郡有譌言云。白馬河出妖馬。夜過官牧邊鳴呼。衆馬皆應。明日見其迹。大如斛。行數里還入河中。又有謠言曰云云。楚王小字朱虎。故愚與王淩陰謀立楚王。

馬素羈。晉書五行志、宋書五行志。馬上並有白字。西南馳。其誰乘者朱虎騎。

渭濱民諺

三國志蜀書諸葛亮傳。建興十二年春。亮悉大衆由斜谷出。以流馬運。據武功五丈原。與司馬宣王對於渭南。相持百餘日。其年八月。亮疾病。卒于軍。時年五十四。及軍退。宣王案行其營壘處所。曰。天下奇才也。注云。漢晉春秋曰。楊儀等整軍而出。百姓奔告宣王。宣王追焉。姜維令儀反旗鳴鼓。若將向宣王者。宣王乃退。不敢偪。於是儀結陣而去。入谷。然後發喪。宣王之退也。百姓爲之諺曰云云。或以告宣王。宣王曰。吾能料生。不便料死也。

死諸葛走生仲達。

襄陽擇婦諺

三國志蜀書諸葛亮傳注云。襄陽記曰。黄承彥者。高爽開列。爲沔南名士。謂諸葛孔明曰。聞君擇婦。身有醜女。黄頭黑色。而才堪相配。孔明許。卽載送之。時人以爲笑樂。鄉里爲之諺曰。

莫作孔明擇婦。止得阿承醜女。御覽卷三百八十二引習鑿齒襄陽記。止作正。卷四百九十六引習鑿齒襄陽記作孔明擇婦。正得醜女。

壽春童謠

三國志吳書孫皓傳。建衡三年春正月晦。皓舉大衆出華里。注云。江表傳曰。初、丹陽刁玄使蜀。得司馬徽與劉廙論運命歷數事。玄詐增其文。以誑國人曰。黄旗紫蓋。見於東南。終有天下者。荆揚之君乎。又得國中降人。言壽春下有童謠曰云云。皓聞之喜曰。此天命也。卽載其母妻子及後宮數千人。從牛渚陸道西上。云靑蓋入洛陽、以順天命。行遇大雪。道塗陷壞。兵士被甲持仗。百人共引一車。寒凍殆死。皆曰若遇敵。便當倒戈耳。皓聞之乃還。

吳天子當上。御覽卷四十六引宣城圖經作天子當西上。

公安童謠

三國志吳書諸葛瑾傳。瑾子恪。名盛當世。恪已自封侯。故弟融襲爵。攝兵業。駐公安。後恪征淮南。假融節。令引軍入沔。以擊西兵。恪旣誅。遣無難督施寬就將軍施績、孫壹、全熙等取融。融卒聞兵士至。惶懼猶豫。不能決計。兵到圍城。飲藥而死。三子皆伏誅。注云。江表傳曰。先是公安有靈鼉鳴。童謠曰云云。及恪被誅。融果刮金印龜。服之而死。

白鼉鳴。龜背平。南郡城中可長生。守死不去義無成。晉書五行志。南郡城中可長生者。有急易以逃也。明年諸葛恪敗。弟融鎮公安。亦見襲。融刮金印龜服之而死。鼉有鱗介、甲兵之(爲)〔象〕、又曰白祥也。御覽卷九百三十二引吳志。長作求。

古謠諺卷八

秀水杜文瀾輯

宣帝讌歌

晉書宣帝紀。魏景初二年、帥牛金、胡遵等步騎四萬。發自京都。車駕送出西明門。詔弟孚子師送。過溫。賜以穀帛牛酒。勑郡守典農以下皆往會焉。見父老故舊。讌飲累日。帝歎息。悵然有感。爲歌曰。

天地開闢。日月重光。遭遇際會。畢力遐方。將掃羣穢。還過故鄉。肅清萬里。總齊八荒。告成歸老。待罪舞陽。御覽卷五百七十引晉陽秋。遭遇作今遭。畢力作奉辭。羣作逋。總作摠。

魏正始中民謠

晉書宣帝紀。魏正始八年夏四月。曹爽用何晏、鄧颺、丁謐之謀。遷太后於永寧宮。專擅朝政。兄弟並典禁兵。多樹親黨。屢改制度。帝不能禁。於是與爽有隙。五月。帝稱疾不與政事。時人爲之謠曰。

何鄧丁。亂京城。

愍帝末童謠

晉書愍帝紀。建興四年八月。劉曜逼京師。十一月乙未。使侍中宋敞送牋于曜。帝乘羊車肉袒銜壁輿櫬出降。初有童謠曰云云。時王浚在幽州。以豆有藿。殺隱士霍原以應之。及帝如曜營。營實在城東豆田壁。霍原傳。後王浚稱制謀僭。使人問之。原不答。浚心銜之。又有遼東囚徒三百餘人。依山爲賊。意欲劫原爲主。時有謠曰云云。浚以豆爲藿。收原斬之。

天子何在豆田中。霍原傳及水經注聖水篇、御覽卷八百四十一引王隱晉書。均作天子在何許。近在豆田中。

太安之際童謠

晉書元帝紀。太安之際。童謠云云。及永嘉中歲。熒惑太白聚斗牛之間。識者以爲吳越之地當興王者。是歲王室淪覆。帝與西陽、汝南、南頓、彭城五王獲濟。而帝竟登大位焉。

五馬浮渡江。一馬化爲龍。宋書符瑞志。浮作游。

太康中晉世寧舞歌

晉書五行志上。按此志所載歌謠、與宋書五行志大略相同。考沈約宋書成於房玄齡晉書之前。今依史書次第。先錄晉志。而附注宋志異同於各條下。然唐修晉書。實採前此十八家晉書。作者多在沈約之前。則晉志固宋志所本也。

太康中。天下爲晉世寧之舞。手接杯盤而反覆之。歌曰云云。識者曰。夫樂生人心。所以觀事也。今接杯盤於手上而反覆之。至危之事也。杯盤者。酒食之器。而名曰晉世寧。言晉世之士。苟偷於酒食之間。而知不及遠。晉世之寧。猶杯盤之在手也。

晉世寧。舞杯盤。南齊書樂志云。其第一解首句云晉世寧。宋改爲宋世寧。齊改爲齊世昌。

魏太和中兜鈴曹子歌

晉書五行志中。魏明帝太和中。京師歌兜鈴曹子。其唱曰云云。此詩妖也。其後曹爽見誅。曹氏遂廢。

其奈汝曹何。

景初初童謠

晉書五行志中。景初初。童謠曰云云。及宣帝遼東歸。至白屋。當還鎮長安。會帝疾篤。急召之。乃乘追鋒車東渡河。終如童謠之言。

阿公阿公駕馬車。不意阿公東渡河。阿公來還當奈何。宋志。來還作東還。

吳永安中南郡兒語

晉書五行志中。孫休永安三年。將守質子羣聚嬉戲。有異小兒忽來言曰云云。又曰。我非人。熒惑星也。言畢上昇。仰視若曳一匹練。有頃沒。干寶曰。後四年而蜀亡。六年而魏廢。二十一年而吳平。於是九服歸晉。魏與吳蜀並戰國。三公鉏司馬如之謂也。

三公鉏、司馬如。

按宋書五行志引此條全同三國志。孫皓傳注引搜神記文亦同二志。皆言干寶即採搜神記之文也。

吳天紀中童謠

晉書五行志中。孫皓天紀中。童謠曰云云。武帝聞之。加王濬龍驤將軍。及征吳。江西衆軍無過者。而王濬先定秣陵。羊祜傳。初、祜以伐吳。必藉上流之勢。又時吳有童謠曰云云。祜聞之曰。此必水軍有功。但當思應其名者耳。會益州刺史王濬徵爲大司農。祜知其可任。濬又小字阿童。因表留濬監益州諸軍事。加龍驤將軍。密令修舟檝爲順流之計。祜卒二歲而吳平。

阿童復阿童。白帖卷五十無復字。銜刀游渡江。羊祜傳、白帖、御覽卷二百三十九引羊祜別傳。游作浮。楊氏慎古音餘卷二。游作横。不畏岸上獸。宋志、白帖、御覽。獸作虎。按唐人修晉書。避太祖諱。改虎爲獸。他條倣此。但畏水中龍。

平吳後江南童謠三則

晉書五行志中。武帝太康三年平吳後。江南童謠曰云云。又曰云云。又曰云云。于時吳人皆謂在孫氏子孫。故竊發爲亂者相繼。按横目者、四字。自吳亡至元帝興。幾四十年。元帝興於江東。皆如童謠之言焉。元帝懦而少斷。局縮肉者。有所斥也。宋志作直斥之也。干寶云。不知所斥。諱之也。

局縮肉。數横目。中國當敗吳當復。

宮門柱。且當朽。宋志。當作莫。吳當復在三十年後。

雞鳴不拊翼。吳復不用力。

永熙中童謠

晉書五行志中。惠帝永熙中。又有童謠曰云云。此時楊駿專權。楚王用事。故言荊筆楊板。二人不誅。則君臣禮悖。故云幾作驢也。

二月末。三月初。御覽卷六百六引王隱晉書。末作盡。桑生裴雷柳葉舒。此句原本無。據御覽補。荊筆楊板行詔書。宋志。板作版。宮中大馬幾作驢。御覽。馬上有司字。

元康中京洛童謠二則

晉書五行志中。元康中。京洛童謠潛確類書卷六引王隱晉書作惠帝咸寧十年洛中謠。童謠正言惠帝時事。若咸寧乃武帝年號。且止有六年。按元康係惠帝年號。潛確類書所引有誤。曰云云。又曰云云。南風、賈后字也。白、晉行也。沙門、太子小名也。魯、賈謐國也。言賈后將與謐爲亂。

以危太子。而趙王因釁。咀嚼豪賢。以成篡奪。不得其死之應也。（宋志作是時愍懷頗失衆望。卒以廢黜。不得其死。）

南風起。吹白沙。（賈后傳及濳確類書、陸氏龜蒙小名錄卷上。起作烈。愍懷太子傳。起下有兮字。白亦作黃。）遙望魯國何嵯峨。（賈后傳、愍懷太子傳、濳確類書。何並作鬱。小名錄作南望魯國鬱嵬峨。）千歲髑髏生齒牙。（小名錄。生作上。　賈后傳、濳確類書。此句作前至三月滅汝家。）

城東馬子莫嚨哅。（愍懷太子傳。城東作東宮。嚨哅作聾空。）比至來年纏女髮。（愍懷太子傳。比作前。來年作臘月。宋志。來年作三月。女髮作汝鬃。）

又元康中童謠

晉書五行志中。元康中。天下商農通著大鄣日。時童謠曰云云。及趙王倫篡位。其目實眇焉。

屠蘇鄣日覆兩耳。當見瞎兒作天子。（御覽卷六百八十七引晉八王故事。見作有。　秇林伐山卷九周王褒詩。飛甍雕翡翠。繡桷畫屠蘇。屠蘇本草名。畫於屋上。因草以名屋。杜詩云。願隨金騕褭。走置錦屠蘇。此屠蘇屋名也。後人又借屋名以名酒。元日屠蘇酒是也。又大帽形類屋。亦名屠蘇。南史謠云。屠蘇障日覆兩耳。　按南史無此謠。蓋晉書之誤。）

趙王倫篡時洛中童謠

晉書五行志中。趙王倫既篡。洛中童謠曰云云。數月而齊王、成都、河間、義兵同會誅倫。案成都西藩而在鄴。故曰獸從北來。齊東藩而在許。故曰龍從南來。河間水源而在關中。故曰水從西來。齊留輔政。居于宮西。又有無君之（一本無之字。）心。故言登城看也。

獸從北來鼻頭汗。（宋志。獸作虎。）龍從南來登城看。水從西來河灌灌。（宋志。河作何。）

司馬越還洛時童謠

晉書五行志中。司馬越還洛。有童謠曰。

洛中大鼠長尺二。若不早去大狗至。（宋志。早作蚤。）

苟晞將破汲桑時謠

晉書五行志中。及苟晞將破汲桑。又謠曰云云。由是越惡晞。奪其兗州。隙難遂搆焉。

元超兄弟大落一本落作洛。**度。上桑打椹爲苟作。**

建興中江南謠歌

晉書五行志中。建興中。江南謠歌曰云云。案、白者、晉行。坑器。有口。屬瓮瓦。瓮質剛。亦金之類也。訇如白坑破者。言二都傾覆。王室大壞也。合集持作甒者。元帝鳩集遺餘。以主社稷。未能剋復中原。但偏王江南。故其謠也。宋志。謠作喻小。及石頭之事。六軍大潰。兵人抄掠京邑。爰及二宮。其後三年。錢鳳復攻京邑。阻水而守。相持月餘。日焚燒城邑。井堙木刊矣。鳳等敗退。沈充將其黨還吳興。官軍踵之。蹈籍郡縣。充父子授首。黨與誅者以百數。所謂揚州破換敗。吳興覆瓿甊。瓿甊、瓦器。又小於甒也。

訇如白坑破。合集持作甒。揚州破換敗。吳興覆瓿甊。

太寧初童謠

晉書五行志中。明帝太寧初。童謠曰云云。及明帝崩。成帝幼。爲蘇峻所逼。遷於石頭。御膳不足。此大馬死小馬餓也。高山、峻也。又言峻尋死。石峻弟蘇碩也。峻死後。碩據石頭。尋爲諸公所破。復是崩山石破之應也。世說新語方正篇下注引靈鬼志謠徵曰。明帝初。有謠曰。高山崩。石自破。高山、峻也。碩、峻弟也。後諸公誅峻。碩閉據石頭。潰散而逃。追斬之。容止篇注引晉陽秋曰。蘇峻自姑孰至於石頭。逼遷天子。峻以倉屋爲宮。使人守衞。靈鬼志謠徵曰。明帝末有謠歌云云。後峻遷帝於石頭。御膳不具。

惻惻力力。放馬山側。大馬死。小馬餓。高山崩。石自破。世說新語容止篇注引晉陽秋。山上有出字。楊氏愼古音複字卷五。放作牧。

成帝末童謠

晉書五行志中。成帝之末。又有童謠曰云云。少日而宮車晏駕。

礚礚何隆隆。駕車入梓宮。

咸康初河北謠

晉書五行志中。咸康二年十二月。河北謠云云云。後如謠言。

麥入土。殺石武。宋志。武作虎。御覽卷八百三十八引晉起居注。入作如。武作虎。按改虎爲武。亦唐人避太祖諱。

石頭民爲庾亮歌二則

晉書五行志中。庾亮初鎭武昌。出至石頭。百姓於岸上歌曰云云。又曰云云。後連徵不入。及薨於鎭。以喪還都葬。皆如謠言。

庾公上武昌。翩翩如飛鳥。庾公還揚州。白馬牽旐旐。

庾公初上時。翩翩如飛鳥。庾公還揚州。白馬牽流蘇。世說新語傷逝篇注引靈鬼志謠徵。鳥作鵶。流蘇作旐車。

阿子歌

晉書五行志中。穆帝升平中。童兒輩忽歌於道曰云云。曲終輒云云云。無幾而帝崩。太后哭之曰。阿子汝聞不。

阿子聞。阿子汝聞不。

升平末廉歌

晉書五行志中。升平末。俗間忽作廉歌。有扈謙者聞之曰。廉者、臨也。歌云云云。內外悉臨。國家其大諱乎。少時而穆帝晏駕。

白門廉、宮庭廉。

隆和初童謠二則

晉書五行志中。哀帝隆和初。童謠曰云云。朝廷聞而惡之。改年曰興寧。人復歌曰云云。哀帝尋崩。

升平五年而穆帝崩。不滿斗、升平不至十年也。

升平不滿斗。隆和那得久。桓公入石頭。陛下徒跣走。魏書司馬衍傳。無桓公以下二句。

雖復改興寧。亦復無聊生。

太和末童謠

晉書五行志中。太和末。童謠曰云云。及海西公被廢。宋書。被廢下有處吳二字。百姓耕其門。以種小麥。遂如謠言。

犂牛耕御路。白門種小麥。

荊州百姓歌二則

晉書五行志中。桓石民爲荆州。鎮上明。百姓忽歌曰云云。又曰云云。頃之而桓石民死。王忱爲荆州。黃曇子乃是王忱字也。忱小字佛大。是大佛來上明也。

黃曇子曲中。（宋志。曲中作曲終是也。）

黃曇英揚州。大佛來上明。

太元末京口謠

晉書五行志中。孝武帝太元末。京口謠云云。尋而王恭起兵誅王國寶。旋爲劉牢之所敗。故言拉颯栖也。會稽王道子於東府造土山。名曰靈秀山。無幾而孫恩作亂。再踐會稽。會稽、道子所封。靈秀、孫（一本無孫字。）恩之字也。

黃雌雞。莫作雄父啼。一旦去毛衣。衣被拉颯栖。

歷陽百姓歌

晉書五行志中。庾楷鎭歷陽。百姓歌曰云云。後楷南奔桓玄。爲玄所誅。

重羅黎。重羅黎。（宋志。兩黎字皆作犂。）使君南上無還時。

荊州童謠

晉書五行志中。殷仲堪在荊州。童謠曰云云。未幾而仲堪敗。桓玄遂有荊州。

芒籠目。繩縛腹。殷當敗。桓當復。

京口民謠

晉書五行志中。王恭鎭京口。舉兵誅王國寶。百姓謠曰云云。識者曰。昔年食白飯。言得志也。今年食麥麩。麩粗穢。其精已去。明將敗也。天公將加譴謫而誅之也。捻嚨喉。氣不通。死之祥也。敗復敗。丁寧之辭也。恭尋死。京都又大行欬疾。而喉並喝焉。

昔年食白飯。今年食麥麩。天公誅讁汝。教汝捻嚨喉。嚨喉喝復喝。京口敗復敗。

又京口民謠

晉書五行志中。王恭在京口。百姓間忽云云。又云云。黄字上。恭字頭也。小人。恭字下也。尋如謠言者焉。

黄頭小兒欲作賊。宋志。小兒作小人。按說文。恭从心。共聲。黄从田。从炗。炗、古文光。此言黄頭小兒者。就隸體分析也。阿公在城下指縛得。

黄頭小人欲作亂。賴得金刀作藩扞。

懊憹歌宋志。憹作惱。

晉書五行志中。安帝隆安中。百姓忽作懊憹之歌。其曲曰云云。尋而桓玄篡位。義旗以三月二日掃定京都。誅之。玄之宮女及逆黨之家子女妓妾、悉爲軍賞。東及甌越。北流淮泗。皆人有所獲。故言時則草可結。事則女可擷也。

草生可攬結。女兒可攬擷。舊唐書音樂志二。草生作春草。宋志。擷作抱。

桓玄時童謠

晉書五行志中。桓玄既篡。童謠曰云云。及玄敗走。至江陵。時正五月中。誅如其期焉。

草生及馬腹。烏啄桓玄目。

義熙初童謠

晉書五行志中。安帝義熙初。童謠曰云云。其時官養盧龍。寵以金紫。奉以名州。養之極也。而龍不能懷我好音。舉兵內伐。遂成讎敵也。蘆生不止自成積。及盧龍之敗。斬伐其黨。猶如草木以成積也。（宋志云。及盧龍作亂時。人追思童謠。惡其有成積之言。識者曰。芟夷蘊崇之、又行火焉。是草之窮也。伐斫以成積。又以爲薪。亦蘆荻之終也。其盛既極。亦將芟夷而爲積焉。龍既窮其兵勢。盛其舟艦。卒以滅亡。僵屍如積焉。）

官家養蘆化成荻。蘆生不止自成積。（御覽卷一千引晉中興書徵祥說。化成作花作。注云。荻猶敵也。）

廣州人謠

晉書五行志中。盧龍據廣州。人爲之謠曰云云。後擁上流數州之地。內逼京輦。應天半之言。

蘆生漫漫竟天半。

義熙初小兒語

晉書五行志中。義熙二年。小兒相逢於道。輒舉其兩手曰云云。次曰云云。末曰云云。當時莫知所謂。其後盧龍內逼。舟艦蓋川。徤徤之謂也。既至查浦。屢剋期欲與官鬬。鬬歎之應也。昔溫嶠令郭景純卜己與庾亮吉凶。景純云。元吉。嶠語亮曰。景純每筮。是不敢盡言。吾等與國家同安危。而曰元吉。是事有成也。於是協同討滅王敦。（按今本自昔溫嶠句至此、錯簡另爲一條。玆據宋志釐正。）翁年老。羣公有期頤之慶。知妖逆之徒自然消殄也。

盧徤徤。　鬬歎。鬬歎。　翁年老。翁年老。

又義熙初謠

晉書五行志中。其時復有謠言曰云云。盧龍果敗。不得入石頭也。

盧橙橙。逐水流。東風忽如起。那得入石頭。

苻堅初童謠

晉書五行志中。苻堅初。童謠云云云。及堅在位。凡三十年。敗於淝水。是其應也。

阿堅連牽三十年。後若欲敗時。當在江湖邊。苻堅載記。後若作若後。無時字。江湖邊作江淮間。

苻堅時新城謠

晉書五行志中。又謠語云云云。及堅爲姚萇所殺。死於新城。

河水清復清。苻堅死新城。苻堅載記。堅作詔。

苻堅時魚羊謠

晉書五行志中。復謠歌云云云。識者以爲魚羊鮮也。田斗卑也。堅自號秦。言滅之者鮮卑也。其羣臣諫堅。令盡誅卑。堅不從。及淮南敗還。初爲慕容沖所攻。又爲姚萇所殺。身死國滅。

魚羊田斗當滅秦。按說文。卑从𠂇。甲聲。此言田斗者。就隸體分析也。

時人爲王祥歌

晉書王祥傳。琅邪臨沂人。隱居三十餘年。不應州郡之命。徐州刺史呂虔檄爲別駕。祥乃應召。虔委以州事。于時寇盜充斥。祥率勵兵士。頻討破之。州界淸靜。政化大行。時人歌之曰。

海沂之康。實賴王祥。邦國不空。別駕之功。白帖卷七十七。別駕作王祥。

時人爲石苞語

晉書石苞傳。石苞字仲容。渤海南皮人也。雅曠有智局。容儀偉麗。不修小節。故時人爲之語曰。

石仲容。姣無雙。（潛確類書卷八十三。姣作美。）

時人爲歐陽建語

晉書歐陽建傳。字堅石。世爲冀方右族。雅有理思。才藻美贍。擅名北州。時人爲之語曰。

渤海赫赫。歐陽堅石。

時人爲羊祜語

晉書羊祜傳。從甥王衍。嘗詣祜陳事。辭甚俊辯。祜不然之。衍拂衣而起。祜顧謂賓客曰。王夷甫方以盛名處大位。然敗俗傷化。必此人也。步闡之役。祜以軍法將斬王戎。故戎衍並憾之。每言論。多毁祜。時人爲之語曰。（世說新語雅量篇注引漢晉春秋作天下爲之語。）

二王當國。羊公無德。（世說新語注作二王當朝。世人莫敢稱羊公之德。）

杜預軍中謠

晉書杜預傳。拜鎮南大將軍、都督荆州諸軍事。預以太康元年正月陳兵于江陵。又遣牙門管定、周旨、伍巢等率奇兵八百。泛舟夜渡。以襲樂鄉。多張旗幟。起火巴山。出於要害之地。以奪賊心。吳都督孫歆震恐。與伍延書曰。北來諸軍。乃飛渡江也。旨、巢等伏兵樂鄉城外。歆遣軍出距。王濬大敗而還。旨等發伏兵。隨歆軍而入。歆不覺。直至帳下。虜歆而還。故軍中爲之謠曰。

以計代戰、一當萬。

南土爲杜預歌

晉書杜預傳。預旣還鎭。勤於講武。攻破山夷。錯置屯營。分據要害之地。又修邵信臣遺蹟。用滍淯諸水。以浸原田萬餘頃。衆庶賴之。號曰杜父。預乃開楊口。起夏水。達巴陵。千餘里內。瀉長江之水。外通零桂之漕。南土歌之曰。

後世無叛由杜翁。御覽卷三百三十三引晉書。世作代。孰識智名與勇功。御覽卷四百六十五王隱晉書。識作爭。

時人爲裴秀語

晉書裴秀傳。秀少好學。有風操。年十餘歲。叔父徽有盛名。賓客甚衆。有詣徽者。出則過秀。時人爲之語曰。世說新語賞譽篇引作諺。

後進領袖、有裴秀。世說新語。進作來。

時人爲衞玠語

晉書衞玠傳。好言玄理。琅邪王澄有高名。少所推服。每聞玠言。輒歎息絕倒。故時人爲之語曰。世說新語賞譽篇注引玠別傳曰。玠少有名理。善通莊老。琅琊王平子高氣不羣。邁世獨傲。每聞玠之相識。至於理會之間。要妙之際。輒絕倒於坐。前後三聞。爲之三倒。時人遂曰云云。

衞玠談道。平子絕倒。世說新語。玠作君。絕作三。御覽卷三百七十九。平作武。按武子乃王濟之字。非王澄之字。御覽誤。

幽州民爲棗嵩謠

晉書王浚傳。字彭祖。尋徙寧朔將軍、持節都督幽州諸軍事。浚自領尚書令。以棗嵩、裴憲幷爲尚書。時童謠曰云云。棗嵩、浚之子壻也。浚聞責嵩、而不能罪之也。

十囊五囊、入棗郎。

幽州民爲王浚謠

晉書王浚傳。又謠曰云云。浚之承制也。參伍皆內叙。唯司馬游統外出。統怨。密與石勒通謀。勒乃詐降於浚。許奉浚爲主。勒至城。便縱兵大掠。浚左右復請討之。不許。及勒登聽事。浚乃走出堂皇。勒衆執以見勒。勒遣五百騎先送浚于襄國。勒至襄國。斬浚。而浚竟不爲之屈。大罵而死。

幽州城門似藏戶。中有伏尸王彭祖。御覽卷五百四十九引王隱晉書。尸作屍。

京都爲荀闓語

晉書荀闓傳。字道明。亦有名稱。京都一作師。爲之語曰。

洛中英英、荀道明。

魏泰始中謠

晉書賈充傳。後爲文帝大將軍司馬。轉右長史。帝甚幸重。充與裴秀、王沈、羊祜、荀勗同受腹心之任。泰始中。人爲充等謠曰云云。言亡魏而成晉也。

賈裴王。亂紀綱。王裴賈。濟天下。

襄陽童兒爲山簡歌

晉書山簡傳。永嘉三年。出爲征南將軍、都督荆襄交廣四州諸軍事。假節鎭襄陽。于時四方寇亂。朝野危懼。簡優游卒歲。唯酒是耽。諸習氏荆土豪族。有佳園池。簡每出遊嬉。多之池上。置酒輒醉。名之曰高陽池。時有童兒歌曰云云。疆家在幷州。簡愛將也。世說新語任誕篇注引襄陽記曰。漢侍中習郁於峴山南作魚池。是游讌名處也。山簡每臨此池。未嘗不大醉而返。曰。此是我高陽池也。高陽小兒歌之。

山公出何許。世說新語、白帖卷十五、御覽卷五百七十引晉書、卷八百四十五引典論、山公蘇詩注引襄陽記。出何許作時一醉。御覽卷一百六十八引晉書作何所詣。卷四百九十七引襄陽耆舊記作何處去。水經注沔水篇、御覽卷四百六十五引襄陽耆舊傳。許作去。往至高陽池。世說、御覽卷八百四十五引典論、山公蘇詩注引襄陽記。往至作徑造。御覽卷五百七十引晉書作遙造。日夕倒載歸、世說、白帖、水經注、御覽卷一百六十八、卷五百七十引晉書、卷八百四十五引典論、山公蘇詩注引襄陽記。夕作暮。御覽卷八百四十五引典論。倒作醉。酩酊無所知。世說及山公蘇詩注引襄陽記。酩酊作茗艼。義府卷下。酩酊二字古所無。世說茗艼無所知。蓋借用字。今俗云懵懂。卽茗艼之轉也。又列子眠娗諈諉。張堪注。眠娗、不開通貌。詳注義。則眠娗當卽讀茗艼。時時能騎馬。世說作復能乘駿馬。御覽卷八百四十五引典論作時復乘駿馬。御覽卷五百七十引晉書。下時字作復。倒著白接䍠。御覽卷八百四十五引典論。倒作醉。白帖。著作安。陳氏仁錫云。韻釋云。接䍠、白帽也。或作睫𥌒。江東取白鷺翰毛爲之。名之曰白鷺縗。舉鞭向葛疆、世說、御覽卷八百四十五引典論。鞭作手。御覽卷五百七十引晉書。鞭作頭。御覽卷一百六十八引晉書、卷四百九十七引襄陽耆舊傳、卷五百七十引晉書。向作問。卷四百八十七引世說。向作謝。卷四百四十五引典論。向作語。何如幷州兒。

三魏爲劉毅語

晉書劉毅傳。東萊掖人。漢陽城一本作城陽。按漢書。朱虛侯章進封城陽王。一本是也。景王章之後。僑居平陽。太守杜恕請爲功曹。沙汰郡吏百餘人。三魏稱焉。爲之語一作詔。曰。

但聞劉功曹。不聞杜府君。

孫尹引諺

晉書劉毅傳。後司徒舉毅爲靑州大中正。尙書以毅懸車致仕。不宜勞以碎務。陳留相樂安孫尹表曰。毅前爲司隸。直法不撓。當朝之臣。多所按劾。諺曰云云。直臣無黨。古今所悉。

受堯之誅。不能稱堯。

時人爲崔洪語

晉書崔洪傳。字良伯。博陵安平人也。武帝世爲御史治書。時長樂馮恢父爲弘農太守。愛少子淑。欲以爵傳之。恢父終服闋。乃還鄉里。結草爲廬。陽瘖不能言。淑得襲爵。恢始仕爲博士祭酒。散騎常侍翟嬰薦恢高行邁俗。侔繼古烈。洪奏恢不敦儒素。雖有讓侯微善。不得稱無倫輩。嬰爲浮華之目。遂免嬰官。朝廷憚之。尋爲尚書左丞。時人爲之語曰。

叢生荆（一作棘。）刺。（御覽卷九百五十九。叢作藂。卷九百二十六、卷九百五十九。刺作棘。御覽卷九百五十六、廣博物志卷十六。荆作棘。潛確類書卷五十二。荆刺作棘荆。）來自博陵。在南爲鷂。在北爲鷹。

廣陵人爲劉氏語

晉書劉頌傳。字子雅。廣陵人。漢廣陵厲王胥之後也。世爲名族。同郡有雷、蔣、穀、魯四姓。皆出其下。時人爲之語曰。

雷蔣穀魯。劉最爲祖。

時人爲謝鯤語

晉書謝鯤傳。字幼輿。陳國陽夏人也。鄰家高氏女。有美色。鯤嘗挑之。女投梭。折其兩齒。時人爲之語（世說新語品藻篇注引鄧粲晉紀。作世爲謠。）曰云云。鯤聞之。傲然長嘯曰。猶不廢我嘯歌。

任達不已。幼輿折齒。

陽平人爲束晳歌

晉書束皙傳。陽平元城人。太康中。郡界大旱。皙爲邑人請雨。三日而雨注。衆謂皙誠感。爲作歌曰。

束先生。通神明。請天三日甘雨零。（御覽卷四百六十五、廣博物志卷三引晉書。零下仍有零字。）我黍以育。（御覽卷十一引王隱晉書。育作萌。）我稷以生。（御覽卷四百六十五、廣博物志引晉書。生作成。）何以疇之。（御覽、廣博物志引晉書。疇作醻。）報束長生。（御覽卷十一引王隱晉書。長作先。）

或人引諺問華譚

晉書華譚傳。或問譚曰。諺言云云。寧有此理乎。譚對曰。昔許由巢父讓天子之貴。市道小人爭半錢之利。此之相去。何啻九牛毛也。聞者稱善。

人之相去。如九牛毛。

陳留人爲江統語

晉書江統傳。字應元。陳留圉人也。靜默有遠志。時人爲之語曰。

嶷然稀言、江應元。（御覽卷四百九十六引文士傳。嶷作毅。稀作希。）

蜀人爲羅尚言

晉書羅尚傳。太康末。爲梁州刺史。及趙廞反于蜀。尚表曰。廞非雄才。必無所成。計日聽其敗耳。乃假尚節爲平西將軍益州刺史西戎校尉。性貪少斷。蜀人言曰云云。又曰云云。時李特亦起於蜀。攻蜀。殺趙廞。又攻尚於成都。尚退保江陽。

尚之所愛。非邪則佞。尚之所憎。非忠則正。富擬魯衞。家成市里。貪如豺狼。無復極已。

蜀賊尚可。李特載記。蜀賊作李特。羅尚殺我。平西將軍。反更爲禍。

趙王倫僭位時民諺

晉書趙王倫傳。乃僭卽帝位。孫秀爲侍中中書監驃騎將軍儀同三司。張林等諸黨。皆登卿將。並列大封。其餘同謀者。咸超階越次。不可勝紀。至於奴卒厮役。亦加以爵位。每朝會。貂蟬盈坐。時人爲之諺白帖卷四十二引作語。曰云云。金銀冶鑄。不給於印。故有白版之侯。君子恥服其章。百姓亦知其不終矣。

貂不足。狗尾續。

齊王冏盛時民謠

晉書齊王冏傳。初冏之盛也。有一婦人詣大司馬府求寄產。吏詰之。婦人曰。我截齊便去耳。識者聞而惡之。時又謠曰云云。俄而冏誅。

著布袙腹。爲齊持服。

長沙王乂執權時洛下謠

晉書長沙王乂傳。初乂執權之始。洛下謠曰云云。乂以正月二十五日廢。二十七日死。如謠言焉。

草木萌牙。拜經樓詩話。牙作芽。殺長沙。

京都爲二劉語

晉書劉琨傳。字越石。中山魏昌人。兄輿傳。字慶孫。儁朗有才局。與琨並尚書郭弈之甥。名著當時。京都爲之語曰。

洛中奔奔。慶孫越石。

豫州耆老爲祖逖歌

晉書祖逖傳。帝乃以逖爲奮威將軍豫州刺史。逖愛人下士。雖疎交賤隸。皆恩禮遇之。由是黃河以南。盡爲晉土。躬自儉約。勸督農桑。剋己務施。不畜資產。子弟耕耘。負擔樵薪。又收葬枯骨。爲之祭醊。百姓感悅。嘗置酒大會耆老。中坐流涕曰。吾等老矣。更得父母。死將何恨。乃歌曰云云。其得人心如此。

幸哉遺黎免俘虜。（御覽卷一百五十八引祖逖別傳。黎作民。俘虜作豺虎。）三辰既朗遇慈父。玄酒忘勞甘瓠脯。（御覽。忘勞作清醪。）何以詠恩歌且舞。（御覽。何以作亦何。廣博物志卷十七。恩作思。）

時人爲王珉王珣語

晉書王珣傳。字元琳。法護、珣小字也。弟珉傳。字季琰。少有才藝。善行書。名出珣右。時人爲之語曰云云。僧彌、珉小字也。

法護非不佳。僧彌難爲兄。（陸氏龜蒙小名錄卷一作僧珍難爲兄。法護難爲弟。又云。珉小字僧珍。按珍字草書形似彌而致誤。白帖卷十九。佳作嘉。御覽卷五百一十六引續晉陽秋。僧作阿。）

桓溫府中爲郗超王珣語

晉書郗超傳。桓溫辟爲征西大將軍掾。溫遷大司馬。又轉爲參軍。溫英氣高邁。罕有所推。與超言。常謂不能測。遂傾意禮待。超亦深自結納。時王珣爲溫主簿。亦爲溫所重。府中語曰云云。超髯珣短故也。

髯參軍。短主簿。能令公喜。能令公怒。

荆州三郡民爲應詹歌

晉書應詹傳。王澄爲荆州。假詹督南平天門武陵三郡軍事。天門武陵谿蠻並反。詹討降之。時政令不一。諸蠻怨望。並謀背叛。詹召蠻酋。破銅券與盟。由是懷詹數郡無虞。其後天下大亂。詹境獨全。百姓歌之曰。

亂離既普。御覽卷四百六十五引王隱晉書。普作著。殆爲灰朽。御覽卷五百七十引晉書。殆作始。僥倖之運。賴茲應后。歲寒不凋。孤境獨守。拯我塗炭。御覽卷四百六十五。拯作蔭。惠隆邱阜。潤同江海。恩猶父母。

濟陰人爲卞氏語

晉書卞壼傳。父粹。以清辯鑒察稱。兄弟六人。並登宰府。世稱云云。元仁、粹字也。

卞氏六龍、元仁無雙。

苻堅國中民謠

晉書桓豁傳。初、豁聞苻堅國中有謠云云。有子二十人。皆以石爲名以應之。唯石虔、石秀、石民、石生、石綏、石康知名。按謝石傳。字石奴。初拜祕書郎。累遷尚書僕射。淮肥之役。詔石解僕射。以將軍假節征討大都督。與兄子玄琰破苻堅。先是童謠云云。故桓豁皆以石名子以邀功焉。堅之敗也。雖功始牢之。而成于玄琰。然石時實爲都督焉。此謠蓋應彼也。

誰謂爾堅石打碎。白帖卷二十三無爾字。御覽卷三百六十二。謂作爲。碎作破。

時人爲謝安郄超王坦之語

晉書王坦之傳。字文度。弱冠與郄超俱有重名。時人爲之語世說新語賞譽篇作諺。曰云云。嘉賓、超小字也。

大才槃槃、謝家安。此句原本無。今據世說新語賞譽篇注引續晉陽秋及小名錄卷上補。盛德絕倫郄嘉賓。世說作後來出人郄嘉賓。注及小名錄。絕倫作日新。江東獨步王文度。世說。江東作揚州。世說及注。王文度句在郄嘉賓句上。

時人爲劉氏昆弟語

晉書劉惔傳。祖宏。字終嘏。光祿勳。宏兄粹。字純嘏。侍中。宏弟潢。字沖嘏。吏部尚書。並有名中朝。時人語曰。

洛中雅雅、有三嘏。

時人爲蔡謨語

晉書蔡謨傳。性尤篤慎。每事必爲過防。故時人云。

蔡公過浮航。脫帶腰舟。合璧事類續集卷二十。舟下有長字。按本傳。下文有長子邵永嘉太守。少子系有才學文義之語。謝氏誤讀長爲平聲。故誤屬上句耳。

時人爲蔡荀諸葛三姓語

晉書諸葛恢傳。字道明。琅邪陽都人也。于時潁川荀闓。字道明。陳留蔡謨。字道明。與恢俱有名譽。號曰中興三明。人爲之語曰。

京都三明各有名。潛確類書卷五十二引世說。京都作東京。按晉時無東京之名。所引有誤。蔡氏儒雅荀、葛清。御覽卷四百六十五引晉書、葛下有廉字。

何穆引鄙語

晉書劉牢之傳。元興初。朝廷將討桓玄。以牢之爲前鋒都督征西將軍領江州事。元顯遣使以討玄事諮牢之。牢之以玄少有雄名。杖全楚之衆。懼不能制。又慮平玄之後。功蓋天下。必不爲元顯所容。深懷疑貳。不得已。率北府文武屯洌洲。桓玄遣何穆說牢之曰。鄙語有之云云。故文種誅於句踐。韓白戮於秦漢。彼皆英雄霸王之主。猶不敢信其功臣。況凶愚凡庸之流乎。

高鳥盡。良弓藏。狡兔殫。獵犬烹。

按史記淮陰侯傳云。狡兔死。走狗烹。飛鳥盡。良弓藏。敵國破。謀臣亡。與此略同。而不明引鄙語。故置彼錄此。

京師爲張軌歌

晉書張軌傳。出爲護羌校尉涼州刺史。遂霸河西。永嘉初。會東羌校尉韓稚殺秦州刺史張輔。軌遺稚書。稚得書而降。遣主簿令狐亞聘南陽王模。模甚悅。遺軌以所賜劍。謂軌曰。自隴以西。征伐斷割。悉以相委。如此劍矣。俄而王彌寇洛陽。軌遣北宮純、張纂、馬魴、陰濬等率州軍擊破之。又敗劉聰于河東。京師歌之曰。

涼州大馬。橫行天下。涼州鴟苕寇賊消。鴟苕翩翩怖殺人。

永嘉中長安謠

晉書張寔傳。寔知劉曜逼遷天子。大臨三日。遣太府司馬韓璞、滅寇將軍田齊、撫戎將軍張閬、前鋒督護陰預、步騎一萬。東赴國難。乃璞次南安。諸羌斷軍路。相持百餘日。糧竭矢盡。會張閬率金城軍繼至。夾擊大敗之。斬級數千。時焦崧、陳安寇隴右。東與劉曜相持。雍秦之人。死者十八九。初、永嘉中。長安謠曰云云。至是謠言驗矣。

秦川中、血沒腕。惟有涼州倚柱觀。御覽卷四百六十六引異苑。腕作踠。觀作看。

涼州民謠

晉書張寔傳。寔子駿。年幼。弟茂攝事。茂傳。茂雅有志節。能斷大事。涼州大姓賈摹。寔之妻弟也。勢傾西土。先是謠曰云云。茂以爲信。誘而殺之。於是豪右跡屏。威行涼州。

手莫頭。圖涼州。

姑臧謠

晉書張茂傳。劉曜遣其將劉咸攻韓璞於冀城。呼延寔攻寧羌護軍陰鑒于桑壁。臨洮人翟楷、石琮等逐令長。以縣應曜。河西大震。陳珍募發氐羌之衆。擊曜走之。尅復南安。未幾茂復大城姑臧。張駿傳。初駿之立也。姑臧謠曰云云。至是而復收河南之地。

鴻從南來雀不驚。誰謂孤鶵尾翅生。高舉六翮鳳皇鳴。

氾稱引諺

晉書涼後主李歆傳。字士業。玄盛薨時。府寮奉爲大都督大將軍涼公領涼州牧護羌校尉。士業用刑頗嚴。又繕築不止。主簿氾稱上疏諫曰。二年十一月狐上南門。諺曰云云。今狐上南門。亦災之大也。

野獸入家。主人將去。十六國春秋西涼錄。獸作家。

令狐熾夢白頭公言

晉書涼後主李歆傳。士業聞蒙遜南伐禿髮傉檀。命中外戒嚴。將攻張掖。遂率步騎三萬東伐。次于都瀆澗。蒙遜自浩亹來。距戰於懷城。爲蒙遜所敗。勒衆復戰。敗于蓼泉。爲蒙遜所害。士業之未敗也。有敦煌父老令狐熾夢白頭公衣帢而謂熾曰云云。言訖。忽然不見。士業小字桐椎。至是而亡。

南風動。吹長木。胡桐椎。不中轂。

西州爲麴游二姓語

晉書麴允傳。金城人也。與游氏世爲豪族。西州爲之語曰。

麴與游。牛羊不數頭。南開朱門。北望青樓。潛確類書卷八十六。不數作數千。開朱門作通朱閣。

吳郡民爲鄧攸歌

晉書鄧攸傳。元帝以攸爲太子中庶子。時吳郡闕守。人多欲之。帝以授攸。攸載米之郡。俸祿無所受。唯飲吳水而已。在郡刑政清明。百姓歡悅。爲中興良守。後稱疾去職。百姓數千人留牽攸。船不得進。攸乃小停。夜中發去。吳人歌之曰云云。百姓詣臺。乞留一歲。不聽。

紞如打五鼓。鷄鳴天欲曙。潛確類書卷五十一。鳴作呼。鄧侯拖不留。白帖卷七十七、御覽卷二百六十一及潛確類書。拖均作挽。謝令推不去。

時人爲鄧攸語

晉書鄧攸傳。永嘉末。沒于石勒。勒過泗水。攸乃斫壞車。以牛馬負妻子而逃。又遇賊掠其牛馬。步走擔其兒及其弟子綏。度不能兩全。乃謂其妻曰。吾弟早亡。唯有一息。理不可絕。止應自棄我兒耳。幸而得存。我後當有子。妻泣而從之。乃棄之。其子朝棄而暮及。明日攸繫之於樹而去。攸棄子之後。妻不復孕。卒以無嗣。時人義而哀之。爲之語曰云云。弟子綏。服攸喪三年。史臣論曰。鄧攸棄子存姪。以義斷恩。若力所不能。自可割情忍痛。何至預加徽纆。絕其奔走者乎。斯豈慈父仁人之所用心也。卒以絕嗣。宜哉。勿謂天道無知。此乃有知矣。

天道無知。使鄧伯道無兒。白帖卷十八、潛確類書卷五十六。天道作皇天。無鄧字。

時人爲氾氏號

晉書氾毓傳。濟北盧人也。奕世儒素。敦睦九族。客居青州。逮毓七世。時人號其家。

兒無常父。衣無常主。

魯褒引諺

晉書魯褒傳。褒傷時人貪鄙。乃隱姓名而著錢神論以刺之。其略曰。失之則貧弱。得之則富昌。不計優劣。不論年紀。賓客輻輳。門常如市。諺曰云云。凡今之人。惟錢而已。

錢無耳。可使鬼。潛確類書卷九十三。下句作可闇使。御覽卷八百三十六引成公綏錢神論。下句作何可闇使。譚苑醍醐卷三引成公綏錢神論。下句作鬼可使。通俗編卷五云。一本作有錢可使鬼。

祈嘉夜聞人呼語

晉書祈嘉傳。白帖卷十作祈嘉清。字孔賓。酒泉人也。少淸貧。好學。年二十餘。夜忽牕中有聲呼曰云云。旦而逃去。西至敦煌。遂西游海渚。

祈孔賓。祈孔賓。（白帖。祈孔賓二句作祈嘉。御覽卷五百三。祈孔賓不作叠句。）隱去來。隱去來。（白帖、御覽。隱去來不作叠句。）修飾人世。（白帖。世作間。御覽同。飾作節。）甚苦不可諧。所得未毛銖。（白帖。未作如。）所喪如山崖。

佛圖澄吟

晉書佛圖澄傳。石季龍大享羣臣於太武前殿。澄吟曰云云。季龍令發殿石下視之。有棘生焉。冉閔、小字棘奴。（小名錄卷上。諸石後爲冉閔滅略盡。）

殿乎殿乎。棘子成林。將壞人衣。

杜有道妻引諺

晉書杜有道妻嚴氏傳。字憲。京兆人也。貞淑有識量。子植爲南安太守。植從兄預爲秦州刺史。被誣徵還。憲與預書戒之曰。諺云云云。卿今可謂辱矣。能忍之。公是卿坐。預後果爲儀同三司。

忍辱至三公。

苻堅妾引諺

晉書苻堅妾張氏傳。明辯有才識。堅將入寇江左。羣臣切諫不從。張氏進曰。以人事言之。未見其可。諺言云云。秋冬已來。每夜羣犬大嘷。衆雞夜鳴。伏聞廐馬驚逸。武庫兵器有聲。吉凶之理。誠非微妾所論。願陛下詳而思之。堅曰。軍旅之事。非婦人所豫也。遂興兵。張氏請從。堅果大敗於壽春。張氏乃自殺。

雞夜鳴者、不利行師。犬羣嘷者、宮室必空。兵動馬驚、軍敗不歸。

西州諺

晉書涼武昭王李玄盛后尹氏傳。玄盛之創業也。謀謨經略。多所毗贊。故西州諺曰。

李尹王敦煌。

時人爲王氏語

晉書王敦傳。元帝召爲揚州刺史。加廣武將軍。尋進左將軍都督征討諸軍事假節。帝初鎮江東。威名未著。敦與從弟導等。同心翼戴。以隆中興。時人爲之語曰。

王與馬。共天下。

熊甫爲王敦歌

晉書沈充傳。敦引爲參軍。充因進同郡錢鳳。遂相朋構。專弄威權。初敦參軍熊甫見敦委任鳳。將有異圖。因此告歸。臨與敦別。因歌曰云云。敦知其諷己而不納。

徂風飇起蓋山陵。氛霧蔽日玉石焚。往事既去可長歎。念別惆悵復會難。碧雞漫志卷一。復會作會復。鮑氏廷博云。可一作有。

桓玄時童謠

晉書桓玄傳。害元顯于市。登壇篡位。玄自篡盜之後。驕奢荒侈。遊獵無度。於是劉裕、劉毅、何無忌等共謀興復。裕等斬桓修於京口。斬桓弘於廣陵。玄南奔。劉裕遣劉毅、劉道規躡玄。誅玄諸兄子。與玄戰於峥嶸洲。玄衆大潰。達枚回洲。益州督護馮遷抽刀而前。遂斬之。元興中。衡陽有雌

雞化爲雄。八十日而冠萎具。及玄建國於楚。衡陽屬焉。自簒盜至敗時。凡八旬矣。其時有童謠云

云云。其凶兆符會如此。郎君謂元顯也。

長干巷。巷長干。今年殺郎君。後年斬諸桓。宋志。後年作明年。

隴上爲陳安歌

晉書南陽王保傳。都尉陳安馳歸隴城。自號秦州刺史。稱藩於劉曜。劉曜載記。陳安請朝。曜以疾篤不許。安怒。且以曜爲死也。遂大掠而歸。西州氐羌悉從安。安士馬雄盛。自稱使持節大都督假黃鉞大將軍雍涼秦梁四州牧涼王。太寧元年。曜親征陳安。圍安於隴城。安率騎數百突圍而出。乃南走陝中。曜使其將軍平先邱中伯率勁騎追安。頻戰敗之。俘斬四百餘級。安與壯士十餘騎於陝中格戰。安左手奮七尺大刀。右手執丈八蛇矛。近交則刀矛俱發。輒害五六。遠則雙帶鞬服。左右馳射而走。平先亦壯健絕人。勇捷如飛。與安搏戰。三交。奪其蛇矛而退。會日暮雨甚。安棄馬與左右五六人步踰山嶺。匿於溪澗。翌日尋之。遂不知所在。會連雨始霽。輔威呼延清尋其徑迹。斬安於澗曲。曜大悅。安善於撫接。吉凶夷險。與衆同之。及其死。隴上歌之曰云云。曜聞而嘉傷。命樂府歌之。

隴上壯士有陳安。御覽卷三百五十三、卷四百六十五引趙書作隴上健兒曰陳安。卷三百五十四引靈鬼志。曰作志。餘同。樂府詩集卷八十五注、西溪叢話卷上。壯士作健兒。軀幹雖小腹中寬。御覽卷三百五十四引靈鬼志作頭小面狹腹中寬。西溪叢話卷上。中作寬。愛養將士同心肝。御覽卷三百五十三引趙書。將作壯。驌驄父馬鐵瑕鞍。御覽卷三百五十三引趙書作驌驄馬鐵鍱鞍。卷四百六十五作驌驄駿馬戲鍜鞍。碧雞漫志卷一、楊氏愼轉注古音略卷五。父作文。瑕作鍜。鮑氏廷博云。文一作駿。轉注古音略。驌作衞。又云。衞。說文。馬疾步也。俗作驌。非。七尺大刀奮如湍。御覽卷四百六十五引趙書。奮如湍作

配齊環。鮑氏云。一作一及大刀奮無端。丈八蛇矛左右盤。御覽卷三百五十四引靈鬼志。蛇矛作長矟。卷二百八十、卷三百十二引晉書、及卷四百九十六引和苞漢趙記。盤作槃。十盪十決無當前。百騎俱出如雲浮。追者千萬騎悠悠。以上二句原本無。今據御覽卷三百五十三、卷四百六十五引趙書補。戰始三交失蛇矛。十騎俱盪九騎留。此句原本無。今據御覽卷三百五十三、卷四百六十五引趙書補。棄我騧驄竄巖幽。御覽卷四百六十五引趙書作棄我騄驄攀巖悲。天大降雨追者休。原本無。今據御覽卷四百六十五引趙書補。爲我外援而懸頭。西流之水東流河。一去不還奈子何。鮑氏云。一作復奈何。御覽卷三百十二。西流二句作西流之水去不還。阿呼嗚呼奈子乎。嗚呼阿呼奈子何。以上二句原本無。今據御覽卷四百六十五引趙書補。

孫機爲劉曜歌

晉書劉曜載記。石勒遣石季龍率衆四萬。自軹關西入伐曜。曜盡中外精銳。水陸赴之。自衞關北濟。追之。及于高候。大戰敗之。季龍奔于朝歌。曜遂濟自太陽。攻石生于金墉。決千金堨以灌之。聞季龍進據石門。續知勒自率大衆已濟。曜色變。陳于洛西。撝陣就平。勒將石堪因而乘之。師遂大潰。爲堪所執。曜瘡甚。勒載以馬輿。使李永與同載。北苑市三老孫機上禮求見曜。勒許之。機進酒于曜曰云云。曜曰。何以健邪。當爲翁飲。勒聞之。悽然改容曰。亡國之人。足令老叟數之。

僕谷王。關右稱帝皇。當持重。保土疆。輕用兵。敗洛陽。祚運窮。天所亡。開大分。持一觴。

隴右民謠

晉書苻洪載記。略陽臨渭氐人也。父懷歸部落小帥。先是隴右大雨。百姓苦之。謠曰云云。故因名曰洪。

雨若不止。洪水必起。

長安民謠

晉書苻生載記。初生夢大魚食蒲。又長安謠曰云云。東海、苻堅封也。時爲龍驤將軍第。在洛門之東。生不知是堅。以謠夢之故。誅其侍中太師錄尚書事魚遵。及其七子十孫。生夜對侍婢曰。阿法兄弟亦不可信。明當除之。是夜清河王苻法夢神告之曰。旦將禍集汝門。惟先覺者可以免之。寤而心悸。會侍婢來告。乃與特進梁平老、强注等率壯士數百人。潛入雲龍門。堅衆繼至。引生置於別室。廢之爲越王。俄而殺之。

東海大魚化爲龍。御覽卷四百六十五引前秦錄。龍上有白字。卷九百二十九。爲作作。男便爲王女爲公。十六國春秋前秦錄。王作主。問在何所洛門東。御覽卷九百二十九。門作城。

又長安民謠

晉書苻生載記。時又謠曰云云。於是悉壞諸空城以禳之。既自有目疾。其所諱者。不足、不具、少、無、缺、傷、殘、毀、偏、隻之言。皆不得道。左右忤旨而死者。不可勝紀。

百里望空城。鬱鬱何青青。瞎兒不知法。仰不見天星。

苻堅引諺

晉書苻堅載記。堅僭位五年。鳳皇集於東闕。大赦其境內。百寮進位一級。初、堅之將爲赦也。與王猛、苻融密議於露堂。悉屏左右。堅親爲赦文。猛、融供進紙墨。有一大蒼蠅入自牖間。鳴聲甚大。集於筆端。驅而復來。俄而長安街巷市里人相告曰。官今大赦。有司以聞。堅驚謂融猛曰。禁中無耳屬之理。事何從泄也。於是敕外窮推之。咸言有一小人。衣黑衣。大呼於市曰。官今大赦。須臾不見。堅歎曰。其向蒼蠅乎。聲狀非常。吾固惡之。諺曰云云。聲無細而弗聞。事未形而必彰者。其此之謂也。

欲人勿知。莫若勿爲。（全唐文卷一百四十魏徵理獄聽諫疏。兩勿字均作不。）**欲人不聞。莫若不言。**（原本無。今據全唐文補。）

苻堅引諺論桓溫

晉書苻堅載記。堅聞桓溫廢海西公也。謂羣臣曰。溫前敗灞上。後敗枋頭。十五年間。再傾國師。六十歲公。舉動如此。不能思愆免退。以謝百姓。方廢君以自悅。將如四海何。諺云云云者。其桓溫之謂乎。

怒其室而作色于父。（十六國春秋前秦錄。父下有母字。）

長安民爲苻堅歌

晉書苻堅載記。自永嘉之亂。庠序無聞。及堅之僭。頗留心儒學。王猛整齊風俗。政理稱舉。學校漸興。關隴清晏。百姓豐樂。自長安至于諸州。皆夾路樹槐柳。二十里一亭。四十里一驛。旅行者取給于途。工商貿販于道。百姓歌之曰。（御覽卷四百六十五引前秦錄作百姓爲王猛歌。潛確類書卷一百一引晉書作關隴人歌。）

長安大街。夾樹楊槐。（御覽卷九百一十六引車頻晉書。夾樹楊槐作兩邊種槐。卷九百五十四引晉書。樹作路。）**下走朱輪。上有鸞栖。英彥雲集。誨我萌黎。**（御覽卷四百六十五引前秦錄。萌作人。）

慕容垂引諺

晉書苻堅載記。堅南游灞上。從容謂羣臣曰。今天下垂平。惟東南未殄。豈敢優游卒歲。不建大同之業。朝廷內外。皆言不可。吾實未解所由。冠軍慕容垂言於堅曰。詩云。築室于道謀。是用不潰于成。陛下內斷神謀足矣。不煩廣訪朝臣。以亂聖慮。諺云云。時已至矣。其可已乎。堅大悅曰。與吾定天下者。其惟卿耳。賜帛五百匹。

憑天俟時。

苻堅時民諺

晉書苻堅載記。遣征南苻融、冠軍慕容垂爲前鋒。堅至項城。融等攻陷壽春。垂攻陷項城。晉遣都督謝石、徐州刺史謝玄等相繼距融。融乃馳使白堅。堅大悅。恐石等遁也。捨大軍於項城。以輕騎八千。兼道赴之。列陣逼肥水。王師不得渡。融於是麾軍卻陣。欲因其濟水。覆而取之。軍遂奔退。制之不可止。融馳騎略陣。馬倒被殺。軍遂大敗。初諺言云云。羣臣勸堅停項。爲六軍聲鎭。堅不從。故敗。

堅不出項。

長安爲慕容沖歌

晉書苻堅載記。慕容暐弟。燕故濟北王泓起兵於外。平陽太守慕容沖奔於泓軍。泓謀臣高蓋、宿勤崇等以泓德望後沖。且持法苛峻。乃殺泓。立沖爲皇太弟。沖遂據阿房城。初、堅之滅燕。沖姊爲淸河公主。年十四。有殊色。堅納之。寵冠後庭。沖年十二。亦有龍陽之姿。堅又幸之。姊弟專寵。宮人莫進。長安歌之曰云云。咸懼爲亂。王猛切諫堅。乃出沖。

一雌復一雄。雙飛入紫宮。北史燕慕容氏傳無復字。御覽卷五百七十引十六國春秋。復作與。

按御覽卷五百七十引漢書曰。李延年善歌。帝幸之。時人語曰云云。與此條全同。未知漢書本有是歌。而苻秦人襲之歟。抑或御覽兼引漢書晉書。而刊本有譌脫歟。俟考。

長安爲鳳凰謠

晉書苻堅載記。長安又謠曰云云。堅以鳳凰非梧桐不棲。非竹實不食。乃植桐竹數十萬株於阿房城以待之。沖小字鳳凰。至是終爲堅賊。入止阿房城焉。

鳳凰鳳凰、止阿房。白帖卷九十四。鳳凰不作叠句。

關東謠

晉書苻堅載記。苻丕在鄴。糧竭。慕容垂復圍鄴城。鄴中飢甚。多奔中山幽冀。人相食。初、關東謠曰云云。鈌、垂之本名。與丕相持經年。百姓死幾絕。慕容垂載記。垂少好畋游。因獵墜馬折齒。慕容儁僭卽王位。改名鈌。外以慕郤鈌爲名。內實惡而改之。尋以讖記之文。乃去夬。以垂爲名焉。

幽州鈌。生當滅。若不滅。百姓絕。十六國春秋前秦錄。生作丕。

長安民謠

晉書苻堅載記。時長安大飢。堅與沖戰。各有勝負。城中有書曰。古苻傳賈錄。載帝出五將。久長得。先是又謠曰云云。堅大信之。告其太子弘曰。脫如此言。天或導予。今留汝兼總戎政。朕當出隴。收兵運糧以給汝。於是率騎數百出如五將。堅至五將山。姚萇遣將軍吳忠圍之。執堅以歸新平。萇乃縊堅於新平佛寺中。

堅入五將山長得。御覽卷四十四引十六國春秋。山作久。

長安民語

晉書苻堅載記。慕容沖入據長安。初、秦之未亂也。關中土然。無火而烟氣大起。方數十里中。月餘不滅。堅每臨聽訟觀。令百姓有怨者。舉烟於城北觀而錄之。長安爲之語曰。

欲得必存、當舉烟。

又長安民謠

晉書苻堅載記。又爲謠曰云云。秦人呼鮮卑爲白虜。慕容垂之起於關東。歲在癸未。

長鞘馬鞭擊左股。太歲南行當復虜。御覽卷三百五十九引前秦錄。復作避。

趙整援琴歌

晉書苻堅載記。堅之分氐戶於諸鎮也。趙整因侍。援琴而歌曰云云。堅笑而不納。至是整言驗矣。

阿得脂。阿得脂。御覽卷九百二十三。阿得脂不作疊句。博勞舊父是仇綏。御覽。舊作鼠。尾長翼短不能飛。遠徙種人留鮮卑。

一旦緩急語阿誰。

西海民謠

晉書呂光載記。初、光徙西海郡人於諸郡。至是謠曰云云。頃之。遂相扇動。復徙之於西河樂都。

朔馬心何悲。念舊中心勞。燕雀何徘徊。意欲還故巢。

後燕民謠

晉書慕容熙載記。立其貴嬪苻氏爲皇后。苻氏死。熙被髮徒跣。步從苻氏喪。輀車高大。毁北門而出。衞中將軍馮跋、左衞將軍張興。先皆坐事亡奔。以熙政之虐也。與跋從兄萬泥等結盟。推慕容雲爲主。閉門距守。熙乃收髮貫甲。馳還赴難。夜至龍城。攻北門不尅。遂敗走。入龍騰苑。微服隱于林中。爲人所執。雲得而弑之。初、童謠曰云云。藁字上有艸。下有禾。兩頭然。則禾艸俱盡而成高字。雲父名拔。小字禿頭。三子。而雲季也。熙竟爲雲所滅。如謠言焉。慕容雲載記。寶之養子也。祖父高和。句驪之支庶。自云高陽氏之苗裔。故以高爲氏焉。

一束藁。兩頭然。禿頭小兒來滅燕。

慕容德時民謠

晉書慕容德載記。寶旣嗣位。以德爲使持節都督冀兗青徐荆豫六州諸軍事特進車騎大將軍冀州牧領南蠻校尉。鎭鄴。魏將拓跋章攻鄴。德遣其參軍劉藻請救於姚興。時魏師入中山。慕容寶出奔于薊。慕容詳又僭號。會劉藻自姚興而至。與太史令高魯遣其甥王景暉隨藻送玉璽一紐幷圖讖祕文曰。有德者昌。無德者亡。德受天命。柔而復剛。又有謠曰云云。於是德之羣臣議以慕容詳僭號中山。魏師盛于冀州。未審寶之存亡。因勸德卽尊號。

大風蓬勃揚塵埃。八井三刀卒起來。四海鼎沸中山頹。惟有德人據三臺。

姚興引諺

晉書慕容超載記。奔于呂光。及呂隆降于姚興。超又隨涼州人徙于長安。超自以諸父在東。恐爲姚氏所錄。乃陽狂行乞。秦人賤之。惟姚紹見而異焉。勸興拘以爵位。召見與語。超深自晦匿。興大鄙之。謂紹曰。諺云云云。妄語耳。由是得去來無禁。

妍皮不裹癡骨。

南燕人爲公孫五樓語

晉書慕容超載記。時公孫五樓爲侍中尙書領左衞將軍。專總朝政。尙書都令史王儼諂事五樓。遷尙書郎。出爲濟南太守。入爲尙書左丞。時人爲之語曰。

欲得侯。事五樓。

晉惠帝時洛陽童謠

晉書逸文。據樂府詩集卷八十八。惠帝時洛陽童謠。明年而胡賊石勒劉曜(友)〔反〕。

鄴中女子莫千妖。前至三月抱胡腰。

王敦將滅時童謠

晉書逸文。據御覽卷九百七十六。温嶠滅王敦。先是童謠曰云云。以爲賊如韮柳。尋得復生也。

𦑜韮𦑜韮、斷楊柳。河東小子、令我與子。

襄國童謠

晉書逸文。（據御覽卷一百六十一。）初童謠云云云。古在左。月在右。胡字也。讓去言。爲襄也。或入口。爲國也。尋爲石勒所都。

古在左。月在右。讓去言。或入口。（十六國春秋後趙錄。古作革。月作力。）

趙整琴歌

晉書逸文。（據樂府詩集卷六十。）苻堅末年。怠於爲政。趙整援琴作歌二章以諷。

昔聞明津河。千里作一曲。此水本自清。是誰亂使濁。（御覽卷五百七十七引前秦錄。明作盟。本自作自本。）

此園有棗樹。布葉垂重陰。外雖多棘刺。內實有赤心。

古謠諺卷九

秀水杜文瀾輯

時人爲丁旿語

宋書武帝紀。建興復之計。瑯琊諸葛長民同義謀。義熙八年九月。以諸葛長民監太尉留府事。九年二月乙丑。公自至江陵。初、劉毅既誅。長民謂所親曰。昔年醢彭越。今年誅韓信。禍其至矣。將謀作亂。既而公輕舟密至。已還東府矣。長民到門。引前。卻人閒語。凡平生於長民所不盡者。皆與及之。長民甚悅。已、密命左右壯士丁旿等自幔後出。於坐拉焉。長民墜牀。又於地毆之。死於牀側。輿尸付廷尉。並誅其弟黎民。旿驍勇有氣力。時人爲之語曰。按南史宋武帝紀。長民作長人。黎民作黎人。皆避唐諱。

勿跋扈。付丁旿。

讀曲歌

宋書樂志。讀曲歌者。民間爲彭城王義康所作也。其歌云云是也。

死罪劉領軍。誤殺劉第四。按義康乃宋高祖第四子。劉湛官領軍將軍。義康獲咎於文帝。湛所誤也。

元嘉中謠言

宋書符瑞志。元嘉中。謠言云云。乃於錢唐置戍軍以防之。其後孝武帝卽大位於新亭寺之禪堂。禪之與錢。音相近也。

錢唐當出天子。

永光初謠言

宋書符瑞志。前廢帝永光初。又謠前廢帝紀。謠作訛。言云云。幼主欲南幸湘川以厭之。既而湘東王卽尊位。是爲明帝。

湘州出天子。御覽卷二百二十八。州作中。

民間爲謝靈運謠

宋書五行志一。陳郡謝靈運有逸才。每出入自扶接者常數人。民間謠曰云云是也。此蓋不肅之咎。後坐誅。

四人挈衣裙。三人捉坐席。

晉時吳中爲庾義王治謠

宋書五行志二。庾義在吳郡。吳中童謠曰云云。無幾、而庾義王治相繼亡。

寧食下湖荇。不食上湖蓴。庾吳沒命喪。復殺王領軍。

晉桓玄篡時民謠語

宋書五行志二。桓玄時。民謠語云云。征鐘至穢之服。桓四體之下稱。玄自下居上。猶征鐘之廁。歌謠、下體之詠。民口也。而云落地。墜地之祥。迸走之言。其驗明矣。

征鐘落地桓迸走。

京邑爲何勗孟靈休語

宋書徐湛之傳。時安成公何勗。无忌之子也。臨汝公孟靈休。昶之子也。並各奢豪。與湛之共以肴膳器服車馬相尙。京邑爲之語曰云云。湛之二事之美。兼於何孟。

安成食。臨汝飾。

顏延之引諺

宋書顏延之傳。閑居無事。爲庭誥之文曰。富厚貧薄。事之懸也。諺曰云云矣。貧之病也。不惟形色麤黶。或亦神心沮廢。豈但交友疎棄。必有家人誚讓。非廉深識遠者。何能不移其植。

富則盛。貧則病。

臧質引童謠

宋書臧質傳。拓跋燾自廣陵北返。便悉力攻盱眙。各嚴兵自衞。水陸路並斷。燾與質書。質答書曰。不聞童謠言邪云云。此期未至。以二軍開飲江之徑爾。冥期使然。非復人事。頃年展爾陸梁者。是爾未飲江。太歲未卯年故爾。

虜馬飲江水。佛狸死卯年。

魏童謠

宋書臧質傳。是時虜中童謠曰云云。故質答引。燾大怒。乃作鐵牀。於其上施鐵鑱云。破城得質。當坐之此上。

軺車北來如穿雉。不意虜馬飲江水。虜主北歸石濟死。虜欲渡江天不徙。

時人爲顏竣謝莊語

宋書顏竣傳。孝建元年。轉吏部尚書領驍騎將軍。留心選舉。自彊不息。任遇既隆。奏無不可。其後謝莊代竣領選。意多不行。竣容貌嚴毅。莊風姿甚美。賓客喧譁。常歡笑答之。時人爲之語曰。

顏竣嗔而與人官。謝莊笑而不與人官。（南史竣傳。嗔作瞋。廣記卷一百八十五引談藪。竣莊均作吏部。）

南豫州軍士爲王玄謨宗越語

宋書王玄謨傳。爲左光祿大夫開府儀同三司領護軍。遷南豫州刺史。加都督。玄謨性嚴克少恩。而將軍宗越御下更苛酷。軍士爲之語曰。

寧作五年徒。莫逢王玄謨。（宗越傳及南史宗越傳、御覽卷四百九十二、四百九十五。莫逢作不逐。）玄謨猶自可。宗越更殺我。（宗越傳。猶自作尚。無更字。南史宗越傳。自作尚。御覽卷四百九十二。猶自作尚。無更字。）

民間爲奚顯度謠

宋書戴明寶傳。又有奚顯度者。南東海郯人也。官至員外散騎侍郎。世祖常使主領人功。而苛虐無道。動加捶撲。暑雨寒雪。不聽暫休。人不堪命。或有自經死者。人役聞配顯度。如就刑戮。時建康縣考四。或用方材壓頟及踝脛。民間謠曰云云。又相戲曰云云。其酷暴如此。

寧得建康壓頟。（南史戴法興傳。頟作額。）不能受奚度拍。

勿反顧。付奚度。

虜中謠言

宋書索虜傳。索頭虜姓拓跋氏。燾字佛貍。先是虜中謠言云云。燾甚惡之。二十三年。北地瀘水人蓋吳年二十九。於杏城天台舉兵反。虜諸戎夷普並響應。有衆十餘萬。燾聞吳反。惡其名。累遣軍擊之。輒敗。

滅虜者吳也。

京師爲東安鬬場二寺僧語

宋書天竺國傳。又有慧嚴慧議道人。並在東安寺。學行精整。爲道俗所推。時鬬場寺多禪僧。京師爲之語曰。

鬬場禪師窟。東安談義林。

晉世杯槃歌

南齊書樂志。齊世昌辭云云。右一曲晉杯槃歌十解。第三解云云。干寶云。大康中有此舞。杯槃翻覆。至危之像。言晉世之士。苟貪飮食。智不及遠。按干寶語止此。第一解首句云。晉世寧。宋改爲宋世寧。惡其杯槃翻覆辭。不復取。齊改爲齊世昌。餘辭同。

舞杯槃。何翩翩。舉坐翻復壽萬年。第三解。

齊世昌。四海安樂齊太平。人命長。當結久。千秋萬歲皆老壽。第十解。

吳黃龍中童謠

南齊書樂志。尙書令王儉造白紵歌。周處風土記云。吳黃龍中童謠云云。後孫權征公孫淵。浮海乘舶。舶、白也。今歌和聲猶云行白紵焉。

行白者。君追汝。句驪馬。

宋泰始中童謠

南齊書（符）〔祥〕瑞志。宋泰始中童謠（南史齊高帝紀引作訛言。）云云。故明帝殺建安王休仁。蘇侃云。後順帝自東城卽位。論者謂應之。乃是武進縣上所居東城里也。

東城出天子。（南史作東城天子出。）

宋元徽中童謠

南齊書五行志。元徽中。童謠曰云云。後沈攸之反。雍州刺史張敬兒襲江陵。殺沈攸之子元琰等。

襄陽白銅蹄。郎殺荆州兒。

永明初百姓歌

南齊書五行志。永明初。百姓歌曰云云。後句間云云。白者、金色。馬者、兵事。三年。妖賊唐寓之起。言唐來勞也。

白馬向城啼。欲得城邊草。　陶郎來。

永明中虜中童謠

南齊書五行志。永明中。虜中童謠云云云。尋而京師人家忽生火。赤於常火。熱小微。貴賤爭取以治病。法以此火灸桃板七炷。七日皆瘥。敕禁之。不能斷。京師有病瘻者。以火灸。數日而差。鄰人笑曰。病偶自差。豈火能爲。此人便覺頤間癢。明日瘻還如故。後梁以火德興。

黑水流北。赤火入齊。

案南史齊武帝紀亦載此事。而其語不同。今兩載之。

永元元年童謠

南齊書五行志。永元元年。童謠曰云云。千里流者、江祏也。東城、遙光也。遙光夜舉事。垣歷生者烏皮袴褶奔往之。跛脚、亦遙光。老姥子、孝字之象。徐孝嗣也。

洋洋千里流。流翣東城頭。烏馬烏皮袴。三更相告訴。脚跛不得起。誤殺老姥子。

永元中童謠

南齊書五行志。永元中。童謠云云。識者解云。陳顯達屬豬。崔慧景屬馬。非也。東昏侯屬豬。馬子未詳。梁王屬龍。蕭穎胄屬虎。崔慧景攻臺。頓廣(木)莫(門)。死時年六十三。烏集傳舍。即所謂瞻烏爰止、於誰之屋。三八二十四。起建元元年至中興二年。二十四年也。擢折景陽樓。亦高臺傾之意也。言天下將去。乃得休息也。

野豬雖嗃嗃。馬子空閭渠。不知龍與虎。飮食江南墟。七九六十三。廣莫人無餘。烏集傳舍頭。今汝得寬休。但看三八後。擢折景陽樓。

時人爲桓康語

南齊書桓康傳。太祖誅黄回。回時將爲南兗州。部曲數千。欲收。恐爲亂。召入東府。停外齋。使康將數十人數回罪。然後殺之。時人爲之語曰。

欲侜張。問桓康。

荀伯玉聞青衣小兒語

南齊書荀伯玉傳。初太祖在淮南。伯玉假還廣陵。夢上廣陵城南樓。上有二青衣小兒語伯玉云云。伯玉視城下人。頭皆有草。元徽五年而廢蒼梧。

草中肅。九五相追逐。

時人爲荀伯玉語

南齊書荀伯玉傳。世祖在東宫。專斷用事。頗不如法。伯玉謂親人曰。太子所爲。官終不知。豈得顧死。蔽官耳目。我不啓聞。誰應啓者。因世祖拜陵後密啓之。上大怒。檢校東宫。世祖憂懼。上嘉伯玉盡心。愈見親信。軍國密事。多委使之。時人爲之語曰云云。世祖深怨伯玉。永明元年。垣崇祖誅。伯玉并伏法。

十敕五令。不如荀伯玉命。南史伯玉傳作千敕萬令。不如荀公一命。

時人爲王延之王僧虔語

南齊書王延之傳。昇明二年。轉左僕射。宋德既衰。太祖輔政。朝野之情。人懷彼此。延之與尚書令王僧虔中立無所去就。時人爲之語曰云云。太祖以此善之。

二王持平。南史延之傳。持作居。不送不迎。

時人爲蕭晃語

南齊書長沙威王晃傳。太祖第四子也。宋昇明二年。代兄映爲寧朔將軍、淮南宣城二郡太守。初、沈攸之事起。晃便弓馬多從。武容熾赫都街。時人爲之語曰。

煥煥、蕭四繖。

顧憲之引俗諺

南齊書顧憲之傳。永明六年。爲隨王東中郎長史。行會稽郡事。時西陵戍主杜元懿啓。吳興無秋。會稽豐登。商旅往來。倍多常歲。西陵牛埭稅官格。日三千五百。元懿如即所見。日可一倍。盈縮相兼。略計年長百萬。世祖敕示會稽郡。憲之議曰。案吳興頻歲失稔。今茲尤饉。去〔之〕〔乏〕從豐。良由饑棘。或徵貨貿粒。還拯親累。或〔提〕攜老弱。陳力餬口。埭司責稅。依格弗降。舊格新減。尚未議登。格外加倍。將以何術。又永興諸暨。離唐寓之寇擾。公私殘〔盡〕〔燼〕。復特彌甚。儻〔値〕水旱。實不易念。俗諺云云云。會稽舊稱沃壤。今猶若此。吳興本是塉土。事在可知。因循餘弊。誠宜改張。世祖並從之。

會稽打鼓送卹。吳興步擔令史。

時人爲劉繪語

南齊書劉繪傳。永明末。京邑人士盛爲文章。談義皆湊竟陵王西邸。繪爲後進領袖。機悟多能。時張融周顒並有言工。融音旨緩韻。顒辭致綺捷。繪之言吐。又頓挫有風氣。時人爲之語曰云云。言在二家之中也。

劉繪貼宅。別開一門。

按南史劉繪傳亦載此事。而其語不同。今兩載之。

卞彬引諺

南齊書卞彬傳。作蚤虱賦序曰。余居貧。布衣十年不制。一袍之縕。蚤虱猥流。虱有諺言云云。若吾之虱者。孫孫息息。三十五歲焉。

朝生暮孫。

時人爲張氏語

梁書張稷傳。吳郡人也。性疎率。朗悟有才略。與族兄充融卷等俱知名。時稱之曰。

充融卷稷。是爲四張。南史稷傳。無是字。

王足引北方童謠

梁書康絢傳。天監十三年。遷太子右衞率。時魏降人王足陳計。求堰淮水以灌壽陽。足引北方童謠曰云云。高祖以爲然。假絢節都督淮上諸軍事。並護堰。作〔役〕人及戰士有衆二十萬。於鍾離南起浮山。北抵巉石。依岸以築土。合脊於中流。十四年。堰將合。淮〔水〕漂疾。輒復決潰。衆患之。十五年四月。堰乃成。

荊山爲上格。浮山爲下格。潼沱爲激溝。御覽卷二百二十一。沱作江。併灌鉅野澤。

荊州民爲始興王憺歌

梁書始興忠武王憺傳。和帝立。以憺爲給事黃門侍郎。明年春。和帝將發江陵。詔以憺爲使持節都督荊湘益寧南北秦六州諸軍事平西將軍荊州刺史。未拜。天監元年。加安西將軍。都督刺史如故。封始興郡王。食邑三千戶。憺厲精爲治。廣闢屯田。減省力役。曹無留事。下無滯獄。民益悅焉。六年。州大水。江溢堤壞。憺親率府將吏。冒雨賦丈尺築治之。雨甚水壯。衆皆恐。或請憺避焉。憺曰。王尊尙欲身塞河堤。我獨何心以免。乃刑白馬祭江神。俄而水退堤立。邴州在南岸。數百家見水長驚走。登屋緣樹。憺募人救之。一口賞一萬。估客數十人應募救焉。州民乃以免。又分遣行諸郡。遭水死者給棺槥。失田者與糧種。七年。詔徵以本號還朝。民爲之歌曰。

始興王。民之爹。徙可反。南史憺傳。民作人。又云。荊土方言。謂父爲爹。故云。赴人急。如水火。何時復來哺乳我。

時人爲張融陸杲語

梁書陸杲傳。吳郡吳人。少好學。工書畫。舅張融有高名。杲風韻舉動。頗類於融。時稱之曰。

無對日下。惟舅與甥。

鄱陽民爲陸襄歌

梁書陸襄傳。大通七年。出爲鄱陽內史。先是郡民鮮于琛服食修道〔法〕。大同元年。遂結其門徒。殺廣晉令王筠。號（土）〔上〕願元年。署置官屬。其黨轉相誑惑。有衆萬餘人。將出攻郡。襄先已帥民吏。修城隍。爲備禦。及賊至。連戰破之。生獲琛。餘衆逃散。時鄰郡豫章安成等守宰。案治黨與。因求賄貨。皆不得其實。或有善人。盡室離禍。惟襄郡部。枉直無濫。民作歌曰。

鮮于平後善惡分。民無枉死。賴有陸君。南史襄傳。平作抄。枉作横。無有字。

鄱陽民又爲陸襄歌

梁書陸襄傳。又有彭李二家。先因忿爭。遂相誣告。襄引入內室。不加責誚。但和言解喩之。二人感恩。深自咎悔。乃爲設酒食。令其盡歡。酒罷。同載而還。因相親厚。民又歌曰。

陸君政。無怨家。鬬既罷。讎共車。

豫州民爲夏侯兄弟歌

梁書夏侯亶傳。普通七年。詔以壽陽依前代置豫州。合肥鎭改爲南豫州。以亶爲使持節都督豫州緣淮南豫霍義定五州諸軍事、雲麾將軍、豫南豫二州刺史。壽春久離兵荒。百姓多流散。亶輕刑薄賦。務農省役。頃之。民戶充復。夏侯夔傳。亶弟也。中大通二年。起夔爲雲麾將軍。隨機北討。尋授使持節督南豫州諸軍事、南豫州刺史。六年。轉使持節督豫淮陳潁建霍義七州諸軍事、豫州刺史。豫州積歲寇戎。人頗失業。夔乃帥軍人於蒼陵立堰。溉田千餘頃。歲收穀百餘萬石。以充儲備。兼贍貧人。境內賴之。夔兄亶先經此任。至是夔又居焉。兄弟並有恩惠於鄉里。百姓歌之曰。

我之有州。頻仍夏侯。南史亶傳。仍作得。白帖卷七十七。州上有豫字。頻仍作賴。樂府詩集卷八十六、廣博物志卷十七。頻仍作賴彼。**前兄後弟。布政優優。**

洛陽童謠

梁書陳慶之傳。大通初。魏北海王元顥以本朝大亂。自拔來降。求立爲魏王。高祖納之。以慶之爲假節飈勇將軍。送元顥還北。顥於渙水卽魏帝號。授慶之使持節鎮北將軍、護軍前軍大都督。發自銍縣。進拔滎城。遂至睢陽。仍趣大梁。收滎陽儲實。進赴武牢。顥入洛陽宮。御前殿。改元大赦。顥以慶之爲侍中車騎大將軍、左光祿大夫。增邑萬戶。高祖復賜手詔稱美焉。慶之麾下悉著白袍。所向披靡。先是洛陽童謠曰云云。自發銍縣至於洛陽。十四旬。平三十二城。四十七戰。所向無前。

名師大將莫自牢。（南史慶之傳。師作軍。）千兵萬馬避白袍。

時人爲王謝二姓語

梁書王筠傳。筠幼警寤。七歲能屬文。年十六。爲芍藥賦。甚美。及長。清靜好學。與從兄泰齊名。陳郡謝覽。覽弟舉。亦有重譽。時人爲之語曰云云。炬是泰。養卽筠。並小字也。謝舉傳。中書令覽之弟也。幼好學。能清言。與覽齊名。世人爲之語曰云云。養、炬。王筠、王泰小字也。（南史王泰傳。沈約常曰云云。養、泰小字。炬、筠小字也。）

謝有覽舉。王有養炬。（小名錄卷下。炬作矩。王有句在謝有句上。）

省中爲賀琛語

梁書賀琛傳。改爲通直散騎常侍。領尚書左丞並參禮儀事。琛前後居職。凡郊廟諸儀。多所創定。

每見高祖。與語常移晷刻。故省中爲之語曰云云。琛容止都雅。故時人呼之。

上殿不下、有賀雅。

時人爲何子朗語

梁書何思澄傳。東海郯人。初。思澄與宗人遜及子朗俱擅文名。時人語曰云云。思澄聞之曰。此言誤耳。如其不然。故當歸遜。思澄意謂宜在己也。

東海三何。子朗最多。顔氏家訓勉學篇。東海作梁有。

時人又爲何子朗語

梁書何思澄傳。子朗字世明。早有才思。工清言。周捨每與共談。服其精理。嘗爲敗（家）〔冢〕賦。擬莊周馬棰。其文甚工。時人語曰。

人中爽爽、何子朗。南史思澄傳。何作有。

山陰民爲丘仲孚謠

梁書丘仲孚傳。遷山陰令。居職甚有聲稱。百姓爲之謠曰云云。前世傳琰父子、沈憲、劉玄明相繼宰山陰。並有政績。言仲孚皆過之也。

二傳沈劉。不如一丘。

普通中童謠

梁書侯景傳。景既據壽春。遂懷反叛。又啓求錦萬匹。領軍朱异議迳青布以給之。景得布。悉用爲袍衫。因尙青色。普通中童謠曰云云。後景果乘白馬。兵皆青衣。所乘馬每戰將勝。輒躑躅嘶鳴。意氣駿逸。其奔衂必低頭不前。南史景傳。普通作大同。又云。景乘白馬。青絲爲轡。以應謠。隋書五行志。亦作大同。又云。景破丹陽。乘白馬以青絲爲羈勒。

青絲白馬壽陽來。

楊白花歌

梁書逸文。據樂府詩集卷七十三。楊華、武都仇池人也。少有勇力。容貌雄偉。魏胡太后逼通之。華懼及禍。乃率其部曲來降。胡太后追思之不能已。爲作楊白花歌辭。使宮人晝夜連臂踏足歌之。聲甚悽惋。郭氏茂倩云。南史曰。楊華本名白花。奔梁後名華。魏名將大眼之子也。按原文悽惋下似當有其詞曰三字。郭氏節引耳。

陽春二三月。楊柳齊作花。春風一夜入閨闥。楊花飄蕩落南家。含情出戶脚無力。拾得楊花淚沾臆。秋去春來雙燕子。願銜楊花入窠裏。

時人爲張氏語

陳書張種傳。種少恬靜。居處雅正。不妄交遊。傍無造請。時人爲之語曰。

宋稱敷演。宋書張邵傳。子敷、演、敬有名於世。張敷傳。性整貴。風韻甚高。好玄言。善屬文。梁則卷充。梁書張稷傳。與族兄充、融、卷俱知名。卷字令遠。少以知理著稱。能淸言。張充傳。多所該覽。尤明老易。能淸言。淸虛學尙。種有其風。

古謠諺卷十

秀水杜文瀾輯

時人爲詰汾力微二帝諺

魏書序紀。聖武皇帝諱詰汾。嘗率數萬騎田於山澤。欻見輜軿自天而下。既至。見美婦人。侍衛甚盛。帝異而問之。對曰。我天女也。受命相偶。遂同寢宿。旦請還曰。明年周時。復會此處。言終而別。去如風雨。及期。帝至先所田處。果復見天女。以所生男授帝曰。此君之子也。善養視之。子孫相承。當世爲帝王。語訖而去。子卽始祖也。故時人諺曰云云。帝崩。始祖神元皇帝諱力微立。生而英叡。

詰汾皇帝無婦家。力微皇帝無舅家。

時人爲李崇元融語

魏書宣武靈皇后胡氏傳。及肅宗踐祚。尊后爲皇太后。臨朝聽政。後幸左藏。王公嬪主已下。從者百餘人。皆令任力負布絹。卽以賜之。多者過二百匹。少者百餘匹。唯長樂公主手持絹二十匹而出。（北史李崇傳。主作兩。）示不異衆而無勞也。世稱其廉。儀同陳留公李崇、章武王融並以所負過多。顚仆於地。崇乃傷腰。融至損脚。時人爲之語曰。

陳留章武。傷還折股。（北史李崇傳。還作腰。是也。御覽卷四百六十五引後魏書、卷八百十七。還亦作腰。廣博物志卷三十七引北史。還作脚。）貪人敗類。穢我明主。

時人爲安豐中山濟南三王語

魏書臨淮王譚傳。蕘、子提襲。提子昌復封臨淮王。蕘、謚曰康王。追封濟南。子彧字文若紹封。少與從兄安豐王延明、中山王熙並以宗室博古文學齊名。時人莫能定其優劣。尙書郎范陽盧道將（北史彧傳。道將作思道。按思道乃道將弟道亮之子。年輩較後。北齊初年。始解褐。此傳所言。魏時爲尙書郎者。實道將所歷之官。北史乃傳寫之誤。）謂吏部淸河崔休曰。三人才學雖無優劣。然安豐少於造次。中山皂白太多。未若濟南風流沉雅。時人爲之語曰。

三王楚琳琅。（御覽卷四百九十五作三王楚楚盡琳琅。）未若濟南備圓方。

時人爲元頣元欽語

魏書陽平王新成傳。蕘、長子安壽襲爵。高祖賜名頣。頣弟衍。衍弟欽傳。字思若。少好學。早有令譽。時人語曰。

皇宗略略。壽安思若。（按上言安壽。此言壽安。前後不同。必有一誤。）

咸陽宮人爲咸陽王禧歌

魏書咸陽王禧傳。及高祖崩。禧受遺輔政。性憍奢。貪淫財色。姬妾數十。意尙不已。衣被繡綺。車乘鮮麗。猶遠有簡娉。以恣其情。由是昧求貨賄。奴婢千數。田業鹽鐵。徧於遠近。臣吏僮隸。相繼經營。世宗頗惡之。旣覽政。禧意不安。遂謀反。時世宗幸小平津。禧在城西小宅。衆懷沮異。計不能決。遂約不洩而散。武與王楊集始出便馳告。而禧意不疑。乃與臣妾向洪池別墅。禧是夜宿於洪池。大風暴雨。禧不知事露。而尹仵期與禧長子通已入河內郡。列兵仗。放囚徒。而將士所在追禧。禧自洪池東南走。渡洛水。至柏谷塢。俄而禧被擒獲。送華林都亭。世宗親問事源。著千斤鏁格。龍虎羽林掌衞之。遂賜死私第。其宮人歌北史禧傳。歌上有爲之二字。曰云云。其歌遂流至江表。北人在南者、雖富貴。絃管奏之。莫不灑泣。

可憐咸陽王。奈何作事悮。金牀玉几不能眠。夜蹋霜與露。洛水湛湛彌岸長。行人那得渡。

時人爲王嶷語

魏書王嶷傳。稍遷南部大夫。高祖初。出使巡察靑徐兗豫。撫慰新附。觀省風俗。還遷南部尙書。在任十四年。時南州多事。文奏盈几。訟者塡門。嶷性儒緩。委隨不斷。終日在坐昏睡而已。李訢、鄧宗慶等號爲明察。勤理時務。而二人終見誅戮。餘十數人或黜或免。唯嶷卒得自保。時人爲之語曰。

實癡實昏。終得保存。

雍州民爲公孫軌語

魏書公孫軌傳。出爲虎牢鎭將。初、世祖將北征。發民驢以運糧。使軌部詣雍州。軌令驢主皆加絹一匹。乃與受之。百姓爲之語曰云云。衆共嗤之。坐徵還。

驢無彊弱。輔脊自壯。御覽卷八百十七引後魏書、卷九百一引北史。輔脊作負絹。是也。

時人爲王遵業王延明語

魏書王遵業傳。風儀淸秀。涉歷經史。位著作佐郞。與司徒左長史崔鴻同撰起居注。遷右軍將軍兼散騎常侍。與崔光、安豐、王延明等參定服章。及光爲肅宗講孝經。遵業預講。延明錄義。並應詔作釋奠侍宴詩。時人語曰。

英英濟濟。王家兄弟。

桑乾鄉里爲房景伯語

魏書房景伯傳。景伯生於桑乾。性淳和。涉獵經史。諸弟宗之。如事嚴親。及弟妓亡。北史房景伯傳。無妓字。是也。蔬食。終喪期不內御。憂毁之容。有如居重。其次弟景先亡。其幼弟景遠朞年哭臨。亦不內寢。鄉里爲之語曰。

有義有禮。房家兄弟。

高允引諺

魏書高允傳。允上酒訓。其詞曰。酒之爲狀。變惑性情。豈止於病。乃損其命。諺亦有云云云。言所益者。止於一味之益。不亦寡乎。言所損者。夭年亂志。夭亂之損。不亦夥乎。

其益如毫。其損如刀。

趙郡鄰郡爲李曾謠

魏書李孝伯傳。父曾。太祖時徵拜博士。出爲趙郡太守。令行禁止。刼盜奔竄。太宗嘉之。幷州丁零。數爲山東之害。知曾能得百姓死力。憚不入境。賊於常山界得一死鹿。謂趙郡地也。賊長責之還。令送鹿故處。鄰郡爲之謠曰云云。其見憚如此。

詐作趙郡鹿。猶勝常山粟。

廣平百姓爲李波小妹語

魏書李安世傳。出爲安平將軍、相州刺史。初、廣平人李波。宗族彊盛。殘掠生民。前刺史薛道𢷕親往討之。波率其宗族拒戰。大破𢷕軍。遂爲逋逃之藪。公私成患。百姓爲之語曰云云。安世設方略。誘波及諸子姪三十餘人。斬于鄴市。境內肅然。

李波小妹字雍容。褰裙逐馬如卷蓬。西溪叢話卷下。裙作裾。左射右射必疊雙。婦女尚如此。男子那可逢。西溪叢話及廣博物志卷二十三。那作安。

高祖與侍臣續歌

魏書鄭道昭傳。從征沔漢。高祖饗侍臣於懸瓠方丈竹堂。道昭與兄懿俱侍坐焉。樂作。酒酣。高祖乃歌曰云云。彭城王勰續歌曰云云。鄭懿歌曰云云。邢巒歌曰云云。道昭歌曰云云。高祖又歌曰云云。宋弁歌曰云云。高祖謂道昭曰。自比還務雖猥。與諸才雋不廢詠綴。遂命邢巒總集敍記。

白日光天無不曜。江左一隅獨未照。御覽卷五百七十。天下隅下有兮字。願從聖明兮登衡會。萬國馳誠混內外。御覽。聖明作聖主。主下誠下有兮字。雲雷大振兮天門闢。率土來賓一正歷。御覽。門作地。賓下有兮字。舜舞干戚兮天下歸。文德遠被莫不思。御覽。戚作戈。被下有兮字。皇風一鼓兮九地匝。戴日依天淸六合。御覽。天下有兮字。遵彼汝墳兮昔化貞。未若今日道風明。文王政教兮暉江沼。寧如大化光四表。御覽。如作知。化下有兮字。

時人爲崔楷語

魏書崔楷傳。後爲尙書左主客郎中、伏波將軍、太子中舍人、左中郎將。楷性嚴烈。能摧挫豪彊。故時人語曰。

莫𪃃都買反。獬。孤楷反。付崔楷。

李彪引諺

魏書李彪傳。高祖初。遷祕書丞。參著作事。自成帝以來至于太和。崔浩高允著述國書。編年序錄。爲春秋之體。遺落時事。三無一存。彪與祕書令高祐始奏從遷固之體。創爲紀傳表志之目焉。世宗踐祚。因論求復舊職。修史官之事。乃表曰。唯我皇魏之奄有中華也。歲越百年。年幾十紀史官敍錄。未充其盛。加以東觀中圮。冊勳有闕。美隨日落。善因月稀。故諺曰云云。今求都下。乞一靜處。綜理國籍。以終前志。官給事力。以充所須。

一日不書。百事荒蕪。

邢巒引俗諺

魏書邢巒傳。時蕭衍遣兵侵軼徐兗。緣邊鎭戍。相繼陷沒。朝廷憂之。乃以巒爲使持節都督東討諸軍事、安東將軍。尙書如故。宿豫既平。世宗又詔巒可率二萬之衆渡淮。以圖進取之計。及梁城賊走。中山王英乘勝攻鍾離。又詔巒帥衆會之。巒表謂宜修復舊戍。牢實邊方。息養中州。擬之後舉。詔曰。濟淮掎角。事如前敕。何容猶爾盤桓。巒又表曰。臣寧荷怯懦不進之責。不受敗損空行之罪。鍾離天險。朝貴所具。若有內應。則所不知。如其無也。必無剋狀。若其不復。其辱如何。若信臣言也。願賜臣停。若謂臣難行。求回臣所領兵統。悉付中山。任其處分。臣求單騎。隨逐東西。

且俗諺云云。臣雖不武。忝備征將。前宜可否。頗實知之。臣旣謂難。何容强遣。

耕則問田奴。絹則問織婢。

按宋書沈慶之傳云。耕當問奴。織當訪婢。惟彼不言諺。故置彼錄此。

洛中童謠二則

魏書爾朱彥伯傳。俄除儀同三司侍中。及張勸等掩襲世隆。彥伯弟世隆傳。前廢帝特置儀同三司之官。次上公之下。以世隆爲之。及齊獻武王起義兵。而斛斯椿譖殺世隆黨附。令行臺長孫稚詣闕奏狀。別使都督賈智張勸率騎掩執世隆與兄彥伯。俱斬之。彥伯時在禁直。從長孫稚等於神虎門啓陳齊獻武王。義功旣振。將除爾朱。廢帝令舍人郭崇報彥伯知。彥伯狼狽出走。爲人所執。尋與世隆同斬於閶闔門外。懸首於斛斯椿門樹。傳首於齊獻武王。先是洛中謠曰云云。又曰云云。至是並驗。

三月末。四月初。揚灰簸土覓眞珠。

頭去項。腳根齊。驅上樹。不須梯。

高謙之引諺

魏書高謙之傳。尋詔除寧遠將軍。正河陰令。在縣二年。損益治體。多爲故事。乃上疏曰。且琴瑟不韻。知音改弦更張。騑驂未調。善御執轡成組。諺云云。此言雖小。可以喻大。

迷而知反。得道未遠。

張普惠引諺

魏書張普惠傳。正光二年。詔遣楊鈞送蠕蠕主阿那瓌還國。普惠謂遣之將貽後患。上疏曰。蠕蠕相害於朔垂。此乃封豕長蛇。不識王度。天將悔其罪。所以奉皇魏。故荼毒之。辛苦之。令知至道之可樂也。而先自勞擾。艱難下民。興師郊甸之內。遠投荒塞之外。救累世之勍敵。可謂無名之師。諺曰云云。愚情未見其可。當是邊將窺𥨊一時之功。不思兵爲凶器。不得已而用之者也。

唯亂門之無過。

按左氏昭二十二年傳亦有此語。然彼稱人言。而此稱諺。故置彼引此。

時人爲祖瑩袁翻語

魏書祖瑩傳。范陽遒人也。徵署司徒彭城王勰法曹行參軍。敕令掌勰書記。瑩與陳郡袁翻齊名秀出。時人爲之語曰。

京師楚楚、袁與祖。洛中翩翩、祖與袁。

同門生爲李謐語

魏書李謐傳。少好學。博通諸經。周覽百氏。初師事小學博士孔璠。數年後。璠還就謐請業。同門生爲之語曰。

青成藍。藍謝青。師何常。在明經。

蜀中民爲李勢謠二則

魏書賨李勢傳。建國十年。司馬聃將桓溫伐之。勢降於溫。先是頻有怪異。童謠曰云云。又曰云云。

卒如其言。

江橋頭。闕下市。成都北門十八子。御覽卷一百二十三引十六國春秋。子作字。按說文。李从木。子聲。木字从屮。下象其形。此言十八子者。就隸體分析也。

有客有客。來侵門陌。其氣欲索。

時人爲劉劭劉駿語

魏書島夷劉義隆傳。義隆太子劭及始興王休明令女巫嚴道育呪咀義隆。事發。乃議黜劭。劭知己當廢。遂夜召張超之。明晨。超之等率十餘人走入雲龍門。拔刃。徑登含章殿。斬義隆。劭弟駿時爲江州刺史。討之。劭衆(奔)〔崩〕潰。駿乃僭即大位於新亭。於是擒劭、休明。並梟首大桁。暴屍於市。經月壞爛。投之水中。男女妃妾。一皆從戮。時人爲之語曰。

遙望建康城。江水逆流縈。前見子殺父。後見弟殺兄。

涼州民謠

魏書私署涼州牧張寔傳。于時天下喪亂。唯涼州獨全。寔自恃衆彊。轉爲驕恣。平文皇帝四年。寔爲左右閻沙等所殺。先是謠曰云云。寔所住室。梁間有人象而無頭。久之乃滅。寔惡之。未幾見殺。

蛇利礮。蛇利礮。公頭墜地而不覺。

涼州民爲宋氏謠

魏書私署涼州牧張玄靖傳。於是宋混(專)〔率〕衆。玄靖以混爲驃騎大將軍尚書令。混病死。弟玄安代輔政。未幾。玄安司馬張邕起兵。殺玄安。盡誅宋氏。先是謠曰云云。邕一名野。

滅宋者田土子。

涼州民爲張氏謠

魏書私署涼州牧張天錫傳。昭成末。苻堅遣將苟萇伐涼州。破之。天錫降於萇。初駿時。謠曰云云。是時姑臧及諸郡國童兒皆歌之。謂劉曜、石虎並伐涼州不克。至堅而降之也。

劉新婦簸米。石新婦炊羖羝。蕩滌簸張兒。張兒食之口正披。

北方女爲倍侯利謠

魏書高車國傳。倍侯利質直。勇健過人。奮戈陷陳。有異於衆。北方之人畏嬰兒啼者語曰。倍侯利來。便止。處女歌謠云云。其服衆如此。

求良夫當如倍侯。御覽卷八百一引北史。侯下有利字。

魏孝明帝時洛下謠言

北齊書神武紀上。永熙元年。神武至洛陽。廢節閔及中興主。而立孝武。二年。斛斯椿乃與南陽王寶炬及武衞將軍元毗、魏光祿王思政搆神武於魏帝。舍人元士弼又奏神武受敕大不敬。故魏帝心貳於賀拔岳。初孝明之時。洛下以兩拔相擊。謠言曰云云。好事者以二拔謂拓拔賀拔。言俱將衰敗之兆。

銅拔打鐵拔。元家世將末。

魏靜帝時童謠

北齊書神武紀下。天平元年。魏帝既有異圖。五月下詔云。將征句吳。發河南諸州兵。增宿衛。守河橋。六月魏帝將伐神武。神武還以表聞。七月魏帝躬率大衆。屯河橋。神武乃引軍渡河。魏帝遜於長安。神武入洛陽。乃集百僚四門耆老議所推立。遂議立清河王世子善見。是爲孝靜帝。魏於是始分爲二。神武以孝武既西。恐逼崤陝。洛陽復在河外。接近梁境。如向晉陽。形勢不能相接。乃議遷鄴。神武留洛陽。部分事畢。還晉陽。自是軍國政務。皆歸相府。先是童謠曰云云。好事者竊言雀子謂魏帝清河王子。鸚鵡謂神武也。

可憐青雀子。飛來鄴城裏。羽翮垂欲成。化作鸚鵡子。

魏武定末童謠

北齊書文襄紀。諱澄。神武長子也。武定五年。神武崩。七月戊戌。魏帝詔以文襄爲渤海王。辛卯、王遇盜而殂。按北史齊文襄紀。武定七年四月甲辰。封齊王。八月辛卯。遇盜而崩。此有脫文。時年二十九。葬于峻成陵。齊受禪。追謚爲文襄皇帝。廟號世宗。時有童謠曰云云。識者以爲王將殂之兆也。

百尺高竿摧折。水底燃燈燈滅。隋書五行志上引此謠作武定中。第二燈字作澄。又云。高者、齊姓也。澄、文襄名。五年神武崩。摧折之應。七年文襄遇盜所害。澄滅之徵也。

文襄時謠言

北齊書文襄紀。初、梁將蘭欽子京爲東魏所虜。王命以配廚。欽請贖之。王不許。京再訴。王使監廚蒼頭薛豐洛杖之曰。更訴。當殺爾。京與其黨六人謀作亂。王將欲受禪。與陳元康、崔季舒等屏斥左右。署擬百官。京將進食。王卻謂諸人曰。昨夜夢此奴斫我。宜殺卻。京聞之。寘刀於盤。冒言進食。王怒曰。我未索食。爾何遽來。京揮刀曰。來將殺汝。王自投傷足。入于牀下。賊黨去牀。因而見殺。先是謠言（按謠本作訛。今改正。）曰云云。其言應矣。

軟脫帽。牀底喘。

北齊末童戲唱

北齊書後主紀。童戲者好以兩手持繩。拂地而卻上。跳且唱曰云云。高末之言。蓋高氏運祚之末也。

高末。

武成時童謠

北齊書神武婁后傳。太寧二年四月辛丑。崩於北宮。太后凡孕六男二女。皆感夢孕。孕武成。則夢龍浴於海。后未崩。有童謠曰云云。及后崩。武成不改服。緋袍如故。未幾登三臺。置酒作樂。宮女進白袍。帝怒。投諸臺下。和士開請止樂。帝大怒。撻之。帝於昆季次實九。蓋其徵驗也。

九龍母死不作孝。

後主時童謠

北齊書後主穆后傳。小字黃花。有幸於後主。故遂立爲皇后。先是童謠曰云云。言黃花不久也。後主自立穆后以後。昏飲無度。故云清觴滿盃酌。

黃花勢欲落。清觴滿盃酌。（隋書五行志上。觴作樽。滿盃作但滿。又云。穆后母子淫僻。干預朝政。時人患之。穆后小字黃花。尋逢齊亡。欲落之應也。）

斛律光引鄙諺

北齊書琅邪王儼傳。武成第三子也。儼以和士開奢恣。意甚不平。執士開斬之。儼遂率京畿軍三千餘人屯千秋門。帝使劉桃枝召儼。儼將斬之。禁兵散走。後主乃急召斛律光。儼亦召之。光聞殺士開。撫掌大笑曰。龍子作事。固自不似凡人。入見後主於永巷。帝率宿衞者步騎四百。授甲將出戰。光曰。小兒輩弄兵。與交手卽亂。鄙諺云云。至尊宜自至千秋門。琅邪必不敢動。後主從之。光步道使人〔走〕出曰。大家來。儼徒駭散。

奴見大家心死。

孝昭時童謠

北齊書上洛王思宗子元海傳。皇建末。孝昭幸晉陽。武成居守。元海以散騎常侍留典機密。初、孝昭之誅楊愔等。謂武成云。事成。以爾爲皇太弟。及踐祚。乃使武成在鄴主兵。立子百年爲皇太子。武成甚不平。先是童謠云云。時丞相府在北城中。卽舊中興寺也。鳧翁謂雄雞。蓋指武成小字步落稽也。道人、濟南王小名。打鐘、言將被擊也。太史奏言北城有天子氣。昭帝迎濟南赴幷州。

中興寺內白鳧翁。四方側聽聲雍雍。道人聞之夜打鐘。

惠化尼爲竇泰謠

北齊書竇泰傳。神武之爲晉州。請泰爲鎭城都督參謀軍事。累遷侍中京畿大都督。尋領御史中尉。泰以勳戚居臺。雖無多糾舉。而百寮畏懼。天平三年。神武西討。令泰自潼關入。四年。泰至小關、爲周文帝所襲。衆盡沒。泰自殺。初泰將發鄴。鄴有惠化尼謠云云。皆知其必敗。

寶行臺。去不回。北史竇泰傳回作迴。

貝州民爲刺史司馬長史淸河令語

北齊書庫狄士文傳。士文在齊。襲封章武郡王。隋文受禪。尋拜貝州刺史。士文至州。發摘姦吏。尺布斗粟之贓。無所寬貸。得千人奏之。悉配防嶺南。親戚相送。哭聲遍於州境。至嶺南遇瘴癘。死者十八九。於是父母妻子唯哭士文。士文聞之。令人捕搦。捶楚盈前。而哭者彌甚。司馬京兆韋焜、淸河趙達二人並苛刻。按北史庫狄士文傳。淸河下有令字。隋書庫狄士文傳云。河東趙達爲淸河令。當以有令字爲是。唯長史有惠政。時人語曰云云。上聞歎曰。士文暴過猛獸。竟坐免。

刺史羅殺政。廿二史攷異云。羅殺卽羅刹也。司馬蝮蛇瞋。長史含笑判。淸河生喫人。

時人爲陳元康語

北齊書陳元康傳。頗涉文史。機敏有幹用。高祖以爲相府功曹參軍。內掌機密。世宗入輔京室。崔暹、崔季舒、崔昂等並被任使。張亮、張徽纂並高祖所待遇。然委任皆出元康之下。時人語曰。

三崔二張。不如一康。廣記卷一百七十三引談藪作三崔兩張。不如一陳元康。

兗州民爲鄭氏父子歌

北齊書鄭述祖傳。父道昭。魏祕書監。述祖少聰敏。好屬文。有風檢。累遷兗州刺史。時穆子容爲巡省使。歎曰。古人有言。聞伯夷之風。貪夫廉。懦夫有立。今於鄭兗州見之矣。初、述祖父爲兗州。（杭氏世駿諸史然疑云。魏鄭道昭傳。爲光州刺史。轉青州刺史。在二州政務寬厚。不任威刑。爲吏民所愛。不言刺兗州事。或恐光州誤也。錢氏大昕潛研堂金石跋尾云。天柱山銘。光州刺史鄭述祖撰。述祖之父道昭。以魏永平中爲光州刺史。述其父義迹狀。鐫碑于天柱山。及述祖守光州。復作斯銘。敍其治迹。可謂風雅不墜。按以杭錢二説推之。兗州必光州之誤。）於城南小山起（齊）〔齋〕亭。刻石爲記。述祖時年九歲。及爲刺史。往尋舊迹。得一破石。有銘云。中岳先生鄭道昭之白雲堂。述祖對之嗚咽。悲慟羣寮。有人入市盜布。其父怒曰。何忍欺仁君。執之以歸首。述祖特原之。自是之後。境內無盜。人歌之曰。

大鄭公。小鄭公。相去五十載。風教猶尙同。（北史鄭道昭傳。尙作相。）

鄴下爲睦仲讓語

北齊書崔暹傳。子達拏年十三。暹命儒者權會敎其説周易兩字。乃集朝貴名流。令達拏昇高座開講。趙郡睦仲讓（北史崔暹傳。睦作眭。）陽屈之。暹喜躍。奏爲司徒中郎。鄴下爲之語曰。

講義兩行、得中郎。（御覽卷十五引三國典略、廣博物志卷二十六。講作解。）

徐之範引童謠

北齊書徐之才傳。之才大善醫術。太寧二年春。武明太后又病。之才弟之範爲尙藥典御。敕令診候。內史皆令呼太后爲石婆。蓋有俗忌。故改名以厭制。之範出。告之才曰。童謠云云云。今太后忽改名。私所致怪。之才曰。跋求伽胡言去已。豹祠嫁石婆。豈有好事。斬冢作媒人。但令合葬。（北史徐之才傳。但作勿。）自斬冢唯得紫綖靴者。得自四月。何者。紫之爲字此下系。綖者、熟當在四月之中。之範問靴是何義。之才曰。靴者革旁化。寧是久物。至四月一日。后果崩。

周里跂求伽。豹祠嫁石婆。斬冢作媒人。唯得一量紫綖靴。

當作唐白。

時人爲唐邕白建言

北齊書徐之才傳。唐邕白建方貴。時人言曰云云。之才蔑之。元日、對邕爲諸令史祝曰。見卿等位、當作唐白。

幷州赫赫、唐與白。

齊廢帝時童謠三則

北齊書楊愔傳。字遵彥。天保初。尙太原長公主。卽魏孝靜后也。九年。徙尙書令。濟南嗣業。任遇益隆。朝章國命。一人而已。推誠體道。時無異議。乾明元年二月。爲孝昭帝所誅。愔早著聲譽。文宣大漸。以常山、長廣二王位地親逼。深以後事爲念。愔與尙書右僕射平秦王歸彥、侍中燕子獻、黃門侍郎鄭子默受遺詔輔政。並以二王威望先重。咸有猜忌之心。高歸彥初雖同德。後尋反。動以疎忌之跡。盡告兩王。可朱渾天和又每云。若不誅二王。少主無自安之理。愔等議出二王爲刺史。二王拜職於尙書省。大會百僚。於是愔被拳杖亂毆擊。頭面血流。送愔等於御前。太皇太后臨昭陽殿。太后及帝側立。常山王言。楊遵彥欲擅朝權。威福自己。若不早圖。必爲宗社之害。太皇太后因問楊郎何在。賀拔仁曰。一目已出。太皇太后愴然曰。楊郎何所能。留使不好耶。帝乃曰。天子亦不敢與叔惜。豈敢惜此漢輩。但願乞兒性命。兒自下殿去。此等任叔父處分。遂皆斬之。太皇太后臨愔喪。哭曰。楊郎忠而獲罪。以御金爲之一眼。親內之曰。以表我意。常山王亦悔殺之。

先是童謠曰云云。又曰云云。又曰云云。羊爲愔也。角文爲用刀。道人謂廢帝小名。太原公主嘗作尼。故曰阿〔麼〕〔麽〕姑。愔子獻、天和。皆帝姑夫云。北史燕子獻傳。神武舊養韓長鸞姑爲女。是爲陽翟公主。遂以嫁之。可朱渾元傳。弟天和尚東平長公主。

白羊頭尾禿。北史楊愔傳。尾作毣。羖䍽頭生角。
羊羊喫野草。不喫野草遠我道。不遠打爾腦。
阿〔麼〕〔麽〕姑、禍也。道人姑、夫死也。

省中爲裴讓之語

北齊書裴讓之傳。少好學。有文情。清明俊辯。早得聲譽。魏天平中。舉秀才。對策高第。累遷屯田主客郎中。省中語曰。

能賦詩。裴讓之。

時人爲裴皇甫二姓兄弟語

北齊書裴讓之弟諏之傳。讓之、諏之及皇甫和、弟亮。並知名於洛下。時人語曰。

諏勝於讓。和不如亮。

時人爲馮祖趙三氏子語

北齊書趙彥深傳。齊朝宰相善始令終。唯彥深一人。然諷朝廷以子叔堅爲中書侍郎。頗招物議。時馮子琮子慈明、祖珽子君信並相繼居中書。故時人語云云。然叔堅身材尤劣。

馮祖及趙。穢我鳳池。

清河民爲曲堤成姓語

北齊書宋世良傳。出除清河太守。世良才識閑明。尤善治術。在郡未幾。聲問甚高。郡東南有曲堤。成公一姓。阻而居之。羣盜多萃於此。人爲之語曰。

寧度東吳會稽。不歷成公曲堤。御覽卷四百九十九。度作使。

清河民爲宋世良謠

北齊書宋世良傳。世良施八條之制。盜奔他境。民又謠曰云云。後齊天保中大赦。郡先無一囚。羣吏拜詔而已。

曲堤雖險賊何益。但有宋公自屏跡。御覽卷二百六十二引北史。但作得。

時人爲蘇珍之宋世軌語

北齊書宋世軌傳。幼自嚴整。好法律。稍遷廷尉卿。洛州民聚結。欲刼河橋。吏捕案之。連諸元徒黨千七百人。崔暹爲廷尉。以之爲反。數年不斷。及世軌爲少卿。判其事爲刼。於是殺魁首。餘從坐悉捨焉。時大理寺正蘇珍之亦以平幹知名。寺中爲之語曰云云。時人以爲寺中二絕。

決定嫌疑、蘇珍之。視表見裏、宋世軌。

濟北民爲崔伯謙歌

北齊書崔伯謙傳。後除濟北太守。恩信大行。北史崔伯謙傳。縣公田多沃壤。伯謙咸易之以給人。乃改鞭用熟皮爲之。不忍見血。示恥而已。有朝貴行過郡境。問人太守治政何如。對曰。府君恩化。古者所無。因誦民爲歌曰云云。

客曰。既稱恩化。何由復威。曰。長吏憚威。民庶蒙惠。徵赴鄴。百姓號泣遮道。

崔府君。能治政。易鞭鞭。布威德。民無爭。北史崔伯謙傳。治作臨。易上有退田二字。無第二鞭字。民作人。

京師爲蘇瓊語

北齊書蘇瓊傳。字珍之。遷三公郎中。趙州及河南中有人頻告謀反。前後皆付瓊推檢。事多申雪。尚書省崔昂謂瓊曰。若欲立功名。當更思餘理。仍數雪反逆。身命何輕。瓊正色曰。所雪者怨枉。不放反逆。昂大慙。京師爲之語曰。

斷決無疑、蘇珍之。

按宋世軌傳云。決定嫌疑、蘇珍之。與此語略同。惟彼傳所言。在官大理正時。此傳所言。在官三公郎中時。故並錄之。

御史臺中爲宋遊道語

北齊書宋遊道傳。與叔父別居。叔父爲奴誣以逆。遊道誘令返雪而殺之。魏廣陽王深北伐。請爲鎧曹。及爲定州刺史。又以爲府佐。廣陽王爲葛榮所殺。元徽誣其降賊。收錄妻子。遊道爲訴得釋。與廣陽王子迎喪返葬。中尉酈善長嘉其氣節。引爲殿中侍御史。臺中語曰。

見賊能討、宋遊道。北史宋繇傳。賊作惡。

時人爲宋遊道陸操語

北齊書宋遊道傳。與頓邱李獎一面。便定死交。既而獎爲河南尹。辟遊道爲中正。元顥入洛。獎受其命出使。徐州都督元孚與城人趙紹兵殺之。遊道爲奬訟寃得雪。又表爲請贈回已考一泛階以益之。奬二子構、訓居貧。遊道(復)〔後〕令其求三富人死事判免之。凡得錢百五十萬。盡以入構、訓。其使氣黨俠如此。時人語曰云云。構嘗因遊道會客。〔因〕戲之曰。賢從在門外。大好人宜自迎接。爲通名。稱族弟遊山。遊道出見之。乃獼猴衣帽也。將與構絕。構謝之。豁然如舊。

遊道獼猴面。陸操科斗形。意識不關貌。何謂醜者必無情。

按北史陸俟傳附載其曾孫操事云。高簡有風格。早以學業知名。天保中。卒於殿中尚書。此傳所言陸操。疑卽其人也。

陽子術引謠言

北齊書魏寧傳。以善推祿命徵爲館客。武成親試之。皆中。乃以己生年月託爲異人而問之。寧曰。極富貴。今年入墓。武成驚曰。是我。寧變辭曰。若帝王。自有法。又有陽子術語人曰。謠言云云。且四八天之大數。太上之祚。恐不過此。既而武成崩。年三十二也。

盧十六。稚十四。北史魏寧傳。稚作雉。按盧雉犍皆樗蒲彩名。作雉者是也。犍子拍頭三十二。

省中爲祖珽裴讓之語

北齊書逸文。據廣博物志卷二十九。祖珽字孝徵。神情機警。辭藻遒逸。與裴讓之並有令譽。爲當時所推。省中語曰。

多才多能、祖孝徵。能賦能詩、裴讓之。御覽卷二百十八引三國典略。才作奇。卷七百四十四引後魏書。才作伎。

案今本北齊書裴讓之傳有能賦詩裴讓之一條。而祖珽傳無此語。廣博物志所引或別本歟。

相府爲裴漢語

周書裴寬傳。弟漢字仲賈。大統五年。除大丞相府士曹行參軍。補墨曹參軍。漢善尺牘。尤便簿領。理識明贍。決斷如流。相府爲之語曰。

日下粲爛、有裴漢。

河北民爲裴俠歌

周書裴俠傳。除河北郡守。俠躬履儉素。愛民如子。所食唯菽麥鹽菜而已。吏民莫不懷之。此郡舊制。有漁獵夫三十人以供郡守。俠曰。以口腹役人。吾所不爲也。乃悉罷之。又有丁三十人供郡守役使。俠亦不以入私。並收庸直爲官市馬。歲月既積。馬遂成羣。去職之日。一無所取。民歌之曰。

肥鮮不食。丁庸不取。裴公貞惠。爲世規矩。

時人爲裴諏柳(蚪)〔虯〕語

周書柳(蚪)〔虯〕傳。大統三年。馮翊王元季海領軍獨孤信鎮洛陽。於時舊京荒廢。人物罕極。唯有(蚪)〔虯〕在陽城。裴諏在潁川。信等乃俱徵之。以(蚪)〔虯〕爲行臺郎中。諏爲都督府屬。並掌文翰。時人爲之語曰云云。時軍旅務殷。(蚪)〔虯〕勵精從事。或通夜不寢。季海嘗云。柳郎中判事。我不復重看。

北府裴諏。南省柳(蚪)〔虯〕。北史柳(蚪)〔虯〕傳。省作府。

諸生爲呂思禮語

周書呂思禮傳。性溫潤。不雜交遊。年十四。受學於徐遵明。長於論難。諸生爲之語曰。

講書論易。其鋒難敵。北史呂思禮傳及御覽卷六百十五。無其字。

梁武帝在雍鎭童謠

隋書音樂志上。初、武帝之在雍鎭。有童謠云云。識者謂白銅謂馬也。樂府詩集卷四十八引隋志。識者言。曰銅蹄、謂金蹄爲馬也。按當作白銅謂金蹄爲馬也。白。金色也。及義師之興。實以鐵騎。揚州之士皆面縛。果如謠言。

襄陽白銅蹄。反縛揚州兒。按齊梁時揚州。即今之江寧。此言東昏之黨。降於梁武也。

案此與南齊書五行志宋元徽中童謠詞語略同。而時代事驗迥異。今並錄之。

陳初童謠

隋書五行志上。陳初有童謠本書韓擒傳、北史韓禽傳均作江東謠歌。曰云云。其後陳主果爲韓擒所敗。擒本名擒獸。黃班之謂也。破建康之始。復乘青驄馬。往反時節皆相應。

黃班青驄馬。北史韓禽傳。驄作騘。誤。發自壽陽涘。來時冬氣末。去日春風始。

案韓擒本名擒虎。唐人避太祖諱。去虎字。本書韓擒傳。擒本名豹。北史韓禽傳。又謂禽本名禽武。均改稱也。廿二史攷異云。韓擒傳。擒本名豹。唐人韓虎。史多改爲武。或爲獸。或爲彪。此獨更爲豹者。欲應黃班之文也。虎豹皆有班。黃韓聲亦相近。

齊神武時鄴中童謠

隋書五行志上。齊神武始移都於鄴。時有童謠云云。魏孝靜帝者。清河王之子也。后則神武之女。鄴都宮室未備，卽逢禪代。作窠未成之效也。孝靜尋崩。文宣以后爲太原長公主。降於楊愔，時婁后尙在。故言寄書於婦母。新婦子。斥后也。

可憐靑雀子。飛入鄴城裏。作窠猶未成。舉頭失鄉里。寄書與婦母。好看新婦子。

齊武平元年童謠

隋書五行志上。武平元年。童謠曰云云。其年四月。隴東王胡長仁謀遣刺客殺和士開。事露。反爲士開所譖死。

狐截尾。你欲除我我除你。

齊武平二年童謠

隋書五行志上。二年。童謠曰云云。小兒唱訖。一時拍手云。殺卻。至七月二十五日。御史中丞琅邪王儼執士開。送於南臺而斬之。北史和士開傳。士開謂入上臺。至是果驗。

和士開。七月三十日。將你向南臺。北史和士開傳作和士開。當入臺。

又齊武平二年童謠

隋書五行志上。是歲又有童謠曰云云。七月士開被誅。九月琅邪王遇害。十一月趙彥深出爲西兗州刺史。北史綦連猛傳。天統五年。除并省尙書令。猛自和士開死後。漸預朝政。趙彥深以猛頗疾姦佞。故引知機事。祖珽言猛與趙彥深前推琅邪王事有意。故於是出猛爲定州刺史。彥深爲西兗州刺史。卽日首途。先是謠曰云云。至是其言乃驗。

七月刈禾傷早。北史綦連猛傳。傷作太。九月喫糕正好。北史綦連猛傳。喫作啖。正作未。十月洗蕩飯甕。十一月出卻趙老。北史綦連猛傳作本欲尋山射虎。激箭旁中趙老。

齊武平末鄴中童謠

隋書五行志上。鄴中又有童謠曰云云。未幾。周師入鄴。

金作掃帚玉作把。淨掃殿屋迎西家。

周初童謠

隋書五行志上。周初有童謠曰云云。靜帝、隋氏之甥。旣遜位而崩。諸舅彊盛。

白楊樹頭金雞鳴。祇有阿舅無外甥。

周宣帝與宮人蹋歌

隋書五行志上。周宣帝與宮人夜中連臂蹋蹄而歌曰云云。帝卽位。三年而崩。

自知身命促。把燭夜行遊。

隋煬帝夢二豎子歌

隋書五行志上。帝因幸江都。遂無還心。帝復夢二豎子歌曰云云。由是築宮丹楊。將居焉。功未就而帝被弑。

住亦死。去亦死。未若乘船度江水。長短經霸圖篇注。住作去。去作住。未作不。

大業中童謠

隋書五行志上。大業中童謠曰云云。其後李密坐楊玄感之逆。爲吏所拘。在路逃叛。潛結羣盜。自陽城山而來。襲破洛口倉。後復屯兵苑內。莫浪語、密也。宇文化及自號許國。尋亦破滅。誰道許者。蓋驚疑之辭也。

桃李子。鴻鵠遶陽山。舊唐書五行志作洪水繞楊山。長短經霸圖篇注。繞作遶。唐志云。煬帝疑李氏有受命之符。故誅李金才。後李密據洛口倉。以應其讖。宛轉花林裏。莫浪語。誰道許。長短經注。宛轉作苑在。林作囿。注又云。李、唐姓也。洪水、唐王諱也。楊、隋姓也。花者、華不實也。園、囿也。代王名侑。侑與囿同音。言楊侑號爲帝。終於曆數有歸。唐王當踐其位也。隋唐嘉話云。隋文帝夢洪水沒城。意惡之。乃移都大興。術者云。洪水即唐高祖之名也。

長孫覽求爲周宣帝歌

隋書刑法志。宣帝性殘忍暴戾。既酣飲過度。嘗中飲。有下士楊文祐、白宮伯、長孫覽求歌曰云云。鄭譯奏之。帝怒。命賜杖二百四十而致死。

朝亦醉。暮亦醉。日日恆常醉。政事日無次。

按酉陽雜俎卷四及廣記卷一百六十四引談藪、載北齊斛斯豐樂爲高祖歌。與此半同半異。今兩存之。

唐史官引諺語論冀州

隋書地理志中。冀州俗重氣俠。好結朋黨以相赴死生。亦出於仁義。故班志述其土風。悲歌忼慨。椎剽掘冢。亦自古之所患焉。前諺云云。實弊此也。魏郡、鄴都所在。浮巧成俗。彫刻之工。特云精妙。士女被服。咸以奢麗相高。其性所尚習。得京洛之風矣。語曰云云。斯皆輕狡所致。

仕官不偶遇冀部。御覽卷一百六十一引十三州志。官作宦。遇作值。

魏郡清河。天公無奈何。

汨羅士人爲屈原歌

隋書地理志下。屈原以五月望日赴汨羅。士人追至洞庭不見。湖大船小。莫得濟者。乃歌曰云云。因爾鼓櫂爭歸。競會亭上。習以相傳。爲競渡之戲。

何由得渡湖。

唐史官引梁世諺論史職

隋書經籍志。自史官廢絕久矣。漢世頗循其舊。班馬因之。魏晉已來。其道逾替。南董之位。以祿貴遊。正駿之司。罕因才授。故梁世諺曰云云。於是尸素之儔。盱衡延閣之上。立言之士。揮翰蓬茨之下。一代之記。至數十家。傳說不同。聞見舛駁。理失中庸。辭乖體要。斯所以爲蔽也。

上車不落、則著作。體中何如、則祕書。

時人爲劉昉鄭譯語

隋書劉昉傳。及宣帝嗣位。遷小御正。及帝不悆。屬以後事。昉見靜帝幼沖。不堪負荷。然昉素知高祖。又以后父之故。有重名於天下。遂與鄭譯謀。引高祖輔政。高祖以防有定策之功。拜上大將軍。封黄國公。與沛國公鄭譯皆爲心膂。前後賞賜鉅萬。出入以甲士自衞。朝野傾矚。稱爲黄沛。時人爲之語曰。

劉昉牽前。鄭譯推後。

滑州民爲豆䖸勸謠

隋書豆盧勣傳。周閔帝受禪。改封丹陽郡公。會武帝嗣位。渭源燒當羌因饑饉作亂。以勣有才略。轉渭州刺史。甚有惠政。華夷悅服。德澤流行。大致祥瑞。鳥鼠山。俗呼爲高武隴。其下渭水所出。其山絕壁千尋。由來乏水。諸羌苦之。勣馬足所踐。忽飛泉湧出。有白烏翔止廳前。乳子而後去。又白狼見於襄武。民爲之謠曰云云。因號其泉爲玉漿泉。

我有丹陽。山出玉漿。御覽卷九百二十四引北史。出作飛。濟我民夷。北史豆盧勣傳。民作人。御覽。民夷作夷人。神烏來翔。御覽。烏作鳥。

長孫平引鄙諺

隋書長孫平傳。轉工部尙書。名爲稱職。時有人告大都督邴紹非毀朝廷爲憒憒者。上怒。將斬之。平進諫曰。川澤納汙。所以成其深。山岳藏疾。所以就其大。臣不勝至願。願陛下宏山海之量。茂寬裕之德。鄙諺北史長孫平傳。諺上無鄙字。曰云云。此言雖小。可以喻大。因話錄。郭汾陽子曖尙昇平公主。琴瑟不調。汾陽拘曖詣朝堂待罪。上召而謂之曰。諺云云云。小兒女子閨幃之言。大臣安用聽。

不癡不聾。未堪作大家翁。北史長孫平傳。未作不。無堪字。因話錄作不作阿家阿翁。義府卷下云。家即曹大家之家。家翁謂公姥二人。温公通鑑去一阿字。作阿家翁。失古人口語矣。

幽州爲盧昌衡盧思道語

隋書盧昌衡傳。小字龍子。風神澹雅。容止可法。博涉經史。工草行書。從弟思道。小字釋奴。宗中俱稱英妙。故幽州爲之語曰。

盧家千里。釋奴龍子。

蜀中爲于仲文語

隋書于仲文傳。字次武。尋遷安固太守。有任杜兩家。各失牛。後得一牛。兩家俱認。州郡久不能決。益州長史韓伯儁曰。于安固少聰察。可令決之。仲文曰。此易解耳。於是令二家各驅牛羣至。乃放所認者。遂向任氏羣中。又陰使人微傷其牛。任氏嗟惋。杜家自若。仲文於是訶詰杜氏。杜氏服罪而去。始州刺史屈突尙。宇文護之黨也。先坐事下獄。無敢繩者。仲文至郡窮治。遂竟其獄。蜀中爲之語曰。

明斷無雙、有于公。不避強禦、有次武。北史于仲文傳。强作彊。

趙州民爲和平子謠

隋書柳彧傳。遷治書侍御史。于時刺史多任武將。類不稱職。彧上表曰。伏見詔書以上柱國和平子爲杞州刺史。其人年垂八十。鐘鳴漏盡。前任趙州。闇於職務。政由羣小。賄賂公行。百姓吁嗟。歌謠滿道。乃云云云。古人有云。耕當問奴。織當問婢。此言各有所能也。平子弓馬武用。是其所長。治民莅職。非其所解。上善之。平子竟免。

老禾不早殺。餘種穢良田。

陳留老子祠柏樹下三童子歌

隋書王劭傳。高祖受禪。拜著作郎。劭上表言符命曰。又陳留老子祠有枯柏。世傳云。老子將度世云。待枯柏生、東南枝迴指。當有聖人出。吾道復行。至齊。枯柏從下生。枝東南上指。夜有三童子相與歌曰云云。及至尊牧亳州。親至祠樹之下。自是柏枝迴抱。其枯枝漸指西北。道教果行。校考衆事。太平主出於亳州陳留之地。皆如所言。

老子廟前古枯樹。東南狀如織。北史王劭傳。狀作枝。**聖主從此去。**

相州百姓爲樊叔略語

隋書樊叔略傳。周建德五年。從武帝伐齊。以功進封清鄉縣公。高祖受禪。進爵安定郡公。鄴都俗薄。號曰難化。朝廷以叔略所在著稱。遷相州刺史。政爲當時第一。上降璽書褒美之。賜物三百段。粟五百石。班示天下。百姓爲之語曰。

智無窮。清鄉公。上下正。樊安定。

長安爲崔弘度屈突蓋語

隋書崔弘度傳。弘度素貴。御下嚴急。動行捶罰。吏人讋氣。聞其聲莫不戰慄。檢校太府卿。官屬百工見之者。莫不流汗。無敢欺隱。時有屈突蓋。爲武候驃騎。亦嚴刻。長安爲之語曰。

寧飲三升酢。不見崔弘度。寧茹三升艾。不逢屈突蓋。北史崔弘度傳。兩升字幷作斗。酢作醋。茹作炙。御覽卷四百九十二。酢作醋。弘作恆。按改弘爲恆。係宋初人避宣祖諱。

案新舊唐書均載時人爲屈突蓋屈突通之語。與此條半同半異。今並錄之。

時人爲何妥蕭眘語

隋書何妥傳。父細胡。事梁武陵王紀。妥少機警。以技巧事湘東王。後知其聰明。召爲誦書左右。時蘭陵蕭眘亦有儁才。住青楊巷。妥住白楊頭。時人爲之語曰。

世有兩雋。北史何妥傳。雋作儁。白楊何妥。青楊蕭眘。

劉炫引諺

隋書劉炫傳。煬帝即位。牛弘引炫修律令。弘嘗從容問炫曰。案周禮、士多而府史少。今令史百倍於前。判官減則不濟。其故何也。炫對曰。古人委任責成。歲終考其殿最。案不重校。文不繁悉。府史之任。掌要目而已。今之文簿。恆慮覆治。鍛鍊若其不密。萬里追證百年舊案。故諺云云云。古今不同。若此之相懸也。事繁政敝。職此之由。

老吏抱案死。

時人爲崔儦李若語

隋書崔儦傳。數年之間。遂博覽羣言。善屬文。在齊舉秀才。爲員外散騎侍郎。遷殿中侍御史。尋與熊安生、馬敬德等議五禮。兼修律令。尋兼散騎侍郎。聘于陳。使還。待詔文林館。歷殿中膳部員外三曹郎中。儦與頓丘李若俱見稱重。時人爲之語曰。北史李崇傳云。頓丘人也。傳末附其族子若傳云。聰敏頗傳家業。風采詞令。有聲鄴下。

京師灼灼。崔儦李若。

隋煬帝時童謠

隋書蕭巋傳。梁昭明太子統之孫也。父詧。稱皇帝於其國。詧薨。巋嗣立。巋薨。子琮嗣位。後二歲。上徵琮入朝。於是廢梁國。賜爵莒國公。煬帝嗣位。以皇后之故。甚見親重。拜內史令。改封梁公。琮雖羈旅。見北間豪貴。無所降下。嘗與賀若弼深相友善。弼既被誅。復有童謠曰云云。帝由是忌之。遂廢於家。未幾而卒。

蕭蕭亦復起。

案樂府詩集卷八十載陳初童謡。有此五字。亦作已。餘同。然其上下文仍有數語。且時代事驗亦異。今並存之。

古謠諺卷十一

秀水杜文瀾輯

時人爲胡母顥語

南史宋明帝紀。內外混然。官以賄命。中書舍人胡母顥專權。奏無不可。時人語曰云云。禾絹、謂上也。

禾絹閉眼諾。胡母大張橐。

永明中魏地童謠

南史齊武帝紀。永明十一年秋七月。先是魏地謠言云云。是歲有沙門從北齎此火而至。色赤於常火而微。云以療疾。貴賤爭取之。多得其驗。二十餘日。都下大盛。咸云聖火。詔禁之不止。火灸至七炷而疾愈。吳興邱國寶密以還鄉。邑人楊道慶虛疾二十年。依法灸即差。是月上崩。

赤火南流喪南國。

百姓爲東昏侯歌

南史齊廢帝東昏侯紀。又以閱武堂爲芳樂苑。窮奇極麗。當暑種樹。大樹合抱。亦皆移掘。插葉繫華。取玩俄頃。又於苑中立店肆。模大市。日游市中。雜所寶物與宮人閹豎共爲裨販。以潘妃爲市令。自爲市吏錄事。又開渠立埭。躬自引船。埭上設店。坐而屠肉。于時百姓歌云。

閱武堂。種楊柳。至尊屠肉。潘妃酤酒。

柳達摩引北方童謠

南史陳武帝紀。紹泰元年。泰州刺史徐嗣徽據城入齊。又要南豫州刺史任約。乘虛掩至闕下。侯安都出戰。嗣徽等退據石頭。十一月己卯。齊遣兵五千。度據姑熟。又遣安州刺史翟子崇、楚州刺史劉士榮、淮州刺史柳達摩領兵萬人於胡墅度米粟三萬石、馬千匹入石頭。帝乃遣侯安都領水軍夜襲胡墅。嗣徽留達摩等守城。自率親屬腹心往南州采石以迎齊援。十二月丙辰。帝攻其水南二栅。柳達摩等度淮置陣。帝督兵疾戰。縱火焚栅。煙塵漲天。齊人大潰。盡收其船艦。是日嗣徽約等領齊兵還據石頭。帝遣侯安都領水軍襲破之。嗣徽等單舸脫走。丁巳。拔石頭南岸栅。移度北岸。起栅以絕其汲路。又堙塞東門故城中諸井。齊所據城中無水。水一合貿米一升。一升米貿絹一疋。或炒米食之。達摩謂其衆曰。頃在北。童謠云云。侯景服青。已倒於此。今吾徒衣黃。豈謠言驗耶。庚申。達摩遣侯子欽、劉士榮請和。帝許之。

石頭擣兩襠。擣青復擣黃。

梁時童謠

南史陳武帝紀。紹泰二年六月壬子。齊軍至玄武湖西北。幕府山南。將據北郊壇。衆軍自覆舟東移。頓郊壇北。與齊人相對。其夜大雨震電。暴風拔木。平地水丈餘。齊軍晝夜立泥中。縣鬲以爨。足指皆爛。而臺中及潮溝北水退路燥。官軍每得番易。甲寅。帝命衆軍蓐食攻之。齊軍大潰。先是童謠云云云。自晉宋以後。經紲在魏境。江淮以北。南人皆謂爲虜。是時以賞俘貿酒者。一人裁得一醉。

虜萬夫。入五湖。御覽卷二百二十三引三國典略。虜下有馬字。夫作匹。五作南。城南酒家使虜奴。

陳人爲齊雲觀歌

南史陳後主紀。起齊雲觀。國人歌曰。

齊雲觀。寇來無際畔。隋書五行志同。又云。功未畢而爲隋師所虜。

婦人入東宮唱

南史陳後主紀。及後主在東宮時。有婦人突入唱曰。

畢國主。隋書五行志同。又云。後主立而祚終之應也。

李延壽引梁末童謠

南史陳本紀贊。始梁末童謠云云云。及僧辯滅。羣臣以謠言奏聞曰。僧辯本乘巴馬以擊侯景。馬上郎。王字也。塵謂陳也。而不解皁莢之謂。既而陳滅于隋。說者以爲江東謂羖羊角爲皁莢。隋氏姓楊。楊、羊也。言終滅于隋。然則興亡之兆。蓋有數云。

可憐巴馬子。一日行千里。不見馬上郎。但見黃塵起。御覽卷九百六十引陳書。但見作只有。黃塵汙人衣。皁莢相料理。

湘東王府中爲魚弘徐緄謠

南史徐(緄)〔君蒨〕傳。爲梁湘東王鎮西諮議參軍。頗好聲色。侍妾數十。皆佩金翠。曳羅綺。服玩悉以金銀。飲酒數升。便醉而閉門。盡日酣歌。每遇歡謔。則飲至斗。有時載伎肆意游行。荆楚山川。靡不畢踐。朋從游好。莫得見之。時襄陽魚弘亦以豪侈稱。於是府中謠曰云云。然其物玩次於弘也。

北路魚。南路徐。

時人爲檀道濟歌

南史檀道濟傳。遷征南大將軍開府儀同三司江州刺史。元嘉八年。進位司空。鎮壽陽。道濟立功前朝。威名甚重。左右腹心。並經百戰。諸子又有才氣。朝廷疑畏之。時人或目之曰。安知非司馬仲達也。文帝寢疾累年。屢經危殆。領軍劉湛貪執朝政。慮道濟爲異說。又彭城王義康亦慮宮車晏駕。道濟不復可制。十二年。上疾篤。會魏軍南伐。召道濟入朝。及至。上已間。十三年春。將遣還鎮。下渚未發。會上疾動。義康矯詔召入祖道。收付廷尉。及其子八人並誅。時人歌曰云云。道濟死日。建鄴地震。白毛生。

可憐白浮鳩。枉殺檀江州。全唐詩六函三、劉禹錫詩注。浮作符。　樂府詩集卷四十九載吳均白附鳩白浮鳩各一曲。又引古今樂錄曰。白附鳩。倚歌。亦曰白浮鳩。本拂舞曲也。卷五十四白鳩篇引南齊書樂志曰。白符鳩舞。出江南吳人所造。其歌本云。平平白符。思我君惠。集我金堂。言白者、金行。符、合也。鳩亦合也。符鳩雖異。其義是同。宋書樂志曰。晉楊弘舞序云。自到江南。見白符舞。或言白符鳩舞。察其辭旨。乃是吳人患孫皓虐政。思屬晉也。

時人爲王志王彬語

南史王志傳。善稾隸。當時以爲楷法。志弟揖。揖弟彬傳。好文章。習篆隸。與志齊名。時人爲之語曰。

三眞六草。爲天下寶。

時人爲王瑩語。

南史王瑩傳。位左光祿大夫開府儀同三司丹陽尹。旣爲公。須開黃閤。宅前促。欲買南鄰朱侃半宅。侃懼見侵。貨得錢百萬。瑩乃回閤向東。時人爲之語曰。

欲向南。錢可貪。遂向東。爲黃銅。

百姓爲袁粲褚彥回語

南史袁粲傳。明帝臨崩。粲與褚彥回、劉勔並受顧命。齊高帝旣居東府。故使粲鎭石頭。粲素靜退。每有朝命。逼切不得已。然後方就。及詔移石頭。卽便順旨。時齊高帝方革命。粲自以身受顧託。不欲事二姓。密有異圖。先是齊高帝遣將薛深、蘇烈、王天生等領兵戍石頭。云以助粲。實禦之也。又遣軍主戴僧靜向石頭助薛深。自倉門入。粲列燭自照。謂其子最曰。本知一木不能止大廈之崩。但以名義至此耳。僧靜挺身暗往。奮刀直前。欲斬之。子最覺有異。大叫抱父。乞先死。兵士人人莫不隕涕。粲曰。我不失忠臣。汝不失孝子。僧靜乃幷斬之。褚彥回傳。明帝崩。遺詔以爲中書令護軍將軍。與尙書令袁粲受顧命。輔幼主。粲等雖同見託。而意在彥回。他日粲謂彥回曰。國家所倚。唯公與劉丹陽及粲耳。願各自勉。無使竹帛所笑。彥回曰。願以鄙心寄公之腹則可矣。然竟不能貞固。建元元年。進位司徒。侍中中書監如故。禮遇甚重。然世頗以名節譏之。於時百姓語曰。

可憐石頭城。寧爲袁粲死。不作彥回生。趙氏晉文選敏音。末句作不爲褚淵生。按彥回乃褚淵之字。李延壽避唐高祖之諱。改稱彥回耳。

時人爲張周劉三姓語

南史劉繪傳。永明末。都下人士盛爲文章。談義皆湊竟陵西邸。繪爲後進領袖。時張融以言辭辯捷。周顒彌爲清綺。而繪音采亦贍麗。雅有風則。時人爲之語御覽卷一百八十引齊書作朝野爲之語。曰云云。言其處二人間也。

三人共宅夾清漳。張南周北劉中央。

北軍中爲韋叡語

南史臨川靜惠王宏傳。文帝第六子也。天監四年。武帝詔宏都督諸軍侵魏。軍次洛口。前軍剋梁城。宏聞魏援近。畏懦不敢進。召諸將欲議旋師。呂僧珍曰。知難而退。不亦善乎。宏曰。我亦以爲然。議者已罷。僧珍謝諸將曰。殿下昨來風動。意不在軍。深恐大致沮喪。欲使全師而反。宏不敢便違羣議。停軍不前。魏人知其不武。遺以巾幗。北軍歌曰云云。武、謂韋叡也。

不畏蕭娘與呂姥。但畏合肥有韋武。按韋武本作韋虎。李延壽避唐太祖諱改之也。

百姓爲蕭正德父子謠

南史臨川王宏子正德傳。少而凶慝。大通四年。特封臨賀郡王。太清二年秋。侯景反。正德引賊入宣陽門。賊以正德爲天子。正德乃以長子見理爲太子。其後梁室傾覆。旣由正德。百姓至聞臨賀郡名亦不欲道。童謠云云云。其惡之如是。

寧逢五虎入市。不欲見臨賀父子。

梁武帝接民間爲蕭恪歌

南史南平王恪傳。位雍州刺史。年少、未閑庶務。委之羣下。百姓每通一辭。數處輸錢。方得聞徹。賓客有江仲舉、蔡薳、王臺卿、庾仲雍四人。俱被接遇。並有蓄積。故人間歌（御覽卷二百五十四引三國典略作樊鄧歌。）曰云云。遂達武帝。帝接之曰云云。尋以廬陵王代爲刺史。恪還奉見。武帝以人間語問之。恪大慙。不敢一言。

江千萬。蔡五百。王新車。庾大宅。　主人憒憒不如客。（樂府詩集卷八十六引南史。如作知。）

梁武帝時童謠

南史鄱陽王範傳。後爲都督雍州刺史。範作牧莅人。甚得時譽。撫循將士。盡獲歡心。於是養士馬。修城郭。聚軍糧於私邸。時廬陵王爲荆州。既是都督府。又素不相能。乃啓稱範謀亂。範亦馳啓自理。武帝恕焉。論者猶謂範欲爲賊。又童謠云云云。範以名應謡言。而求爲公。未幾。加開府儀同三司。範心密喜。以爲謠驗。武帝若崩。諸王必亂。範既得衆。又有重名。謂可因機以定天下。乃更收士衆。希望非常。

莫怱怱。且寬公。誰當作天子。草覆車邊已。

昭明爲太子時謠

南史昭明太子統傳。薨時年三十一。帝臨哭盡哀。長子東中郎將南徐州刺史華容公歡封豫章郡王。次子枝江公譽封河東郡王。曲江公詧封岳陽郡王。警封武昌郡王。鑒封義陽郡王。各二千戶。帝既廢嫡立庶。海內噂喈。故各封諸子大郡。以慰其心。初丁貴嬪薨。葬畢。有道士善圖墓。云。地不利長子。若厭伏。或可申延。乃爲蠟鵝及諸物埋墓側長子位。有宮監鮑邈之、魏雅者。二人初並爲太子所愛。邈之晚見疎於雅。密啓武帝云。雅爲太子厭禱。帝密遣檢掘。果得鵝等物。大驚。將窮其事。徐勉固諫得止。於是唯誅道士。由是太子迄終以此慙慨。故其嗣不立。先是人間謠曰云云。鹿子開者。反語爲來子哭。云帝哭也。歡前爲南徐州。太子果薨。遣中書舍人臧厥追歡。於崇正殿解髮臨哭。歡既嫡孫。次應嗣位。而遲疑未決。帝既新有天下。恐不可以少主主大業。又以心銜故。意在晉安王。猶豫自四月上旬至五月二十一日方決。歡止封豫章王。還任往。謠言心徘徊者。未定也。城中諸少年。逐歡歸去來。復還徐方之象也。

鹿子開城門。城門鹿子開。當開復未開。使我心徘徊。城中諸少年。逐歡歸去來。

巴東行人爲庾子輿歌

南史庾域傳。天監初。出爲巴西梓潼二郡太守。遷寧蜀太守。卒于官。子子輿傳。天監三年。父出守巴西。子輿以蜀路險難。啓求侍從。以孝養獲許。父還寧蜀。子輿亦相隨。父於路感心疾。每至必叫。子輿亦悶絕。及父卒。哀慟將絕者再。奉喪還鄉。秋水猶壯。巴東有淫預石。高出二十許丈。及秋至。則纔如見焉。次有瞿塘大灘。行旅忌之。部伍至此。石猶不見。子輿撫心長叫。其夜五更。

水忽退減。安流南下。及度。水復舊。行人爲之語曰。

淫預如幞本不通。潛確類書卷二十四引孝子傳。幞作牛。瞿塘水退爲庚公。

南州士庶爲江革蕭曇聰語

南史江革傳。歷中書舍人。尚書左丞。晉安王長史。尋陽太守。行江州府事。徙廬陵王長史。太守行事如故。以清嚴爲屬城所憚。時少王行事。多傾意于籤帥。革以正直自居。不與典籤趙道智坐。道智因還都啓事。面陳革墮事好酒。以琅邪王曇聰代爲行事。南州士庶爲之語曰。

故人不道智。新人佞散騎。莫知度不度。新人不如故。

時人爲鮑正語

南史鮑客卿傳。客卿三子檢、正、至。並才藝知名。俱爲湘東王上佐。正好交遊。無日不適人 人爲之語曰。

無處不逢鳥噪。無處不逢鮑佐。

尋陽漁父答孫緬歌

南史隱逸漁父傳。漁父者。不知姓名。亦不知何許人也。太康孫緬爲尋陽太守。落日逍遙渚際。見一輕舟。陵波隱顯。俄而漁父至。神韻蕭灑。垂綸長嘯。緬甚異之。遂褰裳涉水謂曰。竊觀先生有道者也。今方王道文明。子胡不贊緝熙之美。何晦用其若是也。漁父曰。僕山海狂人。不達世務。未辨賤貧。無論榮貴。乃歌曰云云。於是攸然鼓棹而去。

竹竿籊籊。河水溰溰。（御覽卷五百五引南史、卷八百三十四引宋書。溰溰作悠悠。）相忘爲樂。貪餌吞鉤。非夷非惠。聊以忘憂。

時人爲沈麟士語

南史隱逸沈麟士傳。隱居餘干吳差（一本差作羌。）山。講經教授。從學士數十百人。各營屋宇。依止其側。時爲之語曰。

差（一本差作羌。）山中。有賢士。（御覽卷五百五、潛確類書卷六十。差上有吳字。）開門教授居城市。（潛確類書。居城作成都。是也。）

陶弘景歌

南史隱逸陶弘景傳。齊末。爲歌曰云云。及梁武兵至新林。遣弟子戴猛之假道奉表。及聞議禪代。弘景援引圖讖。數處皆成梁字。令弟子進之。

水王木爲梁字。（案說文。梁。从木。从水。刅聲。此言水王木者。就隸體分析也。）

都下民語

南史恩倖茹法珍傳。〔茹法珍〕、會稽人。梅蟲兒、吳興人。齊東昏時並爲制局監。俱見愛幸。自江（祏）〔祐〕始安王遙光等誅後。及左右應敕捉刀之徒。並專國命。人間謂之刀敕。權奪人主。都下爲之語曰。

欲求貴職、依刀敕。須得富豪、事（捉）〔御〕刀。

東昏侯時宮中謠言

南史恩倖茹法珍傳。初、左右刀敕之徒。悉號爲鬼。宮中謠（按謠本作訛。今改正。）云云。當時莫解。梁武平建鄴。東昏死。羣小一時誅滅。故稱爲諸鬼也。俗間以細剉肉糅以薑桂曰劃。意者以凶黨皆當細剉而烹之也。

趙鬼食鴨劃。諸鬼盡著調。

按宋書符瑞志。永光初謠言。前廢帝紀。謠作訛。而其詞用韻。實係歌謠之體。與他處訛言無韻者不同。此條劃調二字爲韻。與彼同例。故改訛爲謠。他處仿此。

侯景時的脰烏童謠

南史侯景傳。于時、景修飾臺城及朱雀、宣陽等門。童謠曰。

的脰烏。拂朱雀。還與吳。

懷小篇卷二、丹鉛總錄。馬之當額亦曰的。易說卦爲的顙。三國志有的盧。又烏脰亦曰的。南史。侯景陷臺城。童謠曰。的脰烏。濂按。楊說非也。的訓白。虞注亦作的。白顙額也。釋訓。馰顙白顛。說文馰、馬白額。段玉裁注。秦風毛詩。白顛。的顙也。的盧義亦同。埤雅、馬政論曰。顙有白毛。謂之的盧。的脰烏卽白項烏。

荆州天子謠

南史侯景傳。又御覽卷六百九十五引梁書作侯景卽位童謠。曰云云。時都下王侯庶姓五等廟樹。咸見殘毀。唯文宣太后廟四周柏樹獨鬱茂。及景簒。修南郊路。僞都官尚書呂季略說景。令伐此樹。以立三橋。始斫南面十餘株。再宿悉枿生。便長數尺。時既冬月。翠茂若春。賊乃大驚。惡之。使悉斫殺。識者以爲昔僵柳起於上林。乃表漢宣之興。今廟樹重青。必彰陝西之瑞。按顏氏家訓勉學篇。上荆州必曰陝西。沈隱侯集柳世隆行狀。沈攸之狠據陝西。金樓子自序。搴帷陝服。蓋東晉以後。揚、荆兩州刺史膺分陝之任。故荆州有陝西之稱。梁元帝封湘東王。是時正在荆州也。又景牀東邊香爐無故墮地。景呼東西南北皆謂爲廂。景曰。此東廂香爐。那忽下地。議者以爲湘東軍下之徵。

脫青袍。著芒屩。荆州天子挺應著。

江陵童謠

南史侯景傳。景至胡豆洲。前太子舍人羊鯤殺之。送于王僧辯。僧辯傳首江陵。首至江陵。元帝命梟於市。三日。然後煮而漆之。以付武庫。先是江陵謠言云云。及景首至。元帝付諮議參軍李季長宅。宅東即苦竹町也。既加鼎鑊。即用市南水焉。

苦竹町。市南有好井。荆州軍。殺侯景。

時人爲殷禮語

南史逸文。（據廣博物志卷二十九。）殷禮。字往嗣。好學。手不釋卷。嘗從曲阿往反。不知隄瀆廣狹及行旅喧鬧。時人語曰。（御覽卷六百十八殷典通語曰。殷禮字往嗣。幼而鄉里異之。七歲在官。學書在師。未嘗戲弄。諷誦恒不爲蹔。潛識而已。行在舟車。手不釋卷。從曲阿往返。遂不知隄瀆廣狹。及行旅喧鬧。未嘗從之。時人語曰云云。）

奇才強記、殷往嗣。

魏宣武孝明間謠

北史魏孝武帝紀。始宣武孝武明間謠（按宣武孝明兩帝在孝武帝前。明上武字係衍文。當刪。）曰云云。識者以爲索謂本索髮。焦梨狗子指宇文泰。俗謂之黑獺也。

狐非狐。貉非貉。焦梨狗子齧斷索。

齊文宣將受禪時童謠

北史齊文宣帝紀。顯祖文宣皇帝諱洋。武定八年五月景辰。魏帝遜位於別宮。天保元年夏五月戊午。皇帝卽位於南郊。先是童謠曰云云。藁然兩頭。於文爲高。河邊羖攊。爲水邊羊。指帝名也。於是徐之才盛陳宜受禪。帝以問高德正。德正又贊成之。帝意於是始決。

一束藁。兩頭然。河邊羖攊飛上天。

齊天保間童謠

北史齊文宣帝紀。天保十年冬十月。帝暴崩於晉陽宮德陽堂。初、帝登阼。改年爲天保。士有深識者曰。天保之字爲一大人只十。帝其不過十乎。又先是謠云云。帝以午年生。故曰馬子。三臺、石季龍舊居。故曰石室。三千六百日。十年也。帝及期而崩。

馬子入石室。三千六百日。

河東民爲元淑謠

北史常山王遵傳附其孫淑傳。淑字買仁。彎弓三百斤。善騎射。孝文時爲河東太守。河東俗多商賈。罕事農桑。人至有年三十不識耒耜。淑下車勸課。躬往敎示。二年間家給人足。爲之謠曰。

秦州河東。杼柚代舂。元公至止。田疇始理。

文林館中爲陸乂語

北史陸俟傳附暠孫乂傳。聰敏博學。有文才。歷秘書郎。南陽王文學。通直散騎侍郎。待詔文林館。兼中書舍人。加通直散騎常侍。乂於五經最精熟。館中謂之石經。人爲之語曰。

五經無對、有陸乂。

鄴下爲李氏兄弟語

北史李渾傳。齊天保初。除太子少保。嘗謂魏收曰。彫蟲之技。我不如卿。國典朝章。卿不如我。渾與弟繪緯俱爲聘使主。繪六歲。便求入學。歷中書侍郎。丞相司馬。每霸朝。文武總集。常令繪先發言。端爲羣僚之首。音詞辯正。風儀都雅。文襄益加敬異。爲聘梁使。繪敷對明辨。梁武稱佳。繪弟緯。少聰慧。有才學。位中散大夫。聘梁使主。侍中李神儁舉緯尚書南主客郎。繪前後接對凡十八人。頗爲稱職。鄴下爲之語曰。

學則渾繪緯。口則繪緯渾。

時人爲李普濟語

北史李子雄傳附族弟普濟傳。普濟學涉有名。性和韻。位濟北太守。時人語曰。

入麤入細、李普濟。

時人爲李義深語

北史李義深傳。有當世才用。而心胸險峭。時人語曰。

劍戟森森、李義深。

時人爲陽休之語

北史陽休之傳。儁爽有風槩。好學愛文藻。時人爲之語曰。

能賦能詩、陽休之。

時人爲陰鳳語

北史賈思伯傳。累遷南青州刺史。初、思伯與弟思同師事北海陰鳳。業竟。無資酬之。鳳遂質其衣物。時人爲之語曰云云。及思伯之部。送縑百匹遺鳳。因具車馬迎之。鳳慙不往。時人稱歎焉。

陰生讀書不免癡。不識雙鳳脫人衣。

李延壽引鄙語論婁定遠

北史婁昭傳。兗子定遠。少歷顯職。外戚中偏爲武成愛狎。別封臨淮郡王。武成大漸。與趙郡王等同受顧命。位司空。趙郡王之奏黜和士開。定遠與其謀。遂納士開賄賂。成趙郡之禍。傳論云。定遠以常人之才。而因趙郡忠王。將以志除朝蠹。謀逐佞臣。而信納姦凶。反受其亂。遂使庸豎肆毒。賢戚見誅。敗政害時。莫大於此。鄙語曰云云。況定遠非智者乎。

利以昏智。

時人爲唐永語

北史唐永傳。有將帥才。正光中。爲北地太守當郡別將。俄而賊將宿勤、明達、車金雀等寇郡境。永擊破之。在北地四年。與賊數十戰。未嘗敗北。時人語曰云云。永所營處。至今猶稱唐公壘也。

莫陸梁。恐爾逢唐將。

隋煬帝時并州謠言

北史隋庶人諒傳。開皇元年。立爲漢王。十七年。出爲并州總管。以太子讒廢。居常怏怏。陰有異圖。及蜀王以罪廢。諒愈不自安。會文帝崩。遂發兵反。從亂者十九州。煬帝遣楊素進擊之。諒乃降。除名絕其屬籍。竟以幽死。先是幷州謠言云云。時僞署官告身皆一紙。別授則二紙。諒聞謠喜曰。我幼字阿客。量與諒同音。吾於皇家最小。以爲應之。

一張紙。兩張紙。客量小兒作天子。

冀州人語

北史熊安生傳。長樂阜城人也。安生同郡宗道暉。好著高翅帽大屐。冀州人爲之語曰云云。謂之四大。顯公、沙門也。宋公、安德太守也。洛姬、婦人也。

顯公鍾。宋公鼓。宗道暉屐。李洛姬肚。

古謠諺卷十二

秀水杜文瀾輯

中宗引俗諺

舊唐書禮儀志一。景龍三年。親祀南郊。時十一月十三日乙丑冬至。陰陽人盧雅、侯藝等請奏促冬至就十二日甲子。以爲吉會。時右臺侍御史唐紹奏曰。日南極當晷度環周。是日一陽爻生。爲天地交際之始。故易曰。復、其見天地之心乎。卽冬至卦象也。一歲之內。吉莫大焉。甲子但爲六旬之首。一年之內。隔月常遇。今欲避環周以取甲子。是避大吉而就小吉也。太史令傅孝忠奏曰。準漏經、南陸北陸。並日校一分。若用十二日。卽欠一分。未南極。卽不得爲至。上曰。俗諺云云。

亦不可改。竟依紹議。以十三日乙丑祀圓丘。

冬至長於歲。

楊伴兒謠

舊唐書音樂志二。楊伴校勘記云。殿本考證云。通典、通考俱作楊叛兒。按沈氏炳震亦引通典。張氏宗泰云。新志作楊叛。今考樂府四十九作楊叛兒。與下文合。本童謠歌也。齊隆昌時。女巫之子曰楊旻。廿二史攷異云。南史作楊珉之。旻隨母入內。校勘記云。按樂府隨上有少時二字。是也。及長爲后所寵。校勘記云。沈本張本。后上有太字。按通典、通考。亦有太字。樂府。后上有何字。以南齊書考之。當以何字爲是。童謠云云。而歌語訛。遂成楊伴兒。南史齊廢帝紀。又在西州令女巫楊氏禱祀。速求天位。及文惠薨。謂由楊氏之力。倍加敬信。呼楊婆。宋氏以來。人有楊婆兒哥。蓋此徵也。廿二史攷異云。按南史。何澗爲文惠太子作楊畔歌。辭甚側麗。袁廓之諫曰。夫楊畔者。既非典雅。而聲甚哀思。殿下當降意簫韶。奈何聽亡國之響。楊畔卽楊伴也。文惠太子時。已有此歌。則其來久矣。

謂始於隆昌時者。後人附會之詞也。

楊婆兒。共戲來。樂府詩集卷四十九引唐書樂志。來下有所歡二字。

寧王引諺

舊唐書五行志。開元二十九年十一月二十二日。雨木冰。凝寒凍冽。數日不解。寧王見而歎曰。諺云云。必有大臣當之。其月王薨。讓皇帝憲傳。睿宗長子也。開元四年封爲寧王。二十九年冬。京城寒甚。凝霜封樹。時學者以爲春秋雨木冰卽此。是亦名樹介。言其象介冑也。憲見而歎曰。此俗所謂樹稼也。諺曰。云云。必有大臣當之。吾其死矣。十一月薨。王氏鏊震澤長語卷上。春秋書木冰。漢書謂之木介。又云木稼。王荆公詩。木稼嘗聞達官怕。余在京師。成化末。親見之。似煙非煙。似雪非雪。行道茫茫。尋丈不辨。草樹玲瓏。皆成幡幢寶蓋。少壯鬚髮。盡成老翁。父老云。是爲木稼。然其應不止達官而已。楊氏愼墐戶錄。北方寒夜。冰華著樹如架。春秋謂之雨木冰。五行志曰。樹介。言冰封枝條如介冑也。訛作樹稼。

樹稼、達官怕。唐會要。稼作架。東軒筆錄卷五作冬淩樹稼、達官怕。青箱雜記作冬淩樹稼、而達官怕。雞肋篇。樹下有木字。墐戶錄及潛確類書卷三十八作木若稼、達官怕。

調露中嵩山謠

舊唐書五行志。調露中。高宗欲封嵩山。累草儀注。有事不行。有謠曰云云。高宗至山下。遘疾。還宮而崩。新唐書五行志二。高宗自調露中欲封嵩山。屬突厥叛而止。後又欲封。以吐蕃入寇。遂停。時有童謠曰云云。按廣記卷一百六十三引朝野僉載。與新書略同。惟遂停下有永淳年又駕幸嵩嶽八字。其下遂敍謠詞。然則此謠當作於永淳間也。

嵩山凡幾層。原本無。今據新唐書五行志二所引補。御覽卷五百三十六引唐書、嵩山作嵩高。不畏登不得。但恐不得登。朝野僉載及孔帖卷四、全唐詩十二函八。但恐作只畏。三度徵兵馬。旁道打騰騰。新唐書五行志二及朝野僉載。旁作傍。

如意初里歌

舊唐書五行志。如意初。里歌云云。後契丹李萬榮叛。陷營州。則天令總管曹仁師、王孝傑等將兵百萬討之。大敗於黃礨。新唐書五行志。礨下有谷字。校勘記云。通考作敗於黃礨谷。按谷在平州東南。與碣石山西麓相近。張氏宗泰考證並有谷字。是。契丹乘勝至趙郡。廣記卷一百六十三引朝野僉載。周如意年已來。始唱黃麞歌。其詞曰云云。俄而契丹反叛。殺都督趙翽。營府陷沒。差總管曹仁師、張元遇、麻仁節、王孝傑。前後百萬衆。被賊敗於黃麞谷。諸軍並沒。罔有孑遺。黃麞之歌。斯爲驗矣。

黃麞黃麞、草裏藏。新唐書五行志。裏作裏。彎弓射爾傷。朝野僉載。爾作你。

元和小兒謠

舊唐書五行志。元和小兒謠云云。乃轉身曰云云。及武元衡爲盜所害。是元和十年六月三日。武元衡傳。元和八年。重拜門下侍郎平章事。上方討淮蔡。悉以機務委之。元衡宅在靜安里。十年六月三日。將朝。出里東門。有暗中突出者。以棓擊元衡左股。其徒馭已爲賊所格。奔逸。賊乃害之。先是長安謠曰云云。既而旋其袖曰云云。解者謂。打麥者、謂打麥時也。麥打蓋謂暗中突擊也。三三三謂六月三日也。舞了也、謂元衡之卒也。

打麥打麥。武元衡傳作打麥麥打。三三三。　舞了也。

鬼門關諺

舊唐書地理志嶺南道容州下。都督府北流州所治。漢合浦縣地。隋置北流縣。南三十里。有兩石相對。其間闊三十步。俗號鬼門關。漢代伏波將軍馬援討林邑蠻。路由於此。立碑。石龜尙在。昔時趨交趾。皆由北關。校勘記云。通典、寰宇記、新志。北作此。其南尤多瘴癘。去者罕得生還。諺曰。

鬼門關。十人九不還。校勘記云。通典、寰宇記。人下俱有去字。全唐詩十二函八、赤雅卷中、潛確類書卷五十一、通俗編卷三及蘇詩查註引名勝志。人下亦有去字。潛確類書卷四十引輿地志。人下有去了二字。御覽卷一百七十二引十道志作鬼門關。十人去。九人還。蘇詩王註引山水志作若度鬼門關。十去九不回。

滄州百姓爲薛大鼎歌

舊唐書食貨志下。永徽元年。薛大鼎爲滄州刺史。界內有無棣河。隋末塡廢。大鼎奏開之。引魚鹽於海。百姓歌之曰。

新河得通舟楫利。直達滄海魚鹽至。昔日徒行今騁駟。美哉薛公德滂被。新唐書薛大鼎傳。河作溝。無得字。直達作屬。無日字。孔帖卷七十七。溝作渠。餘與新書同。大唐新語卷四。達作至。

竇建德軍中謠

舊唐書竇建德傳。武德三年。秦王攻王世充於洛陽。四年。建德來救。秦王入武牢。建德數不利。於是悉衆進逼武牢。官軍按甲挫其鋭。及建德結陣於汜水。秦王遣騎挑之。建德進軍而戰。竇抗當之。建德少卻。秦王馳騎深入。反覆四五合。然後大破之。建德中槍。竄於牛口渚。車騎將軍白士讓、楊武威生獲之。先是軍中有童謠新唐書竇建德傳。無童字。曰云云。建德行至牛口渚。甚惡之。果敗於此地。

豆入牛口。勢不得久。

時人爲屈突氏兄弟語

舊唐書屈突通傳。開皇中。文帝擢爲右武候車騎將軍。奉公正直。雖親戚犯法。無所縱捨。時通弟蓋爲長安令。亦以嚴整知名。時人爲之語曰云云。爲人所忌憚如此。

寧食三斗艾。不見屈突蓋。寧服三斗葱。不見屈突通。新唐書屈突通傳。服作食。全唐詩十二函八下。見字作逢。

高宗時王府官語

舊唐書江王元祥傳。高祖第二十子也。貞觀十一年。徙封江王。授蘇州刺史。高宗時。又歷金、鄜、鄭三州刺史。性貪鄙。多聚金寶。營求無厭。爲人吏所患。時滕王元嬰、蔣王惲、虢王鳳亦稱貪暴。有授得其府官者。以比嶺南惡處。爲之語曰。

寧向儋崖振白。不事江滕蔣虢。

女武王謠

舊唐書李君羨傳。洺州武安人也。太宗卽位。累遷華州刺史。封武連郡公。貞觀初。太白頻晝見。太史占曰。女主昌。又有謠言云云。太宗惡之。時君羨爲左武衛將軍。在玄武門。太宗因武官內宴。作酒令。各言小名。君羨自稱小名五娘子。太宗愕然。因大笑曰。何物女子。如此勇猛。又以君羨封邑及屬縣皆有武字。深惡之。會御史奏君羨與妖人員道信潛相謀結。將爲不軌。遂下詔誅之。天授二年。其家屬詣闕稱寃。則天乃追復其官爵。以禮改葬。李淳風傳。初、太宗之世。有祕記云。唐三世之後。則女主武王代有天下。太宗嘗密召淳風以訪其事。淳風曰。臣據象推算。其兆已成。然其人已生。在陛下宮內。從今不踰三十年。當有天下。誅殺唐氏子孫殲盡。帝曰。疑似者盡殺之如何。淳風曰。天之所命。必無禳避之理。王者不死。多恐枉及無辜。且據上象。今已成。復在宮內。已是陛下眷屬。更三十年又當衰老。老則仁慈。雖受終易姓。其於陛下子孫。或不甚損。今若殺之。卽當復生。少壯嚴毒。殺之立讎。若如此。卽殺戮陛下子孫。必無遺類。太宗善其言而止。

當有女武王者。校勘記云。册府作當有女主王天下者。通鑑同。

廉州邑里爲顏游秦歌

舊唐書顏籀傳。叔父游秦。武德初。累遷廉州刺史。封臨沂縣男。時劉黑闥初平。校勘記云。按兩書游秦所仕。俱作廉州。然廉州去嶺南甚近。而黑闥之叛在洛州。乃河北道。相距窵遠。風俗當無由相及。疑廉字上有誤。否則初平上不得爲黑闥也。俟考。人多以强暴寡禮。風俗未安。游秦撫恤境內。敬讓大行。邑里歌曰云云。高祖璽書勞勉之。

廉州顏有道。性行同莊老。愛人如赤子。不殺非時草。全唐詩十二函八。人作民。

馬周引俚語

舊唐書馬周傳。貞觀十一年。周又上疏曰。今天下百姓極少。諸王甚多。寵遇之恩。有過厚者。且帝子何患不富貴。身食大國。封戶不少。好衣美食之外。更何所須。而每年加別優賜。曾無紀極。俚（新唐書馬周傳作里。）語曰云云。言自然也。今大聖創業。豈唯處置見在子弟而已。當制長久之法。使萬代遵行。

貧不學儉。富不學奢。（摭異記載李泌奏疏。古語云。貧不學儉。而儉自來。富不學奢。而奢自至。）

景雲中海內語

舊唐書柳亨傳。亨孫渙。渙弟澤。景雲中。爲右率府鎧曹參軍。先是姚元之、宋璟知政事。奏請停中宗朝斜封官數千員。及元之等出爲刺史。太平公主又特爲之言。有敕總令復舊職。澤上疏諫曰。今海內（新唐書柳澤傳。海內作天下。）咸稱太平公主令胡僧慧範曲引此輩。將有誤於陛下矣。謗議盈耳。咨嗟滿衢。故語曰云云。昔公主爲子求郎。明帝不許。今聖朝私愛。賞及憸人。顧杜請謁之路。塞恩倖之門。鑒誡前非。無累後悔。

姚宋爲相。邪不如正。太平用事。正不如邪。

時人爲李義府及其子壻語

舊唐書李義府傳。龍朔二年。起復爲司列太常伯。同東西臺三品。專以賣官爲事。銓序失次。人多怨讟。三年。遷右相。仍知選事。聚斂更急切。於是右金吾倉曹參軍楊行穎表言義府罪狀。制下司刑。太常伯劉祥道與侍御詳刑。對推其事。仍令司空李勣監焉。按皆有實。乃下制曰。李義府可除名長流巂州。其子太子右司議郎津。賄賂無厭。可除名長流振州。義府㚢子率府長史洽、千牛備身洋、子壻少府主簿柳元貞等。皆憑恃受贓。並除名長流延州。朝野稱慶。時人爲之語曰云云。四凶者。謂洽及柳元貞等四人也。

今日巨唐年。還誅四凶族。

薛仁貴軍中歌

舊唐書薛仁貴傳。以功封河東縣男。（新唐書薛仁貴傳。拜左武衛將軍。）尋又領兵擊九姓突厥於天山。時九姓有衆十餘萬。令驍健數十人逆來挑戰。仁貴發三矢。射殺三人。自餘一時下馬請降。仁貴恐爲後患。並坑殺之。更就磧北安撫餘衆。擒其僞葉護兄弟三人而還。軍中歌曰云云。九姓至此衰弱。不復更爲邊患。

將軍三箭定天山。戰士長歌入漢關。（新唐書薛仁貴傳。戰作壯。校勘記云。通鑑作壯。按事類賦十三注引此亦作壯。御覽卷二百七十六。戰作將。）

江淮間爲許郝田彭四氏語

舊唐書郝處俊傳。安州安陸人也。儀鳳四年。爲侍中。多有匡益。侍中平恩公許圉師。卽處俊之舅。早同州里。俱宦達於時。又其鄉人田氏、彭氏。以貨殖見稱。有彭志筠。顯慶中上表。請以家絹布二萬段助軍。詔受其絹萬匹。特授奉義郎。仍布告天下。故江淮間語曰。

貴如許郝。富若田彭。（新唐書郝處俊傳。許郝作郝許。若作如。）

時人爲閻麟之裴光庭語

舊唐書裴光庭傳。拜侍中。兼吏部尚書。奏用循資格。幷促選限。時有門下主事閻麟之爲光庭腹心。專知吏部選官。每麟之裁定。光庭隨而下筆。時人語曰。

麟之口。光庭手。

益州人吏爲杜景儉語

舊唐書杜景儉傳。新唐書。儉作佺。校勘記云。通典二十五、文苑英華三百九十八、册府三百十七、御覽六百四十。俱作佺。按御覽二百五作景儉。通鑑二百四同。注引考異曰。實錄及新紀表傳俱作景佺。非。蓋實錄以草書致誤。新書因承之耳。當從舊書統紀爲是。出爲益州錄事參軍。時隆州司馬房嗣業除益州司馬。除書未到。卽欲視事。又鞭笞僚吏。將以示威。景儉謂曰。公雖受命爲此州司馬。而州司未受命也。何藉數日之祿。而不待九重之旨。卽欲視事。不亦急耶。嗣業益怒。景儉又曰。公今持咫尺之制。眞僞未知。卽欲攬一州之權。誰敢相保。揚州之禍。非此類耶。乃叱左右。各令罷散。嗣業慙赧而止。俄有制除嗣業荆州司馬。竟不如志。人吏爲之語曰。

錄事意與天通。益州司馬折威風。新唐書杜景佺傳。州上無益字。

時人稱徐有功杜景儉來俊臣侯思止語

舊唐書杜景儉傳。轉司刑丞。天授中。與徐有功、來俊臣、侯思止專理制獄。時人稱云。校勘記云。御覽作與侯思止同理獄。人稱之曰。

遇徐杜者必生。遇來侯者必死。新唐書杜景佺傳。作遇徐杜者生。侯來者死。

時人爲賈敦頤張仁愿語

舊唐書張仁愿傳。神龍二年。中宗還京。以仁愿檢校洛州長史。時都城穀貴。盜竊甚衆。仁愿一切皆捕獲杖殺之。積屍府門。遠近震慴。無敢犯者。初、高宗時。賈敦頤爲洛州刺史。亦有政績。與仁愿皆爲一時之最。故時人爲之語曰云云。其見稱如此。

洛州有前賈後張。可敵京兆三王。新唐書張仁愿傳。無州字可字。

時人爲張嘉貞語

舊唐書張嘉貞傳。開元八年。遷中書令。嘉貞斷決敏速。善於敷奏。然性强躁自用。頗爲時論所譏。時中書舍人苗延嗣、呂太一、考功員外郎員嘉靜、殿中侍御史崔訓。皆嘉貞所引。位列清要。常在嘉貞門下共議朝政。時人爲之語曰。

令公四俊。楊氏慎哲匠金桴卷四。令作相。孔帖卷四十三、卷七十二、全唐詩二函六、十二函八。公作君。苗呂員訓。新唐書張嘉貞傳及孔帖、全唐詩。員訓作崔員。錢氏大昕考異云。苗呂員三人皆舉其姓。不應崔訓獨稱名。蓋本是苗呂崔員。史家不知員讀去聲。乃改崔爲訓。顚倒其文。以協韻耳。

司府吏人爲尹思貞語

舊唐書尹思貞傳。尋復入爲司府少卿。時卿侯知一亦厲威嚴。吏人爲之語曰云云。其爲人所伏若此。

不畏侯卿杖。惟畏尹卿筆。新唐書尹思貞傳。惟作祇。孔帖卷七十五。惟作只。

時人爲盧從愿語

舊唐書盧從愿傳。睿宗踐祚。拜吏部侍郎。中宗之後。選司頗失綱紀。從愿精心條理。大稱平允。其有冒名僞選。及虛增功狀之類。皆能擿發其事。典選六年。前後無及之者。初、高宗時。裴行儉、馬載爲吏部。最爲稱職。及是。從愿與李朝隱同時典選。亦有美譽。時人稱曰。

吏部前有馬裴。後有盧李。（新唐書盧從愿傳。無吏部二字。全唐詩十二函八。裴字在馬字上。）

玄宗時人間唱得体歌

舊唐書韋堅傳。天寶元年三月。擢爲陝郡太守水陸轉運使。於長安城東穿廣運潭以通舟楫。二年而成。堅預於東京、汴、宋取小斛底船三二百隻。置於潭側。其船皆署牌表之。若廣陵郡船。卽於栿背上堆積廣陵所出錦鏡銅器海味。凡數十郡。駕船人皆大笠子、寬袖衫、芒屨。如吳楚之制。先是人間戲唱歌詞云。

得（丁紇反。）体（都董反。）紇那也。（新唐書食貨志三。也作那。）紇囊得体耶。（佩觿卷上。囊作那。全唐詩一函七、十二函八。耶作那。）潭裏船車鬧。（佩觿。潭作河。）揚州銅器多。三郎當殿坐。（嬾眞子。明皇兄弟六人。一人早亡。故明皇爲太子時號五王宅。甯王、薛王。明皇兄也。申王、岐王。明皇弟也。故謂之三郎。）看唱得体歌。（全唐詩。看作聽。錢氏大昕廿二史考異云。按廣韻体。蒲本切。集韻。部本切。未聞有都董之音。且都董雙聲。不可以成切。必轉寫之訛也。体从本。其音必與本近。故轉讀爲寶耳。）

崔成甫使婦人唱得寶歌

舊唐書韋堅傳。至開元二十九年。田同秀上言。見玄元皇帝云。有寶符在陝州桃林縣古關令尹喜宅。發中使求而得之。以爲殊祥。改桃林爲靈寶縣。及此潭成。陝縣尉崔成甫以堅爲陝郡太守。鑿成新潭。又致揚州銅器。翻出此詞。廣集兩縣官使婦人唱之。言云云。成甫又作歌詞十首。於第一船作號頭唱之。和者婦人一百人。皆鮮服靚粧。齊聲接影。玄宗歡悅。

得寶弘農野。弘農得寶那。（隴蜀餘聞引開天傳信記。那作耶。）潭裏船車鬧。揚州銅器多。三郎當殿坐。看唱得寶歌。全唐詩一函七。看作聽。

京師爲李峴謠

舊唐書李峴傳。少有吏幹。政術知名。改京兆府尹。所在皆著聲績。天寶十三載。連雨六十餘日。宰臣楊國忠惡其不附己。以雨災歸咎京兆尹。乃出爲長沙郡太守。時京師米麥踊貴。百姓謠校勘記云。御覽卷八百三十八。謠下有言字。曰云云。其爲政得人心如此。

欲得米粟賤。無過追李峴。新唐書李峴傳作欲粟賤。追李峴。

盧羣醉歌

舊唐書盧羣傳。累轉左司、職方、兵部三員外郎中。淮西節度使吳少誠擅開決司洧等水。漕輓溉田。遣中使止之。少誠不奉詔。令羣使蔡州詰之。少誠曰。開大渠大利於人。羣曰。爲臣之道。不合自專。雖便於人。須俟君命。且人臣須以恭恪爲事。若事君不盡恭恪。卽責下吏恭恪。固亦難矣。凡數百千言。諭以君臣之分。忠順之義。少誠乃從命。卽停工役。羣博涉有口辨。好談論。與少誠言古今成敗之事。無不聳聽。又與唱和賦詩。自言以反側常蒙隔在恩外。羣於筵中醉而歌曰。

祥瑞不在鳳凰麒麟。太平須得邊將忠臣。衞霍眞誠奉主。貔虎十萬一身。校勘記云。沈本虎作貅。江河潛注息浪。蠻貊款塞無塵。但得百寮師長肝膽。不用三軍羅綺金銀。

時人爲竇懷貞語

舊唐書竇懷貞傳。神龍二年。累遷御史大夫。兼檢校雍州長史。時韋庶人及安樂公主等干預朝政。懷貞每諂順委曲取容。改名從一。以避后父之諱。自是名稱日損。庶人微時。乳母王氏本蠻婢也。特封莒國夫人。嫁爲懷貞妻。俗謂乳母之壻爲阿奢。校勘記云。御覽三百八十二作俗謂乳母之壻曰阿遮。下奢字同。懷貞每因謁見之次。及進表疏。列在官位。必曰皇后阿奢。時人或以國奢呼之。初無慚色。韋庶人敗。左遷濠州司馬。尋擢授益州大都督府長史。以附會太平公主。累拜侍中兼御史大夫。代韋安石爲尚書左僕射。睿宗爲金仙、玉眞二公主創立兩觀。料功甚多。時議皆以爲不可。唯懷貞贊成其事。躬自監役。懷貞族弟詹事司直維鎣謂懷貞曰。兄位極台衮。當思獻可替否。以輔明主。奈何校量瓦木。廁跡工匠之間。欲令海內何所瞻仰也。懷貞不能對。而監作如故。時人爲之語曰云云。言懷貞伏事公主。同於邑官也。先天二年。太平公主謀逆事洩。懷貞懼罪。投水而死。

竇僕射前爲韋氏國奢。後作公主邑丞。新唐書竇懷貞傳作前作后國奢。後爲主邑丞。

時人爲武懿宗何阿小語

舊唐書武懿宗傳。封爲河內郡王。萬歲通天年中。契丹賊帥孫萬榮寇河北。命懿宗爲大總管討之。軍次趙州。及聞賊將至冀州。懿宗懼。便欲棄軍而遁。由是賊衆進屠趙州而去。尋又令懿宗安撫河北諸州。先是百姓有脅從賊衆。後得歸來者。懿宗以爲同反。總殺之。仍生刳取其膽。後行刑。流血盈前。言笑自若。初、孫萬榮別帥何阿小攻陷冀州。亦多屠害士女。至是時人號懿宗與阿小爲兩何。爲之語曰。

唯此兩何。殺人最多。

郢州百姓爲田仁會歌

舊唐書田仁會傳。授平州刺史。勸學務農。稱爲善政。轉郢州刺史。屬時旱。仁會自曝祈禱。竟獲甘澤。其年大熟。百姓歌曰。按新唐書田仁會傳。不言轉郢州刺史。以此事繫於官平州時。

父母育我田使君。新唐書。我下有兮字。精誠爲人上天聞。新唐書。精上有挺字。爲人作兮。御覽卷二百五十八、全唐詩十二函八。誠作神。田中致雨山出雲。新唐書。田中作中田。雨下有兮字。校勘記云。册府作中田。御覽作旱田。倉廩既實禮義申。新唐書。無既字。實下有兮字。但願常在不患貧。新唐書。但願作願君。在下有兮字。孔帖卷八十二。但願作願公。

時人爲傅孝忠姜師度語

舊唐書姜師度傳。師度既好溝洫。所在必發衆穿鑿。雖時有不利。而成功亦多。先是太史令傅孝忠善占星緯。時人爲之語廣記卷二百五十五引朝野僉載作京中語。曰云云。傳之以爲口實。

傅孝忠兩眼看天。姜師度一心穿地。新唐書姜師度傳作孝忠知仰天。師度知度地。孔帖卷一、卷二十四。下句作師度知相地。朝野僉載及全唐詩十二函八作姜師度一心看地。傅孝忠兩眼相天。大唐新語卷四。看作窺。穿作看。

中宗時人語

舊唐書崔無詖傳。京兆長安人也。本博陵舊族。父從禮。中宗韋庶人之舅。景龍中。衛尉卿。時中書令酇國公蕭至忠才位素高。甚承恩顧。勑亡先女冥婚韋庶人亡弟。無詖婚至忠女。后爲女家。中宗爲兒家。供擬甚厚。時人爲之語曰。

皇后嫁女。天子娶婦。

按漢書張延壽傳。子放取皇后弟平恩侯許嘉女。上爲放供張。賜甲第。充以乘輿服物。號爲天子取婦。皇后嫁女。新舊書蕭至忠傳均作天子嫁女。皇后娶婦。但彼渾言時人謂。此明稱時人語。故置彼錄此。

天寶中時人語

舊唐書趙曄傳。（新唐書作驊。）少時與殷寅、顏眞卿、柳芳、陸據、蕭穎士、李華、邵軫同志友善。故天寶中語（新唐書趙宗儒傳作時爲語。蕭穎士傳作時人語。）曰云云。以其重行義。敦交道也。

殷顏柳陸。蕭李邵趙。（新唐書趙宗儒傳及蕭穎士傳。蕭李作李蕭。孔帖卷三十四作商顏柳陸。李蕭趙邵。按改殷爲商。係宋初人避宣祖諱。）

趙州鄉族爲李太沖李孝端語

舊唐書李知本傳。趙州元氏人。父孝端。隋獲嘉丞。初、孝端與族弟太沖俱有世閥。而太沖官宦最高。孝端方之爲劣。鄉族爲之語曰。

太沖無兄。孝端無弟。

時人爲賀氏兄弟語

舊唐書賀德仁傳。少與從兄德基俱事國子祭酒周弘正。咸以詞學見稱。時人語曰。

學行可師、賀德基。文質彬彬、賀德仁。

四郡人爲楊德幹語

舊唐書楊烱傳。伯祖虔威。虔威子德幹。高宗末。歷澤、齊、汴、相四州刺史。治有威名。郡人爲之語曰。

寧食三斗蒜。（新唐書賈敦頤傳。蒜作炭。）**不逢楊德幹。**

張果引諺

舊唐書張果傳。時人傳其有長年秘術。玄宗迎之至東都。親訪理道。玄宗好神仙。而欲果尚公主。果固未知之。謂秘書少監王迥質、太常少卿蕭華曰。諺云云云。眞可畏也。迥質與華相顧。未曉其言。卽有中使至。宣曰。玉眞公主早歲好道。欲降先生。果大笑。竟不奉詔。迥質等方悟向來之言。

娶婦得公主。平地生公府。（原本無下五字。今據新唐書張果傳補。）

高昌童謠

舊唐書高昌國傳。其王麴伯雅死。子文泰嗣。太宗徵之入朝。文泰稱疾不至。太宗乃命吏部尚書侯君集爲交河道大總管以擊之。文泰惶駭。發病而死。其子智盛嗣立。君集兵奄至柳谷。進逼其都。智盛窮蹙出城降。先是其國童謠云云云。文泰使人捕其初唱者。不能得。

高昌兵馬如霜雪。漢家兵馬如日月。日月照霜雪。迴手自消滅。（新唐書五行志。手作首。高昌傳無二馬字。迴手自消滅作幾何自殄滅。御覽卷七百九十四。手作首。）

乾符中謠言

舊唐書黃巢傳。曹州寃句人。本以販鹽爲事。乾符中。仍歲凶荒。人饑爲盜。河南尤甚。初、里人王仙芝、尚君長聚盜起於濮陽。攻剽城邑。陷曹、濮及鄆州。先有謠言云云云。及仙芝盜起。時議畏之。

金色蝦蟇爭努眼。翻卻曹州天下反。新唐書五行志二。蟇作蟆。全唐詩十函八。翻作飜。

大理囚爲袁仁敬歌

舊唐書逸文。據太平御覽卷二百三十一。大理卿袁仁敬暴卒。册府元龜卷六百十八無暴字。繫囚聞之。皆慟哭悲歌。歌曰。通典卷二十五無悲字。

唐會要卷六十六有悲字。敍此事均在開元二十一年七月。

天不恤冤人兮。何奪我慈親兮。有理無申兮。唐會要。申上有由字。痛哉安訴陳兮。

案舊唐書逸文、據岑氏建功輯本採錄。

時人爲楊貴妃語

新唐書五行志一。天寶初。楊貴妃常以假鬢爲首飾。而好服黃裙。近服妖也。時人爲之語曰。太眞外傳卷下作天寶末京師童謠。潛確類書卷八十八作京師謠。

義髻拋河裏。黃裙逐水流。

調露初京城民謠

新唐書五行志二。調露初。京城民謠有云云之言。太常丞李嗣眞曰。側者不正。橈者不安。自隋以來。樂府有堂堂曲。再言堂者。唐再受命之象。李嗣眞傳。調露中。擢太常丞。嗣眞常曰。隋樂府有側堂堂曲。明唐再受命。比日有側堂堂。橈堂堂之謠。側、不正也。橈、危也。皇帝病日侵。事皆決中宮。持權與人。收之不易。宗室雖衆。居中制外。勢且不敵。諸王殆爲后所蹂踐。吾見難不久作矣。

側堂堂。橈堂堂。全唐詩十二函八。橈作撓。

永淳中童謠

新唐書五行志二。永淳九年七月。全唐詩十二函八。作永淳元年。按永淳二年即改元弘道。未嘗有九年。作元者是也。東都大雨。人多殍殕。先是童謠曰。

新禾不入箱。新麥不入場。迨及八九月。狗吠空垣牆。

永淳後民歌

新唐書五行志二。永淳後民歌曰。廣記卷一百六十三引朝野僉載。唐永淳之後。天下皆唱云云。後徐敬業犯事。出柳州司馬。遂作僞敕。自授揚州司馬。殺長史陳敬之。據江淮反。使李孝逸討之。斬業首。驛馬馱入洛。此其應也。

楊柳楊柳漫頭駝。

神龍後民謠

新唐書五行志二。神龍以後。民謠曰云云。山南、唐也。烏鵲窠者、人居寡也。山北、胡也。金駱駝者、虜獲而重載也。全唐詩十二函八注引五行志。鎌柯斧子者、言突厥彊盛。百姓不得斫桑養蠶種禾刈穀也。按舊書五行志無此條。而此引五行志。顯係新書逸文。廣記卷一百六十三引朝野僉載略同。

山南烏鵲窠。山北金駱駝。鎌柯不鑿孔。斧子不施柯。

神龍後童謠

新唐書五行志二。安樂公主於洛州造安樂寺。童謠曰。樂府詩集卷八十九。郭氏茂倩云。按舊書安樂公主。中宗幼女。韋皇后所生。初降武崇訓。崇訓死。降武延秀。所造安樂佛寺。擬於宮掖。巧妙過之。廣記卷一百六十三引朝野僉載。唐景龍年。安樂公主洛州道光坊造安樂寺。用錢數百萬。童謠曰云云。後誅逆韋。並殺安樂。斬首懸於竿上。改爲悖逆庶人。

可憐安樂寺。了了樹頭懸。

景龍中民謠

新唐書五行志二。景龍中民謠曰。廣記卷一百六十三引朝野僉載。唐景龍中謠云云云。六月。平王誅逆韋。挽紖斷者、韋欲作亂。鞋臑斷者、事不成。阿韋是黃犢之後也。廣記卷二百七十五引朝野僉載云。隋開皇中。京兆韋袞有奴曰桃符。每征討將行。有胆力。袞至左衛中郎。以桃符久從驅使。乃放從良。符家有黃牸牛。宰而獻之。因問袞乞姓。袞曰。止從我姓爲韋氏。符叩頭曰。不敢與郎君同姓。袞曰。汝但從之。此有深意。故至今爲黃犢子。韋卽韋庶人。其後也。不許異姓者。蓋慮年深代遠。子孫或與韋氏通婚。此其意也。

黃牸犢子挽紖斷。兩足踏地鞵臑斷。城南黃牸犢子韋。朝野僉載及全唐詩十二函八。足作脚。鞵作鞋。

又景龍中謠

新唐書五行志二。時又謠曰。廣記卷一百六十三引朝野僉載。唐景龍中。謠曰云云。至景雲中。譙王從均州入都作亂。敗走。投洛川而死。樂府詩集卷八十九。郭氏茂倩云。按會要。東都聖善寺。神龍初。中宗爲武太后追福所造。景龍中。復增廣焉。

可憐聖善寺。身著綠毛衣。牽來河裏飲。踏殺鯉魚兒。

潞州童謠

新唐書五行志二。玄宗在潞州。有童謠曰。全唐文卷二百二十一張說皇帝在潞州祥瑞頌。皇帝臨潞州。景龍二年九月以後。嘗有童謠云云。其州南六十里有羊頭山。卷四百四十二潘炎童謠賦序。郡南六十里有羊頭山。今興唐宮。卽當之矣。

羊頭山北作朝堂。全唐文卷四百四十二潘炎童謠賦序無北字。

安祿山未反時童謠

新唐書五行志二。又祿山未反時。童謠曰。樂府詩集卷八十九。郭氏茂倩云。按舊書。天寶十四載。祿山以范陽叛。明年竊號燕國。

燕燕飛上天。天上女兒鋪白氈。氈上有千錢。

幽州謠

新唐書五行志二。時幽州又有謠曰。

舊來誇戴竿。今日不堪看。但看五月裏。清水河邊見契丹。

朱泚未敗前童謠

新唐書五行志二。朱泚未敗前兩月。有童謠曰。樂府詩集卷八十九。郭氏茂倩云。舊書。建中四年。朱泚以涇原兵叛。僭號曰大秦。明年改號曰漢。是歲六月。兵敗而死。

一隻筯。全唐詩十二函八。筯作箸。兩頭朱。五六月。化爲胆。樂府詩集八十九。胆作蛆。

咸通七年童謠

新唐書五行志二。咸通七年。童謠曰。

草青青。被嚴霜。鵲始復。看顚狂。全唐詩十二函八。始下有巢字。

咸通十四年成都童謠

新唐書五行志二。十四年。成都童謠曰云云。是歲。歲陰在巳。明年在午。巳、蛇也。午、馬也。

咸通癸巳。出無所之。蛇去馬來。道路稍開。頭無片瓦。地有殘灰。

乾符六年童謠

新唐書五行志二。乾符六年。童謠曰。

八月無霜塞草青。將軍騎馬出空城。樂府詩集卷八十九。出作步。漢家天下西巡狩。孔帖卷九十九、全唐詩十二函八、樂府詩集。下作子。猶向江東更索兵。孔帖。江東作東吳。

中和初童謠

新唐書五行志二。中和初。童謠曰。

黃巢走。泰山東。死在翁家翁。樂府詩集卷八十九。郭氏茂倩云。按舊書。中和四年。黃巢既敗。以其殘衆東走。李克用追擊至濟陰而還。賊散於兗鄆。黃巢入泰山。至狼虎谷。爲其將林言所殺。

門匠諺

新唐書食貨志三。歲漕經底柱。覆者幾半。河中有山。號米堆。運舟入三門。雇平陸人爲門匠。執標指麾。一舟百日乃能上。諺曰云云。謂皆溺死也。

古無門匠墓。

荆南民爲段文昌語

新唐書段文昌傳。徙帥荆南州。或旱。禬解必雨。遇出游。必霽。民爲語曰。

旱不苦。禱而雨。雨不愁。公出游。

崔仁師引諺

新唐書崔仁師傳。貞觀初。改殿中侍御史。時青州有男子謀逆。有司捕支黨。纍係塡獄。詔仁師按覆。始至。卽去囚械。爲具食飲湯瀋。以情訊之。坐止魁惡十餘人。它悉原縱。大理少卿孫伏伽謂曰。原雪者衆。誰肯讓死就決。而事變奈何。仁師曰。治獄主仁恕。故諺稱云云。豈有知枉不申爲身謀哉。使吾以一介易十四命。固吾願也。及敕使覆訊。諸囚咸叩頭曰。崔公仁恕。必無枉者。舉無異辭。由是知名。

殺人刖足。亦皆有禮。

時人爲權懷恩語

新唐書權懷恩傳。擢萬年令。賞罰明。見惡輒取。時語曰。

寧飲三斗塵。無逢權懷恩。

時人爲李乂語

新唐書李乂傳。進吏部侍郎。仍知制誥。與宋璟等同典選事。請謁不行。時人語曰。

李下無蹊徑。

哥舒翰引諺

新唐書哥舒翰傳。爲隴右節度副大使。天寶十一載。加開府儀同三司。翰素與安祿山、安思順、不平。帝每欲和解之。會三人俱來朝。帝使驃騎大將軍高力士宴城東。翰母、于闐王女也。祿山謂翰曰。我父胡母突厥。公父突厥母胡。族類本同。安得不親愛。翰曰。諺言云云。以忘本也。兄既見愛。敢不盡心。祿山以翰譏其胡。怒罵曰。突厥敢爾。翰欲應之。力士目翰。翰託醉去。

狐向窟嘷不祥。

案舊唐書哥舒翰傳。亦引此諺狐上有野字。但彼渾稱古人云。此明標諺語。故置彼錄此。

長安民爲鮮于氏兄弟歌

新唐書李叔明傳。閬州新政人。本鮮于氏族。兄仲通。天寶末。爲京兆尹。兄弟皆涉學。叔明還京兆尹。長安歌曰云云。大曆末。或言叔明本嚴氏。少孤。養外家。冒鮮于姓。請還宗。詔可。叔明初不知。意醜之。表乞宗姓。列屬籍。代宗從之。

前尹赫赫。具瞻允若。後尹熙熙。具瞻允斯。古今風謠。具瞻作公尹。

時人爲崔鉉語

新唐書崔鉉傳。會昌三年。拜中書侍郎同中書門下平章事。與李德裕不叶。罷爲陝虢觀察使。宣宗初。擢河中節度使。以御史大夫召用。會昌故官輔政。進尚書左僕射兼門下侍郎。封博陵郡公。鉉所善者鄭魯、楊紹復、段瓌、薛蒙。頗參議論。時語曰云云。帝聞之。題於扆。是時魯爲刑部侍郎。鉉欲引以相。帝不許。用爲河南尹。它日。帝語鉉曰。魯去矣。事由卿否。東觀奏記卷中作上問曰。鄭魯發後。除改卿還自由否。鉉惶懼謝罪。久之。出爲淮南節度使。馮氏應榴蘇詩舊注辨訂云。二公再和。亦再答。詩(厚)(原)注。唐元載爲相。用事者四人。人爲之語曰。卓李鄭薛。炙手可熱。考新舊唐書。元載用事。四人有卓李而無鄭薛。原注蓋雜以崔鉉傳也。

鄭楊段薛。炙手可熱。東觀奏記作炙手可熱。楊鄭段薛。欲得命通。魯紹瓌蒙。全唐詩十二函八注。一作魯紹瓌蒙。識即合通。

時人爲蘇張三楊語

新唐書楊虞卿傳。李宗閔、牛僧孺輔政。引爲右司郎中。弘文館學士。再遷給事中。虞卿佞柔善諧麗。權幸倚爲姦利。歲舉選者。皆走門下。署第注員。無不得所欲。升沈在牙頰閒。當時有蘇景允。張元夫。而虞卿兄弟汝士。漢公。爲人所奔向。故語曰。唐摭言卷七作後進相謂曰。孔帖卷九十七引唐語林作長慶中舉人歌。

欲趨舉場、問蘇張。孔帖、唐摭言及全唐詩十二函八。趨作入。問上有先字。蘇張猶可。三楊殺我。

眞源邑中爲華南金語

新唐書張巡傳。更調眞源令。土多豪猾。大吏華南金樹威恣肆。邑中語曰云云。巡下車。以法誅之。赦餘黨。莫不改行遷善。

南金口。明府手。

學者爲蘇李沈宋語

新唐書宋之問傳。魏建安後汔江左。詩律屢變。至沈約、庾信。以音韻相婉附。屬對精密。及之問、沈佺期。又加靡麗。回忌聲病。約句準篇。如錦繡成文。學者宗之。號爲沈宋。語曰云云。謂蘇武、李陵也。

蘇李居前。沈宋比肩。

李邕妻引諺

新唐書李邕傳。起爲陳州刺史。帝封泰山還。邕見帝汴州。詔獻辭賦。帝悅。然矜肆。自謂且宰相。邕素輕張說。與相惡。會仇人告邕贓貸枉法。下獄當死。許昌男子孔璋上書。求寬邕之死。疏奏。邕得減死。貶遵化尉。流璋嶺南。邕妻溫復爲邕請戍邊自贖。曰。邕少習文章。疾惡如仇。不容於衆。妾聞正人用則佞人憂。邕之禍端。故自此始。且邕比任外官。卒無一毀。天意暫顧。罪過旋生。諺曰云云。惟陛下明察。表入不省。

士無賢不肖。入朝見疾。

案史記外戚世家贊褚先生引傳曰。士無賢不肖。入朝見嫉。然彼不言諺。而此言諺。故置彼錄此。

唐時爲八詩人語

新唐書盧綸傳。綸與錢起皆能詩。起、吳興人。天寶中。舉進士。與郎士元齊名。時語案語原作詔。蓋因形似而訛。今據唐才子傳卷二校改。曰云云。終考功郎中。唐才子傳卷二。劉長卿。字文房。河間人。開元二十一年。徐徵榜及第。終隨州刺史。清才冠世。頗淩浮俗。詩調雅暢。甚能煉飾。足以發揮風雅。權德輿稱爲五言長城。長卿嘗謂今人稱云云。李嘉祐、郎士元何得與予並驅。卷三。李嘉祐。字從一。趙州人。天寶七年。楊譽榜進士。爲祕書正字。後遷台袁二州刺史。善爲詩。綺麗婉靡。與錢郎別爲一體。往往涉於齊梁時風。人擬爲吳均何遜之敵。自振藻天朝。大收芳譽。中興風流也。郎士元。字君胄。中山人也。天寶十五年。盧庚榜進士。歷左拾遺。出爲郢州刺史。與員外郎錢起齊名。時朝廷自丞相以下。出牧奉使。無兩君詩文祖餞。人以爲愧。其珍重如此。二公體調。大抵欲同。就中郎君稍更閑雅。掩映時流。名不虛矣。卷四。錢起。字仲文。吳興人。天寶十年。李亘卿榜及第。釋褐授校書郎。除考功郎中。大曆中。爲翰林學士。起詩體製新奇。理致清贍。芟宋齊之浮游。削梁陳之嫚靡。迴然獨立也。王右丞許以高格。與郎士元齊名。士林語曰。

前有沈宋王杜。後有錢郎劉李。原本上句無王杜二字。下句無劉李二字。今據唐才子傳卷二補。

案盛唐詩人王摩詰與杜少陵齊名。此稱王杜。蓋卽摩詰、少陵也。

武三思干政時天下語

新唐書武三思傳。三思反易國政。與宗楚客兄弟、紀處訥、崔湜、甘元柬相驅煽。王同晈、周憬、張仲之等不勝憤。謀殺之。爲冉祖雍、宋之遜、李悛所白。皆坐死。司農少卿趙履溫、中書舍人鄭愔、長安令馬構、司勳郎中崔日用、監察御史李悛託其權。熏炙中外。其尤干政事者。天下語曰。

崔冉鄭。亂時政。

京師里閭詛

新唐書王旭傳。累遷左臺侍御史。其爲人苛急少縱貸。人莫敢與忤。時監察御史李嵩、李全交皆嚴酷取名。與旭埒。京師號三豹。嵩爲赤。全交爲白。旭爲黑。里閭至相詛曰。朝野僉載。詛作呪。

若違敎。値三豹。朝野僉載作若違心負敎。橫遭三豹。

時人爲魏牙軍語

新唐書羅紹威傳。魏牙軍起。田承嗣募軍中子弟爲之。父子世襲。姻黨盤牙。悍驕不顧法令。憲誠等皆所立。有不慊。輒害之無噍類。厚給廩。姑息不能制。時語曰云云。謂其勢彊也。

長安天子。魏府牙軍。

蜀人爲吐蕃南詔語

新唐書四夷列傳序。廣德建中間。吐蕃再飮馬岷江。常以南詔爲前鋒。操倍尋之戟。且戰且進。蜀兵折刃吞鏃。不能斃一戎。戎兵日深。疫死日衆。自度不能留。輒引去。蜀人語曰。

西戎尙可。南蠻殘我。

賈言忠引諺

新唐書高麗傳。隋末。其王高元死。異母弟建武嗣。有蓋蘇文者。姓泉氏。殺建武。更立建武弟之子藏爲王。自爲莫離支專國。乾封元年。藏遣子男福從天子封泰山還。而蓋蘇文死。子男生代爲莫離支。與弟男建男產相怨。男生據國內城。遣子獻誠入朝求救。蓋蘇文弟淨土亦請割地降。乃詔李勣爲遼東道行軍大總管、兼安撫大使。明年。勣進。拔城十有六。三年。拔扶餘城。它城三十皆納款。會侍御史賈言忠計事還。帝問軍中云何。對曰。必克。昔先帝問罪。所以不得志者。虜未有覺也。諺云云。今男生兄弟鬩狠。爲我鄉導。虜之情僞。我盡知之。將忠士力。臣故曰必克。

軍無媒。中道回。

黃巢軍中謠

新唐書黃巢傳。轉寇浙東。執觀察使崔璆。於是高駢遣將張潾、梁纘攻賊。破之。賊收衆踰江西。破虔、吉、饒、信等州。因刊山開道七百里。直趨建州。初、軍中謠曰云云。巢入閩。俘民紿稱儒者皆釋。

逢儒則肉、師必覆。

張濛傳太白山神語

舊五代史唐書末帝紀上。長興三年。進位太尉。移鳳翔節度使。四年。封潞王。閔帝卽位。帝方憂不測。應順元年二月。移帝鎮太原。帝草檄求援諸道。欲誅君側之罪。夏四月壬申。帝至蔣橋。文武百官已累表勸進。癸酉。降閔帝爲鄂王。乙亥。卽位。先是帝在鳳翔日。有瞽者張濛。自言知術數。事太白山神。其神祠卽元魏時崔浩廟也。時之否泰。人之休咎。濛告于神。卽傳吉凶之言。帝親校房暠酷信之。一日濛至府。聞帝語聲。駭然曰。非人臣也。暠詢其事。卽傳神語曰云云。暠請解釋。曰。神言予不知也。帝乃以濛攝館驛巡官。至是帝受冊。冊曰。維應順元年。歲次甲午。四月庚午朔。帝迴視房暠曰。張濛神言甲庚午。不亦異乎。帝令暠共術士解三珠一珠事。言三珠。三帝也。驢馬沒人驅。失位也。帝卽位之後。以濛爲將作少監同正。仍賜金紫以酬之。

三珠併一珠。驢馬沒人驅。歲月甲庚午。中興戊己土。

諸軍爲唐末帝謠

舊五代史唐書末帝紀上。詔賜禁軍及鳳翔城下歸命將校錢帛各有差。初帝離岐下。諸軍皆望以不次之賞。及從至京師。不滿所望。相與謠曰云云。其無厭如此。

去卻生菩薩。扶起一條鐵。通鑑卷二百七十九作除去菩薩。扶立生鐵。又云。以閔帝仁弱。帝剛嚴。有悔心故也。胡注云。閔帝小字菩薩。

唐昭宗引俚語

新五代史寇彥卿傳。初太祖與崔允謀。欲遷都洛陽。而昭宗不許。其後昭宗奔於鳳翔。太祖以兵圍之。昭宗既出。明年。太祖以兵至河中。遣彥卿奉表。迫請遷都。彥卿因悉驅長安居人以東。人皆拆屋爲栰。浮渭而下。道路號哭。仰天大駡曰。國賊崔允、朱溫。使我至此。昭宗亦顧瞻陵廟。傍徨不忍去。謂其左右爲俚語云云。相與泣下沾襟。全唐詩一函二昭宗皇帝詩注。紀事又云。帝在洛。日憂不測。與皇后內人沈飲自寬。嘗歌云云。此古語。帝述之者。

紇干山頭凍死雀。何不飛去生處樂。御覽卷四十五引郡國志。干作眞。廣博物志卷五。干作其。懷小編卷十九、御覽引郡國志作紇眞山。其作紇干者、晉書載記乞伏部老父字養子曰紇干。紇干者、夏言依使也。能改齋漫錄。五代史昭宗云。紇干山頭凍死雀。余以干字非是。水經注。紇眞山冬夏積雪。鳥雀凍死。故紇干爲無據。考山經。稱紇直山。按紇直山蓋亦名紇干山。其作紇其、紇眞。想因與直字形近而誤。全唐詩、北夢瑣言卷十五。死作殺。白帖卷九十五。生作往。

郭崇韜故人子弟引俚語

新五代史郭崇韜傳。莊宗賜崇韜鐵券。拜侍中。成德軍節度使。依前樞密使。位兼將相。遇事無所迴避。而宦官伶人用事。特不便也。崇韜頗懼。語其故人子弟曰。吾佐天子取天下。今大功已就。而羣小交興。吾欲避之。歸守鎮陽。庶幾免禍。可乎。故人子弟對曰。俚語曰云云。今公權位已隆。

而下多怨嫉。一失其勢。能自安乎。

騎虎者勢不得下。

王彥章引俚語

新五代史王彥章傳。彥章武人。不知書。常爲俚語。全唐詩十二函八引作諺。謂人曰云云。其於忠義。蓋天性也。

豹死留皮。人死留名。夾漈遺稿卷三與景韋兄投宇文樞密書作人死留名。虎死留皮。

杜重威引俚語

新五代史杜重威傳。重威出於武卒。無行而不知將略。及出。帝與契丹絕好。契丹連歲入寇。開運元年。加重威北面行營招討使。明年引兵攻秦州。破滿城、遂城。契丹已去。自古北還兵擊之。重威等南走至陽城。爲虜所困。賴符彥卿、張彥澤等因大風奮擊。契丹大潰。諸將欲追之。重威爲俚語曰云云。乃收兵馳歸。

逢賊得命。更望複子乎。全唐詩十二函八無乎字。

吳越王還鄉歌

新五代史吳越世家。錢鏐字具美。杭州臨安人也。臨安里中有大樹。鏐幼時與羣兒戲木下。及壯。不喜事生業。豫章人有善術者。望牛斗間有王氣。牛斗、錢塘分也。因遊錢塘。古之在臨安。因之臨安。陰求其人。望見之。大驚。召鏐至。熟視之。乃慰鏐曰。子骨法非常。願自愛。唐昭宗拜鏐鎮海鎮東軍節度使。光化元年。移鎮海軍於杭州。改鏐鄉里曰廣義鄉、勳貴里。鏐素所居營曰衣錦營。昭宗詔升衣錦營爲衣錦城。石鑑山曰衣錦山。大官山曰功臣山。鏐遊衣錦城。宴故老。山林皆覆以錦。號其幼所戲木曰衣錦將軍。天復二年。封鏐越王。鏐巡衣錦城。天祐元年。封鏐吳王。四年。升衣錦城爲安國衣錦軍。梁太祖卽位。封鏐吳越王。兼淮南節度使。開平二年。加鏐守中書令。改臨安縣曰安國縣。廣義鄉爲衣錦鄉。三年。加守太保。四年。鏐游衣錦軍。作還鄉歌曰。

三節還鄉兮掛錦衣。十七史商榷云。三節者。鏐在唐已領鎭海鎭東兩軍節度。入梁又兼淮南也。吳越備史作玉節。此不讀書人妄以意改。碧天朗朗兮愛日暉。功成道上兮列旌旗。二句原本無。據全唐詩一函二、補。湘山野錄作臨安道上列旌旗。碧天明明愛日暉。按改朗作明。乃宋人避聖祖諱。父老遠來相追隨。全唐詩。來下有兮字。湘山野錄作父老遠近來相隨。家山鄉眷兮會時稀。此句原本無。據全唐詩、湘山野錄補。今朝設宴兮觥散飛。此句原本無。據全唐詩補。牛斗無孛人無欺。全唐詩。孛下有兮字。湘山野錄作斗牛光起兮天無欺。吳越一王駟馬歸。全唐詩。王下有兮字。湘山野錄以此句爲第二句。又釋云。時父老不解此歌。王復以吳音歌云。你輩見儂底歡喜。別是一般滋味子。長在我儂心子裏。至今狂童游女能倣之。

閩人爲歸守明歌

新五代史閩世家。王鏻、審知次子也。審知婢金鳳。姓陳氏。鏻嬖之。遂立以爲后。初鏻有嬖吏歸守明者。以色倖。號歸郎。鏻後得風疾。陳氏遂與歸郎姦。又有百工院使李可殷因歸郎以通陳氏。鏻命錦工作九龍帳。國人歌曰云云。鏻婢春鷰。有色。其子繼鵬烝之。鏻已病。繼鵬因陳氏以求春鷰。鏻怏怏與之。其次子繼韜怒。謀殺繼鵬。繼鵬懼。與皇城使李倣圖之。乃令壯士先殺李可殷于家。明日晨朝。鏻問倣。殺可殷何罪。倣懼而出。與繼鵬率皇城衞士而入。鏻聞鼓譟聲。走匿九龍帳中。衞士刺之不殂。宮人不忍其苦。爲絕之。繼韜及陳氏、歸郎皆爲倣所殺。

誰謂九龍帳。惟貯一歸郎。

古謠諺卷十三

秀水杜文瀾輯

建隆中京師歌

宋史五行志四。建隆中。京師士庶及樂工少年競唱歌曰云云。自建隆開寶。凡平荊湖川廣江南。（原本南誤西。今據太祖紀及南唐李氏世家改正。）五國皆來朝。（太祖紀。乾德元年二月甲午。慕容延釗入荊南。高繼沖請歸朝。三月戊寅。慕容延釗破三江口。下岳州。克復朗州。湖南平。三年正月乙酉。蜀主孟昶降。開寶四年二月己丑。潘美克廣州。俘劉鋹。八年十一月乙未。曹彬克昇州。俘其國主煜。江南平。）

五來子。

劉鋹末年廣南童謠

宋史五行志四。廣南劉鋹末年。童謠（青箱雜記卷七作乾和中童謠。）曰云云。後王師以辛未年二月四日擒鋹。識者以爲羊、未神也。雨者、王師如時雨之義也。

羊頭二四。白天雨至。

皇祐中謠

宋史五行志四。皇祐五年正月戊午。狄青敗儂智高於歸仁鋪。初、謠言云云。至是。智高果爲青所破。

農家種。糴家收。

淳熙中淮西汪秀才歌

宋史五行志四。淳熙中。淮西競歌汪秀才曲曰云云。又爲獠舞以和之。後舒城狂生汪格謀不軌。州兵入其家縛之。其子拒殺。聚惡少數千爲亂。聲言渡江。事平。格亦伏誅。

騎驢渡江。過江不得。

淳熙十四年歌

宋史五行志四。十四年。都城市井歌曰云云。至紹熙二三年。其事始應於兩宮。孝宗紀。淳熙十六年二月壬戌。下詔傳位皇太子。是日。皇太子卽皇帝位。帝素服駕之重華宮。辛未。上尊號曰至尊壽皇聖帝。光宗紀。紹熙二年十一月辛未。皇后李氏殺黃貴妃。以暴卒聞。壬申。合祭天地於圜丘。大風雨。不成禮而罷。帝震懼感疾。壽皇聖帝及壽成皇后來視疾。四年九月甲申。帝將朝重華宮。皇后止帝。五年六月戊戌夜。壽皇聖帝崩。先是丞相留正、知樞密院事趙汝愚、參知政事陳騤、同知樞密院事余端禮聞壽皇大漸。見帝於後殿。力請帝朝重華宮。皇子嘉王亦泣以請。不聽。

汝亦不來我家。我亦不來汝家。

紹定三年歌

宋史五行志四。紹定三年。委巷叢談作嘉泰三年。按嘉泰係寧宗年號。紹定係理宗年號。太子詢係寧宗之太子。非理宗之太子。其卒在寧宗嘉定十三年。越五年。始爲理宗寶慶元年。又越三年。始爲紹定元年。若此歌果作於紹定間。則太子之卒已久。安得指爲徵應。當以嘉泰爲是。或疑嘉泰當作嘉定。然嘉定元年上距嘉泰末年。其中僅隔開禧三年。不必改泰爲定也。都城市井作歌詞。末句皆曰云云。朝廷惡而禁之。未幾太子詢薨。

東君去後花無主。委巷叢談無後字。

紙錢謠

宋史五行志四。宋初。陳摶有紙錢使不行之說。時天下惟用銅錢。莫喻此旨。其後用交子會子。其後會價愈低。故有云云之謠。似道惡十九界之名。乃名關子。然終爲十九界矣。而關子價益低。是紙錢使不行也。賈似道傳。復以楮(錢)(賤)作銀關。以一準十八界。會之三。行之。十七界廢不用。銀關行。物價益踊。楮益賤。

使到十八九。紙錢飛上天。

五更頭謠

宋史五行志四。宋以周顯德七年庚申得天下。圖讖謂過唐不及漢。一汴。二杭。三閩。四廣。又有云云之謠。故宮漏有六更。按漢四百二十餘年。唐二百八十九年。開慶元年。宋祚過唐。滿五庚申之數。至德祐二年正月降附。得三百一十七年。而見六庚申如宮漏之數。

寒在五更頭。

盧宗原引諺

宋史河渠志六。宣和六年九月。盧宗原復言。池州大江乃上流綱運所經。其東岸皆暗石。多至二十餘處。西岸則沙洲。廣二百餘里。諺云云云。言舟至此必毀拆也。今東岸有車軸河口沙地四百餘里。若開通入杜湖。使舟經平水徑池口。可避二百里風濤拆船之險。請措置開修。從之。

拆船灣。

元史官引時人語論職官

宋史職官志序。臺省寺監官無定員。無專職。類以他官主判。雖有正官。非別勅不治本司事。其官人受授之別。則有官有職有差遣。官以寓祿秩。敍位著職。以待文學之選。而別爲差遣。以治內外之事。其次又有階有勳有爵。故仕人以登臺閣升禁從爲顯宦。而不以官之遲速爲榮滯。以差遣要劇爲貴途。而不以階勳爵邑有無爲輕重。時人語楊氏愼均藻卷二引類要作唐世諺。曰云云。虛名不足以砥礪天下若此。

寧登瀛。不爲卿。寧抱槧。不爲監。

王巖叟引父老諺

宋史兵志六。熙寧初。王安石變募兵而行保甲。元豐八年。哲宗嗣位。九月。監察御史王巖叟言保甲之害。十一月。巖叟言。夫朝廷知敎民以爲兵。而不知敎之太苛而民不能堪。知別爲一司以總之。而不知擾之太煩而民以生怨。民之言曰。鞭笞不足以爲苦。而誅求之無已有甚焉。創袍市巾、買弓緜、箭添弦、換包指、治鞍轡涼棚、畫象法、造隊牌、緝架、僦椅卓圍、典紙墨、看定人雇直、均菜緡、納稭粒之類。其名百出。不可勝數。故父老之諺曰云云。非虛語也。此誅求之所以爲甚苦也。

兒曹空手。不可以入敎場。

宋琪引諺

宋史宋琪傳。端拱初。以舊相進位吏部尙書。淳化五年。李繼遷寇靈武。琪又上書言邊事曰。靈武路自通遠軍入青崗峽五百里。皆蕃部熟戶。況彼靈州。便是吾土。芻粟儲蓄。率皆有備。緣路五七程。不煩供饋。止令逐都兵騎裹糧輕齎。便可足用。諺所謂云云。劫一時之力也。旬浹之餘。固無闕乏矣。

磨鐮殺馬。

京師爲陳象輿董儼語

宋史趙昌言傳。樞密副使張宏循默守位。昌言多條上邊事。太宗卽以昌言代宏爲樞密副使。時鹽鐵副使陳象輿與昌言善。知制誥胡旦、度支副使董儼皆昌言同年。右正言梁顥嘗在大名幕下。四人者日夕會昌言之第。京師爲之語曰。

陳三更。董半夜。玉壺淸話引同。鮑氏廷博云。董一作梁。

張問引諺

宋史畢仲衍傳。以蔭爲陽翟主簿。張昪縣人也。方鎭許。請於朝。欲興學校。旣具材計工。又聽民自以其力輸助。邑子馬宏以口舌橫閭里。卽詣府宣言縣吏盡私爲學之費。又將賦於民。昪果疑焉。敕縣且止。又揭其事於道。仲衍會攝縣事。卽逮捕驗治。五日得其姦。言於昪。流宏鄧州。一縣相賀。給事中張問居里中。謂仲衍曰。諺云云云。君之謂也。

鋤一惡。長十善。

時人爲蘇紳梁適語

宋史蘇紳傳。紳與梁適同在兩禁。人以爲險詖。故語曰。

草頭木脚。陷人倒卓。

閩人宰相謠

宋史章得象傳。世居泉州。高祖仔鈞事閩。爲建州刺史。遂家浦城。得象長而好學。楊億以爲有公輔器。擢同知樞密院事。遷戶部侍郎。遂拜同中書門下平章事、集賢殿大學士。初、閩人謠曰云云。至得象相時。沙湧可涉云。

南臺江合出宰相。

京師爲包拯語

宋史包拯傳。除天章閣待制知諫院。除龍圖閣直學士。河北都轉運使。召權知開封府。拯立朝剛毅。貴戚宦官。爲之斂手。聞者皆憚之。人以包拯笑比（黃）河清。童稚婦女。亦知其名。呼曰包待制。京師爲之語曰云云。舊制。凡訟訴不得徑造庭下。拯開正門。使得至前陳曲直。吏不敢欺。

關節不到。有閻羅包老。

時人爲李稷李察語

宋史李稷傳。擢鹽鐵判官。遂爲陝西轉運使。制置解鹽。秦民作舍道傍者。創使納侵街錢。一路擾怨。與李察皆以苛暴著稱。時人語曰。

寧逢黑殺。莫逢稷察。

蘇州民爲王覿歌

宋史王覿傳。加直龍圖閣、知蘇州。州有狡吏。善刺守將意以撓權。前守用是得譏議。覿窮其姦狀。寘於法。一郡肅然。民歌詠其政。有云云之語。

吏行冰上。人在鏡心。

江公望引俚語

宋史江公望傳。拜左司諫。時御史中丞趙挺之與戶部尙書王古用赦恩理逋欠。古多所蠲釋。挺之劾古傾天下之財以爲私惠。公望乃上疏曰。臣聞挺之與古論事。每不相合。屢見於辭氣。懷不平之心。有待而發。俚語有之云云。此小人之所不爲。而挺之安爲之。豈忠臣乎。

私事官讎。

曹輔引俚語

宋史曹輔傳。歷祕書省正字。自政和後。帝多微行。輔上疏略曰。夫君之與民。本以人合。合則爲腹心。離則爲楚越。畔服之際。在於斯須。甚可畏也。俚語有之云云。主人何負於盜哉。萬一當乘輿不戒之初。一夫不逞。包藏禍心。發蠭蠆之毒。奮獸窮之計。雖神靈垂護。然亦損威傷重矣。又況有臣子不忍言者。可不戒哉。

盜憎主人。

案左氏成公十五年引盜憎主人。民惡其上。但彼不明言俚語。故置彼引此。

崔鷗引京師語

宋史崔鷗傳。調鄧州推官。徽宗初立。以日食求言。鷗上書曰。今宰相章惇、狙詐凶險。天下士大夫呼曰惇賊。貴極宰相。人所具瞻。以名呼之。又指爲賊。豈非以其孤負主恩。玩竊國柄。忠臣痛憤。義士不服。故賊而名之。指其實而號之以賊邪。京師語曰云云。謂惇與御史中丞安惇也。

大惇小惇。殃及子孫。東都事略崔鷗傳同。章惇傳下句作入地無門。

敵爲岳家軍語

宋史岳飛傳。師每休舍。課將士注坡跳壕。皆重鎧習之。善以少擊衆。欲有所舉。盡召諸統制與謀。謀定而後戰。故有勝無敗。猝遇敵不動。故敵爲之語曰。

撼山易。撼岳家軍難。

鎭江民爲蔡洸歌

宋史蔡洸傳。以戶部郎總領淮東軍馬錢糧知鎭江府。會西溪卒移屯建康。舳艫相銜。時久旱。郡民築陂。瀦水灌漑。漕司檄郡決之。父老泣訴。洸曰。吾不忍獲罪百姓也。卻之。已而大雨。漕運通。歲亦大熟。民歌之曰。

我瀦我水。以灌以漑。俾我不奪。蔡公是賴。

趙范引諺

宋史趙范傳。進直徽猷閣。知揚州。淮東安撫副使彭義斌使統領張士顯見范。請合謀討李全。范告於制置使趙善湘曰。以義斌蹙全。如山壓卵。莫若移揚州增戍之兵往盱眙。而四總管兵各留半以備金人。餘皆起發入淮。以斷賊歸路。密約義斌自北攻之。事無不濟。丞相史彌遠報范書。令諭四總管各享安靖之福。戒范無出位專兵。范乃爲書謝廟堂。且決之曰。賊見范爲備。則必忌而不得以肆其姦。他日必將指范爲首禍激變之人。劫朝廷以去范。先生必將曰。是何惜一趙范而不以紓禍哉。必將縛范以授賊。而范遂爲宋晁錯。雖然。使以范授賊而果足以紓國禍。范死何言哉。諺曰云云。故盜賊見有護家之狗。必將指斥於主人。使先去之。然後肆穿窬之姦而無所忌。然則殺犬固無益於弭盜也。彌遠得書。爲之動心。

護家之狗。盜賊所惡。

光化穀城人爲葉康直豐稷歌

宋史葉康直傳。知光化縣。縣多竹。民皆編爲屋。康直教用陶瓦以寧火患。凡政皆務以利民。時豐稷爲穀城令。亦以治績顯。人歌之曰。

葉光化。豐穀城。淸如水。平如衡。

道州人爲蔡元定弟子語

宋史蔡元定傳。時韓侂冑擅政。設僞學之禁以空善類。臺諫承風。并及元定。未幾果謫道州。至舂陵。遠近來學者日衆。州士子莫不趨席下以聽講說。有名士挾才簡傲。非笑前修者。亦心服謁拜。執弟子禮甚恭。人爲之語曰。

初不敬。今納命。

果州民爲張義實楊泰之歌

宋史楊泰之傳。知果州。蹄零錢病民。泰之以一年經費儲其羸爲諸邑對減。上尙書省。按爲定式。民歌之曰云云。張謂張義實。自發其端。而泰之踵行之。

前張後楊。惠我無疆。

時人爲胡伸汪藻語

宋史汪藻傳。饒州德興人。幼穎異。入太學。中進士第。稍遷江西提舉學事司幹當公事。徽宗親製君臣慶會閣詩。羣臣皆賡。惟藻和篇衆莫能及。時胡伸亦以文名。人爲之語曰。（老學庵筆記卷一。紹聖元符間。汪內相彥章有聲太學。學中爲之語曰云云。伸字彥時。亦新安人。）

江左二寶。胡伸汪藻。

李若水死義時歌

宋史李若水傳。靖康元年。欽宗擢若水禮部尚書。固辭。改吏部侍郎。二年。金人再邀帝出郊。若水扈從以行。金人逼帝易服。若水抱持而哭。金人曳出擊之。敗面。後旬日。粘罕召計事。且問不肯立異姓狀。若水曰。上皇爲生靈計。罪己內禪。主上仁孝慈儉。未有過行。豈宜輕議廢立。粘罕指宋失信。若水曰。若以失信爲過。公其尤也。歷數其五事。粘罕令擁之去。反顧罵益甚。監軍者撾破其唇。噀血罵愈切。至以刃裂頸斷舌而死。金人相與言。遼國之亡。死義者十數。南朝惟李侍郎一人臨死無怖色。爲歌詩。卒曰云云。聞者悲之。（大金國志太宗紀。吏部侍郎李若水之出使也。修武郎王履副之。履臨被害。略無懼色。且歌詩末章云云。人聞而悲之。）

矯首問天兮天卒無言。（東都事略李若水傳。無作不。）忠臣効死兮死亦何愆。（大金國志太宗紀。愆作僁。）

龍南安遠諺

宋史秦檜傳。樞密院編修官胡銓上疏。願斬檜與王倫以謝天下。檜械送銓貶昭州。陳剛中以啓賀銓。檜大怒。送剛中吏部。差知贛州安遠縣。贛有十二邑。安遠濱嶺。地惡瘴深。諺曰云云。言必死也。剛中果死。

龍南安遠。一去不轉。

馬氏將亂時湘中童謠

宋史湖南周氏世家。湖南周行逢。朗州武陵人。以驍勇累遷裨校。自唐乾寧二年。馬氏專有湖南二十州之地。周廣順初。兄弟爭國。求援於江南李景。景遣大將邊鎬率兵赴之。因下長沙。遷馬氏之族於建康。景以鎬爲潭帥。會朗州衆亂。推牙將劉言爲留後。言以行逢爲都指揮使。景召言入金陵。言懼。遣副使王進逵、行軍何景眞、與行逢帥舟師襲破潭州。鎬遁去。周祖卽以言爲朗帥。王進逵爲潭帥。行逢爲潭州行軍司馬。領集州刺史。未幾進逵寇朗州。害劉言。周祖卽以進逵爲朗州節度。以行逢領鄂州節度知潭州軍府事。初朗州人謂劉言爲劉齩牙。馬氏將亂。湘中童謠云云。及邊鎬俘馬氏。鎬爲劉言所逐。而言亦被害。

馬去不用鞭。齩牙過今年。（青箱雜記卷七。去下有也字。）

太祖淳欽皇后引諺

遼史皇子表。太祖淳欽皇后生三子。倍第一。（宗室義宗傳。名倍。太祖長子。立爲皇太子。太祖以倍爲人皇王。太祖訃至。倍知皇太后意。欲立德光。請於太后而讓位焉。太宗旣立。見疑。倍浮海而去。五子。長世宗。世宗紀。諱阮。讓國皇帝長子。）太宗第二。李胡第三。一名洪古。字奚隱。天顯五年。立爲皇太弟。兼天下兵馬大元帥。太宗凡親征。常留守京師。性酷忍。世宗卽位於鎮陽。太后怒。遣李胡將兵往擊。

至泰德泉。爲安端劉哥所敗。耶律屋質諫太后。章肅皇帝傳。名李胡。太后與世宗隔潢河而陣。各言舉兵意。耶律屋質入諫太后曰。主上已立。宜許之。李胡作色曰。我在。凡欲安得立。案世宗紀。小字兀欲。此作凡誤。屋質曰。民心畏公酷暴。無如之何。太后曰。我與太祖愛汝。異於諸子。諺曰云云。我非不欲立汝。汝自不能矣。李胡往世宗軍議和。解劍而後見。和約定。趨上京。

偏憐之子不保業。難得之婦不主家。

遼土河童謠

遼史太祖淳欽皇后述律氏傳。后簡重果斷。有雄略。嘗至遼土二河之會。有女子乘青牛車。倉猝避路。忽不見。未幾。童謠曰云云。蓋諺謂地祇爲青牛嫗云。太祖卽位。羣臣上尊號曰地皇后。神册元年。大册加號應天大明地皇后。

青牛嫗。曾避路。

武定軍百姓爲楊佶歌

遼史楊佶傳。重熙十五年。出爲武定軍節度使。境內方旱。苗稼將槁。視事之夕。雨澤霑足。百姓歌曰。

何以蘇我。上天降雨。誰其撫我。楊公爲主。

時人爲蕭巖壽語

遼史蕭巖壽傳。大康元年。同知南院宣徽使事。遷北面林牙。密奏乙辛按據道宗紀及乙辛傳。乙上當補耶律二字。以皇太子知國政。心不自安。恐有陰謀。動搖太子。上悟。出乙辛爲上京留守。會乙辛生日。上遣近臣耶律白斯本賜物爲壽。乙辛因私屬白上。臣見姦人在朝。陛下孤危。身雖在外。竊用寒心。白斯本還以聞。上由是反疑嚴壽。出爲順義軍節度使。乙辛復入爲樞密使。流嚴壽於烏隗路。終身拘作。嚴壽雖竄逐。恆以社稷爲憂。時人爲之語曰云云。三年。乙辛誣嚴壽與謀廢立事。執還殺之。

以狼牧羊。何能久長。

熙宗引諺

金史熙宗紀。皇統八年十一月乙未。左丞相宗賢左丞稟等言。州郡長吏當並用本國人。上曰。四海之內。皆朕臣子。若分別待之。豈能致一。諺不云乎云云。自今本國及諸色人。量才通用之。

疑人勿使。使人勿疑。

泰和八年童謠

金史五行志。泰和八年八月。時又童謠云云。至貞祐中。舉國遷汴。

易水流。汴水流。百年易過又休休。兩家都好住。前後總成留。大金國志宣宗紀上。成作遲。

貞祐元年衞州童謠

金史五行志。宣宗貞祐元年十二月。時衞州有童謠曰云云。明年正月。元兵破衞。遂丘墟矣。

團戀冬。劈半年。寒食節。沒人烟。

興定中童謠

金史五行志。興定五年十二月丁丑。霜附木。先是有童謠云云。蓋是時人皆爲兵。轉鬭山谷。戰伐不休。當至老也。

青山轉。轉山青。耽誤盡。少年人。

世祖時童謠

金史世紀。景祖卒。第二子襲節度使。是爲世祖。諱劾里鉢。世祖卒。母弟頗剌淑襲節度使。景祖第四子也。是爲肅宗。跋黑傳。傳序。昭祖威順皇后生景祖。次室達胡末烏薩札部人生跋黑。跋黑自幼時每爭攘飲食。昭祖見而惡之曰。後必爲子孫之患。世祖初立。跋黑果有異志。誘桓赧散達烏春窩謀罕離間部屬。使貳於世祖。世祖患之。乃加意事之。使爲勃菫。百官志序。其部長曰勃菫。而不令典兵。跋黑既陰與桓赧烏春謀計。國人皆知之。而童謠有云云之語。世紀作部中有流言曰。世祖亦以策探得兄弟部人向背。世紀。世祖乃佯爲具裝。欲有所往者。陰遣人揚言曰。寇至。部衆聞者。莫知虛實。有保於跋黑之室者。有保於世祖之室者。世祖乃盡得兄弟部屬向背彼此之情矣。世烏春桓赧相次以兵來攻。世祖外禦强兵。而內畏跋黑之變。將行。聞跋黑食於其愛妾之父家。肉張咽而死。且喜且悲。乃迎尸而哭之。

欲生則附於跋黑。欲死則附於刻里鉢頗剌淑。世紀。刻作劾。

時人爲谷神婁室語

金史紇石烈良弼傳。本名婁室。天會中。選諸路女直字學生送京師。良弼與納合椿年皆童丱。俱在選中。是時希尹爲丞相。以事如外郡。良弼遇之途中。望見之。歎曰。吾輩學丞相文字。千里來京師。固當一見。乃入傳舍求見。拜於堂下。希尹問曰。此何兒也。良弼自贊曰。有司所薦學丞相文字者也。希尹大喜。問其所學。應對無懼色。希尹曰。此子他日必爲國之令器。留之數日。年十四。爲北京敎授。學徒常二百人。時人爲之語曰云云。其從學者後皆成名。年十七。補尙書省令史。簿書過目。輒得其隱奥。雖大文牒。口占立成。詞理皆到。時學希尹之業者稱爲第一。（完顏希尹傳。本名谷神。自太祖舉兵。常在行陣。金人初無文字。國勢日强。與鄰國交好。迺用契丹字。太祖命希尹撰本國字。備制度。希尹乃依漢人楷字。因契丹字制度。合本國語。製女直字。天輔三年八月。字書成。太祖大悅。命頒行之。）

前有谷神。後有婁室。

平陽百姓爲張浩楊伯雄語

金史楊伯雄傳。改平陽尹。先是張浩治平陽。有惠政。及伯雄爲尹。百姓稱之曰。

前有張。後有楊。

時人爲趙秉文語

金史趙秉文傳。明昌六年。入爲應奉翰林文字同知制誥。上書論宰相胥持國當罷。宗室守貞可大用。章宗召問。言頗差異。於是命知大興府事内族膏等鞫之。（按本書宗室表云。大定以前稱宗室。明昌以後稱內族。其實一而已。內族膏見列傳第四。說文。膏。用也。從亯。從自。讀若庸。）秉文初不肯言。詰其僕。歷數交游者。秉文乃曰。初欲上言。嘗與修撰王庭筠、御史周昂、省令史潘豹、鄭贇道、高坦等私議。庭筠等皆下獄。決罰有差。有司論秉文上書狂妄。法當追解。上不欲以言罪人。遂特免焉。當時爲之語曰云云。士大夫莫不恥之。坐是久廢。

古有朱雲。今有秉文。朱雲攀檻。秉文攀人。（歸潛志卷十作不攀欄檻只攀人。）

哀宗引諺

金史撒合輦傳。內族也。哀宗正大元年。以輦同判大睦親府事。四年。大元旣滅西夏。進軍陝西。羣臣多主和事。獨輦力破和議。八月。朝廷得清水之報。令有司罷防城及修城丁壯。凡軍需租調不急者權停。初、聞大兵自鳳翔入京兆。關中大震。令民入保爲避遷計。當時議者以謂大兵未至。而河南先亂。至是上謂撒合輦曰。諺云云云。朝臣或欲我一戰。汝獨言當靜以待之。與朕意合。今日有太平之望。皆汝謀也。

水深見長人。

河內正平縣民爲王競韓希甫張元諺

金史王競傳。轉河內令。時歲饑盜起。競設方略以購賊。不數月。盡得之。夏秋之交。沁水泛溢。歲發民築堤。豪民猾吏。因緣爲姦。競覈實之。減費幾半。縣民爲之諺曰云云。蓋以前政韓希甫與競相繼治縣。皆有幹能。絳州正平令張元亦有治績。而差不及。故云然。

西山至河岸。縣官兩人半。

四方爲李妃胥持國語

金史佞幸胥持國傳。經童出身。章宗明昌四年。拜參知政事。遂行尚書省事。明年。進尚書右丞。持國爲人柔佞有智術。初、李妃起微賤。得幸於上。持國又多賂遺妃左右用事人。妃亦自嫌門第薄。欲藉外廷爲重。乃數稱譽持國。由是大爲上所信任。與妃表裏。筦擅朝政。士之好利躁進者。皆趨走其門下。四方爲之語曰云云。惡其卑賤庸鄙也。章宗元妃李氏傳。元妃李氏師兒。其家有罪。沒入宮籍監。父湘。母王盼兒。皆微賤。大定末。以監戶女子入宮。宦者梁道勸章宗納之。遂大愛幸。明昌四年。封爲昭容。明年。進封淑妃。兄喜兒與弟鐵哥勢傾朝廷。胥持國依附以致宰相。中宮虛位久。章宗意屬李氏。進封爲元妃。而勢位熏灼。與皇后侔矣。

經童作相。監婢爲妃。

古謠諺卷十四

秀水杜文瀾輯

至元十六年彰德路民謠

元史五行志二。至元十六年六月。彰德路葦葉順次倚疊而生。自編成若旗幟。上尖葉聚粘如槍。民謠曰。

葦生成旗。民皆流離。葦生成槍。殺伐遭殃。

至正二十八年彰德路童謠

元史五行志二。至正二十八年六月壬寅。彰德路天甯寺塔忽變紅色。自頂至踵。表裏透徹。如煆鐵初出於爐。頂上有光焰迸發。自二更至五更乃止。癸卯甲辰亦如之。先是河北有童謠云。古今風謠作元末眞定童謠。

塔兒黑。北人作主南人客。塔兒紅。朱衣人作主人公。古今風謠作塔兒白。北人是主南人客。塔兒紅。南人來做主人公。

至元十六年彰德民謠

元史五行志二。至元十六年七月。彰德李樹結實如小黃瓜。民謠云。

李生黃瓜。民皆無家。

至元五年八月京師童謠

元史五行志二。至元五年八月。京師童謡云。

白雁望南飛。馬札望北跳。

至正五年淮楚間童謡

元史五行志二。至正五年。淮楚間童謡云。

富漢莫起樓。窮漢莫起屋。但看羊兒頭。便是吳家國。

至正十五年京師童謡

元史五行志二。至正十五年。京師童謡云。

一陣黄風一陣沙。千里萬里無人家。回頭雪消不堪看。三眼和尙弄瞎馬。

元統二年彰德民謡

元史五行志二。元統三年六月。彰德雨白毛。俗呼云老君髯。民謡云。

天雨氂。事不齊。

至元三年彰德民謡

元史五行志二。至元三年三月。彰德雨毛。如錦而綠。俗呼云菩薩線。民謡云。

天雨線。民起怨。中原地。事必變。

金末庚午歲童謡

元史郭寶玉傳。通天文兵法。善騎射。金末封汾陽郡公。兼猛安引軍。屯定州。歲庚午。童謡曰云云。既而太白經天。寶玉歎曰。北軍南。汴梁卽降。天改姓矣。金人以獨吉思忠僕散揆行中書省。領兵築烏沙堡。會太師木華黎軍忽至。敗其兵三十餘萬。思忠等走。寶玉舉軍降。

搖搖罟罟至。河南拜閼氏。

夏貴引諺

元史洪君祥傳。左丞相伯顏伐宋。君祥以蒙古漢軍都鎭撫從行。伯顏克淮安。至揚州。分兵攻淮西。宋制置夏貴遣牛都統以書抵伯顏曰。諺云云云。願勿廢國力。攻奪邊城。若行在歸附。邊城焉往。伯顏遣君祥以牛都統入見。留三日。還軍中。

殺人一萬。自損三千。

雷州民爲烏古孫澤歌

元史烏古孫澤傳。澤爲廣西兩江道宣慰副使僉都元帥府事。海北元帥薛赤干贓利事覺。行省檄澤驗治。澤馳至雷州。盡發其奸贓。海北之民。欣忭相慶。詔擢爲海北海南廉訪使。雷州地近海。潮汐齧其東南。陂塘鹻。農病焉。而西北廣衍平衺。宜爲陂塘。澤行視城陰曰。三溪徒走海而不以灌溉。此史起所以薄西門豹也。乃敎民浚故湖。築大堤。堨三溪瀦之。爲斗門七。堤堨六。以制其贏耗。釃爲渠二十有四。以達其注輸。渠皆有支。別爲牐。設守視者。時其啓閉。計得良田數千頃。瀕海廣潟。並爲膏土。民歌之曰。

舄鹵爲田兮。孫父之敎。渠之泱泱兮。長我秔稻。自今有生兮。無旱無澇。

時人爲歸暘吳炳語

元史歸暘傳。汴梁人。授同知潁州事。轉大都路儒學提舉。未上。至元五年十一月。杞縣人范孟謀不軌。詐爲詔使至河南省中。殺平章月魯帖木兒、左丞刼烈、廉訪使完者不花、總管撒里廝。召官屬及去位者署而用之。以段輔爲左丞。使暘北守黃河口。暘力拒不從。賊怒。繫於獄。衆叵測所爲。暘無懼色。已而賊敗。汙賊者皆獲罪。暘獨免。同里有吳炳者。嘗以翰林待制徵不起。賊呼炳司卯酉曆。炳不敢辭。時人爲之語曰云云。暘至此名譽赫然。

歸暘出角。吳炳無光。

紹興鄉里爲俞母語

元史列女聞氏傳。紹興俞新之妻也。大德四年。新之歿。聞氏年尚少。父母欲更嫁之。聞氏即斷髮自誓。父知其志篤。乃不忍强。姑久病風。且失明。聞氏手滌溷穢不怠。時漱口上堂舐其目。目爲復明。及姑卒。家貧。無資傭工。與子親負土葬之。朝夕悲號。聞者慘惻。鄉里嘉其孝。爲之語曰。

欲學孝婦。當問俞母。

蘇州民爲張士信等謠

明史五行志三。太祖吳元年。張士誠弟僞丞相士信、及黃敬夫、葉德新、蔡彥文用事。時有十七字謠曰云云。未幾。蘇州平。士信及三人者皆被誅。此其應也。張士誠傳。至正二十三年九月。士誠復自立爲吳王。以士信爲浙江行省左丞相參軍。黃敬夫、蔡彥文、葉德新主謀議。二十六年。大軍進攻平江。士誠數突圍。決戰不利。最後丞相士信中礮死。城中洶洶無固志。二十七年九月。城破。先是黃敬夫等三人用事。吳人知士誠必敗。有黃菜葉十七字之謠。其後卒驗云。翦勝野聞。僞周主張士誠據有江東。

時姑蘇市井中童謠曰云云。後國事既去。太祖取其臣黃蔡葉三人者。刳其腸而懸之。至成乾腊。

丞相做事業。專靠黃蔡葉。一朝西風起。乾鼈。翦勝野聞。丞相作張王。專靠作只憑。朝作夜。起作來。國初事蹟。靠作用。黃作王。鼈作別。釋云。王者乃王敬夫。古今風謠作黃菜葉。西風來。便乾折。注云。今作癟。

建文初年道士歌

明史五行志三。建文初年。有道士歌於途曰云云。已忽不見。是靖難之讖也。

莫逐燕。逐燕日高飛。高飛上帝畿。明詩綜卷一百。日作起。

正統二年京師小兒歌

明史五行志三。正統二年。京師旱。街巷小兒爲土龍禱雨。拜而歌曰云云。說者謂雨帝者、與弟也。帝弟同音。城隍者、郕王。再來還土地者、復辟也。景帝紀。宣宗次子也。英宗即位。封郕王。正統十四年秋八月。英宗北狩。皇太后命王監國。九月癸未。王即皇帝位。遙尊皇帝爲太上皇帝。景泰元年秋八月丙戌。上皇還京師。八年春正月壬午。武清侯石亨、副都御史徐有貞等迎上皇復位。二月乙未。廢帝爲郕王。　水東日記云。又有羣兒環繞一人。按月問云。正月裏。狠來咬羊。齊拒之。至八月。則放狠入。尤協後之驗也。　明詩綜卷一百。正統中。京師羣兒連臂呼於塗曰。正月裏狠來齩豬未。一兒應曰。未也。循是至八月。則應曰。來矣來矣。皆散走。時方旱。又有羣兒於塗云云。既而有狠山之難。

雨帝雨帝。城隍土地。雨若再來。還我土地。古今風謠。再作大。還我作謝了。

萬曆末年道士歌

明史五行志三。萬曆末年。有道士歌於市。明季北略卷二。天啓初。有道人宿朝天宮。歌市中曰云云。卷三作異人歌。曰云云。北人讀客爲楷。茄又轉音。爲魏忠賢客氏之兆。

委鬼當頭坐。茄花遍地生。明紀北略卷二。頭作朝。坐作立。遍作滿。生作紅。

萬曆末年謠

明史五行志三。又有謠（蜀碧卷一作豫中童謠。）曰云云。賊羅汝才自號曹操。此其兆也。

鄴臺復鄴臺。曹操再出來。（蜀碧。再出作今再。）

宮人爲馬后歌

明史太祖孝慈高皇后馬氏傳。洪武元年正月。太祖卽帝位。冊爲皇后。后勤於內治。暇則講求古訓。告六宮。帝嘗怒責宮人。后亦佯怒。令執付宮正司議罪。帝曰。何爲。后曰。帝王不以喜怒加刑賞。當陛下怒時。恐有畸重。付宮正則酌其平矣。卽陛下論人罪。亦詔有司耳。妃嬪宮人被寵有子者。厚待之。洪武十五年八月丙戌崩。年五十一。是年九月庚午。葬孝陵。謚曰孝慈皇后。宮人思之。作歌曰。

我后聖慈。化行家邦。撫我育我。懷德難忘。懷德難忘。於萬斯年。毖彼下泉。（彤史拾遺記。毖作泌。）悠悠蒼天。

方孝孺絕命詞

明史方孝孺傳。及惠帝卽位。改文學博士。燕兵起。廷議討之。詔檄皆出其手。建文三年。帝命孝孺草詔。遣大理寺少卿薛嵓馳報燕。盡赦燕罪。使罷兵歸藩。又爲宣諭數千言。授嵓持至燕軍中密散諸將士。比至。嵓匿宣諭不敢出。燕王亦不奉詔。明年。燕兵至江北。帝命諸將集舟師江上。而陳瑄以戰艦降燕。燕兵遂渡江。時六月乙卯也。乙丑。金川門啓。燕兵入。帝自焚。是日。孝孺被執下獄。成祖欲使草詔。召至。悲慟聲徹殿陛。成祖降榻勞曰。先生毋自苦。予欲法周公輔成王耳。孝孺曰。成王安在。成祖曰。彼自焚死。孝孺曰。何不立成王之子。成祖曰。國賴長君。孝孺曰。何不立成王之弟。成祖曰。此朕家事。顧左右授筆札。曰。詔天下。非先生草不可。孝孺投筆於地。且哭且罵曰。死卽死耳。詔不可草。成祖怒。命磔諸市。孝孺慨然就死。作絕命詞曰。

天降亂離兮。孰知其由。奸臣得計兮。謀國用猶。忠臣發憤兮。血淚交流。以此殉君兮。抑又何求。嗚呼哀哉兮。庶不我尤。備遺錄。亂離作喪亂。孰作莫。由作繇。此作死。

韓郁引諺

明史高巍傳。及惠帝卽位。知州王欽應詔辟巍。巍因赴吏部上書論時政。用事者方議削諸王。獨巍與御史韓郁革除逸史卷一。郁作都。先後請加恩。郁疏略曰。諸王親則太祖遺體。貴則孝康皇帝手足。尊則陛下叔父。使二帝在天之靈。子孫爲天子。而弟與子遭殘戮。其心安乎。夫唇亡齒寒。人人自危。周王旣廢。湘王自焚。代府被摧。而齊臣又告王反矣。九重之憂方深。而出入帷幄與國事者。方且揚揚自得。彼其勸陛下削藩國者。果何心哉。諺曰云云。殊有理也。幸少垂洞鑒。興滅繼絕。釋代王之囚。封湘王之墓。還周王於京師。迎楚蜀爲周公。俾各命世子持書勸燕。罷兵守藩。以慰宗廟之靈。篤厚親親。宗社幸甚。不聽。

親者割之不斷。疏者續之不堅。

時人爲韓雍陳選語

明史陳選傳。授御史。巡按江西。盡黜貪殘吏。時人語曰。韓雍傳。授御史。以才略稱。巡按江西。黜貪墨吏五十七人。廬陵太和盜起。捕誅之。

前有韓雍。後有陳選。

江陰民爲周斌歌

明史楊瑄傳附周斌傳。字國用。昌黎人。授御史。降知縣。斌在江陰有惠政。民歌曰云云。斌歷廣東右布政使。初去江陰。民立生祠。

旱爲災。周公禱之甘露來。水爲患。周公禱之陰雨散。明詩綜卷一百二。周字皆作我。無二之字。

京師爲左鼎練綱語

明史左鼎傳。正統七年進士。明年。尙書王直考鼎及白圭等十餘人。曉諳刑名。皆授御史。而鼎得南京。尋改北。巡按山西。鼎居官清勤。卓有聲譽。御史練綱以敢言名。而鼎尤善爲章奏。京師語曰云云。自公卿以下咸憚之。

左鼎手。練綱口。

成化時謠

明史萬安傳。成化五年。命兼翰林學士入內閣參機務。安無學術。既柄用。惟日事請託。結諸閹爲內援。進華蓋殿大學士。劉珝傳。成化十年。進吏部左侍郎。明年詔以本官兼翰林學士。入閣預機務。進謹身殿大學士。初商輅之劾汪直也。珝與萬安、劉吉助之爭。得罷西廠。已而西廠復設。珝不能有所爭。時內閣三人。安貪狡。吉陰刻。珝稍優。顧喜譚論人。目爲狂躁。劉吉傳。成化十一年與劉珝同授命兼翰林學士。入閣預機務。久之進謹身殿大學士。孝宗即位。委寄愈專。初、吉與萬安、劉珝在成化時。帝失德。無所規正。時有云云之謠。吉多智數。善附會。自緣飾。銳於營私。時爲言路所攻。居內閣十八年。人目之爲劉緜花。以其耐彈也。

紙糊三閣老。泥塑六尚書。

時人爲朱銓龍文語

明史石亨傳。景泰元年。于謙立團營。命亨提督。充總兵官如故。八年。與張軏、曹吉祥等謀迎立上皇。上皇既復辟。以亨首功 進爵忠國公。眷顧特異。言無不從。納私人重賄。引用太僕丞孫宏、郎中陳汝言、蕭璁、張用瀚、郝璜、龍文、朱銓、員外郎劉本道爲侍郎。時有語曰云云。勢焰薰灼。嗜進者競走其門。

朱三千。龍八百。

彭時引諺

明史彭時傳。憲宗成化三年六月。詔趣還朝。加太子少保兼文淵閣大學士。四年。彗見三臺。時等言。外廷大政。固所當先。宮中根本。尤爲至急。諺云云云。今嬪嬙衆多。維熊無兆。必陛下愛有所專。而專寵者已過生育之期故也。望均恩愛。爲宗社大計。時帝專寵萬貴妃。妃已近四十。時故云。然帝雖不能從。而心嘉其忠。

子出多母。

時人爲李東陽劉健謝遷語

明史劉健傳。受知於孝宗。既卽位。進禮部右侍郎兼翰林學士。入內閣參預機務。健學問深粹。正色敢言。以身任天下之重。其事業光明俊偉。明世輔臣。鮮有比者。謝遷傳。弘治八年。詔同李東陽入內閣。參預機務。遷儀觀俊偉。秉節直亮。與劉健、李東陽同輔政。而遷見事明敏。善持論。時人爲之語曰云云。天下稱賢相。李東陽傳。弘治八年。直文淵閣參預機務。與謝遷同日登用。東陽與首輔劉健等竭心獻納。時政闕失。必盡言極諫。東陽工古文。閣中疏草多屬之。疏出。天下傳誦。

李公謀。劉公斷。謝公尤侃侃。

時人爲王恕謠

明史王恕傳。成化二十年。復改恕南京兵部尚書。恕侃侃論列無少避。先後應詔陳言者二十一。建白者三十九。皆力阻權倖。天下傾心慕之。遇朝事有不可。必曰王公胡不言也。則又曰公疏且至矣。已、恕疏果至。時爲謠曰云云。於是貴近皆側目。帝亦頗厭苦之。

兩京十二部。獨有一王恕。

川東人爲流賊官軍士兵謠

明史洪鍾傳。正德四年。加太子少保兼左都御史掌院事。五年春。湖廣歲饑盜起。命鍾以本官總制軍務。陜西、河南、四川亦隸焉。時保甯賊藍廷瑞、鄢本恕既入川。求降。冀得閒逸去。鍾圖之。

廷瑞、本恕暨其黨悉就禽。惟廖麻子得脫。未幾。廖麻子及其黨曹甫掠營山蓬州。七年。賊勢蹙。鍾乃議招撫。甫聽命。遂赴軍門受約束。歸散其黨。而麻子忿甫背己。殺之。并其衆轉掠川東。官軍不敢擊。潛躡賊後。馘良民爲功。土兵虐尤甚。時有謠曰云云。巡按御史王綸、紀功御史汪景芬劾鍾縱兵不戢。詔召鍾還。

賊如梳。軍如篦。土兵如鬀。

潯州人爲陳金語

明史陳金傳。正德改元。乞歸不允。尋以右都御史總督兩廣軍務。進左都御史。斷藤峽苗時出剽。金念苗嗜魚鹽。可以利縻也。乃立約束。令民與苗市。改峽曰永通。苗性貪而黠。初陽受約。既乃不與直。殺掠益甚。潯州人爲語曰云云。蓋咎金失計也。

永通不通。來葬江中。誰其作者。噫。陳公。炎徼紀聞卷二作昔永通。今求通。求不獲。葬江中。明詩綜卷一百。獲作得。者作始。餘與炎徼紀聞同。

江西民爲土賊土兵謠

明史陳金傳。正德六年二月。江西盜起。詔起金故官總制軍務。南畿、浙江、福建、廣東、湖廣文武將吏俱隸焉。許便宜從事。金累破劇賊。然所用目兵貪殘嗜殺。剽掠甚於賊。有巨族數百口闔門罹害者。所獲婦女。率指爲賊屬。載數千艘去。民間謠曰云云。金亦知民患之。方倚其力不爲禁。士民皆深怨焉。紀功給事中黎奭及兩京言官交章劾金。乃召金還。

土賊猶可。土兵殺我。

都下爲林俊張黻語

明史林俊傳。成化十四年進士。除刑部主事。進員外郎。性侃直。不隨俗浮湛。事涉權貴。尙書林聰輒屬俊治之。上疏請斬妖僧繼曉。幷罪中貴梁芳。帝大怒。下詔獄考訊。後府經歷張黻救之。並下獄。太監懷恩力救。俊得謫姚州判官。黻師宗知州。時言路久塞。兩人直聲震都下。爲之語曰。

御史在刑曹。黃門出後府。

京師爲嚴嵩嚴世蕃謠

明史楊繼盛傳。調南京戶部主事。三月。遷刑部員外郎。復改兵部武選司。乃上奏曰。方今外賊惟俺答。內賊惟嚴嵩。未有內賊不去而可除外賊者。高皇帝罷丞相。設立殿閣之臣。備顧問。視制草而已。嵩乃儼然以丞相自居。凡府部題覆。先面白而後草奏。百官請命奔走。直房如市。無丞相名而有丞相權。陛下令嵩司票擬。蓋其職也。嵩何取而令子世蕃代擬。題疏方上。天語已傳。如沈鍊劾嵩疏。陛下以命呂本。本卽潛送世蕃所。令其擬上。是嵩以臣而竊君之權。世蕃復以子而竊父之柄。故京師有云云之謠。

大丞相。小丞相。

都門爲萬宷方祥諺

明史董傳策傳。除刑部主事。抗疏劾大學士嚴嵩。略言吏兵二部持選簿就嵩塡注。文選郎萬宷、職方郎方祥甘聽指使。不異卒隸。都門諺語至以云云目之。

文武管家。

呂坤引蜀民語

明史呂坤傳。歷刑部左右侍郎。疏陳天下安危。其略曰。人心者。國家之命脈也。今日之人心。惟望陛下收之而已。以採木言之。丈八之圍。非百年之物。深山窮谷。蛇虎雜居。毒霧常多。人煙絕少。寒暑饑渴瘴癘死者無論矣。乃一木初卧。千夫難移。倘遇阻艱。必成傷殞。蜀民語曰云云。哀可知也。臣見楚蜀之人。談及採木。莫不哽咽。苟損其數。增其直。多其歲月。減其尺寸。而川貴湖廣之人心收矣。

入山一千。出山五百。

都人爲陳與郊語

明史王汝訓傳。累遷光祿少卿吏科都給事中。海寧陳與郊者。大學士王錫爵門生。又附申時行。恣甚。汝訓抗疏數其罪。言與郊受賄狼藉。吏部尚書楊巍亦嘗語侍郎趙煥。謂爲小人。乞速罷譴。天下惟公足以服人。乞特敕吏部。自後遷轉科道。毋惡異喜同。好諛醜正。是時。巍以政府故。方厚與郊。聞汝訓言引己。且刺之。大恚。言臣未嘗詆與郊。汝訓以寺臣攻言路。正決裂政體之大者。乃調汝訓南京。頃之。御史王明復劾與郊。幷及巍。詔奪明俸。擢與郊太常少卿。都人爲之語曰。

欲京堂。須彈章。

南康士民爲林學曾李應昇謠

明史李應昇傳。授南康推官。出無辜十九人於死。寘大猾數十人重辟。士民服其公廉。爲之謠曰云云。林謂晉江林學曾。卒官南京戶部侍郎。以淸愼著稱者也。

前林後李。淸和無比。

秦中士民爲曹文詔謠

明史曹文詔傳。陝西賊熾。以功擢臨洮總兵官。關中巨寇略平。文詔在陝西大小數十戰。功最多。當是時。賊見陝兵盛。多流入山西。御史張宸極言。賊自秦中來。秦將曹文詔威名宿著。士民爲之謠曰云云。且嘗立功晉中。而秦賊滅且盡。宜敕令入晉協剿。於是命陝西、山西諸將幷受文詔節制。

軍中有一曹。西賊聞之心膽搖。

按明季北略卷九、亦載此謠。而肏屬之曹變蛟云。蓋賊最畏曹文詔。其標將曹變蛟更驍勇。據曹變蛟傳云。文詔從子也。幼從文詔。積功至遊擊。進參將。山西巡撫許鼎臣言。變蛟驍勇絕人。才乃文詔亞。是時曹兵最强。各鎭依之以爲固。蓋叔姪戰功皆高。故一曹之稱。或屬文詔。或屬變蛟耳。

諸軍爲左良玉猛如虎謠

明史猛如虎傳。崇禎十三年。督師楊嗣昌請於朝。令從入蜀。十一月。擢如虎爲總統。明年正月。嗣昌親統舟師下雲陽。檄諸將陸追賊。諸軍乃盡躡賊後。賊折而東返。歸路悉空。不可復遏。如虎所將止六百騎。皆左良玉部。兵驕悍不可制。所過肆焚掠。惟參將劉士杰勇敢思立功。諸軍從良玉多優閒不戰。改隸如虎。馳逐山谷風雪中。咸怨望。謠曰。蜀碧卷一作流言。

想殺我左鎭。跑殺我猛鎭。

濟寧人爲方克勤歌

明史方克勤傳。洪武四年。特授濟寧知府。時始詔民墾荒。閱三歲乃稅。克勤與民約。稅如期。區田爲九等。以差等徵發。野以日闢。盛夏。守將督民夫築城。克勤曰。民方耕耘不暇。奈何重困之畚鍤。請之中書省。得罷役。先是大旱。遂大澍。濟寧人歌之曰云云。視事三年。戶口增數倍。一郡饒足。

孰罷我役。使君之力。孰活我黍。使君之雨。使君勿去。我民父母。

松江民爲趙豫謠

明史趙豫傳。宣德五年五月。簡廷臣九人爲知府。豫得松江。奉敕往。方豫始至。患民俗多訟。訟者至。輒好言諭之曰。明日來。衆皆笑之。有云云之謠。及訟者逾宿。忿漸平。或被勸阻。多止不訟。

松江太守明日來。

時人爲何廷仁黃宏綱錢德洪王畿語

明史錢德洪傳。餘姚人王守仁自尚書歸里。德洪偕數十人共學焉。王畿傳。山陰人。跌宕自喜。後受業王守仁。聞其言無底滯。守仁大喜。何廷仁傳。何廷仁、黃宏綱皆雩都人。志行相準。廷仁初慕陳獻章。後聞王守仁之學於宏綱。守仁征桶岡。詣軍門謁。遂師事焉。守仁之門。從游者恆數百。浙東江西尤衆。善推演師說者。稱宏綱、廷仁及錢德洪、王畿。時人語曰。

江有何黃。浙有錢王。

吳人爲皇甫氏張氏兄弟語

明史皇甫涍傳。長洲人。父錄生四子。沖、涍、汸、濂。兄弟並好學工詩。稱皇甫四傑。其後里人張鳳翼、燕翼、獻翼並負才名。吳人語曰。明詩綜卷五十五。張鳳翼字伯起。獻翼字幼于。燕翼字叔貽。注載靜志居詩話。伯起好塡詞。梨園子弟多演之。然俗筆耳。其叔貽詩亦庸庸。惟幼于小有才。然亦頹惰自放。而吳人之諺比於四皇甫。論其工拙。判若雲淵矣。

前有四皇。後有三張。

館中爲許國李維楨語

明史李維楨傳。舉隆慶二年進士。由庶吉士授編修。萬曆時。穆宗實錄成。進修撰。維楨弱冠登朝。博聞强記。與同館許國齊名。館中爲之語曰。

記不得。問老許。做不得。問小李。明詩綜卷一百。做作作。

焦芳引諺

明史閹黨焦芳傳。芳既積忤廷臣。復銳進。乃深結閹宦以自固。正德初。戶部尚書韓文言會計不足。廷議謂理財無奇術。唯勸上節儉。芳知左右有竊聽者。大言曰。庶民家尙須用度。況縣官耶。

諺云云云。今天下逋租匿稅何限。不是檢索。而但云損上何也。武宗聞之大喜。

無錢揀故紙。

時人爲李恆茂李魯生李蕃語

明史閹黨霍維華傳。李蕃、日照人。與李魯生皆萬曆四十一年進士。蕃由廬江知縣入爲御史。魯生亦方居垣中。皆爲魏忠賢心腹。魯生、霑化人。擢兵科給事中。卑汚奸險。常參密謀。又有李恆茂者、邢臺人。爲禮科給事中。恆茂、魯生、蕃日走吏兵二部。交通請託。時人爲之語曰。

官要起。問三李。明詩綜卷一百。官作若。三作二。案此係但數魯生、蕃。不數恆茂也。

時人爲田爾耕謠

明史閹黨田爾耕傳。天啓四年。代駱思恭掌錦衣衞事。狡黠陰賊。與魏良卿爲莫逆交。魏忠賢斥逐東林。數興大獄。爾耕廣布偵卒。羅織平人。鍛鍊嚴酷。入獄者卒不得出。宵人希進者多緣以達於忠賢。良卿復左右之。言無不納。朝士輻輳其門。魏廣微亦與締姻。時有云云之謠。

大兒田爾耕。

福王時南都人語

明史奸臣馬士英傳。權震中外。朝政濁亂。賄賂公行。四方警報狎至。士英身掌中樞。日以鋤正人引凶黨爲務。大僚降賊者。賄入輒復其官。諸白丁隸役輸重賂。立躋大帥。都人爲語曰云云。其刑賞倒亂如此。

職方賤如狗。都督滿街走。

華人爲貓里務語

明史合貓里國傳。海中小國也。土瘠多山。山外大海。饒魚蟲。人知耕稼。其國又名貓里務。近呂宋。商船往來。漸成富壤。華人入其國。不敢欺淩。市法最平。故華人爲之語曰。

若要富。須往貓里務。（外國竹枝詞注。往作尋。）

舟人往西洋諺

明史賓童龍國傳。有崑崙山。節然大海中。與占城及東西竺鼎峙相望。其山方廣而高。其海即曰崑崙洋。諸往西洋者。必待順風。七晝夜始得過。故舟人爲之諺曰。（星槎勝覽作俗云。夢梁錄卷十二作舟人云。）

上怕七州。（夢粱錄。上作去。星槎勝覽、外國竹枝詞注、西洋朝貢典錄卷上。州作洲。）下怕崑崙。（夢粱錄。下作回。）針迷舵失。人船無存。（星槎勝覽、外國竹枝詞注、西洋朝貢典錄。無作莫。）

眞臘諺

明史眞臘國傳。其國城隍周七十餘里。幅員廣數千里。國中有金塔金橋殿宇三十餘所。王歲時一會。羅列玉猿孔雀白象犀牛於前。名曰百塔洲。盛食以金盤金椀。故有云云之諺。民俗富饒。禾一歲數稔。

富貴眞臘。

三佛齊國舊港語

明史三佛齊國傳。時瓜哇已破三佛齊。據其國。改其名曰舊港。轄十五州。土沃宜稼。語星槎勝覽作古云。云云。言收穫盛而貿金多也。

一年種穀。三年生金。

案瀛涯勝覽亦載此條。而意各有屬。語亦較異。今並存之。

古謠諺卷十五

秀水杜文瀾輯

西王母爲穆王謠

穆天子傳。卷三。吉日甲子。天子賓於西王母。郭注云。西王母如人。虎齒。蓬髮。戴勝。善嘯。紀年。穆王十七年西征崑崙丘。見西王母。其年來見。賓於昭宮。乙丑。天子觴西王母於瑤池之上。西王母爲天子謠郭注云。徒歌曰謠。曰。

白雲在天。山陖郭注云。陵字。自出。洪氏頤煊云。文選沈休文早發定山詩注、太平御覽八引作邱陵。道里悠遠。洪氏云。里、太平御覽引作路。八十五引作理。山川間之。郭注云。間音諫。鍾山札記卷三。顏氏家訓音辭篇云。古今言語。時俗不同。著述之人。楚夏各異。中引穆天子傳音諫爲間一條。今本穆天子傳三卻作道里悠遠。山川間之。郭璞注云。間音諫。與顏氏不同。段若膺云。案顏語知本是山川諫之。郭讀諫爲間。用漢人易字之例。而後義可通也。後人援注以改正文。又援正文以改注。而間音諫之云。乃成弔詭矣。若山海經郭傳亦作山川間之。則自用其說矣。將子無死。郭注云。將、請也。尙能復來。郭注云。尙、庶幾也。

穆王答西王母謠

穆天子傳。卷三。天子答之曰云云。天子遂驅升於弇山。乃紀丌跡於弇山之石。洪氏云。邢昺爾雅疏引丌作其。而樹之槐眉。曰西王母之山。

予歸東土。洪氏云。歸、西山經注引作還。和治諸夏。洪氏云。治、西山經注引作理。是唐時避諱所改。太平御覽五百七十二。治作洽。萬民平均。陳氏云。藝文類聚四十三引作樊均。吾顧見汝。洪氏云。顧、太平御覽五百七十二引作願。陳氏云。宋趙德麟侯鯖錄。引吾顧作吾願。是宋時所見本俱作願也。比及三年。將復而野。郭注云。顧、還也。復反此野見汝也。御覽卷五百七十一。而作其。

陳氏逢衡云。案列子周穆王篇。遂賓於西王母。觴於瑤池之上。西王母爲王謠。王和之。其辭哀焉。張湛注。徒歌曰謠。詩名白雲。和答也。詩名東歸。衡案白雲東歸。皆後世摘取詩中字面以標題之。非當世有此名也。

穆王西巡時憂吟

穆天子傳。卷三。西王母之山還歸。丌念世民。作憂以吟曰。陳氏云。太平御覽九百二十一引西母還歸。世民謠嚘以吟。檀氏萃云。吟亦曲名。穆王久留王母之宮不歸。因念中國之人民而作歌吟。

彼徂西土。御覽卷九百二十一。彼作徂。風雅逸篇卷三。徂在彼上。爰居其野。御覽。其作於。風雅逸篇。野作所。虎豹爲羣。御覽。虎豹作豹虎。於鵲與處。郭注云。於讀曰烏。風雅逸篇。於作烏。嘉命不遷。御覽。遷作還。郭注云。言守此一方。陳氏云。事類賦十九、太平御覽九百二十一。還作還。衡按嘉命不遷。猶言大命不改也。蓋兢兢保有此位之義。還字誤。我惟帝郭注云。帝、天帝也。天子。陳氏云。太平御覽九百二十一。我惟帝天子作惟我惟汝。大命而不可稱。顧世民之恩。流涕芔隕。風雅逸篇作彼何世民。又將去予。吹笙鼓簧。郭注云。簧在笙中。中心翺翔。郭注云。憂無薄也。世民之子。唯天之望。郭注云。所瞻望也。

穆王使宮樂謠

穆天子傳。卷五。天子東遊於黃澤。宿於曲洛。郭注云。洛、水之回。曲、地名也。廢□使宮樂謠郭注云。宮樂、典樂者。曰。□字檀氏萃本塡縣字。注云。廢撤樂縣。使宮樂徒歌而謠也。

黃之池。陳氏云。藝文類聚四十三。池作陁。其馬歕沙。郭注云。歕、（騰）〔鵫〕也。普悶切。陳氏云。錦繡萬花谷後集三十九引二歕字俱作噴。皇人威儀。郭注云。威、畏也。黃之澤。其馬歕玉。皇人受穀。郭注云。穀、生也。皆諸謠辭。陳氏云。錦繡萬花谷後集三十九引受作壽。御覽卷八百九十六、廣博物志卷四十六。受作壽。

擊壤歌

帝王世紀。帝堯登帝位。天下大和。百姓無事。有八十老人顧氏觀光云。藝文治要並作五。樂府八十三引八下有九字。擊壤於道。觀者歎曰。大哉帝之德也。老人歌曰。原本無歌字。樂府所引作擊壤而歌曰。今據補。困學紀聞卷二十引周處風土記云。壤以木爲之。前廣後銳。長尺三寸。其形如履。先側一壤於地。遙於三四十步以手中壤擊之。中者爲上。王氏自注云。古童兒所戲之器。非土壤也。

吾日出而作。日入而息。鑿井而飲。耕田而食。帝何力於我哉。顧氏云。治要作帝力何有於我哉。御覽卷四百八十九作帝力於我何有哉。高士傳。力作德。丹鉛雜錄卷三、論衡。下句作帝於我有何力哉。力字上文息食爲韻。列子云云。恐是傳寫顛倒。案列子無此條。楊氏蓋誤記康衢謠爲此歌也。

案帝王世紀、據顧氏觀光輯本採錄。

開皇初太原童謠

大唐創業起居注。卷一。帝爲太原留守。興義兵以檄郡縣。軍司以兵起甲子之日。又符讖尙白。請建武王所執白旗。帝曰。宜兼以絳雜半續之。諸軍稍旛皆放此。營壁城壘。旗旛四合。赤白相映若花園。開皇初、太原童謠云云云。常亦云白衣天子。故隋主恆服白衣。每向江都。擬於東海。常修律令。筆削不停。幷以綵畫五級木壇自隨以事道。

法律存。道德在。白旗天子出東海。

桃李子歌

大唐創業起居注。卷一。又有桃李子歌曰云云。案李爲國姓。桃當作陶。若言陶唐也。配李而言。故云云云。汾晉老幼。謳歌在耳。忽覩靈驗。不勝歡躍。帝每顧旗旛笑而言曰。花園可爾。不知黃鵠如何。吾當一舉千里。以符冥讖。

桃李子。莫浪語。黃鵠繞山飛。宛轉花園裏。

桃花園。宛轉屬旌旛。全唐詩十二函八花作李。

案隋書五行志上、引大業中童謠。與此前一則半同半異。今兩存之。

慧化尼歌

大唐創業起居注。卷三。少帝義寧二年三月。乃進帝爲相國。加九錫。於是文武將佐裴寂等二千人上疏勸進。帝拒而不答。裴寂等又奏神人太原慧化尼、蜀郡衞元嵩等歌謠詩讖。慧化尼歌詞曰云云。又曰云云。又曰云云。又曰云云。又曰云云。蜀郡衞元嵩周大和五年閏十月作詩按詩不錄。未萌之前。謠讖遍於天下。今覩其事。人皆知之。旣膺符命。不得拘文牽旨。違天不祥。

東海十八子。八井喚三軍。手持雙白雀。頭上戴紫雲。

丁丑語甲子。深藏入堂裏。何意坐堂裏。中央有天子。

西北天光照。龍山昭童子。赤光連北斗。童子木上懸白旛。胡兵紛紛滿前後。拍手唱堂堂。驅羊向南走。

胡兵未濟漢不整。治中都護有八井。

興伍伍。仁義行。武得九九得聲名。童子木底百丈水。東家井裏五色星。我語不可信。問取衞先生。

楊濟引諺

通鑑卷八十二。晉惠帝紀。永熙元年春正月。改元太熙。三月。帝疾篤。案帝指武帝。侍中車騎將軍楊駿獨侍疾禁中。夏四月己酉。崩於含章殿。太子卽皇帝位。大赦改元。胡注。改太熙爲永熙。五月。詔以駿爲太傅大都督。假黃鉞。錄朝政。百官總己以聽。傅咸謂駿曰。諒闇不行久矣。今聖上謙沖。委政於公。而天下不以爲善。懼明公未易當也。竊謂山陵既畢。明公當審思進退之宜。駿不從。咸數諫。駿漸不平。欲出咸爲郡守。李斌曰。斥逐正人。將失人望。乃止。楊濟遺咸書曰。諺云云云。官事未易了也。想慮破頭。故具有白。胡注。慮咸以直言致禍也。咸復書曰。自古以直致禍者。當由矯枉過正。或不忠篤。欲以亢厲爲聲。故致忿耳。安有悾悾忠信。而反見怨疾乎。

生子癡。了官事。

案晉書傅咸傳亦載此二語。而不言諺。故置彼錄此。

魏孝武帝遷長安時諺

通鑑卷一百五十六。梁武帝紀。中大通六年六月。魏丞相歡謀遷都。帝遂下制書。數歡咎惡。以宇文泰兼尚書僕射。爲關西大行臺。歡勒兵南出。秋七月己丑。魏主親勒兵十餘萬。屯河橋。以斛斯椿爲前驅。椿請帥精騎二千。夜渡河。掩其勞弊。帝始然之。黃門侍郎楊寬說帝曰。椿若渡河。萬一有功。是滅一高歡。生一高歡矣。帝遂勅椿停行。椿歎曰。頃熒惑入南斗。胡注。晉天文志曰。南斗六星、天廟也。將有天子之事占於斗。熒惑罰星。入之、天子不安其位。後所謂天子下殿走也。今上信左右間構。不用吾計。豈天道乎。丙午。歡引軍渡河。戊申。帝西奔長安。八月。入長安。以雍州廨舍爲宮。以泰爲大將軍雍州刺史兼尚書令。軍國之政咸取決焉。先是熒惑入南斗。去而復還。留止六旬。上以諺云云云。乃跣而下殿以禳之。及聞魏主奔。慚曰。虜亦應天象耶。

熒惑入南斗。天子下殿走。

案長短經懼誡篇所引與此略同。而時代事驗迥異。今並存之。

唐太宗引諺

通鑑卷一百九十七。唐太宗紀。貞觀十七年夏四月丙戌。詔立晉王治爲皇太子。十八年夏四月。上御兩儀殿。皇太子侍。上謂羣臣曰。太子性行。外人亦聞之乎。司徒無忌曰。太子雖不出宮門。天下無不欽仰聖德。上曰。吾如治年時。頗不能循常度。治自幼寬厚。諺曰云云。冀其稍壯。自不同耳。無忌對曰。陛下神武。乃撥亂之才。太子仁恕。實守文之德。趣尚雖異。各當其分。此乃皇天所以祚大唐而福蒼生者也。胡注。無忌之保護太子至矣。迨其後也。以元舅之親。爲婦人所間。不能保其身。保其家。而唐亦幾於不祀。則太子不可謂之寬厚。謂之闇弱可也。

生狼猶恐如羊。胡注。曹大家女誡曰。生男如狼。猶恐其羊。生女如鼠。猶恐其虎。蓋古語也。按女誡載後漢書曹世叔妻傳。係作鄙諺。惟羊作尫。古今諺引貞觀政要。仍作羊。惟兩其字作如。

按此條與後漢書詳略迥異。故並錄之。

薛克構引諺

通鑑卷二百二。唐高宗紀。開耀元年。胡注。是年十月方改元。新書作九月。按未改元以前。係永隆二年。初、太原王妃之薨也。胡注。武士彠封太原王。妃從其爵。咸亨元年薨。天后請以太平公主爲女官以追福。胡注。公主、天后女也。及吐蕃求和親。請尚太平公主。上乃爲立太平觀。以公主爲觀主以拒之。至是始選光祿卿汾陰薛曜之子紹尚焉。紹母、太宗女城陽公主也。胡注據會要。城陽公主先降杜荷。荷誅。降薛瓘。新書亦然。秋七月。公主適薛氏。自興安門南至宣陽坊西。燎炬相屬。夾路槐木多死。紹兄顗以公主寵盛。深憂之。以問族祖戶部郎中克構。克構曰。帝甥尚主。國家故事。苟以恭愼行之。亦何傷。然諺曰云云。不得不爲之懼也。

娶婦得公主。無事取官府。

按此與舊唐書張果傳所引字句略殊。然意各有屬。故並載之。

上元元年淮西謠言

通鑑卷二百(九十)(二十二)。唐肅宗紀。上元元年十一月。御史中丞李銑、宋州刺史劉展皆領淮西節度副使。銑貪暴不法。展剛强自用。故爲其上者多惡之。節度使王仲昇先奏銑罪而誅之。時有謠言曰云云。仲昇使監軍使內左常侍邢延恩入奏展倔彊不受命。姓名應謠讖。胡注。謂金刀之讖。應劉姓也。請除之。延恩因說上曰。展方握彊兵。宜以計去之。請除展江淮都統代李峘。俟其釋兵赴鎭。中道執之。此一夫力耳。上從之。以展爲都統淮南東江南西浙西三道節度使。密敕舊都統李峘及淮(西)〔南〕東道節度使鄧景山圖之。延恩以制書授展。展疑之。延恩解峘印節以授展。展悉舉宋州兵七千趣廣陵。延恩與李峘鄧景山發兵拒之。移檄州縣言展反。展亦移檄言峘反。州縣莫知所從。展引兵入廣陵。陷潤州。初。上命平盧兵馬使田神功屯任城。敕神功討展。展獨與一騎亡渡江。上元二年春正月。將軍賈隱林射展。中目而仆。遂斬之。上元二年以下見卷二百九十二。

手執金刀起東方。

時人稱揚益二州語

通鑑卷二百五十九。唐昭宗紀。先是揚州富庶甲天下。時人稱云云。及經秦、畢、孫、楊兵火之餘。胡注。秦彥。畢師鐸、孫儒、楊行密也。江淮之間。東西千里。掃地盡矣。野客叢書卷十五。唐時揚州爲盛。通州爲惡。當時有云云之語。容齋隨筆卷九。唐世鹽鐵轉運使在揚州。盡斡利權。判官多至數十人。商賈如織。故諺稱云云。謂天下之盛。揚爲一而蜀次之也。

揚一。益二。胡注。言揚州居一。益州爲次也。

胡三省引鄙語論司馬懿

通鑑卷七十四。魏明帝紀。景初二年正月。帝召司馬懿於長安。使將兵四萬討遼東。六月。軍至遼東。公孫淵使大將軍卑衍楊祚將步騎數萬屯遼隧。懿直趨襄平。衍等夜走。大破之。秋八月壬午。襄平潰。斬淵父子於梁水之上。遼東、帶方、樂浪、玄菟四郡皆平。遂班師。胡注云。司馬懿與諸葛亮相守。閉壁若無能爲者。及討公孫淵。知計橫出。鄙語有云云。其是之謂乎。

棋逢敵手難藏行。

又引鄙語論後唐後漢二后

通鑑卷二百八十六。後漢高祖紀。天福十二年春二月辛未。劉知遠卽皇帝位。戊寅。帝還至晉陽。胡注。自承天軍還晉陽。議率民財以賞將士。夫人李氏案下文四月癸丑。立魏國夫人李氏爲皇后。諫曰。陛下因河東創大業。未有以惠澤其民。而先奪其生生之資。殆非新天子所以救民之意也。今宮中所有。請悉出之以勞軍。雖復不厚。人無怨言。帝曰。善。卽罷率民。傾內府蓄積以賜將士。中外聞之。大悅。李氏晉陽人也。胡注云。婦人之智及此。異乎唐莊宗之劉后矣。鄙語有之云云。二人者。各居一焉。卷二百七十三、後唐莊宗紀。同光二年二月癸未。立魏國夫人劉氏爲皇后。皇后生於寒微。旣貴。專務蓄財。其在魏州。薪蘇果茹皆販鬻之。及爲后。四方貢獻。皆分爲二。一上天子。一上中宮。以是寶貨山積。卷二百七十四。同光三年。軍士乏食。流言怨嗟。天成元年三月。租庸使以倉儲不足。頗朘刻軍糧。軍士流言益甚。宰相懼。率百官上表。劉后曰。吾夫婦君臨萬國。雖藉武功。亦由天命。命既在天。人如我何。宰相又於便殿論之。后屬耳於屏風後。須臾。出粧具及三銀盆皇幼子三人於外。曰。人言宮中蓄積多。四方貢獻。隨以給賜。所餘止此耳。請鬻以贍軍。宰相惶懼而退。卷二百七十五。天成元年夏四月丁亥。從馬直指揮使郭從謙作亂。帝爲流矢所中。抽矢。渴懣求水。皇后不自省視。遣宦者進酪。須臾帝殂。劉后囊金寶與申王存渥出走爲尼於晉陽。監國使人就殺之。

福至心靈。禍來神昧。

理宗紹定時人語

宋季三朝政要。卷一。理宗紹定三年。上飲宴過度。史彌遠臥病中書。時人譏之曰。

陰陽眠燮理。天地醉經綸。

里巷爲馬光祖許堪史嵩之謠

宋季三朝政要。卷二。理宗淳祐四年九月。史嵩之丁父彌忠憂。起復右丞相。兼樞密使永國公。令學士院降制。太學生黃伯愷、金九萬、孫翼奉、何子舉等百四十四人上書曰。臣等竊謂起復之說。聖經所無。而權宜變禮。衰世始有之。嵩之心術回邪。蹤跡詭祕。在朝廷一日。則貽一日之禍。在朝廷一歲。則貽一歲之憂。萬口一辭。惟恐其去之不亟也。嵩之不天。聞訃不行。乃徘徊數日。牽引姦邪。布置要地。彌縫貴戚。買囑貂璫。轉移上心。夤緣御筆。必得起復之禮。然後徐徐引去。又擺布私人。以爲去後之地。曁姦謀已遂。乃始從容就道。初不見其有憂戚之容也。且嵩之之爲計亦姦矣。自入相以來。固知二親耄矣。爲有不測。旦夕以思。無一事不爲起復張本。當其父未死之前。已預爲必死之地。近畿總餉。本不乏人。而起復未卒哭之馬光祖。京口守臣。豈無勝任。而起復未終喪之許堪。故里巷爲十七字之謠也。曰云云。夫以里巷之小民。猶知其姦。陛下獨不知之乎。上意頗悟。嵩之乃奏箚辭免。時相惡京學生言事。謂皆游士鼓倡之。諷京尹趙與懽逐游士。諸生聞之。作捲堂文。辭先聖以出。京尹遂盡削游士籍。淳祐五年。史嵩之以永國公致仕。

光祖做總領。許堪爲節制。丞相要起復。援例。

池州二士哭趙昴發言

宋季三朝政要。卷五。少帝德祐元年春正月丁亥。大元國兵破池州。趙昴發蜀人。以倅權守。兵至。與妻子訣。其妻曰。爾能盡忠。吾獨不能爲忠臣之婦乎。寧相從於地下。昴發大喜。具冠裳。大書十六字於倅廳春臺上曰。君不可負。臣不可降。夫妻俱死。節義成雙。遂俱縊而死。學有二士哭其屍曰云云。明日伯顏丞相領兵入城。見而憐之。具衣衾葬焉。

生爲大宋人。死爲大宋鬼。何以洗此汚。淸溪一泓水。

京師爲伯顏語

庚申外史。至元三年。以伯顏爲太師答剌罕左丞相。封秦王。伯顏本郯王家奴也。謂郯王爲使長。伯顏至是怒曰。我爲太師。位極人臣。豈容猶有使長耶。遂奏郯王謀爲不軌。殺郯王。并殺王子數人。時天下貢賦多入伯顏家者。省臺院官皆出其門下。每罷朝皆擁之而退。朝廷爲之空矣。禁漢人南人不得持寸鐵。禁百姓畜馬。六月。天下謠傳拘刷童男童女。民間皆望風成婚。伯顏數往太皇太后宮。或通宵不出。京師爲之語曰。

上把君欺。下把民虐。倚恃着太皇太后。

京師人爲脫脫丞相語

庚申外史。至元六年。右丞相益都忽、左丞相脫脫奏曰。京師人烟百萬。薪芻負擔不便。今西山有煤炭。若都城開池河。上受金口灌注。通舟楫往來。西山之煤可坐至於城中矣。遂起夫役。大開河五六十里。時方炎暑。民甚苦之。其河上接金口水。金口高。水瀉而下湍悍。纔流行一二時。衝壞地數里。都人大駭。遽報脫脫丞相。丞相亟命塞之。京師人曰云云。秋。河北大水。

脫脫丞相開乾河。

江西民爲華林賊土官兵謠

炎徼紀聞。卷一。岑猛者、廣西田州府土官也。正德初。猛乃言督府征調。願先鋒。會江西華林峒賊反。都御史陳金檄猛從征。猛兵沿途剽掠。民皆徙村避之。爲之謠曰。

華林賊。來亦得。土兵來。死不測。黃狐跳梁白狐立。十家九家羅柴棘。明詩綜卷一百無末二句。

廣西人爲猺蠻謠

炎徼紀聞。卷二。斷藤峽舊名大藤峽。其江發源柳慶。東遶潯州。兩崖萬山盤礡。六百餘里。猺蠻盤踞。大抵自藤峽徑府江約三百餘里。以力山爲中界。諸賊往往相通。互爲死黨。藤峽之巔。立而環眺。則遠近數百里間若可舉趾。故軍旅所集。盱睫而知。急則猱竄林中。不可疏捕。廣西之諺云。明詩綜卷一百。自藤峽徑府江三百餘里。諸蠻互爲死黨。出刼商船。得人則刳其腹。投之江中。

益有一斗米。莫泝藤峽水。囊有一陌錢。莫上府江船。明詩綜卷一百。陌作百。

韓雍引諺論滅猺

炎徼紀聞。卷二。景泰中。猺酋侯大狗等作亂。嘯聚萬人。攻墮郡縣。戕執吏民。而修仁、荔浦、平樂、力山諸猺。爲之響應。其勢益張。久之。鬱林、博白、新會、信宜、興安、馬平、來賓、鯨鯢風起。所至丘墟。憲皇帝即位。乃以韓雍爲左僉都御史。而閫外之事。一以屬雍。成化元年六月。雍偕諸將會南京。議進取。僉曰。兩廣殘破。盜賊蜂屯。譬之烈火燎原。無復緩急。宜分兵四出。隨在撲之。侯其圜結。乃可圍困耳。雍曰。不然。是扇禍也。大藤峽爲廣西腹心之患。舍此不圖。而分兵四出。賊必擁而漫流。流賊愈多。郡縣愈破。諺所謂云云者也。莫若併力西向。擣其腹心。元惡既殲。餘必投刃而解矣。諸將曰。誠如公言。

救火焉。而嘘之。

粤西宣慰氏族諺

炎徼紀聞。卷三。田琛者、故思州宣慰使也。自宋元來。世有思州。宗族蕃衍。自敍出自關中。蓋漢高帝徙齊諸田關中。而巴蜀關中近地。遂蔓延於此。今婺川縣有齊地。圖猶稱齊田云。諺云云云。言大姓也。卷一云。岑猛、廣西田州府土官也。自敍漢舞陰侯岑彭後。宋元間。世爲安撫總管等官。洪武初。岑伯顔以田州歸附。高皇帝嘉之。爲立府治。使世襲知府。又云。黃竑者。思明府夷酋也。上世皆土官。弟瑀以世嫡爲思明府知府。卷三云。楊輝者、播州宣慰使也。始祖鏗。元時爲宣慰使。洪武初。納款。授宣慰使。三傳而輝襲之。

思播田楊。兩廣岑黃。

播凱二州人爲楊氏兄弟諺

炎徼紀聞。卷三。楊輝者、播州宣慰使也。輝二子友、愛。友庶而長。輝以妾故。特嬖之。屢欲奪嫡。而安撫宋韜、長官毛釗等不從。乃嗣愛。而嬖友之心終不解。倖客張淵。因說輝曰。天霸諸苗。山箐陰遠。憨而易凌。誣之曰賊。而請兵討之。以友爲安撫使。時友年纔十三耳。部議信之。一如所請。輝死。淵自知不容於愛。乃嗾友誣愛通苗。越境爲亂。廷議大駭。乃命官鞫之。淵坐死。友、愛皆論死。贖免之。友削官竄保寧。無何。友黨簒友以歸。與愛仇殺不已。而友子張、愛孫相尤酷毒。嘉靖七年。兵部尚書胡世甯議。謂張黨與已成。若不因而撫之。恐遂流禍。請立安撫司於凱里。屬治貴州。以張爲安撫使。而相宣慰屬治四川如故。然其仇固自若也。諺云。

骨肉虀醢。參商播凱。

苗人復讎諺

炎徼紀聞。卷四。苗人、古三苗之裔也。自長沙沅辰以南。盡夜郎之境。皆有之。其俗各以其黨自相沿襲。大抵懻忮猜禍。絕禮讓而昧彝倫。惟利所在。不顧廉恥。喜則人。怒則獸。睚眦之隙。遂至殺人。被殺之家。舉族爲讎。必報當而後已。否則親戚亦斷斷助之。卽抗剄不悔。諺云云云。言其不可居解也。

苗家仇。九世休。

羅羅國諺

炎徼紀聞。卷四。羅羅、本盧鹿。而訛爲今稱。有二種。居水西、十二營、甯谷、馬場、漕溪者爲黑羅羅。亦曰烏蠻。居慕役者爲白羅羅。亦曰白蠻。風俗略同。其人深目長身。黑而白齒。椎結跣蹻。佩長刀箭箙。悍而喜鬬。修習攻擊。雄尙氣力。寬則以漁獵伐木爲業。急則屠戮相尋。故其兵常爲諸苗冠。諺云云云。言其相應若率然也。潛確類書卷十四云。羅羅本羅鹿。其俗尙鬼。又曰羅鬼。按羅鹿盧鹿無定字。聲近而訛也。

水西羅鬼。斷頭掉尾。明詩綜卷一百引此諺。注云。言至死猶鬬也。

兩廣征猺諺

炎徼紀聞。卷四。猺人、古八蠻之種也。五溪以南。窮極嶺海。迤連巴蜀。皆有之。山田瘠(埇)〔埆〕。十歲五飢。急則隳突漢界。結黨旣夥。則公墮城堡。刼官寺。故廣之東西。歲苦兵事。諺云云云。然亦僅矣。

比年小征。三年大征。

京師爲溫體仁謠二則

明季北略。卷十。初、崇禎三年。溫體仁相。京師童謠云云云。七年。爲首相。京師又有謠云云云。皆取溫瘟同音之義。俱不吉兆。由是用人不當。流寇猖獗。

崇皇帝。溫閣老。

崇禎皇帝遭溫了。

廬州民爲許宦妾謠

明季北略。卷十一。崇禎八年正月。張獻忠自鳳陽趨廬州。圍之。知府吳大朴率軍民固守。晝夜拒戰。

城中有許官妾。邊産也。善騎射。賊攻城急。妾馳城上窺救。時賊將二大王已登月城。守者發砲。寂然無聲。衆大懼。許妾曰。未祭砲耳。卽嚙指出血。旋灑砲上以祭之。躬自爇火。砲應時而震。擊毀城樓半截。二大王立斃。遂遁走。至今廬州民間有云云之謠。

一砲打死二大王。

四川人爲陳士奇謠

明季北略。卷二十二。陳士奇、福建漳浦人。督學四川。驅車日。卽矢諸神明云。寧刳吾身肉。毋塞彼寒士門。謝絕竿牘。得士最盛。時有云云之謠。

學憲廣文。

京師爲劉懋謠

綏寇紀略。卷一澠池渡。崇禎己巳。秦大旱。粟踊貴。軍餉告匱。總督楊鶴、甘撫梅之煥分道勤王。是年復以稽餉而譁。其潰卒畏捕誅。亡命山谷間。倡饑民爲亂。兵科給事劉懋疏請裁定驛站。歲可節金錢數十萬。上喜。著爲令。有濫予者。罪勿赦。而河北遊民。藉食驛糈。至是遂無所得食。益無賴。潰兵乘之。而全陝無寧宇矣。自注云。先是懋有補足兩年缺餉與賑金十萬之請。事既不行。再疏以陝西衞兵冒濫虛弱。求按册清汰操練。其論最剴切。惟驛站節裁銀兩。充勦撫之用。頗有近於搜括。而京師向有云云之謠。愚謂必出於士大夫輶軒之口。所以流傳至今。夫鄜延絕塞。無與郵傳。關隴饑民。寧關輿隸。然考之御史姜思睿疏云。各遞貧民。千百爲羣。任輦輿以續命者。饑餓待死。散而爲盜。聞懋易簀時。亦深悔爲此言。後死京邸。棺至山東。莫有爲輦負者。各處饑民甚至呼其名而詛咒之。圖其形而叢射之。是又非無見云。然姑兩存之。

劉給事裁省驛遞。驅民爲盜。

熹宗時童謠

綏寇紀略。卷十二虞淵沉。齊武帝永明十一年。先是魏地謠言。赤火南流喪南國。按此條已見南史。是歲。有沙門從北齎此火至。火赤於常火而微。以療疾。多驗。都下名曰聖火。此與今之烟草相類。熹廟時。童謠曰云云。未幾。閩人有此種。名曰烟酒。云可以已寒療疾。此亦火異也。

天下兵起。遍地皆烟。

慶陽軍中爲張良臣語

明史紀事本末。卷九。太祖洪武二年夏五月辛丑。元將張良臣以慶陽降。戊申。良臣復據慶陽叛。秋八月癸未。徐達克慶陽。初良臣之叛也。自以其城險。而下有井泉。可據以守。其兵精悍。養子七人皆善戰。軍中語曰云云。及明師自北門入。良臣父子俱投井中。引出斬之。

不怕金牌張。惟怕七條鎗。明詩綜卷一百二。怕字均作畏。

李登負罌木歌

明史紀事本末。卷六十三。神宗萬曆二十年二月。寧夏哱拜亂。子承恩、軍鋒劉東陽、許朝乃勒兵據城堡。九月。浙兵刻日攻城。總督葉夢熊布告軍中。有能先登以城下者。予萬金。後五日。水浸北闕。城崩。潛以鋭卒掩南闕。夢熊入城。勞苦百姓。承恩等見南闕下。則盡氣奪。乃懇貸死。夢熊陽許諾。益治攻具。時承恩雖求撫。墐門斷塹守益固。有賣油李登者。跛而眇。負罌木歌於市曰云云。監軍梅國楨聞之曰。是可使也。召登授三劄。縛木渡東門。見承恩曰。軍中有密記授將軍。將軍幸有意聽登。則殺劉、許自贖。承恩猶豫許之。登間道詣東陽、朝。亦各致劄曰。將軍故漢臣。而首亂在哱氏。何横身與人嬰禍。所爲貴智者。以能度時審勢。轉禍爲福也。東陽、朝亦心動。自是互相猜疑。十六日圍愈迫。承恩殺東陽、朝。懸首城上。十七日晨。承恩方馳南門。參將楊文執之 哱拜自焚。

癰之不決而狃於痏。危巢不覆而令梟止。

古謠諺卷十六

秀水杜文瀾輯

師曠爲周太子晉歌

汲冢周書。（卷九太子晉解篇。）晉平公使叔譽於周。見太子晉而與之言。五稱而五窮。歸告公。公使師曠見。太子遂敷席注瑟。（陳氏逢衡云。敷、布也。注、如挹彼注茲之注。王子乃手取瑟以授之。故曰注。）師曠歌無射曰（云云。）乃注瑟於王子。王子歌嶠曰。

何至南極。至於北極。絕境越國。不愁道遠。（孔注云。嶠、曲名。師曠作新曲美王子也。王子述舊曲諫也。）師曠蹶然起曰。瞑臣請歸。

國誠寧矣。遠人來觀。修義經矣。好樂無荒。（孔注曰。交言於堂。故更入燕室。坐歌此辭。而音合於無射。）

按師曠之歌。似未著文字。王子之歌。似已著文字。故置新曲而錄舊曲。

時人爲于公嚴延年語

前漢紀。（孝宣皇帝紀四。）甘露三年五月甲午。御史大夫于定國爲丞相。初、定國父于公。爲東海郯縣獄吏。郡決曹掾決獄甚明。羅法者皆無恨。郡中爲之立生祠。東海有孝婦。少寡無子。養老姑甚謹。姑欲嫁之。終不肯去。姑告鄰人曰。我年老。久累丁壯。其後姑自剄而死。姑女告婦殺我母。吏驗治甚急。孝婦自誣服。具獄上府。于公以爲婦孝養姑十餘年。以孝聞於天下。必不殺也。太守不聽。于公爭不得。乃抱具獄哭於府門上。因辭病去。郡中枯旱三年。及後。太守方召于公。于公曰前有孝婦不當死。枉誅。咎儻在是乎。於是太守殺牛自祭孝婦。因表其墓。天乃大雨。于公其里門閭壞。父老方共治之。于公曰。少高大。令容駟馬高蓋。我治獄多陰德。子孫必興。故人爲之語曰孝宣帝紀三。神雀四年冬十有一月。河南太守嚴延年有罪棄市。延年爲治嚴酷。冬月傳屬縣囚會府下。流血數里。河南號曰屠伯。府丞年老頗悖。素畏延年。恐見中傷。延年實親厚之。而丞愈自恐。自筮得死卦。及求告至京師。上書言延年罪名十事。拜奏。因飲藥自殺。以明不欺。事下案驗。有此數事。延年坐誹謗政理不道。先是、延年母從東海來。適見報囚。母怒延年曰。天道神明。人不可獨殺。行矣。去汝東歸。除掃墓地待汝耳。母還歸。復爲宗族昆弟言之。後歲餘而誅矣。

于公高門以待封。嚴母除地以望喪。

朝廷稱張釋之于定國語

前漢紀。孝宣皇帝紀四。定國少爲文法吏。及在卿位。乃迎師學春秋。身執經。北面備弟子禮。謙讓恭敬。士雖貧賤徒步。皆與均禮。爲廷尉八年。持法平端。朝廷稱之曰。孝文皇帝紀上。廷尉釋之奏曰。法者。天子之所與天下共之。今如重之。是法不信於民。廷尉天下之平。今一傾。天下用法皆爲之輕重。民安措其手足乎。上曰。善。廷尉當如是也。釋之以議法公平。甚重於朝廷。

張釋之爲廷尉。天下無寃民。師古曰。言決罪皆當。于定國爲廷尉。天下自不寃。漢書于定國傳作自以爲不寃。師古曰。言知其寬平。皆無寃枉之處。

宛郡鄉里爲茨充號

東觀漢記。按此條出後漢書衛颯傳注。茨充字子河。宛人也。初舉孝廉。之京師。同侶馬死 充到前亭。輒舍車持馬還相迎。鄉里號之曰。

一馬兩車、茨子河。

按東觀漢記據姚氏之駰輯本採錄。

逢萌哭言

東觀漢記。據御覽卷四百八十七。逢萌素明陰陽。知莽將敗。攜家屬於遼東。乃首戴盆盎哭於市。言曰云云。遂潛藏。御覽卷八百五十五引東觀漢記。王莽將敗。北海逢萌載藍器於市曰云云。因潛藏不見。

新乎。新乎。御覽卷八百五十五作辛乎。按藍器受辛。辛與新同音。故借以斥僞新也。

漢明德皇后引俗語

東觀漢記。據御覽卷四百九十五。明德馬后時。上欲封諸舅。外間白。太后曰。吾自念親屬皆無柱石之功。俗語曰。

時無赭。澆黃土。

京師爲楊政祁聖元號

東觀漢記。據御覽卷六百十五。楊政字子行。治梁邱易。與京兆祁聖元同好俱名。善說經書。京師號曰。

說經鏗鏗、楊子行。論難僠僠、祁聖元。

案上七字已見後漢書。因東觀漢記與祁氏并言。今兩存之。

人爲陳囂語

東觀漢記。據御覽卷六百十五。陳囂字君期。善說詩。語曰。

關東說詩、陳君期。

更始時長安里閭語

東觀漢記。據御覽卷八百二十七。更始在長安。官爵多羣小。里閭語曰云云。傭之市。空返。問何故。曰。今日騎都尉往會日也。由是四方不復信向京師。

使兒居市決。作者不能得。

按東觀漢記在姚氏所輯後漢書補逸內。然頗有漏略。且不標出處。今檢尋謠諺。凡姚氏所已收。其出處可考者。特爲注明。其未收者。據御覽所引。補錄五條。謝氏華氏後漢書仿此。

京師稱宋度語

謝承後漢書。宋度字叔〔平〕。除謁者。以詔書賜降。俟朝□門。門開。度頓首。讓胡掾賜畢。奏罷大鴻臚。姚氏之駰云。度奏罷鴻臚。不知何事。按此數句文義不貫。疑有脫誤。京師稱曰。

宋叔平。一史奏。罷九卿。

蜀郡童爲黃昌謠

謝承後漢書。黃昌、會稽人。爲蜀郡太守。未至郡時。蜀有童謠曰。

兩日出。天兵戢。

吳人爲彭修歌

謝承後漢書。彭修字子陽。海賊丁義欲向郡。郡內驚惶。不能捍禦。太守聞修義勇。請守吳令。身與義相見。宣國威德。賊遂解去。民歌之曰。御覽卷四百六十五引吳錄。彭循字子陽。毗陵人。建國二年。海賊丁儀等萬人據吳。太守秋君聞循勇謀。以守令。循與儀相見。陳說利害。應時歆。民歌之曰云云。御覽卷二百五十三引謝承後漢書與吳錄同。惟秋君作祕君。令上有吳字。

時歲倉卒。盜御覽引吳錄。無盜字。賊從橫。大戟強弩不可當。賴遇賢令彭子陽。

京師爲唐約謠

謝承後漢書。唐約字仲謙。拜尙書。閑習典、質密靜。自典機樞。數有直言善策。每作表疏。皆手自書之。不宣於外。處官不言貨利之事。當法不阿所私。京師謠曰。事文類聚新集卷四。法上有公字。謠作號。

治身無嫌、唐仲謙。

京師爲張磐諺

謝承後漢書。張磐字子石。爲廬江太守。潯陽令嘗餉一奩甘。其子年七歲。就取一枚。磐奪付外。卒因私以兩枚與兒。磐鞭卒曰。何故行賂於吾子。磐以操行淸廉見稱。守廬江時。京師諺曰。

聞淸白。張子石。

按謝承後漢書據姚氏之騆輯本採錄。

蒼梧人爲陳臨歌

謝承後漢書。據御覽卷四百六十五。陳臨字子然。爲蒼梧太守。人遺腹子報父怨。捕得繫獄。傷其無子。令其妻入獄。遂產得男。人歌曰。

蒼梧陳君恩廣大。令死罪囚有後代。德參古賢天報施。輿地紀勝卷一百八作蒼梧府君惠及死。能令死人不絕嗣。

鄉人爲秦護歌

謝承後漢書。據御覽卷六百九十五。秦護淸廉。不受禮賄。家貧。衣服單露。鄉人歌之曰。

冬無袴。有秦護。

按以上二條姚氏未采入。今據御覽補之。

諸儒爲劉愷語

華嶠後漢書。按此條出藝文類聚卷四十九。劉愷爲太常。論議常引正大義。諸儒爲之語曰。

難經伉伉、劉太常。

按華嶠後漢書據姚氏之駰輯本采錄。

桓帝時人爲黨人謠

袁崧後漢書。據御覽卷四百六十五。桓帝時。朝廷日亂。李膺風格秀整。高自標尚。後進之士。升其堂者以爲登龍門。太學生三萬餘人。牓天下士。上稱三君。次八俊。次八顧。次八及。次八廚。猶古之八元八凱也。因爲七言謠曰。按此條內本有不畏强禦、陳仲舉。天下模楷、李元禮。天下英秀、王叔茂三則。因已見後漢書。故不錄。

九卿直言、有陳蕃。

天下好交、荀伯修。羣輔錄。修作條。又云。沛國潁陰荀翌。字伯條。

天下冰楞、王秀陵。羣輔錄作天下水淩、朱季陵。又云。司隸校尉沛國朱寓。字季陵。拜經樓詩話卷四。王作丁。季作秀。今按王朱丁三字互異。必有誤。羣輔錄。水淩必係冰楞之誤。拜經樓詩話又謂淩當作稜。亦可通。惟秀字爲世祖諱。東漢人斷不以爲名字。必是季字之訛耳。

天下忠平、魏少英。羣輔錄。平作貞。又云尚書會稽上虞魏朗。字少英。

天下稽古、劉伯祖。羣輔錄云。大司農博陵安平劉祐。字伯祖。

天下良輔、杜周甫。羣輔錄。太僕潁川陽城杜密。字周甫。

天下英才、趙仲經。羣輔錄。英才作才英。又云。太常蜀郡成都趙典。字仲經。

京師稱李膺陳蕃語

袁崧後漢書。據御覽卷四百九十五。桓帝時。京師稱曰。

李元禮巖巖如玉山。陳仲舉軒軒如千里驥。

南陽爲朱公叔語

袁崧後漢書。據御覽卷四百九十五。桓帝時。南陽語曰。

朱公叔肅肅如松柏下風。

時人爲公沙氏兄弟號

袁崧後漢書。據御覽卷四百九十五。公沙穆有六子。時人號曰。羣輔錄作時人語。

公沙六龍。天下無雙。羣輔錄。六作五。

按此書所錄凡四條。皆姚氏之駰所未採者。今據御覽補之。

太原介休鄉里諺

後漢紀。孝靈皇帝紀上。郭泰字林宗。太原介休人。宵行幽闇。必正其衣服。與其等類行。晨則在前。暮則在後。所歷亭傳。不處正堂。恆止逆旅之下。先加糞除而後處焉。及宿止。冬讓溫厚。夏讓淸涼。如鄉里或有爾者。父母諺曰。

欲作郭林宗耶。

王昶引諺

梁祚魏國統。王昶字文舒。誡子書引諺曰。

知足不辱。如不知足。則失所欲。

魏孝文帝菖蒲歌

後魏典略。孝文帝南巡。至新野。臨潭水而見菖蒲花。乃歌曰云云。遂爲建兩菖蒲寺以美之。

兩菖蒲。新野藥。

齊武成殂後謠

三國典略。周平齊。齊幼主、胡太后等並歸於長安。初、武成殂後有謠云云云。調甚悲苦。至是應焉。又曰。高緯所幸馮淑妃。名小憐也。

千錢置菓園。中有芙蓉樹。破劵不分明。蓮子隨他去。樂府詩集卷八十七。置菓作買藥。劵作家。他作它。

京師爲丁謂寇準語

東都事略寇準傳。天禧三年。復拜中書侍郎兼吏部侍郎同中書門下平章事集賢殿大學士。眞宗不豫。準請太子監國。語稍洩。丁謂夜乘婦人車詣曹利用第。謀其事。遂密以聞。明日。罷準爲太子太傅。封萊國公。踰月。又降準太常卿。再貶雷州司戶參軍。丁謂傳。仁宗卽位。以謂擅易陵寢。意有不善。謂罷相。爲太子少保。分司西京。謂次子玘與女冠劉德妙通。出入謂家。謂坐貶崖州司戶參軍。先是謂逐寇準。京師語曰云云。及謂得罪。人以爲報云。儒林公議卷上。寇準、丁謂相繼貶斥。民間多圖二人形貌。對張於壁。屠酤之肆。往往有焉。雖輕眇冥頑少年無賴者。皆口陳手指。頌寇而詬丁。若辨析恩讎者。況耆舊有識者哉。

欲得天下寧。當拔眼中釘。欲得天下好。莫如召寇老。儒林公議作欲時之好、呼寇老。欲世之寧、當去丁。

益州人爲王曙謠

東都事略王曙傳。知益州。爲政嚴平而不可犯。人以比張詠。爲之謠曰。張詠傳。出知成都府。其爲政恩威并用。蜀民畏而愛之。眞宗以詠在蜀治行優異。復命知益州。仍加刑部侍郎。弘簡錄卷一百二十八王曙傳。以樞密直學士知益州。緝盜以峻法。贓無輕重。一切戮之。有卒夜告其軍謀作亂。曙立辨其僞。斬之。蜀人股慄。羣盜屏息。以比之張詠。詠嘗以季夏糶廩米。價比時估減三之二以濟貧民。立保甲法。一家犯罪。一戶皆坐。以此少犯法。後至者改詠之法。窮民無所濟。復爲寇。至是復之。蜀人爲之謠曰云云。

蜀守之良。弘簡錄作誰人最良。前張後王。惠我赤子。而無流亡。弘簡錄。而作俾。何以報之。俾壽而昌。弘簡錄。昌作康。

京師爲范仲淹謠

東都事略范仲淹傳。字希文。召爲右司諫。會郭皇后廢。仲淹上書諫。不報。有詔出知睦州。徙蘇州。歲餘。拜天章閣待制。召還。益論事無所避。知開封府。仲淹明敏通照。決事如神。京師謠曰。

朝廷無憂有范君。京師無事有希文。

軍中爲韓琦范仲淹語

東都事略范仲淹傳。趙元昊反。乃以仲淹知延州。仲淹訓練齊整。賊聞之。竊戒曰。無以延州爲意。今小范老子腹中自有數萬甲兵。不比大范老子可欺也。大范老子謂雍也。分陝西爲四路。以仲淹爲環慶路經略安撫招討使。尋拜陝西四路安撫緣邊招討使。仲淹與韓琦俱有威名。軍中爲之語曰云云。居三歲。士勇邊實。恩信大洽。乃決策謀取橫山。復靈武。而元昊數遣使來請和。韓琦傳。元昊圍延州。琦論西州形勢甚悉。乃以爲陝西安撫使。至則賊引去矣。還樞密直學士陝西經略招討使。復爲秦鳳經略使。尋以舊職充陝西四路經略安撫招討使。屯涇州。琦與范仲淹在兵間最久。二人名重一時。人心歸之。朝廷倚以爲重。故天下稱爲韓范。琦奏增士兵以抗賊。覘虜所不備。互出擣之。章既上。又與仲淹定謀益堅。而元昊知不可敵。斂兵不敢近塞。

軍中有一韓。西賊聞之心骨寒。軍中有一范。西賊聞之驚破膽。事文類聚外集卷七引名臣傳。骨作膽。二駢字類編卷一百十六引宋史。骨作膽。二之字作知。

廣州爲邵曄陳世卿歌

東都事略邵曄傳。知廣州。城瀕海。每蕃船及岸。常苦颶風。曄鑿內壕通舟。颶不爲害。及卒。廣人懷其惠。多灑泣者。方曄之病也。朝廷以陳世卿代之。世卿亦良吏也。廣南計口買鹽。人以爲害。世卿奏免之。於是廣人歌曰。

邵父陳母。除我二苦。

天祚時國人諺

契丹國志天祚皇帝紀上。天慶四年。女眞阿骨打舉兵謀叛。五年。天祚下詔親征。命樞密使蕭奉先爲御營都統。爲女眞所敗。六年。中外歸罪蕭奉先。於是謫奉先西南面招討。擢用耶律大悲奴爲北樞密使。蕭查剌同知樞密院使。間有軍國大事。天祚與南面宰相執政吳庸、馬人望、柴誼等參議。數人皆昏謬不能裁決。當時國人諺曰云云。遠近傳爲笑端。有人聞於天祚。天祚亦笑而不悟。是歲。止罷耶律大悲奴。再詔蕭奉先代之。蕭查剌授西京留守事。其後罷吳庸、馬人望、柴誼。

以李處溫、左企弓代之。至於國亡。

五箇翁翁四百歲。南面北面頓瞌睡。自己精神管不得。有甚心情殺女直。原注或作眞。非。

天祚時狂人歌

契丹國志天祚皇帝紀下。初、女眞入攻時。災異屢見。曾有人狂歌於市曰云云。急使人追之。則人首獸身。連道且亡二字。迸入山中不見。變異如此。興亡之數。豈偶然哉。

遼國且亡。

明昌四年京師謠言

大金國志章宗皇帝紀上。世宗皇帝孫、顯宗允恭之子也。世宗時。封原王。爲正嫡孫。遂得立爲嗣。未及二年而世宗崩。卽皇帝位。明昌四年十月。誅鄭王允蹈。世宗第六子。於屬爲叔。先是允恭太子既薨。允蹈次長當立。樞密院張克己以宮僚私意贊立太孫。然允蹈性寬厚。世宗稱其局量。太孫既立。每見之有愧色。是時主久酣飲。外間章奏不許通。京師謠言云云。完顏高、完顏志同見人心危疑。且聞主嘗憾之。密謀立鄭王。而鄭王實不知也。其妹夫唐适、蒲剌允察爲統軍。與高等相會於菩提寺。達意於鄭王。王亦許之。由是謀議漸廣。會唐适家二奴詣大興告變。大興尹蕭宗裔遂密奏主。時與鄭宸妃、張婕妤皆醉臥未興。申漏六刻。江淵以水沃面。徐告其故。夜遣東隊主李白曜、西隊主張飛龍、御前將軍完顏黑鐵分兵擒捕置獄。會同館獄成。鄭王允蹈及駙馬都尉唐适、蒲剌、同母妹新興公主、榮安公主並賜死。餘同逆者夷三族。

東欲行。西欲飛。中間一路赤垂垂。我醉不醉知不知。

時人爲來虞二氏子語

弘簡錄。卷十三唐宰輔類。來濟傳。江都人。父護兒。隋驍將。任左翊衞大將軍。闔門死宇文化及之難。濟幼得免。轉側流離。篤志好學。富文詞。善談論。曉暢時務。擢進士。永徽二年。拜中書侍郎兼弘文舘學士。俄同中書門下三品。時虞世南子昶無才術。爲將作少匠。時人語曰云云。文武豈有種耶。

護兒兒作相。世南男作匠。史糾卷六。護兒句在世南句下。

按舊唐書逸文。許敬宗歎曰。來護兒兒作宰相。虞世南男作木匠。新唐書來濟子恆傳。許敬宗曰云云。與弘簡錄同。均不言時人語。故置彼錄此。

緱氏民爲王旭謠

弘簡錄。卷一百一宋宰輔類。王旦傳附弟旭傳。字沖明。知緱氏縣。嚴於自守。民有云云之謠。

永寧三钁。緱氏一鎌。

禿刺引俗言

續弘簡錄卷三十九系屬類。禿刺傳。禿刺以功大賞薄。居常怏怏不得志。一日武宗幸涼亭。將御舟。禿刺前止之。帝曰。爾何爲。曰。人有恆言云云。此蓋國俗輕誚之語。而禿刺引之。涉不遜。帝知其怨望。銜焉。

一箭中麋。毋曰自能。百兔未得。未可遽止。

時人爲吳烈婦謠

續弘簡錄卷四十九旌德類。吳妙甯傳。上海人。年二十一。贅同里張氏子。越四載。邑大姓以叛黨連坐其父。甯泣曰。吾父苟無地爲解。族其赤矣。吾不耑死。禍延良人。悔孰甚。卽自投於繯。俄徵繫吏至。聞已沒。喈異而去。時人爲之謠曰。

紅羊年。黑鼠月。張婦吳。儼遺烈。九山風酸泖波血。二氣舛錯愁雲結。一樹梅花驚飄雪。

方國珍未亂時台州童謠

續弘簡錄卷四十一元雜行類。方國珍傳。台州黃巖人。七修類稿卷八國事類。黃巖作寧海。世業農。父伯奇。素柔懦。爲鄉人所侮。生五子。皆有膂力。善馳跳驟馬。國珍其次也。身長黑面。體白如瓠。時童謠云云云。楊嶼者、台州海中童山也。七修類稿云。其居有山。在中曰楊氏。仁宗延祐六年。忽草木鬱然。是歲國珍生。販鹽海濱。同里蔡亂頭入海行刼。國珍捕應格而賞不及。伯奇爲陳氏佃。事陳甚恭。而數被侵辱。父歿。陳索租益急。稍不足。則揚言國珍等通盜。國珍戕殺之。格殺捕者。遂與兄國璋、弟國瑛、國珉、從子明善等入海。旬月間得數千人。刦掠漕糧。爲海運苦。時至正八年戊子十一月也。

楊嶼青。出海精。七修類稿作楊氏清。出賊精。

古謠諺卷十七

秀水杜文瀾輯

單襄公引諺

國語。（周語二。）單襄公曰。夫人性陵上者也。不可蓋也。求蓋人。其抑下滋甚。故聖人貴讓。且諺曰云云。書曰。民可近也。而不可上也。（韋注云。書逸書。民可近。可以恩意近也。不可上。不可高上。上、陵也。）

獸惡其網。民惡其上。

伶州鳩引諺

國語。（周語三。）王謂伶州鳩曰。鍾果龢矣。對曰。上作器。民備樂之。則爲龢。今財亡民罷。莫不怨恨。臣不知其和也。且民所曹好。鮮其不濟也。（韋注云。曹、羣也。）其所曹惡。鮮其不廢也。故諺（鄧析子作古人有言。）曰云云。今三年之中。而害金再興焉。（韋注云。害金、害民之金。謂錢鍾也。）懼一之廢也。（韋注云。二金之中。其一必廢。）

衆心成城。衆口鑠金。（論衡言毒篇。鑠作爍。類聚卷六十三引風俗通。衆心成城。俗說衆人同心者。可共築起一城。同心共飲。雒陽酒可盡也。御覽卷八百十一引風俗通。衆口鑠金。俗說有美金於此。衆人咸共詆訾。言其不純。賣金者欲其售。因取鍛燒以見眞。此謂衆口鑠金。）

衞彪傒引諺

國語。（周語三。）敬王十年。劉文公與萇弘欲城成周。爲之告晉。魏獻子爲政。說萇弘而與之。將合諸侯。衞彪傒適周。聞之。見單穆公曰。今萇劉欲支天之所壞。不亦難乎。自幽王而天奪之明。使迷亂棄德。而卽慆淫。以忘其百姓。其壞之也久矣。而又將補之。殆不可矣。水火之所犯猶不可救。而況天乎。諺曰。

從善如登。從惡如崩。韋注云。如登喩難。如崩喩易。

暇豫歌

國語。晉語二。驪姬告優施曰。君既許我殺太子而立奚齊矣。吾難里克。奈何。優施曰。吾來里克。一日而已。韋注云。來謂轉里克之心。使來從己用。一日之間。言其易也。子爲我具特羊之饗。吾以從之飲酒。我優也。言無郵。驪姬許諾。乃具使優施飲里克酒。中飲。優施起舞。謂里克妻曰。主孟啗我。韋注云。大夫之妻稱主。從夫稱也。孟、里克妻字。我敎茲暇豫事君。乃歌曰云云。里克笑曰。何謂苑。何謂枯。優施曰。其母爲夫人。其子爲君。可不謂苑乎。其母既死。其子又有謗。可不謂枯乎。枯且有傷。

暇豫之吾吾。不如(烏)〔鳥〕烏。韋注云。吾讀如魚。吾吾、不敢自親之貌。言里克欲爲閑樂事君之道。反不敢自親吾吾然。其智曾不如(烏)〔鳥〕烏。御覽卷四百六十九。吾吾作俉俉。如作若。人皆集於苑。御覽。苑作菀。己獨集於枯。韋注云。集、止也。苑、茂木貌。己、里克也。喩人皆與奚齊。己獨與申生也。

輿人誦惠公

國語。晉語三。惠公入而背內外之賂。韋注云。惠公、獻公庶子。重耳之弟。惠公夷吾也。外、秦。內、里、丕也。輿人誦之曰云云。既。里、丕死禍。公隕於韓。

佞之見佞。果喪其田。韋注云。僞善爲佞。佞、謂里、丕受惠公賂田而納之。見佞、謂惠公入而不予也。果猶竟也。喪、亡也。喪田。里、丕不得其賂田。升菴經說卷八。佞與年叶。詐之見詐。果喪其賂。韋注云。詐謂秦以詐立惠公。不置德而置服也。見詐、謂惠公入而背之。喪賂秦不得其賂地。得國而狃。終逢其咎。韋注云。謂惠公也。狃、忕也。咎謂敗於韓。喪田不懲。禍亂其輿。韋注云。謂丕鄭也。不得田、不愆艾。復欲與秦共納重耳。惠公殺之。

國人誦共世子

國語。晉語三。惠公即位。出共世子而改葬之。臭達於外。韋注云。共世子、申生也。獻公時。申生葬不如禮。故改葬之。惠公烝於獻公夫人賈君。故申生臭達於外。不欲爲無禮者所葬也。唐以賈君爲申生妃。非也。傳曰。獻公娶於賈。無子。國人誦之曰云云。郭偃曰。甚哉。善之難也。君改葬共君。以爲榮也。而惡滋章。夫人美於中。必播於外。而越於民。民實戴之。惡亦如之。故行不可不愼也。必或知之。十四年君之冢嗣其替乎。其數告於民矣。公子重耳其入乎。其魄兆於民矣。若入。必伯諸侯。以見天子。其光耿於民矣。

貞之無報也。孰是人斯而有是臭也。韋注云。賈、唐云。貞、正也。謂惠公欲以正禮改葬世子。而不獲吉報也。孰、誰也。斯、斯世子也。誰使是人有是臭者。言惠公使之也。或云。貞謂申生。與下相違。似非也。貞爲不聽。韋注云。以正葬之而不見聽也。信爲不誠。國斯無刑。媮居幸生。不更厥貞。大命其傾。威兮懷兮。各聚爾有以待所歸兮。猗兮違兮。心之哀兮。韋注云。猗、歎也。違、去也。言民心欲去其上。安(上)〔土〕重遷。故心哀之。歲之二七。其靡有徵兮。韋注云。二七、十四歲後也。靡、無也。無有徵者亦亡。謂子圉也。若翟公子。吾是之依兮。韋注云。謂重耳也。鎭撫國家。爲王妃兮。韋注云。言重耳當霸諸侯。爲王妃偶。

叔詹引諺

國語。晉語四。公子過鄭。鄭文公亦不禮焉。叔詹諫曰。臣聞之。親有天。用前訓。禮兄弟。資窮困。天所福也。君其圖之。弗聽。叔詹曰。若不禮焉。則請殺之。諺曰云云。公弗聽。

黍稷無成。不能爲榮。韋注云。無成謂死也。榮、秀也。黍不爲黍。不能蕃廡。韋注云。爲、成也。稷不爲稷。不能蕃殖。所生不疑。唯德之基。韋注云。所生謂種黍得黍。種稷得稷。唯在所樹。言禍福亦猶是也。若不禮重耳。則當除之。不爾。則宜厚之。如此不疑。是爲德基也。

周宣王時童謠

國語。鄭語。桓公爲司徒。甚得周衆與東土之人。問於史伯曰。周其弊乎。對曰。天奪之明。欲無弊得乎。且宣王之時。有童謠史記周本紀作童女謠。漢書五行志作女童謠。顔注云。女童謠、閭里之童女爲歌謠也。洪範五行傳。謠作𧦝。金樓子箴戒篇作周宣王時歌。曰云云。於是宣王聞之。有夫婦鬻是器者。王使執而戮之。府之小妾生女而非王子也。懼而棄之。此人也收以奔褒。褒人有獄而以爲入。天之命此久矣。其又可爲乎。訓語有之。曰。夏之衰也。褒人之神化爲二龍。以同于王庭而言曰。余褒之二君也。夏后卜。殺之。與去之。與止之。莫吉。卜請其漦而藏之。吉。乃布幣焉。而策告之。龍亡而漦在。櫝而藏之。傳郊之。及殷周莫之發也。及厲王之末。發而觀之。韋注云。末、末年。流彘之年也。漦流於庭。不可除也。王使婦人不幃而譟之。韋注云。裳正幅曰幃。譟、讙呼也。化爲玄黿。以入於王府。韋注云。黿、或爲蚖。蚖、蜥蜴也。象龍。府之童妾未既齔而遭之。韋注云。既、盡也。遭、遇也。毁齒曰齔。未盡齔。毁未畢也。女七歲而毁齒。既笄而孕。當宣王而生。韋注云。厲王流彘。共和十四年死。十五年宣王立。立四十六年。幽王在位十一年而滅。不夫而育。故懼而棄之。爲弧服者。方戮在路。夫婦哀其夜號也。而取之以逸。逃於褒。褒人褒姁有獄。而以爲入于王。韋注云。褒姁、褒君也。王遂置之。韋注云。置、赦褒姁。而嬖是女也。使至於爲后。而生伯服。天之生此久矣。其爲毒也大矣。將以縱欲。不亦難乎。

檿弧箕服。實亡周國。韋注云。山桑曰檿。弧、弓也。(桑)〔箕〕、木名。服、矢房也。洪範五行傳。檿弧、桑弓也。萁服、蓋以萁草爲箭服。近射妖也。女童𧦝者、禍將生於女。國以兵寇亡也。漢書五行志。箕作萁。顔注云。草似荻。金樓子。上句作曒曒白服。又云。宣王下國中有白服者殺之。時褒姒初生。父母不養而棄。白服者聞嬰兒啼。因取以犇褒。後褒人以姒贖罪。因名褒姒焉。

諸稽郢引諺

國語。吳語。吳王夫差起師伐越。越王句踐起師逆之江。大夫種乃獻謀。越王許諾。乃命諸稽郢行成於吳。曰。昔者越國見禍。得罪於天王。天王親趨玉趾以心孤句踐。而又宥赦之。君王之於越也。緊起死人而肉白骨也。夫諺曰云云。今王既封殖越國。以明聞於天下。而又刈亡之。是天王之無成勞也。

狐埋之而狐搰之。是以無成功。

韋注云。埋、藏也。搰、發也。御覽卷四百五十六。下句作是無成功也。

范蠡引諺

國語。越語下。王召范蠡而問焉。曰。諺有之韋注云。諺、俗之善謠也。曰云云。今歲晚矣。子將奈何。

觥飯不及壺飧。

韋注云。觥、大也。大飯、謂盛饌未具。不能以虛待之。不及壺飧之救飢疾也。言已欲滅吳。取快意得之而已。不能待有餘力也。說文侊字下引此。侊飯作一食。惠氏棟云。一食者。壺飧之誤。案一或作壹。形近於壺。故有此誤。

馮諼彈鋏歌

國策。齊策四。齊人有馮諼者。貧乏不能自存。使人屬孟嘗君。願寄食門下。孟嘗君曰。客何好。曰。客無好也。曰。客何能。曰。客無能也。孟嘗君笑而受之曰。諾。左右以君賤之也。食以草具。居有頃。倚柱彈其劍。歌曰云云。左右以告孟嘗君。曰。食之。比門下之客。居有頃。復彈其鋏。歌曰云云。左右皆笑之。以告孟嘗君。曰。爲之駕。比門下之車客。於是乘其車。揭其劍。過其友曰。孟嘗君客我。後有頃。復彈其劍鋏。歌曰云云。左右皆惡之。以爲貪而不知足。孟嘗君問馮公有親乎。對曰。有老母。孟嘗君使人給其食用。無使乏。於是馮諼不復歌。史記孟嘗君列傳。諼作讙。音歡。復作煖。音許袁反。

長鋏歸來乎。食無魚。

御覽卷三百四十六引史記。乎作兮。下同。

長鋏歸來乎。出無車。史記孟嘗君列傳。車作輿。御覽卷五百七十一引國策。乎作兮。下同。

長鋏歸來乎。無以爲家。

齊嬰兒謠

國策。齊策六。田單將攻翟。往見魯仲子。仲子曰。將軍攻翟。不能下也。田單曰。臣以五里之城。七里之郭。破亡餘卒。破萬乘之燕。復齊墟。攻狄而不下。何也。上車弗謝而去。遂攻狄。三月而不克之也。齊嬰兒謠曰。通鑑卷四。嬰作小。

大冠若箕。脩劍拄頤。攻狄不能下。壘枯丘。續注云。晁改作壘於梧丘。說苑同。案說苑至公篇。若作如。修作長。狄作翟。壘下有於字。枯作梧。通鑑。枯丘作枯骨成丘。胡注云。大冠、武冠也。脩、長也。　潛確類書卷二十四。若作如。修作長。頤作頭。無能字。末句作累於梧丘。

田單守卽墨歌

又云。田單乃懼。問魯仲連曰。先生謂單不能下狄。請問其說。魯仲子曰。將軍之在卽墨。爲士卒倡曰云云。當此之時。將軍有死之心。而士卒無生之氣。此所以破燕也。當今將軍東有夜邑說苑作掖邑。之奉。西有菑上之虞。黃金橫帶而馳乎說苑作馳騁。淄澠之間。有生之樂。無死之心。所以不勝者也。田單曰。單有心。先生志之矣。明日。乃厲氣循城。立於矢石之所。乃劉本作及。援枹鼓之。狄人乃下。

何往矣。宗廟亡矣。亡日一作去日。尙矣。歸於何黨矣。續注云。別本。无可往矣。宗廟亡矣。今日尙矣。歸何黨矣。說苑。宗廟亡矣。魂魄喪矣。歸何黨矣。案通鑑卷四所述與別本同。何上仍有於字。　風雅逸篇卷七。首句作無可往矣。亡日作今日。無于字。

齊人爲王建歌

國策。齊策六。齊王建入朝於秦。卽墨大夫與雍門司馬諫。秦使陳馳誘齊王納之。約與五百里之地。齊王不聽卽墨大夫。而聽陳馳。遂入。秦處之共松柏之間。餓而死。先是齊爲之歌曰。

松邪柏邪。往建共者客邪。續注云。史記。松邪柏邪。往建共者客邪。司馬貞音邪。謂是建之邪客。說王狂言。遂致失策。令建遷共。地理志。河內有共縣。史記歌云云。疾建用客之不詳也。風俗通皇霸篇。往作亡。通鑑卷六。往作住。

莊辛引鄙語

國策。楚策四。莊辛謂楚襄王曰。君王左州侯。右夏侯。輦從鄢陵君與壽陵君。專淫逸侈靡。不顧國政。郢都必危矣。臣請辟於趙。淹留以觀之。莊辛去之趙。留五月。秦果舉鄢郢巫上蔡陳之地。襄王流揜於城陽。於是使人發騶徵莊辛於趙。莊辛至。襄王曰。寡人不能用先生之言。今事至於此。爲之奈何。莊辛對曰。臣聞鄙語春秋後語作鄙諺。曰云云。君王之事。因是以左州侯右夏侯。輦從鄢陵君與壽陵君。飯封祿之粟。而載方府之金。與之馳騁乎雲夢之中。而不以天下國家爲事。不知夫穰侯方受命乎秦王。塡黽塞之內。而投己乎黽塞之外。襄王聞之。顏色變作。身體戰慄。於是乃以執珪而授之爲陽陵君。與淮北之地也。

見兔而顧犬。未爲晚也。亡羊而補牢。未爲遲也。新序雜事篇作亡羊而固牢未爲遲。見兔而啐狗未爲晚。御覽卷四百五十七引新序。二未字作不。啐作呼。

或爲黃齊引諺

國策。楚策四。或謂黃齊曰。人皆以謂公不善於富摯。公不聞老萊子之教孔子事君乎。示之其齒一本下有曰齒二字。之堅也。六十而盡相靡也。今富摯能而公重不相善也。是兩盡也。諺曰云云。今也王愛富摯。

而公不善也。是不臣也。

見君之乘下之。見杖起之。

孟嘗君引鄙語

國策。趙策一。趙王封孟嘗君以武城。孟嘗君擇舍人以爲武城吏之遣之曰。鄙語豈不曰云云哉。皆對曰。有之。孟嘗君曰。文甚不取也。夫所借衣車者。非親友則兄弟也。夫馳親友之車。被兄弟之衣。文以爲不可。今趙王不知文不肖。而封之以武城。願大夫之往也。毋發樹木。毋發屋室。訾然使趙王悟。而知文也謹。使可全而歸之。

借車者馳之。借衣者被之。

趙武靈王引諺

國策。趙策二。武靈王遂胡服。趙造諫王曰。諺曰云云。故循法之功。不足以高世。法古之學。不足以制今。子其勿反也。

以書爲御者。不盡於馬之情。以古制今者。不達於事之變。

蘇秦引鄙語

國策。韓策一。蘇秦爲楚合從。說韓王曰。臣聞鄙語曰云云。今大王西面交臂而臣事秦。何以異於牛後乎。夫以大王之賢。挾强韓之兵。而有牛後之名。臣竊爲大王羞之。韓王忿然作色。攘臂按劍。仰天太息曰。寡人雖死。必不能事秦。今主君以楚王之敎詔之。敬奉社稷以從。

寧爲雞口。無爲牛後。續注云。顏氏家訓引作寧爲鷄尸。不爲牛從。御覽卷四百六十。無作不。案顏氏家訓書證篇云。太史公記曰。寧爲鷄口。無爲牛後。此是删戰國策耳。按延篤戰國策音義曰。尸、雞中之主。從、牛子。然則口當爲尸。後當爲從。俗寫誤也。司馬貞史記索隱云。言寧爲雞之主。不爲牛之從後也。羅願爾雅翼曰。尸、主也。一羣之主。所以將衆也。從、從物者也。謂牛子也。隨羣而往。制不在我者也。言寧爲雞中之主。不爲牛子之從後也。此說似亦近理。然口與後爲韻。而尸與從非韻。不若仍存舊文。張守節史記正義云。雞口雖小猶進食。牛後雖大乃出糞。其說雖近淺俚。然蘇秦所引。本係鄙語。則固不必索解太深。況雞口能自主。而牛後不能自主。取喻亦甚切也。

韓公仲引諺

國策。韓策一。韓公仲謂向壽曰。諺曰云云。今王之愛習公也。不如公孫郝。其知能公也。不如甘茂。而公獨與王主斷於國者。彼有以失之也。公孫郝黨於韓。而甘茂黨於魏。故王不信也。今秦楚爭强。而公黨於楚。是與甘茂公孫郝同道也。人皆言楚之多變也。而公必之。是自爲貴也。公不如與王謀其變也。

貴其所以貴者貴。

燕王引諺二則

國策。燕策三。樂間入趙。燕王以書且謝焉。曰。寡人不佞。不能奉順君意。故君捐國而去。寡人必有罪矣。雖然。恐君之未盡厚也。諺曰云云。以故掩人之邪者。厚人之行也。救人之過者。仁者之道也。世有掩寡人之邪。救寡人之過。非君惡所望之。今寡人之罪。國人未知。而議寡人者遍天下。諺案原本諺作語。新序雜事篇載燕王此書正作諺字。今據以改正。曰云云。棄大功者、輟也。輕絕厚利者、怨也。輟而棄之。怨而累之。宜在遠者。不望之乎君也。

厚者不毁人以自益也。仁者不危人以要名。新序雜事篇。毁作損。無也字。下人字作軀。

論不脩心。議不累物。仁不輕絕。智不簡功。

案據新序所言。此係燕惠王遺樂毅書。非燕王喜遺樂間書也。證以史記樂毅傳。當從新序爲是。

荆軻易水歌

國策。燕策三。荆軻遂發。太子及賓客知其事者。皆白衣冠以送之。至易水上。既祖。取道。高漸離擊筑。荆軻和而歌。爲變徵之聲。士皆垂淚涕泣。又前而爲歌曰云云。復爲慷慨羽聲。士皆瞋目。髮盡上指冠。於是荆軻遂就車而去。終已不顧。

風蕭蕭兮易水寒。壯士一去兮不復還。

虞美人和項羽歌

楚漢春秋。據史記項羽本紀正義所引。歌曰。

漢兵已略地。四方楚歌聲。大王意氣盡。賤妾何聊生。困學紀聞云。太史公述楚漢春秋。其不載於書者。正義云。項羽歌。美人和之。楚漢春秋云云云。是時已爲五言矣。按困學紀聞所引。方作面。

按楚漢春秋據茆氏泮林輯本採錄。

樂師扈子琴歌

渚宮舊事。卷二引吳越春秋。昭王反郢。樂師扈子引琴而歌曰云云。王垂涕不復聽。樂扈子亦終身不操琴。

王兮王兮聽讒邪。枉殺左右宛伍奢。奢允懷恨東奔吳。創讎搆禍破國都。鞭屍戮骸丘墓屠。賴申包胥人獲蘇。王雖返國憂未徂。

案此與吳越春秋所載全異。今並錄之。

後漢末京師謠歌

英雄記逸文。（據續漢書五行志一注。）京師謠歌咸言云云。獻帝臘日生也。

河臘叢進。

按漢魏叢書列英雄記未載此條。今據續漢書注錄之。

徐溫李昪相江南時童謠

五代史補。（卷三。）李昪本爲徐溫所養。溫自稱大丞相中書令都統。用昪爲左僕射知政事。昪善於撫御。內外翕然而歸之。故徐溫卒未幾。而江南遂爲昪所有。先是江南童謠云云。東海卽徐之望也。李者、鯉也。蓋言李昪一旦自溫家起而爲君爾。

東海鯉魚飛上天。

馬希廣時長沙童謠

五代史補。（卷四。）馬希範卒。判官李皐以希範同母弟希廣爲天策府都尉。撫御尤非所長。庶兄武陵帥希萼引九洞蠻數路齊進。遂之長沙。縊希廣於郊外。先是城中街道尚種槐。其柳卽無十一二。至是內外一變皆種柳。無復槐矣。又居民夜間好織草鞋。似搥芒之聲。聞於郊野。俄有童謠曰云云。人無少長。皆誦之。未幾國亂。百姓奔竄。死於溝壑者。十之八九。至是議者始悟。蓋長街者、通內外之路也。槐者、爲言懷也。不栽槐蓋兄弟不睦。以致國亡。失孔懷之義也。草鞋者、遠行所用。蓋百姓遠行奔竄之義也。

湖南城郭好長街。竟栽柳樹不栽槐。百姓奔竄無一事。只是搥芒織草鞋。全唐詩十二函八。槌作椎。廣記卷五十五引玉堂閒話熊補闕說。頃年有伊用昌者。不知何許人也。江南有芒草。貧民採之織屨。緣地土卑濕。此草耐水。而貧民多着之。伊風子至茶陵縣門大題云。茶陵一道好長街。兩畔栽柳不栽槐。夜後不聞更漏鼓。只聽搥芒織草鞋。十國春秋楚廢王世家作湖南有長街。栽柳不栽槐。百姓任奔竄。搥芒織草鞵。

馬希崇時長沙童謠

五代史補。卷四。馬希萼既立。不治國事。與僚吏縱酒爲樂。其弟希崇因衆怒咄咄。與其黨竊發擒希萼。囚之於衡陽。又自立。未數日。而江南遣袁州刺史邊鎬乘其亂領兵來伐。希崇度不能敵。遂降。先是。長沙童謠曰云云。未幾。果爲邊鎬所滅。

鞭打馬。走不暇。江南別錄。下句作馬須走。三楚新錄卷一、全唐詩十二函八作馬急走。

時人爲賈似道語

錢塘遺事。卷五。咸淳丁卯。賈似道平章軍國重事。魏國公葉夢鼎爲右丞相。充位而已。上初立。似道益自專。居西湖葛嶺賜第。五日一乘車船入朝。不赴都堂治事。吏抱文書就第呈署。宰執署紙尾而已。後葉夢鼎、江萬里皆歸田。軍國重事。似道於湖上閒居遙制。時人語曰。

朝中無宰相。湖上有平章。

時人爲咸淳省試試題語

錢塘遺事。卷六。咸淳戊辰。龍飛省試。考官商議出題。題皆不欲出天子聖人。於是別院出乾爲天。

正院出帝德廣運。皇天眷命。皆大金年號。而天眷又是徽欽過北之時。時人爲之語曰。

正院無天子。別院除聖人。廣運與天眷。却把比咸淳。

幼主即位時京師爲三元語

錢塘遺事。卷六。度宗崩。幼君諒陰。進士榜第一名王龍澤。原注云。按說郛作王龍潭。二名路萬里。三名胡幼黃。京師爲之語曰。

龍在澤。說郛本及委巷叢談。澤作潭。飛不得。萬里路。行不得。幼而黃。醫不得。說郛本。醫作留。

時人爲趙昻發夫婦語

錢塘遺事。卷八。德祐乙亥正月。大兵破饒州。遂至池州。時池州無守臣。蜀人趙昻發爲池州倅。權州事。措置禦備等官謂昻發曰。州不可守。不如棄之。昻發曰。吾守土臣也。豈可偷生避死也。大兵至。留詩其第。夫婦遂自經而死。時人語之曰。

臣爲君死。妻爲夫亡。

古謠諺卷十八

秀水杜文瀾輯

周怡引諺

訥溪奏議。竭力血忱疏。諺云云云。其理易知也。投甕隨筆。諺言云云。按說苑。孔子曰。不知其子。視其所友。不知其君。視其所使。又曰。與善人居。如入蘭芷之室。久而不聞其香。則與之俱化矣。與惡人居。如入鮑魚之肆。久而不聞其臭。亦與之俱化矣。故曰。丹之所藏者赤。烏之所藏者黑。君子愼所藏。諺言本此。

近朱者赤　近墨者黑。野客叢書卷二十九引傅玄太子箴無二者字。

軍民爲張栻謠

歷代名臣奏議。卷二百七聽言類。劉克莊上奏略曰。自昔論議之臣。大臣無可議。則指除授。或指賓客。或指子弟。大臣毋怪其如此也。求之在我而已。權之所在。怨之所歸。浚爲父。栻爲子。其視師淮蜀也。軍民有云云之謠。臺臣有軍國大事付癡騃小子之語。修至於栻。有所不免。故曰。求其在我而已。

百萬生靈由五十學士。

郭祚引古諺

歷代名臣奏議。卷二百二十八征伐類。僕射郭祚表曰。蕭衍狂悖。擅斷川瀆。役苦民勞。危亡已兆。然古諺有之云云。夫以一酌之水。或爲不測之淵。如不時滅。恐同原草。宜命一重將。率統軍三十人。領羽林一萬五千人。並科京東七州虎旅九萬。長驅電邁。遄令撲討。擒斬之勳。一如常制。賊貲雜物。悉入軍人。如此則鯨鯢之首可不日而懸。誠知農桑之時。非發衆之日。苟事理宜然。亦不得不爾。

敵不可縱。

開寶初定州軍中謠

歷代名臣奏議。卷二百三十一征伐類。晁說之又上負薪對曰。臣伏惟今上卽位。元年正月初。金賊以我疆場之臣無狀。斥候不明。直抵京師城下。或曰。論兵則我寡彼衆。曰。戰之勝負。不在兵之衆寡、而在將之能否。開寶初。太祖命田欽祚以兵三千於定州。背城以破虜六萬。於時軍中有云云之謠。至今塞上兒童。猶以此語爲戲不忘也。

三千打六萬。

晏子作歌諫起大臺

晏子春秋。內篇諫下。晏子使於魯。比其返也。景公使國人起大臺之役。歲寒不已。凍餒之者。鄉有焉。國人望晏子。晏子至。已復事。公迺坐飲酒樂。晏子曰。君若賜臣。臣請歌之。歌曰云云。歌終。喟然歎而流涕。公就之止曰。夫子曷爲至此。殆爲大臺之役夫。寡人將速罷之。晏子再拜出而不言。遂如大臺執朴。鞭其不務者曰。吾細人也。皆有蓋廬以避燥濕。君爲壹臺而不速成。何爲。國人皆曰。晏子助天爲虐。晏子歸未至。而君出令。而趣罷役。車馳而人趨。

庶民之言曰。凍水洗、我若之何。太上靡散、我若之何 藝文類聚卷五。事文類聚前集卷十二、潛確類書卷十四作庶民之凍。我若之何。太上靡弊。我若之何。

晏子作歌諫爲長庲

晏子春秋。內篇諫下。景公爲長庲。原注。庲、舍也。將欲美之。有風雨作。公與晏子入坐飲酒。致堂上之樂。酒酣。晏子作歌曰云云。歌終。顧而流涕。張躬而舞。公就晏子而止之曰。今日夫子爲賜而誡於寡人。是寡人之罪。遂廢酒罷役。不果成長庲。

穗乎不得穫。秋風至兮殫零落。風雨之弗殺也。太上之靡弊也。外篇。景公築長庲之臺。晏子侍坐。觴三行。晏子起舞曰。歲云暮矣。而禾不穫。忽忽矣若之何。歲已寒矣。而役不罷。惙惙矣如之何。舞三下。而涕下沾襟。景公慙焉。爲之罷長庲之役。御覽卷四百五十六所引。乎作兮。殫作草。弗殺也作拂煞之。末句作靡弊之。卷八百二十四引虞喜志林。穗乎作禾有穗兮。殫作盡。

晏子引諺論讒佞

晏子春秋。外篇。景公問晏子曰。治國之患。亦有常乎。對曰。佞人讒夫之在君側。好惡良臣而行與小人。此國之長患也。公曰。如是乎寡人將去之。晏子曰。公不能去也。讒夫佞人之在君側。若社之有鼠也。諺言有之曰云云。讒佞之人隱君之威以自守也。是難去焉。

社鼠不可熏去。內篇問上。景公問晏子曰。治國何患。晏子曰。患夫社鼠。公曰。何謂也。對曰。夫社束木而塗之。鼠因往託焉。熏之則恐燒其木。灌之則恐敗其塗。此鼠所以不可得殺者。以社故也。夫國亦有焉。人主左右是也。內則蔽善惡於君上。外則賣權重於百姓。不誅之。則爲亂。誅之。則爲人主所案據腹而有之。此亦國之社鼠也。主安得無壅。國安得無患乎。

西王母侍女歌

漢武內傳。西王母令侍女歌云。

仰上升絳庭。下游日窟阿。顧盼八落外。遠指九空遐。

遼東里老誦邴原

邴原別傳。原避地遼東。以虎爲患。自原之落。獨無虎患。嘗行而得遺錢。拾以繫樹枝。比錢不見取。繫錢者逾多。原問其故。答者謂之社樹。原惡其由己而成妄。祀而辯之。於是里中遂斂其錢以爲社供。里老爲之誦曰。

邴君行仁。居邑無虎。淵鑑類書卷六十七引邴原別傳。居邑作邑路。邴君行廉。路樹成社。

滎陽民爲殷褒歌

殷氏世傳。殷褒爲滎陽令。廣築學館。會集朋徒。民知禮讓。乃歌曰。

滎陽令。有異政。脩立學校人易性。令我兄弟恥訟爭。

時人爲殷亮謠

殷氏世傳。亮字子華。少好學。年十四。舉孝廉。到陽城。遇兩虎爭一羊。馬不敢進。於是亮乃按劍直至虎所。斬羊腹。虎乃各得其半去。時人爲之謠曰。

石里之勇殷子華。暴虎見之合爪牙。御覽卷四百六十三人事部引商氏世傳。殷作商。按宋人避宣祖諱。故改殷爲商。廣博物志卷四十六引異苑。殷作商。合作藏。

宣城民爲陶汪歌

陶氏家傳。陶汪晉咸康中爲宣城內史。君從父猷先爲之。君到郡。乃招隱逸。廣開學舍。以此敎民。民有向方者。則辟爲掾吏。百姓歌之曰。

人當勤學得主簿。誰使爲之陶明府。

時人爲陶覆之語

陶氏家傳。覆之字孫宗。爲太常丞。凡宗廟疑義。多所決定。時人爲之語。

定禮決疑。問陶覆之。

時人爲沈警語

潤玉傳。沈警字玄機。吳興武康人也。美風調。善吟詠。爲梁東宮常侍。名著當時。每公卿宴集。必致驥邀之。語曰云云。其推重如此。

玄機布席。廣記卷三百二十六引異聞錄。布作在。**顛倒賓客。**

時人爲賈昌語

東城老父傳。老父姓賈名昌。長安宜陽里人。昌生七歲。趫捷過人。能搏柱乘梁。善應對。解鳥語音。玄宗在藩邸時。樂民間淸明節鬬雞戲。及卽位。帝出游。見昌弄木雞於雲龍門道傍。召入爲雞坊小兒。衣食右龍武軍。三尺童子入雞羣。如狎羣小。召試殿庭。皆中玄宗意。卽日爲五百小兒長。開元十三年。籠雞三百。從封東嶽。父忠死泰山下。得子禮奉尸歸葬。雍州縣官爲葬器喪車。乘傳洛陽道。十四年三月。衣鬬雞服會玄宗於溫泉。當時天下號爲神雞童。時人爲之語曰。

生兒不用識文字。鬬雞走馬勝讀書。賈家小兒年十三。富貴榮華代不如。能令金距期勝負。白羅繡衫隨軟輿。父死長安千里外。差夫持道挽喪車。全唐文卷七百二十載此傳。兒作男。

唐玄宗居南內時歌

太眞外傳。卷下。上皇既居南內。夜闌登勤政樓。凭闌南望。煙月滿目。上因自歌曰云云。歌歇。聞里中隱隱如有歌聲者。顧力士曰。得非梨園舊人乎。遲明爲我訪來。翌日。力士潛求於里中。因召與同去。果梨園弟子也。

庭前琪樹已堪攀。塞外征人殊未還。

時人爲楊氏謠

長恨歌傳。開元中。得弘農楊玄琰女於壽邸。冊爲貴妃。叔父昆弟。皆列在淸貴。爵爲通侯。姊妹封國夫人。富埒王室。車服邸第與大長公主侔。而恩澤勢力則又過之。出入禁門不問。京師長吏爲側目。故當時謠詠通鑑卷二百一十五作民間歌。有云云云。其爲人心羨慕如此。

生女勿悲酸。生男勿喜歡。

男不封侯女作妃。君看女卻爲門楣。太眞外傳卷上。爲作是。孔帖卷二十、全唐詩七函三。爲作作。廣記卷四百八十六。下句作看女卻爲門上楣。通鑑作生男勿喜女勿悲。君今看女作門楣。胡注云。凡人作室。自外至者。見其門楣宏敞。則爲壯觀。言楊家因生女而宗門崇顯也。或曰。門以楣而撐拄。言生女能撐拄門戶也。

京師爲牛僧孺楊虞卿語

牛羊日曆。牛僧孺乃與楊虞卿兄弟驅駕輕薄。又惡裴度之功。曾進曹馬傳以謀陷害。虞卿又結李宗閔之門人。盡驅之牛門。此外有不附者。潛被瘡痏。遭之者謂之陰毒傷寒。京師語曰云云。太牢、僧孺。少牢、虞卿。

太牢筆、少牢口、東西南北何處走。困學紀聞卷五。禮、特牲不言牢。楚語。天子舉以太牢。注。牛羊豕也。卿舉以少牢。注。羊豕。自注。唐牛羊日曆云云。然太牢非止於牛。少牢非止於羊也。何氏焯云。大戴禮天圓篇。諸侯之祭牲。羊曰少牢。士之祭牲。特豕曰饋食。此則牛羊日曆所由名也。

遼宮中爲懿德皇后語

焚椒錄。懿德皇后蕭氏爲北面官南院樞密使惠之少女。母耶律氏。夢月墜懷。驚寤而後生。及長。姿容端麗爲蕭氏稱首。皆以觀音目之。因小字觀音。今上在青宮。進封燕趙國王。聘納爲妃。及上即位。以清寧元年十二月戊子册爲皇后。宮中爲語曰云云。蓋言以玉飾首。以金飾足。以觀音作皇后也。

孤穩壓帕女古華。菩薩喚作耨斡麼。殷方春跋引遼史國語解。孤穩、玉也。女古、金也。耨斡、后土也。麼、母也。遼后服有雙心帕。絡合縫韡。

古謠諺卷十九

秀水杜文瀾輯

趙岐引南陽舊語

三輔決錄注。據御覽卷四百三十四及八百五十五、九百七十七。平陵范氏南陽舊語曰云云。言其廉儉也。

前隊大夫范仲公。鹽豉蒜果共一筩。御覽卷九百七十七。范上有有字。果作顆。顏氏家訓書證篇。果亦作顆。又云。果當作魏顆之顆。北土通呼物一凷。改爲一顆。一顆蒜。顆是俗間常語耳。故陳思鷂雀賦曰。頭如顆蒜。目似花椒。江南但呼爲蒜符。不知謂顆。學士相承。讀爲裹結之裹。言鹽與蒜共苞一裹內筩中。正史削繁音義又音蒜裹爲苦戈反。皆失也。

關中爲游殷諺

三輔決錄注。據太平御覽卷四百四十四及四百九十六。游殷字幼齊。茆氏泮林云。藝文類聚卷五十三所引。游上有潁陽二字。按潁陽非三輔地。疑誤。與司隸校尉胡軫有隙。軫誣構殺之。初、殷爲郡功曹。有童子張既者。時未知名。爲郡書佐。殷察異之。既過家。具設賓饌。及既至。妻笑曰。君甚悖乎。張德容童昏。小兒何異。殷曰。卿勿怪。乃方伯之器也。殷遂與既論霸王之事。饗訖。以妻子託之。茆氏云。藝文類聚。殷以子楚託之。後魏王以既爲雍州。時漢興郡闕。王以問既。既稱楚文武兼才。遂以爲漢興太守。軫害殷月餘。得病。目脫。但言伏罪。游幼齊將鬼來。於是遂死。諺曰。茆氏云。三國志魏書張既傳注引作關中稱曰云云。

生有知人之明。死有貴神之靈。按此據三國志魏書張既傳注所引。御覽作死有鬼靈之驗。非也。

按三國志注引作決錄注。是也。他書脫注字。非也。

民爲馬氏兄弟語

三輔決錄注。據太平御覽卷四百九十六、八百二十八。五門子孫。凡民之伍。今在河南西四十里、澗穀洛三水之交。茆氏云。太平御覽卷六十二引云。澗穀二水之交。傳聞馬氏兄弟五人共居此地。作五門客舍。因以爲名。主養猪賣豚。故民爲之語曰。

苑中三公。鉅下二卿。御覽卷四百九十六。鉅作館。茆氏云。後漢書馬嚴傳注所引云。鉅下、地名。**五門嚾嚾、**御覽卷八百二十八。嚾嚾作霍霍。卷九百三。嚾嚾作嚄嚄。**但聞豚聲。**

按後漢書注及御覽卷六十二引作決錄注。是也。御覽他卷脫注字。非也。

三輔爲張氏何氏語

三輔決錄注。據太平御覽三百七十八、說郛五十九。張氏得鉤。何氏得算。故三輔舊語曰　云云。何氏有肥人輒貴。瘦人輒賤。張氏瘦人輒貴。肥人輒賤。故二族以鉤算知吉凶。以肥瘦知貴賤。茆氏云。白帖所引云。張氏先爲京都功曹。晨時早起。忽有鳩從內飛下。投入張氏懷中。探之。得一銅鉤。官至數郡太守。後失鉤。官亦絕矣。太平廣記卷三百九十一所引云。汝南何比干。通律法。元朔中。公孫弘辟爲廷尉右。平獄無冤民。征和初。去官在家。天大陰雨。晝寢。夢有客車騎。覺而一老嫗年八十餘。頭盡白。謂比干曰。今天賜策以廣公子孫佩印綬者。當隨箭長九寸。凡百九十枚。以授比干曰。子孫佩印綬者。當隨此算。嫗東行。忽不見。比干年五十八。有六男。後三歲。復生三男。自比干以下、與張氏俱授璽瑞。累世爲名族。

張氏鉤。何氏算。何氏肥。張氏瘦。茆氏云。太平廣記卷三百九十一所引作何氏策。張氏鉤。無下二句。

按御覽引作決錄注。是也。他書脫注字。非也。

鱟魚諺

三輔決錄注。據五色線。鱟魚肥。炙甚美。諺曰。

寧去累世宅。廣博物志卷四十八。去作棄。秋林伐山卷七異魚圖贊。累作屢。臨海異物志。宅上有田字。**不去鱟魚額。**

按三輔決錄注。據茆氏泮林輯本採錄。決錄爲漢趙岐作。注爲晉摯虞作。以後漢書隗囂傳注列女傳注所引核之。決錄本文係四字韻語。其餘散行敍事者。皆注語也。諸書所引。或誤以注語爲正文。故其中有稱曹操爲魏王者。非趙氏所及見。必摯氏之言也。今皆定爲注語。五色線引此條。亦脫去注字耳。

會稽童爲徐弘歌

會稽典錄。徐弘字聖通。爲山陰縣令。（御覽卷二百六十所引。山作汝。）俗剛强。大姓兼并。弘到官。誅翦姦桀。豪右斂手。商旅露宿。道不拾遺。童歌之曰。

徐聖通。政無雙。平刑罰。姦宄空。

人爲黃尙左雄諺

楚國先賢傳逸文。（據御覽卷四百九十六。）諺曰。

黃尙爲司隸。姦慝自弭。左雄爲尙書令。（事文類聚新集卷四。雄作伯豪。）天下愼選舉。

案說郛卷五十八列楚國先賢傳。未載此條。今據御覽錄之。

吳郡濟陰民爲東門奐歌

魯國先賢志。（據御覽卷四百九十五。）東門奐歷吳郡濟陰太守。所至貪濁。謠曰。

東門奐。取吳半。吳不足。濟陰續。

京師爲陳蕃周璆號

青州先賢傳。（據類聚卷三十二。）京師號曰。

陳仲舉昂昂如千里驥。周孟玉瀏瀏如松下風。

襄陽鄉里爲諸葛亮龐統司馬徽語

襄陽耆舊記。卷一。龐德公、襄陽人。居峴山之南。諸葛孔明每至公家。獨拜公於牀下。公殊不令止。司馬德操嘗造公。值公渡沔祀先人墓。操徑入堂上。呼德公妻子使作黍。德操少德公十歲。以兄事之。呼作龐公也。故世人遂謂公是德公名。非也。先賢傳云。鄉里舊語曰云云。皆德公之題（任氏兆麟云。志注二字作語。）也。德公從子統。字士元。少未有識者。惟德公重之。年十八。使詣司馬德操。德操與語。自晝達旦夜。乃嘆息曰。德公誠知人。此實盛德也。必南州士之冠冕。由是顯名。後劉備訪世事於德操。曰。儒生俗士。豈識時務。識時務者。在乎俊傑。此間有臥（任氏云。志注作伏。）龍鳳雛。問誰。曰。諸葛孔明龐士元也。

諸葛孔明爲臥龍。龐士元爲鳳雛。司馬德操爲水鏡。

襄陽里人爲龐煥語

襄陽耆舊記。卷一。德公子僊（任氏云。志注作山。）民亦有令名。娶諸葛孔明小姊。早卒。子煥。字世文。晉太康中爲牂牁太守。去官還鄉里。里人語曰云云。鄉里仰其德讓。少壯皆代老者擔。（按蘇詩王注引襄陽記。龐煥作龍煥。誤。）

我家池裏。龍種來歸。

惠帝即位時兒童謠

襄陽耆舊記。卷二。蒯欽。初、惠帝即位。兒童謠曰云云。又河內溫縣有人如狂。造書曰。光光文長。以戟爲牆。毒藥即位。刃還自傷。楊濟問欽。欽垂泣曰。皇太后諱季蘭。丙火、武皇帝諱。炎字也。此言武皇崩。而太后失尊。罹大禍辱。終始不以道。不得附山陵。乃歸於非所也。及楊太后之見滅。

葬於街郵亭。皆如其言。

丙火没地。哀哉秋蘭。歸刑街郵。終爲人歎。

荆州民爲胡烈歌

襄陽耆舊記。卷三。胡烈字武賢。咸熙元年爲荆州刺史。御覽卷四百六十五作襄陽太守。有惠化。補缺隄。民賴其利。歌曰。按歌字原作銘石。今據御覽改。

美哉明后。雋哲惟嶷。陶廣乾坤。周孔是則。我武播暢。御覽我作文。威振遐域。

武陵人爲黄氏兄弟諺

襄陽耆舊記逸文。據御覽卷二十二。黄穆字伯開。爲山陽太守。有德政。弟奂。字仲開。爲武陵太守。貪穢無行。武陵人諺御覽卷九十二、及廣博物志卷十七、二十七所引作歌。曰云云。言不同也。

天有冬夏。人有二黄。御覽卷四百九十二及廣博物志二均作兩。

按襄陽耆舊記、通志藝文略及御覽。記皆作傳。然確係一書。今仍從任氏本錄之。

洛陽人爲祝良歌

長沙耆舊傳。祝良字石卿。此五字據水經注卷十五補。順帝時爲洛陽令。歲時亢旱。天子祈雨不得。良乃曝身階庭。告誠引罪。自晨至午。紫雲沓起。甘雨登降。人爲之歌曰。

天久不雨。蒸人失所。御覽卷五百二十九、潛確類書卷五十六。人作民。天王自出。祝令特苦。廣博物志卷十七引水經注。特作持。精符感應。滂沱下雨。御覽及潛確類書卷六十六。下雨作而下。

時人爲虞授諺

長沙耆舊傳逸文。（據詩紀補。）虞授字承卿。說易不殆。諺曰。

不讀經。視虞生。

會稽民爲張霸語

益都耆舊傳。張霸字伯饒。爲會稽太守。舉賢士。勸請敎授。一郡慕化。但聞書聲。又野無遺寇。民語曰。（廣博物志卷十七作童謠歌。）

城上烏。哺父母。府中諸吏皆孝友。（廣博物志及御覽卷二百六十二引華陽國志。烏下有鳴字。毛詩古音考卷一同。）

益都鄉里爲柳宗語

益都耆舊傳。柳宗（廣博物志卷二十所引。宗作琮。）字伯騫。爲治中。與人交結。久而益親。其所拔進。皆世所稱。致位牧守。鄉里爲之語曰。（華陽國志先賢士女總讚。柳宗字伯騫。成都人也。初結九友共學。號九子。及爲州郡右職。務在進賢。拔致求次方。張叔遼、王仲曾、殷智孫等。終至牧守。州里爲諺曰云云。舉茂才。爲陽夏太守。）

得黃金一笥。不如柳伯騫所識。（華陽國志。如下有爲字。識作議。）

益都民爲王忳謠

益都耆舊傳逸文。（據御覽卷四百六十五。）王忳字少林。（後漢書王忳傳。廣漢新都人也。）詣京師。於客（後漢書作空舍中。）見諸生病甚困。（後漢書。諸作一書。）生謂忳曰。（後漢書作我當到洛陽而被病。命在須臾。）腰下有金十斤。願以相與。乞收藏尸骸。未問姓名。呼吸因絕。忳賣金一斤。以給棺絮。九斤置生腰下。（後漢書。人無知者。後歸數年。）後署大度亭長。到亭日。有馬一疋到亭中。其日大風。有一繡被隨風以來。（後漢書。忳卽言之於縣。縣以歸忳。）後忳騎馬突入。金彥父見曰。眞得盜矣。（後漢書作忳後乘馬到雒縣。馬遂奔走。牽忳入他舍。主人見之。喜曰。今禽盜矣。忳得狀。又取被示之。彥父悵然曰。被馬俱合。卿有何陰德。忳具說葬諸生事。後漢書作並道書生形貌及埋金處。曰。此吾子也。遣迎彥喪。金具存。民謠之曰。後漢書作是我子也。姓金。名彥。前往京師。不知所住。何意卿乃葬之。大恩久不報。天以此章卿德耳。忳悉以被馬還之。彥父不取。又厚遺忳。忳辭讓而去。時彥父爲州從事。因告新都令。假忳休。自與俱迎彥喪。餘金具存。忳由是顯名。還冤記。漢時有王忳。字少林。爲郿縣令。之縣。到釐亭。亭常有鬼殺人。忳宿樓上。夜有女子稱欲訴冤。無衣自蓋。忳以衣與之。乃進曰。妾本涪令妻也。欲往之官。過此亭宿。亭長殺妾大小十餘口。埋在樓下。奪取衣裳財物。亭長今爲縣門下游徼。忳曰。當爲汝報之。勿復妄殺良善耶。鬼捉衣而去。忳且收游徼詰問之。卽復收同謀十餘人。並殺之。掘諸喪。歸其家殯葬。亭永淸寧。人謠曰云云。按益都耆舊傳僅載飛被走馬事。引此補之。

信哉少林世無偶。原本無偶作爲遇。今據還冤記及法苑珠林卷七十四引怨魂志改。飛被走馬與鬼語。

人爲高愼語

陳留耆舊傳逸文。據御覽卷二百六十五。高愼字孝甫。敦質少華。口不能劇談。嘿而好深沈之謀。爲從事。號曰臥虎。故人謂之。

嶷然不語。名高孝甫。

六縣吏人爲爰珍歌

陳留耆舊傳逸文。據御覽卷四百六十五。爰珍除六令。吏人訟息教誨。其子弟歌之。

我有田疇。爰父殖置。我有子弟。爰父教誨。

案說郛卷五十八列陳留耆舊傳。未載此二條。今據御覽錄之。

筠州人爲李公衢語

宜春傳信錄。屯田郎中李公衢。明道中。通判筠州。前官受秋租。而吏恣取無藝。公知之。逐日入倉監視。吏無所措其手。篙人爲之語曰云云。每出。則人呼曰。李佛子來矣。

輸租不使錢。賴有李屯田。

古謠諺卷二十

秀水杜文瀾輯

四皓隱歌

高士傳。（卷中。）四皓者、皆河內軹人也。或在汲。一曰東園公。二曰角里先生。三曰綺里季。四曰夏黃公。皆修道潔己。非義不動。秦始皇時。見秦政虐。乃退入藍田山而作歌曰（云云。）乃入商洛隱地肺山。以待天下定。及秦敗。漢高聞而徵之。不至。深自匿終南山。不能屈也。

莫莫高山。深谷透迤。曄曄紫芝。可以療飢。唐虞世遠。（御覽卷一百六十八引帝王世紀。世作時。）吾將何歸。（風雅逸篇卷七引九州春秋、潛確類書卷六十四引高士傳。何作安。）駟馬高蓋。其憂甚大。富貴之畏人兮。（御覽卷五百七十三引崔琦四皓頌。貴下無之字。御覽卷五百七、潛確類書卷六十四均引高士傳及九州春秋。皆無兮字。）不如貧賤之肆志。（風雅逸篇。如作若。樂府詩集卷五十八作皓天嗟嗟。深谷透迤。樹木莫莫。高山崔巍。巖居穴處。以爲幄茵。燁燁紫芝。可以療飢。唐虞往矣。吾當安歸。投甕隨筆。皓作昊。莫作（莫）（模）、巖作（岩）（嵒）。餘與樂府同。）

時人爲張氏諺

文士傳逸文。（據御覽卷四百九十六。）留侯七世孫張讚。字子卿。初居吳縣相人里。時人諺曰。

相里張。多賢良。積善應。子孫昌。

案說郛卷五十八列文士傳。未載此條。今據御覽錄之。又據三國志注採出附錄一條。

時人爲竇武語

羣輔錄。大將軍槐里侯扶風平陵竇武。字游平。

天下忠誠、竇游平。

時人爲陳蕃語

羣輔錄。太傅高陽鄉侯汝南平與陳蕃。字仲舉。

天下義府、陳仲舉。

時人爲劉淑語

羣輔錄。侍中河間樂成劉淑。字仲承。

天下德弘、劉仲承。

時人爲郭泰語

羣輔錄。有道太原介休郭泰。字林宗。

天下和雍、郭林宗。

時人爲夏馥語

羣輔錄。太常陳留圉夏馥。字子治。

天下慕恃、夏子治。

時人爲尹勳語

羣輔錄。尙書令河南鞏尹勳。字伯元。

天下英藩、尹伯元。

時人爲羊陟語

羣輔錄。河南尹太山平陽羊陟。字嗣祖。御覽卷六百九十三引古今善言。續出黃絁袙袍以示使人。時人諺曰。

天下清苦、羊嗣祖。古今善言。嗣作續。

時人爲劉儒語

羣輔錄。議郎東郡陽平劉儒。字叔林。

天下琭金、劉叔林。

時人爲蔡衍語

羣輔錄。冀州刺史陳國項蔡衍。字孟喜。

天下雅志、蔡孟喜。

時人爲巴肅語

羣輔錄。潁川太守渤海高城巴肅。字恭祖。

天下臥虎、巴恭祖。

時人爲宗慈語

羣輔錄。議郎南陽安衆宗慈。字孝初。

天下通儒、宗孝初。

時人爲陳翔語

羣輔錄。御史中丞汝南召陵陳翔。字子麟。

海內貴珍、陳子麟。

時人爲張儉語

羣輔錄。衞尉山陽高平張儉。字元節。

海內忠烈、張元節。

時人爲范滂語

羣輔錄。太尉掾汝南細陽范滂。字孟博。

海內譽諤、范孟博。

時人爲檀敷語

羣輔錄。蒙令山陽高平檀敷。字文有。

海內通士、檀文有。

時人爲孔昱語

羣輔錄。洛陽令魯國孔昱。字世元。原注。後漢書云。字元世。

海內才珍、孔世元。

時人爲(范)〔苑〕康語

羣輔錄。太山太守渤海重合(范)〔苑〕康。字仲眞。

海內彬彬、(范)〔苑〕眞。
時人爲岑晊語
羣輔錄。太尉掾南陽棘陽岑晊。字公孝。
海內珍好、岑公孝。
時人爲劉表語
羣輔錄。鎭南將軍荆州牧武城侯山陽高平劉表。字景升。
海內所稱、劉景升。
時人爲王商語
羣輔錄。少府東萊曲城王商。字伯義。原注。後漢書作王章。
海內賢智、王伯義。
時人爲蕃嚮語
羣輔錄。郎中魯國蕃嚮。字嘉景。
海內修整、蕃嘉景。
時人爲秦周語
羣輔錄。北海相陳留己吾秦周。字平王。
海內貞良、秦平王。

時人爲胡母班語

羣輔錄。侍御史太山奉高胡母班。字季皮。

海內珍奇、胡母季皮。

時人爲劉翊語

羣輔錄。太尉掾潁川潁陰劉翊。字子相。

海內光光、劉子相。轉注古音略卷四引後漢書。海內作天下。

時人爲王考語

羣輔錄。冀州刺史東平壽張王考。字文祖。

海內依怙、王文祖。

時人爲張邈語

羣輔錄。陳留相東平壽張張邈。字孟卓。

海內嚴恪、張孟卓。

時人爲度尙語

羣輔錄。荊州刺史山陽湖陸度尙。字博平。

海內淸明、度博平。

案此錄自注云。並見三君八俊錄。今考漢代七字諺語。初見於前漢書樓護傳。卽以喪卿二字協韻。則凡似此者。均係當時諺語可知。此錄未著人爲之語等字。疑原錄有之。此錄節去也。今删去已見後漢書者二條。（天下模楷、李元禮。天下英秀、王叔茂。）已見袁崧書者六條。（天下好交。荀伯條、天下水漻、朱季陵。天下忠貞、魏少英。天下稽古、劉伯祖。天下良輔、杜周甫。天下才英、趙仲經。）餘悉著錄焉。

荊楚爲文殊金像謠

蓮社高賢傳。慧遠法師至尋陽。見廬山閑曠。可以息心。乃立精舍。永師先居廬山西林。以在永師舍東。故號東林。先是尋陽陶侃刺廣州。漁人見海中有神光。網之。得金像文殊。誌云、阿育王所造。後商人在海東獲一圓光。持以就像。若彌縫然。侃以送武昌寒溪。主僧珍常住夏口。夜夢寺火。而此像室獨有神護。馳還。寺果焚。像室果存。及侃移督江州。迎像將還。至舟而溺。荊楚爲之謠（法苑珠林卷十三作諺。）曰 云云。及寺成。師將上虔禱之。像忽浮出。遂造重閣以奉之。製文殊瑞相讚。

陶惟劍椎。（法苑珠林。椎作雄。）像以神標。（法苑珠林。標作摽。）雲翔泥宿。邈何遙遙。可以誠至。難以力招。

時人爲寇準語

宋名臣言行錄。（前集卷四。丞相萊國寇忠愍公準。）公性忠樸。喜直言。無顧避。時人語曰。（原注。遺事。）

寇準上殿。百僚股栗。

京師爲臺官語

宋名臣言行錄。（後集卷五、御史中丞呂公誨。）治平初。英宗卽位。是時臺諫官言事。一切不聽。或盡逐臺諫。不留一人。京師爲之語曰 云云。其弊至此。然人主猶采物論。朝廷正人未盡去。公議有所屬。言事者斥逐相望。而後來者其言愈厲。（原注。南豐雜識。）

絕市無臺官。

人爲嶺南八州言

宋名臣言行錄。後集卷十二、諫議劉公安世。公曰。安世除諫官三日。有大除拜。安世便入文字、凡二十四章。論章惇十九章。及得罪。惇必欲見殺。人輿地紀勝卷一百十七作俗諺。言云云。八州惡地。安世歷遍七州。原注。道護錄。

春循奉新。與死爲鄰。高竇雷化。說着也怕。

辛文房引諺論富家積書

唐才子傳。卷八。汪遵、宣州涇縣人。幼爲小吏。晝夜讀書良苦。咸通七年韓袞榜進士。有集今傳。拔身卑汚。奮譽文苑。家貧借書。以夜繼日。古人閱市偷光。殆不過此。昔溝中之斷。今席上之珍。丈夫自修。不當如是耶。與夫朱門富家。積書萬卷。束在高閣。塵暗籤軸。蠹落帙帷。網好學之名。欺盲聾之俗。非三變之敗。無一展之期。諺曰云云。嗚呼哀哉。

金玉有餘。買鎭宅書。

饒州民爲陶安歌

明良錄略。陶安字主敬。太平當塗人。乙未。太祖渡江。安出迎。甲辰。知饒州。三年入朝。民爲之歌曰云云。既而復命守饒州。民懷其德。復歌之曰云云。吳元年。初置翰林院。召安爲學士。

千里榛蕪。侯來之初。萬姓耕闢。侯去之日。
湖水悠悠。侯澤之流。湖水有塞。我思侯德。

顧璘引諺

國寶新編。王寵字履吉。蘇州人。貢入太學。卒。清夷廉曠。與物無競。詩辭刻尙風骨。擺脫輕靡。可謂後來之高足。惜乎天不假年。進而未止。諺曰云云。豈不信然哉。

瓊玖蚤折。白石巉巗。

陶嬰歌

古列女傳。貞順篇。陶嬰者。魯陶門之女也。少寡。養幼孤。無强昆弟。紡績爲產。魯人或聞其義。將求焉。嬰聞之。恐不得免。作歌明己之不更二也。其歌曰云云。魯人聞之曰。斯女不可得已。遂不敢復求。嬰寡終身不改。君子謂陶嬰貞壹而思。詩云。心之憂矣。我歌且謠。此之謂也。

黃鵠之早寡兮。白帖卷十七、御覽卷五百七十二及樂府詩集卷四十五、潛確類書卷五十九。黃上有悲夫二字。七年不雙。白帖、潛確類書。雙下有飛字。鵷頸獨宿兮。白帖、御覽、樂府詩集、潛確類書、廣博物志卷二十一。鵷作宛。不與衆同。夜半悲鳴兮。想其故雄。天命早寡兮。白帖。天作其。獨宿何傷。寡婦念此兮。白帖作嗟此寡婦。泣下數行。嗚呼哉兮。白帖。呼下有哀字。御覽、廣博物志。呼下有悲字。死者不可忘。白帖。無者字可字。飛鳥尙然兮。白帖。無飛字及兮字。樂府詩集。鳥作鳴。況於貞良。白帖。作況其夫良。廣博物志。貞作其。誤。雖有賢雄兮。終不重行。御覽、廣博物志。不下有可字。御覽、廣博物志。通體無兮字。類聚卷九十作黃鵠早寡。七年不雙。宛頸獨宿。不與衆同。飛鳥尙然。況於貞良。御覽卷九百十六引抱朴子。飛作禽。餘與類聚同。御覽卷四百四十一引列女傳作悲黃鵠之蚤寡兮。十年不雙。宛頸戢翼兮。不與衆同。時則悲鳴兮。獨行惸惸。天命令然兮。塊獨永傷。感爲惱己兮。淚下成行。嗚呼悲兮。死者不可忘。飛鳥尙然兮。何況貞良。雖有賢雄兮。終不成行。

秋胡子引諺

古列女傳。節義篇。潔婦者。魯秋胡子妻也。既納之五日。去而官於陳。五年乃歸。未至家。見路傍婦人採桑。秋胡子悅之。下車謂曰。吾行道。願託桑蔭下飡。婦人採桑不輟。秋胡子謂曰。按下文諺云二字原本無。今據藝文類聚卷十八、古今諺卷一、義府卷下。補。諺云　云云。吾有金願與夫人。婦人曰。嘻。夫採桑力作。紡績織紝。以供衣食。奉二親。吾不願金。秋胡子遂去。至家。奉金遺母。使人喚婦至。乃嚮採桑者也。

力田、不如逢豐年。力桑、不如見國卿。藝文類聚。豐作少。國作公。樂府古題卷上。桑作耕。國作公。事文類聚後集卷二十三、合璧事類別集卷五十一。豐年作市、國卿作郎。古今諺。逢作遇。義府。無年字。刺繡文。不如倚市門。此句原本無。據古今諺補。

趙津女娟歌

古列女傳。辯通篇。趙津女娟者、趙河津吏之女。趙簡子之夫人也。初、簡子南擊楚。與津吏期。簡子至。津吏醉臥不能渡。簡子欲殺之。娟懼。持檝而走。對曰。妾父聞主君來渡不測之水。恐風波之起。水神動駭。故禱祠九江三淮之神。供具備禮。御釐受福。不勝玉祝杯酌餘瀝。醉至於此。君欲殺之。妾願以鄙軀易父之死。簡子曰。非女之罪也。遂釋不誅。簡子將渡。用檝者少一人。娟攘袂摻檝而請曰。妾願備父持檝。遂與渡。中流爲簡子發河激之歌。其辭曰　云云。簡子大悅曰。昔者不穀夢娶妻。豈此女乎。將使人祝祓以爲夫人。娟再拜而辭曰。夫婦人之禮。非媒不嫁。嚴親在內。不敢聞命。遂辭而去。簡子歸。乃納幣於父母。而立以爲夫人。

升彼阿兮。御覽卷五百七十二、潛確類書卷八十。阿作河。面觀清水。御覽、潛確類書。面作西。揚波兮杳冥冥。御覽無下冥字。禱求福兮醉不醒。誅將加兮妾心驚。罰既釋兮瀆乃清。妾持檝兮操其維。蛟龍助兮主將歸。呼來櫂兮行勿疑。御覽。櫂作棹。風雅逸篇卷三。櫂作楫。

時人爲湛賁彭伉語

廣列女傳。卷十女範類下。湛賁妻、進士彭伉之姨也。伉既登第。賁爲郡吏。妻族賀伉。坐皆名士。伉居客右。一座盡傾。而賁飯於後閣。其妻責之曰。男子不能自勵。窘辱至此。亦復何顏。賁感其言。力學。一舉擢第。伉方郊游。聞之失聲墜驢。時人語曰云云。君子謂湛賁之妻能激夫以成名。

湛郎及第。彭伉落驢。

按此條見唐摭言。惟彼不言時人語。故置彼錄此。

古謠諺卷二十一

秀水杜文瀾輯

梁武帝時雉山童謠

梁陳故事。梁武帝時童謠曰云云。江表以鳥名山者悉鑿。按陳高祖則長興縣雉山人也。明一統志。雉山在湖州府長興縣北五里。梁武帝時有童謠曰云云。故江左以鳥名山者皆鑿。惟此山不鑿。陳高祖此處人。果應其謠。

鳥山出天子。

梁武帝時童謠

梁陳故事。梁武帝時有童謠云云云。梁武帝於餘干、餘杭、餘姚三處爲禳厭之法。其時長興有餘干山餘魚里。蓋陳高祖則長興三餘人也。按輿地紀勝卷四引輿地志云。長興有餘豐溪。其下卽引梁陳故事云云。所謂長興三餘。蓋指餘干山、餘魚里、餘豐溪也。

天子之居、在三餘。潛確類書卷二十作王氣在三餘。

開元末天下唱得寶歌

開天傳信記。唐開元末。於弘農古函谷關得寶符。白石篆文。正成桑字。識者解之云。桑者。四十八年。所以示聖人御歷之數也。及帝幸蜀之來歲。正四十八年。得寶之時。天下歌學津討源本。歌作盲。之曰云云。於今唱之。得寶之年。遂改元天寶也。

得寶耶。弘農耶。弘農耶。得寶耶。

案說郛及學津討原本字句多訛脫。今據廣記卷二百三十六參訂。

陝州士民爲盧奐語

開元天寶遺事。盧奐爲陝州刺史。嚴毅之聲。聞於關內。玄宗次陝城。頓。知奐有神政。御筆贊於廳事。陝州之民多淫祀者。士民相語曰。

不須賽神明。不必求巫祝。爾莫犯盧公。立便有禍福。

宣和初金民唱臻蓬蓬歌

宣政雜錄。宣和初。收復燕山。以歸朝金民來居京師。其俗有臻蓬蓬歌。每扣鼓。和臻蓬蓬之音爲節而舞。人無不喜聞其聲而效之者。其歌（秇林伐山卷六、謝華啓秀卷一作宋謠。）曰（云云。）本敵讖。故京師不禁。然次年正月。徽宗南幸。二聖北狩。

臻蓬蓬。外頭花花裏頭空。（秇林伐山、謝華啓秀。下花字作豔。）但看明年正二月。滿城不見主人翁。

民間爲章惇蔡京蔡卞謠

宣和遺事。（卷上。）徽宗建中靖國元年。用丞相章惇言。舉蔡京爲翰林學士。滿朝上下皆喜諛佞。阿附權勢。無人敢言其非。殿中侍御史龔夬上表奏言。臣伏聞蔡卞落職。太平州居住。天下之士共仰聖斷。然臣竊見卞、京表裏相濟。天下知其惡。民謠有云（云云。）又童謠云（云云。）百姓受苦。出這般怨言。但朝廷不知之耳。蔡京、蔡卞爲人反復變詐。欺陷忠良。皆由京、卞二人簸弄。是時章惇罷相。貶雷州居住。

二蔡一惇。必定沙門。藉沒家財。禁錮子孫。

大惇小惇。入地無門。歷代名臣奏議卷一百五十六崔德符奏作無地安身。大蔡小蔡。還他命債。

按此條與宋史及續通鑑綱目詳略互易。今並存之。

靖康初民間爲言路謠

宣和遺事。卷下。靖康元年正月。下求言詔。有監察御史余應求上書。詔賜章服。蓋自金人犯邊。求言之詔凡幾下。往往事緩則阻抑言者。當時民謠言。

城門閉。言路開。城門開。言路閉。

小民爲蔡京謠

太清樓侍宴記附錄。莊綽曰。京之敍致。覼縷如此。皆不足恃而榮也。適足爲國家之辱焉。所謂天波溪者。由東寶籙宮循城西南。以至京第。其子絛上書其父。謂今日恩波。他年禍水。而小民謠言云云。是也。

蔡京居中人不羨。萬乘官家渠底串。

金人旣退後時人語

避戎夜話。金人旣出境。朝廷措置多不急之務。如復春秋科、太學生免解、改舒王從祀之類。時爲語云。

不管肅王。卻管舒王。不管燕山。卻管聶山。不管山東。卻管陳東。不管東京。卻管蔡京。不管河北界。卻管秀才解。

時人爲許及之語

慶元黨禁。韓侂胄居中用事。舉朝之人知有侂胄。而不復知有人主。許及之舊與薛叔似同擢補遺。皆爲善類所予。黨事既起。叔似累斥逐。許乃更遷給事中吏部尙書。既而踰二年不遷。乃聞見侂胄。敍其知遇之意及衰遲之狀。不覺涕零。繼以屈膝。侂胄惻然語之曰。尙書才望。簡在上心。行且進拜矣。不數日。遂除同知樞密院事。侂胄嘗值生辰。羣公上壽。既畢集矣。許爲吏部尙書。適後至。閽人掩關拒之。許大窘。會閧未及閉。遂俯僂而入。當時有云云之語。傳以爲笑。齊東野語卷三。雜記所載趙師睪犬吠。乃鄭斗所造。以報撻武學生之憤。至如許及之屈膝。費士寅入狗竇。亦皆不得志報私讎者撰造醜詆。東皐雜記卷三引此云。周據祖父所言。似出公論。然君子惡居下流。一失足便爲萬世口舌。可不戒哉。

由竇尙書。屈膝執政。

淳熙時太學諸生爲陳賈語

道命錄。卷五。淳熙十五年。監察御史陳賈論道學欺世盜名。乞加擯斥。時太學諸生爲之語曰。

周公大聖猶遭謗。伊洛名賢亦被譏。堪歎古今兩陳賈。如何專把聖賢非。

秦順臨刑唱歌

辛巳泣蘄錄。嘉定十有四年。歲在辛巳。二月三十日。又捕獲番人秦順。據供係潞州人。油麵行爲活。鄆王起我爲軍。次日將秦順斬於市曹。押出之際。口說大金鄆王無道。連年用兵。使我兄弟五人皆死於軍。歌唱自如。曰。

生爲潞州人。死爲蘄春鬼。

謝翺西臺慟哭歌

西臺慟哭記。張氏丁注。登西臺慟哭記。粵謝翺之所作也。宋丞相文信公値國亡。數起兵南服。翺仗策軍門。署以爲諮事參軍。後丞相死。翺痛知己之不復。故登斯臺招其魂。西臺者、子陵之西臺也。始故人唐宰相魯公。開府南服。予以布衣從戎。明年別公漳水湄。張注。按文公丙子八月開督於南劍。時德祐二年也。公時年二十八。明年正月。文公引兵趨漳州。謀入衛。道阻不通。三月入梅州。五月兵出梅嶺。其別者、是年也。按稱唐魯公而不姓者、猶韓愈稱董晉爲隴西公之類。後明年。公以事過張睢陽及顏杲卿所常往來處。悲歌慷慨。卒不負其言而從之游。張注。按戊寅十月。文公引兵至潮陽。十一月兵潰。被執。遂北徙留燕。至至元壬午得死。時年四十七。謂其悲歌慷慨。卒不負其言而從之游者。蓋指其題詩張睢陽廟也。余恨死無以藉手見公。每一動念。則徘徊顧盼。悲不敢泣。又後五年及今。而哭於子陵之臺。張注。按乙丑年。公從先君鑰登臺。時年十七。後丁亥。公復過而哭焉。謂今者、在庚寅之冬。時年四十二矣。乃以竹如意擊石。作楚歌招之曰云云。歌闋。竹石俱碎。

魂朝往兮何極。暮歸來兮關水黑。化爲朱鳥兮有噣焉食。任士林、胡翰皆有謝翺傳。朝往作來。暮歸來作魂去。宋濂謝翺傳。噣作咮。張注。按朱鳥、南方宿也。咮、鳥首也。春秋傳。古之火正。或食於咮。故咮謂之鶉火。而火正配食於火星者。以其於火有功故也。蓋宋以火德王而鑿於南。化云者。以其雖化。而化必於南。文公有功於宋。猶星有功於火也。亦以朱鳥配於宋焉。其友方鳳過公墓。有詩懷之。朱鳥食何向。正此謂也。潛確類書卷二十。朝往作歸來。暮歸來作魂去。案噣咮音近。古字通用。

朱揆引諺

釵小志諺曰。唐摭言卷十。乾符中。蔣凝應宏辭。爲賦止四韻。遂曳白而去。試官不之信。逼請所試。凝以實白。既而比之諸公。凝有得色。試官歎息久之。頃刻之間。播於人口。或稱之曰云云。

白頭花鈿滿面。不若徐妃半粧。

駱妃爲元武宗歌

元氏掖庭記。己酉仲秋之夜。武宗與諸嬪妃泛月於禁苑太液池中。月色射波。池光映天。於是畫鷁中流。蓮舟夾持。帝喜。請妃嬪曰。昔西王母宴穆天子於瑤池。人以爲古今莫有此樂也。朕今與卿等際此月圓。共此佳會。液池之樂。不減瑤池也。惜無上元夫人在坐。不得聞步玄之聲耳。有駱妃者。素號能歌。趨出爲帝舞月照臨而歌曰云云。歌畢。帝悅其以月喻己。賜八寶盤玳瑁盞。

五華兮如織。照臨兮一色。麗正兮中域。同樂兮萬國。

古謠諺卷二十二

秀水杜文瀾輯

張獻忠陷蜀時街巷俚語

蜀碧。卷三。賊天性特與人殊。殺人之令。有以語犯死者。有以事犯死者。有令健卒羅織而按戶以死者。有言事小兒夜行街巷。聽人陰談。白堊識其門。而收之以死者。一小兒聞人俚語曰云云。具陳之獻。獻笑曰。此我家勝自成之兆也。綏寇紀略卷十。兆作讖。遽命釋焉。

張家長。李家短。

沈荀蔚引童謠

蜀難敘略。張獻忠尤狡黠。順治三年九月。入順慶府。屠之。乃營於西充縣之鳳凰山。大治舟楫。將復走楚。時大兵至保寧。不宿而過。次早逆乘馬登高望之。卒遇前鋒。一矢而殪。時十二月十一日也。昔童謠有云云。不謂逆應之。

生於燕子嶺。死在鳳凰山。蜀碧云。順治三年冬十有一月。追賊於鳳凰山。擊之。獻忠伏誅。獻忠被射時。拔箭在手。向陣大言曰。咱生在燕子嶺。死在鳳凰山。伏弢而斃。按獻忠陝西膚施人。蓋其地有燕子嶺也。

崇禎癸未童謠

痛餘雜錄。癸未冬末。賊勢張甚。忽童謠云云。公安石首夾澧州。賊正退屯其地。

勸你休時不肯休。死在兩縣夾一州。若還要取沅辰靖。鐵樹開花水倒流。

洪武癸丑童謠

二申野錄。卷一。洪武癸丑時。童謠曰。古今風謠引解縉奏疏云。椎埋嚚悍之夫。闒茸下愚之輩。朝捐刀鑷。暮擁冠裳。左棄筐篋。右符簪組。剔履之賤。衮繡巍峨。負販之傭。車馬赫奕。賢者羞爲之等列。庸夫愚習其風流。故有云云之謠。

鬍胖長。官人不商量。

做官、沒盤纏。此則原本無。今據解縉奏疏補。

燕王未起兵時童謠

二申野錄。卷一。建文己卯秋七月。燕王兵起。先時童謠曰。

烟烟。北風吹上天。

團團旋。窠裏亂。北風來。吹便散。

建文帝種菜歌

二申野錄。卷二。老佛歸西內。一夕暴卒。以公禮葬於郊外。原注。自建文帝爲僧。居羅榮寨之白雲菴。命程濟圃。建文劚菜根。歌曰。

菜根青兮。菜色辛兮。菜兮菜兮。似余情兮。

正統己巳童謠

二申野錄。卷二。正統己巳。童謠曰。

牛兒呵莽着。黃花地裏倘着。你也忙。我也忙。伸出角來七尺長。

洅俊小後生。青布衫。白直身。好個人。屈死在鵓兒嶺。

正德丙寅北京童謠

二申野錄。卷三。正德丙寅。北京童謠云。古今風謠注云。馬永成、張永、谷大用、魏彬四宦。耑權害政。後皆廢出。鼓卽谷也。北京之音呼谷爲鼓云。

馬倒不用喂。鼓破不用張。

正德己巳川蜀童謠

二申野錄。卷三。正(統)〔德〕己巳。川蜀童謠曰。古今風謠注云。時有流賊藍廷瑞、鄢老人之變。統御非人。所過掠刼。甚於流賊。百姓歌之。

强賊放火。官軍搶火。賊來梳我。軍來篦我。

海魚諺

二申野錄。卷三。正德甲戌八月。陽江闔邑刺竹作花實。實旣卽稿。父老相傳。此竹率五十年一實。實則殄然大飢。又海魚大賤則飢。原注諺曰。

海熟田荒。

嘉靖初童謠

二申野錄。卷四。嘉靖初童謠云云云。又云云云。又云云云。又云云云。

前頭好個鏡。後頭好個秤。鏡也不曾磨。秤也不曾定。

嘉靖二年半。秫黍磨成麪。東街咽瞪眼。西街喫磨扇。姐夫若要喫白麪。只待明年七月半。

太廟香爐跳。午門石獅叫。

好黑頭蟲。一半變蛤蚧。一半變人龍。

時人爲胡明善張孚敬謠

二申野錄。卷四。嘉靖壬辰八月己卯。彗星見東井。張孚敬復致仕。時人爲之謠曰。原注。明善爲直隸巡按御史時。以采石去。

石產房州。胡明善禍從地出。星臨井宿。張孚敬災自天來。

隆慶辛未天鼓諺

二申野錄。卷五。隆慶辛未冬十一月庚午。京師天鼓鳴。十二月杭州天鼓鳴二聲。人謂之天爆。諺云。

天爆雉雞叫。有米沒人要。

時人爲張懋修張敬修語

二申野錄。卷五。萬曆庚辰三月。廷試賜進士張懋修等及第出身有差。懋修、居正次子。其弟敬修與四維之子申徵皆前列。得禮部主事。時人語曰云云。或作俚言。畫而粘之宮牆。懋修之得鼎元也。神宗親置之首。諭居正曰。吾以此報先生耳。夫國家一線公道。止此科舉之途少存餼羊。今以綺紈乳臭之子。領袖多士。是以闢門之典。爲酬功之具也。

首甲幸有三人。云胡僅此二子。

萬曆己亥上海民間謠

二申野錄。卷五。萬曆己亥秋八月。上海薄暮聞空中有鬼聲。時以紙砲震之。民間謠曰云云。次年果有抽稅之舉。

天上鬼車叫。城中放紙砲。不知因甚來。朝廷要納鈔。

萬曆丙辰會試諺

二申野錄。（卷六。）萬曆丙辰二月會試。以大學士吳道南、禮部尚書劉楚先充考試官。取沈同和等三百五十名。（原注。沈同和吳江人。家饒阿堵。已彰物議。會試放榜。居然首選。其鄉里下第舉子。憤憤不平。或泥汚其名。或冢衆聲閧。及閱墨卷。首藝。時刻也。於是科臣參其懷挾。而本房亦具疏檢舉。士論閧然。上命禮官覆試之。）三月削會元沈同和爲民。並黜進士趙鳴陽。同和覆試之日。禮部出明君必恭儉禮下。同和問曰。是書乎。是經乎。是論乎。其座師大怒。日暮幾乎曳白。於是發刑部訊問。杖而徒之。其卷皆趙鳴陽筆。遂削其名。是科會錄無元。吳人爲之謠曰。丙辰會錄。斷幺絕六。（按此條已見湧幢小品。）開國以來。未有會錄無首者。乃始見於今日。丙、火也。辰、龍也。故諺曰。

火龍無首。

崇禎辛巳杭城諺

二申野錄。（卷八。）崇禎辛巳。是年杭城旱饑。即富家亦半食粥。或兼煮蠶豆以充飢。貧者採榆屑木以食。諺云。

湖船底漏。司廚刀繡。梨園餓瘦。上瓦下瓦。抱裯遠走。

古謠諺卷二十三

秀水杜文瀾輯

漁父歌

吳越春秋。卷一。鄭定公與子產誅殺太子建。建有子名勝。伍員與勝奔吳。至江。江中有漁父乘船從下方泝水而上。子胥呼之。謂曰。漁父渡我。如是者再。漁父欲渡之。適會旁有人窺之。因而歌曰云云。子胥卽止蘆之漪。漁父又歌曰云云。子胥入船。漁父知其意也。乃渡之千潯徐注云。潯當作尋。四尺曰仞。倍仞曰尋。之津。子胥既渡。漁父乃視之。有其飢色。乃謂曰。子俟我此樹下。爲子取餉。漁父去後。子胥疑之。乃潛身於深葦之中。有頃父來。持麥飯鮑魚羹盎漿。求之樹下不見。因歌而呼之曰云云。如是至再。子胥乃出蘆中而應。漁父曰。吾見子有飢色。爲子取餉。子何嫌哉。子胥曰。性命屬天。今屬丈人。豈敢有嫌哉。卷二。吳王入郢止留。伍胥遂引軍擊鄭。鄭定公大懼。乃令國中曰。有能還吳軍者。吾與分國而治。漁者之子應募曰。已能還之。不用尺兵斗糧。得一橈而行歌道中。卽還矣。公乃與漁者之子橈。子胥軍將至。當道扣橈而歌曰。蘆中人。如是再。子胥聞之。愕然大驚曰。公爲何誰矣。曰。漁父者子。臣念前人與君相逢於途。今從君乞鄭之國。子胥歎曰。悲哉。吾蒙子前人之惠。自致於此。上天蒼蒼。豈敢忘也。於是乃釋鄭國。還軍閘楚。

日月昭昭乎侵已馳。與子期乎蘆之漪。御覽卷六十九引輿地志。昭昭作灼灼。馳作私。下乎字作兮。漪作崎。

日已夕兮予心憂悲。月已馳兮何不渡爲。事寖急兮當奈何。風雅逸篇卷二。兮作乎。何不作不可。當作將。

蘆中人。蘆中人。豈非窮士乎。

按越絕書卷一亦載此歌。無後一則。字句半同半異。今並錄之。

伍子胥引河上歌

吳越春秋。卷二。會楚之白喜徐注云。史記作伯嚭。來奔。吳王問子胥曰。白喜何如人也。子胥曰。白喜者。楚白徐注云。左傳、史記俱作伯。州犂之孫。平王誅州犂。喜因出奔。聞臣在吳而來也。闔閭傷之。以爲大夫。與謀國事。吳大夫被離承宴問子胥曰。何見而信喜。子胥曰。吾之怨與喜同。子不聞河上歌乎。

同病相憐。同憂相救。驚翔之鳥。相隨而集。瀨下之水。因復俱流。胡馬望北風而立。越鷰向日而熙。誰不愛其所近。悲其所思者乎。

申包胥歌

吳越春秋。卷二。申包胥哭於秦庭。七日七夜。口不絕聲。秦桓公徐注云。按申包胥求救。乃秦哀公時。此云桓公。誤。素沉湎。不恤國事。申包胥哭已。歌曰云云。如此七日。秦伯爲之垂涕。卽出師而送之。

吳爲無道。封豕長蛇。以食上國。欲有天下。政從楚起。寡君出在草澤。使來告急。

按左氏定四年傳。申包胥如秦乞師曰。吳爲封豕長蛇。以荐食上國。虐始於楚。寡君失守社稷。越在草莽。使下臣告急。惟彼不言歌。故置彼錄此。

樂師扈子琴曲

吳越春秋。卷二。樂師扈子非荆王信讒佞。殺伍奢白州犂。而寇不絕於境。乃援琴爲楚作窮刼徐注云。刼疑當作帆。之曲。以暢徐注云。暢疑作傷。君之迫厄之暢達徐注云。之暢達當作而暢達之。也。其詞曰云云。昭王垂涕。深知琴曲之情。扈子遂不復鼓矣。

王耶王耶何乖烈。(徐注云。烈疑當作劣。風雅逸篇卷二。烈作戾。)不顧宗廟聽讒孽。任用無忌多所殺。誅夷白氏族幾滅。二子東奔適吳越。吳王哀痛助忉怛。垂涕(風雅逸篇。涕作淚。)舉兵將西伐。伍胥白喜孫武決。三戰破郢王奔發。留兵縱騎虜荆闕。楚荆骸骨遭發掘。(風雅逸篇。楚荆作荆楚。)鞭辱腐屍恥難雪。幾危宗廟社稷滅。嚴王何罪國幾絕。(風雅逸篇。嚴作莊。)卿士悽愴民惻悷。(徐注云。音戾。懔悷、悲貌。)吳軍雖去怖不歇。願王更隱撫忠節。勿爲讒口能謗䙝。

越王夫人歌

吳越春秋。(卷四。)越王勾踐入臣於吳。越王夫人乃據船哭。顧烏鵲啄江渚之蝦。飛去復來。因哭而歌之曰(云云。)又哀吟曰(云云。)越王聞夫人怨歌。心中內慟。乃曰。孤何憂。吾之六翮備矣。

仰飛鳥兮烏鳶。淩玄虛號(徐注云。號當作兮。風雅逸篇卷二。虛下有兮字。)翩翩。集洲渚兮優恣。啄蝦矯翮兮雲間。任厥(徐注云。此闕一字。)兮往還。妾無罪兮負地。有何辜兮譴天。飆飆獨兮西往。(風雅逸篇。無下飆字。)孰知返兮何年。心惙惙兮若割。淚泫泫兮雙懸。彼飛鳥兮鳶烏。已迴翔兮翕蘇。心在專兮素蝦。何居食兮江湖。徊復翔兮游颺。去復返兮於乎。始事君兮去家。終我命兮君都。終來遇兮何幸。(徐注云。幸當作辜。)離我國兮去吳。妻衣褐兮爲婢。夫去冕兮爲奴。歲遙遙兮難極。寃悲痛兮心惻。腸千結兮服膺。於乎哀兮忘食。願我身兮如烏。身翱翔兮矯翼。去我國兮心搖。情憤惋兮誰識。(風雅逸篇。憤惋作惋傷。御覽卷五百七十引吳越春秋此歌。詳略迥異。其詞曰。兩飛鳥兮鳶烏。何居食兮江湖。水中蟲兮曰蝦。去復反兮嗚呼。始事君兮去家。終我命兮君都。中年過兮何辜。離我國兮入吳。妻爲婢兮夫爲奴。歲迢迢兮難極。寃痛悲兮心惻。嗚呼哀兮不食。)

采葛婦歌

吳越春秋。卷五。越王曰。吳王好服之離體。吾欲采葛。使女工織細布獻之。以求吳王之心。於子何如。羣臣曰。善。乃使國中男女入山采葛。以作黃絲之布。吳王得葛布之獻。乃復增越之封。賜羽毛之飾。几杖諸侯之服。越國大悅。采葛之婦傷越王用心之苦。乃作何苦之歌曰。原本無何字。歌作詩。徐注云。事類賦引吳越春秋曰。乃作若何之歌。會稽賦注亦引此書曰。乃作何苦之詩。

葛不連蔓棻台台。御覽卷九百九十五。棻作菜。我君心苦命更之。嘗膽不苦甘如飴。徐注云。事類賦及越舊經所引。皆作未若飴。御覽。甘如作味若。令我采葛以作絲。御覽卷五百七十一。令我作我今。饑不遑食四體疲。原本無此句。徐注據文選注引。以爲闕文。女工織兮不敢遲。弱於羅兮輕霏霏。號絺素兮將獻之。越王悅兮忘罪除。吳王歎兮飛尺書。增封益地賜羽奇。几杖茵褥諸侯儀。羣臣拜舞天顏舒。我王何憂能不移。廣羣芳譜卷十二。能不作不能。

作彈歌

吳越春秋。卷五。於是。范蠡復進善射者陳音。音、楚人也。越王請音而問曰。孤聞子善射。道何所生。音曰。臣楚之鄙人。嘗步於射術。未能悉知其道。越王曰。然。願子一二其辭。音曰。臣聞弩生於弓。弓生於彈。彈起古之孝子。越王曰。孝子彈者奈何。音曰。古者。人民朴質。饑食鳥獸。渴飲霧露。死則裹以白茅。投於中野。孝子不忍見父母爲禽獸所食。故作彈以守之。絕鳥獸之害。故歌曰云云。之謂也。於是神農皇帝徐注云。皇當作黃。弦木爲弧。剡木爲矢。徐注云。世本。黃帝臣牟夷作矢。弧矢之利。以威四方。

斷竹續竹。白帖卷十四。續竹作屬木。御覽卷三百二十。續竹作屬彈。升菴詩話卷一。續作㞑。案楊氏愼有㞑麗情集。自注云。㞑、古續字。李氏調元云。㞑、古膠字。乃先生偶誤。據此。則此條㞑字乃楊氏誤易也。飛土逐宍。白帖。宍作肉。風雅逸篇卷一注云。宍、古肉字。今吳越春秋作害。非。顧氏金石文字記卷三衞公李靖碑。惘茲視宍。宍卽肉字。廣韻。肉、俗作宍。越絕書。陳音對越王云云。作此宍字。乃俗書也。而今人以爲古字。誤矣。

義府云。卷下。劉勰文心雕龍云。二言肇於黃世竹彈之謠。是也。注。事見吳越春秋。未必果黃帝時語。此言未知詩體。蓋斷竹續竹。飛土逐宍。必四言成句。語脈緊。聲情始切。若讀作二言。其聲嘽緩而不激揚。恐非歌旨。

軍士離別詞

吳越春秋。卷六。越王復悉國中士卒伐吳。國人各送其子弟於郊境之上。軍士各與父兄昆弟取訣。國人悲哀。皆作離別相去之詞曰云云。於是觀者莫不悽惻。

躒躁摧長恧兮。擢戟馭殳。所離不降兮。以泄我王氣蘇。三軍一飛降兮。所向皆殂。一士判死兮。而當百夫。道祐有德兮。吳卒自屠。雪我王宿恥兮。威振八都。軍伍難更兮。勢如貔貙。行行各努力兮。於乎於乎。

樂師暢辭

吳越春秋逸文。據廣博物志卷三十四。越王還於吳。置酒文臺。羣臣爲樂。乃命樂作伐吳之曲。樂師曰。臣聞卽事作操。功成作樂。君王復讐還恥。威加諸侯。受霸王之功。功可象於圖畫。德可刻於金石。聲可託於絃管。名可留於竹帛。臣請引琴而鼓之。遂作章暢辭曰。

屯乎。今欲伐吳。可未耶。

漁父歌

越絕書。卷一。伍子胥於是乃南奔吳。至江上。見漁者曰。來渡我。漁者知其非常人也。欲往渡之。恐人知之。歌而往過之曰云云。子胥卽從漁者之蘆碕。日入。漁者復歌往曰云云。船到。卽載入船而伏。

日昭昭侵已施。與子期甫蘆之碕。御覽卷五百七十一。無日字。昭昭作炤炤。潛確類書卷一。侵作浸。施作暆。秋林伐山云。暆、日斜也。遼左有東暆縣。義府卷下。施、日斜也。碕、曲岸也。甫當讀夫。音扶。心中目施。御覽卷五百七十一作心中悲。日已施。子可渡河。何爲不出。

巴人爲陳紀山歌

華陽國志。巴志。巴郡陳紀山爲漢司隸校尉。嚴明正直。西虜獻眩。王庭試之。分公卿以爲嬉。紀山獨不視。京師稱之。巴人歌曰。

築室載直梁。國人以貞眞。邪娛不揚目。枉行不動身。姦軌辟乎遠。理義協乎民。續古文苑卷四。枉作狂。辟作僻。

巴郡民爲吳約歌二則

華陽國志。巴志。永建中。泰山吳資元爲郡守。屢獲豐年。民歌之。廣博物志卷十七引後漢書作巴郡人爲吳資歌。曰 云云。及資遷去。民人思慕。又曰 云云。

習習晨風動。澍雨潤乎苗。廣博物志卷十七引後漢書。乎作禾。我后恤時務。我民以優饒。御覽卷二百六十二引華陽國志。我民作郡民。

望遠忽不見。惆悵嘗徘徊。恩澤實難忘　悠悠心永懷。

漢世爲唐蒙諺

華陽國志。蜀志。漢武帝初欲開南中。令蜀通僰青衣道。是元年。僰道令通之。費功無成。百姓愁怨。司馬相如諷諭之。使者唐蒙將南入。以道不通。執令將斬之。令歎曰。忝官益土。恨不見成都市。

蒙卽令送成都市而殺之。蒙乃斬石。通閣道。故世爲諺曰云云云。後蒙爲都尉。治南夷道。

思都郵。斬令頭。

蜀人爲先尼和女張貞妻語

華陽國志。蜀志。江陽郡符縣郡東二百里。永建元年十二月。縣長趙祉遣吏先尼和拜檄巴蜀守。過成瑞灘死。子賢求喪不得。女絡年二十五。迺分金珠作二錦囊。繫兒頭下。至二年二月十五日。女絡乃乘小船至父沒所。哀哭自沈。見夢告賢曰。至二十一日與父屍俱出。至日。父子浮出。縣言郡太守蕭登。高之。上尙書。遣戶曹掾爲之立碑。人爲語先賢士女總讚作時人語。水經注江水篇作時人爲說。曰云云。求其人。天下無有其偶者矣。水經注江水篇載此事。先尼和作光尼和。成瑞灘作成濡灘。年二十五下有有二子五歲以還七字。項氏絪云。搜神記云。犍爲先尼和。其女名雄。先賢士女總讚。黃帛、僰道人張貞妻也。貞受易於韓子方。去家三十里。船覆死。貞弟求喪。經月不得。帛乃自往沒處。躬訪不得。遂自投水中。大小驚惋。積十四日。持夫手浮出。縣長韓子冉嘉之。召帛子爲縣股肱。

符有先絡。僰道張帛。水經注。先作光。道下有有字。鍾山札記卷三。後漢列女傳有孝女叔先雄。水經注江水一。雄作絡。舊本誤作終。故困學紀聞引之作光絡。兩字皆譌。今案華陽國志云云。絡帛叶韻。則終字之誤顯然。而後漢傳之雄字亦當作雒明矣。

南廣郡行人語

華陽國志。南中志。南廣郡自僰道至朱提。有水步道。水道有黑水及羊官水。至險難行。步道度三津。亦艱阻。故行人爲語水經注江水篇引益州記作俗爲之語。均藻卷一作古諺。曰云云。又有牛叩頭。馬搏坂。其險如此。

猶溪赤水。水經注江水篇引益州記。猶溪作楢谿。盤蛇七曲。盤羊烏櫳。氣與天通。丹鉛雜錄卷七引水經注。氣作勢。看都護泚。住柱呼尹。庲降賈子。左儋七里。項氏絪水經注校語云。看都二字未詳。華陽國志云。庲降賈子。左擔七里。按庲降、屯名也。華陽國志云。建寧郡治。故庲降都督屯也。李克蜀記云。蜀山白鶴谷葭萌道。徑險窄。北來擔負者。不容易肩。謂之左擔道。升菴詩話補遺卷下。李公允益州記云。陰平縣有左肩道。其路至險難行。自北來者擔在左肩。不得度右肩。

時人爲何平句扶張翼廖化語

華陽國志。劉後主志。延熙十一年。鎮北將軍王平卒。平始出軍武夫。不大知書。性警朗有思理。平同郡句扶。亦果壯。亞平。官至左將軍。封宕渠侯。後張翼與襄陽廖化並爲大將軍。故時人爲語曰云云。平本養外家何氏。後復姓。

前有何句。後有張廖。轉注古音略卷四及官韻考異。何作王。

巴蜀爲譙登文石張羅語

華陽國志。大同志。永嘉元年三月。關中流民鄧定訇氐等掠漢中冬辰勢以叛。巴西太守張燕遣兵圍之。氐求救於李雄。夏五月。雄遣李離救定。州軍以破。四年。天水文石殺雄。雄太宰李國降。梓潼巴西還屬。初、巴西譙登詣鎮南請兵。鎮南無兵。表爲揚烈將軍梓潼內史。義募三巴蜀漢民爲兵。克復州郡。先征宕渠。殺雄巴西太守馬脫。還往涪。折衝將軍張羅進據犍爲之合水。巴蜀爲語曰。

譙登治涪城。文石在巴西。張羅守合水。巴氏那得前。

溫縣民爲王渙歌

華陽國志。先賢士女總贊。王渙字稚子。郪人也。初爲河內溫令。路不拾遺。臥不閉門。民歌之曰。

王稚子。世未有。平徭役。百姓喜。御覽卷四百六十五引東觀漢記。世作代。

時人爲折像賓客諺

華陽國志。（先賢士女總讚。）折像字伯式。雒人也。其先張江爲武威太守。封南陽折侯。因氏焉。父國爲鬱林太守。家貲二億。盡散以施宗族。卹贍親舊。葬死弔喪。事東平虞叔雅。以道教授門人。朋友自遠而至。時人爲諺曰。

折氏客誰。朱雲卿。殷節英。中有佃子趙仲平。但說天文論五經。

蜀中爲費貽歌

華陽國志。（先賢士女總讚。）費貽字奉君。南安人也。公孫述時。漆身爲厲。佯狂避世。述破。爲合浦守。蜀中歌之曰。

節義至仁、費奉君。不仕亂世避惡君。修身於蜀。記名亦足。後世爲大族。

元康三年蜀中童謠二則

華陽國志。（大同志。）元康三年。正月中。童謠曰云云。又曰。江橋頭。闕下市。成都北門十八字。（按此條見魏書賨李勢傳。已錄。）及尙在巴蜀也。又曰云云。巴郡皮素之西上也。又曰。有客有客。來侵門陌。其氣欲索。（按此條亦見魏書賨李勢傳。已錄。）

郫城堅。盎底穿。郫城細。子李特細。

巴郡葛。當下美。

綿竹民爲閻憲謠

華陽國志。（漢中士女志。）閻憲字孟度。成固人也。名知人。爲綿竹令。以禮讓爲化。民莫敢犯。男子杜成夜行。得遺物一囊。中有錦二十五疋。求其主還之曰。縣有明君。何敢負其化。童謠歌曰云云。遷蜀郡。吏民泣涕。送之以千數。

閻尹賦政。既明且昶。去苛去辟。動以禮讓。（御覽卷四百六十五。尹作君。無賦字。上去字作蠲。辟作碎。無動字。）

時人爲楊氏四子語

華陽國志。（漢中士女志。）泰瑛、南鄭楊相妻。大鴻臚劉巨公女也。有四男二女。相亡。敎訓六子。動有法矩。長子元珍。次子仲珍。兄弟爲名士。泰瑛之敎。流於三世。四子才官。隆於先人。故時人爲之語曰。

三苗不止。四珍復起。

蜀民爲何隨語

華陽國志。（西州後賢志。）何隨、蜀郡郫人也。除安漢令。蜀亡去官。時巴土饑荒。所在無穀。送吏行乏。輒取道側民芋。隨以緜繫其處。使足所取直。民視芋見緜。相語曰。聞何安漢清廉。行道。從者無糧。必能爾耳。持緜追還之。終不受。因爲語曰。

安漢吏取糧。令爲之償。（御覽卷九百七十五作聞何安漢清民取糧。吏爲之償。）

時人爲趙孟語

華陽國志逸文。（據詩紀補。）趙孟字長舒。補尙書都令史。善清談。有國士風。面有疵點。曹事不決。孟一言乃定。時人語曰。

事有變。問疵面。

北州童爲朱頊棗嵩謠

十六國春秋。卷十二後趙錄。後晉幽州牧王浚。矜豪日甚。不親政事。所任皆苛刻。小人棗嵩、朱頊。貪橫尤甚。北州童謠曰。

府中赫赫、朱邱伯。十囊五囊、八棗郎。

按晉書王浚傳但載棗嵩事。謠詞亦僅一句。今兩載之。

軍中爲汲桑謠

十六國春秋。卷二十二後趙錄。汲桑嘗事成都王司馬穎。穎之死也。桑聚衆刼掠郡縣。自稱大將軍。嘗六月盛暑而重裘累茵。使人扇之。患不清涼。乃斬扇者。時軍中爲之謠曰。樂府詩集卷八十二作幷州士女爲之歌。

士爲將軍何可羞。六月重茵被衲裘。不識寒暑斷他頭。御覽卷二十一引趙書。士作奴。衲作狐。他作人。卷三十四引趙書。重作累。豹作貂。斷作斬。卷六百九十四引趙書。被作披。樂府詩集。被作披。狐作豹。雄兒田蘭爲報仇。中夜斬首謝幷州。二句原本無。今據樂府詩集補。

臨水人爲張樓謠

十六國春秋。卷二十二後趙錄。張樓、陽平人也。爲臨水長。嚴政酷刑。殘忍無惠。時人苦之。爲之謠曰。御覽卷四百六十五作人謠之曰。

陽平張樓頭如箱。見人切齒劇虎狼。

陳武引里語

十六國春秋。卷二十二後趙錄。陳武字國武。本胡人。育於臨水令陳君。陳君奇之。起議欲易其故字。武長跪自啓曰。里語有之云云。謂今當易字。實有私心。嘗聞長卿慕藺相如之行。故字相如。往在鄉里。久聞故老之說。稱漢使蘇武執忠守志。意竊慕之。陳君嘉其志。遂名之曰武。因字之曰國武。

都亭鼠數聞長者。

隴上童爲王擢謠

十六國春秋。卷三十四前秦錄。苻健皇始二年十二月。丞相雄攻王擢於隴上。敗之。擢單馬奔涼州。雄還屯隴東。初有童謠曰云云。至是而擢敗。

十斗二升沙。誰爲王擢冢。

苻堅時鳳皇歌

十六國春秋。卷三十六前秦錄。苻堅時。甘露三年秋九月乙亥。鳳皇集於東闕。民因歌之曰。

鳳皇于飛。其羽翼翼。翊我聖后。饗齡萬億。御覽卷四百六十五。翊我作淵我。卷九百二十五。饗作其。

時人爲釋道安諺

十六國春秋。卷三十七前秦錄。苻堅建元十六年。有人持一銅斛於市賣之。其形正圓。下向爲斗。横梁昂者爲升。低者爲合。梁一頭爲籥。籥同黃鐘。可容半合。邊有篆銘。堅以問道安。安曰。此王莽時物。自言出自舜。黃龍戊辰改正。卽眞以同律量。布之四方。欲大小器鈞。令天下取平焉。堅乃勅學士。內外有疑。皆師於安。故時人爲之諺曰。

學不師安。義不中難。

時人爲梁氏兄弟語

十六國春秋。卷四十二前秦錄。御覽卷四百九十五。秦作涼。梁讜字伯言。略陽氐人也。博學有儁才。仕健爲著作郎。稍遷至中書令。堅既卽位。出爲安遠將軍幽州刺史。鎭薊城。未幾進位侍中。讜與弟熙俱以文藻淸麗見重一時。時人爲之語曰。

關東堂堂。二申兩房。未若二梁。環文綺章。

趙整諷苻堅歌

十六國春秋。卷四十二前秦錄。堅與羣臣飲酒。以秘書監朱肜爲酒正令。人以極醉爲限。整乃作酒德歌曰云云。又曰云云。堅大悅。命整書之。以爲酒戒。自是每宴羣臣。禮飲而已。

地列酒泉。天垂酒池。杜康妙識。儀狄先知。紂喪殷邦。桀傾夏國。由此言之。前危後則。御覽卷八百四十一僅載下文四句。此八句未載。

穫黍西秦。採麥東齊。春封夏發。鼻納心迷。

平原民爲索稜歌

十六國春秋。卷六十一後秦錄。御覽卷二百六十一。後作前。索稜字孟則。燉煌人也。好學博聞。姚萇甚器重之。委以機密。文章詔檄。皆稜之文也。後爲平原太守。以德化民。民畏而愛之。歌曰。

懿矣明守。庶績允釐。剖符作宰。實獲我思。

時人爲龐世謠

十六國春秋。卷六十五南燕錄。龐世不知何處人。仕德爲光祿勳。奏案豪强。苛克人物。咸懼疾之。及卒。門無弔客。時人爲之謠曰。

龐家之巷。車馬轔轔。泥丸之日無弔賓。弔賓不至何所因。由性苛克寡所親。御覽卷四百六十引趙書轔轔作鏻鏻。至作來。克作尅。

張休祖述時人語

十六國春秋。卷七十五前涼錄。氾禕字休臧。燉煌人。爲福祿令。剛直不事上府。酒泉太守馬漢遣督郵張休祖劾之。休祖謂禕曰。君不聞云云乎。禕怒。以印繫肘而就縛。縛訖。發印以告。事聞。休祖坐不解印擅縛令長。以大不敬論。禕左遷居延令。

寧逢三千頭虎。不逢張休祖。

秦雍爲辛氏兄弟諺

十六國春秋。卷七十五前涼錄。辛攀字懷遠。隴西狄道人也。父奭晉尚書郎。兄鑒曠、弟寶迅皆以才識著名。秦雍爲之諺曰。御覽卷四百九十五。諺作語。

五龍一門。金友玉昆。

時人爲張冲謠

十六國春秋。卷七十五前涼錄。張冲字長思。燉煌人。家財巨萬。悉以散之鄉閭。御覽卷四百七十七。作散家財巨萬。施之鄉閭。時人爲之謠曰。

推財不疑、張長思。

時人爲李始語

十六國春秋。卷七十九蜀錄。李始字伯起。御覽卷二百六。起作敬。雄異母兄也。累遷太保。加折衝將軍。善撫士衆。衆多歸之。時人爲之語曰。

欲養老。屬太保。

吏人爲劉聰歌

十六國春秋逸文。前趙錄。據白帖卷七十七。劉聰字元明。年十四。究通經史。時有太守郭頤。辟爲主簿吏。歌曰。

我有賢后。能任元明。政理人殷。

時人爲權翼符雅語

十六國春秋逸文。前秦錄。據廣博物志卷十六。尙書符雅。爲人樂施。乞人塡門。嘗曰。天下物何常。吾今日富。後日貧耳。忽一日不施。則意不泰。時人爲之語曰。

不爲權翼富。寧作符雅貧。御覽卷四百七十七引車頻秦書。翼作異。按符秦時有權翼。無權異。御覽所引有誤。

按十六國春秋原書久佚。漢魏叢書本卷帙太少。未載謠諺。屠氏本卷帙雖完。出自依托。然其中所收謠諺多與御覽所引相符。究非無據。故不入附錄。仍歸正文。又白帖、廣博物志所引各一則。爲屠本所無。今亦採之。

古謠諺卷二十四

秀水杜文瀾輯

開寶中南昌市老翁老媼歌

馬氏南唐書陳陶傳。陳陶世居嶺表。聲詩曆象。無不精究。常以台輔之器自負。恨世亂不得逞。昇元中。至南昌。築室於西山。所居幽邃。性尤嗜鮓。後以修養煉丹爲事。西山先產藥物數十種。陶採而餌之。開寶中。嘗見一叟。角髮被褐。與老媼貨藥於市。獲錢則市鮓對飲。旁若無人。既醉。行舞而歌曰云云。或疑爲陶之夫婦云。

藍采禾。藍采禾。（陸氏南唐書陶傳。二禾字作和。）塵世紛紛事更多。爭如賣藥沽酒飲。（陸書作何如賣藥沽美酒。）歸去深崖拍手歌。（陸書。深作青。）

高酒禿醉歌

馬氏南唐書浮屠元寂傳。僧元寂。姓高氏。自言高駢族人。（陸氏南唐書毛炳傳作駢族子。）昇元中。受業昇元寺。性爽悟。博通經藏。保大中。授明教大師。賜紫。元寂屢干憲法。有司惜其才。輒貰之。（陸書作脫略跌宕。無日不醉。）後主召入。問華嚴經。元寂口說梵行一品。多賜金帛。由是益自恣。日以狂飲爲事。大醉。則十數小兒隨之。元寂行歌於路（陸書作浩歌道中。）曰云云。與羣兒互相應和。旁若無人。坐是落僧職。出居長干寺。常與狂生藉地酣飲。醉死於石子岡。

酒禿酒禿。何榮何辱。但見衣冠成古邱。不見江河變陵谷。

李後主時童謠

南唐近事逸文。據全唐詩十二函八。李後主時童謠云云。娘謂李主再娶周后。豬狗死謂祚盡戌亥年。赤瘕、目病。猫有目病。則不能捕鼠。謂不見丙子之年也。

索得娘來忘卻家。後園桃李不生花。豬兒狗兒都死盡。養得猫兒患赤瘕。

按說郛卷三十九列南唐近事。未載此條。今據全唐詩錄之。

吳王稱號時廣陵黃冠道人歌

釣磯立談。吳王稱號淮海。時廣陵殷盛。士庶駢闐。忽一旦有黃冠道人。狀如病狂。手持一竿。竿首挂一木。刻爲鯉魚形。自云鍾離人也。行歌於市曰云云。又云云云。大率如此者凡數十篇。時人莫能曉。歲餘忽不知所之。其後武義年中。江南謠言又有東海鯉魚飛上天之語。按此條已見五代史補。及烈祖受命。復姓李氏。立唐社稷。其言方驗。叟曰。鮑氏廷博云。釣磯立談作者自稱曰叟。不署姓名。據十國春秋以爲南唐史虛白撰。予以自序及他書考之。蓋虛白仲子之筆也。鯉之與李聲相通。魚而肉角。則龍矣。雖以金刻鱗。猶爲魚也。江南雖爲强國。而以偏霸終焉。魚之象也。由是觀之。濠梁胄出盟津。厥有旨哉。

盟津鯉魚肉爲角。濠梁鯉魚金刻鱗。盟津鯉魚死欲盡。濠梁鯉魚始驚人。橫排三十六條鱗。箇箇圓如紫磨真。爲甚竿頭挑著走。世間難得識魚人十國春秋吳黃冠道人傳。得作遇。

武義中童謠

釣磯立談。武義中。有童謠云云云。及烈祖受禪。郡國以符瑞言者。不可以數計。其尤著者。江西楊化爲李。臨川李樹生連理。於是始下還宗之議。

江北楊花作雪飛。江南李樹玉團枝。李花結子可憐在。不似楊花沒了期。十國春秋吳高祖世家。沒作無。

蜀中丐者醋頭呼語

蜀檮杌。卷下。孟知祥僭位。薨。年六十一。僞謚文武聖德英烈明孝皇帝。廟號高祖。葬和陵。初有丐者自號醋頭。手擕一燈架。所至處卓之。呼曰云云。至是人以爲應。

不得燈。燈便倒。幸蜀記。得作使。全唐詩十二函八。二燈字均作登。

桂管兒童呼語

三楚新錄。馬殷使部將李勳將數萬衆擊南越。未數月。拔桂管十八城。劉龔懼而乞盟。勳即李老虎。勇壯絕倫。人號曰李老虎。先是桂管兒童每聚戲呼全唐詩話作桂管童謠。曰云云。號呼而走。及勳拔桂管。論者以爲應。

大蟲來。

楊渥時謠言

五國故事。卷上。淮南楊氏渥。行密長子。既襲父位。遂舉兵克江西。虜鍾氏而歸。新五代史楊渥傳。天祐三年四月。江西鍾傳卒。其子匡時代立。渥遣秦裴率兵攻之。九月克洪州。執匡時。先是謠言云。

楊老抽嫩條。原注。此疑有脫誤。堪作打鐘槌。五代史補卷一。上藍和尚失其名。居於洪州上藍院。精究術數。大爲鍾傳所禮。一旦疾篤。往省之。上藍强起索筆。作偈以授。其末云。但看來年二三月。柳條堪作打鐘槌。偈終而卒。傳得之不能測。洎明年春。淮帥引兵奄至。洪州陷。江西遂爲楊氏有。打鐘之偈。人始悟焉。

淮南市井小兒唱

五國故事。卷上。周師未南征。而淮南市井小兒普唱曰云云。人頗怪之。及揚州建春門有嚚。而俗謂之檀。出於水次。衆以爲應矣。未幾王師入。先鋒騎兵皆唱蕃歌。其首句曰云云。方明其兆。馬氏南唐書嗣主書。保大十五年。周師步騎數萬。水陸齊進。軍中作檀來之歌。聲聞數十里。

檀來也。南唐書嗣主書。戚氏光注云。檀來者、但來也。北人語音。

吳越文穆王治世子府時謠言

吳越備史。卷二記文穆王事。天福五年夏四月甲子。世子弘僔薨。弘僔、王第五子也。母魯國夫人鄜氏。時王年將四十。冢嗣未建。及生。特所鍾愛。累奏授兩浙副大使果州團練使。國建。立爲世子。初、王建世子府。謠言曰云云。將薨。乃題所居屛障曰。四月二十九日大會羣僊。凡題數處。及期果薨。年方十六歲。追謚曰孝獻。

何處有鹿脯。

閩人楊葉謠

吳越備史。卷三紀忠獻王事。開運三年冬十月。金陵攻福州。節度使李宏義遣將徐仁晏、李廷諤等求救於王。四年三月戊戌。王遣將余安率水軍救福州。大敗淮師。獲其將都指揮使楊匡業、蔡遇等。擒戮裨將孟堅等幷餘黨二萬餘衆。器械數十萬。李宏義歸附於我。更名孺贇。初、忠懿王之治閩城。壘甓皆有錢文曰。此城終歸錢氏。忠懿頗惡之。因剗去。而錢文愈明。又謠曰云云。至是皆驗。是行也。歸罪於陳覺、馮延魯。謂其專命而行也。金陵始以覺爲東南面招討使。延魯爲監軍。及其敗績。反以專命罪以贖恥。一何偷哉。爲君而偷。復歸罪於下。其喪師也。不亦宜乎。青箱雜記卷七。王審知治城。城有錢文。惡之。命剗去。而其文愈明。又有謠曰云云。後福州軍校李仁福殺帥自立。而歸款於金陵。既而又叛李璟。璟攻之。仁福又求救於錢塘。比錢塘兵至。而江南圍解。獲其將楊匡業。乃其應也。　全唐詩十二函八。王審知時有此謠。後延羲、延政兄弟相攻。國中大亂。忠獻王錢佐時年十九。遣兵伐之。敗淮將楊業、蔡遇等。盡取福州之地。鼓山、福州山名。　十國春秋閩李仁達傳。忠獻王命余安入福州。李達舉部歸附。先是有謠云云。至是敗唐師。獲其將楊匡業。按楊匡業全唐詩作楊業。蓋承宋人避太祖諱之文也。

風吹楊葉鼓山下。不得錢郎戈不罷。青箱雜記。郎作來。戈作兵。　全唐詩。葉作菜。

商賈爲永昌騰越界謠

滇載記。永昌騰越界高黎共山爲西嶽。在今騰衝。一名崑崙隅。東臨濃江。西臨龍川。左右有平川名爲穹甸。草卉貫四敘不凋。瘴氣最惡。冬雪至春方融。夏秋穹甸炎熾。商賈愁怨。爲之謠曰。

冬時欲歸來。高黎共上雪。夏秋欲歸來。無奈穹甸熱。春時欲歸來。囊中資糧絕。

段寶據滇時妖巫女歌

滇載記。元既滅段氏而有其地。元季亂。中原多故。段氏復據之。十代總管信苴段寶。洪武元年嗣職時。有妖巫女歌曰云云。寶數日疾卒。子明嗣。洪武十四年。明遂就擒。大理悉定。

莫道君爲山海主。山海笑諧諧。古今風謠。諧諧作咳咳。園中花謝千萬朵。別有明主來。

金大定間謠言

蒙韃備錄。韃人在本國時。金敵大定。聞燕京及契丹地有謠言云云云。葛酋雍宛轉聞之。驚曰。必是韃人爲我國患。乃下令極於窮荒出兵剿之。每三歲遣兵向北剿殺。謂之減丁。

韃靼去。趕得官家沒去處。

宣州人爲弘農王言

十國春秋吳沈顏傳。有宣州重建小廳記行世。注云。記曰。界江南宣州。實爲奥區。凡厥貢之盛。厥土之饒。則古所良也。暨鉅盜起芒碭。環弊於四方。是邦載罹窘阨。雖城隍僅免。而外無孑遺矣。兵部裴公餘慶去任。竇常侍聿自池牧來臨。莅事未幾。遽爲秦彥所據。姦連鄰愁。一旦擁兵渡江。引黨趙鍠。以代己任。是歲南滁劉顥作亂。揚州繼喪師律。二境流離。人不堪命。弘農王方作自淝水。爰奮義旗。詢於同盟。則田公司空。首決弘謀。及維揚克定。秦彥就誅。宣人有言曰云云。弘農王允憫是誠。我公復勵兵進討。鍠悉銳逆戰。亟爲崩之。及追躄保壘。兵食內空。而外不絕商。市無改肆。鍠知人和在。乃冒圍宵奔。我公追擒之。自此江表略定。

何獨後予。徯其來蘇。

華姥山童子歌

十國春秋吳劉得常傳。劉得常、昇州人。十七歲作大道歌。詣茅山見國師吳法通。法通曰。賢者能飲茅山泉一月。當十倍今日聰明。一年特生光慧。十年聞仙道矣。得常乃作泠泉吟。法通又曰。吾有玉經妙旨。子若斂華就實。可以混合天人。離情理識。得常再拜執弟子禮。居紫陽觀。廿年不逾戶閾。高祖時。華姥山一夕有童子歌曰云云。山中人數聞之。慮有兵。是年盛産黃芝。經月枯悴。得常遂逝焉。

靈菌長。金刀響。

眉州民爲張琳歌

十國春秋。前蜀張琳。許州人也。唐末官眉州刺史。修通濟堰。溉田一萬五千頃。民被其惠。歌曰。

前有章仇後張公。疏決水利杭稻豐。南陽杜詩不可同。何不用之代天工。

揚州人爲彭玗語

十國春秋楚彭玗傳。玗通左氏春秋。嘗募求西京石經。厚賜以金。揚州人至相語曰云云。況得士乎。故士人多往依之。

十金易一筆。百金易一篇。

拓拔恆引諺

十國春秋楚拓拔恆傳。文昭王開天策府。爲天策府學士。天福八年。文昭王用孔目官周陟議。令常稅外。大縣貢米二千斛。中千斛。小七百斛。恆上書曰。殿下長深宮之中。藉已成之業。身不知稼穡之勞。耳不聞鼓鼙之音。馳騁遨遊。雕牆玉食。府庫盡矣。而浮費益甚。百姓困矣。而厚斂不息。今淮南爲仇讎之國。番禺懷吞噬之志。荆渚日圖窺伺。溪洞待我姑息。諺曰云云。願罷輸米之令。誅周陟以謝郡縣。去不急之務。減興作之役。無令一旦禍敗。爲四方所笑。王大怒。

足寒傷心。民怨傷國。野客叢書卷三十引續釋常談、轉引朝野僉載俗諺篇。下句作人勞傷骨。又釋云。僕謂此語引者甚多。其源出於黃石公三略。其間如列子、五代史。皆嘗引此爲言。不獨僉載也。

虞皋歌

十國春秋閩虞皋傳。虞皋、福州永貞人。以鬻黃精爲業。惠宗時。永貞李益公者。雅好客。皋以貧甚歸之。是時益公坐中。客盡鮮衣袨服。無不人人厭皋。皋愈益豪。居常袒腹。臥溪上吹蘆笛自樂。龍啓初。陳守元以道士貴幸。客有惡皋於守元者。守元怒使監奴笞數百。益公自是不敢復留皋。皋既困。故人木當敏卽背皋去。莫顧皋。皋仰天大笑。因去入仙茅山。當敏意皋貧無行。陽爲祖道。徼隨之至羅喜洞。洞門忽開。其中玉堂金闕。橫亘不知其極。官屬甚盛。建翠旍羽蓋。卻行前迎。當敏大駭。叩首流血。皋目笑之。頃之。宴客殿上。更爲當敏賜僕妾之食。坐之堂下。居旬日。當敏歸。過益公門。已丘墟矣。凡歷數百餘年。注云。榕陰新簡云。當敏歸時。皋及賓客皆送之至洞門。客以尺八擊玉磬。皋和而歌曰 云云。歌畢。忽然俱去。當敏踐荊棘來歸。蓋洪武之十二年也。

朝爲雄兮暮爲雌。天地終盡兮。人生幾時。

古謠諺卷二十五

秀水杜文瀾輯

韋杜二曲諺

歲華紀麗。卷二。諺杜工部詩集卷十八贈韋七贊善詩自注作俚語。云云云。杜牧雨詩注中出。

城南韋杜。去天尺五。

臘日諺語

荊楚歲時記。十二月八日爲臘日。諺語云云。村人並擊細腰鼓。戴胡頭。及作金剛力士以逐疫。

臘鼓鳴。春草生。

秦中諺

秦中歲時記。進士下第。當年七月後。獻新文求拔解。故曰。案唐才子傳卷十作諺。此條曰上脫諺字。南部新書卷二作時爲之語。遯齋閑覽作時語。續本事詩作俗云。事文類聚後集卷二十三引詩話作南唐諺。南部新書。長安舉子自六月後落第者。不出京。謂之過夏。多借靜坊廟院作新文章。曰夏課。

槐花黃。舉子忙。唐才子傳。子作士。

二月二日小兒戲具謠

帝城景物略。二月二日。小兒以木二寸製如棗核。置地而棒之。一擊令起。隨一擊令遠。以近爲負。曰打拔拔。古所謂擊壤者耶。其謠云云云。空鐘者。刳木中。旁口盪以瀝青。卓地如仰鐘。而柄其上之平。別一繩繞其柄。別一竹尺有孔。度其繩而抵格空鐘。繩勒右卻。竹勒左卻。一勒。空鐘轟而疾轉。大者聲鐘。小者亦蛣蟯發聲。一鐘聲歇時。乃已。製徑寸至八九寸。其放之一人至三人。陀螺者、木製。如小空鐘。中實而無柄。繞以鞭之繩。而無竹尺。卓於地。急掣其鞭。一掣。陀螺則轉無聲也。視其緩而鞭之轉。轉無復住。轉之急。正如卓立地上。頂光旋旋。影不動也。

楊柳兒活、抽陀螺。楊柳兒青、放空鐘。楊柳兒死、踢毽子。楊柳發芽、打拔兒。

都城小兒祈雨歌二則

帝城景物略。凡歲時不雨。家貼龍王神馬於門。磁瓶插柳枝樹門之傍。小兒塑泥龍。張紙旗。擊鼓金。焚香各龍王廟。羣歌曰云云。初雨。小兒羣喜歌曰云云。雨久。以白紙作婦人。縛小帚。令兒擔之竿。懸簷際。曰掃晴娘。

青龍頭。白龍尾。原注。聲作以。小兒求雨天歡喜。麥子麥子焦黃。起動起動龍王。大下小下。初一下到十八。原注。聲作巴。摩訶薩。

風來了。雨來了。禾場背了穀原注。聲作古。來了。

拜月叩星歌

帝城景物略。幼兒見新月曰月芽兒。即拜篤篤祝。乃歌曰云云。小兒遺溺者。夜向星月叩首曰云云。

月月月。拜三拜。休教兒生疥。

參兒辰兒。可憐溺𣶒人兒。

武陵俗語

武陵競渡略。競渡舊制。四月八日。揭蓬打船。五月一日。新船下水。五月十日十五日。劃船賭賽。十八日。送標訖。便拖船上岸。今則興廢早晚不可一律。有五月十七八打船。二十七八送標者。或官府先禁後弛。民情先鼓後罷也。俗語好事失時者云云。至今不足爲誚矣。

打得船來。過了端午。

競渡散船歌

武陵競渡略。龍船抵暮散船。則必唱曰云云。其來甚遠。按隋書地理志。屈原以五月望日赴汨羅。土人追至洞庭不見。湖(太)〔大〕船小。莫得濟者。乃歌曰。何由得渡湖。按此條已錄於隋書。因而鼓棹爭歸。競會亭上。則有也回。無也回。乃數千年之語也。

有也回。無也回。莫待江邊冷風吹。

划船俗歌

武隆競渡略。划船不獨禳災。且以卜歲。俗相傳歌云云。只此一句。無上下文。不知所自始。而頻有其驗。儲光羲觀競渡詩曰。能令秋大有。鼓吹遠相催。然則其來已久。蓋未有好事划船。非樂歲者也。

花船贏了得時年。

蓬葉諺

熙朝樂事。二月二日。士女皆戴蓬葉。諺云。

蓬開先百草。戴了春不老。

薺花諺

熙朝樂事。三月三日。男女皆戴薺花。諺云。

三春戴薺花。桃李羞繁華。

戴柳諺

熙朝樂事。清明前兩日謂之寒食。人家插柳滿簷。青蒨可愛。男女亦咸戴之。諺云。

清明不戴柳。紅顏成皓首。

上巳聽蛙聲占年諺

月令通考。上巳卽初三日。聽蛙聲占水旱。諺云。

上晝叫。上鄉熟。下晝叫。下鄉熟。終日叫。上下齊熟。南越筆記。首句有田雞二字。叫字均引鳴。

清明晴雨諺二則

月令通考。清明喜晴惡雨。諺曰云云。又云云。

簷前插柳青。農人休望晴。簷前插柳焦。農人好作驕。羣芳譜天譜三。二前字作頭。

午前晴。早蠶收。午後晴。晚蠶收。

卯庚占麥諺

月令通考。八月有三卯三庚。低田麥稻吉。三庚二卯。麥宜高田。無三卯。不宜麥。諺云。

三卯三庚。麥出低坑。三庚三卯。麥出坳巧。

秋分社日諺

月令通考。秋分諺曰。

分社同一日。低田盡叫屈。秋分在社前。斗米換斗錢。秋分在社後。斗米換斗豆。

驟雨諺

月令廣義。農家諺。

驟雨不終朝。迅雷不終日。通俗篇卷一云。老子上篇。飄風不終朝。驟雨不終日。

四月占年諺

月令廣義。四月十四得東南風。吉。十六黃昏時日月對照。主夏秋旱。月上遲有白色。主大水。諺云。羣芳譜天譜二引月令通考。四月十四晴。主歲稔。歲譜二。諺云　云云。立一丈竿量月影。月當中時影過竿。雨水多沒田。夏旱人饑。長九尺、主三時雨水。八尺七尺、主雨水。六尺、低田大熟。高田半收。五尺、主夏旱。四尺、蝗。三尺、人饑。

有利無利。只看四月十四。羣芳譜天譜三。只作但。有穀無穀。只看四月十六。羣芳譜歲譜二。只作且。

立夏小滿諺

月令廣義。立夏、小滿皆欲雨。故諺云。諺字原本無。今據四時占候補。又云。四月立夏宜雨。諺云　云云。若夜雨。多損麥及蠶。小滿有雨。歲熟。諺云　云云。

立夏不下。田家莫耙。小滿不滿。芒種莫管。

黃梅諺

月令廣義。諺云。二字原本無。今據羣芳譜歲譜二補。又云。四月內寒。主旱。

黃梅寒。井底乾。

秋分占年諺

月令廣義。諺云。羣芳譜歲譜一。社在春分前。主歲豐。春分後。主歲惡。

社了分。米穀如錦墩。分了社。米穀如苔鮓。社了分。米穀不出村。分了社。米穀徧天下。羣芳譜。此句穀作貴。

中秋上元諺

月令廣義。諺云。諺云二字原本無。今據羣芳譜天譜二補。又云。中秋無月。主來年燈時雨。

雲罩中秋月。雨打上元燈。羣芳譜天譜三。中秋句在上元句下。又引一則云。雨打上元燈。早稻一束草。

庚甲占陰晴諺

月令廣義。或謂諺乃云云云。蓋單日逢庚則變。遇甲雙日方晴。

逢庚則變。遇甲雙晴。通俗編卷三。作逢庚則變。遇甲方晴。

猫狗諺

月令廣義。諺云云云。取其力以時也。

朝餧猫。夜餧狗。

三月占桑諺

紀歷撮要。諺云。

三月三日晴。桑上掛銀瓶。三月三日雨。桑葉無人取。下二句原本無。今據玉芝堂談薈卷二十一補。羣芳譜天譜二。三月三日晴。主桑貴。

正月占雨諺

農占。正月朔日雨。春旱。人食一升。二日雨。人食二升。以漸而增。五日雨。大熟。一云。元旦雨雪吉。諺云云云。一云云云。又曰云云。

難拜年。易種田。

一日値雨。人食百草。

一日晴。一年豐。一日雨。一年歉。

芒種占雨諺

農占。芒種宜雨遲。諺云云云。諺云云云。主無秧。芒種後逢壬日或庚或丙日。進梅。閩人以壬日進梅。前半月爲立梅。有雨主旱。諺云云云。一說主水。諺云云云。試以二說比之。梅雨大抵主旱。雖有雨亦不多。

雨芒種頭。河魚淚流。雨芒種脚。魚捉不著。

芒種端午前。處處有荒田。

雨打梅頭。無水飲牛。雨打梅額。河底開拆。下二句據玉芝堂談薈卷二十一補。通俗編卷一云。亦四民月令所載農諺。按何景福五日對雨詩。雨打梅頭麥穗黑。汙邪水深耕不得。諺言無水。詩言多水。其意相反。今農家仍主崔寔言。占之頗驗。按翟氏誤以農家諺爲四民月令。

迎梅一寸。送梅一尺。

夏至占雨諺

農占。夏至無雨旱。諺云云云。得雨。其年必豐。諺云云云。

夏至無雨。碓裏無米。

夏至日個雨。一點値千金。

寒食占雨諺

四時占候。寒食係清明前一日。人家墓祭謂之掃松。多値風雨。是日雨。主歲豐。諺云。

雨打墓頭錢。今歲好豐年。

夏甲寅占年諺

四時占候。夏壬子雨。牛無食。如甲寅晴。諺云。

拗得過。

四月占雨諺

四時占候。四月朔大風雨。主大水。小風雨。主小水。歲惡米貴。又云。主種重犯之患。諺云云云。此日最緊要。

四月初一見青天。高山平地任開田。四月初。滿地塗。丢了高田去種湖。

四月占麥諺

四時占候。四月八日晝雨。主豐。然果實少。忌夜雨。紀歷撮要。諺上有農字。諺云云云。大約北方麥晝花。忌晝雨。南方麥夜花。忌夜雨。

小麥不怕神共鬼。只怕四月八日雨。廣羣芳譜卷四引農政全書。小作二。紀歷撮要。只作但。日作夜。

四月八日占雨諺

四時古候。諺云云云。又云云云。

四月八。晴料焯。高田好張釣。

四月八。烏瀌瀆。上下一齊熟。玉芝堂談薈作四月初八烏瀌禿。不論上下一齊熟。

四月八日雨。魚兒岸下死。四月八日晴。魚兒上蒿林。廣信府志。蒿林作高坪。

時雨諺

四時占候。時雨最怕在中時。前二日來謂之中時頭。必大凶。若得到末時微有雨。亦善。諺云。

夏至未過。水袋未破。

重午占年諺

四時雜占。重午只喜薄陰。但欲曬得蓬艾。主豐。諺云。

端午晴乾。農人喜歡。

古謠諺卷二十六

秀水杜文瀾輯

繁欽引鳳闕古歌

三輔黃圖。卷二。建章宮左鳳闕高二十五丈。三輔舊事云。建章宮門北起圓闕。高二十五丈。上有銅鳳凰。廟記云。建章宮又有鳳凰闕。漢武帝造。高七十丈五尺。繁欽建章序云。秦漢規模。廓然泯毀。惟建章鳳闕。聳然獨存。雖非象魏之制。亦一代之巨觀。古歌云云。按銅雀卽銅鳳凰也。

長安城西有雙闕。御覽卷三十五引古歌詞。有雙闕作雙員闕。上有雙銅雀。御覽雙上有一字。一鳴五穀成。御覽成作生。再鳴五穀熟。

朝邑俗諺

元和郡縣圖志。卷二關內道。同州朝邑縣苦泉。在縣西北三十里許原下。其水鹹苦。羊飲之肥而美。今於泉側置羊牧。故俗諺云。全唐詩十二函八。馮翊朝邑縣許原下。地有苦泉。羊飲之肥而肉美。號爲沙苑細肋羊。諺曰云云。

苦泉羊。洛水漿。鶴山筆錄。洛作酪。

丹州俗語

元和郡縣圖志。卷三關內道。丹州、禹貢雍州之域。春秋時爲白翟所居。原注云。隋圖經云。義州本春秋時白翟地。今其俗云云。其狀似胡。其言習中夏。白翟語訛耳。近代號爲步落。稽胡自言白翟之後耳。

丹州白室。胡頭漢舌。

襄陽古諺

元和郡縣圖志。卷二十一山南道。襄州襄陽縣萬山。一名漢皋。山在縣西十一里。與南陽郡鄧縣分界處。古諺云云云。言其界促近。

襄陽無西。

邔縣古諺

元和郡縣圖志。卷二十一山南道。襄州宜城縣。本漢邔原注音忌。縣地也。城東臨漢江。古諺曰云云。言其東逼漢江。其地短促也。

邔無東。

徐聞諺

元和郡縣志逸文。嶺南道。雷州徐聞縣。縣南七里。與崖州澄邁縣對岸。相去約百里。漢置左右侯官在此。屯積貨物。備其所求。故諺云。寰宇記卷一百六十九。雷州土產。州在海島上。地多沙鹵。禾粟春種秋收。號芥禾。多穀粒。又云。再熟稻、五月十一月再熟。徐聞縣諺云云云。徐聞不宜蠶桑。惟績葛種苧爲衣。

欲拔貧。詣徐聞。寰宇記。拔作救。

案元和郡縣志逸文。據嚴氏觀輯本采錄。

匈奴爲祁連焉支二山歌

十道志逸文。據樂府詩集卷八十四。焉支、祁連二山。皆美水草。匈奴失之。乃作此歌。漢書匈奴傳。元狩二年春。霍去病將萬騎出隴西。討匈奴。過焉支山千有餘里。其夏又攻祁連山。捕首虜甚多。祁連山卽天山。匈奴呼天爲祁連。故曰祁連山。焉支山卽燕支山也。御覽卷五十引西河舊事曰。祁連山在張掖酒泉二界。焉支山在刪丹故縣。東西百餘里。南北二十里。亦宜畜。

失我焉支山。令我婦女無顏色。失我祁連山。使我六畜不蕃息。西河舊事。上失字作亡。令作使。焉支二句在祁連二句下。雲麓漫鈔卷一引西河舊事。祁連山作祁連嶺。息作殖。爾雅翼引西河舊事。焉支作閼氏。蕃作繁。潛確類書卷十一作亡我祁連。使我六畜不蕃。亡我焉支。使我婦女無姿。北邊備對。令作使。下文云。說者曰。焉支、閼氏也。今之燕脂也。北產紅藍。可爲燕脂。而閼氏資以爲飾。故失之則婦女無顏色。其說或然也。

案說郛卷六十列十道志未載此條。今據樂府詩集錄之。

人爲紇眞山神泉歌

太平寰宇記。卷五十一河東道十二。朔州鄯陽縣紇眞山。冀州圖云。在縣城東北三十里。登之望桑乾代郡。數百里宛然。夏恆積雪。故彼人語曰。紇眞山頭凍死雀。何不飛去生處樂。案此條已見五代史。又有神泉。人歌曰。

紇眞山頭有神井。入地千尺絕骨冷。

鄴人金鳳舊歌

太平寰宇記。卷五十五河北道四。相州鄴縣鳳陽門。鄴城門也。按記曰。魏太祖都之。城內諸街有赤闕。南面。西頭曰鳳陽門。上有鳳二枚。其一飛入漳水。其一仍以鎖絆其足。鄴人舊歌曰。

鳳陽門內天一半。上有金鳳飛相喚。欲去不去着鎖絆。

磁州鼓山俗語

太平寰宇記。卷五十六河北道五。磁州滏陽縣鼓山。一名滏山。宋永初古今山川記云。鼓山有石鼓形二所。南北相當。俗語云云云。冀州圖云。鄴城西有石鼓。自鳴卽有兵。

南鼓北鼓。相去十五。按五下原有里字。潛確類書卷十七所引無。今從之。

清豐故老傳語

太平寰宇記。卷五十七河北道六。澶州清豐縣金堤上源。在縣南四十五里。故老傳云云云。下入頓丘縣界。

金堤頭。上有秦女樓。

時人爲二陸三張語。

太平寰宇記。卷六十三河北道十二。冀州信都縣三張宅。晉文士張協兄弟三人。喜屬文。皆郡人也。時人語曰。時人二字原本無。據玉芝堂談薈卷六補。又云。陸機、陸雲稱二陸。而陳時陸琦、陸瑛。魏陸暐、陸恭之俱稱二陸。晉張載、張協、張(元)〔亢〕。時人語曰云云。而張廷珪、張九齡、張休前後牧洪州。號洪州三張。

二陸入洛。三張減價。

漁陽耆舊言

太平寰宇記。卷七十河北道十九。薊州漁陽縣燕山。在縣東南七十里。懸崖側有石鼓。去地百餘丈。望之若數百石囷。有石萬氏廷蘭云。原本訛左右。據水經注改正。梁貫之。鼓東南有石人援桴。狀萬氏云。原本訛伏。又訛仗。據水經注改正。同擊勢。耆舊言。

燕山石鼓。鳴則有兵。

南溪縣故老傳語

太平寰宇記。卷七十九劍南西道八。戎州南溪縣乞子石。在州南五里。兩石夾青衣江樹對立。如夫婦之相向。

故老相傳云云。故風俗記云。人無子。祈禱有應。

東石從西。乞子將歸。

長興石鼓諺

太平寰宇記。卷九十四江南東道六。湖州長興縣夏駕山。一名石鼓山。在縣東南三十六里。高九百尺。張元之山墟名云。昔帝杼南巡至此山。因而名之。山上有石鼓高一丈。下有盤石爲足。諺云云云。括地志云。石鼓作金鼓鳴。亦爲零陵郡石鼓之類。

石鼓鳴。則三吳有兵。

長水縣土人謠

太平寰宇記。卷九十五江南東道七。秀州嘉興縣始皇碑。在嘉興縣。吳主立於長水縣。土人謠曰云云。始皇東游。從此過。見人乘舟水中交易。應其謠。遂改由拳縣。

水市出天子。

永嘉飲食諺

太平寰宇記。卷九十九江南東道十一。溫州永嘉縣三京灣。郡國志云。永嘉有三京灣。無所不容。諺云。人有能食者云云。卽此也。

腹如三京灣。

南鄭旱山諺

太平寰宇記。卷一百三十三山南西道一。梁州南鄭縣旱山。在縣西南二十里。周地圖記云。山上有雲即雨。故諺云云云。旁有石牛十二頭。亦云五頭。蓋秦惠王所造以鎮蜀者。

牛頭戴。旱山晦。家中乾穀莫相貸。

襄陽民爲胡烈歌

太平寰宇記。卷一百四十五山南東道四。襄州襄陽縣古隄。襄陽城有古堤。皆後漢胡烈所築。常爲襄陽太守。有惠化及人。塞浦決堤。民因歌曰。

譬春之陽。如冬之日。耕者讓畔。百姓豐溢。惟我胡父。恩惠難置。

渭州土產諺

太平寰宇記。卷一百五十一隴右道二。渭州隴西郡土產。彼地有諺秇林伐山卷十八作隴西謠。曰云云。謂其宜於畜牧也。

郎樞女樞。十馬九駒。安陽大角。十牛九犢。楊氏愼云。四地名皆在隴西。

石門俗語

太平寰宇記。卷一百五十七嶺南道一。廣州南海縣石門水。一名貪泉。源出南海縣西三十里平地。晉中興書云。吳隱之往州。飲貪泉爲廉潔之性。南越志。石門之水。俗云云云。則吳隱之酌飲之所也。

經大庾。則清穢之氣分。飲石門。則緇素之質變。

時人爲張飛玉追馬歌

太平寰宇記逸文。據廣博物志卷四十六。張飛有馬號玉追。子史精華卷八十四。號作名。時歌曰。

人中有張飛。馬中有玉追。（潛確類書卷一百十一。玉作烏。子史精華。追下有豹月烏三字。）

案寰宇記原本全書二百卷。今缺七卷。此條逸文當在七卷之內。

烏鵲歌

新定九域志逸文。（據風雅逸篇卷六。）宋康王欲奪其舍人韓憑之妻。其妻弗從。作歌見志。自投臺下而死。（古詩源卷一引彤管集。韓憑爲宋康王舍人。妻何氏美。王欲之。捕舍人。築青陵之臺。何氏作烏鵲歌以見志。遂自縊。）

南山有鳥。北山張羅。鳥自高飛。羅當奈何。

烏鵲雙飛。不樂鳳凰。妾是庶人。不樂宋王。（按此一則楊氏未引。今據誠齋雜記補。）

案元豐九域志。體例甚簡。提要云。其書最爲當時所重。民間又有別本刊行。內多古蹟一門。故晁公武讀書後志有新舊九域志之目。馮氏集梧跋語謂浙本於府州軍監均有古迹一門。其題辭稱新定九域志。又據玉海所述。蓋紹聖大觀時下詔續修。而未經呈進之本。其說最確。此條係述古迹。其出新定之本無疑。

德清邑人爲沈氏語

輿地紀勝。（卷四兩浙西路。）安吉州景物下。金鵝山。原注。在德清。後漢（廣博物志卷二十。漢下有海昏侯三字。）沈戎葬其上。嘗有金鵝飛鳴集此山。其後沈氏通顯。故邑人云。

金鵝鳴。沈氏興。

七里灘諺

輿地紀勝。卷八兩浙西路。嚴州景物下。七里灘。原注。距州四十餘里。與嚴陵瀨相接。通典。建德縣有七里灘。元和郡縣志云。在建德縣東北七里。諺敬業堂集卷二十四自注引作口號。云云。寰宇記云。即富春渚是也。潛確類書卷三十三。七里灘在嚴州府桐廬縣釣臺之西。一名嚴陵灘。諺云云云。蓋舟行艱於牽挽。惟視風以爲遲速也。

有風七里。無風七十里。

紹興邦人舊語

輿地紀勝。卷十兩浙東路。紹興府景物下。龍瑞宮。原注。在府東南二十五里。有禹穴及陽明洞天。唐置懷仙館。開元二年改今額。尤宜煙雨中望之。重峰疊巘。圖畫莫及。故邦人舊語曰。

晴禹祠。雨龍瑞。

天姥峯俗諺

輿地紀勝。卷十二浙西東路。台州景物下。天姥峰。原注。圖經云。天台西北有一峰。孤秀峭峻。與天台山相對。曰天姥峰。上源有石壁。刊字如科斗。高不可識。元嘉中。遣畫工模楷山狀。圖於白團扇。俗諺云。

夏禹所踐刻此壁。

魁峯諺

輿地紀勝。卷十九江南東路。寧國府景物上。魁峰。原注。在涇縣南七十里。約高百餘丈。峰巒聳秀。舉目高視。圓如鐘形。昔有諺云云云。入仕路者。紫綬金章。

魁峯頂秀。石女峯高。方輿勝覽卷十五。石作玉。

鐵牛門諺

輿地紀勝。卷十九江南東路。寧國府景物下。鐵牛門。原注。在宣城縣東北百七十步。俗傳雙牛冶鐵爲之。以郡無丑山。故象大武以厭勝之。諺云。

丑上無山置鐵牛。

雲居山歸宗寺俗語

輿地紀勝。卷二十五江南東路。南康軍景物下。雲居山。原注。在建昌。乃歐岌得道之處。或以山嘗出雲。故曰雲居山。俗謂。下文歸宗寺注云。在城西二十五里。佛刹之盛。冠於山南。與雲居山相若。俗謂云云。方輿勝覽卷十七作諺。

天上雲居。地下歸宗。

進賢縣古謠

輿地紀勝。卷二十六江南西路。隆興府景物下。日月湖。原注。在進賢北十五里。又有石人灘。古謠按謠原作讖。今據明一統志改。云。

日月湖明良將出。石人灘合狀元生。

澎浪磯語

輿地紀勝。卷三十江南西路。江州古迹。澎浪磯。原注。同安志載江州有澎浪磯。語轉爲彭郎磯。遂有云云之語。

小姑嫁彭郎。

淮甸人爲李大有歌

輿地紀勝。卷三十二江南西路。贛州官吏。李大有。原注。字仲謙。居新喻之鍾口。卷三十四臨江軍人物李大有注。諮之姪孫也。登紹聖第。守虔州。宣和末。金敵入寇。大有召募。不旬日。得五千人。鼓行而前。淮甸歌云。

天下姦臣皆守室。虔州太守獨勤王。

天堆童謠

輿地紀勝。卷三十二江南西路。建昌軍景物上。天堆。原注。在廣昌縣東南江流之中。紹聖甲戌。一夕。雷雨大作。有聞砂礫之聲。旦而視之。屹然高丈餘。童謠曰云云。暨分縣日四十五年。信有兆也。

天雷飛石頭。一夜成汀州。五十年內興公侯。

海陵爲許氏周氏查氏諺

輿地紀勝。卷四十淮南東路。泰州詩。原注。許氏與周氏查氏。俱爲海陵望族。以三家子弟多游鄉校。故有云云之諺云。

一學許周查。

江陵邦人爲李堯言李立言李竦語

輿地紀勝。卷六十五荆湖北路。江陵府下人物。李堯言。原注。與荆公友善。熙寧中。除侍御史。以疾辭郡。年未七十。卽上印綬。其兄立言亦自澶州納政。李竦亦引疾。同時里居邦人爲之語曰云云。當時號曰掛冠三李。見江陵志。

元豐濟濟稱多士。南郡堂堂有三李。萬鍾於我何加焉。一瓢樂在其中矣

復州人誦王琪万俟湜語

輿地紀勝。卷七十六荆湖北路。復州官吏。万俟湜。原注。字持正。大觀中。爲郡守。公勤淸約。未有前儷。郡人誦之曰云云。言善政與王君玉等也。上文王琪原注云。字君玉。寶元中守復。治効顯著。稱爲循吏。

前有王琪。後有万俟。

世人謂二宋二連語

輿地紀勝。卷八十三京西南路。隨州人物。連舜賓。原注。字輔之。應山人。有隱德。鄉里所悅服。歲飢。出穀萬斛。損價以糶。惠及旁邑。歐陽公表其墓。庶庠其子也。從學於二宋。相繼登第。世謂云云。張文潛作四賢堂記。謂二宋二連也。

人才二宋。盛德二連。

牯牛石灘里諺

輿地紀勝。卷九十五廣南東路。英德府景物下。牯牛石。原注。在縣南十九里眞陽峽中。眞水爲峽山所束。已湍怒。其下又有磯石橫截。爲行舟之害。里諺云。

過得牯牛抄石灘。明詩綜卷一百作行過牯牛五石灘。寄書歸去報平安。

南恩民爲陳豐歌

輿地紀勝。卷九十八廣南東路。南恩州官吏。陳豐。原注。豐字宜仲。守南恩。田野無秋毫之擾。民歌之曰。

君不見恩平陳守賢。優游治郡如烹鮮。

廣東民爲李綸歌

輿地紀勝。卷九十八廣南東路。南恩州官吏。李綸。原注。李邴之子也。寓居泉南。所至有淸操。提舉廣東常平日。適伯氏維出守恩平。酌別江濱。兄弟相勵以淸白傳家之語。綸慷慨臨江。矢言曰。儻負君民。有如此水。遂投杯於江。時江流洶洶。杯停不沒久之。觀者無不驚歎。民歌之曰。

石門之水淸且淸。晉吏一歃千古榮。爭如李公投杯盟。江流洶洶盃停停。

惠州土人語

輿地紀勝。卷九十九廣南東路。惠州風俗形勝。紅螺白餅。原注。紅螺、蜆屬也。冬間甚盛。土人多以配白餅。故有云云之語。

紅螺。白餅。

廣西俗語

輿地紀勝。卷一百八廣南西路。梧州風俗形勝。樂、音節閑美。有京洛遺風。原注。廣西俗語推遜。亦謂云云。

梧州樂。昭州角。

時人爲日山月山語

輿地紀勝。卷一百二十二廣南東路。宜州景物上。日山。原注。去城東九里。在江北之東。謂之日山。又月山。原注。

去城西十五里。在江之南西偏。謂之月山。風土記云。時人爲之語曰云云。謂此也。按時人爲之語曰六字。原本無。今據廣博物志卷五補。繼之曰云云。征戰雖時有而無憂慮也。

東有日山西有月。年年征戰無休歇。賴得西水向東流。世代永無憂。

天聖中人爲謝泌王臻章頻鄭載歌

輿地紀勝。卷一百二十八福建路。福州官吏。謝泌。原注云。長樂志云。景德初。守謝泌。以石易澳溪橋。名曰去思。蓋公於民。不張權。不恃威。兄弟而爭者訓之。頑狠者責之。訟幾乎息矣。又王臻。原注云。天禧中。又章頻。原注云。天聖中。又鄭載。原注云。天聖中。歌曰云云。見牧守序。

前有謝王。後有鄭章。

建州民爲陸長源歌

輿地紀勝。卷一百二十九福建路。建寧府官吏。唐陸長源。原注。建中初。爲建州太守。民歌之曰云云。又曰云云。

令我州郡泰。令我戶口裕。令我活計大。陸員外。
令我家不分。令我馬成羣。令我稻滿囷。陸使君。

雞鳴山俗語

輿地紀勝。卷一百四十七成都府路。雅州景物下。雞棟山。原注。寰宇記云。在名山西南一十七里。地理志云。蜀有雞鳴山。俗傳云云云。即古之名山也。因爲名山戍。唐垂拱中。以戍爲縣。

金雞鳴而天下太平。

三峒古民謠

輿地紀勝。卷一百五十成都府路。隆州風俗形勝。云云。原注。古民謠。紹興中。郡守赤城何公鑿石於東山之下。作青縈臺以表之。

三峒青。陵陽榮。三峒翠。陵陽貴。

懷安軍方諺

輿地紀勝。卷一百六十四潼州府路。懷安軍風俗形勝門。引圖經。懷安縣二而鎮九。以縣而言。金堂爲大。以鎮而言。古城爲富。方諺謂云云。

軍不如縣。縣不如鎮。

世謂廣安語

輿地紀勝。卷一百六十五潼州府路。廣安軍風俗形勝。廣安有十似。原注。世謂云云。猶之可也。佗則未必皆然。若所謂金羹玉飯。與夫紅臘紫梨。則不爲溢美。

紙似池。席似蘇。梨似耿。魚似嘉。

龍牀灘古諺

輿地紀勝。卷一百八十夔州路。南平軍景物下。龍牀潛確類書卷十三。牀作脊。灘。原注。在龍化縣北五十里。縣有朱婆渡。灘面廣百步。渡與龍牀相近。古諺按諺字原作語。今據潛確類書改。云云。是語頗信。

龍牀如拭。濟舟必吉。龍牀髣髴。潛確類書作彷彿。濟舟必沒。

大悲口諺

輿地紀勝。卷一百八十一夔州路。大甯監景物下。大悲口。原注。在郡西十六里。溪心兩巨石對峙。上廣下狹。故名。行人乞靈之詞也。諺云。

船過大悲口。鹽方是你有。

元祐中閬州里人歌

輿地紀勝。卷一百八十五利東路。閬州風俗形勝。云云。原注。謂陳堯叟、陳堯咨、馬涓也。元祐中里人歌云。

錦屏名山。三人狀元。

巴州人爲薛逢歌

輿地紀勝。卷一百八十七利東路。巴州官吏。薛逢。原注。爲巴州刺史。人歌按歌原作詠。今據山堂肆考改。曰。

日出而耕。日入而歸。吏不到門。夜不掩扉。有孩有童。願以名垂。何以字之。薛孫薛兒。

蓬州人爲呂錫山王大辯歌

輿地紀勝。卷一百八十八利州路。蓬州官吏。呂錫山。王大辯。原注。紹興二年。呂錫山、王大辯相繼爲守。人歌之曰。

我有父母。前呂後王。撫愛我民。千里安康。

章阿父吟

輿地紀勝。卷一百八十九利州路。金州仙釋。章阿父。原注。洛陽人也。眞廟時。來隱漢陰之鳳凰山棲雲庵。人傳三百餘歲。元祐壬申。郡守李陶常延致。其狀貌如五六十許人。叩之道要。章吟曰云云。語竟。復指其心曰。萬法有心則生。無心則滅。儻能心死活。校勘記張氏鑑云。疑有脫誤。何患身之不生也。自是不復見云。

通身一點黑。四海永絕倫。開得天關路。閉得地戶門。若要求長生。到斷五行因。

寶婺觀古桐諺

方輿勝覽。卷七婺州。寺觀。寶婺觀。原注。在子城門西。與州學連接。樓宇高聳。古桐森然。諺云云云。紹興癸丑。桐與簷齊。而陳亮以廷試魁多士。繼則桐爲風所折。後再生一枝。柯葉寖茂。至嘉定庚辰。桐與簷齊。劉渭繼爲大魁。應前讖云。

桐齊簷。出狀元。

時人爲徐履語

方輿勝覽。卷九瑞安府。名宦。徐履。原注。紹興爲省元。時相秦檜欲以女妻之。履乃陽狂。廷對不答一字。乃附第五甲末。時人爲之語曰。

殿榜若還顚倒掛。徐履依前作狀元。

石印山諺

方輿勝覽。卷十八信州。郡名。石印山。原注。圖經。吳時鄱陽歷陵山石。文理成字。諺云。

石印啓封。天下太平。

江西四郡諺

方輿勝覽。卷二十贛州。風俗門。俗號珥筆。原注。古諺云。全唐詩十二函八作江右四郡諺。又注云。言好訟也。

筠原贛吉。腦後插筆。潛確類書卷五十八作筠袁贛吉。四府之人。頭上插筆。

瀏口駱駝觜諺

方輿勝覽。卷二十三潭州。山川。駱駝觜。原注。在瀏口。諺云。

駱駝觜圓。出狀元。

鬱林土歌

方輿勝覽。卷三十九橫州。山川。云云。原注。北□樓賦土歌云。

雲南頭。楚分尾。

古謠諺卷二十七

秀水杜文瀾輯

時人爲楊雄桓譚語

廣輿記。卷二江南。鳳陽府人物。漢、桓譚。字君山。宿州人。博學有文章名。光武欲以讖決疑。桓譚諫。出爲六安丞。著新論。藏書甚多。時人語曰。潛確類書卷八十。孝成帝翫弄衆書。善楊子雲。出入游獵。子雲乘從。又以桓君山藏多書。待詔門下。時人語曰。

玩楊子雲之篇。樂於居千乘之官。挾桓君山之書。富於積猗頓之財。按原本作挾桓君山之書。富於猗頓。今據潛確類書增。

鑑湖諺

廣輿記。卷十三江西。吉安府山川。鑑湖。吉水諺曰云云。屢驗。

水繞鑑湖弦。吉水出狀元。

廬陵民爲劉竺歌

廣輿記。卷十三江西。吉安府名宦。北朝、劉竺。守廬陵二載。民歌曰云云。每行縣。則白鹿隨車。

公家無負租。私室有餘粟。

丁溪諺

廣輿記。卷十八福建。泉州府山川。丁溪。德化諺云云。宋時。一夕雷雨決流。一縱一橫。宛然丁字也。邑人程揚休果高第。

水晝丁、羅簪纓。

湖廣諺

地圖綜要。內卷湖廣。湖廣總論。湖廣、古荊州地。江漢若帶。衡荊作鎮。洞庭雲夢爲池。衡鄰嶺左。永接桂林。鄖陽綰輿元之口。荊州受蜀江之沫。辰沅南引六詔。襄德北枕河洛。郴走閩粵。長沙界江右。蘄州與九江安慶三方鼎立。中國之地。四通五達。莫楚若也。楚固澤國。耕稼甚饒。一歲再穫柴桑。吳楚多仰給焉。諺曰云云。言土地廣沃。而長江轉輸便易。非他省比。

湖廣熟。天下足。

颶風諺

地圖綜要。內卷廣東。廣東事宜風土紀。南中五六月長風。迄七月止。每發或三日。或七日。大害農穡。南越志。南海熙安間多颶風。颶者、具四方之風也。或曰懼風。言怖懼也。將發、則兆以斷虹。時爲颶母。初則自東而北、而西、而南乃止。未止時三日。鷄犬爲之不寧。既大至。則林宇悉拔。覆舟殺稼。俗有云云之諺。亦頗驗云。

朝三暮七。晝不過一。

諸生稱陳選蕭鳴鳳語

一統志。卷三十七。江南統部名宦。明、蕭鳴鳳。山陰人。正德時。以御史督學南畿。取士先德行。後文藝。誨諭懇摯。諸生感悅。以比前御史陳選。稱之曰。

陳泰山。蕭北斗。

上元民爲霍韜程𤑳歌

一統志。卷四十。江寧府名宦。明、程𤑳。南城人。嘉靖中。知上元縣。民居近孝陵者。以誤殺苑中獸當死。𤑳爭之法官。得末減。時霍韜官南京尚書。有惠政。民爲歌云云。考滿入都。擔兩蒼頭。跨驢而行。民醵金追贈。笑而卻之。

禮部霍韜天有日。上元程𤑳月無雲。

時人爲吳羽文謠

一統志。卷五十。揚州府名宦。明、吳羽文。南昌人。江都知縣。民間向苦追攝。羽文刻木爲胥。令訟者抱而去。鞫則抱之來。向任追攝者。日植立於門無所事。一時有云云之謠。

木化爲人。人化爲木。

績溪南關橋水諺

一統志。卷五十七。徽州府津梁。南關橋。在績溪縣南門外。通志。橋下有倒流朝縣水。約九步。諺曰云云是也。

九步流東水。

銅陵管山諺

一統志。卷六十。池州府山川。管山。在銅陵縣東四十里。形類獅象。諺曰。

青獅白象。爲銅保障。

績溪邑人爲蘇轍葉楠歌

一統志。卷六十。池州府人物。宋、葉楠。貴池人。爲鄱陽尉。値歲潦。楠力請蠲租卹之。後爲績溪令。多惠政。邑人爲之歌曰云云。蘇黃門者、轍也。

前有蘇黃門。後有葉令君。

滁州豐山諺

一統志。卷六十六。滁州山川。豐山。在州西南五里。唐十道志。滁州有豐亭山。方輿勝覽。沛豐人常居之。故名。上有漢高祖廟。天欲雨。常有雲氣發山椒。若巾帽然。諺曰云云。州志。豐山北爲幽谷地。污下邃密。四周皆山。昏旭異態。東下百餘步。爲柏子龍坑。一名龍潭。西北頂上有雙燕洞。深四五丈。能出龍雨。

豐山着帽。豐年之兆。

廣靈鴉兒匯諺

一統志。卷七十八。大同府山川。鴉兒匯。在廣靈縣西南四里。鴉多飲啄於此。中有古冰人。感寒疾者。取飲之。汗出卽愈。諺云。

壽民丹水。

青州民爲陳勛謠

一統志。卷一百五。青州府名宦。明、陳勛。沔人。宣德初。擢青州知府。興學造士。敎民孝弟力田。每省耕行縣。繪爲勸農圖。未幾以疾去。民謠云。

去陳府。百姓苦。

商河聶家窪諺

一統志。卷一百八。武定府山川。聶家窪。在商河縣西。舊志。縣界有七十二窪。遇豐倍收。遇潦則一苗不遺。故諺有云云之語。

十年九不收。一收勝十秋。

溫縣百姓爲沃墅歌

一統志。卷一百二十三。懷慶府名宦。明、沃墅。蕭山人。洪武初。知溫縣。時民艱於食。墅令墾闢荒蕪。樹藝桑棗。百姓歌曰云云。比代去。民遮道留之。

田野闢。沃公力。衣食足。沃公育。

鞏昌民爲戴浩歌

一統志。卷一百五十九。鞏昌府名宦。明、戴浩。鄞人。正統中。知鞏昌府。歲大祲。即發儲三萬七千石賑貸。上疏待罪曰。願以臣一人之命。易千萬人之命。詔原浩。而令民償所貸。上官檄浩趣之。浩曰。瘡痍未復。而速征不如無賑。約三歲遞償。關山孔道。寇時刦掠商旅。浩設方略殲之。道路無虞。民爲之歌曰。

君侯守邊。惠政無前。我行我道。蕩蕩便便。

時爲趙登岳璿謠

一統志。卷一百七十七。湖州府名宦。明、趙登。祥符人。宣德間爲湖州知府。勵淸操。鋤豪橫。勸大戶納粟義倉。定出入之法。以備水旱。考滿去官。民乞留。增秩還任。在官十七年。政聲大著。岳璿與趙登同里。天順間。繼登爲知府。奏定官田正耗之則。遂爲定制。時爲之謠曰。

賢守趙岳。治行卓犖。

江西民爲王哲謠

一統志。卷一百八十七。江西統部名宦。明、王哲。吳江人。弘治中。以御史巡按江西。時大旱。親錄罪囚。出數百人。翼日雨。歲大稔。有大家被盜。誣其怨家。賂鎭守論死。哲訊釋之。後果得眞盜。民爲之謠曰。

江西有一哲。六月飛霜雪。天下有十哲。太平無休歇。

安遠縣三百坑水諺

一統志。卷二百二。贛州府山川。三百坑水。舊志。三百坑水。在安遠縣東南四十里。其地有三百坑。水源出焉。南流一百里。至定南縣界。爲九洲河。始通舟楫。又二百五十里。至廣東龍川縣界。爲東江。又九洲河。在定南縣東北百里。自安遠縣流入。合楊枝橫江下歷高砂諸水。又南入龍川縣界。諺云云。指此水也。

贛州九十九條河。中有一條通博羅。

興國長信瀧諺

一統志。卷二百二。贛州府山川。衣錦瀧。在興國縣東錦鄉東。以鄉名衣錦而名。瀲江所經也。崖石層起。如人跨馬。相近爲獅子灘。有石屹立如獅。又長信瀧。在縣東二十五里。狂瀾奔駛。聲吼如雷。俗號其上灘曰啞灘。以船過禁聲也。下曰泥灘。以深不可測也。諺曰云云。明初、知縣唐子儀鑿之。其險稍平。

龍下三瀧。舟楫莫當。

僧伽行歌

一統志。卷二百三。贛州府仙釋。宋、僧伽姓吳。名文祐。信豐人。祝髮爲僧。居雩都明覺寺。飲酒食肉。與市井浮沉。嘗持松梢行歌曰云云。人皆笑爲狂。蓋謂宋將興也。

趙家天子趙家王。

時人目戴金石金語

一統志。卷二百八。漢陽府人物。戴金、字純甫。漢陽人。正德進士。世宗時擢御史。獨立敢言。與黃梅石金同表儀朝署。時人目之曰云云。歷官至兵部尙書。卷二百十黃州府人物。石金、字南甫。黃梅人。正德進士。授御史。立朝敢言。與漢陽戴金齊名。江西副使胡士甯發宸濠奸狀。逮詔獄。舉朝莫敢言。金力救之。

楚有二金。臺中錚錚。

高州民爲嚴珖歌

一統志。卷二百四十三。夔州府人物。明、嚴珖。開縣人。成化末。爲高州同知。時石城、信宜二縣久饑。民多流亡。珖捐俸賑濟。化州、吳川等縣。歲礦鐵。民苦賠補。無敢言者。珖力請停止。民歌曰。

生我慈母。活我嚴父。明詩綜卷一百作治我嚴父。生我慈母。

蒲江民爲安郁謠

一統志。卷二百五十。邛州名宦。明、安郁。臨潼人。正德中。蒲江縣典史。歲大旱。郁齋沐籲天。積柴於紫極觀。誓不雨。卽自焚。至期大雨。民謠曰云云。其後請於朝。爲邑令。廉能益著。

安從周。積柴樓。感天雨。民有秋。昔無衣。今有裘。

福州九仙山諺

一統志。卷二百六十一。福州府山川。九仙山。府志。九仙在今城中東南隅。舊名于山。後改今名。上有峰曰鼇頭峰。亦曰狀元峰。爲宋陳誠之讀書處。南有小華峰。其北小山曰羅山。諺曰云云。是山及烏石越王其現者也。羅山與侯官之冶山、閩山其藏者也。又有隱隱磅礴於闤闠間者。曰靈、曰芝、曰鐘。故曰不可見云。

三山藏。三山現。三山不可見。

永福雁湖雪峯山古諺

一統志。卷二百六十一。福州府山川。龍泉山。在永福縣東五十里。其巔有湖曰雁湖。地高水深。與侯官雪峰山相望。古諺云。

雁湖深。雪峯沈。雁湖淺。雪峯見。

方山水諺

一統志。卷二百六十一。福州府山川。閩江。又南循縣南五十里之方山西麓。至仙崎山。曰仙琦江。亦曰陽琦江。又東至閩縣東南五十餘里與馬頭江會。二派合而東流。江面益闊。馬頭之北。支流曰上洞江。其南曰下洞江。中有獅子石。與方山對峙。亘浸不沒。諺云。

水浸方山鼻。不浸獅子耳。

清源郡人爲薛昱歌

一統志。卷二百六十四。泉州府名宦。唐、薛昱。天寶中。爲清源太守。郡人歌曰。

郡號清源。官有清德。

漁梁山諺

一統志。卷二百六十七。建寧府山川。漁梁山。在浦城縣西北五十里。舊志。天下十大名山。漁梁其一也。爲通衢所經。其地寒甚。諺云云。有瀑布穿地數百尺。天下瀑居第三。其水南流爲建溪。北流爲信溪。昔人多堰水養魚其中。潛確類書卷二十。昔人作鄉人。

無衣無裳。莫過漁梁。

連城民爲李弇謠

一統志。卷二百六十九。汀州府名宦。宋、李鼻。崇安人。紹興間。知連城。政務寛平。教以孝友。有伍氏兄弟爭繼。積訟不決。鼻以理開諭。皆感釋。民爲謠曰。

訟者息爭。居者安仁。李公爲政。百姓如春。

歸善平湖諺

一統志。卷二百七十九。惠州府古蹟。平湖閣。在歸善縣西。輿地紀勝。在豐湖泗州寺前。枕湖倚山。最爲勝遊之地。明統志諺云云。閣名本此。

鰐湖平。出公卿。

射木山諺

一統志。卷二百八十一。肇慶府山川。射木山。在陽春縣潛確類書卷二十二。縣作山。東南十五里。巍峨蓊鬱。爲縣治案山。一名雲靈山。雲幕其上則雨立至。諺云云。上有射木神祠。南漢封儲侯。

雨未晴。看雲靈。

北障山諺

一統志。卷二百九十一。桂林府山川。北障山。在靈川縣北二十里。重巒叠嶂。綿亙數里。高踰千仞。一名百丈山。又名把仗山。當風飈起。則飛鳥迴旋不能度。諺潛確類書卷二十二。諺上有俗字。稱云云。謂此。

鳥不過靈川。

時人爲鄧盛語

一統志。卷二百九十八。梧州府名宦。漢、鄧盛。字伯直。蒼梧人。爲太尉諸曹掾。時彭城相左尙。以贓獲罪。三府掾屬拷驗。踰年不竟。更選盛覆拷。盛至獄。沐尙。解械賜席。尙感盛至意。卽引筆具對。時人語曰。

一問得竟。臯陶鄧盛。

曲靖民爲焦韶歌

一統志。卷三百六。曲靖府名宦。明、焦韶。灌縣人。弘治間授曲靖知府。興學平賦。弭盜招亡。郡產嘉禾。民歌之曰。

一本兩穗。嘉禾滿田。太守焦公。其德格天。

湖州民爲侯必登歌

一統志。卷三百。瀓江府名宦。明、侯必登。江川縣人。嘉靖中進士。歷官廣東潮州知府。有倭警。井里爲墟。必登請罷一切苛條。與民休息。嘗以事至省。經賊巢。賊見之羅拜。上官有強以事者。必登曰。我頭可斷。事不可從也。潮人愛慕。有云云之謠。

不可一日無侯公。

大理民爲蔣雲漢語

一統志。卷三百十九。大理府名宦。明、蔣雲漢。重慶人。成化間。授大理知府。操守廉約。每聽訟。先以善言感動。至於泣下。自引爲己罪。然後剖決。民相語曰云云。去之日。行李蕭然。

不畏公箠。但畏公唾。

太和民爲楊南金謠

一統志。卷三百十九。大理府人物。明、楊南金。字本重。鄧川州人。弘治中進士。授太和知縣。民有三不動之謠。謂云云也。擢御史。與劉瑾忤。拂衣歸。是日卽行二百里。瑾聞。追之不及。除其籍。嘉靖中。起耆舊。官江西參政。

上官不動。權豪不動。財貨不動。

瓜哇國諺

一統志。卷三百五十六。瓜哇風俗。明統志。其田膏腴。地平衍。穀米富饒。倍於他國。民不爲盜。道不拾遺。諺云云者此也。

太平閣婆。

清河水利語

天下郡國利病書。卷四北直三引清河志。衛河勢湍悍。每秋霖汎溢。灌以漳沁安陽高村諸河之水。洪濤奔馳。隄防稍不及。卽衝決漫衍。漂室廬。沒禾稼。城池府庫。岌乎殆哉。而尖冢、白廟、弔馬橋諸口其最要。語曰云云者此也。無論口決。脫有恆雨浹旬。則臨冠諸道之水。數十里湃聚洪河。蓮花池、田家窪諸所。停蓄如盆盎。田廬盡坐魚鼈中。語曰云云者此也。

開了口。渰無走。

倒坡水。滰無底。

嘉定訟獄言

天下郡國利病書。卷二十江南八引嘉定縣志。嘉定風俗。又有傾險狡悍之甚者。睚眥之憾。或先有借貸。邂逅一家之內有死者。輒以告官。禁人不服。則求檢驗。檢驗則無不破家矣。其言曰。

人命無眞假。只在原告不肯罷。

田土諺

天下郡國利病書。卷二十三江南十一。常州府徵稅。唐鶴徵曰。河泊之稅。歲徵銀六百兩而不足。稅課司局歲銀一千三百三十兩而羨。茶引所徵銀二十五兩而羨。以一府之徵。僅若此彰彰乎。聖王之寬政。遺不盡之利以與民矣。第細民興替不時。田產轉賣甚亟。諺云云云。非虛語也。契必稅其百之三。不無若重。然亦多逋稅者。

千年田、八百主。

溧陽馬政謠

天下郡國利病書。卷二十五江南十引溧陽縣志。溧陽、國初惟人丁多者養馬。故有云云之謠。至嘉靖二十一年。知縣姜博始議民糧。每石出銀二分六釐。減丁之數而裒足之。近因邊方多事。兵馬急緊。至一歲而預征二年之入。又加之大工進銀。咸取給於備用。則馬一匹增其三分之一矣。

糧逐水。田逐馬。

徐州楚王山里諺

天下郡國利病書。卷三十一江南十九。徐州城西二十五里。曰楚王山。原注。山皆赭土。禹貢厥貢惟土五色。土皆出此。山下爲楚元王墓。又有古塚古井各數十。迄今里諺猶謂云云。

山前九十九口井。山後九十九口塚。

按顧氏自序言。此書皆採輯史、志、章、奏文册。此條當亦採自志書。後仿此。

曹縣賦役謠

天下郡國利病書。卷三十九山東五。曹縣賦役。原額均徭應設官吏坐理。治法甚善。行之既久。寖失初意。每一役出。輒下鄉索括金錢。謂之攢回流。小民不勝其擾。故有云云之謠。至萬曆三年。知縣王圻蒞任。思爲一條鞭法。卽古免役。一切照地丁徵銀。官爲雇役。民甚便之。

家有二頃田。頭枕衙門眠。

臨淄諺

天下郡國利病書。卷四十二山東八引青州府志。臨淄古爲都會。承富庶之風。陵塚隆阜。埋葬皆奢。然卒起後來發掘之禍。諺傳云云。蓋本於此。大概銅器僅有存者。亦略已盡矣。

臨淄出古物。

邊人爲敵情談二則

天下郡國利病書。卷四十五山西一引保德州志。嘗聞邊人之談敵情者曰云云。言敵騎愈多。則所入愈深也。又曰云云。言所統既少。則相機其宜也。然敵情先後巨細不同。而應變規畫亦隨以異。

百騎不避城。千騎不避路。萬騎不避鎭。

鎭守戰。原野撼。分守戰。山谷斷。守備戰。溪岸判。

預備諺

天下郡國利病書。卷四十五山西一引保德州志。國家禦敵。四時不徹備。而獨曰防秋者。備敵之道。謹烽明燧。堅壁淸野而已。至秋。則農人收穫。壁不可堅。禾稼棲畝。野不可淸。敵或因糧於我。得遂深入。而秋高馬肥。又恆憑强以逞。故防秋之兵。遠地調集。主客相參。步軍受障。馬軍列營。視四時獨加嚴焉。然兵以防〔秋〕。秋盡而徹。此自常規。若自夏徂冬。聚而不散。則客兵承調至本路。土兵仍舊戍守。而夏有修牆之役。冬則偏頭防河。皆所不廢。諺曰云云。蓋言預也。若一報掣兵。諸防悉解。事起倉卒。束手無措。又豈預備之道哉。

冬不可以廢葛。夏不可以廢裘。

北人水旱諺

天下郡國利病書。卷五十河南一。夫黃河之爲中州患固矣。然而有利存焉。則人自棄之耳。諺有之曰云云。使近河之民。效南方水車以制之。而又分區築港。可通百里之遠。則未必不爲利也。無已。則仿古井田之制。每田百畝。四隅及中。各穿一井。每井可灌田二十畝。四圍築以長溝。深闊各丈餘。旱則掣井之水以灌田。潦則放田之水以入溝。不庶幾有備哉。余嘗試爲之。計穿田築溝之費。不逾百金。所謂一勞永逸者此也。矧其利更有大焉者乎。

北人水旱。聽命於天。

鄖陽諺

天下郡國利病書。卷七十二湖廣一。鄖陽介雍梁之交。控引宛洛。蔽翼襄郢。其地多崇岡豐箐。四方遊民。其瑣尾仳離與挺而走險者。多逸其中。久而滋煽。因易爲亂。承平以來。劇盜數起。一方俶擾。四方同憂。始議更易爲郡治之。繼命中臺大臣開府秉鉞爲重鎮焉。然後威略撫綏。逆節銷伏。諺曰云云。今四民安堵如故。但其山勢岩險。駢附稱盜穴者。蓋多有之。往歲保康殺長吏之事煩矣。卽安服猶宜兢兢云。

何知盜穴。山岩葦茁。

江陵李家堤諺

天下郡國利病書。卷七十三湖廣一。江陵縣。原注。李家堤在縣西三十里。當水勢之衝。弘治十三年堤決。淹溺甚衆。知府吳彥華修築堅厚。至今賴焉。諺曰云云。關係甚重。

水來打破李家堤。荊州便是養魚池。

蜜溪神潭諺

天下郡國利病書。卷八十江西二。貢水與章水合而爲贛。歷十八灘。經萬安。蜜溪水出鵝公嶂西。流入之。水甘〔列〕〔冽〕可淪茗。十八灘中。惶恐灘最險。上有神潭。潭旁種茶甚美。故諺云。

蜜溪水、神潭茶。

浙江田土俚諺

天下郡國利病書。卷八十六浙江四引浙江通志。浙江田賦書。田賦之輸。奉有著令。自嘉靖初年。以輸海倉不便。且海下官員又便於得銀。故復半爲本色。半爲折銀。丁田正差。以人爲丁。以田準十五畝爲丁。至黃仁山始覗差法。準以十畝爲輕。此略從輕民之意也。然田之重已加十五矣。今則不論詭寄。皆如仁山加之丁矣。官田日以稅重。凡丁差皆不及。今則半民田矣。又一切諸價及兵費皆以田派。曰以輕無田之小民也。然田未必皆腴。又時有水旱山荒之災。計租之入。大約雖腴田亦半稅於官矣。又遞令修城。大戶以田。兵餉。大戶以田。置硝黃等。大戶以田。一切爲額外之徵以田。其賠償之費。至售田以供而猶不足。故俚人之諺曰云云。又曰云云。傷哉、風矣。

將錢買田。不如窮漢日安眠。

有田應門戶。因田成禍門。

漳州民爲佃戶謠

天下郡國利病書。卷九十三福建三。漳州府田賦。官民田又分爲三主。大凡天下土田。民得租而輸賦稅於官者。爲租主。富民不耕作。而貧無業者代之耕。歲輸租於產主。而又收其餘以自贍給。爲佃戶。所在皆然。民間仿效成習。久之。租與稅遂分爲二。而佃戶又以糞土銀私授受其間。而一田三主之名起焉。原注。案佃戶出力耕田。如傭雇取值。豈得稱其田主。緣得田之家。見目前小利。得受糞土銀若干。名曰佃頭銀。田入佃手。其狡黠者逋租負稅。莫可誰何。業經轉移。佃乃虎踞。故有云云之謠。皆一田三主之名。階之爲厲。

人佃成業。

時人爲葛皓李璋簡沛章極諺

天下郡國利病書。卷一百三廣東七。新會縣。弘治十二年設縣以後。溫邊白石諸村小民。猶習故爲盜。正德中。寇劫浸甚。賊首許車保起於白石。陸四起於大朗。聲勢大肆。剽掠鄉村。歲無寧日。居民逸竄。流離尤甚。嘉靖二年閏四月。乃調集士兵合官民兵一萬餘名。布政使章極駐新會。參政葛皓、參將李璋駐新寧。團使王大用駐恩平。知府簡沛駐海宴。遣兵四出。剿捕溫邊白石等處。羣盜望風喪膽。竄逃百鋒山諸處藏匿。時章在新會。凡獲盜。令於路中識別同類。隨賊所指。卽執而戮之。沛在海宴。亦多殺戮。渠魁陸四。兵敗亡命。沛輒指平民藏匿。因緣爲利。凡客居海宴者。咸受其辜。惟葛皓用兵有紀。淑慝詳明。民多賴之。時有諺云云。後陸四竟不獲。旋師之後。知縣胡綸誘出殺之。

遇葛李則生。逢章簡必死。

浪水魚蟹諺

天下郡國利病書。卷一百六廣西二。浪水。浪與埌同。水歷地埒崖岸之義。世訛作浪。又訛作郎。皆非。蓋三江合一。大浸連空。廣州呼爲西水。以其自廣西至。故云。然至必以春夏之交。迄處暑而後消。消則高要、峽江旋東爲大水者。留溢(渴)〔渦〕塘。皆俱有魚刎躍其中。人恣取之。有鉅至數十斤者。而南海下流。達於新會、香山、東莞通潮之衝。漁子高下爲泥筌竹罶其內者。皆得蟹焉。西水退盡。蟹亦退殼。拾之如土芥然。諺云云云。蓋澤國之利。皆由浪水。不可不知。

西水漫漫。魚蟹滿盤。

行人爲摩泥七亭謠

天下郡國利病書。卷一百八雲南二。雲南旅途志。摩泥七亭而達普市。有一椀水坡。泥行如雪。山關行人謠云云云。大抵黔中爲古牂牁郡。古志云。上值天井。故多雨源。信然。

摩泥普市天。三日無雨似神仙。

正山諺

方輿紀要。卷二十八江南十。寧國府旌德縣正山。縣西三十里。峰巖峭峻。泉石錯列。諺云云云。南唐屯戍於此。以備吳越。

正山巍峨接星斗。分別岡巒九十九。

澠水古諺

方輿紀要。卷三十五山東六。青州府益都縣北陽水。在城西。源出九迴山。一名濁水。又名長沙水。亦謂之澠水。水經注。淄水合濁水。濁水東北逕廣固城西。亦曰澠水。石趙攻曹嶷於廣固。望氣者謂澠水帶城。非可卒拔。南燕慕容超末。河凍皆合。而澠水不冰。超惡之。其臣李宣曰。澠水無冰由。由逼帶京城近日月也。超悅。既而劉裕來攻。議者謂塞五龍口。城必當陷。塞之果驗。古諺云云。蓋謂此水。

滬水不冰。瘦馬不渡。

華林山諺

方輿紀要。卷八十四江西二。瑞州府高安縣華林山。府西北七十五里。有元秀峰。相近有主嶺。南北三寶嶺。嶺皆山。勢危峻。正德七年。官兵分屯於此。進討華林山賊。諺云。

若要華林敗。三寶去立寨。

慵嶺諺

方輿紀要。卷八十七江西七。吉安府永豐縣慵嶺。縣南二百里。嶺路崎嶇。登陟甚艱。相近有高霄嶺。極高聳。諺云。

高霄慵隔。去天三尺。

葫蘆山語

方輿紀要。卷九十三浙江三。嘉興府海鹽縣葫蘆山。在縣西南三十五里海中。東北去澉浦鎮四里。潮汐消長。如葫蘆出沒。故名。語曰云云。下有葫蘆寨。

潮生潮落。葫蘆自若。

延平邵武諺

方輿紀要。卷九十七福建三。延平府帶兩溪之秀。控羣山之雄。襟喉水陸。爲七閩要會。楊氏時曰。崇山峻嶺。爲其郛郭。驚湍急流。爲其溝池。淸明偉麗。爲東南最。諺曰云云。言其險要可守也。卷九十八福建四。邵武府居列郡之上游。作全閩之門戶。下三關。出樵川。勢如建瓴矣。

銅延平。鐵邵武。

釣魚臺諺

方輿紀要。卷一百一廣東一。肇慶府高要縣。大江。在府城南。元和志。端州當西江口。入廣西要道。今自廣西三江而來。繞郡城而東南入廣州府境。注於海。每淫雨。則江漲暴至。且爲羚羊峽所束。郊原皆溢。諺曰云云。釣魚臺者。峽中山也。

水浸釣魚臺。上下不通來。

古謠諺卷二十八

秀水杜文瀾輯

太白山俗語

三秦記。太白山在武功縣南。去長安三百里。不知高幾許。俗云云。山下軍行。不得鳴鼓角。鳴鼓角。則疾風暴雨兼至也。按此條原文多訛脫。今據御覽卷四十所引參訂。 玉堂閒話作彼中諺。 風雅逸篇卷八及古詩源均作民謠。 蘇詩邵注作三秦謠。 廣記卷三百九十七引玉堂閒話。興元之南有大竹路。通於巴州。其路則深谿峭巖。捫蘿摸石。一上三日。而達於山頂。復登措大嶺。其絶頂謂之孤雲兩角。崎嶇險峻之狀。未可殫言。 潛確類書卷十一引周地圖記。此嶺之南。古巴國也。孤雲、勢極險峻。上有兩峯對峙。故曰兩角。 劍南詩藁卷三十四雨夜詩自注引此。釋云。蓋卽褒斜道上也。 按原書及御覽所引。僅解太白山之語。而孤雲兩角等語。均未申釋。當係删削。故引各書補之。

武功太白。去天三百尺。尺字原本無。今據御覽補。孤雲兩角。去天一握。山水險阻。黃金子午。蛇盤烏櫳。氣與天通。按華陽國志南中志作蟠羊烏櫳。氣與天通。惟彼處所述與此迥別。故仍並錄於此。又按下六句原本無。玉堂閒話僅載孤雲二句。而不引三秦記。今據風雅逸篇及古詩源所引補之。

隴頭俗歌

三秦記。隴西關、其阪九迴。不知高幾里。欲上者七日乃越。高處可容百餘家。下處數十萬戶。其上有清水四注。俗歌潛確類書卷二十四作北人升隴歌。曰云云。去長安千里。望秦川如帶。關中人上隴者。還望故鄉。悲思而歌。則有絶死者。

隴頭流水。鳴聲幽咽。遙望秦川。心肝斷絶。御覽卷五十。心肝作肝腸。卷一百六十四。幽作嗚。卷五百七十二。咽作噎。 潛確類書卷二十四。嗚作其。

隴關遙望。秦川如帶。此則原本無。據太平寰宇記卷三十二所引補。

按續漢書郡國志注引秦州記。與此不同。今兩載之。

渡海往大秦國者諺

三秦記逸文。（據御覽卷三百七十七。）燉煌西盡大秦。隔海。心無憂。遇善風。不經二十日得渡。心憂。數年不得渡。諺曰。

心無憂患。不經二旬。心若憂患。遠離三春。（御覽卷四百六十九所引。經作輕。）

甯戚飯牛歌

三齊記逸文。（據孟子疏。）齊桓公夜出迎客。甯戚疾擊其牛角。高歌曰云云。桓公乃造與語。說之。遂以爲大夫。

南山粲。白石爛。生不遭堯與舜禪。短布單衣適至骭。從昏飯牛薄夜半。長夜曼曼何時旦。（史記鄒陽傳集解引應劭注。粲作矸。遭作逢。　文選嘯賦注引應劭注。粲作嵯峨。曼曼作暝暝。　藝文類聚卷九十四引琴操。粲作矸。爛作爛。遭作逢。適作裁。　灌畦暇語。適至作不掩。薄作至。　御覽卷五百七十三引淮南子作南山粲。白石爛。短褐單裳長至骭。生不逢堯與舜禪。終日飼牛至夜半。長夜漫漫何時旦。　按今本淮南子無此條。文選嘯賦注所引。另是一歌。與御覽不同。　說文長箋卷九十。粲作爛。爛作燦。第三句作短袴禪衣直至骭。）

按說郛卷六十一列三齊記。未載此條。今據孟子疏錄之。

又按此歌凡三見。文各不同。一見於此。一見文選嘯賦注引淮南子。係逸文。一見藝文類聚卷四十三。盧氏文弨云。三歌眞贋雖不可知。合之亦自成章法。陳氏嗣清云。疾商歌殆非一歌也。今取其說分列於淮南子及藝文類聚。以備參考焉。

成武父老爲王譚歌

吳錄逸文。據御覽卷四百六十五。王譚、字世容。爲成武令。樂府詩集卷八十。成作城。民服德化。宿惡奔迸。父老歌之曰。

王世容。治無雙。省徭役。盜賊空。樂府詩集卷八十。治作政。

廣陵爲陸稠諺

吳錄逸文。據御覽卷四百九十六。陸稠、字伯贏。爲廣陵太守。姦吏斂手。廣陵諺曰。

解結理煩。我國陸君。

案說郛卷五十九列吳錄。未載此二條。今據御覽錄之。

泡魚蒿豬諺

粵志。箭豬即封豕也。封豕初本泡魚。泡魚身有棘刺。故化爲豪豬。毫在項脊間。尺許如箸。白本黑端。人逐之。則激毫以射人。其毫如蒿然。亦曰蒿豬。故諺曰。明詩綜卷一百注云。泡魚大如斗。身有棘刺。化爲蒿豬。齒長。入海復化爲魚。

朝爲泡魚。暮爲蒿豬。朝爲嬾婦。暮爲奔䱐。二句原本無。據南粵筆記補。

南土人爲牡蠣語

南越志逸文。據御覽卷九百四十二。南土謂蠣爲蠔甲。爲牡蠣。合澗洲牡蠣。土人重之。語曰云云也。

得合澗一蠔。雖不足豪。亦可以高。酉陽雜俎卷十六。可作足。

案說郛卷六十一列南越志。未載此條。今據御覽錄之。

黃牛灘行者語

荊州記。宜都西陵峽中有黃牛山。江湍紆迴。途經信宿。猶望見之。行者語曰。吳船錄卷下作古語。入蜀記卷六作諺。水

（經注卷三十四江水。黃牛灘南岸。重嶺疊起。最外高崖間。有(石)(邑)(色)如人。負刀牽牛。人黑牛黃。成就分明。既人跡所絕。莫得究焉。此巖既高。加江湍紆迴。雖途徑信宿。猶望見此物。故行者謠曰云云。言水路行深。迴望如一矣。項氏䌷云。邑當作石。）

朝發黃牛。暮宿黃牛。三朝三暮。黃牛如故。（水經注。無下二句。藝文類聚卷七。朝作日。御覽卷五十三引荊州記。朝作日。暮作夜。入蜀記。發字宿字均作見。二三字均作一。吳船錄引此云。言其山岩嶢。終日猶望見之。然余順流而下。回首即望斷。如故之語。亦好事者之言耳。）

盛弘之引楚諺

荊州記。枝江縣西至上明。東及江津。其中九十九洲。楚諺曰云云。桓玄有問鼎之志。乃增一爲兩。以充百數。僭號旬時。身屠宗滅。及其傾覆。洲亦銷毀。至宋文帝在藩。忽生一洲。果龍飛江表。元兇之禍。此洲還沒。

洲不滿百。故不出王者。（水經注卷二十四。上句作洲下石。案通鑑卷一百六十五胡注引荊州記及項氏䌷校語。皆作洲不百。然此有滿字。意尤明顯也。長短經霸圖篇注作洲滿百。荊州出天子。）

麥城諺

荊州記逸文。（據輿地紀勝卷七十八。）麥城東有驢城。沮水之西有磨城。傳言伍子胥造此二城。以攻麥城。諺云。

東驢西磨、麥自破。（寰宇記。麥下有城字。）

人爲太白山橫雲語

長安志。（卷十四。）武功縣太白山。周地圖記。太白山甚高。上常積雪。無草木。半山有橫雲如瀑布。則澍雨。人常以爲候驗之。如離畢焉。故語曰。

南山瀑布。非朝則暮。

人爲洪堰量水語

長安志圖。洪堰制度。聖朝因前代故迹。初修洪口石堰。凡水廣尺深尺爲一徼。以百二十徼爲準。守者以度量水。日具尺寸。申報所司。憑以布水。各有差等。注云。今□平流閘下。石渠岸裏有一石龜。前人刻以誌水者也。爲之語曰云云。嘗聞主守者曰。今水雖至其則。猶不及全徼。蓋渠底不及古渠之深也。

水到龜兒嘴。百二十徼水。

陸機引洛陽俗語

洛陽記。銅駝街。在洛陽宮南。金馬門外。人物繁盛。俗語云。（御覽卷一百五十八引作洛下道有銅駝街。漢鑄銅駝二枚。在宮南四會道相對。俗語曰云云。通鑑卷八十七胡注。下道作洛陽。餘同。）

金馬門外聚羣賢。銅駝街上集少年。（御覽及通鑑注。聚羣作集衆。街作陌。）

射的山諺

會稽記逸文。（據御覽卷四十一。）山有石室。云是仙人射堂。東亭巖有射的石。遠望的的如射侯。形圓。視之如鏡。土人常以占穀食貴賤。射的明則米賤。暗則米貴。諺曰。（哲匠金桴引作會稽謠。御覽卷四十八引郡國志曰。射的山者。古老相傳云。上有玉在石壁內。南面遙望。似有白處。曾有胡人來取。上山後。遇風雨。不果得。今遠望頗似射侯。故名射的焉。）

射的白。斛一百。射的玄。斛一千。（水經注卷四十江水篇。兩一字均作米。廣記卷三百九十七引洽聞記。二斛字上均有米字。輿地紀勝卷十作射的白。米斛百。射的黑。米斛千。方輿勝覽卷六作射的白。米斛百。射的玄。米斛千。哲匠金桴。二斛字均作斗。均藻卷四。二斛字均作斗。）

按說郛卷六十一列會稽記。未載此條。今據御覽錄之。

五蓋山鄉人占年諺

湘中記。五蓋山。山有五峰。望之如蓋。鄉人每歲以雪占年豐。諺云。按諺字原本無。據潛確類書卷十九補。

五蓋雪普。米賤如土。雪若不均。米貴如銀。

占霧諺

湘潭記。十二月霧。來年旱禾傷。諺云云云。酉日尤驗。

臘月有霧露。無水做酒醋。

堯峯院俗語

吳郡圖經續記。卷中寺院類。堯峯院。在吳縣横山旁。俗傳堯民於此避水。蘇子美詩云。西南登堯峰。俗云云云。謂此也。唐末。慧齊禪師首建精舍。名曰免水。後改曰堯峰。蓋亦有所傳也。登高極目。鄰州隱隱然。

堯所基。洪川不能沒。上有萬衆棲。

錫山古謠

常州圖經。惠山之側有錫山。其山出錫。古謠云云云。故縣名無錫。全唐文卷四百三十三陸羽遊慧山寺記。慧山、古華山也。山東峯、當周秦間、大產鉛錫。至漢興方殫。故創無錫縣。屬會稽。後漢有樵客山下得銘云。有錫兵。天下爭。無錫寧。天下淸。有錫沴。天下弊。無錫乂。天下濟。自光武至孝順之世。錫果竭。順帝更爲無錫縣。屬吳郡。故東山謂之錫山。此則錫山之岑欽也。

有錫兵。無錫寧。輿地紀勝卷七引古讖作無錫寧。天下平。有錫爭。天下兵。

京口士大夫語

嘉定鎭江志。卷二十一紀異。京口江山。素號奇偉。故承平時。士大夫至順鎭江志卷十二作古諺。有云云之語。紹興罷兵。屯大軍於江上。向時公卿甲第與夫名勝之迹。率爲營砦所占。穿鑿殆徧。近歲江上諸帥。多生於此。亦江山之秀。不在此而在彼也。守臣寶學劉子羽嘗曰。予若早來。則當置諸寨於新豐。蓋新豐地平如掌。庶不至壞山川之形勢云。

生居洛陽。死葬朱方。

鞭春看燈里諺

至順鎭江志。卷三歲時。歲時雜記。立春鞭牛訖。庶民雜遝如堵。頃刻間分裂都盡。又相攘奪。以至傷毀身體者。歲歲有之。得牛角者。其家宜蠶。亦治病。故里諺閩範注無里字。云。

好男勿鞭春。好女勿看燈。閨範注作美女不觀燈。好男不看春。

古謠諺卷二十九

秀水杜文瀾輯

酈道元引俗諺釋清泉河

水經注。㶟水。魏氏土地記曰。清泉河上承桑乾河。東流與潞河合。㶟水東入漁陽。所在枝分。故俗諺云云云。蓋以高梁微涓淺薄。裁足津通。憑藉涓流。方成川甽。清泉至潞。所在枝分。更爲微津。散漫難尋故也。

高梁無上源。清泉無下尾。

又引古諺釋南北岈

水經注。漾水。開山圖曰。漢陽西南有祁山。谿徑逶迤。山高巖嶮。漢水又西南與申項氏緗云。宋本作甲。谷水合。水出西南申谷。東北流注漢水。漢水又西逕南岈。項氏緗云。原作岸。宋本作岈。蓋傳寫之譌。今改正。北中岈之上下。有二城相對。左右墳隴低昂。亙山被阜。古語項氏緗云。一作諺。云云云。諸葛亮表言祁山縣出租五百。項氏緗云。宋本云。祁山縣去沮五百里。有民萬戶。矚其丘墟。信爲殷矣。

南岈北岈。萬有餘家。

泗上求鼎謠

水經注。泗水。周顯王四十二年。九鼎淪沒泗淵。秦始皇時。見於泗水。始皇大喜。使數十人入水求之。一絲未出。龍嚙斷其口。故泗上謠曰。按謠字本作語。今據廣博物志卷三十九改。

稱樂太早絶鼎絲。絲字原作系。據廣博物志改。

澇灘淨灘諺

水經注。沔水下。漢水又東謂之澇灘。冬則水淺。而下多大石。又東爲淨灘。夏水急盛。川多湍洑。行旅苦之。故諺曰云云。言二灘阻礙。

冬澇夏淨。斷官使命。

樊陂嘐

水經注。清水。湖水枝分東北爲樊氏陂。陂東西十里。南北五里。俗謂之凡亭。陂東有樊氏故宅。樊氏既滅。庾氏取其陂。故嘐曰。

陂汪汪。下田良。樊子失業庾公昌。後漢書樊宏傳注。子與公皆作氏。

頭灘行者歌

水經注。江水二。江水又東流頭灘。注云。其水並浚激奔暴。魚鼈所不能游。行者常苦之。其歌曰云云。袁崧曰。自蜀至此。下水五日。上水百日也。

灘頭白勃堅相持。倏忽淪沒別無期。

湘川舩者歌

水經注。湘水。衡山東南二面。臨映湘川。自長沙至此。江湘七百里。中有九背。故舩者歌曰。

帆隨湘轉。望衡九面。項氏絪云。羅含湘中記云。衡山九疑。皆有舜廟。遙望衡山如陣雲。沿湘千里。九向九背。乃不復見。按此注所引鮍歌九面。正與轉字相叶。卽羅含九向之義。宋本自誤作九回耳。

橘洲諺

水經注。湘水。湘水北過臨湘縣西。注云。縣南有石潭山。湘水逕其西。山有石室石牀。臨對淸流。水又北逕昭山西。山下有旋泉。深不可測。故言昭潭無底也。亦謂之曰湘州潭。湘水又北逕南津城西。西對橘洲。諺曰按諺曰二字原本無。今據御覽卷六十九補。爲南津洲尾水。西有橘洲子戍。故郭尙存。駢字類編卷七十五引錄異記。昭潭山下有寒泉。水深不測。名曰昭潭。諺曰云云。昔人覆舟於此。沈其銅甑。甑有名題。後於洞庭湖得之。疑其潛穴相通耳。

昭潭無底橘洲浮。

漢末童謠

水經注。漸江水。浙江又逕永興縣南。縣在會稽東北一百二十里也。闔閭弟夫槩之故邑也。王莽之餘衍也。漢末童謠云云云。故孫權改曰永興。

天子當興東南三餘之間。輿地紀勝卷四東上有於字。

武陵綠蘿山土人歌

水經注逸文。據廣博物志卷五。武林綠蘿山。素巖若雪。松如插翠。流風叩阿。有絲桐之韻。土人歌曰。御覽卷五百七十二黃閑武陵記。有綠蘿山。側岩懸水。綠蘿百里許。得明月池。碧潭鏡徹。百尺見底。素岩若雪。松如插翠。

仰茲山兮迢迢。層石構兮嵯峨。朝日麗兮陽巖。落景梁兮陰阿。鄣壑兮生音。吟籟兮相和。敷芳兮綠林。恬淡兮潤波。樂茲潭兮安流。緩爾櫂兮咏歌。

楊慎引諺驗反照

山海經補注。（西山經。）長留之山。其神白帝少昊居之。主司反景。注云。日西入。則景反東照。故曰反景。楊雄賦所謂倒景也。尙書宅西曰昧谷。寅餞納日。屬之仲秋。蓋倒景反照。在秋爲多。其變千狀。有作胭脂紅者。諺所謂云云也。

日沒胭脂紅。無雨必有風。（田家五行志云。日沒返照主晴。俗名爲日返塢。一云云云。或問二候相似。而所主不同。何也。老農云。返照在日沒之前。臙脂紅在日沒之後。不可不知也。）

巴東三峽漁者歌

宜都山川記。（山川二字原本無。據御覽卷九百十所引增。）自黃牛灘東入西陵界。至峽口一百許里。山水紆曲。林木高茂。猿鳴至淸。山谷傳響。冷冷不絕。行者聞之。莫不懷土。故漁者歌云。

巴東三峽巫峽長。猿鳴三聲淚沾裳。（丹鉛雜錄卷七。鳴作啼。爾雅翼卷二十作哀猿三聲斷人腸。）

巴東三峽猨鳴悲。猿鳴三聲淚沾衣。

案原本敍述甚略。且僅載後一歌。今以樂府詩集卷八十六所引參訂。

周必大引俗諺

吳郡諸山錄。至太平州。兩岸多民居。溪流不甚闊。稍前卽永豐圩。夜泊黃池鎭。距固城湖已百一十里。而商賈輻輳。市井繁盛。俗諺有三不如。謂云云也。

太平州不如蕪湖。不如黃池。（按上言三不如。此僅有二。必有脫文。）

時人爲嶽麓書院諺

嶽麓舊志。嶽麓負衡荆湘。至宋開寶。郡守創建書院。以待四方學者。敎化於是大行。咸平中。山長周式。眞宗召見。授國子主簿。詔使歸院主敎。賜嶽麓書院之額。於是書院之盛。遂甲於天下。南渡以兵火廢。乾道改元。湖南安撫劉珙復創新院。延請張南軒主敎事。紹熙五年。晦菴安撫湖南。興學嶽麓。更建書院於爽塏之地。學者雲集。至千餘人。時有諺云。

道林三百衆。書院一千徒。

萬曆癸未鎭江鐵塔謠

北固山志。卷二建置門。鐵塔在山頂之東北隅。唐寶曆間李德裕建。乾符中燬。宋元豐中。節度使裴璩重建。明萬曆癸未。童謠云云。是年塔頽。僧性成、功琪重修。原注見縣志。

風吹鐵寶塔。水淹京口閘。

陳洄泛月扣舷歌

山棲志。竹溪逸民所居。近大溪。篁竹翛翛然生。當明月高照。水光瀲灩。輒吹短簫。乘水舫。簫聲宛轉。若龍鳴深泓。簫已。扣舷歌曰云云。人以爲世外人。

吹玉簫兮弄明月。明月照兮頭成雪。頭成雪兮將奈何。白鷺起兮銜素波。

閿鄉秦山諺

名勝志。諺云云云。與太華相連。一統志卷一百三十四。陝州秦山。在閿鄉縣南三十里。元和志。秦山。一名秦嶺。高二千丈。周三百里。南入商州。西南入華州界。

秦爲頭。虢爲尾。

京師爲瑤光寺尼語

洛陽伽藍記。卷一。瑤光寺。世宗宣武皇帝所立。講堂尼房五百餘間。椒房嬪御學道之所。掖庭美人。並在其中。亦有名族處女。性愛道場。落髮辭親。來依此寺。屏珍麗之飾。服修道之衣。投心八正。歸誠一乘。永安三年中。爾朱兆入洛陽。縱兵大掠。時有秀容胡騎數十人入寺淫穢。至此後頗獲譏誚。京師語曰。

洛陽女兒急作髻。瑤光寺尼奪女壻。學津討源本。上女字作男。下女字作作。

京師爲青州刺史謠語

洛陽伽藍記。卷二。太傅李延實者。莊帝舅也。永安中。除青州刺史。臨去奉辭。帝謂實曰。懷甎之俗。世號難治。舅宜好用心。副朝廷所委。時黃門侍郎楊寬在帝側。不曉懷甎之義。私問舍人溫子昇。〔子昇〕曰。聞至〔尊兄彭城王〕作青州刺史。問其賓客從至青州云。齊土之民。風俗淺薄。虛談高論。專在榮利。太守初欲入境。皆懷甎叩首以美其意。及其代下還家。以甎擊之。言其向背。速於反掌。是以京師謠語曰云云。懷甎之義。起在於此也。

獄中無繫囚。舍內無青州。假令家道惡。腹中不懷愁。廣記卷四百九十三。腹作腸。

京師爲伊洛魚語

洛陽伽藍記。卷三。洛水上南北兩岸。門巷修整。閭闔填列。別立市於洛水南。號曰四通市。伊洛之魚。多於此賣。士民須膾。皆詣取之。魚味甚美。京師語曰。埤雅卷一。蓋魴魚雖等美。而緣水之異。則有優劣。故里語曰云云。言洛以渾深宜鯉。伊以淸淺宜魴也。

伊洛鯉魴。學津討源本作洛鯉伊魴。埤雅及酉陽雜俎卷十六、廣博物志卷四十八、風雅逸篇卷八引詩疏。並作洛鯉伊魴。貴於牛羊。

京師爲白馬寺甜榴語

洛陽伽藍記。卷四。白馬寺奈林蒲萄。異於餘處。枝葉繁衍。子實甚大。奈林實重七斤。蒲萄實偉於棗。味並殊美。冠於中京。帝至熟時。常詣取之。或復賜宮人。宮人得之。轉餉親戚。以爲奇味。不敢輒食。乃歷數家。京師語曰。

白馬甜榴。一實直牛。孔帖卷九十九引伽藍記。實作石。酉陽雜俎卷十六、潛確類書卷一百二引鄴中記。直作值。

游俠爲白墮酒語

洛陽伽藍記。卷四。洛陽大市西有退酤、治觴二里。里內之人。多醞酒爲業。河東人劉白墮善能釀酒。甕牖閒評卷三。洛陽伽藍記載河東劉白墮善釀。所謂白墮者。當是其名。然殊無意義。疑斯人既白而且大。故閭里呼爲白大。如所謂黑闥相似。黑闥本是黑獺。譌爲黑闥耳。閭里之名。鄙俗不可以理測有如此者。季夏六月。時暑赫曦。以甖貯酒。曝於日中。經一旬其酒不動。飲之香美。醉而經月不醒。永熙年中。南青州刺史毛鴻賓齎酒之藩。路逢刼賊。盜飲之卽醉。皆被擒獲。因此復爲擒奸酒。游俠語曰。

不畏張弓拔刀。潛確類書卷九十五。拔作挾。酒譜。刀作劍。唯畏白墮春醪。酒譜。畏作思。

秦民爲河間王婢朝雲語

洛陽伽藍記。卷四。河間王琛有婢朝雲。善吹箎。能爲團扇歌。隴上聲。琛爲秦州刺史。諸羌外叛。屢討之不降。琛令朝雲假爲貧嫗。吹箎而乞。諸羌聞之。悉皆流涕。迭相謂曰。何爲棄墳井、在山谷爲寇也。卽相率歸降。秦民語曰。

快馬健兒。不如老嫗吹篪。

魏時人爲上高里歌

洛陽伽藍記。卷五。洛陽城東北有上高里。殷之頑民所居處也。高祖名聞義里。遷京之始。朝士住其中。迭相譏刺。竟皆去之。唯有造瓦者止其內。京師瓦器出焉。世人歌曰。

洛陽東北上高里。殷之頑民昔所止。今日百姓造甕子。學津討源本。甕作瓮。人皆棄去住者恥。

范式墓諺

城塚記。范山在嘉祥縣南。相傳范巨卿家其下。巨卿墓在大鼎山前。距此山十里。今湮沒。墓碑移置州學內。諺曰。

大鼎山前十八塚。末末東頭范巨卿。

古謠諺卷三十

秀水杜文瀾輯

人爲許晏諺

陳留風俗傳逸文。（據御覽卷四百九十六。）許晏、字偉君。授魯詩於琅琊王政學。曰許氏章句。列在儒林。故諺曰。

殿上成羣、許偉君。

案說郛卷六十一列陳留風俗傳。未載此條。今據御覽錄之。

猴頭羹諺

臨海異物志逸文。（據御覽卷四百九十六。）安家夷。皆好噉猴頭羹。諺言。（御覽卷七百八十四引臨海水土志作俗言。）

人寧負人千石之羹。不願負人猴頭羹臛。（御覽卷七百八十五。上句作寧自負人千石之羹。）

檳榔俗語

臨海異物志逸文。（據齊民要術卷十及御覽卷九百七十五。）古賁灰、牡蠣灰也。與扶留檳榔三物合食。然後善也。扶留藤似木防己。扶留檳榔。所生相去遠。爲物甚異而相成。俗曰。

檳榔扶留。可以忘憂。

楊桃諺

臨海異物志逸文。據齊民要術卷十及廣博物志卷四十三。楊梅似橄欖。其味甜。五月十月熟。諺曰云云。其色青黃。核如棗核。

楊桃無蹙。一歲三熟。

案說郛卷六十一列臨海異物志。未載此三條。今據齊民要術及御覽、廣博物志錄之。

木奴諺

北户錄逸文。據侯鯖錄卷四。諺齊民要術作古人云。曰云云。蓋言果實可以市易五穀。

木奴千。無凶年。鮑氏廷博云。諸本千下有樹字。

案說郛卷六十三列北户錄。未載此條。今據侯鯖錄錄之。

瓊振二州人嗲

嶺表錄異記逸文。據御覽卷九百。自瓊至振多溪澗。澗中有石鱗次。水流其間。或相去二三尺。逼似天設。可躡之而過。或有乘牛過者。牛皆從斂四蹄。跳躍而過。或失。則隨流而下。見者皆以爲笑。彼人嗲曰。

跳石牛骨碌。好笑又好哭。通俗編卷三十四。石作磵。

案說郛卷六十七列嶺表錄異記。未載此條。今據御覽錄之。

張翰秋風歌

中吳紀聞。卷三。東晉、張翰。吳人。仕齊王冏。不樂居其官。一日。在京師。見秋風忽起。因作歌曰云云。遂棄官而還。

秋風起兮佳景時。歲華紀麗卷三作木葉飛。吳江水兮鱸正肥。三千里兮家未歸。恨難得兮仰天悲。歲華紀麗。難得作禁難。

大觀中姑蘇小兒唱

中吳紀聞。卷六。姑蘇、蓋自長慶以來。更七代三百年。吳人死不見兵革。大觀中。樞密章公之子綖爲蔡京誣以盜鑄。詔開封尹李孝壽卽吳中置獄。遣甲士五百圍其家。又遣三御史蕭服沈畸姚自注忘其名。重案。其至也。人皆自門隙中窺之。不敢正視。識者已知非太平氣象。故其後有建炎之禍。方章氏事未覺時。城中小兒所在羣聚。皆唱云云。莫知其由。已而三御史果至。

沈逍遙。

桂林古諺

桂海虞衡志。癸水。桂林有古諺。原本諺作記。據古諺聞譚卷四改。父老傳誦之。略曰云云。癸水灕江也。

癸水繞東城。永不見刀兵。

周去非引南人言論餘甘獐肉

嶺外代答。卷八。南方餘甘子。風味過於橄欖。雖腐尤堅脆。可以比德君子。南人有言曰云云。其說蓋二物忽然有異。則餘甘熟一時頃而復生。獐肥一日而復瘦也。欽州靈山縣一士人姓甯。其大父一日往山間。忽見餘甘徧山。如來禽紛熟。飽餐快甚。須臾。便復青脆。袖中猶攜數熟餘甘。歸以示閭里。至傳爲異事。

餘甘一時熟。獐一日肥。

杭人爲西湖諺

武林舊事。卷三。西湖天下景。朝昏晴雨。四序總宜。杭人亦無時而不游。而春游特盛焉。日糜金錢。靡有紀極。故杭諺有云云之號。此語不爲過也。

銷金鍋兒。

餛飩餑飥諺

武林舊事。卷三。冬至三日之內。店肆皆罷市。垂簾飲博。謂之做節。享先則以餛飩。有云云之諺。

冬餛飩。年餑飥。劍南詩藁卷三十八歲首書事詩自注。餑作餺。

擂搥諺

武林舊事。卷六。小經紀擂搥。自注云。俗諺云云云。以三十萬家爲率。大約每十家日喫擂搥一分。合而計之。則三十丈矣。癸辛雜識續集卷上。余向在京幕。聞吏魁云。杭城除有米之家。仰糴而食。凡十六七萬人。人以二升計之。非三四千石不可。以支一日之用。而南北外二廂不與焉。客旅之往來又不與焉。

杭州人一日喫三十丈木頭。

吳自牧引杭人諺論日用

夢粱錄。卷十八。諺云云云。杭之日用是也。朱氏彭南宋古蹟考卷上云。二老堂雜志。臨安士人諺云云云。蓋東門絕無居民。彌望菜圃。西門則引水注城中。以水舟散給坊市。嚴州、富州、富陽之柴。聚於江干。由南山入蘇湖。米則來自北關云。

東菜西水。南柴北米。二老堂雜志。東西南北下均有門字。

又引俗諺論善惡

夢粱錄。卷十八。杭城富室。數中有好善積德者。多是恤孤念苦。敬老憐貧。俗諺云云。天之報善罰惡。捷於影響。世人當以此爲鑒也。

作善者降百祥。天神佑之。作惡者降千災。鬼神禍之。學津討源本。下降字作賜。禍作譴。

又引俗諺論宴會

夢粱錄。卷十九。凡官府春宴。或鄉會遇鹿鳴宴。文武官試中設同年宴。及聖節滿散祝壽公筵。官府各將人吏差撥四司六局人員。督責各有所掌。無致苟簡。或府第齋舍。亦於官司差借執役。如富豪士庶吉凶筵席。則顧喚局分。人員俱可完備。如帳設司。茶酒司、一名賓客司。廚司。臺盤司。果子局。蜜餞局。菜蔬局。油燭局。香藥局。排辦局。蓋四司六局等人。祇直慣熟。不致失節。省主者之勞也。欲就名園異館。寺觀亭臺。或湖舫會賓。但指揮局分。立可辦集。皆能爲儀。俗諺云云。若有失節者。是祇役人不精故耳。

燒香點茶。挂畫插花。四般閒事。不宜累家。

陸友仁引吳農諺論占年

吳中舊事。卷一。吳農忌五月甲申乙酉。雨則大小麥不收。諺云。

甲申猶自可。乙酉怕殺人。明詩綜卷一百。猶作尤。人作我。又云。按二語宋時卽有之。見范石湖詩注。而江南至今傳之。卻成亡國之讖。

葉少蘊引吳人俚語

吳中舊事。卷一。葉少蘊言。吳人俚語若云云。雖鄙。亦甚有理。

等人易得久。瞋人易得醜。

蘇州除夕羣兒呼語

平江記事。吳人自相呼爲獃子。又謂之蘇州獃。每歲除夕。羣兒繞街呼叫云云。蓋以吳人多獃。兒輩戲謔之故耳。

賣癡獃。千貫賣汝癡。萬貫賣汝獃。見賣儘多送。要賒隨我來。

元延祐中太倉民謠二則

平江記事。元貞初。升崑山縣爲州。州治去府七十二里。延祐中。多治太倉。未移之先。太倉江口打碗子花子遍地盛開。民謠云云。遷移之後。常有鼠郎出沒廳事上。民復謠云云。至正間。果復移回玉峰舊治。

打碗花子開。今搬州縣來。

黄郎屋上走。州來住不久。

吳人爲太守謠

吳風錄。自曹太守鬻物於民。皆有鋪戶答應。十其入而一其酬。在昔已有云云之謠。至今郡縣刻剝鋪戶。嘉靖十二年。霸州王儀以御史來。則鋪戶一切革之。

曹平分。傅白奪。

五代時湖州諺

西吳枝乘。五代時。江南多故。獨吳興未嘗被兵。避亂者多家焉。諺曰。全唐詩十二函八作里諺。

放爾生。放爾命。放爾湖州作百姓。全唐詩作作做。

吳興土人語

西吳枝乘逸文。據分類字錦卷六十。吳興槎頭鯿。爲海內佳味。東門外之葫茯。與之齊名。土人稱云云。

大頭菜。小頭魚。

閩人食品語

閩部疏。鷓鴣斑而善啼。可籠畜。味美。閩人爲之語曰。

山食鷓鴣麞。海食馬鮫鯧。

李實引諺釋入霑出霑

蜀語。秋分後逢壬。謂之入霑。十日滿。謂之出霑。霑、謂雨多也。逢壬十日內。謂之霑天。諺云。

入霑有雨出霑晴。

又引諺占霧

蜀語。山頂霧曰山戴帽。諺曰云云。凡霧在山巔必有雨。

霧溝晴。霧山雨。

羅旁猺謠二則

南越筆記。卷七。萬曆初。兩廣寇之劇者。曰羅旁猺。所向輕疾。號爲五花賊。其輩有九星巖。一石竅深二尺許。猺輒吹之以號衆。又有石。其底空洞。撞之淵淵作鼓聲。猺亦以爲號。其謠曰云云。又所居深山。叢箐亂石。易以走險。其謠曰云云。其大紺天馬諸山。尤嶮峻。陳璘嘗以馬不能鞍人不能甲爲慮。大征時。勒兵二十萬。部分十道。凡兩踰月。乃蕩平。

撞石鼓。萬家爲我虜。吹石角。我兵齊宰剁。

官有萬兵。我有萬山。兵來我去。兵去我還。

行旅爲倉振高芝歌

南越筆記。卷三十。宋延祐間。有倉振者知新州。夾道植榕。其後高芝復植松。於是行旅歌之曰。

倉榕高松。手澤重重。高松倉榕。夾道陰濃。

古謠諺卷三十一

秀水杜文瀾輯

俗傳灩澦堆語

峽程記。灩澦堆乃積石所成。樂府詩集卷八十六。灩澦作淫預。郭氏茂倩云。淫或作灩。預或作澦。江心突兀而出。水經所載。白帝城西有孤石。冬月石出二十餘丈。夏初沒。世俗相傳云云是也。國史補及樂府詩集作行者歌。北夢瑣言卷七作里俗云。猗覺寮雜記卷上作蜀人云。吳船錄卷下作俗說。秇林伐山作瞿塘行舟謠。水經注江水篇。白帝山城水門之西。江中有孤石。名淫預石。水冬出二十餘丈。夏則沒。亦有裁出焉。江水東近廣峽溪。乃三峽之首也。巴峽中有瞿塘、黃龍二灘。夏水回後。沿泝所忌。樂府詩集引十道志。淫豫石與城郭門外石潛通。蜀人往燒火伏石。則淫預邊沸。又引國史補。蜀之三峽。最號峻急。四月五月尤險。北夢瑣言。唐乾寧中。劉昌美典夔州。時屬夏潦。峽漲湍險。於是行旅輟楫。而俟水平去焉。

灩澦大如象。瞿塘不敢上。猗覺寮雜記卷上無大字。不敢作莫。秇林伐山。敢作可。吳船錄。俗說云云。蓋非是也。後人立碑辨之甚詳。

灩澦大如馬。瞿塘不可下。北夢瑣言。大作小。猗覺寮雜記無大字。不可作莫。

灩澦大如牛。瞿塘不可流。此條原本無。據樂府卷八十六補。國史補及廣博物志卷六。流作留。

灩澦大如鼈。瞿塘行舟絕。此條并下條原本無。據秇林伐山及廣博物志引治要補。

灩澦大如龜。瞿塘不可窺。

灩澦大如服。瞿塘不可觸。吳船錄。服作樸。猗覺寮雜記。秇林伐山。服作樸。轉注古音略卷四。觸作犨。案此條原本亦無。今據樂府詩集補。惟樂府係屬之梁簡文帝淫澦歌。下有金沙浮轉多。桂浦忌經過二句。廣博物志屬之如牛句下。升菴詩話卷二引灩澦歌。亦有金沙二句。釋云。此舟人商估刺水行舟之歌。樂府以爲梁簡文所作。非也。蜀江有瞿塘之患。桂江有桂浦之險。故涉瞿塘則準灩澦。涉桂浦則準金沙。今樂府桂浦作桂檝。非也。今考古人用謠詞入詩甚多。簡文詩上二句定係謠詞。下二句乃所續之詩。楊氏謂全係行舟之歌。未免臆斷。廣博物志屬之如牛下。尤非。況末句樂府止作桂浦。楊氏謂作桂檝。尤誤矣。

衡山縣謠言

郴行錄。出衡山縣住花藥山寺。過陷池。隱出山腹。泓澄可二十畝。傳云。昔有萬氏居此。一日雷雨。全家淪陷。遂爲此池。故當時有謠言云云。萬氏一家當之。

當陷萬家。

江水俗諺

入越記。淳熙元年八月三十日。步楓江上。俗諺云云。蓋甚言其水波惡。實小溪耳。聞春夏頗湍悍。今僅至脛而已。

第一楊子江。第二錢塘江。第三楓江。

金焦兩山諺

庚寅奏事錄。金山龍游寺。遶山臨水爲屋。故諺云云。蓋實錄也。方輿勝覽卷三金山下注引周洪道雜記云。山在京口江心。上有龍游寺。登妙高峯。望焦山海門皆歷歷。此山大江環繞。每風四起。勢欲飛動。故南朝謂之浮玉山。別有山島。相傳爲郭璞墓。大水不能沒。下元水府亦在此。諺云云。

金山屋(裏)(裹)山。焦山山(裏)(裹)屋。周洪道雜記及駢字類編卷三十七引汪彥章金山龍游寺記作金山山(裏)(裹)寺。焦山寺(裏)(裹)山。

范成大引蜀諺

吳船錄。卷下。至萬州。邑里最爲蕭條。又不及恭涪。蜀諺曰。

益梓利。夔最下。忠涪恭。萬尤卑。

又引驗廬山晴雨俗語

吳船錄。卷下。廬山雖號九屏。然其實不甚深。山行皆繞大峰之足。遠望只一獨山也。然比他山爲最高。雲繞山腹則雨。雲翳山頂則晴。俗云。

廬山戴帽。平地安竈。廬山繫腰。平地安橋。

人爲蜀僧語

入蜀記。卷五。次公安。再游二聖寺。荆州絕無禪林。惟二聖而已。然蜀僧出關。必走江浙。回者。又自謂有得。不復參叩。故語云。

下江者疾走如烟。上江者鼻孔撩天。徒勞他二佛打供。了不見一僧坐禪。

舞十般癩語

西湖志餘。宋時。吏部一胥好滑稽。有董公邁參選。失去官誥。但存印紙。遂投狀給據。一日。侍郎問其胥曰。此事無礙否。胥答曰。朝官大夫董公邁。失去官誥印紙在。也不礙。侍郎覺其譏侮。杖一百。罷之。蓋俗有舞十般癩云云。如是凡十首。語言相類。故應聲爲戲云。

一般癩來一般癩。渾身爛了肚皮在。也不礙。

渣城白水諺

滇程記。白水驛達渣城。有雞背關嶺、白石堡、安籠箐。凡六亭。諺云云。蓋滇路之險絕者。南流經慕役長官司。注於盤江。

渣城白水。半人半鬼。

安南哈馬莊諺

滇行記。自盤江舊城西行十五里。至哈馬莊。山路皆亂。滑突難行。驢馬至此多蹶傷。諺所云云者也。

馬怕哈馬莊。

諸葛洞諺

滇黔紀遊。望城坡。登其巔可望偏橋衞城。故名。南里許卽諸葛洞。相傳武侯征蠻鑿開運糧者。然非洞也。乃兩山陡立。中夾一溪。後爲大水衝。兩崖巨石。梗塞中流。舟楫難行。明黔撫郭子章開通。直達黃平。旋復塞。國朝制軍卞三元復濬通。舟民稱便焉。今復巨石壅斷。卽如葉漁舠。不能行矣。諺云云云。豈其然歟。

若要此洞開。除非諸葛來。

黔中風雨語

滇黔紀遊。龍洞田皆石底。上惟寸土。五日不雨。則苗枯槁。世所謂云云。言黔中無五日不雨也。雨師豈眞有所好哉。良由彼蒼愛人之至。惟恐禾荒民饑。故無五日不雨矣。下文另一則云。大理有風花雪月四景。上關花。下關風。蒼山雪。洱海月。今花斬伐無種。風則處處有之。下關稍盛耳。自九月起至次年五月。無日不排山倒嶽。破房揭瓦。聲如嘶吼。惟黎明少息。辰刻復起。過下關橋。必下蓋整冠。否則飛颺而去矣。下關南望。萬里壁立。一水中通。其曲折處。卽風穴。故雖晴和之日。此處仍然大風不息。語云云云。豈風雨果有所好哉。蓋滇西瘴氣特甚。有風則散。亦上天愛人之至。故生風穴於其間也。

雨師好黔。風伯好滇。下句原本無。據另一則補。

貴州里數諺

滇黔紀遊。平彝里。前朝平彝所屬境也。過此十里。卽滇南勝景。則雲南境中矣。語云。萬里雲南。自江寧至雲省。實五千餘里耳。然道里遼闊。每百里。抵江南二百餘里。諺曰云云。統而計之。則萬里豈虛耶。

貴州沒天理。十里當五里。

瘴氣諺

粵述。杜詩云。五嶺皆炎熱。宜人獨桂林。以風高無瘴也。下至平樂梧州。及左右江。瘴氣彌盛。早起氤氳。咫尺不相見。非至巳不見山也。其瘴、春曰青草。夏曰黃梅。秋曰新禾。冬曰黃茅。又有曰桂花菊花者。四時不絕。而春冬尤甚。唐人諺云云。滇閩皆有瘴。然春盡乃發。秋高而止。未聞貫四時也。然特宜暖不宜寒。寒則多病。

青草黃茅瘴。不死成和尚。

按此條見於北夢瑣言。惟無青草兩字。然彼不言諺。故置彼錄此。

猺人爲猺女彈雲孃諺

赤雅。卷上。猺女握兵符者。得冠偏髻之玉。披紫鳳之裘。曳蝶綃之裙。佩文犀之印。望之若神人矣。何謂偏髻。中以熳玉琢雙鳳頭。握髮盤之。北齊禮服志。八品女冠偏髻結。與此略同。鳳裘、白州綠含鳳毛所織。色久逾鮮。服之辟寒。蝶綃、冰蠶所珥。鮑氏廷博云。一本作成。織作鮑氏廷博云。一本作以。蝶紋。輕逾火浣。

服之辟暑。諺云云云。趫雪、駿馬名也。

鳳裘無冬。蝶綃無夏。趫雪無前。韠雲無價。

白夷飲食諺

士夷考。唐時。南詔閣羅鳳徙白蠻戍此。卽白夷也。城後爲羅羅蠻所據。宋屬大理。元始置州。九種志云。白夷飲食。凡草木無毒者。六畜外。鼠蛇蚌蠅及飛生蟲。皆瀹食之。諺云。

青青白夷菜。動動白夷肉。

三佛齊國舊港諺

瀛涯勝覽。三佛齊。西北濱海。船入淡港。入彭家裏舍。易小舟。入港。達其國。土沃人稠。地宜稼穡。諺云云云。言收穫廣也。

一季種田。三季收稻。

阿枝國節氣諺

瀛涯勝覽。阿枝。氣候熱如夏。無霜雪。春雨。卽葺舍儲具。逮夏連雨。市陌成河。比屋不能出入。至七月始霽。八月望後始晴。至冬猶然。三月又雨。諺云云云者是也。

半年有雨半年晴。尤氏侗外國竹枝詞自注。有雨作雨落。

海南風土諺

海槎餘錄。海南地多燠少寒。木葉冬夏常青。然凋謝則寓於四時。不似中州之有秋冬也。天時亦然。四時晴冽。則穿單衣。陰晦。則急添單衣幾層。粵述。晁錯曰。揚粵之地。多陰少陽。李待制曰。南方地卑而土薄。故陽氣常泄。地卑故陰氣常盛。陽氣泄故四時常花。三冬不雪。一歲之暑熱過中。人居其間。氣多上壅。膚多汗出。腠理不密。蓋陽不反本而然。陰氣盛故晨昏多霧。春夏雨淫。一歲之間。蒸濕過半。盛夏連雨。卽復淒寒。衣服皆生白醭。人多中濕。肢體重倦。多脚氣等疾。蓋陰常盛而然。陰陽之氣旣偏而相搏。故一日之內。氣候屢變。諺曰云云。又曰云云。氣故然耳。諺曰云云。又曰云云。

四時皆是夏。一雨便成秋。

急脫急着。勝如服藥。天下郡國利病書卷九十五。無如字。卷一百。如作似。

日本五島諺

海錄圖東洋記。日本倭奴之地。與中國通貿易者。惟長崎一島。長崎與普陀東西對峙。水程四十更。廈門至長崎七十二更。北風從五島門進。南風從天堂門進。對馬島坐向登州。薩峒島坐向溫台。地產金、銀、銅、漆器、磁器、紙箋、花卉、染印。海產龍涎香、鮫魚、海參、佳蔬等類。薩峒島山高巉巖。溪深水寒。故刀最利。兼又產馬。人壯健。普陀往長崎。雖東西正向直取。而橫渡洋。風浪巨險。諺云。

日本好貨。五島難過。

古謠諺卷三十二

秀水杜文瀾輯

岱縣人爲功曹小吏語

何氏姓苑。昔岱縣人姓九百。名里。爲縣小吏。而功曹姓萬。縣中語曰。

九百小吏萬功曹。

蓬州父老爲吳幾復歌

萬姓統譜。吳幾復、汝州人。皇祐中。知蓬州。秩滿去。父老拜送。歌云。輿地紀勝卷一百八十八。官吏門吳幾復注。嘉祐五年爲太守。游衮山。有二父老譙寶、黃仁贊拜于庭下曰。鄉民被使君之政久矣。今聞還朝。故來相別。且歌曰云云。

使君來兮、父母鞠我。禮化行兮、民無寒餓。使君去兮、不可復留。人意悵悵兮、淚雙墮。輿地紀勝。悵悵作倀倀。

應劭引里語

漢官儀。據御覽皇王部。按御覽四百九十六引同。里語云。

任智不正車生咀。

按漢官儀據孫氏星衍輯本採錄。

應劭引里諺

漢官儀逸文。據詩紀補。里諺曰。事類賦卷十六注作吳語。升菴經說卷四作古諺。枕譚作漢世諺語。拜經樓詩話卷四作漢諺。升菴經說云。衞風淇澳篇曰。猗重較兮。毛萇曰。重較、卿士之車。說文。車輢上曲銅也。蓋較在軾上。恐其墜。故以曲銅鬬之。古謂較爲車耳。三國志吳童謠云。黃金車。班蘭耳。闓閶門。見天子。符曲銅之說矣。按此條已見三國志。李氏調元云。今按古今注。重耳、重較也。文官青耳。武官赤耳。或曰。重較在車藩上。重起如牛角。故云。

仕宦不止、車生耳。枕譚。宦作進。

按孫氏僅採前一條。未載此條。檢前條句義不可解。然御覽兩處所引均同。斷非涉此條而誤。或他書引漢官儀本有此條。孫氏未經採及耳。惟考漢世鏡銘。頗近此語。然不言諺。姑據馮氏所引錄之。漢許氏四神鏡銘曰。作吏高遷車生耳。黃氏易曰。按車生耳出楊子太玄經積次四。君子積善。至於車耳。注曰。積善成位。故車生耳。如車服以庸之義。漢書景帝紀。令長吏二千石車朱兩轓。千石至六百石朱左轓。應劭曰。車耳反出。所以爲之轓屏。翳泥塵也。二千石雙朱。其次乃偏其左。轓以簟爲之。或用革。如淳曰。轓、音反。小車兩屏也。此乃用之於鏡銘。知是當時尋常語爾。

時人爲石抱忠劉奇張詢古許子儒語

御史臺記逸文。據廣記卷二百五十五。石抱忠檢校天官郎中。與侍郎劉奇、張詢古同知選。抱忠素非靜愼。劉奇久著清平。詢古通婚名族。將分銓。時人語曰云云。斯言果徵。抱忠案抱忠二字原本無。據全唐詩十二函八補。後與許子儒同知選。劉奇獨以公清稱。抱忠師範子儒。頗任令史勾直。每注官呼曰。勾直乎。案。據唐書乎字當作平配。時人又爲之語曰云云。抱忠後與奇同棄市。選人或爲擯抑者。復爲語曰云云。

有錢石下好。無錢劉下好。士大夫張下好。

碩學師劉子。儒生用與言。

今年柹子迸遭霜。爲語石榴須早摘。

案說郛卷五十一列御史臺記。未載此條。今據廣記錄之。

湖蘇二郡人爲牧掾語

衣冠盛事。咸通末。鄭渾之爲蘇州錄事。談銖爲鹺院官。鍾輻爲院巡。全唐詩十二函八引南部新書。巡下有皆廣文生四字。駢字類編卷五十三引語林。巡下有儀廣文三字。時湖州牧李超、趙蒙相次俱狀元。二郡地土相接。時爲語曰。南部新書作二郡人語。

湖接兩頭。蘇連三尾。南部新書。連作聯。

河清縣軍民爲王元規歌

州縣提綱。卷一。凡在官守。汨於詞訟。窘於財賦。困於朱墨。往往於閨門之內。類不暇察。至有子弟受人之賂而不知者。蓋子弟不能皆賢。或爲吏輩誘以小利。至累及終身。昔王元規爲河清縣。軍民歌詠以云云爲第一奇。蓋子弟當絕見客。勿出中門。仍嚴戒吏輩。不得與之交通。又時時密察之。庶幾亡弊。不然則禍起蕭牆矣。

第一奇。民吏不識知縣兒。按合璧事類後集卷二十九。嘉祐中。王元規知河清縣。軍民歌詠有十奇。據此則此歌必以一奇二奇遞數。此條所引。非其全文。今仍以第一奇三字冠首。以存其跡焉。

呂居仁引諺論勤

官箴。前輩常言。小人之性。專務苟且。明日有事。今日且休。當官者不可徇其私意。忽而不治。諺有之曰云云。此實要言也。

勞心不如勞力。

又引諺論忍

官箴。忍之一字。衆妙之門。當官處事。尤是先務。若能清慎勤之外。更行一忍。何事不辦。書曰。

必有忍。其乃有濟。此處事之本也。諺曰云云。少陵詩曰。忍過事堪喜。此皆切於事理。爲世大法。非空言也。王沂公常說。喫得三斗釅醋。方做得宰相。蓋言忍受得事。（避暑錄話卷下。俗言云云。此司空表聖詩也。表聖休休亭記。自言嘗爲匪人所辱。宜以耐辱自警。因號耐辱居士。蓋指柳璨。豈白馬之禍。璨將爲不利。有不得已而忍辱以免者。故爲是言也。）

忍事敵災星。

胡大初引諺

晝簾緒論。（治獄篇。）刑獄、重事也。監繫最不可泛及。拷訊最不可妄加。而臆度之見。最不可恃以爲是也。史傳所載。耳目所知。以疑似受枉而死而流而伏辜者。何可勝數。諺曰云云。此雖俚言。極爲有道。故凡罪囚供款。必須事事著實。方可憑信。不然。萬一逼人於罪。使無辜者受枉罰令。得無愧於心乎。

捉賊須捉贓。捉姦須捉雙。

賀嶠妻于氏引鄙諺

通典。（卷六十九。嘉禮十四。）養兄弟子爲後。後自生子議。東晉成帝咸和五年。散騎侍郎賀嶠妻于氏上表云。妾昔初舉醮。歸於賀氏。允嗣不殖。妾姑薄氏。過見矜愍。無子歸之天命。婚姻之好。義無絕離。嶠仲兄羣哀妾之身。恕妾之志。數謂親屬曰。于新婦不幸無子。若羣陶新婦生前男以後。當以一子與之。陶氏既產澄馥二男。其後子輝孕。羣即白薄。若所育是男。以乞新婦。妾敬諾拜賜。先爲衣服以待其生。輝生之日。洗浴斷臍。妾即取還。服藥下乳以乳之。陶氏時取孩抱。羣恆辭止。婢使有言其本末者。羣輒責之。誠欲使子一情以親妾。而絕本恩於所生。輝百餘日無命不育。妾誠自悲傷。爲之憔悴。姑長上下。益見矜憐。羣續復以子率重見鎮撫。妾所以訖心盡力。皆如養輝。故率至於有識。不自知非妾之子也。率生過周而嶠妾張始生子纂。於時羣尚平存。不以爲疑。原薄及羣以率賜妾之意。非惟以續嶠之嗣。乃以存妾之身。妾所以得終奉烝嘗於賀氏。緣守羣信言也。率年六歲。纂年五歲。羣始喪亡。其後言語漏洩。而率漸自嫌爲非妾所生。率既長。與妾九族內外修姑姨之親。而白談者或以嶠既有纂。其率不得久安爲妾子。若不去。則是與爲人後。去年。率即歸還陶氏。嶠時寢疾。尋遂喪亡。妾亦婦人。能無怨結。謹備論其所不解六條。夫禮凡爲後者。降其本親一等。以成人之性。奉父母之命。而出身於彼。豈不異嬰孩之質。受成長於人。不識所生。惟識所養者乎。鄙諺有之曰云云。此言雖小。可以喻大。今以義合之。後比成育之子。此妾四不解也。

黃雞生卵。烏雞伏之。但知爲烏雞之子。不知爲黃雞之兒。

鸜鵒谷水世語

唐會要。卷二十八。武德元年十二月。新豐鸜鵒谷水清。世傳云云。開皇之初。暫淸復濁。至是復淸。

此水清。天下平。

左史諺

唐會要。卷五十六。自隋氏因前代史官有起居注。故置起居舍人以紀君舉。國朝因之。貞觀初。置郎而省舍人。顯慶中。始兩置之。分侍左右仗下。秉筆隨相入禁殿。命令謨猷。皆得詳錄。若仗在紫宸閤內。則夾香案分立殿下。正直第二螭首。和墨濡翰。皆卽螭首之坳處。由是諺傳云云。官旣密侍。號爲淸美。

螭頭有水。

淮人爲徐協功許子中胡與可語

建炎以來朝野雜記。甲集卷十八兵馬類。　淮南萬弩手者。經始於紹興季年。乾道五年冬。上命措置兩淮官田。徐子寅領其事。又有許子中、胡與可二人。亦有耕屯之策見用。淮人爲之語曰云云。協恭、元功。子寅、與可之字也。

徐協恭。許子中。胡元功。三人鼎足說脫空。

澠水諺

通志。地理略一。　澠水。杜云。出臨淄縣北。經樂安、博昌縣南界。入時水。其流急。故諺哲匠金桴卷三作古諺。云。類聚卷九十三、御覽卷八百九十七引風俗通。疲馬不能渡繩。俗說馬羸不能度繩索。或云不能度種菜畦塍也。謹案齊有繩水。裁廣三四步。言馬之疲不能度此水耳。一統志卷二百四。青州府北陽水。水經注。呂忱曰。濁水一名溷水。亦謂之澠水。出廣縣爲山。東北流逕廣固城西。東北流逕堯山東。又東北流逕東陽城北。東北流合長沙水。又北逕臧氏臺西。又北逕益城西。又北流注巨淀。齊乘。北陽水出府城西南九迴山。東北逕五龍口。又北逕廣固廢城。行乎絕澗之底。水激而岸峻。古諺所謂云云指此。非臨淄縣之淄水也。

瘦馬不渡澠水。哲匠金桴。瘦作疲。無水字。

時人爲張敞語

通志。樂略一。張敞爲京兆尹。無威儀。時罷朝會。走馬章臺街。時人鄙笑之。有云云之語。故張率詩曰。

吾畏路旁兒。

毆君馬者路旁兒。

案風俗通亦有此條。毆作殺。言譽馬以竭馬力。與此言鄙笑者不同。今並存之。

淳熙中梁宋間語

文獻通考。卷三百九物異十五。孝宗淳熙中。河決入汴。梁宋間爲之語古今風謠作童謠。曰云云。天水、國姓也。遺黎以爲恢復之兆。

黃河災。天水來。

淳熙末莎衣道人歌

文獻通考。卷三百九物異十五。淳熙末。上以恢復之占訪莎衣道人何者。何授以歌詞。末云云。後金酋葛王死。其孫璟立不以序。諸酋爭立內亂。志士以撫機爲惜。

胡孫死。鬧啾啾。也須還我一百州。

廣明初都人語

文獻通考。卷三百十物異十六。黃巢未入京師時。都人以黃米及黑豆蒸食之。謂之全唐詩十二函八作因有此語。

黃賊打黑賊。

北人爲魏王諺

文獻通考。卷三百四十六。四裔二十三。契丹洪基能守成。柔惠愛民。安靜不撓。然變幸其臣耶律英弼。英弼與太子濬有隙。潛畜甲士謀殺之。英弼益專恣。累封魏王。北人諺云云。其後國相梁益介殺英弼。坐死者千餘人。

寧違敕旨。無違魏王白帖子。

兩淮民爲范鏓歌

兩淮鹽法志。卷二十七宦蹟。范鏓字平甫。遼東瀋陽人。正德十二年進士。嘉靖十二年。由河南知府擢兩淮運使。時鹽法敝壞。條上鹽政十要。沿海地頻年災。丁竈困踣。於是販集轉徙。派分逋負。寬免重役。丁竈賴之。時徵收羨課。十倍於前。期限促迫。商民愁苦。鏓力爲寬假。舊時供億多責店主。商罰無紀。皆痛革之。三年政洽。上下胥服。歌按歌本作頌。據明詩綜卷一百改。之曰云云。歷兵部尚書。

鹽政奚廢公未逢。鹽政奚興逢我公。此則原本無。今據卷四十祠祀類引葉柑范公祠碑記補。

范來早。我人飽。范來遲。我人飢。

戚繼光引諺論人心

練兵實紀。卷九練將篇。第一正心術。將有本心術是也。人之爲類。萬有不同。所同賦者此心也。夫爲將者。上副君父之恩。中契寮寀之交。下服三軍之衆。惟有正此心術。光明正大。以實心行實事。純忠純孝。思思念念在於忠君、敬友、愛軍、惡敵、强兵、任難上做去。盡其在我。不以死生患難易其念。堅持積久。久則大。大則通。通則化幽。可以感動天地。轉移鬼神。君父寵之。僚寀敬之。三軍樂服。莫有異同。衆皆尊而親之。諺云云云是也。

皇天不負好心人。皇天不負苦心人。

又引諺論死生

練兵實紀。卷九練將篇。第三明死生。人之生也。於大塊冥冥之中忽有此身。其死也。一去不復再返。是生死之事。可謂大矣。故凡血氣之類。莫不愛生畏死。但死生有數。不專在水火兵戈之中。有勇士屢經戰陣。刀痕遍體披面。尚且享有高年。故諺云。

人是苦蟲。

又引諺三則論貨利

練兵實紀。卷九練將篇。第九貨利害。貨利者。財帛珍玩也。此物雖天地生之以給人用。而能資人之乏。養人之身。但天地鬼神。又忌多取。有聚必有散。且財物與怨相聯。利入則怨隨。子孫恃此。墮志益過。況天地間運氣流行。未有富而不貧。盛而不衰者。諺云云云。古人所謂武臣不惜死。文官不愛錢。天下太平矣。是故不惜死由不愛錢中生來。不愛錢由無慾而充之。平居可以延生。爲將可以濟事。天之加報。子孫盛昌。爲萬世長久之計也。今吾爲將者。勿用心於貨利。毋百計以求積。毋爲兒孫作馬牛。諺云云云。又云云云。悉當推此念頭。加意職任。

朱門生餓殍。白屋出公卿。

兒孫自有兒孫福。

天不生無祿之人。

又引東南謠語論兵患

練兵實紀。卷九練將篇。文武之職不同。所司之政雖異。而其所以保民則一也。顧今反其道者。止知軍士是我統馭。其於保民之意。漠然不省。率狥情而偏愛之。每到地方。縱容騷擾百姓。不肯克己。嘗見東南受兵之處有謠語云云云。蓋言梳還有遺。篦則無遺矣。

賊是木梳。兵是竹篦。

又引俗語論奉承

練兵實紀。附雜集篇卷四。邇年薊鎮。習爲痼套。凡上司有言。不論是否。只是唯唯奉命。甚至增美其說。俗語云云云。亦曰。馬上房子。只是眼前奉承過去。心中已不然其言。才一出門。便生訾議非笑。

馬上房子。

湯若望引諺

則克錄。卷中。火攻根本總說。根本至要。蓋在智謀。良將平日博選壯士。久練精藝。膽壯心齊。審機應變。如法施用。則自能戰。守固而攻克矣。不則徒空有其器。空存其法。而付託不得其人。是猶太阿利器而付嬰孩之手。未有不反以資敵而自取死耳。諺云云云。則庶幾運用有法。斯可得器之濟。得方之效矣。

寶劍必付烈士。奇方必須良醫。

古謠諺卷三十三

秀水杜文瀾輯

齊人爲騶衍鄒奭淳于髡諺

別錄。騶衍之所言。五德終始。天地廣大。書言天事。故齊人爲之諺曰。按原本作故曰。史記孟荀列傳作頌曰。文選卷十六別賦注引史記。又作齊人爲之諺。今據增。又按孟荀列傳云。騶衍之術。迂大而閎辨。奭也文具難施。淳于髡久與處。得其善言。故齊人頌曰云云。是齊人之諺。本合衍奭髡三人言之。今故於正文內增入。

談天騶。文選注。騶作衍。雕龍奭。炙轂過髡。史記又引別錄云。過字作輠。輠者、車之盛膏器也。炙之雖盡。猶有餘流者。言淳于髡智不盡如炙輠也。

齊人爲田駢語

七略。齊田駢好談論。故齊人爲語曰云云。天口者。言田駢子不可窮其口若事天。

天口駢。

齊人爲鄒赫子語

七略。鄒赫子、齊人。齊人爲之語曰云云。言鄒衍之術。文飾之若雕鏤龍文。

雕龍赫赫。按鄒赫子赫字本當作奭。七略作赫者。漢人避元帝諱。

錢起聞鬼謠

郡齋讀書志。卷四上。錢起詩二卷。右唐錢起吳郡人。天寶中。舉進士。初從鄉薦。客舍月夜。聞人哦于庭曰云云。起攝衣從之。無所見矣。及就試。詩題乃湘靈鼓瑟也。起卽以鬼謠十字爲落句。主文李暉深嘉之。擢高第。

曲終人不見。江上數峯青。

場中爲沈顏語

郡齋讀書志。卷四中。沈顏聱書十卷。顏少有詞藻。琴棋皆臻妙。場中語曰云云。言爲文敏速。無不載也。

下水船。

人目鄭獬滕達道語

郡齋讀書志。卷四下。鄭毅夫鄖谿集五十卷。右皇朝鄭獬字毅夫。安州人。爲文有豪氣。峭整無長語。與滕達道少相善。嗜酒落魄。無檢操。人目之曰云云云。

滕屠鄭沽。

鍾繇引里語論與奪

淳化閣帖。鍾繇請許吳主委質表。尚書宣示孫權所求。竊致愚慮。其所求者不可不許。許之而反。不必可與。求之而不許。勢必自絕。許而不與。其曲在己。里語曰。

何以罰。與以奪。何以怒。許不與。

休官俚諺

集古錄。世俗相傳云云。此二句以爲俚諺。慶曆中。許元爲發運使。因修江岸。得石刻於池陽江水中。始知爲釋靈徹詩也。

相逢盡道休官好。林下何曾見一人。

優孟歌

金石古文。卷十三。楚相孫叔敖碑。楚相孫君諱饒。字叔敖。本是縣人也。六國時。期思屬楚。楚都南郢。南郢卽南郡江陵縣也。君受純靈之精。懷絕世之才。有大賢次聖之質。及其爲相。布政以道。專國權寵而不榮華。一旦可得百金。至於沒齒而無分銖之蓄。破玉玦。不以寶財遺子孫。生於季末。仕爲靈王。立溷濁而澄清。處幽昏而照明。病甚臨卒。將無棺槨。令其子曰。優孟曾許千金貸吾。孟故楚之樂長。與相君相善。雖言千金。實不貸也。卒後數年。莊王置酒以爲樂。優孟乃言孫君相楚之功。卽忼慨高歌。曲曰云云。涕泣數行。若投首王。王心感動覺悟。問孟。孟具列。卽來其子而加封焉。子辭。父有命。如楚不忘臣社稷圖。而欲有賞。必於潘國。下濕墝埆。人所不貪。遂封潘鄉。卽固始也。梁溪漫志卷五。史記載優孟言孫叔敖事。予嘗游浮光。叔敖卽是郡期思縣人也。期思今廢爲鎭。予得漢延熹中所立碑。書是事微有不同。云。病甚。臨卒。將無棺槨。令其子曰。優孟曾許千金貸吾。孟楚之樂長。與相君相善。雖言千金。實不負也。卒後數年。莊王置酒以爲樂。優孟乃言孫君相楚之功。卽慷慨高歌。涕泣數行。投首王。王心感動覺悟。問孟。孟具列對。卽求其子而加封焉。子辭。父有命。如楚不忘臣社稷。而欲有賞。必於潘國。下溼墝埆。人所不貪。遂封潘鄉。潘卽固始也。而所載歌絕奇。曰云云。味其詞語。憤世疾邪。含思哀怨。過於痛哭。比之史記所書遠甚。聽者安得不感動也。郭氏翼雪履齋筆記。邯鄲淳作孫叔敖碑。以兩頭蛇爲枝首蛇。又遺武餘典恨不與羲皇帝代同世等句。蹇澁都不成語。只優孟一歌。較史記似勝。

貪吏而不可爲而可爲。廉吏而可爲而不可爲。貪吏而不可爲者。當時有汙名。而可爲者。子孫以家成。廉吏而可爲者。當時有清名。而不可爲者。子孫困窮、被褐而賣薪。貪吏常苦富。廉吏常苦貧。獨不見楚相孫叔敖。廉潔不受錢。

按史記滑稽傳所載優孟歌與此全異。今兩存之。

燉煌鄉人爲曹全諺

金石文字記。卷一。郃陽令曹全碑。君諱全。字景完。燉煌效穀人也。賢孝之性。根生於心。收養季祖母。供事繼母。先意承志。存亡之敬。禮無遺闕。是以鄉人爲之諺曰。

重親致歡、曹景完。

西魏時童謠

史通。言語篇。夫以枉飾虛言。都捐實事。便號以良直。師其模楷。原注。至如周太祖實名黑獺。魏本索頭。故當時有童謠曰。狐非狐。貉非貉。樵犂狗子嚙斷索。案此條已見北史。又曰云云。諸如此事。難可棄遺。而周史以爲其事非雅。略而不載。賴君懋編錄。故得權聞於後。其事不傳於北齊。因而埋沒者。蓋亦多矣。

獾獾頭團圝。河中狗子破爾苑。

劉子玄引諺

史通。漢書五行志錯誤篇。當春秋之時。諸國賢俊多矣。如沙麓其壞。梁山云崩。鷁退飛於宋都。龍交鬬於鄭水。或伯宗子產。具述其非妖。或卜偃史過。盛言其必應。蓋於時有識。君子以爲美談。故左氏書之不刊。貽厥來裔。既而古今路阻。聞見壤隔。至漢代儒者董仲舒、劉向之徒。始別構異聞。輔申它說。以茲後學。陵彼先賢。蓋今諺所謂云云者也。而班志尙拾長用短。捐舊習新。苟出異同。自矜魁博。多見其無識者矣。此所謂不循經典。自任胸懷也。

季與厥昆。爭知嫂諱。原注。今諺曰。弟與兄爭嫂字。以其名鄙。故稍文飾之。

賣絲糴穀謠

讀史管見。錢非桑耕所得。而使農民輸錢。政之苛虐。莫此爲甚。於是有云云之謠。夫善爲國者。必貴粟帛而賤貨貝。其所貴者。謂之敦本。其所賤者。謂之抑末。觀所徵孰緩孰急。而民之貧富判矣。

二月賣新絲。五月糴新穀。

按唐人聶夷中詩有此二句。而胡氏引爲謠。未知所據。今姑存之。

中洲諺

通鑑綱目。卷十四。蜀漢後主建興元年春。魏師攻濡須。分注云。曹仁以步騎數萬向濡須。分遣常雕、王雙等襲中洲。質實云。一統志云。濡須城名。在廬州府無爲州東北五十五里。中洲有二處。一在長沙府瀏陽縣學前。諺云云云。一在郴州城東郴江中廢太平寺前。上有堯舜禹湯廟。水漲則洲浮。識云。沙洲生到太平前。郴州出狀元。按此二處未知孰是。姑錄以備考焉。按以分注核之。是中洲距濡須不遠。長沙郴江之中洲與綱目之中洲無涉。

中洲過學前。瀏陽出狀元。

時人爲蔡京蔡卞章惇安惇語

續通鑑綱目。卷十三。宋高宗紹興六年七月。以陳公輔爲左司諫。分注云。公輔還爲吏部員外郞。言今日之禍豈非王安石學術壞之耶。廣義云。王安石萬世之罪人也。自其作俑於神宗之朝。故後來凡有懷奸挾詐。誤國欺君者。莫不悉踵其轍。其在徽宗時特甚焉耳。故時人語曰云云。是知汴宋之亡。亡於王安石也。

大蔡小蔡。破壞天下。大惇小惇。殃及子孫。夷堅志丙集下作滅人家門。

按此條與宋史及宣和遺事所引詳略互異。今並存之。

古謠諺卷三十四

秀水杜文瀾輯

萍實童謠

家語。致思篇。楚昭王渡江。江中有物。大如斗。圓而赤。直觸王舟。舟人取之。王大怪之。遍問羣臣。莫之能識。王使使聘於魯。問於孔子。子曰。此所謂萍實者也。王注。萍、水草也。可剖而食之。吉祥也。唯霸者爲能獲焉。使者返。王遂食之。大美。久之。使者以告魯大夫。大夫因子游問曰。夫子何以知其然。曰。吾昔之鄭。過乎陳之野。聞童謠曰云云。此是楚王之應也。吾是以知之。

楚王渡江得萍實。大如斗。赤如日。剖而食之甜如蜜。說苑。斗作拳。甜作美。風雅逸篇卷五。大上有其字。

商羊童謠

家語。辯政篇。齊有一足之鳥。飛集於公朝下。止於殿前。舒翅而跳。齊侯大怪之。使使聘魯問孔子。孔子曰。此鳥名曰商羊。水祥也。昔童兒有屈其一脚。振迅兩肩而跳。且謠曰云云。今齊有之。其應至矣。急告民趨治溝渠。修隄防。將有大水爲災。頃之。大霖雨。水溢泛諸國。傷害民人。唯齊有備不敗。景公曰。聖人之言。信而有徵矣。說苑辨物篇。嘗引此記。屬孔子對弟子語。又云。大謠之後。未嘗不有應隨者也。故聖人非獨守道而已也。睹物記也。即得其應矣。

天將大雨。商羊鼓儛。說苑。鼓儛作起舞。

孔子引里語

家語。子路初見篇。澹臺子羽有君子之容。而行不勝其貌。宰我有文雅之辭。而智不充其辯。孔子曰。里語云云云。弗可廢矣。以容取人。則失之子羽。

相馬以輿。相士以居。

南風歌

家語。辯樂篇。昔者舜彈五弦之琴。造南風之詩。其詩曰云云。唯修此化。故其興也勃焉。德如泉流。至於今、王公大人述而弗忘。

南風之薰兮。可以解吾民之慍兮。南風之時兮。可以阜吾民之財兮。王注。得其時。阜、盛也。帝王世紀。薰兮句在時兮句下。初學記卷一。兩民字并作人。義府卷下南風歌。慍讀爲蘊。蘊、蒸暑氣也。南風長養萬物。故曰阜財。松窗夢語卷二。蒲州爲古蒲坂。卽虞帝都。鹽池所產爲形鹽。又曰解鹽。不俟人工煎煮。惟夜遇南風。卽水面如冰湧。實天地自然之利。大舜撫絃歌南風之詩。可以阜財。正指此也。

按禮記樂記云。昔者舜作五絃之琴以歌南風。鄭注謂其辭未聞。王肅引尸子及家語以難鄭。馬昭復申鄭說云。家語王肅所增加。非鄭所見。又尸子雜說。不可取證正經。今考家語。出自王肅依托。久經論定。然此歌既見於尸子。則非肅所僞撰。上文萍實、商羊兩謠。已見說苑。里語一條。當亦非臆造。故仍載入正文。不歸附錄焉。下文孔叢子仿此。

鄹操

孔叢子。記問篇。趙簡子使聘夫子。夫子將至焉。及河。聞鳴犢與竇犨之見殺也。迴輿而旋之衞使鄹。遂爲操曰。琴操卷上。將歸操者。孔子之所作也。趙簡子循執玉帛以聘孔子。孔子將往。未至。渡狄水。聞趙殺其賢大夫竇鳴犢。喟然而嘆之曰。夫趙之所以治者。鳴犢之力也。殺鳴犢而聘余。何丘之往也。夫燔林而田。則禽獸不至。覆巢破卵。則鳳皇不翔。鳥獸尙惡傷類。而況君子哉。於是援琴而鼓之云云。容齋四筆卷二。漢書劉輔傳。谷永等上書曰。趙簡子殺其大夫鳴犢。孔子臨河而還。張晏注曰。簡子欲分晉國。故先殺鳴犢。又聘孔子。孔子聞其死。至河而還也。顏師古曰　戰國策說二人姓名云，鳴犢鐸犨。而史記及古今人表並以爲鳴犢竇犨。蓋鐸犢及竇其聲相近。故有不同耳。今永等指鳴犢一人。不論竇犨也。韓退之將歸操亦云。孔子之趙。聞殺鳴犢作。予按今本史記孔子世家乃以爲竇鳴犢舜華。說苑權謀篇云。晉有澤鳴竇犨。其不同如此。

周道衰微。禮樂陵遲。文武既墜。吾將焉歸。周遊天下。靡邦可依。鳳鳥不識。珍寶梟鴟。眷然顧之。慘然心悲。巾車命駕。將適唐都。黃河洋洋。攸攸之魚。臨津不濟。還轅息鄹。傷予道窮。哀彼無辜。翱翔于衞。復我舊廬。從吾所好。其樂只且。琴操。僅載翱翔以下四句。廬作廬居。

邱陵歌

孔叢子。記問篇。哀公使以幣如衞迎夫子。而卒不能賞用也。故夫子作邱陵之歌曰。

登彼邱陵。峛崺其阪。仁道在邇。求之若遠。遂迷不復。御覽卷五百七十一作迷而不復。自嬰屯蹇。喟然迴慮。題彼泰山。鬱確其高。梁甫迴連。枳棘充路。陟之無緣。將伐無柯。患茲蔓延。惟以永歎。涕霣潺湲。

楚聘歌

孔叢子。記問篇。楚王使使奉金幣聘夫子。宰予冉有曰。夫子之道至是行矣。遂請見。問夫子曰。太公勤身苦志。八十而遇文王。孰與許由之賢。夫子曰。許由獨善其身者也。太公兼利天下者也。然今世無文王之君也。雖有太公。孰能識之。乃歌曰。

大道隱兮禮爲基。賢人竄兮將待時。天下如一欲何之。御覽卷五百七十一。一下有兮字。

魯人誦孔子

孔叢子。陳士義篇。子順相魏。改嬖寵之官以事賢才。奪無任之祿以賜有功。諸喪職秩者不悅。乃造謗言。文咨以告。子順曰。民不可與慮始久矣。先君初相魯。魯人謗誦呂氏春秋樂成篇作鷖誦。御覽卷六百二十四。誦作頌。曰云云及三年政成。化既行。民又作誦曰云云。文咨喜曰。乃知先生亦不異乎聖賢矣。

麛裘而芾。投之無戾。芾之麛裘。投之無郵。呂氏春秋樂成篇。二芾字均作韠。芾下之字作而。

袞衣章甫。實獲我所。章甫袞衣。惠我無私。

荀子引民語

荀子。大略篇。上好羞。則民闇飾矣。楊注云。好羞貧而事奢侈。則民闇而自修飾也。上好富。則民死利矣。二者亂之衢也。楊注云。衢、道。民語曰云云。上好富。則人民之行如此。安得不亂。

欲富乎。忍恥矣。傾絕矣。絕故舊矣。與義分背矣。楊注云。忍恥、不顧廉恥。傾絕、謂傾身絕命而求也。分背、如人分背而行。

賈誼引周諺

新書。容經篇。古者。年九歲入就小學。蹍小節焉。業小道焉。束髮就大學。蹍大節焉。業大道焉。是以邪放非辟無因入之焉。諺曰云云。古之人其謹於所近乎。詩曰。芃芃棫樸。薪之槱之。濟濟辟王。左右趨之。此言左右日以善趨也。

君子重襲。小人無由入。正人十倍。邪辟無由來。困學紀聞卷六。辟作僻。

鄒穆公引周諺

新書。春秋篇。鄒穆公有令。食鳧雁者必以粃。毋敢以粟。於是倉無粃而求易於民。二石粟易一石粃。

吏以請曰。粃食雁（無爲）〔爲無〕費也。今求粃於民。二石粟而易一石粃。以粃食雁。則費甚矣。請以粟食之。公曰。去。非而所知也。夫百姓煦牛而耕。曝背而耘。苦勤而不敢惰者。豈爲烏獸也哉。粟米、人之上食也。奈何其以養鳥也。且汝知小計而不知大會。周諺曰云云。而獨不聞歟。夫君者、民之父母也。取倉之粟移之與民。此非吾粟乎。鳥苟食鄒之粃。不害鄒之粟而已。粟之在倉。與其在民。於吾何擇。鄒民聞之。皆知其私積之與公家爲一體也。

囊漏貯中。文心雕龍書記篇。漏作滿。貯作儲。長短經大體篇。貯作儲。按新序刺奢篇與新書同。

桑弘羊引鄙語

鹽鐵論。備胡篇。大夫曰。按漢始元初議鹽鐵。桑弘羊正官御史大夫。綰鹽鐵之權。故知大夫爲弘羊也。鄙語曰云云。以世俗言之。鄉曲有桀人尙辟之。今明天子在上。匈奴公爲寇。侵擾邊境。昔狄侵太王。匡人畏孔子。故不仁者、仁之賊也。是以縣官厲武。以討不義。設機械以備不仁。

賢者容不辱。

楚人爲諸御已歌

說苑。正諫篇。楚莊王築層臺。盧氏文弨云。初學記二十四作五仞之臺。延石千重。盧氏云。類聚同宋元本及御覽四百四十五。並作里。下同。延壤千里。士有反三月之糧者。大臣諫者七十二人皆死矣。有諸御已盧氏云。已非。下同。者。違楚百里而耕。委其耕而入見。莊王遂解盧氏云。類聚作廢。層臺而罷民。楚人歌之曰。

薪乎萊乎。無諸御已、訖無子乎。萊乎薪乎。無諸御已、訖無人乎。風雅逸篇卷六。二萊字均作菜。

劉向引諺

說苑。敬慎篇。存亡禍福。其要在身。聖人重誠。敬慎所忽。中庸曰。莫見乎隱。莫顯乎微。故君子能慎其獨也。諺曰云云。夫不誠不思。而以存身全國者亦難矣。詩曰。戰戰兢兢。如臨深淵。如履薄冰。此之謂也。

誠無垢。思無辱。

越人擁楫歌。

說苑。善說篇。鄂君子晳之汎舟於新盧氏云。初學記二十五。漸。波之中也。乘青翰之舟。極䕢芘。盧氏云。未詳。䕢讀若巒。張翠盧氏云。御覽有羽之二字。蓋而擒原作檢。從盧本改。犀尾。班麗袿衽。原作桂衽。從盧本改。會鐘鼓之音畢。榜枻越人擁楫而歌。歌辭曰云云。鄂君子晳曰。吾不知越歌。子試為我楚說之。於是乃召越譯。乃楚說之曰云云。於是鄂君子晳乃擒原作檢。盧氏云。據郭樂府改。修袂行而擁之。舉繡被而覆之。

濫兮抃草濫予昌枑盧氏云。枑字無攷。澤予昌州州𩜱州焉乎秦胥胥縵予乎昭澶秦踰滲提隨河湖右越聲。

今夕何夕兮搴中洲流。盧氏云。御覽作舟中。書鈔無洲字。案御覽卷五百七十一、五百七十二。洲在中下。潛確類書卷九十。洲作舟。今日何日兮得與王子同舟。蒙羞被好兮不訾詬恥。心幾頑而不絕兮知得王子。盧氏云。知得。郭樂府倒。風雅逸篇卷一。知得作得知。山有木兮木有枝。御覽卷五百七十二。上木字上有樹字。心說君兮君不知。右楚聲。風雅逸篇。說作欲。

楚人為令尹子文歌

說苑。至公篇。楚令尹子文之族有干法者。廷理拘之。聞其令尹之族也而釋之。子文召廷理而責之。遂致其族人於廷理曰。不是刑也吾將死。廷理遂刑其族人。成王聞之。於是黜廷理而尊子文。使及內政。國人聞之曰。(苦)〔若〕令尹之公也。吾黨何憂乎。乃相與作歌曰。

子文之族。犯國法程。廷理釋之。子文不聽。恤顧怨萌。方正公平。

魏人誦文侯

新序。雜事篇。魏文侯過段干木之閭而軾。其僕曰。君何爲軾。曰此非段干木之閭乎。段干木蓋賢者也。吾安敢不軾。且吾聞段干木未嘗肯以己易寡人盧氏文弨云。御覽四百七十四。有之貴二字。也。吾安敢高盧氏云。呂氏期賢篇作驕。之。段干木光乎德。寡人光乎地。段干木富乎義。寡人富乎財。地不如德。財不如義。寡人當事之者也。遂致祿百萬而時往問之。國人皆喜。相與誦之曰云云。居無幾何。秦具兵攻魏。司馬唐且諫秦君曰。段干木賢者也。而魏禮之。天下莫不聞。無乃不可加兵乎。秦君以爲然。乃按兵而輟。不攻魏。

吾君好正。段干木之敬。吾君好忠。段干木之隆。

徐人歌

新序。節士篇。延陵季子將西聘晉。帶寶劍以過徐君。徐君觀劍不言而色欲之。延陵季子爲有上國之使。未獻也。然其心許之矣。致使於晉。故反。則徐君死於楚。於是脫劍致之嗣君。從者止之曰。此吳國之寶。非所以贈也。延陵季子曰。吾非贈之也。先日吾來。徐君觀吾劍不言而其色欲之。吾爲有上國之使。未獻也。雖然。吾心許之矣。今死而不進。是欺心也。愛劍僞心。廉者不爲也。

遂脱劍致之嗣君。嗣君曰。先君無命。孤不敢受劍。於是季子以劍帶徐君墓樹而去。徐人嘉而歌之。

延陵季子兮不忘故。脱千金之劍兮帶丘墓。藝文類聚卷三十四無二兮字。故上有舊字。帶丘墓作挂丘樹。御覽卷四百六十五。子下無兮字。故上有舊字。下兮字作以。

關東里語

桓子新論。據意林卷三、文選曹子建與吳季重書注、藝文類聚卷七十二、初學記卷二十五、白帖卷十六、御覽卷八百二十八、卷八百六十二。關東里北堂書鈔卷一百四十五。里作鄙。語云云云。此猶時人雖不別聖。亦復欣慕。

人聞長安樂。則出門西向而笑。肉味美。對屠門而嚼。白帖卷十六無則字。西向作向西。無而字。肉味上有如聞二字。御覽卷四百九十六。而字在西字上。卷八百六十三。人上有世字。北堂書鈔作人聞長安樂。則出門向西而笑。知肉味美。則對屠門而大嚼。

桓譚引諺論巧習

桓子新論。據意林卷三、文選陸士衡文賦注。又藝文類聚卷五十六、卷七十五。又御覽卷三百九十九。卷五百八十七。揚子雲工於賦。王君大習兵器。余欲從二子學。子雲曰。能讀千賦則善賦。君大曰。能觀千劍則曉劍。諺曰。

伏習象神。巧者不過習者之門。廣博物志卷三十九及澹生堂藏書約。伏習作習伏。司馬文園集。象作衆。

又引諺論長短

桓子新論。據御覽卷四百九十六。又諺曰云云。孔子言舉一隅(足)〔不〕以三隅反。觀吾小時二賦。亦足以揆其能否。

侏儒見一節而長短可知。御覽卷三百七十八。侏作朱。

又引諺論擇師

桓子新論。（據御覽卷四百四。）諺言。

三歲學。不如一歲擇師。

按桓子新論久佚。今據孫氏馮翼輯本採錄。

王符引諺論得賢

潛夫論。（賢難篇。）所謂賢難者。乃將言乎。循善則見妬。行賢則見嫉也。且閭閻凡品何獨識哉。苟望塵僄聲而已矣。直以面諛我者爲智。諂諛己者爲仁。處姦利者爲行。竊祿位者爲賢爾。豈復知孝弟之原。忠信之直。綱紀之化。本途之歸哉。此鮑焦所以立枯於道左。徐衍所以自沈於滄海者也。諺曰云云。世之疾此固久矣哉。

一犬吠形。百犬吠聲。

又引諺論考功

潛夫論。（考績篇。）凡南面之大權。莫急於知賢。知賢之近途。莫急於考績。今羣臣之不試也。其禍非直止於誣闇疑惑而已。又必致於怠慢之節焉。諺曰云云。此羣臣所以樂惣猥而惡考功也。

曲木惡直繩。重罰惡明證。

又引諺論赦

潛夫論。（述赦篇。）今日賊良民之甚者。莫大於數赦令。惡人高會而夸詫。老盜服贓而過門。孝子見讎而不得討。亡主見物而不得取。痛莫甚焉。凡民所以輕爲盜賊。吏之所以易作姦慝者。以赦贖數而有僥望也。故其諺曰云云。言王誅不行。則痛瘀之子皆輕犯。況狡乎。若誠思畏盜賊多而姦不勝故赦。則是爲國爲姦宄報也。

一歲載赦。奴兒噫嗟。御覽卷四百九十六引崔寔政論。載作再。嗟作喈。卷六百五十引崔寔政論。載作再。噫嗟作唶啞。全唐文卷六百七十一白居易策林。載作再。奴作婦。噫嗟作唶啞。困學紀聞卷十三云。兒與人同。如以可人爲可兒。

又引諺論寇

潛夫論。救邊篇。乃者邊害震如雷霆。赫如日月。而談者皆諱之。欲令朝廷以寇爲小而不蚤憂。害乃至此。尚不欲救。諺按諺字原本無。今據御覽卷八百三十六補。曰云云。假使公卿子弟有被羌禍。朝夕切急如邊民者。則競言當誅羌矣。

痛不著身言忍之。錢不出家言與之。

徐幹引古人詞

中論。貴驗篇。事莫貴乎有驗。言莫棄於無徵。故善釣者不易淵而殉魚。君子不降席而追道。治乎八尺之中而德化光矣。古之人詞曰。

相彼玄鳥。止於陵阪。仁道在近。求之無遠。

傅玄引諺

傅子。附錄篇。據太平御覽補。有惡劉曄於魏明帝。謂曄不盡忠。善伺上意所趣而合之。帝如言以驗之。果得情。從此疎焉。曄遂發狂。出爲大鴻臚。以憂死。諺曰云云。信矣。

巧詐不如拙誠。三國志劉曄傳注。不作莫。

按韓非子說林上亦有此句。但彼不言諺。故置彼錄此。

傅玄又引諺

傅子逸文。據詩紀補。諺曰。

己是而彼非。不當與非爭。己非而彼是。不當與非平。

楊泉引里語

物理論。據御覽學部及藝文類聚雜文部。里孫本無里字。今據藝文類聚卷五十五補。語曰云云。余雖無治絲之能。而悟聞詩之義。

能理亂絲。乃可讀詩。

長城民歌

物理論。據水經注河水。御覽樂部。秦始皇起驪山之冢。使蒙恬築長城。死者相屬。民歌曰云云。其冤痛如此矣。

生男愼勿舉。生女哺用餔。不見長城下。尸骸相支柱。案御覽。餔作脯。

案物理論據孫氏星衍輯本採錄。

文中子游孔子廟歌

中說。王道篇。子游孔子之廟。出而歌曰云云。王孝逸曰。夫子之道。豈少是乎。子曰。子未三復白圭乎。天地生我而不能鞠我。父母鞠我而不能成我。成我者。夫子也。道不啻天地父母。通於夫子。受罔極之恩。吾子汨彝倫乎。孝逸再拜謝之。終身不敢臧否。

大哉乎。君君臣臣。父父子子。兄兄弟弟　夫夫婦婦。夫子之力也。其與太極合德。神道並行乎。

古謠諺卷三十五

秀水杜文瀾輯

袁采引諺論家業

袁氏世範。卷一。同居父兄子弟。善惡賢否相半。若頑很刻薄不惜家業之人先死。則其家興盛未易量也。若慈善長厚勤謹之人先死。則其家不可救矣。諺云云。亦此意也。

莫言家未成。成家子未生。莫言家未破。破家子未大。

又引俗語論言語

袁氏世範。卷二。親戚故舊至有失歡之時。最不可指其隱諱之事而暴其祖父之惡。吾之一時怒氣所激。必欲指其切實而言之。不知彼之怨恨深入骨髓。古人謂傷人之言。深於矛戟是也。俗亦謂。

打人莫打膝。道人莫道實。

又引諺論修治

袁氏世範。卷三。池塘陂湖河埭蓄水以溉田者。須於每年冬月水涸之際。浚之使深。築之使固。遇天時亢旱。雖不至於大稔。亦不至於全損。今人往往於亢旱之際常思修治。至收刈之後則忘之矣。諺所謂云云。蓋傷人之無遠慮如此。

三月思種桑。六月思築塘。

又引諺論兼幷

袁氏世範。卷三。兼幷之家見有產之家子弟昏愚不肖。及有緩急。多是將錢强以借與。數歷年不索取。幷息爲本。又誘勒其將田產折還。法禁雖嚴。多是幸免。惟天網不漏。諺云云云。蓋謂迭相酬報也。

富兒更替做。

陸九淵引俗諺

陸象山語錄。俗諺云。

癡人面前說不得夢。

明文皇后引諺論修身

內訓。脩身章。故婦人居必以正。所以防慝也。行必無陂。所以成德也。是故五綵盛服。不足以爲身華。貞順率道。乃可以進婦德。不修其身以爽厥德。斯爲邪矣。諺有之曰云云。是以脩身所以成德者也。夫身不脩則德不立。德不立而能成化於家者蓋寡矣。而況於天下乎。

治穢養苗。無使莠驕。剗荆翦棘。無使塗塞。原注。諺、俗語也。穢、蕪也。莠、害苗草也。驕、盛貌。剗、削也。棘、木叢生多刺。塗、路也。

又引諺二則論愼言

內訓。愼言章。婦敎有四。言居其一。心應萬事。匪言曷宣。言而中節。可以免悔。發不當理。禍必隨之。諺曰云云。又曰云云。甚矣、言之不可不愼也。

誾誾謇謇。匪石可轉。詘詘譞譞。烈火燎原。原注。詘詘、謗毀也。譞譞、多言也。

口如扃。言有恆。口如注。言無據。

又引諺論遷善

內訓。遷善章。人非上智。其孰無過。過而能知。可以爲明。知而能改。可以跂聖。小過不改。大惡形焉。小善能遷。大善成焉。若夫以惡小而爲之無恤。則必敗。以善小而忽之不爲。則必覆。能行小善。大善攸基。戒於小惡。終無大戾。故諺有之曰云云。傳曰。人誰無過。過而能改。善莫大焉。

屋漏遷居。路紆改途。原注。又引俗語以明人有過則當改。猶屋之敝漏則必遷其處。路之紆枉則必由其直也。

又引諺論妬

內訓。事君章。居處有常。服食有節。言語有章。戒謹讒慝。中饋是專。外事不涉。謹辨內外。教令不出。遠離邪僻。威儀是力。毋擅寵而怙恩。毋致干政而撓法。擅寵則驕。怙恩則妬。干政則乖。撓法則亂。諺曰。

汨水淖泥。破家妬妻。原注。汨、濁也。淖亦泥也。言水之濁也。淖泥汨之。家之破也。妬妻敗之。

邱濬引諺論國用

大學衍義補。卷二十四制國用類。臣按東南財賦之淵藪也。韓愈謂賦出天下。而江南居十九。以今觀之。浙東西又居江南十九。而蘇松常嘉湖五郡又居兩浙十九也。考洪武中、天下夏稅秋糧以石計者。總二千九百四十三萬餘。而浙江布政司二百七十五萬二千餘。蘇州府二百八十萬九千餘。松江府一百二十萬九千餘。常州府五十五萬二千餘。是則一藩三府之地。其民租比天下爲重。其糧額比天下爲多。竊以蘇州一府計之。以準其餘。蘇州一府七縣。其墾田九萬六千五百六頃。而居天下八百四十九萬六千餘頃田數之中。而出二百八十萬九千石稅於天下二千九百四十餘萬石歲額之內。其科徵之重。民力之竭。可知也已。諺有之曰云云。伏願明主一視同仁。念此五郡。財賦所出。國計所賴。凡百科率。悉從寬省。

蘇松熟。天下足。

按渭南文集所引松作常。蓋宋時松江屬秀州也。邱氏述此條。時異而地亦異。故仍錄之。

又引諺論武備

大學衍義補。卷一百四十二嚴武備類。朱熹曰。廝殺別無法。只是能使人捨死向前而已。臣按諺云云。若爲將者以節制行兵。而在行列者人人皆捨死向前。天下無堅敵矣。

一夫捨死。萬夫莫當。

張居正引諺

帝鑑圖說。右惡可爲戒者三十六事。自古人君覆亡之轍。大略不出乎此矣。諺曰云云。然世主皆相尋而不改。彼下愚不移。固無足論。主如晉武、唐玄、莊宗之流。皆英明雄武。又親見前代敗亡之禍。或間關險阻。百戰以取天下。及其志得意盈。迷心酖毒。遂至一敗塗地。不可收拾。其視中才守成之主。反不逮焉。書曰。惟聖罔念作狂。成敗得失之機。可畏也哉。

前人蹟。後人戒。

呂坤引諺

新吾粹語。卷二。盜只是欺人。此心有一毫欺人。一事欺人。一語欺人。人雖不知。卽未發覺之盜也。言如是而行欺之。是行者言之盜也。心如是而口欺之。是口者心之盜也。纔發一眞實心。又發一僞妄心。是心者心之盜也。諺云云。有味哉其言之矣。欺名盜世其過大。瞞心昧己其過深。

瞞心昧己。

劉宗周引諺

人譜類記。卷下。夫婚姻者。合二姓以衍宗祧。關係最重。乃或因私仇宿怨而妄詆其男女。追論其家世。褵將結而一語中停。巹方合而片言成隙。豈不犯鬼神之怒乎。又有嫌貧悔盟。恃强離婚者。尤於天理有害。倘有司狥情曲斷。使之分散。所供成案。卽作離書。皆大損陰騭也。諺云云。蓋有意破毀。最是慘毒之行。宜受此惡報者。或問。至親密友。託我詢訪。亦可專意和合。誤人終身否。曰。若容貌粗陋。宜爲掩飾。或其人不肖。及其家世不當聯姻者。勸之斟酌可耳。

一世破婚三世窮。

古謠諺卷三十六

秀水杜文瀾輯

尉繚子引諺

尉繚子。諺云。

千金不死。百金不刑。

戚繼光引諺論軍器

紀效新書。卷首。總敍篇。或問曰。平時官府面前所用花鎗花刀花棍花叉之法。可以用於敵否。子所敎亦有是歟。光曰。開大隊。對大敵。比場中較藝擒捕小賊不同。未有臨陣用盡平日十分本事不能從容活潑者也。諺云云云。兵豈易言哉。

到廝打時。忘了拿法。

又引諺論膽量

紀效新書。卷一束伍篇。司選人之柄者。或專取於豐偉。或專取於武藝。或專取於力大。或專取於伶俐。此不可以爲準。何則。豐大而膽不充。則緩急之際。脂重不能疾趨。反爲肉累。此豐偉不可恃也。藝精而膽不充。則臨事怕死。手足倉卒。至有倒執矢戈。盡乃失其故態。常先衆而走。此藝精不可恃也。伶俐而膽不充。則未遇之先。愛擇便宜。未陣之際。預思自全之路。此伶俐不可恃也。力大而膽不充。則臨時足軟眼花。呼之不聞。推之不動。是力大不可恃也。與言至此。則吾人選士之術荒矣。夫然則廢四者而別圖之。亦不可也。蓋四者不可廢。而但不可必耳。諺曰云云。是藝高止可添壯有膽之人。非懦弱膽小之人苟熟一技而卽膽大也。

藝高人膽大。（卷十四射法篇、引古云文同。）

又引俗諺論軍禮

紀效新書。（卷五禁約篇。）俗諺有曰云云。況朝廷堂堂名分。凡有屬下者。既知惡屬下抗違不能行事。卽知己身不可又效屬下之人。復抗在上頭目。決恃不得鄉曲故交。軍機乃國家重務。情難掩法。敢有親識相容故違明抗容者。犯者通以軍法重治。

軍中立草爲標。

又引諺論射法

紀效新書。（卷十三射法篇。）凡對敵射箭。將弓扯起。且勿盡滿。且勿輕發。必待將近數十步。約我一發必能中敵。必能殺人至死。或患將切身。或爲賊先鋒。一中而收利十倍。則節自短矣。馬上之賊只當看大的射。不可射人。諺（射經辨的篇引作語。）云云。是也。

射人先射馬。擒賊必擒頭。（射經。頭作王。按杜工部集前出塞詩云。射人先射馬。擒賊先擒王。諺語本此。）

呂坤引諺論城池

救命書。（卷上。）城中城外居民修蓋房屋。托坯燒磚和泥。聽於城根五丈外三十丈內取土。其官府修理官衙。責令徒夫托坯。減日帶鐐作工。貧民犯罪輕者。量罰推土。凡百車入塹城角。免其笞杖。務令數年之間。池深及泉。凡遇陰雨。城內之水盡令入海濠中。雖旱不乾。方爲長計。古諺云。

池深一丈。城高一丈。池深及泉。城高觸天。

棍法諺

陣紀。卷二。學藝先學拳。次學棍。拳棍法明。則刀鎗諸技特易易耳。所以拳棍者爲諸藝之本源也。諺曰云云。其孫家棒又自宋江諸人之遺法耳。

紫微棍爲第一。張家棍爲第二。靑田棍又次之。趙太祖騰蛇棍爲第一。賀屠鈎杆西山牛家棒爲次之。

趙士楨引諺論邊情

車銃議。承平日久。武事不講。東隅連殞大帥。西陲時肆跳梁。南北干戈甫戢。而倭奴復生釁端。爲患不必言矣。然有素稱恭順。奉我約束者。恣睢睥睨。自矜我利其款而畏其變。挾市挾賞。歲增一歲。暴戾驕橫。日甚一日。諺云云云。同類尚然。況在異域。無威以懾其中。徒以利誘於外。恃款忘備。眞厝火積薪之下爾。

以勢交者。勢盡則疎。以利合者。利盡則散。

龍蛇俗語

洴澼百金方。卷三選練篇。鄉民勸諭。凡我居民。聽我勸諭。目下歲飢盜起。從今大家立誓。日日整頓器械。操演弓箭槍刀神槍大砲等件。纔是禦備事體。小人虛張聲勢。揑造謠言。正要我們亂動。他好搶掠。略有識見的。怎肯墮他術中。若是大家齊心守護。大家齊心救援。大家齊心擒捉。看他如何搶掠。俗語云云。我們土著居民。道路熟便。他們就是強壯。道路生疎。終怕我們四面圍捉。倘家家相扶持。村村相聯絡。遇一賊來。便都出門。大家齊心向前。不怕他不勦滅。

強龍難敵地頭蛇。

製箭俗語

洴澼百金方。（卷四制器篇。）矢不破堅。與無矢同。矢不等弓。與無鏃同。謂箭重則緩。輕則颺也。俗語云云。大約弓八斗以弦重三錢半、箭重八錢爲準。而火箭藥箭別有法。

箭頭重過三錢。箭去不過百步。箭身重過十錢。弓力當用一碩。

民爲盜賊衞軍謠

防海輯要。（卷七江南防海略。）時平而養兵。兵易集而餉不得繼。及時急而募兵。餉易益而兵不得精。不經挫衄陷城之後。未有能先事預防者也。善夫盱郡鄧元錫之論兵制也。蓋傷之矣。以爲國家分軍民籍而來。民力農養兵。兵守城衞民。天下久平。衞所軍日耗而變劇。於衞兵外。復取民財購民而爲兵。且後天下益多。故財耗兵脆。衞軍僅名額。而機快徒虛尺伍。不能有所捍禦。每腹裏盜發。輒請調漢土狼達兵。以已難。調且至。盜輒去。而所調兵狼戾多暴。又羈旅怨曠。所過騷動寇劫。有司不敢詰。將領莫能制。故諺有云云之謠。而糜費不貲。故召外兵以除內寇。寇未平而民已大受其禍矣。

盜來討火。軍來飯我。

漳人爲俞大猷戚繼光語

防海輯要。卷九福建防海略。澎湖在漳泉海外。與倭僅隔一衣帶水。嘉靖以來。曾一本、林鳳輩往來嘯聚其間。數爲邊患。方嘉靖鼎沸時。海內名將如戚繼光、俞大猷俱統重兵。入漳征勦。海上父老猶言繼光時事。蓋繼光每出師。或急或緩。人莫能測。賊偵繼光方與所在當道歡飲。解甲犒師。似未卽發。繼光已夜從間道急進。出沒若神。賊猝不意。輒狼戾死甚衆云。自漳中賊亂。而繼光之功亦與之終始。漳人爲之語曰。卷十一海疆總論。嘉靖辛酉年。倭陷興化。戚繼光陸師直抵興化。俞大猷整戰艦直泊南日。大猷告繼光曰。公兵主驅。我兵主截。大猷乃創鴛鴦船於南日海上。陳兵以待之。繼光兵入。攻其無備。披靡而奔。爲大猷所掩襲。不留一奴矣。繼光聞之。服其智。遂下拜。結爲刎頸之交。彼時有云云之稱。倭自此而滅。此人地相宜。故爲尤重也。

俞龍戚虎。殺賊如土。

文臣武臣諺

防海輯要。卷九福建防海略。諺曰云云。然吾謂武臣愛錢。正軍政所由敗壞而難於收拾。第必自文吏大臣始。夫將將者之原既清。下方自肅。不然主者以縟節望之大帥。大帥以望偏裨。偏裨以望卒伍。轉相尅剝。尤而效之。而兵日貧。因以日怯。雖今日更張。明日整飭。徒侈虛文。何裨廓淸之方略矣。

文官宜不愛錢。武官宜不惜死。

按此條據上文述嘉靖萬曆時事。皆明人紀事之辭。宋史紀岳忠武語與此略同。然不言諺。故置彼錄此。

保甲諺

防海輯要。卷十二策略。譚綸曰。保甲之法。止可安新附之民。禦鼠竊之賊。諺曰云云。眞正殺賊。總須練得精兵。方可取勝也。

省錢易飽。吃了還饑。

商鞅引諺

商子。修權篇。夫廢法度而好私議。則姦臣鬻權以約祿。秩官之吏隱下而漁民。諺曰云云。故大臣爭於私而不顧其民。則下離上。下離上者。國之隙也。秩官之吏隱下以漁百姓。此民之蠹也。故有隙蠹而不亡者。天下鮮矣。是故明王任法去私。而國無隙蠹也。

蠹衆而木折。隙大而牆壞。意林卷四。兩而字均作則。

愼子引諺

愼子。據御覽卷四百九十六、困學紀聞卷十。諺云云云。海與山爭水。海必得之。案九字原本無。據意林卷二補。

不聰不明。不能爲王。不瞽不聾。不能爲公。

按釋名及隋書長孫平傳所引語雖本此。而意則各別。今並存之。

隰子引古諺

韓非子。說林篇上。隰斯彌見田成子。田成子與登臺四望。三面皆暢。南望。隰子家之樹蔽之。田成子亦不言。隰子歸。使人伐之。斧離數創。隰子止之。其相室曰。何變之數也。隰子曰。古者有諺曰云云。夫田子將有大事。而我示之知微。我必危矣。不伐樹。未有罪也。知人之所不言。其罪大矣。乃不伐也。

知淵中之魚者不祥。

案列子說符篇、文子引諺、上句與此微異。今並存之。

韓非引諺二則論管鮑

韓非子。說林篇下。管仲鮑叔相謂曰。君亂甚矣。必失國。齊國之諸公子其可輔者。非公子糾則小白也。與子人事一人焉。相達者相收。管仲乃從公子糾。鮑叔從小白。國人果弑君。小白先入為君。魯人拘管仲而效之。鮑叔言而相之。故諺曰云云。以管仲之聖而待鮑叔之助。此鄙諺所謂云云者也。

巫咸雖善祝。不能自祓也。秦醫雖善除。不能自彈也。宋本。秦上有養字。顧氏廣圻云。藏本、今本無養字。按未詳。按養與秦字形相近。宋本蓋涉秦字而衍。

虜自賣裘而不售。御覽卷八十二。虜作庸。士自譽辯而不信。

魯哀公引鄙諺

韓非子。內儲說篇上。魯哀公問於孔子曰。鄙諺曰云云。今寡人舉事與羣臣慮之。而國愈亂。其故何也。

莫衆而迷。本注云。舉事不與衆謀者。必迷惑。

晏子述周秦民歌

韓非子。外儲說右篇上。景公與晏子遊於少海。登柏寢之臺而還望其國。曰。美哉。泱泱乎。堂堂乎。後世將孰有此。晏子對曰。其田成氏乎。君重斂而田成氏厚施。齊嘗大飢。道旁餓死者不可勝數也。父子相牽而趨田成氏者不聞不生。故周秦之民相與歌之曰。

謳乎其已乎。苞乎其往歸田成子乎。孫氏志祖云。案史記田敬仲世家。齊人歌之曰。嫗乎采芑。歸乎田成子。此疑有誤。

案田成子乃田常之謚。晏子逃此歌時。田常尚在。而稱其謚。必有衍誤。史傳中間有其人尚在而同時之人稱其謚者。皆史家之駁文。宜其爲史通所議也。

齊民歌桓公

韓非子。難二篇。齊桓公飲酒。醉遺其冠。恥之。三日不朝。管仲曰。此非盧氏文弨云。意林無。有國之恥也。公胡其不雪之以政。公曰。胡其善。因發倉囷。賜貧窮。論囹圄。出薄罪。處三日而民歌之曰。

公胡不復遺冠乎。金樓子雜記篇下及藝文類聚卷十九、御覽卷四百六十五。冠上有其字。御覽卷四百九十七作公乎公乎。胡不復遺其冠乎。酒譜作何不更遺冠乎。

韓非引諺二則論六反

韓非子。六反篇。古者有諺曰云云。愛棄髮之費而忘長髮之利。不知權者也。所謂輕刑者。姦之所利者大。上之所加焉者小也。民慕其利而傲其罪。故姦不止也。故先聖有諺意林卷一諺上有古字。曰云云。山者大。故人順之。垤微小。故人易之也。

爲政猶沐也。雖有棄髮必爲之。意林作政若沐。雖有棄髮之費。而有長髮之利也。御覽卷三百九十五。猶作若。必爲之作之利也。卷四百九十六。下句作雖有棄髮之費。而有長髮之利。

不蹎於山而蹎於垤。

韓非引鄙諺論五蠹

韓非子。五蠹篇。今不行法術於內。而事智於外。則不至於治強矣。鄙諺曰云云。此言多資之易爲工也。

故治強易爲謀。弱亂難爲計。

長袖善舞。多錢善賈。

御覽卷五百七十四。錢作財。卷八百二十九。袖作袂。錢作資。

孔子臨河援琴歌

子華子。卷上。孔子贈篇。子華子居於苓塞。趙簡子將用之。使使者將幣於閭。子華子反幣。再拜以肅使者而進之於庭。再拜而言曰。主君之民某。未有職業於朝也。且有惡疾。不堪君之命。弗敢以與聞。再拜而送使者於門。反其室。聚絺將行。其弟子族立而疑。北宮子曰。主君、國之宗卿也。政所自出。以禮交而弗答。無乃不可乎。子華子曰。昔者吾反自鄒。聞語於孔子。屬屬焉不忘於心。孔子之所志。其過人者遠矣。日者、主君之召也。孔子轍環於河滸。而弗肯以濟。援琴而寫志。命之曰臨河之操。其辭曰云云。孔子之所以弗至。是乃我所以行也。

河之水洋洋兮。丘之不濟此命也夫。

魯連子引諺

魯連子據意林卷一。諺云。按諺云二字原本無。據御覽卷九百四十八補。

百足之蟲。墨子。百足作馮功。斷而不蹶。御覽作三斷不蹶。持之有衆也。御覽無也字。博物志卷二。百足一名蚿。中斷成兩段。其頭尾各異行而去。

牟融引諺

牟子曰。諺云云云。堯眉八彩。舜目(童)〔重〕瞳子。皋陶馬喙。文王四乳。禹耳三漏。周公背僂。伏羲龍鼻。仲尼反頨。老子日角月元。鼻有雙柱。手把十文。足蹈二五。此非異於人乎。

少所見。多所怪。覩馲駝言馬腫背。

王逸引諺

正部。據意林卷四。原注。按隋志正部論八卷。後漢王逸撰。藝文類聚引作王逸子。即正部也。明刑審法。憐民惠下。生者不怨。死者不恨。諺云。

政如冰霜。姦宄消亡。威如雷霆。寇賊不生。

任弈引諺

任子。據意林卷五。諺劉攽與王介甫書作鄙語。曰云云。人情皆然。唯聖人能節之。

富不學奢而奢。劉攽與王介甫書。而奢下有自至二字。貧不學儉而儉。

唐灣引諺

唐子。據意林卷五。諺曰。

脂粉雖多。醜面不加。膏澤雖光。不可潤草。

趙蕤引諺

長短經。論事篇。諺曰。

浴不必江海。要之去垢。馬不必騏驥。要之善走。士不必賢也。要之知道。女不必貴種。要之貞好。

按史記外戚世家。褚先生曰云云。字句全同。但彼不言諺。故置彼引此。

隋末江東童謠

長短經。卷四。霸圖篇。大唐武德二年。王充殺越王侗於洛陽。僭稱尊號。隋氏滅矣。注云。今茲三月。江東童謠曰云云。江都西有彭城村。村有彭城水。上引其水入西閣之下。果於此被執。

江水何冷冷。楊柳何青青。人今正好樂。已復戍彭城。

按王充卽王世充。唐人避太宗諱。省去世字。所謂上者。指煬帝而言。今茲三月。乃恭帝義寧二年之三月。卽煬帝之大業十四年。至五月改元武德。蓋追敍上一年之事也。

蒯通引諺說韓信

長短經。卷七懼誡篇。韓信既平齊爲齊王。蒯通知天下權在韓信。說韓信曰。今楚漢分爭。其勢非天下賢聖固不能息天下之禍。夫以足下之賢聖。有甲兵之衆。據强齊。西嚮爲百姓請命。則天下風起而響應矣。韓信曰。漢王遇我厚。吾豈可嚮利背義乎。蒯生曰。足下自以爲善漢王。欲建萬世之業。臣竊以爲誤矣。始常山王成安君爲布衣時。相與爲刎頸之交。後爭張黶、陳澤之事。二人相怨。常山歸於漢王。漢王借兵東下。殺成安君。今足下欲行忠信。交於漢王。必不能固於二君之相與也。而事大於張黶、陳澤。故臣以爲足下必漢王之不危己。亦誤矣。大夫種范蠡存亡越。霸句踐。立功成名。而身死亡。諺曰云云。夫以交友言之。則不如張耳之於成安君也。以忠臣言之。則不過大夫種之於句踐也。此二人者。足以觀矣。願足下深慮之。

野獸盡而獵狗烹。敵國破而謀臣亡。

按史記淮陰侯列傳。蒯生曰。野獸已盡而獵狗亨。信曰。敵國破而謀臣亡。然彼不言諺。故置彼錄此。

趙蕤引諺

長短經。卷七懼誡篇。隋煬帝親御六軍伐高麗。禮部尚書楚國公楊玄感據黎陽反。注云。議曰。玄感之反也。太白入南斗。諺曰云云。由是天下持兩端。故三略曰。放言過之。裴子野曰。夫左道怪民。幻挾罔誕。足以動衆。而未足以濟功。今以諺觀之。左道可以動衆者信矣。故王者禁焉。

太白入南斗。天子下殿走。

濟水漢水語

空同子。化理下篇。濟之性勁。其源出於晉。伏流地中。乍見乍伏。一支穿太行爲百泉、爲衞水。一支爲濟。源出山東。爲七十二泉。大抵天地勁氣在山西。人之性勁天下。其鐵亦如之。所謂幷州剪刀者也。漢之性曲。其流十里九灣。郢沔之間瀦爲澤藪。皆漢之漾也。語曰。

勁莫如濟。曲莫如漢。

李夢陽引諺論學

空同子。論學下篇。小子何莫學夫詩。孔子非不貴詩。言之不文。行而弗遠。孔子非不貴文。乃後世謂文詩爲末技。類賤之。何歟。豈今之文非古之文。今之詩非古之詩歟。閣老劉聞人學此則大罵曰。

就作到李杜。只是箇酒徒。李杜果酒徒歟。抑李杜之上更無詩歟。諺曰云云。劉之謂哉。

因噎廢食。

古謠諺卷三十七

秀水杜文瀾輯

區田諺

氾勝之書。（據齊民要術。）諸山陵近邑高危傾坂及邱城上。皆可爲區田。區田不耕旁地。庶盡地力。凡區種不先治地。便荒地爲之。以畝爲率。上農夫一畝三千七百區。畝收百斛。中農夫一畝千二十七區。收粟五十一石。下農夫一畝五百六十七區。收二十八石。自注云。諺曰云云。謂多惡不如少善也。

頃不比畝善。

壅麥根諺

氾勝之書。（據齊民要術。）麥生黃色。傷於太稠。稠者鋤而稀之。秋鋤以棘柴耬之。以壅麥根。故諺曰云云。謂秋鋤麥曳柴壅麥根也。至春凍解。轉柴曳之突。絕其乾黃。頂麥生。復鋤之。到榆莢時注雨止。候土白背復鋤。如此則收必倍。

子欲富。黃金覆。

小麥歌

氾勝之書逸文。（據爾雅翼卷一、廣羣芳譜卷七。）小麥宜下種歌曰。（爾雅翼卷一。古稱高田宜黍稷。下田宜稻麥。今小麥例須下田。故古歌有曰云云。）

高田種小麥。終久不成穗。（廣羣芳譜。終久作穲穇。按齊民要術卷二孫注與爾雅翼同。惟下有男兒在他鄉。那得不憔悴二句。疑後人以比興之義續之。非原有也。）

按氾勝之書據宋氏葆淳輯本採錄。惟宋氏僅據齊民要術所引採輯。篇帙甚約。今據爾雅翼及廣羣芳譜採出逸文一條附後。

崔寔引諺

四民月令。據齊民要術。諺曰。

二月昏。參星夕。杏花盛。桑葉赤。一作桑葉白。學津討原本齊民要術。桑作椹。

又引農語

四民月令。據齊民要術。農語曰。

蜻蛉鳴。古音錄卷三引通卦驗注。蛉作蜓。古今諺。蛉作蛚。衣裘成。蟋蟀鳴。文錄引詩疏。蟋蟀作絡緯。懶婦驚。

河射角。堪夜作。犂星沒。水生骨。

按毛詩草木蟲魚疏。僅載趣織鳴、懶婦驚二句。然不及此條完備。故兼錄之。

又案崔氏四民月令。隋書經籍志入子部農家類、通志藝文略入史部時令類。皆與經部禮記之月令無涉。前人輯古詩者或引作月令注。非也。王氏謨輯漢魏遺書鈔。列於經翼。亦非也。然援據齊民要術標以四民月令。則得之矣。

力耕諺

齊民要術。自序。自天子以下至於庶人。四肢不勤。思慮不用。而事治求贍者。未之聞也。神農倉頡聖人者也。其於事也。有所不能矣。故趙過始於牛耕。實勝耒耜之利。蔡倫立意造紙。豈方縑牘之煩。且耿壽昌之常平倉。桑弘羊之均輸法。益國利民。不朽之術也。諺曰云云。是以樊遲請學稼。孔子答曰。吾不如老農。然則聖賢之智。猶有所未達。而況於凡庸者乎。

智如禹湯。不如常耕。埤雅卷五。常耕作更嘗。

種穀樹木諺

齊民要術。自序。且天子親耕。皇后親蠶。況夫田父而懷窳惰乎。李衡於武陵龍陽汎洲上作宅。種甘橘千樹。臨卒。勑兒曰。吾州里有千頭木奴。不責汝衣食。歲上一疋絹。亦可足用矣。吳末甘橘成。歲得絹數千疋。恆稱太史公所謂江陵千樹橘與千戶侯等者也。樊重欲作器物。先種梓漆。時人嗤之。然積以歲月。皆得其用。向之笑者。咸求假焉。此種殖之不可已也。諺曰云云。此之謂也。

一年之計莫如種穀。十年之計莫如樹木。

按管子權修篇。一年之計莫若樹穀。十年之計莫若樹木。終身之計莫若樹人。然彼不言諺。故置彼錄此。

鋤地諺

齊民要術。雜說。凡種麻地須耕五六遍。倍蓋之。以夏至前十日下子。亦鋤兩遍。仍須用心細意。抽拔細弱。不堪留者即去卻。一切但依此法。除蟲災外。小小旱不至全損。何者。緣蓋磨數多故也。又鋤耨以時。諺曰云云。此之謂也。堯湯旱澇之年則不敢保。雖然此乃常式。古人云。耕鋤不以水旱息功。必獲豐年之收。

鋤頭三寸澤。

牛馬諺

齊民要術。卷六養牛馬驢騾篇。諺曰云云。務在充飽調適而已。孫注云。言其乏食瘦瘠。春中必死。

羸牛劣馬寒食下。

河西東牆語

齊民要術。卷十五菓蓏菜茹篇。廣志曰。東牆色青黑。粒如葵子。似蓬草。十一月熟。出幽涼并烏地。河西語曰云云。魏書曰。烏丸地宜東牆。能作白酒。

貸我東牆。償我田粱。爾雅翼卷八。牆作廧。本草集解。牆作廧。田作白。楊氏慎均藻卷一引河圖緯。牆作蘠。田作白。按河圖緯無此條。楊氏引誤。

耕鋤諺

齊民要術。卷一耕田篇。凡耕高下田。不問春秋。不須燥濕。得所爲佳。若水旱不調。寧燥不濕。孫注云。燥雖耕塊。一經得雨。地則粉解。濕耕堅垎。數年不佳。諺曰云云。言無益而有損也。

濕耕澤鋤。不如歸去。

耕摩鄙語

齊民要術。卷一耕田篇。春耕尋手勞。孫注云。古曰耰。今曰勞。說文曰。耰摩田器。今人亦名勞曰摩。鄙語曰云云也。

耕曰摩勞。

耕田諺

齊民要術。卷一耕田篇。秋耕待白背勞。孫注云。秋多風。若不尋勞。地必虛燥。諺曰云云。蓋言澤難遇喜天時故也。桓寬鹽鐵論曰。茂木之下無豐草。大塊之間無美苗。

耕而不勞。不如作暴。

穀苗諺

齊民要術。卷一耕田篇。凡種穀雨後爲佳。遇小雨宜接濕種。遇大雨待薉生。孫注云。小雨不接濕。無以生禾苗。大雨不待白背濕輾。則令苗瘦薉。若盛者先鋤一遍。然後納種乃佳也。春若遇旱。秋耕之地。得仰壟待雨。孫注云。春耕者不中也。夏若仰壟。匪直盪汰不生。兼與草薉俱出。苗生如馬耳則鏃鋤。孫注云。諺曰。

欲得穀。馬耳鏃。

種穀諺

齊民要術。卷一耕田篇。稀豁之處。鋤而補之。凡五穀唯小鋤爲良。良田率一尺留一科。孫注云。劉章耕田歌曰。深耕穊種。立苗欲疏。非其類者。鋤而去之。按此條已見史記。諺云云云。皆十石而收。言大稀大穊之收。皆均平也。

迴車倒馬。擲衣不下。

種穀及時諺

齊民要術。卷一耕田篇。凡五穀大判上旬種者全收。中旬中收。下旬下收。雜陰陽書曰。禾生於棗或楊九十日秀。秀後六十日成禾。生於寅。壯於丁午。長於丙。老於戊。死於申。惡於壬癸。忌於乙丑。凡種五穀。以生長壯日種者多實。老惡死日種者收薄。以忌日種者敗傷。又用成收滿平定日爲佳。氾勝之書曰。小豆忌卯。稻麻忌辰。禾忌丙。黍忌丑。秫忌寅未。小麥忌戌。大麥忌子。大豆忌申卯。凡九穀有忌日。種之不避其忌。則多傷敗。此非虛語也。孫注云。史記曰。陰陽之家拘而多忌。止可知其梗概。不可委曲從之。諺曰云云也。

以時及澤、爲上策。

秋月築牆諺

齊民要術。卷一耕田篇。禮記月令曰。孟秋之月。修宮室。坏垣牆。仲秋之月。可以築城郭。穿竇窖。修囷倉。孫注云。鄭玄曰。爲民當入。物當藏也。墮曰竇。方曰窖。按諺曰云云。蓋言秋牆堅實。土功之勞。一時求逸。亦貧家之寶也。

家貧無所有。收牆三五堵。

種黍諺

齊民要術。卷三黍穄篇。凡黍穄三月上旬種者爲上時。四月上旬爲中時。五月下旬爲下時。夏種黍穄與植穀同時。非夏者大率以椹赤爲候。孫注云。諺曰。

椹釐釐。種黍時。廣羣芳譜卷九。釐釐作離離。

刈穄黍諺

齊民要術。卷二黍穄篇。刈穄欲早。刈黍欲晚。孫注云。穄晚多零落。黍早米不成。諺曰。爾雅翼卷一。稷又名爲穄。呂氏春秋曰。飯之美者有陽山之穄。高誘曰。關西謂之糜。冀州謂之䵚。說文。糜、穄也。廣雅曰。䵚、穄也。然則稷也。粢也。穄也。特語音有輕重耳。

穄青喉。黍折頭。

立秋豆諺

齊民要術。卷二小豆篇。小豆大率用麥底。然恐小晚。有地者常須兼留去歲穀下以擬之。夏至後十日種者爲上時。初伏斷手爲中時。中伏斷手爲下時。中伏以後則晚矣。孫注云。諺曰云云者。指謂宜晚之歲耳。不可爲常矣。

立秋葉如荷錢猶得豆。

豆田諺

齊民要術。卷二小豆篇。美田畝可十石。以薄田尚可畝取五石。孫注云。諺曰云云。斯言良美可惜也。

與他作豆田。

種麻諺

齊民要術。卷二種麻篇。凡種麻夏至前十日爲上時。至日爲中時。至後十日爲下時。孫注云。麥黃種麻。麻黃種麥。亦良候也。諺曰云云。或答曰云云。又諺曰云云。言及澤急也。夏至後者匪惟淺短。皮亦輕薄。此亦趨時不可失也。父子之間尚不相假借。而況他人乎。

夏至後。不沒狗。

但雨多。沒橐駝。

五月及澤。父子不相借。

鄭縣語

齊民要術。卷二大小麥篇。孫注云。爾雅曰。大麥麰。小麥秾。廣志曰。赤小麥赤而肥出。鄭縣語曰云云。山提小麥至粘弱。以貢御。

湖豬肉。鄭稀熟。

種瓜諺

齊民要術。卷二種瓜篇。凡種法先以水淨淘瓜子。以鹽和之。先臥鋤耬卻燥土。然後培阬大如斗口。納瓜子四枚大豆三箇於堆旁向陽中。孫注云。諺曰。

種瓜黃臺頭。

掐葵剪韭諺

齊民要術。卷三種葵篇。凡掐葵必待露解。孫注云。諺曰。

觸露不掐葵。日中不剪韭。

種蒜諺

齊民要術。卷三種蒜篇。蒜宜輭良地。三徧熟耕。九月初種。種法以耬耩逐壠手下之。五寸一株。孫注云。諺曰。

左右通鋤。一萬餘株。

種䪥諺

齊民要術。卷三種䪥篇。䪥宜白輭良地。三轉乃佳。二月三月種。率七八支爲一本。孫注云。諺曰云云。移葱者三支爲一本。種䪥者四支爲一科。然支多者科圓大。故以七八爲率。

葱三。䪥四。

種韭諺

齊民要術。卷三種韭篇。韭高三寸便翦之。翦如葱法。一歲之中。不過五翦。收子者一翦則留之。若旱種者但無畦與水耳。耙糞悉同。一種永生。孫注云。諺曰云云。以其不須歲植也。聲類曰。韭者久長也。

韭者懶人菜。

栽樹諺

齊民要術。卷四栽樹篇。凡栽樹正月爲上時。孫注云。諺曰云云。言得時易生也。

正月可栽樹。

魯桑諺

齊民要術。卷五種桑柘篇。桑柘熟時。收黑魯椹。孫注云。黄魯桑不耐久。諺曰云云。言其桑好功省用力。

魯桑百。豐錦帛。

種榆諺

齊民要術。卷五種楡白楊篇。楡初生。三年不用剝沐。孫注云。剝者長而細。又多瘢痕。不剝則短麤而無病。諺曰云云。言易麤也。必欲剝者。宜留二寸。

不剝不沐。十年成轂。

養馬諺

齊民要術。卷六養牛馬驢騾篇。飲食之節。食有三芻。飲有三時。何謂也。一曰惡芻。二曰中芻。三曰善芻。孫注云。善謂飢時與惡芻。飽時與善芻。引之令食。食常飽則無不肥。剉草麤。雖足豆穀亦不肥充。細剉無節蓰。去土而食之者。令馬肥。何謂三時。一曰朝飲少之。二曰晝飲則胷饜水。三曰暮極飲之。孫注云。一曰夏汗冬寒當節飲。諺曰云云。斯言旦須飲須節水也。每飲食令行驟則消水。小驟數百步亦佳。十日一放。令其陸梁舒展。令馬硬實也。

旦起騎穀。日中騎水。

耕下田諺

齊民要術。卷七貨殖篇。卓氏曰。吾聞汶山之下沃壄。下有踆鴟。至死不飢。孫注云。師古曰。踆鴟謂芋也。其根可食以充糧。故無飢年。華陽國志曰。汶山郡都安縣有大芋如蹲鴟也。諺曰云云。言下田能貧能富。

富何卒。按原脱去富字。據各書所引補。耕水窟。貧何卒。亦耕水窟。

製醬諺

齊民要術。卷八作醬法篇。當縱橫裂周迴匝。甕徹底生衣。悉貯出。搦破塊。兩甕分爲三甕。日未出前。仰甕口曝之。孫注云。諺曰云云。言其美矣。

萎蕤葵。日乾醬。

齏膾諺

齊民要術。卷八八和齏篇。蒜一。薑二。橘三。白梅四。熟栗黄五。粳米飯六。鹽七。醬八。孫注云。諺曰云云。橘皮多則不美。故加栗黄。取其金色。又益美。味甜。五升齏用一枚栗黄。軟者黑者即不中使用也。

金齏。玉膾。

陸泳引吴下方言

吴下田家志。方言云。

甲子日雨乙酉晴。乙日雨直到庚申。田家五行志作甲日雨。乙日晴。乙日雨。直到庚。

甲雨。乙抝。按甲字原脱。抝誤作换。今據田家五行志改正。

甲子旬中無燥土。田家五行志。子作午。

風吹鴿神口。米長千錢斗。按此條後原有一條云。纔逢癸巳上天堂。己酉還歸東北方。乙卯正東纔五日。庚申還上六朝藏。離位丙寅坤辛未。值丙之日正當彊。壬午乾宫戊子坎。對衝其位定相妨。今以田家五行志校之。乃是論鴿神歌括。故不入正文。

立春一日。百草回芽。

春煖花香。獠子還鄉。

但得五湖明月在。春來依舊百花香。

大寒無過丑寅。大熱無過未申。案原本無丑字。今據田家五行志增。又案下六字原另析爲一則。今亦據田家五行志併入。

春寒多雨水。田家五行志。凡春宜和而反寒。必多雨。諺云云云。元宵前後必有料峭之風。謂之元宵風。

五日寒食便下田。

寒食過了無時節。娘養花蠶郎種田。

清明斷雪。穀雨斷霜。田家五行志。諺云云云。言天氣之常。

四月麥秀寒。五月溫和煖。

田家忙并。無過蠶麥。

黃梅三時纔出門。蓑衣蒻帽必隨身。

蜘蛛蟬叫稻生芒。

朝立秋。暮颼颼。暮立秋。熱到頭。下六字原本無。今據通俗編卷三所引補。

處暑後十八盆湯。立秋後四十日浴湯乾。田家五行志。八月又作新涼。諺云云云。又云云云。四十下有五字。湯作堂。

八月初一雁門開。懶婦催將刀尺裁。

九月重陽。菱母消洋。

九月九。生衣出抖擻。

霜降休節。百工奔金取寶月。田家五行志。季秋刈穫之忙。俗諺云。畚金取寶月。

十月無工。只有梳頭吃飯工。田家五行志。漸見天寒日短。必須日作。諺云云云。

冬至前後。瀉水不走。按走原作定。今據田家五行志改。

一日脫膊。三日齷齪。田家五行志。十二月謂之大禁月。忽有一日稍暖。卽是大寒之候。諺云云云。脫作赤。

陳旉引諺論財力

農書。財力之宜篇。凡從事於務者。皆當量力而爲之。不可苟且貪多務得。以致終無成遂也。傳曰。少則得。多則惑。況稼穡在艱難之尤者。詎可不先度其財足以贍。力足以給。優游不迫。可以取必效然後爲之。儻或財不贍。力不給。而貪多務得。未免苟簡滅裂之患。諺有之曰云云。豈不信然。

多虛不如少實。廣種不如狹收。

又引俚語論耕耨

農書。耕耨之宜篇。夫耕耨之先後遲速。各有宜也。早田穫刈纔畢。隨卽耕治。晚田宜待春乃耕。山川原隰多寒。經冬深耕。放水乾涸。雪霜凍冱。土壤蘇碎。當始春又徧布朽薙腐草敗葉。以燒治之。則土暖而苗易發作。寒泉雖冽。不能害也。平陂易野。平耕而深浸。卽草不生而水亦積肥矣。俚語有之曰云云。殆謂是也。

春濁不如冬清。

又引俚諺論居處

農書。居處之宜篇。民居去田近。則色色利便。易以集事。俚諺有之曰云云。豈不信然。

近家無瘦地。遙田不富人。

焙茶諺

農桑衣食撮要。卷上。二月摘茶。略蒸。色小變。攤開搧氣。通用手揉。以竹箬燒烟火氣焙乾。以箬葉收。諺云。

茶是草。箬是寶。

鋤地諺

農桑衣食撮要逸文。據羣芳譜穀譜。鋤穀第一次撮苗曰鏃。第二次平隴曰布。第三次培根曰擁。第四次添功曰復。鋤次不至。則莨莠之害。秕稗之雜入之。諺云云云。爲無糠也。其穀畝得十石。斗得八米。此鋤多之效也。

穀鋤八遍餓殺狗。

種麥諺六則

農政全書。麥宜肥地。有雨佳。諺云云云。又云云云。又云云云。春雨更宜。諺云云云。若三春有雨。入夏時有微風。此大有之年也。諺云云云。初種忌戌日。諺云云云。雨經社日佳。以灰糞拌種妙。

無雨莫種麥。

麥怕胎裏旱。

要喫麪。泥裏纏。

麥收三月雨。

麥秀風搖。稻秀雨澆。下句原本無。據紀歷撮要補。

無灰不種麥。

白露雨諺

農政全書。諺曰云云。其時之雨。片雲來便雨。稻花見日吐出。陰雨則收。正吐之時。暴雨忽來。卒不能收。遂致白颯之患。若連朝雨。反不爲災。

白露前是雨。白露後是鬼。

種麥農語三則

士農必用。相傳農語云云。又云云云。又云云云。言奪時之急。如此之甚也。

彭祖壽年八百。不可忘了植蠶植麥。

社後種麥爭回耬。

社前種麥爭回牛。

二月占霜諺

便民纂要。二月宜連霜。諺云。

一夜春霜三日雨。三夜春霜九日晴。

黃梅氣候諺

便民纂要。五月夜亦宜熱。諺云云云。俱主旱。

晝暖夜寒。東海也乾。玉芝堂談薈卷二十一。晝作日。

臘月栽桑諺

便民纂要。十二月內掘坑。深闊約二小尺。桑根埋定與地平。次日築實。其桑加倍榮旺。諺云。

臘月栽桑桑不知。

古謠諺卷三十八

秀水杜文瀾輯

陶弘景引諺

名醫別錄。蘿藦作藤生。摘之有白浮汁。人家多種之。葉厚而大。可生啖。亦蒸煮食之。諺云云云。言其補益精氣。强盛陰道。與枸杞葉同也。又云。枸杞葉作羹小苦。俗諺云云。此言二物補益精氣。强盛陰道也。

去家千里。勿食蘿藦枸杞。駢字類編卷二百八十二無蘿藦二字。

陳藏器引俗語

本草拾遺。俗秋林伐山卷六作諺。謂云云。言其温補也。孫公談圃卷中。陸生韭葉。柔脆可菹。則名爲草鍾乳。水產之芡。其滑可食。則名爲水硫黃。豈二物亦性之煖歟。不然。徒盜其名也。秋林伐山。菱葉日舒夜斂。芡華晝合宵炕。故菱寒芡暖。諺云云云也。

韭是草鍾乳。秋林伐山。是作爲。芡是水硫黃。按下句原本無。今據孫公談圃、秋林伐山補。

蘇頌引俗語

圖經本草。椿樗二木。南北皆有之。形幹大抵相類。但椿木實而葉香。可啖。樗木疎而氣臭。膳夫亦能熬去氣。並采無時。樗木最爲無用。莊子所謂吾有大木。人謂之樗。其本擁腫。不中繩墨。小枝曲拳。不中規矩者。爾雅云。栲、山樗。郭璞注云。栲似樗而小。自生山中。因名。亦類漆樹。俗語云云云。陸璣詩疏云。山栲與田樗無異。葉差狹爾。

欂櫨栲漆。相似如一。

李杲引俗言

用藥法象。或問生薑辛温入肺。何以云入胃口。曰。俗以心下爲胃口者非矣。咽門之下。受有形之物。及胃之系。便是胃口。與肺系同行。故能入肺而開胃口也。曰。人云夜間勿食生薑。令人閉氣。何也。曰。生薑辛温。主開發。夜氣本收斂。反開發之。則違天道矣。若有病人。則不然也。俗言云云。

薑能開胃。蘿蔔消食也。

上牀蘿蔔下牀薑。

朱震亨引諺

本草衍義補遺。豬肉滯氣。世俗以爲補。誤矣。惟補陽爾。今之虚損者。不在陽而在陰。以肉補陰。是以火濟水。蓋肉性入胃。便作濕熱。熱生痰。痰生則氣不降。而諸證作矣。諺云云。中年氣血衰。面發黑䵩也。

豬不薑。食之發大風。

西蜀道人醉歌

澹寮方。昔西蜀市中嘗有一道人。貨斑龍丸。一名茸珠丹。每大醉。高歌曰云云。朝野遍傳之。其方蓋用鹿茸、鹿角膠、鹿角霜也。

尾閭不禁滄海竭。九轉靈丹都慢説。惟有斑龍頂上珠。能補玉堂關下穴。

陳嘉謨引諺

本草蒙筌。醫藥貿易。多在市家。諺云云云。非虛語也。古壙灰云死龍骨。苜蓿根爲土黃耆。麝香搗荔核、攙藿香。采茄葉雜煮半夏爲玄胡索。鹽松稍爲肉蓯蓉。草仁充草豆蔻。西呆代南木香。熬廣膠入蕎麪作阿膠。煮雞子及魚枕爲琥珀。枇杷蕊代款冬。驢腳脛作虎骨。松脂混麒麟竭。番硝和龍腦香。巧詐百般。甘受其侮。甚至殺人。歸咎用藥。乃大關係。非比尋常。不可不慎也。

賣藥者兩眼。用藥者一眼。服藥者無眼。

穿山甲王不留行俗語

本草綱目。卷十六草部。王不留行。原注。時珍曰。此物惟走而不住。雖有王命。不能留行。故名王不留行。能走血分。乃陽明衝任之藥。俗有云云之語。可見其性行而不住也。卷四十三穿山甲原注。時珍曰。穿山甲穴山而居。寓水而食。出陰入陽。能竄經絡。達於病所故也。按永州記云。此物不可於隄岸上殺。恐血入土。則隄岸滲漏。是山可使穿。隄可使漏。而又能至滲處。則其性之走竄可知矣。諺曰云云。亦言其迅速也。

穿山甲。王不留。婦人服了乳長流。

蚤休花俗諺

本草綱目。卷十七下草部。蚤休。原注。時珍曰。重樓金線。處處有之。生於深山陰濕之地。一莖獨上。莖當葉心。葉綠色。似芍藥。凡二三層。每一層七葉。莖頭夏月開花。一花七瓣。有金線蕊。長三四寸。王屋山產者至五七層。根如鬼臼蒼朮狀。外紫中白。有粘糯二種。外丹家采制三黃砂汞入藥。洗切焙用。俗諺云云云。是也。

七葉一枝花。深山是我家。癰疽如遇者。一似手拈拏。

榛仁諺

本草綱目。卷三十果部。榛。原注。時珍曰。榛實作苞。三五相粘。一苞一實。實如櫟實。下壯上銳。生靑熟褐。其殼厚而堅。其仁白而圓。大如杏仁。亦有皮尖。然多空者。故諺云。

十榛九空。

檳榔扶留俗語

本草綱目。卷三十一果部。檳榔。原注。時珍曰。近時方藥。亦有以火煨焙用者。然初生白檳榔。須本境可得。若他處者。必經煮熏。安得生者耶。又檳榔生食。必以扶留藤古賁灰爲使。相合嚼之。吐去紅水一口。乃滑美不澀。下氣消食。此三物相去甚遠。爲物各異。而相成相合如此。亦爲異矣。俗謂云云以此。古賁灰卽蠣蚌灰也。賁乃蚌字之訛。瓦屋子灰亦可用。

檳榔爲命賴扶留。

黃芩阿魏諺

本草綱目。卷三十四木部。阿魏。原注。時珍曰。阿魏有草木二種。草者出西域。可晒可煎。蘇恭所說是也。木者出南番。取其脂汁。李珣、蘇頌、陳承所說是也。按一統志所載有此二種云。出火州及沙鹿海牙國者。草高尺許。根株獨立。枝葉如蓋。臭氣逼人。生取其汁。熬作膏。名阿魏。出三佛齊及暹羅國者。樹不甚高。土人納竹筒於樹內。脂滿其中。冬日破筒取之。或云。其脂最毒。人不敢近。每采時。以羊繫於樹下。自遠射之。脂之毒着羊。羊斃卽爲阿魏。觀此。則其有二種明矣。蓋其樹低小如枸杞牡荆之類。西南風土不同。故或如草如木也。繫羊射脂之說。俗亦相傳。但無實據。諺云云云。以其多僞也。

黃芩無假。阿魏無眞。

白楊葉俚語

本草綱目。卷三十五下木部。扶栘。原注。時珍曰。栘楊與白楊是同類二種。今南人通呼白楊。故俚人有云云之語。其入藥之功。大抵相近。

白楊葉。有風掣。無風掣。

鱘鱑魚俗語

本草綱目。卷四十四鱗部。鱣魚。原注。時珍曰。鱣出江淮黃河遼海深水處。無鱗大魚也。其狀似鱘。其居也。在磯石湍流之間。其食也。張口接物。聽其自入。食而不飲。蟹魚多誤入之。昔人所謂鱣鮪岫居。世俗所謂云云是矣。

鱘鱑魚喫自來食。

河豚俚語

本草綱目。卷四十四鱗部。河豚。原注。時珍曰。吳人言其血有毒。脂令舌麻。子令腹脹。眼令目花。有云云之語。江陰人鹽其子。糟其白。埋過治食。此俚言所謂云云者耶。

油麻子脹眼睛花。

捨命喫河豚。

吳人爲鵁鶄諺

本草綱目。卷四十七禽部。鵁鶄。原注。案山海經云。沙水多犁鶘。其名自呼。後人轉爲鵁鶄耳。又吳諺云云云 言主水也。云云 言主旱也。

夏至前來。謂之犁鶘。夏至後來。謂之犁塗。

竹雞諺

本草綱目。卷四十八禽部。竹雞。原注。時珍曰。竹雞生江南川廣。處處有之。多居竹林。形比鷓鴣差小。褐色多斑。赤文。其性好啼。見其儔必鬭。捕者以媒誘其鬭。因而網之。諺曰云云。蓋好食蟻也。亦辟壁虱。

家有竹雞啼。白蟻化爲泥。

山鵲諺

本草綱目。卷四十九禽部。山鵲。原注。時珍曰。山鵲。處處山林有之。狀如鵲而烏色。有文采。赤嘴赤足。尾長不能遠飛。諺云云云。說文以此爲知來事之鳥。

朝鸞叫晴。暮鸞叫雨。

獨獸諺

本草綱目。卷五十一獸部。獨。原注。時珍曰。獨似猿而大。其性獨。一鳴卽止。能食猿猴。故諺曰云云。獨夫蓋取諸此。

獨一鳴而猿散。

嶺外諺

景岳全書。卷十四。嶺表十說。原注。吳興章傑。本草載。三人觸霧晨行。飲酒者獨不病。故北人度嶺。率相勉飲酒。而遷客羈生。往往醺酣以自適。且嶺外酒價尤廉。販夫役卒。俱得肆飲。咸謂可以辟瘴。殊不知少則益。而多則滋瘴之源也。何以言之。蓋南土暑濕者。酒則多中濕毒。兼以瘴癘之作。率因上膈痰。而酒則尤能聚痰。嶺外諺云云。誠攝生之要也。可見酒之爲物。能辟瘴以生人。亦能滋瘴以害人。然則生也。死也。非酒也。顧在人也。

莫飲卯時酒。莫食申時飯。

張介賓引俗語論虛損

景岳全書。卷十六。一疾病誤治。及失於調理者。病後多成虛損。蓋病有虛實。治有補瀉。得宜斯爲上工。余見世俗之醫。固不知神理爲何物。而且幷邪正緩急俱不知之。故每致伐人元氣。敗人生機。而隨藥隨斃者。已無從訴。其有幸而得免。而受其殘剝。以致病後多成虛損而不能復振者。此何以故也。故凡醫有未明。萬毋輕率。是誠仁人積德之一端也。至若失於調治。致不能起。則俗云云云。亦自作之而自受之耳。

小孔不補。大孔叫冤苦。

又引諺論治婦人小兒疾

景岳全書。卷三十八。諺云云云。此謂婦人之病不易治也。何也。不知婦人之病。本與男子同。而婦人之情。則與男子異。蓋以婦人幽居多鬱。常無所伸。陰性偏拗。每不可解。加之慈戀愛憎。嫉妬憂恚。罔知義命。每多怨尤。或有懷不能暢遂。或有病不可告人。或信師巫。或畏藥餌。故染着堅牢。根深蔕固。而治之有不易耳。此其情之使然也。然尚有人事之難。如今富貴之家。居奧室之中。處帷幔之內。復有以綿帕幪其手者。既不能行望色之神。又不能盡切脈之巧。使脈有弗合。未免多問。問之覺繁。必謂醫學不精。往往并藥不信。不知問亦非易。其有善問者。正非醫之善者不能也。望聞問切。欲於四者去其三。吾恐神醫不神矣。世之通患。若此最多。此婦人之所以不易也。故凡醫家病者皆當以此爲意。卷四十。小兒之病。古人謂之啞科。以其言語不能通。病情不易測。故曰云云。此甚言小兒之難也。然以余較之。則三者之中。又惟小兒爲最易。何以見之。蓋小兒病非外感風寒。則內傷飲食。以致驚風吐瀉及寒熱疳癎之類。不過數種。且其臟氣清靈。隨撥隨應。但能確得其本而撮取之。則一藥可愈。非若男婦損傷積痼癡頑者之比。余故謂其易也。第人謂其難。謂其難辨也。余謂其易。謂其易治也。設或辨之不眞。則誠然難矣。小兒以柔嫩之體。氣血未堅。臟腑甚脆。略受傷殘。萎謝極易。一劑之謬。尚不能堪。而況其甚乎。矧以方生之氣。不思培植。而日加剝削。近則爲目下之害。遠則遺終身之羸。良可嘆也。此其所以不易也。

寧治十男子。莫治一婦人。寧治十婦人。莫治一小兒。按卷三十八但引上二句。卷四十兼引下二句。今從其多者。

婦人相諺

張憬藏相書諺曰。

目有四白。五夫守宅。

義熙中童謠

開元占經。卷一百十三。異苑曰。義熙中童謠云云云。及十一年晉大軍至洛。修復園林時。封琅琊王也。按義熙乃安帝年號。其時恭帝封琅琊王。時下疑脫恭帝二字。

長有掃箒樞作杷。掃除洛中迎琅琊。

古謠諺卷三十九

秀水杜文瀾輯

占日諺

田家五行志。日暈則雨。諺云云云。日腳占晴雨。諺云云云。主晴。反此則雨。日生耳。主晴雨。諺云云云。若是長而下垂通地。則又名曰日幢。主久晴。日外自雲障中起。主晴。諺云云云。諺云云云。又云云云。又云云云。已上皆主雨。此言一朵烏雲漸起。而日正落其中者。諺云云云。此言半天元有黑雲。日落雲外。其雲夜必開散。明必甚晴也。又云云云。此言半天上雖有雲。及日沒下去都無雲。而見日狀如岩洞者也。已上皆主晴。甚驗。

月暈主風。日暈主雨。

朝（叉）〔叉〕天。暮（叉）〔叉〕地。

南耳晴。北耳雨。日生雙耳。斷風截雨。

日頭𨗻雲障。晒殺老和尙。

烏雲接日。明朝不如今日。

日落雲沒。不雨定寒。

日落雲裏走，雨在半夜後。

日落烏雲半夜枵。明朝晒得背皮焦。

今夜日沒烏雲洞。明朝晒得背皮痛。

占月諺

田家五行志。諺云云云。新月落北。主米貴荒。諺云云云。月初始生。前月大盡。初二晚見。前小盡。初三晚見。諺云云云。

月偃偃。水漾漾。月子側。水無滴。

月照後壁。人食狗食。

大二。小三。

占星諺

田家五行志。諺云云云。此言雨後天陰。但見一兩個星。此夜必晴。

一個星。保夜晴。

占風諺

田家五行志。諺云云云。又云云云。又云云云。又云云云。又云云云。大凡風、日出之時必略靜。謂之風讓日。大抵風自日内起者必善。夜起者必毒。日内息者亦和。夜半息者必大凍。已上並言隆冬之風。諺云云云。又云云云。風急雲起。愈急必雨。諺云云云。言艮方風雨。卒難得晴。俗名曰牛筋風雨。指丑位故也。諺云云云。言有夏雨應時。可種田也。非謂水必大也。經驗諺云云云。言易轉方。如人傳報不停腳也。一云云云。報答也。二說俱應。諺云云云。言早有此風。向晚必靜。諺云云云。言南風愈吹愈急。北風初起便大。

西南轉西北。搓繩來絆屋。

半夜五更西。天明拔樹枝。

日晚風和。明朝再多。玉芝堂談薈卷三十一。晚作煖。

惡風盡日沒。

日出三竿。不急便寬。

風急雨落。人急客作。

東風急。備蓑笠。

東北風。雨太公。

行得春風有夏雨。

春風踏腳報。

既吹一日南風。必還一日北風。

西南早到。晏弗動草。羣芳譜天譜三。晏作沒。王氏云。案近日西南略急便作雨。每晚轉東南必晴。

南風尾。北風頭。

占雨諺

田家五行志。諺云云云。言五更忽有雨。日中必晴。甚驗。諺云云云。諺云云云。諺云云云。言不妨農也。諺云云云。諺云云云。亦言久雨正當昏黑。忽自明亮。則是雨候也。諺云云云。道德經云。飄風不終朝。驟雨不終日。凡雨喜少惡多。諺云云云。

雨打五更。日晒水坑。

一點雨似一個釘。落到明朝也不晴。羣芳譜天譜三作一點雨。一箇釘。下到來朝也不晴。

一點雨似一個泡。落到明朝未得□。

天下太平。夜雨日晴。

上牽晝。暮牽齋。下晝雨嚌嚌。

病人怕肚脹。雨落怕天亮。

快雨快晴。

千日晴不厭。一日雨落便厭。

占雲諺

田家五行志。雲占晴雨。諺云云云。上風雖開。下風不散。主雨。諺云云云。諺云云云。言雲陣起自西南來者。雨必多。尋常陰天。西南陣上亦雨。雲起自東南。無雨。諺云云云。又云云云。言雲起自東南來者。絕無雨。旱年若見遠處雲生。或自西行而東。或自東行而西。必主無雨。諺云云云。上文言亢旱之年。望雨如望恩纔是。四方遠處雲生陣起。或自東引而西。自西而東。俗所謂排也。則此雨非但今日不至。必每日如之。卽是久旱之兆也。此吳語也。故指北江爲太湖。若是晚霽。必兼西天、但晴無雨。諺云云云。陰天卜晴。諺云云云。又云云云。諺云云云。此言細細如魚鱗斑者。一云云云。此言滿天雲大片如鱗。故云老鯉。往往試驗各有准。冬天近晚。忽有老鯉斑雲起。漸合成濃陰者。必無雨。名曰護霜天。諺云云云。

雲行東。雨無踪。車馬通。雲行西。馬濺泥。水沒犂。雲行南。雨潺潺。水漲潭。雲行北。雨便足。羣芳譜天譜三作一場黑。好晒穀。

上風皇。下風隘。無蓑衣。莫出外。

西南陣。單過也落三寸。

太婆年八十八。羣芳譜無年字。弗曾見東南陣頭發。

千歲老人不曾見。東南陣頭雨沒子田。

旱年只怕沿江挑。羣芳譜挑作跳。水年只怕北江紅。一云太湖晴

西北赤。好晒麥。

朝要頂穿。暮要四腳懸。

朝看東南。暮看西北。羣芳譜暮作晚。

魚鱗天。不雨也風顛。

老鯉斑雲障、晒殺老和尚。

識每護霜天。不識每著子一夜眠。

占霞諺

田家五行志。諺云云云。主旱。此言久晴之霞也。

朝霞暮霞。無水煎茶。

占虹諺

田家五行志。俗呼日鱟。諺云云云。主雨。

對日鱟。不到晝。

占雷諺

田家五行志。諺云云云。主無雨。諺云云云。凡雷聲響烈者。雨陣雖大而易過。雷聲殷殷然響者。卒不晴。東州人云。羣芳譜。云作諺。言雷自夜起必主陰。

未雨先雷。船去步來。羣芳譜天譜三。來作歸。又云。雷聲猛烈者。雨雖大易過。若殷殷沈響。卒未得晴。打頭雷。主無雨。

當頭雷無雨。卯前雷有雨。

一夜起雷三日雨。

占電諺

田家五行志。北閃俗謂之北辰。閃主雨立至。諺云云云。言必有大風雨也。

北閃原作辰。據羣芳譜改。三夜。無雨大怪異。異字據羣芳譜補。

占氣候諺

田家五行志。二月二上工。故諺云云云。此時之雨。正是一犂春雨。諺云云云。種雨不稱。水田僅可種豆。芒種後雨爲黃梅雨。夏至後爲時雨。此時天公陰晴易變。諺云云云。諺云云云。夏至日最長。諺云云云。中秋前後起西北風。謂之霜降信。前有雨謂之濕信。未風先雨謂之料信雨。霜降前來信。前信。易過。善。後來信。了信。必嚴毒。此信乾濕。後信必如之。諺云云云。言已有暴寒之色。又云云云。十二月謂之大禁月。忽有一日稍暖。即是大寒之候。諺云云云。諺云云云。

河東西。好使犂。河射角。好夜作。按占氣候類。此條有二則。後一則多下六字。今併入。

水成田。衣成人。無衣不成人。無水不成田。

黃梅天。日多幾番顛。

黃梅天氣。豈向老婆頭邊。也要擔了蓑衣箬帽去。

夏至日。莫與人種秧。冬至日。莫與人打更。

霜降了。布衲著得。

暴寒難忍熱難當。

大寒須守火。無事不出門。

臘月廿四五。錐刀不出土。

占旬中尅應諺

田家五行志。新月下有黑雲橫截。主來日雨。諺云云云。月盡無雨。則來月初必有風雨。諺云云云。

廿七日最宜晴。諺云云云。

初三月下有橫雲。初四日裏雨傾盆。

廿五廿六若無雨。初三初四莫行船。

交月無過廿七晴。

占壬子諺

田家五行志。按下文諺云二字原本無。當是脫去。今增。諺云云云。又云云云。又云云云。一云更須看甲寅日。若晴。拗得過不妨。諺云云云。若得連晴爲上。不然。二日內亦當以壬子爲主。

春雨人無食。夏雨牛無食。秋雨魚無食。冬雨鳥無食。

春雨壬子。秋爛鼉死。

雨打六壬頭。低田便罷休。

壬子是哥哥。爭奈甲寅何。

占甲戌庚必變諺

田家五行志。諺云云云。又云云云。又云云云。又云云云。又云云云。言丙丁日也。

久雨久晴。多看換甲。

久晴逢戌雨。久雨望庚晴。

逢庚須變。逢戊須晴。羣芳譜天譜三作逢庚必變。逢戊必晴。

久雨不晴。且看丙丁。

上火不落。下火滴沰。通俗編卷三十五。集韻磄博注云。磓也。沰、當各切。滴也。崔寔農家諺。上火不落。下火磄沰。言丙日不雨。則丁日有雨。其聲滴沰然也。按月令廣義引此諺作滴澤。誤。　按磄滴皆商聲。可以通用。

占鶴神諺

田家五行志。己酉日下地東北方。乙卯轉正東。庚申轉東南。丙寅轉正南。辛未轉西南。丁丑轉正西。壬午轉西北。戊子轉正北。癸巳上天。在天上之北。戊戌日轉天上之南。甲辰轉天上之東。己酉復下。周而復始。括云。纔逢癸巳上天堂。己酉還居東北方。上天下地之日。晴主久晴。雨主久雨。轉方稍輕。若大旱年。雖轉方。天並不作變。諺云。

荒年無六親。旱年無鶴神。

占水諺

田家五行志。夏初水底生苔。主有暴水。諺云云云。水際生靛青。主有風雨。諺云云云。諺云云云。言天道須是久晴。則水方能退也。故論潮者云。晴乾無大汛。合而言之。可見水漲之易、退之難也如此。

水底起青苔。卒逢大水來。

水面生青靛，天公又作變。

大水無過一周時。

大旱不過周時雨。大水無非百日晴。

占潮諺

田家五行志。每半月逐日候潮時。有詩訣云。午未未申申。寅寅卯卯辰。辰巳巳午午。半月一遭輪。夜潮相對起。仔細與君論。十三、二十七、名曰水起。是爲大汛。各七日。二十、初五、名曰下岸。是爲小汛。亦各七日。諺云云云。又云云云。又云云云。凡天道久晴。雖當大汛。水亦不長。諺云云云。

初一月半五時潮。

初五二十夜岸潮。天亮白遙遙。

下岸三潮登大汛。

乾晴無大汛。雨落無小汛。

占草諺

田家五行志。草屋久雨。菌生其上。朝出晴。暮出雨。諺云云云。諺云云云。

朝出晒殺。暮出濯殺。

頭苧生子。沒殺二苧。二苧生子。旱殺三苧。

占飛禽諺

田家五行志。諺云云云。鳩鳴有還聲者。謂之呼婦。主晴。無還聲者。謂之逐婦。主雨。海燕忽成羣而來。主風雨。諺云云云。夜間聽九逍遙鳥叫卜風雨。諺云云云。鸛叫。諺云云云。

鴉浴風。鵲浴雨。八八兒洗浴斷風雨。

烏肚雨。白肚風。

一聲風。一聲雨。三聲四聲斷風雨。

朝鸛晴。暮鸛雨。

占龍諺

田家五行志。龍下便雨。主晴。凡見黑龍下。主無雨。縱有亦不多。白龍下。雨必到。水鄉諺云云云。

龍陣雨始自何一路。只多行此路。無處絕無。諺云云云。

黑龍護世界。白龍壞世界。

龍行熟路。

占魚諺

田家五行志。車溝內魚來。攻水逆上。得鮎主晴。得鯉主水。諺云云云。又鯽魚主水。鱨魚主晴。

鮎乾鯉濕。

占祥瑞諺

田家五行志。凡六畜自來。占吉凶。諺云云云。犬生一子。其家興旺。諺云云云。燈花不可剔去。至一更不謝。明日有吉事。半夜不謝。主有連綿喜慶之事。或有遠親信物至。諺云云云。久陰天息燈。燈煤如炭紅。良久不過。明日喜晴。諺云云云。久晴後火煤便滅。主喜雨。

猪來貧。（一云雞來貧。蓋雞之得失。尋常有之。何足爲異。因猪雞音相近。俗傳之誤。昔有一人言。其家主翁昔是富室長者。忽鄰家走一猪。入其猪闌未遠。長者取之。長者故意妄言多猪之數。以攘其猪。其人不敢索而去。遂致廢弛富室。）狗來富。猫兒來。開質庫。

犬生獨。家富足。

燈花今夜開。明朝喜事來。

火流星。必定晴。

返照諺

田家五行志逸文。（據羣芳譜天譜二。）諺云。

日沒返照。曬得猫兒叫。

六月占年諺

田家五行志逸文。（據羣芳譜天譜二。）六月三日晴。主旱。諺云。

六月初三晴。山篠盡枯零。六月初三一陣雨。夜夜風潮到立秋。（末二句據天譜三補。玉芝堂談薈卷二十一。初三均作三日。立秋作處暑。）

占風諺五則

田家五行志逸文。（據羣芳譜天譜三。）南風愈吹愈急。北風初起便大。諺云。南風尾。北風頭。（按此條已見正文。）又曰云云。蓋西風初起飄發。以漸而緩。南風初來甚緩。緩則漸急。而風隨之。諺云云云。凡風終日。至晚必稍息。諺云云云。春雨多。秋雨必多。諺云云云。夏天北風主雨。冬天南風主雪。諺云云云。

西風頭。南風脚。

朝西暮東。正旱天公。玉芝堂談薈卷二十一。東下有風字。正下有是字。

暴風不終日。

一場春風對一場秋雨。

冬南夏北。有風便雨。

正旦占風諺

田家五行志逸文。據羣芳譜天譜三。正旦微陰。東北風。主大熟。諺云云云。歷年經驗。多是水旱勻調。高下皆熟之兆。餘說皆譌。壬癸亥子之方。謂之水門。其方風來。主大水。諺云云云。西南風主米貴。南風及東南皆主旱。

歲朝東北。五禾大熟。

歲旦西北風。大水妨農功。

夏至占風諺

田家五行志逸文。據羣芳譜天譜三。夏至風從坤來。主雨水橫流。諺云。

急風急沒。慢風慢沒。

三時占風諺

田家五行志逸文。據羣芳譜天譜三。夏至後半月名三時。三日爲頭時。次五日中時。後七日末時。風在中時前二日。大凶。諺云云云。主旱。最怕交節半月內西南風。

時裏一日風。準黃梅三日雨。（玉芝堂談薈卷二十一。風上有西南二字。準下有過字。）

梅裏西南。時裏雨潭潭。

占雨諺

田家五行志逸文。（據羣芳譜天譜三。）久雨忽然明亮。主大雨。諺云云云。晏雨難晴。俗謂之黃昏雨。諺云云云。久雨後。若午後少住。或可望晴。若午前少住。午後雨必多。諺云云云。雲起下散四野。滿目如煙如霧。名風花。主大風立至。諺云云云。

亮一亮。下一丈。

開門風。閉門雨。

雨住午。下無數。

雲似砲車形。沒雨定有風。

兩浙五月占雨諺

田家五行志逸文。（據羣芳譜天譜三。）五月二十六日諺云云云。

此日陰沈沈。穀子壓田塍。

六月占雨諺

田家五行志逸文。（據羣芳譜天譜三。）六月雨。又主有白棹風。無南風。則無白棹風。水卒不能退。諺云。

白棹風雲起。旱魃精、空歡喜。仰面看青天。頭巾落在麻圻裏。農家諺。白棹作舶艎。無精字。

夏末秋初占雨諺

田家五行志逸文。據羣芳譜天譜三。夏秋之交。稿稻置水。喜雨多。歲稔。諺云。

春末秋初一劑雨。賽過唐朝一斛珠。玉芝堂談薈卷二十一。斛作囤。

七夕占雨諺

田家五行志逸文。據羣芳譜天譜三。七夕有雨吉。名洗車雨。麥麻豆賤。諺云。

七月無洗車。八月無蓼花。

九日占雨諺

田家五行志逸文。據羣芳譜天譜三。九日是雨歸路。此日雨大宜禾。又主來年熟。晴則冬至、元旦、上元、清明四日皆晴。雨則皆雨。主飢荒。諺云云云。又云云云。

九日雨。禾成脯。

重九濕漉漉。穰草千錢束。

占霧諺

田家五行志逸文。據羣芳譜天譜三。有霧爲沫露。主來年水大。相去二百單五日。水至。須看霧著水面則輕。離水面則重。諺云云云。

十月沫露塘瀊。十一月沫露塘乾。

夏至占年諺

田家五行志逸文。據羣芳譜歲譜二。夏至在月初。主雨水調。諺云云云。

夏至端午前。坐了種田年。玉芝堂談薈卷二十一。坐了作抄手。夏至在月中。耽閣糶米翁。下二句原本不相連。今據廣羣芳譜改。

梅實占年諺

田家五行志逸文。據羣芳譜果譜一。梅實少。秫亦少。諺云。

樹無梅。手無杯。

古謠諺卷四十

秀水杜文瀾輯

徐浩引俗語

法書要錄。卷三。唐徐浩論書。張伯英臨池學書。池水盡墨。永師登樓不下。四十餘年。張公精熟。號爲草聖。永師拘滯。終著能名。以此而言。非一朝一夕所能盡美。俗云云云。蓋悠悠之談也。宜白首攻之。豈可百日乎。

書無百日工。

王獻之羊欣書法諺

法書要錄。卷五。徐浩述書賦上。敬元則親得法於子敬。雖時移而間出。手稽無方。心敏奥衍。掩友淩師。抑亦其次。雖鍮無金價。而珉實玉類。自注云。羊欣字敬元。泰山人。不疑子。宋中散大夫。與邱道護同授獻之筆法。今見正行草具姓名書二十餘紙。凡六七卷。所言王羊謬同。諺云云云。言虛也。卷八。張懷瓘書斷中。羊欣字敬元。泰山南城人。官至中散大夫。義興太守。師資大令。時亦衆矣。非無雲塵之遠。若親承妙旨。入於室者。唯獨此公。亦猶顏回之於夫子。有步驟之近。攄若嚴霜之林。婉似流風之雪。驚禽走獸。絡繹飛馳。亦可謂王之藎臣。朝之元老。沈約云。敬元尤善於隸書。子敬之後。可以獨步。時人云云云。今大令書中風神怯者。往往是羊也。宣和書譜卷十六。羊欣學書於獻之。當時謂獻之之後。可以獨步。故諺曰云云。茲可以見矣。而論者謂欣學獻之。如顏回與夫子。有步驟之近。雖號入室。終不能庋越獻之規矩。使洒落奔放。自成一家。故又有婢作夫人之誚。以其舉止羞澁。終不似眞。豈謂是邪。

買王得羊。不失所望。

張懷瓘引諺

法書要錄。卷七。張懷瓘書斷上。夫人才智。有所偏工。取其長而捨其短。諺云云云。且二王八分。卽挂壁之類。唯蔡伯喈乃造其極焉。王次仲卽八分之祖也。

韓詩鄭易、挂着壁。

時人爲王廙語

法書要錄。卷八。張懷瓘書斷中。王廙字世將。瑯琊臨沂人。祖覽。父正。尙書郎導從父之弟也。官至平南將軍。荆州刺史。侍中。逸少之叔父。工於草隸飛白。祖述張衞遺法。自過江。右軍之前。世將書與荀勗畫爲明帝師。其飛白志氣極古。垂雕鶚之翅羽。類旌旗之卷舒。時人云云云。永昌元年卒。年四十七。世將飛白入妙。隸入能。

王廙飛白。右軍之亞。

時人爲羊欣孔琳之語

法書要錄。卷八。張懷瓘書斷中。孔琳之、字彥琳。會稽山陰人。父廞。彥琳官至祠部尙書。善草行。師於小王。稍露筋骨。飛流懸勢。則呂梁之水焉　時稱曰云云。又以縱快比於桓玄。王僧虔云。孔琳之放縱快利。筆迹流便。二王已後。略無其比。但工夫少。太自任。故當劣於羊欣。斯言俞矣。

羊眞孔草。

時人爲丁覘僧永楷語

法書要錄。卷八。張懷瓘書斷中。陳永興寺僧智永。會稽人。師遠祖逸少。歷記專精。攝齊升堂。眞草唯命。夷途良轡。大海安波。微尚有道之風。半得右軍之肉。兼能諸體。於草最優。氣調下於歐虞。精熟過於羊薄。智永章草草書入妙。隸入能。兄智楷亦工草。丁現亦善隸書。時人云。

丁眞楷草。

時稱王維王縉語

唐畫斷。唐王右丞維。家於藍田玉山。游止輞川。兄弟以科名文學冠絕當代。故時稱云云者也。

朝廷左相筆。天下右丞詩。

世人爲吳道子王陁子言

歷代名畫記。卷九。唐王陁子善山水幽致。峰巒極佳。世人言山水者稱。

陁子頭。道子腳。

米芾引諺

畫史。今人以無名爲有名。不可勝數。故諺云云云也。

牛卽戴嵩。馬卽韓幹。鶴卽杜荀。象卽章得。歸田錄。章郇公得象。與石資政中立素相友善。而石善談諧。嘗戲章云。昔時名畫有戴嵩牛。韓幹馬。而今有章得象也。

畫家稱筆法語

圖畫見聞誌。卷一敍論。畫龍者析出三停。分成九似。窮游泳蜿蜒之妙。得回蟠升降之宜。仍要鬣肘毛。筆畫壯快。直自肉中生出爲佳也。自注云。凡畫龍開口者。易爲巧。合口者。難爲功。畫家稱云云。言其兩難也。楊氏愼畫品卷一引作諺。

開口貓兒合口龍。

後輩稱吳道子曹仲達語

圖畫見聞誌。卷一敍論。曹吳二體。學者所宗。按唐張彥遠歷代名畫記稱。北齊曹仲達者。本曹國人。最推工畫梵像。是謂曹。謂唐吳道子曰吳。吳之筆。其勢圓轉。而衣服飄擧。曹之筆。其體稠疊。而衣服緊窄。故後輩稱之曰。楊氏愼畫品卷一作時人語。

吳帶當風。曹衣出水。

時爲高道興諺

圖畫見聞誌。卷二紀藝上。高道興、成都人。事王蜀爲內圖畫使。工佛道雜畫。用筆神速。觸類皆精。蜀之寺觀尤多牆壁。時諺云。

高君墜筆亦成畫。

時爲黃筌薛稷諺

圖畫見聞誌。卷二紀藝上。黃筌字要叔。成都人。十七歲事王蜀後主爲待詔。至孟蜀加檢校少府監。賜金紫。後累遷如京副使。善畫花竹翎毛。孟蜀後主廣政甲辰歲。淮南馳聘。副以六鶴。蜀主遂命筌寫六鶴於便坐之壁。因名六鶴殿。自注。蜀人自此方識眞鶴。六鶴集在故事拾遺卷中。由是蜀之豪貴。請爲圖軸者接蹟。時諺云。卷五故事拾遺。黃筌寫六鶴。其一曰唳天。擧首張喙而鳴。其二曰警露。回首引頸而望。其三曰啄苔。垂首下啄於地。其四曰舞風。乘風振翼而舞。其五曰疏翎。轉頸毨其翎毛。其六曰顧步。行而回首下顧。後輩丹青。則而象之。杜甫詩稱。薛公十一鶴。皆寫青田眞。恨不見十一之勢。復何如也。歷代名畫記卷九。薛稷字嗣通。河東汾陰人。多才藻。工書畫。先天元年。官至銀青光祿大夫。尤善花鳥人物雜畫。畫鶴知名。屏風六扇鶴樣。自稷始也。

黃筌畫鶴。薛稷減價。

時人爲吳道子劉彥齊語

圖畫見聞誌。卷五故事拾遺。梁千牛衞將軍劉彥齊。善畫竹。爲時所稱。世族豪右祕藏書畫。雖不及天水之盛。然好重鑒別。可與之爭衡矣。本借貴人家圖畫。賂掌畫人。私出之。手自傳模。其間用舊標軸裝治。還僞而留眞者有之矣。其所藏名迹不啻千卷。每署伏曬曝。一一親自卷舒。終日不倦。能自品藻。無非精當。故當時識者皆謂云云也。

唐朝吳道子手。梁朝劉彥齊眼。

黃筌徐熙畫筆諺

畫論。諺云云云。不惟各言其志。蓋亦耳目所習。得之於手而應於心也。黃筌與其子居寀。始並事蜀爲待詔。既歸朝。筌領眞命爲宮贊。居寀復以待詔錄之。皆給事禁中。多寫禁籞所有珍禽瑞鳥。奇花怪石。又翎毛骨氣尙豐滿。徐熙、江南處士。志節高邁。多狀江湖所有汀花野竹。水鳥淵魚。又翎毛形骨貴輕秀。二者春蘭秋菊。各擅重名。下筆成珍。揮毫可範。

黃筌富貴。徐熙野逸。

畫松諺語

宣和畫譜。卷十。雪峯危棧圖二。畢宏、不知何許人。善工山水。乃作松石圖於左省壁間。一時文士。皆有詩稱之。其落筆縱橫。皆變易前法。不爲拘滯也。故得生意爲多。蓋畫家之流。嘗有諺語。謂云云。而深坳淺凸。又所以爲石焉。而宏一切變通。意在筆前。非繩墨所能制。宏、大曆間官至京兆少尹。

畫松當如夜叉臂。鸛鵲啄。

時人爲畫工張圖跋異李羅漢謠二則

五代名畫記。異洴善畫佛像。梁龍德中。洛陽廣愛寺僧邀之。畫三門兩壁。時有張將軍圖。尤善丹青。異方用朽。圖長揖而進。搦筆倏忽而成右堵。異睹跡驚讓。聽其成之。洛陽人因爲謠嘲異云云。後福先寺請異畫一大殿護法善神。有滑臺人李羅漢。來與角畫。異恐如張圖。讓西壁與之。自竭思成一神像。平生所未能。李見之媿甚。自縊死。時人復嘲之云云。畫品卷一。張圖畫佛壁。跋異伏之。洛陽謠曰云云。其後福先寺請異畫大殿壁。忽一人自稱李羅漢。與之角。不勝異。李自縊死。時人謠曰云云。此涉粧點。可爲一笑。

赫赫洛下。惟說異畫。張氏出頭。跋異無價。

李生來。跋君怕。不意今日卻增價。不畫羅漢畫駝馬。畫品。君作異。駝作馱。

草書素食諺

皇宋書錄。卷中。皇朝類苑云。凡章草小草點畫皆有法。不可率意輒書。諺云云云。言其難卒置也。然小草尤難。

信速不及草書。家貧難辦素食。事文類聚別集卷十。難作不。

時人爲夏袒謠

丹青志。夏昶字仲昭。崑山人。由進士歷官太常卿。楷書畫竹爲當時第一。番夷海國齎金購求。故當時有云云之謠。卽一時寶惜可知矣。余見其所作竹枝。烟姿雨色。偃直濃疏。動合渠度。蓋行家也。

夏卿一箇竹。西涼十錠金。

弘治末年天下語

書畫跋跋。卷一。沈民望書姜堯章續書譜。王氏跋云。沈民望以一書遇人主。備法從。更百五十年乃不能與操觚少年爭價。問之。人有不識者。二沈氏弘治以前。天下慕之。弘治末年語曰云云。蓋是時始變顏也。余童時尚聞人說沈。今云或有不識。想吳子然耳。出吳境卽希哲履吉。恐亦有不識。

杜詩顏字金華酒。海味圍棋左傳文。

孫鑛引諺

書畫跋跋。卷一。文太史三詩。王氏跋云。晉陽風物淒緊。九月於明佐藩伯齋中覽故文太史三詩。金波桂樹。淸露梧桐。恍如此身在越來虎邱間。諺云云云。在晉中觀蘇詩蘇字。自是誤入天台。司寇吳人。鄉感尤當深也。

物離鄉貴。

古謠諺卷四十一

秀水杜文瀾輯

用印法諺

古今印史。用印法諺曰云云。此取奇數也。其扶陽抑陰之意乎。

用一不用二。用三不用四。

帝相源水歌

古琴疏。帝相元年。條谷貢桐。帝命羿植桐於雲和。武羅伯諫。帝不從。於是作諠諫。羿乃伐桐爲琴以進帝。帝善之。名曰條谷。帝稍侈於音樂。不聽政事。爲羿所逐。居於商邱。援琴作源水之歌歌曰。

涓涓源水。不壅不塞。轂既破碎。庸大其輻。事已敗矣。乃重太息。廣博物志卷三十四。已作以。

楚王子無虧琴歌

古琴疏。楚王子無虧有琴曰青翻。後質於秦。不得歸。因撫琴歌曰。

洞庭兮木秋。涔陽兮草衰。去千里之家國。作咸陽之布衣。均操卷四引怨錄。秋作落。里作乘。

繆襲引民歌

尤射。腆致篇。維十有三載。克終我訓令於辭。民歌曰。

瞻彼世兮靡有雙。曩謂蛇兮今則龍。何必佔畢。盤游是從。

剡注射法諺

射經。小引。周官保氏敎國子五射。曰剡、注。剡、銳也。弓弰也。注、指也。箭後則靡其弰。直指於前以迸矢。所謂彏原注。祖說切。捺原注。丁結切。是也。原注。彏者。後手摘弦、如彏斷之狀。翻手向後。仰掌而上。令見掌紋也。捺者。以前手點弰、如擲物之狀。令上弰指的。下弰指膊骨下也。或謂矢頭剡處直前注于侯。不從高而下。卽諺所謂云云。此發矢之法也。

水平箭。

辨的射法諺

射經。辨的篇。夫箭稱百步之威。所謂殺人於百步之外者。故其效在於中人。而習先於破的。原注。的者、射之侯。世俗通呼爲把子。諺曰云云。不知遠近。是名野矢。原注。野矢、謂不經師授。放縱無法。

箭無落頭。原注。落頭謂落矢之所至。如射的者至的。射人者至人是也。

武藝長短諺

射經。神奇篇。諺稱云云。射爲諸藝之首。以其長也。更有長於射者。必也火器乎。

武藝長一寸。强一寸。

元人引俚語論弄丸輸贏

丸經。卷上承式章。乖令背式。罰不可恕。趨時爭利。賞不可加。勝負靡常。色斯擧矣。自注。贏卽矜能逞語。輸卽發怒便走。或至罵僕嗔朋。抛毬擲棒。此非閑雅君子。眞小人耳。俚語云云云。此之謂也。

廢毬棒。磨靴底。眼睛飽。肚裏飢。鞾皮臉。拖狗皮。輸便怒。贏便喜。喫別人。不回禮。

又引俚語論矜能

丸經。卷上崇古章。矜能爽善。自注。有等人說捶丸時。只自高强。打處便贏。未嘗有輸。及到場上。口中說得精細。手拙不能應口。一籌不展。全場輸了。俚語云云云。是也。

高者不說。說者不高。

又引俚語論智術

丸經。卷上崇古章。因人上畫。正賽詭隨。自注。今人口巧手拙。但打得詭隨。不得正賽之規度。怎爭勝負。心懵懂。性剛躁。强辯不伏。自害惶恐。俚語云云云。只此是也。

有智贏。無智輸。

弔牌諺

馬弔牌經。論弔篇。諺云云云。不湊巧不能弔也。

牌無大小。只要湊巧。

低牌諺

馬弔牌經。論發篇。低牌照底。計出無聊。自注云。諺云云云。蓋旣無關係。則照底牌以聽天數。勿誤認其有也。

牌低照底發。

讓牌諺

馬弔牌經。論捉放篇。有賞之家。何妨故讓。自注云。諺云。

看賞面。

底牌諺

馬弔牌經。論還篇。諺云云云。此言底之有權也。自注云。第四家爲底家。牌到此擒縱惟命。故其權最重。

末家牌。落得來。

樁牌諺

馬弔牌經。論勝負篇。夫勝負雖微。有數存焉。落樁未必佳。自注云。落樁雖便於出賞。然諺云云云等語。亦有時而驗。

三落樁。輸得慌。落樁七。輸得急。

惡牌諺

馬弔牌經。論勝負篇。居三未必惡。自注云。諺云。

好牌不落第三家。

陳宣帝時謠言

泉志。卷二。陳書宣帝紀曰。太建十一年秋七月辛卯。初用大貨六銖錢。隋書食貨志曰。以一當五銖之十。與五銖並行。後還當一。人皆不便。乃相與訛言曰。六銖錢有不利縣官之象。未幾而宣帝崩。遂廢。徐氏曰。當時謠言云云。蓋篆書六字。類人之乂腰耳。

大貨六銖錢。乂腰哭天子。

時人爲兎毫筆言

筆經。漢時諸郡獻兎毫。出鴻都。惟有趙國毫中用。時人咸言。

兎毫無優劣。管手有巧拙。

時人爲壺工時大彬李仲芳語

陽羨茗壺系。時大彬號小山。或淘土。或雜碙砂土。諸款具足。諸土色亦具足。不務妍媚。而樸雅堅栗。妙不可思。喜作大壺。後游婁東。聞陳眉公與琅琊太原諸公品茶施茶之妙。乃作小壺。前後諸名家。並不能及。遂於陶人標大雅之遺。擅空羣之目矣。李仲芳行大。及時大彬門。爲高足第一。製度漸趨文巧。今世所傳大彬壺。亦有仲芳作之。大彬見賞而自署款式者。時人語曰。

李大䊶。時大名。

黿山下舟人語

太湖石志。黿殼石。黿山之下。有若蹒跚見水面。舟人往來。恐有觸突之患。故語云。

東抵黿殼。西抵黿山。兩舟連網。慳過中間。

龍牀石諺

太湖石志。龍牀石。石公山下。有若牀者。諺云。

石蛇一半露。黿頭微微出。行舟見兩山。下有龍牀沒。

朱翼中引古諺論酒

北山酒經。卷下。大凡漿要四時改破。冬漿濃而涎。春漿淸而涎。夏不用苦涎。秋漿如春漿。造酒、看漿是大事。古諺云。

看米不如看麴。看麴不如看酒。看酒不如看漿。

宋時爲小龍團語

茶譜。余性嗜茗。及閱唐宋茶譜茶錄諸書。法用熟碾細羅爲末爲餅。所謂小龍團。尤爲珍重。故當時有云云之語。嗚呼。豈士人而能爲此哉。

金易得而餅不易得。

蘇廙引諺

十六湯品。第十一減價湯。無油之瓦。滲水而有土氣。雖御胯宸緘。且將敗德銷聲。諺云云云。好事者幸誌之。

茶瓶用瓦。如乘折腳駿登高。

藿巢諺

藿經。諺云。

藿巢莫覩。神維白虎。

伊洛魚諺

異魚圖贊。云云。

伊洛魴鯉。天下最美。

洛口黃魚。天下不如。

按原文三條。均引河洛紀諺。中一條係伊洛鯉魴。貴於牛羊。已見洛陽伽藍記。

流魚諺

異魚贊閏集。流魚如水中花。喘喘而至。視之幾不辨。乃魚苗也。諺云云云。正月收而放之池。皆爲鯔魚。過二月則鱸半之。鱸食魚。畜魚者呼爲魚虎。故多於正月收種。其細似海蝦。如穀苗植之而大。流魚正苗時也。

正烏。二鱸。

海鷂白袋二魚謠

異魚圖贊補。卷上。雨航雜錄。海鷂魚亦文鷂類也。形如鷂。有肉翅。能飛上石頭。齒如石板。出主風。又有白袋魚似牛而白。自海入江。則兆水澤。謠曰。

海鷂風伯使。白袋雨師奴。

鋸魚諺

異魚圖贊補。卷中。漁書云。鋸魚生大海中。不多見。其牙齒長五六尺。兩傍如鋸齒。故云。漁人云。

此魚惜齒。齒掛於網。則身不敢動。恐傷其齒。諺謂云云是也。

千金之鋸。命懸一絲。

吳人俗語

蟹譜。下篇。吳俗有云云之語。蓋取其被堅執銳。歲或暴至。則鄉人用以爲兵證也。平江記事。大德丁未。吳中蟹厄如蝗。平田皆滿。稻穀蕩盡。吳諺云云。謂此也。

蝦荒蟹亂。合璧事類別集卷八十八。亂作兵。

四明鰵魚諺

閩中海錯疏。卷上。鰵形似鱸。口闊肉粗。腦腴骨脆而味美。按鰵魚類鱸。口類石首。大者長丈許。重百餘斤。四明諺云云。蓋言美在腦也。

寧可棄我三畝稻。不可棄我鰵魚腦。

古謠諺卷四十二

秀水杜文瀾輯

陳翥引鄙諺論桐質

桐譜。夫桐之爲木。其體濕則愈重。乾則愈輕。生時以斧斫之甚易。乾乃軔而拒斧。故鄙諺曰云云。此之謂也。

輕是桐。重是桐。難斫亦是桐。

又引鄙語論桐性

桐譜。凡桐之茂大。尤速於餘木。故鄙語云云云。言其易大也。

相訟好栽桐。桐樹好做甑。訟方興。

李衎引新安紫竹諺

竹譜詳錄。卷六。紫竹出江浙兩淮。今處處有之。新安志曰。紫竹斫之益繁。諺云。

一年青。二年紫。三年不斫四年死。

人爲孝婦諺二則

筍譜。卷下。諺曰云云。昔有新婦。不得舅姑意。姑一日歲暮而索筍羹。婦答卽煮供上。妯娌問之曰。今臘月中。何處求筍。婦曰。且讋爲貴。以順攘逆責耳。其實何處求筍。姑聞而後悔。倍憐新婦。故又諺曰。

臘月煑筍羹。大人道便是。

恭敬不如從命。受訓莫如從順。

天彭民爲牡丹花語

天彭牡丹譜。天彭號小西京。以其俗好花。有京洛之遺風。大家至千本。花時自太守而下。往往卽盛處張飮。帟幙車馬。歌吹相屬。最盛於淸明寒食時。在寒食前者。謂之火前花。其開稍久。火後花則易落。最喜陰晴相半時。謂之養花天。栽接剔治。各有其法。謂之弄花。其俗有云云之語。

弄花一年。看花十日。

牡丹移根諺

牡丹八書。花或自遠路攜歸。或初分老本。其根黑。必是朽爛。卽以大盆盛水。刷洗極淨。必至白骨然後已。仍以酒潤之。本本易活。諺曰云云。正謂此也。

牡丹洗脚。

移樹諺

種樹書。凡移樹不要傷根鬚。須闊垛不可去土。恐傷根。諺云。

移樹無時。莫教樹知。

三月占桑諺二則

種樹書。畜蠶者三字據廣羣芳譜卷十一增。常以三月三日雨卜桑葉之貴賤。諺云云云。或曰。四日尤甚。杭州人云云云。言四日雨尤貴。

雨打石頭徧。桑葉三錢片。

三日尚可。四日殺我。

種竹引鞭諺

種樹書。凡種竹正二月劚取西南根於東北角種。其鞭自然行西南。蓋竹性向西南行也。諺云。筍譜卷上。謂其滋蔓而來生也。

東家種竹。西家種地。齊民要術卷五注及埤雅卷十五。下種字作治。筍譜。下種字作理。

種竹方法諺

種樹書。種竹不去條。則林外向陽。三二年間。便有大竹。諺云。山家清事作園丁語。

栽竹無時。雨過便移。多留宿土。切記南枝。廣羣芳譜卷八十五。栽作種。切記作記取。

麻豆諺

種樹書。種諸豆子油大麻等。若不及時去草。必爲草所蠹耗。雖結實亦不多。諺云云云。麻須初生時耘。豆雖開花亦可耘。

麻耘地。豆耘花。

冬雪占麥諺

種樹書。麥最宜雪。諺云。

冬無雪。麥不結。

生菜諺

種樹書。生菜種之不拘時。纔盡卽下種。亦便出。諺云云。以不時而出也。

生菜不離園。

四月占月諺

羣芳譜。天譜二。四月十六日上早、無雲紅色、大旱。遲而白、主雨。夜深、主大水。諺云。按諺本作一。以下條推之。定是諺也。

月上早。低田好收稻。月上遲。高田剩者稀。

六月占月諺

羣芳譜。天譜二。六月十六諺云云。言多也。

月上早。好收稻。月上遲。秋雨徐。

芒種占雷諺

羣芳譜。天譜三。老農云。芒種後半月內不宜雷。謂之禁雷天。諺云云。又諺云云。

梅裏一聲雷。時中三日雨。

迎梅雨。送時雷。送了去。並弗回。

夏至占雷諺

羣芳譜。（天譜三。）夏至交節半月內怕雷。諺云云云。言低田必致巨浸也。或者强爲曲解。謂聲多及響震反以爲旱兆。往往驗。有雷便雨。有雨便爲插秧之患。

梅裏一聲雷。低田拆舍歸。

八月占雷諺

羣芳譜。（天譜三。）八月雷聲不宜有。諺云。

八月一聲雷。遍地都是賊。

占雪諺

羣芳譜。（天譜三。）諺云。冬無雪。麥不結。（按已見種樹書。）至第三戊爲臘。臘前三白。大宜菜麥。若立春後雪。則不宜。故又云。

臘雪是被。春雪是鬼。

六月占蠅諺

羣芳譜。（歲譜二。）六月無蠅。主米價平。諺云。

六月無蠅。新舊相登。

三伏占年諺

羣芳譜。（歲譜二。）三伏宜熱。諺云云云。蓋當槁稻之時。又當下壅。晴熱則苗旺。涼雨則苗沒。

三伏不熱。五穀不結。

蕎麥菉豆諺

羣芳譜。穀譜首。耕蕎麥地。若耕二遍。只耘一遍亦可。諺云云云。又云云云。言瘠薄亦可種也。

嬾漢種蕎麥。嬾婦種菉豆。

種菉豆。地宜瘦。不宜肥。

收麥諺

羣芳譜。穀譜。大抵農家之忙。無過蠶麥。若遷延過時。秋苗亦悞鋤治。諺云云云。信然。

收麥如救火。

粟穗諺

羣芳譜。穀譜。穗似蒲。有毛。顆粒成簇。諺云云云。一穗之實。至三千顆。言多也。

穀三千。

粱米占麥諺

羣芳譜。穀譜。地欲肥。行欲稀。諺云。

稀穀大穗。來年好麥。

栽棗諺

羣芳譜。果譜二。棗性硬。其生晚。芽未出。移恐難出。如本年芽未出。弗遽刪除。諺云云云。亦有久而後生者。

棗樹三年不算死。

伐竹諺

羣芳譜。竹譜。伐竹要留三去四。蓋三年者留。四年者去。諺云云云。謂隔年可伐也。

公孫不相見。母子不相離。

斧桑諺

羣芳譜。桑譜。採桑高者用梯摘。庶不傷枝。遠出强枝。當用闊刃鋒利扁斧。轉腕回刃。向上斫之。枝查既順。津脈不出。葉必復茂。諺曰云云。此善用斧之效也。

斧頭自有一倍葉。

苧麻諺

羣芳譜。麻譜。每歲可割三鐮。大約五月初割一鐮。六月半或七月初割二鐮。八月半或九月初割三鐮。諺曰云云。唯三鐮長疾。麻亦最好。

頭苧見秧。二苧見糠。三苧見霜。

鋤木綿諺

羣芳譜。綿譜。鋤綿者。鋤必七遍以上。又當在夏至前。諺曰云云。大抵苗宜稀。鋤宜密。此要訣也。

鋤花要趁黄梅信。鋤頭落地長三寸。

插柳諺

羣芳譜。二。木譜正二月皆可栽。諺云云云。謂宜立春前也。

插柳莫教春知。

芍藥栽植諺

羣芳譜。四。花譜芍藥大約三年或二年一分。分花自八月至十二月。其津脈在根。可移栽。春月不宜。諺云云云。以其津脈發散在外也。

春分分芍藥。到老不開花。

古謠諺卷四十三

秀水杜文瀾輯

塗山女歌

呂氏春秋。音初篇。禹行功。孫氏星衍云。李善注文選張平子南都賦、左太沖吳都賦。並引作行水。御覽一百三十五同。禹未之遇。而巡省南土。高注云。遇、禮也。禹未之禮而巡狩南行也。省南方之土。塗山之女乃令其妾候禹於塗山之陽。高注云。塗山在九江。近當塗山也。山南曰陽也。畢氏沅云。候舊本作待。今從初學記十改。善注吳都賦引作往候。注。九江舊作九迴。誤。今據漢書地理志改正。按善上當有李字。此從省。女乃作歌。歌曰云云。實始作爲南音。高注云。南方國風之音。周公及召公取風焉。以爲周南召南。高注云。取塗山氏女南音以爲樂歌也。

候人兮猗。畢氏沅云。選注無兮字。

管仲引齊鄙人諺

呂氏春秋。知接篇。管仲有疾。桓公問之曰。仲父之疾病矣。高注云。病、困也。將何以教寡人。管仲曰。齊鄙人有諺曰云云。今臣將有遠行。胡可以問。高注云。言不足問。桓公曰。願仲父之無讓也。管仲對曰。願君之遠易牙、豎刀、常之巫、衞公子啓方。高注云。遠猶流也。無令相近。畢氏沅云。豎刀舊本作豎刁。字俗。刀亦有貂音。公曰。諾。管仲死。盡逐之。居三年。皆復召而反。明年。公有病。易牙、豎刀、常之巫相與作亂。

居者無載。行者無埋。高注云。謂臣居職有謀計。皆當宣之於君。無有載藏之於心也。行謂即世也。亦當輸寫所知。使君行之。無有懷藏。埋之地中。

高誘引里諺

呂氏春秋。（審分覽。）今有人於此。求牛則名馬。求馬則名牛。所求必不可得矣。而因用威怒。有司必誹怨矣。牛馬必擾亂矣。百官衆有司也。萬物羣牛馬也。不正其名。不分其職。而數用刑罰。亂莫甚焉。夫贊以潔白。而隨以汙德。皆以牛爲馬。以馬爲牛。名不正也。高注云。以汙穢之德。隨潔白之蹤。里諺所謂云云。此之謂也。

牛頭而賣馬脯。

（懷小編卷十二。晏子內篇雜下。君使服之於內。而禁之於外。猶懸牛首於門而賣馬肉於內也。盧抱經云。內、御覽作市。似非。讀書雜志云。作市者是也。懸牛首於門。喻服之於內。賣馬肉於市。喻禁之於外。案二說不同。而其意同。當以作內爲是。賣馬肉於內。懸牛首於門。喻內外不相應。按以晏子考之。牛上當脫懸字。）

按續漢書百官志注引三輔決錄注。載世祖賜漢中太守詔曰。懸牛頭。賣馬脯。盜跖行。孔子語。但彼不言諺。故置彼錄此。

劉安引諺論刑法

淮南子。（齊俗訓。）亂世之法。高爲量而罪不及。重爲任而罰不勝。危爲禁而誅不敢。民困於三責。則飾智而詐上。犯邪而干免。（高注云。干、求也。）故雖峭法嚴刑。不能禁其姦。何者。力不足也。故諺曰云云。此之謂也。

鳥窮則噣。（高注云。音啄。）獸窮則觕。（高注云。音觸。）人窮則詐。

甯戚飯牛歌

淮南子。（道應訓。）甯戚欲干齊桓公。困窮無以自達。於是爲商旅。將任車。（高注云。任、載也。詩曰。我任我輦。）以商於齊。暮宿於郭門之外。桓公郊迎客。夜開門。辟任車。爝火甚盛。（高注云。爝、炬火也。）從者甚衆。甯戚飯牛車下。

望見桓公而悲。擊牛角而疾商歌（莊氏逵吉云。御覽一引作習。一引作疾。按下文自曲字起。至歌詞止。原本脫去。今據文選嘯賦注引補。）曲。甯戚衛人。商金聲清。故以爲曲。歌曰云云。桓公聞之。撫其僕之手曰。異哉。非常人也。命後車載之。

出東門兮厲石班。上有松柏清且蘭。麄布衣兮縕縷。時不遇兮堯舜主。牛兮努力食細草。大臣在爾側。吾當與爾適楚國。（風雅逸篇卷八引劉向別錄。蘭作閑。）

劉安引世俗言

淮南子。（齊俗訓。）夫見不可布於海內。聞不可明於百姓。是故因鬼神禨祥而爲之立禁。（高注云。禨祥、吉凶也。禁、戒也。）總形推類而爲之變象。世俗言曰云云。此皆不著於法令。而聖人之所不口傳者也。夫饗大高而彘爲上牲者。非彘能賢於野獸麋鹿也。以爲彘者。家人所常畜而易得之物也。故因其便以尊之。裘不可藏者。非能具綈錦曼帛溫暖於身也。世以爲裘者難得。貴賈之物也。（高注云。曼帛、細帛也。裘、狐之屬也。故曰貴賈之物。）無益於死者而足以養生。故因其資以讋之。（高注云。資、用。讋、忌也。）相戲以刃。太祖軵其肘。夫以刃相戲。必爲過失。過失相傷。其患必大。愚者所不知忌也。故因太祖以累其心。（高注云。累、恐也。）枕戶橉而臥。鬼神蹠其首者。夫戶牖者。風氣之所從往來。而風氣者。陰陽相捔者也。離者必病。（高注云。離、遭也。）故託鬼神以伸誡之也。凡此之屬。爲愚者之不知其害。乃借鬼神之威。以聲其教。所由來者遠矣。而愚者以爲禨祥。而狠者以爲非。有道者能通其志。

饗大高者。而彘爲上牲。（高注云。大高、祖也。一曰上帝。）葬死人者。裘不可以藏。（通俗編卷三引此條釋云。或云。俗惑釋氏轉輪之說。裘屬獸皮。慮轉生之爲獸也。故不以衣死者。今據淮南。時釋教未行。中國已有此言。則或云未是也。懷小編卷十五。按今斂死者不以裘。其風古矣。蓋斂用複衣複衾。本喪大記。雖當暑必用袍。絺綌紵不入。非但裘也。）相戲以刃者。太祖軵其肘。（高注云。

䩭、擠也。讀近茸。急察言之。枕戶橉而臥者。鬼神蹠其首。御覽卷七百三十九引風俗通。俗說臥枕戶砌。鬼陷其頭。令人病顚。

又引古諺論本末

淮南子。說山訓。故末不以强於本。指不可以大於臂。下輕上重。其覆必易。古諺云云云。水定則淸正。動則失平。故惟不動。則無所不動也。按古諺云三字原本無。今據潛確類書卷一百十四補。

一淵不兩蛟。

又引里人諺論饋遺

淮南子。說山訓。遺人馬而解其羈。遺人車而稅其𨍭。高注云。羈所以縛銜也。𨍭音倚。所愛者少而所亡者多。故里人諺曰云云。敗所爲也。

亨牛而不鹽。高注云。亨羹不與鹽。不成羹。故曰敗所爲。禮記曰。客絮羹。主人辭不能亯。知亯爲羹也。

又引諺論物類

淮南子。人間訓。物類之相摩近而異門戶者。衆而難識也。故或類之而非。諺曰云云。何謂也。曰。虞氏、梁之大富人也。高注云。梁、今之陳留浚儀也。家充盈殷富。金錢無量。財貨無貲。升高樓。臨大路。設樂陳酒。積博其上。莊氏逵吉云。按列子釋文作𢷾博其上。是也。太平御覽又作蒱博。似非。游俠相隨而行樓下。博上者莊氏逵吉云。按列子釋文作樓上博者。射朋張中。反兩高注云。射朋張上棋。中之。以一反兩也。莊氏逵吉云。按太平御覽反兩下有擒字云音捃。諸本皆無之。而笑。飛鳶適墮其腐鼠而中游俠。游俠相與言曰。虞氏富樂之日久矣。而常有輕易人之志。吾不敢侵犯。而乃辱我以腐鼠。如此不報。無以立務於天下。高注云。務、勢也。請與公僇力一志。悉率徒屬而必以滅其家。此所謂類之而非者也。

鳶墮腐鼠而虞氏以亡。

高誘引諺論毀譽

淮南子。說山訓。有譽人之力儉者。舂至旦。不中員呈。猶謫之。察之。乃其母也。故小人之譽人。反爲損。高誘注云。謫、責怒也。稱譽人力儉。呈作不中科員而責怒也。君子視之。乃自呈作。其母以爲力挾。以此譽人。孰如毀之。故諺曰云云。此之謂也。損、毀也。

問誰毀之。小人譽之。

曹丕引里語論文

典論。論文篇。據文選卷五十一。文人相輕。自古而然。夫人善於自見。而文非一體。鮮能備善。是以各以所長。相輕所短。里語曰云云。斯不自見之患也。

家有弊帚。享之千金。

又引里語論家書

典論。太子篇序。據意林卷五。余蒙隆寵。忝當上嗣。憂惶踧踖。上書自陳。欲繁辭博稱。則父子之間不文也。欲略言直說。則喜懼之心不達也。里語曰云云。言其難也。

汝無自譽。觀汝作家書。惠氏棟讀說文記卷三云。譽、古皆讀平聲。

按典論據孫氏馮翼輯本採錄。

時人爲帝紂語

金樓子。箴戒篇。帝紂垂胡長尺四寸。手格猛獸。愛妲己色。重師涓聲。狗馬奇物。充牣後庭。使男女躶形相隨。爲長夜之飲。時人爲之語曰。

車行酒。騎行炙。百二十日爲一夜。

古人爲五加皮地榆語

金樓子。志怪篇。用紫芝煮石。石美如芋。食之可更調和五味。下橘皮葱豉。名山之下生葱韭者。是古人食石種也。故語曰云云。五加一名金鹽。地榆一名玉豉。唯此二物。可以煮石。

寧得一把五加。不用金玉滿車。寧得一斤地榆。不用明月寶珠。潛確類書卷九十八引東華眞人煮石經。不用作安用。

京師爲湘東王王克語

金樓子。雜記篇上。余以九日從上幸樂游苑。上謂人曰。余義如荀粲。武如孫策。余經侍副君講。余後爲江州刺史。副君賜報曰。京師有語曰云云。時始爲僕射領選也。

議論當如湘東王。仕宦當如王克。御覽卷五百九十。議論作論議。仕宦作士宦。按湘東王下疑有繹字。繹與克爲韻。簡文書報元帝時删去之耳。

梁元帝引諺論占雨

金樓子。雜記篇下。余初至荆州。卜雨。時孟秋之月。陽亢日久。月旦雖雨。俄而便晴。有人云。諺曰云云。蓋旱之徵也。

雨月額。千里赤。鮑氏任博云。案曾慥類說。月額下有月內多雨。雨之細者如織懸絲十一字。案此十一字於諺爲不類。疑原注羼入。

劉晝引喭

劉子新論。（貴速論。）智能決謀。以疾爲奇也。智所以爲妙者。以其應時而知也。若事過而後知。則與無智者齊矣。故有智而不能施。非智也。能施而不能應速者。亦非智也。諺曰云云。此之謂也。

力貴突。智貴卒。

劉晝引古諺

劉子新論逸文。（據風雅逸篇卷八。）古諺云。

深不絕涓泉。稚子浴其淵。高不絕丘陵。跛羊游其巔。

顏之推引俗諺論教子

顏氏家訓（教子篇。）及撫嬰稚。識人顏色。知人喜怒。便加教誨。使爲則爲。使止則止。及數歲。可省笞罰。父母威嚴而有慈。則子女畏愼而生孝矣。吾見世間無教而有愛。每不能然。飲食運爲。（盧氏文弨云。運爲卽云爲。管子戒篇注。云、運也。）恣其所慾。宜誡（趙氏曦明云。一本作訓。）翻獎。應訶反笑。（趙氏云。一本作嗤。）至有識知。謂法當耳。驕（趙氏云。一本作憍。）慢已習。方復（趙氏云。一本作乃。）制之。捶撻至死而無威。（趙氏云。一本云而無改悔。）忿怒日隆而增怨。（趙氏云。一本云增怨懟。）逮於成長。終爲敗德。孔子云。少成若天性。習慣成自然。是也。俗諺曰云云。誠哉斯語。

教婦初來。教兒嬰孩。（人譜補圖。兒作子。）

又引諺論治家

顏氏家訓。（治家篇。）婦人之性。率寵子壻而虐兒婦。寵壻則兄弟之怨生焉。虐婦則姊妹之讒行焉。然則女之行留。皆得罪於其家者。母實爲之。至有諺云云云。此其相報也。家之常弊。可不戒哉。

落索阿姑餐。王氏謨本。餐作飡。　盧氏云。落索。當時語。大約冷落蕭索之意。

時人爲丁覘語

顏氏家訓。慕賢篇。梁孝元前在荆州。有丁覘者。洪亭民耳。頗善屬文。殊工草隸。孝元書記。一皆使典之。軍府輕賤。多未之重。恥令子弟。以爲楷法。時云云云。吾雅愛其手迹。常所寶持。

丁君十紙。不敵王褒數字。鮑本。褒作君。數作一。　趙氏云。宋本、作王君一字。注。一本云王褒數字。　周書王褒傳。褒字子淵。琅琊臨沂人。梁國子祭酒蕭子雲。褒之姑夫也。特善草隸。褒以姻戚去來其家。遂相模範。俄而名亞子雲。並見重於世。

顏之推引諺論讀書

顏氏家訓。勉學篇。夫明六經之旨。涉百家之書。縱不能增益德行。敦厲風俗。猶爲一藝。得以自資。父兄不可常依。鄉國不可常保。一旦流離。無人庇廕。當自求諸身耳。諺曰云云。伎之易習而可貴者。無過讀書也。

積財千萬。不如薄伎在身。王本。伎作技。　野客叢書卷二十九。伎作藝。

又引鄴下諺論文字

顏氏家訓。勉學篇。學之興廢。隨時輕重。漢時賢俊皆以一經弘聖人之道。上明天時。下該人事。用此致卿相者多矣。末俗以來不復爾。空守章句。但誦師言。施之世務。殆無一可。率多田里間人。音辭鄙陋。風操蚩拙。相與專固。無所堪能。問一言輒酬數百。責其指歸。或無要會。鄴下諺云。

博士買驢。書劵三紙。未有驢字。

又引江南諺論書法

顏氏家訓。雜藝篇。眞草書迹。微須留意。江南諺云云云。承晉宋餘俗。相與事之。故無頓狼狽者。盧氏云。

狼狽獸名。皆不善於行者。故以喻人造次之中。書跡不能善也。

尺牘書疏。千里面目也。廣博物志卷三十。無也字。

古謠諺卷四十四

秀水杜文瀾輯

李昌齡引楚諺

樂善錄。僧道不可入宅院。猶鼠雀之不可入倉廩也。鼠雀入倉廩。未有不食穀粟者。僧道入宅院。未有不爲亂行者。此事之必然不可隱者也。故楚諺亦云。

此輩只堪林下見。不宜引入畫堂前。

倪思引諺二則論儉

經鉏堂雜誌。士大夫家子弟若無家業。經營衣食。不過三端。上焉者仕而仰祿。中焉者就館聚徒。下焉者干求假貸。至於干謁假貸。滋味尤惡。諺曰云云。此言有理。若自有薄產。無此惡況矣。諺曰云云。此之謂也。

做個求人面不成。

求人不如求己。

又引諺論筵宴

經鉏堂雜誌。筵宴三盃亦散。五盃亦散。十盃亦散。至於百盃亦散。諺曰云云。余於是乎有感。

未有不散之筵。

李之彥引諺

東谷所見。諺有之云云。理也。近世豪家巨室。威力使令。逼人致死。但捐財賄餌血屬。坦然無事。至如人或逋負。督促取償。必使投溺自經然後已。由此觀之。乃是殺人還錢。欠債償命。

殺人償命。欠債還錢。

郁離子從者歌

郁離子。卷上。郁離子見披荷而履雪者。惻然而悲。涓然而泣之。沾其袖。從者曰。夫子奚悲也。郁離子曰。吾悲若人之阽死而莫能恤也。從者曰。夫子之志則大矣。然非夫子之任也。且吾聞之。民、天之赤子也。死生休戚。天實司之。譬人之有牛羊。心誠愛之。則必爲之求善牧矣。今天下之牧無能善者。夫子雖知牧。天弗使牧也。夫子雖悲之。若之何哉。退而歌曰云云。郁離子歸。絕口不談世事。

彼岡有桐兮。此澤有荷。葉不庇其根兮。嗟嗟奈何。

徐禎稷引諺論患難

恥言。卷一。餘齋曰。按餘齋卽著恥言徐禎稷之字。患芽而莫之省也。乘於所快乎。難發而莫之收也。中於所狃乎。諺曰。

安臥揚帆。不見石灘。靠天多倖。白日入阱。

又引諺二則論幾事

恥言。卷一。餘齋曰。諺云云云。故當幾者勿露。又云云云。故成事者後言。

夜不號。捕鼠貓。

未雨轟轟。厗車莫停。

又引諺論敬事

恥言。卷一。或問敬事。餘齋曰。毋忽而已矣。事無小而可易也。幾無微而可玩也。故愼以慮始。毅以圖終。豫以備卒。簡以寡累。密以杜釁。諺曰云云。毋忽之謂也。

若欲不忙。淺水深防。若欲無傷。小怪大禳。

又引里語論貧富

恥言。卷二。餘齋曰。里語云云云。小人之情與君子反是。或問曰。然則君子畏己富乎。夫富奚畏。曰。畏其易淫而善累也。果何如。曰多營累心。殖穢累名。慢藏累身。作法奢累子孫。

畏己貧。憂人富。

陳藎引諺論言語

修慝餘編。凡人語言有三者當戒。好言鬼神者。其人事多暗昧。遭遇輒阻。好言夢幻者。其人作事偃蹇。一生空虛。好發一切惡言者。其人必不仁。自然一生不善。事事坎坷。故人若說鬼、說夢、說怪異不置者。此必無狀之小人也。諺曰云云。戒之哉。

其人無一善言。終非良士。

韓雍夏塤引諺語

畜德錄。都御史韓公雍與夏公塤飲。各出酒令。公欲一字內有大人小人。復以諺語二句證之。曰。傘字有五人。下列衆小人。上侍一大人。所謂云云。夏云。爽字有五人。旁列衆小人。中藏一大人。所謂云云。

有福之人人服事。無福之人服事人。

人前莫說人長短。始信人中更有人。

淮揚間爲王竑語

先進遺風。王莊毅公竑爲督漕開府淮揚時。清河衞指揮單姓者。行不檢。公嘗折抑之。公免官歸。過清河。揮使具饘數缶。則皆糞穢也。蓋藉以紓夙恨云。乃公舟抵徐。旨下命公還官。指揮乃逃遁遐方。詐爲死。家人發喪。里人有仇指揮者。踪跡其所在。執而訟之於公。公竟不較前侮。平其訟而遣之。淮揚間至今語曰云云。愚按。王莊毅手捶死馬順於殿陛間。蓋矯矯剛方人也。乃容忍又若此。

王都堂不較單指揮。不念舊惡。

陳龍正引鄉諺

學言詳記。鄉諺。

若要長。觀後養。

古謠諺卷四十五

秀水杜文瀾輯

蔡邕引里語

獨斷。幘者、古之卑賤執事不冠者之所服也。元帝額有壯髮。不欲使人見。始進幘服之。羣臣皆隨焉。然尚無巾。如今半幘而已。王莽無髮。乃施巾。故里語曰。（按里字原本無。據御覽卷六百八十七補。）

王莽禿。幘施屋。（御覽卷七百四十。莽作頭。孫氏星衍所輯漢官儀作王莽頭禿、施幘屋。）

別鶴操

古今注。（音樂篇。）別鶴操。（全唐詩四函十韓愈詩注。鶴作鵠。）商陵牧子所作也。娶妻五年而無子。父兄將爲之改娶。妻聞之。中夜起。倚戶而悲嘯。牧子聞之。愴然而悲。乃歌曰云云。後人因爲樂章焉。

將乖比翼隔天端。山川悠遠路漫漫。攬衣不寢食忘餐。（樂府詩集、全唐詩注。衣作袌。寢作寐。全唐詩注、馬縞中華古今注。餐作飡。樂府詩集。翼下、遠下、寐下並有兮字。）

按琴操亦載別鶴操。與此全異。今並錄之。

武溪深曲

古今注。（音樂篇。）武溪深。乃馬援南征之所作也。援門生爰寄生善吹笛。援作歌以和之。名曰武溪深。其曲曰。（集古錄引韶州圖經。武溪驚湍激石。流數百里。馬援南征。其門人轅寄生善吹笛。援爲歌和之。名曰武溪深。）

滔滔武溪一何深。鳥飛不度（韶州圖經及中華古今注。度作渡。）獸不能臨。嗟哉武溪多毒淫。（韶州圖經、盧沛筆記。多作何。御覽卷六十七引善歌錄曰。武溪深復深。飛鳥不能渡。游獸不能臨。）

薤露蒿里歌

古今注。（音樂篇。）薤露、蒿里。並喪歌也。出田橫門人。橫自殺。門人傷之。爲之悲歌。言人命如薤上之露。易晞滅也。亦謂人死魂魄歸於蒿里。故有二章。一章曰云云。其二曰云云。至孝武時。李延年乃分爲二曲。薤露送王公貴人。蒿里送士大夫庶人。使挽柩者歌之。世呼爲挽歌。

薤上朝露、何易晞。（白帖卷二作薤上露。朝日晞。樂府古題卷上。無朝字。）露晞明朝還復滋。（樂府詩集、御覽卷五百五十二及中華古今注。還作更。滋作落。樂府古題。還作已。滋作落。）

人死一去何時歸。（御覽卷九十二引古今注作薤上露。何易晞。明朝更復落。人死何時歸。）

蒿里誰家地。聚斂魂魄無賢愚。（御覽卷五百五十二引干寶搜神記。魂魄作精魂。中華古今注。魂作精。）鬼伯一何相催促。人命不得少踟躕（樂府古題。人命作今乃。）

李濟翁引稷下諺論讀書

資暇集。（卷上。）稷下有諺曰云云。書之難不唯句讀義理。兼在知字之正音借音。若某字以某發平聲。即爲某字。發上聲。變爲某字。去入又改爲某字。轉平上去入易耳。知合發不發爲難。

學識何如觀點書。

蘇鶚引諺

蘇氏演義。（卷下。）金陵記。江南計吏止於傳舍間。及時就路。以馬殘草瀉於井中。而謂已無再過之期。不久復由此飲。遂爲昔時莝刺喉死。後人戒之曰。千里井。不瀉莝。杜詩。畏人千里井。注諺潛確類書卷三十三作語。云云。疑唾字無義。當爲莝。謂爲莝所哽也。案玉臺新詠載曹植代劉勳妻王氏見出而爲之詩曰。人言去婦薄。去婦情更重。千里不瀉井。況乃昔所奉。遠望未爲遲。踟躕不得共。觀此意乃是嘗飲此井。雖舍而去之。亦不忍唾也。此足見古人忠厚。其理甚明。資暇集卷下引此諺。幷南朝計吏事釋云。俗因相戒曰千里井。不反㪷。復訛爲唾耳。戲瑕卷一引此諺。釋云。以嘗飲乎此。雖去之千里。而弗忍唾也。此卽食不毁器。蔭不折枝意耳。亡他深義。乃宋人附會莝草之說。何其穿鑿甚耶。

千里井。不反唾。潛確類書卷二十三作千里不唾井。

吳曾引諺

能改齋漫錄。諺有云云。非也。亦有所本。呂氏春秋。范氏亡。有得其鐘者。欲負而走。則大鐘不可負。以椎毁之。鐘怳然有音。恐人聞之而奪。急掩其耳。然世之恐聞其過者。亦猶此也。任昉勸進表云。惑甚盜鐘。功疑不賞。通鑑卷一百八十四載唐高祖語云。此所謂掩耳盜鐘。胡注云。此鄙語也。言盜鐘者惡鐘聲之聞。而掩耳盜之。此可以自欺而不可以欺人也。

掩耳偸鈴。

又引俗語

能改齋漫錄。云云。俗語也。韓偓詩用之云。須信閑人有忙事。且來衝雨覓漁師。

閑人有忙事。

廬山中人爲物產語

能改齋漫錄。廬山簡寂觀、乃陸修靜之居也。出苦筍。而味反甜。歸宗寺造鹽齏。而味反淡。山中佳物也。山中人語云。

簡寂觀前甜苦筍。歸宗寺裏淡鹽齏。

洪邁引俚語論蕭何

容齋續筆。卷八。黥布爲其臣賁赫告反。高祖以語蕭相國。相國曰。布不宜有此。恐仇怨妄誣之。請繫赫。使人微驗淮南。布遂反。韓信爲人告反。呂后欲召。恐其不就。乃與蕭相國謀。詐令人稱陳豨已破。紿信曰。雖病强入賀。信入。即被誅。信之爲大將軍。實蕭何所薦。今其死也。又出其謀。故俚語有云云之語。何尚能救黥布。而翻忍於信如此。豈非以高祖出征。呂后居內。而急變從中起。已爲留守。故不得不亟誅之。非如布之事。尚在疑似之域也。

成也蕭何。敗也蕭何。

又引俗諺論對偶

容齋續筆。卷十二。舊說又有用書語兩句而證以俗諺者。如堯之子不肖。舜之子亦不肖。諺曰云云。吾力足以舉百鈞。而不足以舉一羽。諺曰云云之類是也。

外甥多似舅。

便重不便輕。

時人爲韓維王珪王安石語

容齋續筆。卷十三。唐德宗貞元十年。賢良方正科十六人。裴垍爲舉首。王播次之。隔一名而裴度。崔羣、皇甫鑄繼之。六名之中連得五相。可謂盛矣。本朝韓康公、王岐公、王荆公。亦同年聯名。熙寧間。康公、荆公爲相。岐公參政。故有云云之語。頗類此云。

一時同榜用三人。

文官武官諺

容齋三筆。卷五。士大夫僭妄相尊。日以益甚。予向昔所記云云之諺。按遍檢三筆以前。均未載此諺。惟續筆卷十一云。文官、郎、大夫。武官、將軍、校尉。自秦漢以來有之。本朝因之。政和中。改選人七階亦爲郎。而西班用事者。嫌其塗轍太殊。亦請改爲郎、大夫。於是以卒伍厮圉玷汙此名。是諺中武官大夫之證。然無文官學士之證。又不明述諺詞。疑載於野處類稿或夷堅志。而兩書均無足本。恐在逸文之中。今又不然。天聖職判内外。文武官不容人過稱官品。自後法令不復有此一項。以是其風愈熾。不容整革矣。

文官學士。武官大夫。

洪邁引諺

容齋五筆。卷一。諺有云云之語。稚子來扣其義。因示以戰國策新序所載。戰國策云。楚宣王問羣臣曰。吾聞北方之畏昭奚恤也。果誠何如。羣臣莫對。江乙對曰。虎求百獸而食之。得狐。狐曰。子無敢食我矣。天帝使我長百獸。今子食我。是逆天帝命也。子以我爲不信。吾爲子先行。子隨我後。觀百獸之見我而敢不走乎。虎以爲然。故遂與之行。獸見之皆走。虎不知獸畏己而走也。以爲畏狐也。今王之地。方五千里。帶甲百萬。而專屬之昭奚恤。故北方之畏奚恤也。其實畏王之甲兵也。猶百獸之畏虎也。新序幷同。而其後云。故人臣而見畏者。是畏君之威也。君不用則威止矣。

俗諺蓋本諸此。

狐假虎威。

嘉祐中士大夫語

容齋五筆。卷三。嘉祐中。富韓公爲宰相。歐陽公在翰林。包孝肅公爲御史中丞。胡翼之侍講在太學。皆極天下之望。一時士大夫相語曰云云。遂有四眞之目。歐陽公之子發棐等敍公事迹載此語。可謂公言。

富公眞宰相。歐陽永叔眞翰林學士。包老眞中丞。胡公眞先生。

宋太祖聞道士醉歌

雲谷雜記。太祖潛耀日。嘗與一道士游於關河。無定姓名。自曰混沌。或又曰眞無。每劇飲爛醉。生善歌。能引其喉於杳冥之間作淸徵之聲。時或一二句。隨天風飄下。惟祖宗聞之。曰云云。至醒詰之。則曰醉夢豈足憑耶。至膺圖受禪之日。乃庚申正月初四日也。

金猴虎頭四。眞龍得其位。續湘山野錄及行營雜錄。其作眞。

時人爲桓氏女語

西溪叢話。卷上。杜甫詩云。門闌多喜色。女壻近乘龍。楚國先賢傳謂壻如龍也。女得賢壻。謂之乘龍。黃憲爲司徒。與李元禮俱娶太尉桓焉女。時人謂之

桓叔元女俱乘龍。

姚寬引諺釋王建詩

西溪叢話。卷下。諺云云云。王建聽雨詩云。半夜思家睡裏愁。雨聲落落屋簷頭。照泥星出依然黑。淹爛庭花不肯休。田家五行志。諺云云云、言久雨正當黃昏。卒然雨住雲開。便見滿天星斗。則豈但明日有雨。當夜亦未必晴。

乾星照濕土。來日依舊雨。田家五行志作明星照爛地。來朝依舊雨。

又引俗諺釋戎鹽

西溪叢話。卷下。今俗諺云云云。言其少而難得。本草戎鹽部中陳藏器云。鹽藥味鹹無毒。療赤眼、明目。生海西南雷諸州。山石似芒消。入口極冷。可傳瘡腫。又本草。獨自草作毒箭。唯鹽藥可解。戎鹽條中不言。恐有脫誤。

如鹽藥。

晉楚爲夏姬諺

西溪叢話。卷下。春秋夏姬。乃鄭穆公之女。陳大夫御叔之妻。其子徵舒弑君。徵舒行惡逆。姬當四十餘歲。乃魯宣公十一年。歷宣公成公申公巫臣竊以逃晉。又相去十餘年矣。後又生女。嫁叔向。計其年六十餘矣。而能有孕。列女傳。夏姬內挾技術。蓋老而復壯者。三爲王后。七爲夫人。鍾山札記卷四。今考列女傳云。蓋老而復壯者三當句絕。其下云。爲王后。七爲夫人。余謂爲王后上當有一字。左氏雖未言曾入楚宮。而列女傳則言莊王納巫臣之諫。使壞後垣而出之。則固曾入楚宮矣。是非一爲王后乎。至言七爲夫人。若以國君言。誠無可考。或劉向因後世卿大夫妻通稱夫人而以之例。前代幷淫亂者數之。固有七矣。或云。凡九爲寡婦。當之者輒死。左氏所載。已八人矣。宇文士及妝臺記云。春秋之時。有晉楚之諺曰。

夏姬得道。雞皮三少。鍾山札記。郭璞山海經圖贊云。夏姬是豔。厥媚三還。

袁文引世語釋陟屺

甕牖閒評。卷一。世有云云之語。陟岵之詩云。陟彼屺兮。瞻望母兮。母曰。嗟予季行役。季、少子也。母以少子行役。其心眷眷然而形之語言如此。此正所謂云云也。不獨今人爲然。古亦有之。

孃惜細兒。

袁文引諺論壽

甕牖閒評。卷一。諺云云云。故東坡作老饕賦。然杜預注左氏傳云。貪財爲饕。貪食爲餮。按饕餮一獸耳。其爲物食人未盡。還自齧其軀。山海經所謂狍鴞者。貪食則固然矣。恐未必貪財。杜預乃分貪財貪食爲二事。未知所據。

眉毫不如耳毫。耳毫不如老饕。

按續明道雜識。亦有此二語。但標世言而不言諺。故置彼錄此。

時人爲蔡京三子語

甕牖閒評。卷八。蔡京三子。長曰攸。次曰脩。次曰絛。當時語云云云。不爲無讖兆也。

蔡京之後尤蕭條。

龔頤正引俚語

續釋常談。釋仲殊花品序。每歲禁烟前後。置酒饌以待來賓。賞花者不問親疎。謂之看花局。故俚語云。

彈琴種花。陪酒陪歌。

蘇州長老言

野客叢書。卷十三。僕自幼嘗聞鄉中長老西墅雜記作諺。言云云。不曉所謂。己亥庚子。連歲大旱。鹺鹵之水。果至崑山境上。所謂夷亭末地。是時黃由魁天下。次舉。鄉中又藉藉言潮水至夷亭。未以爲信也。甲辰歲。衛涇又魁天下。蘇之爲州。自本朝開國以來。未有占大魁者。而連舉預焉。甚爲鄉中偉觀。演繁露續集卷五云。平江嘗有讖語曰。水到夷亭出狀元。傳聞日久。莫知所起。而夷亭本是港浦。水到之說。亦不可曉。淳熙庚子。浙西大旱。河港皆涸。海潮因得專派捷上。直過夷亭。來年辛丑。黃由果魁多士。由、平江人也。人謂此讖已應矣。至甲午年。衛涇薦魁焉。人大異之。

潮至夷亭出狀元。演繁露續集。潮至作水到。西墅雜記。至作過。

王楙引諺釋犬

野客叢書。卷二十四。今諺稿簡贅筆作俚語。有云云語。案搜神記、張然續仙傳。韋善復家有犬名烏龍。呼犬有自也。

喚狗作烏龍。稿簡贅筆。喚作拜。

又引世言二則

野客叢書。卷二十八。世言云云。案眞誥。昔有傅先生少好道。入焦山石室中。積七年。而太極老君詒之與之木鑽。使穿一石盤。厚五尺許。云。穿此盤當得道。其人乃晝夜穿之。積四十七年。鑽石穿。遂得神丹。乃升太淸。又言云云。案姜太公妻馬氏不堪其貧而去。及太公旣貴再來。太公取一壺水傾於地。令妻收之。乃語之曰。若言離更合。覆水定難收。光武詔亦嘗引此。

心堅石也穿。

覆水難收。

又引鄙俗語

野客叢書。卷二十九。今鄙俗語云云。而盧仝詩曰。不予衾之眠。信予衾之穿。謂云云。而趙世家已曰。一日不作。一日不食。

不在被中眠。安知被無邊。

一日不作。一日不食。

趙升引俗諺論中書

朝野類要。卷四。凡事合經給事中書讀。幷中書舍人書行者。書畢卽備錄。錄黃過。尙書省給箚施行。如不可行。卽不書而執奏。謂之繳駁。故俗諺曰。

不到中書不是官。

楊伯嵒引俗語

臆乘。今俗語云云之類。亦有所本。前漢匈奴傳。尺一牘。尺二寸牘。嚴助傳。丈二之組。後漢陳蕃傳。尺一選舉。李雲傳。一尺一幷用。考工記。殳長丈二。杜少陵詩。同歸尺五天。容齋隨筆略載。今詳書之。

丈二。尺一。

古謠諺卷四十六

秀水杜文瀾輯

楊愼引諺論虹霓

丹鉛總錄。卷一天文類。諺云云云。謂陰陽不和也。蔡邕曰。陰陽不和。則見爲虹。虹見有青赤之色。常依陰雲而晝見於日衝。無雲不見。太陰亦不見。輒與日相互。朝陽射之則在西。夕陽射之則在東。諺云云云。信然。大率與霞相映。朝霞不出門。暮霞走千里是也。莊子曰。陽炙陰成虹。禮疏云。日照雨滴則虹生。蓋雲心漏日。日脚射雲。則虹特明耀異常。詩謂之蝃蝀。其字從虫。俗謂之鱟。其字從魚。俗又謂之旱龍。依其形質而名之也。

日出雨落。公姥相撲。道山清話作公婆相角。

東鱟日頭西鱟雨。卷十九詩話類。日頭作晴。

按此條前一則。道山清話不引作諺。故置彼錄此。

又引諺論雪

丹鉛總錄。卷一天文類。霄雪兩字。音義皆異。霄字從肖。音屑。說文。雨霓爲霄。爾雅。雨霓爲霄雪。注。冰雪雜下謂之霄雪。說文。霰、稷雪也。詩補傳曰粒雪。郭璞爾雅注。謂雨雜下也。雪初作未成花。圓如稷粒撒而下。杜子美詩所云。帶雨不成花。俗諺云云云也。

夾雨夾雪。無休無歇。下四字原本無。今據田家五行志補。

又引諺論負苞

丹鉛總錄。卷四花木類。潛夫論曰。中堂生負苞。山野生蘭芷。負苞、朽木菌也。此言譬人材在朝市山林。諺云云云。亦此意。

深山出俊鶴。十字街頭出餓莩。

又引俗諺論奏刀

丹鉛總錄。卷八物用類。莊子說庖丁解牛處云。奏刀騞然。莫不中音。中音者、鼓刀之音節合拍也。刀聲亦合樂府之板眼。俗諺所謂云云也。乃知天地間物。無非樂也。賈人之鐸。諧黃鐘之律。庖丁之刀。中桑林之舞。至於牧童之吹葉。閨婦之鳴砧。無不比於音者。樂何曾亡也哉。

打出個令兒來。

又引俗諺論改元

丹鉛總錄。卷九人事類。古者天子諸侯繼立。踰年而始稱元年。終一主爲一元。未有一主而再稱元者也。漢文帝信新垣平之言。再稱後元。自後武帝更十數紀元。歷代皆然。俗諺有云云之譏。然予觀長曆云。秦惠文十四年更爲元年。則其謬不始於漢文矣。又晉惠太安二年。長沙王乂事敗。成都王穎改年爲永興。是一歲而二號。齊鬱林王改元隆昌。海陵王改元延興。明帝改元建武。是一歲而三號。史冊書法混淆。俗諺云亂。誠是也。然則本朝之制。豈不度越漢唐哉。

亂王年年改號。窮士日日更名。

又引諺論慈義

丹鉛總錄。卷九人事類。諺曰云云。君子曰。惟慈掌兵。惟義主財。論語曰。仁者必有勇。非慈何以掌兵。易曰。理財正辭。禁民爲非曰義。非義何以主財。不慈掌兵。賊也。不義主財。盜也。

慈不掌兵。義不掌財。陳龍川集。二掌字皆作主。

又引俗語論五代史

丹鉛總錄。卷十一史籍類。六一公五代十國世家序。其文豐約中程。精彩溢目。歐文第一篇也。李耆卿謂公之五代史比順宗實錄有出藍之色。似矣。然不知五代史本學史記。非學韓也。古云學乎其上。僅得其中。俗云云云。信其然乎。

搆高一丈。牆打八尺。說郛本。打作高。函海本。高作打。

又引諺論兵

丹鉛總錄。卷十二史籍類。或問數勝者亡。何也。曰。荀卿李克之論備矣。荀卿之言曰。傷人之民甚。則人之民惡我必甚矣。傷吾民甚。則吾民之惡我必甚矣。李克之言曰。數戰則民疲。數勝則主驕。以驕主御疲民。未有不亡者也。二子之言旨哉。諺云云云。此言雖小。可以喻大。故孟子曰。不嗜殺人者能一之。

殺人一千。自損八百。

按元史洪君祥傳所引。與此條意同而文異。今並存之。

又引諺論輕

丹鉛總錄。（卷十四訂訛類。）左傳輕字多作去聲讀。試略舉之。曰。國君不可以輕。輕則失親。又曰。社稷之主不可以輕。輕則失衆。又曰。吳王勇而輕。又云。左師展將以昭公乘馬而歸。注。乘馬輕歸。輕。去聲。卽今諺所謂云云也。又曰。吳輕而遠。不久歸矣。又曰。夷德輕不忍久也。又曰。將爲輕車千乘。注皆音罄。孟子曰。輕身以先於匹夫者。此尤明白可證之文也。

輕身單馬。（卷十五。字學類。俗語謂單身曰輕身。）

又引諺論彍騎

丹鉛總錄。（卷十四訂訛類。）番調有時。數閱有法。說御有律。團伍有籍。兵雖有籍而府實空。將雖有名而權實去。此府兵之善也。諺曰云云。此彍騎之弊也。

將軍大彍騎。衞佐小郎官。

又引諺論作僞

丹鉛總錄。（卷十五字學類。）草書百韻歌。乃宋人編成以示初學者。託名於羲之。近有一庸中書取以刻石。而一鉅公序之。信以爲然。有自京師來滇。持以問余。曰。此羲之草韻也。余戲之曰。字莫高於羲之。自作草書百韻歌奇矣。又如詩莫高於杜子美。子美有詩學大成。經書出於孔子。孔子有四書活套。若求得二書。與此爲三絕矣。其人愕然曰。孔子豈有四書活套乎。余曰。孔子旣無四書活套。

羲之豈有草書百韻乎。其人始悟。信乎僞物易售。信貨難市也。諺云。

若無此輩。餓殺此輩。

又引諺論封建

丹鉛總錄。卷十六官爵類。唐太宗議封建。李百藥以爲不可。魏徵以爲事雖至善。時卽未遑。而有五不可之說。其度之審矣。顏師古則欲封建與郡縣並行。王侯與守令偕處。不近於古之中立兩可。今之阿意二說乎。諺云云云。其師古之類乎。

房上好走馬。只怕躧破瓦。東瓜做碓嘴。只怕搗出水。

又引俗語論音

丹鉛總錄。卷十七數目類。五聲以君臣淸濁言。則曰宮商角徵羽。以律呂相生言。則曰宮徵商羽角。二者皆通。惟八音無定序。俗云云云。旣無意。周禮春官。金石土革。絲木匏竹。亦不得其說。

金石絲竹。匏土革木。

又引俗諺論比興

丹鉛總錄。卷十八詩話類。王雪山云。詩人偶見鵲有空巢而鳩來居。談詩者便謂鳩性拙。不能爲巢。而恆居鵲之巢。此談詩之病也。今按詩人興況之言。鳩居鵲巢。猶時曲云。烏鴉奪鳳巢耳。非實事也。今便謂烏性惡。能奪鳳巢。可乎。今俗諺云云云。例此言亦可言蟻著轡。可覩乎。宋人不知比興。遂誤解若此。儒生白首誦之。而不敢非。可怪也。原注云。王雪山、南宋人。

馬蟻戴籠頭。

又引俗諺論小序

丹鉛總錄。卷十八詩話類。朱子作詩傳。盡去小序。蓋矯呂東萊之弊。一時氣性之偏。非公心也。馬端臨及姚牧菴諸家辯之悉矣。有一條並記於此。小序云。菁莪。樂育人才也。子衿。學校廢也。傳皆以爲非。及作白鹿洞賦有曰。廣青衿之疑問。又曰。樂菁莪之長育。或舉以爲問。先生曰。舊說亦不可廢。此何異俗諺所謂云云乎。

玉波去四點。依舊是王皮。

又引今語論周諺

丹鉛總錄。卷十九詩話類。鄒穆公引周諺云。囊漏貯中。按此條已見新書。今語則云云也。

船裏不漏針。

又引諺語論秋成詩

丹鉛總錄。卷二十一詩話類。予舊日秋成詩云。草頭占月暈。米價問天河。亦用諺語云云。又七月七夕覘天河顯晦。卜價豐歉。蓋老農有驗之占云。

日暈長江水。月暈草頭空。

又引兒童謠論杜詩

丹鉛總錄。卷二十一詩話類。杜子美送人迎養詩。青青竹筍迎船出。白白江魚入饌來。用孟宗姜詩事。韋蘇州送人省覲亦云。沃野收紅稻。長江釣白魚。又云。洞庭摘朱果。松江獻白鱗。然杜不如韋多矣。

青青字自好。白白近俗。有似兒童云云之謠也。

白白一羣鷺。被人趕下河。

又引諺論雨

丹鉛總錄。卷二十一詩話類。汃音讀爲怕。平聲。東方傳諧語。令壺齟老柏塗。塗與汃同。注云。丈加切。其下解云。塗者、漸洳徑也。亦雨濕泥濘之義。爾雅十二月爲塗。云云之諺雖俗。其音義字形亦遐而尙矣。

塗月汃月。

又引俗語論纏

丹鉛總錄。卷二十一詩話類。集韻。縫衣曰纏。今俗云云是也。杜詩。褥纏繡芙蓉。而字借隱。

穿針纏線。

又引諺論醫

丹鉛總錄。卷二十六瑣語類。古諺云云云。言夏多疾。冬自平也。按古諺云三字原本在末。今移上。

枇杷黃。醫者忙。橘子黃。醫者藏。蘿蔔上場。醫者還鄉。

楊愼引諺釋澤農

譚苑醍醐。卷五。周禮三農有兩訓。先鄭云。山農、澤農。平地農也。後鄭云。原與隰及平地。余謂先鄭之說爲是。山農、南方之刀耕火種。巴蜀之雷鳴田也。澤農、廣東之葑田。雲南之海簰。諺所謂云云者也。若原隰平地。只可言中原。不可該邊甸也。

犀水插秧。乘船割稻。

楊愼引俗諺釋夜氣日晝

俗言。卷一。俗諺云云云。此孟子夜氣清明。平旦晝牿亡之說也。

惺惺枕頭。鶻突面盆。

錢希言引諺二則釋唐謠

戲瑕。卷三。唐武后時有張公喫酒李公醉之謠。按此條已見朝野僉載。張公謂易之昌宗兄弟也。李公謂中宗也。此卽薛王沈醉壽王醒之意。一日士有犯夜而非其罪者。舉此爲辭。官遂命賦其事。士人援筆立搆數言。主者笑而釋之。此語流傳至宋。其時又有云云。至今相傳。又有云云之諺。疑亦是此意耳。後世行市語有張三李四。皆非漫然無本。

張公帽兒李公戴。

張三有錢不會使。李四會使却無錢。

古謠諺卷四十七

秀水杜文瀾輯

楚國百姓爲王貟芻語

風俗通。皇霸篇。成王舉文武勳勞。而封熊繹於楚。食子男之采。其十世稱王。懷王（盧氏文弨云。當有信任字。）佞臣上官子蘭。（蘭字原作簡。盧氏云。蘭與椒明見離騷。不合有異名。今從程本。）斥遠忠臣。屈原作離騷之賦。自投汨羅江。（按盧本江作水。盧氏云。程本作王。屬下句。是蓋江與王形相近。尤易致訛。盧說是也。）因爲張儀所欺。客死於秦。到王負芻。遂爲秦所滅。百姓哀之。爲之語曰。

楚雖三戶。亡秦必楚。（傳瓚曰。楚人怨秦。雖三戶足以亡秦。）

案史記項羽本紀作楚南公言。然不言百姓語。故置彼錄此。

趙王遷時童謠

風俗通。皇霸篇。趙之先與秦同祖。到王遷。信秦反間之言。殺其良將李牧而任趙括。（錢氏大昕云。括與牧不同時。此應氏誤。案以國策史記考之。括當作葱。）遂爲所滅。此童謠曰。

趙爲號。秦爲笑。以爲不信。視地上生毛。（風雅逸篇卷七。地作土。）

案史記趙世家作民譌言。故置彼錄此。

應劭引俚語

風俗通。正失篇。九江多虎。百姓苦之。後太守宋均（盧氏云。宋當作宗。何氏焯云。後漢書黨錮傳引謝承書云。宗資祖父均自有傳。又南蠻傳謂者宗均。可參校定之。）到。虎悉東渡江。不爲民害。謹按江渡七里上下。隨流近有二十餘虎。山栖穴處。毛鬣豈能犯陽侯淩濤瀨而橫厲哉。俚語云云。舟人楫櫂。猶尚畏怖。不敢迎上。與之周旋。云悉東渡。誰指見者。

狐欲渡河。無奈尾何。（水經注河水篇及萬氏斯同崑崙河源考。奈作如。）

應劭又引俚語

風俗通。（愆禮篇。）山陽太守汝南薛恭祖。喪其妻不哭。臨殯於棺上大言。自同恩好。四十餘年。服食祿賜。男女成人。幸不爲夭。夫復何恨哉。今相及也。何有死喪之感。（盧氏云。似當作慼。）終始永絕。而曾無惻容。尙當內崩傷。外自矜飭。此爲矯情。僞之至也。俚語云云。又言云云。此何禮也。豈不悖哉。

婦死腹悲。唯身知之。

妻非禮所與。

南陽爲衞修陳茂語

風俗通。（過譽篇。）汝南陳茂君因爲荊州刺史。時南陽太守灌恂本名淸能。茂不入宛城。引車到城東。爲友人衞修母拜。到州。（盧氏云。此下敘次舛錯。甚不明白。今欲稍加改易。未必盡如元文。但務使情事分明而已。此數句。先敘茂之本意如此。然後到州也。）修（原作恂。據盧本改。然此字疑衍。）先是茂客仕蒼梧還。茂（茂字原脫。據盧本增。）到修家。（盧氏云。此方正敘故知。上是先探茂之本意。不然複矣。）見修母。婦說修坐事。繫獄當死。因詣府門。移辭乞恩。隨輩露首入坊中。容止嚴恪。鬚眉甚偉。太守大驚。不覺自起立。賜巾延請。甚嘉敬之。即屬出修。南陽士大夫謂茂（原作恂。據盧本改。）能解救修。茂彈繩不撓。修竟極罪。恂亦以他事去南陽。疾茂（原作惡。據盧本改。）殺修。爲之語曰。

衞修有事。陳茂活之。活字原作治。盧氏云。治譌活。與殺協。衞修無事。陳茂殺之。

民爲二殺語

風俗通、山澤篇。春秋左氏傳曰。殺有二陵。其南陵。夏后皐之墓也。其北陵。文王之所避風雨也。殺在弘農澠池縣。其語曰。

東殺西殺。澠池所高。

應劭引里語論日蝕

風俗通逸文。據御覽八百四十九。俗說。臨日月薄蝕而飲。令人蝕口。謹案日、太陽之精。君之象也。日有蝕之。天子不擧樂。里語云云。恐有安坐飲食。重慎也。

不救蝕者。出行遇雨。

又引俗語論月忌

風俗通逸文。據意林。俗云云云。今年有茂才。除蕭令。五月到官。破日入舍視事。五月。四府所表。遷武陵令。余爲營陵令。正觸太歲。主簿令余東北上。余不從。在事五月。遷太山守。

五月到官。至免。錢氏大昕云。似死字。或老字。不遷。

又引俗語論蝦蟇夏馬

風俗通逸文。據類聚九十三、御覽九百四十九。肅肅蝦蟇掉尾。按肅肅上疑有脫佚。下文引俗說六句。係用韻之辭。說當作語。俗說云云。謹按蝦蟇既處水中。其尾又短。正使能掉之。豈能肅肅乎。原其所以。當言夏馬。夏馬患蠅蚋。掉尾振擊。錢氏云。一作擊之。

常肅肅也。蝦蟇夏馬音相似。

蝦蟇一跳八尺。再跳丈六。從春至冬。袒裸相逐。無它所作。掉尾肅蕭。

又引里語論赤春

風俗通逸文。據御覽二十。赤春。俗說赤春。從人假貸。皆自乏之時。謹案詩曰。春日載陽。有鳴鶬鶊。月令。衣青衣。服蒼玉。又爾雅。春曰青陽。凡三春時不得服赤也。今里語曰云云。原其所以。言牛不當斥角。春不當從人求索也。斥與赤音相似。

相斥角牛。

又引俗語論飲食

風俗通逸文。據御覽四百八十六。又八百五十。按下文二條。應氏均引作俗說。然後一條有韻。說疑當作語。俗說云云。正謂一車飯。不復活也。或曰。輔車上飯。小小不足濟也。案吳郡名酒杯爲盪。錢氏云。字見方言。廣雅曹憲音。又章反。言大餓人得一盪飯。無所益也。云云。案蒸飯更泥錢氏云。疑當從說文作氣流。謂之餾。音與六六字孫氏志祖補。相似也。

大餓不在錢氏云。有一字。一車飯。

寧相六。不守熟。

又引古諺論馬

風俗通逸文。據類聚九十三、御覽八百九十七。按下文古諺云三字。原本無。今據錢氏希言戲瑕卷一補。蓋俗語以下。皆係詮釋諺語。而殺君馬云云。前無所承。語氣太突。錢氏明人。或曾見完本。今故據補。古諺云云云。俗說長吏食重祿。芻藁豐美。馬肥稀出。路旁小兒觀之。卻驚致死。案長吏馬肥。觀者快之。乘者喜其言。盧氏云。御覽作觀者泆馬之走驟也。騎者云云。今從類聚。馳驅不已。至於瘠死。錢氏希言云。言傍人警馬。乘者盡力馳死也。

殺君馬者。路旁兒也。

又引里語論客主

風俗通逸文。據文選魏武帝短歌行注。此條孫氏補。里語云。

越陌度阡。更爲客主。按錢本前一條。據史記秦本紀索隱引逸文云。南北曰阡。東西曰陌。河南以東西爲阡。南北爲陌。疑係原本詮釋此條之語。惜無明證耳。風雅逸篇卷八作越阡度陌。互爲主客。

王吉射烏辭

風俗通逸文。據初學記三十、御覽七百三十六、又九百二十。案明帝起居注。上東巡泰山。到滎陽。有烏飛鳴乘輿上。虎賁王吉射中之。作辭曰云云。帝賜錢二百萬。令亭壁悉畫爲烏也。

烏烏啞啞。引弓射。洞左腋。陛下壽萬歲。臣爲二千石。

應劭引俗言論除草

風俗通逸文。據御覽八百七十一。俗云云云者。糞除不潔。艸介集众。錢氏云。疑。火就燒之。謂之蘊。言其烟氣緼緼。取其希有淆亂。按希有疑誤。

亂如蘊。

又引里語論友

風俗通逸文。據御覽三百九十五。案里語云云云。何共財而生喜怒也。

厚哉鮑管。探腸案腹。不淸錢氏云。淨同。然尚不盥。錢氏云。言不以不潔爲嫌也。

又引里語論讞獄

風俗通逸文。據御覽二百二十六、又四百九十六、意林。頃者廷尉多牆面而苟充茲位。治書侍御史不復平議。讞當糾紛。豈一事哉。里語曰云云。昔在淸平之世。使明恕君子。哀矜折獄。尚有怨言。況在今時耶。

縣官漫漫。寃錢氏云。意林作怨。按御覽卷九百四十六亦作怨。死者半。

百里奚妻琴歌

風俗通逸文。據樂府解題、書鈔一百二十八、古詩紀。百里奚爲秦相。堂上作樂。所賃澣婦。自言知音。呼之。搏髀援琴撫絃而歌者三。其一曰云云。其二曰云云。其三曰云云。問之。乃其故妻。還爲夫婦也。御覽卷五百七十六引典略曰。百里奚虞大夫。晉君以女爲秦穆夫人。用奚爲媵。奚亡走宛。楚人執之。秦穆公知其賢。欲厚貨以來之。恐楚不與。乃以羖羊皮贖之。號五羖大夫。秦遂以霸。奚相秦。其妻傭浣。入宮見琴者毀之。自言能鼓瑟。歌曰云云。百里奚乃識之。

百里奚。五羊皮。憶別時。烹伏雌。炊扊扅。顏氏家訓書證篇引古樂府。炊作吹。又云。炊當作炊煮之炊。案蔡邕月令章句曰。鍵、關牡也。所以止扉。或謂之剡移。然則當時貧困。并以門牡木作薪炊耳。聲類作扊。又或作扂。郭氏茂倩云。字說曰。門關謂之扊扅。或作剡移。今日富貴忘我爲。

百里奚。初娶我時五羊皮。臨當別時烹乳雞。今適富貴忘我爲。

百里奚。百里奚。母已死。葬南谿。墳以瓦。覆以柴。舂黃藜。風雅逸篇卷八。藜作粱。搤伏雞。西入秦。五羖皮。今日富貴捐我爲。風雅逸篇。捐作擯。

時人爲龐氏語

風俗通逸文。據類聚三十五、御覽百八十九、又四百七十二、又五百。河南平陰錢氏云。一作南陽。無平陰字。龐儉、本魏郡鄴人。遭倉卒之世。失亡其父。時儉三歲。弟纔繈抱耳。流轉客居。廬里中鑿井。得錢千餘萬。遂溫富。儉作府吏。躬親家事。

行求老蒼頭謹信屬任者。年六十餘。直二萬錢。使主牛馬耕種。有賓婚大會。母在堂上。酒酣。陳樂歌笑。奴在竈下助厨。竊言堂上母我婦也。客罷。婢語次。說老奴無狀。爲妄語。所說不可道也。窮詰其由。母謂婢試問其形狀。奴曰。家居酈時。在富樂里宛西。婦艾氏女。字阿橫。案白帖卷十、卷二十。橫作宏。大兒字阿巍。小兒曰越子。時爲縣吏。爲人所略賣。阿橫右足下有黑子。右腋下赤誌如牛櫛。母曰。是汝公也。因下堂相對啼泣。兒婦前爲汝公拜。卽洗浴身見衣被。遂爲夫婦如初。儉及案及字錢本無。據類聚補。子歷二千石刺史七八人。時人爲之語曰云云。子孫羞之。言我先人初居廬里者兄弟二人。家買奴得公爾。按末句疑有脫字。

廬里諸龐。鑿井得銅。買奴得公。案白帖卷十、卷二十、御覽卷一百八十九所引無首句。公作翁。卷五百所引諸龐作龐公。卷八百三十六。諸龐作龐公。公作翁。類聚。公作翁。

漢獻帝時京師謠歌

風俗通逸文。據續漢書五行志注。京師謠歌按五行志注引英雄記京師謠歌。卽繼以風俗通曰云云。則曰字下必有京師謠歌曰五字。注家引證時節去耳。錢氏仍載之是也。曰云云。按逆臣董卓。滔天虐民。窮凶極惡。關東舉兵欲共誅之。轉相顧望。莫肯先進。處處停兵數十萬。若烏臘蟲相隨。橫取之矣。

烏臘烏臘。

案風俗通逸文。據盧氏文弨所刊錢氏大昕輯本采錄。

秦喭

虞喜志林逸文。據文選西京賦李善注。喭風雅逸篇卷八作謠。曰。李善曰。謂秦繆公夢天帝奏鈞天樂。已有此喭。

天帝醉秦暴。金誤隕石墜。

案說郛卷五十九列虞喜志林。未載此條。今據文選注錄之。

唐時人爲進士登科語

封氏聞見記。卷三。當代以進士登科。爲登龍門。解褐、多拜清緊。十數年間。擬迹廟堂。輕薄者語曰云云。又曰云云。

及第進士。俯視中黃郎。落第進士。揖蒲華長馬。

進士初擢第。頭上七尺焰光。

杜牧聞夢中人語

尙書故實。杜紫薇頃於宰執處。求小儀不遂。請小秋又不遂。嘗夢人謂曰云云。後果得比部員外。頃注。杜公自述不曾歷小比。此必傳之誤。

辭春不及秋。昆腳與皆頭。

劉師顏引諺論占候

江鄰幾雜志。劉師顏視月占水旱。問之。云。諺有之。王氏遠蠡海集。諺云云云。蓋月有九行。月行八道。靑白黑赤各二道。皆出入於黃道之中。故曰九行。道不中而過南則爲陽道。道不中而過北則爲陰道。行陽道則旱。行陰道則潦。月借日爲光。月生如仰瓦則行陰道。如張弓則行陽道也明矣。

月如懸弓。少雨多風。月如仰瓦。不求自下。全唐詩十二函八。懸作彎。蠡海集。懸作張。張弓句在仰瓦句上。田家五行志。懸作挂。仰作偃。

關中爲張詩諺

江鄰幾雜志。長安張詩、以能醫稱。孫之翰重之。予至關中。屢見人說醫殺者甚衆。尤好用轉藥。關中諺云。

既服黃龍丹。便乘白虎車。

歐陽修引俗諺釋論語

筆說。駟不及舌說。俗云云云。論語所謂駟不及舌也。若較其理。卽俗諺爲是。然則泥古之士。學者患之也。

一言旣出。駟馬難追。

海州朐山俗言

東原錄。海州朐山俗言云云。蓋謂雲出覆冒其上爲雨候。

朐山戴帽卽雨蓋。

宋御史臺中語

麈史。卷上。御史俸薄。故臺中有云云之語。熙寧初。程顥伯淳入臺爲裏行。則反之。遂聚廳喫食。分廳向火。

聚廳向火。分廳喫食。

安陸老農語

麈史。卷下。大觀戊子五月五日夏至。安陸老農相謂曰云云。秋稼不登。至冬艱食。果賣子以自給。至有委於路隅者。明年大旱。人相食。棄子不可勝數。羣芳譜歲譜二引歲時記。夏至在初二三。主米麥貴。初五米貴。初七米麥平。二十大饑。上旬米賤。中旬大豐。米大賤。末旬大歉。米大貴。

夏至逢端午。家家賣男女。歲時記。逢作連。男作兒。

王得臣引人言

麈史。卷下。人有言曰云云。蓋百穀秀實之時。正需雨也。

良田畏七月。

時人爲柳開張景語

夢溪筆談。卷九人事類。柳開少任氣。大言淩物。應舉時。以文章投主司於簾前。凡千軸。載以獨輪車。引試日。衣襴自擁車以入。欲以此駭衆取名。時張景能文有名。唯袖一書。簾前獻之。主司大稱賞。擢景優等。時人爲之語曰。

柳開千軸。不如張景一書。

時人爲軍中詐謀語

夢溪筆談。卷十三權智類。大都軍中詐謀。未必皆奇策。但當時偶能欺敵而成奇功。時人有語云云云。斯言誠然。

用得著。敵人休。用不得。自家羞。

時人爲中允修撰語

夢溪筆談。卷二十三譏謔類。舊日官爲中允者極少。唯老於幕官者累資方至。故爲之者多潦倒之人。近歲州縣官進用者多除中允。遂有冷中允、熱中允。又集賢殿修撰。舊多以館閣久次者爲之。近歲有自常官超授要任。未至從官者多除修撰。亦有冷撰熱撰。時人謂。

熱中允不博冷修撰。

時人爲士人應敵文章語

夢溪筆談。卷二十三譏謔類。士人應敵文章。多用他人議論。而非心得。時人爲之語曰。

問即不會。用則不錯。事文類聚前集卷二十六引墨客揮犀。會作知。

王告引俗諺判牒

夢溪筆談。卷二十三譏謔類。廬山簡寂觀道士王告。好學有文。與星子令相善。有邑豪修醮。告當爲都工。都工薄有施利。一客道士自言衣紫。當爲都工。訟於星子云。職位顚倒。稱號不便。星子令封牒與告。告乃判牒曰云云。俗諺有云。散衆奪都工。敎門無例。雖紫衣與黃衣稍異。奈本觀與別觀不同。非爲稱呼。蓋利乎其中有物。妄自尊顯。豈所謂大道無名。宜自退藏。無抵刑憲。

客僧做寺主。

沈括引方諺論風土

夢溪筆談。卷二十四雜誌類。汝南多大風。不知緣何如此。或云。自城北風穴山中出。今所謂風穴已夷矣。而汝南自若。了知非有穴也。方諺云云云。其來素矣。

汝州風。許州葱。

蘇軾引俚語論蔽惑

東坡志林。卷三。晉武帝欲爲太子娶婦。曰。賈氏有五不可。青黑短妒而無子。竟爲羣臣所舉。娶之。竟以亡晉。婦人黑白善惡。人人知之。而愛其子。欲爲娶婦。且使多子。人人同也。然至於惑於衆口。則顚倒錯謬如此。俚語曰云云。此未足怪也。以此觀之。當云證龜成蛇。小人之移人也。使龜蛇易位。而況邪正之在其心。利害之在歲月後者耶。

證龜成鼈。

秦人爲韓縝語

東坡志林。卷七。韓縝爲秦州。酷暴少恩。以賊殺不辜去官。秦人語曰云云。玉汝、縝字也。孫臨最喜滑稽。尤善對。或問曰。莫逢韓玉汝。當以何對。臨應聲曰。何怕李金吾。天下以爲口實。案可怕李金吾出杜詩。此何字誤。

寧逢暴虎、不逢韓玉汝。東坡集卷六十九雜記。暴作乳。弘簡錄卷一百五韓縝傳。暴亦作乳。不作莫。無韓字。

蘇軾引俗諺爲何氏子命名

東坡志林。卷二十。羅浮道士何宗一。以其猶子爲童子。狀貌肥黑矮小。予嘗戲之曰。此羅浮茯苓精也。俗諺曰云云。因名之曰苓之。字表孫。且祝老何善待之。壯長非庸物也。

下有茯苓。上生兔絲。

按淮南子。千年之松。上有茯苓。下有兔絲。史記褚先生引傳曰。下有伏靈。上有兔絲。惟彼不言諺。故置彼錄此。

時人爲打碑書生語

冷齋夜話。卷二。范文正公鎮鄱陽。有書生獻詩甚工。文正禮之。書生自言。天下之至寒餓者。無在某右。時盛行歐陽率更書薦福寺碑。陳氏仁錫云。歐陽詢爲率更令。薦福寺碑詢所書也。墨本直千錢。文正爲具紙墨。打千本使售於京師。紙墨已具。一夕雷擊碎其碑。故時人爲之語曰。玉照新志。雷轟薦福碑事。見楚僧惠洪冷齋夜話。去歲婁彥發機自饒州通判歸。詢之云。薦福寺雖號番陽巨刹。元無是碑。乃惠洪僞爲是說。然東坡已有詩曰。有客打碑來薦福之句。考此書距坡下世已逾一紀。洪與坡蓋未嘗先接。恐是已有妄及之者。則非洪之鑿空也。

有客打碑來薦福。無人騎鶴上揚州。商芸小說。有客相從。各言所志。或願爲揚州刺史。或願多得貲財。或願騎鶴上昇。其一人曰。腰纏十萬貫。騎鶴上揚州。欲兼三者。

慳嗇諺

文酒清話。東京周默未嘗作東道。一日請客。時久旱。忽風雨交作。宋溫以詩戲之曰。驕陽爲戾已成災。賴有開筵周秀才。莫道上天無感應。故教風雨一齊來。蓋諺有云云之說也。

慳值風。嗇值雨。

古謠諺卷四十八

秀水杜文瀾輯

蘇軾引俚語

春渚紀聞。卷六。文章至東漢始陵夷。至晉宋間。句爲一段。字作一處。其源出於崔蔡。史載文姬兩詩。特爲俊偉。非獨爲婦人之奇。乃伯喈所不逮也。又俚俗語。有可取者云云。人能安閑散。耐富貴。忍癢。眞有道之士也。二段所書。皆東坡醉墨。蘧家寶之甚久。後入御府。世無傳此語者。故錄於此。

處貧賤易。耐富貴難。安勞苦易。安閑散難。忍痛易。忍癢難。

羅大經引諺論宰相臺諫

鶴林玉露。卷二。國初相權之重。自藝祖始。乃若持盈守成之時。則權不可以自重。亦不可以過重。臺諫侍從之敢言。乃國勢之所恃以重也。蓋已爲侍從臺諫。則能攻宰相之失。已爲宰相。則能受侍從臺諫之攻。此正無意無我。人己一視之道。實賢人君子之盛德。亦國家之美事也。豈有己則能攻人。而人則不欲其攻己哉。諺云云云。此言雖鄙。實爲至論。

喫拳何似打拳時。

太學古諺

鶴林玉露。卷二。太學古諺原本諺作詩。據古諺閒談卷四改。云云云。言其淸苦而鯁亮也。宋嘉定間。余在太學。聞長上同舍言。乾淳間。齋舍質素。飲器止陶瓦。棟宇無設飾。近時諸齋。亭榭簾幙。競爲靡麗。每一會飲。黄白錯落。非頭陀寺比矣。國有大事。讜論間發。言侍從之所不敢言。攻臺諫之所不敢攻。由昔迄今。偉節相望。近世以來。非無直言。或陽爲矯激。或陰有附麗。亦未能純然如古之眞御史矣。余謂必甘淸苦如老頭陀。乃能攄鯁亮如眞御史。

有髮頭陀寺。無官御史臺。

羅大經引諺占晴雨

鶴林玉露。卷三。范石湖詩援引占雨事。甚詳可喜。諺有云云云。又云。月如懸弓。少雨多風。月如仰瓦。不求自下。案此條已見江鄰幾雜志。尙遺何也。

日出早。雨淋腦。日出晏。曬殺鴈。羣芳譜天譜三引范石湖詩注。作曬殺南來雁。

時人爲洪邁語

鶴林玉露。卷三。宋紹興辛巳。亮旣授首。葛王簒位。使來修好。洪景盧往報之。入境、與其接伴約。爲敵國禮。伴許諾。故沿路表章。皆用在京舊式。未幾乃盡却回。使依近例易之。景盧不可。於是扃驛門。絕供饋。使人不得食者一日。又令館伴者來言。頃嘗從忠宣公學。陽吐情實。令勿固執。恐無好事。須通一線路乃佳。景盧等懼留。不得已。易表章授之。供饋乃如禮。景盧素有風疾。頭嘗微掉。時人爲之語曰。

一日之飢忍不得。蘇武當時十九秋。寄語天朝洪奉使。好掉頭時不掉頭。

羅大經引俗語論心

鶴林玉露。卷六。俗語云云云。指心而言也。三字雖不見於經傳。卻亦甚雅。余嘗作方寸地說。

但存方寸地。留與子孫耕。案下文羅氏說內引里諺云。留方寸地。與子孫耕。

朱子引諺訓人

鶴林玉露。卷九。廬陵士友藏朱文公一小簡眞跡云。便中承書。知比日侍奉安吉。吾子讀書。比復如何。只是專一勤苦。無不成就。第一更切檢束操守。不可放逸。親近師友。莫與不勝己者往來。熏染習熟。壞了人也。諺云云云。此言雖淺。然實切至之論。千萬勉之。千萬爲門戶自愛。此簡蓋與其親戚卑行也。大全集所不載。

成人不自在。自在不成人。

時人爲陳脩語

鶴林玉露。卷十二。紹興間。黃公度榜。第三人陳脩。福州人。解試四海想中興之美賦云。葱嶺金堤。不日復廣輪之土。泰山玉牒。何時淸封禪之塵。及唱名。高宗吟誦此聯。淒然出涕。問卿年幾何。對曰。臣年七十三。問卿有幾子。對曰。臣尚未娶。乃詔出內人□氏嫁之。年三十。貲奩甚厚。時人戲爲之語曰。

新人若問郎年幾。五十年前二十三。

唐天寶宋嘉定兩朝謠

貴耳集。卷下。天寶間。楊貴妃寵盛。安祿山、史思明之作亂。遂有 云云 之謠。嘉定間。楊太后、史丞相、安樞密。亦有 云云 之謠。時異事異姓偶同耳。

楊安史。按兩謠、字全同。故不複錄。

曲江俗語

貴耳集。卷下。曲江有二奇。張相國以鐵鑄。六祖禪師以銅鑄。俗語云 云云。鐵胎有二身。一在廟。一在庫。銅身在大鑒寺。

鐵胎相公。銅身六祖。

李季可引諺論衆情

松窗百說。壬申歲。樂清元日賀令。至客次者二十一人。爐火盛爇。爐木至一邊盡。衆客環視。莫令止之。直舍吏至始撲滅。僕嘗好犯衆。然亦方觀其理。徐笑謂鄰坐曰。一二客在。豈至是乎。今不救之。罪分於衆而難責。則皆莫之顧。況橫身犯衆。爲人肩利害事耶。諺所謂 云云。是也。

龍多乃旱。田家五行志。龍下頻主旱。諺云。多龍多旱。

咸淳末民謠

佩韋齋輯聞。卷三。咸淳末。賈似道以太傅平章軍國重事。禁天下婦人、不得以珠翠爲飾。時行在悉以瑠璃代之。婦人行步皆琅然有聲。民謠曰 云云。假謂賈。瑠璃謂流離也。西域傳。罽賓國有琥珀流離。則瑠璃字本流離也。

滿頭多帶（買）〔假〕。無處不瑠璃。宋季三朝政要作京城禁珠翠。天下盡琉璃。

周密引俗諺證解頤

齊東野語。卷六。匡衡好學。精力絕人。諸儒爲之語曰。無說詩。匡鼎來。匡說詩。解人頤。按此條已見漢書。蓋言其於講誦能使人喜而至於解頤也。至今俗諺、以人喜過甚者云云。卽其意也。本朝盛度以第二名登第。其父喜甚。頤解而卒。又岐山縣樊紀登第。其父亦喜而頤脫。有聲如破甕。案醫經云。喜則氣緩。能令人致脫頤。信非戲語也。

兜不上下頦。

時人爲易祓語

齊東野語。卷十一。蘇師旦將建節。學士顏棫、莫子純皆莫肯當制。易祓彥章爲樞密院。檢詳文字。欣然願任責。遂以國子司業兼兩制。竟爲師旦草麻。極其諛佞。旣宣布。物議譁然。亟擢祓左司諫。諸生爲之語曰云云。旣而韓誅。蘇得罪。祓遂遠貶。

陽城毀裴延齡之麻。由諫官而下遷於司業。易祓草蘇師旦之制。由司業而上擢於諫官。

周密引諺釋甄雲卿詞

齊東野語。卷十三。永嘉甄雲卿。字龍友。少有俊聲。詞華奇麗。而資性浮躁。於鄉人無不狎侮。木待問蘊之爲尤甚。木生朝。爲詞賀之。末云。聞道海壇沙漲也。明年。蓋諺云云云。明年、俗言且待也。

海壇沙漲。溫州出相。

姚鎔引俗語

齊東野語。卷十四。姚鎔喩白蟻文云。物之不靈。告以話言而弗聽。俗所謂云云是已。雖然。羣生之類。皆含佛性。皆具天機。百舌能語。白鷺能棊。伯牙絃淸而魚聽。海翁機露而鷗疑。害稼之蝗知卓茂。害人之鱷識昌黎。若此之類。言可喩。理可化。安可例以馬牛而待之。

對馬牛而誦經。

好事者爲李珏楊安宇語

齊東野語。卷十七。咸淳癸酉夏。邊遽日聞。於是言事獻策者益紛紛然。漢嘉布衣楊安宇者。狂生也。自謂知兵。獻言於朝。遂送機速房看詳。都司許自書擬本房。知其狂妄。遂侮笑之。安宇不勝其憤。遂上書痛詆自書短。且謂其操鄕音穢談。一時傳以爲笑。會奉口有米局之變。京尹吳益區處失當。於是左史李珏自經筵直前論之。吳遂斥出。時好事者爲之語曰。

左史直前論大尹。草茅上疏詆都司。

吳人正月占年諺

浩然齋視聽抄。吳諺曰云云。謂水之大也。壬辰年。正月初六日己亥。十八日辛亥。三十日癸亥。是歲大滂湖田。顆粒不收。癸巳正月亦有三亥。然一亥在立春前。是歲無水災。

正月逢三亥。湖田變成海。

夏至冬至諺

豹隱紀談。石湖居士戲用鄉語云。土俗以二至後九日爲寒燠之候。故諺有云云之語。又夏至後。

一說云云。冬至帝城景物略作九九之歌。後云云。范公吳人。不免用鄉語。

夏至未來莫道熱。冬至未來莫道寒。

夏至後、三字原本無。今據委巷叢談補。一九至二九。吳下田家志、委巷叢談、田家五行志、通俗編卷三。無至字。扇子不離手。通俗編。不作弗。三九二十七。喫茶如蜜汁。吳下田家志、委巷叢談、田家五行志作冰水甜如蜜。通俗編作冰水如蜜汁。四九三十六。爭向路頭宿。吳下田家志、委巷叢談、通俗編作扻汗如出浴。田家五行志。扻作出。通俗編又云。一作爭向露天宿。五九四十五。樹頭秋葉舞。吳下田家志、委巷叢談、田家五行志作頭戴秋葉舞。通俗編同。秋作楸。六九五十四。乘涼不入寺。吳下田家志、委巷叢談、通俗編作乘涼入佛寺。七九六十三。夜眠尋被單。吳下田家志、委巷叢談、通俗編作牀頭尋被單。田家五行志作上牀尋被單。八九七十二。被單添夾被。吳下田家志、通俗編作思量蓋單被。委巷叢談、田家五行志同。單作夾。九九八十一。家家打炭墼。曾氏廷枚云。說文。墼、瓴適也。一曰未燒者。遼僧行均龍龕手鑑云。墼、塼坯也。宋洪适得眉州漢武陽故城墼云。永初七年作官墼。　按通俗編卷十一引此條。釋云。埤蒼。形土而方曰墼。今之土塼也。

冬至後。三字原本無。今據委巷叢談補。一九二九。相喚不出手。吳下田家志、田家五行志。不作弗。委巷叢談。相喚作招呼。三九二十七。籬頭吹觱篥。委巷叢談作觱栗。帝城景物略作觱篥。通俗編。籬作簷。升菴經說卷四、豳風。一之日觱發。注觱發、風寒也。今案觱發指風。是也。以字言之。觱、羌人吹角也。其聲悲慘。冬日寒風觱發。其聲似之。諺云云云。正謂風吹籬落。其聲似觱篥。與詩意合。今俗名頭管。樂書名風管。又可證焉。四九三十六。夜眠如路宿。帝城景物略、古今諺。路作露。通俗編。路宿作鷺縮。又云。一作方纔凍得熟。五九四十五。太陽開門戶。帝城景物略、古今諺作家家堆鹽虎。通俗編云。一作躺漢街頭舞。六九五十四。貧兒爭意氣。帝城景物略作口中呬暖氣。古今諺作和尚不出寺。通俗編云。一作樹頭青漬漬。七九六十三。布衲兩廬廬。委巷叢談作布衲兩頭擔。帝城景物略作行路把衣單。田家五行志作布衲檐頭擔。吳下田家志作布被兩頭攤。古今諺作凍落耳朵弦。通俗編作布衲兩頭攤。又云。一作破衲足頭攤。八九七十二。猫狗尋陰地。吳下田家志、委巷叢談及帝城景物略。狗作兒。古今諺作口中呬暖氣。通俗編云。一作口中呬暖氣。九九八十一。犂爬一齊出。吳下田家志。爬作鈀。委巷叢談、田家五行志。

爬作耙。帝城景物略作窮漢受罪畢。其下有二句云。纔要伸脚睡。蚊蟲蟣蚤出。古今諺同。蠍作蝎。

周遵道引古俚語

豹隱紀談逸文。（據通俗編卷十九。）古俚語云。

死人身邊有活鬼。

又引俚語

豹隱紀談逸文。（據通俗編卷三十。）俚語云云云。對云云云。

麻油拌生菜。呷醋咬陳薑。

秦晉間農語

退齋雅聞錄。河朔人謂清明雨爲潑天雨。立夏雨爲隔轍雨。秦晉間農夫語云。

小麥鑽火秀。早殺豌豆花。稙穀拖泥秀。爛起田中瓜。

蛇瘳草諺

船窗夜話。蛇瘳草須五葉者爲佳。此草春而結實如圓鉤者。俗傳食之能殺人。諺云云云。蓋常詢之耆舊。言此物不致殺人。但能發冷疾耳。

要死食蛇毒。

古謠諺卷四十九

秀水杜文瀾輯

劉壎引諺論世情

隱居通議。卷二十五。孟嘗君太息謂馮驩曰。文嘗好客。客見文一日廢。皆背文而去。客有何面目見文乎。驩曰。富貴多士。貧賤寡友。事之固然也。今君失位。賓客皆去。不足以怨士。而徒絕賓客之路。願君遇客如故。孟嘗君曰。敬從命矣。廉頗之免長平而歸也。失勢之時。故客盡去。及復用爲將。客復至。廉頗曰。客退矣。客曰。吁、君何見之晚也。夫天下以市道交。君有勢我則從君。君無勢則去。此固其理也。有何怨乎。漢衞青爲大將軍貴顯。而霍去病以功爲驃騎將軍。大將軍權日退。驃騎日益貴。舉大將軍故人門下。多去事驃騎。輒得官爵。惟任安不肯。以上三事一律。蓋趨時附勢。人情則然。古今所同也。何責於薄俗哉。諺曰云云。若任安者。垂名萬世宜矣。

世情看冷暖。人面逐高低。

李翀引俗言論仕宦

日聞錄。卷一。俗野客叢書卷二十九作鄙俗語。言云云。愚謂三世仕宦子孫。必是奢侈享用之極。衣不肯著浣濯補綴。必欲鮮華。食不肯飡蔬糲菲薄。必欲精鑿。此所謂著衣喫飯也。殊不知富貴者貧賤之基。奢侈者寥落之由。豐腆者困苦之自。蓋子孫不學而顓蒙。窮奢極欲而無德以將之。其衰必矣。

三世仕宦。（升菴經說卷四。世作代。）方會著衣喫飯。（輟耕錄卷十二作學不得着衣喫飯。野客叢書卷二十九、老學菴筆記卷五、古諺閒談卷四。會作解。升菴經說及古諺閒談。著作穿。野客叢書引曹氏令爲證曰。三世長者知被服。五世長者知飲食。謂語出此。）

林自然歌

閒居錄。林回陽名自然。臨江人。善導引之術。咸淳間。有朝士楊文仲。股上患贅。大可半升。衆醫莫能治。有言其人。因召之。但相與對坐。教其導引運氣。不數日而愈。因厚禮之。常遊宜興張公洞。見諸仙人。與之飲酒。素不識字。忽作歌曰云云。常自歌之。或如曲調。或時如讀書誦經。皆此詞也。宋之末年。忽別去。不知所往。後數年。有道士見諸蜀山。呼之不應。追之不及。

訪果老洞天。撞見神仙。飲三盃。復三盃。又三盃。不覺醺醺醉。回頭看人間。身在青煙外。

擷掇諺

至正直記。諺云。

與人不足。擷掇人起屋。與人無義。擷掇人置玩器。

草木諺

蠡海集。牛色蒼。近於春陽之生氣。故聞死則觳觫。羊色白。近於秋陰之殺氣。故聞死則不懼。凡草木經牛噉之餘必重茂。經羊噉之餘必悴槁。諺有之曰云云。信夫。是蓋生殺之氣致然也。

牛食如澆。羊食如燒。

正統戊辰會榜後童謠

彭文憲公筆記。丁卯冬。湖廣永濟縣進士之官。在途夢開黃榜。第一名彭某。國子監生。某人至京。言於永濟監生張本端。訪知予姓名駭異。數與朋輩言之。時本端歷問予同鄉、某文學如何。有人夢渠魁黃榜。且記看驗之。庶嚐見予道其語。且顰蹙曰。惜乎太泄露耳。予曰。夢中事何足憑。置之勿言。又一朋友謂岳季方正曰。吾昨夢見賢兄魁多士。可賀。季方曰。若夢可信。則已有人夢彭某作魁矣。何必我。其人蹙曰。明年會試。廷試有兩魁。二人各占其一可也。已而果然。夫科舉固前定。然與人何與。而見於夢如此。其理不可曉。是時士夫中相傳。有童謠云 云云。亦不知何自而起。至後果徵驗云。野獲編卷十五科場類。正統戊辰科會榜後。卽喧傳謠云云云。

衆人知不知。今年狀元是彭時。野獲編作莫問知不知。狀元是彭時。

何孟春引俚語

餘冬序錄。今世俚語云 云云。卽漢諺前車覆後車戒按此條已見漢書。之意也。

前人失脚。後人把滑。

楊慎引諺

病榻手吹。尹德毅之說蘺訾。龍敏之獻策潞王從珂。魏思溫之策李敬業。皆奇謀也。諺云 云云。惜乎當局者迷耳。

敗棋有勝著。

閩人治水諺

燕閒錄。晉水澗行類閩越。而悍濁怒號特甚。源至高故也。夏秋間爲害不細。予嘗欲聚諸亂石倣閩越間作灘。自源而下。審地高低。以爲疎密。則晉水皆利也。閩諺云 云云。誠然亦由其先有豪傑之士作與。後來因而修舉之。遂成永世之業。故予謂閩水之爲利者。盈科後進。晉水之不爲利者。建瓴而下爾。

水無一點不爲利。

峽民爲石鐘石鼓謠

知命錄。入峽二十里。東西相對。兩崖上有石鐘石鼓。形像宛然。民間有謠如地鈐者曰 云云。賈胡過其下。疑有寶。鑿之。今鐘形有殘闕焉。

石鐘對石鼓。金銀有萬五。若人識得破。買了興元府。

大同蔚州宣府朔州語

逌旃璅言。大同婦人好飾尚脂。多美而艷。夫婦同行。人不知是夫有是婦也。宣府教場東西幾十里。南北二十里。蔚州城磨磚所砌。朔州近山易採木。市房簷廊。今頗傾頹。語云 云云。亦不誣也。

大同婆娘。蔚州城牆。宣府教場。朔州營房。

蘇祐引諺論閒忙

逌旃璅言。諺云 云云。嘗聞吾東郡敖公靜之云。槐花黃。舉子忙。閒時做下忙時用。管甚槐花黃不黃。

忙家不會。會家不忙。

又引諺論法律

逌旃璅言。夫律刑書也。情法兼盡。文字簡古。法麗五刑。義兼六籍。出刑入禮。出禮入刑。禮敎也。諺云云云。是故律以正經。例以盡變。聖人本人情以爲治。其斯之謂歟。

律設大法。禮順人情。

按後漢書卓茂傳亦載此二語。然彼不言諺。故置彼錄此。

江盈科引喭

雪濤談叢。余邑喭云云云。故豬貓二物。皆爲人忌。有至必殺之。而邑中博士名張宗聖者。解曰。喭語政不爾。無足忌者。蓋窮家籬穿壁破故豬來。非豬能兆窮也。富家飲饌豐遺骨多故狗來。非狗能兆富也。家多鼠蟲爲耗故貓來。孝家則耗之訛。非貓能兆孝也。此說甚當。余邑又喭云云云。宗聖曰。此亦不然。笑狗謂瘦狗。江西人呼瘦爲笑。落雨者謂落尾。亦江西人讀字之訛也。余每觀狗之瘦者。尾必下妥。此解亦確不可易。所謂邇言必察者非耶。通俗編卷二十八引此釋云。蓋吉凶之故。但由方俗人心。而與物本無與也。

豬來窮家。狗來富家。貓來孝家。通俗編。三家字均作來。

笑狗落雨。

胡宗洵引諺論田地

呵凍漫筆。卷上。胡計部宗洵曰。凡田地基地相連處。不可遽有呑謀倂得之意。或人因家貧事故。轉售于我。亦必以實價與之。不可因彼事勢窮蹙。故意推託。欲其減價賤售。諺云云云。自天地開闢以來。此田此地。賣者買者。不知曾經幾千百人。而後傳至於我。我今得之。子孫縱賢而能守。能必其世世相承千百年而不失乎。終亦遞相賣買無定主爾。

田是主人人是客。

湛氏引諺論僮僕

呵凍漫筆。卷三。湛氏家訓曰。每見富貴之家。於僮僕便捷有才幹能營聚財貨者。則以爲紀綱之僕而信用之。有忠實馴謹者。則以爲不稱己意而疎棄之。譬如人好食爽口之物。而不知積久終成痼疾也。故便捷之僕。暫雖得其資助。快我心意。日後恃寵驕恣。生事賈禍。卒致壞家業。玷名節。其害可勝言哉。諺云云云。此言雖小。可以喻大。

養癡奴。乘贏馬。

古謠諺卷五十

秀水杜文瀾輯

徐州邳州俗諺

七修類藁。卷二天地類。風水云云。此俗諺如是。今果然。

徐州不打春。邳州無東門。若使打春與開門。蝎子咬死人。玉芝堂談薈卷二十一。死作殺。

郎瑛引俗語占月

七修類藁。卷二天地類。俗云云云。蓋月有九行。青白赤黑各二道。皆出入於黃道之中。故曰九行。道不中而過南。則爲陽道。不中而過北。則爲陰道。行陽道則旱。行陰道則潦。月借日爲光。月生時如仰瓦。是行陰道矣。如弓絃昃樣。是行陽道矣。故知旱潦者以此。

月兒仰。水漸長。月兒昃。水無滴。

黃楊諺

七修類藁。卷二十辨證類。諸木中黃楊爲難長。故諺有之曰云云。蓋寓言也。埤雅云。黃楊木性堅難長。俗言歲長一寸。閏年倒長一寸。按此條已見埤雅。俗說亦不經見。然東坡詩云。園中草木應無數。只有黃楊厄閏年。豈閏年之說自有所據耶。

三年長一寸。雷驚縮一寸。

蘇杭諺

七修類藁。卷二十二辨證類。諺曰云云。又曰。蘇湖熟。天下足。按此條已見渭南文集。解者以湖不逮於杭是矣。又解。蘇在杭前。乃因樂天之詩曰。霅川原注云。湖州。殊冷僻。茂苑原注云。蘇州。大繁雄。惟有錢塘郡。閒忙正適中之故。予以諺語因欲押韻。故先蘇而後杭。解者以白詩證之。錯矣。殊不思諺非唐時語也。杭在唐尙僻在一隅未顯。何可相並。蘇自春秋以來顯。顯於吳越。杭惟入宋以後。繁華最盛。則蘇又不可及也。觀蘇杭舊聞舊事可知矣。若以錢糧論之。則蘇十倍於杭。此又當知。

上有天堂。下說蘇杭。

郎瑛引小兒語釋懛

七修類藁。卷二十三辨證類。蘇杭呼癡人爲懛原注。歹字平聲。子。屢見人又或書獃騃原注音呆。二字。雖知書如杭徐伯齡。亦以懛字爲是。予考玉篇衆書無懛獃二字。獨騃字。說文云。馬行仡。而韻會云。病也癡也。凡癡騃皆作騃。獨海篇載懛獃二字。亦曰義同騃。是知懛獃皆俗字也。嘗聞小兒云云。又讀程泰之演繁露。鄭獬字毅夫。守江陵。作楚樂亭記。有頌云。我是蘇州監本獃。與爺祝壽獻棺材。近來髣髴知人事。雨落還歸屋裏來。又知亦有來歷。錢氏大昕恆言錄卷一。案廣韻。（愷）〔懛〕剴、失志貌。懛、丁來切。剴、五來切。獃、亦丁來切。此又在海篇之前矣。

阿懛、雨落走進屋裏來。

杭州生員引俗語

七修類藁。卷三十六詩文類。正統間。處州葉宗留謀逆。杭點民兵。有生員之父亦在點中。其子往訴於府。府主不爲之理。拂衣而出。自言云云。蓋以俗云空無用也。府主聞其言而不知其情。祇以惡語嘲之。卽喚轉詢焉。生員直告其故。遂曰。汝能賦此。當免其役耳。因口占曰。丈七琅玕杖碧流。一聲驚破楚天秋。千條素練開還合。萬顆明珠散復收。鷗鷺盡飛紅蓼岸。鴛鴦齊起白蘋洲。想應此處無魚釣。起網收綸別下鉤。守遂除之。

水上打一棒。

郎瑛引諺論江心鏡

七修類藁。卷四十一事物類。左鏡厚八分。徑尺餘。自邊至的。凡七變文藻。而第四層乃正書三十七字。的極偉。諺云云云也。眞水銀古物。背亦光采奪目。而無纖毫斑蝕。宛如新磨。據五月五日之文并鼻。必揚子江心之鏡無疑。

唐大鼻。

時人爲吳施毛伍四公謠

七修類藁。卷四十四事物類。蘇城集福菴。居尙書吳匏菴之北。知州施膚菴之西。弘治中。詔毁淫祠。有司欲爲匏菴後圃。吳曰。僧菴吾世隣也。不忍其毁。安忍爲吾有耶。有司復欲爲膚菴別業。施曰。何不送匏翁而送我也。有司述其言以告。施曰。我獨不能爲匏菴耶。亦辭之。其菴竟存。嘉靖初。又有詔毁。知府伍疇中用價承佃。都御史毛貞甫亦用價佃之。一則曰近吾也。一則曰地舊吾家施也。

覓成訟奪。且毛伍新結姻義。時人追思往事。因爲謠曰云云。嗚呼。以一菴之小。而致四公之高下。則人心不古。世道日下。可知矣。然毛伍尚有說也。近世猶有無影謀人寺觀者。覩此又寧不爲之汗顏。

昔日吳與施。官送猶遜辭。今日毛與伍。訐告到官府。

好事者爲沈循劉泰語

七修類藁。卷四十四事物類。菊莊劉士亨泰。吾鄉詩人也。人有問其姓字者。則答曰。夏少卿之好友。更不言其己姓。同時有沈循與都憲錢越有屬。人詢其名。亦曰。錢員外是我外兄。有好事者爲之語曰云云。吁。借譽於人。已爲可恥。況自稱之。是所以來人之嘲也。沈固俗物。劉胡不自愧耶。

沈循只說錢員外。劉泰常稱夏少卿。

芝麻諺

七修類藁。卷四十九事物類。種芝麻必夫婦同下其種。收時倍多。否則結稀而不實也。故俗云云云者、以僧無婦耳。種茶下子不可移植。移植則不復生也。故女子受聘謂之喫茶。又聘以茶爲禮者。見其從一之義。二稱皆諺。亦有義存焉耳。堅瓠集甲集卷二云。唐詩云。蓬鬢荆釵世所稀。布裙猶是嫁時衣。胡麻好種無人種。合是歸時祇不歸。

長老種芝麻。未見得。堅瓠集。得下有吃字。是也。

郎瑛引諺語

七修類藁。卷四十九奇謔類。諺語至理。御史初至。則曰云云。過幾時。則曰云云。去時。則曰云云。此言其無才者也。賒酒時云云。飲之時云云。討錢時云云。喻世之無賴者也。未娶時云云。既娶則云云。娶久多生。不能養育。則云云。此言雖戲。皆深於理也。

驚天動地。昏天黑地。寂天寞地。

風花雪月。流星趕月。水底摸月。

越河跳井。（輟耕錄作尋河覓井。）擔雪填井。（輟耕錄擔作挑。）投河奔井。

按此條首一則與輟耕錄所引。詳略互殊。今並錄之。末一則亦見輟耕錄。然未言諺。故置彼錄此。

宋熙寧及明初民謠

七修類藁。（卷五十奇謔類。）禱雨用蜥蜴。以其能致雨也。宋熙寧間旱。令捕蜥蜴。一時無獲。多以壁虎代送官府。民謠有云云之說。國初。大江之岸常崩。人言下有豬婆龍也。一時恐犯國姓之音。對上祇言下有黿也。太祖惡與元同音。令捕殆盡。時亦有云云。嗚呼。世受誣而被害者不知其幾。黿與壁虎哉。孰得與雷霆抗哉。

壁虎壁虎。你好喫苦。

癩黿癩黿。何不稱寃。

晴雨諺

七修續藁。（卷一天地類。）諺言云云。蓋納音之數。以一火二土五屬水。木三金四自然聲。是則納音雖火日。其實得一數。則天一已生水。土日其實得二數。則地二已生火。至水日其實得五數。則天五已生土矣。故火日多雨。土日多晴。水日多陰也。是以水日必變。由其水日實得土數。又久晴久雨遇戊己天干則變。亦此義也。

火日多雨

海寇謠

七修續藁。卷二國事類。嘉靖二十九年秋。福建林汝美、李七、許二越獄下海。誘引日本倭奴與沿海無籍。結巢雙嶼。横行水上。時徽人王直、徐惟學私通番舶。都御史朱公紈開府於浙。嚴禁下海。直不得私。遂入賊餘黨。聯舟海上。爲患孔棘。寇溫州。破黄巖。東南大震。此則三十五年前事。丁巳戊午來。陸續殲決。元惡授首。至辛酉年而浙地安生矣。少又聞謠曰云云。當時不知何指也。至是王乃王直。虎頭處字之首。浙惟處州召募死者幾萬矣。王直戮於錢塘。事不彰彰矣乎。雖然。天示者自我民行。已往者將來之戒。今之謀國者。盍審其所務云。

東海小明王。溫台作戰場。虎頭人受苦。結末在錢塘。

郎瑛引諺論風水

七修續藁。卷五詩文類。劉文安公曰。地惟由於術。則通其術者得吉。懵其術者得凶。是地何足爲后祇而能母萬類耶。天惟聽於地之可役。則葬吉者不復因其惡而降殃。葬凶者不復因其善而降祥。是天何足爲上帝而能父羣倫耶。余又嘗曰。惟天之理。可括乎地。地之利。不可逆諸天。故諺有曰云云。天生善人。必得吉地。人壞而求諸地。理所無也。故諺亦曰云云。何莫而非天也。

未看山頭土。先觀屋下人。

主者福壽。良師輻輳。主者當衰。盲師投懷。

又引諺論定數

七修續藁。（卷七奇謔類。）予一夕夢尙書玉華盛公來顧。明日訪中翰葉柳亭。葉款留間。出册示之。乃盛留别詩也。予因告其昨夢。今見之非數焉。翻拍又見尙書梅林胡公之跋語。葉曰。此尤有大數之說。廿年前。三茅道士夢胡立祠之地有豐碑大書尙書位三字。是胡科舉之年。天已定其平夷之功。建祠之事矣。彼此又見駭然。嗚呼。梅林功之大恩德在杭。數當見於道士之夢也。而盛之詩。葉之款。瑣瑣一事。亦見於區區之夢。豈非諺謂云云耶。貪叨富貴者。於此可警。

飲啄有一定之數。

顧起元引南都閭巷常諺

客座贅語。南都中。閭巷中常諺往往有麤俚而可味者。如曰。閒時不燒香。忙時抱佛脚。（按此條已見中山詩話。）曰云云。曰云云。曰云云。曰云云。曰云云。曰云云。曰云云。曰云云。曰云云。曰云云。曰。强龍不壓地頭蛇。（按此條已見湃百金方。）曰云云。曰云云。曰云云。曰云云。曰云云。曰云云。曰云云。曰云云。曰云云。曰云云。此言雖俚。然於人情世事。有至理存焉。邇言所以當察也。

熱竈一把。冷竈一把。（阮氏常生云。案五燈會元。又作好冷處著把火。）

辦酒容易請客難。請客容易款客難。

饒人不是癡。過後討便宜。

人算不如天算。

捉賊不如放賊。

好男不吃分時飯。好女不穿嫁時衣。張氏鑑云。亦見元曲舉案齊眉劇。

有爵自然香。阮氏云。案亦見元人連環計劇。何必當風立。

日食三餐。夜眠一覺。無量壽佛。

不看僧面看佛面。阮氏云。邢居實拊掌錄所載。意略同。

柴米夫妻。酒肉朋友。盒兒親戚。

燈臺照人不照己。

酒在口頭。事在心頭。

與人方便。自己方便。

若要好。大作小。

喫得虧。做一堆。

惱一惱。老一老。笑一笑。少一少。

牡丹雖好。綠葉扶持。

鍋頭飯好喫。過頭話難説。

家雞打的團團轉。野雞打的貼天飛。

爛泥搖樁。越搖越深。

古謠諺卷五十一

秀水杜文瀾輯

稻花占年俗語

戒菴漫筆。稻花白而瓣少者米賤。多而色黃則貴。俗云云云也。

銀花賤。金花貴。

江西童謠

戒菴漫筆。正統中。江西童謠曰云云。後城中小兒以蚌殼磨穿。貫指爲戲。雖官府禁之不止。果有宸濠之亂。

若要江西反。除非蚌生眼。

李詡引人語

戒菴漫筆。今人以相助爲挈輔。語曰云云。是卽輔車相依之義。

籬挈楗。楗挈籬。

酒麪諺

暖姝由筆。諺云云云。謂酒也。云云。謂麪也。

千粒米。不成滴。千粒麥。不成白。

朱逸行吟

名山藏。朱逸、王艮同里樵夫也。易麥糈。擇精者供母。糗其糲粃以樵。一日過艮閭。行吟曰云云。艮謂其徒曰。小子聽之。人病不求耳。逸因附牆竊聽講論。聽訖。樵去。以爲常。

離山十里。薪在家裏。離山一里。薪在山裏。

京師爲馬文升熊翀熊繡謠

獻徵錄。熊翀字鵬霄。孝宗朝改兵部侍郎。（明詩綜卷一百云。成化中。光州熊翀。官兵部侍郎。）時大司馬卽馬文升公。而侍郎有左熊右熊。翀爲左熊。（按以史傳考之。是時熊繡亦官兵部侍郎。右熊當卽繡也。）京師有云云之謠。（明詩綜作語。）孝宗呼爲熊鬍子而不名。

兩熊夾一馬。太平天下。（明詩綜無夾字。）

時人爲錢昕魚侃語

獻徵錄。魚侃、常熟人。舉進士。爲部曹。以能治劇。遷開封府。府居會省。領三十六州邑。侃旦夕所進。唯脫粟菘菜而已。同邑有錢昕者。官爲布政使。亦廉。而故有父產。時人爲語曰。

富不愛錢錢昕。貧不愛錢魚侃。

東昌民爲戴浩歌

獻徵錄。宣德間。戴浩爲東昌通判。兼徵租淘河之役。九載秩滿。民歌曰。（一統志卷一百三。歌作謡。）

戴別駕公。實爲我儂。（一統志作實惠吾農。）廉愼忘躬。能使年豐。（一統志。能使作克致。）

都人爲王守及某御史語

林居漫錄。王涵峯守初入諫垣。例當建白。乃請行令各直省。少印黃曆。每圖止給里長一本。而圖民就觀焉。以省國用。同時某御史倣其意。請少印青由。每圖止給里長一張。而圖民併列焉。以節宂費。都人爲之語曰。

黃曆給事。青由御史。

京師風俗諺

五雜俎。京師奄豎多於縉紳。婦女多於男子。倡伎多於良家。乞丐多於商賈。諺曰云云。蓋謂人間不美之俗。不良之輩。而京師皆有之。殆古之所謂陸海者。或謂不如是不足爲京師。斯言亦近之。

天無時不風。地無時不塵。物無所不有。人無所不爲。

黃子野叩舷歌

榕陰新檢。唐黃子野。字仲。侯官人。王伾微時。覆舟於羅刹江。子野見之。奮臂呼曰。能生得人者予百金。因自見知於人。遂變姓名。焚毫素。耕於方山。後伾爲散騎常侍。使人召之。則亡。令福州觀察使物色之。得之岐陽江上。一男子扁舟披蓑。獨臥雪中。忽扣舷歌曰云云。俄而又歌曰云云。使者疑爲子野。遙呼之曰。仲無恙乎。子野曰唯唯。於是遂達伾命。隨子野至靑山中。家徒壁立。几上惟周易一卷。子野佯喜。設脫粟之食。與之約。旦日雪霽會傳舍。夕時子野不至。使者馳至其家。則書幣封識如故。子野已遁去矣。

早潮初上海門開。漠漠彤雲雪作堆。一百六峯都掩盡。不知何處有僧來。

幾日江頭醉不醒。滿天風雪臥滄溟。定知酒伴無尋處。門外松濤坐獨聽。

田藝蘅引俗諺

留青日札。俗諺云云云。有人作賦曰。物各有主。貌貴相宜。竊張公之帽也。假李老而戴之云云。亦可謂善謔者。

張公帽。掇在李公頭上。

又引諺論酒

留青日札。酒曰水緜襖。北人名曰裹牽綿。貧兒諺云云云。言醒則依舊冷也。

一尺布。不遮風。一碗酒。煖烘烘。半夜裏做號寒蟲。

又引諺論筋力

留青日札。諺云。

鹽筋醋力。

又引時諺論文

留青日札。時諺云。

之乎者也矣焉哉。用得成章好秀才。

慈谿縣令引諺

西墅雜記。宣德間。慈谿一縣令。初至任。謂羣下曰。汝聞諺云云云否乎。此固非有道者言也。中有一父老對曰。間者生員多讀書。某等只聞得豈弟君子。民之父母。縣令爲之默然。東谷贅言。人有恆言云云。予謂此言。強宗豪右嘗常誦之。庶幾不致作姦犯科也。爲襲黃卓魯者。不可自誦此言也。

滅門刺史。破家縣令。東谷贅言。縣令句在刺史句上。

王文祿引諺

機警。司馬溫公光幼與羣兒戲。一兒墮大水甕中。已沒。羣兒驚走不能救。公取石破甕。兒出得活。沂陽子曰。惟誠故神。蓋已見於幼時。宜其當國而任台鼎重寄也。諺曰云云。信夫。天地間氣攸鍾。豈凡例耶。

三歲至老。

方巾諺

語覩今古。晉漢唐巾。乃先朝儒者之冠。我明興。科甲、監、儒僉而用之。數十年前。人心猶古。非眞斯文。盡安分焉。漸至業鉛槧、賦詩章者戴矣。此猶之可也。邇來大可駭異。一介細民耳。未聞登兩榜而入黌宮。一丁不識。驟獲資財。不安小帽。巍然峩其冠。翩然大其袖。揚揚平康曲里。此何巾哉。曰、銀招牌也。至於諸人。亦僭用之。曰、省錢帽也。按諸人上疑有脫字。一人僥倖科第。宗族姻親幷換儒巾。曰、蔭襲巾也。故諺有云云之誚。噫。亦太濫矣。獨惜此時。臺中乏人。不然朝廷當差巡巾御史。攬轡中原。遇此輩杖而裂之可也。

滿城文運轉。遍地是方巾。

姑蘇伍子胥祠童謠

塵餘。國初。姑蘇閶門有伍子胥祠神像。立而不坐。坐則必毀。時有童謠曰云云。及況公鍾爲太守。入祠見之。曰。不可使神久立。遂易以坐像。自是不復毀矣。

若要伍公坐。須待二兄來。

姑蘇城市古語

三餘帖。姑蘇城中。街衢潔淨。爲天下第一。古語云。

蘇城街。雨後着繡鞋。

王濟引吳湘間俗諺

日詢手鏡。吳湘間有俗諺。見事難成。則曰云云。余在廣西馴象衞。見一樹。高可三四尺。幹葉皆紫色黑色。質理細厚。問之。曰。此鐵樹也。每遇丁卯年花一開。累月不凋。乃知云云之說。有自來矣。七修類稿卷四天地類。予友烏鎮王天雨濟、爲横州州判。嘗云。横之馴象衞指揮殷貫家有盆樹一株。高可三四尺。幹葉皆紫黑色。葉小。類石楠。質理細厚。問於主人。曰。此鐵樹也。每遇丁卯年。則花開四瓣。紫白色。如瑞香較少圓耳。一開累月不凋。嗅之有草氣。吾父生時花。今復二次矣。予以諺謂事難成。則曰云云。然則果有此樹耶。

須鐵樹開花。

兒童牽衣唱

石癡別錄。兒童衣裾相牽。每高唱云云。初意其戲詞。後見詢芻錄。乃知爲多男子祝辭。堅瓠集甲集卷一。兒童扯衣裾相戲。唱曰云云。初意兒童相戲之詞。後見詢芻錄。知爲祝生男也。牽者郎郎。拽者弟弟。多男子也。踏碎瓦、襪之弄璋。扯衣裾、襪之以衣裳。不肯地、襪之以寢床。無非男也。古人雖兒童相戲。亦有至理。

牽郎郎。拽弟弟。踏碎瓦兒不着地。下七字原本無。今據堅瓠集補。古今風謠作打破碗兒便作地。

東昌諺

文海披沙。東昌有諺曰云云。相沿至今。不敢易也。

夏津不撞鐘。高唐無北門。撞鐘人頭痛。北門生蝗蟲。

京師十可笑諺

戴斗夜談。京師相傳。有十可笑云云。猶漢世諺稱舉秀才。不知書。察孝廉。父別居按此條已見後漢書。之謂也。

堅瓠癸集卷一。嘉靖戊子。張桂當路。有書十可笑帖於朝房者。東廠受旨緝訪。邏者分羣四出。乃得席琋等十餘人。皆傳誦者。實非其編造也。張桂發怒。欲以妖言律當之。刑部胡端敏公世寧奏。琋輩因聞編揑笑言。敢於互相傳誦。罪止杖徒云。

光祿寺茶湯。太醫院藥方。神樂觀祈禳。武庫司刀鎗。營繕司作場。養濟院衣糧。教坊司婆娘。都察院憲綱。國子監學堂。翰林院文章。

都下六科諺語

宙載。都下有諺語云。

吏科官。戶科飯。刑科紙。工科炭。兵科皂隸、禮科看。

都下爲太監諺

宙載。成化間。都下諺云云云。嘉靖間。又有諺云云云。滕名祥、御用監。麥名福、掌團營。高名忠、內官監。監督諸工者。

韋英房。梁芳馬。尙銘銀子似磚瓦。

滕太監房。麥太監馬。高太監金銀似磚瓦。明詩綜卷一百作麥公牢子崔公馬。高公銀子當磚瓦。

梅雨中諺

常氏日抄。梅雨中。冬青花開。主旱。蓋此花不落溼地。關係水旱。諺云。

黃梅雨未過。冬青花未破。冬青花若開。黃梅便不來。

常州人爲莫愚葉蓁語

馬氏日抄。常州守莫愚。巧於取賄。而糾察郡吏。使無所得。時人語曰云云。繼愚者葉蓁。有廉操。而律下不嚴。吏曹得行其詐。時又語曰云云。言勞而無獲也。

太守摸魚。六房晒網。

外郎作鮓。太守拽罾。

人爲工部司官語

說聽。工部居六曹後。仕進者冷局視之。嘉靖間。興大工。添設部官。比曩時數倍。營繕司尤甚。郎中多至十餘員。得驟陞京堂。或有先賜四品服者。人始慕之。而爲語云云。馬前雙者棍。馬後方者杌也。

馬前雙、馬後方、督工郎。

江西金鵝謠

白醉璅言。江西有謠云云。龍虎山頭向上。眞人子孫相繼膺封。贛州張氏山頭向下。世出一人。與冥道相通。每歲爲陰府行疫於四方。其將往也。蹶死於榻。從者馬匹繼之。事畢而甦。手握甲馬一紙云。行瘟至某地止。某當活。某當亡。此天神命。不能違也。已而果然。其魂至民家。下馬入門。人亦延拜祭享。見其擧筋不異恆人。但回時。乘馬一顧。則不復見。至今號張小鬼家。

金鵝頭向天。代代出神仙。金鵝頭向水。代代出神鬼。

成都民爲魯永淸謠

耳談。成都守蘄水魯永淸。決訟如流。門外架屋數椽。鍋竈皆備。訟者至。寓居之。一見卽決。飯未嘗再炊。有 云云 之語。

魯不解擔。

出外諺

拙菴雜俎。諺云。

出外十里。爲風雨計。出外百里。爲寒暑計。出外千里。爲生死計。

京師諺

拙菴雜俎。京師諺云 云云。言(三)〔五〕十里外則風雨不可期。五十歲外則生死不可期耳。然人生天地間。無時不可死。豈特五十外哉。

五十里外不帶傘。好大膽。五十歲後不買板。好大膽。

時人爲官吏語

濯纓亭筆記。太平之世。人皆志於富貴。位卑者所求益勞。位高者所得愈廣。然以利固位。終不能保其所有。故時人爲之語曰云云。語雖粗鄙。切中時弊。

知縣是掃箒。太守是畚斗。布政是叉袋口。都將去京裏抖。

夏至立春諺

蓼牀瀋餘。崇禎元年元旦立春。諺云云云。適際改元。尤千古罕遇。天道更始。人事聿新。聖作物睹。其以不言示與。三岡識略卷下。舊諺云云。言節氣相值之難。非以爲瑞也。至日端午。歲庚戌。予始一遇。至元旦立春。按崇禎元年朔立春。適際改元。咸以爲天人一新。千載罕遇。眞太平之兆。未幾寇盜縱橫。禍亂四起。古語之不足信如此。

夏至難逢端午日。百年難遇歲朝春。上句原本無。今據三岡識略補。

古謠諺卷五十二

秀水杜文瀾輯

憫忠寺高閣諺

春明夢餘錄。憫忠寺建於唐貞觀十九年。太宗憫東征士卒戰亡。收其遺骸葬幽州城西十餘里。爲哀忠墓。又於幽州城內建憫忠寺。中有高閣。諺云　云云　是也。

憫忠高閣。去天一握。帝京景物略卷三。高作寺。

燕人爲潭柘寺諺

春明夢餘錄。潭柘寺。晉曰嘉福寺。唐曰龍泉寺。舊志謂有柘千章。今無矣。燕人諺曰　云云。此寺之最古者也。

先有潭柘。後有幽州。

崇禎時京師諺

冬夜箋記。昔吾友張受先采。崇禎戊辰進士。時習尚士人登第後。多易號娶妾　故京師諺曰　云云。時有勸受先娶妾者。愴然曰。甫釋褐而卽背糟糠。吾不忍爲也。

改箇號。娶箇小。

成化時人爲王恕尹旻語

池北偶談。卷九。成化間。歷城尹恭簡公旻爲小人所擠。尹直著瑣綴錄。尤極誹謗。其書久行於世。至有不辨二尹邪正者。一日閱李文鳳月山叢談。公道較然。因錄於左。李云。成化末。小人用事。南昌李孜省挾左道干進。位尚書。掌通政司。託言神降。有江西人赤心報國之語。以太宰歷城尹公不右江西人。乃計謀極力擠罷。而用豐城李裕代之。及薦泰和尹直入內閣。起永新劉敷長憲臺。高安黃景貳禮部。四人皆世稱寡廉鮮恥者。而新建謝一夔、安城劉宣俱不保晚節。一夔進工部尚書。宣貳吏部。物議沸然不平。獨服盱江何公喬新、節行介特。未幾孜省誅死。直等相繼免。公論始明云。當時謠曰。

公道不如王恕。選法不如尹旻。

周行逢據湖南時謠

池北偶談。卷十。五代楚王馬希範復溪州銅柱記。案原列記全文。今不錄。予按周行逢據湖南時。有謠云 云云。觀此碑所書。蓋自馬氏時已然矣。

滿天太保。滿地司空。三楚新錄。故天策學士徐仲雅有淸才。然性好滑稽。初、王逵之起兵也。欲得其名。置司空太保以誘之。自是稱司空太保者無算。行逢曰。自吾還鎭西土。四境懼之乎。仲雅對。公界內滿天太保。滿地司空。何不懼之有。

萬曆壬子濟南鄉試童謠

池北偶談。卷二十四。萬曆壬子。山東鄉試。濟南童謠云 云云。是科解元乃長山徐海曙日升也。

三人兩小。太陽離島。

又某科童謠

池北偶談。卷二十四。又某科有童謠云云云。是科解元平度崔桓也。

崔木一旦挑上。天差我送羊角。

天啓辛酉科謠

池北偶談。卷二十四。天啓辛酉。朱純領解。亦有云云之謠。

一牛兩尾。

時人爲彭會毛炳語

天祿識餘。卷下。馬令南唐書云。豐城毛炳好學。不能自給。入廬山。與諸生曲講。獲鏹即市酒盡醉。時彭會好茶而炳好酒。時人爲之語曰。

彭生作賦茶三片。毛氏傳詩酒半升。

按馬氏書卷十五毛炳傳有此二句。作或人嘲之。高氏所引或別據他書。誤爲馬氏書。今姑存之。

柳林生歌

曠園雜志。卷下。柳林生者。崇禎壬午癸未間。入川陝。出夔。達邛雅諸州。濃眉長髯。乞食市上。每歌曰云云。會張獻忠自岳陽渡河。步騎十萬入夔州界。屠殺百姓。數千里皆驚。生歌柳林生益疾。賊至。衆渡河。賊遮之。無一脫者。後逸者尙數千人。惴惴林下待死。賊竟不逼。數千人獲全。方悟生向所歌柳林生也。

柳林生。柳林生。

崇禎末年京師及吳下口語

談往。崇禎末年。京師與吳下市廛口語。皆曰云云。後至李賊破城。帝后並縊。竟以天下送之。李之小字曰棗兒。訛言傳送阿罩者。以上聲讀去聲也。寧非天已默定。固知謠歌非無謂而發。

宋阿罩。

許宣平吟

雲谷臥餘。許宣平隱歙南陽城山。善吟詩。李太白訪之不遇。題詩菴壁而去。所謂我吟傳舍詩。來訪仙人居者是也。宣平詩。傳者僅隱居三十載一首耳。近閱焦氏類林。載宣平歸見壁詩。又吟曰。

一池荷葉衣無盡。半畝黃精食有餘。又被人來尋討着。移菴不免更深居。

人事俗語

嘯虹筆記云云。世俗習傳語也。二師乃云可與人言無二三。更覺有味。

不如意事常八九。可與人言無二三。

按此條上句。本於羊叔子語。而元人傳奇。與下句連用。則習俗相傳。由來久矣。

南宮縣民爲高安歌

茶餘客話。卷十。高志康安。宣德中。由選貢擢守南宮令。有惠政。鄰邑飛蝗。獨不入境。民歌之曰。明詩綜卷一百。永樂中。山陽劉安知南宮縣。勤於撫字。境內旱蝗。率吏民步禱。蝗亦頓息。是歲鄰邑皆饑。惟南宮大稔。　按高安劉安互異。俟考。

侯宰南宮　民和政通。蝗不入境。今之魯恭

種韭古諺

尾蔗叢談。卷四。陳其年檢討游紀。閒愁疊疊。紛於太華之旒。歷劫綿綿。多似櫟陽之韭。蓋古諺云云也。

櫟陽家家種韭。

時人爲汪喬年諺

蕉窗日記。卷一。汪喬年爲吏。聽斷明決。無信宿弛擔。故諺有云云之語。

汪不解擔。

古謠諺卷五十三

秀水杜文瀾輯

趙希鵠引俚諺論琴

洞天清祿集。有梧桐。生子如簸箕。有花桐。春來開花。如玉簪而微紅。二者雖皆可以爲琴。而梧桐理疏而堅。花桐柔而不堅。則梧桐勝於花桐明矣。今取舊材。但知輕者爲桐。而不知堅而輕者爲梧桐。無怪乎滿天下無良琴也。俚諺曰云云。蓋指言梧桐也。

新爲桐。舊爲銅。

林洪引諺

山家清事。臘月剖脩竹相接。各釘以竹丁。引泉之甘者。貯之以缸。杜甫所謂剖竹走泉源者此也。又須愛護之。諺曰云云。此實修福之事云。

近水惜水。

曲江貴家游賞戲唱

雲仙雜記。卷二引曲江春宴錄。曲江貴家游賞。則剪百花。裝成獅子。相送遺。獅子有小連環。欲送。則以蜀錦流蘇牽之。唱曰。

春光且莫去。留與醉人看。

長安爲郇公厨語

雲仙雜記。卷三引長安後記。韋陟厨中。飲食之香錯雜。人入其中。多飽飫而歸。語曰。

人欲不飯筋骨舒。夤緣須入郇公厨。

人爲分香蓮語

雲仙雜記。卷七引三堂往事。三堂使宅。有鉤仙池。蓮子一歲再結實。子十斐。其花時。香兼桃梅莢菊。郡人傳。

分香蓮。不論錢。

時人爲蘇頌司馬光語

澄懷錄。蘇子容聞人語故事。必令人檢出處。司馬溫公聞人言新事。即便抄錄。且必記所言之人。故當時謂。近峯聞略引周益公言作諺。

古事莫語子容。今事莫告君實。

韓侂胄聞牧童歌

咋非菴日纂。侂胄過南園山莊。趙師睪偕行。至東郊別墅。宛然鄉井。見林薄中一牧童歌云云云。趙呵曰。平章在此。誰敢唐突。跡牧童至草廬。屏上有詩云。玉津園內行天討。怨血空啼杜宇紅。後韓爲史誅於玉津園。

朝出耕田暮飯牛。林泉風月共悠悠。九重雖竊阿衡貴。爭得功名到白頭。

社日俗語

海錄碎事。俗傳。李文公談錄。吾爲翰林學士。月給內醞。兵部李相濤好滑稽。嘗因春社寄詩云。社翁今日沒心情。爲乞治聾酒一瓶。惱亂玉堂將欲遍。依稀巡到第三廳。兵部小字社翁。

社日喫酒治耳聾。

果州百姓爲史謙恕歌

海錄碎事。史謙恕爲果州刺史。百姓歌之曰。

使君來何晚。昔日無儲今有飯。

人爲婁逞語

誠齋雜記。齊婁逞。乃東陽女子。變服爲丈夫。能弈。又解文義。仕至揚州從事。後事發。始作婦人服。語曰。

有如此技。還作老嫗。

案南史崔慧景傳云。有如此技。還爲老嫗。據廣記卷三百六十七所引。今本南史作如此伎。還之爲老嫗。誤。但彼作逞自歎之辭。故置彼引此。

二月八日雨俗號

玉芝堂談薈。卷十九。田家雜占。二月八日。張大帝生日前後。必有風雨。極準。俗號云。

請客風。送客雨。

歲時雜占諺

玉芝堂談薈。卷二十一。田家歲時占。立春在殘年占云云。又上巳聽蛙聲占云云。唐人詩、田家無五行。水旱卜蛙聲是也。三月初三日晴雨占云云。又云云。又五月諺云云云。又云云。又云云。又云云。又云云。又云云。又云云。又云云。又云云。又云云。又云云。又喫井禽諺云云云。言旱也。又云云。又云云。又云云。又云云。

兩春夾一冬。無被暖烘烘。

田雞叫得啞。低田好稻把。田雞叫得響。田內好蕩槳。

雨打石頭斑。桑葉錢價難。雨在石上流。桑葉好喂牛。

四月初八日晴。寡寡鮎魚倒竈下。

初一雨落井泉浮。初二雨落井泉枯。初三雨落連太湖。

時裏西南。老龍奔潭。

六月蓋夾被。田裏無張屁。

十月初一陰。柴炭貴如金。九月十三晴。釘靴掛斷繩。

除夜犬不吠。新年無瘦癘。

賣絮婆子看冬朝。無風無雨哭號咷。

冬至前。米價長。貧兒受長養。冬至後。米價落。貧兒轉蕭索。

木再花 夏有雹。李□花。秋大霜。

布穀鳴。小蒜成。秋霜熟。蕓薹足。

杏子開花。可耕白沙。商陸子熟。杜鵑不哭。

蜻蜓高。穀子焦。蜻蜓低。一壩泥。

夏至前。吃井叫。有車吃。無車嘯。

山招風雨來。海嘯風雨多。

魚兒稱水面。水來沒高岸。

芒後逢壬立梅。至後逢壬梅斷。

天河東西。漿洗寒衣。

穀日諺

玉芝堂談薈。卷二十二。穀日。俗名上八日。宜晴。諺云。

上八夜勿見參星。月半夜弗見紅燈。

宮中爲都膚接骨語

玉芝堂談薈。卷二十七。拾遺記。武帝以金彈彈烏。碎其白光琉璃鞍。李少君取續膏和豨膏接之。映日而視。初無損處。續膏一名都膚。形色如櫻桃。言出於鞠陵之東。以其能接人骨。故以爲名。婦人傅之。顏色都麗。故又曰都膚也。宮人指甲破損。輒用接之。按宮人以下十一字。原本無。今據記事珠補。宮中語曰。

枯容碎軀有都膚。折爪落髮有接骨。下七字據記事珠、庶物名義疏補。

人爲空青語

玉芝堂談薈。卷二十九。空青生銅山沙內。結塊如雞子。色象荔枝。內涵塊如雞黃。春夏成水。秋冬爲泥。以黃連水浸之則化。語云。

醫家有空青。天下無盲人。

古謠諺卷五十四

秀水杜文瀾輯

杜恕引諺

藝文類聚。卷十七。杜恕體論曰。束修之業。其上在於不言。其次莫如寡知也。故諺曰。

使口如鼻。至老不失。

司馬休之從者歌

藝文類聚。卷十九。續安帝紀曰。司馬休之兄尙爲桓玄所敗。休之奔淮泗。頗得彼之人心。從者爲之歌曰。

可憐司馬公。作性甚溫良。憶昔水邊戲。使我不能忘。

甯戚扣角歌

藝文類聚。卷四十三。甯戚扣牛角歌曰。

康浪之水（按康字原作滄。今據升菴詩話改。）白石粲。（升菴詩話卷五。粲作爛。又云。康浪水在今山東。見一統志可考。今樂府誤作滄浪之水。滄浪在魯。與齊何干涉也。駱賓王文云。覩梁父之曲。識臥龍於孔明。聽康浪之歌。得飯牛於甯戚。此可以證。近書坊刻駱集文。又妄改康浪作康衢。自是堯時事。與甯戚何涉也。潛確類書卷二十九引此釋云。康浪水出青州臨淄西平地。）中有鯉魚長尺半。敝布單衣裁至骭。清朝飯牛至夜半。黃犢上坂且休息。吾將捨汝相齊國。

魯褒引諺

藝文類聚。卷六十六。晉魯褒錢神論曰。夫錢、窮者使通達。富者使溫暖。貧者能使勇悍。故曰。君無財則士不來。君無賞則士不往。諺曰云云。雖有中人。而無家兄。何異無足而欲行。無翼而欲翔。

官無中人。不如歸田。

時人爲樂廣衞玠語

白帖。卷二十女壻類。晉樂廣字彥輔。人謂之水鏡。女壻衞玠字叔寶。時號玉人。故時語曰。

婦翁冰清。女壻玉潤。

案晉書衞玠傳。翁作公。惟彼言議者以爲。此言時人語。故置彼錄此。

崔寔引里語

太平御覽。卷十三天部。崔寔政論曰。按本作正論。今據卷四百九十六人事部引此條增。里語云。

州縣符。如霹靂。得詔書。但挂壁。卷四百九十六。符作記。卷五百九十二文部引政論。縣作郡。符作記。

東吳丹徒諺

太平御覽。卷一百七十州郡部。輿地志曰。丹徒界內。土堅緊如蠟。諺云云云。言吳地多產。可以攝生自奉養。

生東吳。死丹徒。

丹徒地可以葬。

魏文明太后青臺歌

太平御覽。卷一百七十八居處部。郡國志曰。金河府青臺。方山北五里。文明太后恆於六宮游戲。按於字疑當作與。因歌曰云云。其曲並在大樂部。

青臺雀。青臺雀。緣山採花額頸着。

京洛爲許郝兩家子弟親族語

太平御覽。卷一百八十居處部。韋述兩京記曰。仁和坊兵部侍郎許欽明宅。欽明、戶部尚書國師猶子。與中書令郝處俊鄉黨親族。兩家子弟。類多醜陋。而盛飾車馬。以游里巷。京洛爲之語曰。

衣裳好。儀觀惡。不姓許。卽姓郝。全唐詩十二函八。觀作貌。

軍中爲盧洪趙達語

太平御覽。卷二百四十一職官部。魏略曰。撫軍都尉秩比二千石。本校事官。始太祖欲廣耳目。使盧洪、趙達二人主刺舉。洪達多所陷入。於時軍中爲之語曰云云。後達竟爲人所迫死。

不畏曹公。但畏盧洪。盧洪尙可。趙達殺我。卷四百六十五人事部引魏略下。盧洪作曹公。誤。

衆爲賈洪嚴苞語

太平御覽。卷二百六十五職官部。魏略曰。按略本作志。今據卷四百九十五人事部引改。賈洪字叔業。家貧好學。應州辟。其時州中自參事以下百餘人。唯洪與嚴苞。字文通。才學最高。故衆爲之語曰。

州中華華、賈叔業。辯論胷胷、嚴文通。卷四百九十五人事部引魏略。胷胷作洶洶。嚴作敬。拜經樓詩話卷四。華華作嘩嘩。胷胷作洶洶。嚴作敬。

人爲夏侯淵歌

太平御覽。卷二百九十三兵部。魏志曰。夏侯淵性果悍。進軍疾速。人歌曰。卷四百九十五人事部引魏書曰。夏侯淵爲將。赴急疾。常出敵不意。故軍中語曰云云。

駢字類編卷八十八引魏志夏侯淵傳注。魏書曰。夏侯淵爲將。赴急疾。常出敵之不意。故軍中爲之語曰。

夏侯淵。三日六百。五日一千。卷四百九十五人事部引魏書作典軍校尉夏侯淵。三日五百六日千。駢字類編卷八十八引魏志夏侯淵傳注轉引魏書。日下有一字。餘與御覽卷四百九十五同。

時爲郭典語

太平御覽。卷三百一十七兵部。漢表傳曰。卷四百九十六人事部、係引江表傳。郭典字君業。爲鉅鹿太守。與中郎將董卓攻黃巾賊張寶於下曲陽。卷四百九十六。下曲陽作汝陽。典作圍塹。而卓不肯。典曰。受詔攻賊。有死而已。使諸將引兵屯東。典獨於西當賊之衝。晝夜進攻。寶由是守城不敢出。時爲之語曰。

郭君爲塹。董將不許。幾令狐狸。化爲豺虎。賴我郭君。不畏彊禦。轉機之間。敵爲窮虜。猗猗惠君。實克疆土。卷四百九十六。爲作圍。豺作犲。克作完。

張顯哲引古諺

太平御覽。卷三百七十八人事部。張顯哲曰。古諺云。

堯舜至聖。身如脯腊。桀紂無道。肥膚三尺。案論衡。堯若腊。舜若腒。桀紂之君。垂腴尺餘。疑諺出此。

時人爲劉師貞語

太平御覽。卷四百十四人事部。史系曰。劉師貞字文通。彭城人也。蚤失其母。及長。不記容狀。哀慕之心。不拘月制。至忌辰。終日涕泣。未嘗寢食。忽夢見其狀。謂之曰。我乃母也。若孝通神明。故我得達乃處。師貞夢中大哭。旣覺。哀號逾甚。乃作偶人象以事之。朝夕起居。反告如常。每爲薦新然後食。時人語曰。

孝於何。通神明。漢有丁蘭。唐有師貞。

晉成都王穎盛時里語

太平御覽。卷四百九十五人事部。魏略曰。成都王穎伐長沙王乂。募虎奴爲軍。自稱四部司馬。市郭人素謬語奴爲佝。故里語曰。

三部司馬階下兵。四部司馬佝長明。欲知太平須石鼈鳴。

案此係西晉末年事。似不應見於魏略。俟考。

鄉里爲李嚴諺

太平御覽。卷四百九十六人事部。江表傳曰。諸葛亮表都護李嚴爲郡職吏。用情深尅。苟利其身。鄉里爲嚴諺曰。

難可狎。李鱗甲。

時人爲繆裴語

太平御覽。卷四百九十六人事部。皇甫謐達士傳曰。繆裴字文雅。代修儒學。繼踵六博士。以經行修明。學士稱之。故時人爲之語曰。

素車白馬、繆文雅。

王朗引諺論貧

太平御覽。卷四百九十六人事部。王朗貧窶語曰。諺曰。

魯班雖巧。不能爲乞丐者顏。

時人爲蔣詡語

太平御覽。卷五百十逸民部。嵇康高士傳曰。蔣詡字元卿。爲兗州刺史。王莽爲宰衡。詡奏事。到灞上。稱病不進。歸杜陵。荆棘塞門舍中三徑。終身不出。時人語曰。

楚國二龔。不如杜陵蔣翁。

謝尙箏歌

太平御覽。卷五百七十六樂部。俗說曰。謝仁祖爲豫州主簿。在桓溫閣下。聞其善彈箏。便呼之。既至。取箏與令彈。謝即理絃於箏。因歌曰云云。桓大以此知之。取謝引詣府。

秋風意殊迫。

蔣子引諺論學

太平御覽。卷六百七文部。蔣子萬機論。諺曰云云。言其少也。

學如牛毛。成如麟角。

石勒時謠

太平御覽。卷七百六十器物部。王隱晉書曰。石勒時。有謠云。

一杯食。有兩匙。石勒死。人不知。

王恭既誅時童謠

太平御覽。卷八百五十三飲食部。劉謙之晉紀曰。王莽誅。童謠曰。按莽當作恭。

昔年食麥屑。今年食螢豆。螢豆不可食。使我枯嚨喉。

案晉書五行志載京口民謠。大旨相同。蓋指王恭舉兵事。御覽莽字必恭字之訛。

古謠諺卷五十五

秀水杜文瀾輯

時人爲進士明經語

山堂考索。後集卷三十二士門。宋朝進士科。往往爲將相極通顯。至明經之科。不過爲學究之類。當時之人爲之語曰云云。蓋進士有設焚香之禮。而明經則設棘監守。恐其傳義也。丹鉛總錄卷十四。宋人諺云云云。見東萊文集。其徒諱之。改瞋目作徹幞。非也。

焚香取進士。瞋目待明經。

吳彩鸞歌

事文類聚。前集卷十一天時部引傳奇。鍾陵西山。有遊帷觀。每至中秋。車馬喧闐。數十里若闤闠。豪傑多召名姝善謳者。夜與丈夫間立。握臂連踏而唱推。對答敏捷者勝。太和末。有書生文簫往觀。睹一姝甚麗。其詞曰云云。生意其神仙。植足不去。姝亦相盼。歌罷。獨秉燭。穿大松逕。將盡。陟山捫石。冒險而升。生躡其蹤。姝曰。莫是文簫耶。相引至絕頂坦然之地。後忽風雨。裂帷覆机。俄有仙童持天判曰。吳彩鸞以私慾洩天機。謫爲民妻一紀。姝乃與生下山。歸鍾陵。

若能相伴陟仙壇。應得文簫駕彩鸞。自有繡襦并甲帳。瓊臺不怕雪霜寒。全唐詩十二函七。瓊作瑤。

曾崇範妻聞夢中人語

合璧事類。前集卷六十一婚禮門引野史。曾崇範之妻許聘數人。其夫輒死。一夕夢人謂全唐詩十二函七作夢人得語。曰云云。乃汝夫也。後嫁崇範方悟。

田頭有鹿迹。田尾有日炙。全唐詩。下有字作著。

時人爲眉山蘇氏謠

合璧事類。後集卷十臣道門。蘇洵生蘇軾、轍。以文章名。其後二子繼之。故時人謠曰。

眉山生三蘇。草木盡皆枯。駢字類編卷八十九引歐陽玄題山莊所藏東坡古木圖詩。眉山昔日生三蘇。一山草木爲之枯。

唐太宗引諺論詞臣

合璧事類。後集卷二十一給舍門引國史。太宗嘗云。朝廷每除一舍人。六親相賀。諺云。潛確類書卷五十三引談苑。文宗嘗謂近臣曰。詞臣之選。古今咸重。朕聞朝廷除一舍人。六親相賀。諺以爲云云。豈容易哉。

一佛出世。

鄭耕老引里諺

小學紺珠。卷四。立身以力學爲先。力學以讀書爲本。今取六經及論語、孟子、孝經以字計之。毛詩三萬九千一百二十四字。尚書二萬五千七百字。周禮四萬五千八百六字。禮記九萬九千二十字。周易二萬四千二百七字。春秋左氏傳一十九萬六千八百四十五字。論語一萬二千七百字。孟子三萬四千六百八十五字。孝經一千九百三字。大小九經。合四十八萬四千九十五字。且以中才爲率。若日誦三百字。不過四年半可畢。或以天資稍鈍。減中才之半。日誦一百五十字。亦止九年可畢。苟能熟讀而温習之。使入耳著心。久不忘失。全在日積之功耳。里諺曰云云。此語雖小。可以喻大。後生勉之。原注。鄭耕老勸學。

積絲成寸。積寸成尺。寸尺不已。遂成丈匹。

楊慎引俗諺釋淮南

哲匠金桴。卷二。淮南一淵不兩蛟。俗諺。

一林不兩虎。

又引閩諺

哲匠金桴。卷五。閩諺。

液雨不流擘。高田不要作。

楊慎引諺釋風花

謝華啓秀。卷一。風花下注云。雲如班駁形。舟人謂之風花。見濟北集。諺云。

餙羅天。海湖雲。

時人爲王隨陳堯佐語

荆川左編。卷二十三相類。呂夷簡罷。密薦王隨與陳堯佐二人爲相。其意引援非才居己下者用之。度他日上意見思。而復相己。及隨與堯佐等議政。數忿爭於中書。隨尋屬疾在告。而堯佐復年高。事多不舉。時有云云之語。韓琦論隨等凡十上。堯佐亦先自援漢故事求策免。於是俱罷。

中書番爲養病坊。

廖應淮歌

荆川左編。卷一百三十三方技類。廖應淮字學海。建昌南城人也。再之京師。夜酤酒痛飲。嘗抵掌大呼曰。始余謂天非宋天。今地非宋地矣。語洩。賈似道使闖其醒。叩之。應淮曰。某年某月。地髮徧白。淛水西流。是其祥矣。至咸淳八年夏四月八日果然。似道使徵應淮來叩。應淮曰。某年樊陷襄降。某年長江飛渡。某年宋亡。似道畏惡甚。然以地髮驗。不加罪。應淮嘗謁殿院曾淵子索酒。酒酣。歌曰云云。歌罷。座有朝士數十輩。轟然以爲誕。曾酷信之。應淮不之顧。啼哭而出。

禽聲兮啾啾。草色兮幽幽。風燇兮火怒。泉殷兮血流。屋時焚兮燕呢喃以未已。鼎沸婆娑其未休。歸去來兮。不歸兮焉求。

鞠君子歌

荆川左編。卷一百四十道類。朱橘號翠陽。居淮西安慶之望江。橘之生也。母嚴氏。夢呑一星。光大如斗。已有娠十五月。母常憂焉。一日。遇道人於門首。手持一物如橘。謂其母。食此。子生矣。母喜而受之。請問名氏。道人乃出手中一扇示之。上有鞠君子三字。曰。吾姓名也。言訖。遂失其所。移時而橘誕。生而聰慧。有志儒業。尤精易數。且謂丹道造化之妙。無出於此。乃厭薄名利。欽慕修煉。所至名山勝地。必遂登覽。意在得師。以證入道。歲在戊子。因往惠之博羅。一日。廛中遇一道人。手握一橘。狀若風狂。且行歌而笑。吟曰云云。衆皆駭之。莫曉其意。獨橘有所感。隨至郊外無人之境。乃拜而問曰。眞人非鞠君子乎。道人驚曰。子何人也。橘以姓名告。乃悟昔時之事。

橘橘橘。無人識。惟有姓朱人。方知是端的。

王嚞歌

荆川左編。卷二百四十道類。王嚞號重陽子。京兆咸陽人。倜儻尚義。舉止亦若狂者。人莫測也。後別構庵於南時村。三年。還居劉蔣北之水中央。肆口皆塵外語。俄一夕。自焚其庵。鄉里驚救。方舞躍而歌曰云云。人問其故。答曰。三年之後。便有人來修此。遂東行。

數載殷勤居劉蔣。庵中日日塵勞長。豁然眞火瞥然開。便教燒了歸無上。奉勸諸公莫悒怏。我咱別有深深況。惟留灰燼不重游。蓬萊路上知來往。

馬鈺夢中歌

荆川左編。卷一百四十道類。馬鈺初名從義。字宜甫。鈺字元寶更之也。號丹陽子。寧海人。兒時常誦乘雲駕鶴之語。及長爲儒。而不樂進取。孫君以女妻師。生三子。庭珍、庭瑞、庭珪。世宗大定七年中元後一日重陽。祖師自終南來。師問。布袍竹笠。冒暑東來。何勤如焉。曰。宿緣仙契。有知己之尋。八年正月十有一日。師於是以貲產付庭珍輩。以離書付孫氏。入市求乞。祖師因師夢中歌云云之句。賜今名號。

燒得白。煉得金。便是長生不死方。

馬鈺歸山操

荆川左編。卷一百四十道類。大定二十三年四月。師往芝陽高莊。九月晦日。與僧燭律師、士人范壽卿於城北三教堂焚香宴坐。鄜州王道師抱琴來鼓之。是日鄉人雲集。師作歸山操云。

能無爲兮無不爲。能無知兮無不知。知此道兮誰不知。知此道兮誰不爲。爲此道兮誰復知。風蕭蕭兮木葉飛。聲嗷嗷兮雁南飛。嗟人世兮日月催。老欲死兮猶貪癡。傷人世兮魂欲飛。嗟人世兮心欲摧。難可了兮人間非。指青山兮當早歸。青山夜兮明月輝。青山曉兮明月歸。饑餐霞兮渴飲溪。與世隔兮人不知。無乎知兮無乎爲。此心滅兮那復爲。天庭復有雙華飛。登三宮兮游紫微。

蜀民爲許遜謠

荆川左編。卷一百四十二道類。眞君姓許氏。名遜。字敬之。世居許昌。生而穎悟。姿容秀偉。爲學博通經史。明天文、地理、音律、五行、讖緯之書。尤嗜神仙修煉之術。晉武帝太康元年。起爲蜀郡旌陽縣令。屬歲大疫。死者十七八。眞君以所授神方拯治之。符呪所及。登時而愈。至於沈疴之疾。無不痊者。傳聞他郡。民相繼而至者。日且千計。於是標竹於郭外十里之江。置符水於其中。俾就竹下飲之。皆瘥。其悼耄羸疾不能至者。汲歸飲之。亦獲痊安。蜀民爲之謠曰云云。後江左之民亦來汲於旌陽。眞君乃呪水一器。置符其中。令持歸。置之江濱。亦植竹以標其所。俾病者飲之。江左之民亦良愈。今號蜀江。

人無盜竊。吏無奸欺。我君活人。病無能爲。

王質引世俗言

荆川右編。卷二十八夷類。王質論中原及東南人夾攻金疏。女眞之衆。曾不當奚、契丹、渤海、靺鞨等諸國十之一。五國之衆。又不當河南、山東、河朔、關隴等諸道百之一。措女眞於五國之間。固已甚微。措五國於中原之內。蓋亦甚眇。今吾與中原相合而爲一。則五國不得不散而去。女眞不得不逆而歸。苟爲不然。則亦自相魚肉。決不能相守不二。以與我並爭於中原也。諸戎與中原相錯。世俗所謂云云者也。烏能久而相安。

貓鼠之相乳。蜈蚣蛙蛇之同穴。

鄭介夫引古諺

荆川右編。卷三十六禮類。鄭介夫論僧道疏。竊自唐虞三代以來。國祚延長。羣生康泰。不聞有釋老也。三國六朝以後。僧尼道士。始布滿天下。求福田利益者。不之老。則之釋。人君好尙。往往過之。夫福非如粟帛金寶可求而取之物也。上好儉則民財豐。節力役則民不困。養生送死無憾。則四海皆躋於仁壽之域。民生安樂。便是好事。獄訟無冤。便是布施。何必張浮費。事繁文。泥金檢玉。而謂之於虛無也。一僧一道之祝延。不若百姓羣黎之同願。一寺一觀之祈禱。不若千門萬戶之齊聲。古諺云云。正此謂也。

福從贊歎生。

開荒諺

荆川稗編。卷四十五農家類。王盤農書。今漢、沔、淮、潁上率多創開荒地。當年多種脂麻等種。有痛收至盈溢倉箱速富者。如舊稻塍内開耕畢。便撒稻種。直至成熟。不須薅拔。緣新開地内。草根既死。無荒可生。若諸色種子。年年揀淨。别無稗莠。數年之間。可無荒薉。所收常倍於熟田。蓋曠閑既久。地力有餘。苗稼鬯茂。子粒蕃息也。諺云云云。言其獲利多也。

坐賈行商。不如開荒。

糞田諺

荆川稗編。卷四十五農家類。王盤農書。凡農圃之家。欲要計置糞壤。須用一人一牛。或驢駕雙輪小車一輛。諸處搬運積糞。月日既久。積少成多。施之種藝。稼穡倍收。桑果愈茂。歲有增羨。此肥稼之計也。夫掃除之猥。腐朽之物。人視之而輕忽。田得之爲膏潤。唯務本者知之。所謂惜糞如惜金也。故能變惡爲美。種少收多。諺云云云。信斯言也。

糞田勝如買田。

古謠諺卷五十六

秀水杜文瀾輯

正德榆林謠

三才圖會。地理三。榆林舊治綏德。成化九年。徙鎮榆林堡。彼時軍士。得耕牧套內。地方豐庶。稱雄鎮焉。自敵據套以來。邊禁漸嚴。我軍不敢擅入。諸利皆失。而鎮城四望黃沙。不產五穀。不通貨賄。於是一切芻糧。始仰給腹裏矣。弘治中。布政文貴。奏改西延慶三府本鎮之稅。爲拋荒折色者三百餘石。正德中。侍郎馮淸又改三府本色盡爲折色。自是軍用始窘。遂有云云之謠。

米珠草桂。

閩中南畿爲海瑞謠

三才圖會。人物八。海瑞號剛峰。廣東瓊州瓊山縣人。以鄉舉選閩中教授。與寮寀約。我輩教育諸生。與郡侯有主賓之道。謁見無跪禮。明日入郡堂。兩齋不覺屈膝。公屹然拱立。時有云云之謠。以僉都御史巡撫南畿。民以爲神。公之初任也。令小民有售產不明者。許直於官。奸民不體此意。妄以遠年交易起訟。名曰加嘆。有司奉行太過。盛開告訐之門。致民間有云云之謠。言官風聞劾罷。尋復起。謚曰忠介。

海筆架。

耕肥田。不如告瘦狀。

時人爲郁使君語

潛確類書。卷十六區宇部。名勝志。馬跡山在太湖中。僧文鑒洞庭記。漢郁使君爲雍州歸社。泝州經從此山。龍馬駐跡。留於石面。時人語曰。

朝爲雍州官。暮歸棲九里。

佛子灘諺

潛確類書。卷三十三區宇部。佛子灘在延平府沙縣。中流巨石。狀如蟾蜍。舟人每見二小豎格鬬石上。舟輒溺。後有異人經此。繪佛像於石。其怪遂絕。上書佛子灘三字。篙師以見全佛爲候。諺云。

水沒佛肩。不敢行船。水浸佛腳。舟行宜速。

時人爲忠義潭語

潛確類書。卷三十五區宇部。忠義潭在永新。宋末、邑人復有八姓勤王。弗克。相率赴潭水死。俱佚其名。時人爲之語曰。

蒼蒼義山。湯湯義潭。是生烈士。義膽忠肝。

宋紹興中潮州鄉諺

駢字類編。卷七十六珍寶門。明一統志。寶福院在潮州府城南二十里。宋紹興中。掘地得古銅器。鄉諺云云云。因名。

地出寶　民獲福。

豐城三洲諺

駢字類編。卷八十八數目門。明一統志。三洲在南昌府豐城縣北三里。諺云云云。謂楊林洲、金雞洲、牛宿洲也。

三洲相連、出狀元。

漳州虎渡橋古諺

駢字類編。卷二百十二鳥獸門。明一統志。虎渡橋在漳州府東柳營江。昔有虎渡是江。古諺曰云云。土人因以名橋。宋嘉定間建。上有亭。

虎渡通人行。漸漸出公卿。

時人爲袁術謠

淵鑑類函。卷一百四諸校尉。魏略曰。袁術字公路。爲長水校尉。好奢綺。盛車馬。以氣高人。謠曰。

路中捍鬼、袁長水。

時人爲李何語

淵鑑類函。卷一百九十六文章。明詩紀事曰。李夢陽字獻吉。慶陽人。詩文以復古自命。與信陽何仲默相和唱。時謂。

唐有李杜。明有李何。

張璟歌

淵鑑類函。卷三百八遊覽。明陳獻章湖山雅趣賦。丙戌之秋。余策杖至南海。循庾嶺而北。涉彭蠡。過匡廬之下。復取道蕭山。泝桐江。艤舟望天台峯。入杭觀於西湖。所過之地。盼高山之漠漠。涉驚波之漫漫。放浪形骸之外。俯仰宇宙之間。嗟夫。富貴非樂。孰若自得者之無愧怍哉。客有張璟者。聞余言。拂衣而起。擊節而歌曰云云。余欲止而告之。竟去不復還。

屈伸榮辱自去來。外樂於我何有哉。爭如一笑解其縛。脫屣人間有眞樂。

孫一元扣石歌

淵鑑類函。卷三百八遊覽。殷雲霄孫一元傳。一元字太初。關中人。嘗入終南山。繼入太白山。嚼草木。居息大石崖下。時有所得。赤腳散髮。走山最高峯。持古松根。扣亘奇石而爲歌。歌曰云云。又歌曰云云。自號太白山人云。

飡蘭桂兮薜荔衣。臥虎豹兮從蜺螭。笑蒼雲兮胡不歸。悲萬役兮焉終。乘元氣兮游無窮。聊歸來兮山中。

古謠諺卷五十七

秀水杜文瀾輯

文馨琴曲

燕丹子。卷下。荆軻西入秦。至咸陽。奉樊於期首與督亢地圖進之。秦王發圖。圖窮而匕首出。軻左手把秦王袖。右手揕其胷。秦王曰。今日之事。從子計耳。乞聽琴聲而死。召姬人鼓琴。琴聲曰云云。軻不解音。秦王從琴聲。負劍拔之。於是奮袖超屏風而走。廣博物志卷三十四引古琴錄。荆軻劫秦王。將刺之。王曰。寡人好琴。願聽一曲而就死。軻許之。因命琴女文馨奏曲。曲曰云云。王從其言。遂得脫。後名其琴曰超屏。自注。文馨或作漏月。

羅縠單衣。廣博物志及古琴疏。衣作衫。可掣而絕。孫氏星衍云。案北堂書鈔衣冠部、太平御覽兵部引作裂。案御覽卷五百七十七衣部引史記。掣亦作裂。卷六百九十一服章部引燕丹子作製。誤。八尺屏風。廣博物志及古琴疏。八作三。風雅逸篇卷七所引。八亦作三。可超而越。鹿盧之劍。孫氏星衍云。案意林引作轆轤。可負而拔。

漢昭帝黃鵠歌

西京雜記。卷一。始元元年。黃鵠下太液池上。爲歌曰。

黃鵠飛兮下建章。白帖卷九十四、御覽卷五百九十二。鵠作鶴。羽衣肅兮行蹌蹌。稗海本、盧本、樂府詩集卷八十五及御覽卷五百九十二、卷九百十六、古文苑卷四。衣作肅。潛確類書卷十四、廣博物志卷四十四。衣肅作蕭蕭。金爲衣兮菊爲裳。唼喋荷荇。古文苑。荇作蒲。出入蒹葭。自顧菲薄。御覽卷九百十六作薄德。愧爾嘉祥。

長安爲韓嫣語

西京雜記。卷四。韓嫣好彈。常以金爲丸。所失者日有十餘。長安爲之語曰云云。京師兒童每聞嫣出彈。輒隨之。望丸之所落。輒拾焉。

苦饑寒。逐金丸。白帖卷十五、御覽二百五十。苦作若。御覽卷四百九十六。金作彈。珊瑚鉤詩話卷二作家饑寒。逐彈丸。

時人爲張氏兄弟語

語林逸文。據廣博物志卷八十。魏張魯有十子。時人語曰。

張氏十龍。儒雅溫恭。

案說郛卷五十九列語林。未載此條。今據廣博物志錄之。

時人爲馮蓀語

世說新語。賞譽篇。

洛中錚錚、馮惠卿。新語又云。名蓀。劉注引八王故事云。蓀少以才悟。識當世之宜。蚤歷淸職。仕至侍中。爲長沙王所害。

按世說此條與洛中雅雅有三嘏一條連敍。彼條已見晉書劉惔傳。係時人之語。以例推之。此條亦時人之語也。

時人稱馮蓀李順邢喬語

世說新語。賞譽篇。馮蓀與邢喬俱司徒李允外孫。及允子順幷知名。時稱劉注云。晉諸公贊曰。喬字曾伯。河間人。有才學。仕至司隸校尉。順字曼長。仕至太僕卿。

馮才淸。李才明。純粹邢。

滎陽厄井俗語

殷芸小說逸文。據廣記卷一百三十五。按殷字原作商。係宋人避宣祖諱。今改正。滎陽南原上有厄井。父老云。漢高祖曾避項羽於此井。爲雙鳩所救。故俗語云云云。漢朝每正旦輒放雙鳩。起於此。

漢祖避時難。隱身厄此間。雙鳩集其上。誰知下有人。

案說郛卷四十六列殷芸小說。未載此條。今據廣記錄之。

咸亨以後謠

朝野僉載。咸亨以後。人皆全唐詩十二函八作謠。云云云。後果則天卽位。至孝和嗣之。阿婆者。則天也。三叔者。孝和第三也。

莫浪語。阿婆嗔。三叔聞時笑殺人。

天后時謠言

朝野僉載。天后時。謠言曰云云。張公者。斥易之兄弟也。李公者。言李氏太盛也。說海本作言王室也。

張公喫酒李公醉。墨客揮犀卷六。郭朏字景初。泉州人。少有才學。而性甚輕脫。嘗夜出。爲醉人所誣。太守詰其情狀。朏笑曰。諺所謂云云者。乃朏是也。太守怪其言不屈。命取紙筆。使作張公喫酒李公醉賦一首。朏操紙立就。其略曰。事有不可測。人當防未然。何張公之飲也。乃李老之醉焉。淸河丈人、方肆杯盤之樂。隴西公子、俄遭酩酊之愆。太守見而大笑。乃釋之。

澤州百姓爲尹正義王熊歌

朝野僉載。王熊爲澤州都督府法曹。斷掠糧賊。惟各決杖一百。通判熊曰。總掠幾人。法曹曰。掠七人。熊曰。掠七人合決七百。法曹曲斷。府司科罪。時人哂之。前尹正義爲都督公平。後熊來替。百姓歌曰。

前得尹佛子。後得王癩獺。判事驢咬瓜。喚人牛嚼沫。全唐詩十二函八同。廣記卷二百六十所引。沫作鐵。見錢滿面喜。無鏹從頭喝。嘗逢餓夜叉。百姓不可活。

選人爲姜晦歌

朝野僉載。唐姜晦爲吏部侍郎。眼不識字。手不解書。濫掌銓衡。曾無分別。選人歌曰。

今年選數恰相當。都由座主無文章。案後一腔凍猪肉。所以名爲姜侍郎。

時人爲蘇頲李某語

朝野僉載逸文。據御覽卷四百十四。蘇頲爲中書舍人。父右僕射瓌卒。頲哀毀過禮。有勑起復。頲表固辭不起。上使黃門侍郎李日知就宅喻旨。終坐無言。乃奏曰。臣見瘠病羸瘦。殆不勝哀。臣不忍言。恐其殞絶。上惻然。不之逼也。故時人語曰。廣記卷四百九十三引松窗錄。中宗嘗召宰相蘇瓌李嶠子進見。二子皆僮年。上迎撫於前。賜與甚厚。因語二兒曰。爾宜憶所通書可謂奏吾者言之。蘇頲應之曰。木從繩則正。后從諫則聖。嶠子忘其名。亦進曰。斮朝涉之脛。剖賢人之心。上曰云云。

蘇瓌有子。李嶠無兒。

張鷟引俗諺三則

朝野僉載逸文。據廣記卷一百三十九。俗諺云云云。又云云云。又諺事文類聚前集卷五引作唐俚語。云云云。

棗子塞鼻孔。懸樓閣卻種。

蟬鳴蛁蟟喚。黍稷饑糜斷。

春雨甲子。赤地千里。蘇詩卷三十七王注引吳興雜錄。赤地作地赤。羣芳譜天譜三。舊作赤地千里。謂第一甲子雨。大旱。或曰。赤當作尺。謂行者苦雨。尺地若千里也。夏雨甲子。乘船入市。秋雨甲子。禾頭生耳。冬雨甲子。牛羊凍死。〔二句原本無。今據全唐詩十二函八補。吳下田家志作飛雪千里。〕鵲巢下地 其年大水。〔農家諺作春甲子雨。乘船入市。夏甲子雨。赤地千里。秋甲子雨。禾頭生耳。冬甲子雨。雪飛千里。〕

唐景雲中天樞謠

朝野僉載逸文。〔據廣記卷一百六十三。〕唐景雲中謠曰云云。神武卽位。敕令推倒天樞。收銅并入尙方。此其應驗。〔大唐新語卷八。長壽三年。則天徵天下銅五十餘萬斤。鐵三百三十餘萬斤。錢二萬七千貫。於定鼎門內鑄八稜銅柱。高九十尺。徑一丈二尺。題曰。大周萬國述德天樞。紀革命之功。貶皇家之德。開元初。詔毀天樞。發卒銷爍。彌月不盡。先有訛言云云。言其不經久也。〕

一條麻線挽天樞。絕去也。〔大唐新語作一條線挽天樞。廣記二百四十引大唐新語。線上有絲字。全唐詩十二函八。線作索。〕

廣州人爲朱隨侯李逖爾朱九歌

朝野僉載逸文。〔據廣記二百五十四。〕周韶州曲江令朱隨侯。女夫李逖。游客爾朱九。並姿相少媚。廣州人號爲三樵。〔原注。七肖反。〕人歌之曰云云。張鷟目隨侯臛亂土梟。

奉敕追三樵。隨侯傍道走。迴頭語李郎。喚取爾朱九。

則天時張鷟沈全交爲濫官謠

朝野僉載逸文。〔據廣記卷二百五十五。〕則天革命。舉人不試皆與官。起家至御史評事拾遺補闕者。不可勝數。張鷟爲謠〔通鑑卷二百五作時人爲之語。〕曰云云。時有沈全交者。傲誕自縱。露才揚己。高巾子。長布衫。南院吟之。續四句曰云云。遂被把椎御史紀先知提向右臺對仗彈劾。以爲謗朝政。敗國風。請於朝堂決杖。然後付法。則天笑曰。但使卿等不濫。何慮天下人語。不須與罪。卽宜放卻。先知於是乎面無色。〔容齋四筆卷十〕

一。武后革命。濫授人官。故張鷟爲諺以譏之曰云云。唐新舊史亦載其語。但泛言之。案天授二年二月。以十道使所舉人石艾縣令王山輝等六十一人並授拾遺補闕。懷州錄事參軍霍獻可等二十四人並授侍御史。并州錄事參軍徐昕等二十四人授著作郎。內黃縣尉崔宣道等二十三人授衛佐校書。凡百三十二人。同日而命試官。自此始也。其濫如此。劉子玄傳。武后詔九品以上陳得失。子玄言君不虛授。臣不虛受。今羣臣無功。遭遇輒遷。至都下有車載斗量。杷椎椀脫之諺。正爲此設。然只是自外官便除此四職。非所謂輒遷。子玄之言失之矣。

補闕連車載。拾遺平斗量。把椎侍御史。通鑑。把椎作欋推。胡注。釋名曰。齊魯謂四齒杷爲欋。全唐詩十二函八。把椎作欔槌。椀脫校書郎。通鑑。椀作盌。胡注。坡詩。但言櫝藏終身售。豈知盌脫本無模。全唐詩。校書作侍中。

評事不讀律。博士不尋章。麪糊存撫使。通鑑及全唐詩。麪糊作糊心。眯目聖神皇。

軍中爲李敬元王杲曹懷舜謠

朝野僉載逸文。據廣記卷二百五十五。唐中書令李敬元爲元帥。討吐蕃。至樹敦城。聞劉尙書沒蕃。着鞾不得。狼狽而走。王杲副總管曹懷舜等按王杲上脫去官階。驚退。遺卻麥飯。首尾千里。地上尺餘。時軍中謠曰。

洮河李阿婆。鄯州王伯母。見賊不敢鬬。總由曹新婦。

郝南容引諺

朝野僉載逸文。據廣記卷二百五十八。唐郝象賢。侍中處俊之孫。頓邱令南容之子也。弱冠。諸友生爲之字曰寵之。每於父前稱字。父給之曰。汝朋友極賢。吾爲汝設饌。可命之也。翊日。象賢因邀致十數人。南容引坐與之飲。謂曰。諺云云云。小兒誠愚。勞諸君製字。損南容之身尙可。豈可波及侍中也。因泣涕。衆慙而退。寵之反語爲癡種也。

三公後。出死狗。

臺中爲侯知一張悰高筠張栖貞語

朝野僉載逸文。據廣記卷二百五十八。周夏官侍郎侯知一年老。敕放致仕。上表不伏。於朝堂踴躍馳走。以示輕便。張悰丁憂。自請起復。吏部主事高筠母喪。親戚爲舉哀。筠曰。我不能作孝。員外郎張栖貞被訟。詐遭母憂。不肯起對。時臺中爲之語曰云云。皆非名教中人。並是王化外物。獸心人面。不其然乎。

侯知一不伏致仕。張悰自請起復。高筠不肯作孝。張栖貞情願遭憂。

京中爲岑羲崔湜鄭愔語

朝野僉載逸文。據廣記卷二百五十八。唐崔湜爲吏部侍郎。贓污狼籍。時崔岑、鄭愔並爲吏部。京中謠之曰。

岑羲獠子後。崔湜令公孫。三人相比較。莫賀咄最渾。全唐詩十二函八。最作骨。

魯城民爲姜師度歌

朝野僉載逸文。據廣記卷二百五十九。唐姜師度好奇詭。爲滄州刺史兼按察。造槍車運糧。開河築堰。州縣鼎沸。於魯城界內種稻。置屯穗。蟹食盡。又差夫打蟹。民苦之。歌曰。

魯城一種稻。全唐詩十二函八。一作抑是也。一槩被水沫。年年索蟹夫。百姓不可活。

時人爲蕭佺鄒昉語

朝野僉載逸文。據廣記卷四百。鄒駱駝、長安人。先貧。嘗以小車推蒸餅賣之。每勝業坊角有伏磚。車觸之即翻。塵土涴其餅。駝苦之。乃將钁劚去十餘磚。下有瓷甕。容五斛許。開看。有金數斗。於是巨富。其子昉與蕭佺駙馬游。（案游字原本無。今據全唐詩十二函八補。）時人語曰。

蕭佺駙馬子。鄒昉駱駝兒。非關道德合。只爲錢相知。

狐神諺

朝野僉載逸文。（據廣記卷四百四十七。）唐初以來。百姓多事狐神。房中祭祀以乞恩。食飲與人同之。事者非一主。當時有諺曰。

無狐魅。不成村。

西北人諺

朝野僉載逸文。（據事文類聚前集卷四。）西北人諺曰。（按此五字原本在第二則之首。今以全唐詩十二函八核之。當移於前。錦繡萬花谷引第二則作泗州人語。蘇詩王註作西人語。）

正月三白。田公笑嚇嚇。（全唐詩。嚇嚇作赫赫。）

要宜麥。見三白。（農政全書作若要麥。見三白。又云。冬至後第三戌爲臘。臘前兩三番雪謂之臘前三白。大宜菜麥。錦繡萬花谷。要作欲。全唐詩。宜作見。）

張鷟引諺

朝野僉載逸文。（據蘇詩卷二十一施注引。）諺曰。

官倉喝雀。猶是向公。

案說郛說海所收朝野僉載均非足本。今採輯謠諺。僅得四條。復據御覽採出一條。廣記採出十四條。又附錄一條。事文類聚採出一條。蘇詩注採出一條。

古謠諺卷五十八

秀水杜文瀾輯

時人爲陽城鄭錮李周南語

唐國史補。卷上。陽城居夏縣。拜諫議大夫。鄭錮居閿鄉。拜拾遺。李周南居曲江。拜校書郎。時人以爲。

轉遠轉高。轉近轉卑。

長安爲宋清言

唐國史補。卷中。宋淸賣藥於長安西市。朝官出入移貶。淸輒賣藥迎送之。貧士請藥。常多折劵。人有急難。傾財救之。歲計所入。利亦百倍。長安言。

人有義聲。賣藥宋淸。

戶牖俗語

唐國史補。卷中。古之屋。室中爲牖。東爲戶。故今語曰。

二十三。日正南。二十五。日當戶。

省下語

唐國史補。卷下。舊說吏部爲省眼。禮部爲南省。舍人、考功、度支爲振行。比部爲廊下食。以飯從者號比盤。二十四曹呼左右司爲都公。省下語曰。

後行祠屯。不博中行都門。下行刑戶。不博前行駕庫。廣記卷一百八十七。下作中。刑戶作禮部。全唐詩十二函八注云。禮部一作刑部。

御史臺爲院長語

唐國史補。卷下。御史故事。監察院長與同院禮隔。語曰云云。凡上堂。絕言笑。有不可忍。雜端大笑。則合座皆笑。謂之烘堂。烘堂不罰。大夫中丞入三院。罰直盡放。

事長如事端。

諫院臺省語

唐國史補。卷下。每大朝會。監察御史押班不足。則使下御史因朝奏者攝之。諫院以章疏之。故憂患略同。臺中則務苛禮。省中多事。旨趣不一。故言。

遺補相惜。御史相憎。郎官相輕。

峽路謠

唐國史補。卷下。凡東南郡邑無不通水。故天下貨利。舟檝居多。轉運使歲運米二百萬石輸關中。皆自通濟渠自注。卽汴河也。入河而至也。江淮篙工不能入黃河。蜀之三峽。河之三門。南越之惡谿。南康之贛石。皆險絕之所。自有本處人爲篙工。大抵峽路峻急。故曰云云。四月五月爲尤險時。故曰。灧澦大如馬。瞿塘不可下。灧澦大如牛。瞿塘不可留。灧澦大如襆。瞿塘不可觸。按此條已見峽程記。係謠詞。則上條當亦是謠。故錄入。

朝發白帝。暮徹江陵。

江湖行船語

唐國史補。卷下。江湖語云云。言大船不過八九千石。然則大曆貞元間。有俞大娘航船最大。居者養生送死嫁娶悉在其間。開巷爲圃。操駕之工數百。南至江西。北至淮南。歲一往來。其利甚博。此則不啻載萬也。

水不載萬。

峽程舊語

唐國史補。卷下。近代杜邠公自西川除江陵。五月下峽。官舟千艘。不損一隻。舊語曰云云。此則邠公之洪福。自古未之有也。

五月下峽。死而不弔。

時人爲兔褐語

唐國史補。卷下。宣州以兔毛爲褐。亞於錦綺。復有染絲織者尤妙。故時以爲云云也。

兔褐眞不如假。

時人爲姜恪閻立本及學生令史語

大唐新語。卷十一。懲戒類。高宗朝。姜恪以邊將立功爲左相。閻立本爲右相。時以年饑。放國子學生歸。又限令史通一經。時人爲之語曰云云。以末伎進身者。可爲炯戒。

左相宣威沙漠。右相馳譽丹青。三館學生放散。五臺令史明經。

案舊唐書閻立德傳。僅有千字文二句。故置彼錄此。

宋守敬引諺論仕宦

大唐新語。（卷十二。勸勵類。）宋守敬爲吏。淸白謹愼。累遷臺省。終於絳州刺史。其任龍門丞。年已五十八。數年而登列嶽。每謂寮曰。公輩但守淸白。何憂不遷。諺（案諺本作俗。據全唐詩十二函八改。）云云。余以爲仕宦亦無休勢。各宜勉之。

雙陸無休勢。

時人爲李義府張懷慶諺

大唐新語。（卷十三。諧謔類。）李義府嘗賦詩曰。鏤月成歌扇。裁雲作舞衣。自憐迴雪影。好取洛川歸。有棗强尉張懷慶好偷名士文章。乃爲詩曰。生情鏤月成歌扇。出意裁雲作舞衣。照鏡自憐迴雪影。時來好取洛川歸。人謂之諺曰。（案謂當作爲。）

活剝王昌齡。生吞郭正一。

洛人爲袁家樓諺

劉賓客嘉話錄逸文。（據廣記卷二百五十一。）唐汝南袁德師。故給事高之子。嘗於東都買得婁師德故園地起書樓。洛人語曰。

昔日婁師德園。今乃袁德師樓。（全唐詩十二函八無日字乃字。）

案說郛卷三十六列嘉話錄。未載此條。今據廣記錄之。

御史臺中爲巡推諺

因話錄。卷五。殿中侍御史新入知右巡。已次知左巡。號兩巡使。所主繁劇。及遷。向上則入推。益爲勞屑。惟其中間。則入清閑。故臺中諺曰云云。言其暢適也。

免巡未推。只得自如。全唐詩十二函八。如作知。

西鄙人爲哥舒翰歌

乾𦠆子逸文。據廣記卷四百九十五。天寶中。哥舒翰爲安西節度。控地數千里。甚著威令。故西鄙人歌之曰。

北斗七星高。哥舒夜帶刀。吐蕃總殺盡。更築兩重壕。全唐詩十一函。下二句作至今窺牧馬。不敢過臨洮。

案說郛卷二十三列乾𦠆子。未載此條。今據廣記錄之。

范攄引諺論著書

雲谿友議。自序。余少游秦吳楚宋。每逢寒素之士。作清苦之吟。或樽酒和酬。稍蠲於遠思矣。諺云云云。野老之言。聖人採擇。孔子聚萬國風謠以成其春秋也。江海不卻細流。故能爲之大。因事錄焉。是曰雲谿友議。

街談巷議。倏有裨於王化。

濠梁里人爲薛媛語

雲谿友議。卷一。濠梁人南楚材者。旅游陳潁。歲久。潁守將欲以子妻之。楚材家有妻。以受潁牧之眷深。而輒已諾之。遂遣家僕歸取琴書等。似無返舊之心也。其妻薛媛善書畫。妙屬文。知楚材不念糟糠之情。别倚絲蘿之託。對鏡自圖其形。幷詩四韻以寄之。楚材得妻眞及詩。懷慙。遽有雋不疑之讓。夫婦遂偕老焉。里語曰。

當時婦棄夫。今日夫離婦。若不逞丹青。空房應獨守。全唐詩十一函十。夫棄婦作夫離婦。原本守作自。不叶韻。據全唐詩改正。

鎭海軍道爲壯兒語

雲谿友議。卷一。李相公紳督大梁日。聞鎭海軍進健卒四人。一曰富蒼龍。二曰沈萬石。三曰馮五千。四曰錢子濤。悉能拔撅角觝之戲。既召至。果然趫勁。翌日於毬場内犒勞。以駕車老牛筋皮爲炙。狀瘤魁之臠。自注。魁、酒罇也。盛一斗二升。多以檜槐瘤爲之。或銅鑄也。坐四輩於地茵。大柈令食之。萬石等三人視炙堅麤。莫敢就食。獨五千瞋目張口。兩手捧炙。如虎啖肉。丞相曰。眞壯士也。又令試觝戲。蒼龍等亦不利。獨五千勝之。十萬之衆。爲之披靡。於是獨進五千。蒼龍等退還本道。語曰云云也。

壯兒過大梁。如上龍門。

舉場中爲鄉貢進士語

盧氏雜說逸文。據廣記卷一百八十一。文宗嘗言進士之盛時。宰相對曰。舉場中自云云云。上笑之曰。亦無奈何。

鄉貢進士。不博上州刺史。

案說郛卷四十八列盧氏雜記。未載此條。今據廣記録之。

員莊里諺

樹萱錄。員半千莊在焦戴川北。枕白鹿原。蓮塘、竹徑、酴醾架、海棠洞、會景堂、花塢、藥欄、碾磨、麻稻、壟塍鱗次。四字原本無。據全唐詩十二函八補。里諺曰。

上有天堂。下有員莊。

安定郡里諺

三水小牘。卷下。安定郡有峴陽峯。峯上有池。若雨。則雲起池中。若車蓋然。故其里諺曰。

峴山張蓋雨滂沱。孔帖卷二。沱作沛是也。

洛中閽者聞五鳳樓中人歌

劇談錄。卷上。咸通四年。洛中大水。苑囿廬舍。靡不淹沒。先是皇城閽者。白晝聞五鳳樓中有人歌云云。時鄭相國涯留守洛師。聞之。以爲妖妄。經月餘。從事宴罷夜歸。執燭者有火燼落。騎從纔過。煙焰已高。救之不及。遂燒其半。及潦將興。穀洛先漲。魏王與月波二堤俱壞。乃明閽者之言。

天津橋畔火光起。魏王堤上看洪水。全唐詩十二函八。洪作流。按流亦可通。作洪者尤切。

長安酒肆布衣吟

瀟湘錄逸文。據廣記卷八十三。貞元末。有布衣於長安中游酒肆。吟咏以求酒。時當素秋風肅。布衣忽慨然而四望。淚下沾襟。一老叟怪而問之。布衣曰。我來天地間一百三十之春秋也。每見春日煦。春風和。則不覺喜且樂。及至此秋也。未嘗不傷而悲之也。非悲秋也。悲人之生也。韶年卽宛若春。及老耋卽如秋。因朗吟曰云云。老叟聞吟是詩。亦泣下沾襟。布衣又吟曰云云。老叟乃歡笑。與布衣攜手同醉於肆。後數日。不知所在。人有於西蜀江邊見之者。

陽和時節天地和。萬物芳盛人如何。素秋時節天地肅。榮秀叢林立衰促。有同人世當少年。壯心儀貌皆儼然。一旦形羸又髮白。舊游空使淚連連。有形皆朽孰不知。休吟春景與秋時。爭如且醉長安酒。榮華零悴總奚爲。

案說郛卷三十二列瀟湘錄。未載此條。今據廣記錄之。

時人爲進士語

唐摭言。卷一。唐太宗貞觀中私幸端門。見進士綴行而出。喜曰。天下英雄入吾彀中矣。縉紳雖位極人臣。不由進士者終不爲美。其艱難謂之云云。其有老死於文場者。亦無所恨。時人語曰。原本作故有詩云。今據潛確類書卷五十改。

三十老明經。五十少進士。

太宗皇帝眞長策。賺得英雄盡白頭。

元和時人爲進士榜語

唐摭言。卷七。元和十一年。歲在丙申。李涼公廣記卷一百八十一。涼公作逢吉。下三十三人皆取寒素。時有語曰。原本語作詩。今據廣記改。

元和天子丙申年。三十三人同得仙。袍似爛銀文似錦。相將白日上青天。

選舉人爲崔愼由語

唐摭言。卷七。大中咸通中。盛傳崔愼由相公嘗寓尺題於知聞。故選舉人爲語曰。此句原本作或曰。今據全唐詩十二函八改。

王凝裴瓚。舍弟安潛。朝中無呼字知聞。廳裏絶脱韡賓客。

科目舉人爲王崇竇賢語

唐摭言。卷七。太平王崇、竇賢二家。率以科目爲資。足以升沈後進。故科目舉人相謂曰。

未見王竇。徒勞漫走。

天下爲潘緯何涓語

唐摭言。卷十。何涓、湘南人也。業辭。嘗爲瀟湘賦。天下傳寫。少遊國學。同時潘緯者。以古鏡詩著名。天下傳之曰。此句原本作或曰。今據全唐詩十二函八改。

潘緯十年吟古鏡。何涓一夜賦瀟湘。

秦中芭蕉謠

玉堂閒話逸文。據廣記卷一百四十。天水之地土寒。不產芭蕉。戎帥使人於興元求之。植二本於亭臺間。每至入冬。卽連土掘取之。埋藏於地窟。候春暖。卽再植之。庚午辛未之間。有童謠曰云云。而又節氣變而不寒。芭蕉於是花開。士女來看者塡咽衢路。尋則蜀人犯我封疆。自爾年年一來。不失芭蕉開謝之候。自隴之西。竟爲蜀人所有。暑濕之候一如巴邛者。蓋劍外節氣。先布於秦城。童謠之言。不可不察。

花開來裏。花謝來裏。全唐詩十二函八。下來字作也。

王仁裕引諺

玉堂閑話逸文。（據廣記卷一百五十八。）諺云云云。斯言雖小。亦不徒然。常見前張賓客澄言。頃任鎭州判官日。部内有一民家婦。貧且老。平生未嘗獲一完全衣。或有哀其窮賤。形體袒露。遺一單衣。其婦得之。披展之際而未及體。若有人自後掣之者。舉手已不知衣所在。此蓋爲鬼所奪也。

一飲一啄。繫之於分。

河北爲葛從周諺

玉堂閑話逸文。（據廣記卷一百七十七。）梁葛侍中從周鎭兗之日。威名著於敵中。河北諺曰云云。

山東一條葛。無事莫撩撥。

案說郛卷四十八列玉堂閑話。未載此三條。今據廣記錄之。

孫光憲引諺論和凝

北夢瑣言。（卷六。）晉相和凝。少年時好爲曲子詞。布於汴洛。洎入相。專託人收拾焚毀不暇。然相國厚重有德。終爲豔詞玷之。契丹入夷門。號爲曲子相公。諺（諺字原本無。據古謠諺閑談卷三補。）所謂云云。士君子得不戒之乎。

好事不出門。惡事行千里。

又引諺論謔戲

北夢瑣言。（卷八。）唐張禕侍郎有愛姬早逝。悼念不已。因入朝未回。其猶子右補闕曙。乃製浣溪紗置於几上。大阮朝退。忽睹此詩。不覺哀慟。乃曰。必是阿灰所作。阿灰卽中諫小字也。然於風敎還亦不可。以其叔姪年顏相似。恕之可耳。諺曰云云。謔戲固不免也。

小舅小叔。相追相逐。

又引諺論乘船走馬

北夢瑣言。（卷十。）唐時杜彥林爲朝官。一日馬驚蹶倒。踏鐙旣深。抽脚不出。爲馬拖行。一步一踏。以至于卒。古諺（諺字原本作人。據古諺閒談卷三改。）云云。是知跨御常宜介意也。

乘船走馬。去死一分。

人爲李都崔雍孫瑝鄭嵎語

北夢瑣言。（卷十一。）唐自大中後。進士尤盛。先是李都、崔雍、孫瑝、鄭嵎四君子。蒙其盻睞者。皆因進昇。故曰。

欲得命通。問瑝嵎都雍。

江陵人言

北夢瑣言逸文。（據廣記卷二百六十六。）江陵在唐世號衣冠藪澤。人言。

琵琶多於飯甑。措大多於鯽魚。

古謠諺卷五十九

秀水杜文瀾輯

洛陽爲張全義諺

洛陽搢紳舊聞記。卷二。齊王張令公諱全義。在洛四十餘年。累官至太尉中書令。王誠信。每水旱祈祭。必具湯沐素食。別寢精潔。至祠祭所。儼然若對至尊。容如不足。晴旱祈禱未雨。左右必曰。王可開塔。卽無畏師塔也。塔在龍門廣化寺。王卽依言而開塔。拜訖。王祝曰。今少雨。恐傷苗稼。和尚慈悲。告佛降雨。如是未嘗不澍雨。故當時俚諺曰。

王禱雨。買雨具。無畏之神耶。齊王之潔誠耶。

好事者爲丁謂語

歸田錄。卷一。寇忠愍公準之貶也。初以列卿知安州。既而又貶衡州副使。又貶道州別駕。遂貶雷州司戶。時丁晉公與馮相拯在中書。丁當秉筆。初欲貶崖州。而丁忽自疑。語馮曰。崖州再涉鯨波如何。馮唯唯而已。丁乃徐擬雷州。及丁之貶也。馮遂擬崖州。當時好事者相語曰云云。比丁之南也。寇復移道州。寇聞丁當來。遣人以蒸羊逆於境上。而收其童僕。杜門不放出。聞者多以爲得體。

若見雷州寇司戶。人生何處不相逢。

歐陽修引俚諺紀趙世長事

歸田錄。卷二。俚諺云云。不知是何等語。雖士大夫亦往往道之。天聖中。有尚書郎趙世長者。常以滑稽自負。其老也。求爲西京留臺御史。有輕薄子送以詩云。此回眞是送燈臺。世長深惡之。亦以不能酬酢爲恨。其後竟卒於留臺也。

趙老送燈臺。一去更不來。

京師爲三班羣牧語

歸田錄。卷二。三班院所謂使臣八千餘人。涖事於外。其罷而在院者。常數百人。每歲乾元節。醵錢飯僧進香。合以祝聖壽。謂之香錢。判院官常利其餘以爲餐錢。羣牧司領內外坊監使副判官。比他司俸入最優。又歲收糞墼錢頗多。以充公用。故京師爲之語曰云云也。

三班喫香。羣牧喫糞。

朝中爲樞密使副語

歸田錄。卷二。國朝之制。大宴。樞密使副不坐。侍立殿上。既而退就御廚賜食。與閤門引進四方館使列於廡下。親王一人伴食。每春秋賜衣。門謝。則與內諸司使副班於垂拱殿外廷中。而中書則別班謝於門上。故朝中爲之語曰。

廚中賜食。階下謝衣。

時人爲盛度丁謂梅詢竇元賓語

歸田錄。卷二。盛文肅公豐肌大腹。而眉目清秀。丁晉公疏瘦如削。二公皆兩浙人也。并以文辭知名於時。梅學士詢在眞宗時已爲名臣。至慶曆中爲翰林侍讀以卒。性喜焚香。其在官。每晨將起視事。必焚香兩爐。以公服罩之。撮其袖以出。坐定。撒開兩袖。郁然滿室濃香。有竇元賓者。五代漢宰相貞固之孫也。以名家子。有文行。爲館職而不喜修飾。經時未嘗沐浴。故時人爲之語曰云云也。涑水記聞卷二。梅侍讀詢與孫何、盛度、丁謂。眞宗時俱在清貫。詢好潔。衣服裛以龍麝。其香數步襲人。何性落拓。衣服垢汙。度體充壯。居馬上。前如仰。後如俯。謂吳人。面如刻削。時人爲之語曰云云。

盛肥丁瘦。梅香竇臭。涑水記聞作梅香孫臭。盛肥丁瘦。

咸平五年京師爲貢舉語

歸田錄。卷二。用錢之法。自五代以來。以七十七爲百。謂之省陌。今市井交易。又刻其五。謂之依除。咸平五年。陳恕知貢舉。選士最精。所解七十二人。王沂公曾爲第一。鄉試又落其半。而及第者三十八人。沂公又爲第一。故京師爲語曰云云也。是歲取人雖少。得士最多。

南省解一百依除。殿前放五十省陌。

長安人爲楊譚林特歌

涑水記聞。卷二。至道中。國家征夏虜。調發陝西芻粟。隨軍至靈武。陝西騷動。民皆逃匿賦役。不肯供給。有詔督運者。皆得便宜從事。不牽常法。吏治率皆峻急。而京兆府通判水部員外郎楊譚、大理寺丞林特尤甚。長安人歌之曰云云。長安多大豪及有蔭戶。尤不可號令。有見任知某州妻清河縣君者。不肯運糧。譚鏁而杖之。於是莫敢不趨令。譚時令民每驢負若干。每人擔若干。仍齎糧若干。官爲封之。須出塞乃聽食。嗟怨之聲滿道。既而京兆最爲先辦。民無逃棄者。諸州皆稽留不能比。事畢。人畜死者十八九。由是人始復稱之。二人以是得顯官。譚終諫議大夫。特至尚書三司使。

楊譚見手先教鑠。林特逢頭便索枷。

京師爲程師孟張安國語

涑水記聞。卷十六。諫議大夫程師孟嘗請於介甫曰。公文章命世。師孟多幸。生與公同時。願得公爲墓誌。庶傳不朽。惟公矜許。介甫問先正何官。師孟曰。非也。師孟恐不得常侍左右。欲豫求墓誌。俟死而刻之耳。介甫雖笑許。而心憐之。及王雱死。有習學檢正張安國。被髮藉草。哭於柩前曰。公不幸未有子。今聞夫人方有娠。安國願死托生爲公嗣。京師爲之語曰。

程師孟生求速死。張安國死願托生。自注云。蘇衮云。

張安道引諺論人材

龍川別志。卷上。張公安道嘗爲予言。國朝自眞宗以前。朝廷尊嚴。天下私說不行。好奇喜事之人。不敢以事搖撼朝廷。故天下之士知爲詩賦以取科第。不知其他矣。諺曰云云。既已官之。不患其不知政也。

水到魚行。

京師爲宣醫勅葬家語

孔氏談苑。卷一。京師語老學菴筆記卷九作都下諺。曰云云。蓋所遣醫官云。某奉勅來。須奏服藥加減次第。往往必令餌其藥。至死而後已。勑葬之家。使副手巾帨巾。每人白羅三疋。他物可知也。

宣醫喪命。老學菴筆記及石林燕語卷五。喪作納。勑葬破家。

京城爲王雱侯叔獻語

孔氏談苑。卷一。王雱、丞相舒公之子。不慧。有妻未嘗接。其舅姑憐而嫁之。雱自若也。侯叔獻再娶而悍。一旦叔獻卒。朝廷慮其虐前夫之子。有旨出之。不得爲侯氏妻。時京城有語云。東軒筆錄卷七作京師諺語。又云。王雱爲太常寺太祝。素有心疾。娶同郡龐女爲妻。逾年生一子。雱以貌不類己。百計欲殺之。竟以悸死。又與其妻日相鬭鬨。荆公念其婦無罪。遂與擇壻而嫁之。是時有工部員外侯叔獻者。荆公之門人也。娶魏氏女爲妻。少悍。叔獻死。而幃薄不肅。荆公奏逐魏氏婦歸本家。東皐雜鈔卷二。按史稱元澤未冠。著書千百言。作策三十餘篇。極論天下事。不類失心者。其後病疽死。魏泰所云。恐未必然。細味其眼兒媚。所謂海棠未雨。梨花先雪。一半春休。又云相思只在丁香枝上。豆蔻梢頭。意元澤或是病瘵者。不然人卽失心。亦無遽嫁其婦之理。荆公雖執拗。當不至是。

王太祝生前嫁婦。侯兵部死後休妻。東軒筆錄及墨客揮犀卷三。兵作工。

孔平仲引江南京東九江民言五則論占候

孔氏談苑。卷二。江南民言云云。元豐四年正旦。九江郡天無片雲。風日明快。是年果旱。又曰云云。蓋芒種須晴明也。云云。雨多也。又於四月一日至四日卜一歲之豐凶云。春雨甲子。赤地千里。按此條已見朝野僉載。言旱也。夏雨甲子。乘船入市。按此條亦見朝野僉載。言避水也。云云。言踏車取水。亦旱也。云云。言大熟也。禪師惠言嘗言。上元一夕晴。麻小熟。兩夕晴。麻中熟。三夕晴。麻大熟。若陰雨。麻不登。占亦如此。云絕有效驗。京東一講僧云云。言雲向南與西行則有雨。向北與東行則無雨。云亦有效驗。大理少卿杜純云。京東人言云云。言雨後朝晴。尚有雨也。須晚晴。乃眞晴耳。九江人畏下旬雨云。雨不肯止。劉師顏視月占旱云。月如懸弓。少雨多風。月如仰瓦。不求自下。按此條已見江鄰幾雜志。同州人謂雨沾足爲爛雨。

正旦晴。萬物皆不成。

芒種雨。百姓苦。

一日雨。百泉枯。李氏調元夏小正箋。泉作草。　二日雨。傍山居。　三日雨。騎木驢。　四日雨。餘有餘。

雲向南。雨覃覃。雲向北。老鸛尋河哭。雲向西。雨沒犂。雲向東。塵埃沒老翁。

朝霞不出門。暮霞行千里。丹鉛雜錄卷八。門作市。是也。通俗編卷十一述范成大詩亦作市。下二句云。我豈知天道。吳儂諺云爾。田家五行志。門亦作市。行作走。又云。此皆言雨後乍晴之霞。若有火焰形而乾紅者。非但主晴。必主久旱之兆。朝霞雨後乍有。定雨無疑。或是晴天隔夜雖無。今朝忽有。則要看顏色斷之。乾紅主晴。間有褐色主雨。滿天謂之霞得過。主晴。霞不過。主雨。若西北有浮雲稍厚。雨當立至。

京師爲辛雍顧子敦語

孔氏談苑。卷二。元祐二年。辛雍自光祿寺丞移太常博士。顧子敦自給事中除河朔漕。付以治河。京師語曰云云。子敦好談兵。人謂之顧將軍也。

治禮已差辛博士。修河仍用顧將軍。

洛中地勢語

畫墁錄。卷一。洛中耆舊言。伊洛水六十年一泛濫爲害。城下惟福善坡不及。城外惟長夏門不及。洛中故有語云云。平日但知以其形勢耳。至此乃知水讖不苟云。

長夏門外有莊。福善坡頭有宅。

張方平引古諺

聞見近錄。慶曆中。韓范執政。日務興作。時章郇公爲相。張文定因往見之。語以近日諸公頗務興作如何。郇公不答。未幾三公悉罷。文定嘗曰。事不可競。古諺曰云云。斯眞有理。當其盛衰之際。不勞力而成。不勞慮而敗。理之常也。

遲是疾。疾是遲。

皇祐中汾河謠

東齋紀事。皇祐中。汾河謠云云。狄青、汾河人。以平儂智高功爲樞密使。疾之者欲以謠言中傷之。范鎭曰。此唐太宗殺李君羨。上安肯爲之。

漢似胡兒胡似漢。改頭換面總一般。只在汾州洲子畔。

浙西占年諺

後山談叢。浙西地下積水。故春夏厭雨。諺曰云云。浙東地高燥。過雨卽乾。故春得雨卽耕。然常患少耳。

夏旱修倉。秋旱離鄉。

潁人黃鴿諺

後山談叢。潁諺曰云云。夏中候黃鴿不鳴。則蕎麥可廣種也。

黃鴿口噤。蕎麥斗金。

杏棗占年諺

後山談叢逸文。據蘇詩卷十六馮注引。諺曰。

杏熟當年麥。棗熟當年禾。

春風夏雨諺

後山談叢逸文。據通俗編卷一。諺云云云。春之風數爲夏之雨數。小大緩急亦如之。

行得春風有夏雨。

陳師道引諺

後山談叢逸文。據通俗編卷十四。諺曰。

田怕秋旱。人怕老貧。

熙寧中京師小兒易祈雨語

墨客揮犀。卷三。熙寧中。京師久旱。按古法令坊巷各以大瓮貯水。插柳枝。泛蜴蜥。使青衣小兒環繞呼曰。蜴蜥蜴蜥。興雲吐霧。降雨滂沱。放汝歸去。開封府准堂箚責坊巷寺觀祈雨甚急。而不能盡得蜴蜥。往往以蝎虎代之。蝎虎入水卽死。無能神變者也。小兒更其語曰。

冤苦冤苦。我是蝎虎。似恁昏昏。怎得甘雨。

伊洛坊里諺

墨客揮犀。卷七。西洛有五相宅。常有五相鄰居詩賡相繼和。乃文潞公富相王相二張相也。伊洛山水之秀。土風之厚。自昔卿相間出。故諺云。

吾鄉有宰相坊、侍郎里。

吏部舊語

南部新書。卷二。吏部故事。放長名榜。舊語曰。

長名以前、選人屬侍郎。長名以後、侍郎屬選人。

時人爲省中諺

南部新書。卷四。省中司門都官屯田虞部主客皆閒簡無事。時諺曰云云。又角觝之戲。有假作吏部令史及虞部令史相見。忽然俱倒。悶絕良久。云冷熱相激。

司門都官。屯田水部。入省不數。按都官屯田四字原本無。今據合璧事類卷三十一補。

時人爲韋承慶語

南部新書。卷五。韋承慶出相。除禮部尚書。嗣立入拜鸞臺侍郎平章事。時人語曰。

大郎罷相。小郎拜相。

譚者稱崔沆崔瀣語

南部新書。卷五。杜審權大中十二年知舉。放盧處權。有戲之曰。座主審權。門生處權。可謂權不失權。又乾符二年崔沆放崔瀣。譚者稱。

座主門生。沆瀣一氣。全唐詩十二函八及事文類聚卷二十八。氣作家。

南中諺

南部新書。卷八。南中諺曰云云。卽婦人歲以截髮而貨。以爲常也。

秋收稻。夏收頭。

哀家梨諺

南部新書。卷九。長安盛要。哀家梨最爲清珍。諺謂云云。今咸陽出水蜜梨尤佳。鄠杜間亦有之。父老或謂是哀家種。

愚者得哀家梨必蒸食。

徐知諤引諺

玉壺清話。卷九李先主傳。梁王徐知諤、溫之少子也。平日嘗謂所親曰。諺謂云云。吾幼享富貴而復恣肆。一日之費敵世人一年之給。或幸卒於七十之半已足矣。果卒於三十五。

人生百歲。七十者稀。

金陵漁者唱

玉壺清話。卷九李先主傳。先主昇。楊行密育爲己子。天祐中童謠曰。東海鯉魚飛上天。按此條已見五代史補。丁酉十月受吳禪。改年昇元。以建康爲西都。卽金陵使府爲宮。先是數載前。一漁者持蓑笠編竿。擊短版唱漁家傲。其舌爲鳴根之聲以參之。自號回同客。吳氏翌鳳校本作回回客。人復疑爲呂洞賓。音清悲如煙波間。聽者無厭。唱曰云云。人或與錢。則擺首不接。唱於金陵凡半年。了無悟者。里巷村落皆歌焉。士龍生甲。果以甲辰歲二月殂於正寢。魚兒乃向所謂鯉魚也。歌中之語皆驗焉。

二月江南山水路。李花零落春無主。一箇魚兒無覓處。（全五代詩卷三十九。魚兒作鯉魚。覓作着。）**風兼雨。土龍生甲歸天去。**（吳本。土作壬。）

吳處厚引諺論相術

青箱雜記。（卷四。）荀子曰。相形不如論心。諺曰云云。此言人以心相爲上也。

有心無相。相逐心生。有相無心。相隨心滅。

趙尙書夫人引諺議婚

青箱雜記。（卷四。）龍圖劉公燁未第時。娶趙尙書晁之長女。早亡。而趙氏猶有二妹。皆未適人。既而劉公登科。晁已捐館。夫人復欲妻之。使媒婦通意。劉公不欲七姨爲匹。意欲九姨議姻。夫人詰之曰。諺云云云。劉郎纔及第。豈得便簡點人家女。劉公曰。非敢有擇。但七姨骨相寒薄。非某之對。九姨乃宜匹。遂娶九姨。後生七子。皆至大官。七姨後適闞生。竟不第。落泊寒餒。暮年。劉氏養之終身。

薄餅從上揭。

王衍在蜀時童謠

青箱雜記。（卷七。）王衍在蜀時。童謠（十國春秋前蜀王宗弼傳作乾德中童謠。）曰云云。其後衍兄宗弼果賣國歸唐。而宗弼乃王建養子。本姓魏氏。此其應也。

我有一帖藥。其名曰阿魏。賣與十八子。

光啓中福建童謠

青箱雜記。卷七。光啓中。陳巖爲福建觀察使。童謠五國故事作讖辭。吳越備史卷一作僧記。曰云云。其後王潮果代巖。而審知襲位。乃其應也。

潮水來。山巖沒。潮水去。矢口出。五國故事作巖高潮水沒。潮退矢口出。吳越備史。山巖作巖頭。

福建騎馬謠

青箱雜記。卷七。時又有謠五國故事作山僧對王審知語。曰云云。蓋光啓丙午國亡之應也。全唐詩十二函八。王潮以光啓二年丙午拜泉州刺史。至晉開運三年丙午南唐滅王氏。謠之驗也。

騎馬來。騎馬去。

長沙羊馬童謠

青箱雜記。卷七。龐巨昭善星緯之學。唐末爲容州刺史。惡劉隱殘虐。乃歸長沙。或問湖南與淮南國祚長短。巨昭曰。吾入境以來。聞童謠曰云云。自今以後。馬氏當五主。楊氏當三主。後皆如其言。

三羊五馬。馬子離羣。羊子無舍。

唐末丹陽民戲語

青箱雜記。卷七。唐末。丹陽民常戲語曰云云。及後錢鏐授鎮海軍節度、浙江西道觀察處置使、潤州刺史。遂據有錢塘。乃其應也。吳越備史卷一。景福二年九月。制授王鎮海節度、浙江西道觀察處置等使、潤州刺史。先是今年三月。詔以鳳翔宿衛耀德都頭李鋌授特進同平章事。領浙西差。朝廷以李茂貞故將奪之權。乃有此授。而丹陽已爲淮海人所有。至是命王。時議當之。又周寶涖丹陽。州人凡有期。必曰待錢來。斯之應也。蜀禪月大師休公嘗上詩曰。今日再三難更讓。讖辭唯道待錢來。

待錢來。待錢來。

時人爲安肅廣信二軍語

東軒筆錄。卷一。虜犯澶淵。傅潛堅壁不戰。河北諸郡城守者多爲蕃兵所陷。或守城。或棄城出奔。當是時。魏能守安肅軍。楊延朗守廣信軍。乃世所謂梁門遂城者也。二軍最切虜境。而攻圍百戰不能下。以至賊退出界。而延朗追躡轉戰。未嘗衄敗。故時人目二軍爲云云。蓋由二將善守也。

銅梁門。鐵遂城。

太祖引俗語

東軒筆錄。卷一。陶穀文翰爲一時冠。後爲宰相者往往不由文翰。而聞望皆出穀下。穀不平。乃俾其黨因事薦穀。以爲穀久在詞禁。宣力實多。太祖笑曰。頗聞翰林草制。皆檢前人舊本。改換詞語。乃俗所謂云云。爾何宣力之有。穀聞之。乃作詩書於玉堂之壁云。官職須從生處有。才能不管用時無。堪笑翰林陶學士。年年依樣畫葫蘆。太祖益薄其怨望。決不用。

依樣畫葫蘆。

京師爲汴渠碓凌諺

東軒筆錄。卷七。汴渠舊例。十月閉口則舟檝不行。王荆公當國。欲通冬運。遂不令閉口。水既淺澁。舟不可行。而流冰頗損舟檝。於是以腳船數十前設巨碓。以搗流冰。而役夫苦寒死者甚衆。京師有諺語曰。

昔有磨（原注去。）磨（原注平。）漿水。今見碓搗冬淩。（駢字類編卷二十六。上磨字下有法字。碓上有瓦字。）

京師爲包拯宋祁諺

東軒筆錄。（卷十。）嘉祐中。禁林諸公皆入兩府。是時包孝肅公拯爲三司使。宋景文公守益州。二公風力久次。最著人望。而不見用。京師諺語曰云云。明年。包亦爲樞密副使。而宋以翰林學士承旨召。

撥隊爲參政。成羣作副樞。虧他包省主。悶殺宋尚書。

石中立引世語戲三禮生

東軒筆錄。（卷十五。）禮部引舉人。常在正月。及試經學。已在二月中旬。京師適淘渠矣。舊省前乃大渠。有三禮生就試。誤墜渠中。舉體沾濕。中春尚寒。晨興尤甚。三禮者體不勝其苦。遂於簾前白知舉石內翰中立。乞給少火炙乾衣服。石公素喜諧浪。遽告曰。不用炙。當自安。同列訝而詰之。石曰。何不聞世傳云云乎。

欲得安。三禮莫教乾。

古謠諺卷六十

秀水杜文瀾輯

唐時爲翰林諫議語

石林燕語。（卷五。）俗稱翰林學士爲坡。諫議大夫亦稱坡。此乃出唐人之語。諫議大夫班本在給舍上。其遷轉則諫議歲滿方遷給事中。自給事中遷舍人。故當時語（事文類聚新集卷二十一引李氏談錄作朝中相謂。）云云。以諫議爲上坡。故因以爲稱。見李文正所記。

饒道斗上坡去。亦須卻下坡來。（青箱雜記作饒君上坡去。卻須下坡來。李氏談錄。道作君。）

時人爲御史臺開封府語

石林燕語。（卷十。）熙寧以前。臺官例少貶。間有責補外者。多是平出。未幾。復召還。故臺吏事去官。每加謹爲其治行。及區處家事。無不盡力。近歲臺官進退既速。貶責復還者無幾。然吏習成風。猶不敢懈。開封官治事略如外州。督察按舉。必繩以法。往往加以笞責。故府官罷。吏率掉臂不顧。至或欺侮之。時稱。

孝順御史臺。忤逆開封府。

葉夢得引俚語

避暑錄話。云云。亦俚語。言必無用也。崇寧中間。改僧爲德士。皆加冠巾。蔡魯公不以爲然。嘗爭之。不勝。翌日。有冠者數十人詣公謝。既未有髮。皆爲贗髻以簪其冠。公戲之曰。今當送梳篦乎。不覺哄堂大笑。冠有墜地者。墨莊漫錄。李邦直有與韓魏公書云。前書戲問玉梳金篦者。侍白髮翁幾欲淡死矣。玉梳金篦、邦直之侍姬也。或問命名之意。邦直笑曰。此俗云云耳。

和尚置梳篦。

葉夢得引世言

避暑錄話。世言云云。此語雖不可通行。然疾無甚苦。與其爲庸醫妄投藥反敗之。不得爲無益也。吾閱是多矣。其次有好服食。不量己所宜。但見他人得效。從而試之。亦或無益。而反有害。吾少不多服藥。中歲以後。或有勸之少留意者。往既不耐煩。過江後亦復難得藥材。每記素問勞佚有常。飲食有節八言。似勝服藥也。

不服藥。勝中醫。

宋初州郡官吏語

曲洧舊聞。卷二。祖宗時。州郡雖有公庫。而皆畏清議。守廉儉。非公會不敢過享。至有云云之語。

滅燭看家書。

種桃種橘諺

曲洧舊聞。卷三。果中易生者莫如桃。而結實遲者莫如橘。諺云云云。蓋言桃可待。橘不可待。

頭有二毛、好種桃。立不踰膝、好種橘。

元符末都城童謠附崇寧中竇酸餡者語。

曲洧舊聞。卷八。晁之道嘗言。蔡侍郎準少年時。出入常有二人見於馬前或肩輿之前若先驅。或前或卻。從者皆無所覩。準甚懼。謂有冤魂。百方禳禬。皆不能遣。既久。亦不以爲事。慶曆四年生京。而一人不見。又二年生卞。乃遂俱滅。元符末。都城童謠有云云之語。語多不能悉記。而其末章云云。至崇寧中。賣酸餡者又有云云之語。其事皆驗。而京於靖康初貶死於長沙。豈潭州海藏亦應於此耶。然則準所見。果爲蔡氏福耶否耶。

家中兩箇蘿蔔精。　擔着潭州海藏神。

一包菜。

王黼當國時人語

曲洧舊聞。卷十。王將明當國時。公然受賄賂。賣官鬻爵。至有定價。故當時爲之語曰。宣和遺事卷下作京師謠言。古諺閒談卷四引中興姓氏奸邪錄作京師語。

三千索。直祕閣。五百貫。擢通判。宣和遺事、中興姓氏奸邪錄作三百貫。且通判。五百索。直祕閣。

馬永卿引俗諺釋絢

嬾眞子。卷三。俗諺云云。以諭小人之逐目前之榮也。然絢字當作緰。太玄經絡之次五曰。蜘蛛之務。不如蠶一緰之利。緰音七侯反。與絢同音。今以太玄證之。故絢當作緰。

一絢絲能得幾時絡。履齋示兒編卷二十三無絲字。廣記卷一百八十八引國史異纂。張昌儀兄弟恃易之昌宗之寵。所居奢溢。踰於王者。有人題其門曰。一兩絲能得幾時絡。昌儀見之。遂命筆續其下曰。一日即足。未幾禍及。

元豐末天下爲宣仁皇后語

聞見後錄。卷二。江贄讀端友書。靖康元年月日。諸王府贊讀臣江端友昧死再拜上書皇帝陛下。臣伏覩宣仁聖烈皇后當元豐末垂簾聽政。保佑哲宗皇帝。起司馬光爲宰相。天下歸心焉。九年之間。朝廷清明。海內乂安。人到於今稱之。其大公至正之道。仁民愛物之心。可以追配仁宗。至於力行祖宗故事。抑絕外家私恩。當是時。耆老盛德之士。田野至愚之人。皆有云云之語。

復見女中堯舜。

元祐初朝中語

聞見後錄。卷二十。劉器之與東坡元祐初同朝。東坡勇於爲義。或失之過。則器之必約以典故。東坡至發怒曰。何處把上（原注云。把去聲。農人乘以事田之具。）曳得一劉正言來。知得許多典故。或以告器之。則曰。子瞻固所畏也。若恃其才欲變亂典常。則不可。又朝中有語云云。以二字各從虫也。東坡在廣坐作色曰。書稱立賢無方。何得乃爾。器之曰。某初不聞其語。然立賢無方。須是賢者乃可。若中人以下。多繫土地風俗。安得不爲土習風移。東坡默然。至元符末。東坡器之各歸自嶺海。相遇於道。始交驩。器之語人云。浮華豪習盡去。非昔日子瞻也。東坡則云。器之鐵石人也。

閩蜀同風。腹中有虫。

襄陽人爲田衍魏泰李豸謠

墨莊漫錄。卷二。田衍、魏泰居襄陽郡。人畏其吻。謠曰云云。未幾。李豸方叔亦來郡居。襄人憎之曰云云。

襄陽二害。田衍魏泰。近日多磨。又添一豸。

歐陽修引俗諺論致仕

墨莊漫錄。卷三。歐陽文忠公與韓子華、吳長文、王禹玉同直玉堂。嘗約五十八即致仕。子華書於柱上。其後過限七年。方踐前志。作詩寄子華曰。俗諺云云。其詩曰。人事從來無處定。世塗多故踐言難。誰知潁水閒居士。十頃西湖一釣竿。

也賣弄得過裏。

齊魯人霧淞諺

墨莊漫錄。卷四。東北冬月寒甚。夜氣塞空如霧。著於林木。凝結如珠玉。旦起視之。眞薄雪也。見晛乃消釋。齊魯人謂之霧淞。諺（楊氏愼古音叢目卷一引曾鞏詩注作齊人語。升菴詩話卷十二引作山東民謠。）云云。蓋歲穰之兆也。

霧淞重霧淞。窮漢置飯甕。（蘇詩施注所引作霜淞打霧淞。窮漢備飯甕。古音叢目。重作加。置作買。古音獵要卷四。重作如。升菴詩話作霜淞打雪淞。貧兒備飯甕。壜戶錄。雪作霜。餘與升菴詩話同。）

李如箎引俗諺釋水火

東園叢說。卷下。天將雨。必先蒸濕。雲氣騰結而後降雨。又龍見而雨必旋至。以雨主於龍乎。則何待於蒸鬱而後作雨也。又有薄雲而能作雨者。且龍所取江河之水曾幾何。而爲泛溢懷襄之患者。何哉。二者之說。蓋無定論也。俗諺有云云云。此雖俗說。細詳之亦甚有理。夫天下之理不能以無爲有。有其本矣。亦必有所待而後發見。夫木之爲性。火實存焉。然火無以自見。人以一灼之火而爇之。則木俱火也。以至焚邱陵。燎原野。無所不可者。假人之力而致之也。雲之爲氣。水實存焉。

然水亦無以自見。可以爲霢霂而不可致滂霈。龍以一勺之水變之。則雲俱水也。以至於漲江河。盈澗谷。亦無所不可者。假龍之力以致之也。火木雲龍。二者相待而成者也。

人能變火。龍能變水。

浙東土人爲舟師語

雲麓漫鈔。卷三。自浙江東南溪行。而溪水淺湍急。深五七寸。行三五步一灘。有擁起碎石。或如堆阜。或如堤堰。水勢噴激。怒奔如瀑。卽舟師足踏檣竿。手執篙。仰臥空中擢舟。忽翻身落舟上。覆面向水急撐。謂東身攧篙。舟師每呼。諸人輒齊聲和曰嗷嗷。自處之青田至溫。水旣湍急。必欲令舟屈曲蛇行以避石。不然則碎溺爲害。故土人有云云之語。言寄命於舟師也。厥惟難哉。

紙船鐵梢工。

費袞引俚語

梁溪漫志。卷十。俚語謂云云。此語固可鄙矣。然盜之姦詐。實有出人意表者。可誅也。

盜雖小人。智過君子。

時人爲朱勔家奴諺

老學菴筆記。卷一。方臘破錢唐時。朔日。太守客次有服金帶者數十人。皆朱勔家奴也。時諺曰。

金腰帶。銀腰帶。趙家世界朱家壞。

時人爲饒州朝士語

老學菴筆記。卷一。紹興末。朝士多饒州人。時人語曰云云。時傳以爲笑。

諸公皆不是癡漢。

淮南雞鴨諺

老學菴筆記。卷二。淮南諺曰云云。驗之皆不然。有一媼曰。雞寒上距。鴨寒下嘴耳。上距謂縮一足。下嘴謂藏其喙於翼間。

雞寒上樹。鴨寒下水。

崇寧間諺

老學菴筆記。卷二。崇寧間。初興學校。州郡建學聚學糧。日不暇給。士人入辟雍皆給券。一日不可緩。緩則謂之害學政。議罰不少貸。已而置居養院、安濟坊、漏澤園。所費尤大。朝廷課以爲殿最。往往竭州郡之力。僅得枝梧。諺曰云云。蓋軍糧乏。民力窮。皆不問。若安濟等有不及。則被罪也。

不養健兒。卻養乞兒。不管活人。只管死尸。

陸游引諺

老學菴筆記。卷四。諺有之曰云云。世不知爲何等語。嘗有人死見陰官。濮州人也。問以此。亦不能對。予按此事見周世宗實錄。顯德六年二月丁丑。幸太清觀。先是乾明門外修太清觀成。上聞濮州有大鐘。聲聞十里。乃命徙之。以賜是觀。至是往觀焉。

濮州鐘。

陝西人爲曲端吳玠語

老學菴筆記。卷五。曲端、吳玠。建炎間。有重名於陝西。西人爲之語曰云云。端能書。今閬中錦屏山壁間有其書。奇偉可愛。

有文有武是曲大。有謀有勇是吳大。

元豐時六曹語

老學菴筆記。卷六。自元豐官制尚書省後。二十四曹繁簡絕異。在京師時有語曰。

吏勳封考。筆頭不倒。戶度金倉。日夜窮忙。禮祠主膳。不識判硯。兵職駕庫。典了襪袴。刑都比門。總是冤魂。工屯虞水。白日見鬼。

南渡時六曹語

老學菴筆記。卷六。及大駕幸臨安。喪亂之後。士大夫亡失告身批書者多。又軍賞百倍平時。賄賂公行。冒濫相乘。饟軍日滋。賦斂愈繁。而刑獄亦衆。故吏戶刑三曹吏胥。人人富饒。諸曹寂寞彌甚。吏輩又爲之語曰。

吏勳封考。三婆兩嫂。戶度金倉。細酒肥羊。禮祠主膳。淡喫韲麵。說郛本及委巷叢談、金川瑣記作啖韲吃麵。兵職駕庫。鹹虀呷醋。刑都比門。人肉餛飩。工屯虞水。生身餓鬼。說郛本及委巷叢談。身作成。金川瑣記。身餓作成惡。

宋初士子語

老學菴筆記。卷八。國初尚文選。當時文人專意此書。故草必稱王孫。梅必稱驛使。月必稱望舒。山水必稱清暉。至慶曆後。惡其陳腐。諸作者始一洗之。方其盛時。士子至爲之語曰。

文選爛。秀才半。

建炎後士子語

老學菴筆記。卷八。建炎以來。尙蘇氏文章。學者翕然從之。而蜀士尤盛。亦有語曰。

蘇文熟。喫羊肉。蘇文生。喫菜羹。

故都頭錢俗語

老學菴筆記。卷十。唐小說載李紓侍郎罵負販者云。頭錢價奴兵。頭錢猶言一錢也。故都俗語云云。亦此意云。

千錢精神頭錢賣。

古謠諺卷六十一

秀水杜文瀾輯

時人爲石藏用陳承諺

泊宅編。卷五。蜀人石藏用以醫術游都城。其名甚著。陳承、餘杭人。亦以醫顯。然石好用煖藥。陳好用涼藥。俗諺曰。老學菴筆記卷三作羣醫爲謠言。

藏用擔頭三斗火。陳承篋裏一盤冰。古諺閒譚卷四引說詩雋永作藏用篋中三斛火。劉寅匣內一壺冰。

方勺引諺論發背

泊宅編。卷八。發背非藥毒卽飲食毒。灼艾最要。然亦須治之早。諺云云云。但生於正中者爲眞發背。

背無好瘡。

越州風土諺二則

雞肋編。越州在鑑湖之中。繞以秦望等山。而魚薪難得。故諺云云云。里俗頗以爲諱。言及無魚。則怒而欲爭矣。又井深者不過丈尺。淺者可以手汲。霖雨時。平地發之則泉出。然旱不旬日則井已涸矣。皆謂泉乃橫流故爾。固滅裂不肯深浚。致源不廣也。又諺云云云。此語二淛皆云。

有山無木。有水無魚。有人無義。

地無三尺土。人無十日歡。

浙江風土諺二則

雞肋編。浙西諺云云云。又云云云。言其無常也。此言亦通。東西爲然。嶺外代荅。南人有言曰云云。此語盡南方之風氣矣。桂林氣候與江浙頗相類。過桂林城南數十里。則便大異。欽陰雨則寒氣漸漸襲人。晴則濕氣勃勃蒸人。陰濕晦冥。一日數變。復頃刻明快。又復陰合。冬月久晴。不離葛衣紈扇。夏月苦雨。急須襲被重裘。大抵早溫、晝熱。晚涼、夜寒。一日而四時之氣備。

蘇杭兩浙。春寒秋熱。對面厮啜。背地厮說。

雨夜便寒晴便熱。不論春夏與秋冬。嶺外代荅。夜作下。

古麥諺

雞肋編。諺云云云。靖康元年。麥多高于人者。既大雨。所損十八。

麥過口。不入口。原本作不麥過不入。誤。據古諺閒譚卷四改。

口戒諺

雞肋編。今白酒麴中多用草烏頭之藥。皆有大毒。甚於諸藥。釋經云。甘刀刃之蜜。忘截舌之患。況又害不在目前者乎。諺謂云云。信矣。

病從口入。禍從口出。

紹興三年平江童謠

雞肋編。紹興三年八月。浙右地震。生白毛。韌不可斷。時平江童謠言云云。臺臣論其事。因下求言之詔。宰臣呂頤浩由此以罪罷。時軍卒多虜掠婦人。有母子每隨軍而行。謂之老少軍。老少之行已數十萬人也。

地上白毛生。老少一齊行。

建炎後俚語二則

雞肋編。建炎後俚語。有見當時之事者。張氏可書卷一。紹興間。盜賊充斥。凡招致必以厚爵。又行朝士子多鬻酒醋爲生。故諺云。如云云。又云云云。

仕途捷徑無過賊。上將奇謀是受招。

欲得官、殺人放火受招安。欲得富、趕著行在發酒醋。張氏可書作若要富、守定行在賣酒醋。若要官、殺人放火受招安。

莊季裕引俚語釋陳無己詩

雞肋編。陳無己詩亦多用一時俚語。如巧手莫爲無麵餅。卽俗語云云也。陳龍川集答朱元晦書作諺。不應遠水救近渴。留渴須遠井。卽俗語云云也。瓶懸甕間終一碎。卽俗語云云也。急行寧小緩。卽俗語云云也。早作千年調。一生也作千年調。卽俗語云云也。拙勤終不補。卽俗語云云也。斧斫仍手摩。卽俗語云云也。驚雞透籬犬升屋。卽俗語云云也。割白鷺股何作難。卽俗語云云也。

巧息婦做不得無麵餺飥。

遠水不救近渴。

瓦罐終須井上破。

急行趕過慢行遲。

人作千年調。鬼見拍手笑。

將勤補拙。

大斧斫了手摩挲。

雞飛狗上屋。

鷺鷥腿上割股。

行在軍中謠

雞肋編。車駕渡江。韓劉諸軍皆征戍在外。獨張俊一軍常從行在。擇卒少壯長大者。自臂而下文刺至足。號花腿軍。人皆怨之。加之營第宅房廊。作酒肆。名太平樓。般運花石。皆役軍兵衆卒。謠云。

張家寨裏沒來由。使它花腿擡石頭。二聖猶自救不得。行在蓋起太平樓。

世俗戲小兒語

雞肋編。世俗以手引小兒學行謂之朶。有云云之謠。

將將朶朶。通俗編云。按易正義釋朶頤云。朶是動意。如手之捉物謂之朶也。廣韻別有跢字。丁佐切。訓小兒行。集韻轉平聲。訓攜幼行也。類篇又作蹕。音與朶同。蹕蹕。小兒行態。將、爾雅云。送也。資也。謂資輔以送其行也。說文作摪、云、扶也。儀禮。凡言相將。皆謂彼此相扶助。晉書載記。諸將謂姚萇曰。陛下將牢太過。注云。將牢、猶俗言把穩。廣畫錄有乳母將嬰兒圖。將將朶朶之謠。義眞而詞遠矣。

五代時人爲及第作官人語

侯鯖錄。卷四。唐末五代。權臣執政。公然交賂。科第差除。各有等差。故當時語云。

及第不必讀書。作官何須事業。古諺閑譚卷三。官作宦。

元豐省試時都人唱言

鐵圍山叢談。卷三。元豐末。叔父文正按蔡條叔卞諡文正。知貢舉。時以開寶寺爲試場。方考、一夕寺火大發。魯公以待制爲天府郡。按魯公卽條之父京。夜率有司趨拯焉。寺屋皆雄壯。而人力有不能施。穴寺廡大牖。而後文正公始得出。試官與執事者多焚而死。鮑氏廷博云。案文獻通考云。點檢試卷官翟曼、陳方、馬希孟焚死者十四人。於是都人上下唱能改齋漫錄作諺。言云云。及再命試。其殿魁果焦蹈鮑氏廷博云。別本並作焦謟。也。老學菴筆記卷六。張眞甫舍人、廣漢人。爲成都帥。蓋本朝得蜀以來所未有也。未至前旬日。大風雷。龍起劍南西川門。揭牌擲數十步外。壞南字。爪痕宛然。人皆異之。眞甫名震。或爲之說曰。元豐末。貢院火。而焦蹈爲首魁。當時語曰云云。無能對者。今當以雷起譙門知府震爲對。然歲餘。震亦不起。

燒得狀元焦。

能改齋漫錄作不因開寶火。那得狀元焦。老學菴筆記作火焚貢院狀元焦。事文類聚前集卷二十六作不因南省火。安得狀元焦。野獲編卷十五科場類作時人語曰。不因科場燒。那得狀元焦。

王安石當軸時諺語

鐵圍山叢談。卷三。熙寧初。王丞相介甫既當軸處中。而神廟方赫然。一切悉聽。號令驟出。但於人情適有所離合。於是故臣名士。往往力陳其不可。且多被黜降。後來者乃寖結其舌矣。當是時以君相之威權而不能有帖服者。獨一教坊使丁仙現爾。丁仙現時俗但呼之曰丁使。丁使遇介甫法制適一行。必因燕設於戲場中。迺便作爲嘲諢。肆其誚難。輒有爲人笑傳。介甫不堪。然無如之何也。因遂發怒。必欲斬之。神廟乃密詔二王。取丁仙現匿諸王邸。二王者、神廟之兩愛弟也。故一時諺語有。

臺官不如伶官。

時人爲李沆張齊賢語

楓窗小牘。卷上。李文靖、賢相也。與張齊賢稍不協。齊賢竟以被酒失儀罷相。時人語曰云云。此亦里巷公論也。

李相太醒。張相太醉。

太學中爲郭盛邢昺語

楓窗小牘。卷上。邢昺以九經及第。鬱爲儒者。乃傾意欽若。納身垢污。爲士流所薄。嘗奉勑撰爾雅疏義。其後太學生郭盛言。昔人不分老子與韓非同傳。郭注邢疏。無論周公不享其意。卽先人得無稱冤地下。且郭忤逆敦。邢附欽若。爾雅近正。今則近邪。盛舉九經。乞辭此疏。時邢自稱子才之裔。太學中語曰。

景純有孫。子才無後。

宣和中反語

楓窗小牘。卷上。宣和中有反語云云。此皆賢者之過。人皆得而見之者也。

寇萊公之知人則哲。王子明之將順其美。包孝肅之飲人以和。王介甫之不言所利。

臨安呼人諺語

楓窗小牘。卷下。臨安有諺語。凡見人之不下禮。呼曰云云。余不知其所自。後得之長老云。錢氏有國時。攻常州。執其團練使趙仁澤以歸。見王不拜。王怒命以刀抉其口至耳。丞相元德昭救解云。此强團練。宥之足以勸忠也。遂以藥附創。送歸於唐。至今以爲美諺。

强團練。

時人爲范純仁語

過庭錄。忠宣自入仕。門下多食客。至貴益盛。守陳以己俸作布衾數十幅待寒士。時人爲之語曰云云。譏其儉也。忠宣聞之。乃作一幅享用。作銘辨正。於是范蜀公、司馬溫公皆效之。

孟嘗有三千珠履客。范公有三千布被客。

案作過庭錄之范公偁。乃忠宣之曾孫。

嘉祐中士大夫爲王謝二家語

默記。嘉祐中。士大夫之語曰云云。謂安石、安禮、安國、安上。謝景溫、景平、景回也。

王介甫家。小底不如大底。南陽謝師宰家。大底不如小底。

按以文義句法推之。王介甫上疑脫臨川二字。

時人爲梁師成李邦彥語

張氏可書。卷一。道君遜位。東幸。梁師成以扁舟出淮。李邦彥爲相。都人欲擊之。馳入西府。已失一履。時人語曰。

太傅扁舟東下。丞相隻履西歸。

時人爲范致虛謠

張氏可書。卷一。范致虛帥北京。值靖康之變。飛檄邊帥。出關勤王。時謠曰云云。蓋謂范字也。

草青青。水淥淥。屈曲蛇兒破敵國。

時爲李宗伯歌

張氏可書。卷一。李宗伯爲司農卿。居第之側。有豐濟、廣盈二倉。每出按。則止此二處。取其近也。又詞狀申陳之類。必判司呈。時爲之歌曰云云。後坐此罷。

大卿做事輕。文字送司呈。每日出巡倉。豐濟與廣盈。

吳中下里諺

槁簡贅筆。子夜吳歌序。齊粱以來。江南樂府詞多采方言。用之穩帖。不覺爲俗語。吳中下里之諺案諺原作曲。今據宋詩紀事卷四十八改。有云云云。又云云云。皆有類樂府。通俗編卷三十。又杭州有所謂四平語者。以小爲消梨花。按今蘇杭人猶以之嫚人小妻。據志餘則但以消小音轉爲譚。而槁簡贅筆載吳中下里曲云云云。又云云云。似卽爲此語所因。

消梨應郎心上冷。甘蔗應郎心上甜。

羅裙十二摺。小妻也是妾。

古謠諺卷六十二

秀水杜文瀾輯

南渡後汴都謠語

清波雜志。卷下。建炎初。從臣連南夫奏箚。言女眞終不能爲國家患。向者黄河堛決。幾至汴京。都人欲導水入汴。謠語云云。於此亦可見遺民思漢之心。

天水歸汴。復見太平。

時人爲童貫蔡京謠

清波別志。卷上。蔡京、童貫。朋姦誤國。時有謠語云云。可見人心也。

打破筒。潑了菜。便是人間好世界。

宋人爲使金者諺

清波別志。卷下。建炎兵興。從使絶域者。廝輿輩亦補官。諺語曰。

歸爲官人。病爲死人。留爲番人。

許叔微未第時夢人語

北窗炙輠錄。卷下。子韶榜中有許叔微。嘗夢有人告之曰。汝無及第分。叔微曰。行陰德可否。其人頷首而去。叔微自此遂學醫。其鄉中大疫。叔微極力拯療之。往往獲全活者頗多。一夕。復夢其人唱四句陶朱新錄作夢人遺詩。云云。及是榜子韶旣魁。王郭第四人。陳祖吉原注。朱本吉祖。第五人。叔微第六人。叔微又係該恩人。陞一名。遂得第五人恩例。所謂王陳間隔。呼六爲五。其親切如此。呼盧者、傳臚之謂也。泊宅編卷六。儀徵許叔微累舉不第。寄迹浙右村落中。合藥施人。久之。夢人唱四句曰云云。叔微張九成牓過省。唱名第六。以係合推恩人。升第五。乃在陳祖言之下。樓材之上。所謂呼盧者、臚傳也。

呼盧殿上。請何是主。王陳間隔。呼六爲五。泊宅編作藥市收功。陳樓間阻。堂上呼盧。喝六得五。獨醒雜志所引與泊宅編同。得作作。陶朱新錄作藥餌陰功。陳樓間阻。殿上呼盧。喝六作五。

按朱氏彝尊跋此書云。宋施彥執編、張子韶之友也。子韶係張九成之名。其登第時。大魁天下。與許學士爲同年生也。

汪革未敗時天下謠

桯史。卷六。淳熙辛丑。舒之宿松民汪革叛。革字信之。本嚴遂安人。以財豪鄉里。偶不得志。渡江至麻地家焉。太湖邑中有洪恭訓練。舊爲軍校。家其間。軍士程某二人素識之。往歸焉。恭無以容。革之長子某。好騎射。遂以書薦之往。果喜留之。一年而盡其技。革謝以鐵錢五十緡。二人不滿。問其所往。曰。將如太湖。革因寄書遺恭。紙尾曰。迺事俟秋涼。卽得踐約。二人旣出。發緘竊之。徑歸九江。揚言於市。謂革有異謀。約恭以秋叛。遂出其書爲證。有詔捕革。革頗爲備。盡殲捕吏。

朝廷大設賞購。革乃束手詣闕。下天獄。坐手殺平人論極典。從者末減。二人亦以首事妄言杖脊。

竄千里。革未敗。天下謠曰云云。又曰云云。首尾皆同。凡十餘曲。舞者傘侑以鼓吹。莫曉所謂。至是始驗。革第十二。以四合八。其應也。二人初言。蓋謂革將自廬起兵如江云。宋史五行志。革作格。

有箇秀才姓汪。騎箇驢兒過江。江又過不得。做盡萬千趨鏘。稗海本。鏘作蹌。
住在祁門下鄉。行第排來四八。稗海本。排作挑。誤。

案此與宋史五行志四淮西汪秀才歌互異。今兩載之。

都下酒家爲孔端中語

獨醒雜志。卷六。淸江孔端中。紹興間爲淳安令。邑近行都。時譽翕然。都下酒家至爲之語曰云云。語達上聽。召見與郡。

酒似淳安知縣徹底淸。

京師爲童貫蔡京高俅何執中謠

獨醒雜志。卷九。何執中居相位時。京師童謠曰云云。說者謂指童貫、蔡京、高俅三人及執中也。

殺了穜蒿割了菜。喫了羔兒荷葉在。

曾敏行引里諺

獨醒雜志。卷十。里諺有云云之語。以爲難遇不復可見也。古諺閒譚卷三。里諺云云云。言事之難遇不復可見也。盧陵楊元皐於紹興初爲舉子時。夢人告之曰。子欲及第。除是橦著張果老撑鐵船。皐遂疑爲不中也。一日於古刹見壁間畫。題云張果老撑鐵船。皐喜。以爲符夢矣。揭曉果中。

若要事成全。此句原本無。據古諺閒譚卷三補。張果老撑鐵船。古諺閒譚無張字。

開禧中民謠附討李全時民謠。

四朝聞見錄。丙集。開禧用兵。鄧友龍、程松爲宣撫宣諭使。板授其屬。謂之宣幹。時政府惟有陳自强居相位。民謠謂之云云。或謂皇甫斌治於岳之城南。羣優所萃也。其屬謠焉。又謂之云云。又云云云。後有以節制金山討李全者。其屬猥衆。又有易前二句云云。

天上台星少。人間宣幹多。

城南宣幹多。

宣威羣下問。原注。宣威卽斌也。恢復竟如何。

塞上將軍少。城南節幹多。

民間爲薛極胡榘謠

四朝聞見錄。丙集。嘉定間。禁止青蓋。前錄載其事。甲集。鄭昭先爲臺臣。條當言事月。謂之月課。昭先、純謹人也。不敢妄有指議。奏疏請京輦下勿用青蓋。惟大臣用以引車。旨從之。太學諸生以爲既不許用青蓋。則用皁絹爲短簷繖。邏者猶以爲首犯禁條。用繩縶持蓋僕。併蓋赴京兆。時程覃實尹京。遂杖持蓋僕。翌日。諸生至詣闕訴覃。覃亦白堂及臺自辨。諸生攻之愈急。時卽有輕薄子詩云。冠蓋如雲自古傳。易青爲皁且從權。中原多少黃羅繖。何不多多出賞錢。太學諸生與京兆辨時。相持之不下。薛會之極、胡仲方榘皆史所任也。諸生伏闕言事。以民謠謂薛胡爲云云。象其姓也。謂云云。象其名也。薛不安其位。力乞去。

草頭古。天下苦。

虐我生民。莫匪爾極。

韓侂胄將敗時民語

四朝聞見錄。戊集。韓用事歲久。人不能平。又所引用率多非類。天下大計不復白之上。有市井小人以片紙摹印烏賊。出沒於潮。一錢一本。以售兒童。且誦言云云。京尹廉而杖之。又有賣漿者敲其盞以喚人曰云云。冷謂韓。盞謂斬也。亦遭杖。不三月而韓爲鄭發所刺。

滿潮都是賊。滿潮都是賊。
冷的吃一盞。冷的吃一盞。

紹興初行都童謡

白獺髓。紹興初。行都童謡曰云云。忽民間遺火。自大瓦子至新街約數里。是時皆葦席屋。

洞洞張河爺娘。一似六軍之教場。

嘉泰初童謡

白獺髓。後嘉泰初童謡曰云云。又曰云云。大小皆語及此。忽季春楊浩家遺火。由龍舌頭山延燒至艮山門外船場。自南至北僅五十餘里。

掀也。火裏。原注。此銀匠諺語。

紹定初時人語

白獺髓。紹定初。鄭德懋家遺火。焚燒中瓦及御街數千家。時有云云之語。

錦城佳麗地。紅塵瓦礫場。

民間爲眞德秀語

癸辛雜識。前集。眞文忠負一時重望。端平更化。人傒其來。若元祐之涑水翁也。是時楮輕物貴。民生頗艱。意謂眞儒一用。必有建明。轉移之間。立可致治。於是民間爲之語曰云云。及童、馬入朝。

敷陳之際。言以尊崇道學。正心誠意爲第一義。繼而復以大學衍義進。愚民無知。乃以其所言爲不切於時務。復以俚語足前句云云。市井小兒囂然誦之。

若欲百物賤。直待眞直院。（貴耳集。物作錢。待作是。）喫了西湖水。打作一鍋麵。（稗海本。作作了。貴耳集作及至換得來。攪做一鍋麵。）

周密引諺論筆墨

癸辛雜識。（前集。）先君子善書。體兼虞、柳。余所書似學柳不成。學歐又不成。不自知其拙。往往歸過筆墨。諺所謂云云也。雖然。工欲善其事。必先利其器。元章謂筆不可意者。如朽竹篙舟。拙筯哺物。此最善喻。

不善操舟而惡河之曲。

濟王末廢時市井俚歌

癸辛雜識。（後集。）濟王在邸。新飾素屏。書南恩新三大字。或扣其說。則曰。花兒王（自注云。王墉之父號花兒王。）與史丞相通同爲奸。待異日當竄之上三州也。既而語達王。與史密謀之楊后。遂成廢立之禍焉。蓋當時盛傳花兒王者穢亂宮闈。市井俚歌所唱云云者。蓋指此。

花兒王開。

時人爲僞道學言

癸辛雜識。（續集上。）羅椅字子遠。廬陵產也。壯年留意功名。時方尚程、朱之學。於是尊饒雙峯爲師。饒雙峯者、番陽人。自詭爲黃勉齋門人。於晦庵爲嫡孫行。同時又有新淦董敬庵、韓秋巖。皆爲雙峯門人。子遠與之極相得。互相稱道。及世變後。道學既掃地。董、韓再及門。子遠則不復納之矣。董、韓亦行怪者。蓋一時道學之怪。往往如此。時人有言云云。董敬庵、淦之浮薄者。鄉人呼爲董苟庵。韓自詭爲魏公之裔。僻居蔀屋。而榜帖則必稱本府。以此往往爲後生輩所譏云。

道學先牌人慾行。

蜀人澡浴諺

癸辛雜識。續集上。蜀人未嘗浴。雖盛暑不過以布拭之耳。諺曰。

蜀人生時一浴。死時一浴。

時人爲陳宜中曾唯黃鏞劉黻陳宗林則祖語

癸辛雜識。續集上。陳宜中、曾唯、黃鏞、劉黻、陳宗、林則祖。皆以甲辰歲史嵩之起復。上書倡爲期之論。時人號爲六君子。既貶旋還。皆致通顯。然夷考其人平日踐履。殊有可議者。郭方泉閭在臺日。嘗疏黃鏞之罪。時宜中在政府。黻在從班。競起攻之。閭爲之出臺。及鏞知廬陵。文宋瑞起義兵勤王。百端沮之。遂成大隙。既而北兵大入。則如黃如曾數公皆相繼賣降。或言其前日所爲皆僞也。於是有爲之語云云。宋之云亡。皆此輩有以致之。其禍不止於典午之淸談也。

開慶六君子。至元三搭頭。

周密引諺釋彪

癸辛雜識。續集下。諺云云。彪最獷惡。能食虎子也。余聞獵人云。凡虎將三子渡水。慮先往則子爲彪所食。則必先負彪以往彼岸。既而挈一子次至。則復挈彪以還。還則又挈一子往焉。最後始挈以去。蓋極意關防。惟恐食其子故也。

虎生三子。必有一彪。

越人爲尹煥語

癸辛雜識。別集上。尹梅津煥無子。螟蛉羅石二姓各一。越人爲之語曰。

梅津一生辛勤。只辦得食籮一擔。

古謠諺卷六十三

秀水杜文瀾輯

時人爲張景仁鄭子時趙樞孟宗獻語

歸潛志。卷八。金朝以律賦著名者曰孟宗獻友之、鮑氏廷博云。中州集云。開封人。大定三年、鄉、府、省、御四試皆第一。趙樞子克。其主文有藻鑒。多得人者曰張景仁御史、鮑氏廷博云。金史字壽甫。遼西人。鄭子時侍讀。故一時爲之語曰云云。律賦。至今學者法之。

主司非張鄭。秀才非趙孟。

宋末江南謠

玉堂嘉話逸文。據輟耕錄卷一。宋未下時。江南謠云云。當時莫喻其意。及宋亡。蓋知指丞相伯顏也。

江南若破。百雁來過。古今風謠。百作白。

至正癸巳上海縣民謠

山居新話。至正癸巳冬。上海縣十九保村中雞鳴不鼓翼。民謠曰。

雞啼不拍翅。鴉鳥不轉更。

嘉興民爲張士誠楊完者謠

樂郊私語。丁酉八月。張氏以水師數萬來攻嘉興。楊完者大破之。然完者兇肆。掠人貨錢。至貴家命婦室女見之。則必圍宅勒取。淫汙信宿。始得縱還。少與相拒。則指以通賊。縱兵屠害。由是部曲驕横。凡屯壁之所。家戶無得免焉。民間謠曰云云。善乎余廷心之言。苗獠素不被王化。其人與禽獸等。不宜使入中國。他日爲禍將不細。今若此。何其言之若持左劵也。

死不怨泰州張。生不謝寶慶楊。

許衡引諺

輟耕錄。卷七。許魯齋先生在中書日。命牙儈雇一僕役。特選一能應對閑禮節者進。卻之曰。特欲老實耳。他日領一蓬首垢面黑験之人來。遂用之。儈請問其故。先生曰。諺云云。馬上等能致遠。牛中等良善。人下等易馴。若其聰明過我。則我反爲所使矣。假如司馬温公家一僕。三十年止稱君實秀才。蘇子瞻學士來謁。聞而教之。明日改稱大參相公。公驚問。以實告。公曰。好一僕被蘇東坡教壞了。這便是樣子。

馬騎上等馬。牛用中等牛。人使下等人。

陶宗儀引諺

輟耕錄。卷八。杜陽雜編云。元載寵姬薛瑤英善爲巧媚。載惑之。瑤英之父曰宗本。兄曰從義。於趙娟相遞出入。以搆賄賂。號爲關節。趙娟本岐王愛妾。後出爲薛氏妻。生瑤英三人。更與中書主吏卓倩等爲腹心。天下齎寶貨求大官無不恃載權。指薛卓爲梯媒。又李肇國史補總敍進士科云。造請權要謂之關節。劉軻牛羊日曆云。由是輕薄奔走。揚鞭馳騖。以關節緊慢爲甲乙。以此推之。則諺所謂云云者。不爲無祖矣。

打關節。有梯媒。

至正丙申松江民間謠

輟耕錄。卷九。至正丙申正月。常熟州陷。松江府印造官號。給散吏兵佩帶。以防姦僞。號之製作。畫爲圓圈。繞圈皆火燄。圈之內一府字。以府印印府字上。圈之外四角官府花押。民間謠曰云云。不二月城破。悉如所言。

滿城都是火。府官四散躲。城裏無一人。紅軍府上坐。

至正辛巳杭州衣紅兒童謠

輟耕錄。卷九。至正辛巳莫春之初。江浙行省平章政事只理瓦台入城之任之日。衣紅。兒童謠曰云云。至四月十九日杭州災。燬官民房屋公廨寺觀一萬五千七百五十五間。燒死七十四人。明年壬午四月一日又災。尤甚於先。自昔所未有也。數百年浩繁之地。日就凋弊。實基於此。

火殃來矣。

江西福建民爲散散王士宏歌三則

輟耕錄。卷十九。至正乙酉冬。朝廷遣官奉使宣撫諸道。問民疾苦。然而政績昭著者。十不二三。明年秋。江右儒人黃如徵邀駕上書。指數散散王士宏等罪狀。且及國家利害。天子親覽其書。喜見於色。又虞如徵必爲權豪所中。顧近臣館穀以俟。越數日。特授江西等處儒學提舉。勑侍衛護送出都。如徽感上德意。受命而不領職。天下共賢之。散散王士宏等雖免譴責。終以不顯死。其書略曰。分遣大臣奉使宣撫諸道。正欲其察政事之臧否。問生民之疾苦。俾所至之處。如陛下親臨焉。然江西福建一道。去京師萬里外。傳聞奉使之來。皆若大旱之望雲霓。赤子之仰慈母。而散散王士宏等不體聖天子撫綏元元之意。鷹揚虎噬。雷厲風飛。聲色以淫吾中。賄賂以緘吾口。上下交征。公私朘削。贓吏貪婪而不問。良民塗炭而罔知。閭閻失望。田里寒心。乃歌（綴宏簡錄卷二十五作謠。無後二則。）曰云云。又歌曰云云。又歌曰云云。如此怨謠。未能枚舉。皆百姓不平之氣。鬱結於懷而發諸聲者然也。倘陛下不棄芻蕘之言。委官察其實蹟。責以欺君罔民之罪。投諸遐荒。雪江西、福建一道之痛苦以爲百官勸。則天下幸甚。

九重丹詔頒恩至。萬兩黃金奉使回。

奉使來時。驚天動地。奉使去時。烏天黑地。官吏都懽天喜地。百姓卻啼天哭地。

官吏黑漆皮燈籠。奉使來時添一重。

元初蓨縣皇舅墓謠

輟耕錄。（卷二十。）河間路景州蓨縣河滸一土阜。相傳爲皇舅墓。自國家奄混區夏。卽有謠云云云。至正辛卯。中原大水。舟行木杪間。及水退。土阜崩圮。墓門顯露。繼後天下多事。海道不通。先是張蛻菴翥嘗有詩云。青州刺史河上墳。墳不可識碑仍存。維舟上讀半磨滅。使君乃緣戚里恩。驛夫指我元傍岸。縣官恐墜移高原。至今父老傳讖記。野人之語那足論。安得壯士塞河水。萬古莫令開墓門。讀公之詩。傷今之世。則讖緯之說。誠不可誣矣。

皇舅墓門閉。運糧向北去。水滸墓門開。古今風謠。水滸作皇舅。運糧卻回來。古今風謠。卻回作向南。

古謠諺卷六十四

秀水杜文瀾輯

宰相諺

水東日記。南京大理少卿楊公復能詩有名。其家童往往於玄武湖壖採萍藻爲豚食。吳思菴以其密邇廳事拒之。楊戲答詩云。數點浮萍容不得。如何肚裏好撐船。蓋諺有之云云。故云。

宰相肚裏好撐船。

翰林侍從諺

震澤長語。卷上。翰林院故事。經筵初開。講讀侍從官皆有白金文綺之賜。史成進御。亦進秩加賞。或纂修功多。及書成。以事故去。則不霑恩數。或先以事故去。不效勞勩。偶值書成。亦得霑恩數。故有云云之諺。按諺原作說。今據日下舊聞卷七改。

經筵頭。修書尾。

李東陽續翰林舊語

客座新聞。長沙李西涯學士東陽。居翰林時。會失朝有罰。翰林舊有語云云云。所謂清逸無他事也。西涯續兩句云云云。一座鬨然。

一生事業惟公會。半世功名失早朝。　更有運灰幷運炭。貴人身上不曾饒。

外方人爲杭州人諺二則

委巷叢談。外方人嘲杭州人則曰杭州風。蓋杭俗浮誕。輕譽而苟毁。道聽塗說。無復裁量。如某所有異物。某家有怪事。某人有醜行。一人倡之。百人和之。身質其疑。皎若目覩。譬之風焉。起無頭而過無影。不可踪蹟。故諺云云云。又云云云。又其俗喜作僞。以邀利目前。不顧身後。如酒攙灰。雞塞沙。鵝羊吹氣。魚肉貫水。織作刷油粉。自宋時已然。載於癸辛雜識者可考也。

杭州風。會撮空。好和歹。立一宗。

杭州風。一把葱。花簇簇。裏頭空。

時人爲村學師語

委巷叢談。曹元寵題村學堂圖云。此老方捫虱。衆雛爭附火。想當訓誨間。都都平丈我。語雖調笑。而曲盡社師之狀。杭諺言。社師讀論語郁郁乎文哉。訛爲都都平丈我。委巷之童。習而不悟。一日宿儒到社。爲證其訛。學童皆駭散。時人爲之語曰云云。曹詩蓋取此也。

都都平丈我。學生滿堂坐。郁郁乎文哉。學生都不來。

賈似道當國時臨安謠

委巷叢談。賈似道當國時。臨安謠云云。其時京師女粧。競尚假玉。因以假爲賈。喻似道專權。而景炎丙子之亂。非復庚申之役也。

滿頭清。都是假。這回來。不作耍。西湖志餘。清作青。這作者。

金陵人爲豬婆龍癩頭黿語

雪濤小說。金陵上清河一帶善崩。太祖患之。皆曰。豬婆龍窟其下。故爾時工部欲聞於上。然疑豬犯國姓。輒駕稱大黿爲害。上惡其同元字。因命漁者捕之。殺黿幾盡。先是漁人用香餌引黿。黿凡數百斤。一受鈞。以前兩爪據沙。深入尺許。百人引之不能出。一老漁諳黿性。命於其受鈞時。用穿底缸從綸貫下覆黿面。黿用前爪搔缸。不復據沙。引之遂出。金陵人乃作語（儼山堂外集作諺。）曰云云。言嫁禍也。

豬婆龍爲殃。癩頭黿頂缸。

兵部四司俚語

春風堂隨筆。今世官司各有俚語。以寓譏評。如在京兵部四司曰云云。聞他衙門中尙多。惜不得其詳。

武選武選。多恩多怨。職方職方。最窮最忙。車駕車駕。不上不下。武庫武庫。又閒又富。

國子監諺

春風堂隨筆。本朝國子監。自祖宗以來。例不刷卷。故諺曰云云。正德戊寅。予自編修轉司業時。適祭酒闕。予得旨。遂署印。稽考錢糧。其實空虛。典簿廳至起息揭債。予問之前祭酒石熊峯邦彥先生。云自來如此。予遂舉劾典簿王勤者黜之。適送供堂皂隸銀數兩。至色如黑銅。予笑曰。正好謂之銅司業。聞者絕倒。

金祭酒。銀典簿。

景泰初及弘治末時人語

金臺紀聞。正德二年八月十四日加恩諸元老。內閣則西涯李公。時以少師兼太子太師吏部尚書華蓋殿大學士。加俸一級。守靜焦公以太子太保吏部尚書兼武英殿大學士。升少傅兼太子太傅謹身殿大學士。吏書如故。守谿王公以戶部尚書兼文淵閣大學士。升少傅兼太子太傅武英殿大學士。戶書如故。冢宰許公進、司馬劉公宇俱太子少保。宗伯李公傑、司寇屠公勳、司徒顧公佐、司空李公璲皆賜玉帶。余嘗聞前輩云。本朝文班玉帶不過五條。今上登極。明年復如五條之數。時四明屠公滽以太子太傅吏書起復。兼都察院左都御史。適過其數。今至十玉。盛矣哉。景泰初。九列皆加太子少保。而鹽山王公翺、泰和王公直並爲吏書。時有云云之語。弘治末。學士最多。而謝閣老木齋、鴻臚卿賈斌、太常寺卿崔志端俱帶禮書。時有云云之語。今可謂六卿皆玉帶。吏部四尙書矣。內閣李、焦二公與左都御史屠公俱吏書。但二王幷涖天官。而今則帶銜云。

滿朝皆少保。一部兩尙書。

翰林十學士。禮部四尙書。

京師爲平江伯陳睿謠

金臺紀聞逸文。據日下舊聞卷三十九雜綴類。平江伯陳睿好飲涼酒。京師謠曰云云。弘治庚申。火篩兵勢頗張。孝廟遣平江禦之。臨軒挂印。平江畏怯失措。跌而失印。孝廟不樂。尋竟以逗留削爵。

平江不飲熱酒。怕火篩。

吳郡諺

豫章漫抄。吾鄉諺云云。用以目時人之精慧者。不知所本。弋陽德興產梨頗大。有至一斤九兩者。土人謂之斤九梨。蓋取其類之大者言之。猶芋言魁也。

斤九釐。

陸深引諺

溪山餘話。東山劉公大夏。當孝宗之朝。最爲得君。公議汰冗食。凡軍職皆以軍功爲準。通查裁革。旣得旨。議之。而侍衞將軍力士之流。皆以才藝選。初無軍功。該司類行報罷。時駙馬都尉樊凱管紅盔將軍。爲言此輩不宜裁革。東山概拒之。凱立午門外語諸人曰。爾輩不用了。昨已奉旨裁革。雖我亦無地位矣。蓋激之也。衆人遂散出。孝宗上殿。儀衞簡寂。屢顧左右問故。凱奏。昨兵部以行裁革去矣。孝宗復宣東山至。走急氣促。說不能了了。而裁革之事悉罷。聖眷遂衰矣。夫以東山之公忠。與孝廟之有爲。事機一失。乃至於此。信乎。臣不密則失身。一時疏略。甚可惜也。該司可謂無人矣。諺云云。此言可以喻。

倖門如鼠穴。

成化間爲朝紳諺

嵩陽雜記。成化間。太監汪直用事。朝紳諂附。無所不至。其巡邊地。所在都御史。皆鎧甲戎裝。將迎至二三百里。望塵俯伏半跪。一如僕隸。揖讓之禮。一切不行。以是見喜。遂得進陞。有諺云云云。奔競之甚。良可嘆也。

都憲叩頭如擣蒜。侍郎扯腿似抽葱。

量田俗語

碧里雜存。畝法古今不同。漢書鹽鐵議曰。古以百步爲畝。漢高帝以二百四十步爲畝。今時俗語云云。蓋以十五乘十六。正是二百四十。若古之百步。以今弓准之。則一畝當今四分強耳。

横十五。竪十六。一畝田。穩穩足。

台州人爲土地神及廟神語

駒陰冗記。中丞東橋顧公璘。正德間。知台州府。有土地祠。設夫人像。公曰。土地豈有夫人。命撤去之。郡人告曰。府前廟神缺夫人。請移土地夫人配之。公令卜於神。神許。遂移夫人像入廟。時爲語曰云云。既期年。郡人曰。夫人入配一年。當有子。復卜於神。神許。遂設太子像。

土地夫人嫁廟神。廟神懽喜土地嗔。

中牟父老爲潘朂語

何氏語林。德行篇上。潘元茂值年荒時。部曲渠帥皆服元茂重名。相率贈送。道路爲儲以供行資。元茂隨同旅多少口率均分。無有尊卑優劣。若所賦已盡。則推己之分。以周未遍。自注云。文章志曰。潘朂字元茂。陳留中牟人。少有逸才。獻帝時爲尙書郎。遷東海相。未發。拜尙書左丞。病卒。父老皆爲語曰云云。又曰云云。

且貴且富。有南山之壽。吾乃得與潘元茂。恩不可忘。無如我潘郎。

世人爲王衛二氏子語

何氏語林。品藻篇。衛洗馬衛玠穎識通達。天韻標令。論者以爲出王眉子、平子、武子之右。世人爲之語曰。自注云。王澄、王濟已見。晉諸公贊曰。王元字眉子。夷甫子也。東海王越辟爲掾。後除陳留太守。大行威罰。爲塢人所害。

諸王三子。不如衛家一兒。

按晉書衛玠傳載王家三子。不如衛家一兒二語。然彼但言世云。不言世人語。故置彼錄此。

時爲魏收語

何氏語林。排調篇。魏伯起昔在京洛。輕薄尤甚。時爲之語曰云云。後文襄遊東山。令諸臣宴。文襄曰。魏收恃才。卿輩適須出其短。往復數番。伯起忽大唱曰。楊遵彥理屈已倒。楊從容言曰。我綽有餘暇。山立不動。若遇當塗。恐翮翮遂逝。當塗者、魏。翮翮者、蛺蝶也。文襄先知之。大笑稱善。

魏收驚蛺蝶。

按北齊書魏收傳亦有此語。但彼作人號。故置彼錄此。

時人爲某虞(侯)〔候〕及翟申語

何氏語林。紕漏篇。王荊公作相日。當生朝。光祿卿翟申以大籠貯雀。詣客次。搢笏開籠。且祝曰。願相公一百二十歲。時有邊塞之主妻病。而虞(侯)〔候〕割股以獻。天下駭笑。時人爲之語曰。自注云。東軒筆錄曰。

光祿卿鞏申。佞而好進。老爲省判。尤趨附不已。

虞(侯)〔候〕爲縣君割股。大卿與丞相放生。

古謠諺卷六十五

秀水杜文瀾輯

閩中百姓爲陶垕仲薛大昉謠

抱璞簡記。嘗讀密菴集。謹記一事於此云。洪武十七年六月二十五日。福建按察使陶垕仲、僉事謝元功劾左布政使薛大昉貪淫事。既奏。准令按察司就行取問。大昉亦造謗還訶。有旨都提取赴京於都察院聽對。垕仲劾事得實。大昉等還憲職。垕仲等初被召時。閩中百姓爲之謠（西墅雜記作閩人爲之語。造邦勳賢錄作京民爲之詩。）曰云云。後陶復任。百姓踊躍相慶。垕仲名鑄。鄞縣人。元功名肅。上虞人。有密菴集。

陶使再來天有眼。薛公不去地無皮。（堅瓠廣集卷二。陶使作垕仲。薛公作大昉。）

青州諺

湧幢小品。（卷一。）王沂公曾、青州人。宋眞宗問云。卿鄉里諺云云云、何也。沂公對曰。井深槐樹麤。土厚水深也。街闊人義疏。家給人足也。眞宗善其對。

井深槐樹麤。街闊人義疏。

京師人爲潘淵王淵語

湧幢小品。（卷二。）嘉靖五年丙戌三月。天台縣起復知縣潘淵進嘉靖龍飛頌。內外六十四圍。五百段。一萬二千章。效蘇蕙織錦迴文體。上以其文縱橫不可辨識。使開寫正文以進。是時請建世室者。

有監生王淵。其事既行。淵從選人得主簿。爲上官所笞。上書自言。擢上林苑右監丞。進世廟頌。京師人爲之語曰云云。人之獻諂如此。當時議大禮者既得逞志。雲湧蜂起。爲所欲爲者何所不至。眞世道一大更革之會也。

兩淵有兩口。口闊大如斗。笑殺張羅峯。引出一羣狗。明詩綜卷一百。首二句作兩淵口。闊如斗。羅作蘿。按蘿峯。張璁之字也。

桑價諺

湧幢小品。卷二。湖之畜蠶者多自栽桑。不則豫租別姓之桑。俗曰秒葉。凡蠶一斛。用葉百六十觔。秒者先期約用銀四錢。既收而償者約用五錢。再加雜費五分。蠶佳者用二十日辛苦。收絲可售銀一兩餘。爲綿爲線。矢可糞田。皆資民家切用。此農桑爲國根本。民之命脈也。我郡在在有之。惟德淸尤多。本地葉不足。又販於桐鄉、洞庭。價隨時高下。倏忽懸絕。諺云云。故栽與秒最爲穩當。不者謂之看空頭蠶。有天幸者。往往趣之。

仙人難斷葉價。廣羣芳譜卷十一。葉作桑。

蘇州人爲丙辰會錄語

湧幢小品。卷七。乙卯年。南場中有魚見於圊。魚、水族也。水、至潔也。而汙穢至此。又見於場中。此文明失位之象。次年丙辰會試。沈同和以代筆中第一名。代筆者趙鳴陽中第六名。俱吳江人。事發按問。並罪除名。吳爲水國。遂應其占。亦一阨運也。蘇州人爲之語曰。

丙辰會錄。斷么絕六。

京師人爲夏言嚴嵩語

湧幢小品。卷九。相傳貴溪臨刑。世宗在禁中。數起看三台星。皆燦燦無他異。遂下硃筆傳旨行刑。旨方出。陰雲四合。大雨如注。西市水至三尺云。京師人爲之語曰云云。旣死。嚴氏日盛。京師人又爲語曰云云。

可憐夏桂州。堅瓠丙集卷一作夏桂州。不知休。野獲編卷四作夏桂州。正好休。不肯休。二申晴乾不肯走。直待雨淋頭。堅瓠集。乾作天。

可笑嚴介溪。金銀如山積。刀鋸信手施。嘗將冷眼觀螃蠏。看你横行得幾時。

按後條末二句與野獲編同。然前半互異。今並存之。

時人爲屠羲英周子義謠

湧幢小品。卷十一。屠枰石羲英、寧國人。督學淛中。持法嚴。竿牘俱絶。先任爲秦鴻洲梁。無錫人。以太僕少卿調補。最寬靑矜。居間可以券取。時有云云之謠。屠陞南太常少卿。萬曆初。張江陵爲政。繩下急。改爲祭酒。治如督學。時而周儆菴子義爲司業。周亦無錫人。和厚得士心。時又有云云之謠。至形奏疏。屠尋轉太常卿。

秦晉。屠出。

屠毒。周旋。

西安民爲才寬謠

湧幢小品。卷十二。尙書才寬爲西安府太守。有治才。過客失金於店。急白寬。寬仰見飛鷹。又見蜘蛛鑒案。曰。店中必有朱姓名英者爲盜。執之。果得金。民皆神之。謠曰。

才寬斷朱英。

朱國禎引諺

湧幢小品。卷十二。諺曰云云。謂人身上無一點瑕纇也。此二字。卽美玉不能免。惟雪無之。故以爲言。然古不云乎。一家之中。大者可誅。小者可殺。此又何也。百姓中豈無隱過。豈無無心之過。以雪白二字概之不可。舍二字而苛求不可。

雪白百姓。

夏至重陽俗語

湧幢小品。卷十五。俗語（按原無語字。據通俗編卷三補。）云云。驗之殊不然。及閱感精符云。夏至酉逢三伏熱。重陽戊遇一冬晴。乃知俗說之訛也。

夏至有風三伏熱。重陽無雨一冬晴。

黔中諺

湧幢小品。卷十五。風土南北寒暑。以大河爲界。不甚相遠。獨西南隅異。如黔中則多陰多雨。以地在萬山之中。山川出雲。故晴霽時少。諺（按諺字原作語。今據明詩綜卷七十改。明詩綜云。朱茂時。黔中曲疊嶂。曾無三尺平。自注云云云。黔中諺也。）云云云也。

天無三日晴。地無三里平。（明詩綜。里作尺。）

茌平縣酒諺

茌平丁塊酒。

湧幢小品。卷十五。東昌府茌平縣西北有丁家岡。出泉甘冽。釀酒甚美。諺云云云。又稱曰酒泉。余同年程肖莪嘗就岡下造酒以歸。號爲天下第一。余過訪飲之。眞絕品。當與易州相配。

芒種俗語

湧幢小品。卷十五。俗語云云。霉後積水。烹茶甚香冽。可久藏。一交夏至。便迴別矣。試之良驗。細思其理。有不可曉者。或者夏至一陰初生。前數日陰正潛伏。水陰物也。當其伏時極淨。一切草木飛潛之氣不能雜。故獨存本色爲佳。但取法極難。須以磁盆最潔者。布空野盛之。霑一物即變。貯之尤難。非地淸潔且埶高不可。某年無雨。挑河水貯之。亦與常水異。而香冽不及遠矣。

芒種逢壬便立霉。

朱國禎引俗語

湧幢小品。卷十八。俗語有云云之說。厭字殊不解。後讀孫眞人歌。謂天厭雁。地厭狗。水厭烏魚。雁有夫婦之倫。狗有扈主之誼。烏魚有君臣忠敬之心。故不忍食。

五葷三厭。

蘇州人爲范允臨語

湧幢小品。卷二十一。俗語謂法馬爲乏子。乏者法字之訛也。謂兌架爲天平。由來尙矣。吳中有天平山。山石林立。皆劍拔。甚銳而勻。眞奇觀也。學憲范長白得之。曲折築園奇巧。夫妻時游其間。妻徐氏能詩而妬。范遂無子。情甚篤。蘇州人爲之語曰云云。聞者大笑。長白名允臨。能文章。精書法。名與董思白相亞。年尙壯。聞已得子。可塞蘇州人之口。

范長白夫妻。上天平乏子。

台州塘下童謠

湧幢小品。卷二十二。范秋蟾者、台州（明詩綜卷一百。州下有太平縣三字。）塘下戴氏妻也。琴棋書畫。靡所不精。尤工音律。一日。其夫與客賦詩弔泰不華。未就。秋蟾出一律。時戴與方谷珍婚。張士誠遣能詩妓女十餘來覘。谷珍送至戴。與秋蟾角藝。無所軒輊。及其行也。秋蟾又製一新詞。被之管絃送之。凡十章。張妓大服。後戴將敗。婦女皆淫泆爲桑間之音。一日忽童謠曰云云。已而洪武末年。戴之家竟籍沒。惟出嫁二女在。此其先識云。

塘下戴。好種菜。菜開花。好種茶。茶結子。好種柿。柿蔕烏。摘箇大姑。摘箇小姑。（明詩綜卷一百。末句作摘了大姑摘小姑。）

吳淞江童謠

湧幢小品。卷二十三。吳淞江久湮。童謠云云。人謂工決難成。後巡撫海忠介倡議開濬。而董其事者。則郡同知黃成樂、推官龍宗武也。其言始驗。是時兩月不雨。工亦易集。殆有天意焉。

要開吳淞江。除是海龍王。（二申野錄卷四。除作須。）

八角蓮諺

湧幢小品。卷二十七。綏寧有八角蓮。可以伏蛇。諺云。

識得八角蓮。可與蛇共眠。

佛面金諺

湧幢小品。卷二十八。諺云云云。陋之也。嘉靖初。用工部侍郎趙璜奏。沒入正德末所造諸寺繪鑄佛像。刮取金一千三十餘兩。正合諺語。可笑。

佛面上刮金。

仙桐道人歌

湧幢小品。卷二十九。仙桐道人、不知何許人。萬曆辛卯。遊曹縣定清寺。敝衣垢面。恆如醉狂。寺有枯梧一株。爲僧所伐。止存朽根。道人手持木尺。作禮佛前。趺坐根上。曰。此樹由我再生。索水噀之。寺僧莫顧也。夜半。聞道人歌曰云云。昧旦起視。已失所在。越三日。枯樹中頓發萌芽。逾月。枝葉扶疏。圍大五六尺許。遂成茂樹。縣令錢達道勒石記之。士夫遊覽。多所題詠云。

木有根兮根無枝。人有眼兮眼無珠。我來梧樹活。我去人不識。人不識。眞可惜。上天下地遊八極。翻身跨起雲間鶴。朗吟飛過蓬萊側。

潮州人爲王源謠

湧幢小品。卷三十二。潮州城西有湖山。上多怪石。民歲罹患。宣德間。知府王源命除之。至下。果獲石骷髏。復掘丈餘。又得石刻回風二字。先是郡有云云之謠。今果應之。源字啓澤。福建龍溪人。進士。

挽回淳風。

時人爲萬安劉吉劉珝謡

野獲編。卷一列朝類。憲宗以天語澌吃。賜對甚稀。一日。召閣臣萬眉州、劉博野、劉壽光等入。訪及時政。俱不能置對。即叩頭呼萬歲。當時有云云之謡。

萬歲相公。

王世貞引諺

野獲編。卷八內閣類。近時陸少白起龍大行。太倉人。有膂力。倔彊使氣。常與同里吳侍御愼菴之彥有違言。鑄一鐵簡置懷中。上刻此簡專打吳之彥。吳畏之。遷跡鄉居不敢出。吳爲王弇州從甥。偶問曰。少白乃欲死我。甥何罪。王笑曰。子誠無罪。但諺所云云。則二君是也。吳乾笑。無以答。

惡人自有惡人磨。

京師爲廣西巡撫謡

野獲編。卷十一吏部類。至於巡撫缺出。亦許九卿科道各薦所知。近年覲後。廣西適缺巡撫。時左轄入境。尙在都下。於是吏部彙薦舉者九人。以入疏。其八人左轄也。京師遂謡曰云云。聞者捧腹。

廣西撫院。京香京絹。

時人爲應選給事中語

野獲編。卷十一吏部類。至給事中之選。則專取姿貌雄偉。以故成化初。編修張元禎建議。六科不必拘體貌長大。當以器識學問爲主。而時論不從其說。蓋以近侍官衆主對揚。必用體貌長而語言確者。以爲壯觀。故當時爲之語曰云云。然亦聽吏部試文以爲去取。蓋本唐人身言書判之法。以身爲第一義。亦其遺意也。閒中今古錄。奉化應方伯履平。登洪武庚辰進士。除授福建德化知縣。三年考滿。吏部試論一篇。文雖優而貌頗侏儒。不得列。乃題詩部門之前云。爲官不用妙文章。只要鬍鬚及胖長。更有一般堪笑處。衣裳糨得硬綳綳。末不書姓名。閱者以此呈冢宰。冢宰曰。此必應知縣也。取其文覽之。果高。次日奏陞考功司郎中。終雲南布政使。然一詩之感動於人。而冢宰亦知過能改。皆可以示後。故錄之。

選科不用選文章。只要生來鬍胖長。

天順甲申廷試時語

野獲編。卷十五科場類。天順癸未。以御史焦顯監試。而火焚科場。說者以御史之姓應之。詔改是年秋會試。次年甲申廷試。於是時人爲之語曰云云。比傳臚。則彭敎爲龍首。其謠竟不驗。惟庶吉士有焦芳一人。後至大學士少師。豈卽此人應之耶。宋時焦蹈登狀元。是年棘闈亦被災。時人曰。不因科場燒。那得狀元焦。此條已附注鐵圍山叢談。癸未之謠祖此。

科場燒。狀元焦。

京師時人爲范廣于謙語二則

野獲編。卷二十一禁衛類。都督范廣驍勇善戰。故于謙愛將。素信用之。先是太平侯張軏以副總兵征貴州。爲于謙劾其失機。因成仇不解。並恨廣切齒。及奪門功成。軏驟進侯爵。既與石亨謀殺謙。又誣廣同謙反。並斬於市。廣死時。京師人爲之語曰云云。此與時人惜于少保之語曰云云。眞一時的對。亦千古冤痛。

京城米貴。那得飯廣。二申野錄卷二作京城老米貴。那裏得飯廣。

鷺鷥冰上走。何處尋魚嗛。

福建人爲許孚遠李材謠

野獲編。卷二十二督撫類。豐城李中丞材以理學名天下。撫鄖。逮下詔獄。榜掠論死。其同年吾鄉許司馬孚遠時爲應天府丞。疏救之。始得論戍閩中。司馬後漸晉卿寺。以中丞開府福建。癖於講學。兩人同時龍象。合併一方。文武奔附如狂。於是有云云之謠。

一城兩巡撫。

沈德符引北方諺語

野獲編。卷二十四畿輔類。今北方諺語云云。爲畿南三壯觀。余皆及睹。實燕趙間所僅見。大佛爲唐釋子澄空所鑄。凡經三度。最後投身火中始成。然其像本三截。不知當時冶鑄法云何。滄州鐵獅最大。向曾有逸盜叛伏其中。搜捕不獲。後知其故。遂劃破其腹。滄在唐爲横海軍節度使治所。後又名義昌。此必幕府牙城。用以立威儀。今云周世宗命罪人所冶。訛傳也。景州在唐爲横海軍巡屬。本在內地。自石晉割盧龍諸道後。遂爲極邊。無復險隘可守。乃詭云建塔。實爲覘望之所。今塔比他方製狹而級高。全與邊塞烽臺相似。未登其半。幽燕一帶諸山。俱在目下。宋時。此塔防契丹敗盟。先事保聚。今則無所用之矣。

滄州獅子景州塔。眞定府裏大菩薩。（堅瓠餘集卷二。眞定府作東光寺。）

蘇州爲蟋蟀語

野獲編。（卷二十四技藝類。）鬭物最微爲蟋蟀。我朝宣宗最嫺此戲。曾密詔蘇州知府况鍾進千箇。一時語云（云云。）此語至今猶傳。

促織瞿瞿叫。宣德皇帝要。

京師人爲嚴嵩語

野獲編。（卷二十六諧謔類。）分宜擅權。枉殺貴溪。京師人惡之。爲語曰。

可恨嚴介溪。作事忒心欺。（堅瓠丙集卷一作嚴介溪。不知幾。二申野錄卷四作嚴介谿。人可欺。天不可欺。）常將冷眼觀螃蟹。看你橫行得幾時。

沈氏自注云。或又云。善惡到頭終有報。只爭來早與來遲。

京師爲徐如圭白若圭語

野獲編。（卷二十六諧謔類。）嘉靖末年。有一御史徐如圭。外謫入都。投西臺舊僚。稱道末生。人共嗤之。已去豸班。安得尙云末。因改爲道棄生。又一禮部郎白若圭。媚郭翊公勛。其刺稱渺渺小學生。京師爲之語曰。（堅瓠癸集卷四。徐侍郎珪謫外。復以廷評入。不欲忘舊行。投臺中刺曰臺末。他僚刺曰臺駁。太常寺少卿白若珪性謙下。投諸權貴曰。渺渺小學生。好事者作句曰云云。聞者絕倒。）

道末道棄。（堅瓠癸集作臺末臺駁。）渺渺小學。一樣兩圭。（堅瓠癸集作同是一珪。）徐如白若。

洪武五年建昌黃衣人歌

野獲編補遺。（卷四禨祥類。）洪武五年。中書右丞王溥奉命督工取材於建昌。至蛇舌巖。衆見巖上有衣黃衣者歌曰云云。其聲如鐘。歌訖不見。溥遣人來言。上以事涉妖妄。不之信。七修類藁卷十國事類。王溥奏稱云云。太祖以爲不當信也。嗚呼。覩天書封禪者遠矣。細按其語。龍蟠虎踞。本金陵舊語。赤帝爲漢高祖。以乙未稱漢王。我太祖以乙未渡江。建元帥府。用李善長、汪廣洋等爲僚屬。與蕭曹正同。六朝之祚。訖於陳後主禎明之乙酉。自此金陵不復爲正統都城。至太祖始定鼎。恰七百八十年。比文皇靖難師入。則距陳亡時八百十三年。正所謂八百終而王氣復者。文皇卽位。已決都燕之計。重華紹唐。正合二祖堯舜相傳故事。蓋於兩朝開緒。靡不合者。意黄衣人固卽周顚仙、張三丰之前茅。而陳希夷、邵堯夫、劉秉忠輩之後身也。因閱史。僭爲解之。

龍蟠虎踞勢岧嶤。赤帝重興勝六朝。八百年終王氣復。七修類藁。終作餘。重華從此繼唐堯。

松江舊謠

三岡識略。卷三。吾松舊有謠云云。故涖茲土者。往往不能廉潔。嘗憶前明有張守者涖任。欲應明星之語。由東關入。過一橋。疑其是也。問隷何名。答曰。張揖橋。大不懌。甫三日。疽發背卒。謠讖之驗如此。輟畊錄卷三十。潮逢谷水難興浪。月到雲間便不明。松江古有此語。谷水、雲間。皆松江別名也。近代來作官者。始則赫然有聲。終則闒茸貪濫。始終廉潔者鮮。兩句竟成詩讖。

秀野原來不入城。鳳凰飛不到華亭。明星出在東關外。月到雲間便不明。

古謠諺卷六十六

秀水杜文瀾輯

漢元鼎初公卿語

別國洞冥記。卷二。元鼎五年。郅支國貢馬肝石百斤。常以水銀養之。內玉櫃中。金泥封其上。國人長四尺。惟餌此石而已。半青半白。如今之馬肝。舂碎以和九轉之丹。服之。彌年不饑渴也。以之拂髮。白者皆黑。帝坐羣臣於甘泉殿。有髮白者。以石拂之。應手皆黑。是時公卿語曰云云。此石酷烈。不和丹砂。不可近髮。

不用作方伯。惟須馬肝石。廣記卷三百九十八引洞冥記作惟願拭馬肝石。潛確類書卷八十九引述異記。須作惟。馬作拭。事文類聚後集卷二十作不願方伯。惟願拭肝石。

東方朔引里語

別國洞冥記。卷二。大初二年。東方朔從西那汗國歸。得聲風木十枝。長九寸。大如指。帝以枝遍賜羣臣。臣有凶者枝則汗。臣有死者枝則折。昔老聃在於周世。年七百歲。竟未汗。偓佺生於堯時。年三千歲。枝竟未一折。帝乃以枝問朔。朔曰。臣已見此枝三過而枯復生。豈汗折而已哉。里語曰云云。此木五千年一汗。萬歲不枯。

年未半。枝不汗。東方朔別傳作年復年。枝忽汗。御覽卷九百五十三引洞冥記。未作來。廣記卷六引洞冥記作年末年。枝忽汗。潛確類書卷九十九引洞冥記。不作未。

人爲黃蛇珠語

別國洞冥記。卷三。赤松子乘黃蛇入水。得黃珠一枚。色如眞金。或言是黃蛇之卵。故名蛇珠。亦名銷疾珠。語曰。

寧失千里駒。不失黃蛇珠。

人爲龍爪薤語

別國洞冥記。卷三。鳥哀國有龍爪薤。長九寸。色如玉。煎之有膏。以和紫桂爲丸。服一粒。千歲不飢。故語曰。

薤如膏。身生毛。廣羣芳譜卷十三。如作和。身作自。

人爲影娥池中龜語

別國洞冥記。卷三。影娥池中有鼊龜。望其羣出岸上。如連璧。弄於沙岸。故語曰。

夜未央。待龜黃。

八公琴歌

搜神記。卷一。淮南王安好道術。設廚宰以候賓客。正月上午。有八老公詣門求見。門吏白王。王使吏以意難之曰。吾王好長生。先生無駐衰之術。未敢以聞。公知不見。乃更形爲八童子。色如桃花。王便見之。盛禮設樂以享。八公援琴而絃歌曰云云。今所謂淮南操是也。

明明上天照四海兮。知我好道公來下兮。公將與余生羽毛兮。升騰靑雲蹈梁甫兮。觀見三光遇北斗兮。驅乘風雲使玉女兮。含精吐氣嚼芝草兮。悠悠將將天將保兮。末四句原本無。今據樂府詩集卷五十八補。

府詩集。明明作煌煌。四海作下土。升作超。三作瑤。驅作馳。御覽卷五百七十三。羽毛作毛羽。蹈作踏。遇作過。

華容女子歌

搜神記。卷六。是時華容有女子。忽啼呼曰。將有大喪。言語過差。縣以爲妖言。繫獄月餘。忽於獄中哭曰。劉荆州今日死。華容去州數百里。卽遣馬吏驗視。而劉表果死。縣乃出之。續又歌吟曰云云。後無幾。曹公平荆州。以涿郡李立、字建賢、爲荆州刺史。按後漢書五行志一。以此條注於建安初荆州童謠下。今考搜神記此條上。卽敍此謠所言。是時蓋建安初也。劉昭引注時節去耳。

不意李立爲貴人。

秦始皇時長水縣童謠

搜神記。卷十三。由拳縣、秦時長水縣也。始皇時。童謠曰云云。有嫗聞之。朝朝往窺。門將欲縛之。嫗言其故。後門將以犬血塗門。嫗見血。便走去。忽有大水欲沒縣。主簿令幹入白令。令曰。何忽作魚。幹曰。明府亦作魚。遂淪爲湖。淮南子俶眞訓。夫歷陽之都。一夕反而爲湖。高注云。歷陽、淮南國之縣名。今屬江都。昔有老嫗常行仁義。有二書生過之。謂曰。此國當沒爲湖。謂嫗視東城門閫有血。便走上北山。勿顧也。自此嫗便往視門閫。閽者問之。嫗對曰如是。其暮。門吏故殺雞。血涂門閫。明旦老嫗早往視門。見血。便上北山。國沒爲湖。廣記卷一百六十三引獨異記。歷陽縣有一媼。常爲善。偶有少年過門求食。媼待之甚恭。臨去謂媼曰。時往縣門。見門閫有血。可登山避難。自是媼日往之。門吏問其狀。媼具以少年所教答之。吏即戲以雞血塗門閫。明日。媼見有血。乃攜雞籠走上山。其夕。縣陷爲湖。今和州歷陽湖是也。讕言長語引松江府志云。三泖、乃古由拳縣沉沒。每天晴日朗、舟過者分明見其中井欄街砌宛然。

城門有血。城當陷沒爲湖。水經注沔水篇。當字在有字上。方輿勝覽作城門血。當陷沒。廣記卷四百六十八引神鬼傳作城門當有血、則陷沒爲湖。

時人爲宗定伯語

搜神記。卷十六。南陽宗定伯。年少時。夜行逢鬼。定伯詎之。言我亦鬼。鬼問。欲至何所。答曰。欲至宛市。鬼言。我亦欲至宛市。遂行數里。鬼言。步行太遲。可共遞相擔何如。定伯曰。大善。鬼便先擔定伯數里。鬼言。卿太重。將非鬼也。定伯言。我新鬼。故身重耳。定伯因復擔鬼。鬼略無重。如是再三。定伯復言。我新鬼。不知有何所畏忌。鬼答言。惟不喜人唾。行欲至宛市。定伯便擔鬼著肩上。急執之。鬼大呼。聲咋咋然索下。不復聽之。徑至宛市中。下著地。化爲一羊。便賣之。恐其變化。唾之。得錢千五百。乃去。時人語曰。按時人語原作當時石崇有言。據類聚卷九十四改。

定伯賣鬼。得錢千五。類聚。定上有宗字。五下有百字。

吳王女玉歌

搜神記。卷十六。吳王夫差小女名曰紫玉。年十八。才貌俱美。童子韓重。年十九。有道術。女悅之。私交信問。許爲之妻。重學於齊魯之間。臨去。屬其父母使求婚。王怒。不與女。玉結氣死。葬閶門之外。三年。重歸。哭泣哀慟。具牲帛往弔於墓前。玉魂從墓出。見重流涕。謂曰。昔爾行之後。令二親從王求。度必克從大願。不圖別後、遭命奈何。玉乃左顧宛頸而歌曰云云。歌畢。歔欷流涕。要重還冢。與之飲讌。留三日三夜。盡夫婦之禮。臨去。取徑寸明珠以送重。曰。若至吾家。致敬大王。重既出。遂詣王。自說其事。王大怒曰。此不過發冢取物。託以鬼神。趣收重。重走脫。至玉墓所訴之。玉曰。無憂。今歸白王。王粧梳。忽見玉。驚愕悲喜。問曰。爾緣何生。玉跪而言曰。昔諸生韓重來求玉。大王不許。玉名毀義絕。自致身亡。重從遠還。聞玉已死。故齎牲幣詣冢弔唁。感其篤終。

輒與相見。因以珠遺之。不爲發冢。願勿推治。夫人聞之。出而抱之。玉如烟然。吳地記。女墳湖在吳縣西北六里。越絕書曰。夫差小女字幼玉。見父無道。輕士重色。其國必危。遂願與書生韓重爲偶。不果。結怨而死。夫差思痛之。金棺銅槨。葬閶門外。其女化形而歌曰云云。　吳郡圖經續記卷下。女墳湖在吳縣西北六里。吳越春秋以謂吳王小女。因王食蒸魚辱之。不忍久生。乃自殺。一說夫差小女字幼玉。覩父之過。憂國之危。願與韓重者爲偶。志願不果。結怨而死。夫差痛思之。以金棺銅槨葬之閶門外。葬已祭之。其女化形而歌曰云云。竊謂此詩亦有深旨。殆此女生時所賦耶。南山有鳥。喩越也。北山張羅。喩制越非其所也。鳥既高飛。句踐之盛也。羅將奈何。夫差不可以制越也。志欲從君。讒言孔多。謂雖欲從父之命。奈何其聽讒言而忘忠義也。彼韓重之怨。蒸魚之忿。殆恐非也。墳之爲湖。或曰墳所陷也。或曰取土爲墳。鑿而成也。

南山有鳥。北山張羅。鳥既高飛。羅將奈何。吳地記。既作自。將作當。意欲從君。御覽卷五百七十三。意作志。讒言孔多。悲結生疾。風雅逸篇卷六。疾作疹。吳地記。結作怨。生作成。沒命黃壚。吳地記。命作身。壚作坡。是也。命之不造。冤如之何。羽族之長。名爲鳳皇。一日失雄。三年感傷。雖有衆鳥。不爲匹雙。故見鄙姿。逢君輝光。身遠心近。何當暫忘。御覽。當作嘗。風雅逸篇。當作曾。

堯世民語

拾遺記。卷一。帝堯在位。聖德光洽。沈翔之類。自相馴擾。幽州之墟。羽山之北。有善鳴之禽。人面鳥喙。八翼一足。毛色如雉。行不踐地。名曰青鸐。其聲似鐘磬笙竽也。世語曰云云。故盛明之世。翔鳴藪澤。音中律呂。飛而不行。至禹平水土。棲於川岳。所集之地。必有聖人出焉。自上古鑄諸鼎器。皆圖像其形。銘贊至今不絕。

青鸐鳴時太平。雲仙散錄。鸐作鶴。

漢武帝時謠言

拾遺記。卷五。太和二年。大月氏國貢雙雞。四足一尾。鳴則俱鳴。武帝置於甘泉故宮。更以餘雞混之。得其種類。而不能鳴。使者曰。詩云。牝雞無晨。一云。牝雞之晨。惟家之索。今雄類不鳴。非吉祥也。帝乃逆還西域。行至西關。雞反顧。望漢宮而哀鳴。故謠言曰云云。至王莽篡位。將軍有九虎之號。其後喪亂彌多。宮掖中生蒿棘。家無雞鳴犬吠。此雞未至月支國。乃飛於天漢。聲似鵾雞。翱翔雲裏。一名暄雞。昆暄之音相類。

三七末世。雞不鳴。犬不吠。宮中荆棘亂相係。廣博物志卷四十八。係作繫。當有九虎爭爲帝。

淋池歌

拾遺記。卷六。昭帝元始元年。穿淋池。廣千步。中植分枝荷一莖。四葉狀如駢蓋。日照則葉低蔭根莖。若葵之衞足。名曰低光荷。實如玄珠。可以飾佩。花葉葳蕤。芬馥之氣徹十餘里。食之令人口氣常香。益脈理病。宮人貴之。每游宴出入。必皆含嚼。或剪以爲衣。或折以蔽日。亦有側生菱。莖如絲。一花千葉。根浮水上。實沈泥中。名紫菱。食之不老。帝乃命以文梓爲船。木蘭爲柂。刻飛鸞翔鷁。飾於船首。隨風輕漾。畢景忘歸。乃至通夜。使宮人歌曰。

秋素景兮泛洪波。揮纖手兮折芰荷。廣記卷二百三十六作商秋素景泛洪波。誰云好手折芰荷。涼風淒淒揚棹歌。雲光開曙月低河。萬歲爲樂豈云多。

時人爲郭況語

拾遺記。卷六。郭況。光武皇后之弟也。累金數億。家僮四百餘人。以黃金爲器。工冶之聲。震於都鄙。時人謂郭氏之室。不雨而雷。言其鑄鍛之聲盛也。錯雜寶以飾臺榭。懸明珠於四垂。晝視之如星。夜望之如月。里語曰云云。其寵者。皆以玉器盛食。故東宮謂郭家爲瓊廚金穴。

洛陽多錢郭氏室。夜月晝星富無匹。廣記卷二百三十六。作洛陽多錢。郭氏萬千。都城之富難匹。

洛陽行者爲薛靈芸歌

拾遺記。卷七。魏文帝所愛美人姓薛名靈芸。常山人也。咸熙二年。谷習出守常山郡時。文帝選良家子女以入六宮。習以千金寶賂聘之。既得。乃以獻文帝。及至京師。帝以文車十乘。迎之道側。燒石葉之香。此石重疊。狀如雲母。其光氣辟惡厲之疾。此香腹題國所進也。靈芸未至京師數十里。膏燭之光。相續不滅。車徒咽路。塵起蔽於星月。時人謂之塵宵。又築土爲臺基。高三十丈。列燭於臺下。名曰燭臺。遠望之如列星之墜地。又於大道之旁。一里一銅表。高五尺。以誌里數。故行者歌曰云云。此七字妖辭也。爲銅表誌里數於道側。是土上出金之義。以燭置臺下。則火在土下之義。漢火德王。魏土德王。火伏而土興。土上出金。是魏滅而晉興也。

青槐夾道多塵埃。龍樓鳳闕望崔巍。清風細雨雜香來。土上出金火照臺。

時人爲曹洪駿馬諺

拾遺記。卷七。曹洪、武帝從弟。家盈產業。駿馬成羣。武帝討董卓。夜行失馬。洪以其所乘馬讓武帝。其馬號曰白鵠。此馬走時。惟覺耳中風聲。足似不踐地。至汴水。洪不能渡。帝引洪上馬共濟。行數百里。瞬息而至。馬足毛不濕。時人謂乘風而行。亦一代神駿也。諺曰。三國魏書太祖本紀。董卓廢帝爲弘農王。初平元年春正月。袁紹（超）（起）兵爲盟主。太祖行奮武將軍。遂引兵西。將據成皋。分兵到滎陽汴水。遇卓將徐榮。與戰不利。士卒死傷甚多。太祖爲流矢所中。所乘馬被創。從弟洪以馮與太祖。得夜遁去。　水經洛水篇。濟水又東逕滎陽縣西北。注云。曹太祖與徐榮戰不利。曹洪授馬於此處也。

憑空虛躍。曹家白鵠。御覽卷八百九十七引拾遺記。鵠作鶴。名馬記同。

閭里爲消腸酒歌

拾遺記。卷九。張華爲九醞酒。以三薇漬麴糵。糵出西羌。麴出北胡。胡中有指星麥。四月火星出。麥熟而穫之。糵用水漬麥。三夕而萌芽。平旦雞鳴而用之。俗人呼爲雞鳴麥。以之釀酒醇美。久含令人齒動。若大醉。不可叫笑搖蕩。令人肝腸消爛。俗人謂爲消腸酒。或云。醇酒可爲長宵之樂。兩說同而事異也。閭里歌曰云云。言耽此美酒。以悅一時。何用保守靈而取長久。

寧得醇酒消腸。不與日月齊光。

丁令威歌

搜神後記。卷一。丁令威、本遼東人。學道於靈虛山。後化鶴歸遼。集城門華表柱。時有少年舉弓欲射之。鶴乃飛。徘徊空中而言霽山集卷一注引續仙傳作歌。曰云云。遂高上沖天。今遼東諸丁云。其先世有升仙者。但不知名字耳。

有鳥有鳥丁令威。去家千年今始歸。城郭如故人民非。何不學仙冢纍纍。升菴詩話卷三、修文御覽所引云。何不學仙去。空伴冢纍纍。增此三字。文義乃明。書所以貴博考也。蘇詩卷五王注所引始作來。

鼠王國俗諺

異苑。卷三。西域有鼠王國。鼠之大者如狗。中者如兔。小者如常。大鼠頭悉已白。然帶金環枷。商估有經過其國不先祈祀者。則飄人衣裳也。得沙門呪願。更獲無他。僧釋道安昔至西方。親見如此。

俗諺云。

鼠得死人目精則爲王。

齊人爲女水諺

異苑。卷四。臨淄牛山下有女水。齊人諺曰云云。慕容超時。乾涸彌載。及天兵薄伐。原注。一作北征。乃激洪流。

世治則女水流。世亂則女水竭。

秦世謠

異苑。卷四。秦世有謠曰云云。始皇既坑儒焚典。乃發孔子墓。欲取諸經傳。壙既啓。於是悉如謠者之言。又言。謠文刊在塚壁。政甚惡之。乃遠沙邱而循別路。見一羣小兒輩沙爲阜。問云沙邱。從此得病。

秦始皇。何〔僵〕〔彊〕梁。孫氏瑴春秋演孔圖注。〔傳〕〔彊〕梁作奄梁。開吾戶。據吾牀。飲吾酒。唾吾漿。飧吾飯。以爲糧。張吾弓。射東牆。前至沙邱當滅亡。

晉世京師謠

異苑。卷四。盧龍將寇亂。京師謠言曰云云。未幾而敗。

十丈瓦屋八九間。下三字原本無。今據古今風謠補。蘆作柱。薤作欄。

時人爲檀道濟歌

異苑。卷四。元嘉中。高平檀道濟鎮潯陽。十二年入朝。與家分別。顧瞻城闕。嘘欷逾深。故時人爲其原注。一作之字。歌曰云云。濟發時。所養孔雀來啣其衣。驅去復來。如此數焉。以十三年三月入。伏誅。道濟未下少時。有人施罟於柴桑江。收之得大船。孔鑿若新。使匠作舴艋。勿加斲斧。工人誤截兩頭。道濟以爲不祥。殺三巧手。欲以塞咎。匠違約加斲。凶兆先搆矣。

生人作死別。茶毒當奈何。

清溪諺

異苑。卷四。檀道濟居清溪。第二兒夜忽見人來縛己。欲呼不得。至曉乃解。猶見繩痕在。此宅先是吳將步闡所居。諺云云云。青溪、青楊是也。自步及檀。皆被誅。

揚州青。是鬼營。按劉宋時揚州。即今之江寧。所言青溪、青楊。皆江寧之地也。

桓玄篡位時小兒歌

齊諧記。桓玄篡位。後來朱雀門中。忽見兩小兒。通身如墨。相和作籠歌。路邊小兒從而和之者數十人。歌秋林伐山卷十七作桓玄時童謠。云云。聲甚哀楚。聽者忘歸。日既夕。二小兒入建康縣。至閤下。遂成雙漆鼓槌。吏列云。槌積久。比恆失之。而復得之。不意作人也。明年春而桓敗。車無軸。倚孤木。桓字也。荆州送玄首。用敗籠茵包之。又芒繩束縛其屍。沈諸江中。悉如所歌焉。

芒籠茵。繩縛腹。車無軸。倚孤木。廣博物志卷三引晉書作車無軸。依孤木。繩縛腹。芒籠目。秋林伐山同。解云。上二句桓字。下二句言其敗死。

案晉書五行志下亦載此事。作童謠。詞意半同半異。而屬之荆州。且事驗亦微異。今並存之。

徐鐵臼怨歌

還冤記。宋東海徐某甲。前妻許氏。生一男。名鐵臼。而許氏亡。甲改娶陳氏。陳氏凶虐。志滅鐵臼。生一男。名鐵杵。欲以杵擣鐵臼也。於是捶打鐵臼。飢不給食。寒不加絮。鐵臼竟以凍餓被杖死。時年十六。亡後旬餘。鬼忽還家。日日罵詈。時復歌云云。聲甚傷切。似是自悼不得長成也。於時鐵杵六歲。鬼屢打之。月餘而死。

桃李花。嚴霜落奈何。桃李子。嚴霜早已落。法苑珠林卷七十五引怨魂志。花作華。已落作落已。

古謠諺卷六十七

秀水杜文瀾輯

代宗夢黃衣童子歌

杜陽雜編。卷上。代宗廣德元年。吐蕃犯便橋。上幸陝。及迴潼關。是夜夢黃衣童子歌於帳前曰云云。詰旦。上具言其夢。侍臣咸稱土德當王。胡虜破滅之兆也。

中五之德方峩峩。胡呼胡呼可奈何。自注。黃衣、土之色。中五、土之數。峩峩者、高盛之意也。全唐詩十二函七。胡呼胡呼作胡胡呼呼。

京師爲常袞元載語

杜陽雜編。卷上。上纂業之始。多以庶務託於鈞衡。而元載專政。益墮國典。若非良金重寶、趑趄左道。則不得出入於朝廷。及常袞爲相。雖賄賂不行。而介僻自專。少於分別。故升降多失其人。由是京師語曰。

常無分別元好錢。賢者愚而愚者賢。全唐詩十二函八無而字。

寶曆宮人爲飛鸞輕鳳二女語

杜陽雜編。卷中。寶曆二年。淛東國貢舞女二人。一曰飛鸞。全唐詩十一函十。鸞作燕。二曰輕鳳。修眉黟首。蘭氣融冶。上更琢玉芙蓉以爲二女歌舞臺。每歌聲一發。如鸞鳳之音。百鳥莫不翔集。上令內人藏之金屋寶帳。蓋恐風日所侵故也。由是宮中語曰。

寶帳香重重。一雙紅芙蓉。

滄浪洲婦人爲金莖花語

杜陽雜編。卷下。處士元藏幾、自言隋大業元年爲過海使判官。遇風浪壞船。獨爲破木所載。忽達於洲島間。洲人曰。此乃滄浪洲。去中國已數萬里。其洲方千里。花木常如二三月。更有金莖花。其花如蝶。每微風至。則搖蕩如飛。婦人競戴之。以爲首飾。且有語曰。

不戴金莖花。不得在仙家。白帖卷一百蓮花部所引莖作蓮。在作到。全唐詩十二函八同。案此條上文云。又有金蓮花。洲人研之如泥。以間彩繪。光彩煥爛。與眞金無異。但不能入火而已。白帖蓋因此而誤爲蓮也。廣羣芳譜卷五十三引仙史。在作到。草花譜。在作入。

時人爲孟召語

獨異志。卷中。後漢明帝楊后。花面美色。有顚狂病。發則殺人。惟內傳孟召爲文。后每讀之。顚狂輒醒。時人語曰。

孟召文。差顚狂。

案漢明帝時有馬后。無楊后。此條有誤。

李冗引諺論驕奢

獨異志。卷下。虞氏、梁之富人也。起高樓。臨大道。日夕歌宴。擊博於上。博者勝。拚口而笑。適有二客過樓下。飛鳶啣腐鼠墮客。客舉面。值其笑。二客相與謀曰。虞氏富樂久矣。我不侵犯。何爲辱我。乃聚衆滅其家。諺曰。

驕奢之災、禍非一致。

柳毅與二龍君贈答歌

異聞錄逸文。（據廣記卷四百十九。）唐儀鳳中。有儒生柳毅者。應舉下第。將還湘濱。念鄉人有客於涇陽者。遂往告別。至六七里。鳥起馬驚。疾逸道左。又六七里乃止。見有婦人牧羊於道畔。毅怪視之。乃殊色也。凝聽翔立。若有所伺。毅詰之。婦泣而對曰。妾洞庭龍君小女也。父母配嫁涇川次子。而夫壻樂逸。爲婢僕所惑。日以厭薄。旣而將訴於舅姑。舅姑愛其子。不能禦。迨訴頻切。又得罪舅姑。毀黜以至此。言訖歔欷流涕。悲不自勝。又曰。聞君將還吳。密邇洞庭。或以尺書寄託侍者。洞庭之陰。有大橘樹焉。鄉人謂之社橘。君當解去茲帶。束以他物。然後叩樹三發。當有應者。毅曰。敬聞命矣。女遂於襦間解書。再拜以進。引別東去。乃訪於洞庭之陰。果有橘社。遂易帶向樹三擊而止。俄有武夫出於波間。揭水指路。引毅以進。毅如其言。遂至其宮。夫乃止。見一人。披紫衣。執青玉。夫躍曰。此吾君也。毅因取書進之。洞庭君覽畢。哀咤良久。左右皆流涕。時有宦人密視君者。君以書授之。令達宮中。須臾。宮中皆慟哭。君驚謂左右曰。疾告宮中。無使有聲。恐錢塘所知。毅曰。錢塘何人也。曰。寡人之愛弟。昔爲錢塘長。今則致政矣。毅曰。何故不使知。曰。以其勇過人耳。語未畢。而大聲忽發。俄有赤龍長千餘尺。電目血舌。朱鱗火鬣。項掣金鎖。鎖牽玉柱。千雷萬霆。激繞其身。霰雪雨雹。一時皆下。乃(臂)〔背〕青天而飛去。毅恐蹶仆地。君親起持之。曰。無懼。固無害。其去則然。其來則不然。幸爲少盡繾綣。因命酌互舉。以款人事。俄而祥風慶雲。融融怡怡。幢節玲瓏。簫韶以隨。紅粧千萬。笑語熙熙。後有一人。自然蛾眉。明璫滿身。綃縠參差。迫而視之。乃前寄辭者。君笑謂毅曰。涇水幽囚人至矣。又有一人。披紫裳。執青玉。貌聳神溢。立於君左右。謂毅曰。此錢塘也。毅起趨拜之。錢塘亦盡禮相接。君曰。所殺幾何。曰。六十萬。傷稼乎。曰。八百里。無情郎安在。曰。食之矣。君憮然曰。頑童之爲是心也。誠不可忍。然汝亦太草草。賴上帝顯聖。諒其至冤。不然者吾何辭焉。從此已去。勿復如是。錢塘復再拜。是夕遂宿毅於凝光殿。明日又宴毅於凝碧宮。酒酣。洞庭君乃擊席而歌曰云云。錢塘君再拜而歌曰云云。錢塘君歌闋。洞庭君俱起奉觴於毅。毅踧踖而受爵。飲訖。復以二觴奉二君。乃歌曰云云。歌罷。皆呼萬歲。翌日。復歡宴。宴罷辭別。滿宮悽然。贈遺珍寶。怪不可述。毅於是復循途出江岸。見從者十餘人。擔囊以隨。至其家而辭去。

大天蒼蒼兮大地茫茫。人各有志兮何可思量。狐神鼠聖兮薄社依牆。雷霆一發兮其孰敢當。荷眞人兮信義長。（全唐詩十二函七。眞作貞。）令骨肉兮還故鄉。齊言慚愧兮何時忘。（全唐詩。齊作永。洞庭君歌。）

上天配合兮生死有途。此不當婦兮彼不當夫。腹心辛苦兮涇水之隅。風霜滿鬢兮雨雪羅襦。賴明公兮引素書。（全唐詩。引上有今字。）令骨肉兮家如初。永言珍重兮無時無。（錢塘君歌。）

碧雲悠悠兮涇水東流。傷美人兮（全唐詩。傷下有嗟字。）雨泣花愁。尺書遠達兮以解君憂。哀冤果雪兮還處其休。荷和雅兮感甘羞。（全唐詩。和上有君字。）山家寂寞兮難久留。欲將辭去兮悲綢繆。（全唐詩。辭作歸。柳毅歌。）

按說郛卷一百十七列異聞實錄。（按此與廣記所引異聞錄本一書。而廣記無實字。當係編纂時刪去。）未載此條。今據廣記錄之。

馬自然歌

聞奇錄。馬自然貌醜。驢鼻。禿鬢。大口。飲酒石餘。醉臥。卽以拳入口。人有疾病告之。折薪草呵而與食。無不差者。嘗吟曰云云。後往梓州。上升。

昔日曾隨魏伯陽。無端醉臥紫金牀。東君謂我多情懶。罰向人間作酒狂。

京兆府語

聞奇錄逸文。據廣記卷一百八十七。京兆府時云云。兩縣引馬到府門。傳門而報。兩尹入廳。大尹亦到廳。不得候兩尹坐後出。不得候兩縣立後出。

不立兩縣令。不坐兩少尹。

天寶中兩京童謠

廣神異錄。天寶中。士庶投身於胡庭。兩京童謠曰云云。及尅復。諸舊僚朝士繫於三司獄。鞫問罪狀。家產罄盡。骨肉分散。中雪無路。卽其兆也。

不怕上蘭單。唯愁答辨難。無錢求案典。生死任都官。

唐時人爲祕書省太常寺官語

雍洛靈異錄。開元中。以太常禮儀聲樂之司屬亦擇才。太祝奉禮與祕書省校書郎正字相埒。而校正俸祿微少。孤寒英傑者居之。或有不辦匹馬。乘驢入省。而太祝奉禮。每月請明衣絹布及胙肉俸祿又倍多。乃公卿子弟居之。衣馬比校正頗有輕肥。時有語曰。

正字校書。詠詩騎驢。奉禮大祝。輕裘食肉。

古謠諺卷六十八

秀水杜文瀾輯

古丈夫與毛女吟

太平廣記。卷四十引傳奇。唐大中初。有陶太白、尹子虛二老人。相契爲友。多遊嵩華二峰。因攜醲醞。陟芙蓉峰。憩於大松林下。因傾壺飲。忽松下見一丈夫。古服儼雅。一女子鬟髻綵衣。俱至二公拜謁。忻然還坐。古丈夫曰。余秦之役夫也。始皇帝因爲徐福所惑。搜童男童女千人。將之海島。余爲童子。乃在其選。遂出奇計。因脫斯禍。歸而易姓業儒。又遭始皇坑殺儒士。余又出奇計。乃脫斯苦。又改姓氏。爲板築夫。又遭秦皇築長城。余爲役夫。復在其數。又出奇計。得脫斯難。又改姓氏而業工。乃屬秦皇帝崩。穿鑿驪山。又出奇謀。得脫斯苦。凡四設權謀之計。俱脫大禍。知不遇世。遂逃此山。食松脂木實。乃得延齡耳。此毛女者。乃秦之宮人。同爲殉者。余乃同與脫驪山之禍。共匿於此。飲將盡。古丈夫折松枝叩玉壺而吟曰云云。毛女繼和曰云云。古丈夫曰。吾有萬歲松枝千秋柏子少許。汝可各分餌之。亦應出世。二公捧授拜荷。以酒吞之。二仙曰。吾當去矣。但覺超然。莫知其蹤。

餌柏身輕疊嶂間。是非無意到塵寰。冠裳暫備論浮世。一餉雲遊碧落間。古丈夫吟。

誰知古是與今非。閑躡青霞遠翠微。簫管秦樓應寂寂。綵雲空惹薜蘿衣。毛女吟。

秦人竹䝓謠

太平廣記。卷一百六十三引王氏見聞集。竹䝓者、食竹之鼠也。生於深山溪谷竹林之中。無人之境。非竹不食。巨如野貍。其肉肥脆。山民重之。每發地取之甚艱。岐梁睚眦之年。秦隴之地。無遠近巖谷之間。此物爭出投城隍及所在民家。或穿墉壞城。或自門閾而入。犬食不盡。則並入人家房內。秦民之口腹飫焉。忽有童謠曰云云。智者不能議之。庚午歲。大梁同州節度使劉知俊叛梁入秦。家於天水。天水破。流入蜀。居數年。僞蜀先主懼爲子孫之患。於是害劉公以厭之。明年歲在戊寅。先主不豫。合眼劉公在目前。蜀人懼之。遂粉劉之骨。揚入於蜀江。先主尋崩。議者方知。䝓者劉也。戊寅歲揚骨於蜀江之應。

䝓䝓引黑牛。天差不自由。但看戊寅歲。揚在蜀江頭。

李勣引謠

太平廣記。卷一百六十九引廣人物志。貞觀元年。李勣爲幷州都督。侍中張文瓘爲參軍事。勣嘗歎曰。張稚珪後來管蕭。吾不如也。待以殊禮。勣將入朝。文瓘因送行二十餘里。勣曰。諺云云。稚珪何行之遠也。可以還矣。

千里相送。歸於一別。全唐詩十二函八。歸作終。

時謂常袞鮑防語

太平廣記。卷一百七十八引傳載故實。常袞爲禮部。判雜文牓後云。他日登庸。心無不銳。通宵絕筆。恨卽有餘。所放雜文過者常不百。又飽祭酒防爲禮部。帖經落人亦甚。時謂之。

常雜飽帖。

蜀人謂長鬚僧語

太平廣記。卷二百六十二引王氏見聞集。三蜀有長鬚長老。自言是宰相孔謙子。莫知其誰何。剃髮。鬚皓然垂腹。擁百餘衆。自江湖入蜀。先謁樞密使宋光嗣。因問曰。師何不剃鬚。答曰。落髮除煩惱。留鬚表丈夫。宋大恚曰。吾無髭。豈是老婆耶。遂揖出。俟剃卻髭。即引朝見。徒衆既多。旬日盤桓。不得已剃髭而入。徒衆恥其失節。悉各散亡。蜀人謂師曰。

一事南無。折卻長鬚。

五原沙磧女子吟

太平廣記。卷三百四十七引傳奇。進士趙合。貌溫氣直。行義甚高。太和初。游五原。路經沙磧。中宵月色皎然。聞沙中有女子悲吟曰云云。合遂起而訪焉。果有一女子。年猶未笄。色絕代。語合曰。某姓李氏。居於奉天。有姊嫁洛源鎮帥。因往省焉。道遭党羌所虜。至此撾殺。後爲路人掩於沙內。經今三載。君儻能爲歸骨於奉天城南小李村。當有奉報。合許之。請視其掩骼處。女子感泣告之。合遂收其骨。包於橐中。挈至奉天。訪得小李村而葬之。明日道側。合遇昔日之女子來謝。

雲鬟消盡轉蓬稀。埋骨窮荒無所依。全唐詩十二函七。無作失。注云。荒一作鄉。牧馬不嘶沙月冷。孤魂空逐雁南飛。

虎醉俗語

茅亭客語。凡虎食狗必醉。俗云云云也。

狗乃虎之酒。

唐齊州病狂人聞夢中少女歌

洞微志。顯德中。齊州有人病狂。云夢中見紅裳少女。引入宮殿中。其小姑令歌。遂歌曰云云。一道士解之云。少女心神。小姑脾神。火、毀也。醫經言蘿蔔制麵毒。故曰火吾宮。此犯大麥毒也。即以藥兼蘿蔔食之。其疾遂愈。

五雲華蓋晚玲瓏。天府由來汝腑中。惆悵此情言不盡。一丸蘿蔔火吾宮。全唐詩十二函七。首句作五靈華閣曉玲瓏。腑作府。癸辛雜識前集引、首句作五靈葉蓋晚玲瓏。腑作府。蔔作蘆。廣羣芳譜卷十六引、首句作五靈樓閣曉玲瓏。汝腑作是此。此情作悶懷。

案說郛本此歌之前又載一歌。有踏陽春以下二十四字。核其語意。於本事無涉。他書所引亦無之。考全唐詩十二函八。載周顯德中齊州謠。與此正同。今分別錄之。又此條敍次訛謬甚多。以廣羣芳譜所引參訂。

郭象引諺

暌車志。平江黃埭張虞部。爲人質直。每有興築。不選日時。嘗作一亭。掘地得一肉塊。俗謂太歲神。張不爲異。命瓦盆合而送之水中。就基而創。名曰太歲亭。又有客到。命取衣冠。俄而犬首頂其冠束帶背以出。張笑謂之曰。養汝幾年。今日始解人意。就取服之。乃出揖客。客退。而犬自斃。

諺云云云。殆謂是歟。

見怪不怪。其怪自敗。

喬藍飛昇吟

夷堅志。喬藍字子升。相者謂有仙骨。辭母之京師。七年而歸。出丹一粒。黃金數斤。遺曰。兒去不歸矣。吳子野遇於京師。同登汴橋。買瓜於水中啜之。時有瓜皮浮出。至夜吳往候之。則已酣寢。吳始知喬得道。後游洛陽飛昇。吟曰。

下窺夫子不可及。矯首相思空斷腸。

長沙狀元謠

夷堅志。王南強容、潭州湘鄉人。有術士游縣學。言聖像開口而笑。其說頗傳於士林。南强果魁天下。長沙古語。嘗有云云之謠。駝嘴者、山也。其形似之。在州北、正直水口。其下曰痲潭。皆巨石屹立。淳熙七年。辛幼安作守。創始營作。廣辟衢陌。許僧民得以石贖罪。皆鑿於潭中。所取不勝計。後帥黃林中。又增甃南街。取石愈多。迨丙午之夏。駝嘴中斷爲兩。不一歲而南强應之。

駱駝嘴斷狀元出。

林劉舉夢中聞人唱

夷堅志。福州長溪人林劉舉。在國學。淳熙四年。將赴解省。禱於錢塘門外五聖行祠。夢成大殿。見五人正坐。著王者服。贊科如禮。聞殿上唱云云。覺而不能曉。是秋獲薦。來春於姚穎榜登科黃甲。注德興尉。既交印。奠謁五顯廟。知爲祖祠。始驗夢中之語。

五飛雲翔。坐吸湖光。子今變化。因邇吾鄉。

時人爲柳氏兄弟語

淸夜錄。漢制、卿駟馬右騑。故有五馬。東方朔傳。太守駟馬駕車。一馬行春。衞宏輿服志。諸侯駟馬。副以一馬。南史。柳玄策兄弟亦五人。並爲太守。時人語曰云云。謝靈運爲永嘉太守。以五馬自隨。立五馬亭。

柳氏門庭。五馬透迤。

王梅引吳語

祐山雜說。余自幼不習詩。會榜後。謂同年王柘湖梅曰。倘公入翰林。余不能詩奈何。柘湖笑作吳語云云。後柘湖選庶吉士。入翰林。有旨報罷。柘湖寄余詩云。可憐不是飛仙骨。既而復開館。柘湖仍與選。余謂之曰。君今作飛仙矣。向謂云云。如今卻是短茶子。柘湖身短。衆爲絕倒。

天坍自有長茶子。通俗編云。按廣韻。坍字从丹。在二十三談。俗或从丹。或从冉。皆誤。

成化初京師爲姚夔語

西樵野記。舊制、生員惟有廩膳增廣。雖然廩膳有額。增廣無額。成化初。京師語曰云云。禮部姚夔請奏。故附學立焉。堅瓠集己集卷二。舊制、學校生員。廩膳有額。增廣無額。故名增廣。明宣德四年。增廣亦有額。至景泰元年。照舊無額。成化三年又額。京師語曰云云。夔請於朝。因立附學焉。

和尚普度。秀才拘數。禮部姚夔。顚覆國祚。按下二句原本無。今據堅瓠集補。

傅凱夢孺子歌

西樵野記。南安傅黄門凱。使外國。道經九仙祠。謁夢以驗使事。夢孺子歌曰云云。凱不解所以。默識之。比至館。燕殊隆。飲間、夷王請曰。黄河躍浪（原注。一作灌水。）三三曲。願天使對之。凱念夢中語。詞意彙絕。卽曰云云。夷王驚服。蓋中國黄河九曲。而夷域有流沙三十六灣。彼自謂知我華之勝。而吾乃悉彼疆界之詳。用是悚讋。

青草流沙六六灣。

古謠諺卷六十九

秀水杜文瀾輯

秦始皇造陵時民歌

博物志。地理攷。始皇陵、在驪山之北。高數十丈。周迴六七里。今在陰盤縣界。此陵雖高大。錢氏熙祚云。此原誤北。依宋敏求長安志十五引關中記文改。不足以銷六十萬人積年之功。錢氏云。十原誤文。又脫去下六字。並依長安志補正。水背陵。錢氏云。長安志云。水泉本北流。鄣使東西流。又此山無石。錢氏云。無字依長安志補。又葉本、此誤北。運取大石於渭北諸山。錢氏云。諸原誤渚。又脫山字。並依長安志補正。又葉本、渭誤湍。歌曰云云。今陵下餘石錢氏云。今原誤金。又脫下字。並依長安志補正。大如堰。原注。土屋。其銷功力。錢氏云。葉本其誤甚。皆如此類。盧氏曰。秦氏奢侈。自知葬用珍寶多。故高作陵園山者。後難發也。高則難上。固則難攻。項羽爭衡之時。發其陵。未詳至其棺否。按提要云。書中間有附注。或稱盧氏。或稱周日用。案文獻通考載周盧注博物志十卷。又盧氏注博物志六卷。此所載寥寥數條。殆非完本。或亦後人偶爲摘附歟。

運石甘泉口。渭水爲不流。千人唱。萬人鈎。御覽卷五百五十九引潘岳關中記。唱上有一字。鈎上有相字。升菴詩話卷一引三秦記。爲不作不敢。鈎作謳。

俗爲劉玄石語

博物志。雜說下。昔劉玄石於中山酒家酤酒。酒家與千日酒飲之。錢氏熙祚云。二字依御覽八百四十五補。忘言其節度。至家大醉。錢氏云。原作當醉。依御覽改。不醒數日。錢氏云。四字依廣記二百三十三補。而家人不知。以爲死也。具棺殯葬之。錢氏云。棺原誤權。脫具葬二字。並依廣記補正。酒家計千日滿。乃憶玄石前來酤酒。醉當醒矣。錢氏云。原作醉向醒耳。依廣記改。往視之云。玄石亡來三年。已葬。於是開棺。醉始醒。錢氏云。書鈔百四十八。往玄石家問之。答曰。石卒來三年。服已闋矣。乃與家人至冢。掘而開之。玄石起於棺內。御覽四百九十七略同。俗云。戲瑕卷一。劉玄石沽千日酒載博物志。諸書可考。搜神記乃演出一段無稽之談。以酒家主人爲狄希。以沽酒者爲姓玄名石。讀之眞可絕倒。其非干令升筆。斷無疑矣。

玄石飲酒。一醉千日。

任昉引南海俗諺

述異記。卷上。凡珠有龍珠。龍所吐者。蛇珠。蛇所吐者。南海俗諺云云云。言蛇珠賤也。

蛇珠千枚。不及玫瑰。潛確類書卷一百十九。及作如一。

又引越人諺

又云。越人諺云。

種千畝木奴。不如一龍珠。

宣城郡民爲封使君語

述異記。卷上。漢宣城郡守封邵亘化爲虎。食郡民。呼之曰封使君。因去不復來。故時語云。

無作封使君。生不治民死食民。虎苑卷下。死作反。

始皇時童謠

述異記。卷下。始皇二十六年。童謠云。

阿房阿房亡始皇。

袁紹在冀州時人語

述異記。卷下。袁紹在冀州時。滿市黃金而無斗粟。餓者相食。人爲之語曰。

虎豹之口。不如饑人。

漢末江淮間童謠

述異記。卷下。漢末大饑。江淮間童謠云。

太岳如市。人死如林。持金易粟。貴如黃金。稗海本。如作於。御覽卷八百四十。末句作粟貴如金。

漢末洛中童謠

又云。洛中童謠曰。

雖有千黃金。無如我斗粟。斗粟自可飽。千金何所直。

任昉引漢世古諺

述異記。卷下。漢世古諺曰。

雖有神藥。不如少年。雖有珠玉。不如金錢。

梧宮謠

述異記逸文。據廣博物志卷三十六。夫差作天池。造青龍舟。日與西施爲水嬉。又有別館在句容。楸梧成林。謠云。

梧宮秋。吳王愁。

案今本述異記無此文。廣博物志此條未注出處。下條係引述異記。古詩源亦引述異記。今據補。

歷城士人爲光政寺磬語

酉陽雜俎。卷三。歷城縣光政寺有磬石。形如半月。膩光若滴。扣之聲及百里。北齊時。移於都內。使人擊之。其聲杳絕。卻令歸本寺扣之。聲如故。士人語曰。

磬神聖。戀光政。

齊人爲妬婦津語

酉陽雜俎。卷十四。妬婦津、相傳言晉泰始中。劉伯玉妻段氏。字明光。性妬忌。伯玉常於妻前誦洛神賦。語其妻曰。娶婦得如此。吾無憾焉。明光曰。君何以水神善而欲輕我。吾死何愁不爲水神。其夜。乃自沈而死。後七日託夢。語伯玉曰。君本願神。吾今得爲神也。伯玉寤而覺之。遂終身不復渡。有婦人渡此津者。皆壞衣枉妝。然後敢濟。不爾。風波暴發。醜婦雖妝飾而渡。其神亦不妬也。婦人渡河。無風浪者以爲己醜。不致水神怒。醜婦諱之。無不皆自毀形容。以塞嗤笑也。故齊人語曰。

欲求好婦。立在津口。婦立水傍。好醜自彰。

魏明帝時宮人謠

酉陽雜俎。卷十六。昆明國出嗽金鳥。形如雀。而色黃。羽毛柔密。常翺翔海上。羅者得之。以爲至祥。魏明帝時。國人獻此鳥。飴以眞珠及龜腦。常吐金屑如粟。鑄之可以爲器。此鳥畏寒。乃起小屋處之。用水晶爲戶牖。使內外通明。宮人爭以金飾釵佩。謂之辟寒金。故宮人謠曰。按謠原本作相嘲弄。今據潛確類書卷一百四改。

不服辟寒金。那得君王心。不服辟寒鈿。那得君王憐。

秦中兒童戲爲顛當語

酉陽雜俎。卷十七。成式書齋前。雨後多顛當窠。原注。俗人所呼。深如蚓穴。網絲其中。土蓋與地平。大如榆莢。常仰桿其蓋。伺蠅蠖。過輒翻蓋捕之。纔入復閉。與地一色。並無絲隙可尋也。其形似蜘蛛。原注。如牆角亂緺中者。爾雅謂之王跌。鬼谷子謂之跌母。秦中兒童戲曰。

顛當顛當牢守門。金華子雜編云。京師兒童以草臨此蟲穴呼之。謂之釣駱駝。須臾。此蟲出穴。有明經劉寡辭曰。此卽爾雅王蛈蜴也。蠮螉寇汝無處奔。廣博物志卷五十。蠮螉作蠓螉。

杜預引古諺

酉陽雜俎。續集卷四。今人云。借書還書。等爲二癡。據杜荊州書告昄云。知汝頗欲念學。今因還車。致副書。可案錄受之。當別置一室中。勿復以借人。古諺云。資暇集卷下引王府新書載杜元凱遺其子書、作古人云。履齋示兒編卷二十三作俗語。

有書借人爲嗤。借人書送還爲嗤也。資暇集作借書一嗤。還書二嗤。履齋示兒編作借與人書爲一癡。還書與人爲一癡。資暇集云。嗤、笑也。後人譌癡字。而增至四癡。謂借、一癡。借之、二癡。索、三癡。還、四癡。泊宅編卷十。前輩又以癡爲瓻。瓻、酒器也。蓋云。借書一瓻酒。還之亦以一瓻酒也。瓻通作鴟。吳王取馬革受子胥屍。沈之江。顏師古曰。卽今之盛酒鴟夷幐。游宦紀聞卷四、禮部韻云。瓻、盛酒器也。山谷以詩借書目於胡朝請。末聯云。願公借我藏書目。時送一鴟開鑵魚。坡公和陶詩云。不持兩鴟酒。肯借一車書。楊子雲酒箴。鴟夷滑稽。腹大如壺。蘇黃用鴟字。本此。

斛律豐樂爲齊高祖歌

酉陽雜俎。續集卷四。談藪云。北齊高祖常宴羣臣。酒酣。各令歌。武衞斛律豐樂歌曰云云。帝曰。豐樂不諂。是好人也。

朝亦飲酒醉。暮亦飲酒醉。日日飲酒醉。國計無取次。

案隋書刑法志引長孫覽求爲周宣帝歌。與此語意略同。而時代迥異。今兩存之。

金榆山土人言

酉陽雜俎。續集卷八。晉僧朗住金榆山。及卒。所乘驢上山失之。時有人見者。乃金驢矣。樵者往往聽其鳴響。土人言。

金驢一鳴。天下太平。

段成式引俗語

酉陽雜俎。續集卷十。王母桃、洛陽華林園內有之。十月始熟。形如括蔞。俗語曰云云。亦名西王母桃。

王母甘桃。食之解勞。

路勵行親識引諺

啓顏錄逸文。據廣記卷二百五十。唐路勵行、初任大理丞。親識並相賀。坐定。一人云。兄既在要職。親皆爲樂。諺云云。豈非好事。答云。非直唯遣緩帶。並須將卻幞頭。衆皆大笑。

一人在朝。百人緩帶。野客叢書卷廿七。在作左。緩作一。山谷全書卷十九。與洪甥駒父書云。古人所謂一人乘車。三人緩帶。

按說郛卷二十三列啓顏錄。未載此條。今據廣記錄之。

嶺南冬令俗語

羣居解頤。嶺南地暖。草菜經冬不衰。故蔬圃之中。栽種茄子者。宿根二三年者。漸長枝幹。乃成大樹。每夏秋熟時。梯樹摘之。三年後。樹老子稀。卽伐去。別栽嫩者。又其俗。入冬好食餛飩。往往稍暄。食須用扇。至十月旦。率以扇一柄相遺。書中以吃餛飩爲題。故俗云。

踏梯摘茄子。把扇吃餶飩。

東漢國民唱

清異錄。卷一。周季年。東漢國大雪。盛唱曰云云。後大宋受命。

生怕赤眞人。都來一夜春。

汾晉村野間語

清異錄。卷一。汾晉村野間。語曰云云。意謂多稼厚畜。由耕耘所致。

欲作千箱主。問取黃金母。

宋城民爲祝天貺和甄語

清異錄。卷一。宋城主簿祝天貺。勵己如冰玉。百姓呼爲裹頭冰。天貺去後。和甄來尉。頗得天貺餘味。加以儒而文。民間語曰。

去了裹頭冰。卻得一段着腳琉璃。

長沙賣藥道人吟

清異錄。卷三。長沙獄掾任福祖、擁騶吏出行。有賣藥道人行吟曰云云。福祖審思。豈非異人。急遣訪求。已出城矣。

無字歌。呵呵亦呵呵。哀哀亦呵呵。不似荷葉參軍子。人人與箇拜口木 大作廳上假閻羅。

衫帶諺

清異錄。卷三。諺曰云云。闌單、破裂狀。疊垛、補衲蓋掩之多。

語。

闌單帶。疊垛衫。肥人也覺瘦巖巖。

寶曆中宮人語

清異錄。卷四。寶曆中。帝造紙箭竹皮弓。紙間密貯龍麝末香。每宮嬪羣聚。帝躬射之。中者濃香觸體。了無痛楚。宮中名風流箭。爲之語曰。

風流箭、中的人人願。

廚官爲魏王盧相兩家飲饌語

清異錄。卷四。魏王繼岌每薦羹。以羊兎豬臠而參之。時盧澄爲平章事。趨朝待漏。堂廚具小饌。澄惟進粥。其品曰。粟粥、乳粥、豆沙加糖粥。三種幷供。澄各取少許。幷和而食。廚官遂有云云之語。

王羹亥卯未。相粥白玄黃。

古謠諺卷七十

秀水杜文瀾輯

時人爲三耳秀才語

張君房脞說。方陰官以事愬上元夫人而不允。聞陽世有士人董愼善爲文。遂追令爲表。既而獲命。陰官喜曰。子何願。曰。特更欲聰明耳。乃命取一耳。置其額。既寤。額癢輒搔。出一耳。時人語曰。廣記卷二百九十六引玄怪錄。隋大業中。兗州佐史董愼。性公直。明法理。常因授衣歸家。出州門。逢一黃衣使者曰。太山君呼君爲錄事。出懷中牒示愼。到任趨入。府君邀登副階。取榻令坐曰。藉君公正。故有是請。今有閬州司馬令狐寔等六人寔無間獄。承天曹符。以實是太元夫人三等親。准令遞減三等。昨罪人程翥一百二十人引例喧訟。不可止遏。已具名申天曹。天曹以爲罰疑唯輕。亦令量減二等。餘恐後人引例多矣。君謂宜如何。愼曰。天地刑法。豈宜恩貸奸慝。然愼一胥吏耳。素無文字。當州府秀才張審通。辭彩儁拔。足得備君管記。府君令帖召之。至。卽補左曹錄事。審通判請依前付無間獄。仍錄狀申天曹。卽有黃衫人持狀而往。少頃復持天符曰。所申文狀。多起異端。府君可罰不衣紫六十甲子。餘依前處分。府君大怒。審通曰。君爲判辭。使我受譴。卽命左右取方寸肉實其一耳。遂無所聞。審通訴曰。乞更爲判申。不允、甘當再罰。府君曰。君爲我去罪。卽更與君一耳。審通又判請依正法。仍錄狀申天曹。黃衣人又持往。須臾又有天符來曰。再省所申。甚爲允當。府君可加六天副正使。令狐寔程翥等並正法置處。府君卽謂審通曰。非君不可正此獄。因命左右割下耳中肉。令小兒擘之爲耳。安於審通額上曰。塞君一耳。與君三耳何如。又謂愼曰。甚賴君薦賢。以成我美。然不可久留。卽送歸家。審通數日額覺痒。遂湧出一耳。通前三耳。而湧出者尤聰。時人笑曰云云。亦呼爲雞冠秀才者。

天上有九頭鳥。地上有三耳秀才。玄怪錄無上字下字。

轂城民爲王豐歌

賈氏說林。王豐爲轂城令。治民有法。民多暴富。歌之曰。

天厚轂城生王公。爲宰三月恩澤通。室如懸磬今擊鐘。

時人爲立夏日食李諺

元池說林。立夏日。俗尚啖李。時人語曰云云。故是日婦人作李會。取李汁和酒飲之。謂之駐色酒。一曰。是日啖李。令不疰夏。

立夏得食李。能令顏色美。

鵝毛鄙語

復齋漫錄云云。鄙語也。

千里寄鵝毛。禮輕人意重。

西施鄙語

復齋漫錄云云。鄙語也。山谷取以爲詩。其答孟公春思云。草茅多奇士。蓬蓽有秀色。西施逐人眼。稱心斯爲得。

情人眼裏有西施。

都下爲韓侂胄語

曾氏因話錄。韓侂胄封平原郡王。官至太師。一時獻佞過稱師王。晚年伏誅。錢伯通在政府。奉御筆施行。都下爲之語曰云云。象祖、乃伯通名也。繆妄稱呼至是。遂作精對。可發後世一笑。

釋迦佛中間坐。胡漢神立兩旁。文殊普賢自鬬。象祖打殺師王。

海上人爲女香草諺

奚囊橘柚。女香草出繁績。婦女佩之。則香聞數里。男子佩之則臭。昔海上有丈夫。拾得此香。嫌其臭棄之。有女子拾去。其人跡之。香甚。欲奪之。女子疾走。其人逐之不及。乃止。故諺曰云云。呂氏春秋云。海上有逐臭之夫。疑卽此事。

欲知女子强。轉臭得成香。

漢人爲黃公語二則

奚囊橘柚。漢高帝時。有黃公。不事生產。日牽一黃斑虎乞食於道。飲食稍不腆。輒解其縛虎。便咆哮作噬人狀。人人震懾。多畀錢米。始謝去。人有語曰云云。人入山遇猛虎。輒畏之曰。黃公來。猛獸無不垂頭掉尾而去。人又語曰云云。

虎莫凶。有黃公。

猛獸回。黃公來。

馮猶龍引俗語

譚槩。田登作郡。怒人觸其名。犯者必笞。舉州皆謂燈爲火。值上元放燈。吏揭榜於市曰。本州依例放火三日。俗語云云。本此。

只許州官放火。不許百姓點燈。

袁節推引俗語

譚槩。袁節推酒令。引俗語云。

官無悔筆。罪不重科。

錢叅山引諺語

譚槩。錢叅山等酒令。舉諺語云。

人無千日好。花無百日紅。

鳳宣二州諺

太平老人袖中錦諺云。

鳳州三出。手、柳、酒。宣州四出。漆、栗、筆、蜜。

李東陽引諺戲焦芳

堅瓠集。乙集卷一。河南焦芳過李西涯邸。見簷曝乾魚。戲曰。曉日斜穿學士頭。西涯曰。秋風正灌先生耳。以諺野獲編卷二十六作俗語。有云云也。野獲編云。新鄭與江陵初年。相契如兄弟。偶聯鑣出朝。而朝暾初上。高戲出一儷語云。曉日斜薰學士頭。張應聲曰。秋風已貫先生耳。兩人拊掌。幾墜馬。蓋楚人例稱乾魚頭。中州人例稱偸驢賊。俗語有云云也。

秋風灌驢耳。野獲編。灌作貫。

吳人爲陸完號

堅瓠集。丙集卷二。吳人悼冢宰陸全卿完坐宸濠黨。又傳全卿受賄復宸濠護衛。濠敗。吳人口號曰。

五錢九分六錢輕。原注。陸全卿。做到天官弗肯行。父子宸濠三千兩。合家老少上京城。

吳人爲張小舍諺

堅瓠集。丁集卷一。張小舍居維亭。世爲公家弭盜。故吳諺有云云之語。按張小舍名浩。字彥廣。號南坡。沈石田之外祖。徐武功有貞撰張處士墓誌。石田乞之也。

天弗怕。地弗怕。只怕維亭張小舍。

嘉靖時民間謠

堅瓠集。戊集卷一。嘉靖間。王聯爲縣令。簠簋不飾。爲部民所訟。時巡撫胡纘宗發兵備朱鴻漸鞫問。廉得其實。聯斃於獄。時世廟幸楚。纘宗賦詩。有穆王八駿空飛電。湘女娥英淚不磨之句。聯子仕痛父死獄。摘此爲譏切朝政。因賀長至。混入午門訐奏之。差錦衣校尉行提。鴻漸已致政歸蘇。四校尉駐坐行臺。氣焰可畏。民間謠云云。朱苦瓜卽朱紈。時以閩憲遭讒。得請歸。聞校尉有捉拿朱姓之說。疑其逮己。仰藥自殺。常二府名時平。冷二府名珂。不知聖旨云何。且校尉烜赫。故皆惴惴。人遂因其姓以成嘲嘆耳。科道交章申救。仕雖坐誣。而纘宗杖三十削籍。

曾見不曾見。校尉坐察院。嚇殺朱苦瓜。拿了朱鴻漸。常同知蹲做一堆。冷同知嚇出熱汗。

時人爲倪進賢及某中書語

堅瓠集。戊集卷二。御史職司風紀。中書舍人供奉絲綸。其任皆不薄也。成化戊戌。徽州倪進賢出入閣老萬安之門。得庶吉士。安病陰痿。進賢自譽善醫。具藥瀋爲洗之。因改御史。翼聖夫人之姪季通。以門蔭官中舍。濟寧某。與通同僚友善。嘗歸省。以篋寄通所。封鑰甚固。夫人素諳世故。命啓視之。同僚固辭。夫人不許。乃强啓之。篋中舊衣數件。下皆士墼。夫人大怒曰。他日欲誣我家耶。

命毆之。通跪請得免。乃命自擔其篋去。時人爲之語曰云云。其辱敗士風。同官爲之喪氣。

洗鳥御史。挑土中書。

景龍中人爲宰相歌

堅瓠集。戊集卷二。唐景龍中。洛下霖雨百餘日。宰相令閉坊市北門以禳之。卒無效。霶沱益甚。人歌曰。

禮賢不解開東閣。燮理惟能閉北門。

開沙湖民謠

堅瓠集。戊集卷三。婁門東北三十里沙湖。湖北爲塘。㠁然有碑。碑廣四尺許。長四倍。四面如之。三面鐫相視歌。歌有前後。皆築塘時相勸勞之語也。今已剝落不可辯。其東面記民謠曰云云。弘治丁巳。督理浙西水利工部主事姚文灝立石。

遠挑新土纔希罕。露盡黃泥始罷休。兩岸馬槽斜見底。中間水線直通頭。

京師爲黃志端語

堅瓠集。己集卷四。舊例翰林院學士惟一人。多或二人。或三五人。弘治壬戌。劉文靖健欲示德。因修會典成。一時陞學士者十人。又禮部尙書一時有六人。謝遷以禮書居内閣。張昇爲禮部掌部事。元守眞以禮書掌通政事。賈斌以禮書掌鴻臚事。崔志端以禮書掌太常事。幷南京禮書王宗彝六人。崔起神樂觀道士。京師語曰云云。志端疑此語出自翰林。乃對曰。翰林十學士。五箇白丁。蓋倪進賢等五人。成化戊戌。萬安以私意選爲庶吉士。在翰林未嘗讀書館課。詩文一出人手。以故人共嗤之。

禮部六尙書。一員黃老。

宋時爲秀才語

堅瓠集。庚集卷一。宋初。尙文選。士子專意此書。至爲之語曰。文選爛。秀才半。按此條已見老學菴筆記。見陸務觀老學菴筆記。又云云云。謂脫白着綠也。

文選熟。秀才綠。辛集卷三。黃炳辭武舉啓曰。舉子忙。槐花黃。早已覺壯心之動。時文熟。秀才綠。要須取本色而歸。

萬曆間殿試語

堅瓠集。庚集卷三。萬曆丁丑。張太岳子嗣修榜眼及第。庚辰。懋修復登鼎元。有無名子揭詩於朝門曰。狀元榜眼姓俱張。未必文星照楚邦。若是相公堅不去。六郎還作探花郎。後俱削籍。故又語曰。

丁丑無眼。庚辰無頭。

戴表元引諺

堅瓠集。庚集卷三。孔退之幼在金陵郡庠。從戴表元游。表元因暇。每以俗諺作題。令諸生破、如經義法。一日命破樓字。退之曰。因地之不足。取天之有餘。表元大喜。又命以諺云云。破曰。小人無知。不肯竭力以事君子。君子有義。不能求食以養小人。

寧可死。莫與秀才擔擔子。肚裏饑。打火又無米。

何仲默引鄉諺

堅瓠集。庚集卷三。何仲默景明少能文。善於破冒。見者疑之。因出其鄉諺爲題曰云云。破曰。姓雖異而業則同。心無窮而分有限。

張豆腐。李豆腐。一夜思量千百計。明朝依舊賣豆腐。

時人爲章氏牌坊謠

堅瓠集。辛集卷一。予家西白塔巷。祖居東首。有大光祿牌坊。乃嘉靖間蘇州知府溫景葵爲房師章茂實煥所建。東曰大中丞。西曰大光祿。欲於中間起第。不意建坊甫竟。茂實以事被逮。遣戍時。有口號曰云云。問軍之謠已驗。康熙己未十月晦日。予家人不戒於火。焚燬門屋及坊。合里震驚。幸而獲息。燒光之言。至百有二十餘年始驗。

大中丞完了就問軍。大光祿燒得光秃秃。

蘇郡童爲姚堂謠

堅瓠集。辛集卷四。慈谿姚仲升堂守蘇郡。被讒。調鎮江。代之者爲黃巖林一鶚鶚。徐武功送姚解任詩。袖歸白璧原無玷。移去寒梅不改香。童謠亦有云云之句。

雙木撐篙。不如一姚。

吳中爲周如斗謠

堅瓠集。壬集卷一。嘉靖甲寅。倭寇浙直。農民大半竄去。比其還。踰夏矣。歲大饑。中丞周右崖、直指周觀所如斗交章奏請盡蠲百姓租稅。詔從之。是歲民糧先輸者。悉以還民。曠蕩之恩。百世未有。吳中謠曰云云。謂周公如斗也。按此可爲上官處兵荒善後之法。

蘇州一隻斗。救了萬民口。

要離墓童謠

堅瓠集。壬集卷一。要離墓在吳縣西四里閶門南城內。吳地記云。在泰伯廟南三百五十步。府志云。相傳在今梵門橋西城下。先時有童謠云云。萬曆間。有高兵備名出。見古蹟。不可無以表之。遂立一碑。古要離墓。後書東海高出題。南濠一帶皆望見此碑。且姓名巧合。而流賊漸起。亦異哉。

要離高出城。天下動刀兵。

吳縣民間謠

堅瓠集。壬集卷二。萬曆乙未三月廿九日。雷震閶門譙樓西南螭首。劈碎柱石。適是日吳邑侯袁中郎宏道上任。先是民間謠曰云云。豈郎官上應列宿。天戒以示警與。然在任二年。寄情詩酒。吳中名勝。題詠殆遍。改任順天府學教授。陞吏部郎中。

吳縣知縣到。霹靂震得暴。分付開閶門。家家有響報。

時人爲景泰五年殿試語

堅瓠集。癸集卷二。景泰五年甲戌科。狀元河南孫賢。面黑。榜眼宜興徐溥。面白。探花武進徐鎋。面黃。時謂云云云。

鐵狀元。銀榜眼。金探花。

甘學潤督學崑山時謠

堅瓠集。癸集卷二。崇禎壬申四月。甘學潤按臨崑邑。待士嚴毅。時謠曰。

秀才街上踱。撞着甘提學。老個告衣巾。小個重上學。

時人爲土地夫人語

堅瓠集。癸集卷三。正德中。顧東橋璘知台州府。有土地祠設夫人像。顧曰。土地豈有夫人。命徹去之。郡人告曰。府前廟神缺夫人。請移土地夫人配之。顧令卜於神。神許。遂移夫人像入廟。時爲語曰。土地夫人嫁廟神。廟神懽喜土地嗔。按此條已見駒陰冗記。明年。郡人復曰。夫人入配一年。當有子。復卜於神。神又許之。遂設太子像。時人語曰云云。顧既設夫人像。又聽其入配塑子。益見民之易惑而神不足信也。

期年入配今生子。明歲更教令愛生。

黃州人爲盧濬曹濂謠

堅瓠集。廣集卷二。成弘間。黃州知府盧濬。字希哲。守己愛民。得罪上司。去職。曹濂繼之。貪暴自恣。兩經考察。皆得斡全。時有云云之謠。

盧濬不來天沒眼。曹濂重到地無皮。

明季復社口號

堅瓠集。廣集卷二。 明季。復社濫觴。方巾甚高。人口號曰云云。天如、張溥號。

頭項一箇書橱。手帶一串念珠 擡擺一部四書。口内只說天如。

松江閣老謠

堅瓠集。餘集卷一。 松江雖潮汐往來之地。自古未有通泖者。嘉靖庚戌。泖始潮。故民謠曰云云。越壬子。徐文貞階 果入相。而拜命之日。潮頭突至城内元輔舊第前。湧起丈餘。人皆驚異。果爲太平宰相一十七年。

潮通泖。出閣老。

吳人爲王穉登趙宧光語

堅瓠集。餘集卷二。 吳語云云。相傳百穀家居申。少師予告歸里。車騎闐門。賓客牆進。兩家巷陌。各不相同。凡夫卜築寒山。搜剔泉石。又得卿子爲妻。靈均爲子。貴游麇至。幾同朝市。兩君可稱處士之特矣。然題之曰歇家。曰驛吏。豈非春秋之筆乎。

天下歇家王百穀。山中驛吏趙凡夫。

翟灝引漢諺

通俗編。卷二十三。 漢諺。

廷尉獄。平如砥。有錢生。無錢死。

古謠諺卷七十一

秀水杜文瀾輯

楚狂接輿歌

莊子。人間世篇。孔子適楚。楚狂接輿遊其門曰。

鳳兮鳳兮。何如德之衰也。來世不可待。往世不可追也。天下有道。聖人成焉。天下無道。聖人生焉。方今之時。僅免刑焉。福輕乎羽。莫之知載。禍重乎地。莫之知避。已乎已乎。臨人以德。殆乎殆乎。畫地而趨。迷陽迷陽。無傷吾行。郭注云。迷陽猶亡陽也。亡陽任獨。不蕩於外。則吾行全矣。天下皆全其吾。則凡稱吾者。莫不皆全也。釋文云。迷陽、司馬云。迷陽、伏陽。言詐狂。吾行卻曲。高士傳作卻曲卻曲。楊氏愼莊子闕誤云。張本作卻曲卻曲。無傷吾足。郭注云。曲成其行。各自足矣。釋文云。卻曲、去逆反。字書作只。廣雅云。只、曲也。困學紀聞卷十。莊子楚狂之歌。所謂迷陽。人皆不曉。胡明仲云。荊楚有草。叢生脩條。四時發穎。春夏之交。花亦繁麗。條之腴者。大如瓦甓。剝而食之。其味甘美。野人呼爲迷陽。其膚多刺。故曰無傷吾行。無傷吾足。山木自寇也。膏火自煎也。桂可食。故伐之。漆可用。故割之。人皆知有用之用。而莫知無用之用也。高士傳。莫作不。

孟子反子琴張歌

莊子。大宗師篇。子桑戶、孟子反、子琴張三人相與友。而子桑戶死。未葬。孔子聞之。使子貢往待事焉。或編曲。或鼓琴。相和而歌曰。

嗟來桑戶乎。孔子集語卷十六引莊子。乎作兮。嗟來桑戶乎。而已反其眞。而我猶爲人猗。

子桑歌

莊子。大宗師篇。子輿與子桑友。而霖雨十日。子輿曰。子桑殆病矣。裹飯而往食之。至子桑之門。則若歌若哭。鼓琴曰云云。有不任其聲而趨舉其詩焉。子輿入曰。子之歌詩。何故若是。曰。吾思夫使我至此極者而弗得也。父母豈欲吾貧哉。天無私覆。地無私載。天地豈私貧我哉。求其爲之者而不得也。然而至此極者、命也夫。

父邪、母邪。天乎、人乎。

莊周引野語

莊子。刻意篇。純素之道。唯神是守。守而勿失。與神爲一。一之精通。合于天倫。野語有之曰云云。故素也者。謂其無所與雜也。純也者。謂其不虧其神也。能體純素。謂之眞人。

衆人重利。廉士重名。賢士尚志。聖人貴精。

河伯引野語

莊子。秋水篇。秋水時至。百川灌河。涇流之大。釋文云。司馬云。涇、通也。崔本作徑。云直度曰徑。兩涘渚崖之間。不辨牛馬。於是焉、河伯欣然自喜。以天下之美。爲盡在己。順流而東行。至於北海。東面而視。不見水端。於是焉、河伯始旋其面目。望洋向若而歎曰。野語有之曰云云者。我之謂也。

聞道百。以爲莫己若。

被衣爲齧缺歌

莊子。知北遊篇。齧缺問道乎被衣。被衣曰。若正汝形。一汝視。天和將至。攝汝知。一汝度。神將來舍。

德將爲汝美。道將爲汝居。汝瞳焉如新生之犢。而無求其故。言未卒。齧缺睡寐。被衣大說。行歌而去之曰。高士傳卷上。被衣者、堯時人也。堯之師曰許由。許由之師曰齧缺。齧缺之師曰王倪。王倪之師曰被衣。齧缺問道乎被衣。

形若槁骸。心若死灰。淮南子道應訓。若作如。眞其實知。不以故自持。淮南子道應訓作直實不知。以故自持。李注云。未有知貌。郭注云。與變俱也。齧缺睡寐。體向所說。畏其視聽以寐耳。受道速。故被衣喜也。媒媒晦晦。李注云。媒媒、晦貌。無心而不可與謀。淮南子道應訓作墨墨恢恢。無心可與謀。彼何人哉。郭注云。獨化者也。

祝牧歌

莊子逸文。據困學紀聞卷十。祝牧謂其妻曰。琴淸英。祝牧與妻偕隱。作琴歌云云。

天下有道。我黻子佩。琴淸英。黻作黼。天下無道。我負子戴。悠哉游哉。聊以卒歲。末二句原本無。今據潛確類書卷七十九引古琴錄補。

案莊子引古語云。美成在久。惡成不及改。楊氏古今諺收之。曾氏古諺閒譚又改標野語收之。尤誤。今不錄。

康衢童謠

列子。仲尼篇。堯治天下五十年。不知天下治歟。不治歟。不知億兆之願戴己歟。不願戴己歟。顧問左右。左右不知。問外朝。外朝不知。問在野。在野不知。堯乃微服游於康衢。聞兒童謠曰云云。堯喜問曰。誰教爾爲此言。童兒曰。我聞之大夫。大夫曰。古詩也。堯還宮召舜。因禪以天下。舜不辭而受之。

立我蒸民、莫匪爾極。不識不知。順帝之則。後漢書班固傳注。民作人。劉陶傳注。匪作不。

楊朱爲季梁歌

列子。力命篇。楊朱之友曰季梁。季梁得疾七日。大漸。其子環而泣之。請醫。季梁謂楊朱曰。吾子不肖、如此之甚。汝奚不爲我歌以曉之。楊朱歌曰云云。其子弗曉。俄而季梁之疾自瘳。

天其弗識。人胡弗覺。匪祐自天。弗孽由人。我乎汝乎。其弗知乎。醫乎巫乎。其知之乎。盧注。夫天命不能識乎。人亦何能覺之耶。天不別加福人。亦不爲過。而遇病者。此其命也。夫我與汝尙不能知。醫與巫何能知乎。 廣博物志卷二十三。弗覺作能覺。

楊子引周諺

列子。楊朱篇。楊子曰。周諺曰云云。晨出夜入。自以性之恆。啜菽茹藿。自以味之極。肌肉麤厚。筋節䏿急。釋文云。音涓。筋急也。一朝處以柔毛綈幕。薦以粱肉蘭橘。心痟體煩。內熱生病矣。商魯之君。與田父侔地。則亦不盈一時而憊矣。

田父可坐殺。

趙文子引周諺

列子。說符篇。晉國苦盜。有郄雍者。能視盜之眼。察其眉睫之間。而得其情。晉侯使視盜。千百無遺一焉。晉侯大喜。告趙文子曰。吾得一人。而一國盜爲盡矣。文子曰。吾君恃伺察而得盜。盜不盡矣。且郄雍必不得其死焉。俄而羣盜謀曰。我所窮者、郄雍也。遂共盜而殘之。晉侯聞而大駭。立召文子而告之曰。果如子言。郄雍死矣。文子曰。周諺有言云云。且君欲無盜。莫若舉賢而任之。使教明於上。化行於下。民有恥心。則何盜之爲。於是用隨會知政。而羣盜奔秦焉。

察見淵魚者不祥。智料隱匿者有殃。

孺子歌

文子。據藝文類聚卷八及困學紀聞卷八。孺子歌云。按此四字、據風雅逸篇卷七補。

混混之水濁。可以濯吾足乎。泠泠之水清。可以濯吾纓乎。藝文類聚。泠泠作青青。無二乎字。今從困學紀聞。古詩複字卷二。混混句在泠泠句下。亦無二乎字。

按此條與孟子所載詳略互異。今並存之。

亢倉子歌

亢倉子。賢道篇。齊有掊子者。問乎亢倉子曰。吾聞至人忘情。黎人不事情。存情之曹。務其敎訓而尊信義。吾乃今不知。爲工受不信爲信。信而不見信爲信。爲勤慕義爲義。義而不自義爲義。然則信義之士。常獨厄隨退。胡以取貴乎時。而敎理之所上也。亢倉子俯而循衽。仰而譆。超然而歌曰云云。夫運正性以如適。而物莫之應者。眞且不行。謂之道喪。道喪之時。上士乃隱。

時之陽兮信義昌。時之默兮信義伏。陽與默。昌與伏。汨吾無私兮。羌忽不知其讀。

鄭君引諺論黃白

抱朴子。內篇十六黃白。鄭君曰。眞人作金。自欲餌服之。致神仙不以致富也。故經曰。金可作也。世可度也。銀亦可餌服。但不及金耳。余難曰。何不餌世間金銀而化作之。作之則非眞。非眞則詐僞也。鄭君答余曰。世間金銀皆善。然道士率皆貧。故諺云云云也。師徒或十人或五人。亦安得金銀以供之乎。又不能遠行採取。故宜作也。

無有肥仙人。富道士。

葛洪引諺論登涉

抱朴子。內篇十七登涉。或問登山之道。抱朴子曰。凡爲道、合藥及避亂隱居者。入山不知法者。多遇禍害。故諺有之曰云云。皆謂偏知一事。不能博備。雖有求生之志。而反强死也。

太華之下。白骨狼藉。

又引諺論書字

抱朴子。內篇十九遐覽。鄭君言。符出於老君。符皆神明所授。今人用之少驗者。由於出來歷久。傳寫之多誤故也。又譬之於書字。則符誤者。不但無益。將能有害也。書字人知之。猶尙寫之多誤。故諺曰云云。此之謂也。

書三寫。魚成魯。虛孫氏星衍云。意林作帝。成虎。佩觿卷上注、楊氏愼轉注、古音略、龔氏頤正芥隱筆記。虛作帝。楊云。寫、洗與切。龔云。寫、賞羽切。佩觿注。寫作傳。分類字錦卷四十。兩成字作爲。

龍逢行歌

符子。據御覽卷八十二。桀觀炮烙於瑤台。謂龍逢曰。樂乎。龍逢曰。臣觀君冕、非冕也。冕危石也。臣觀君履、非履也。履春冰也。未有冠危石而不壓。蹈春冰而不陷。桀歎曰。子知我今亡。而不自知亡。子就炮烙之刑。吾觀子亡。子知我不亡。龍逢行歌曰云云。乃赴火而死。

造化勞我以生。休我以炮烙。卷六百四十七作造物勞我以生。息我炮烙。故涉新。我樂而人不知。按故涉新三字有誤。

古謠諺卷七十二

秀水杜文瀾輯

周顛歌

周顛仙人傳。顛人周姓。自言南昌郡建昌人也。朕親帥舟師。復取南昌。而歸建業。逢顛者來謁。門中見朕。常歌曰。

山東只好立一個省。

時人爲三茅君謠

良常仙系記。大司命君。姓茅名盈。字叔甲。咸陽人。高祖濛。濛弟憙。生六子。少者彥英。生三子。長卽司命也。次子固。定錄君。字季緯。三子衷。保命君。字思和。司命君十八歲。棄家學道。西城王君爲授記。後二弟聞其兄得道。侍兄東山。精思勤行。朝夕匪懈。凡十八年。司命啓於王君。祈請太上畀之仙職。季緯定錄。思和保命。各領紫素。留住此山。司命住勾曲四十三年。至哀帝元年。將之赤城玉洞之府。與其二弟告別曰。吾此去便有局務相關。不得數會。須一年一見耳。時人爲之謠（御覽卷九百一十六。引茅君內傳作句曲山父老歌。）曰云云。乃因鵠集處。分其山爲大茅、中茅、小茅三山云。

茅山連金陵。江湖據下流。三神乘白鵠。各治一山頭。佳雨灌旱稻。陸田亦復周。妻子保堂室。使我無百憂。白鵠翔金穴。何時復來游。（以上六句原本無。今據茅君內傳補。茅君內傳。治作在。雲笈七籤。佳作召。亦復周作苗亦柔。保堂作咸保。白鵠翔金穴作白鵠翔青天。）

分類字錦卷五十五引茅君傳。陵作穴。鵠作鶴。治作居。早作得。

時人爲方回語

列仙傳。方回、堯時隱人。食雲母。夏桀時、爲人所閉於宮中。從求道。因化得去。印封其戶。時人語曰。

得方回一丸泥。閉戶不可開。御覽卷六百八十三。閉作門。

綏山仙桃諺

列仙傳。葛由、羌人也。周成王時。好刻木羊賣之。一旦、騎羊而入西蜀。蜀中王侯貴人追之。上綏山。搜神記卷一。綏山多仙桃。在峨眉山西南。高無極也。隨之者不復還。皆得仙道。故里諺曰。

能得綏山一桃。雖不得仙。亦足以豪。搜神記。得上無能字。下得字作能。廣博物志卷十二及潛確類書卷一百一。得上均無能字。分類字錦卷四十六。能作若。

桃安公諺

列仙傳。桃安公時。諺曰云云。至時。安公騎赤龍而去。後隱逸。搜神記卷一。陶安公、六安鑄冶師也。數行火。火一朝散上。紫色衝天。公伏冶下求哀。須臾。朱雀止冶上云云。至時。安公騎之。從東南去。城邑數萬人豫祖安送之。皆辭訣。

安公安公。冶冶字據分類字錦卷四。補。與天通。七月七日。迎女以赤龍。

長桑公子行歌

列仙傳。周宣王時郊。聞採薪者行歌云云。時人莫知之。老君曰。此活國中人。其語祕矣。斯皆修習無上正眞之道也。廣博物志卷十二引眞仙通鑑。長桑公子者。常散髮行歌曰云云。柱下史聞之曰。彼長桑公子所歌之詞。得服五星守洞房之道。

巾金巾。入天門。呼長精。吸元泉。鳴天鼓。養泥丸。（雲笈七籤。吸作歙。眞仙通鑑。泥丸作丹田。數術紀遺作金虎入門。呼長精。吸元泉。）

長安中爲乞兒謠

列仙傳。陰生者、長安中渭橋下乞兒也。常止於市中乞。市中厭苦。以糞灑。（搜神記卷一。旋復在市中乞。衣不見汙如故。）長吏訊之。收繫、著桎梏。而續在市中也。又欲殺之。乃去。灑者家室自壞。殺十餘人。長安中謠曰。（搜神記。謠下有言字。）

見乞兒。與美酒。以免破家之咎。（搜神記。破家作壞屋。）

葛洪引諺

神仙傳。（卷四。）陰長生傳。抱朴子曰。洪聞諺書有之曰云云。今不得仙者。亦安知天下山林間不有樂道得仙者。

子不夜行。則安知道上有夜行人。

藍采和踏歌

續神仙傳。藍采和不知何許人也。常衣破藍衫。六銙黑木。腰帶闊三寸餘。一脚著靴。一脚跣行。每行歌於城市乞索。持大拍板。長三尺餘。常醉踏歌。老少皆隨看之。機捷諧謔。人問。應聲答之。笑皆絕倒。似狂非狂。則振靴言云云。歌詞極多。率皆仙意。人莫之測。後踏歌於濠梁間酒樓。乘醉有雲鶴笙簫聲。忽然輕舉於雲中。擲下靴衫腰帶拍板。冉冉而去。

踏歌踏歌藍采和。（合璧事類前集卷五十、潛確類書卷六十三。無上歌字。）世界能幾何。紅顏三春樹。（原本三作一。據全唐詩、潛確類書改。）流年一擲

〔梳〕〔棱〕。潛確類書。年作光。古人混混去不返。今人紛紛來更多。朝騎鸞鳳到碧落。合璧事類。騎作驂。暮見蒼田生白波。合璧事類。蒼作桑。長景明暉在空際。金銀宮闕高嵯峨。合璧事類。高作空。

戚逍遙歌

續神仙傳。戚逍遙、冀州南宮人也。十餘歲好道。淸淡不爲兒戲。年二十餘。適同邑蒯潯。舅姑酷。責之以蠶農。逍遙願獨居小室。絕食靜想。自歌曰云云。夜聞室內有人語聲。又三日。晨起。舉家聞屋裂聲如雷。逍遙與仙衆俱在雲中。

笑看滄海欲成塵。王母花前別衆眞。千歲卻歸天上去。一心珍重世間人。

許碏醉吟

續神仙傳。許碏、自稱高陽人也。少爲進士。累舉不第。晚學道於王屋山。周遊五岳名山洞府。吟曰云云。好事者或詰之。曰我天仙也。方在崐崙就宴。失儀見謫。

閬苑花前是醉鄉。踏翻王母九霞觴。羣仙拍手嫌輕薄。謫向人間作酒狂。

廣陵街道士戲吟

續神仙傳。劉商、彭城人也。性耽道術。東游。入廣陵城。街逢一道士。方賣藥。商目之。相異。乃罷藥。攜手登樓。以酒爲勸。道士下樓。閃然不見。翌日。又於城街訪之。道士仍賣藥。見商愈喜。復挈上酒樓。劇談勸醉。出一小藥囊贈商。並戲吟曰云云。商記其吟。暮乃別去。乃開囊得藥。如麻粟。依道士口訣吞之。頓覺神爽。已爲地仙矣。

無事到揚州。相攜上酒樓。藥囊爲贈別。千載更何求。

許宣平負薪吟

續神仙傳。許宣平、新安歙人也。唐睿宗景雲中。隱於城陽山南塢。結菴以居。顏色若四十許人。行如奔馬。時或負薪以賣。擔常掛以花瓠及曲竹杖。每醉騰騰。拄之以歸。獨吟曰云云。爾來三十餘年。或拯人懸危。或救人疾苦。市人多訪之。不見。

負薪朝出賣。沽酒日西歸。路人莫問歸何處。穿入白雲行翠微。繡像列仙傳卷三作借問家何處。穿雲入翠微。

殷七七醉歌

續神仙傳。殷七七、名天祥。又名道筌。嘗自稱七七。俗多呼之。不知何所人也。周寶舊於長安識之。及寶移鎮浙西。數年後。七七忽到。寶師敬益甚。每日醉歌曰云云。寶常試之。悉有驗。

彈琴碧玉調。藥鍊白朱砂。解醞頃刻酒。能開非時花。馮氏應榴蘇詩注卷一、引雲笈七籤作解醞須臾酒。能開頃刻花。琴彈碧玉調。鑪鍊白朱砂。

案說郛卷五十八列續神仙傳。但標姓名鄉里。餘語俱刪削。今據廣記采出六條。依說郛次第錄之。

敬元子歌

洞仙傳。敬元子修行中部之道。存道守三一。常歌曰。

顧見雙使者。博著太行山。長谷何崢嶸。齊城相接鄰。縱我雙龍轡。忽臨無極淵。

王母爲衞夫人歌

墉城集仙錄。紫靈元君魏華存、齋戒於陽洛山隱元之臺。王母與金闕聖君降於臺中。乘八景之輿。同詣清虛上宮。傳玉清隱書四卷。以授魏夫人。時太虛眞人等歌太極歌。王母（廣記卷十一引集仙傳作王母爲之歌。）曰云云。王母復還龜臺。（集仙傳。王母乃攜南岳魏華存同去。留華存於霍山洞宮玉宇之下。衆眞皆從王母昇還龜臺矣。）

駕我八景輿。欻然入玉清。龍羣拂霄上。虎旆攝朱兵。（此四句原本無。據集仙傳補。）逍遙元精際。（集仙傳。精作津。）萬流無暫停。哀此去留會。劫盡天地傾。當尋無中景。不死亦不生。體被自然道。寂觀合太冥。南岳挺眞幹。（集仙傳。挺作擬。）玉映耀穎精。（集仙傳。映作英。）有任靡其事。虛心自受靈。嘉會絳河曲。（集仙傳。絳作降。御覽卷六百七十八引魏夫人傳。河曲作阿內。）相與樂未央。

黃野人歌

繡像列仙傳。（卷一。）黃野人、葛洪弟子。洪棲山煉丹。野人常隨之。洪既仙去。留丹於羅浮山柱石之間。野人得一粒。服之。爲地行仙。後有人游羅浮。宿石巖間。中夜見一人。無衣。而紺毛覆體。意必仙也。乃再拜問道。其人了不顧。但長笑數聲。聲振林木。復歌曰云云。其人歸。道其形容。即野人也。

雲來萬嶺動。雲去天一色。長笑兩三聲。空山秋月白。

雲房先生吟

繡像列仙傳。（卷二。）呂巖字洞賓。唐蒲州永樂縣人。號純陽。游長安酒肆。見一羽士。青巾白袍。因揖問姓氏。曰。吾雲房先生也。居在終南鶴嶺。子能從游乎。洞賓未應。雲房因與同憩肆中。雲房自爲執炊。洞賓忽就枕昏睡。夢已舉子赴京。狀元及第。清要無不備歷。兩娶富貴家女。生子。婚嫁蚤畢。幾四十年。又獨相十年。權勢薰炙。偶被重罪。籍沒家貲。分散妻孥。流於嶺表。一身孑然。立馬風雪中。方興浩歎。恍然夢覺。炊尚未熟。雲房笑吟曰云云。洞賓驚曰。先生知我夢耶。雲房曰。子適來之夢。升沈萬態。榮悴千端。五十年間一瞬耳。

黃粱猶未熟。一夢到華胥。

譚峭行吟

繡像列仙傳。卷三。譚峭、字景升。幼而聰敏。文史涉目無遺。獨好黃老仙傳。一旦告父母。出游終南山。師嵩山道士。十餘年。得辟穀養氣之術。常醉游。夏則服烏裘。冬則衣布衫。或臥風雪中。人謂已斃。視之氣休休然。頗似風狂。每行吟曰云云。後居南嶽煉丹。丹成服之。後遂仙去。

線作長江扇作天。靸鞋拋在海東邊。蓬萊信道無多路。只在譚生拄杖前。

陳希夷吟

繡像列仙傳。卷三。陳摶、字圖南。號扶搖子。亳州眞源人。隱武當山九石巖。服氣辟穀。凡二十餘年。後移居華山。一日乘驢游華陰。聞宋太祖登極。拍掌笑曰。天下自此定矣。太祖召不至。太宗初年。賜號希夷先生。初、兵紛時。太祖之母。挑太祖太宗於籃以避亂。先生遇之。卽吟曰云云。華陰令王睦謂先生曰。先生居溪巖。寢止何室。先生笑。且吟曰云云。

莫道當今無天子。都將天子上擔挑。

華山高處是吾宮。出卽凌空跨曉風。臺榭不將金瑣閉。來時自有白雲封。

古漁父詞

雲笈七籤。服日月之精華者。欲得常食竹筍者。日華之胎也。一名大明。又欲常食鴻脯者。月胎之羽鳥也。一名月鷺。欲服日月。當食此物。氣感運之。太虛眞人曰。鴻者、羽族之總名也。其鵠雁鵝鷗。皆曰鴻鷺也。古詞曰。原注云。此古之漁父詞也。

鴻鷺千年鳥。爲肴致天眞。五帝銜月華。列坐空中賓。

古謠諺卷七十三

秀水杜文瀾輯

三官中爲楊君及安妃諺謠

眞誥。卷二運象篇。七月一日夜。紫微王夫人、南嶽夫人、九華眞妃、紫陽、桐柏、淸虛三眞人、茅二君同降。良久。某乃自陳於衆靈。求安身之術。欲知貴賤之分。年命之會。多少定限。於是眞妃乃笑。良久。見授書。此日君姓於楊。按卷一運象篇云。萼綠華者、自云是南山人。以升平三年十一月夜降□□。注云。剪缺兩字。卽應是羊權。女子云。本姓□。注云。應是楊字。又云。尋此應是降羊權。此乃爲楊君所書者。當以其同姓亦可。楊權相問。因答其事。而疏說之耳。我得爲安。妾自發元下造。君自受書於西宮。從北策景乘。駢東轅。握旄秉鉞。專制東藩。三官奉贄。河山啓源。天丁獻武。四甲衞輪。當此之時。實明君之至貴。眞仙之盛觀也。三官中常有諺謠云云。正我等之謂耳。

楊安大君。董眞命神。

七月十五日右英夫人吟

眞誥。卷二運象篇。七月十五日云云。右、右英夫人吟此。按卷一運象篇云。滄浪雲林。右英夫人。

寓言必可用。不用是無情。焉得駕欻迹。尋此空中靈。微音良有旨。當用愼勿輕。事事應神機。保爾見太平。

靈照夫人吟

眞誥。卷三運象篇。北元、中元道君李慶賓之女。太保王郎李靈飛之小妹。受書爲東宮靈照夫人。治方丈臺第十三朱館中。夫人著紫錦衣。帶神虎符。臨去。授作一紙詩畢。乃吟歌。按詩不錄。八月二十二日夜。靈照夫人授作此詩。原注云。此長史書作靈照夫人。而楊君書多云照靈。臨去吟曰。

心勿欲亂。神勿淫役。道易不順。災重不逆。永喪其眞。遂棄我適。

衆眞人與諸夫人贈答歌

眞誥。卷三運象篇。云云。右、英王夫人歌云云。右、紫微夫人答英歌云云。右、桐柏山眞人歌云云。右、淸靈眞人歌云云。右、中候夫人歌云云。右、照靈李夫人歌云云。右、九華安妃歌云云。右、太虛南嶽眞人歌云云。右、方諸靑童君歌云云。右、南極紫元夫人歌。卷一云。紫微左宮王夫人。桐柏山眞人。右弼王領五嶽司侍帝晨王子喬。方丈臺昭靈李夫人。

駕欻敖八虛。徊宴東華房。阿母延軒觀。朗嘯躡靈風。我爲有待來。故乃越滄浪。右、英王夫人歌。

乘飆遡九天。息駕三秀嶺。有待徘徊眄。無待故當淨。滄浪奚足勞。孰若越元井。右、紫微夫人答英歌。

寫我金庭館。解駕三秀畿。夜芝披華鋒。原注云。應作峰字。咀嚼充長饑。高唱無逍遙。冬興有待歌。空同酬靈音。無待將如何。右、桐柏山眞人歌。

朝遊鬱絕山。夕偃高暉堂。振轡步靈鋒。原注云。應作峰字。無近於滄浪。元井三仞際。我馬無津梁。儵欻九萬間。八維已相望。有待非至無。靈音有所喪。右、淸靈眞人歌。

龍旂舞太虛。飛輪五岳阿。所在皆逍遙。有感興冥歌。無待愈有待。相遇故得和。滄浪奚足遼。元井不爲多。鬱絕尋步間。俱會四海羅。豈若絕明外。三劫方一過。右、中候夫人歌。

縱酒觀羣惠。儵忽四落周。不覺所以然。實非有待遊。相遇皆歡樂。不遇亦不憂。縱影元空中。兩會自然疇。（右、昭靈李夫人歌。）

駕欻發西華。無待有待間。或眄五嶽峰。或濯天河津。釋輪尋虛舟。所在皆纏綿。芥子忽萬頃。中有須彌山。小大固無殊。遠近同一緣。彼作有待來。我作無待親。（右、九華安妃歌。）

無待太无中。有待太有際。大小同一波。遠近齊一會。鳴絃元霄顛。吟嘯運八氣。奚不酣靈液。矚目娛九裔。有無得元運。二待亦相蓋。（右、太虛南嶽眞人歌。）

偃息東華靜。揚軿運八方。俯眄邱垤間。莫覺五嶽崇。靈阜齊淵泉。大小互相從。長短無少多。大椿須臾終。奚不委天順。從神任空同。（右、方諸青童君歌。）

控飆扇太虛。八景飛高清。仰浮紫晨外。俯看絕落冥。元心空同間。上下費流停。無待兩際中。有待無所營。體無則能死。體有則攝生。東賓會高唱。二待奚足爭。

命駕玉錦輪。儛轡仰徘徊。朝遊朱火宮。夕宴夜光池。浮景清霞杪。八龍正參差。我作無待遊。有待輒見隨。高會佳人寢。二待互是非。有無非有定。待待各自歸。（右、南極紫元夫人歌。）

右英夫人滄浪吟

眞誥。（卷三運象篇。）云云。右、右英吟此再三。

停駕望舒移。迴輪反滄浪。未覿若人遊。偶相安得康。良因俟青春。以敍中懷忘。

紫微夫人歌

眞誥。卷三運象篇。云云云。右、紫微歌此二篇。

龜闕鬱巍巍。墉臺給月珠。列坐九靈房。叩璈吟太无。玉簫和我神。金醴釋我憂。宴酣東華內。陳鈞千百聲。青君呼我起。折腰希林庭。羽帔扇翠暉。玉佩何鏗零。俱指高晨寢。相期象中冥。

右英夫人紫軒吟

眞誥。卷三運象篇。云云云。右英吟此道。

三轡抗紫軒。傾雲東林阿。

瑤臺羣仙大會吟

眞誥。卷三運象篇。青童大君常吟詠曰云云。太虛眞人常吟詠曰云云。西城眞人王君常吟詠曰云云。小有眞人王君常吟詠曰云云。以去月秋分日。於瑤臺大會。四君各吟此言。以和元鈞廣韶之弦聲也。原注云。十月告云去月。如似是九月。南秋分必在八月。則去月自爲通呼耳。

欲殖滅度根。當拔生死栽。沈吟墮九泉。但坐惜形骸。右、青童大君吟。

觀神載形時。亦如車從馬。車敗馬奔亡。牽連一時假。哀世莫識此。但是惜風火。種罪天網上。受毒地獄下。右、太虛眞人吟。

神馬度形舟。薄岸當別去。形非神常宅。神非形常載。徘徊生死輪。但苦心猶豫。右、西城眞人王君吟。

失道從死津。三魂迷生道。生生日已遠。死死日已早。悲哉苦痛容。根華已顚倒。起就零落生。焉知反枯老。右、小有眞人王君吟。

右英夫人東圃吟

眞誥。卷三運象篇。云云。右英吟此道。

駕景遊賢良。促轡東圃下。

二月十六日右英夫人吟

眞誥。卷四運象篇。二月十六日云云。右英吟此再三。

元淸眇眇觀。落景出東渟。願得絕塵友。蕭蕭罕世營。

紫微右英兩夫人歌吟

眞誥。卷四運象篇。云云。紫微夫人歌此云云。右英夫人吟此。

褰裳濟綠河。遂見扶桑公。高會太林墟。寢宴元華宮。信道苟淳篤。何不栖東峰。

陵波越滄浪。忽然造金山。四顧終日游。罕我雲中人。

四月十四日右英夫人吟

眞誥。卷四運象篇。四月十四日云云。右英夫人吟歌此曲。

玄波振滄濤。洪津鼓萬流。駕景眄六虛。思與佳人遊。妙唱不我對。淸音與誰投。雲中騁瓊輪。何爲塵中趨。

右英夫人空同吟

眞誥。卷四運象篇。云云。右英吟此。

縱心空同津。總轡策朱軿。佳人來何遲。道德何時成。原注云。吟此道。有心許斧子。言當採五芝。芝草不必得。汝亦不能來。汝來當可得。芝草與汝食。原注云。此兩得及來。並戲作吳音。

漢初小兒歌

眞誥。卷五甄命授篇。昔漢初。有四五小兒路上畫地戲。一兒歌曰云云。到復是隱言也。時人莫知之。唯張子房知之。乃往拜之。此乃東王公之玉童也。所謂金母者、西王母也。木公者、東王公也。仙人拜王公。拜王母。

著青帬。入天門。揖金母。拜木公。

內經眞諺

眞誥。卷九協昌期篇。眉後小穴中。爲上元六合之府。主化生眼暉。和瑩精光。長珠徹童。保鍊目神。是眞人坐起之上道。一名曰眞人常居。內經眞諺曰云云矣。眞人所以能旁觀四達八霞照朗者。實常居之數明也。

子欲夜書。當修常居。

楚莊公時乞食公歌

眞誥。卷九協昌期篇。天眞是兩眉之間。眉之角也。山源是鼻下人中之本。側在鼻下。小入谷中也。華庭在兩眉之下。是徹視之津梁。天眞是引靈之上房。旦中暮。恆咽液三九過。急以手三九陰按之以爲常。令致靈徹視。杜遏萬邪之道也。一日三過行耳。原注云。紫微夫人言。人有卒病垂死者。世中凡醫唯知針人中。不知針山源谷中。此太謬也。本注從此注起。是楊接長史書也。按而祝曰。開通天庭。使我長生。徹視萬里。魂魄返嬰。滅鬼卻魔。來致千靈。上升太上。與日合并。待補眞人。列象元名。楚莊公時。原注云。此卽春秋時楚莊王也。市長宋來子恆洒掃一市。久時有一乞食公。御覽卷六百六十一引三一經。公作翁。入市經日乞。恆歌曰云云。恆歌此乞食。一市人無解。來子忽悟。疑是仙人。然故未解其歌耳。乃遂師此乞食公。棄官追逐。積十三年。此公遂授以中仙之道。來子今在中嶽。乞食公者、西嶽眞人馮延壽也。周宣王時史官也。手爲天馬。鼻下爲山源。

天庭發雙華。山源彰陰邪。淸晨按天馬。來詣太眞家。眞人無那隱。又以滅百魔。三一經。彰作鄣。那作索。

太上宮中歌

眞誥。卷九協昌期篇。夫欲學道者。皆當不欲令人知見所聞。每事盡爾。太上宮中歌曰云云。此歌正言耳目之經也。我滄浪方丈仙人常寶爲也。此道出太上四明玉經中。傳行以青金爲誓。然後乃施行耳。原注云。右此並是右英夫人受令告長史也。又用盟信。兼有青帛令。亦宜依准立格。乃得受傳耳。謂青布二十尺。金鐶二雙。此四明王經。經一品元目也。閉炁拜靜。百鬼畏憚。功甚可見與語。謂久行之耳。

手把入雲氣。英明守二童。太眞握明鏡。鑑合日月鋒。雲儀拂高闕。開括泥丸宮。萬想入百關。驕女入元房。愈行愈鮮盛。英靈自爾通。

郭四朝扣船歌

眞誥。卷十三稽神樞篇。昔高辛時。有仙人展上公者。於伏龍地植李。彌滿其地。後有郭四朝、又於其處種五果。又此地可種柰。所謂福鄉之柰。以除災厲。今舍前有塘。乃郭四朝所造也。高其牆岸。蓋水得深。但歷代久遠。塘牆頹下耳。原注云。今舍語似是論長史宅。宅前今乃有塘。近西爲堤牆。即是遏柳汧水。而去郭千在甚遠。郭千在北洞西北。今有大陂塘。四朝先應住此。未解舍前之意。恐長史於彼復立田業。又有說在後。四朝常乘小船游戲其中。每叩船而歌曰云云。定錄言。

淸地帶靈岫。長林鬱青蔥。玄鳥藏幽野。悟言出從容。鼓檝乘神波。稽首希晨風。未獲解脫期。逍遙邱林中。原注云。晨風、謂上淸玉晨之風。非毛詩所謂鴥彼晨風之鳥也。浪神九垓外。研道遂全眞。戢此靈鳳羽。藏我華龍鱗。高擧方寸物。萬吹皆垢塵。顧哀朝生惠。孰盡汝車輪。原注云。女寵不幣席。男愛不盡輪。朝生蜉蝣也。以喩人之在世。易於消歇耳。遊空落飛飆。靈步無形方。圓景煥明霞。九鳳唱朝陽。暉翮扇天津。菴藹慶雲翔。遂造大微宇。挹此金梨漿。逍遙玄垓表。不存亦不忘。原注云。玄垓、九垓。皆八極之外九霞之頂名也。飛登木星、亦名玄朗東陽之垓。故若士語盧敖云。吾與汗漫期於九垓之上矣。駕飆舞神霄。披霞帶九月。高皇齊龍輪。遂造北華室。神虎洞瓊林。風雲合成一。開闔幽冥戶。靈變元迹滅。原注云。四朝爲玉臺執蓋郎。故云高皐齊龍輪。

太極眞人諺

眞誥。卷十四稽神樞篇。受行玉珮金鐺經。自然致太極。眞人諺云云云。此之謂也。元眞之法。亦其妙要也。行之者神仙不死。

服九靈。日月華。得降我太極之家。

太平酒諺

眞誥。卷十七極眞輔篇。蓬萊仙公廣博物志卷四十一。公下有洛廣休三字。初下牛山。見許主簿來上。相逢於夾谷之間。公語主簿曰。汝何來遲。吾爲汝置四升酒。在山上坐處。可往飲之。而還逐我。主簿卽去上山。須臾見還。行甚疾。未至山下相及。公曰美酒。不答。云猶恨酸。公曰。此太平家酒。治人腸也。諺諺字原作彥。今據廣博物志改。曰云云。何酸之有耶。故是野家兒也。守一愼勿失。後當用汝輔翼君。於是共至山下各別。

欲得長生、飲太平。廣博物志。飲作引。

古謠諺卷七十四

秀水杜文瀾輯

時人爲釋支謙語

高僧傳。支謙字恭明。一名越。本月支人。來游漢境。初漢桓靈之世。有支讖譯出衆經。有支亮字絕明。亮學於讖。謙又受業於亮。博覽經籍。莫不諳究。世間伎藝。多所綜習。遍學異書。通六國語。其爲人細長黑瘦。眼多白而精黃。時人爲之語曰。

支郎眼中黃。形軀雖細是智囊。廣博物志卷二十五。細作瘦。戲瑕卷一。按晉支遁字道林。世稱林公。亦稱支公。亦稱支法師。亦稱林道人。亦稱林法師。未嘗呼耶也。然則支耶之名。終當屬北地道人耳。

時人爲釋道安語

高僧傳。釋道安姓衛氏。常山扶柳人也。形雖不逮於人。而聰儁罕儔。七歲讀書。再覽能誦。年至十三出家。日誦萬言。不差一字。師敬異之。爲受具戒。恣其游學。至鄴。乃入中寺。遇佛圖澄。澄見而嗟異。與語終日。因事澄爲師。澄講安覆。疑難鋒起。安挫銳解紛。行有餘力。時人語云。

漆道人。驚四鄰。

時人爲釋法上諺語二則

高僧傳。釋法上善機問。好徵覈。而形色非美。故時人諺曰云云。又偏洞算數。明了機調。故時人語曰云云。

黑沙彌若來。高座逢災。

京師極望。道場法上。

時人評八僧語

高僧傳。宋長安龍光寺。有竺道生。本姓魏。鉅鹿人也。少小出家。聰銳神異。年在志學。便登法座。吐納宮商。道俗高伏。年至具戒。器鑒日深。性度機警。神氣淸穆。初生與叡公及嚴觀同學齊名。故時人評曰云云。生及叡公獨標天眞之目。故以秀出羣士矣。

生叡發天眞。嚴觀窪流得。慧義彭亨進。寇淵千默塞。

藏薇山兩童子歌

高僧傳。齊南海荊山釋法獻居延祥寺。後入藏薇山創寺。成後。有兩童子攜手來歌云。

藏薇有道德。歡樂方未央。

東陽爲釋慧約謠

高僧傳。釋慧約、姓婁氏。年十二始遊於剡。遠會素心。多究經典。故東陽謠曰。

少達妙理、婁居士。

時人爲釋神照語

高僧傳。釋神照嘗往鄴聽說大乘論。一遍無遺。時人語曰。

河南一遍照 英聲不徒召。

鄴下爲釋靈裕語

高僧傳。釋靈裕精爽宏贍。理相兼通。故鄴下諺曰。

衍法師伏道不伏俗。裕法師道俗俱伏。

時人爲釋道經慧靜語

高僧傳。釋慧靜、姓王。東阿人。少游學伊洛之間。晚歷徐兗。容甚黑。而機悟淸遠。時洛中有沙門道經。亦解邁當時。與慧靜齊名。而耳甚長大。故時人語曰。

洛下長大耳。東阿黑如墨。有問無不酬。有酬無不塞。

時人爲釋貞觀語

高僧傳。釋貞觀、學士傅縡曰。三千稱首。七十當初。是上人者。當爲酬對。時人語曰。

錢塘有貞觀。當天下一半。

并州人爲釋道傑語

高僧傳。釋道傑、歷遊講肆。觀略同異。凡經六載。咸陳難擊。故并州語曰。全唐詩十二函八。武德中。蒲州棲巖寺釋道傑游并晉。講肆難擊。能令人流汗。并州人語曰。

大頭傑。難殺人。

時人爲釋皎然靈徹道標語

高僧傳。道標詩章。比之潘陸。當時吳興有淸晝。會稽有靈徹。語曰云云。每飛章寓韻。竹夕花時。

彼三上人者。當四面之敵。全唐文卷九百十九。釋福林唐湖州杼山皎然傳。釋皎然名晝。姓謝氏。長城人。康樂侯十世孫也。幼負異才。性與道合。初脫羈絆。漸加削染。與武丘山元浩、會稽靈徹爲道交。故時諺曰云云。

雪之晝。能清秀。越之徹。洞冰雪。杭之標。摩雲霄。

釋道世引俗言

法苑珠林。卷四十九不孝篇棄父部。如雜寶藏經云。有國名棄老國。彼國土中有老人者。皆遠驅棄。有一大臣。其父年老。依如國法。應在驅遣。大臣孝順。心所不忍。乃深掘地作一密窟。置父著中。隨時孝養。爾時天神捉持二蛇。著王殿上。而作是言。若別雄雌。汝國得安。若不別者。汝身及國。七日之後。悉當覆滅。王聞是已。心懷懊惱。卽與羣臣參議斯事。各自陳謝。稱不能別。卽募國界。誰能別者。厚加爵賞。大臣歸家問其父。父答子言。此事易別。以細輭物停蛇著上。其躁嬈者。當知是雄。住不動者。當知是雌。卽如其言。果別雄雌。如是所問。悉皆答之。臣答王言。非臣之智。國有制令。不聽養老。臣有老父。不忍驅遣。致犯王法。藏著地中。臣來應答。盡是父智。非臣之力。唯願大王。一切國土。還聽養老。王卽歎美。心生喜悅。奉養臣父。尊以爲師。濟我國家。一切人命。如此利益。非我所知。卽便宣令。普告天下。不聽棄老。仰令孝養。其有不孝父母。不敬師長。當加大罪。原注云。故俗云云云。卽其是也。

養老乞言。

按禮記內則亦載此語。但只言禮制。未標俗言。故置彼錄此。

盧至長者醉歌

法苑珠林。卷七十七十惡篇慳貪部。　盧至長者經云。昔佛在世時。舍衛城中有一長者。名曰盧至。其家巨富。財產無量。如毗沙門。由於往昔施勝福田。故獲斯報。然其施時不能志心。故今雖富。意長下劣。所著衣裳。垢弊不淨。食則糠菜以充其飢。渴唯飲水。行乘朽車。勤營家業。猶如奴僕。常爲世人之所嗤笑。後於一時。城中人民大作節會。莊嚴舍宅。懸繒旛蓋。香水灑地。散衆名華。種種嚴麗。伎樂歌舞。歡娛受樂。猶若諸天。盧至見已。便生念言。彼既歡會。我亦當爾。卽疾歸家。自開庫藏。取得五錢。得已思念。若在家食。母妻眷屬。不可周偏。若至他舍。恐主所奪。於是卽用兩錢買麨。兩錢酤酒。一錢買葱。從內家中取鹽一把。衣衿裹之。齎出城外。至空靜處。酒中鹽薑和麨飲之。時復嚙葱。先不飲酒。卽時大醉。醉已起舞。揚聲而歌。辭曰。

我今節慶會。縱酒大歡樂。逾過毗沙門。亦勝天帝釋。

阿育王引昔賢諺

法苑珠林。卷八十四六度篇禪定部。　求離牢獄經云。時有阿育王弟。名善容。亦名違陀首祇。入山遊獵。見諸梵志。躶形苦行。而無所得。王弟尋生惡念。時阿育王聞弟有此議論。卽懷憂慼。吾唯有一弟。忽生邪見。恐永迷沒。我當方宜除其志念。卽還宮內。敕諸妓女。各自嚴妝。至善容所。共相娛樂。時諸妓女。卽往娛樂。未頃時頃。王躬自往。奮其威怒。以輪擲空。召諸大臣。卽告之曰。吾曾聞古昔諸賢、有此諺言云云。如我自察。未有斯變。然我弟善容。誘吾妓女妻妾。縱情自恣。事既如是。豈有我乎。汝等將去。詣市殺之。諸臣諫曰。惟願大王聽臣微言。唯有此一弟。又少息允無繼嗣者。願聽七日。爲王求依王命。時王默然。聽臣所諫。至七日到。王遣使問云。何王子七日之中。意志自由。不亦快乎。白王言。應死之人。當有何情著於五欲。王告弟曰。汝今一身。憂慮百端。一身斷滅。在欲不樂。豈況沙門。憂念三世。是時王子心開意解。前白王言。今聞王敎。乃得惺悟。即辭王出爲沙門。奉持禁戒。

夫人有福。四海歸伏。盡其德薄。肘腋叛離。

淨端禪師吟

五燈會元。卷十二。安吉州西余師子淨端禪師。本郡人也。姓邱氏。始見弄師子。發明心要。往見龍華。蒙印可。遂旋里。合綵爲師子皮。時被之。因號端師子。丞相章公慕其道。躬請開法吳山。化風盛播。開堂日　僧官宣疏。至推倒回頭。趯翻不托。七軸之蓮經未誦。一聲之漁父先聞。師止之。遂登座。拈香祝聖罷。引聲吟曰云云。大衆雜然稱善。師顧笑曰。諦觀法王法。法王法如是。便下座。

本是瀟湘一釣客。自西自東自南北。

衢州王大夫歌

五燈會元。卷十六。衢州王大夫遺其名。以喪偶厭世相。遂參元豐。於言下知歸。豐一日謂曰。子乃今之陸亘也。公便掩耳。既而回壇山之陽。縛茅自處者三載。偶歌曰。

壇山裏。日何長。青松嶺。白雲鄉。吟鳥啼猿作道場。散髮采薇歌又笑。從教人道野夫狂。

性空海濱唱

五燈會元。卷十八。嘉興府華亭性空、妙普庵主。漢州人。久依死心獲證。乃抵秀水。追船子遺風。結茅青龍之野。吹鐵笛以自娛。紹興庚申冬。造大盆穴而塞之。修書寄雪竇持禪師曰。吾將水葬矣。壬戌歲。持至。見其尚存。作偈嘲之曰。咄哉老性空。剛要餧魚鼈。去不索性去。祇管向人說。師閱偈。笑曰。待兄來證明耳。令徧告四衆。衆集。師爲說法要。仍說偈曰。坐脫立亡。不若水葬。一省柴燒。二省開壙。撒手便行。不妨快暢。誰是知音。船子和尙。高風難繼百千年。一曲漁歌少人唱。遂盤坐盆中。順潮而下。衆皆隨至海濱。望欲斷目。師取塞戽水而回。衆擁觀。水無所入。復乘流而往。唱曰云云。其笛聲嗚咽。頃於蒼茫間。見以笛擲空而沒。衆號慕。圖像事之。後三日。於沙上趺坐如生。道俗爭往迎歸。留五日。闍維。舍利大如菽者莫計。二鶴徘徊空中。火盡始去。衆奉舍利靈骨。建塔於青龍。

船子當年返故鄉。沒蹤跡處妙難量。眞風徧寄知音者。鐵笛横吹作散場。

五祖唱綿州巴歌

五燈會元。卷十九。漢州無爲宗泰禪師、涪州人。自出關。徧遊叢社。至五祖。祖一日陞堂。顧衆曰。八十翁翁輥繡毬。便下座。師欣然出衆曰。和尙。試輥一輥看。祖以手作打仗鼓勢。操蜀音。唱綿州巴歌曰云云。師聞大悟。掩祖口曰。祇消唱到這裏。祖大笑而歸。

豆子山。打瓦鼓。楊平山。撒白雨。白雨下。取龍女。織得絹。二丈五。一半屬羅江。一半屬玄武。明詩綜卷三十四。楊愼送余學官歸羅江詩。前半全用此歌。惟二字作三。其下接云。我誦綿州歌云云。李氏調元羅江縣志。山作闕。取作嵏。又云。按明曹學佺名勝志。羅江、兩水相鬬成羅紋。因以爲名。及考宋輿地廣記。則疑羅江卽潺亭。又云。有羅璝記。江因以爲名。迄無定論。今按晉詩。一半屬羅江。則羅江早見於晉。不始於唐矣。或者江先名羅。然後名縣歟。駢字類編卷八十七。白雨下作下白雨。

普融僧引俚語

五燈會元。卷十九。普融知藏福州人也。至五祖入室。次祖舉倩女離魂話問之。有契呈偈曰。二女合爲一媳婦。機輪截斷難回互。從來往返絕蹤由。行人莫問來時路。凡有鄉僧來謁。則發閩音誦俚語曰云云。且道中間說個甚麼。僧擬對。師卽推出。

書頭敎娘勤作息。書尾敎娘莫瞌睡。

釋道安引諺

二敎論。諺曰。

紫實味朱。狂斯濫哲。

古謠諺卷七十五

秀水杜文瀾輯

司馬相如琴歌

司馬文園集琴歌二首。自敘傳。相如家貧。無以自業。素與臨邛令王吉相善。臨邛中多富人。而卓王孫家僮八百人。程鄭亦數百人。二人曰。令有貴客。爲具召之。並召令。相如彊往。一坐盡傾。酒酣。臨邛令前奏琴曰。竊聞長卿好之。願以自娛。相如辭謝。爲鼓一再行。是時卓王孫有女文君。新寡、好音。故相如繆與令相重。而以琴心挑之。

鳳兮鳳兮歸故鄉。遨游四海求其凰。類聚卷四十三。遨遊作遊遨。御覽卷五百七十二。求其作索我。時未遇兮無所將。御覽。遇上有通字。無兮字。何悟今夕升斯堂。有艷淑女在閨房。御覽。閨作此。室邇人遐毒我腸。何緣交頸爲鴛鴦。胡頡頏兮共翱翔。

鳳兮鳳兮從我棲。高氏承勳豪譜。我作吾。得托孳尾永爲妃。交情通體心和諧。中夜相從知者誰。雙翼俱起翻高飛。無感我思使余悲。

按司馬文園集。據張氏溥輯本採錄。

馮衍引鄙語

馮曲陽集。與陰就書。伏見君侯忠孝之性。慈仁殷勤。論議周密。思慮深遠。顧以微賤。數蒙聖恩。被侯大惠。衍年老被病。無所效其死力。側聞東平山陽王壯。當之國。擇除官屬。衍不自量。願侯白以衍備門衞。鄙語曰云云。不念舊惡。名賢所高。負責之臣。欲言不敢。惟侯哀憐。深留聖心。則闔棺之日。魂復何恨。

水不激、不能破舟。矢不激、不能飲羽。

按馮曲陽集、據張氏溥輯本採錄。

曹操引諺論選舉

魏武帝集。選令。諺曰云云。昔季闓在白馬。有受金取婢之罪。棄而弗問。後以爲濟北相。

失晨之雞。思補更鳴。

又引里諺論禮

魏武帝集。讓禮令。里諺曰云云。斯合經之要矣。

讓禮一寸。得禮一尺。野客叢書引鄙俗語。謂讓一寸。饒一尺。語出此。通俗編卷九。按今俚語爾敬我一尺。我敬爾一丈本此。

按魏武帝集、據張氏溥輯本採錄。

陳思王植引諺三則論知人

陳思王集。卷一。黃初五年令。夫遠不可知者、天也。近不可知者、人也。傳曰。知人則哲。堯猶病諸。諺曰云云。唯女子與小人爲難養也。近之則不遜。遠之則有怨。自世間人。或受寵而背恩。或無故而入叛。唯無深瑕潛釁。隱過匿愆。乃可以爲人。諺曰云云。又曰云云。乃知韓昭侯之弊袴。良有以也。諸吏各敬爾在位。推一槩之平。功之宜賞。於疏必與。罪之宜戮。在親不赦。

人心不同。若其面焉。

按左氏襄三十一年傳。子產言。人心不同。如其面焉。惟彼不言諺。故置彼錄此。

穀千駑。不如養一驢。

穀駑養虎。大無益也。

按陳思王集、據張氏溥輯本採錄。

嵇康引俗語論學

嵇中散集。難自然好學論。夫民之性。好安而惡危。好逸而惡勞。故不擾。則其願得。不逼則其志從。洪荒之世。大朴未虧。君無文於上。民無競於下。大道陵遲。乃始作文墨以傳其意。是以求安之士。乃詭志以從俗。積學明經。以代稼穡。是以困而後學。學以致榮。計而後習。好而習成。有似自然。故令吾子謂之自然耳。俗語曰云云。若遇上有無文之始。可不學而獲安。不勤而得志。則何求於六經。何欲於仁義哉。以此言之。則今之學者。豈不先計而後學。苟計而後動。則非自然之應也。

乞兒不辱馬醫。

按嵇中散集、據張氏溥輯本採錄。

魏無名氏引諺論陰陽家

嵇中散集逸文。據藝林伐山卷十三、續古文苑卷九。魏無名氏宅無凶吉攝生論。凡以忌祟治家者、求福而其極皆貧。故有云云之諺。古言無虛。不可不察也。

知星宿。衣不覆。

按此條當係附刊嵇集。張氏輯本未載。

孫綽引諺論忠孝

孫廷尉集。喻道論。夫忠孝名不並立。潁叔違君。書稱純孝。石碏戮子。武節乃全。傳曰。子之能仕。父敎之忠。策名委質。二乃辟也。然則結纓公朝者。子道廢矣。何見危授命。誓不顧親。皆名注史筆。事標敎首。記注者豈復以不孝爲罪。故諺曰云云。明其雖小違於此。而大順於彼矣。

求忠臣必於孝子之門。

按孝經緯及後漢書韋彪傳。亦引此語。而不言諺。故置彼錄此。

又按孫廷尉集、據張氏溥輯本採錄。

陶潛引俗諺論親舊

陶彭澤集。答龐參軍詩序。三復來貺。欲罷不能。自爾鄰曲。款然良對。忽成舊遊。俗諺云云云。況情過此者乎。

數面成親舊。

按陶彭澤集、據張氏溥輯本採錄。

徐陵引世諺論職官

徐僕射集。在吏部尙書答諸求官人書。且世諺云云。梁孝元帝承侯景之凶荒。王太尉接荆州之禍敗。爾時喪亂。無復典章。故使官方、窮此紛雜。自紹泰、太平及永定中。聖朝草創。爾時州州自帝。郡郡稱王。天下干戈。尙無條序。乗以府庫空虛。賞賜懸乏。白銀之寶難得。黄紙之板易營。假以官榮。代於錢絹。故員外常侍。路上比肩。諮議參軍。市中無數。四軍五校。車載斗量。豈是朝章應其如此。今衣冠禮樂。日富年華。何可猶作亂世意。而覓非分之官耶。

圖官在亂世。覓富在荒年。

按徐僕射集、據張氏溥輯本採錄。

王勃引諺論愼滿

王子安集。平臺祕略論。夫陵谷好遷。乾坤忌滿。哀樂不同而不遠。吉凶相反而相襲。故有全中卒行。用心於不事之場。杜漸防微。投迹於知幾之地。昔之善持滿者、用此者也。諺曰云云。前代有以之興矣。

禍不入愼家之門。

陳子昂引諺論出使

陳拾遺集。上軍國利害事。臣伏見陛下。將降九道大使巡察天下諸州。乗申黜陟。以求人瘼。甚大惠也。天下百姓幸甚。昔堯舜氏不下席而天下理者。蓋黜陟幽明。能折中爾。今陛下方開中興之化。建萬代之功。天下瞻望。冀見聖化。此之一使。是陛下爲政之大端也。諺曰云云。不可不愼也。

欲知其人。觀其所使。

輿人誦張知古

陳拾遺集。漢州雒縣令張君吏人頌德碑。府君姓張氏。名知古。代在關中。今爲宜州人也。皇帝清問下吏。乃用勅撫茲荒邑。昔者苛政未作。封境保安。迨殘猛聿至。蟊賊内訌。始於碩鼠之侵。終屠餓狼之喙。杼柚既盡。郛邑殆空。我府君殷然始宣皇明。恭職事。巡省黄髮。周爰令圖。所以綏亡固存。蠲虐去暴。與百姓更始者。輿人斐然。乃作誦曰。

我有聖帝撫令君。遭暴昏椓惸寡紛。民戸流散日月曛。君去來兮惠我仁。百姓蘇矣見陽春。

郭公姬人學仙謠

陳拾遺集。館陶郭公姬薛氏墓誌銘。姬人姓薛氏。本東明國王之兄也。父永沖。有唐高宗時。與金仁問歸國。拜左武衛大將軍。姬人少號仙子。年十五。大將軍薨。遂翦髮出家。將學金仙之道。而見寶手菩薩。静心六年。青蓮不至。乃謠曰云云。遂返初服。而歸我郭公。長壽二年卒。

化雲心兮思淑眞。洞寂滅兮不見人。瑤草芳兮思葐蒀。全唐詩十一函十注云。一作氛氳。將奈何兮青春。

潞州金橋童謠

張燕公集。皇帝在潞州祥瑞頌。金橋在潞南二里。常有童謠云云云。皇帝景龍三年十月二十有五日。由此橋朝京師。

聖人執節度金橋。卷四百四十二潘炎金橋賦序。度作渡。

張說引諺論農功

張燕公集。請置屯田表。竊見漳水可以灌巨野。淇水可以溉湯陰。若開屯田。不減萬頃。化萑葦爲秔稻。變斥鹵爲膏腴。用力非多。爲利甚溥。諺御覽卷三十五引袁子正書作語。云云。來歲甫邇。春事方興。願陛下不失天時。急趨地利。上可以豐國。下可以廪邊。河漕通流。易於轉運。此百代之利也。

歲在申酉。袁子正書。申作辛。乞漿得酒。

時人爲玄奘法師兄弟語

張燕公集。大唐西域記序。法師玄奘。俗姓陳氏。其先潁川人也。令兄長寂法師。釋門之棟幹者也。遠邇宗挹。爲之語曰云云。汝潁多奇士。誠哉是言。

昔聞荀氏八龍。今見陳門雙驥。

天下談士爲韓朝宗言

李太白集。卷二十六。與韓荊州書。白聞天下談士。相聚而言曰云云。何令人景慕一至於此耶。

生不願封萬戶侯。但願一識韓荊州。

賓朋爲裴長史歌

李太白集。卷二十六。上安州裴長史書。伏惟君侯。貴而且賢。鷹揚虎視。而高義重諾。名飛天京。月費千金。日宴羣客。所在之處。賓朋成市。故詩人歌曰云云。不知君侯何以得此聲於天壤之間。豈不由重諸好賢、謙以下士得也。

賓客何喧喧。日夜裴公門。願得裴公之一言。不須驅馬將華軒。

黃州爲左振歌

元次山集。左黃州表。乾元己亥。贊善大夫左振出爲黃州刺史。下車。黃人歌曰云云。於戲。天下兵興。今七年矣。淮河之北。千里荒草。自關已東。海濱之南。屯兵百萬。不勝征稅。獨黃人能使其人忍不去者。誰曰不可頌乎。後一歲。黃人又歌曰云云。於戲。近年以來。以陰陽變怪。將鬼神之道。罔上惑下。得尊重於當時者。日見斯人。黃之巫女。亦以妖妄。得蒙恩澤。朝廷不問。州縣惟其意。公忿而殺之。則彼可誅戮。豈獨巫女。如左公者。誰曰不可頌乎。容齋四筆卷四。唐肅宗時。王璵以祠禱見寵。驟得宰相。帝嘗不豫。璵遣女巫乘傳分禱天下名山大川。巫皆盛服。中人護領。所至干託。州縣賂遺狠籍。時有一巫。美而黷。以惡少年數十自隨。尤憸狡不法。馳入黃州。刺史左震晨至館請事。門鐍不啓。震怒。破鐍入。取巫斬廷下。悉誅所從少年。籍其贓得十餘萬。因遣還中人。璵不能詰。帝亦不加罪。震剛決如此。而史不記其他事。予讀元次山集有左黃州表一篇云云。蓋此巫黃人也。振在州三遷侍御史。判金州刺史。將去。黃人多去思。故爲作表。予謂振卽震也。爲政宜民。見於歌頌。史官當特書之於循吏中。而僅能不沒其實。故爲標顯於此。己亥者乾元二年。璵以元年五月自太常少卿拜中書相。二年三月罷。本紀及宰相表同。而新史本傳以爲三年自太常卿拜相。明日罷。失之矣。乃承舊史之誤也。

我欲逃鄉里。我欲去墳墓。左公今旣來。誰忍棄之去。

吾鄉有鬼巫。惑人人不知。天子正尊信。左公能殺之。

選人爲崔沔王邱歌

顏魯公集。博陵崔孝公宅陋室銘記。公諱沔。字若沖。博陵安平人。分掌十銓。公與王邱爲選人。所歌曰云云。時人韙之。

洒水澄明徹底淸。邱山介直連天峻。事文類聚新集卷十一、合壁事類後集卷二十七引分紀、全唐詩十三函八。邱山句在洒水句上。明作澄。介直作岌岌。

揚州民爲杜公誦

梁補闕集。通愛敬陂水門記。歲在戊辰。揚州牧杜公命新作西門。所以通水庸、致人利也。冬十有二月。土木之工告畢。當開元以前。京江岸於揚子。海潮內於邗溝。過茱萸灣。北至邵伯堰。無隘滯之患。其後江派南徙。波不及遠。河流浸惡。日淤月塡。隨導隨塞。人不寬息。物不滋殖。百有餘年矣。貞元初。公由秋官之貳。出鎭茲土。相川原。度水勢。自江都而西。循蜀岡之右。得其浸曰句城湖。又得其浸曰愛敬陂。方圓百里。支輔四集。盈而不流。決而可注。於是變濁爲淸。激淺爲深。潔淸瀠澄。可灌可鑒。然後漕輓以興。商旅以通。其夾隄之田。化磽薄爲膏腴者。不知幾千萬畝。野人誦曰云云。都人誦曰云云。按陂本魏廣陵守陳登所設。時人愛其功而敬其事。故以名之。謝文靖成堰。又以召公之德爲稱。有魏以還。五百餘載。不朽之績。及公而三。皆在斯邦。不其盛歟。

膴膴原田。自今以始。歲其豐年。

洒彼流水。我邦是紀。鍾美不知。

案以新舊唐書、通鑑考之。貞元戊辰節度揚州者。乃杜亞也。

古謠諺卷七十六

秀水杜文瀾輯

汴州人爲董晉歌

韓昌黎集。卷三十七。董公行狀。公諱晉。字混成。拜檢校尙書左僕射同中書門下平章事汴州刺史宣武軍節度副大使知節度事。公既受命。遂行。及郛。三軍緣道讙聲。庶人壯者呼。老者泣。婦人啼。遂入以居。貞元十二年七月也。十五年二月三日。薨於位。公之薨也。汴州人歌之曰云云。又歌曰云云。

濁流洋洋。有闢其郛。闐道讙呼。公來之初。今公之歸。公在喪車。公既來止。東人以完。今公沒矣。人誰與安。考異云。人誰或作其誰。按外集作其。非是。

道州民爲薛刺史歌

柳柳州集。道州毀鼻亭神記。鼻亭神、象祠也。不知何自始立。因而勿除。完而恆新。相傳且千歲。元和九年。薛公由刑部郎中刺道州。除穢革邪。敷和於下。州之罷人。去亂卽治。變呻爲謠。若痿而起。若矇而瞭。騰踴相視。讙愛克順。既底於理。公乃考民風。披地圖。得祠駭曰。象之道。以爲子則傲。以爲弟則賊。君有鼻而天子之吏實理。以惡德而專世祀。殆非化吾人之意哉。命亟去之。州民既諭。相與歌曰。

我有耇老。公煥其肌。我有病癃。公起其羸。髫童之嚚。公實智之。鰥孤孔艱。公實遂之。孰尊惡德。遠矣自古。孰羨淫昏。俾我斯瞽。千歲之冥。公闢其戶。我子洎孫。延世有慕。

連山郡乳穴謠

柳柳州集。連山郡復乳穴記。石鍾乳、餌之最良者也。楚越之山多產焉。於連於韶。獨名於世。連之人告盡焉者五載矣。以貢則買諸他郡。今刺史崔公至逾月。穴人來以乳復告。邦人悅是祥也。雜然謠曰云云。穴人笑之曰。是惡知所謂祥也。嚮吾以刺史之貪戾嗜利。徒吾役而不吾貨也。吾是以病而紿焉。今吾刺史令明而志潔。先賴而後力。欺誣屏息。信順休洽。吾是以誠告焉。

甿之熙熙。崔公之來。公化所徹。土石蒙烈。以爲不信。起視乳穴。

國學生徒爲齊皞韋公肅歌

劉賓客集。國學新修五經壁本記。初、大歷中。名儒張參爲國子司業。始詳定五經。書於論堂東西廂之壁。積六十歲。澳然不鮮。今天子尚文章。尊典籍。於苑囿不加尺椽。而成均以治。國學上言。遽賜千萬。時祭酒皞實尸之。博士公肅實佐之。國學重嚴。過者必式。遂以羨贏。再新壁書。懲前土塗。不克以壽。乃析堅木。負墉而比之。筆削既成。讎校既精。於是學官陳師正等、暨生徒凡四百二十有八人。請金石刻。且歌之曰云云。故書之以移史官。宜附於藝文云。

我有學宇。既傾而成之。我有壁經。既昧而明之。孰規模之。孰發揮之。祭酒惟齊。博士惟韋。俾我學徒。弦歌以時。切切祁祁。不敖不嬉。庶乎遒人。來采我詩。

成都人爲段公謠

劉賓客集。成都府新修福成寺記。益城右門大逵。坦然西馳。曰石筍街。街之北。有仁祠。形焉直啓。曰福成寺。大和四年。蜀帥非將材。南詔君長乘隙坌入。此寺乃焚。高門修廊。委爲寒燼。如是者再歲。帝念坤維。丞相復來。山川如迎。父老相識。環視故地。寺爲樵墟。載興起廢之歎。爰有植因之願。欻自火宅。復爲金繩。於是都人舞忭而謠曰云云。庸可勿紀乎。時大和某年某月日。大檀越具官封爵段氏。

昔公去此。福成以毀。今公重還。福成以完。民安軍治。亦如此寺。

案以新舊唐書及通鑑考之。大和中。成都遭兵燹之後。爲節度使者乃段文昌也。

荆門縣民爲裴公謠

劉賓客集。復荆門縣記。直故郢北走之道。其聚邑曰荆門。居殷形束之要。有由勇爵而授赤社於斯者。謂相沿非智。因請罷去其號。有司可其奏。黎民病之。君子病之。永貞元年。江陵尹裴公。政成上游。德及矜人。大建長利。俾無遺害。乃外濟羣欲。內張全模。周圖經制。條白於狀。昌言既從。公議攸同。官修其方。人樂其居。元和三年。公以介圭入覲。途出斯邑。邑人之華皓幼童。咸須於道周。距躍而謠曰云云。卻略蹁躚。百形一音。公爲駐錯衡而勞之。有以文從公者。紀事於牘。

起我堙廢而完之。徠我蕩析而安之。昔室於墟。風搖雨濡。自公優柔。郛開盈兮。昔飲於洿。夏涸冬枯。自公感通。觱沸生兮。淑旂之華兮。四牡之騑。俟公之還兮。觴以祝之。

案以新舊唐書及通鑑考之。永貞元和間。尹江陵者乃裴均也。

李翺拜禹歌

李文公集。拜禹言。貞元十五年六月二十九日。隴西李翺敬載拜於禹之堂下。自賓階升。北面立。弗敢嘆。弗敢祝。弗敢祈。退、降、復敬再拜。哭而歸。且歌曰。

惟天地之無窮兮。哀生人之常勤。往者吾弗及兮。來者吾弗聞。已而已而。

吉州民爲刺史張公歌

皇甫持正集。吉州刺史廳壁記。自江而南。吉爲富州。民朋吏嚚。分土艱政。御史中丞張公用淸白端正之治。詔書寵褒。賜以金紫。移莅於吉。下車之初。視簿書。簿書棼如絲。視胥吏。胥吏沸如糜。召詰其官。皆眊然如酲。登進其民。皆薾然而疲。公於是大新其典。爲之開之以修省簡便。鍵之以勤彊練密。威令神行。惠利川流。未及再朞。庶富而敎。至於無事。百姓扶老提穉。載路而歌曰云云。於是掾吏將卒。趨伏固請。願書於公堂之北壁。

昔吏訑訑。今吏詹詹。公能馭之。鉳亦爲銛。跖亦爲廉。始泄而苦。終優以恬。昔民嗷嗷。今民咍咍。公能植之。鰥寡有怡。流亡既來。徭稅先具。汙菼盡開。嚮覆官倉。倉無斗糧。公來幾時。積粟埋梁。嚮閱官庫。庫無尺繒。公來幾時。山積層層。瑞露溶溶。降味公松。瑞蓮漪漪。合蔕公池。公有異政。神之祚之。民歌路謠。冀聞京師。天子明聖。恩光遠而。

杭州民誦房使君

李元賓集。卷四。上杭州房使君書。使君令問熙洽。穆如淸風。吏不慢局。獄無撓刑。斬前守之苛弊。若嗇夫之去草。能於是。民誦之曰。

雖有饑饉。必遇豐年。大盜旣去。我公來臻。

李觀引諺論修學

李元賓集。卷五。請修太學書。夫學廢則士亡。士亡則國虛。國虛則上下危。上下危則禮義銷。禮義銷則狂可姦聖。賊可淩德。聖德逶迤。不知所終。諺所謂云云。斯言損益有漸。非聰喆靡察也。

溜之細穿石。綆之細斷幹。

元稹引諺二則論淮西

元微之集。代諭淮西書。今天子垂惻隱之詔。建招撫之名。諺曰云云。又曰云云。書至之日。善自圖之。

天不可違。

時不可失。

白居易引諺

白香山集。後集卷五。雙鸜鵒詩。鄭牛識字吾嘗歎。自注云。諺云。

鄭玄家牛。觸牆成八字。

蘇軾游赤壁歌

東坡集。卷二。赤壁賦。壬戌之秋。七月既望。蘇子與客泛舟游於赤壁之下。清風徐來。水波不興。少焉、月出於東山之上。徘徊於斗牛之間。白露橫江。水光接天。於是飲酒樂甚。扣舷而歌之。歌曰。

桂棹兮蘭槳。擊空明兮泝流光。渺渺兮余懷。望美人兮天一方。

蘇軾引諺論勇敢

東坡集。卷十。策別三。其三曰倡勇敢。致勇莫先乎倡。均是人也。皆食其食。皆任其事。天下有急。而有一人焉。奮而爭先。而致其死。則翻然者衆矣。弓矢相及。劍楯相搏。勝負之勢。未有所決。而三軍之士。屬目於一夫之先登。則勃然者相繼矣。天下之大。可以名劫也。三軍之衆。可以氣使也。諺曰云云。苟有以發之。及其翻然勃然之間而用其鋒。是之謂倡。

人善射。百夫決拾。

又引蜀諺論政

東坡集。卷十二。墨寶堂記。毗陵人張君希元。家世好書。所蓄古今人遺跡至多。盡刻諸石。築室而藏之。屬余爲記。余蜀人也。蜀之諺曰云云。此言雖小。可以喻大。世有好功名者。以其未試之學。而驟出之於政。其費人豈特醫者之比乎。今張君以兼人之能。而位不稱其才。優游終歲。無所役其心智。則以書自娛。然以余觀之。君豈久閒者。蓄極而通。必將大發之於政。君知政之費人也。甚於費紙。則願以余之所言爲鑒。

學書者紙費。學醫者人費。

蘇軾游桓魋墓歌

東坡集。卷十二。游桓魋山記。元豐二年正月己亥晦。春服既成。從二三子游於泗上。登桓山。曰。噫嘻、悲夫。此宋司馬桓魋之墓也。二三子喟然而歎。乃歌曰云云。歌闋而去。

桓山之上。維石嵯峨兮。司馬之惡。與石不磨兮。桓山之下。維水瀰瀰兮。司馬之藏。與水皆逝兮。

蘇軾引里諺論江瑤柱

東坡集。卷十四。江瑤柱傳。太史公曰。里語有云云云。瑤柱誠美士乎。方其爲席上之珍。風味藹然。雖龍肝鳳髓。有不及者。一旦出非其時。而喪其眞。衆人且掩鼻而過之。

果蓏失地則不榮。魚龍失水則不神。

宋時四方爲折納藉納產業語

東坡集。卷二十八。應詔論四事狀貼黃。近以蘇州官吏妄有申明折納藉納一事。戶部從而立法。致已給還產業。卻行追收。人戶詣道哀訴。皆云黃紙放了。白紙卻收。有泣下者。臣竊深悲之。自二聖嗣位以來。恩貸指揮。多被有司巧爲艱閡。故四方皆有云云之語。雖民知其實。止怨有司。然陛下亦未嘗峻發德音。戒勅大臣。令盡理推行。則亦非獨有司之過也。

黃紙放、而白紙收。

蘇軾引里諺論上下鄉

東坡集。卷三十四。論浙西閉糴狀。本路唯蘇、湖、常、秀等州。出米浩瀚。常飽數路。漕輸京師。自杭睦以東。衢婺等州。謂之上鄉。所產微薄。不了本莊所食。里諺云云云。蓋全仰蘇、秀等州。商旅販運。以足官私之用。

上鄉熟。不抵下鄉一鍋粥。

蘇軾引鄉諺誚吝嗇

東坡集。卷五十。與陳季常尺牘。彼不相知者。視僕之飢飽。如觀越人之肥瘠耳。鄉諺有云云云者。公識之。

缺口鑷子。自注。缺口鑷子者。取一毛不拔。

盤游飯里諺

東坡集。卷六十二。書陸道士詩。江南人好作盤游飯。鮓脯膾炙無不有。然皆埋之飯中。故里諺云云云。羅浮穎老。取凡飲食雜烹之。名谷董羹。坐客皆稱善。詩人陸道士遂出一聯句云。投醪谷董羹鍋內。掘窖盤游飯碗中。

撅得窖子。

蘇軾引俗語

東坡集。卷六十八。題連公壁。俗語云云云。眞可信。吾觀安國連公之子孫。無一不好事。此寺當日盛矣。

強將下。無弱兵。

程縯引黄河諺語

蘇詩合註。卷十五。桓魋墓詩。側手區區豈易遮。王註。縯曰。時河決水方退。諺有云云之語。

側手障黄河。

趙次公引諺

蘇詩合註。卷二十一。東坡詩。刮毛龜背上。何時得成氈。王註。次公曰云云。乃諺語也。

龜背上刮氈毛。

施元之引俗諺釋百巧

蘇詩合註。卷二十一。答二猶子詩。古來百巧百窮人。施註。古老有云云之語。至今俗諺尚爾。

百無一有。百巧百窮。

又引俗諺釋面赤

蘇詩合註。卷二十三。岐亭詩。何復得此酒。冷面妒君赤。施註。俗諺有云云之語。

無錢喫酒。妒人面赤。

燈火諺

蘇詩合註。卷三十五。石塔寺詩。雖知燈是火。不悟鐘非飯。王註。次公曰諺云。馮氏應榴云。諺語見五燈會元。僧衆問用元禪師語。

早知燈是火。飯熟已多時。

蘇轍夢聞仙人歌

潁濱集。游仙夢記。熙寧十年。予在南京幕府。四月一日。以臥病夢薄游一所。樓觀巍然。門之牓曰神府。堂之牓曰朝眞。旋臨一閣。左碧池。右雕闌。中有一亭。几案酒殽悉備。九人聚坐其間。視予自若。予頗嫌其簡傲。捨而出。俄聞招呼之聲。回顧之。一青鬟也。引詣庭中。一人云。邀至預坐。輒厠其旁。其一蒼顏白髮者。命酒同酌。有抵掌而歌者曰云云。酒酣。予求退。其人曰。盍少留。以竟揮麈之樂乎。良久。爲家人驚呼而寤。

紅塵紛處兮人間世。白雲深處兮神仙地。仙家春色兮億萬年。蟠桃香暖兮雙鸞睡。北看瀛洲兮咫尺門。西顧方壺兮三百里。逍遙無爲兮古洞天。洞天不老兮無人至。

金淵諺

淨德集。卷三十一。次伯通雲頂山長句韻。金淵地界東西州。諺云云云。中間石城最佳勝。二十餘年嘗再游。

錦擔垂兩頭。

韭菜俗言

宛邱集。詩注。俗言。

八月韭。佛開口。

時人爲蘇過語

斜川集題辭。鮑廷博詩。蘇氏昔元推怒虎。自注云云。當時語也。

蘇氏三虎。季虎大怒。鮑本遺事引元遺山詩注。末句作叔黨爲最怒。

古謠諺卷七十七

秀水杜文瀾輯

汪藻引諺

浮溪集。卷十九。爲德興汪氏種德堂作記。昔王祥、王覽。當東漢之末。兄弟隱居者三十餘年。以孝友著名於世。及晉、而子孫極蕃以大。更六朝。訖隋唐。數百年至譜牒不能傳而後已。故諺曰云云。淮水固無可竭之理。而王氏至今有人也。

淮水竭。王氏滅。

案晉書郭璞傳亦引此二語。然作占辭而不言諺。故置彼錄此。

孛轆諺

范成大詩集。秋雷嘆。汰哉豐隆無藉在。正用此時鳴孛轆。注云。諺云云云。謂秋日雷也。

秋孛轆。損萬斛。

吳中爲蘇常二州語

渭南文集。卷二十。常州犇牛閘記。方朝廷在故都時。實仰東南財賦。而吳中又爲東南根柢。語曰云云。故此閘尤爲國用所仰。遲速豐耗。天下休戚在焉。

蘇常熟。天下足。吳都文粹。常作湖。

舒州石塘民爲周必正歌

渭南文集。卷三十八。監丞周公墓誌銘。公諱必正。字子中。知舒州郡。東南有烏石陂。分其流。旁則爲石塘陂。烏石之民。欲專其利。乃壅水使不得行。石塘之田。歲以旱告。公命懷寧令丞視之。得實。圖上於州。公按圖自以意定水門高下。甫去壅。水未尺餘。得古舊迹。與所高下不少差。陂利始均。石塘民喜。至感泣。乃歌曰。

烏石陂。石塘陂。流水濺濺有盡時。思公無盡時。

蜀人爲唐安郡語

劍南詩藁。卷四。雨夜懷唐安詩。歸心日夜逆江流。官柳三千憶蜀州。自注。蜀人舊語。

唐安有三千官柳。四十琵琶。

陸游引俗語論憂患

劍南詩藁。卷四十。書齋壁詩。平生憂患苦縈纏。菱刺磨成芡實圓。自注。俗謂困折多者爲

菱角磨作雞頭。

吳中布襖諺

劍南詩藁。卷四十六。五月十日曉寒詩。短褐竟未送。自注。吳中諺語曰云云。俗謂典質曰送。

未喫端午粽。布襖未可送。吳下田家志。布襖作寒衣。

朱子引諺

朱子文集。答呂伯恭書。諺云。

今年自家雪裏凍殺。不知明年甚人喫大碗不托。

陳亮引俗諺

陳龍川集。不傳絕業、更須討論者。猶恐如俗諺所謂云云耳。

千錢藥却在笆籬邊。

四明宗黨爲袁蔡二夫人語

絜齋集。卷二十一。林太淑人袁氏墓誌銘。林太淑人袁氏、贈通議大夫林公諱勉之妻也。林氏、四明大家。通議官中都而卒。淑人於是年二十七爾。守節堅確。誓無他志。念門戶凋落。欲振起之。教子益嚴。名儒碩師。亟使請益。所以培植磨厲者甚備。後其子祖洽。以學行材諝丞司農。守三郡。爲時聞人。賢母之教俱顯。其亦勞矣。而自視歉然若不及。親黨以此益賢淑人。翕然稱曰。雖古賢婦弗過也。維林氏世載令德。閨閫多賢。有蔡夫人者、寺丞君之四世祖妣也。婉淑有賢操。嫠居介然。起敬鄉黨。醉呼者過門亦羞愧自戢曰。毋驚此母。淑人聞其風而師焉。每曰。吾何法。法蔡夫人爾。冰寒玉潔。前後相望。有補於世教。故宗黨爲之語曰。

百世之紀。蔡袁夫人。

鄭淸之引諺

安晚堂集。滷蛤詩。子蛤遺汝到眉按。努力去爲酒中虎。自注。諺稱海錯鹹者爲。

捉酒虎。

劉一止引里語

苕溪集。和巒嶅二子寒食少天色五字詩。人言二月時。霏雨生樹杪。天色何時無。要問寒食少。自注。里語。

春雨樹頭生。

葉茵引諺

順適堂吟藁。戊集。蠶婦吟。掃下烏兒毛樣細。滿箱桑葉翦青柔。大姑不似三姑巧。今歲繅絲兩倍收。自注。諺有云云之語。

大姑拙。三姑巧。

臨安爲韓左廂謠

東維子集。杭圖志。有宋韓左廂者。以進士起身。由臨安令。以嚴明升臨安府左廂官。臨安剽民財者。號白擎子。聞公至。皆屏跡。謠云。

韓廂明。無白擎。韓廂死。白擎起。

俞塘諺

華亭百詠。俞塘。注云。府東五里。往來之舟。皆可揚帆。諺云。

雖有珠千斛。不賣俞塘北。

王寂引諺論卜筮

拙軒集。卷六。贈日者李子明序。易有君子之道四焉。而卜筮其一也。遂人李子明得樂五虎之遺法。又能以五行十干奇偶成字。吉凶否泰。必以忠告。嘗爲予筮之。屢中。諺三餘贅筆作世言。云云。若方富於年。但當於古人用心處。以期益進。則季主、君平。安知不復見於今日也。

老醫少卜。 三餘贅筆云。醫者以年老爲貴。卜者以年少爲貴。老醫人皆知之。問之少卜。不知何謂。按王彥輔麈史云。老取其閱。少取其決。乃知俗語。其來久矣。

案鶡冠子卷下學問篇陸佃注。引此條作語而不言諺。故置彼錄此。

人爲李好文諺

梧溪集。卷四上。目耕軒詩後序。公諱好文。字惟中。開州東明人也。幼力學。家苦貧。夜就鄰之磨坊燈讀書。凡十餘年。靡少懈。一日値雪。抵村舍媪。貸斗黑菽。媪卻曰。子奚拙耕。公曰。吾目耕耳。其意氣自若也。既諺曰。

目耕夜分、李好文。

王泳消搖歌

梧溪集。卷四下。王處士壽藏序銘。處士上海人。名泳。字季深。姓王氏。冬夏一裘葛。日蔬飯。晏如也。門生劉縜。冠履昆季。爲買龍華之原。營壽藏。處士角巾藜杖。消搖青松間。而歌曰云云。歌闋。長嘯而返。

鎣何物兮。壐是室兮。吾其願畢兮。抑亦二三子之力兮。

陳履信諷鄰歌

梧溪集。卷五。贈陳履信詩後序。思、松人。不茍徇俗。雅志古道。有田僅供饘粥。遇族里貧甚者。輒分食。弊廬數楹。日授徒其下。鄰人侵傍地。自歌曰云云。鄰聞之。歸所侵地。

食且無魚。奈何盤蔬無餘。

時人爲趙貞婦歌

梧溪集。卷六。陸貞婦趙氏詩序。趙氏爲安吉幕長澤之孫女。而鄞處士陸燾之妻也。至正間。兩浙多虞。燾辟海寧主塾。與趙隱居松之瓢湖。丁未夏四月。海隅有警。既兵猝至。燾偕趙倉皇赴舟。未遠。同難者爭舍舟陸竄。燾登岸。將復攜趙以行。而兵偪之。傷刃者三。遂仆深淖。趙竟自投於淵。時有歌之者曰。

四月三日兵擾湖。婦女多被辱與驅。殉節伊誰天水姝。

文翬洲諺

梧溪集。卷六。文翬洲倡詠詩序。予自至正丙午。僑寓隱最閒園館。時黃浦中洲生。僅尋丈許。今已延廣三十餘畝。歲賦官入。諺曰云云。洪武癸亥。始攜里叟門生共登臨焉。適翬雉翬映鷗左右。衆請名是洲。因名文翬。

輔夾輔洲。如岡如丘。實安袞袞流。

蘇州民爲況鍾歌

況太守集。卷一。列傳上。先公名鍾。字伯律。宣德五年朝議。天下九大郡。繁劇難治。蘇州尤甚。禮部尚書胡公濙暨吏部尚書蹇公義交章薦公。時三楊當國。首輔西楊。尤秉知人鑑。遂奏擢公任蘇州。賜敕書。假便宜行事。章奏得徑達御前。公下車。吏胥黷賄。擲空中撲死。立斃六人。由是吏民震悚。奉法惟謹。合郡稱之曰況青天。蘇郡糧額獨重。民不能堪。公抗疏言。應蠲除米豆十四萬九千五百餘石。六年三月。繼母何氏訃至。公奏聞。回籍丁憂。百姓攀轅莫及。罔知所措。有向撫民侍郎成均乞留者。均以舊憾却之云。我另保好知府來。陰嗾民人顧忠等誣告公。尋秋糧應減者。倍加收斂。奸吏舞法。故弊叢生。民益思公弗置。作歌曰云云。又有歌云云云。吁嗟之聲。溢於衢巷。於是直隸巡按御史張文昌、蘇州同知楊粟、知縣祖述等。據長洲縣耆民顧榮三萬七千五百八十餘名告詞奏請。不爲收民常例。令本官奪情起復。以慰輿情。適湖廣巡按御史周鼐奏稱。況知府幹辦勤謹。賦役平均。吏畏民服。今守制去。小民如失父母。乞念大郡得人。朝廷重務。令本官起復。庶得公事易完。小民歡悅。奉聖旨。吏部准他奏。遂檄取公徑回原任云。

況太守。民父母。衆懷思。因去後。願復來。養田叟。卷四張公贈傳同。卷十六功績案同。明詩綜卷一百無中二句。願復來作早歸來。養作樂。

郡中齊說使君賢。只剪輕蒲爲作鞭。兵仗不煩森畫戟。歌謠曾唱是青天。

蘇州民又爲況鍾歌

況太守集。卷二。列傳中。宣德七年二月。公復捧敕書、馳驛之任。計離任十月餘。取奸吏悉置之法。風紀復振。八年十月。考三載滿。奏准入覲。九年正月。公在京。二十五日。上賜御製詩。並筵宴。

陞辭之日。給路費鈔三千貫。入覲時。民懼其以治行優異陞去。及歸。咸作歌曰。

太守朝京。我民不寧。太守歸來。我民忻哉。

蘇州民再爲況鍾歌二則 附況鍾答歌

況太守集。卷二。列傳中。宣德十年春。英宗卽位。詔天下府州縣官有廉勤公正能恤民者。親臨上司以禮待。仍列具其優異政績上聞。以遷陞擢。於是七縣耆民秦孔彥等八萬餘人。條具公自初任至起復凡八年政令民謠。於五月。經撫民侍郎周忱、巡按御史趙奎銜門轉奏。十一月。考六載滿。奏准入覲且朝賀。廷臣咸體上旨禮待。而致其勉勞意。正統元年正月召見。宣賜敕書一道。給鈔千貫。命復之任。先是公之來也。民咸謂公優異。政績既達。必陞擢去。老者作歌曰云云。童稚歌曰云云。公聞之。懼不敢當。乃歌而揭於衆曰云云。甫入境。耆民載道歡迎。視昔有加焉。

公政惠我。公恩息我。父母畜我。長我育我。我飢穀我。我困甦我。公去餟我。誰與活我。老者歌。

況青天。朝命宣。願早歸。在新年。童稚歌。懸笥瑣探。願早歸作宜早還。

我曷能政。政由上命。我曷能恩。恩由至尊。聖人更化。我叩我首。我陳爾情。俾爾無爾病。俾爾飫寧。以樂太平。況鍾答歌。

古謠諺卷七十八

秀水杜文瀾輯

北郡長老爲李忠貞語

空同集。卷三十七。族譜傳。號處士公者、諱忠貞。聞之長老曰。處士公、任俠有氣人也。處士之死。則以田氏。予退而問先君。先君揮涕曰。往田氏爲仇家者殺。處士怒。赴愬行。於是仇家大懼。乃使郡中諸豪長來行百金間。不解。而仇家故大有財勢。可使官。及處士赴愬至。官置不理。反久繫處士。於是處士益發憤怒。病且死。仰天呼曰。天乎。予何罪。竟死獄中。是時無問識不識。咸切齒仇家。故長老至今語曰云云。蓋傷處士云爾。然予聞處士葬時。有地理家張生指其地曰。此必有後。豈不謂天道哉。

訟事無天。

李正字擊缶歌

空同集。卷三十七。族譜傳。號吏隱公者、諱正。字惟中。處士公第三子。爲周封邱王敎授。公在王門十三年。沈晦於酒。然時人莫識也。公酒酣。擊缶歌曰云云。於是乃自稱吏隱公云。

人欲爲貪吏。貪吏殃及子孫。人欲爲廉吏。廉吏窮餓不能行。我今旣不爲貪吏。又何可稱廉吏。王門之下。可以全身避世。

李夢章引長老言

空同集。卷三十七。族譜傳。李夢陽有弟曰孟章。頗好與黃冠人遊。其伯氏怒罵之。弟知伯氏弗已悅也。於是間說之曰。夫人生日。劻劻勷勷何爲者。與是非爲名與利哉。夫豢我者、戕我者也。軒冕者、桎梏我者也。今釋養生之道不務。乃日劻劻勷勷與利名爭。是亦益速自戕爾。長老有言曰云云。言旦暮難保也。

上牀脫屣。不知生死。

李夢陽引諺論先兆

空同集。卷三十七。族譜傳。孟章弟爲兒時。業自言。火蒸蒸自丹田起。衝腦眩。酒後恆病熱。卒死。彼諺有之曰云云。言有兆必先也。由是言之。弟之談說仙術。其亦弗祥也已矣。

入田觀稼。從小看大。

又引鄙人言論族譜

空同集。卷三十七。族譜序。李廣至德厚。得士大夫心。及孫陵降匈奴。自是李之名敗。而隴西之士。遂恥居門下。此豈垂統者之過哉。鄙人之言曰云云。斯言雖小。亦可以喻大。故一命之士。而布衣之徒。能潤色名行。設禮義法約。統治其族人。此亦豪傑特立之行。非苟而已也。

何論根株。幹大則枝斜。

又引諺三則論國事

空同集。卷三十八。上孝宗皇帝書藁。三害。一曰兵害。夫錦衣衛、爪牙之司也。今內官之家人子弟。官之團營。兵之精也。內官參之。內兵又其專掌之。陛下乃何獨而不爲之寒心耶。諺不有之曰云云。言貴豫也。六漸。一曰匱之漸。夫錢者、泉也。言流也。散於上則聚於下。公家削則私家盈。今京城內外。千觀萬寺。亦熾矣。顧又不止。彼左右侍臣、孰非造寺者也。動孰匪以鉅萬計。諺曰云云。今彼鉅萬出。則其入不止於鉅萬明矣。四曰弛法令之漸。犯人王禮。獄案已具。法所不赦也。陛下何從而赦之耶。故罰一人而千萬人懼。諺曰云云。臣故以王禮之赦。爲弛法令之漸。

萌芽不伐。將折斧柯。熠熠不撲。燎原奈何。

十人一出。

勿謂尺五。後且不補。

呂太監引諺

空同集。卷四十。河南省城修五門碑。河南省城者、宋之內京城也。高皇帝定天下也。蹕於汴。駐焉。於是升汴爲京。繕之。視他城堅。自降而爲省也。又今百五十年。故其城若門。雖大勢巍壯。而中損蝕者不少矣。嘉靖元年。太監呂公來鎮茲土。登城躡樓。俯仰者久之。乃慨然而嘆曰。諺有之曰云云。是城也。及今修之。費猶省也。

些小不補。直至尺五。

閩中父老爲楊重李錦康鏞語

空同集。卷四十二。平陽府經歷司知事康長公墓碑。純皇帝時。靈臺有楊生名重。長安有李生名錦。二人者、皆與武功人康長公遊。康長公之與二人者友也。於是並稱爲關內三才云。康長公名鏞。字振遠。善文辭。習識當世之務。年二十餘。從其先太常就辟試南京。顧數不第。已乃還關中。即又試關中。又不第。乃後歲。貢至太學。至太學又試。又不第。然太常已葬南京。於是乞爲南京太學生。而即其故太常之域祠焉。然自是不復有試之心矣。是時楊生、李生亦皆阨塞弗庸於世。關中父老語曰云云。三子之謂矣。

古人有言。勿爲嶢嶢。人將缺焉。勿爲皚皚。人將汚焉。

康鏞引諺

空同集。卷四十二。平陽府經歷司知事康長公墓碑。平陽君有二子。長曰阜。次曰海。阜先平陽君卒。平陽且卒。子海侍。平陽君執其手而泣曰。夫欲心恆安逸。爲其可以貪命而樂存。至厚生也。今吾棄功名之會不赴。又不欲勞費心體。非於身疏也。今病瘻。乃且死。諺曰云云。是天乎。是天乎。

斷酒白首。餔糟而朽。

人爲左氏語

空同集。卷四十三。宗人府儀賓左公遷葬志銘。左公諱夢麟。字應瑞。按左氏、永新逢橋人也。語曰。

逢橋八百左。

李夢陽引諺論醫

空同集。（卷四十三。）梅山先生墓志銘。先生姓鮑氏。名弼。字以忠。歙縣人也。梅山曰。吾往與孫太白觴於吳門江上。酣歌弄月。冥心頓會。孫時有綿疾。吾醫之立愈。諺曰云云。誠自醫之。黃岐鵲佗至今存可也。

盧醫不自醫。

通許邑人爲婁良賈恪語

空同集。（卷四十四。）遙授滄州判官賈君墓志銘。賈君者、通許縣人也。君曾祖諱贇。洪武間。以人才爲鉛山縣知縣。贇生麟。封監察御史。麟生恪。少與婁良齊名。語（明詩綜卷一百作邑人諺。）曰云云。恪舉進士。官至山東參議。是爲參議君。（明詩綜云。通許婁良與同郡賈恪齊名。兩人皆中正統進士。）

婁良賈恪。氣如山岳。（明詩綜。岳作嶽。）

李夢陽引諺論報施

空同集。（卷四十五。）臨江府知府致仕尚公墓志銘。其弟美信者、固予同年進者也。公、睢人也。諱綸。字美儀。知臨江府。在郡三年。吏畏民懷。秉鈞者方擬擢公。會章樹鎮稅課舊爲王府據者。公奏奪歸諸公。遂遭構陷。而公亦抗疏。解印綬。時年四十二矣。居無幾。美中、美信俱以參議罷歸。兄弟金紫。每出。則冠蓋輝奕。塡塞閭里。然位咸不稱德。諺曰云云。君子於是謂尚氏長矣。

不竟其祿。子孫之穀。

蜀人爲崔陞曲銳語

空同集。卷四十五。四川右參政崔公墓志銘。公諱陞。字廷進。擢四川右參政。弘治丙辰。監營壽王宮於保寧。役者數萬人。費覈而力舒。戊午。逆申王於境。民無擾者。人稱之。公行部。勾稽旣詳。顧又喜廉臧否。與僉事曲銳齊名。蜀人語曰。

崔參曲僉。屹如雪山。

李夢陽引諺論培養

空同集。卷四十五。山西按察司僉事賈公志銘。公名定。字仲一。公知絳也。會大饑疫。上救荒八事。是年。又平垣曲之盜。京之北遷也。偶有獻棗栗者。歲例徵棗栗。公知易州。則條園林登耗之狀以聞。得半減焉。諺曰云云。言蒔之者人。成之者己也。夫州縣之吏之不爲世之懌也尙矣。以今賈公觀之。則所謂矮屋跛足者。然乎弗然乎。

轂要自長。

豪貴人爲輔國將軍語

空同集。卷四十六。鄢陵府四輔國將軍墓志銘。四輔國將軍者、鄢陵安僖王孫也。輔國不以地高人。而好詩書。樂與衣冠徒遊。嘗讀前史。覽功名之會。輒撫卷慨然而嘆。又見豪貴人以千金飾狗馬、衣裘、聚名姝、罔惜費。及義施。顧一錢忍弗能與。則又嘆曰。雙火一膏。兩斤獨木。是速滅之道耳。且貧富命也。孰有義而相損者耶。於是婚喪弗舉者。輔國見之。輒與鵝酒或棺。人曰。輔國壽。揆厥心行。永之占也。居無何。輔國病殂矣。年四十一耳。於是豪貴人反以輔國爲口實。相語曰。

匪火自焚。匪斤自樒。

李夢陽引諺論積累

空同集。卷四十六。夫人賈氏墓誌銘。夫人賈氏者、輔國將軍鍇夫人也。賈氏貴盛矣。而夫人乃顧謙約孝敬沉慧。而夫人子河。詩書文雅。謙約孝敬沉慧。又盡如夫人。故君子謂輔國有子。賈氏有甥諺曰云云。言物必有種也。今以賈夫人觀之。信哉。

胡荽不結瓜。菽根不產麻。

李夢陽游蘇門歌

空同集。卷四十七。遊輝縣記。李夢陽曰。詩云。泌之洋洋。可以樂饑。予當正德戊戌。值春仲之交。而游於輝縣。於是覽蘇門之山。降覲於衞源。乃登盤山。至侯趙之川。遂覽於三湘。返焉。李子登蘇門之山。扣石而歌。歌曰云云。歌竟長嘯。響應林谷。時人莫測也。

泉水活活。北之流矣。有女懷春。采彼薇矣。山雪修阻。暮予何之矣。

徐珙引諺

空同集。卷四十八。廣信獄後記。李華問乎徐珙曰。夫法者、守一以御萬者也。任情而尊夫人也。夫奚有於法。徐珙曰。嘻。子胡見之晚矣。諺曰云云。子又烏知彼不別賢愚而務存體統哉。

循智保身。審時致位。

李夢陽引諺論學

空同集。卷六十二。答周子書。且人情未有不忽近而務遠者何也。世遠則論定。近則疑。今足下於僕。同時最近。涉疑而不疑。又無傾蓋之談、接衽之雅。乃一旦走千里之使。聲應而氣求之。僕以是知足下立之獨而往之勇也。以是而的古。何古之不的矣。諺有之曰云云。言志之難久也。幸足下無恌其易。無憚其難。積久而用。變化叵測矣。

一年二年。與佛齊肩。三年四年。佛在一邊。

占陰晴諺

升菴集補。占陰晴諺詩。電光分南北。陰霽在俄晷。自注。諺云。田家五行志。夏秋之間。夜晴而見遠電。俗謂熱閃。在南主久晴。在北主便雨。

南閃千年。北閃眼前。

楊愼引諺

升菴外集。弘治中。餘杭有周德恭、評王安石爲古今第一小人。此言最公最明矣。朱子以安石爲名臣。與司馬光並立。審如此。商鞅與孟子齊名矣。程子謂新法之行。吾輩激成。此言亦非。譬如醉者。酗者擊人。醒者必羣起力救。不能止醉之酗。而反罪醒之救。可乎。諺云云云。其言雖俚。其事實類也。此言一出。遂爲後日調停張本。陸象山作王安石祠堂記。全祖此意。

無奈東瓜何。捉着瓠子磨。

京師爲嚴嵩嚴世蕃謠

楊忠愍公集。卷一。請誅賊臣疏。方今在外之賊。惟俺答爲急。在內之賊。惟嚴嵩爲最。未有內賊不去而可以除外賊者。我太祖高皇帝親見宰相專權之禍。遂罷中書丞相。及嵩爲輔臣。儼然以丞相自居。皇上令嵩票本。蓋君逸臣勞之意。嵩乃令子世蕃代票。恣父逸子勞之爲。是嵩既以臣而竊君之權。又以子而並己之權。百官孰敢不服。天下孰敢不畏。故今京師有大丞相、小丞相之謠。按此條已見明史。又曰云云。蓋深恨嵩父子並專權柄耳。

此時父子兩閣老。他日一家盡獄囚。

楊繼盛引俗語論睦族

楊忠愍公集。卷二。赴義前一夕遺屬。父椒山諭應尾、應箕兩兒。你堂兄燕雄、燕豪、燕傑、燕賢都是知好歹的人。雖在我身上冷淡。却不干他事。俗語云云。你兩箇要敬他、讓他。祖產分有未均處。他若愛便宜。也讓他罷。切記。休要爭競。自有旁人話短長也。

好時是他人。惡時是家人。

時人爲楊繼盛謠

楊忠愍公集。卷四。王世貞楊忠愍公行狀。公十八補邑諸生。踰冠。讀書於邑寺僧舍。自勵勤苦。其明年春。諸僧病疫且甚。同舍生俱亡去。公獨曰。吾去。僧誰爲治湯藥者。乃吾死僧矣。則爲視爨事、問醫、調藥餌。僧以次愈。而兄病疫亦作。按以公自編年譜考之。是年病疫者、公之同母長兄繼美也。公於是奔波歸。日夜不解衣而扶侍。亦愈。時人異之。爲語曰。

疫無鬼。以爲不信。視楊氏子。明詩綜卷一百無氏字。

內江兒童祈雨歌

歸震川集。卷二十四。貴州思州府知府李君墓碑。君諱允簡。字可大。家於今柳州之融縣。攝荆門州。爲政清勤。民德之。陞知內江。公廉自持。士大夫乞請。無所得。大旱。齋沐祈禱。徒步暴赤日中。令兒歌之曰云云。三日。霖雨大足。

旱既太甚。治邑非人。寧禍其身。勿病其民。

扶溝人爲杜孟乾語

歸震川集。卷二十六。洧南居士傳。洧南居士者、姓杜氏。名孟乾。其先自魏滑徙扶溝邑。居洧水南。故以爲號。初、洧水東折。歲久衝淤轉而北。居士力言於令。改濬以達於河。扶溝人賴其利。爲之語曰。

洧水淤。老幼啼。洧水通。賴杜公。

時人爲歸氏語

歸震川集。卷二十八。歸氏世譜後。吾歸氏。洪武六年。(徒)〔徙〕崑山之東南門。明有天下。至成化弘治之間。休養滋息。殆百餘年。號稱極盛。吾歸氏雖無位於朝。而居於鄉者甚樂。縣城東南。列第相望。賓客過從。飲酒無虛日。而歸氏世世爲縣人所服。時人爲之語曰。餘集卷二、贈伯仲號紹耕視垣序。歸氏世著於吳。自唐天寶迄於同光。百六七十年間。以文學科名仕宦者。不絕於世。由宋元至國朝。仕多不遂。竹帛無可稱者。然時有倜儻豪俠之夫。肥馬輕裘。馳騖於鄉里。往往爲郡守縣令所賓禮。至今吾縣人猶相傳云云。蓋亦盛矣。

縣官印。不如歸家信。餘集作縣家一印。不如歸家一信。

濟寧諺

歸震川別集。卷六。壬戌紀行。南旺水淛。至宋尙書祠。觀鵝河口汶水來處。鵝河口、即黑馬溝也。有分水龍王廟。汶自此逆流。北出五百餘里。入於衛。南出二百餘里。合於沂泗。凡八百餘里云。北去者逆上。至南旺而順。南行者亦逆上。至南旺而順。故濟寧當南北之中。而行者皆相期至此。諺云云云。以爲過是皆順流也。

上巴濟寧。下巴濟寧。

張居正引諺論官守

張太岳文集。卷八。送大曹長暘谷南先生赴留都考功序。君起家進士。始以吉士讀書中祕。嗣簡列銓部郎。周歷諸曹　往年以考功入選部。適其際稍異故常。太宰翁欲嚴簡汰、以祛夙纍。君毅然當之。登俊斥回。不少牽避。藉藉當於衆心。計績敍勞。人謂君躋陟通顯且旦夕矣。胡至罹此意外哉。主上廉君曩日。令以舊秩暫移南中。且易其曹。列之考功。蓋考功在南中視他曹獨要也。旨下。在庭士舉懽然語曰。主上神明哉。神明哉。其知南大夫矣。同舍諸大夫訊君於邸。揖君曰。嗟。君乃復此行。里諺云云云。言責之者備矣。

美服人指。美珠人估。

又引諺論邊情

張太岳文集。卷三十三。答三邊總督鄭範溪計順義襲封事。辱示邊情。及論扯力畏夷使云云。悉中機宜。具服雄略。襄王之事。大都屬之黃酋。但須將今年貢市事早早料理。以見表誠悃。而後可爲之請封。諺云云云。務令大柄在我。使之覬望懇切而後得之。乃可經久。然夷情多變。亦難預設。聞近日恰酋與夷婦及諸酋議論不合。頗爲失歡。若果有此。且任其參差變態。乃可施吾操縱之術也。順義卹典。屬部議覆。仍當於旨中從厚。以示天恩。

若將容易得。便作等閒看。

又引諺論考成

張太岳文集。卷三十八。請稽查章奏隨事考成以修實政疏。臣等竊見近年以來。章奏繁多。各衙門題覆。殆無虛日。然敷奏雖勤。而實效蓋尠。言官議建一法。朝廷曰可。置郵而傳之四方。則言官之責已矣。不必其法之果便否也。部臣議釐一弊。朝廷曰可。置郵而傳之四方。則部臣之責已矣。不必其弊之果釐否也。某罪當提問矣。或礙於請託之私。槩從延緩。某事當議處矣。或牽於可否之說。難於報聞。徵發期會。動經歲月。催督稽驗。取具空文。雖屢奉明旨。不曰着實舉行。必曰該科記着。顧上之督之者雖諄諄。而下之聽之者恆藐藐。鄙諺曰云云。今之從政者。殆類於此。

姑口煩而婦耳頑。

又引鄙諺論國用

張太岳文集。卷四十三。看詳戶部進呈揭帖疏。夫天地生財。止有此數。設法巧取。不能增多。惟加意撙節。則其用自足。伏望皇上將該部所進揭帖。置之座隅。時賜省覽。總計內外用度。一切無益之費。可省者省之。無功之賞。可罷者罷之。務使歲入之數。常多於所出。以漸復祖宗之舊。庶國用可裕。而民力亦賴以少寬也。鄙諺云云云。此言雖小。可以喻大。

常將有日思無日。莫待無時想有時。

吳麟徵引諺論憂樂

吳忠節公遺集。卷二。與彭觀民書。漕事幸集。野無蓋藏。橫陳白屋。棄子草間者比比。諺云云云。此時求一開口伸眉。更不可得矣。

人愁不要喜悅。

又引諺論田產

吳忠節公遺集。卷二。還里人田券書。落落吳生。豈肯向里巷小兒丐餘瀋哉。功成還券。鄙人夙心。此念耿耿。未嘗暫忘。區區之心。無陽施陰設之謀。無沽名市德之意。如世之號爲假道學者所爲也。諺云云云。不酬之德。弟固所甘。以德爲怨。兄乃太甚。何以勸天下之爲德於人者。

大德不酬。

永樂時人爲松江徐氏謠

交行摘稿。附小傳。先生名孚遠。字闇公。松江華亭人也。上世居汴梁。爲宋朝宗室。高宗南渡時。分封於浙之湖州郡烏程東山徐溝村。以地爲姓。避亂隱居。終元七世。無一出仕者。至太祖宗周佛子公。始出仕。爲參計使。子若孫。接踵登第。永樂朝。遂有云云之謠。

一堂六進士。四世繼三公。

宋時爲江南詩歌語

曝書亭集。卷三十八。張君詩序。昔之采風者。不遺邶鄘曹檜。而吳楚大邦。不見錄於輶軒之使。後百六十年。屈宋唐景。楚風代興。漢之五噫。晉之吳聲十曲。迨宋而益以新歌三十六。當時至爲之語曰云云。蓋非列國之所能擬矣。

江南音。一唱直千金。

閩人爲譚昌言語

曝書亭集。卷五十二。書狷石居遺集後。予童稚日。就塾於譚氏之居。先後共學者六人。譚舟石、左羽、陸音一、次友、曁第五兄夏士。悉中表兄弟也。暇覽狷石居遺集。是爲舟石左羽之王父。諱昌言。字聖俞。歷福建布政司參議提督學政。公之試士也。其文不假一人寓目。必手自甄綜。雖伯子省覲。俾寄食旅店中。不許入廨。有投私書者。概不發函。試畢。題數行。裹原書復之。閩人語曰云云。蒞視學三年。鬚鬢盡白。

來一封。去兩封。以爲不信視郵筒。

楚雄郡人爲朱大競謠

曝書亭集。卷五十三。書忠貞服勞錄後。先大父忱予府君、出知雲南楚雄府事。一介不取諸民。招流民。平穀價。恤獄囚。絕爭訟。寬馬戶之逋責。釋棘婦之箠楚。甫八月。而楚雄無枹鼓之警。會聞母何太夫人訃。遂解印綬。力不能具舟楫。巡按御史姜公恩睿語寮寀曰。朱守可謂身處脂膏。不能自潤。今萬里長路。豈能步還。乃各率私錢贈行。府治百姓。拒輪於道。爭賦歌詩謠詞以述德。取陸續故事。繪圖題曰鬱林石。其謠明詩綜卷一百作歌。曰云云。鬱林石所載也。明詩綜云。先大父君爵府君、諱大競。知楚雄府。政尚廉靜。甫半載。丁內艱。幾不能治裝歸。郡人歌曰云云。

清貧太守一世難。百鳥有鳳鳳有鸞。

正德間京師爲張茂蘭語

蠶尾詩集。卷一。見山亭詩。自注。張公茂蘭故居云云。正德間。京師語曰。

天下清官、張茂蘭。

長安爲康乃心語

蠶尾文續集。卷五。遊樊川諸勝記。康熙丙子。三月十二日。出永甯門。至薦福寺。左壁有康乃心題莊襄王墓絕句。賞咏久之。龔節孫勝玉爲言康字太乙。郃陽名士。長安語曰。

關中二李、不如一康。

古謠諺卷七十九

秀水杜文瀾輯

神人暢歌

古今樂錄。（據太平御覽。）神人暢。帝堯所作。堯郊天地。祭神如在。座上有響。誨堯曰。水方至爲害。命子救之。堯乃作歌曰。（郭氏茂倩云。謝希逸琴論曰。神人暢。堯帝所作。堯彈琴感神人現。故製此弄也。）

清廟穆兮承予宗。百寮肅兮于寢堂。（風雅逸篇卷一注云。堂、音徒紅切。）醊禱進福求年豐。有譔在坐。（樂府詩集。譔作響。風雅逸篇注云。譔。古響字。）勅予爲害在元中。（風雅逸篇。害作害。）欽哉。昊天德不隆。（樂府詩集。昊作皓。）承命任禹寫中宮。（郭氏茂倩云。中一作東。）

團扇郎歌

古今樂錄。（據樂府詩集卷四十五。）團扇郎歌者。晉中書令王珉捉白團扇。與嫂婢謝芳姿有愛。情好甚篤。嫂捶撻婢過苦。王東亭聞而止之。芳姿素善歌。嫂令歌一曲。當赦之。應聲歌曰云云。珉聞。更問之。汝歌何遺。芳姿即改云云云。後人因而歌之。

白團扇。辛苦五流連。是郎眼所見。

白團扇。顦顇非昔容。羞與郎相見。願得隨郎手。因風從方便。（末二句原本無。據御覽卷五百七十三補。）

案舊唐書樂志、載團扇曲云。團扇復團扇。持許自遮面。憔悴無復理。羞與郎相見。彼係渾舉曲語。此則明述徒歌。故置彼錄此。

華山畿歌

古今樂錄。據樂府詩集卷四十六。華山畿者、宋少帝時懊儂一曲。亦變曲也。少帝時。南徐一士子。從華山畿往雲陽。見客舍有女子。年十八九。悅之。無因。遂感心疾。母問其故。具以啓母。爲至華山尋訪。見女具說聞感之因。因脫蔽膝。令母密置其席下臥之。當已。少日果差。忽見舉席。見蔽膝而抱持。遂呑食而死。氣欲絕。謂母曰。葬時車載從華山度。母從其意。比至女門。牛不肯前。打拍不動。女曰。且待須臾。妝點沐浴。既而出。歌曰云云。棺應聲開。女透入棺。家人叩打。無如之何。乃合葬。呼曰神女冢。

華山畿。君既爲儂死。獨活爲誰施。歡若見憐時。棺木爲儂開。

讀曲歌

古今樂錄。據樂府詩集卷四十六。讀曲歌者。元嘉十七年。袁后崩。百官不敢作聲歌。或因酒讌。止竊聲讀曲細吟而已。以此爲名。按義康被徙。亦是十七年。南齊時。朱碩仙善歌吳聲讀曲。武帝出游鍾山。幸何美人墓。碩仙歌曰云云。帝神色不悅。曰。小人弄我。時朱子尙亦善歌。復爲一曲云云。於是俱蒙厚賚。

一憶所歡時。緣山被芿荏。山神感儂意。盤石銳鋒動。古吾附錄。一作爲。升菴詩話卷二。被作破。盤作槃。鋒作峯。又云。按荏音宂。蓋方言也。

暖暖日欲突。觀騎立踟躕。太陽猶尙可。且願停須臾。升菴經說卷二。暖暖作曖曖。突作冥。須臾作斯須。踟躕作踟跦。

案古今樂錄、據王氏謨輯本採錄。

隴頭流水歌辭

樂府詩集。卷二十五。隴頭流水歌辭。

西上隴阪。羊腸九回。山高谷深。不覺腳酸。

手攀弱枝。足踰弱泥。

按樂府詩集引古今樂錄曰。樂府有此歌曲。解多於此。今其詞無考。疑彼係樂曲。而此則徒歌也。說詳下文。

隴頭歌辭

樂府詩集。卷二十五。隴頭歌辭。

朝發欣城。暮宿隴頭。寒不能語。舌卷入喉。

按以上二歌。各有首一則。均與續漢書郡國志注引秦州記隴水歌小異。此歌後仍有一則。與三秦記隴頭俗歌亦小異。今附注異同於各條下。此不複載。考秦州記所載。作行者歌曰云云。三秦記作俗歌曰云云。此數則本相聯屬。亦係徒歌。可知後人採之入樂耳。今故仍加著錄。若樂府詩集橫吹曲門內。音旨類此者頗多。然無徒歌之迹可尋。不得濫登。著例於此。

翟義門人平陵東歌

樂府詩集。卷二十八。崔豹古今注云。平陵、東漢翟義門人所作也。樂府解題曰。義、丞相方進之少子。字文仲。爲東郡太守。以王莽簒漢。舉兵誅之。不克、見害。門人作歌以怨之也。

平陵東。松柏桐。不知何人刦義公。刦義公。在高堂下。交錢百萬兩走馬。兩走馬。亦誠難。顧見追吏心中惻。心中惻。血出漉。歸來告我家賣黃犢。

上留田歌

樂府詩集。卷三十八。崔豹古今注曰。上留田、地名也。人有父母死。不字其孤弟者。鄰人爲其弟作悲歌以風其兄。注曰。上留田。樂府廣題曰。楚漢世人也。云。

里中有啼兒。似類親父子。回車問啼兒。慷慨不可止。

南風歌

樂府詩集。卷七十七。古今樂錄曰。舜彈五絃之琴。歌南風之詩。史記樂書曰。舜歌南風而天下治。南風者、生長之音也。舜樂好之。樂與天地同意。得萬國之驩心。故天下治也。

反彼三山兮商嶽嵯峨。天降五老兮迎我來歌。有原注。一作靑。黃龍兮自出於河。負圖書兮委蛇羅沙。案圖觀讖兮閔天嗟嗟。擊石拊韶兮淪幽洞微。鳥獸蹌蹌兮鳳凰來儀。凱風自南兮增有喟歎。風雅逸篇卷一作喟其增悲。

襄陵操

樂府詩集。卷五十七。襄陵操、一曰禹上會稽。書曰。湯湯洪水方割。蕩蕩懷山襄陵。浩浩滔天。古今樂錄曰。禹治洪水。上會稽山。顧而作此歌。

嗚呼。洪水滔天。下民愁悲。上帝愈咨。御覽卷五百七十八引大周正樂。愈作俞。三過吾門不入。父子道衰。嗟嗟。不欲

煩下民 非欲伐功也。傷君莫知煩下民。嗟乎。天非欲數煩下民。（非欲以下二十一字原本無。今據大周正樂補。）

箕子操

樂府詩集。（卷五十七。）箕子操、一曰箕子吟。史記曰。紂始爲象箸。箕子歎曰。彼爲象箸。必爲玉杯。爲玉杯。則必思遠方珍怪之物而御之矣。輿馬宮室之漸自此始。不可振也。乃披髮佯狂而爲奴。遂隱而鼓琴以自悲。古今樂錄曰。紂時箕子佯狂。痛宗廟之爲墟。乃作此歌。後傳以爲操。

嗟嗟。紂爲無道殺比干。嗟復重嗟獨奈何。（風雅逸篇卷一引琴操。復重作重復。）漆身爲厲。被髮以佯狂。今奈宗廟何。天乎天哉。（風雅逸篇。哉作乎。）欲負石自投河。嗟復嗟。奈社稷何。

尅商操

樂府詩集。（卷五十七。）尅商操、一名武王伐紂。古今樂錄曰。武王伐紂而作此歌。

上告皇天兮、可以行乎。

大道曲

樂府詩集。（卷五十七。）樂府廣題曰。謝尙爲鎭西將軍。嘗著紫羅襦 據胡牀。在市中佛國門樓上彈琵琶。作大道曲。市人不知是三公也。

青陽二三月。柳青桃復紅。車馬不相識。音落黃埃中。

敕勒歌

樂府詩集。（卷八十六。）樂府廣題曰。北齊神武攻周玉壁。士卒死者十四五。神武恚憤疾發。周王下令曰。高歡鼠子。敢犯玉壁。劍弩一發。元凶自斃。神武聞之。勉坐以安士衆。悉引諸貴。使斛律金唱敕勒。神武自和之。其語本鮮卑語。易爲齊言。故其句長短不齊。容齋隨筆卷一。魯直題陽關圖詩云。想得陽關更西路。北風低草見牛羊。又集中有書韋深道諸帖云。斛律明月胡兒也。不以文章顯。老胡以重兵困敕勒川。召明月作歌以排悶。倉卒之閒。語奇壯如此。蓋率意道事實耳。予按古樂府云云。魯直所題及詩中所用蓋此也。但誤以斛律金爲明月。明月名光。金之子也。歡敗於玉壁。亦非困於敕勒川。

通鑑卷一百五十九胡注云。洪邁曰。斛律金唱敕勒歌。本鮮卑語。余謂此後人妄爲之耳。敕勒與鮮卑殊種。斛律金出於敕勒。故使之作敕勒歌。若高歡則習鮮卑之俗者也。拜經樓詩話卷三古樂府敕勒歌。樂府廣題云。北齊神武攻周玉壁。士卒多死。神武恚甚。勉引諸貴。使斛律金唱此歌。神武自和之。予按史言金不知文字。改名曰金。猶苦難署。卒以屋山爲識。則金爲能爲此歌。故梅鼎祚疑古有此歌。神武當時或令金唱之以安衆心耳。沈歸愚選古詩源直以爲斛律金作。雖仍碧雞漫志等書之訛。而引北史云云。北史實無是語也。

敕勒川。陰山下。天似穹廬、碧雞漫志卷一。天作山。籠蓋四野容齋隨筆。蓋作罩。碧雞漫志。野作天。天蒼蒼。野茫茫。風吹草低見牛羊。蘇詩卷十施注。草作山。

北齊後主時邯鄲郭公歌

樂府詩集。卷八十七。樂府廣題曰。北齊後主高緯。雅好傀儡。謂之郭公。時人戲爲郭公歌。及將敗。果營邯鄲。高、郭聲相近。九十九、末數也。膝口、鄧林也。大兒謂周帝、太祖子也。高岡、後主姓也。雉雞頭、武成小字也。後敗於鄧林。盡如歌言。蓋語妖也。

邯鄲郭公九十九。技兩漸盡入膝口。大兒緣高岡。雉子東南走。不信吾言時。當看歲在酉。廣博物志卷三十五引北齊書。兩作倆。雉作稚。

越謠歌

樂府詩集。卷八十七。越謠歌。

君乘車。我戴笠。他日相逢下車揖。君擔簦。我跨馬。他日相逢爲君下。御覽卷四百六引風土記作卿雖乘車我戴笠。後日相逢下車揖。我雖步行卿跨馬。後日相逢爲卿下。合璧事類前集卷三十四引北戶錄。二雖字作若。卿跨馬作君乘馬。爲卿下作君當下。餘與風土記同。

按風土記作祝詞。北戶錄作盟詞。故置彼錄此。

陳初童謠

樂府詩集。卷八十九。陳初童謠。

御路種竹篠。蕭蕭已復起。合盤貯蓬塊。無復揚塵已。

陳初時謠

樂府詩集。卷八十九。陳初時謠。

日西夜烏飛。拔劍倚梁柱。歸去來。歸山下。

唐武后時童謠

樂府詩集。卷八十九。唐武后時童謠。

紅綠複裙長。千里萬里聞香。全唐詩十二函八。裙作帬。聞作猶。注云。千一作十。萬一作五。

古謠諺卷八十

秀水杜文瀾輯

猗蘭操

琴操。卷上。猗蘭操者、孔子所作也。孔子歷聘諸侯。諸侯莫能任。自衞反魯。過隱谷之中。見薌蘭獨茂。喟然歎曰。夫蘭當爲王者香。今乃獨茂。與衆草爲伍。譬猶賢者不逢時與鄙夫爲倫也。乃止車援琴鼓之云。

習習谷風。以陰以雨。之子于歸。遠送于野。何彼蒼天。不得其所。全唐詩四函十韓愈詩注。所作有。逍遙九州。無所定處。世人闇蔽。樂府詩集。世作時。王氏謨本據藝文類聚。闇蔽作蔽闇。不知賢者。年紀逝邁。一身將老。

龜山操

琴操。卷上。龜山操者、孔子所作也。齊人饋女樂。季桓子受之。魯君閉門不聽朝。當此之時。季氏專政。上僭天子。下畔大夫。賢聖斥逐。讒邪滿朝。孔子欲諫不得。退而望魯。魯有龜山蔽之。辟季氏於龜山。託勢位於斧柯。季氏專政。猶龜山蔽魯也。傷政道之陵遲。孫氏星衍云。案陵遲本作不用。从水經注汝水、北堂書鈔樂部引改。閔百姓不得其所。欲誅季氏。而力不能。於是援琴而歌云。孫氏云。案北堂書鈔樂部引作於是鼓琴墮落。九動其鳴。歌曰。按九字疑誤。

予欲望魯兮。龜山蔽之。手無斧柯。奈龜山何。

越裳操

琴操。卷上。越裳操者、周公之所作也。周公輔成王。成文王之王道。天下太平。萬國和會。江黃納貢。越裳重九譯而來獻白雉。執贄曰。吾君在外國也。頃無迅風暴雨。意者中國有聖人乎。故遣臣來。周公於是仰天而歎之。乃援琴而鼓之。其章曰。

於戲嗟嗟。非旦之力。乃文王之德。王本據繹史。力上德上並有也字。

岐山操

琴操。卷上。岐山操者、周太王之所作也。太王居豳。狄人攻之。仁恩惻隱。不忍流血。選練珍寶犬馬皮幣束帛與之。狄侵不止。問其所欲。得土地也。太王曰。土地者、所以養萬民也。吾將委國而去矣。二三子亦何患無君。遂杖策而出。踰乎梁而邑乎岐山。自傷德劣。不能化夷狄。爲之所侵。喟然歎息。援琴而鼓之云。

狄戎侵兮土地移。遷邦邑兮適於岐。王本據白帖。移作遷。遷作移。岐下有山字。全唐詩四函十韓愈詩注。邑下無兮字。烝民不憂兮誰者知。嗟嗟奈何予命遭斯。全唐詩注。何下有兮字。

履霜操

琴操。卷上。履霜操者、尹吉甫之子伯奇所作也。孫氏云。案太平御覽天部引作履霜操者、伯奇之所作也。伯奇者、吉甫之子也。吉甫、周上卿也。孫氏云。案今本卿下誤衍人字。有子伯奇。伯奇母死。吉甫更娶後妻。生子曰伯封。孫氏云。案子曰二字、从世說言語篇注引補。乃譖伯奇於吉甫曰。伯奇見妾有美色。然有欲心。孫氏云。案今本作見妾美。欲有邪心。從文選長笛賦注、太平御覽宗親部引改。吉甫曰。伯奇爲人慈仁。豈有此也。妻曰。試置妾空房中。君登樓而察之。後妻知伯奇仁孝。乃取毒蜂綴衣綴一作緣。領。伯奇前持之。

一云、令伯奇掇之。孫氏云。案今本有細字注。不知何人所校。並仍之。文選長笛賦注引作緣衣領伯奇前持之。太平御覽宗親部引作綴衣令伯奇掇之。皆與今本同。於是吉甫大怒。放伯奇於野。伯奇編水荷一云集芰荷。而衣之。采楟花楟音亭。山梨木也。孫氏云。案楟本作停。注云。一作楟。初學記天部引作蘋花。从太平御覽天部引改。御覽引注亦無一作楟三字。今删。而食之。清朝履霜。孫氏云。案太平御覽天部作晨。初學記作朝。自傷無罪見逐。孫氏云。案太平御覽天部引作見放。乃援琴而鼓之曰云云。吉甫乃感悟。遂射殺後妻。

履朝霜兮採晨寒。全唐詩四函十韓愈詩注。朝字在履字上。考不明其心兮聽讒言。全唐詩注。聽作信。孤恩別離兮摧肺肝。何辜皇天兮遭斯愆。痛殁不同兮恩有偏。誰說顧兮知我冤。王本據樂府詩集。誰說一作能流。全唐詩注。說作能流。

雉朝飛操

琴操。卷上。雉朝飛操者、齊獨沐子所作也。孫氏云。案上文作沐犢子。古今注、樂府解題俱作牧犢子。此不應作獨沐。兩文互異。但太平御覽羽族部已引同今本。姑存之。案琴清英、謂衛女傅母作。獨沐子年七十無妻。出薪於野。見飛雉雄雌相隨。感之。孫氏云。案雄雌二字从太平御覽羽族部引補。撫琴而歌曰。

雉朝飛鳴相和。王本據繹史。飛下有兮字。樂府詩集及全唐詩注與王本同。雌雄羣遊於山阿。孫氏云。案太平御覽羽族部引作山河。王本及全唐詩注。於作兮。我獨何命兮未有家。時將暮兮可奈何。嗟嗟暮兮可奈何。

別鶴操

琴操。卷上。別鶴操者、商陵牧子所作也。孫氏云。案太平御覽羽族部引作高陵。牧子娶妻五年。無子。父兄欲為改娶。孫氏云。案今本欲上有將字。從文選琴賦注、太平御覽羽族部引删。妻聞之。中夜驚起。倚戶悲嘯。牧子聞之。援琴鼓之云云云。故曰別鶴操。後仍為夫婦。

痛恩愛之永離。御覽卷四百八十九引琴操。無之字。歎別鶴以舒情。一作憤。孫氏云。案今本作因彈別鶴以舒情。從太平御覽人事部、羽族部引、改作歎。文選琴賦注引作歎別鶴以舒其憤懣。校者所見本。

憤下應脫潸字。又云。案古今注、別鶴操作牧子聞之愴然而悲。乃歌曰。將乖比翼隔天端。山川悠遠路漫漫。攬衣不寢食忘飧。與此異。

列女引

琴操。卷上。列女引者、楚莊王妃樊姬之所作也。莊王愛幸樊姬。不敢專席。飾衆妾使更侍王。以廣繼嗣。莊王一日罷朝而晏。樊姬問故。王曰。與賢相語。姬問爲誰。曰。虞邱子。樊姬曰。妾幸得侍王。非不欲專貴擅愛也。以爲傷王之義。故所進與妾同位者數人矣。今虞邱子爲相。未嘗進一賢。安得爲賢。明日。王以樊姬語告。虞邱子稽首辭位而進孫叔敖。樊姬自以諫行志得。作列女引曰。

忠諫行兮正不邪。衆妾夸兮繼嗣多。渚宮舊事卷二引琴操。諫行作言信。正上有從字。夸作進。續古文苑、引此釋云。余知古必有所出也。

貞女引

琴操。卷上。貞女引者、魯漆一作次。室女所作也。孫氏云。案後漢書郡國志補注、列女傳。漆室之女或作次室。漆室女倚柱悲吟而嘯。鄰人見其心之不樂也。進而問之曰。有淫心欲嫁之念耶。何吟之悲。漆室女曰。嗟乎。嗟乎。子無志。孫氏云。案志本作智。以後漢書盧植傳注引改。不知人之甚也。昔者楚人得罪於其君。走逃。吾東家馬逸。蹈吾園葵。使吾終年不厭菜。吾西鄰人失羊不還。請吾兄追之。霧濁水出。使吾兄溺死。終身無兄。政之所致也。吾憂國傷人。心悲而嘯。豈欲嫁哉。自傷懷結而爲人所疑。於是褰裳入山林之中。見女貞之木。喟然歎息。援琴而弦。歌以女貞之辭云云云。遂自經而死。

菁菁茂木隱獨榮兮。變化垂枝合秀英兮。風雅逸篇卷六。秀作莢。王本據繹史、同。修身養行風雅逸篇。行作志。王本據繹史、同。建令名兮。厥道不移一作積。風雅逸篇。移作同。王本據繹史、同。善惡并兮。屈躬就濁世徹淸兮。樂府詩集。世徹作去徹。懷忠見疑何貪生兮。繫骸骨於林兮。托神靈於女貞。案末二句原本無。今據廣博物志卷二十三所引補。雖廣博物志僅引此二句。然以文義次第推之。當在篇末。

思歸引

琴操。卷上。思歸引者、衞女之所作也。一曰離物操。孫氏云。案古文苑。蔡邕琴賦注。琴操有離鸞。離物、疑卽離鸞之譌。按離鸞、別鶴。皆取諸琴操。孫說是也。衞侯有賢女。邵王案邵王二字有誤。召公之裔。世爲卿士。未嘗稱王。燕雖召公後。然亦稱燕王。不稱邵王。聞其賢而請聘之。未至而王薨。太子曰。吾聞齊桓公得衞姬而霸。今衞女賢。欲留。大夫曰。不可。若女賢。必不我聽。若聽。必不賢。不可取也。太子遂留之。果不聽。拘於深宮。思歸不得。孫氏云。案文選思歸引序注引詩作欲。心悲憂傷。遂援琴而作歌孫氏云。案文選思歸引序注引作援琴而歌。作思歸引。曰云云。曲終。縊而死。

涓涓泉水。流反於淇兮。有懷於衞。靡日不思。執節不移兮。行不詭隨。坎坷何辜兮離厥菑。

或云。離物操、箕子所作也。孫氏云。案水經注淇水。箕子佯狂自悲。故琴操有箕子操。箕子操亦見史記宋世家。與此迥別。然今本亦無箕子操。疑傳寫脫也。

辟歷引

琴操。卷上。辟歷引者、楚商梁子所作也。孫氏云。案太平御覽天部、事類賦天部注引作高梁。商梁子出遊九皐之澤。覽漸水之臺。孫氏云。案太平御覽天部引作漸冰。張罛罝罟。周於荊山。孫氏云。案太平御覽天部引無周字。臨曲池而漁。孫氏云。案漁下本有而字。从事類賦天部注引改。疾風霣于敏切。雹。雷電奄冥。天火四起。孫氏云。案天火本作大水。從太平御覽天部引改。辟歷下臻。玄鶴翔其前。白虎吟其後。懼一作瞿。然而驚。謂其僕曰。今日出遊。豈非常之行耶。何其災變之甚也。其僕曰。孤虛設張。八宿相望。熒惑干角。五行失行。此國之大變也。君其返國矣。於是商梁子歸其室。乃援琴而歌歎。孫氏云。案歎本作之。从太平御覽天部引改。韻聲激發。象辟歷之聲。故曰辟歷引云。

疾雨盈河。辟歷下臻。洪水浩浩。滔厥天鑑。趙隆愧、隱隱闐闐。國將亡兮毀厥年。孫氏云。商梁當作莊王。聲之誤也。王有琴。名繞梁。

箜篌引

琴操。卷上。箜篌引者、朝鮮津卒霍里子高所作也。子高晨刺船而濯。有一狂夫。被髮提壺。孫氏云。案被本作披。从藝文類聚樂部引改。涉河而渡。其妻追止之。不及。墮河而死。乃號天噓唏。鼓箜篌而歌曰云云。曲終。自投河而死。子高聞而悲之。乃援琴而鼓之。作箜篌引。以象其聲。所謂公無渡河曲也。孫氏云。案藝文類聚樂部引作子高援琴作其歌聲。故曰箜篌引。初學記樂部引此作孔衍琴操箜篌引。下又有操曰朝鮮里子高爾八字。

公無渡河。公竟渡河。公墮河死。王本據藝文類聚。公墮河死作墮河而死。當奈公何。

箕山操

琴操。卷下。箕山操、許由作也。許由者、古之貞固之士也。堯時爲布衣。夏則巢居。冬則穴處。飢則仍山而食。渴則仍河而飲。無杯器。常以手捧水而飲之。孫氏云。案捧本作掬。从太平御覽器物部引改。人見其無器。以一瓢遺之。孫氏云。案太平御覽人事部引作以瓠遺之。由操飲畢。以瓢挂樹。孫氏云。案畢本作訖。从太平御覽器物部引改。器物部又引作由操飲。飲訖。挂以樹枝。風吹樹動。歷歷有聲。由以爲煩擾。遂取損之。孫氏云。案損本作捐。从太平御覽人事部引改。以清節聞於堯。堯大其志。乃遣使以符璽禪爲天子。於是許由喟然歎曰。匹夫結志。固如盤石。採山飲河。所以養性。非以求祿位也。放髮優游。孫氏云。案文選嵇叔夜幽憤詩注引作散髮。今本髮下衍一字。刪。所以安己不懼。非以貪天下也。使者還。以狀報堯。堯知由不可動。亦已矣。於是許由以使者言爲不善。乃臨河洗耳。孫氏云。案文選何敬祖遊仙詩注引作由以其言爲不善。乃臨河而洗其耳。樊堅見由方洗耳。問之。耳有何垢乎。由曰。無垢。聞惡語耳。堅曰。何等語者。由曰。堯聘吾爲天子。堅曰。尊位何爲惡之。由曰。吾志在青雲。何乃劣劣爲九州伍長乎。於是樊堅方且飲牛。聞其言而去。恥飲於下流。於是許由名布四海。堯既殂落。乃作箕山之歌曰云云。後許由死。遂葬於箕山。

登彼箕山兮　瞻望天下。山川麗崎。萬物還普。日月運照。靡不記睹。游放其間。風雅逸篇卷一。放作技。何所御慮。歎彼唐堯。獨自愁苦。勞心九州。憂勤厚土。古今樂錄。厚作后。謂余欽明。傳禪易祖。我樂如何。蓋不盼顧。風雅逸篇。顧作預。河水流兮緣高山。甘瓜施兮葉綿蠻。高林肅兮相錯連。居此之處傲堯君。君原作□。據古今樂錄、風雅逸篇補。

哀慕歌

琴操。卷下。古公有子三人。長者太伯。次者虞仲。少者季歷。季歷之子昌。昌卽文王也。古公寢疾。將死。國當有傳。心欲以傳季歷。乃呼三子謂曰。我不起此病。繼體興者。其在昌乎。太伯見太王傳季歷。於是太伯與虞仲俱去。被髮文身以變形。託爲王採藥。後聞古公卒。乃還奔喪。哭於門外。示夷狄之人。不得入王庭。於是季歷謂太伯長子也。伯當立。何不就。太伯曰。吾生不供養。死不飯含。哭不臨棺。不孝之子。焉得繼父乎。斷髮文身。刑餘之人也。戎狄之民也。三者除焉。何可爲君矣。季歷垂涕而留之。終不肯止。委而去。到江海之涯。吟咏優游。仰覽俯觀。求膏腴之處。適於吳。率以仁義。化爲道德。荆越之人。移風易俗。成集韶夏。取象中國。乃太伯之化也。是後季歷作哀慕之歌。章曰。

先王既徂。長寘異都。古今樂錄。寘作賢。御覽卷五百七十一引古今樂錄仍作寘。哀喪傷心。古今樂錄。傷作腹。風雅逸篇卷三引御覽同。未寫中懷。追念伯仲。我季如何。御覽。我季作我歷。古今樂錄。如何作何如。梧桐萋萋。生於道周。周原作□。據樂錄補。宮館徘徊。風雅逸篇。館作射。注云。射古榭字。臺閣既除。何爲遠去。使此空虛。御覽。使此作使作。支骨離別。垂思南隅。瞻望荆越。涕淚雙流。古今樂錄。淚雙作泗交。伯兮仲兮。逝肯來遊。古今樂錄。肯作彼。自非二人。風雅逸篇。自非作非此。誰訴此憂。

思親操

琴操。卷下。舜耕歷山。思慕父母。見鳩與母俱。飛鳴相哺食。益以感思。孫氏云。案太平御覽羽族部引。益作茲。乃作歌曰。

陟彼歷山兮崔嵬。有鳥翔兮高飛。瞻彼鳩兮徘徊。河水洋洋兮清泠。風雅逸篇卷一引樂府。泠作涼。深谷鳥鳴兮嚶嚶。王本據樂府詩集。嚶嚶作鸚鸚。設罝張罥兮。王本。罝罥二字互易。思我父母力耕。日與月兮往如馳。父母遠兮。吾將安歸。王本將作當。

儀鳳歌

琴操。卷下。儀鳳歌者、王本據初學記作神鳳操。周成王之所作也。成王即位。用周、召、畢、榮之屬。天下大治。殊方絕域。莫不蒙化。是以越裳獻雉。重譯來貢。太平之瑞。同時而應。麒麟游苑囿。鳳皇來舞於庭。孫氏云。案來本作翔。从太平御覽羽族部引改。頌聲並作。僉然大同。於是成王乃援琴而鼓之孫氏云。案太平御覽羽族部引作援琴而歌。曰。

鳳皇翔兮於紫庭。王本據初學記。於作舞。余何德兮以感靈。竹書紀年卷上。余作予。賴先人兮宋書符瑞志上。人作王。恩澤臻。于胥樂兮民以寧。鳳皇來兮王本。及廣博物志卷四十四。兮作儀。百獸晨。王本及廣博物志。鳳皇來兮以下七字另爲一則。

龍蛇歌

琴操。卷下。龍蛇歌者、介子綏所作也。孫氏云。案北堂書鈔歲時部引作介子推。藝文類聚歲時部引作綏。注云。國語云、介子推。初學記歲時部亦引作綏。注云。綏卽推也。晉文公重耳孫氏云。案文選李陵答蘇武書注云。重耳將自殺。子犯曰。申生虛死。子復隨之。應在此下。與子綏俱亡。子綏割其腕股。孫氏云。案初學記歲時部作腕。太平御覽作髀股。以救一作啖。孫氏云。案救本作餌。从太平御覽時序部引改。時序部又引作啖。重耳。重耳復國。舅犯、趙衰俱蒙厚賞。子綏獨無所得。綏甚怨恨。乃作龍蛇之歌以感之。遂遁入山。孫氏云。案初學記作而隱。茲從太平御覽。其章曰云云。文公驚悟。卽遣求。得於緜山之下。孫氏云。案求下七字從北堂書鈔歲時部引補。使者奉節迎之。終不肯出。文公令燔山求之。火熒自出。孫氏云。案火下四字从北堂書鈔歲時部引補。子綏遂抱木而燒死。文公哀之。流涕。歸令民孫氏云。案歸字从北堂書鈔歲時部引補。五月五日。不得舉發火。孫氏云。案北堂書鈔歲時部、太平御覽時序部引無舉字。初學記作舉火。

有龍矯矯。頃失其所。五蛇從之。周偏天下。龍飢無食。一蛇割股。龍反其淵。安其壤土。四蛇入穴。皆有處所。一蛇無穴。號於中野。此章據樂府解題卷五十七補。御覽卷三百九十八引說苑舟之僑之辭、作有龍矯矯。頓失其所。一虵從之。周流天下。龍反其淵。虵甯其處。

有龍矯矯。遭天譴怒。捲排角甲。來遁於下。志願不與。蛇得同伍。龍蛇俱行。身辨山墅。龍得升天。安厥房戶。蛇獨抑摧。沈滯泥土。仰天怨望。綢繆悲苦。續古文苑卷四。悲作辛。非樂龍伍。惔不眄顧。樂府解題作有龍矯矯。遭天譴怒。三蛇從之。一蛇割股。二蛇入國。厚蒙爵士。餘有一蛇。棄於草莽。

有龍矯矯。將失其所。有蛇從之。周流天下。龍既入深淵。得其安所。蛇脂既乾。獨不得甘雨。此章亦據樂府解題補。

龍欲上天。五蛇爲輔。龍已升雲。四蛇各入其宇。一蛇獨怨。終不見處所。同上。

王氏謨云。今考歌辭一三四章。雜採呂覽、史記、說苑成篇。獨二章未見所出。而郭氏並引作琴操。所未究也。

案史記晉世家但載龍欲上天一章。又不言子推作歌。而言子推從者。懸書宮門。文公出。見其書。呂氏春秋介立篇。引介子推詩云。有龍于飛。周徧天下。五蛇從之。爲之丞輔。龍反其鄉。得其處所。四蛇從之。得其露雨。一蛇羞之。槁死於中野。亦以爲懸書公門。蓋傳聞異詞也。郭氏茂倩所見琴操。當是足本。故首尾完具耳。

芑梁妻歌

琴操。卷下。芑梁妻歎者、孫氏云。案文選古詩十九首注引芑作杞。齊邑芑梁殖之妻所作也。莊公襲莒。殖戰而死。妻歎曰。上則無父。中則無夫。下則無子。外無所依。內無所倚。將何以立吾節。豈能更二哉。亦死而已矣。孫氏云。案文選古詩十九首注引無豈能更二哉句。洞簫賦注引作將何以立。吾亦死而已。於是乃援琴而鼓之。孫氏云。案水經注沭水引作援琴作歌。曰云云。哀感皇天。城爲之墜。孫氏云。案今本作城爲隳。從水經注沭水引改。太平寰宇記莒縣引城上有旣而二字。曲終。遂自投淄水而死。芑與杞同。孫氏云。案文選洞簫賦注引無淄字。

樂莫樂兮新相知。悲莫悲兮生別離。御覽卷一百九十二引琴操。此下有哀感皇天城爲隳七字。疑爲歌中末句也。

信立退怨歌

琴操。卷下。卞和者、楚野民。得玉樸。孫氏云。案後漢書趙壹傳注引作璞。以獻懷王。懷王使樂正子占之。言非玉。以爲欺謾。孫氏云。案後漢書趙壹傳注引爲字作其。斬其一足。懷王死。子平王立。和復抱其璞而獻之。孫氏云。案復字从後漢書趙壹傳注引補。平王復一作又。以爲欺。孫氏云。案爲字从後漢書趙壹傳注引補。斬其一足。平王死。子立爲荆王。和復欲獻之。恐復見害。一作斷。孫氏云。案後漢書趙壹傳注引作斷。乃抱其玉而哭荆山之中。晝夜不止。泣盡。孫氏云。案泣本作涕。从後漢書趙壹傳注引改。繼一作續。之以血。荆王遣問之。

於是和隨使獻王。王使剖之，中果有玉。乃封和爲陵陽侯。和辭不就而去。孫氏云。案和上本有卞字。从後漢書孔融傳注删。作退怨之歌曰。

悠悠沂水孫氏云。案文選劉琨重贈盧諶詩注引作攸攸。經荊山兮。渚宮舊事卷一。經作到。精氣鬱泱渚宮舊事。泱作結。谷巖中兮。渚宮舊事及風雅逸篇卷三。巖中作巖巖。中有神寶灼明明兮。渚宮舊事。灼明作灼爍。穴山采玉難爲功兮。孫氏云。案文選劉琨重贈盧諶詩注引難上有玉字。渚宮舊事。功作工。於何獻之楚先王兮。遇王暗昧信讒言兮。斷截兩足離余身兮。俛仰嗟歎心摧傷兮。紫之亂朱粉墨同兮。空山歔欷涕龍鍾兮。天鑒孔明渚宮舊事。鑒作監。竟以彰兮。沂水滂沛渚宮舊事。沛作滂。流於汶兮。進寶得刑孫氏云。案後漢書孔融傳注引刑作刖。風雅逸篇。刑作刖。足離分兮。渚宮舊事。足作體。去封立信守休芸兮。斷者不續豈不寃兮。風雅逸篇。寃作怨。通體無兮字。王本據藝文類聚。通體亦無兮字。

案楚之平王在春秋時。懷王在戰國時。此以懷王列平王之先。係紀錄之誤。

曾子歸耕歌

琴操。卷下。曾子歸耕歌者、曾子之所作也。孫氏云。案文選思玄賦注引首無曾子二字。曾子事孔子。十有餘年。晨覺眷然。孫氏云。案眷然二字从文選思玄賦注引補。念二親年衰。養之不備。於是援琴而鼓之曰。

往而不反者年也。不可以再事者親也。孫氏云。案今本作不可得而再事。从文選思玄賦注引改。後漢書張衡傳注引以作而。歔欷歸耕。來日安所耕。歷山盤兮欽崟。後漢書張衡傳注。兮作乎。王本據文選注作歔欷歸耕來兮安所耕。歷山盤兮。風雅逸篇卷五引琴操作堨來歸耕。歷山盤兮。以晏父母。我心博兮。潛確類書卷七十九引琴操作歔欷歸耕。來兮安何耕。歷山盤兮。又引琴清英作歔欷歸耕。來兮安所歸耕。歷山盤兮。

莊周獨處吟

琴操。（卷下。）莊周者、齊人也。明篤學術。多所博達。進見方來。卻賭未發。是時齊湣王好爲兵事。習用干戈。莊周儒士。不合於時。自以不用。行欲避亂。自隱於山岳。後有達莊於湣王。遣使齎金百鎰。聘以相位。周不就。使者曰。金至寶。相尊官。何辭之爲。周曰。君不見夫郊祀之牛。衣之以朱綵。食之以禾粟。非不樂也。及其用時。鼎鑊在前。刀俎列後。當此之時。雖欲還就孤犢。寧可得乎。周所以飢不求食。渴不求飲者。但欲全身遠害耳。於是重謝使者。不得已而去。復引聲歌曰。

天地之道。近在胸臆。呼噏精神。（古今樂錄。噏作吸。）以養九德。（義府卷下引此釋云。九德字未見所出。惟三國志管寧傳注。應二儀之中和。總九德之純懿。又郭璞山海經圖贊云。九德之氣。是生長乘。所謂九德。似指四象五行。人身中亦有四象五行。故曰天地之道云云。）渴不求飲。飢不索食。避世守道。（孫氏云。案文選陸機薦譙元彥表注引作俟道。古今樂錄。守作候。御覽卷五百七十一引古今樂錄。候作俟。）志潔如玉。卿相之位。難可直當。（古今樂錄。直作宜。）巖巖之石。幽而清涼。枕塊寢處。樂在其央。（古今樂錄。其作未。）寒涼固回。（古今樂錄。固回作回固。）可以久長。

霍將軍歌

琴操。（卷下。）霍將軍歌者、霍去病之所作也。去病爲討寇校尉。爲人少言。勇而有氣。使擊匈奴。斬首二千。復六出。斬首十萬餘級。益封萬五千戶侯。祿大將軍等。於是志得意歡。乃援琴而歌之曰。

四夷既獲。（王本據樂府詩集。獲作護。）諸夏康兮。國家安寧。樂無央兮。（王本據樂府詩集。無作夫。）載戢干戈。弓矢藏兮。麒麟來臻。鳳凰翔兮。與天相保。永無疆兮。親親百年。各延長兮。

怨曠思惟歌

琴操。（卷下。）王昭君者、齊國王襄女也。（孫氏云。案世說賢媛篇注引作穰。）昭君年十七時。顏色皎潔。聞於國中。襄見昭君。端正閑麗。未嘗窺看門戶。以其有異於人。求之皆不與。孫氏云。案世說賢媛篇注引作儀形絕麗。以節聞國中。長者求之者。王皆不許。獻於孝元帝。孫氏云。案獻本作進。从世說賢媛篇注、文選恨賦注、太平御覽人事部、樂部引改。以地遠。既不幸納。叨備後宮。積五六年。孫氏云。案叨字從太平御覽人事部引補。昭君心有怨曠。僞不飾其形容。元帝每歷後宮。疏略不過其處。後單于遣使者朝賀。元帝陳設倡樂。乃令後宮妝出。孫氏云。案世說賢媛篇注引作裝出。昭君怨恚日久。不得侍列。孫氏云。案世說賢媛篇注引作帝造次不能別房帷。昭君恚怒之。乃更脩飾。孫氏云。案太平御覽人事部引更作便。善妝盛服。形容光暉而出。孫氏云。案形容二字从太平御覽人事部引補。俱列坐。元帝謂使者曰。單于何所願樂。對曰。珍奇怪物。皆悉自備。惟婦人醜陋。不如中國。帝乃問後宮。欲以一女賜單于。誰能行者起。孫氏云。案文選恨賦注、太平御覽人事部引作帝令後宮欲至單于者起。世說賢媛篇注引作帝乃謂宮中曰。欲至單于者起。於是昭君喟然。越席而前曰。妾幸得備在後宮。麤醜卑陋。不合陛下之心。誠願得行。孫氏云。案今本作誠願往。从太平御覽人事部引改。時單于使者在旁。帝大驚悔之。不得復止。孫氏云。案世說賢媛篇注引作帝視之大驚悔。是時使者並見。不得止。良久太息曰。朕已誤矣。遂以與之。昭君至匈奴。單于大悅。以爲漢與我厚。縱酒作樂。遣使者報漢。送白璧一雙。駿馬十匹。胡地珠寶之類。昭君恨帝始不見遇。孫氏云。案太平御覽人事部引作昭君雖去漢至單于。心思不樂。心念鄉土。乃作怨曠思惟歌。曰云云。昭君有子曰世違。孫氏云。案昭君以下七字从世說賢媛篇注引補。單于死。子世違繼立。凡爲胡者。父死妻母。昭君問世違曰。汝爲漢也。爲胡也。世違曰。欲爲胡耳。昭君乃吞藥自殺。孫氏云。案單于以下今本多誤。从世說賢媛篇注引改。單于舉葬之。胡中多白草。而此冢獨青。

秋木萋萋。其葉萎黃。有鳥爰止。孫氏云。案爰止本作處山。从太平御覽樂部引改。王本據世說注。爰止作處山。樂府詩集及顧本同。集於苞桑。御覽卷五百七十一引琴操。苞作包。養育毛羽。形容生光。既得升雲。獲侍帷房。孫氏云。案侍本作倖。从太平御覽樂部引改。御覽。獲作游。侍作倚。王本作游倚曲房。樂府詩集作上游曲房。離宮絕曠。身體摧藏。志念幽沉。孫氏云。案幽沉本作抑冗。注云。一作沉。从太平御覽樂部引改。沉作抑冗。顧本。幽作抑。沉作冗。注云。冗一作沉。樂府詩集。王本。幽作折。不得頡頏。雖得餧食。樂府詩集。餧作委。心有徊徨。我獨伊何。改往變常。御覽卷四百八十三引此句作改變厥常。翩翩之燕。樂府詩集。燕作鷰。遠集西羌。高山峨峨。河水泱泱。父兮母兮。孫氏云。案太平御覽人事部引作父母妻子。道里悠長。嗚呼哀哉。憂心惻傷。

伍子胥歌

琴操。補遺。伍子胥歌曰。

俟罪斯國。志願得兮。文選弔屈原文注。庶此太康。王本據文選注。太作大。皆吾力兮。文選謝宣遠張子房詩注。

水仙操

琴操異文。據藝文類聚。伯牙學琴於成連先生。三年而成。至於精神寂寞。情志專一。尚未能也。成連云。吾師方子春。今在東海中。能移人情。乃與伯牙俱往。顧氏云。文選注引此文云。伯牙學琴於成連先生。先生曰。吾能傳曲。不能移情。吾師有方子春者。善於琴。能移人之情。今在東海上。子能與我同事之乎。伯牙曰。夫子有命。敢不敬從。乃相與至海上。見子春受業焉。至蓬萊山。留宿伯牙。曰。子居習之。吾將迎吾師。刺船而去。旬時不返。伯牙延望無人。但聞海水汩沒漰澌之聲。山林窅冥。羣鳥悲號。愴然而歎曰。先生將移我情。乃援琴而歌云云。曲終。成連回。刺船迎之而還。伯牙遂爲天下妙矣。

繄洞渭兮流澌濩。舟楫逝兮仙不還。移形素兮蓬萊山。歍欽傷宮仙不還。

案文選注所引與今本略同。孫氏星衍據事類賦注。引樂府解題。謂足證此文之缺。然未引藝文類聚以補此歌。今據顧氏修本採錄。

狄水歌

琴操逸文據水經注濕水篇。

狄水衍兮風揚沙。船楫顛倒更相加。歸來兮胡爲斯。孫氏云。今本水經注。狄譌作秋。又脫末句。从宋本韓文考異引補。續博物志卷八、仝唐詩五函十韓愈詩注、均藻卷二。沙作波。船作舟。仝唐詩注。末句作歸來歸來胡爲斯。

案孫本以此條注於將歸操之末。疑爲將歸操脫文。今考孔叢子陬操。較琴操、將歸操完備。今以將歸操附注於陬操之下。此條詞義。雖與陬操、將歸操相類。然未必果係一篇。故析出另錄。

盤操

琴操逸文據古詩源卷一。

乾澤而漁。蛟龍不遊。覆巢毀卵。鳳不翔留。慘予心悲。還轅息陬。

案此條、王本孫本顧本皆未載。今考卷上將歸操述孔子歎辭曰。夫燔林而田。則麒麟不至。覆巢剖卵。則鳳皇不翔。與此條屬諸琴曲者不同。說苑權謀篇。孔子曰。刳胎焚夭。則麒麟不至。乾澤而漁。則蛟龍不遊。覆巢毀卵。則鳳皇不翔。三國志魏劉廙傳注引新序。孔子曰。黃龍不反於涸澤。鳳凰不離其罻羅。故刳胎焚林。則麒麟不臻。覆巢破卵。則鳳凰不翔。竭澤而漁。則龜龍不見。亦與此異。風雅逸篇、此條未注出處。或疑蒙上條孔叢子之文。然孔叢子實無此條。今姑從古詩源所引。附諸琴操之末。

古謠諺卷八十一

秀水杜文瀾輯

晉太康時諺

文選。卷四十九。干令升晉紀總論。史臣曰。至於世祖。遂享皇極。夷吳蜀之壘垣。通二方之險塞。掩唐虞之舊域。班正朔於八荒。太康之中。天下書同文。車同軌。牛馬被野。餘糧棲畝。行旅草舍。外閭不閉。民相遇如親。其匱乏者。取資於道路。故於時有云云之諺。雖太平未洽。亦足以明。吏奉其法。民樂其生。百代之一時矣。

天下無窮民。李注莊子。孔子曰。當堯舜而天下無窮人。非知得也。當桀紂而天下無通人。非知失也。

晉趙王倫爲亂時謠

文選李注補正。卷三。爲范尙書讓吏部封侯第一表。金章有盈筩之談。注。金章盈筩、未詳。補曰。呂延濟注云。趙王倫爲亂。謠曰云云。言小人在位者衆。

金章滿筩。尙不可長。

時人爲喬行簡史嵩之語

古杭雜記。詩集。理宗朝。喬行簡拜平章。史嵩之作相專政。時人爲之語云。

橋老無人渡。松枝作棟梁。

楊愼引俗語釋國語

風雅逸篇。卷八。國語。佐雝者嘗焉。佐鬭者傷焉。今俗語。

助祭得食。助鬭得傷。

文中子東征歌

全唐文。卷一百三十五。杜淹文中子世家。仁壽三年。文中子蓋冠矣。慨然有濟蒼生之心。遂西游長安。見隋文帝。帝召而見之。因奏太平之策十有二焉。帝大悅。曰。得生幾晚矣。天以生賜朕也。下其議於公卿。公卿不悅。時文帝方有蕭牆之釁。文中子知謀之不用也。作東征之歌而歸。歌曰云云。文帝聞而傷之。再徵之。不至。

我思國家兮遠遊京畿。忽逢帝王兮降禮布衣。遂懷古人之心兮將興太平之基。時異事變兮志乖願違。吁嗟道之不行兮垂翅東歸。皇之不斷兮勞身西飛。

文中子夢顏子援琴歌

全唐文。卷一百三十五。杜淹文中子世家。大業元年。乃續詩書。正禮樂。修玄經。讚易道。蓋有事於述者。九年而六經大就。大業十三年而文中子有疾。召薛收而謂之曰。吾夢顏子稱孔子之命。而登吾階。坐於牖下。北面援琴而歌曰云云。此殆夫子使回召我也。吾必不起矣。蓋寢疾七日而終。

禮樂既正。詩書既成。讚明易道。聿修玄經。歸休乎。何必永厥齡。

譚公府中爲裴鏡民語

全唐文。卷一百四十三。李百藥隋故益州總管府司馬裴君碑銘。君諱鏡民。字君倩。河東聞喜人也。幕府交辟。公車致禮。晉蕩公爲其諸子精選府寮。辟爲譚公大將軍記。原注闕一字。按疑是闕室字。府中爲其語曰。

令德日新、裴鏡民。

蔣横遘禍時童謠

全唐文。卷三百五十四。齊光義後漢亾亭鄉侯蔣澄碑。父横。大將軍。復遒侯。服大勛於王室。遭遇讒慝。功業不遂。所生九子。悉從降徙。公卽大將軍之第九子也。諱澄。字少朗。大將軍初遭禍。薨也。爲司隸羌路所譖。延以非罪。泣血枕戈。誓將復讎。時童謠曰云云。帝以覺悟。覆羌路之族焉。諸子各於所封之處受封。故以亾亭鄉侯。遂家於此。

君用讒慝。忠烈是殛。鬼怨神怒。妖氣充塞。

鄴下百姓爲張嘉祐歌

全唐文。卷三百九十六。尉遲士良周太師蜀國公碑陰記。洎有唐撥亂反正。歷典凡百。獨推張公曰嘉祐。鄴下分憂。俗隱咸柔。改原注闕。必舉原注闕。我先正。勤君死難。原注闕。直書副原注闕。之誠。請儼惟肖。以赫靈肅。應虔而麗。福屬夏正。原注闕。羞。告期旁午。焚蕭而片雲飛蓋。整策而沛澤隨車。既而秋霖昏作。將害粢盛。公祈以巫。應時晴朗。飛蝗自魏。蔽日而西。公祝以誠原注闕。焉。故嘉種黃茂。歲則大熟。百姓歌曰。

張公張公淸且明。蝗蟲避境原注闕。成。正晴原注闕。雨原注闕。晴 金石萃編卷八十二周尉遲迥廟碑陰。境下闕四字。無成字。正作巫。上晴下闕一字。雨下闕十字。無下晴字。

河東妒神俗諺

全唐文。卷四百八。李諲妒神頌序。河東之美者。有妒水之祠焉。其神、周代之女、介推之妹。初、文公出國。介推從行。有割股之恩。無寸祿之惠。誓將畢命。肯顧微軀。儀形飄殞於。原注。闕二字。名跡庶幾於不朽。後縱深悔。前路難追。因爲滅幅之辰。更號清明之節。妹以兄涉要主。身非令終。遂於冬至之後。日積一薪。烈火焚之。爲其易俗。諺云云云。此之謂也。

百日斫柴一日燒。

長道隸人爲王田二公歌

全唐文。卷四百二十九。于邵田司馬傳。司馬姓田氏。名某字某。知長道縣事。嘉聲美政。益震於曩時。時特進鴻臚卿兼刺史太原王公。勞於取人。逸於用人。遂舉攝司馬仍知縣事。故人歌之曰云云。君子聞之曰。漢陽之郊。政有經矣。

二公更事。闔境之庇。二公其休。誰其爲嗣。

崔淙引俚語論善敗

全唐文。卷四百五十九。崔淙登姑蘇臺賦。俚語有之曰。

川壅則潰。月盈則匡。善敗由己。吉凶何嘗。

河南民爲河南尹某公歌

全唐文。卷五百十。李方郁修中嶽廟記。上四年。用大司計侍郎爲丞相。其明年。以我相秉樞機。我公掌綸誥。宜爲避嫌。遂自閤下拜河南尹。將辭。上悄然謂公曰。前時洛水爲災。洛民大潰。而公今去。我無東顧之患矣。公既至理事。先以恤民爲寄。大開廩庾。賑貧乏。飽饑腸。暖寒體。極於幾甸。靡不周悉。而又蠲租省徭賦。俾安穩其起居。勤强其事。故遠邇之民。相賀而歌曰云云。又歌曰云云。愚知其不日而將與吾相連枝於台座之中。致美於廟堂之內。將吾君岌立於堯舜之上。格吾民登上壽於邃古之際。必矣。

天災流行兮代有。下民昏墊兮時數。命無以逃兮諒自嗟。豈將天怒。我尹之慰恤兮。實解予之愁苦。夫得耕兮婦得織。日出得作兮日入得息。此固我君之憂民兮。俾我尹之來卽。

明明在上兮天子聖。四方取則兮我公令。疲民蘇息兮公之政。一日將去兮誰活我之性命。

案全唐文稱李方郁爲建中時人。今考建中爲德宗年號。文內稱上四年。而建中之號僅有四年。其明年則爲興元元年。文內敍述。又與時事不甚相符。惟據連枝台座之語。知尹河南者爲時相之昆弟耳。俟考。

澧州人爲刺史歌

全唐文。卷六百十九。戎昱澧州新城頌序。澧州、荆之近庸。國之南屏。古城之東垣。不盈百仞。乾元中。盜不盈百。卽州將失守。間歲。徼瀘軍潰。卽郡人塗炭。向使崇堵可固。廩藏是蓄。何蕞爾之寇。得殘生人乎。前年春。天子輟伊吕之任。而牧守澧。公行不加懼。布無忘之惠。人和樂而不使。公嘗曰。一日必葺其牆宇。而況於城池乎。遂度木於山。浮木於水。不三四旬。功乃就矣。澧人歌之曰云云。雖臧質石城之謠。不是過也。耳目風化。得無頌乎。

可憐地上樓。百姓不知修。上有清使君。下有清江流。

鍾陵民爲李公謠

全唐文。卷六百八十九。符載鍾陵東湖亭記。我常侍李公。牧鍾陵之民。五改火矣。首年而衣食富。二年而奸慝禁。三年而禮讓興。大抵以清靜惠慈爲理本。剛明正直爲化基。與民同欲。萬戶一令。遂用無事。里中或謠曰云云。夫如是。卽斯亭斯社。士林君子猶以爲固歟。

李公不愉。吾何以居。李公不室。吾何以逸。

高平民爲文斤歌

全唐文。卷七百十三。潘滔文公祠記。按邵陽圖經。公姓文。諱斤。晉咸康中。爲高平令。隱於北山。得道羽化。故名文仙山。洎唐貞元十年。上天愆陽。旱魃爲虐。草木黃落。如惔如焚。於是州伯太原王公高、縣宰昌黎韓公謹輝至誠懇請曰。如神降臨。膏雨霶霈。卽爲刻石記事。當時響應。雲行雨施。年穀既登。倉廩充塞。至元和三年。歲在戊子。災患薦臻。旱又甚矣。州牧濟陽丁公立、邑君馮翊莊公齊、命官啓告。酬願立碑。遂雨灑四溟。潤澤九穀。野老荷蓑與笠。相對佇鍤而歌曰。

我聖君兮德巍巍。擇良牧兮治邊陲。感神功兮雲雨施。稼穡如梁兮又如茨。無階達天眞兮。咸願立乎豐碑。

鍾陵郡民爲雁門公歌

全唐文。卷七百四十七。韋慤重修滕王閣記。鍾陵郡控連山。大江環合州城。故我雁門公按節廉問。方頒條詔。令肅而兵戎讋服。政和而疲瘵昭蘇。而州民相與稱賀。繼而歌曰。

自公之來。闔境讙咍。飮公之化。若乳嬰孩。

撫州民爲千金陂謠

全唐文。卷八百五。柏虔冉新創千金陂記。撫州刺史渤海李公。理舟汝水。泝流而上。顧視原野而歎曰。焉有沃壤如此而不富於民耶。因得盡搜故事。得華陂舊基焉。於是究其原。度其地。鳩其工。諭其民。民咸樂之。公又於其上橫截汝口。置千金陂。南北百二十五丈。民咸聚而謠曰云云。又曰云云。十年夏。新陂成。

公倅景城。民蘇南皮。南皮斗門。厥績今存。在昔汝流。西走燕魏。民困隄防。日憂理水。舟檝壅遏。爲弊仍歲。公作斗門。分水之勢。亦不役民。荷公之制。

公作千金。拯民惠深。陂水沈沈。樂乎人心。我田不荒。我苗如林。憂公之去。誰其嗣音。

古謠諺卷八十二

秀水杜文瀾輯

婺州山中人歌

全唐詩。十一函八。婺州山中人歌。注。葆光錄。婺州有僧入山。見一人古貌巾褐。騎牛。手執鞭。光鑠日色。扣角而歌云云云。僧揖之。不應。馳去。

靜居青嶂裏。高嘯紫煙中。塵世連仙界。瓊田前路通。

景龍中人爲宰相歌。

全唐詩。十二函八。景龍中。洛下霖雨百餘日。宰相不能調陰陽。乃閉坊市北門。卒無效。霧溢更甚。人歌云云。

禮賢不解開東閤。爕理惟能閉北門。

舒州人爲鄭穀歌

全唐詩。十二函八。寶應中。滎陽鄭穀守舒州。蝗蟲不入界。人歌之云云。

鄰邑谷不登。我土豐粢盛。禾稼美如雲。實繫我使君。按谷字疑是穀字。

吳縣人爲滕遂歌

全唐詩。十二函八。滕遂。貞元末登科。歷大理評事、長洲令。攝吳縣。時人歌之云。

朝判長洲暮判吳。道不拾遺人不孤。

益昌民爲何易于歌

全唐詩。十二函八。何易于。會昌中攝令。有惠政。民歌之云。案全唐文卷七百九十五孫樵書何易于。何易于嘗爲益昌令。案以此核之。會昌當作益昌。

我有父。何易于。昔無儲。今有餘。

鄒淄高苑三縣民爲劉敬和歌

全唐詩。十二函八。高苑令劉敬和。先爲鄒淄二縣令。後在高苑。歲饑。擅發倉施賑。民得全活。歌之云云。

高苑之樹枯已榮。淄川之水渾已澄。鄒邑之民仆已行。

僞蜀鴛鴦樹歌

全唐詩。十二函八。蜀王孟昶說宮婢春燕。末年。與以下缺遭殺。並命合葬。墓上有樹生異花。似鴛鴦交頸。人名曰鴛鴦樹。有歌云云。

願作墳上鴛鴦。來作雙飛。去作雙飛。

案此條乃閩主王昶之事。非蜀主孟昶之事。

時人爲李知遠號

全唐詩。十二函八。李知遠知選。胥吏肅然斂迹。時人號云。

李下無蹊。

京師爲牛僧孺李宗閔語

全唐詩。十二函八。

門生故吏。不牛則李。原注。李謂宗閔也。

閩人爲歐陽詹林藻林蘊語

全唐詩。十二函八。謂歐陽詹及林藻、林蘊相繼登第也。

歐陽獨步。藻蘊橫行。

世稱虞世南褚遂良魏叔瑜薛稷語

全唐詩。十二函八。魏徵之子叔瑜善草。以筆意傳其子華及甥薛稷。世稱之云。

前有虞褚。後有薛魏。

時人爲薛稷語

全唐詩。十二函八。稷善書。師褚河南。時語云。唐書斷。薛稷。天后朝位至少保。文章學術名冠當時。學書師褚河南。時稱。

買褚得薛、不落節。

時人爲劉商畢某語

全唐詩。十二函八。劉商官爲郎中。愛畫松石樹木。格性高邁。時有畢庶子亦善畫松樹木石。時人云。

劉郎中松樹孤標。畢庶子松根絕妙。

時人爲吳道子楊惠之語

全唐詩。十二函八。惠之不知何處人。唐開元中。與吳道子同師張僧繇筆迹。號爲畫友。巧藝並著。而道子聲光獨顯。惠之遂都焚筆硯。毅然發憤。專肆塑作。能奪僧繇畫相。與道子爭衡。時人語曰。

道子畫。惠之塑。奪得僧繇神筆路。

建安語

全唐詩。十二函八。成都距長安才二千里。每歲隨計求名者甚鮮。建安之貢。無歲無之。故曰。

龍門一半在閩川。

婁師德引諺

全唐詩。十二函八。

卒客、無卒主人。

雒谷諺

全唐詩。十二函八。雒谷中有地名白草、讘洞。皆難行。故諺云。

讘洞入黃泉。

李振引諺

全唐詩。十二函八。

百歲奴事三歲主。唐書劉季述傳。百歲奴事三歲郎主、常也。

鸜鵒諺

全唐詩。十二函八。

鸕鷀不打脚下塘。原注。鸕鷀能沒水捕魚。棲宿之處。踏水深魚多未嘗犯。通俗編卷二十九。案時諺有云。兔兒不喫窠邊草。義與之同。

益陽諺

全唐詩。十二函八。益陽在長沙郡界。去長沙三百里。縣治東望。時見長沙城郭人物影。其土諺曰。

長沙益陽。一時相卬。

荆棺峽諺

全唐詩。十二函八。峽壁有棺。以荆爲之。相傳人有九子不能葬。女編荆爲棺庋之。此土人諺云。

九子不葬父。一女打荆棺。

幽州謠

全唐詩。十二函八。注。青瑣高議又載一謠云。案上文引舊來誇戴竿一謠。已見唐書。

山上一羣鹿。大鹿來相逐。啼殺澗下羊。卻被豬兒觸。

時人爲胡楚賓李白謠

全唐詩。十二函八。唐、秋浦詩人有胡楚賓、顧雲、張喬、伍喬、殷文圭諸人。楚賓文思甚敏。必酒中下筆。當時有謠云。

胡楚賓。李翰林。詞同三峽水。字值雙南金。

周顯德中齊州謠

全唐詩。十二函八。

踢陽春。人間三月雨和塵。陽春踢盡西風起。腸斷人間白髮人。合璧事類前集卷十三及羣詩王注引異聞集作邢鳳之子夢美人歌。腸斷作愁殺。

眞人謠

全唐詩。十二函八。唐末民間有此謠。元宗因名其子爲弘冀以應之。

有一眞人在冀州。開口持弓向外邊。原注。一本此下有子子孫孫萬萬年一句。楊文公談苑。梁沙門寶誌銅碑記。多識未來事。云有眞人在冀州。開口張弓左右邊。子子孫孫萬萬年。江南中主名其子曰弘冀。吳越錢鏐諸子皆連弘字。期以應之。而宣祖諱正當之也。全五代詩卷五十六引徐騎省集。太子弘冀。元宗長子。母爲光穆皇后。先是民間謠曰云云。乃名以應之。以靖難功。立爲太子。顯德六年薨。謚文獻。騎省集。州作川。持作張。卷三十九引全唐詩。州正作川。末句正書不旁注。十國春秋、南唐文獻太子弘冀傳。持作張。外作宗。

古謠諺卷八十三

秀水杜文瀾輯

胡溫喜鵲歌

明詩綜。卷十五下。胡溫字遵道。會稽人。注載靜志居詩話。溫、異人也。少落魄湖海間。後入閩。性好飲。不常得人。方置酒。不問主客。徑造飲。酒盡。不謝而去。漳帥徐玉好士。溫特過其家。一日。告徐玉曰。吾將歸矣。負橐行三舍。爲關卒阻而回。發橐中。只有硯一。易酒飲之。起舞。作喜鵲之歌。歌畢。仰戶而死。時洪武七年冬也。玉葬之漳州西門外。

閩山喜鵲少。越山喜鵲多。如何不歸去。其奈羅網何。

清眞觀童子歌

明詩綜。卷九十九。崑山柴奇。讀書於淸眞觀。夜二鼓。月色如晝。忽見五童子。披鶴氅。麾羽扇。從空而下。爲迴波之舞。歌曰云云。見周元暉涇林續記。

駕而風兮策而霆。乘白鶴兮入蒼冥。山靑靑兮海溟溟。璧爲月兮珠爲星。駕赤虯兮上玄冥。水潏潏兮嶽亭亭。

京師爲何灝語

明詩綜。卷一百。永樂中。仁和何灝官刑曹郎。持法不避貴勢。京師語曰。

毋縱誕、避何鐵面。

時人爲羅崇嶽陳瑛王倫語

明詩綜。卷一百。景泰癸酉。廬陵羅崇嶽舉順天鄉試第一。以詭籍斥還。後三年。大學士陳循子瑛、王文子倫入試。皆不得舉。有旨特賜舉人。時人語曰。

榜有姓名。還是學生。榜無名氏。京闈貢士。

時人爲李東陽王九思等語

明詩綜。卷一百。茶陵李東陽等。爲翰林長。而王九思等爲（簡）〔檢〕討。時人語曰。

上有三老。下有三討。

京師爲沈文華語

明詩綜。卷一百。弘治中。鍾祥沈文華爲刑部員外郎。事多平反。京師語云。

有事勿忙。須問沈郎。

時人爲張寅孔天允語

明詩綜。卷一百。蘇州張寅仲明。中正德辛巳進士。知安州。浚牙家港築堤。暇則與士子講學。時孔天允知祁州。亦以才見重。時人語曰。

有所疑。問安祁。莫憂竦。有張孔。

束鹿邑人爲蘇祐語

明詩綜。卷一百。濮州蘇祐補束鹿知縣。邑多囚繫。下車一日。釋數百人。明日。革罷徭車三十兩。又明日。有詔召束鹿令。邑人語曰。

三日官府。百年父母。

時人爲黄道月語

明詩綜。卷一百。萬曆中。合肥黄道月。好挾少年。岸幘。衣半臂紫袷。坐驄馬。挾彈游西山。時人從之。語云。

得山禽。從舍人。

燕人八達嶺諺

明詩綜。卷一百。

過了八達嶺。征衣添一領。

北地柳酒諺

明詩綜。卷一百。

駱駝見柳。渴羌見酒。

時人爲曹時中曹泰語

明詩綜。卷一百。華亭曹時中。與兄泰隱富林。以詞翰自老。時人語曰。

富林二曹。一時人豪。

興化民爲孫璽歌

明詩綜。卷一百。嘉興孫璽。知揚州興化縣事。有土豪徐恩。入貲爲千戶。交結權貴。橫行鄉里。璽以法殺之。民歌曰。

彼惡人兮虎翼而飛。惡人旣殺兮公瘠我肥。

嘉靖中童謠二則

明詩綜。卷一百。

賣檜纓。人上城。

茄頭下。人走馬。

留都爲劉自强語

明詩綜。卷一百。扶溝劉自强。嘉靖中。官應天府尹。尋轉都察院右都御史。進戶部尚書。再改兵部。居官峻法。一尙書囑以事。怒曰。贓吏敢爾邪。起。奮筆仆其隸人。留都爲之語曰。

尙書贓　輿臺僵。矯矯劉公洵自强。

吳人爲文震孟語

明詩綜。卷一百。長洲文震孟。性孝友。居翰苑。未踰年。罷官家居。吳人語曰。

求忠臣。須孝子。緊爲誰。文文起。

興化民爲陸某歌

明詩綜。卷一百。盧陵陸某。知揚州興化縣事。將入覲報政。民歌之曰。

昔來何遲。今去何速。惠我弗終。昭陽之陸。

涇縣民爲高承埏歌

明詩綜。卷一百。嘉興高承埏。知涇縣。將去。民歌之曰。

眄公車。來何暮。計公程。去何馬。公內召。我何之。急攀轅。告上司。上司揚言不可止。入都門。見天子。

如皋邑民爲王㞕生語

明詩綜。卷一百。長山王㞕生。中崇禎庚辰進士。知揚州如皋縣事。性愛蓄蝶。民有罪當笞者。輸蝶得免。羅致千百。召客飲。縱之以爲樂。邑人語曰。

隋堤螢火輟。縣官放蝴蝶。

南京童子爲馬阮謠

明詩綜。卷一百。

一匹馬。走天下。騎馬誰。大耳兒。原注引靜志居詩話。指士英、阮大鋮也。時又有對聯云。闖賊無門、匹馬橫行天下。元凶有耳、一兀坐擾中原。

吳諺二則

明詩綜。卷一百。

官粻辦。便無飯。

南道如虎。升官半府。

吳中諺四則

明詩綜。卷一百。

有利無利。但看二月十二。原注。花朝日晴。則百果多實。

三月溝底白。莎草變成麥。原注。三月無雨。麥乃有收。

六月不熱。五穀不結。

除夜犬不吠。新年無疫癘。原注。除夜宜靜。

常州人爲江陰無錫語

明詩綜。卷一百。

江陰莫動手。無錫莫開口。原注。江陰人拳勇。無錫人善歌。

惠山街謠

明詩綜。卷一百。惠山街一名綺塍街。夾路古藤喬木。謠云。

惠山街。五里長。踏花歸。鞵底香。

解州民爲吳惠歌

明詩綜。卷一百。永樂中。浮梁吳惠知解州。民歌曰。

吳父母。恩何溥。昔憔悴。今鼓舞。

山西民爲徐暹語

明詩綜。卷一百。正德中。歷城徐暹爲山西副使。時有巨寇號混天王。劫掠郡縣。暹以計平之。民乃語曰。

不發一矢。賊乃盡死。不荷厥戈。賊死實多。

山東福建民爲吳山謠二則

明詩綜。卷一百。吳江吳山爲山東副使。獄無滯囚。時有塞井復渫。民爲謠云云。既而還福建按察使。聽訟明允。民又謠云云。

彼泥者泉。弗浚而復。錫我則福。

鳳之棲。其雛來儀。民具是依。

諸城卷簾莊諺

明詩綜。卷一百。諸城縣漢王山西南五里。有卷簾莊。雖嚴冬無霜降。邑人諺云。

卷簾莊。秋冬不下霜。

德州苦水鋪諺

明詩綜。卷一百。德州苦水鋪、土人素狡。諺云。

苦水鋪。神仙過。留筒布。

太康民爲韓翊謠

明詩綜。卷一百。博興韓琊令太康。多異政。蝗不入境。民謠曰。

欲蝗不復墮。須是韓公過。欲蝗不爲災。須是韓公來。

禹州人爲潘恩歌

明詩綜。卷一百。上海潘恩知禹州。州人語曰。

莫相仇。避潘侯。

臨洮民爲劉昭歌

明詩綜。卷一百。潞城劉昭。宣德中。爲臨洮尹。多仁政。民歌曰。

野有流民。惟侯集之。邑有田疇。惟侯闢之。古人謹獄。惟侯哀之。有此三惠。孰不懷之。

紹興民爲羅以禮歌

明詩綜。卷一百。桂陽羅以禮。永樂中。守紹興。寬猛得宜。遇雨暘。不時往禱。輒應。民歌曰。

太守羅以禮。祈晴得晴。祈雨得雨。

紹興民爲洪楷洪珠歌

明詩綜。卷一百。莆田洪楷。從子珠。先後知紹興府。崇尚名敎。人歌之曰。

大洪小洪。先後同風。

紹興民爲湯紹恩歌

明詩綜。卷一百。安岳湯紹恩爲紹興守。瀕海潮至。漭沒田舍。紹恩爲築隄建閘。以時蓄洩。闢田數千畝。越人歌之曰。

泰山巔。高於天。長江水。淸見底。功名如山水。萬古留靑史。

紹興人爲李僑李某語

明詩綜。卷一百。長淸李僑。嘉靖中。知紹興府。多惠政。時知山陰縣事李某。不得於民。每出。則以兩鐵索前導。而僑必懸兩爐焚香。越人語曰。

府香爐。縣鐵索。一爲善。一爲惡。

平湖民爲俞瓛諺

明詩綜。卷一百。平湖俞瓛。字廷貴。有行誼。熊卓知縣事。引與計事行之。民輒曰神明。或干以私。遂謝弗與通。里人諺曰。

郭東俞生。當春握冰。

嘉興士民爲洪範楊繼宗語

明詩綜。卷一百。金溪洪範知嘉興縣事。承知府楊繼宗之後。廉靜寡欲。士民語云。

洪令楊守。承前啓後。

貍斑童謠

明詩綜。卷一百。

貍貍斑斑。跳過南山。南山北斗。獵迴界口。界口北面。二十弓箭。原注。載靜志居詩話云。此予童穉日偕閭巷小兒聯臂踏足而歌者。不詳何義。

亦未有驗。

建昌民爲賈訪謠

明詩綜。卷一百。嶧縣賈訪。弘治中。爲建昌推官。大璫至廷辱郡守以下官。訪獨與抗禮。民謠云。

知府一堆泥。同知一凷土。若非賈推官。壞了建昌府。

南豐民爲馮堅歌

明詩綜。卷一百。通州馮堅。洪武中。爲南豐典史。原注。一作南豐知縣海陽戴珝。政平訟理。民懷其德。歌曰

山市晴。山鳥鳴。商旅行。農夫耕。老瓦盆中冽酒盈。呼囂隳突不聞聲。

南豐民爲陳勉歌

明詩綜。卷一百。建德陳勉。景泰中。爲南豐知縣。百廢具舉。民歌之云。

大尹陳。政事新。男耕女織歌陽春。

安仁百姓爲洗光語

明詩綜。卷一百。南海洗光。正德中。知安仁縣。能辨疑獄。百姓語曰。

民無冤訟。有洗燈籠。訟無滯屈。有洗三日。

九江里人爲萬衣語

明詩綜。卷一百。萬衣爲南京刑部主事。頻夢其父。心動。請急歸。抵家九日。父沒。里人爲之語曰。

萬孝子。生知死。

時人爲吳夢相語

明詩綜。卷一百。晉江吳夢相。爲建昌府推官。遷南京大理評事。時人語曰。

吳公吳公。行李皆空。公道服人。私情不通。

時人爲磁工吳十九語

明詩綜。卷一百。浮梁人吳十九。善製磁器。士大夫多與之游。時人語云。

成窯太薄永窯厚。天下馳名吳十九。

萬安上灘諺

明詩綜。卷一百。

一灘高一丈。南安在天上。

萬載里人爲翟昌甫諺

明詩綜。卷一百。萬載翟昌甫。家貧樂道。好讀書。春夏移書於佛塔。秋冬樓居。里人諺云云。後以人才舉爲郎。

春夏塔。秋冬樓。風吹四面搖。昌甫獨不憂。

洪武間蒲圻童謠

明詩綜。卷一百。蒲圻陳文禮。字貴和。洪武三年。由貢生授監察御史。有冤獄久不決。童謠云云。文禮悟曰。罪人必康七也。果如其言。

斗穀三升米。說與陳文禮。

湖廣民爲王哲歌

明詩綜。卷一百。清苑王哲。爲湖廣布政使。廉正嚴明。人不敢干以私。歌之曰。

王捕虎。最執古。囊無錢。衣有補。

漢陽民爲何澹歌

明詩綜。卷一百。廣州何澹。字中美。以天順中進士知漢陽府。民歌之曰。

何太守。築漢陂。飢得食。寒得衣。

武昌郡人爲陸埗謠

明詩綜。卷一百。嘉善陸埗知武昌府。郡人謠曰。

陸青天、□明月。青天無不青。明月有時缺。

辰州苗民語

明詩綜。卷一百。

不畏官軍。但畏粻屯。原注引沈融谷云。苗民負固。恃有千萬山峒。軍退則突出。軍至則潛藏。惟官糧多。築長圍困之。其所畏也。

辰州田家諺 原注。靜志居詩話引廣信府志。亦載此語。

明詩綜。卷一百。

十日雨連連。高山也是田。

崇慶鄉人爲萬輔諺

明詩綜。卷一百。崇慶俗尙浮屠。萬輔居喪。獨遵家禮。鄉人化之。諺曰。

萬輔一呼。喪禮皆儒。

蜀人爲支羅呰牛欄坪謠

明詩綜。卷一百。蜀寇黄中。據支羅呰。與牛欄坪相望里許。萬山斗絕。目爲天城。謠云。

打得支羅呰。金珠滿船載。打得牛欄坪。換箇成都城。

蜀中灩澦諺

明詩綜。卷一百。

灩澦冒頂。黑石下井。

興化民爲馮馴語

明詩綜。卷一百。正德中。進士岳池馮馴守興化。民謠曰。

馮太守。來何遲。胥吏瘠。百姓肥。

閩人爲高瀫傅汝舟語

明詩綜。卷一百。布衣高瀫、傅汝舟。從鄭善夫游。學爲詩。閩人爲語曰。

高垂股。傅脫粟。言斷斷。中歌曲。

惠安民爲葉春及歌

明詩綜。卷一百。隆慶中。歸善葉春及知惠安縣。民愛之如慈父。歌之曰。

葉君爲政。惟飲吾水。設施不煩。五風十雨。

福建民爲商爲正龐尚鵬語

明詩綜。卷一百。會稽商爲正。萬曆初。巡按福建。與巡撫都御史龐尚鵬協心共事。百廢具興。福建語云。

恤我甘苦。龐父商母。

莆田民爲吳彥芳歌

明詩綜。卷一百。崇禎中。新安吳彥芳爲莆田令。有惠政。秩滿去。新縣令催科嚴。民乃思吳公。歌曰。

陽春何去。霰雪何來。父邪母邪。繄惟我懷。

武夷諺

明詩綜。卷一百。

一曲一灣。一灣一灘。

泉州人爲洛陽橋語

明詩綜。卷一百。

洛陽橋一望。四里皆琨瑤。

順德民爲金蕃謠二則

明詩綜。卷一百。嘉靖初。餘姚金蕃知順德縣。初、政尚嚴。民謠云云。比及朞。豪强斂。獄訟減。民復謠云云。

朝鰓鰓毛厥施乎。夕棫棫石厥晝乎。勞乎勞乎。盍燕以敖乎。

華蓋之屹屹。不如尹之無泐。碧鑑之粼粼。不如尹之無津。長我禾黍。穀我士女。吁嗟乎膏雨。

順德民爲胡友信謠

明詩綜。卷一百。德清胡友信宰順德。邑多盜。懼民輕法。頗猛厲。凡獲賊。腊其鼻。或投諸淵。聞者震驚。謠曰。

山有虎。邑有胡。無捋其鬚。

惠州民爲鄭天佐歌

明詩綜。卷一百。福州鄭天佐爲惠州通判。善折獄。民歌之曰。

縣遲延。府一年。但愬鄭青天。訟無滯。民不冤。

雷州民爲黃敬歌

明詩綜。卷一百。永樂中。天台黃敬知雷州府。先是郡多囚繫。敬至。數日悉爲剖決。獄盡空。民歌之曰。

黃公來遲。使我無依。今公涖政。惠我無私。

瓊州民爲蠻黎岐謠

明詩綜。卷一百。瓊州蠻黎岐。習馳射。自稱神弓。萬曆十四年。爲官兵所敗。請降。民謠云。

弛神弓。來歸降。

儋州事神諺

明詩綜。卷一百。儋俗事神。有上帝會、天妃會、鄧天君會、羊元帥會。鑾輿五采。迎神十百。大饗於村中。景泰、天順間諺云。

柳英有銀。兒子跳神。洪全有金。阿母賣鍼。

廣東物產諺四則 按原本有蛇珠千枚。不及玫瑰。已見述異記。不錄。

明詩綜。卷一百。

飢食荔枝。飽食黃皮。原注。黃皮果、狀如金彈。六月熟。其漿酸而除暑熱。與荔枝並進。荔枝饜飫。以黃皮解之。

瀏蚌之胎有玫瑰。文魮之腹有美玉。

文魮鳴。美玉生。原注。高州海中有文魮。鳴似磬。而生玉。

多食馬蘭。少食芥藍。原注。馬蘭食之養血。芥藍不宜多食。

廣州物產諺五則

明詩綜。卷一百。

爾有垣牆。我有火秧。原注。火秧、叢生成樹。四稜有芒刺。廣人以作籬落。

嬰兒瘦。探石鷇。原注。石燕、產西樵巖穴中。足生翼末。小兒羸瘦取食之。

秋冬食蠯。春夏食羊。
霜蟹雪螺。味不在多。
石灣瓦。勝天下。

韶州牯牛灘諺

明詩綜。卷一百。韶州水急至險者。爲牯牛灘。舟子語云。

過得牯牛。舟子白頭。

大廟峽歌

明詩綜。卷一百。

清溪濛裏。原注。二驛名。路多虎。早眠晏起。

瓊州海水香木諺二則

明詩綜。卷一百。瓊州以海水占年。海水熱則荒。諺曰。

海水熱。穀不結。海水涼。禾登場。

海南多陽。一木五香。夢溪筆談卷二十二。酉陽雜俎記事多誕。其間敍草木異物。尤多謬妄。率記異國所出。欲無根柢。如云。一木五香。根旃檀、節沉香、花雞舌、葉藿香、膠薰陸。此尤謬。旃檀與沉香。兩木元異。雞舌卽今丁香耳。今藥品中所用者。亦非藿香。自是草葉。南方至多。薰陸小木而大葉。海南亦有。薰陸乃其膠也。今謂之乳頭香。五物迥殊。原非同類。

瓊州檳榔米粻諺

明詩綜。卷一百。瓊州東界地瘠。以羊骨壅田。終無穫。腴壤多在西。故諺云。

東路檳榔。西路米粮。

時人爲花瓦氏征倭語

明詩綜。卷一百。田州女土官瓦氏。嘉靖十四年。調之征倭。至蘇州。索有司捕蛇。爲軍中食。敗倭於王江涇。時人語云。

花瓦家。能殺倭。腊而啖之有如蛇。

永寧人爲土知府語

明詩綜。卷一百。雲南永寧蠻塞矢不刺非。於宣德四年。糾合四川鹽井衞土官馬刺非。殺永寧土知府各吉八合。已命卜撒襲職。矢不刺非復殺之。永寧人語云。

土官數奇。逢兩刺非。

曲靖民爲焦詔歌

明詩綜。卷一百。成化中。灌縣焦詔知曲靖府。境產瑞禾。民歌曰。

禾本二穗。嘉穀滿田。太守焦公。仁德及天。

貴州民爲楊純謠

明詩綜。卷一百。鄰水楊純、以監察御史按貴州。任滿。百姓乞留一年。詔許之。民乃謠曰。

鄰水楊。但願年年巡貴陽。

貴州風土諺

明詩綜。卷一百。

黃平鐵。興隆雪

黔中風土諺二則

明詩綜。卷一百。

四月八。凍殺鴨。

九月重陽。移火進房。

廣元民爲陳表歌

明詩綜。卷一百。印江陳表知廣元縣事。與利州衞雜處。軍强民弱。表申明制度。以服武弁。民歌曰。

古來力役。軍三民七。陳父定之。彼此畫一。家用平康。勞者獲息。

明代翰林諺

明詩綜。卷一百。

翰林九年。就熱去寒。

蘭江酒諺

明詩綜。卷一百。

金家梁。舊酒香。

滴水灣父老爲泰公歌

兩浙輶軒錄。卷三十八。馮賡雪滴水灣詩。自注。當時父老歌云。

黃山環。滴水灣。泰公討賊在此間。東接洪洋西草菅。賊旗搖曳愁人顏。泰公討賊何時還。

按泰公、卽元末忠臣泰不華也。

時人爲馬士英謠

清芬集。劉中柱題桃花扇傳奇詩。至寶帶進奸僧手。江南錢塞馬家口。西邸紛紛日賣官。監紀如羊職方狗。自注。當時謠曰。

監紀多如羊。職方賤似狗。掃盡江南錢。塡塞馬家口。

古謠諺卷八十四

秀水杜文瀾輯

王丞相客引俗諺

中山詩話。王丞相嗜諧謔。一日。論沙門道。因曰。投老欲依僧。客遽對曰云云。王曰。投老欲依僧。是古詩一句。客亦曰云云。是俗諺全語。上去投。下去腳。豈不的對也。王大笑。

閑時不燒香。此句原本無。據宦游紀聞補。急則抱佛腳。宦游紀聞。則作來。又云。雲南之南一番國。其俗尙釋教。有犯罪應誅者。其國主捕之。其人恐。急奔往某寺中。抱佛腳。知悔過。願髡髮爲僧。不敢蹈前非。主許之竟貰其罪。遂髡髮、環耳、衣禪衣、守禪教。故其國爲僧者多。常有人入中國。皆自稱番僧。而莫知其故。俗諺云云。蓋本指此。

陳師道引俗語

後山詩話。熙寧初。有人自常調上書。迎合宰相意。遂丞御史。蘇長公戲之曰。有甚意頭求富貴。沒些巴鼻使姦邪。云云。皆俗語也。

有甚意頭。沒些巴鼻。

某守與客引俗諺聯句

後山詩話。某守與客行林下。曰云云。客顧其倅。晚食菱。方得對云云云。皆俗諺全語也。

柏花十字裂。　菱角兩頭尖。

葛立方引俗言

韻語陽秋。卷十三。俗言云云。言揚州天下之樂國。如韋應物詩云。雄藩鎮楚郊。地勢鬱岧嶢。嚴城動寒角。曉騎踏霜橋。杜牧云。秋風放螢苑。春草鬭雞臺。二十四橋明月夜。玉人何處教吹簫。等句。猶未足以盡揚州之美。至張祜詩云。十里長街市井連。月明橋上看神仙。人生只合揚州死。禪智山光好墓田。則是戀嫪此境。生死以之者也。

腰纏十萬貫。騎鶴上揚州。

案此二語見殷芸小說。本不作俗言。然葛氏或別有據。故仍存之。

楚人爲粳米鯿魚語

韻語陽秋。卷十六。縮項鯿出襄陽。以禁捕。遂以槎斷水。因謂之槎頭縮項鯿。孟浩然云。魚藏縮項鯿。老杜云。謾釣槎頭縮項鯿。皆言縮項。而東坡乃謂一鈎歸釣縮頭鯿。或疑坡爲平側所牽。不知云云。楚人語也。蘇詩卷十四、瀟泉亭詩王注引作諺。

長腰粳米。縮頭鯿魚。馮氏應榴云。他書引楚人語。亦作縮項。葛氏此條。爲先生詩斡旋。可不必也。又後別黃州詩。王本次公注作縮頸。瀟泉亭詩王注。頭作項。

胡仔引俚語論世事

苕溪漁隱叢話。世間俚語。往往極有理者。如云云云。若能踐此言。豈有不省事乎。又云云云。若能守此戒。豈復爲酒困乎。

聞事莫說。問事不知。閑事莫管。無事早歸。

少喫不濟事。多喫濟甚事。有事壞了事。無事生出事。

石塔寺諺

苕溪漁隱叢話。東坡守維揚。有石塔寺試茶詩云。禪窗麗午景。蜀井出冰雪。坐客皆可人。鼎器手自潔。正謂諺云 云云 也。

三不點。

韋居安引俗語

梅磵詩話。泉南林洪。字龍發。號可山。肄業杭泮。粗有詩名。理宗朝。上書自稱和靖七世孫。冒杭貫取鄉薦。刊中興以來諸公詩。號大雅復古集。亦以己作附於後。時有無名子作詩嘲之曰。和靖當日不娶妻。只留一鶴一童兒。可山認作孤山種。正是瓜皮搭李皮。蓋俗語以强認親族者爲 云云 云。

瓜皮搭李樹。

老手窮嘴俚語

栗齋詩話。俚語對偶云。

老手舊肐膊。窮嘴餓舌頭。

仕宦俗諺

瀛奎律髓。卷六宦情類。劉賓客罷姑蘇北歸渡揚子津詩。原評。俗諺云。於仕宦謂 云云。凡初至官者。乃任事之始。未知其終也。故不賀。解官而去。則所謂善終者也。故賀。

賀〔上〕〔下〕不賀〔下〕〔上〕。

秋景俗語

瀛奎律髓。（卷十二秋日類。）歐陽永叔秋懷詩。西風酒旗市。細雨菊花天。原評。俗間有云云云。本此。

香橙螃蟹月。新酒（通俗編卷三十作細雨。）菊花天。

范石湖引吳諺

瀛奎律髓。（卷十六節序類。）范石湖丙午新正書懷詩。口不兩匙休足穀。原注。吳諺云。

一口不能插兩匙。

楊慎引諺二則釋謝朓詩

升菴詩話。（卷二。）謝朓酬王晉安詩。南中榮橘柚。寧知鴻雁飛。後人不解此句之妙。晉安即閩泉州也。南中榮橘柚。即諺云云云也。寧知鴻雁飛。即諺云云云也。樹不凋。雁不到。本是瘴鄉。乃以美言之。此是隱句之妙。

樹蠻不落葉。（明詩綜卷一百。樹作山。）地蠻湯自熱。（原本無此句。據明詩綜補。）雁飛不到處。

又引俗語釋鄉里

升菴詩話。（卷三。）俗語云云云。言鄉不離里。如夫不離妻也。古人稱妻曰鄉里。沈約山陰柳家女詩曰。還家問鄉里。詎堪持作夫。南史張彪傳曰。我不忍令鄉里落他處。姚令威曰。會稽人曰家。其義同也。見西溪叢語。

鄉里夫妻。步步相隨。

又引俗語駁黃山谷解杜詩

升菴詩話。卷八。杜子美詩。雲壑布衣鮐背死。勞生害馬翠眉須。蓋紀明皇爲貴妃取荔枝事也。言布衣拖道。有老死雲壑而不徵者。乃勞生害馬。以給翠眉之須。何爲者耶。其旨可謂隱而彰矣。山谷謂雲壑布衣。指後漢臨武長唐羌諫止荔枝貢者。此俗所謂云云矣。山谷尙如此。又何以責黃鶴、蔡夢弼輩乎。

厚皮饅頭。夾紙燈籠。

又引南宋人諺釋弓鞋

升菴詩話補遺。卷下。唐人舞妓皆着靴。杜牧之贈妓詩曰。舞靴應任傍人看。黃山谷贈妓詞云。便從伊穿韈弓鞋。則汴宋猶似唐制。至南渡頭。妓女窄韈弓鞋如良人矣。故當時有云云之諺云。

蘇州頭。杭州腳。

元時人爲四詩人語

詩藪。外編六。李孝先季和。東甌人。古詩歌行。豪邁奇逸。如鷲蛇跳駿。不避危險。當時語曰云云。謂廉夫也。至近體多澁拗。短長失正與楊同。大概視前人瑰崛過之。雅正則遠。

前有虞范。後有李楊。案虞、謂虞集。范、謂范梈也。

趙明誠聞夢中人語

詞統。趙明誠夢人告之曰云云。後娶李易安爲妻。始信夢中之語。乃詞女之夫、四字也。分類字錦卷十二引瑯嬛記。趙明誠幼時。其父將爲擇婦。明誠晝寢。夢誦一書。覺來惟憶三句云云。以告其父。其父爲解曰。汝待得能文詞婦也。言與司合是詞字。安上冠脫是女字。芝芙草拔是之夫二字。非謂汝爲詞女之夫乎。後李翁以女女之。卽易安也。果有文章。

言與司合。安上冠脫。芝芙草拔。瑯嬛記。冠作巳。

時爲何㮚郭孝友潘昉諺

詞品。卷五。潘昉字庭堅。號紫巖。乙未。何㮚榜及第第三人。美姿容。時有諺云云也。庭堅以氣節聞於時。詞止南鄉子一首。草堂所選是也。事文類聚別集卷二十八引上庠錄。政和丙申殿試。何㮚爲狀元。潘良貴次之。皆年少有風貌。而第三人郭孝友頗古怪。唱名日呵出御街。觀者皆曰云云也。馬氏曰瑨云。案(改)〔政〕和元年丙申。應作乙未。

狀元眞何郎。榜眼眞郭郎。探花眞潘郎。上庠錄作狀元眞何郎。榜眼眞潘郎。第三人眞郭郎。

南京爲花綸練子寧黃觀諺

詞品拾遺。卷下。杭州花綸年十八。黃觀榜及第三人。初讀卷官進卷。以花綸第一。練子寧第二。黃觀第三。御筆改定。以黃第一。練第二。花第三。南京諺有云云之語。故後人猶以花狀元稱之。其科題名記及登科錄。皆以黃練二公死革除之難剗毀。故相傳多誤。花有詞藻。其風致不減元人。

花練黃。黃練花。

古謠諺卷八十五

秀水杜文瀾輯

農家諺漢崔寔輯。

冬青諺

冬青花。不落濕沙。

案崔氏四民月令。世有輯本。農家諺僅見於說郛。其中諺語。大半皆出於漢以後。疑後人采輯諺語。因四民月令而附會之。非崔氏之書也。今將他書所有者。分別析出。此一條無可歸附。姑存於此。

古今風謠明楊慎輯。

茂陵中書歌

都荔遂芳。美豋鼓行。

後漢黎陽張公謠

公與守相駕蜚魚。往來倏忽遠熹娛。祐此兆民寧厥居。

太康末京洛楊柳歌

春風尙蕭條。去故來入新。苦辛非一朝。折楊柳。愁思滿腹中。歷亂不可數。是時二楊貴盛。而被誅滅。太后幽死宮中。折楊柳應也。

隋大業長白山謠吳本落謠字。今據李本補。古音餘卷二。隋上有河洛二字。

長白山前知世郎。純著紅羅綿背襠。長稍侵天半。輪刀耀日光。上山喫獐鹿。下山喫牛羊。忽聞官軍至。提刀向前盪。譬如遼東死。斬頭何所傷。

宋元元當作靖。康末市井謠

喝道一聲下階。齊脫了紅繡鞋。後金人入汴。宮人皆驅逐北行。

元至正中燕京童謠三則。案此條首一則已見石獬別錄。

陰涼陰涼過河去。日頭日頭過山來。

腳驢斑斑。腳踏南山。南山北斗。養活家狗。家狗磨麵。三十弓箭。上馬琵琶。下馬琵琶。驢蹄馬蹄。縮了一隻。

元明宗時童謠

牡丹紅。禾苗空。牡丹紫。禾苗死。明帝在位五年而崩。廟諱乃和字也。

元末湖湘中童謠

不怕水中魚。只怕岸上豬。豬過水。見糠止。

案楊氏此書所錄之謠。其采自各書者。俱已照本書次序析入各卷。其出處無可檢尋者。仍附於右。其中於例不應收者。統歸附錄。

古今諺明楊慎輯。

諺語

春寒四十五。貧兒市上舞。（另條作窮漢出來舞。）貧兒且莫誇。（另條貧兒作窮漢。）且過桐子花。

商陸子熟。杜鵑不哭。

吳諺　楚諺　蜀諺　滇諺

早霞紅丟丟。晌午雨瀏瀏。晚了紅丟丟。早晨大日頭。

官糧辦。便無飯。（吳諺。）

樓梯天。晒破磚。

反賊劉千斤。贓官姚萬兩。

褒彈是買主。喝采是閑人。（淮南。刺我行者。欲與我交。訾我貨者。欲與我市。）

服藥千裹。不如一宵獨臥。服藥千朝。不如獨臥一宵。

戊午己未甲子齊。便將七日定天機。七日有雨兩月泥。七日無雨兩月灰。

甲寅乙卯晴。四十五日放光明。甲寅乙卯雨。四十五日看泥水。

壬辰裝擔子。癸巳上天堂。甲午乙未雨茫茫。

執破無雨。危成當災。

二月杏華。勝可菑沙。（菑畬之菑。音傚載之載。）

蝦蟆鳴。燕來睇。通道路。修溝隄。

稼欲熟。收欲速。

螃蟹怕見漆。豆花怕見日。

五月鋒。八月耩。鋒、鋤也。耩、壅苗根。

槐兔目。棗雞口。桑蝦蟆眼、榆負瘤。李賀詩。別柳當馬頭。官槐如兔目。

榆莢脫。桑椹落。伐木之時。

花三泡四。水生之候也。花見三尺、泡四尺。

秧苗針水。莊家早起。東坡詩。針水聞好語。魯直詩。秧針青刺水。麥浪綠翻銀。

木再花。夏有雹。李再花。秋大霜。

草木暉暉。蒼黃亂飛。

案楊氏此書所錄之諺。其采自各書者。俱已照本書次第析入各卷。其出處無可檢尋者。仍附於右。其中於例不應收者。統歸附錄。

諺謨 明釋沈株宏撰。

俗諺

蒼蠅不叮沒縫鴨子。

日間不作虧心事。夜半敲門不喫驚。

按諺謨。未見原本。據錢氏大昕恆言錄所引採之。原本四條。首一條已見雞肋編。第三條已見湧幢小品。

古諺閒譚國朝曾廷枚輯。

得意失意語舊傳有里語四句。頌得意者云云云。好事者續以失意者四句曰云云。此八句可喜可悲之狀。溢於言外。

久旱逢甘雨。他鄉遇故知。洞房花燭夜。金榜掛名時。

寡婦攜兒泣。將軍被敵擒。失恩宮女面。下第舉人心。

案此條。容齋隨筆引作詩詞。曾氏指爲俚語。當别有據。今姑録存。

案曾氏此書所録之諺。其采自各書者。俱已照本書次第析入各卷。其出處無可檢尋者。仍録於右。其中於例不應收者。統歸附録。

古謠諺卷八十六 附錄一

秀水杜文瀾輯

五子之歌

尙書五子之歌。太康尸位。以逸豫滅厥德。黎民咸貳。乃盤遊無度。畋于有洛之表。十旬弗反。有窮后羿。因氏弗忍。距于河。厥弟五人。御其母以從。徯于洛之汭。五子咸怨。述大禹之戒以作歌。

其一曰云云。其二曰云云。其三曰云云。其四曰云云。其五曰云云。

皇祖有訓。民可近。不可下。御覽卷八十二不作弗。　王氏鳴盛尙書後案云。周語。單襄公引書曰。民可近也。而不可上也。韋昭注。民可以恩意近。不可高上。上、陵也。上讀上聲。今乃改爲下。不知其上文云。夫人性陵上者也。又云。獸惡其網。民惡其上。下文云。卻至在七人下而欲上之。其有七怨。則此句必當作上。不當作下。僞作者不過圖叶韻耳。民惟邦本。本固邦寧。予視天下。愚夫愚婦。一能勝予。一人三失。怨豈在明。不見是圖。予臨兆民。懔乎若朽索之馭六馬。爲人上者。奈何不敬。御覽卷四百三十二。爲人作居民。不作弗。

訓有之。內作色荒。外作禽荒。甘酒嗜音。峻宇雕牆。有一于此。未或不亡。

惟彼陶唐。有此冀方。今失厥道。亂其紀綱。乃底滅亡。王氏鳴盛云。哀六年左傳。孔子論楚昭王不祭河神事。引夏書云。惟彼陶唐。帥彼天常。有此冀方。今失其行。亂其紀綱。乃滅而亡。僞作者既以己意改厥道。而又刪帥彼天常一句。又改乃滅而亡爲乃底滅亡。且此章句句用韻。若作厥道。則句獨無韻。已屬非是。至文十八年。史克曰。傲很明德。以亂天常。則天常乃古語。刪此一句。使覺無力。尤妄也。又太康見拒。尙未滅亡。故復改之。以爲其勢將至滅亡。欲以此遷就其說。皆非也。

明明我祖。萬邦之君。有典有則。貽厥子孫。關石和鈞。王府則有。荒墜厥緒。覆宗絕祀。

嗚呼曷歸。予懷之悲。萬姓仇予。予將疇依。鬱陶乎予心。顏厚有忸怩。王氏鳴盛云。閻若璩云。爾雅釋詁篇。鬱陶、繇喜也。郭璞注引孟子曰。鬱陶思君。禮記曰。人喜則斯陶。陶斯詠。詠斯猶。猶卽繇也。邢昺疏。皆謂歡悅也。鬱陶者、心初悅而未暢之意也。又引孟子趙氏注云。象見舜正在牀鼓琴。愕然。反辭曰。我鬱陶思君。故來爾。詭辭也。忸怩而慙。是其情也。又引檀弓下鄭注云。陶、鬱陶也。據此。則象曰鬱陶思君爾。乃喜而思見之辭。故舜亦從而喜曰。惟茲臣庶。汝其于予治。孟子固已明下注腳曰。象喜亦喜。蓋統括上二段情事。其先言象憂亦憂。特以引起下文。非眞有象憂之事。大凡凶惡之人。僞爲憂尙易。僞爲喜實難。故象口雖云。然而色則否。趙氏注一段。頗爲傳神。僞作古文者。一時不察。幷竄入五子之歌中曰。鬱陶乎予心。顏厚有忸怩。不特敍識莫辨。而且憂喜錯認。尙可謂之識字乎。國語。晉平公欲殺豎襄。叔向曰。君其必遠殺之。勿令遠聞。君忸怩顏。乃趣赦之。注曰。忸怩、慙貌。此忸怩亦記者敍事之詞。不入口氣。與孟子一例。乃知五子之歌中曰顏厚有忸怩。其謬顯然。弗愼厥德。雖悔可追。

書序。太康失邦。昆弟五人。須于洛汭。作五子之歌。馬注曰。須、止也。鄭注曰。避亂于洛汭。王氏鳴盛云。眞古文逸篇本有五子之歌。遭亂亡失。此篇王肅輩僞撰。故舛謬甚多。卽以此節考之。序曰。太康失邦。不言失邦爲何。離騷。啓九辨與九歌兮。夏康娛以自縱。不顧難以圖後兮。五子用失乎家巷。王逸注、言太康不遵禹啓之樂。更作淫聲。放縱情慾以自娛樂。不顧患難。不謀後世。卒以失國。兄弟五人。家居閭巷。失尊位也。墨子非樂篇云。于武觀曰。啓子淫溢康樂。野于飲食。將將銘莧磬以力。湛濁于酒。渝食于野。萬舞奕奕。章聞于天。是太康失邦。以淫樂不以久畋。其謬一也。襄四年。晉魏絳對晉侯和戎之事云。夏訓有之曰。有窮后羿。此乃截半句法。蓋魏絳將諷晉侯好田。因論和戎。乘便欲引羿好田亡國事以爲戒。晉侯怪其方論和戎。忽及后羿。其言不次。故不待其辭之畢遽問曰。后羿何如。于是魏絳不便復引原文。但敍述其事以對云。昔夏之衰。后羿自鉏遷于窮石。因夏民以代夏政。恃其射也。不修民事。淫于原獸。寒浞虞羿于田。羿將歸自田。殺而烹之。其下引虞箴云。在帝夷羿。冒于原獸。忘其國恤。思其麀牡。是則魏絳之言。始終欲引羿好田亡國以爲戒。有窮后羿原文之下。其辭雖不可知。以理推之。必是言羿好田之事。必不但有因民弗忍云云而已。乃僞撰者欲實太康罪狀。而未之考。一時無措。於有窮后羿句下。竟無羿事。反取羿之田。移之太康之身。其謬二也。或疑有窮后羿在五子之歌爲夏書。與夏訓小別。安知非各見者。不知僞撰者正據夏訓爲夏書也。篇中一則曰皇祖有訓。再則曰訓有之。其以夏訓爲夏書甚明。杜預注左傳。亦云夏訓、夏書。再攷墨子所謂武觀。武、五通。武觀卽五觀。五觀卽五子。以其封于觀。故稱五觀。水經注九卷。淇水又屈逕頓邱縣故城西。古文尚書以爲觀地矣。蓋太康弟五君之號曰五觀者也。逸周書卷六嘗麥解曰。其在夏之五子。忘伯禹之命。假國無正。用胥興作亂。遂凶厥國。皇天哀禹。賜以彭壽。思正夏略。五子、武觀也。彭壽、彭伯也。汲郡古文云。帝啓十一年。放王季子武觀于西河。十五年。武觀以西河叛。彭伯壽帥師征西河。武觀來歸。注云。武觀、(武)〔五〕觀也。國在今頓邱衞縣。紀年晉人僞撰。不可盡信。而此條則與逸周書合。當是也。漢志。東郡有畔觀縣。蓋以嘗畔。故名。魏世家。惠王三年。齊敗我觀津。徐廣亦曰。觀、今衞縣。蓋五子封觀作亂。被伐來歸。其後又導太康以淫樂。故王符潛夫論五德志篇云。夏后啓子太康仲康更立。兄弟人皆有昏德。不堪帝事。降須洛汭。是謂五觀。當日情事。實是如此。昭元年傳。夏有觀扈。商有姚邳。周有徐奄。楚語、士亹曰。堯有丹朱。舜有商均。啓有五觀。湯有太甲。文王有管蔡。是五王者。皆玄德也。而有姦子。韋昭注。五觀、啓子太康昆弟也。觀、洛汭之地。王應麟駁韋說云。五子述大禹之戒以作歌。仁義之人。其言藹如。豈朱均管蔡之比。應麟爲晚晉僞古文所惑。信其所可疑。故反疑其所可信。而不知韋說確不可易也。漢書古今人表。啓子兄弟五人。號五觀。列下中。則已在下愚之列矣。五子之歌。必是史臣記五子淫樂致亡之事。而豈五子所作之歌乎。其謬三也。

孫子引鄙語

韓詩外傳。卷四。客有說春申君曰。今夫孫子者、天下之賢人也。君籍之百里之勢。臣竊以爲不便於君。若何。春申君曰。善。於是使人謝孫子。孫子去而之趙。趙以爲上卿。客又說春申君曰。夫賢者之所在。其君未嘗不善。其國未嘗不安也。今孫子天下之賢人。何謂辭而去。春申君又云。善。於是使請孫子。孫子因僞喜謝之。戰國策楚策四作爲書謝曰。鄙語曰云云。此不恭之語也。雖然。戰國策、吳師道校語云。一本此下有古無虛諺四字。不可不審也。夫人主年少而放。無術法以知奸。卽大臣以專斷圖私。以禁誅於己也。故捨賢長而立幼弱。廢正直而立不善。故春秋之志曰。楚王之子圍。聘於鄭。未出境。聞王疾。返問疾。遂以冠纓絞王而殺之。因自立。齊崔杼之妻美。莊公通之。崔杼帥其君黨而攻莊公。莊公走出。踰於外牆。射中其股。遂殺而立其弟景公。近世所見。李兌用趙。餓主父於沙邱。百日而殺之。淖齒用齊。擢閔王之筋而懸之於廟。宿昔而殺之。夫癘雖癰腫痂疕。上比遠世。未至於絞頸射股也。下比近世。未至擢筋餓死也。夫劫殺死亡之主。心之憂勞。形之苦痛。必甚於癘矣。由是觀之。癘雖憐王可也。因爲賦曰。璇玉瑤珠不知佩。雜布與錦不知異。閭娵子都莫之媒。嫫母力父是之喜。以盲爲明。以聾爲聰。以是爲非。以吉爲凶。嗚呼上天。曷維其同。詩曰。上帝甚慆。無自瘵焉。

癘憐王。國策。癘下有人字。長短經是非篇注。癘作厲。亦有人字。

汪氏中云。按春申君請孫子。孫子答書。或去或就。曾不一言。而泛引前世劫殺死亡之事。未知其意何屬。且靈玉雖無道。固楚之先君也。豈宜向其臣子斥言其罪。不知何人鑿空爲此。韓嬰誤以說詩。劉向不察。采入國策。其敍荀子新書。又載之。斯失之矣。此書自癘憐王以下。乃韓非子姦劫弑臣篇言文。其言刻覈舞智以御人。固非之本志。其賦詞。乃荀子佹詩之小歌。見於賦篇。由二書雜采成篇。故文義前後不屬。幸本書具在。其妄不難破爾。孫卿自爲蘭陵令。逮春申之死。凡十八年。其間實未嘗適趙。亦無以荀卿爲上卿之事。本傳稱齊人或讒荀卿。乃適楚。詩外傳、國策所載。或謂春申君之詞。卽因此以爲緣飾。周秦間記載若是者多矣。至引事說詩。韓嬰書之成例。國策載其文而不去其詩。此故奏之葛龔也。

太和中百姓歌

晉書五行志下。海西公太和中。百姓歌曰云云。識者曰。白者金行。馬者國族。紫爲奪正之色。明以紫閒朱也。海西公尋廢。其三子並非海西公之子。縊以馬韁死之。明日南方獻甘露焉。

青青御路楊。白馬紫遊韁。汝非皇太子。那得甘露漿。

海西公時百姓歌

晉書五行志。海西公初生皇子。百姓歌云云。其歌甚美。其旨甚微。海西公不男。使左右向龍與內侍接。生子以爲己子。

鳳凰生一雛。天下莫不喜。本言是馬駒。今定成龍子。

按海西公紀。太和六年十一月癸卯。桓溫自廣陵屯于白石。丁未詣闕。因圖廢立。誣帝在藩、夙有痿疾。嬖人相龍、計好、朱靈寶等參侍內寢。而二美人田氏、孟氏生三男。長欲封樹。時人惑之。初、桓溫有不臣之心。欲先立功河朔。以收時望。及枋頭之敗。威名頓挫。遂潛謀廢立。以長威權。然憚帝守道。恐招時議。以宮闈重閟。牀（第）〔笫〕易誣。乃言帝爲閹。遂行廢辱。帝知天命不可再。深慮橫禍。乃杜塞聰明。無思無慮。終日酣暢。耽於內寵。有子不育。庶保天年。時人憐之。爲作歌焉。據此。則當時之歌、不一其辭。彼歌係憐帝之辭。今已無考。此歌爲誣帝之辭。故入附錄。

王琛引童謠

晉書石苞傳。武帝踐阼。遷大司馬。進封樂陵郡公。加侍中羽葆鼓吹。自諸葛誕破滅。苞便鎮撫淮南。士馬强盛。邊境多務。苞既勤庶事。又以威德服物。淮北監軍王琛。輕苞素微。又聞童謠（潛確類書卷二十七作晉太始中謠。）曰云云。因是密表苞與吳人交通。先時望氣者云。東南有大兵起。及琛表至。武帝甚疑之。策免其官。遣太尉義陽王望率大軍徵之。以備非常。又勑征東將軍琅邪王伷自下邳會壽春。苞用掾孫鑠計。放兵步出。住都亭待罪。帝聞之意解。及苞詣闕。以公還第。

宮中大馬幾作驢。大石壓之不得舒。（御覽卷九百一。宮作官。潛確類書。幾作化爲。）

王敬伯與女子贈答歌

晉書逸文。（據御覽卷五百七十七。）王敬伯、會稽餘姚人。洲渚中昇亭而宿。是夜月華露輕。敬伯撫琴而歌。明日亡女之靈（據續齊諧記。亡女上當有劉惠明三字。）告敬伯。就體如平生。後婢二人。敬伯撫琴而歌曰云云。女乃和曰云云。

低頭下深幕。垂月照孤琴。空絃益霄淚。誰憐此夜心。（廣博物志卷二十四引前秦錄。頭作露。益作咽。霄作宵。古琴疏。頭作露。益作咽。）

歌宛轉。情復哀。願爲烟與霧。氤氳同共懷。（古琴疏。同共作共此。）

案王敬伯爲人無所表見。晉書雖好收小說。然未必泛濫及此。疑御覽所引有誤。續齊諧記載宛轉歌。與此半同半異。今兩存之。

宋明帝自爲謠言

宋書王景文傳。太宗卽位。領揚州刺史。時太子及諸皇子並小。上稍爲身後之計。諸將帥吳喜、壽寂之之徒。慮其不能奉幼主。並殺之。而景文外戚貴盛。張永累經軍旅。又疑其將來難信。乃自爲謠言曰云云。一士、王字。弓長、張字也。景文彌懼。乃自陳求解揚州。時上既有疾。慮一旦晏駕。皇后臨朝。則景文自然成宰相。門族彊盛。藉元舅之重。歲暮不爲純臣。泰豫元年春。上疾篤。乃遣使送藥。賜景文死。

一士不可親。弓長射殺人。

古謠諺卷八十七 附錄二

秀水杜文瀾輯

宋元徽末卞彬述童謠

南齊書高帝紀。太祖與袁粲、褚淵、劉秉。更日入直決事。號爲四貴。卞彬傳。宋元徽末。四貴輔政。彬謂太祖曰。外間有童謠云云。尸著服、褚字邊衣也。孝除子以日代者、謂褚淵也。列管、蕭也。彬退。太祖笑曰。彬自作此。南史卞彬傳。齊高帝輔政。袁粲、劉彥節、王蘊等皆不同。而沈攸之又稱兵反。粲蘊雖敗。攸之尚存。彬意猶以高帝事無所成。乃謂帝曰。比聞謠云。云云。公頗聞不。時蘊居父憂。與粲同死。故云尸著服也。服者、衣也。孝子不在日代哭者、褚字也。彬謂沈攸之得志。褚彥回當敗。故言哭也。列管、謂蕭也。高帝不悅。及彬退。曰。彬自作此。

可憐可念尸著服。孝子不在日代哭。列管蹔鳴死滅族。南史卞彬傳。蹔作暫。

張敬兒自爲謠言

南史張敬兒傳。性好卜術。信夢尤甚。初、征荆州。每見諸將帥。不遑有餘計。唯敍夢云。未貴時。夢居村中。社樹欻高數十丈。及在雍州。又夢社樹直上至天。以此誘說部曲。自云貴不可言。由是不自測量無知。又使於鄉里爲謠言。使小兒輩歌曰云云。敬兒家在冠軍。宅前有地名赤谷。始其母於田中臥。夢犬子有角。舐之。已而有娠。而生敬兒。故初名狗兒。又生一子。因狗兒之名。復名豬兒。宋明帝嫌狗兒名鄙。改爲敬兒。故豬兒亦改爲恭兒。

天子在何處。宅在赤谷口。天子是阿誰。非豬如是狗。

定州賊爲楊津語

魏書楊津傳。孝昌初。加散騎常侍。尋以本官行定州事。時賊帥薛脩禮、杜洛周殘掠州境。孤城獨立在兩寇之間。津貯積柴粟。脩理戰具。更營雉堞。賊每來攻。機械競起。又於城中去城十步。掘地至泉。廣作地道。潛兵涌出。置爐鑄鐵。持以灌賊。賊遂相語曰。

不畏利槊堅城。唯畏楊公鐵星。

祖珽引魏世謠言

北齊書河間王孝琬傳。文襄第三子也。天保元年封。天統中、累遷尚書令。初、突厥與周師入太原。武成將避之而東。孝琬叩馬諫。帝從其言。周軍退。拜并州刺史。孝琬以文宣世驕矜自負。河南王之死。諸王在宮內。莫敢舉聲。唯孝琬大哭而出。又怨執政。爲草人而射之。和士開與祖珽譖之云。草人、擬聖躬也。初、魏世謠言云云。珽以說曰。河南、河北、河間也。金雞鳴、孝琬將建金雞而大赦。帝頗惑之。

河南種穀河北生。白楊樹頭金雞鳴。

曲巖祖珽爲斛律光搆造謠言

北齊書斛律光傳。字明月。武平二年。拜光左丞相。又別封清河郡公。光入。常在朝堂垂簾而坐。祖珽不知。乘馬過其前。光怒。謂人曰。此人乃敢爾。後珽在內省。言聲高慢。光適過。聞之。又怒。珽知光忿。而賂光從奴而問之曰。相王瞋孝徵耶。曰。自公用事。相王每夜抱膝歎曰。盲人入。國必破矣。穆提婆求娶光庶女。不許。帝賜提婆晉陽之田。光言於朝曰。此田神武帝以來。常種禾。飼馬數千疋。以擬寇難。今賜提婆。無乃闕軍務也。由是祖穆積怨。周將軍韋孝寬忌光英勇。乃作謠言云云。又曰云云。珽因續之曰云云。令小兒歌之於路。提婆聞之。以告其母令萱。萱以饒舌斥己也。盲老公謂珽也。遂相與協謀。以謠言啓帝曰。斛律累世大將。明月聲震關西。豐樂威行突厥。女爲皇后。男尚公主。謠言甚可畏也。珽因云。正爾。召之。恐疑不肯入。宜遣使賜其一駿馬。語云。明日將往東山遊觀。王可乘此馬同行。光必來奉謝。因引入執之。帝如其言。頃之。光至。引入涼風堂。劉桃枝自後拉而殺之。

百升飛上天。明月照長安。（本書祖珽傳及北史祖珽傳、周書北史韋孝寬傳同。北史斛律光傳。升作斗。誤。三國典略。照作耀。）

高山不推自崩。槲樹不扶自竪。（本書祖珽傳及北史祖珽傳。均作高山崩。槲樹舉。周書北史韋孝寬傳。推作摧。三國典略。竪作堅。）

盲眼老公（本書祖珽傳作盲老翁。北史斛律光傳、祖珽傳作盲老公。）**背上下大斧。饒舌老母不得語。**（本書祖珽傳及北史祖珽傳。饒舌作多事。）

按本書祖珽傳。字孝徵。拜尚書左僕射。勢傾朝野。斛律光甚惡之。嘗謂諸將曰。盲人掌機密來。全不共我輩語。正恐誤他國家事。又珽頗聞其言。因其女皇后無寵。以謠言聞上曰云云。令其妻兄鄭道蓋奏之。帝問。珽證實。又說謠云云。珽並云。盲老翁。云是臣與國同憂戚。勸上行語。其多事老母(以)〔似〕道女侍中陸氏。北史斛律光傳。周將韋孝寬懼光。乃作謠言。令間諜漏之於鄴曰云云。又曰云云。珽續之曰云云。周書韋叔裕傳。字孝寬。孝寬參軍曲嚴。頗知卜靈。謂孝寬曰。來年東朝。又大相殺戮。孝寬因令嚴作謠歌曰云云。百升、斛也。又言云云。令諜人齎此文遺之於鄴。祖孝徵旣聞。更潤色之。明月覺以此誅。據此。則此謠前二條本出於曲巖。後一條則出於祖珽。蓋展轉附會而成也。今故兼題巖珽之名焉。

羣盜爲來整歌

隋書來護兒傳。封榮國公。子整。武賁郎將右光祿大夫。整尤驍勇。善撫士衆。討擊羣盜。所向皆捷。諸賊甚憚之。爲作歌曰。

長白山頭百戰場。十十五五把長槍。不畏官軍十萬衆。只畏榮公第六郎。北史來護兒傳及長白山錄。十萬作千萬。只畏作只怕。

柳楷引謠言

北史蕭寶夤傳。齊明帝第六子。廢主寶卷之母弟也。梁武剋建業。遂委命。伏訴闕下。除鎮東將軍。齊初。秦州城人薛伯珍、劉慶、杜遷等反。朝廷甚憂之。除寶夤開府西道行臺。爲大都督西征。出師既久。兵將疲弊。時山東關西寇賊充斥。王師屢北。人情沮喪。寶夤慮見猜責。內不自安。朝廷頗亦疑沮。及遣御史中尉酈道元爲關中大使。寶夤謂密欲取己。將有異圖。問河東柳楷。楷曰。大王齊明帝子。天下所屬。今日之舉。實允人望。且謠言云云。武王有亂臣十人。亂者、理也。大王當理關中。何所疑慮。寶夤遂反。

鸞生十子九子𣩵。一子不𣩵關中亂。案鸞乃齊明帝之名。明帝十一子。舉成數言之。故稱十子也。呂氏春秋明理篇。鷄卵多毈。淮南子原道訓。獸胎不贕。鳥卵不毈。高注云。獸不成胎曰贕。鳥不成卵曰毈。贕音瀆。毈音段。通鑑一百五十一。𣩵作毈。胡注云。毈、卵壞也。今說文有毈無𣩵。毈字下云。卵不孚也。不孚者、壞而不育。九子毈。一子不毈者。言明帝諸子皆殁。而寶夤獨存也。

張權輿爲裴度造謠詞

舊唐書裴度傳。穆宗卽位。長慶二年。以度守司徒平章事。復知政事。度與李逢吉素不協。逢吉代度爲宰相。罷度爲左僕射。俄出度爲山南西道節度使。不帶平章事。長慶四年。昭愍皇帝下制。復兼同平章事。然逢吉之黨。巧爲毀沮。恐度復用。寶曆元年十一月。度疏請入覲京師。明年正月。度至。帝禮遇隆厚。數日宣制。復知政事。而逢吉黨有左拾遺張權輿者。尤出死力。度自興元請入朝也。權輿上疏曰。度名應圖讖。宅據岡原。不召自來。其心可見。先是姦黨忌度。作謠辭云云。天口、言度嘗平吳元濟也。又帝城東西橫亙六岡。合易象乾卦之數。度平樂里第。偶當第五岡。故權輿取爲語辭。昭愍雖少年。深明其誣謗。奬度之意不衰。姦邪無能措言。

非衣小兒坦其腹。天上有口被驅逐。

案本書李逢吉傳。昭愍卽位。左右屢言裴度之賢。帝甚嘉之。寶曆初。度連上章請入覲。逢吉之黨張權輿撰非衣小兒之謠。傳於閭巷。而韋處厚於上前解析。言權輿所撰之言。新唐書裴度傳。逢吉既代相。思有以牙蘖之。引所厚李仲言、張又新、李續、張權輿等。內結宦官。醜沮日聞。寶曆二年。度請入朝。權輿作僞謠云云。參考二傳。是此謠本出權輿僞造。今故直題權輿名。

董昌將僭號時山陰老人僞獻謠

新唐書董昌傳。累拜檢校太尉。同中書門下平章事。爵隴西郡王。昌得郡王。咤曰。朝廷負我。何惜越王不我與。時至。我當應天順人。其屬吳繇、秦昌裕、盧勤、朱瓚、董庠、李暢、薛遼、與妖人應智、王溫、巫韓嫗皆贊之。昌益兵。城四縣自防。山陰老人僞獻謠曰云云。昌喜。賜百縑。乾寧二年。即僞位。國號大越。

欲識聖人姓，千里草青青。原本無。今據廣記卷二百九十引會稽錄及全唐詩十二函八補。欲知天子名。日從日上生。會稽錄。天子作聖人。全唐詩。知天子作識聖人。

蜀人爲劉知俊作謠言

舊五代史梁書劉知俊傳。時知俊威望益隆。太祖雄猜日甚。知俊居不自安。奔于鳳翔。李茂貞厚待之。終慮猜忌。夜斬關奔蜀。王建待之甚至。即授武信軍節度使。再領軍伐岐。不成功而還。蜀人因而毁之。先是王建雖加寵待。然亦忌之。嘗謂近侍曰。吾漸衰耗。恆思身後。劉知俊非爾輩能駕馭。不如早爲之所。又嫉其名者于里巷間作謠言曰云云。知俊色黔而丑生。椶繩者、王氏子孫皆以宗承爲名。故以此構之。僞蜀天漢元年冬十二月。建遣人捕知俊。斬于成都府之炭市。

黑牛出圈椶繩斷。新五代史劉知俊傳。椶作椶。廣記卷一百六十三引王氏見聞集及全唐詩十二函八作黑牛無繫絆。椶繩一時斷。

至正十年河南北童謠

元史五行志二。至正十年。河南北童謠云。河渠志三。至正四年夏五月。黃河暴溢。朝廷患之。訪求治河方略。九年。乃命集羣臣議廷中。而言人人殊。惟都漕運使賈魯昌言必當治。十一年四月初四日。命魯以工部尚書爲總治河防使。十一月水土工畢。河乃復故道。先是、歲庚寅。河南北童謠云云。及魯治河。果於黃陵岡得石人。一眼。而汝穎之妖寇乘時而起。議者往往以謂天下之亂。皆由賈魯治河之役。勞民動衆之所致。殊不知元之所以亡者。實基於上下因循。狃於晏安之習。紀綱廢弛。風俗偷薄。其致亂之階。非一朝一夕之故。所由來久矣。設使賈魯不興是役。天下之亂。詎無從而起乎。

石人有雙眼。河渠志三。有雙作一隻。挑動黃河天下反。

按諸書多言石人卽劉福通之黨所埋。則謠言必福通之黨所造。庚寅卽至正十年。蓋九年集議。十年決策。十一年興工。福通輩探知其事。故豫爲此計。以搖惑人心也。

李巖造謠詞

明史流賊李自成傳。有安塞馬賊高迎祥者。自成舅也。自稱闖王。孫傳庭新除陝西巡撫。銳意滅賊。禽迎祥於盩厔。獻俘闕下。磔死。於是賊黨乃共推自成爲闖王矣。自成性猜忍。日殺人。斮足剖心爲戲。所過。民皆保塢壁不下。杞縣舉人李信者。逆案中尙書李精白子也。嘗出粟振飢民。民德之曰。李公子活我。信投自成。自成大喜。改信名曰巖。巖因說曰。取天下以人心爲本。請勿殺人。收天下心。自成從之。屠戮爲減。又散所掠財物。振飢民。民受餉者。不辨巖、自成也。雜呼曰。李公子活我。巖復造謠詞明季北略卷二十八作眞保間謠。曰云云。使兒童歌。以相煽惑。從自成者日衆。

迎闖王。不納糧。明季北略卷十九作穿他娘。喫他娘。開了大門迎闖王。闖王來時不納糧。吳忠節公遺集卷三與伯兄秋圃書、引此謠作吃他娘。着他娘。吃着不彀有闖王。不當差。不納糧。大家快活過一場。

古謠諺卷八十八

附錄三

秀水杜文瀾輯

魯生歌

華嶠後漢書。（據何氏語林寵禮篇注。）趙壹、字元叔。漢陽縣人。體貌魁梧。身長九尺。美鬚豪眉。望之甚偉。恃才倨傲。爲鄉里所擯。後屢抵罪。幾至死。友人救。得免。乃作刺世疾邪賦。以舒其怨憤。（按賦文甚繁。今不錄。）有秦客者。乃爲詩曰。河清不可俟。人命不可延。順風激靡草。富貴者稱賢。文籍雖滿腹。不如一囊錢。伊憂比堂上。抗髒倚門邊。魯生聞此辭。繫而作歌曰。

勢家多所宜。咳唾自成珠。被褐懷金玉。蘭蕙化爲芻。賢者雖獨悟。所困在羣愚。且各守爾分。勿復空馳驅。哀哉復哀哉。此是命矣夫。

案華嶠後漢書。在姚氏之駰所輯後漢書補逸內。而此條漏採。今據何氏語林注錄之。

又案後漢書趙壹傳引壹詩。與此正同。然不作魯生歌。故置彼錄此。

讒人爲吳潛兄弟造童謠

宋季三朝政要。（卷三。）理宗景定元年七月。貶吳潛建昌軍。尋徙潮州。潛爲人豪雋。其弟兄亦無所附麗。有讒於上者曰。外間童謠云云。此語旣聞。惑不可解。而用之不堅。亦以此也。（錢塘遺事卷四。丁大全罷相。吳潛代之。庚申七月。謫建昌。尋徙潮州。辛酉四月。安置循州。壬戌五月十八日卒。）

大蜈蚣。小蜈蚣。盡是人間業毒蟲。贅緣攀附有百尺。若使飛天能食龍。

流賊爲王燾號

明季北略。卷十四。王燾、南直崑山人。崇禎時爲湖廣德安府隨州知州。戊寅二月。賊首張獻忠合衆數十萬圍城。燾親冒矢石。斬獲千級。城守益堅。賊有云云之號。移營遁去。撫按交上其功。爲守禦第一。

隨州紙城。變作鐵城。

李自成僭號時民間口謠

明季北略。卷二十。崇禎十七年四月二十九日。李自成稱帝。三十日。自成西奔。宋獻策云。我主止可爲馬上王。溷過幾年而已。又口謠云。

自成割據非天子。馬上登臺未許年。

李巖使小兒歌

明季北略。卷二十三。自成既定僞官。攻取河南。李巖進曰。欲圖大事。必先尊賢禮士。除暴恤民。今雖朝廷失政。然先世恩澤。在民已久。近緣歲饑賦重。官貪吏猾。是以百姓如陷湯火。所在思亂。我等欲收民心。須托仁義。揚言大兵到處。開門納降者。秋毫無犯。在任好官。仍前任事。若酷處人民者。即行斬首。一應錢糧。比原額止徵一半。則百姓自樂歸矣。自成悉從之。巖密遣黨作商賈。四出傳言。闖王仁義之師。不殺不掠。使小兒歌曰云云。時比年饑旱。官府復嚴刑厚斂。一聞童謠。

咸望李公子至矣。第愚氓認李公子卽闖王。而不知闖王乃自成也。李巖曾舉孝廉。父某。尙書也。故人呼巖爲李公子。

朝求升。暮求合。近來貧漢難存活。早早開門拜闖王。管教大小都歡悅。

賊營中爲劉洪起謠

綏寇紀略補遺。卷下附錄河南諸寨。劉洪起者、西平鹽徒。與其弟洪超、洪道結鄉井以自保。又有洪勛、洪禮等。號爲諸劉。嘗乘夜遣人入賊中。取其馬。黨與漸以盛。官授爲西平都司。沈萬登之在眞陽也。李自成授以威武大將軍。不受。馬士英承制命爲副總兵。遂與劉洪起、洪禮謀收復。自注云。賊營中謠曰云云。劉字東橋。扁頭其別號也。

高點燈。多熬油。防備西平劉扁頭。

塗山歌

吳越春秋。卷四。禹三十未娶。行到塗山。恐時之暮。失其度制。乃辭云。吾娶也。必有應矣。乃有白狐九尾造於禹。禹曰。白者、吾之服也。其九尾者、王之證也。塗山之歌曰云云。明矣哉。禹因娶塗山。謂之女嬌。

綏綏白狐。九尾痝痝。類聚卷九十六、御覽卷五百七十引呂氏春秋、卷九百九引吳越春秋、樂府詩集卷八十三、甕牖閒評卷一、風雅逸篇卷一引琴操、潛確類書卷一百十引呂氏春秋。痝痝作龐龐。我家嘉夷。來賓爲王。成家成室。類聚及御覽卷九百九、潛確類書作成于家室。風雅逸篇作成于室家。我造彼昌。御覽卷五百七十、卷九百九。造作都。風雅逸篇。造彼作都攸。類聚及潛確類書作我都攸昌。天人之際。於茲則行。樂府詩集、風雅逸篇以明矣哉三字入歌。

案禹治水當堯之時。不應遽言王瑞。必依托也。

時人爲翟鑾彭鳳謠

弇州別集。高節、歸州羅江人。嘉靖進士。授編修。三十三年甲辰。節與編修彭鳳等同充房考。是歲取中少傅翟鑾二子汝儉、汝孝。刑科給事中汪蛟、王堯日論劾彭鳳、高節朋私通賄。大壞制科。大學士翟鑾以內閣首臣。二子汝儉、汝孝既連中鄉試。又連中會試。若持券取物。然汝儉、汝孝皆彭鳳所取。時同考官五人。何俱在鳳一房。故有云云之謠。乞明正其辜。上下其章。遂勒鑾並汝儉、汝孝、鳳俱爲民。節充軍。明史翟鑾傳。初、嚴嵩之入閣也。鑾以資格居其上。權遠出嵩下。而嵩終惡鑾。不能容。會鑾子汝儉、汝孝連捷鄉試會場。嵩屬汪蛟、王堯日劾其有弊。鑾遂獲罪。　羅江縣志卷九人物門高節傳。李氏調元贊曰。其事起於嵩傾翟鑾。而牽連被害。則其不附嵩可知矣。受賄之事。莫必其有。無識者察其原委而諒其心可也。

一鑾當道。雙鳳齊鳴。

古謠諺卷八十九 附錄四

秀水杜文瀾輯

樵者臨溪歌

天祿閣外史。交情篇。李膺訪徵君於衡門。雪甚。道遇郭泰。乃稅駕於野。與郭泰乘蹇驢而造焉。有樵者臨溪浣足而歌曰云云。二子聞而淒然。時童子候門。見二子來。振衣長嘯而入。徵君及階迎之。

衡門之雪霏霏兮。有客緼袍。寒溪澹而無聲兮。木落遠皐。

韓王二姬別鸞歌

天祿閣外史。寵幸篇。韓王有玉壺、紫英二姬。寵冠於宮。徵君見韓王曰。王不寵仁義而昵冶容。臣竊以爲賢王之蠹也。二姬怨而讒之。明年。以下讒說篇。韓王游雲夢之山。與徵君同車。二姬怨王。作別鸞之歌。歌曰云云。歌竟。遂縊於宮樹而死。

雙鸞游兮紫庭。輝噰噰兮春陽。鳳舉兮雲夢。悵寂寞兮哀鳴。

崆峒老人謠

天祿閣外史。妖孽篇。徵君游崆峒之山。見二老者祭一古塚。祝曰云云。遂化爲鳩。飛于巖木之巔。徵君曰。吾聞國將亡。聽於神。今二老之謠、非人之言也。又化而爲鳩。其怪甚矣。夫九、陽之窮也。依鳥而爲鳩。鳩有利口。是傾國之象也。王室其將亂乎。

炎炎之室。其棟將頹。田爲戰場奸雄啼

韓韶引諺

天祿閣外史。出處篇。魯王田於轂戍。徽君謂大夫韓韶曰。魯王二田矣。甫其歸乎。韓韶喟曰。子固矣。夫昔酒傭負羹而殷舉。屠叟漁渭而周獵。五羖投秦而繆霸。甯子干齊而桓興。孫卿遨遊於楚趙。子輿馳鶩於梁滕。范公顯越而鴟夷。張郎佐漢而辟穀。此數子者。豈無塚廬之思。躬耕之樂哉。誠知立功爲不朽也。諺曰云云。言時不可後也。徽君顧其弟子曰。知權乎。知權乎。

荷鋤候雨。不如決渚。

徽君引諺

天祿閣外史。繼立篇。徽君入見魏王。長揖而言曰。魏國、天下之中原也。今國凶於饑饉。民無所賴。山崩而河震。民無所寧。其憂其在王乎。雖然。今之菑害。其王室之憂也。憂在王室。豈惟降於王之一國哉。魏王曰。然則列國之壤地人民。苟有饑饉崩溢之禍。亦不足以爲諸侯憂乎。曰。四方有難。則王室憂。王室有難。則諸侯憂。由此觀之。諸侯雖無職。亦安得而毋憂也。唯賢王密厥志而已。諺有之曰云云。言得時無怠也。王其圖之。

農勤於朝。女勤於宵。宵必顧杼。朝必望雨。

徽君引楚人言

天祿閣外史。黜陟篇。蜀王問徽君曰。今有司寡廉而多貪。將誅之乎。抑黜之乎。徽君對曰。宜黜者黜。

宜陟者陟。宜賞者賞。宜誅者誅。然後貪鄙化而廉能勸。典刑明於上。政教暢於下。故明主有擊壤之歌。則大臣有輿人之誦。上有畫一之諺。則下有五袴之謠。此表樹而影必從者也。楚人有言曰

云云。今之大臣。好畫一之諺。而惡聞楚人之言。憲也其惑乎。蜀王有恧色。

大臣無貂裘。則有司寒。大臣無甘饌。則有司瘠。大臣無私門。則有司廉。

京師爲太乙眞人語

天祿閣外史。火災篇。有星數丈流於冀州。其光如旦。越明年。洛陽元眞宮灾。天皇與太乙眞人方祠浮圖老子。火圍宮苑。煙燄蔽空。宮女悲泣。相枕而哭。天皇幾不得脫。太乙眞人猶以符咒祝之。火迫亦出。見百官擁列於銅駝陌。惶懼掩面。京師爲之語曰。

元宮火。不得出。太乙眞人。焦頭爛額。

蜀人爲徐嵩文龜齡語

天祿閣外史。避難篇。益州守徐嵩、坐贓繫獄。有武陽令文龜齡亦坐贓於獄中。乃相國王允門人。以孝廉舉高第。時御史按獄以死論。益州守搗額乞憐。密以千金賂之。乃免刑。遂問戍雲中。武陽令以中倚之故。獨揚聲抗辭於前。其獄竟釋。蜀人爲之語曰。

益州太守徐仲高。坐贓論死充嫖姚。武陽令尹文壽伯。坐贓譚笑挾相國。

徵君引郢人歌

天祿閣外史。漁論篇。徵君自以不得志於諸侯。燕居而歎。客有諷徵君曰。夫知與者疏其津。知亡者閉

其名。知止知興。與時偕行。知興知亡。與時偕藏。今漢室蕪穢。又替於周秦矣。子顧睿伊尹之干。而忽太史之出。不亦戮乎。徵君曰。然。是或一道也。子又不聞郢人之歌乎。其辭曰云云。昔周室顛而榱題媛者。齊晉也。斲齊晉之榱題而治公室者。則管仲、鮑叔牙、甯戚、狐偃、趙衰、叔向皆良工也。子何泥聖賢之寓迹。而病厥心乎。

故廈將顛兮。奈良工何。榱題媛兮。斲而爲窩。

湘江漁父歌

天祿閣外史。遇漁篇。徐淵獄中上書。暴楚王之過。楚王焚其書而殺之。周岑放。浮於湘江。有漁者並檝仰笠而歌曰云云。周岑憑而聽之曰。噫嘻乎。噫嘻乎。何楚聲之婉變也。

瀟湘秋兮水沄沄。芙蓉落兮雁南賓。斯美人兮江渚。歲暮兮蒼梧雲。

朱氏國楨湧幢小品。載徐應雷、黃叔度二誣辨曰。黃叔度言論風旨。無所傳聞。入明嘉靖之季。崑山王舜華。名逢年。有高才奇癖。著天祿閣外史。託於叔度以自鳴。舜華爲吾友孟肅諸大父行。余猶及見其人。知其著外史甚確。自初出。有纂入東漢文者。時舜華尚在。而天下謂外史出祕閣。實黃徵君著。則後世曷從核眞贋乎。

李氏詡戒菴漫筆云。天祿閣外史乃近年崑山王逢年所詭託者。逢年特一有筆性浪子耳。邇有餘姚人胡御史某。提要云。案卽刻兩京遺編之胡維新。沾沾以文學自喜。雜此文於左國司馬諸篇中刊行。頒於蘇常四郡學宮。令諸生誦習之。殆亦一奇事也。

王氏鉞讀書蕞殘云。天祿閣外史賓秦文中。有黨錮一篇。考後漢書本傳。陳蕃爲三公。臨朝歎曰。叔度若在。吾不敢先佩印綬。是黨禍未起。憲已謝世矣。又賓晉文有董卓篇。益不相見。王氏謨云。右天祿閣外史。叢書本題汝南黃憲著。王守溪序。卷首載有謝安、田宏評語。謨以爲是皆作贋書者創爲之說。並序文亦非守溪作也。始出於嘉靖時。至萬曆年間。屠緯眞遂采入漢魏叢書。以此見前明風氣詭異。雖以同時作僞之書。亦甘受其欺愚而不悟其非。若通鑑綱目於安帝延光元年。書黃憲卒。本傳謂憲終年四十八。而外史猶次及董卓之亂。且盛毀王允。此其繆妄。蓋不待攻而自破云。

趙飛燕歌

飛燕外傳。帝於太液池作千人之舟。號合宮之舟。池中起爲瀛洲榭。高四十尺。帝御流波文縠無縫衫。后衣南越所貢雲英紫裙。碧瓊輕綃廣榭上。后歌舞歸風送遠之曲。帝以文犀簪擊玉甌。令后所愛侍郎馮無方吹笙。以倚后歌。中流歌酣。風大起。后順風揚音。無方長噏細嫋與相屬。后揚袖曰云云。帝曰。無方爲我持后。無方捨吹持后履。久之風霽。后泣曰。帝恩我。使我仙去不得。悵然曼嘯。泣數行下。帝益愧愛后。

仙乎仙乎。去故而就新。寧忘懷乎。

按飛燕外傳雖題漢伶玄撰。然其中情事。多有可疑。直齋書錄解題引或人之語。指爲僞書。其說最是。蓋漢志本不著錄。且其詞纖靡太甚。不類西漢文筆也。

沈警與二女郎贈答歌

潤玉傳。沈警字玄機。吳興武康人也。爲梁東宮長侍。後荆楚陷沒。入周爲上柱國。奉使秦隴。途過張女郎廟。旣暮。宿傳舍。憑軒望月。作鳳將雛含嬌曲。其詞曰云云。又續爲歌曰云云。吟畢。聞簾外歎賞之聲。復云云云。音旨淸婉。忽見二女已入。大女郎謂警曰。妾是女郎妹。適廬山夫人長男。指小女郎云。適衡山府君小子。山中幽寂。良夜多懷。輒欲奉屈。無憚勞也。遂攜手出門。共登一輜軿。俄至一處。朱樓飛閣。備極煥麗。揖警就坐。又具酒殽。酒酣。大女郎歌曰云云。小女郎歌曰云云。又歌曰云云。警乃歌曰云云。二女郎相顧流涕。良久。大女郎出謂小女郎曰。潤玉可便伴沈郎寢。將曉。大女郎卽復至。復置酒。警歌曰云云。警乃贈小女郎指環。小女郎贈警金合歡結。歌曰云云。大女郎贈警瑤鏡子。歌曰云云。乃執手嗚咽而別。

命嘯無人嘯。含嬌何處嬌。徘徊花月上。空度可憐宵。右沈警歌鳳將雛含嬌曲。

靡靡春風至。微微春露輕。可惜關山月。還城無月明。右沈警歌。廣記卷三百二十六引異聞錄。城作成。

閒宵豈虛擲。山月豈無明。右女郎歌。異聞錄。山作朗。

人神相舍兮後會難。邂逅相近兮暫爲歡。星漢移兮夜將闌。心未極兮且盤桓。右大女郎歌。

洞簫響兮風生流。淸夜闌兮管絃遒。長相思兮衡山曲。水斷絕兮秦隴頭。右小女郎歌。異聞錄。水作心。

隴上雲車不復居。湘川斑竹淚霑餘。誰念衡山烟霧裏。空看雁足不傳書。右小女郎歌。

義起曾歷許多年。異聞錄。起作熙。非是。張碩凡得幾時憐。何意今人不及昔。暫來相見更無緣。右沈警歌。

正値行人心不平。異聞錄。正値作直恁。那宜百里阻關情。只今隴上分流水。更泛從來嗚咽聲。右沈警歌。

心纏千萬結。（異聞錄作結心纏萬縷。）縷結幾千回。（異聞錄縷結作結縷。）結怨無窮極。結心終不開。（右小女郎歌。）

憶昔窺寶鏡。（異聞錄。寶作琉。）相望看明月。彼此俱照人。莫令光影滅。（右大女郎歌。異聞錄。影作彩。）

楊國忠聞屏風女歌

太眞外傳。（卷上。）上語妃曰。憶有一屏風合在。待訪得以賜爾。屏風乃虹霓爲名。雕刻前代美人之形。可長三寸許。皆用衆寶雜廁而成。此乃隋文帝所造。賜義成公主。隨在北胡。貞觀初。滅胡。與蕭后同歸中國。上因而賜焉。附錄云。妃歸衛公家。遂持去。安於高樓上　未及將歸。國忠日午偃息樓上。至牀覩屏風在焉。纔就枕。而屏風諸女悉皆下牀前。俄有纖腰妓人近十餘輩。曰。楚章華踏謠娘也。迺連臂而歌之曰（云云）。俄而遞爲本藝。將呈訖。一一復歸屏上。國忠方醒。惶懼甚。遽走下樓。急令鏁之。貴妃知之。亦不欲見焉。

三朵芙蓉是我流。大楊造得小楊收。

獨孤穆與隋縣主及來氏歌人贈答歌

獨孤穆傳。唐貞元中。河南獨孤穆者客淮南。夜投大義縣宿。未至十里。見一青衣乘馬。顏色頗麗。俄至一處。門館甚肅。青衣下馬入。久之乃出。延客就館。出謂穆曰。君非隋將獨孤盛之後乎。穆乃自陳是盛八代孫。青衣曰。果如是。娘子與郎君乃有舊。須臾設食。水陸畢備。食訖。青衣數十人前導曰。縣主至。見一女子。年可十三四。姿色絕代。拜跪訖。就坐。謂穆曰。妾父齊王。隋帝第二子。隋室傾覆。唯君先將軍力拒逆黨。及亂兵入宮。妾遂爲所害。因悲不自勝。青衣白縣主曰。言及舊事。但恐使人悲感。某請充使。召來家娘子相伴。縣主許之。既而謂穆曰。此大將軍來護兒歌人。亦當時遇害。近在於此。俄頃即至。甚有姿色。陪言笑。因作樂。縱飲甚歡。來氏歌數曲。穆唯記其一曰云云。良久曰。豈期今日忽有嘉禮。縣主曰。本以獨孤公忠烈之家。願一相見。欲豁幽憤耳。豈可以塵土之質。厚誣君子。穆因歌以諷之曰云云。縣主亦以歌答曰云云。來氏曰。今日相對。正爲嘉耦。宜早成禮。於是羣婢戲謔。皆若人間之儀。頃之復召來氏。飲讌如初。縣主曰。帝既改葬。妾獨居此。亦終不安居。江南回日。能挈我俱去。置洛陽北阪。得與君相近。生成之惠也。穆許諾。酒酣。倚穆而歌曰云云。穆因以歌答曰云云。縣主泣謝。須臾。天將明。皆與辭訣。既出門。回顧無所見。次年正月。自江南回。穆既爲數千里遷葬。貞元十五年。歲在己卯。穆晨起將出。忽見數人至其家。謂穆曰。縣主有命。穆曰。豈相見之期至耶。於其夕暴亡。遂合葬於楊氏。

平陽縣中樹。久作廣陵塵。不意何郎至。黃泉重見春。右來氏歌。

今聞久無主。廣記卷三百四十二引異聞錄。今聞作金閨。羅袂坐生塵。願作吹簫伴。同爲騎鳳人。右獨孤穆歌。

朱軒下長路。青草啓孤墳。猶勝陽臺上。空看朝暮雲。右縣主歌。

露草芊芊。頹塋未遷。自我居此。於今幾年。與君先祖。疇昔恩波。死生契闊。忽此相過。誰謂佳期。尋當別離。俟君之北。攜手同歸。右縣主歌。

伊彼維揚。在天一方。驅馬悠悠。忽來異鄉。情通幽顯。獲此相見。義感疇昔。言存繾綣。清江桂舟。異聞錄。舟作州。可以遨遊。惟子之故。不遑淹留。右獨孤穆歌。

鮑生家妓歌

韋鮑二生傳。酒徒鮑生。家富蓄妓。開成初、行歷陽道中。止定山寺。遇外弟韋生下第東歸。同憩水閣。鮑置酒。酒酣。韋謂鮑曰。樂妓數輩焉在。鮑生曰。唯與蓼蘭小倩俱耳。頃之。二雙鬟抱胡琴、方響而至。遂坐鮑生之左。酒闌。鮑謂韋曰。出城得良馬乎。對曰。予春初塞遊。獲數匹。鮑拊掌大悅。韋戲鮑曰。能以人換。任選殊尤。鮑欲馬之意頗切。密遣四絃更衣盛裝。頃之而至。乃命奉酒獻韋生。歌一曲以送之云云。又歌送鮑生酒云云。韋乃召御者牽紫叱撥以酬之。

白露濕庭砌。皓月臨前軒。此時去留恨。廣記卷三百四十九引纂異記。去作頗。含思獨無言。

風颭荷珠難暫圓。多生信有短因緣。西樓今夜三更月。還照離人泣斷絃。

阮瑀歌曲

文士傳逸文。據三國志魏書王粲傳附阮瑀傳注。太祖雅聞瑀名。辟之不應。連見偪促。乃逃入山中。太祖使人焚山。得瑀。送至。召入。太祖時征長安。大延賓客。怒瑀。不與語。使就技人列。瑀善解音。能鼓琴。遂撫弦而歌。因造歌曲曰云云。爲曲既捷。音聲殊妙。當時冠坐。太祖大悅。

奕奕天門開。大魏應期運。青蓋巡九州。在東西人怨。士爲知己死。女爲悅者玩。恩義苟敷暢。御覽卷五百七十二引文士傳及樂府詩集。敷作潛。他人焉能亂。裴松之云。案廙氏典略、摯虞文章志並云。瑀、建安初辭疾避役。不爲曹洪屈。得太祖召。即投杖而起。不得有逃入山中、焚之乃出之事也。又典略載。太祖初征荆州。使瑀作書與劉備。及征馬超。又使瑀作書與韓遂。此二書今具存。至長安之前。遂等破走太祖。始以十六年得入關耳。而張隲云。初得瑀時。太祖在長安。此又乖戾。瑀以十七年卒。太祖十八年策爲魏公。而云瑀歌舞辭稱大魏應期運。愈知其妄。又其辭云。他人焉能亂。了不成語。瑀之吐屬。必不如此。

古謠諺卷九十

附錄五

秀水杜文瀾輯

夫子杏壇琴歌

東家雜記。夫子車從出國東門。因觀杏壇。歷級而上。顧弟子曰。非臧文仲誓將之壇乎。睹物思人。命琴而歌曰。

暑往寒來春復秋。夕陽西下水東流。將軍戰馬今何在。野草閑花滿地愁。

陳采桑二女贈答歌

衛波傳。孔子去衛適陳。塗中見二女采桑。子曰云云。答曰云云。夫子至陳。大夫發兵圍之。令穿九曲珠。乃釋其厄。夫子不能。使回賜返問之。其家謬言女出外。以一瓜獻二子。子貢曰。瓜。子在內也。女乃出語曰。用蜜塗珠。絲將繫蟻。蟻將繫絲。如不肯過。用烟燻之。子依其言。乃能穿之。於是絕糧七日。

南枝窈窕北枝長。夫子游陳必絕糧。九曲明珠穿不得。著來問我采桑娘。

楊么叛時賊中語

宋名臣言行錄。別集卷八。少保岳武穆王飛。李龜年記錄楊么本末曰。初、賊自恃其險。官軍陸襲則入湖。水攻則登岸。賊中為之語古今風謠作宋紹興中鼎澧謠。曰云云。蓋言其險。非有羽翼莫能過也。俄詔用岳飛。適值大旱。湖水涸。飛命軍士伐君山之木。爲巨筏無數。塞諸港汊。賊戰敗。急趨舟。欲出湖。而港汊已滿。舟爲所礙。不能遁。戮死外。盡招降之。飛來之讖。於是乎驗。

有能害我。除是飛來。弘簡錄卷一百二十一岳飛傳。上句作欲犯我者。古今風謠作若是欲我。

廬山夫人女婉爲曹著歌

補侍兒小名錄。建康小史曹著、見廬山夫人。命女婉出與著相見。女欣然。命婢瓊枝。令取琴出。婉撫琴而歌曰云云。琴歌既畢。婉便回去。原注見祖台之志怪。

登廬山兮鬱嵯峨。晞陽風兮排紫霞。招若人兮濯靈波。原本無。據太平御覽卷五百七十三樂部所引補。欣良運兮暢雲柯。彈鳴琴兮樂莫過。雲龍合兮樂太和。彈鳴琴以下二句。原本作□雲龍合兮樂太和。顯係脫誤。今據御覽改補。御覽。排作拂。

南曲中小兒唱

北里誌。張住住者、南曲。所居卑陋。少而敏慧。能辨音律。有龐佛奴與之同歲。亦聰警。甚相悅慕。私有結髮之契。俄而里之南有陳小鳳者。欲權聘住住。蓋求其元。已納薄幣。上巳日。舉家踏青去。住住留佛奴。盛備酒饌。因爲謾寢所。以遂平生。既而謂佛奴曰。小鳳亦非娶我也。子必爲我之計。佛奴許之。曲中素有畜鬬雞者。佛奴因髡其冠。取丹物致於住住。既而小鳳以爲獲元。甚喜。又獻三緡於張氏。遂往來不絕。平康里中素多輕薄小兒。遇事輒唱。俄而。復值北曲王團兒假女小福。爲鄭九郎主之。而私於曲中盛六子者。及誕一子。滎陽撫之甚厚。曲中唱曰云云。久之。小鳳微聞其唱。疑而未察其與住住昵者。詰旦告以街中之辭曰。是日前佛奴雄雞因避鬬飛上屋傷足。前曲小鐵鑪田小福者。賣馬街頭。遇佛奴父以爲小福所傷。遂毆之。住住素有口辨。因撫掌曰。是何龐漢。打他賣馬街頭田小福。街頭唱云云。且雄雞失德。是何謂也。小鳳既不審。且不喻。遂無以對。住住以前言告佛奴。佛奴視雞足且良。遂以生絲纏其雞足。置街中。召小兒共變其唱住住之言。小鳳見雞跛。又聞改唱。深恨向來誤聽。乃復之張舍。宴語甚歡。至旦將歸。街中又唱曰云云。小鳳聞此唱。不復詣住住。佛奴終以禮聘住住。而小鳳家事日蹙。復不侔矣。

張公吃酒李公顛。盛六生兒鄭九憐。舍下雄雞傷一德。南頭小鳳納三千。

舍下雄雞失一足。街頭小福拉三拳。

莫將龐大作荍䴵。全唐詩十二函八。䴵作團。下原注云。錦葵花也。音䴵。 荍龐大皮中的不乾。不怕鳳凰當額打。更將雞腳用筋纏。

京師爲孫秀秀諺

青樓集。孫秀秀、都下小旦色也。名公巨卿多愛重之。京師諺曰。

人間孫秀秀。天上鬼婆婆。

章仇大翼引開皇初童謠

大業雜記。大業元年。敕有司於洛陽故王城東營建東京。以越國公楊素爲營東京大監。安德公宇文愷爲副。廢三崤舊道。令開葼栅道。時有術人章仇大翼表奏云。陛下是木命人。雍州是破木之衝。不可久住。開皇之初。有童謠云云。陛下曾封晉王。此其驗也。帝覽表。愴然有遷都之意。即日車駕往洛陽。改洛州爲豫州。

修治洛陽還晉家。

提要云。大業拾遺記二卷。一名南部烟花錄。舊本題唐顏師古撰。末有跋語。稱會昌中。沙門志徹得之瓦棺寺閣。乃隋書遺稿云云。王得臣麈史。稱其極惡可疑。姚寬西溪叢語。亦曰。南部烟花錄。文極俚俗。又載陳後主詩云。夕陽如有意。偏向小窗明。此乃唐人方域詩。六朝語不如此。唐藝文志所載烟花錄。記幸廣陵事。此本已亡。故流俗僞作此書云云。然則此亦僞本矣。今觀下卷記幸月觀時與蕭后夜話。有儂家事一切已託楊素了之語。是時素死久矣。師古豈疎謬至此乎。其中所載煬帝諸作。及虞世南贈袁寶兒作。明代輯六朝詩者。往往採掇。皆不攷之過也。

隋煬帝幸江南時聞民歌

煬帝海山記。隋煬帝大業十年。東幸維揚。御龍舟。中道。夜半聞歌者甚悲。其辭曰云云。帝聞其歌。遽遣人求其歌者。至曉不得其人。帝頗徬徨。通夕不寐。

我兄征遼東。餓死青山下。今我挽龍舟。又困隋隄道。方今天下饑。路糧無些小。前去三千程。此身安可保。寒骨枕荒沙。幽魂泣煙草。悲損門內妻。望斷吾家老。安得義男兒。焚此無主屍。引其孤魂回。負其白骨歸。

迷樓宮人歌

迷樓記。煬帝大業九年。帝將再幸江都。有迷樓宮人抗聲夜歌云云。帝聞其歌。披衣起聽。召宮女問之云。孰使汝歌也。汝自爲之邪。宮女曰。臣有弟在民間。因得此歌。曰。道途兒童。多唱此歌。帝默然久之曰。天啓之也。天啓之也。

河南楊柳謝。全唐詩十二函八。河作江。謝作樹。廣博物志卷四十二。謝亦作樹。河北李花榮。全唐詩。河作江。廣博物志。花作桃。楊花飛去落何處。廣博物志。落作去。全唐詩作楊柳飛綿何處去。李花結果自然成。

煬帝自歌

迷樓記。帝因索酒自歌云云。歌竟不勝其悲。近侍奏無故而悲。又歌臣皆不曉。帝曰。休問。他日自知也。

宮木陰濃燕子飛。興衰自古漫成悲。他日迷樓更好景。宮中吐艷戀紅輝。

煬帝開汴河時百姓謠言

開河記。翰林學士虞世基獻計。請用垂柳栽於汴渠兩隄。上大喜。詔民間。有柳一株賞一縑。百姓競獻之。又令親種。帝自種一株。羣臣次第種。方及百姓。時有謠言曰云云。栽畢。帝御筆寫賜垂楊柳姓楊、曰楊柳也。

天子先栽。然後百姓栽。

提要云。海山記一卷。迷樓記一卷。開河記一卷。三書並載明吳琯古今逸史中。不著撰人名氏。海山記述煬帝西苑事。所錄煬帝諸歌。其調乃唐李德裕所作望江南調。段安節樂府雜錄。述其緣起甚詳。大業中安有是體。考劉斧青瑣高議後集。載有此記。分上下二篇。其文較詳。蓋宋人所依託。此本刪併爲一卷。益僞中之僞矣。迷樓記亦見青瑣高議。載煬帝幸江都。唐帝入京見迷樓云云。竟以迷樓爲在長安。乖謬殊甚。開河記述麻叔謀開汴河事。詞尤鄙俚。皆近於委巷之傳奇。同出依託。不足道也。

欽宗朱后歌

宣和遺事。卷下。靖康二年三月初四日。上皇與帝異居。惟鄭后、朱后相從。丁巳。太上皇北狩。四月十四日至信安縣。有人獻牛酒於澤利者。澤利以其餘酒殘食餉帝。方喫酒。有人言知縣來相見。又辦酒食羊肉。同坐飲食。移時。乘醉命朱后勸酒唱歌。朱后以不能對。澤利怒曰。四人性命在我掌握中。安得如是不敬我。后不得已。不勝泣涕。乃持盃遂作歌曰云云。歌畢。上澤利酒。澤利笑曰。詞最好。可更唱一歌。勸知縣酒。后再歌曰云云。遂舉盃勸知縣酒。澤利起拽后衣曰。坐此同飲。后怒。欲手格之。力不及。爲澤利所擊。賴知縣勸止之。酒罷。各散去。

幼富貴兮。厭綺羅裳。長入宮兮奉尊觴。今委頓兮。流落異鄉。嗟造物兮。速死爲強。

昔居天上兮。珠宮天闕。今日草莽兮。事何可說。屈身辱志兮。恨何可雪。誓速歸泉下兮。此愁可絕。

按此事採自竊憤錄等書。出於依托。未足爲據。

遼王故宮美人吟

遼邸紀聞。遼王後宮中。往往有抑鬱致死者。今沙橋門外宮人斜。即羣姬埋香處。每陰寒晦黑。過者聞紅愁綠慘之聲。近有少年子乘醉蹋月。迷入空宮。經素香亭下。覩一美人。霓裳練裙。倚闌而歌曰云云。歌竟。杳然不見。

明月滿空堦。梧桐落如雨。涼飔襲人衣。不知秋幾許。

古謠諺卷九十一

附錄六

秀水杜文瀾輯

長安中鬼秋夜吟

輦下歲時記。俗說務本坊西門是鬼市。或風雨曛晦。皆聞其喧聚之聲。又或中秋望夜。聞鬼吟云云。有和者云云。

六街鼓絶行人歇。九衢茫茫空有月。全唐詩十二函七。絶作歇。歇作絶。

九衢生人何勞勞。長安土盡槐根高。

時人爲劉巴墓語

輿地紀勝。卷六十九荆湖北路。岳州古跡。蜀劉巴墓。原注。字子初。零陵人。有名於鄉閭。諸葛薦於蜀。後爲尚書令。章武二年。出鎭荆州。卒於岳陽。葬於郡西。後因巴墳。遂號岳陽爲巴陵。時人語曰。

生居三湘頭。死葬三湘尾。

按章武二年。荆州屬吳。劉巴無出鎭荆州之事。安得葬於巴陵。此條出自附會。

賈知微遇曾城夫人及二妃歌

方輿勝覽。卷二十九。小說。開寶中。有賈知微遇曾城夫人及二妃於洞庭。歌曰云云。歌畢。贈之羅巾而去。

黃陵廟前春草生。黃陵女兒茜羅裙。輕舟短棹唱歌去。水遠天長愁殺人。

夏誠劉衡二賊口占

文獻通考。卷三百九物異十五。高宗紹興中。鼎澧劇盜夏誠、劉衡二寨。據險不可破。二盜有口占。末云云云。卒爲岳飛所敗。

除是飛過洞庭湖。

平原君引遺諺

孔叢子。儒道篇。平原君與子高飲。强子高酒曰。昔有遺諺云云。古之聖賢無不能飲也。吾子何辭焉。子高曰。以穿所聞。賢聖以道德兼人。未聞以飲食也。平原君曰。卽如先生所言。則此言何生。子高曰。生於嗜酒者。蓋其勸厲獎戲之辭。非實然也。平原君欣然曰。吾不戲子。無所聞此雅言也。抱朴子酒誡篇。或人難曰。千鍾百觚。堯舜之飲也。抱朴子答曰。千鍾百觚。不經之言。不然之事。明者不信矣。

堯舜千鍾。通鑑卷八十胡注。舜作飲。孔子百觚。子路嗑嗑。尚飲十榼。御覽卷四百六十。嗑作溘溘。十作百。

欒雲踏歌

燕書。晉欒氏世爲晉卿。以財名。至欒雲。益務侈靡。狗馬聲色無不好。出則行馬擁犬。還列吹竹彈絲。爲長夜飲。酒酣。連臂踏歌曰云云。無日不然。蓋藏皆空。而爲樂不厭。

北邙之陰。白楊悲止。今我不樂。日月馳止。卷髮衰止。飲酒沱止。我心和止。

邢鳳子夢婦人歌

夢占逸旨。卷五。邢郎夢聽陽春之曲。自注云。異聞錄曰。邢鳳之子。夢一婦人歌踏春陽曲曰。

陽春二月雨和塵。陽春踏盡春風起。愁盡人間白髮人。

虎神吟

虎苑。卷上。景雲元年。蕭至忠爲衡州刺史。臘日將畋。先期。樵人薪於霍山。夜半月白。見長人衣豹皮。角而光芒。虎兕狐狸。千百從行。自稱玄冥使者。奉帝命以若屬充蕭使君畋數。羣獸哀號不起。使者曰。當求解於嚴四。樵人施從至東谷中。黃冠坐虎皮上。使者告之故。曰。蕭公仁者。本順時令。若滕六降雪。巽二起風。當不出矣。羣獸皆懽鳴。黃冠吟曰云云。樵人歸。未明。而風雪暴至。蕭公罷畋矣。

昔爲仙子今爲虎。流落陰崖足風雨。更將斑毳被余身。千載青山萬般苦。

介之推客歌

羣芳譜。蔬譜一。明沈周疏介夫傳。其族介之推。又徙晉。公子重耳出奔。推從之。適遭絕食。推割股肉芼羹以進。後公子歸伯。第賞有功而不及推。推之客歌於宮門曰云云。公子悔。追賞推。推逃之綿山。誓不出。

茅之拔兮。茹亦及之。吐其茹兮。忘往之飢。

案此歌托諸介推之客。係游戲假設之詞。故入附錄。下三條仿此。

時人爲藕謠

羣芳譜。果譜四。明葉受君子傳。始祖有諱碧藕者。子孫散處。其根派世襲其名。亦曰藕。咸潔白聰明。意氣清虛。自以仙流。弗與生民伍。隱遁不見於世。苟可蔽身。雖汚泥重淵。沒齒不怨。時人爲之謠曰云云。藕聞。亦不介意。

平生水雲姿。七星羅心胸。豈無絲毫益。上裨天子聰。而不自薦達。胡爲乎泥中。

時人爲蘭馨金利語

羣芳譜。花譜三。明方宇蘭馨傳。馨聞木徂徠、梅華、竹直、同道相交。往師之。後木爲大夫。梅居鼎鼐。竹以笙簧才官翰林。馨獨潛修不出。與金利締交。同心相規。時人語曰。

膠漆雖謂堅。不如金與蘭。

時人爲此君語

羣芳譜。竹譜。宋劉子翬此君傳。此君遂營嶰谷。常齋居。每歲惟五月十三日霑醉。醉則外其形骸。或爲人徙至他所。不知也。故當時爲之語曰。

此君經年常清齋。一日不齋醉如泥。有時倒載過習池。茫然乘墜俱不知。

田璆引諺

郁離子。卷下。秦惡楚而善於齊。王翦帥師伐楚。田璆謂齊王曰。盍救諸。齊王曰。秦王與吾交善。而救楚是絕秦也。鄒克曰。楚非秦敵也。必亡。不如起師以助秦。猶可以爲德而固其交。田璆曰。不然。秦、虎狼也。天下之彊國六。秦已取其四。所存者齊與楚耳。譬之摘果。先近而後遠。其所未取者。力未至也。其能終留之乎。今秦豈誠惡楚而愛齊也。齊楚若合。猶足以敵秦。以地言之。則楚近而齊遠。遠交而近攻。秦之宿計也。故將伐楚。先善齊以絕其援。然後專其力於楚。楚亡。齊豈能獨存乎。諺有之曰云云。此秦之已效計也。楚國朝亡。齊必夕亡。秦果滅楚。而遂伐齊。滅之。

攢矢而折之。不若分而折之易易也。

按郁離子係劉誠意設爲古人問答之詞。故入附錄。

古謠諺卷九十二　附錄七

秀水杜文瀾輯

張曙游巴州東樓歌

學齋佔畢。卷二。唐張曙擊甌賦。宋玉九辯曰。悼余生之不時。今余不時也。甲辰。竄身巴南。避許潰師。郡刺史甚懽接。春一日。登郡東樓。下臨巴江。饌酒簇樂。以相爲娛。言間。有馬處士末至。善擊甌者。請卽淸讌。爰騁妙絕。處士審音以知聲。余審樂以知化。斯可以抑揚淫放。頓挫匏竹。運動節奏。出鬼入神。太守請余賦之。余乃歌曰。

江風起兮江樓春。千里萬里兮愁殺人。樓前芳草兮關山道。江上孤帆兮楊柳津。是何睨我兮擊拊。眷我兮慇懃。

董鴻與戇史歌

佩韋齋輯聞逸文。據至順鎭江志卷二十。宋寶祐丁巳。總領徐㮚獻羨餘錢三百萬。旨轉一官。依舊職。時董鴻儀父以司戶參軍入總幕。作奴戒譏之。其辭曰。董子官於南徐。奉錢二百有三十劵。貯以篋。百費取需焉。率匝旬而盡。復閔閔焉。數日以待繼。有奴狡笑於旁曰。使狡得職。是篋當不至乏絕。且有贏羨。余甘其言也。使職之。已而默計其餠罄罍恥也。呼狡問有餘。狡曰。有。余曰。子非以吾之劵貸於人。而取其倍稱之息歟。不然。則獲草中之蚨歟。狡曰。亡是也。狡能使郎有餘。足矣。奚以問爲。余喜而歌曰云云。一夕月明。步於庭。有歌於牆陰者曰云云。審而聽之。吾史鼉也。余曰。鼉。爾何歌之悲也。曰。自郎之任是狡也。鼉不得受子之傭矣。鼉不足計也。以物售子者。不得受子之値矣。子之所識窮乏者。不得以時蒙子之澤矣。余矍然曰。茲狡之所謂有餘者哉。詰朝。亟斥篋中券償之。其羞澀也如初。梟聞之。雖怒而愧。

昔嗇兮今豐。昔窘涉兮今從容。月之羨以百計。歲之羨以千計。吾其免乎屢空。信乎狡人之爲吾謀也忠。

露零零兮霑衣。鶴翩翩兮夕飢。鶴飢兮何憾。傷子産之智兮。而受校人之欺。

按佩韋齋輯聞。宋俞德鄰撰。其書久無足本。故知不足齋鮑氏所刊。未有此條。茲據至順鎭江志所引補錄。撰志之俞希魯。卽德鄰子也。

張漢儒陳履謙爲曹化淳溫體仁造謠

談往。琴川錢謙益牧齋與苕霅溫體仁員嶠。錢以甲第傲。門戶勝。視溫蔑如。時東林品侯。蒸蒸釜上氣。浙人斂衽。信王登極枚卜。牧齋列名第一。員嶠乃與對壘之師。奉旨。謙益著回籍聽勘。於是牧齋里居。與同邑省垣瞿式耜稼軒、撫按督學嚴重之。有常熟地棍張漢儒者。望風生事。起釁賣刁。竟赴京訐奏。謂錢瞿二臣。橫恣江南。喜怒操人材進退之權。賄賂握訟獄生死之柄。時烏程正陟首揆。票擬旨意。十分嚴重。緹騎紐解法司勘問。抵京下獄矣。先是。常熟又有奸民陳履謙。以門族爭產事。在撫按二院凂錢瞿關說。峻却不允。因懷恨伺隙。計唆漢儒。思探大利。在京候審。志得氣揚。罔有顧忌。揑造云云謠語。朵頤下手。知錢瞿秘密不惜重貲。兩保無虞。似萬金可飽行橐。其所云款曹者。牧齋曾爲故太監王安撰奉旨建祠記。今東廠曹化淳出安門下。內侍極重衣鉢。自德牧齋。宜款之。求其力主斯事和溫者。牧齋與烏程宿有舊隙。宜有以和潤之。令其於票擬間寢致斯事。款和二說。播傳輦轂。人皆疑嗤。東廠訪奏其實。摘發奸狀。一併會審。大司寇鄭三俊元岳力主鋤奸。稟公覆究。奉旨下部。張陳各一百棍。立枷三月。錢瞿釋放。第四日。張陳二奸俱斃于枷。

款曹。和溫。

李斯歌

藝文類聚。卷二十七。晉仲長敖覈性賦曰。趙荀卿著書、言人性之惡。弟子李斯、韓非顧而相謂曰。夫子之言性惡。當矣。未詳才之善否何如。願聞其說。荀卿之言未終。韓非越席起舞。李斯擊節長歌。其辭曰。

形生有極。嗜慾莫限。達鼻耳。開口眼。納衆惡。距羣善。方寸地。九折坂。爲人作嶮易。俄頃成此蹇。多謝悠悠子。悟之不亦晚。

女子爲慕勢大夫歌

藝文類聚。卷五十七。梁蕭子範七誘曰。幽遁公子不游義路。不入禮門。有慕勢大夫至公子之所居曰。訪幼女於蔡邑。選佳人於趙郡。或拾翠於神渚。或採桑於城隅。見者忘鋤於留矚。行者下擔而跡蹋。女乃歌曰。

井上李兮隨風標。垂翠帷兮夜難曉。獨處廓兮心悄悄。懷素縷之雙針。願因之於三鳥。

周邦彥述汴都童子歌

事文類聚。續集卷二居處部引周邦彥汴都賦。發徵子迴造於中都。夷猶於通衢。但聞夫童子之歌曰。

孰爲我已。孰釐我載。茫茫九有。莫知其界。

獨冷先生吟

淵鑑類函。卷一百八十九隱逸。劉基獨冷先生傳曰。客有遺棄世事。不求利達者。結屋於巾山之下居焉。樹以柔木。有泉一泓。躋高岡而景焉。坐於桐梓之陰。歌曰云云。牧人聆之。歸而語其老。其老曰。隱者哉。明日款其廬。問其姓名。曰忘之久矣。因目其居曰獨冷。謂其人曰獨冷先生。

衆皆諠、我獨靜。衆皆熱、我獨冷。朝作暮息兮。我日獨永。

古謠諺卷九十三 附錄八

秀水杜文瀾輯

潘岳爲山濤作謠

世說新語。政事篇。山公以器重朝望。年踰七十。猶知管時任。貴勝年少。若和、裴、王之徒。幷共宗詠。有署閣柱曰。閣東有大牛。和嶠鞅。裴楷鞦。王濟剔嬲不得休。或云。潘尼作之。劉注云。王隱晉書曰。初、濤領吏部。潘岳內非之。密爲作謠曰。藝林伐山卷十七引晉書作諺。

閣東御覽卷四百六十五、卷八百九十六引王隱晉書作閣道東。卷七百七十六引王隱晉書。東作中。有大牛。王濟鞅。裴楷鞦。半村野人閒談。鞦作輶。和嶠刺促不得休。御覽卷七百七十六引王隱晉書。刺促作蹋踧。得作敢。卷八百十六引王隱晉書。刺作剌。通俗編作王濟踢嬲不得休。義府卷下、世說。和嶠踢嬲不得休。方言妯擾也。稽康絕交書。嬲之不置。注。擿撓也。踢嬲卽妯擾。卽擿擾。藝林伐山引晉書作和嶠牛。傅咸鞦。王戎踢嬲不得休。

案房玄齡晉書潘岳傳。鞦作輶。餘與王隱晉書全同。惟彼傳云。岳內非之。乃題閣道爲謠。與世說新語言署閣柱者。同一形諸筆墨。故置彼而錄此注。

駱賓王爲裴炎造謠

朝野僉載逸文。據廣記卷二百八十八。唐裴炎爲中書令。時徐敬業欲反。令駱賓王畫計。取裴炎同起事。賓王足踏壁靜思。食頃。乃爲謠曰云云。教炎莊上小兒誦之。幷都下童子皆唱。炎乃訪學者令解之。召賓王至。乃將古忠臣烈士圖共觀之。見司馬宣王。賓王歘然起曰。此英雄丈夫也。卽說自古大臣執政。多移社稷。炎大喜。賓王曰。但不知謠讖何如耳。炎以謠言片片火非衣之事白。賓王即下。北面而拜曰。此眞人矣。遂與敬業等合謀。揚州兵起。炎從內應。書與敬業等。人有告者。則天遂誅炎。敬業等尋敗。

一片火。兩片火。緋衣小兒當殿坐。

通鑑。卷二百三。唐高宗紀。光宅元年。秋八月。武承嗣與其從父弟右衞將軍三思以韓王元嘉、魯王靈夔屬尊位重。屢勸太后因事誅之。內史裴炎獨固爭。太后愈不悅。收炎下獄。注引考異曰。新傳云。炎謀乘太后出遊龍門。以兵執之。還政天子。會久雨。太后不出而止。若炎實有此謀。則太后殺之宜矣。且炎有此謀。必有同黨。當炎下獄。崔詧、李景諶輩。無事猶欲陷之。況有其迹。其同黨有不首告乎。又朝野僉載云云。此皆當時構陷炎者所言耳。非其實也。

時人爲王博文蕭定基語

碧雲騢。盛度以久任。泣於上前。遂參知政事。王博文倣度泣。遂自龍圖閣學士爲樞密副使。時蕭定基爲殿中侍御史。有士人匿名以河滿子嘲之。一日奏事。上曰。聞外有河滿子。定基曰。臣知之。上令定基自歌於殿上。既而貶之。時有語曰。

殿上一聲河滿子。龍圖雙淚落君前。

讎家爲許某謠

四朝聞見錄。戊集。浙西有大臣許某者。以國卹親喪奏樂。又所居頗侵學宮。爲讎家飛謠於臺臣曰云云。竟以是登於劾章。雖得於風聞。而許爲大臣。亦未必有是。然人言可畏。爲君子者。盍亦謹諸。

笙歌擁出畫堂來。原注。音離。國卹親喪總不知。府第更侵夫子廟。無君無父亦無師。

橋李諸生爲學使喬某謠

蚓菴瑣語。明萬曆末年。有督學使者喬公。按臨我郡試士。公廉嚴毅。不少假借。公瞽一目。諸生嘲之爲獨木橋。蓋況其難履也。詩謠云云云。惡投考生吟哦搖首。僉紙封其儒巾於几。或坐柱旁。卽封於柱。封紙若斷。巡役攫其巾去。繳卷時禿首者。另置一束。文雖佳。下一等。

秀才擺搖搖。難過獨木橋。過了獨木橋。依舊擺搖搖。

古謠諺卷九十四

附錄九

秀水杜文瀾輯

人爲杜伯段孝直語

搜神記。卷二。段孝直、漢景帝時爲長安令。志性清慎。美聲遠聞。所乘騧駁馬一疋。日行五百里。雍州刺史梁緯見孝直馬好。每索之。答云。亡考所乘之馬。不忍捨之。緯因密構孝直下獄。直使人告妻曰。我必死矣。但將紙三百張。筆十管。墨五挺。安我墓裏。我自申理。不經旬。害於獄中致死。家人收而葬之。乃以紙筆安墓中。又經五十餘日。遇景帝大會羣臣。孝直於殿前上表。景帝覽表讀訖。忽然不見孝直。遂有詔收梁緯。付獄勘詰。事事不虛。帝勅下。將梁緯往孝直墓所。斬而祭之。乃追贈尚書郎長安令。故語云云云。此之謂也。卷三。昔周宣王信讒言。杜伯無罪。王信佞而誅之。杜伯曰。臣無罪而加戮。越三歲。必雪深冤矣。王戮之。經三年餘。王出獵。行至城外。見杜伯彎弓執矢射王。射中王心。王即心痛歸宮。至日而薨。

莫言鬼無身。杜伯射宣王。莫言鬼無形。孝直訟生人。

案刺史起於漢武帝。若景帝時。尚無此官。至於杜伯報宣王。乃墨子之妄論。尤不可以爲訓。

後魏人引諺

搜神記。卷四。昔太武皇帝召募諸方秀士。遣司徒崔浩試之。問其姸否。浩見雍州秀士陳龍文多言巧辭。乃嘆之曰。子姓陳。與陳恆近遠。龍文應聲答曰。龍文與恆。還如公與杼間密相似。崔浩慚之。異日策問龍文曰。鴡梟何以食母。弱水何以西流。武王何以伐紂。龍文並皆不答。浩落下不第。龍文上表。稱崔浩位正三台。治司萬物。不能以風化下。而將逆事問臣。以臣無能。俾令下第。伏乞陛下聖造親試否臧。表至。帝召浩詰之。浩曰。龍文無藝。何以堪之。帝乃自召龍文。問其試目。對曰。崔浩何不問臣慈烏返哺。而乃問臣鴡梟何以食母。何不問臣百川歸於滄海。乃問臣弱水西流。何不問臣伯夷叔齊讓國。乃問臣武王伐紂。是以不答。帝召浩問之。皆如其說。乃封龍文爲上卿。故諺語云云。此之謂也。

巧言以免責。

案作搜神記之干寶。係東晉初年之人。崔浩乃後魏太武帝時人。此事距寶卒甚久。搜神記內斷不應載。據太武皇帝之語。必後魏人羼入。學津討源本未載此條。惟漢魏叢書本有之。校者失考也。

皇娥倚瑟歌

拾遺記。卷一。少昊以金德王。母曰皇娥。處璇宮而夜織。或乘桴木而晝游。經歷窮桑滄茫之浦。時有神童。容貌絕俗。稱爲白帝之子。卽太白之精。降於水際。與皇娥讌戲。奏嫚娟之樂。游漾忘歸。窮桑者、西海之濱。有孤桑之樹。直上千尋。葉紅椹紫。萬歲一實。食之。後天而老。帝子與皇娥泛於海上。撫桐峯梓瑟。皇娥倚瑟而淸歌曰云云。俗謂游樂之處爲桑中也。詩中衞風云。期我乎桑中。蓋類此也。

天淸地曠浩茫茫。萬象迴薄化無方。浛天蕩蕩望滄滄。乘桴輕漾著日傍。當其何所至窮桑。心知和樂悅未央。

白帝子答皇娥歌

拾遺記。卷一。白帝子答歌云云。及皇娥生少昊。號曰窮桑氏。

西維八埏眇難極。驅光逐影窮水域。璇宮夜靜當軒織。桐峯文梓千尋直。伐梓作器成琴瑟。清歌流暢樂難極。滄湄海浦來棲息。

楊氏愼丹鉛雜錄卷一。云。王嘉所著拾遺記。全無憑證。直搆虛空。首篇謂少昊母有桑中之行。尤爲悖亂。

王氏謨云。王嘉字子年。隴西人。後秦姚萇方士。昔太史公嘗病百家言黃帝文不雅馴。而嘉乃鑿空著書。專說伏羲以來異事。其甚者。至以衞風桑中託始皇娥、爲有淫泆之行。誣罔不道如此。其見殺於萇。非不幸也。

句章人聞女子陳阿登歌

幽明錄逸文。據御覽卷五百七十三。句章人至東野還。暮不至門。見路旁有小屋燈火。因投寄止宿。有一小女不欲與丈夫共宿。呼鄰家女止宿自伴。夜共彈琴箜篌。至曉。此人謝去。問其姓字。女不答。彈絃而歌曰。廣記卷三百十六引靈怪集。漢會稽句章人。至東野投宿。有一少女彈琴箜篌歌曰云云。明至東郭外。有賣食母在肆中。此人寄坐。因說昨所見。母驚曰。此是我女。近亡。葬郭外耳。

連綿葛上籐。一援復一絚。欲知我姓名。姓陳名阿登。靈怪集。第三句作汝欲知我姓。御覽卷八百八十四引續搜神記。援作緩。第三句作汝欲知何姓。法苑珠林卷四十六引續搜神記。何作我。餘與御覽同。廣博物志卷十五引幽明錄。援作緩。名作氏。

巢氏婢聞郭長生歌

幽明錄逸文。據御覽卷五百八十。永嘉中。泰山巢氏先爲相縣令。居住晉陵。家婢採薪。忽有一人追隨。隨尋婢還家。不使人見。見形者。唯婢而已。每與飲宴。吹笛而歌。歌曰。

閑夜寂已清。長笛亮且鳴。若欲知我者。姓郭名長生。廣記卷三百二十四。名作氏。

漢武帝幸瓠子見老翁歌

幽明錄逸文。據廣記卷一百十八。漢武帝宴於未央。梁上見一老翁。緣柱而下。放杖稽首。因仰頭視屋。俯指帝腳。忽然不見。東方朔曰。其名爲藻。水木之精。陛下頃日頻興宮室。斬伐其居。故來訴耳。仰頭看屋而復俯視陛下腳者。足也。願陛下宮室足於此。帝感之。既而息役。幸瓠子河。聞水底有絃歌聲。前梁上翁及年少數人皆長八九寸。有一人長尺餘。凌波而出。或有挾樂器者。帝問曰。聞水底樂奏。爲是君耶。老翁對曰。老臣前昧死歸訴。幸蒙陛下天地之施。卽息斧斤。得全其居。不勝歡喜。故私相慶樂耳。帝曰。可得奏樂否。曰。故齎樂來。安得不奏。長人便絃而歌。歌曰云云。歌聲大小。無異於人。淸徹繞越梁棟。

天地德兮垂至仁。愍幽魄兮停斧斤。保窟室兮庇微身。願天子兮壽萬春。

按說郛卷一百十七列幽明錄。未載此三條。今據御覽及廣記錄之。

聶包爲沈道襲歌

異苑。卷六。原注云。臨一作林。川聶包。死數年。忽詣南豐相沈道襲作歌。其歌笑甚有倫次。每歌輒作云云。事異辭怪。

花上盈盈正聞行。當歸不聞死復生。廣博物志卷十五。復作更。

梁清婢松羅聞戴幘人歌

異苑。卷六。安定梁清字道修。居揚州右尚方間桓徐州故宅。元嘉十四年二月。數有異光。令婢子松羅往看。頃之。清果為揚武將軍北魯郡太守。在郡少時。夜中復見威儀器械。人衆數十。一人戴幘。送書粗紙七十許字。筆跡婉媚。遠擬羲獻。又歌云云。清有婢。產於是而絕。

生儂孔雀樓。遙聞鳳凰鼓。下我鄒山頭。彷彿見梁魯。

句章樹中鬼謠歌

異苑。卷六。句章原注云。一無人字。吳平州門前。忽生一株青桐樹。上有謠歌之聲。平惡而斫殺。平隨軍北征。首尾三載。死桐欻自還立於故根之上。又聞聲樹巔。空中歌曰云云。平尋復歸。如鬼謠。

死桐今更青。吳平尋當歸。適聞殺此樹。已復有光輝。

淩欣歌

異苑逸文。據御覽卷六百四十三。建康淩欣。景平中。死於揚州。作部尅辰當葬。作部督夢欣云。今為獄公姥祖夕有期。莫由自反。勞君解謝。今得放遣。督不信。後夜又夢。言辭轉切。因歌一曲云云。督覺。為謝神。從此便絕。

生時世上人。死作獄中鬼。不得還墳墓。灰沒有餘罪。

青溪小姑歌

齊諧記。會稽趙文韶、爲東宮扶侍。坐清溪中橋。秋夜嘉月。悵然思歸。倚門唱西夜烏飛。其聲甚哀怨。忽有青衣婢前曰。王家娘子白扶侍。聞君歌聲。遣相聞耳。文韶亟邀相過。須臾女到。猶將兩婢自隨。文韶卽爲歌草生盤石。音韻清暢。又深會女心。乃曰。但令有瓶。何患不得水。顧謂婢子。還取箜篌。爲扶侍鼓之。須臾至。女爲酌兩三彈。泠泠更增楚絕。乃令婢子歌繁霜。自解裙帶。繫箜篌腰。叩之以倚歌。歌曰云云。歌闋。夜已久。遂相佇燕寢。竟四更。別去。旣明。文韶出。偶至清溪廟歇。惟女姑神像青衣婢立在前。細視之。皆夜所見者。於是遂絕。當宋元嘉五年也。

日暮風吹。葉落依枝。丹心寸意。愁君未知。歌繁霜。侵曉幕。何意空相守。坐待繁霜落。廣博物志卷十四以歌繁霜以下。另析爲一則。歌下有闋夜已久四字。

宛轉歌

續齊諧記逸文。據樂府詩集卷六十。晉有王敬伯者、會稽餘姚人。少好學。善鼓琴。年十八。仕於東宮爲衞佐。休假還鄉。過吳。維舟中渚。登亭望月。悵然有懷。乃倚琴歌泫露之詩。俄聞戶外有嗟賞聲。見一女子。雅有容色。謂敬伯曰。女郎悅君之琴。願共撫之。敬伯許焉。旣而女郎至。姿質婉麗。綽有餘態。從以二少女。一則向先至者。女郎乃命大婢酌酒。小婢彈箜篌。作宛轉歌。女郎脫頭上金釵。扣琴弦而和之。意韻繁諧。歌凡八曲。敬伯唯憶二曲。將去。留錦臥具繡香囊幷佩一雙。以遺敬伯。敬伯報以牙火籠玉琴軫。女郎悵然不忍別。且曰。深閨獨處十有六年矣。邂逅旅館。盡平生之志。蓋冥契。非人事也。言竟便去。敬伯船至虎牢戍。吳令劉惠明者、有愛女早世。舟中亡臥具。於敬伯船獲焉。敬伯具以告。果於帳中得火籠琴軫。女郎名妙容。字雅華。大婢名春條。年二十許。小婢名桃枝。年十五。皆善彈箜篌及宛轉歌。相繼俱卒。

月既明。西軒琴復清。寸心斗酒爭芳夜。千秋萬歲同一情。歌宛轉。宛轉淒以哀。願爲星與漢。光影共徘徊。

悲且傷。參差淚成（原句作幾）行。低紅掩翠方無色。金徽玉軫爲誰鏘。歌宛轉。宛轉情復悲。願爲煙與霧。氛氳共容姿。

按說郛卷一百十五列續齊諧記。未載此條。今據樂府詩集錄之。

古謠諺卷九十五

附錄十

秀水杜文瀾輯

柳宗元引俗諺論談鬼

龍城錄。卷一。君誨嘗夜坐。與退之余三人談鬼神變化。時風雪寒甚。窗外點點微明若流螢。須臾千萬點。不可數度。頃入室中。或爲圓鏡。飛度往來。乍離乍合。變爲大聲去。而三人雖退之剛直。亦爲之動顏。君誨與余但匍匐掩目。前席而已。信乎俗諺曰云云。亦知言也。余三人後皆不利。

白日無談人。談人則害生。昏夜無說鬼。說鬼則怪至。

案龍城錄乃宋時王銍所作。托名於柳子厚。此條所言退之。即韓文公。君誨未詳何人。俟考。

霅溪水神夜宴歌

集異記逸文。據廣記卷三百九。霅人蔣琛、精熟二經。常敎授於鄉里。每秋冬於霅溪太湖中流。設網罟以給食。常獲巨龜。以其質狀殊異。乃釋之。後歲餘。一夕風雨晦冥。聞波間洶洶之聲。則前之龜扣舷。人立而言曰。今夕太湖霅溪松江神境會川瀆諸長。琛遂於安流中纜舟以伺焉。未頃。有龜鼉魚鱉蹙波爲城。遏浪爲地。有蛟蜃數十。東西馳來。乃噓氣爲樓臺。又有青衣黑冠者。由霅溪南津而出。復見朱衣赤冠者自太湖中流而來。至城門下馬交拜。次有老蛟前唱曰。安流王上馬。於是三神立候焉。則有紫衣朱冠者自松江西派而至。二神迎於門。設禮甚謹。江神曰。拉得范相國來矣。

乃有披褐者仗劍而前。於是揖讓入門。既卽席。則有老蛟前唱曰。湘王。則有綠衣玄冠者。氣貌甚偉。既升階。與三神相見曰。適輒與汨羅屈副使俱來。乃有服飾與容貌慘悴者。傴僂而進。方卽席。將飲。有女樂數十輩。皆執所習於舞筵。有俳優揚言曰。皤皤美女。唱公無渡河歌。其詞曰云云。歌竟。外有言申徒先生從河上來。徐處士與鴟夷君自海濱至。乃隨導而入。江溪湘湖禮接甚厚。於是俳優又揚言。曹娥唱怨江波。凡五疊。琛所記者惟三。其詞云云。歌竟。四座爲之慘容。太湖神起舞作歌曰云云。江神傾盃起舞。作歌曰云云。霅溪神曰云云。湘王歌曰云云。於是范相國徐衍處士獻境會夜會詩。按詩不錄。屈大夫左持盃。右擊盤。朗朗作歌曰。云云。申徒先生獻境會夜會詩。按詩不錄。鴟夷君銜盃作歌曰云云。歌終。霅郡城樓早鼓絕。洞庭山寺晨鐘鳴。而飄風勃興。玄雲四起。波間車馬音猶合沓。頃之無所見。曙色既分。巨龜復延首於中流。顧眄琛而去。

濁波揚揚兮凝曉霧。公無渡河兮公竟渡。風號水激兮呼不聞。提衣看入兮中流去。浪排衣兮隨步沒。沈屍深入兮蛟螭窟。蛟螭盡醉兮君血乾。推出黃沙兮泛君骨。當時君死兮妾何適。遂就波瀾兮合魂魄。願持精衞銜石心。窮斷河源塞泉脈。皤皤美女唱公無渡河歌。全唐詩十二函七作諸神命麗玉唱公無渡河歌。

悲風淅淅兮波綿綿。蘆花萬里兮凝蒼烟。虬螭窟宅兮淵且玄。排波疊浪兮沈我天。所覆不全兮身寧全。溢眸恨血兮徒漣漣。誓將柔荑抉鋸牙之啄。全唐詩十二函七。啄作喙。空水府而藏其腥涎。青娥翠黛兮沈江壖。全唐詩。江作紅。碧雲斜月兮空嬋娟。吞聲飲恨兮語無力。徒揚哀怨兮登歌筵。曹娥唱怨江波三疊。

白露溥兮西風高。碧波萬里兮翻洪濤。莫言天下至柔者。載舟覆舟皆我曹。（太湖神歌。）

君不見夜來渡口擁千艘。中載萬姓之脂膏。當樓船泛泛於疊浪。恨珠貝又輕於鴻毛。又不見朝來津亭維一舠。中有一士青其袍。赴宰邑之良日。任波吼而風號。是知溺名溺利者。不免爲水府之腥臊。（松江神歌。）

山勢縈迴水脈分。水光山色翠連雲。四時盡入詩人詠。役殺吳興柳使君。（霅溪神歌。）

渺渺烟波接九嶷。幾人經此泣江蘺。年年綠水青山色。不改重華南狩時。（湘王歌。）

鳳騫騫以降瑞兮。（全唐詩。鳳下有鳳字。）患山雞之雜飛。玉溫溫以呈器兮。因碔砆以爭輝。當侯門之四闢兮。墐嘉謨之重扉。既瑞器而無庸兮。宜昏暗之相微。徒刳石以爲舟兮。顧沿流而志違。將刻木而作羽兮。與超騰之理非。矜孑孑於空舉兮。（全唐詩。矜作務。舉作江。）靡羣援之可依。血淋淋而滂流兮。顧江魚之腹而將歸。西風蕭蕭兮。湘水悠悠。白芷芳歇兮江蘺秋。日晼晼兮川雲收。棹四起兮悲風幽。羈魂汨沒兮。我名永浮。碧波雖涸兮。厥譽長流。向使甘言順行於曩昔。豈今日居君王之座頭。（全唐詩無之字。）是知貪名徇祿而隨世磨滅者。雖正寢之死乎無得與吾儔。當鼎足之嘉會兮。獲周旋於君侯。雕盤玉豆兮羅珍羞。金巵瓊斝兮方獻酬。（全唐詩。瓊作玉。）敢寫心兮歌一曲。無誚余持盃以淹留。（屈大夫歌。）

雲集大野兮（全唐詩。雲作雱。）血波洶洶。玄黃交戰兮吳無全壟。（全唐詩。壟作隴。）既霸業之將墜。宜嘉謨之不從。國步顛蹶兮吾道遘凶。處鴟夷之大困。入淵泉之九重。上帝愍余之非辜兮。俾大江鼓怒其寃踪。所以鞭浪山而疾驅波岳。亦粗足展余拂鬱之心胷。當靈境之良宴兮。謬尊俎之相容。擊簫鼓兮撞歌鐘。吳謳越舞兮歡未極。遽軍城曉鼓之鼕鼕。願保上善之柔德。何行樂之地兮難相逢。鵾夷君歌。

按說郛卷一百十五列集異記。未載此條。今據廣記錄之。

獨孤遐叔夢其妻歌

夢游錄。貞元中。進士獨孤遐叔家於長安崇賢里。新娶白氏女。家貧。下第至蜀。羈棲不偶。逾二年乃歸。至金光門五六里。天色已暝。絕無逆旅。唯路隅有佛堂。遐叔止焉。於西窗下偃臥。至夜分不寐。忽聞牆外有十餘人相呼。須臾。有夫役數十各持牀席酒具樂器而至。遐叔意謂貴族賞會。乃潛伏屏氣於佛堂梁上伺之。鋪陳既畢。復有公子女郎共十數輩。青衣黃頭亦十數人。步月徐來。言笑晏晏。遂於筵中間坐。獻酬縱橫。履舄交錯。中有女郎憂傷摧悴。側身下坐。風韻若似遐叔之妻。窺之大驚。卽下屋栿。稍於暗處迫而察焉。乃眞是妻也。方見少年舉杯屬之。其妻寃抑悲愁而歌曰云云。滿座傾聽。一人曰。良人非遠。何天涯之謂乎。少年相顧大笑。遐叔驚憤。乃捫一大塼。向坐飛擊。塼纔至地。悄然一無所有。遐叔悵然悲惋。謂其妻死矣。速駕而歸。比平明至。家人幷無恙。妻臥牀猶未興。說夢中聚會言語。與遐叔所見並同。

今夕何夕。存耶沒耶。良人去兮天之涯。園樹傷心兮三見花。

張生夢其妻及長鬚人歌

夢游錄。有張生者。家在汴州中牟縣東北赤城坂。以飢寒別妻子。游河朔。五年方還。自河朔還汴州。晚出鄭州門。到板橋已昏黑矣。忽於草莽中見燈火熒煌。賓客五六人方宴飲。相去十餘步。見其妻亦在坐中。與賓客語笑方洽。生乃蔽形於白楊樹間以窺之。見有長鬚者持盃請措大夫人歌。生之妻欲不爲唱。四座勤請。乃歌曰云云。酒至白面年少。復請歌。於是張妻又歌曰云云。酒至紫衣者。復請歌。張妻乃歌曰云云。酒至黑衣胡人。復請歌。張妻涕泣而飲。復唱送胡人酒曰云云。酒至綠衣少年。持盃曰。便望歌之。又唱云云。酒至張妻。長鬚歌以送之云云。酒至紫衣胡人。復請歌云。須有艷意。張妻低頭未唱。於是張生怒。捫足下。欲一瓦擊之。中長鬚頭。再發一瓦。中妻額。闃然無所見。張君謂其妻已卒。慟哭連夜而歸。及明至門。婢僕曰。娘子夜來頭痛。入室問妻病之由。因知昨夜所見。乃妻夢耳。

歎衰艸。絡緯聲切切。良人一去不復還。今夕坐愁鬢如雪。

勸君酒。君莫辭。落花徒繞枝。流水無返期。莫恃少年時。少年能幾時。

怨空閨。秋日亦難暮。夫壻斷音書。遙天雁空度。

切切夕風急。露滋庭草濕。良人去不回。焉知掩閨泣。

螢火穿白楊。悲風入荒草。疑是夢中游。愁迷故園道。右均係張生妻歌。

花前始相見。花下又相送。何必言夢中。人生盡如夢。右長鬚人歌。

時人爲顧總語

玄怪錄逸文。據廣記卷三百二十七。梁天監中。武昌小吏顧總。性昏戇。不任事。數爲縣令鞭朴。嘗鬱鬱懷憤。因逃墟墓之間。忽有二黃衣顧見總曰。劉君頗憶疇昔日周旋耶。僕王粲、徐幹也。足下前生是劉楨。爲坤明侍中。以納賂金。謫爲小吏。公當自知矣。因出袖中軸書示之曰。此君集也。總試省覽。乃了然明悟。曰。二君既是總友人。何計可脫小吏之厄。徐幹曰。君但執前集訴於縣宰。則脫矣。既而敍別。總見縣令。具陳其事。令見楨集。驚曰。不可使劉公幹爲小吏。卽解遣以賓禮待之。時人爲子弟皆潛確類書卷六十四引此。作時人語曰。曰云云。可不修進哉。

死劉楨　猶庇得生顧總。

夷陵空館女郎歌

玄怪錄逸文。據廣記卷三百二十九。文明年。竟陵掾劉諷。夜投夷陵空館。月明不寢。忽有一女郎閒步至中軒回命青衣紫纓。屈劉家六姨姨。十四舅母。南鄰翹翹小娘子。幷將溢奴來。傳語道此間好風月。足得遊樂。未幾而三女郎至。一孩兒色皆絕國。鋪花茵於庭中。揖讓班坐。談謔歌詠。音詞清婉。三更後。皆彈琴擊筑。更唱迭和。歌曰云云。又歌曰云云。又歌曰云云。歌竟。已是四更。卽有黃衫人。儀貌甚偉。入拜曰。婆提王命娘子速來。女郎等皆起而受命。因命青衣收拾盤筵。諷因大聲嚏咳。視庭中無復一物。

明月秋風。良宵會同。星河易翻。歡娛不終。綠樽翠杓。爲君斟酌。今夕不飲。何時歡樂。

楊柳楊柳。裊裊全唐詩十二函七。裊裊作嫋嫋。隨風急。西樓美人春夢長。侯鯖錄卷二。夢長作睡濃。繡簾斜捲千條入。

玉戶金釭。願陪君王。邯鄲宮中。金石絲簧。衛女秦娥。左右成行。紈縞繽紛。翠眉紅妝。王歡顧眄。爲王歌舞。願得君歡。常無災苦。

按說郛卷一百十七列玄怪記。而復載續玄怪錄。則記字必錄字之誤。然未載此二條。今據廣記錄之。

富春沙際鬼吟

志怪錄。有人夜泊舟於富春間。月色澹然。見一人於沙際吟曰云云。舟人問曰。君是誰。可示姓名否。又吟曰云云。舟人上岸揖之。遂失所在。

陊江三十年。潮打形骸朽。家人都不知。何處奠杯酒。

莫問我姓名。向君言亦空。潮生沙骨冷。魂魄悲秋風。

長孫紹祖聞少女歌

志怪錄逸文。據廣記卷三百二十六。長孫紹祖、常行陳蔡間。日暮。路側有一人家呼宿。房內聞彈箜篌聲。竊於窗中窺之。見一少女。容態閑婉。明燭獨處。紹祖微調。女撫絃不輟。笑而歌曰云云。紹祖悅懌。直前撫慰。女亦欣然。左右有婢。仍命饌。纔飲數杯。女復歌。歌曰云云。因徹燭共寢。將曙。女揮淚與別。紹祖乘馬出門。百餘步顧視。乃一小墳也。

宿昔相思苦。今宵良會稀。欲持留客被。一願拂君衣。

星漢縱復斜。風霜悽已切。薄陳君不御。誰知思欲絕。

九華山白衣丈夫吟

宣室志。卷六。晉昌唐燕士、全五代詩卷二十三引五代史補。燕作進。好讀書。隱於九華山。嘗日晚。天雨霽。步月上山。俄有白衣丈夫。戴紗巾。貌孤俊。年近五十。循澗而來。吟步自若。佇立且久。乃吟曰云云。燕士聞此驚歎。將與之言。未及而沒。明日歸。以貌問里人。有識者。是胡氏子。舉進士。善爲詩。卒數年矣。

澗水潺潺聲不絕。溪隴茫茫野花發。自去自來人不歸。長時惟對空山月。全五代詩。歸作知。長作歸。廣記卷三百四十八引河東記、志無名小鬼贈韋齊休詩云。澗水濺濺流不絕。芳草綿綿野花發。自去自來人不知。黃昏惟有空山月。

洋州館亭白衣丈夫吟

宣室志。卷十。大曆中、有進士竇裕者。家寄淮海。下第。將之成都。至洋州。無疾卒。裕嘗與淮陰令吳興沈生善。別有年矣。後沈生自淮海調補金堂令。至洋州。舍於館亭中。是夕。風月清明。俄見一白衣丈夫自門步入。且吟且嗟。似有恨而不舒者。久之。吟曰云云。生聽之。甚覺類竇裕。亟起與語。未及。遂亡見矣。乃歎曰。吾與竇君別久矣。豈爲鬼耶。明日命駕而去。行未數里。有殯於路前。有誌曰。進士竇裕殯宮。生即致奠。拜泣而去。

家依楚水岸。身寄洋州館。望月獨相思。塵襟淚痕滿。

趙生聞綠袍人吟

宣室志逸文。據廣記卷三百二。太和中。有趙生者。尉於夏陽。嘗一夕雨霽。趙生與友數輩聯步望月於漢水之上。忽見一人。貌甚黑。被綠袍。自水中流沿泳。久之。吟曰云云。趙生方驚。其人入水亦沒。明日又至泉所。有神祠。表其門曰漢水神。入廟。見神坐之左右搏埴爲偶人。被綠袍者。視其貌若前時所見水中人也。

夜月明皎皎。綠波空悠悠。

河中鬼踏歌

河東記逸文。據廣記卷三百四十六。長慶中。有人於河中舜成苑鸛鵲樓下見二鬼。各長三丈許。青衫白袴。連臂踏歌曰云云。言畢而沒。

河水流溷溷。山頭種蕎麥。兩箇胡孫門底來。東家阿嫂決一百。

案說郛卷六十列河東記。未載此條。今據廣記錄之。

嵩嶽諸仙歌

纂異記逸文。據廣記卷五十。三禮田璆者。與其友鄧(紹)〔韶〕博學相類。家於洛陽。晚出建春門。期望月於韶別墅。適有二書生乘驄復出建春門。揖璆韶曰。某緻莊水竹臺榭。名聞洛下。去此三二里。儻能迂轡。冀展傾蓋之分耳。璆韶乃從而往。至一門。凡歷池館堂榭。率皆陳設盤筵。若有所待。璆韶詰其由。曰。今夕中天羣仙會於茲岳。請以知禮導昇降。言訖。見直北花燭亙天。簫韶沸空。羣仙方奏霓裳羽衣曲。書生前進。命璆韶拜夫人。夫人問左右。誰人召來。曰。衞符卿李八百。夫人曰。便令此二童接待。於是二童引璆韶於神仙之後縱目。璆問曰。相者誰。曰劉綱。侍者誰。曰茅盈東鄰女。彈箏擊筑者誰。曰麻姑謝自然。幄中坐者誰。曰西王母。俄有一人駕鶴而來。王母曰。久望劉君。璆問劉君誰。曰。漢朝天子。續有一人駕黃龍。載黃旂及瑤幄而下。書生謂璆韶。此開元天寶太平之主也。(夫)〔未〕頃。聞簫韶自空而來。執絳節者前唱。言穆天子來。奏樂。羣仙皆起。王母避位迎。二主降堦入幄。環坐而飲。穆王把酒。請王母歌。以珊瑚鉤擊盤而歌曰云云。王母持盃。穆天子歌曰云云。歌竟。與王母話瑤池舊事。乃重歌一章(去)〔云〕云云。王母酬穆天子歌曰云云。酒至漢武帝。王母又歌曰云云。漢主上王母酒曰云云。帝把酒曰。吾聞丁令威能歌。令左右召來。令威至。又遣子晉吹笙以和。歌曰云云。帝持盃久之。王母曰。應須召葉靜能來。唱一曲當時事。靜能續至。跪獻帝酒。復歌曰云云。歌竟。仙郎入。召璆韶行禮。禮畢。二書生復引璆韶辭夫人。夫人各賜延壽酒一盃。曰。可增人間半甲子。復命衛符卿等引還人間。別訖。行四五步。杳失所在。於是璆韶捐棄家室。同入少室山。今不知所在。

勸君酒。爲君悲且吟。自從頻見市朝改。無復瑤池宴樂心。穆天子把酒請王母歌。

奉君酒。休歎市朝非。早知無復瑤池興。悔駕驊騮草草歸。王母持盃穆天子歌。

八馬迴乘汗漫風。猶思往事憩昭宮。宴移南圃情方洽。全唐詩十二函七。南作玄。樂奏鈞天曲未終。斜漢露凝殘月冷。流霞盃泛曙光紅。崑崙回首不知處。疑是酒酣魂夢中。穆天子重歌。

一曲笙歌瑤水濱。曾留逸足駐征輪。人間甲子週千歲。靈境盃觴初一巡。玉兔銀河終不夜。奇花好樹鎭長春。悄知碧海全唐詩注。一作穆滿。饒詞句。歌向俗流疑誤人。王母酬穆天子歌。

珠露金風下界秋。漢家陵樹冷翛翛。全唐詩作脩脩。當時不得仙桃力。尋作浮塵飄隴頭。酒至漢武帝。王母又歌。

五十餘年四海淸。自親丹竈得長生。全唐詩十二函八。竈作藥。若言盡是仙桃力。看取神仙簿上名。漢武帝上王母酒歌。

月照驪山露泣花。似悲先帝早昇遐。至今猶有長生鹿。時遶溫泉望翠華。（漢帝台丁令威歌。）

幽薊煙塵別九重。貴妃湯殿罷歌鐘。中宵扈從無全仗。大駕蒼黃發六龍。（全唐詩注云。黃一作皇。）妝匣尙留金翡翠。暖池猶浸玉芙蓉。荆榛一閉朝元路。唯有悲風吹晚松。（王母台葉靜能爲明皇歌。）

按各歌末注。均遵全唐詩採錄。

張生夢舜鼓琴歌

纂異記逸文。（據廣記卷三百十。）進士張生、善鼓琴。下第游蒲關。入舜城。日將暮。遂詣廟吏。求止一宿。初夜方寢。見絳衣者二人前言曰。帝召書生。生遽往。帝謂生曰。學琴乎。曰。嗜之而不善。帝乃顧左右取琴曰。不聞鼓五絃。歌南風。奚足以光其歸路。乃鼓琴以歌之曰云云。歌訖。鼓琴爲南風弄。音韻清暢。爽朗心骨。生因發言曰。妙哉。乃遂驚悟。

南風之薰薰兮、草芊芊。妙有之音兮、歸清弦。蕩蕩之教兮、由自然。熙熙之化兮、吾道全。薰薰兮、思何傳。

按說郛卷一百十八列纂異記。未載此二條。今據廣記錄之。

古謠諺卷九十六 附錄十一

秀水杜文瀾輯

三生石歌

甘澤謠。圓觀者。大曆末。洛陽惠林寺僧。能事田園。富有粟帛。李諫議源公卿之子。乃脫粟布衣。止於惠林寺。與圓觀爲忘言交。如此三十年。二公一旦約遊蜀州。抵青城、峨嵋。同訪道求藥。圓觀欲遊長安。出斜谷。李公欲上荆州三峽。爭此兩途。半年未決。李公曰。吾已絕世事。豈取途兩京。圓觀曰。行固不由人。請出從三峽而去。遂自荆江上峽。行至南泊。維舟山下。見婦人數人。鞗達錦襠。負甕而汲。圓觀望之而泣下曰。某不欲至此。恐見其婦人也。李公驚問。圓觀曰。其中孕婦姓王者。是某托身之所。踰三歲尚未娩懷。以某未來之故也。今既見矣。卽命有所歸。釋氏所謂循環也。謂公曰。請假以符咒。遣某速生。少駐行舟。葬某山下。浴兒三日。亦訪臨。若相顧一笑。卽其認公也。更後十二年中秋月夜。杭州天竺寺外與公相見之期也。李公遂召婦人。告以方書。是夕圓觀亡而孕婦產矣。李公三日往觀。新兒果致一笑。李公具告於王。王乃多出家財。厚葬圓觀。明日李公言歸。惠林詢問觀家。方知已有理命。後十二年秋八月。直詣餘杭。赴其所約。時天竺寺葛洪川畔。有牧豎歌竹枝詞者。乘牛叱角。雙髻短衣。俄至寺前。乃圓觀也。李公就謁。卻問曰。眞信士矣。與公殊途。愼勿相追。又唱竹枝步步前去。初到寺前。歌曰云云。又歌曰云云。後三年。李公拜諫議大夫。二年亡。按冷齋夜話卷十引唐忠義傳略同。惟婦人負甕而汲作錦襠女子浣。又敍圓觀語、若能相顧一笑下有吾已三生爲比丘。居湘西岳麓寺。寺前有巨石林間。嘗習禪其上。遂不復言一節。正謂三生石之事。此略之非也。又往觀新兒一節。敍爲圓觀既死明年之事。天竺寺作孤山。均與此書不合。惠洪又云。東坡刪削其傳而曰圓澤。而不書岳麓三生石事。贊甯辭所爲圓觀。東坡何以書爲澤。必有據。　錢氏希言戲瑕卷一。宋人小說。惟圓澤三生石事。是蘇長公撰。卻類唐人文筆。今廣記中已闌入矣。後閱冷齋夜話。乃知唐人元有忠義傳。載李憕之子源與惠林寺道人圓觀游。托生錦襠婦人家。卻後十二年。扣角而歌於孤山月下。長公刪潤其語。而曰圓澤。其實非長公筆也。　甘澤謠附錄東坡圓澤傳。五川居士云。予按蘇公集載圓澤傳。出自袁郊所作甘澤謠。其事則即圓觀。特入唐書李憕傳數語耳。方疑公以觀爲澤。未考所本。後數日。偶見惠洪述觀道人三生爲比丘條下。亦以爲疑。欲問其說於叔黨。則當時人固已疑之矣。贊甯在宋初最稱博學。去袁郊未遠。所錄亦稱圓觀。其岳麓三生石事。及源入蜀。及明年兒始生。又與郊記不合。是未嘗見甘澤謠各書所聞也。今並錄於後。予家有劉松年三生圖。元人楷書圓澤傳。又與坡公稍異。上有趙松雪鑒定籤題名僧二十人詩篇。最後吳匏菴跋語。皆作圓澤。無一人稱觀者。豈後人因坡公所定。不復爲異歟。惟神僧傳則稱圓觀。是從甘澤謠所定也。

三生石上舊精魂。賞月吟風不要論。冷齋夜話。吟作臨。潛確類書卷六十二。不作莫。慚愧情人遠相訪。此身雖異性長存。冷齋夜話。異作壞。長作常。潛確類書卷二十七。長作靈。身前身後事茫茫。欲話因緣恐斷腸。吳越溪山尋已遍。卻迴烟棹上瞿塘。學津討源本。溪山作山川。

鄭生與湘中蛟女贈答吟

異聞錄逸文。據廣記卷二百九十八。垂拱中。太學鄭生、晨發銅駝里。乘曉月度洛陽橋下。有哭聲甚哀。生即下馬察之。見一艷女。翳然蒙袂曰。孤養於兄嫂。嫂惡苦我。今欲赴水。故留哀須臾。生曰。能逐我歸乎。泣曰。婢御無悔。遂載與俱歸所居。號曰汜人。能誦楚詞九歌招魂九辯之書。亦常擬詞賦爲悲歌。其詞艷麗。世莫有屬者。居歲餘。生將游長安。是夕謂生。我湖中蛟室之妹也。謫而從君。今歲滿。無以久留君所。乃與生訣。生留之不能。竟去。後十餘年。生兄爲岳州刺史。會上巳日。與家徒登岳陽樓。望鄂渚。張宴酣樂。生愁吟曰云云。聲未終。有畫艫浮漾而來。中爲綵樓。高百餘尺。中一人起舞。含嚬怨慕。形類氾人。舞而歌曰云云。舞畢。斂袖索然。須臾。風濤崩怒。遂不知所在。

情無垠兮蕩洋洋。全唐詩十二函七。蕩洋洋作水湯湯。原注云。一作蕩蕩洋洋。懷佳期兮屬三湘。鄭生吟。全唐詩八函二無兮字。

泝青春兮江之隅。拖湖波兮裊綠裾。荷拳拳兮來舒。非同歸兮何如。蛟女吟。岳陽風土記。春作山。隅作湄。拖作咏。荷作意。來作心莫。全唐詩十二函七。春作山。湖作湘。來作情未。末句作匪同歸兮將焉如。

按說郛卷一百十七列異聞實錄。按此與廣記所引異聞錄本一書。而廣記無實字。當係編纂時刪去。未載此條。今據廣記錄之。

裴姓聞塚中羣婢踏歌

廣異記逸文。據廣記卷三百三十五。浚儀王氏、士人也。其母葬。女壻裴郎、飲酒醉入冢臥棺後。家人不知。遂掩壙。後經數日。不見裴郎。家誣爲王氏所殺。遂相訟。王氏遂開壙得之。氣息奄奄。數日平復。說云。初葬之夕。酒向醒。無由得出。見人無數。文柏爲堂。宅宇甚麗。王氏先亡長幼皆集。旣又長筵美饌。歌樂歡洽。俄聞云。喚裴郎。某懼不敢起。又聞羣婢踏歌。謂曰云云。遂起徧拜。飢請食。妻母令取瓶中食與之。如此數夜。奴婢皆是明器。不復有本形像。

相常新成樂未央。迴來迴去繞裴郎。

按說郛卷一百十八列廣異記。未載此條。今據廣記錄之。

君山老父吟

博異志逸文。據廣記卷二百四。洞庭賈客呂鄉筠、善吹笛。嘗夜泊於君山側。命樽酒獨飲。而吹笛數曲。忽見波上有漁舟。而來者漸近。乃一老父。鬢眉皤然。去就異常。鄉筠置笛起立。迎上舟。老父曰。聞君笛聲嘹亮。我是以來。鄉筲飲之數盃。老父曰。老人少業笛。子可教乎。言畢。抽笛吹三聲。波濤滉瀁。魚鼈跳噴。五聲六聲。鳥獸叫噪。月色昏昧。老父遂止。引滿數盃。乃吟曰云云。又引數盃。遂掉漁舟而去。隱隱漸沒於波間。

湘中老人讀黃老。手援紫藟坐翠草。春至不知湘水深。日暮忘卻巴陵道。

按說郛卷一百十六列博異志。未載此條。今據廣記錄之。

趙旭聽神女叩柱歌

太平廣記。（卷六十九引通幽記。）天水趙旭、少孤介好學。有姿貌。善清言。習黃老之道。家於廣陵。嘗夢一女子。衣青衣。挑笑牖間。及覺而異之。夜半。忽聞窗外切切笑聲。淸香滿室。有一女。年可十四五。容範曠代。開簾而入。旭載拜。女笑曰。吾天上青童。位居末品。時有世念。帝罰我人間。隨所感配。乃延坐話玉皇內景之事。夜深。忽聞外一女。呼青夫人。旭駭以問之。答曰。同宮女子相尋。爾勿應。乃扣柱歌曰云云。歌甚長。旭唯記兩韻。謂青童君曰。可延入否。答曰。此女多言。慮洩吾事上界耳。旭乃起迎之。見一神女。在空中。去地丈餘許。旭載拜邀之。乃下曰。吾嫦娥女也。聞君與青君集會。故捕逃耳。便入室。既同歡洽。將曉。遂各登車訣別。

月露飄颻星漢斜。獨行窈窕浮雲車。仙郎獨邀青童君。結情羅帳同心花。（補侍兒小名錄。月露作白雲。飄颻作飄飄。）

按補侍兒小名錄、以此歌屬之青童。當由刪節其文。因而致誤。

薛昭與鳳臺蘭翹雲容諸女歌

太平廣記。卷六十九引傳記。薛昭者、唐元和末爲平陸尉。坐讁爲民於海東。至三鄉。遁過蘭昌宮。踰垣而入。及夜。風清月皎。見階前有三美女。笑語而至。揖讓升於花茵。以犀杯酌酒而進之。昭遂跳出。三女愕然。良久曰。君是何人。而匿於此。昭具以實對。乃設座於茵之南。昭詢其姓字。長曰雲容張氏。次曰鳳臺蕭氏。次曰蘭翹劉氏。飲將酣。蘭翹命骰子。謂二女曰。今夕佳賓相會。須有匹偶。請擲骰子。雲容采勝。翹遂命薛郎近雲容姊坐。昭遂問。夫人何許人。何以至此。容曰。某乃開元中楊貴妃之侍兒也。妃甚愛惜。申天師與絳雪丹一粒。曰。汝但服之。雖死不壞。但能大其棺。廣其穴。後百年得遇生人交精之氣。或再生。便爲地仙耳。我沒時送終之器。皆得如約。今已百年矣。先師之兆。莫非今宵良會乎。又問蘭鳳二子。容曰。亦當時宮人。有容者爲九仙媛所忌。毒而死之。藏吾穴側。與之交遊。鳳臺請卽席而歌。送昭容酒。歌曰云云。蘭翹和曰云云。雲容和曰云云。昭亦和曰云云。詩畢。旋聞雞鳴。三人曰。可歸室矣。昭持其衣。超然而去。蘭鳳亦告辭而他往矣。遂同寢處。數夕。容曰。吾體已蘇矣。昭遂出。啓櫬。見容體已生。遂與容同歸金陵。

臉花不綻幾含幽。今夕陽春獨換秋。我守孤燈無白日。寒雲嶺上更添愁。鳳臺歌。

幽谷啼鶯整羽翰。犀沉玉冷自長歎。月華不忍扃泉戶。露滴松枝一夜寒。蘭翹和。

韶光不見分成塵。曾餌金丹忽有神。不意薛生攜舊律。獨開幽谷一枝春。雲容和。

誤入宮垣漏網人。月華靜洗玉階塵。自疑飛到蓬萊頂。瓊豔三枝半夜春。薛昭和。

李哲家怪引諺

太平廣記。卷三百六十三引通幽記。唐貞元四年。常州錄事參軍李哲。家於丹陽縣東郭。去五里。有莊多妖異。哲兄子士溫、士儒並剛勇。常罵之。夏夜。士溫醉臥。見一丈夫。自門直入。士溫尋之。是一死。死背畫作眉目。以紙爲頭巾。衣一小兒衣。李氏遂釘於柱碎之。數日外。有婦人喪服哭於圃。言殺我夫。明日哭於庭。乃投書曰。諺所謂云云。吾屬百戶。當相報耳。復爲士儒擒焉。亦死而衣也。遂末之。

一雞死。一雞鳴。

斑寅引鄙諺

太平廣記。卷四百三十四引傳奇。大中年。有寧茵秀才。假大寮莊於南山下。因夜風清月朗。吟咏庭際。俄聞扣門聲。稱桃林斑特處士相訪。俄又聞人扣關曰。南山斑寅將軍奉謁。茵遂延入。二斑相見。亦甚忻慰。茵傾壺請飲。後二斑飲過。語紛拏。茵怒而言曰。寧老有尺刀。二客不得喧競。二客悚然。特吟曹植詩曰。萁在釜下燃。豆在釜中泣。此一聯甚不惡。寅曰。鄙諺云云。俱大笑。乃長揖而去。及明視其門外。惟虎跡牛踪而已。

鵓鳩樹上鳴。意在麻子地。古諺閒譚。子地作畬裏。

古謠諺卷九十七　附錄十二

秀水杜文瀾輯

晁紫芝聞女子吟

異聞記。安吉碧蘭堂、素有奇怪。有士晁紫芝。嘗與客游眺於彼。迫暮。共見水面一好女子。衣服楚楚。手捧蓮葉。足履萍草而來。晁料其鬼物。急叱之。女子自若。且行且吟云云。吟畢。由東岸而去。

水天日暮風無力。斷雲影裏蘆花色。折得荷花水上游。兩鬢蕭蕭玉釵直。

羅巖二女神吟

涉異志。羅源紫霄巖有二女神。號石眞妃。二妃者、羅源徐公里石氏女也。姊曰月華。妹曰雪英。皆有姿色。涉書史。五季末。處州青巾賊作亂。二女被虜。義不受辱。相繼投河死。宋時林孝子慤孫入山採樵。遇二女。明妝儼然。肅入其家。延茶久之。月華吟曰云云。雪英吟曰云云。吟畢。謂慤孫曰。吾石氏女。遭難而死。上帝憫吾貞烈。勅吾爲火部曜靈眞妃。吾妹爲水部風毒眞妃。封此巖爲紫霄巖。命吾主之。君以孝聞。今雖貧。不久當貴。已而相別。送出慤孫。回望無復人宇矣。

世亂年荒起盜兵。紛紛螻蟻尙逃生。妾身不幸遭俘虜。雨涕何時積恨平。百尺潺湲探禹穴。寸心晈潔付陶泓。皇天不泯堅貞女。召拜雲階浪得名。月華吟。

昔日繁華若轉蓬。千璣萬琲總成空。肉芝勝比蓮花鮓。甘露何如竹葉釀。物外烟霞隨處得。世間風雨任牢籠。知君已有曾參行。暫與尋常一徑通。雪英吟。

張士傑遇龍女吟

已瘧篇。張士傑客壽陽。被酒入淮陽濱。入龍祠。見後帳龍女塑像甚美。乃取桐葉題詩。投帳中云。我是夢中傳彩筆。書於葉上寄朝雲。忽見一舍。有美女。士傑徑詣置酒。女吟曰云云。士傑昏醉。既醒。孤坐於廟門之右。小奚奴曰。娘子傳語。還君桐葉。勿復置念。

落帆且泊小沙灘。霜月無波淮上寒。若向江潮得消息。爲傳風水到長安。

陳堯咨夢獨腳鬼歌

夷堅志。建寧城東梨嶽廟。所事神唐刺史李頻也。靈異昭格。每當科舉歲。士人禱祈。赴之如織。至留宿於廟中以求夢。無不驗者。浦城縣去城二百里。邑士陳堯咨苦貧憚費。不能應詔。乃言曰。惟至誠可以動天地。感鬼神。此中自有護學祠。吾今但齋香紙謁之。當獲丕應。是夕宿於齋。夢一獨腳鬼。跳躍數四。且行且歌曰云云。堯咨既覺。遍告朋友。決意入城。其事喧播於鄉閭。或傳以爲戲笑。秋闈揭榜。果預選。一舉登科。

有官便有妻。有妻便有妾。有錢便有田。

鄱陽士人爲毛女語

夷堅志。鄱陽城內昔多葦園曲徑。常常苦於怪孽。而城隍廟下毛家巷尤爲寂寥。忽有女子。貌絕美。值夜輒至。小民陳五遂爲所惑。女出示兩手。皆生黑毛。陳歸舍未幾而歿。土人有云云之語。由是雖當白晝。苟寒陰慘晦。莫敢獨行巷中。爲鳩立一塔。以資鎮護。後又摧塌拆去。淳熙中。客王承信買得屋兩間於其地。僦者言距有水處太遠。於是鑿一井。經數日。方引缶下汲。泉淅淅如冰。淸瑩冷潔。空坊里之人。悉來輦取。其汲愈多。而泉出無窮。迨今爲一方利。則毛手之說止矣。

毛家巷裏毛手鬼。

陳彥修侍姬夢少年歌

陶朱新錄。吏部侍郎陳彥修有侍姬曰小姐。氣羸多病。所服率鍾乳丹砂。睡則多異夢。於園囿游處動作。別是一塵寰也。多向骨肉言之。醫者引神農書云。臟虛多夢。亦不以爲異。宣和間。一夕夢少年挾升酒樓。飮酣。少年執板。歌以侑酒。覺猶記云云。姬後生子。名章。爲廣南郡倅。

人生開口笑難逢。富貴榮華總是空。惟有隋堤千樹柳。滔滔依舊水流東。

時人爲馬燧造謠

酉陽雜俎。卷十二語資類。馬僕射原注。一曰侍中。旣立勳業。頗自矜伐。常有陶侃之意。常呼田悅爲錢龍。至今爲義士非之。當時有揣其意者。乃先著謠於軍中曰云云。月餘。方異其服色。謁之。言善相。馬遽見。因請遠左右曰。公相非人臣。然小有未通處。當得寶物値數千萬者。可以通之。馬初不實之。客曰。公豈不聞謠乎。正謂公也。齋鍾動、時至也。和尙、公之名。不上堂、不自取也。馬公聽之始惑。

卽爲具肪玉紋犀及貝珠焉。客一去不復知之。馬病劇。方悔之也。

齋鍾動也。和尙不上堂。

案侍中僕射。皆北平王馬燧之官。旣破田悅。而遷延玩寇。亦其不滿人意之處。然北平之爲人。雖不及李西平之純粹。然艱難之際。顯立功效。臣節不虧。此必好事者爲之辭。正如晉人誣陶長沙折翼之夢也。

士人夢屛風婦人歌

酉陽雜俎。（卷十四諾臯記上。）元和初。有一士人。失姓字。因醉臥廳中。及醒。見古屛上婦人等。悉於牀前踏歌。歌曰云云。其中雙鬟者問曰。如何弓腰。歌者笑曰。汝不見我作弓腰乎。乃反首髻及地。腰勢如規焉。士人驚懼。因叱之。忽然上屛。亦無其他。（夢游錄敍此事。士人名邢鳳。）

長安女兒踏春陽。（孔帖卷十三。兒在女上。全唐文卷七百三十七、沈亞之異夢錄、全唐詩十二函七及廣異記、夢游錄、異聞錄、潛確類書卷四。女兒作少女。異聞錄、夢游錄。踏作玩。全唐詩注。陽一作忙。）無處春陽不斷腸。（廣異記、夢游錄、全唐文、潛確類書。無作何。）舞袖弓腰渾忘卻。（廣異記、夢游錄、全唐文、全唐詩。腰作彎。）蛾眉空帶九秋霜。（全唐文、全唐詩。蛾眉並作羅衣。帶作換。異聞錄、夢游錄。蛾眉作羅帷。帶作度。廣異記作羅帷空度九秋霜。）

張立本女吟

會昌解頤錄逸文。（據廣記卷四百五十四。）唐草場官張立本、有一女爲妖物所魅。其妖每自稱高侍郎。一日忽吟一首云云。立本乃隨口抄之。立本與僧法舟爲友。舟乃與立本兩粒丹。令其女服之。不旬日而疾自愈。其女說云。宅後有竹叢。與高鍇侍郎墓近。其中有野狐窟穴。因被其魅。服丹之後。不聞其疾再發矣。虛谷閒抄。安西市張家、富於財。其女國色也。嘗晝寢。夢至一處。朱門大戶。有紫衣吏引張氏於西廊幕次。俄傳呼曰。尙書來。又有識者。幷帥王公也。見張氏而視之。尤屬意焉。謂曰。汝習何技能。對曰。未嘗學聲音。使與之琴。辭不能。曰。箏。操之。乃撫之而成曲。予之箏。亦然。琵琶亦然。皆平生所不習也。王公曰。恐汝或遺。乃令口授。吟曰云云。謂張曰。其歸辭父母。異日復來。忽驚啼而寤。因臥病累日。遂卒。

危冠廣袖楚宮妝。獨步閒庭逐夜涼。自把玉簪敲砌竹。清歌一曲月如霜。三夢記。首句作鬟梳嫽俏學宮妝。步作立。逐作納。自作手。虛谷閒抄。首句作環梳鬧掃學宮妝。餘與三夢記同。全唐詩十二函八。廣作高。全唐文卷六百六、白行簡紀夢。環作還。納夜作夜納。潛確類書卷八十八。簪作釵。餘與虛谷閒抄同。妝臺記。貞元中。有鬧掃妝髻。

案說郛卷四十九列會昌解頤錄。未載此條。今據廣記錄之。

張君壽遇老翁歌

堅瓠集。戊集卷一。張君壽浪游江湖。八月十四夜。皓月澄空。忽見上流一舟如雀。一老翁盪槳歌云云云。君壽異之。刺船與語。翁又歌云云云。○明詩綜卷九十九。成化中。侯官吳師禹於吳嶼結屋。月夜載酒。遍飲漁翁。至嘉靖間已物故。士人張君壽。八月幾望。舟泊吳嶼。忽上流一翁盪槳而歌云云。君壽刺舟與語。翁曰。我吳師禹也。君壽不知其已死。偕訪其家。酒行。復賦詩。夜既闌。遂寢。且覺。乃在叢莽中。詩箋尙在。觸手成灰。

郎提密網截江圍。妾把長竿守釣磯。滿載魴魚都換酒。輕烟細雨又空歸。

蓼香月白醒時稀。潮去潮來自不知。除卻醉眠無一事。東西南北任風吹。

翟永齡造謠

堅瓠集。癸集卷四。武進翟海槎永齡赴南京。患無貲。買棗數十觔。每至市墟。呼羣兒至。每兒與棗一掬。敎之曰云云。一路童謠載道。聞者爭覓其旅邸訪之。大獲贏利。

不要輕。不要輕。今年解元翟永齡。

甘露寺僧聞異人夜飲歌

桂苑叢談。有甘露寺僧語愚云。吳王收復浙西之歲。明年夏中夜。月瑩無雲。望江澄徹如畫。竟無人蹤。俄有數人。自西軒而來。領僕厮輩。攜酒壺。直抵望江亭而止。僧窺之而思曰。客何自來。必是幽靈異人乎。乃於窗際俯伏而伺之。東向一人。南朝之衣。淸揚甚美。西坐一人。北朝之服。魁梧覔覔。北行一人。逢掖之衣。南行一人。朱衣霜簡。淸瘦多髯。飛杯之頃。東向西坐。各低頭不樂。南向朱衣曰。時世命也。知復何爲。酒至西行。南服曰。各徵曩日臨危一言以代絲竹。自吟自送可乎。衆曰可。北服乃執杯而吟曰云云。次及逢掖。舉杯而歌曰云云。巡至東向。曰云云。以至朱衣。乃朗吟曰云云。吟罷。東樓晨鐘遽鳴。僧戶軋然而啓。欻爾而散。竟無蹤矣。

趙壹能爲賦。鄒陽解獻書。何惜西江水。不救轍中魚。北服人歌。

偉哉橫海鱗。壯矣垂天翼。一旦失風水。翻爲螻蟻食。逢掖人歌。

功遂侔昔人。保退無智力。既涉太行險。茲路竟難陟。東向人歌。

握裏龍蛇紙上鸞。逡巡千幅不將難。顧雲已往羅隱耄。更有何人運筆端。朱衣人歌。

南曲中諺

板橋雜記。曲中女郎多親生之女。故憐惜倍至。遇有佳客。任其留連。不計錢鈔。其傖父大賈。拒絕勿與通。亦不顧也。從良落籍。屬於祠部。親母則取貲不多。假母則勒索高價。諺所謂云云者。蓋爲假母言之也。

娘兒愛俏。鴇兒愛鈔。

衞羅國王女歌

雲笈七籤。洞玄本行經云。西方七寶金門皓靈皇老君者、本乃靈鳳之子也。靈鳳以呵羅天中降生於衞羅天堂世界。衞羅國王取而蓄之。王有長女。字曰配瑛。意甚憐愛。常與共戲。於是靈鳳常以兩翼扇女面。後十二年中。女忽有胎。王意怪之。因斬鳳頭。埋著長林邱中。女後生女。墮地能言。曰。我是鳳子。位應天妃。王卽名曰皇妃。生得三日。有羣鳳來賀。王女思憶靈鳳往之遊好。駕而臨之長林邱中。歌曰云云。於是王所殺鳳鬱然而生。抱女俱飛。徑入雲中。

杳杳靈鳳。綿綿長歸。悠悠我思。永與願違。萬劫無期。何時來飛。

古謠諺卷九十八　附錄十三

秀水杜文瀾輯

上宮女歌

司馬文園集美人賦。臣之東鄰。有一女子。玄髮豐豔。蛾眉皓齒。登垣而望臣。三年於茲矣。臣棄而不許。竊慕大王之高義。命駕東來。途出鄭衞。道由桑中。朝發溱洧。暮宿上宮。上宮閒館。寂寞云虛。門閤晝掩。曖若神居。芳香芬烈。黼帳高張。有女獨處。婉若在牀。奇葩逸麗。淑質豔光。覩臣遷延。笑而言曰。上客何國之公子。所從何來。無乃遠乎。遂設旨酒。進鳴琴。臣遂撫弦。爲幽蘭白雪之曲。女乃歌曰云云。臣乃氣服於內。心正於懷。信誓旦旦。秉志不回。翻然高舉。與彼長辭。

獨處室兮廓無依。思佳人兮情傷悲。有美人兮來何遲。日既暮兮華容衰。敢託身兮長自私。

惡圓之士歌

元次山集。惡圓。元子家有乳母。爲圓轉之器。以悅嬰兒。友人公植者。責元子曰。吾聞古之惡圓之士歌曰。

寧方爲皁。不圓爲卿。寧方爲汙辱。不圓爲顯榮。

東城泉野老歌

淮海集。卷一。湯泉賦。大江之濱。東城之野。有泉出焉。野老告余曰。泓泓涓涓。莫虞歲年。不火而燠。其名溫泉。曳杖而去。行歌於塗曰。

畢沸滂沱。奮此泉兮被山阿。吾惟灌沐兮不知其他。

眇倡引諺

淮海集。卷十二。眇倡傳。美倡有眇一目者。貧不能自贍。乃計謀與母西游京師。或止之曰。倡而眇。何往而不窮。且京師天下之色府也。使若具兩目。猶恐往而不售。況眇一焉。其瘠於溝中必矣。倡曰。固所聞也。然諺有之云云。以京師之大。是豈知無我儷者。遂行。抵梁。舍於濱河逆旅。居一月。有少年。從數騎出河上。見而悅之。爲解鞍。留飲燕。終日而去。明日復來。因大嬖。

心相憐。馬首圓。

畫上麗人答翟望歌

松隱文集。翟望喜讀騷經楚些。亦寓詞蘅杜間。每水邊沙外。屬思幽放。一夕夢麗人。莊容獨秀。翳脩竹而立。隔溪語望云云云。歌畢。致一笑而逝。望寤。亟書於紙。心惝怳者累日。後思天清寺之菊坡。謁僧琴。會僧出。因憩北軒。有一姬先在焉。容色鮮麗。疑若素識。因質名氏。不自知體之前也。姬笑曰。妾有外姒。約我會此。偶故渝爽。然室有酒肴。能少駐否。望欣然從之。稍情洽。望被酒、諷茗之榮以自喜。姬曰。溪風之隔。殆不然矣。望復叩以他辭。宛不蒙答。姬先出門。莫知所適。望裴回。見軒壁挂玉女觀泉圖。心以爲畫之靈遇。作靈遇賦。

茗之榮兮。春日陂遲。濕汀蘋以建址兮。冒卿雲以爲帷。吹浩香以渡漢兮。示秀色與華姿。

居誰與復兮。挽明月以揚輝。悵谿風兮。聊詠言于茲。

四友歌

空同集。卷三。四友亭賦。繄許氏之爲亭也。迺有蘭昆玉季。鴈行雙雙。攣勁拊修。振英掇穠。人取其一。稱爲四友。於是各命侍兒。遞節緩歌。出歙入越。絲肉相和。松兒歌曰云云。竹兒賡之曰云云。梅兒賡曰云云。柏兒賡曰云云。歌畢。主人乃還客入亭。復坐引觥。而各不自覺其頹然醉矣。客則强起婆娑舞。其歌續弗調。似亦賡前歌也。歌曰云云。是時也。不有此四友者於斯亭也。孰與壯天地而光日月哉。

若有人兮佩鳴環。修蒼髯兮抗冰顏。抗冰顏兮吾之友。心莫逆兮萬斯壽。右松兒歌。

有美一人。其修如玉。翩翩翠袖。日暮空谷。暮空谷兮憺忘歸。居有朋兮我心怡。右竹兒賡歌。

子醜妍兮華我惡。於子游兮元之素。元素本無垢。歲寒願相守。右梅兒賡歌。

冠峨峨。劍陸離。綠髮毿毿褐葳蕤。葳蕤靡時改。中路莫疑悔。古柏兒賡歌。

吳江落楓。洞庭下橘。朔風有嚴。玄冥變律。霠霠溟溟。僇兮而慄。龍蛇以蟄。百卉蕭瑟。堅者隕榮。脆者銷質。右衆客續歌。

拘幽操

琴操。卷上。拘幽操者、文王拘於羑里而作也。文王備脩道德。百姓親附。文王有二子。周公武王皆聖。是時崇侯虎與文王列爲諸侯。孫氏星衍云。案虎字从太平御覽皇王部引補。德不能及文王。孫氏云。案能字从太平御覽皇王部引補。常嫉妬之。乃譖文王於紂曰。西伯昌、聖人也。長子發、中子旦、皆聖人也。孫氏云。案文選西征賦注引、無人也二字。三聖合謀。將不利於君。君其慮之。紂用其言。乃囚文王於羑里。孫氏云。案文選海賦〔注〕引。囚作徙。擇日欲殺之。於是文王四臣。太顚、閎夭、散宜生、南宮适之徒。孫氏云。案文選海賦注引作於是太顚、散宜生、南宮适之屬。而無閎夭。史記周本紀云。西伯之臣。閎夭之徒。求美女奇物善馬以獻紂。據此。文選注所引無閎夭。是傳寫脫也。往見文王。文王爲矉反目者。紂之好色也。柎桴其腹者。言欲得其寶也。蹀躞其足者。使疾迅也。於是乃周流海內。經歷風土。得美女二人。水中大貝。白馬朱鬣。以獻於紂。陳於中庭。紂見之。仰天而歎曰。嘻哉。此誰寶。散宜生趨而進曰。是西伯之寶。以贖刑罪。紂曰。於寡人何其厚也。立出西伯。紂謂散宜生。譖岐侯者。長鼻決耳也。宜生還以狀告文王。乃知崇侯譖之。文王在羑里時。演八卦以爲六十四卦。作鬱尼之辭。困於石。據於蒺藜。乃申憤以作歌曰。

殷道溷溷。浸濁煩兮。朱紫相合。古今樂錄。朱作丹。不別分兮。御覽卷八十四引古今樂錄。此句作不分別兮。迷亂聲色。信讒言兮。古今樂錄。讒作諛。炎炎之虐。御覽、古今樂錄。作閻閻之虎。使我愆兮。古今樂錄。愆作騫。無辜桎梏。誰所宣兮。古今樂錄。二句在由其言兮下。幽閉牢穽。古今樂錄。穽作獄。由其言兮。御覽、古今樂錄。由作誰。遘我四人。續古文苑卷四引通鑑外紀。人作國。憂勤勤兮。古今樂錄作皆憂勤兮。孫氏云。案宋本韓文考異引琴錄拘幽操。有幽閉牢穽。由其言兮。遘我四人。憂勤勤兮。多八字。事類賦樂部引遘我四人。今脫幽閉牢穽八字及人字。據補。得此珍玩。且解大患兮。倉皇迄命。遺後昆兮。古今樂錄。昆作皇。作此象變。兆在昌兮。欽承祖命。天下不喪兮。遂臨下土。在聖明兮。古今樂錄。明作朝。御覽卷五百七十一。仍作明。案明字與昌王等字協韻。作朝者非。討暴除亂。誅逆王兮。

案韓昌黎擬拘幽操云。臣罪當誅兮。天王明聖。徐仲車謂其知文王之用心。程伊川謂其道文王意中事。前後之人。道不到此。然則此操所言。討暴除亂。誅逆王兮。斷非文王之語矣。

鳳凰歌

琴操。卷下。文王以紂時爲岐侯。躬修道德。執行仁義。百姓親附。是時。紂爲無道。刳胎斬涉。孫氏云案斬本作斮。从太平御覽皇王部引改。廢壞三仁。孫氏云。案三仁本作仁人。从太平御覽皇王部引改。天統易運。諸侯瓦解。皆歸文王。其後有鳳凰銜書於文王之郊。文王以殷帝無道。虐亂天下。皇命已移。不得復久。孫氏云。案久本作入。从太平御覽皇王部引改。乃作鳳凰之歌。

其章曰。

翼翼翔翔。風雅逸篇卷一引琴操。上翔字作翱。孫氏云。案上翔字本作翱。从太平御覽皇王部引改。彼鸞孫氏云。一作鳳。案樂府詩集、風雅逸篇正作鳳。凰兮。銜書來遊。以命昌兮。樂府詩集、風雅逸篇。命作會。瞻天案圖。殷將亡兮。蒼蒼昊天。御覽卷八十四。昊作皓。樂府詩集、風雅逸篇。昊作之。始有萌兮。五神運精。類聚及王氏謨本。神上無五字。類聚及樂府詩集、御覽、風雅逸篇、王本、顧氏修本。運作連。合謀房兮。類聚及王本。顧本、房上有於字。孫氏云。案本作神連精合。謀於房兮。从太平御覽皇王部引改。興我之業。望來羊兮。樂府詩集、風雅逸篇。來羊作羊來。御覽及王本無末二句。

案此操云。殷將亡兮。又云。興我之業。皆非文王之語。

宋玉述主人女歌。

古文苑。卷一。宋玉諷賦。楚襄王時。宋玉休歸。唐勒讒之於王曰。玉爲人身體容冶。口多微詞。出愛主人之女。入事大王。願王疏之。玉曰。臣身體容冶。受之二親。口多微詞。聞之聖人。臣嘗出行。僕飢馬疲。正值主人門開。主人翁出。嫗又到市。獨有主人女在。女乃於蘭堂之室。原注。一作芝室。止臣其中。中有鳴琴焉。臣援而鼓之。爲幽蘭白雪之曲。女爲臣歌曰云云。臣復援琴而鼓之。爲秋竹積雪之曲。主人之女。又爲臣歌曰云云。玉曰。吾寧殺人之父。孤人之子。誠不忍愛主人之女。

歲將暮兮日已寒。中心亂兮勿多言。
內怵惕兮（原注。一本作怵惕之心兮。）徂玉牀。橫自陳兮君之傍。君不御兮妾誰怨。日將至兮下黃泉。

秦始皇與羣臣歌

樂府詩集。卷八十三。秦始皇祠洛水。有黑頭公從河中出。呼始皇曰。來受天寶。乃與羣臣作歌。

洛陽之水。其色蒼蒼。祠祭大澤。倏忽南臨。洛濱醊禱。色連三光。

按始皇祭江之璧。神尙不受。何天寶之能得。必誣妄之詞也。

淮夷爲霍丘縣造謠

全唐文。卷七百三十六。沈亞之壽州團練副使廳壁記。自建中以來。淮夷寇叛於蔡。元和中、蔡州叛。壽春守令狐通引兵屯霍丘。冬、蔡兵大入馬塘。寇鄧州。城既陷。霍丘方畏寇乘其虛。復飛語爲謠以惑其俗。曰云云。耆老曰。果守不能保是矣。守聞之益恐。遂棄其城亡歸。

狐死首丘。

洛川仙女與張鬱贈答歌

全唐詩。十二函七。明皇時。燕人張鬱。客京洛。與豪貴子弟狂游。忽獨步。沿洛川。覩風景恬和。沿步高吟。忽見臨水翠幄。有一女郎。出邀鬱。命席談笑。謂鬱知人世不可居。好道可與言。鬱不能對。女郎歌此。遂與鬱別。乘洛波而去。

彩雲入帝鄉。白鶴又迴翔。久留深不可。蓬島路遐長。

空愛長生術。不是長生人。今日洛川別。可惜洞中春。右洛川仙女答張鬱歌。

浮生如夢能幾何。浮生復更憂患多。無人與我長生術。洛川春日且長歌。張生洛川沿步吟。

京師爲李芳語

明詩綜。卷一百。頴上李芳、中永樂中進士。任刑科給事中。執法不撓。忤權倖。謫海鹽丞。棄官居家。宣宗嘗顧問曰。李芳何在。近倖畏其剛直。多沮之。京師爲之語曰。

永樂紀綱。宣德李芳。

按紀綱乃成祖時酷吏。與李芳不可同年而語。蓋忌者之詞耳。

屏風畫婦人歌陽春曲

詩史。殷七七、有異術。嘗與客飲云。某有藝。成賓主歡。卽顧屏上畫婦人曰。可唱陽春曲。婦人應聲隨歌曰云云。如此者十餘曲。

愁見唱陽春。令人離腸結。郎去未歸家。柳自飄香雪。

馬植聞堤上白衣吟

本事詩。馬相植罷安南都護。與時宰不通。又除黔南。殊不得意。維舟峽中古寺。寺前長堤。堤畔林木。夜月甚明。見人白衣緩步。堤上吟曰云云。歷歷可聽。吟者數四。遣人邀問。卽已失之矣。後自黔南入爲大理卿。遷刑部侍郎。判鹽鐵。遂作相。

截竹爲筒作笛吹。鳳凰池上鳳凰飛。勞君更向黔南去。卽是陶鈞萬類時。

古謠諺卷九十九　附錄十四

秀水杜文瀾輯

古今風謠　明楊慎輯

案楊氏博極羣書。其所錄古今風謠。采輯詳贍。然其體裁。頗爲尨雜。故有誤收有題無辭者。如唐永徽末里謠。乃後人解其意。非述其辭。龍朔中里歌。有突厥鹽。垂拱後東部契苾歌。皆有題無辭。有誤收已著文字者。如蜀中㡌地和尚謠。係以帚畫地所書。有誤收泛言瑞應非謠辭者。如秦檜詐爲瑞應。及另一則述序例論瑞應之語。有誤收鄉譚爲謠者。如周顛仙鄉譚常謠。有非謠而誤稱爲謠者。如中侯稷起謠、見書緯。昌擬契謠、見詩緯。殷末謠三首、首末二謠、一見春秋緯。一見呂覽。擿雒二謠、首一則見詩緯。春秋時長春謠、見易妖占。齊人謠、見春秋緯。齊人東郭謠、亦見讖書。然或爲敍述。或係占辭。蓋古書用韻之辭極多。不可因其有韻概指爲謠也。至其中有本是謠者。如殷末謠中一則。擿雒謠後一則。均已收入緯書。有誤收讖辭者。如論語比考讖。王子年歌。北齊天保中陸法和書讖。玉浪歌。佛讖。梁誌公謠讖。有誤收樂府辭者。如咄唶歌、鄴城童子謠。有誤收謗書者。如魏曹爽執政時童謠。據魏略係謗書。有誤收詩詞者。如劉曜時玉方尺詩謠、梁武帝天監三年寶誌公詩、梁武帝天監十年誌公詩、梁武帝父子詩讖、唐天寶中玄都觀詩妖、唐德宗時詩妖。有誤收酒令者。如龍朔時人飲酒令。有誤收鳥跡成文者。如陳後主時。婦人突唱。乃鳥嘴畫地成文。有誤收勒石銘金者。如吳孫皓時石印山詩、乃書巖之文。惠帝時温縣謠前一則、亦青碑之語。吳元濟將敗時之兆、乃古碑之文。周廣順初。江南伏龜山圯石函鐵銘、乃銘金之語。至其中温縣謠後一則、確係謠詞。已收入襄陽耆舊傳。於例皆不應收。然原書所有。若概從芟薙。恐後人疑爲漏略。故仍錄存備考。惟低一格。以示區別。楊氏古今諺及曾氏古諺閒譚。亦仿此例。

中侯稷起謠　詩緯。

蒼耀稷。生感迹。

昌握契謠 詩緯。

玄鳥翔水。遺卵流娀。簡狄吞之生契封。

殷末謠 三首。按中一則已錄入論語緯。

代殷者姬昌。日衣青光。春秋元命包。

上天弗恤。夏命其卒。呂覽。

擿雒二謠 二首詩緯。按後一則已錄入詩緯。

昌受符。厲倡嬖。斯十之世權在室。

論語比考讖

子欲居九夷。從鳳嬉。

春秋時長春謠 易妖占。

豐其屋。下獨苦。長狄生。世主虜。

齊人謠 春秋寶乾圖。

移河爲界在齊呂。塡閼八流以自廣。書九河疏引之。言齊桓公閼八流拓境。塞其東流八枝、并使歸于徒駭也。

齊人東郭謠

東郭有犬。嘊嘊日夕。欲噬我猳。西郭有犬。嘊嘊日夕。欲噬我猳。北郭有犬。嘊嘊日夕。欲噬我猳。指豎刁、易牙、開方三子也。

咄唶歌

棗下何纂纂。榮華各有時。棗初欲赤時。人從四面來。棗適今日罄。誰當仰視之。

鄴城童子謠 本王粲刺曹操辭也。唐李賀追擬之。

鄴城中。暮塵起。探黑丸。斫文吏。棘為鞭。虎為馬。團團走。鄴城下。切玉劍。射日弓。獻何人。奉相公。扶轂來。關右兒。香掃塗。相公歸。

魏曹爽執政時童謠 案後一則已錄入晉書。

曹爽之勢熱如湯。太傅父子冷如漿。李豐兄弟如游光。

吳孫皓時石印山詩

楚、九州渚。吳、九州都。揚子士。作天子。四世治。太平矣。

惠帝永熙中溫縣謠 按此條本二則。後一則已錄入襄陽耆舊傳。

光光文長。大戟為牆。毒藥雖行。戟還自傷。楊駿居內府。以戟為衞。死時又為戟所害。

劉曜時玉方尺詩謠

皇王皇王敗趙昌。井水竭。構五梁。咢酉小衰因囂喪。嗚呼嗚呼。赤牛奮靷其盡乎。

王子年歌 南史曰。齊太祖高皇帝。諱道成。姓蕭氏。未受命時。王子年亦作此歌。

欲知其姓草肅肅。穀中最細低頭熟。鱗身甲體永興福。

三禾穆穆林茂滋。金刀利刃齊刈之。未衰、蕭道成興。

梁武帝天監三年寶誌公詩 南史曰。梁武帝天監三年。講於重雲殿。沙門誌公忽然歌樂。須臾悲泣。因賦五言詩云云。梁自天監至于大同三十餘年。江表無事。至太淸二年臺城陷。帝享國四十八年。所言五十裹也。太淸元年。而侯景自懸瓠來降。在丹陽之北子地。帝惑朱异之言以納景。景之作亂。自戊辰至午年。帝憂崩。

樂哉三十餘。悲哉五十裹。但看八十三。子地妖災起。佞臣作欺妄。賊臣滅君子。若不信吾語。龍時侯賊起。且至馬中間。銜悲不見喜。

梁武帝天監十年誌公詩 南史曰。梁武帝天監十年。誌公於大會中。又作詩云云。侯景小字狗子。起自懸瓠。來降。懸瓠、則古之汝南也。巴陵南有地名三湘。即景犇敗之所。

兀尾狗子始著狂。欲死不死齧人傷。須臾之間自滅亡。患在汝陰死三湘。橫尸一旦無人藏。

梁武帝父子詩讖

梁武帝冬日詩。雪花無有蔕。冰鏡不安臺。

梁簡文帝詠月詩。飛輪了無轍。明鏡不安臺。竟成臺城之讖。

陳後主時婦人突唱 南史曰。後主在東宮時。有婦人突入唱曰。畢國主有鳥一足。集其殿庭。以嘴畫地成文云云。解者以爲獨足者、蓋指後主獨行無衆。盛草言荒穢。隋承火運。草得火而灰。及至京師。與家屬館于都水臺。所謂上高臺當水也。其言皆驗。

獨足上高臺。盛草變爲灰。欲知我家處。朱門當水開。

北齊天保中陸法和書讖 北齊曰。天保中。陸法和入國。書其屋壁云云。時文宣皇帝享國十年而崩。廢帝嗣立百餘日。用替厥位。孝昭即位一年而崩。此其驗也。

十年天子爲尙可。百日天子急如火。周年天子迭代坐。

玉淚歌 佛讖。

江槎分玉淚。管炬開金鎖。五口相共行。九十無彼我。

唐永徽末里謠

桑條韋也。女時韋也。後韋后用事。

龍朔中時人飲酒令

子母相去離。連臺拗倒。俗謂杯盤爲子母。又名盤爲臺。子母去離。武后廢帝于房州也。

龍朔中里歌有突厥鹽　鹽、曲名。有黃帝鹽、阿鵲鹽。唐書又云。武后時。民間飲酒謳歌曲。不盡者、謂之族鹽。其曲流於宋時。有烏鹽角。或謂得曲始于鹽角中。妄說也。時有突厥之讖。

其辭亡傳。

垂拱後東都契苾歌　皆淫艷之詞。契苾、張易之小字。

其辭亡傳。

唐天寶中玄都觀詩妖

燕市人間去。函關馬不歸。若逢山下鬼。環上係羅衣。

梁誌公謠讖　其應在天寶中。故附于此。

兩角女子綠衣裳。卻背太行邀君王。一止之月必消亡。劉餗隋唐嘉話曰。兩角女子、安字也。綠者、祿也。一止、正月也。安祿山果敗。

吳元濟將敗之兆

裴度征淮西。掘得一碑。上有謠云。井底一竿竹。竹色深深綠。雞未肥。酒未熟。障車兒郎且須縮。有識之者曰。雞未肥、肥乃己字。酒未熟、去水乃酉字。後果以己酉日擒吳元濟。宋人四六有學慙鼠獄、智乏雞碑。下句正用此事。鼠獄、張湯傳。

唐德宗時詩妖

此水連涇水。雙眸雪滿川。青牛逐朱虎。方見太平年。

周廣順初江南伏龜山圮石函鐵銘 其文云。維天監十四年秋八月葬寶公。銘背有引云。寶公得誦此偈。大書于板。日巾羃之。人欲讀者。必施數錢。乃得讀。訖即羃之。是時名臣陸倕、王筠、姚察而下。皆莫知其旨。或問之曰。在五百年後。卒乃鑄其偈。同葬焉。

莫問江南事。江南自有憑。乘雞登寶位。跨犬出金陵。子建司南位。安仁秉夜燈。東鄰家道闕。隨虎遇明興。其後李煜降于宋。好事者云。煜以丁酉年生。辛酉年襲位。即雞也。開寶八年甲戌。江南國滅。是跨犬也。子建、曹彬也。安仁、潘美也。其後太平興國戊寅。吳越王錢俶舉國入朝。即東鄰也。家道闕、無錢也。隨虎、戊寅年也。

蜀中掃地和尚謠 王建據蜀之後。有一僧常持大帚。每過即汛掃。人以掃地和尚目之。掃畢即寫云云。

水行仙。怕秦川。其後王衍秦州之禍。人方悟水行仙衍字也。

秦檜詐作瑞應

宋史長編云。紹興中。秦檜擅朝。喜飾太平。郡國多上草木禽鳥之瑞。歲無虛月。胡致堂所謂花卉可以染植增其態。毛羽可以餵飼變其色。上之人苟欲之。則四面而至矣。蓋指此也。然觀小說所載。紹興七年。建康府寓旅家。盆水有文如畫。嘉卉茂木。華葉敷芬。數日。易以他水。愈出愈奇。盡春暄乃止。又秀州呂氏家。水瓦有文。樓觀車馬人物。並蒂芙蓉。重夾牡丹。長春萱草藤蘿。經日不釋。悉以瑞聞。豈人有妖心。而造物者亦爲是以戲之乎。

瑞應

序例曰。凡瑞應。自和帝以上。政事多美。近於有實。故書祥瑞見於某處。自安帝以下。王道衰缺。容或虛飾。故書某處上言也。

周顛仙鄉譚常謠

世間甚磨。動得人心。只有臙脂胚粉。動得婆娘嫂裏人。

古今諺 明楊愼輯

案楊氏所錄古今諺。其書詳贍。同於古今風謠。然其體裁。頗爲泛濫。故有泛收諺語不成辭者。如礮車雲、風花、黑豬渡河之類。有泛收古語爲諺者。如韓非子引先聖諺、趙文子引古諺、富辰引諺、韓非引諺。核以左傳、韓非子。均係泛引古言古語。不應改稱爲諺。又有桓譚引諺二則。前一則是諺。已收入晉書。乃或人引諺問華譚。與桓譚無涉。後一則亦未必果係諺語。有泛收非諺爲諺者。如杏子開花、可耕白沙。雖引四民月令。然不稱諺。楊氏因上文而誤引之。有泛收非諺爲古諺者。如列女傳古謠。女乃仙之誤。然非諺非謠。乃韻語耳。有泛收古言者。如鄭子產引古言、晉伯宗引古言、韓厥引古言、子產引古言、荀子引古言。有泛收人言者。如謝息引人有言、子太叔引人亦有言、周太子晉引人有言。有泛收古人語者。如賈子引黃帝語、太公兵法引黃帝語。有泛收古語者。如國語注引古語、列子楊朱篇引古語、又引古語、鬼谷子引古語、師春引古語、易緯引古語、春秋緯引古語、皐魚引古語、劉向別錄引古語、鄒子引古語、莊子引古語、武帝策問引古語、公孫弘引古語、東方朔引古語、韓安國傳引古語、韓嬰詩傳引古語。有泛收語曰者。如戰國策引語、韓策周最引語、李固引語、黃歇傳引語、晁錯傳引語、韓安國傳引語。有泛收某人引不著其爲諺爲語者。如祁奚引、申叔時引、中山王引、袁盎傳引。大率皆古語、古人言。蓋隨筆記錄。未加整比。然皆非諺語也。有泛收對辭、諷辭、說辭之類不著其爲諺爲語者。如宋對楚蓬越、蘇秦說楚、管子諷桓公、蘇秦謂秦王、馮衍說廉丹。有泛收書名篇目不著其爲諺爲語者。如鶡冠子、列子、李業傳、鮑永傳、蔡澤傳、韓信傳、王夫人傳、衞鞅傳、張儀傳、甘茂傳。大率皆各人所引之語。而未標明。有泛收古諺古語不加剖析者。此條本另列爲一段。自注云。載籍通引。今考其中確係諺辭者。凡四十五條。已分列各卷。其餘只係古語。或有韻之言。概不當錄。今仍附存備考。亦低一格。以示區別。

諺語有文理

礮車雲。東坡詩用之。今日江頭風勢惡。礮車雲起雨欲作。風花雲起。下散四野。如煙霧也。晁無咎詩用之。明日揚帆應復駛。蒸雲散亂作風花。天河中有黑雲。謂之黑豬渡河。主雨。則蕭冰厓所謂黑豬渡河天不風。蒼龍銜燭不敢紅也。國語註引古語。土長冒橛。陳根可拔。耕者急發。四民月令引童謠云。杏子開花。可耕白沙。

賈子引黃帝語

日中不彗。是謂失時。操刀不割。失利之期。執斧不伐。賊人將來。涓涓不塞。將爲江河。熒熒不救。炎炎奈何。兩葉不去。將用斧柯。爲虺弗摧。行將爲蛇。（賈子書所引。止首四句。餘見太公兵法。蓋卽漢藝文志黃帝巾几銘、孔甲盤盂書也。銘云。無擱鋆而附邱。無舍本而治末。日中必彗。操刀必割。執斧必伐。日中不彗。是謂失時。操刀不割。是謂失利。執斧不伐。賊人將來。涓涓不塞。將爲江河。熒熒不救。炎炎奈何。兩葉不去。將用斧柯。此銘、漢以下文士多引用之。而不見其全。惟見於兵書如此。）

太公兵法引黃帝語

黃帝曰。余居民上。搖搖、恐夕不至朝。慄慄、恐朝不及夕。兢兢業業。日愼一日。人莫蹪于山。而蹪于垤。

韓非子引先聖諺

規有摩、而水有波。我欲更之。無奈之何。（此云先聖言。而句有誤。亦巾机銘之類也。）

鄭子產引古言（文十七年。正義曰。古人有言。非謂前代之人有此言也。據今時而道前世。）

畏首畏尾。身其餘幾。

鹿死不擇音。（音、讀作休蔭之蔭。）

晉伯宗引古言宣十五年。

雖鞭之長。不及馬腹。

韓厥引古言成十七年。

殺老牛莫之敢尸。

謝息引人有言曰昭七年。

挈瓶之智。守不假器。

子產引古言昭七年。

其父析薪。其子弗克負荷。

宋對楚薳越昭二十二年。

唯亂門之無過。

子太叔引人亦有言昭二十四年。

嫠不恤其緯。而憂宗周之隕。爲將及焉。

周太子晉引人有言國語。

無過亂人之門。亂人、狂悖怨亂之人。無過其門。干其怒也。

佐雝者嘗焉。佐鬬者傷焉。俗言。助祭得食。助鬭得傷。

禍不好。不能爲禍。財色之禍。生於好之。

列子楊朱篇引古語

生相憐。死相捐。

又引古語

人不婚宧。情欲失半。人不衣食。君臣道息。

荀子引古言（子道篇。）

衣與繆與、不女聊。（與歟通。言雖衣服我。裯繆我。而不敬不順。則不聊汝也。）

戰國策引語曰

騏驥之衰也。駑馬先之。孟賁之倦也。女子勝之。

鬼谷子引古語

女愛不敝席。男歡不盡輪。（戰國策。寵女不敝席。寵臣不敝軒。）

蘇秦說楚（一作張儀。）

削珠掘根。無與禍鄰。禍乃不存。

韓策周最引語曰

怒於室者色於市。

管子諷桓公

不行其野。不違其馬。（言馬以行野。雖不行野。亦不可不調習也。）牆有耳。伏寇在側。（牆有耳者、微謀外泄。古有二語。）

鶡冠子

中流失船。一壺千金。船音循。釋名、船、循也。循水而行也。

師春引古語

斧小不勝柯。

祁奚引

擇君莫若臣。擇子莫若父。管子亦引云。知臣莫若君。知子莫若父。

列子

爭魚者濡。逐獸者趨。呂覽。救溺者濡。救奔者趨。

申叔時引

牽牛以蹊人之田。而奪之牛。牽牛以蹊者。信有罪矣。而奪之牛。罰已重矣。

趙文子引古諺

善人在患。弗救不祥。惡人在位。弗去亦不祥。

易緯引古語

一夫兩心。拔刺不深。

躓馬破車。惡婦破家。

富辰引諺

兄弟讒鬩。侮人百里。

春秋緯引古語

吐珠於澤。誰能不含。

月麗于畢。雨滂沱。月麗于箕。風揚沙。

列女傳古謠

食石食金鹽。可以支長久。食石食玉豉。可以得長壽。（金鹽、五加皮也。玉豉、地榆也。）

皋魚引古語

枯魚銜索。幾何不蠹。（索音素。古索素同音。中庸。索隱、卽素隱也。）

劉向別錄引古語

唇亡而齒寒。河水崩。其壞在山。

鄒子引古語

截趾適履。孰云其愚。何與斯人。追欲喪軀。

蘇秦謂秦王

戰勝而國危者。物不斷也。身大而權輕者。地不入也。

韓非引諺

奔車之上無仲尼。覆車之下無伯夷。（奔音僨。）

莊子引古語

美成在久。惡成不及改。改、韻補音以。

武帝策問引古語

良玉不瑑。

中山王引

社鼷不灌。屋鼠不薰。韓詩外傳作稷蜂不薰。

公孫弘引古語

揉曲木者不累日。銷金石者不累月。

袁盎傳引

千金之子不垂堂。百金之子不騎衡。

東方朔引古語

水至清則無魚。人至察則無徒。列子。察見淵魚者不祥。智料隱慝者有殃。後漢書。水淸無大魚。

以管窺天。以蠡測海。以莛撞鐘。史記。以管窺天。以隙視文。

韓安國傳引古語

衝風之衰。不能起毛羽。强弩之末。不能穿魯縞。漢書。

强弩之末。不能穿魯縞。衝風之末。不能起鴻毛。史記。

馮衍說廉丹後漢書。

人所歌舞。天必從之。古語。人所歌舞。天必從之。人所咀嚼。神必凶之。

李固引語曰周擧傳。

嶢嶢者易缺。皦皦者易汚。陽春之曲。和者必寡。盛名之下。其實難副。

李業傳

轂弩射市。薄命先死。

鮑永傳

機事不密。禍倚人壁。

桓譚引諺

二人同術。誰昭誰冥。二虎同穴。誰死誰生。

韓嬰詩傳引古語

昨日何生。今日何成。必念歸厚。必念治生。日愼一日。完如金城。

黃歇傳引語

當斷不斷。反受其亂。

蔡澤傳

長袖善舞。多錢善賈。本韓非子。

韓信傳

狡兔死。走狗烹。飛鳥（六韜、作高鳥。）盡。良弓藏。敵國破。謀臣亡。

野禽殫。走狗烹。敵國破。謀臣亡。（史記。）

晁錯傳語曰

變古易常。不死則亡。

韓安國傳引語曰

雖有親父。安知其不爲虎。雖有親兄。安知其不爲狼。

王夫人傳

蓬生麻中。不扶自直。白沙在泥。與之皆黑。（曾子書作諺曰。泥一作涅。）

衛鞅傳

千羊之皮。不如一狐之腋。千人之諾諾。不如一士之諤諤。

張儀傳

積羽沉舟。羣輕折軸。衆口鑠金。積毀銷骨。（中山王傳。臣聞衆口鑠金。積毀銷骨。羣輕折軸。羽翮飛肉。）

甘茂傳

禽困覆車。

古諺古語（載籍通引。）

終身讓車。不枉一舍。

惑者知反。迷道不遠。

心誠憐。白髮玄。情不怡。豔色媸。魯連子。

不斑白。語道失。

白刃交前。不顧流矢。

堂上不糞除。郊草不瞻耘。

井水無大魚。新林無長木。

林中不賣薪。湖上不鬻魚。

乳犬攫虎。伏雞搏狸。

白壁不可爲容。容多厚福。左雄。

龍不隱鱗。鳳不藏羽。網羅高懸。去將安所。將飛者羽伏。將奮者足跼。將噬者爪縮。將文者且朴。蔡洪。一本作將飛者翼伏。將奮者足跼。將攫者爪縮。將文者且朴。伏龍非我馬。白日非我燭。藏之嘿之。保此元樸。伏龍白日二句。言時不待人也。千古奇句。

猛虎不處卑勢。勁鷹不立垂枝。

中規不密。用璧禍辟。

鐸以聲自穴。膏以明自鑠。虎豹之文來射。猿狖之捷來擱。

上求材、臣殘木。上求魚、臣乾谷。

遁鬬不可復。亡犴不可再。

無鄉之社。易爲黍肉。無國之稷。易爲求福。

生男如狼。猶恐如羊。生女如鼠。猶恐如虎。貞觀政要。

商師若烏。周師若荼。鹽鐵論。商用少周用老也。詩曰。方叔元老。克壯其猶。

飛矢在上。走驛在下。左傳。交兵使在其間。今語。兩國交兵。不罪來使。

學而不已 闔棺乃止。韓詩外傳引孔子語。

山川而能語。葬師食無所。肺肝而能語。醫師色如土。方回山經引相家書。

屋漏在上。知之在下。梁史。

室無滯貨。不爲潤屋。

括糠及米。漢書引語。

力貴實。智貴卒。

作者不居。居者不作。

毋曰不幸甑。終不墜井。

縷因針而入。不因針而急。春秋後語。女因媒而嫁。不因媒而親。

其母好者其子抱。其母惡者其子釋。韓非。

錦繡襄邑。羅綺朝歌。猶今云。金臨安。銀大理。銅茶陵。鐵攸縣也。

春雨變夏雨。莊子注引。言是非究竟。愈遠愈訛也。

其淵深者其魚美。其主賢者其臣惠。韓詩外傳。

兩國交爭。使在其間。水火相爭。彗鼎在其間。

屠者食藿羹。造車者多步行。翳扇之翁手障暑。畜妓之夫恆獨處。鄒子。新論同。

甘瓜苦蒂。物不全美。墨子。

首牛入西谷。逆犢上齊邱。杜臺卿齊讖。史通云。愁山定犢。彰於載讖是也。

屠者飯藿羹。造車者步行。梓匠處狹廬。陶者用缺甖。翳扇翁手障暑。畜妓之翁恆獨處。爲者不得用。用者不肯爲。爲者不肯用以利動。用者不肯爲以富寵。新論。

古諺閒譚 國朝曾廷枚輯

案曾氏此書。但收古諺。不收古謠。與楊氏途徑稍異。然其書體裁。全仿楊氏。故沿其誤者亦多。今凡遇楊氏所已採者。槩不復錄。此書雖以古諺標名。然其中所收。亦頗泛溢。故有諺語不成辭者。如不是脚。不傚保。客作兒。皆僅三字。且未引書。有本係古語而指爲諺者。如商君書引諺。只係語曰。韓非子引古諺四則中之後二則。亦係暗引古語。有本係人言而目爲諺者。如孟敏語、司馬德操語。有雖係諺語而非古諺者。如籠蘇諺、打頭風諺、嗔拳諺、種樹諺、桃橘諺、農諺。雖其中容有非始於今時之諺。然曾氏既不引書。則亦未有古諺之證矣。有稱俗語而實非俗語者。如陳忠引語。而題標俗語。有稱時人語而實非時人語者。如梁武帝語。而題標時人語。有誤收讖語者。如永福古讖。有誤收占辭者。如占年占雨內有是諺者。已收入他卷。其無明證者。疑是占辭。有誤收古語者。如段成式酉陽雜俎引古語。有誤收語曰者。如蘇秦引語、蔡澤引語、商君引語、王敬則引語、佛書引語。至於卷二。亦列古諺古語一門。大半沿用楊書。其末所增三則。皆係古語。有誤收古人語者。（如張良語、裴度語。）有但以書名爲標題者。（如六韜、商書盤庚、周書牧誓、秦誓。）有但以數字爲標題者。（如乖剌、跨竈、佛頂珠。皆非成句之語。且亦不以諺標題。）有泛收詩句者。（如酒肆歌乃范贄詩。）有泛收對句者。（如都人語乃對句。）有泛收歌括者。（如本草采萍時日、陰陽書、李廷珪藏墨訣、葬書語。皆係歌括。）有泛收乩詞者。（如蜀語乃雍閭假托扶乩。）有泛收題書刻玉勒石之辭者。（如題書卷後語、題玉簪篆、莆田石記、羅池石刻、南京石上語。）概不當錄。今仍附存。亦低一格。以示區別。

六韜

天下攘攘。皆爲利往。天下熙熙。皆爲利來。

商書盤庚

遲任有言曰。人惟求舊。器非求舊、惟新。按遲任古之賢人。以爲人舊則習。器舊則敝。當常使舊人、用新器也。

周書牧誓

王曰。古人有言曰。牝雞無晨。牝雞之晨。惟家之索。注。索、蕭索也。牝雞而晨。則陰陽反常。是爲妖孽。而家道索矣。將言紂惟婦言是用。故先發此。

秦誓

秦穆公悔前日安於自徇。而不聽蹇叔之言。深有味乎古人之語。公曰。嗟我士。聽無譁。予誓告汝。羣言之首。古人有言曰。民訖自若。是多盤責。人斯無難。

商君書引諺

公孫鞅謂秦孝公曰。臣聞之。疑行無名。疑事無功。君亟定變法之慮。殆獪天下之議。語曰。愚者暗於未成。智者見於未萌。

韓非子引古諺

遠水難救近火。此諺所本。下句遠親不如近鄰。亦諺也。

堯無膠漆之約於當世、而道行。舜無置錐之地於後世、而德結。

蘇秦引語 以下戰國策。

秦攻趙。蘇秦謂秦王曰。今雖得邯鄲。非國之長利也。語曰。戰勝而國危者。物不斷也。功大而權輕者。地不入也。

蔡澤引語

蔡澤入秦、說應侯范睢曰。語曰。日中則移。月滿則虧。物盛則衰。天地之常數也。君之功極矣。如是而不退。則商君、白公、吳起、大夫種是也。吾聞之。鑒於水者、見面之容。鑒於人者、知吉與凶。應侯因謝病。請歸相印。以上卷一。

張良語

沛公見秦宮室財物婦女。欲留居之。樊噲諫曰。沛公欲有天下耶。將爲富家翁耶。凡此奢麗之物。皆秦所以亡也。公何用焉。不聽。張良曰。忠言逆耳利於行。毒藥苦口利於病。願聽噲言。

商君引語

商君曰。子觀我治秦也。孰與五羖大夫賢。趙良曰。千羊之皮。不如一狐之腋。千人之諾諾。不如一士之諤諤。請終日正言。而無誅可乎。商君曰。語有之矣。貌言、華也。至言、實也。苦言、藥也。甘言、疾也。夫子果肯終日正言。鞅之藥也。按風雅逸篇。但載千羊之皮四句爲古語。而此語反不載。然彼特有似古語耳。不云語也。今正之。

俗語

陳忠上疏。稱語曰。迎新千里。送故不出門。

古諺

孟敏字叔達。鉅鹿人。客居太原。荷(甄)〔甑〕墮地。不顧而去。郭林宗見而問其意。對曰。甑已破矣。視之何益。林宗異之。因勸令遊學。十年知名。

襄陽記。劉備訪世事於司馬德操。德操曰。儒生俗士。豈識時務。識時務者在乎俊傑。此間自有伏龍、鳳雛。備問爲誰。曰。諸葛孔明、龐士元也。

諺

事有非素所習而謾爲之。諺云。不是腳。此方言也。

蜀語

華陽國志。先主薨後。雍闓殺益州太守正昂。更以蜀郡張裔爲太守。闓假鬼教曰。張裔府君如瓠壺。殺之不可送與吳。按蜀書云。張府君如瓠壺。外雖澤。而內實粗。不足殺。令送與吳。

古諺古語載籍通引。

駑馬戀棧。

未能免俗。聊復爾爾。

聞所聞而來。見所見而去。以上卷二。

時人語

入關之功。鎮惡爲首。沈田子與鎮惡爭功。武帝將歸。留田子與鎮惡。私謂田子語曰。猛獸不如羣狐。卿等十餘人。何懼王鎮惡。故二人常有猜心。

王敬則傳引語

三十六策。走爲上計。

裴度語

度不信術數。不好服食。每語人云。雞豬魚蒜。逢著則喫。生老病死。時至則行。

段成式酉陽雜俎引古語

三守庚申三尸伏。七守庚申七尺滅。

佛書引語

停囚長智。

赤脚人趁兔。着鞾人喫肉。

題書卷後語

杜兼字處弘。洹水人。貞元元和間。歷濠蘇二州刺史。終河南尹。性豪侈。家聚書萬卷。每卷後。必自題云。淸俸寫來手自校。汝曹讀之知聖道。墜之鬻之爲不孝。

題玉箸篆

舒元輿題李陽冰玉箸篆詞云。斯去千年。冰生唐時。冰復去矣。後來者誰。後千年有人。誰能待之。後千年無人。篆止於斯。嗚呼主人。爲吾寶之。附柳誠懸筆偈云。圓如錐。捺如鑿。不得出。只得卻。

莆田石記

慶曆中。張緯宰莆田。得一石。其文云。石敢當。鎭百鬼。壓災殃。官吏福。百姓康。風敎盛禮樂昌。後有大曆五年縣令鄭押字記。今人家用碑石。書曰石敢當三字。鎭於門。亦此風也。

羅池石刻

柳子厚龍城錄云。羅池北龍城勝地也。役者得白石。上微辯刻書云。龍城柳。神所守。驅厲鬼。山左首。福土氓。制九醜。

本草采萍時日

不在山。不在岸。采我之時七月半。選甚癱風與緩風。些小微風都不算。豆淋酒內下三丸。鐵幞頭上也出汗。

陰陽書

喬木先枯。衆子必孤。按唐張鷟故宅。有桑高四五丈。無故枯悴。尋而祖亡。陰陽書所云。此其驗也。

李廷珪藏墨訣

贈爾烏玉玦。泉清研須潔。避暑懸葛囊。臨風度梅月。按墨譜云。廷珪精於製墨。此藏墨訣也。本姓奚。從易水。徙居南唐。賜國姓。

戲擲籠籌

諺云。一朝權在手。便把令來行。亦有所本。朱灣奉使設宴。戲擲籠籌詩云。一朝權在手。看取令行時。

葬書語

葬壓龍角。其棺必斲。此書生相郝處俊葬地。

朱雀和鳴。子孫盛榮。

朱雀悲哀。棺中見灰。此英公徐勣卜葬得前繇。張憬藏曰。非也。乃所謂朱雀悲哀者。後果斲棺焚屍。安龍頭。枕龍角。不三年。自消鑠。此張約相崔巽墓。安龍頭。枕龍耳。不三年。萬乘至。此崔巽遺言也。後唐明皇微行至墓所。巽言驗。而約言不驗。

占年

三月三。脫了寒衣穿汗衫。

芒種火燒天。夏至雨連綿。

夏至五月頭。一邊喫。一邊愁。夏至五月中。白飯滿童童。夏至五月尾。禾黃米價起。

六月六。晒得雞蛋熟。

六月秋。要到秋。七月秋。不到秋。謂早稻收穫時也。南風吹過北。有錢羅不得。北風吹過南。倉下無人擔。

過了七月半。人似鐵羅漢。

占雨

未雨先雷。到夜不來。未雨先風。來也不凶。以上卷三。

酒肆歌

范弇學究有酒肆歌云。喫酒二升。糴麥一𣁾。磨麵五斗。可飽十口。見過庭錄。

打頭風

風之逆舟。人謂之打頭風。古有江喧過雲雨。船泊打頭風。坡公詩。臥聽三老白事。半夜南風打頭。按過雲雨亦俗諺。又屋漏更遭連夜雨。船行又被打頭風。皆諺語。

乖剌

勢有不便順。謂之乖剌。剌音賴。讀作剌。非也。東方朔謂、吾强乖剌而無當。杜欽謂、陛下無乖剌之心。今俗駡人曰歪剌。見言鯖。

嗔拳諺

江淮俗。每作諸戲。必先設嗔拳笑面。村野之人。以臘末作之。不知其所謂也。歲時記云。邨人逐除。今南方爲此戲者。必戴假面。作勇力之勢。謂之嗔拳。今諺云。嗔拳不打笑面。似本此。戲逐除者、卽今之儺也。結黨連羣。通夜達曉。家至門到。責其迭迎。孫興公常戲爲儺。至桓宣武家。

跨竈

子勝於父。謂之跨竈。出書言故事。蓋竈上有釜故也。東坡與人書云。令嗣傀瑋奇特。著鞭一躍。當撞破煙樓。

種樹諺

諺云。五十不造屋。六十不種樹。七十不製衣。宋章申公父銀青公俞年七十。集親賓爲慶會。有餉柑者。食之而甘。嘉其種。卽令收核。種之後圃。坐人竊笑。意謂不十年不着子。恐不能待也。後公食柑。十年而終。

不保

不俫保。俚諺也。不保亦有出處。北齊後主穆后名舍利。母名輕霄。後入宮。幸於後主。女侍中陸大姬養以爲女。即令萱。后遂以陸爲母。提婆爲家。更不保輕霄。蓋南北朝已有此諺。

南京石上語

南京人家。掘得一石。上有可考云。豬拾柴。狗燒火。野狐掃地請客坐。此不知是何等語也。見侯鯖錄。

桃橘諺

諺云。頭有二毛、好種桃。立不踰膝、好種橘。見曲洧舊聞。言桃易實可待。橘實遲不可待。按此條已錄入曲洧舊聞。

敝鄉諺云。杖策插桃桃得食。扶行栽棗棗難嘗。亦此意也。

客作兒

江西俚諺。罵人曰客作兒。按陳從易寄荔枝與盛參政詩云。櫻桃有小子。龍眼是凡姿。橄欖爲下輩。枇杷客作兒。盛問其說。云。櫻桃味酸。小子也。龍眼無文采。凡姿也。橄欖初澁後甘。下輩也。枇杷肉少核大。客作兒也。凡言客作兒者。傭夫也。僕謂斥受雇者爲客作。已見於南北朝。觀袁翻謂人曰。邢家小兒。爲人客作。章表此語。自古而然。因知俗諺。皆有所自。

佛頂珠

凡納婢僕。初來時曰擂盤珠。言不撥自動。稍久曰算盤珠。言撥之則動。既久曰佛頂珠。言終日凝然。雖撥亦不動。此雖俗諺。實切事情。見陶宗儀輟耕錄。

都人語

左與言、天台名士也。錢唐幕府樂籍。有名姝張穠者。色藝妙天下。左頗顧之。如盈盈秋水。淡淡春山。帷雲翦水。滴粉搓酥。皆爲穠作。當時都人有對云。曉風殘月柳三變。滴粉搓酥左與言。見玉照新志。

永福古讖

永福古讖語曰。天保石移。瑞雲來奇。龍爪花紅。狀元西東。乾道間。福清天保瑞雲寺後。石崖橫行。謵地成蹊。永邑東鄉石壁松上產龍爪花。其年蕭公國果魁天下。次舉黃公定臚唱第一。蓋瑞花生處。蕭西黃東。各三十五里。此狀元東西之應也。見游宦紀聞。

農諺

最喜立春晴一日。農夫不用力耕田。以上卷四。

古謠諺卷一百

集說

秀水杜文瀾輯

俚語曰諺。書無逸某氏傳。

乃逸、縱逸自恣也。乃諺也。縱逸則所習者下。委巷謠諺、常誦於口也。東萊書傳。

元祀代泰山。貢兩伯之樂焉。鄭注云。元、始也。歲二月。東巡守。始祭代氣於泰山也。東稱代。書曰。至于岱宗、柴。陽伯之樂。鄭注云。陽伯猶言春伯。春官秩宗也。伯夷掌之。舞株離。鄭注云。株離、舞曲名。言象物生〔育〕離根株也。詩云。彼黍離離。其歌聲。比余謠。鄭注云。徒歌謂之謠。其聲淸濁。比如余謠。然後應律也。名曰晳陽。鄭注云。晳當爲析。春厥民析。晳陽、樂正所定名也。是時（偰）〔契〕爲司徒、〔掌〕地官矣。後又舉禹掌天官。儀伯之樂。鄭注云。儀當爲羲。羲仲之後也。舞鼚哉。鄭注云。鼚、動貌。始也。言象物應雷而動。始出見也。其歌聲比大謠。名曰南陽。鄭注云。南、任也。中祀大交霍山。貢兩伯之樂焉。鄭注云。中、仲也。古字通。春爲元。夏爲仲。五月南巡守。仲祭大交氣於霍山也。南交稱大交。書曰。宅南交也。夏伯之樂。鄭注云。夏伯、夏官司馬。棄掌之。舞謾彧。其歌聲比中謠。名曰初慮。鄭注云。謾、猶曼也。彧、長貌。言象物之滋曼彧然也。初慮、陽上極陰始謀也。謾或爲謗。羲伯之樂。鄭注云。羲伯、羲叔之後。舞將陽。其歌聲比大謠。名曰朱于。鄭注云。將陽、言象物之秀實動搖也。于、大也。秋祀柳穀華山。貢兩伯之樂焉。鄭注云。八月西巡守。祭柳穀之氣於華山。柳、聚也。齊人語。秋伯之樂。鄭注云。秋伯、秋官士也。臯陶掌之。舞蔡俶。鄭注云。蔡、猶衰也。俶、始也。言象物之始衰也。其歌聲比小謠。名曰苓落。和伯之樂。鄭注云。和伯、和仲之後。舞玄鶴。其歌聲比中謠。名曰歸來。鄭注云。玄鶴象陽鳥之南也。歸來、言反其本也。幽都弘山祀。鄭注云。弘山、恆山也。十有一月朔巡守。祀幽都之氣於恆山也。互言之者。明祭山北稱幽都也。貢兩伯之樂焉。冬伯之樂。鄭注云。冬伯、冬官司空。垂掌之。舞齊落。鄭注云。齊落、終也。言象物之終也。齊或爲聚。曰縵縵。鄭注云。和伯樂闕。弁論八音四會。鄭注云。此上下有脫辭。其說未聞。尙書大傳。

心之憂矣。我歌且謠。詩園有桃。

曲合樂曰歌。徒歌曰謠。詩園有桃、毛傳。

我心憂君之行如此。故歌謠以寫我憂矣。詩園有桃、鄭箋。

歌者、比於琴瑟也。徒歌曰謠。徒擊鼓曰咢。詩行葦、毛傳。

有章句曰歌。無章曲曰謠。初學記十五引韓詩章句。

凡詩之所謂風者。多出於里巷歌謠之作。所謂男女相與詠歌。各言其情者也。朱子詩集傳自序。

諺、俗語也。禮記大學、釋文。

童齓之子。未有念慮之感。而會成嬉戲之言。似若有馮者。其言或中或否。博覽之士。能懼思之人。兼而志之。以爲鑒戒。以爲將來之驗。有益於世教。左氏莊五年、杜注。

諺、俗言也。左氏隱十一年、釋文。

童齓之子。未有念慮之感。不解自爲文辭。而羣聚集會。成此嬉遊遨戲之言。其言韻而有理。似若有神馮之者。其言或中或否。不可常用。博覽之士。及能懼思之人。兼而志之。以爲鑒戒。以爲將來之驗。有益於世教。故書傳時有采用之者。左氏莊五年、正義。

徒歌謂之謠。言無樂而空歌。其聲逍遙然也。左氏僖五年、正義。

徒歌謂之謠。爾雅釋樂。

謠、謂無絲竹之類、獨歌之。爾雅釋樂、舊注。

謠、聲消遙也。爾雅釋樂、孫注。

諺、傳也。廣雅釋詁。

䛐、徒歌。从言、肉聲。說文。

缶部。䍃、从缶、肉聲。然則此亦當曰肉聲無疑。肉聲則在第三部。故繇即由字。音轉入第二部。故䛐、䍃、繇、傜、皆讀如遙。䛐謠、古今字也。謠行而䛐廢矣。凡經傳多經改竄。僅有存者。如漢五行志女童䛐曰。檿弧萁服。篇韻皆曰。䛐、與周切。從也。此古音古義。段氏玉裁說文解字。䛐字下注。

徒歌也者。藝文類聚引作獨歌謂之䛐。一切經音義二十。爾雅、徒歌爲謠。說文、獨歌也。又十五。說文、獨歌也。爾雅、徒歌爲謠。徒、空也。馥謂獨歌、謂一人空歌。猶徒歌也。穆天子傳。西王母爲天子謠。注云。徒歌曰謠。尚書大傳。其歌聲比余謠。注云。徒歌謂之謠。釋樂。徒歌謂之謠。孫炎曰。聲消搖也。詩。園有桃。我歌且謠。傳云。曲合樂曰歌。徒歌曰謠。馥案。傳意合樂者、謂有五聲八音也。徒歌者、空歌也。徒、如爾雅暴虎徒搏、馮河徒涉之徒。大射儀。僕人正徒相太師。注云。徒、空手也。襄二十五年左傳。齊師徒歸。注云。徒、空也。正義引論語。不可徒行。徒、猶空也。謂無車空行也。又案、晉語辨妖祥於謠。韋注。行歌曰謠。丙之辰。檿弧箕服之類是也。漢書敘傳。考遘愍以行謠。宋書樂志。周衰。有秦青者善謳。而薛談學謳於秦青。未窮青之技而辭歸。青餞之於郊。乃撫節悲歌。聲振林木。響遏行雲。薛談遂留不去。以卒其業。又有韓娥者。東之齊。至雝門。匱糧。乃鬻歌假食。既而去。餘響繞梁。三日不絕。故雝門之人善歌哭。效韓娥之遺聲。衞人王豹。處淇川。善謳。河西之民皆化之。齊人綿駒。居高唐。善歌。齊之右地。亦傳其業。前漢有虞公者善歌。能令梁上塵起。若斯之類。並徒歌也。爾雅曰。徒歌曰謠。馥案、此則以道路行歌爲徒歌矣。徐鍇曰。案今說文本皆言徒也。當言徒歌。必脫誤也。馥案徐所謂徒也者。本是從也。戴侗曰。徐本說文無謠字。䚻、徒歌也。从言肉。唐本曰。䚻、從也。从言从肉。肉、亦聲。謠、徒歌也。馥據此知本書別有謠爲徒歌。䚻訓從玉篇廣韻並同本書。繇、隨從也。從言肉者、當爲肉聲。徐鍇以聲字爲誤。非也。䚻、古讀若由。與肉聲近。當有聲字。唐本云。肉亦聲。不應有亦字。桂氏馥說文義證、䚻字下注。

諺、傳言也。从言、彥聲。說文。桂氏馥云。御覽引云。傳言也。俗言曰諺。

諺傳疊韻。傳言者、古語也。古字從十口。識前言。凡經傳所稱之諺。無非前代故訓。而宋人作注。乃以俗語俗論當之。誤矣。玄應引此下。有謂傳世常言也。蓋庾儼默注。按此與尙書乃逸乃喭。論語由也喭。皆訓吸喭者各字。衞包改尙書之喭爲諺。大誤。段氏玉裁說文、諺字下注。

一切經音義二十引爾雅。徒歌爲謠。說文、獨歌也。又十五云。說文。謠、獨歌也。爾雅。徒歌爲謠是也。徒、空也。戴侗云。徐本說文無謠字。䚻、徒歌也。唐本。䚻、從也。謠、徒歌也。桂氏馥說文義證、謠字下注。

傳言者、一時民風土著論議也。故从彥言。若鄙俚淫僻之詞。何諺之有。觀彥言而可以知寓教於文矣。或作喭。俗。蓋唁魚變切。弔生也。弔之喭改作也。與諺遠矣。說文長箋。

李尋傳。繇、俗。則繇與謠通。古音附錄卷一。

夫歌本韻語也。但古今音不同。不知古音以今音讀。則齟齬弗諧、非韻矣。古音攷附錄。

左國易象。離騷楚詞。秦碑漢賦。以至上古歌謠箴銘贊誦。往往韻與詩合。實古音之證也。或謂三百篇、詩辭之祖。後有作者。規而韻之耳。不知魏晉之世。古音頗存。至隋唐澌盡矣。唐宋名儒。博學好古。間用古韻。以炫異耀奇。則誠有之。若讀垤爲姪。以與日韻。堯誡也。讀明爲芒。以與良韻。皋陶歌也。是皆前於詩者。夫又何放。且讀皮爲婆。宋役人謳也。讀丘爲欺。齊嬰兒語也。讀戶爲甫。楚民間謠也。讀裘爲基。魯朱儒謔也。讀作爲詛。蜀百姓辭也。讀口爲苦。漢白渠誦也。又家姑讀也。秦夫人之占。懷回讀也。魯聲伯之夢。祈斤讀也。晉滅虢之徵。瓜孤讀也。衞良夫之譟。彼其閭巷贊毀之間。夢寐卜筮之頃。何暇屑屑模擬。若後世吟詩者之限韻耶。毛詩古音考自序。

傳曰。言之不從。是謂不艾。師古曰。艾、讀曰乂。後漢書五行志一注。鄭玄曰。乂、治也。君言不從。則是不能治其事也。時則有詩妖。言之不從。從、順也。是謂不乂。乂、治也。言上號令。不順民心。則怨謗之氣。發於謌謠。故有詩妖。後漢書五行志一注。鄭玄曰。詩之言志也。漢書五行志中之上。

小說者流。其源蓋出於稗官。如淳曰。稗音(鎃)(鍛)。家排。九章。細米爲稗。街談巷說。其細碎之言也。(昔)王者欲知閭巷(之)風俗。故立稗官。使稱說之。今世(亦謂)偶語爲稗。街談巷語。道聽塗說者之所造也。孔子有曰。雖小道。必有可觀者焉。致遠恐泥。是以君子弗爲也。然亦弗之滅也。閭里小（智）〔知者〕之所及。亦使綴而不忘。如或一言可采。此亦芻蕘狂夫之議也。漢書藝文志。

諺、俗所傳言也。漢書五行志中之上、顏注。

聖王闢四門。開四聰。立敢諫之旗。聽歌謠于路。後漢書郅壽傳。

羊續爲南陽太守。當入郡界。乃羸服閒行。侍童子一人。觀歷縣邑。採問風謠。然後乃進。後漢書羊續傳。

司徒東海陳耽以忠正稱。歷位三司。光和五年。詔公卿以謠言舉刺史二千石章懷太子云。謠言謂聽百姓風謠善惡、而黜陟之也。爲民蠹害者。時太尉許馘、司空張濟、承望內官。受取貨賂。其宦者子弟賓客。雖貪汙穢濁。皆不敢問。而虛糺邊遠小郡清修有惠化者二十六人。吏人詣闕陳訴。耽與議郎曹操上言。公卿所舉。率黨其私。所謂放鴟梟而囚鸞鳳。其言忠切。帝以讓馘濟。由是諸坐謠言徵者悉拜議郎。宦官怨之。遂誣陷耽。死獄中。後漢書劉陶傳。

蔡邕上封事曰。夫司隸校尉、諸州刺史、所以督察姦枉、分別白黑者也。五年制書議遣八使。又令三公謠言奏事。是時奉公者、欣然得志。邪枉者、憂悸失色。未詳斯議。所因寢息。昔劉向奏曰。夫執狐疑之計者。開羣枉之門。養不斷之慮者。來讒邪之口。今始聞善政。旋復變易。足令海內。測度朝政。宜追定八使。糾舉非法。更選忠清。平章賞罰。三公歲盡。差其殿最。使吏知奉公之福、營私之禍。則衆災之原。庶可塞矣。後漢書蔡邕傳。

范滂復爲太尉黃瓊所辟。後詔三府掾屬舉謠言。滂奏刺史二千石權豪之黨二十餘人。尙書責滂所劾猥多。疑有私。故滂對曰。臣之所舉。自非叨穢姦暴。深爲民害。豈以汙簡札哉。間以會日迫促。故先舉所急。其未審者。方更參實。臣聞農夫去草。嘉穀必茂。忠臣除姦。王道以淸。若臣言有貳。甘受顯戮。吏不能詰。後漢書范滂傳。

和帝分遣使者、各至州縣觀採風謠。後漢書李郃傳。

靈帝詔書、勑三府舉奏州縣政理無效、民爲作謠言者、免罷之。三公傾邪。皆希世見用。貨賂並行。强者爲怨。不見舉奏。弱者守道。多被陷毀。太祖疾之。是歲以災異博問得失。因此復上書切諫。說三公所舉奏。專回避貴戚之意。奏上。天子感悟。以示三府。責讓之。諸以謠言徵者。皆拜議郎。是後政教日亂。豪猾益熾。多所摧毀。太祖知不可匡正。遂不復獻言。三國志魏武帝紀注引魏書。

凡五星盈縮失位。其精降於地爲人。熒惑降爲童兒。歌謠嬉戲。吉凶之應。隨其衆告。晉書天文志中。

凡樂章古辭。今之存者。並漢世街陌謠謳、江南可採蓮、烏生十五子、白頭吟之屬也。吳歌雜曲。並出江南。東晉以來。稍有增廣。晉書樂志下。

夫喜怒哀樂之情。好得惡失之性。不學而能。不知所以然而然者也。怒則爭鬬　喜則詠哥。夫哥者、固樂之始也。爾雅曰。徒哥曰謠。宋書樂志一。

廢帝卽位。未親萬機。凡詔勑施爲。悉決法興之手。尙書中事無大小專斷之。帝所愛幸閹人華願兒。有盛寵。賜與金帛無筭。法興常加裁減。願兒甚恨之。帝常使願兒出入市里。察聽風謠。而道路之言。謂法興爲眞天子。帝爲贋天子。願兒因此告帝曰。外間云。宮中有兩天子。官是一人。戴法興是一人。宋書戴法興傳。

初、姚興死之前歲也。太史奏。熒惑在匏瓜星中。一夜忽然亡失。不知所在。或謂下入危亡之國。將爲童謠妖言。太宗聞之大驚。乃召諸碩儒十餘人。令與史官求其所詣。浩對曰。案春秋左氏傳說。神降于莘。其至之日。各以其物祭也。請以日辰推之。庚午之夕。辛未之朝。天有陰雲。熒惑之亡。當在此二日之內。庚之與未。皆主於秦。辛爲西夷。今姚興據咸陽。是熒惑入秦矣。諸人皆作色曰。天上失星。安能知其所詣。而妄說無徵之言。浩笑而不應。後八十餘日。熒惑果出於東井。留守盤旋。童謠訛言。國內諠擾。於是諸人皆服。曰、非所及也。魏書崔浩傳。

晉博士許猛解三驗曰。案黍離麥秀之歌。小雅曰。君子作歌。惟以告哀。魏詩曰。心之憂矣。我歌且謠。若斯之類。豈可謂之金石之樂哉。是以徒歌謂之謠。徒吹謂之和。記曰。比音而樂之。及干戚羽毛謂之樂。魏書禮志四之四。

崔挺拜光州刺史。風化大行。及車駕幸兗州。召挺赴行在所。復還州。及散騎常侍張彝巡行風俗。謂曰。彝受使巡方。採察謠訟。入境觀政。實愧淸使之名。北史崔挺傳。

小說者、街說巷語之說也。傳載輿人之誦。詩美詢于芻蕘。古者聖人在上。史爲書。瞽爲詩。工誦箴諫。大夫規誨。士傳言。而庶人謗。孟春徇木鐸。以求歌謠。巡省觀人詩。以知風俗。過則正之。失則改之。道聽塗說。靡不畢紀。周官誦訓掌道方志。以詔觀事。掌道方慝。以詔辟忌。以知地俗。而〔訓〕〔職〕方氏掌道四方之政事。與其上下之志誦。四方之傳道。而觀〔新〕〔衣〕物是也。孔子曰。雖小道。必有可觀者焉。致遠恐泥。隋書經籍志三。

漢孝平皇帝紀下。元始四年二月。遣太僕王惲等八人。各置副假節。分行天下。覽觀風俗。五年夏四月。王惲等八人使行風俗還。言天下風俗齊同。作爲郡國造歌謠頌功德。凡三萬言。通鑑卷三十六。

風聽臚言於市。辨妖祥於謠。國語周語。

行歌曰謠。國語晉語、韋注。

諺、俗之善謠也。國語越語、韋注。

皇太孫洪武三十一年。上親擇二十四人爲采訪使。以觀風謠。給事華亭徐思勉亦與焉。東朝錄。

三公聽採長史臧否。人所疾苦。還條奏之。是爲舉謠言者也。頃者舉謠言。掾屬令史都會殿上。主者大言州郡行狀。云何善者、同聲稱之。不善者、默爾銜枚。漢官儀。

君諱熊。字孟陽。廣陵海西人也。吏民愛若慈父。畏若神明。相與採摭謠言。刊石旌□。漢碑錄文卷四、酸棗令劉熊碑。

蓋語曰。不作無益害有益。至如史氏所書。固當以正爲主。是以虞帝思理。夏后失御。尚書載其元首禽荒之歌。鄭莊至孝。晉獻不明。春秋錄其大隧狐裘之什。其理讜而切。其文簡而要。足以懲惡勸善。觀風察俗者矣。史通載文篇。

尋夫戰國已前。其言皆可諷詠。非但筆削所致。良用體質素美。何以覈諸。至如鶉賁鸜鵒。童豎之謠也。山木輔車。時俗之諺也。皤腹棄甲。城者之謳也。原田是謀。輿人之誦也。斯皆芻詞鄙句。猶能溫潤若此。況乎束帶立朝之士。加以多聞博古之說者哉。則知時人出言。史官入記。雖有討論潤色。終不失其梗槩者也。史通言語篇。

夫論成敗者。固當以人事爲主。必推命而言。則其理悖矣。蓋周之季也。由幽王之惑褒姒。魯之逐也。由稠父之違子家。然則壓弧箕服。章于宣厲之年。徵褰與襦。顯自文成之世。惡名早著。天孽難逃。史通雜說篇上。

古往今來。名目各異。區分壤隔。稱謂不同。所以晉楚方言。齊魯俗語。六經諸子。載之多矣。史通雜說篇中。

知聲而不知音者。禽獸是也。知音而不知樂者。衆庶是也。惟君子而後知樂。空同子曰。聲言直。音言曲。樂言律。直者、單而粗者也。（音）（曲）者、方而文者也。律者、比而諧者也。人人能謠。如今里巷之詞曲。不學而能之。疾徐高下。皆板眼。所謂知音也。及問其出某呂某律。孰宮孰商。則不知也。故曰。惟君子而後知樂。空同子。

世俗占候雨晴。惟甲子、壬子、甲申、甲寅四日頗可憑。此外俗說占測水旱豐歉。未甚可稽。伯翔陸先生。嘗著田家五行志若干卷。專述田家俗談。爲農家占候一家之書。率多可驗。農田餘話。

揑造歌謠。不惟不當作。亦不當聽。徒損心術。長浮風耳。若一聽之。則淸淨心田中。亦下一不淨種子矣。長者言。

曹氏論詩云。詩之作本於人情。自生民以來則然。太始天皇之策。包羲罔罟之章。葛天之八闋。康衢之民謠。困學紀聞卷三。

崔駰西巡頌曰。唐虞之世。樵夫牧豎。擊轅中韶。感於和也。班固集、擊轅相杵。亦是樂也。曹子建書、擊轅之歌。有應風雅。柳子厚云、擊轅拊缶。宋景文云、壤翁轅童。皆本於崔班。困學紀聞卷十七。

孟子曰。天下不謳歌益而謳歌啓。是謳在禹已有之也。列子曰。堯微服游康衢。聞童謠。謠之起。自堯時然也。古今事物考卷二。

爾雅曰。徒歌曰謠。說文。謠作䚻。注云。䚻從肉言。今案徒歌者。謂不用絲竹相和也。肉言歌者。人聲也。出自胸臆。故曰肉言。童子歌曰童謠。以其言出自胸臆。不由人教也。晉孟嘉曰。絲不如竹。竹不如肉。唐人謂徒歌曰肉聲。卽說文肉言之義也。丹鉛總錄卷二十五。

古文自變隸。其法已錯亂。後轉爲楷字愈訛。殆不可考。如云有口爲吳。無口爲天。吳字本從口從夨。非從天也。後世謬從楷法言之。予嘗戲謂吳元濟之亂。童謠有小兒天上口之讖。又如董卓爲千里艸、十日卜。王恭爲黃頭小人。皆今世俗字。非古文也。史謂童謠乃熒惑星爲小兒造謠。審如此。熒惑亦不識古文乎。蘇易簡云。神不能神隨時之態。丹鉛雜錄卷二。

古今有諺語。有謠語。有讖語。有諧語。有譏語。有讔語。語意不同。其跡易混。諺語如大學故諺、孟子夏諺是也。謠語如檿弧箕服、實亡周國之類是也。讖語如亡秦者胡、劉氏復起、李氏當王之類是也。諧語如優孟諷漆城、優旃諫葬馬之類是也。譏語如既定爾婁豬、盍歸吾艾豭之類是也。讔語如麥麴庚癸之類是也。楊升菴作古今諺古今謠似矣。然諺中雜謠雜諧。如狐非狐、貉非貉之類。謠而雜於諺也。如左相宣威沙漠、右相馳譽丹青之類。諧而雜於諺也。謠中雜讖。如論語比考讖、天監誌公詩讖、陸法和書讖、讖而雜於謠也。似當釐正。各從其類爲六語。書傳正誤。

彊禦多懟。卽上章所云彊禦之臣也。其心多所懟疾。而獨窺人主之情。深居禁中。而好聞外事。則假流言以中傷之。若二叔之流言以間周公是也。夫不根之言。何地蔑有。以斛律光之舊將。而有百升明月之謠。以裴度之元勳。而有坦腹小兒之誦。所謂流言以對者也。如此則寇賊生乎內。而怨詛興乎下矣。郤宛之難進胙者。莫不謗令尹。所謂侯作侯祝者也。孔氏疏采苓曰。讒言之起。由君數問小事於小人也。可不愼哉。日知錄卷三。

漢人諺語。多七字成句。大率以第四字與第七字叶韻。此亦一體也。俱就其人姓氏之韻。而以品題語協之。亦一時風氣然也。陔餘叢考卷二十一。

性自然。氣自成。與夫童謠口自言無以異也。當童之謠也。不知所授。口自言之。口自言。文自成。或爲之也。（論衡紀妖篇。）

謠讖之語。在洪範五行。謂之詩妖。言不從之罰。前世多有之。而近世亦有焉。（青箱雜記卷七。）

古者有亡書。無亡言。南人之言。孔子取之。夏諺之言。晏子誦焉。南北異地。夏周殊時。而其言猶傳。未必垂之策書也。口傳焉而已。雖然書又可廢乎。書存則人誦。人誦則言存。言存則書可亡而不亡矣。書與言其交相存者歟。（楊氏萬里獨醒雜志序。）

古有采風之使。正觀其所尙。將以反正。端士習。振民風。今聞小有才者。口肆雌黃。形變白黑。其可怪也。至如近郡有云。某人傘。某人剷。某人聾。某人扁。妄肆譏評。殊無忌憚。風靡俗偷。御史提學、有觀風督教之責。其尙重懲之哉。（迪旃瑣言。）

村社占年之說。自古有之。如雨旱驗生草。如麻麥驗雪。往往無爽。有不待求之天文書者。

蓋耆舊之在鄉井。閱世久。歷時多。觀化廣。見事熟。必有所試而云。言非孟浪也。（公餘日鈔。）

春秋左氏傳、國語所載歌謠。皆詩也。但不協於絃奏。不施於禮。詩人所不收。後人撰詩集。（自注謂郭茂倩。）乃并取之。然未爲失也。（鈍吟雜錄卷三。）

巖滄浪云。有一句之歌。注云。漢書枹鼓不鳴、董少年。又漢童謠。千乘萬騎上北邙。案漢書。董少平不作董少年。嗚平是韻。二句之歌也。又云。侯非侯。王非王。千乘萬騎上北邙。是三句。不是一句。（鈍吟雜錄卷五。）

張衡云。熒惑爲執法之星。其精爲風伯之師。或兒童歌謠嬉戲。潛確類書卷二。

何休木訥多智。三墳五典。陰陽算術。河洛讖緯。及遠年古諺。歷代圖籍。莫不咸誦也。拾遺記。

言有下流之言。如暴棄謗傷之類是已。有市井之言。如炎涼貨利之類是已。有荒唐之言。如浮游不根之類是已。然芻蕘之言。狂夫之言。又君子所聽而察者。芻蕘與狂夫。非下流市井之謂也。有理寓焉。如孺子之歌。夏諺之類是已。語言談。

嘉定錢竹汀先生恆言錄。首尾完善。家君因以授常生。且誨曰。學者實事求是。一物不知。當引爲己恥。常生謹受卒業。因思北海鄭君。網羅衆家。括囊大典。至其箋詩願言則嚏。則曰。俗人嚏云人道我。注禮夏后氏以楬豆。則曰。齊人謂無髮爲禿楬。蓋楬卽髻。而嚏則今人猶然。自服子愼通俗之文不傳。此道幾於絕響。非先生孰克成之。阮氏常生恆言錄序。

狂夫童謠。聖人所擇。芻蕘之言。或不可遺。采葑采菲。無以下體。抱朴子內篇二。

古人詢于芻蕘。博採童謠。狂夫之言。猶在擇焉。抱朴子外篇卷三十一。

又蠶蟹鄙諺。貍首淫哇。苟可箴戒。載於禮典。故知諧辭讔言。亦無棄矣。文心雕龍諧讔篇。

諺者、直語也。喪言亦不及文。故弔亦稱諺。廛路淺言。有實無華。鄒穆公云。囊漏儲中。皆其類也。太誓曰。古人有言。牝雞無晨。大雅云。人亦有言。惟憂用老。並上古遺諺。詩書所引者也。至於陳琳諫辭稱掩目捕雀。潘岳哀辭稱掌珠伉儷。並引俗說而爲文辭者也。夫文辭鄙俚。莫過於諺。而聖賢詩書。採以爲談。況踰於此。豈可忽哉。文心雕龍書記篇。

謠詠、猶毀譖也。（離騷王注。）

詔問三代周秦軒車使者遒人使者（盧氏文弨云。玉海引古文苑。遒人二字在輶車使者上。無下使者二字。）以歲八月巡路。宷（郭璞云。音求。又於加切。盧氏云。當是求。音義同。）代語童謠歌戲。（劉歆與楊雄索方言書。）

歌謠者、詠先王之德。頫仰者、習先王之容。（阮籍樂論。）

操、引、謠、謳、歌、曲、詞、調、八名而又別。其在琴瑟者爲操、引。採民甿者爲謳、謠。備曲度者總謂之歌、曲、詞、調。斯皆由樂以定詞。非選詞以配樂也。詩、行、詠、吟、題、怨、歎、章、篇、九名。蓋選詞以定樂。非由樂以定詞也。（元氏稹樂府古題序。）

臣伏以聖王。所甚畏事者莫如天。所甚聽用者莫如民。是故觀天意於災祥。察民情於謠俗。因災祥以求治之得失。原謠俗以知政之善否。誠少留意。則皆燦然矣。前古賢聖之君。莫不循此以導其下。忠信之臣。莫不緣此以諷其上。上下相飭。而自天祐之。（劉敞論災變疏。）

孫卿子有韻語者。其言鄙近。多云成相。莫曉其義。前漢藝文志詩賦類中。有成相雜詞十一篇。則成相者、蓋言謳謠之名乎。疑所謂鄰有喪舂不相者。又樂記云。治亂以相輔也。亦恐由此得名。當更細考之。（東坡集卷六十三。）

凡言風者、皆民間歌謠。採詩者得之。而聖人因以爲樂。以見風化流行。淪肌浹髓。而發於聲氣者如此。其謂之風。正以其自然而然。如風之動物而成聲耳。（朱子文集、答潘叔恭書。）

禮樂本諸天地。與生俱生者也。上古之世。禮質則樂亦質。蕢桴土鼓。安必無詩。文字未興。流傳不廣。其萬一傳者。如古孝子斷竹續竹之歌。不得等諸皇娥帝子、亦謂出自後人之僞撰也。陳詩觀風。當與納賈觀好惡一例。百貨在市。而貴賤殊焉。風詩流傳。而取舍別焉。豈必皆新製哉。太師陳詩。以觀民風。太師掌樂者也。以陳詩爲采詩。是康成之蔽也。以無目之人。而令其行閭里以採聽歌謠。其事之不便至易明矣。且閭里之謠。徒歌而已。不能皆以入樂。假如凡值所採。悉播於樂。舊者肄在樂官而不去。新者被之管絃而日增。力疲而亦有所不給矣。抱經堂文集卷二十四名問。

言者、心之聲也。歌者、聲之文也。情動於中。而形於言。言之不足。故嗟歎之。嗟歎之不足。故永歌之。歌之爲言也。長言之也。夫欲上如抗。下如墜。曲如折。止如槁木。倨中矩。句中鉤。纍纍乎端如貫珠。此歌之善也。梁元章一作帝。纂要曰。齊歌曰謳。吳歌曰歈。楚歌曰豔。浮歌曰哇。振旅而歌曰凱歌。堂上奏樂而歌曰登歌。亦曰升歌。故歌曲有陽陵、白露、朝日、魚麗、白水、白雪、江南、陽春、淮南、駕辯、淥水、陽阿、採菱、下里巴人。又有長歌、短歌、雅歌、緩歌、浩歌、放歌、怨歌、勞歌等行。漢世有相和歌。本出街陌謳謠。而吳歌雜曲。始亦徒歌。復有但歌四曲。亦出自漢世。無弦節作伎。最先一人作。三人和。魏武帝尤好之。時有宋容華者。清徹好聲。善唱此曲。當時特妙。自晉已後。不復傳。遂絕。凡歌有因地而作者。京兆、邯鄲歌之類是也。有因人而作者。孺子、才人歌之類是也。有傷時而作者。微子麥秀歌之類是也。有寓意而作者。張衡同聲歌之類是也。甯戚以困而歌。項籍以窮而歌。屈原以愁而歌。卞和以怨而歌。雖所遇不同。至於發乎其情則一也。歷世以來。歌謳雜出。今並採錄。且以謠讖繫其末云。樂府詩集卷八十三。

近日奸險之徒。多造無名文狀。或張懸文榜。或譔造童謠。此爲弊源。合處極法。全唐文、唐僖宗南郊赦文。

猗歟抑揚。永言謂之歌。非鼓非鍾。徒歌謂之謠。品秩先後。序而推之。謂之引。聲音雜比。高下短長。謂之曲。吁嗟慨歌。悲憂深思。謂之吟。珊瑚鈎詩話卷三。

守法度曰詩。載始末曰引。體如行書曰行。放情曰歌。兼之曰歌行。悲如蛩螿曰吟。通乎俚俗曰謠。委曲盡情曰曲。白石道人詩說。

言與事乖。事與理違。則雖記言之史。如書之武成。或謂不可盡信。質於事而合。揆之理而然。則雖閭巷之談。童稚之謠。或足傳信于後世。而況文士之詞章哉。沈氏洵韻語陽秋序。

古歌辭貴簡遠。大風歌止三句。易水歌止二句。其感激悲壯。語短而意益長。彈鋏歌止一句。亦自有含悲飲恨之意。後世窮技。極力愈多。而愈不及。懷麓堂詩話。

漢樂府雜詩。自郊祀鐃歌、李陵、蘇武外。大率里巷風謠。如上古擊壤、南山。矢口成言。絕無文飾。故渾朴眞至。獨擅古今。晉五言短什。雜出閭閻閨閤之口。句格音響。尙有漢風。若子夜、前溪、歡聞、團扇等作。雖語極淫靡。而調存古質。至其用意之工。傳情之婉。有唐人竭精殫力。不能追步者。余嘗謂相和諸歌。後惟淸商等絕。差可繼之。若曰流曼不節。風雅罪人。則芻蕘之談。非所施於文事也。詩藪內篇。

漢藝文志有周歌詩二篇。又周歌詩七十五篇。周歌聲曲折七十五篇。又河南周歌詩七篇。河南周歌聲曲折七篇。以上五家。與燕代諸歌詩並列。以爲漢時周地風謠耳。及觀顔師古黃公書注。以秦例之。乃知周歌謠漢尙數家。不止三百也。然隻語不可得見。惜哉。注云。班志有秦歌詩二家。顔注。黃公作秦時歌詩。則周爲周時審矣。第非必風雅。蓋民謠之類。否則注之誤也。（詩藪外篇。）

昔漢孝武立樂府。采歌謠。班孟堅謂代趙之謳。秦楚之風。皆感於哀樂。緣事而發。可以觀風俗。知薄厚。故郭茂倩編樂府詩集。雜謠歌辭。包括無遺。余特仿其例。摭采附於卷末。惟夫童謠輿誦。及田家雜占。未嘗師法古人。出於天地自然之音。世治之汚隆。人材之邪正。莫不一本好惡之公。所謂詩可以觀者是已。繹逐燕之旨。知革除本自皇衷。諷雨帝之言。信奪門元非人事。苟察于耳。介葛盧之於牛。丌師翁偉之於馬。公冶長之於鳥。猶將欣然遇之。載諸篇籍。矧無戾於春女之思、秋士之悲者乎。年來史局雖開。汗青無日。留此以俟撰五行志循吏者採擇焉。（靜志居詩話。）

詞於不朽之業爲小乘。然遡其源流。咸自鴻濛上古而來。如億兆黔首。皆神聖裔矣。惟閭巷歌謠。卽古歌謠。古可入樂府。而今不可入詩餘者。古拙而今佻。古朴而今俚。古渾涵而今率露也。（爰園詞論。）

論語云。由也諺。諺俗論也。或作喭。見文選注。又作唁。劉勰曰。諺、喭、唁同一字。諺者、直語也。廛路淺言。有實無華。喪言不文。故弔亦稱唁。劉子新論。子游裼裘而諺。曾子指揮而哂。是諺與唁同也。古今諺論諺語。

諺語云。三九二十七。籬頭吹觱栗。言冬至後寒風吹籬有聲如觱栗也。合於莊子萬竅怒號之說。而可以爲豳風一之日觱發之解矣。賈人之鐸、可以諧黃鐘。田夫之諺、而契周公之詩。信乎六律之音。出於天籟。五性之文。發於天章。有不待思索勉强者。此非自然之詩乎。同上。

古今諺及古今風謠。乃升菴在滇採集諸書諺語。以嬉目遣懷。非著書也。其孫刻之。焦氏因之。遂有單行本。其書始於黃帝。其首三條。則焦氏所附錄。先生論諺語。而後人添入壓卷者也。今仍之。按賈氏引黃帝語。乃巾几銘、孔甲盤盂書也。不可謂之諺。意者先生謂諺語所由起。故以之弁首乎。李氏調元古今諺古今風謠序。

余自幼時。卽嘗聞里巷之辭。心切韙之。而苦不甚記憶。及閱劉舍人文心雕龍云。諺者、直語也。廛路淺言。文詞鄙俚。有實無華。莫過於諺。殆與芻蕘無以異也。然考上古之世。如鄒穆公云、囊漏儲中。陳琳諫詞、掩目捕雀。並屬遺諺。先民多以爲文者直。可與經史相證明。採爲譚說。作爲箴戒。奚可忽乎。丁巳。余自邗上舍姪賓谷都轉署中言歸。於今十載。耽索居味道之樂。時取古人經籍文辭研覃。無間昕夕。繇夏商周以及左國兩漢三唐宋代諸書。反覆詳玩。略領其致。其間有攝於諺語者。卽拾側理錄之。以免遺忘。因思蠶蟹貍首。爲弔喪之一體。鱗身狗尾。亦歌詠以成文。迺綴其類編督。都爲四卷。曰古諺閒談。曾氏廷枚古諺閒譚自序。

語有見於經傳。學士大夫所不習。而蕘童竈妾口常及之。若中古以還。載籍極博。抑又繁不勝舉矣。蓋方言流注。或每變而移其初。而人情尤忽于所近也。余友晴江翟氏、山舟梁氏。咸博學而精心。山舟在南中。常出所著直語類錄示余。余歎以爲善。比來都門。復見晴江手輯通俗編。則勾稽證釋。視山舟詳數倍焉。二君種業樹文。兼綜細大。故未易伯仲。然山舟鍵戶端居。讀書之外。罕與人事接。其所錄在約舉義例。而不求其多。晴江則往來南北十許年。五方風土。靡所不涉。車塵間未嘗一日廢書。墜文軼事。殫見洽聞。溢其餘能。以及乎此。宜其積累宏富。考據精詳。而條貫罔不備也。世人務爲夸毗。遇所不知。輒曰吾何爲而屑此。以視二君之稽古多獲。而猶不怠棄庸近。用知善學者誠有恥于一物。必無使蕘童竈妾之得挂其頰而後可。在學士大夫。披覽及之。亦可以省其宿讀而恍然矣。晴江善于余。而近與山舟爲密。余故序其書。幷爲兩家置騎者如此。周氏天度通俗編序。

古諺之通行今俗者。前卷各收錄。或不習于俗人之口。而雅人猶以爲常談。則更彙識于此。其見經、及雖雅人不復稱者。不盡識也。通俗編卷三十八識餘。

古籍之語。今多有祖其意而變其文者。雖極雅俗之殊。而淵源猶可溯也。同上。

續釋常談二十卷。祕書丞龔頤正養正撰。昔有釋常談一書。不著名氏。家藏亦闕此書。今故以續稱。凡常言俗語。皆注其所出。直齋書錄解題。

俗語一册。右書乃考訂俗語之原本經傳者。又記各書所載方言。注其出處。浙江採集遺書總目己集。

檇李詩繫四十一卷。沈素友輯。附謠諺一卷。浙江採集遺書總目辛集。

古今諺一卷。宋周守忠撰。是編前有自序。稱略以所披之編。採摘古今俗語。又得近時常語。雖鄙俚之詞。亦有激諭之理。漫錄成集。名古今諺。古諺多本史傳。今諺則鄙俚者多矣。四庫全書提要卷一百四十四。

古今諺二卷。古今風謠二卷。明楊慎編。是書採錄古今謠諺。各爲一編。然賈子及太公兵法引黃帝語。自屬巾机銘之遺文。或列子所謂黃帝書者。不得謂之爲諺。且是書成於嘉靖癸卯。卽載正德嘉靖時諺。然則愼自造數語。亦可入之矣。此蓋久居戍所。借編錄以遣歲月。不足以言著書。其孫宗吾誤刻之耳。四庫全書提要卷一百四十四。

六語三十卷。明郭子章編。是編凡謠語七卷。諺語七卷。讔語二卷。讖語六卷。讖語一卷。諧語七卷。皆雜採諸書爲之。頗足以資談柄。而所錄明代近事。往往猥雜。蓋嗜博之過。失於翦裁也。四庫全書提要卷一百四十四。

樂府詩集一百卷。宋郭茂倩撰。是集總括歷代樂府。上起陶唐。下迄五代。凡郊廟歌詞十二卷。燕射歌詞三卷。鼓吹曲詞五卷。橫吹曲詞五卷。相和歌詞十八卷。淸商曲詞八卷。舞曲歌詞五卷。琴曲歌詞四卷。雜曲歌詞十八卷。近代曲詞四卷。雜謠歌詞七卷。新樂府詞十一卷。（四庫全書提要卷一百八十七。）

古樂府十卷。元左克明編。是書錄古樂府詞。分爲八類。曰古歌謠。曰鼓吹曲。曰橫吹曲。曰相和曲。曰清商曲。曰舞曲。曰琴曲。曰雜曲。自序謂、冠以古歌謠詞者。貴其發乎自然。終以雜曲者。著其漸流於新聲。又謂風化日移。繁音日滋。懼乎此聲之不作也。故不自量度。推本三代而上。下止陳隋。截然獨以爲宗。雖獲罪世之君子。無所逃焉云云。當元之季。楊維楨以工爲樂府。傾動一時。其體務造恢奇。無復舊格。克明此論。其爲維楨而發乎。（四庫全書提要卷一百八十八。）

風雅翼十四卷。元劉履編。是編首爲選詩補註八卷。取文選各詩。刪補訓釋。大抵本之五臣舊註、曾原演義。而各斷以己意。次爲選詩補遺二卷。取古歌謠詞之散見於傳記諸子及樂府詩集者。選錄四十二首。以補文選之闕。次爲選詩續編四卷。取唐宋以來諸家詩詞之近古者一百五十九首。以爲文選嗣音。（四庫全書提要卷一百八十八。）

詩所五十六卷。明臧懋循編。初、臨朐馮惟訥輯上古至三代諸詩爲風雅廣逸。後又益以漢魏迄於陳隋諸詩。總名曰古詩紀。懋循是編。實據惟訥之書爲槀本。惟訥書以詩隸人。以人隸代。源流本末。開卷燦然。懋循無所見長。遂取其書而割裂之。分二十有三門。曰郊祀歌辭。曰廟祀歌辭。曰燕射歌辭。曰鼓吹曲辭。曰橫吹曲辭。曰相和歌辭。曰清商曲辭。曰舞曲歌辭。曰琴曲歌辭。曰古歌辭。曰雜曲歌辭。曰雜歌謠辭。曰古語古諺。曰古雜詩。曰曰騷體古詩。曰闕文。曰四言古詩。曰五言古詩。曰六言古詩。曰七言古詩。曰雜言古詩。曰騷體古詩。曰闕文。曰璇璣圖詩。曰雜歌詩。曰補遺。四庫全書提要卷一百九十三。

古詩解二十四卷。明唐汝諤撰。其兄汝詢有唐詩解。故此以古詩配之。其注釋體例略同。惟唐詩解以五七言分古今體。此則分爲五類。曰古歌謠辭。曰古逸雜篇。曰漢歌謠辭。曰樂府。曰詩。四庫全書提要卷一百九十三。